카프카 전집 7

Franz Kafka, Briefe

행복한 불행한 이에게

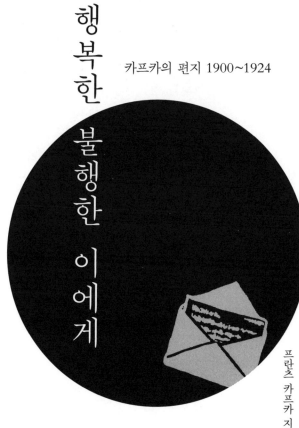

# 행복한 불행한 이에게

카프카의 편지 1900~1924

프란츠 카프카 지음 | 서용좌 옮김

솔

가련한 사랑스런 막스! 행복한 불행한 이여!

여권 사진
카프카라는 말은 전율·불안·소외·좌절의 다른 이름이다.

막스 브로트
1902년에 시작된 브로트와의 우정은 250여 통의 편지로 남아 기억된다.

다섯 살
유년기는 고독, 불만, 억압 등의 감정에 시달리면서 지극히 조숙했고, 감정이 예민했다.

누이들과
오른쪽부터 열 살의 카프카와 그의 누이, 네 살의 엘리와 세 살의 발리.

학위
법학박사 학위를 받은 카프카는 이후 지방 법원과 형사 법원에서 시보로 근무한다.

보험공사
이 시기 카프카는 자신이 근무하던 노동자재해보험공사 앞으로
근무 조건 향상 및 급여 인상을 요구하는 여러 통의 편지를 쓴다.

FRANZ KAFKA
DIE VERWANDLUNG

DER JÜNGSTE TAG · 22/23
KURT WOLFF VERLAG · LEIPZIG
1916

『변신』초판
표지 속에서 반쯤 열려있는 문의 왼쪽 전면에
모닝 코트를 입은 한 남자가 손으로 자신의 얼굴을 움켜쥐고 있다.

아버지
"아버지로서 당신은 나에게 너무 억센 분이었습니다."

어머니
카프카의 수줍은 성품, 비사교적 태도, 섬세한 성격은
그의 어머니로부터 물려받은 것이었다.

# 일러두기

1. 이 책의 기본 틀은 *Franz Kafka. Schriften Tagebücher Briefe Kritische Ausgabe*에 따른다. 이 비판본은 『편지』만을 전5권으로 계획하고 있으나, 2000년까지 1900~1912년까지의 제1권만 출판되었을 뿐이다. 그러므로 1913년 이후는 막스 브로트판 『프란츠 카프카의 편지 1902~1924』를 따른다. 그리고 비판본이 전 대상에게 보낸 편지를 망라하는 것과는 다르게, 이 책은 한국카프카학회가 기획한 전집 번역 작업의 틀을 존중하여, 밀레나, 펠리체 바우어, 여동생 오틀라와 가족에게 보낸 편지의 일부를 제외한 다른 친구들에게 보내는 편지와 그 밖의 편지로 한정한다.

2. 이 책의 고유명사 표기는 서명을 포함해서 원칙적으로 가능한 한 『카프카 문학 사전』(학문사, 1999)의 예를 따른다. 이는 한국카프카학회 주축의 공동 작업을 존중하며, 아울러 이른바 '개성'이 학문 연구에 부정적으로 작용할 소지를 줄이기 위해서이다.

3. 편지의 날짜는 카프카의 필사본에 보존되어 있지 않다. 따라서 편집자가 정리한 날짜를 [ ]로 구분해 표기했으나, 추정 날짜가 판본마다 다른 경우가 있다. 예컨대 편지 우측 상단의 [ ] 표시의 경우, 브로트판일 때는 카프카가 직접 표기하지 않은 부분을 나타내지만, 비판본에서는 이를 확정했다는 의미에서 [ ] 표시 없이 이탤릭체로만 표기하고 있다.

4. 주석의 [K]는 비판본의 주석을, [B]는 브로트판의 주석을, [E]는 영문판의 주석을 뜻한다. [역]은 옮긴이가 붙인 주석을 강조할 때 붙였고, 아무 표기가 없는 것은 모두 역주이다. 주석의 번호는 1912년까지의 비판본만 해도 500을 상회하며 전체는 1,300을 상회하기에, 번거로움을 피하기 위해 연도별로 주석 번호를 새로 달았다.

5. 서체와 문단 모양, 편지의 시작 위치, 들여쓰기, 행간 등을 비롯하여 구두점, 쉼표 등의 문장부호는 비판본과 브로트판 사이의 통일보다는 각 원전에 충실함을 원칙으

로 하였다. 특히 구두점의 경우 원전 편집상의 실수로 여겨지는 것이 간혹 있으나 원전을 존중하는 차원에서 바로잡지 않았다.

6. 부호와 기호는 아래와 같이 구분한다.

　─책명(단행본)· 장편소설· 정기간행물· 총서: 겹낫표(『 』)

　─논문· 시· 단편 작품· 연극· 희곡: 낫표(「 」)

　─오페라· 오페레타· 노래· 그림· 영화· 특정 강조: 홑화살괄호(〈 〉)

　─대화· 인용: 큰따옴표(" ")

　─강조: 작은따옴표(' ')

그 밖의 문장 부호들은 원전을 존중하되 국어 어문 규정에 준하여 표기하였다.

7. 원전:

　─*Franz Kafka. Briefe 1900~1912*, herausgegeben von Hans-Gerd Koch, S. Fischer Verlag GmbH, Frankfurt am Main 1999.(IBSN 3-10-038157-2)

　─*Franz Kafka. Briefe 1902~1924*, herausgegeben von Max Brod, Fischer Taschenbuch Verlag, Frankfurt am Main 1975.(IBSN 3-596-21575-7) Lizensausgabe mit freundlicher Genehmigung von Schocken Books Inc., New York 1958.

비교본:

　─*Franz Kafka. Letters to Friends, Family, and Editors*, Translated by Richard and Clara Winston, Schocken Books: New York 1958, 1977. (IBSN 0-8052-3662-7)

# 📖 차례

은둔은 지겹다. 정직하게 그대의 알들을 세상에 내놓아라.
그러면 태양이 그것들을 부화시킬 것이다.
그대는 혀보다는 삶을 물어뜯을지어다.
두더지와 그 종류를 존중하되, 그것을 성인시하지는 말지어다.

이 책은 편집 마감까지 알려진 프란츠 카프카의 편지들 중 마지막 고교 시절부터 1912년에서 1913년으로 넘어가는 밤 사이에 쓴 편지들을 모은 것이다. 따라서 이 책은 비판본의 범위 내에서 계획된 다섯 권의 편지 모음 중에서 시간적으로 가장 큰 부분을 포함한다. 이것은 한편으로는 초기 청소년 시절까지 거슬러 올라가는 교우 관계와 다른 한편으로는 일생을 지속한 막스 브로트와의 우정의 시작 부분을 증거한다. 최초의 열정적인 편지들과 젊은 대학생 시절 방학 동안 교우들과 나눈 스크랩북 같은 기록들에 이어서, 카프카와 최초로 진지한 연애 관계에 있었던 헤트비히 바일러와의 교제, 이어서 후일 약혼녀가 된 펠리체 바우어와 초기 한 계절간 이뤄진 교제의 시기가 뒤따른다—이렇게 해서 최초로 직접 만난 이래 몇 달에 걸친 편지의 홍수 속에서 실존적 의미에 이르게 된 관계의 시작이 나오는 것이다.

편지들에는 예술·문학·철학에 관심을 가진 고교생의 올바른 전공 찾기, 법학도의 방황기, 직업 노선의 결정, 그리고 법학 박사로서 관리 경력을 쌓는 초기 시절이 반영되어 있다. 우리는 작가로서의 프란츠 카프카를, 그가 편지에 동봉한 초기 시들이나 『어느 투쟁의 기록』 또는 『시골에서의 결혼 준비』같은 작품의 환경을 묘사한 텍스트에서 만나게 된다. 또 편지 내왕을 통해 최초의 작품 발표, 문학 시장 및 출판인들 편집진들 그리고 출판사와의 접촉, 그리고 마침내 1912년 말의 처녀 출판에 대해 알게 된다.

이 책에 인쇄된 편지의 대부분은 이미 선행 출판을 통해서 알려진 것들이다. 이 판에서는 열다섯 편의 미발간 또는 발췌 수록되기만 했던 편지들이나 확인된 편지들과 초안들이 덧붙여졌다. 직업과 관련된 편지 왕래들(예컨대 봉급 인상 청원, 휴가 청원 등)뿐만 아니라 가족 소유인 석면 공장의 창설과 청산에 관련된 공적인 서한들도 포함되었다. 다른 모든 선행 출판된 카프카의 편지들과는 다르게 여기에서는 최초로 수신자 중심이 아니라 그 전체의 연대기순으로 배열하였으며, 상세한 해설과 첨부된 모든 기록들, 복원된 그림 엽서들, 또는 카프카에게 씌어진 서한들도 보충되었다.

전기적 접근을 가능케 하고 이 편지들이 다시 소생할 수 있도록 협조해준 모든 개인 소장자들에게 이 자리를 빌려 감사드린다. 멀리는 다음 기관들, 즉 베를린 예술원, 바이네케 고서 및 고문서 도서관(뉴헤븐), 보드메리아나 도서관(겐프), 보들리언 도서관(옥스퍼드), 독일문학서고(마르바흐), 독일국립도서관(베를린), 유대국립대학도서관(예루살렘), 레오 베크 연구소(뉴욕), 체코 문학박물관(프라하), 부다페스트 학술원 등에 감사드린다. 이 뿐만 아니라 조사 과정에서 정보, 암시 그리고 지원을 통해서 이 판의 완성에 참여해주신 모든 분들께, 특히 일제 에스터 호페, 마르셀 클레트, 쿠르크 크로롭, 헨리 F. 마가세, 하넬로레 로틀라우어, 페라 자우트코바 그리고 클라우스 바겐바흐에게 감사드린다.

행복한 불행한 이에게
카프카의 편지 1900~1924

# 1900년

## 1. 프라하의 엘리 카프카[1] 앞
### 트리쉬, 1900년 7월 21일 토요일

꼬마 엘라야,[2] 어떻게 지내니. 너를 깡그리 잊고 있었구나, 한 번도 쓰다듬어본 적이 없는 것처럼 말이야. 최선의 인사와 더불어,

프란츠 오빠

# 1901년

## 2. 프라하의 파울 키쉬[1] 앞
### 프라하, 1901년 1월 19일 이후

파울!
자네에게 일어난 일을 너무 늦게서야 알았네,[2] 제때 편지를 쓰기에는
늦었지. 그러나 지금도 형식적인 조의弔意를 표하지는 않겠네. 자네
에겐 가능하면 말을 삼가는 게 가장 좋을 거야.

그러므로 내가 발설하지 않았으되 자네가 느낄 조의에 이어서—
하나의 소망이 있네. "시선을 자유롭게 하게나."
물론 처음에는 어렵고 불가능한 일이겠지. 그러나 시도는 해보아야
해. 태양이 이제 이 단어 위에 비치고, 아마 자네에게 한 조각 햇살을
가져다줄 게야. 그렇게 되기를 비네.

자네의 프란츠 카프카

자네 어머님과 형제들에게 진심으로 조의를 표하네.

# 1902년

### 3. 프라하의 엘리 카프카 앞[1]
*노르더나이, 1901년 8월 24일 토요일*

엽서에 인쇄: "노르더나이로부터의 인사"

프란츠 오빠

### 4. 프라하의 오스카 폴락[2] 앞
*프라하, 1902년 2월 4일 화요일*

토요일에 우리가 함께 거닐 때, 나는 우리에게 필요한 것이 무엇인지 분명히 알았네. 그러나 오늘까지도 난 그것에 대해 자네에게 써 보내지 않았는데, 이유인즉 그런 일은 잠시 그대로 누워서 기지개를 켜도록 놔둬야 하거든. 우리가 함께 이야기할 때면, 말들은 딱딱하고, 마치 거친 포도 위를 지나듯이 우리는 그것들을 건너가지. 가장 섬세한 일들은 어색한 발걸음을 하게 되고, 우린 어떻게 할 수가 없어. 우린 거의 서로의 길목을 가로막고 있는 셈이지. 나는 자네에게 부딪치고 그리고 자네는―감히 말을 못하겠네, 그리고 자네는―. 우리가 사물과 마주칠 때면, 바로 거리의 자갈이나 『예술의 파수꾼』[3]이 아니더라도, 우린 갑자기 가면을 쓴 채 가장의상을 입고 있음을,

모난 몸짓으로 반응하고 있음을 (특히 내가 그래) 알게 되는 거야, 그러면 갑자기 슬퍼지고 지쳐버리지. 누가 나처럼 자넬 피곤하게 하던가? 자넨 정말 병이 날 지경일 게야. 그러면 난 동정심이 일고, 아무것도, 아무 말도 할 수 없지. 그리고 우물우물 어리석은 말이 튀어나오지, 자네가 그다음번에는 최고의 찬사로 또 더 좋은 말로 듣게 되는 말들을. 그러면 난 침묵하고 자네도 침묵하고 그리고 자네는 지쳐버리고 나도 지치고, 그리고 모두가 어리석은 후회뿐, 손을 잡는 것도 소용이 없어.

하지만 어느 누구도 상대에게 그것을 말하려고 하지 않아, 수치심이나 두려움에서 또는—알잖아, 우리는 서로를 두려워하는 거야, 아니면 내가—.

물론 나는 그것을 이해하네. 볼품없는 벽면 앞에 수년간 서 있으면, 그런데도 그것을 허물지 않으려고 한다면, 그럼 지칠 수밖에. 그래 그렇지만 벽은 자신이, 정원이(만일 그런 게 있다면) 두려운 게야. 그렇지만 자넨 기분이 언짢아지고, 하품을 하고, 두통이 일고, 어찌할 바를 모르지.

자네는 확실히 알아차렸을 게야, 우리가 오랜 시간이 지난 후에 만나면, 서로 실망하고 짜증내는 것을. 그래, 이젠 그 짜증에도 길들었음을. 우리는 말을 유보해야만 해, 하품을 보지 않게시리.

----------------------------------------------

----------------------------------------------

자네가 이 편지 전체를 이해하지 못할까 두려움이 이네, 이 녀석이 뭘 말하려나 하고서. 미사여구며 베일이며 혹을 떼고 말하지. 우리가 함께 이야기할 때, 우리는 말하고자 하는 것을 그렇게 제대로 말할 수 없고, 다만 서로 오해하고, 묵살하고, 심지어 서로를 비웃는 식으로밖에 나타낼 수가 없는 사물들로 인해서 방해를 받게 된다는 거야.

(예컨대 내가 말하지, 꿀은 달콤해, 그러나 그 말은 나직이 또는 불분명하게 또는 엉터리로 나와, 그럼 자네는 이렇게 말하지. 오늘 날씨가 좋군.[4] 대화는 이미 잘못된 방향으로 돌아간 것이지). 우리는 늘 애쓰지만 늘 성공하지 못하니까, 지치고 불만스럽고 고집만 남지. 그런데 그것을 글로 쓰려고 하면, 우리가 말로 할 때보다는 한층 쉬울 것이며―수치심 없이 그 거리의 자갈들과 그『예술의 파수꾼』을 논할 수 있을걸세, 왜냐하면 그게 더 낫다는 것은 확실하니까. 이것이 이 편지의 요점일세. 이게 질투에서 온 착상인가?

---

나는 자네가 이 글의 마지막 장도 읽게 될지 알 수가 없었네. 그래서 이 독특한 부분을, 비록 이것이 편지에 속하지는 않지만 갈겨쓴 거야.

우리는 삼 년 동안 함께 이야기를 나누고 있네. 그래서 많은 일에서 네 것 내 것이 없지. 어떤 말이 나한테서 나온 것인지 아니면 자네한테서 나온 것인지 알 수 없을 때가 자주 있어. 어쩌면 자네도 마찬가지일 거야. 자네가 그 처녀와 교제하는 것이 나로서는 몹시 기쁘다네. 자네를 생각해서 그렇다는 것이지, 그녀는 나에겐 아무런 의미가 없다네. 그러나 자네가 자주 그녀와 이야기하는 것은 이야기 자체를 위한 것만은 아닐걸세. 자네는 여기저기 어디든, 또 로츠톡[5]에서도 그녀와 함께 돌아다닐 것이며, 나는 집에서 책상 앞에 앉아 있겠지. 자네가 그녀와 이야기할 때, 어느 문장 한가운데서 누군가가 뛰어나와 인사를 한다네. 그것이 바로 날세, 다듬어지지 않은 말과 모난 얼굴을 한 나. 그것은 다만 한순간에 그치고 자네는 이야기를 계속하지. 나는 집에서 책상 앞에 앉아 하품을 하네. 나는 그렇게 지냈네. 거기서 우리가 서로 떠나가는 것이 아닐까? 그게 이상하지 않은가? 우린 적인가? 나는 자네를 매우 좋아하네.


## 5. 프라하(?)의 후고 베르크만 앞

*프라하(?), 1901년 10월에서 1902년 2월 사이로 추정*

친애하는 후고, 자네에게 안부를 보내야 할 것 같은 느낌이 드네.

자네의 프란츠


## 6. 오스카 폴락 앞

*리보흐, 1902년 8월 12일 화요일 또는 그 전*

만일 누군가가 한 걸음에 칠 마일을 날아가는 장화를 신고 보헤미아 숲에서 튀링엔 숲까지 세계를 날아간다면, 그 사람을 붙잡거나 그의 외투 끝에 닿기만 하는 데도 굉장한 힘이 들 게야. 그것으로 화를 내지는 않을 것이고. 그래서 이제 일메나우⁶에는 너무 늦어버렸고. 그러나 바이마르에서는—결국 거기에 의도가 있지 않겠나?—편지 한 장이 자네를 기다리고 있을 거네, 앞서 언급한 마을에서 그토록 오래 미루어졌기에 한층 강력하고 한층 세련된 이상한 것들로 가득 채워진 편지가. 우리 그러기를 희망해보세.

자네의 프란츠

## 7. 프라하(?)의 오스카 폴락 앞

*프라하, 1902년 8월 24일 일요일 또는 그 전*

나는 좋은 책상 앞에 앉아 있었네. 자넨 모를 걸세. 자네가 그걸 어찌 알겠는가. 그것은 말하자면, 다분히 시민 계급적으로 의도된 교육을 담당하는 책상이지. 보통은 글쓰는 사람의 무릎이 있는 곳에 두 개의 무시무시한 목재 대못이 있다네. 이제 주목해서 듣게나. 만일 자네가 조용히, 조심스럽게 거기에 앉아, 무언가 시민 계급적인 글을 쓴다면, 만사 형통이라네. 그러나 만일 자네가 흥분하거나 몸을 조금이라도 떨면, 피할 길 없이 그 뾰쪽한 끝이 무릎을 건드릴 것이고, 그러면 얼마나 아프겠나. 나는 그 검푸른 멍들을 자네에게 보여줄 수도 있어. 그러면 그것이 무슨 의미냐, "무엇이든 흥분할 만한 것을 쓰지 말 것이며, 그러다가 몸이 떨리지 않도록 하라!"

그래서 나는 내 좋은 책상에 앉아서 자네에게 두 번째 편지를 쓰고 있다네. 자네는 알지, 편지란 방울 달린 양과 같다는 것을. 그것이 곧 이어서 스무 마리 양의 편지들을 끌고 오기 때문이지.

와아, 문이 날리듯 열려버리네. 노크도 없이 누가 들어왔나? 무례한 후원자? 아, 사랑스런 손님. 자네의 엽서라네. 내가 여기에서 받은 첫 번째 카드라 묘하네. 난 카드를 여러 번 읽었네, 자네의 ABC 전체를 내가 알게 되기까지 말일세. 그리고 거기에 실제로 씌어진 것보다 더 많은 것을 읽어내었을 때, 그제서야 멈출 시간이 되었지, 그리고 내 편지를 찢어버릴 시간이. 좌악좌악 소리를 내더니 편지는 죽어버렸어.

물론 나는 그 속에 넓게 퍼져 있는 것, 무엇인가 읽기에 좋지 않은 한 가지를 읽었지. 자네는 온몸에 그 좋지 못한 빌어먹을 비판자를 데리고 여행을 하고 있구먼. 그것은 누군들 결코 해서는 안 되는 일이야.

그런데 자네가 괴테 국립박물관에 관해서 쓰고 있는 바는 나에겐 전적으로 도착적인 오류라 여겨지네. 자네는 자만심과 학생 같은 생각으로 가득 차서 거기에 갔고, 그리고 그 명칭부터 곧장 불평하기 시작했구먼. 물론 나는 '박물관'이라는 명칭이 좋아, '국립'은 더욱 좋아. 그래서 결코 자네가 쓴 그대로 몰취미라거나 신성 모독 또는 그 비슷한 어떤 것도 아니며, 다만 가장 민감한, 가장 놀랄 만큼 민감한 아이러니지. 자네가 그 서재, 자네의 가장 성스러운 곳에 관해서 쓴 것 역시 자만심과 학생 같은 생각 이외의 어떤 것도 아니며, 지옥에서 불타버려야 할, 어쩜 약간은 독문학이지.' 제기랄, 그것은 그 서재를 정연하게 유지시키며, '국가'를 위한 하나의 '박물관'으로서 그것을 설립한다는 가벼운 발상이었지. 어느 목수나 도배공일지라도—그가 괴테의 「장화 벗기는 하인」을 칭송할 줄 알았던 진짜였다면—그걸 할 수 있었을 것이며, 그것은 칭찬할 만한 일일세.

그러나 어찌 알겠는가, 괴테의 한 가지 유품으로 우리가 간직할 수 있는 가장 성스러운 것이 정말로 무엇인가를…… 그것은 바로 시골 지방을 다니던 그의 고독한 발걸음의 자취들…… 바로 그것들이지. 그리고 여기 농담으로, 아주 굉장한 것인데, 이것을 들으면 사랑하는 하느님이 비통하게 울고 그리고 지옥은 지옥 같은 웃음의 발작을 한다는—우리는 결코 이방인의 지성소를 가질 수 없으며, 오직 우리 자신의 것만을 갖는다는—농담이야, 아주 굉장한. 오래전에 내가 자네에게 그런 조그마한 조각 하나를 맛보게 한 적이 있었지—코테크의 정원에서. 자네는 울지도 웃지도 않았지, 자네는 사랑스런 하느님도 사악한 악마도 아니니까.

다만 그 사악한 비판자(튀링엔의 못된 것)가 자네 안에 서식하고 있으니, 그것은 종속된 악마이며, 그런 것은 떨쳐버려야 하는 것이지. 그래서 나는 자네에게 유용함과 경건함을 위해서 그 이상한 이야기를 하겠는데, 하느님이 축복을 내리신 바이란트가…… 어떻게 프란츠 카프카에 의해서 극복되었는가 하는 것 말이야.

그자는 언제나 나를 쫓고 있었지, 내가 있는 어느 곳이든, 내가 가는 어느 곳이든. 만일 내가 포도밭 담장 위에 누워서 들녘을 바라보며 그리고 아마도 산 너머 멀리 사랑스런 무언가를 보거나 듣고 있노라면, 갑자기 누군가가 그 담장 뒤에서 우렁찬 소리를 내며 일어나서는, 화려하게 지껄이며, 이 아름다운 풍경은 결정적으로 학술 논문으로 다루어져야 한다는 그의 적확한 견해를 장중하게 서술하는 것을 확실히 알 수 있게 되네. 그자는 정교하게 다듬어서, 그는 철저한 모노그래프나 사랑스런 전원시의 계획을 상세하게 명시하며, 그것이 실제로 적절함을 입증하는 거야. 그자에게 반대하는 나의 유일한 반론은 나 자신이며, 그것으로는 불충분하지.

---------------------------------------------------------------

---------------------------------------------------------------

……이 모든 것이 지금 얼마나 나를 괴롭히는지 자네는 상상할 수가 없어. 내가 자네에게 쓴 모든 것은 쓰라린 즐거움이자 시골 공기 이외에 아무것도 아니라네. 그리고 지금 자네에게 쓰고 있는 것은 눈을 찌르는 날카로운 일광이야. 마드리드에서 온 나의 외숙(역무조역驛務助役)[*]이 여기 계셨는데, 나는 그분 때문에 프라하에 왔네. 그분이 도착하기 조금 전에 신기한, 유감스럽게도 아주 신기한 착상이 떠올랐어. 그분께 청하자, 아니 청하는 것이 아니라 물어보자는 생각 말일세. 그러니까 어쩌면 그분이 이것들에서 나를 구해내는 어떤 방법을 알려줄 수는 없을까, 어쩌면 내가 새롭게 출발할 수 있을 어떤 곳으로 나를 인도해줄 수는 없겠는가 하는 물음. 그래 좋아, 나는 조심스럽게 시작했네. 자네에게 이야기 전체를 자세하게 말할 필요는 없겠지. 그분은 점잖게 말씀을 시작했네, 물론 평상시에도 정말로 친절한

분이지만, 나를 안심시켰지, 좋아 좋아. 그 위에 모래를 뿌리는 거야. 원래는 그럴 생각이 아니었는데 난 그만 곧 입을 다물었고, 그분 때문에 프라하에 있었던 이틀 동안, 내내 그 집에 머물면서도, 그것에 관해서는 더 말하지 않았지. 그분은 오늘 저녁에 떠나네. 나는 일주일 동안 리보흐에 가려고 하네, 그러고서 트리쉬에서 다시 일주일을, 그러고서 프라하에 다시 돌아오고, 그러고서 뮌헨으로, 대학 공부, 그렇다네, 대학 공부를 하려는 것이지. 왜 얼굴을 찌푸리나? 그래, 그렇다네, 대학에 간다는 말일세. 왜 이 모든 것을 자네에게 쓰는 것일까? 나는 아마 알고 있었나 봐, 그것이 희망 없는 일임을, 자신의 발이 어디로 향하는지를. 왜 그것을 자네에게 쓰는 거냐고? 그렇게 함으로써 내가 인생에 대해서 어떤 생각을 하는지 자네가 알도록 하기 위함일까, 마치 리보흐에서 다우바⁹까지 절름거리고 가는 그 형편없는 우편 마차처럼 저 밖에서 돌멩이에 비틀거리는 인생에 대해서. 자네는 다만 연민과 인내심을 가져주게나.

자네 친구 이 사람 프란츠에게

다른 사람에게 편지를 쓰지 않았기 때문에, 만일 자네가 나의 끝없는 편지들에 관해서 누군가에게 말한다면 싫을 거야. 그렇지는 않을 테지—자네가 답장을 쓸 생각이라면, 그거야 매우 좋은 일이지, 이번 주 안에는 옛 주소로 쓰면 되네. 리보흐-빈디쉬바우어, 나중에는 프라하, 첼트너가쎄 3번지.

## 8. 프라하의 파울 키쉬 앞
*리보흐, 1902년 8월 28일 목요일*

오전에는 눈살을 찌푸리고 어두운 들판과 만개하는 초원 사이에 누워 있는 것 말고 더 무슨 좋은 할 일이 있겠는가? 아무것도 없지. 그럼 오후에는 내 사랑 파울에게 엽서 한 장 써보내는 것 말고 더 무슨 좋은 일로 시작할 수 있겠는가? 자, 이제 보게나.

프란츠


## 9. 오스카 폴락 앞
*1902년 8월로 추정*

깊은 계곡 길가의 포도밭 바로 건너편에 작은 집이 한 채 있다네. 마을에서 첫 번째이자 마지막 집이지. 별것도 아냐. 형제들 사이에서는 고작해야 비천한 백 굴덴[10]의 가치도 없을걸. 어쩌면 더 나쁜 것이, 기껏 경악할 예를 들자면 슐체-나움부르크[11]마저도 필요 없다 했을 거야. 아마도 나만이 그 주인을 포함해서 유일하게 이 집을 좋아하고 그 주변에 꿈들을 끌어들이는 사람인가 봐. 집은 조그맣고 낮아. 그래도 낡지는 않았어. 그래 그 반대야, 한 오 년에서 십 년 되었을까. 기와 지붕이지. 작은 대문에, 겨우 기어 들어갈 수 있을 정도지. 옆으로 두 개의 창문. 모든 것이 대칭적이지, 마치 교과서에서 빠져나온 것 같아. 그러나—대문은 육중한 나무야, 갈색으로 칠해진, 창틀도 갈색 칠인데, 항상 닫혀 있지, 해가 나든 비가 오든. 그런데도 그 집에서는 사람이 사는 거야. 대문 앞에는 육중하고 너른 돌 벤치가 있어. 그것은 정말 낡아 보이더군. 그리고 한번은 일꾼 셋이 손에는 지팡이를 집고 등에는 아주 가벼운 배낭을 메고서 지나가다가 거기 쉬려고 앉는 거야, 이마에서 땀을 닦아내더니 곧 머리를 맞대고 얘기하더군—그 모든 것을 나는 위에서 잘 볼 수가 있지—마치 먼 옛날의 사랑스런 독일 동화처럼 보이더군.


**10. 오스카 폴락 앞**

*리보흐, 1902년 8월 말/9월 초*


여기에서 보내는 시간은 신기하다네, 자네가 곧 알아차렸음에 틀림없지만, 나는 정말 신기한 시간이 필요했어. 몇 시간씩 포도밭 담장 위에 누워서 여기를 떠나지 않으려는 비구름 속이나 한층 더 넓어지는 너른 들판 속을 바라보는 시간, 눈동자 속에 무지개를 들이거나, 정원에 앉아서 아이들에게 (특히 금발의 여섯 살 여자아이가 하나 있는데, 여자들은 그 아이가 사랑스럽다 하지) 동화 이야기를 들려주거나 모래성을 쌓거나 숨바꼭질 놀이를 하거나 아니면 탁자를 깎아 만들거나 하면서 지내는 시간, 물론 그것들은—하느님이 나의 증인이시지—결코 잘 된 적이 없어. 신기한 시간, 그렇지 않아?

아니면 내가 들판을 가로질러 가면, 이제 버려져서 완전 갈색으로 쓸쓸히 서 있는, 그러나 그 모든 것에도 불구하고 늦은 태양이 떠올라 내 긴 그림자를(그래, 나의 긴 그림자 말이야, 어쩌면 난 이 긴 그림자를 통해서 천국에 도달할 수 있을 거야) 도랑 위에 드리울 때면 완전히 은빛으로 빛나는 그곳. 늦여름의 그림자들이 이 파헤쳐진 어두운 대지 위에서 어떻게 춤을 추는지, 어떻게 물리적으로 춤을 추는지, 자네는 벌써 알았을까. 대지가 풀 뜯는 소를 향해 어떻게 치솟아 오르는가, 어떻게 성실하게 치솟는가, 자네는 벌써 알았을까? 묵직하고 기름진 경작토가 너무나 섬세한 손가락들 아래에서 어떻게 부스러지는가, 어떻게 장엄하게 부스러지는가, 자네는 벌써 알았을까?


### 11. 프라하의 엘비라 슈테르크[12] 앞
*트리쉬, 1902년 9월 3일 수요일*

――― 브뤼셀의 레이스를 가장자리에 달고, 피륙의 올이 정교한, 그리고 가늘게 떨리는, 살랑거리는, 사박거리는, 하얀 햇살 같은, 가운데에는 핏빛 붉은 리본을 달아서

F.


### 12. 프라하의 파울 키쉬 앞[13]
*트리쉬, 1902년 9월 8일 월요일*

자네의 그 씁쓸한 엽서에 깊이 감사하며,

프란츠


### 13. 뮌헨의 파울 키쉬 앞[14]
*프라하, 1902년 11월 5일 수요일*

사람이 법령전서와 연구소 사이에 파묻혀 있노라면 엽서에 대한 답장이 너무 늦어버리는 수가 있나보이. 그러니 법령에서 해방된 삶을 사는 사람이라면, 그에게서 약속된 편지들을 미리 받지는 못할 것이

네. 그런 생각이 드는구먼.

프란츠

## 14. 오스카 폴락 앞
*프라하, 1902년 12월 20일 토요일*

프라하가 떠나도록 내버려 두지 않네. 우리 둘 모두를 말일세. 이 어미는 갈퀴발톱을 가지고 있네. 따를 수밖에, 아니면—. 우리는 거기 두 곳, 비셰흐라드 요새와 흐라드신 궁에[15] 불을 질러야 하네. 그래야만 떠나는 일이 가능할 거야. 사육제 때까지 한번 고려해보세.

----

정말 많이 읽었군, 하지만 자네는 수줍은 꺽다리와 마음이 불순한 자에 관한 수수께끼 같은 이야기는 모를 걸세.[16] 새로운 얘기인 데다 또 설명하기가 어려우니 말이야.

수줍은 꺽다리가 오래된 마을에서 낮은 집들과 좁은 골목길 사이로 숨어들었네. 그 골목길들은 어찌나 좁은지, 두 사람이 함께 걸으면 친구나 이웃처럼 서로 부벼대야만 했고, 또 방들은 어찌나 낮은지, 만일 수줍은 꺽다리가 걸상에서 일어서면 그 크고 모난 머리통이 바로 천장을 들이받았고, 별생각 없이도 이엉 지붕 위를 내려다보아야만 했다네.

마음이 불순한 자는 대도시에서 살았는데, 이 도시는 밤이면 밤마다 곤드레 취하고 광란 상태였지. 즉 환락의 도시야. 그리고 이 도시가 그러하듯이 마음 불순한 자 또한 그러했다네. 즉, 불순한 환락이지.

성탄절 이전 언젠가 꺽다리는 창가에 허리를 굽히고 앉아 있었다네.
방 안쪽에는 자기 발조차 들여놓을 여지가 없었으므로 그는 편안하
게 창밖으로 발을 내뻗어, 만족스레 건들거리고 있었지. 그리고 서투
르고 깡마른 거미 발 같은 손가락으로 그는 농부들을 위해서 털 양말
을 뜨고 있었다네. 이미 날이 어두워진 터라 회색 눈으로 뜨개바늘을
뚫어져라 보고 있었지.

누군가가 살며시 판자문을 두드렸네. 바로 마음이 불순한 자였지. 꺽
다리는 입을 벌리고 멍하니 바라보았네. 손님은 미소를 지었지. 꺽다
리는 곧 수치심을 느꼈네. 자기 키와 털실 양말과 방에 대해서 수치
심을 느꼈지.—그러나 그 모든 것에도 불구하고 얼굴이 빨개지지는
않았는데, 늘 그렇듯이 레몬빛 노란색 그대로였지. 그리고 민망함과
수치심으로 뼈만 남은 다리를 움직여서 손님에게 수줍게 손을 내밀
었네. 손은 방 전체를 지나쳤지. 그리고 털실 양말에다 대고 무언가
친절한 말을 중얼거렸다네.

마음 불순한 자는 밀가루 포대 위에 걸터앉더니 미소를 지었지. 꺽다
리 역시 미소 지었으며, 그의 눈동자는 손님의 번쩍거리는 조끼 단추
쪽으로 당황한 듯 슬슬 기어갔다네. 그자가 눈꺼풀을 천장 쪽으로 치
켜뜨자, 그의 입에서 말들이 흘러나왔네. 그 말들은 래커칠한 구두
와 영국 목댕기와 번쩍거리는 단추를 단 훌륭한 신사들이었네. 만일
우리가 그들에게 은밀히 "혈통의 혈통이 무엇인지 그대는 아시오?"
라고 물었다면, 누군가가 짓궂게 이렇게 대답할 걸세, "아무렴, 나는
영국제 목댕기를 메고 있소"라고. 그리고 저들 작은 신사들은 입에
서 튀어나오자마자, 장화의 코 끝으로 일어서고 키가 커졌네. 그러
고 나서 꺽다리 쪽으로 종종걸음을 쳐서 다가가서는, 그를 비틀고 물
어뜯으며 기어 올라가서 수고롭게도 그의 귓속으로 발걸음을 재촉
했지.

그러자 꺽다리는 불안정해지더니, 코로 킁킁거리며 방 공기의 냄새를 맡았다네. 제기랄, 공기는 왜 숨막히고 곰팡이 냄새 나고 통풍이 안 됐는지!

그 이방인은 멈추지 않았네. 그는 자기 자신에 관한, 조끼 단추와 도시와 자기 느낌에 관한 이야기를 했지―, 형형색색. 그리고 이야기를 하면서 자기의 뾰족한 산보용 지팡이로 꺽다리의 배를 쿡쿡 찔렀네. 꺽다리는 떨고 이빨을 드러냈지―그러자 마음 불순한 자가 멈췄네. 그는 만족해하며 웃었네. 꺽다리는 이를 갈며 손님을 정중하게 판자문까지 안내했지. 거기에서 그들은 서로 악수를 했다네.

꺽다리는 다시 혼자가 되었네. 그는 울었네. 양말로 그 큰 눈물방울을 닦아냈지. 그는 가슴이 아팠고 그리고 아무에게도 그 말을 할 수가 없었네. 그러나 병든 의문들이 다리를 거쳐서 영혼에까지 기어 올라왔다네.

왜 그가 내게로 왔을까? 내가 꺽다리이기 때문에? 아니야, 내가……?

내가 우는 것은 나에 대한 연민에서인가, 그에 대한 연민에서인가?

결국 나는 그를 좋아하는 것일까 아니면 싫어하는 것일까?

그를 보낸 것은 나의 신인가 아니면 악마인가?

그렇게 의문 부호들은 수줍은 꺽다리를 질식시켰다네.

다시금 꺽다리는 양말 일에 착수했다네. 그리고 그 뜨개바늘에 눈을 뚫어져라 꽂았다네. 날이 한층 더 어두워졌기 때문이었네.

―――――――――――――――――――――――――――

그러니 사육제까지는 잘 생각해보길.

자네의 프란츠

## 15. 후고 베르크만 앞
*프라하, 1902년(?)*

전해지지 않음.

# 1903년

## 16. 뮌헨의 파울 키쉬 앞
*프라하, 1903년 2월 4일 수요일*

1902. 2. 4.'

이야기라고? 아니야, 절대 좋은 이야기가 아닌 것 같네. 그것을 만일 책에서 읽었다면, 아마 별 후회 없이 별생각도 없이 지나쳐 읽었을 게야.

펜과 일의 이야기는 특별한 펜과 특별한 잉크로만 씌어진 것이 아닐세. 그것은 잉크병 없이는 쓰이지도 생성되지도 않을 걸세. 그리고 하얀 종이도 마찬가지지. 그래야 신중하게 반은 읽었거나 반은 들은 것을 꼼꼼히, 그래 꼼꼼히 기록할 수 있지(괴테 등을 읽은 뒤에 그렇게 쓰는 것은, 나는 기이한 것으로 보고 싶다네). 작은 감동, 작은 정취, 작은 생[작은 것은 아니나 작게 만든]이 존경할 만한 독일어 주문장과 부문장 안으로 얽혀 들어가서 어디에서도 필연성이 맥박치지 않고—나는 글을 써서는 안 되는 것이야, 그런데 쓰고 있지—그리고 어디에서도 함께 사는 것이 아니지. 내 기억 속에 하나의 예가 있어, 사랑하는 사람들이 창가에 서 있지, 서로 포옹을 하는 거야, 크리스마스이고. 펜은 전율할 이야기를 쓰지. "밖에는 하얀 눈송이들 기병대가 몰려온다." 그러면 자네는 사랑하는 사람들을 죽인 것이야. 젊다는 것은 집을 지키는 것이 아니야. 명망의 문법을 지킨다는 것이 아니지.

44

그러나 그 이야기는 절약적이고, 자네는 자네 생각보다 언어의 덕을 덜 보는 것이야.

　그러니까 나는 불필요한 이야기를 한 셈이네, 도대체 무언가를 말했다면 말이야, 그리고 그 책을 때려부순 것이지. 그런데 자네는 그 이야기를 내게 읽어주었네. 잘 읽었어, 아주 단순하게, 그러면서도 감동적이었지. 자네는 감동을 원했지. 사람들은 진지함과 체험을 믿네. 사람들은 그 이야기가 죽을 때 슬퍼하고, 자네에게 손을 내밀고 싶어 하지. 그러나 거기에는 이야기 자체에서 나오지 않은 다른 많은 것이 끼게 되네. 다음 순간 사람들은 냉정해지고 불쾌해져. 좋은 것 나쁜 것을 말할 수 없게 되고, 기대를 충족시킬 수 없다는 고통스런 감정을 갖게 되지.

　이것이 자네 이야기에 대한 내 생각일세. 자네는 진지함을 원했는데, 그렇지 않았더라면 글을 쓰지도 않았겠지.

　자네가 쓴 무엇이건 또 보내주게나. 자네가 지금 뮌헨에서 쓰는 것은 프라하의 사건들을 전혀 인식하지 못한 것이라 생각하네. 사람은 그러한 날카로운 공기 속에서라면 다른 눈과 손과 영혼을 얻어야 할 게야.

　여기 공기는 두툼하고 짜증스럽게 부엌칼로 자른 것 같아서 마치 침실에서 나온 듯하네. 여기에서는 착상들을 경계해야 하고, 그것들을 달리게 할 수가 없어. 그것들은 축 늘어진 배를 하고 땀을 흘리지. 삼 주가 흘러서야, 그제서야 나는 몽마르트르의 술집처럼 뭔가 소리칠 미친 것을 생각했다네. 그런데 일주일 뒤엔, 위에 말한 몽마르트르의 술집이 시내의 공원에 이주했는데 하필이면 4번가 옆이야.—미학적·윤리적 이름이지—상세히 쓸 것은 못 되지만, 잘 지었지, 어쨌거나 싸구려 알코올을 마시고 뭔가 갉아먹었네. 오스카[2]가 그 모임을 주선했지. 모임은 이 주마다 반복될 게야. 자네가 온다면 나 대신 갈 수도 있어. 그러니까 나는 대체 되어도 된단 말일세. 말이 났으니 말인데, 게서 딱히 지루하지는 않다네, 영리한 사람들도 있거든. 그것이 전부일세. 그래, 그래 우리가 여기 주점에서 하품을 하는 동안, 뮌헨은 분주하겠구먼. 허나 사람은 만족해야 해, 두 손을 배에 얹고서, 배가 있다면 말인데, 낄낄거리며 하품을 하지. 그곳 사람들이 허수아비처럼 마른 것이 진짜 기적일세.

자네의 프란츠

## 17. 뮌헨의 파울 키쉬 앞
*프라하, 1903년 2월 7일 토요일*

조심하게! 자모字母들과 말이 쾌적하게, 넓게 퍼지고, 복부의 침전물에 낄낄거리고, 다른 놈들은 여전히 흔들거리는 다리에, 누런 뺨을 하고서, 그러고는 소화 불량을 보이네. 그러나 놀라워하지는 말게, 그게 내 구역질나는 장과 위와 정신 나간 비만 요법에서 오는 것이니까. 그러면 자네 편지가 다르고 더 건강하게 보이지. 자네는 곧 교수대 아래에 서고, 세미나에 참석하고, 포주가 되네. 그것들은 온통 좋고 활력을 주는 장소요, 일이지, 적어도 다리와 글 쓰는 손이 움직이고 있으니까. 그러나 나는 뭔가—맙소사. 난 그저 대체로 느린 속도로 수영이나 하고 있지, 가라앉을 속도로. 자 웃어봐, 누군가가 나에게 좋은 의미로 내가 좋은 문체를 지녔노라고 쓴다면[마치 내가 그것을 바라는 양], 그러면 나는 다시 한번 이 못생긴 머리로 고개를 끄덕이네. 누군가 내가 문학사를 포기한다고 쓰지, 그러면 나는 진지하게 생각하는 거야, 그래 그가 옳다, 그것은 기쁨이 아니다, 일생을 거미로서 책 주변을 빌어먹고, 그렇게 되면 빌어먹기는 해가 뜨고 지는

46

데 아무런 소용이 없다고. 그러나 자네가 그 부인—약사 판타 부인[3]의 사교 모임에 관해서 쓴 것은 엄청나게 흥겨운 것이었어. 처음에는 지루하지 않고, 두 번째는 화를 내고, 세 번째는 벌써 부끄러워한다는 것, 그것은 조끼 단추에서 셀 수 있었지. 자네는 곧 돌아올 것이지. 그런데 말이야 그 모두는 거짓말이었다네. 그곳의 밤들이 얼마나 아름다운가, 밖에는 달이 비치지, 사람들은 커튼이 아래로 드리워져 있어서 달을 보지는 못하지만, 그러나 달은 비치는 것이야, 그리고 안에서는 사람들은 약간 딱딱한 의자에서 달콤한 레몬수를 마시지, 홀짝거리지. 처녀들 넷이 앉아 있지, 부인들 두 명이 앉아 있지, 일곱 명 신사들이 앉아 있지, 그들은 자네가 오기까지 세 시간을 앉아 있네. 여덟 명 신사들이 앉아 있지. 셔레이드,[4] 벌금놀이, 요술쟁이 마술품 그리고 다른 심심풀이 놀이를 하면서 담소를 나누지. 예술가 여성들도 멋진 착상과 무교양을 지닌 채 거기에 함께하지. 한 여성은 노래하는데 '프로인트'[5]라는 이름이지[굶주린 늑대들이 울부짖는가, 아니면 하이에나던가?], 두 번째 여성은 시를 짓는데 '프로인트'라는 이름이지[한 남성이 일어나네, 제가 문을 열지요, 여기는 매우 덥군요, 두 신사가 심하게 땀을 흘리네], 세 번째 여성은 그림을 그리고 역시 '프로인트'라는 이름이지.

자네는 쓰네, 내가 만일 자네에게 3월 24일 무엇인가를 가져가야 한다면—그것은 위험한 문장이라고. 테레지엔 66번지에 있는 바인크네히트를 아는가, 거기에서 나는 어머니를 위해서 [3월 24일 생신이네][6] 도나텔로의 젊은 요하네스 상[7][상아 제작이든가 돌이든가] 3M을 주문하려 했네. 그런데 그만 너무 늦게 생각이 난 게야. 왜냐하면 오스카[8]가 내게 말하기를, 거기에서 누군가를 위해서 무엇인가를 주문했는데, 그것이 도착하기까지 믿을 수 없으리만치 너무 오래 걸리더라는 거야. 자네가 만일 직접 그것을 주문해서, 곧 포장을 해서 회사에서 직접 보내게 해준다면, 그렇다면 정말 제때 도착할 것 같아. 자네가 빈털터리라서 3M을 20일까지 미리 보낼 수 없다면, 내가 돈을 보내지.

그런데 말이야, 하나의 청이 튀어나오자 이어서 두 번째 청을 머리 위에 던지네그려. 나 또한 바인크네히트에서 무언가를 사려고 하네. 목록 64번의 춤추는 무녀[노란 상아] 2M 말이야. 그것은 부조浮彫라네. 자네가 둘 다 주문해준다면 고맙겠어, 그 대신 내가 자네를 우리 가족과 함께 정거장으로 마중 나감세, 만세 소리 드높게.

자네의

프란츠

## 18. 뮌헨의 파울 키쉬 앞

프라하, 1903년 3월 10일 화요일

3마르크든 5마르크든 마찬가지네, 다만 그 물건이 제때 도착하는 것이 문제지. 물론 이제 와서는 거의 불가능하게 여겨지네만. 그러니까 요하네스 상일랑 그대로 뮌헨에 놔두게, 만일 그것을 교환할 수 있거들랑. 우리야 어머니 생신을 위해서 뭔가 다른 것을 찾아내게 되겠지. 그러나 자네가 나한테 무녀를 가져다 주면, 나로서는 매우 기쁠 걸세. 이 일로 자네를 괴롭히는 것은 사실은 꼭 내 잘못만은 아닐세, 내가 자네에게 편지 쓸 때면 항상 미리 말하듯이 말이야. 자네는 4월 초나 되어서 오는가? 그거야 물론 어려운 이별 때문이겠지. 이후에 얼마나 많은 눈물이 흘러내릴까?

자네의

프란츠

## 19. 뮌헨의 파울 키쉬 앞

*프라하, 1903년 3월 11일 수요일*

조반니[9]는 꼭 와야 하네—프라하의 헤르만 카프카 앞으로, 내가 세관에서 가져오게 하겠어—가능하면 빨리, 그것은 정녕 24일에 프라하에 도착하지 않으려나. 무녀가 아름답지 않다고? 대체 어디에서 더 싼 출처를 아는가?

그런데 말이지, 자네는 멋진 삶을 사는 것이야, 그것은 세 배는 멋진 일이야, 프라하에서는 사람들이 휴식을 취하지, 나 또한 벌써 20년 이래로 휴식을 취하고 있네. 독서 및 담화회의 문학 분과[10]가 자네 마음에 그렇게 들기에, 만일 내가 오스카가 그 분과의 위원장이라는 것, 나를 위해서는 주텍[11]이 '내면 생활'이라는 분과를 개설하려 한다고, 그것이 그냥 지나칠 일 같지는 않다고 쓴다면, 아마도 자네는 놀란 눈동자를 할 것이네. 난 기다릴 수 있네.

자네의 프란츠 K.


## 20. 프라하의 파울 키쉬 앞

*드레스덴 근교 바이서 히르쉬,[12] 1903년 8월 23일 일요일*

여기서는 사람들이 맥주 대신 공기를 들이마시고 물이 아니라 공기 속에서 수영을 하네. 정말 좋으이. 나는 자네가 드레스덴에서 한번 올라올 수 있을까 생각한다네. 잘 있게.

프란츠 K.

## 21. 아헨의 엘비라 슈테르크 앞

*드레스덴 근교 바이서 히르쉬, 1903년 8월 23일 일요일*

진심 어린 안부를 보냅니다.

당신의 프란츠 K.

## 22. 프라하(?)의 오스카 폴락 앞

*프라하, 1903년 9월 6일 일요일*

아마 내가 자네를 만나서 두 달 동안 자네를 무엇으로 만들었는가를 알기까지 이 편지를 그대로 두고 기다렸더라면, 나로서는 한층 사려 깊은 일이었을지도 모르네. 왜냐하면 이 여름 몇 달 동안 나는—생각하건대—눈에 띄게 잘 나가고 있거든. 그리고 이 여름 동안 자네에게서 엽서 한 장도 받지 못했고, 지난 반년 동안 자네와 말 한마디 나누지 못했네그려, 정말 해볼 가치가 있는 일이었음에도 말일세. 그러니 이 편지를 집요함에 대해 성낼 이방인에게 보내는 것인지, 아니면 이것을 읽을 수도 없는 죽은 사람에게 보내는 것인지, 아니면 이것을 비웃을 현인에게 보내는 것인지 모를 판이네. 그러나 나는 이 편지를 써야만 하네. 그래서 이 편지를 써서는 안 된다는 것을 알 때까지 기다리지 않는 게야.

왜냐하면 나로서는 자네에게서 무언가를 바라고, 그렇다고 우정이나 신의에서 바라는 것이 아니라, 보통 그렇게 생각할 수 있겠지만 말일세, 아니지, 그것은 순전히 이기심에서, 분명한 이기심에서 나오는 것일세.

이번 여름에 내가 드높은 희망을 가지고 들어선 것을 자네는 알아차

50

렸을 수도 있어. 이번 여름 내가 무엇을 원하는지 자네는 멀리서나마 아마 알아차렸을 게야. 말하지, 내 속에 간직하고 있다고 믿는 것을 (그것을 항시 믿는 것은 아니지만) 단번에 고양시키는 것 말이네. 자네는 다만 어렴풋이 알아차렸을 수도 있고, 그리고 나와 함께 어울려준 데 대하여 나는 자네 손에 입맞춤이라도 했어야 했네, 왜냐하면 누구든 그의 입이 성이 나 잠겨 있는 사람의 옆을 걷는다는 것은 내게는 불편한 일이었기 때문일세. 그러나 그 입은 성을 내지 않았네.

글쎄 여름이 내 입술을 어딘지 약간 벌려놓기를 강요하였네—난 한층 건강해졌으며(오늘은 썩 좋지는 않지만), 한층 강건해지고, 사람들과 꽤 잘 어울리고, 여자들과도 이야기할 수 있다네[13]—나는 여기에서 이것을 모두 말할 필요가 있어—그러나 여름은 나에게 별다른 신기한 일들을 가져다 주지는 않았네.

그러나 이제 무언가가 내 입술을 넓게 벌려놓았는데, 아니면 부드럽게라 할까, 아니, 입을 벌려놓았다가 맞아, 그런데 나무 뒤에선 누군가가 내게 나직이 말하는 거야, "너는 다른 사람들 없이는 어느 것도 이룰 수 없을 것이다." 그러나 나는 지금 의미심장하게 그리고 기품 있는 문장 구조로 이렇게 쓰네, "은둔은 지겹다. 정직하게 그대의 알들을 세상에 내어놓아라, 그러면 태양이 그것들을 부화시킬 것이다. 그대의 혀보다는 삶을 물어뜯을지어다. 두더지와 그 동류를 존중하되, 그것을 성인시하지는 말지어다." 그러자 나무 뒤에 더 이상 있지 않는 누군가가 나에게 말하지, "그것이 궁극에 가서 진리이며 여름의 기적이란 말이냐?"

(들어보게나, 간교스러운 편지의 영리한 서두를 그냥 들어보게나. 왜 그것이 영리하냐고? 예전에는 구걸을 하지 않았던 한 불쌍한 녀석이 구걸 편지를 쓰는데, 장황한 서두에서 그는 한숨의 말들을 가지고서, 구걸하지 않는 것이 악덕이라는 통찰로 이끄는 수고로운 길을 기술하고 있다네.)

자네는, 자네는 이런 느낌을 이해할 걸세. 누군가가 혼자서 기나긴 밤이 새도록 잠자는 사람들로 가득 찬 노란 우편 마차를 끈다고 할 때 갖게 되는 그런 느낌 말이야. 그는 슬프고, 눈가에는 눈물이 조금 고여 있고, 하얀 이정표에서 다음 이정표로 느리게 더듬거리며 나아가는데, 등은 구부정하고, 그리고 계속해서 도로를 따라 내려다보아야 하네, 비록 그곳에는 밤을 제외하고선 아무것도 없지만 말이야. 우라질, 만일 우편 나팔이나 하나 있다면 얼마나 좋을까, 이 마차 안의 사람들을 얼마나 깨우고 싶겠는가 말이야.

자네, 이제 자네는 내 말에 귀기울일 수 있을 게야, 만일 자네가 피곤하지만 않다면 말이야.

자네를 위해서 한 다발을 준비해놓았네. 그 속에 지금까지 내가 썼던 모든 것, 독창적이든 어디에서 파생되어 온 것이든 일체를 담았지. 아무것도 빠진 것이 없어, 제외되는 것은 어린 시절에 쓴 것들(자네가 알다시피, 이 불행은 일찍부터 내 등에 얹혀왔었네)과 내가 이미 가지고 있지 않은 것들, 또 이런 맥락에서 무가치한 것으로 여기는 것들, 또 그 계획들, 왜냐하면 계획들이란 그것을 품고 있는 사람에게는 땅이지만, 다른 사람들에게는 모래일 뿐이니까. 그리고 끝으로 자네에게조차 보일 수 없는 것들, 왜냐하면 만일 우리가 발가벗은 채 서 있고 한 사람이 다른 한 사람을 건드린다면 몸서리칠 게 뻔하니까, 비록 바로 그것을 무릎 꿇고 빌었더라도 그래. 그런데다가 지난 반년 동안은 거의 아무것도 쓰질 못했어. 그러니까 나머지 것들을, 실제로 그것이 얼마나 될지는 모르겠으나 자네에게 보내겠어," 만일 자네가 여기에 응해서 좋다고 편지를 쓰거나 알려준다면 말이야.

이것은 말하자면 뭔가 특별한 것이네, 그리고 내가 그러한 사실을 서술하는 데 아주 서투르다 해도(매우 무식하다 해도), 아마 자네는 벌써 알고 있지 않은가.

내가 자네에게서 듣고 싶은 대답은, 여기에서 기다리는 것이 기쁨이라거나 또는 가벼운 마음으로 장작더미를 불태워버릴 수도 있겠느냐는 것이 아니네. 사실 나에 대한 자네의 태도를 알고 싶은 것도 아니라네, 왜냐하면 그 역시 자네에게 무언가를 강요하는 것이니까. 그러니까 내가 원하는 것은 무언가 좀 쉬우면서도 어려운 건데, 자네가 그 내용들을 읽기를 바라는 걸세, 설령 무관심하고 또 내키지 않더라도 말이야. 왜냐하면 그 가운데는 역시 무관심하고 내키지 아니한 구절들이 있기 때문이지. 왜냐하면—이것이 바로 내가 그것을 원하는 이유인데—내가 가장 애지중지하고 또 가장 어려워하는 것은 다만 서늘함이기 때문이야, 태양열에도 불구하고. 그리고 난 알아, 낯선 두 눈이 그것을 바라본다면, 모든 것을 한층 온화하고 생동하게 만들 걸세. 나는 다만 '한층 온화하고 생동하게'라고 말하는데, 왜냐하면 그것은 진정 확실한 것이니까, 곧 이렇게 씌어 있기 때문이네, "독자적인 감정은 훌륭하다, 그러나 대응하는 감정은 좀 더 영향력을 갖는다."[15]

글쎄 왜 이렇게 법석을 떠는지, 아니지—나는 한 조각을 (왜냐하면 지금 자네에게 보내는 것보다 더 많이 보낼 수 있으니까, 그리고 그렇게 할 거야—그래) 꺼내어, 내 심장의 한 조각, 그것을 몇 십 장 기록한 종이 안에 깨끗하게 포장해서 자네에게 보내는 것이네.

### 23. 프라하(?)의 오스카 폴락 앞
### 프라하, 1903년 9월 6일 이후로 추정

이 편지는 막스 브로트의 『카프카 전기』에 다음과 같은 구절로 전해질 뿐이다.

그렇게 폴락에게 쓴 다섯 번째 편지가 이어진다(……) 미발간으로, 나는 거기에서 다음 행들을 발췌한다(……). "내가 자네에게 준 수천 행들 가운데 다만 10행이라도 꾹 참고 들을 수 있을지, 지난번 편지의 큰 나팔 소리는 필요 없는 것이었어, 표명 대신에 어린애들의 악필이 나오지…… 대부분이 역겹네, 솔직히 말하는 거야(예컨대 '아침'[16] 운운), 전체를 읽는 일이 나로선 불가능해. 자네가 추출 검사를 견디어준다면 나로서는 만족해. 하지만 자넨 내가 바로 그런 시기에 시작했음을 유념하게나, 사람들이 과장된 것을 쓰면서 '작품들을 창작했노라'는 그런 시기 말이야. 시작에 나쁜 시기란 없는 법이지. 그리고 나는 위대한 말에 미칠 듯 빠져들고 있어. 종이 아래 한 장이 있지, 거기에 비상하고 특히 장중한 이름들을 달력에서 찾아서 써놓았지. 그러니까 장편소설을 위해서 이름 두 개가 필요했어. 그리고 마침내 밑줄 친 것들을 골랐지, 요하네스와 베아테(레나테는 내게서 벌써 지워졌어,[17] 그 두꺼운 영광의 후광 때문에). 그게 좀 우습지 않나."

이 편지에는 다른 급우에 대한 카프카의 악담惡談이 들어 있는데, 그는 위대한 말을 "간과할 수 없으리만치 많이" 지녔다는 것이다—"그것들은 정말 벽돌과 다름없으며, 그가 그것들을 얼마나 가벼이 내던졌나를 보았을 때 나는 절망하지 않을 수 없었다네. 내 일생을 통하여 내가 그 당시 그랬던 것처럼 더는 시기하지 않으리라 약속하네." 그러고는 더 강한 자기 비판으로 이어진다. "하지만 노트에는 한 가지가 완전히 빠져 있네, 그것은 열심, 지속이야. 그리고 이 모든 낯선 단어들이 무엇을 의미하는지." 이어서 그는 이렇게 쓴다. "내게 부족한 것은 도야陶冶라네. 노트를 절반쯤 읽는 것은 오늘 내가 자네에게서 원한 최소의 것이지. 자네는 좋은 방을 지녔네. 상점에서 나오는 불빛은 아래에 숨어서 열정적으로 비치지. 내가 토요일에서 다음 다음 토요일까지 낭독을 시작할 수 있도록 해주기 바라네, 반 시간씩.

앞으로 석 달 동안은 부지런해지려네. 무엇보다도 오늘 한 가지를 알았어, 수공 기술이 예술을 필요로 하는 것보다 더 많이 예술이 수공 기술을 필요로 한다는 것을. 물론 사람이 스스로 자녀 생산을 강요할 수 있다고 믿지는 않네, 다만 어쩌면 자녀 교육이 그렇다고 생각해."

## 24. 쥐레츠 근교의 오버슈투데네츠 성의 오스카 폴락 앞
### 프라하, 1903년 11월 8일 일요일

친애하는 오스카!
자네가 떠나서[18] 나로서는 매우 기쁘다네. 마치 누군가가 달에 올라가서 사람들을 바라본다면 그때 느끼는 기쁨 같은 것이지. 왜냐하면 그러한 높이와 거리에서 관찰된다는 이런 의식이 사람들에게 아주 조금이나마 확신을 줄 것 같아서 그래. 곧, 이곳 천문대에서 달에서 들려오는 웃음소리를 듣지 않는 한, 그들의 움직임들과 말들과 소망들은 아주 희극적이거나 무의미한 것만은 아니라는 것이지.

..............................................................................................................................................

…… 우리는 숲속에서 길을 잃은 아이들처럼 황량하다네. 자네가 내 앞에 서서 나를 바라볼 때, 내 속에 있는 고통이 무언가를 자네가 알며, 그리고 자네의 그 무언가를 난들 알겠는가. 만일 내가 자네 앞에 나 자신을 던져놓고 울면서 설명한다 해도, 누군가가 자네에게 지옥은 뜨겁고 무시무시하다고 설명했을 때 자네가 지옥에 대해서 아는 것 이상으로 나에 대해서 무엇을 더 알겠는가. 그 이유만으로도 우리 인간 존재는 우리가 지옥 입구에서 그러하듯이 그만큼 서로를 존중하고, 그만큼 사색적이고, 그만큼 사랑스럽게 대해야 한다네.

..............................................................................................................................................

…… 만일 누군가가 자네처럼 잠시 동안 죽는다면, 그는 모든 관계들을 좋은 또는 나쁜 불빛에서 갑자기 분명하게 볼 수 있다는 이점을 갖게 되지. 그 관계라는 것들은 그 안에 있을 때는 불가피하게 그렇게 흐려질 수밖에 없거든. 그러나 살아남은 자에게도 역시 그 이상한 느낌이 온다네.

모든 젊은 사람들 가운데서 나는 자네하고만 진정으로 이야기를 나눴네, 다른 사람들과 말을 했을 때는, 그것은 단지 부차적인 것이거나 자네 때문이거나, 자네로 인해서 또는 자네를 참조해서였지. 자네는, 많은 다른 것도 있지만, 내게는 뭔가 창문 같은 존재였어, 그것을 통해서 내가 거리들을 바라볼 수 있는 창문 말이야. 나 혼자서는 그것을 할 수가 없었어, 왜냐하면 내가 키가 크다고는 하지만 그 창턱에는 아직 미치지 못하기 때문이지.

이제 그것은 물론 바뀌고 있다네. 이제는 다른 사람들과도 말을 하지, 좀 서툴고, 그러나 좀 무관심하게. 그리고 전혀 준비 없이 자네가 여기에 서 있었던 입장을 본다네. 자네에게 낯선 이 도시에는 약간의 진짜 지성적인 사람들이 있는데, 그들에게서 자네는 존경받는 인사였네. 그건 사실이야. 그리고 나는 그 사실에 즐거워할 만큼 허영심에 들떠 있어.

왜 그랬는지는 나도 모르겠네, 자네가 과묵해서 그랬는지, 아니면 과묵해 보였는지, 또는 기꺼이 받아들였는지, 어렴풋이 알았는지, 아니면 실제로 영향력을 내뿜었는지, 어쨌거나 어떤 이들은 자네가 그들에게서 떠나버렸다고 생각한다네, 비록 결국 그 처녀를 떠난 것뿐인데도 말이야.

———————————

자네 편지는 절반은 슬프고 절반은 기쁘네. 자네는 정말로 그 소년에게 가지 않았고, 들과 산으로 갔었네그려. 그러나 자네는 이들과 산을 보고 있고, 그런가 하면 우리는 겨우 그들의 봄과 여름을 볼 뿐이니, 그들의 가을과 겨울에 대해서 우리 자신 속의 신에 대해서만큼이나 알까.

오늘은 일요일, 상점 종업원들이 늘 그 골짜기를 건너 벤첼스 광장에 내려와서는 일요일의 고요함을 떠들어대네. 나는 그들의 붉은 카네이션과 어리석은 유대인 특유의 얼굴과 그들의 외침이 고도로 의미 있는 무엇이라고 생각하네. 그것은 마치 한 어린애가 천국에 가고 싶은데 아무도 발 디딤판을 빌려주지 않으려 하자 고함치고 짖어대는 것과 거의 비슷해. 그러나 그 어린애는 천국에 닿기를 전혀 바라지 않는다네. 그러나 골짜기를 걸으면서, 일요일을 어떻게 쓸지조차 몰라서 웃고 있는 다른 이들이라면 나는 뺨을 때렸을 게야, 만일 내게 그럴 용기가 있고 나 자신도 웃지 않는다면 말이야. 그러나 자네는 자네 성안에서[19] 웃어도 좋으이, 왜냐하면 자네가 편지에서 쓰고 있듯이, 그곳에서라면 천국이 땅에 가까울 테니.

---

나는 페히너와 에케하르트를[20] 읽고 있네. 많은 책들은 자신의 성안에 있는 어떤 낯선 방들에 들어가는 열쇠 같은 역할을 하네.

자네가 읽어줬으면 했고, 그래서 자네에게 보낼 것은 『소년과 도시』라는 책의 부분일세. 나 자신도 일부분만 가지고 있지. 해서 만일 자네에게 보내려면, 그것들을 복사해두어야 하고, 그러려면 시간이 걸리겠네. 그러니 매 편지마다 몇 쪽씩 보내겠네(만일 내가 그 일의 가시적인 진척을 보지 못하면, 곧 그것에 흥미를 잃겠지), 그러면 자네는 그것을 맥락 안에서 읽을 수 있을 것이고, 그 첫 부분이 다음 편지에 함께 갈 것이네.

그런데 말이지만, 이미 꽤 오랫동안 아무것도 쓴 것이 없다네. 이 모양새가 바로 날세. 신은 내가 글쓰기를 원하지 않는 거야, 하지만 내가 원해, 그러니 해야 하네. 그래서 그것은 영원한 상승과 하락인 것이야, 결국에 가서는 신이 더 강력하고, 그리고 거기에는 자네가 상상할 수 있는 것보다 더 큰 불행이 있다네. 내 속에 있는 그처럼 많은 힘이 말뚝에 묶여 있는데, 그것은 녹색의 나무로 성장할 가능성이 있을지도 모르지, 풀어준다면 나와 국가에 유용할 것이고. 그러나 탄식으로 자기 목에 걸린 맷돌을 흔들어 떨치지는 못하네. 더구나 자기가 그것을 좋아할 때면 말이야.

---

여기 운문이 좀 있네. 적절한 시간에 읽어보게나.

---

오늘 날은 서늘하고 혹독하다.
구름은 얼어붙다.
바람은 당겨지는 밧줄들.
사람들은 얼어붙다.
발걸음은 금속성으로 울린다
굳은 돌 위에서.
그리고 우리의 눈은 바라본다

넓고 하얀 호수를.

───────────────────────

옛날 조그만 고을에는
작고 밝은 크리스마스 집들이 서 있고,
그 채색된 유리창은
눈 내린 광장을 바라보고 있다.
달빛 비추는 광장에는
조용히 눈 속을 걸으며,
그의 긴 그림자를
바람이 집들 높이 불어 올린다.

어두운 다리를 건너는 사람들
　　　　희미한 촛불들을 들고서
　　　　성자들을 지난다
잿빛 하늘을 건너가는 구름들
　　　　해 저무는 탑이 있는
　　　　교회를 지난다.
네모난 돌담에 기댄 한 사람
　　　　저녁 물속을 들여다보며
　　　　손을 옛 돌 위에 얹는다.
　　　　　　　　　자네의 프란츠

## 25. 프라하의 파울 키쉬 앞

*뮌헨, 1903년 11월 26일 목요일*

그래, 이것을 루이트폴트에서 쓰네. 질 나쁜 커피를 마셨는데 더 나쁜 엽서를 쓰게 되는군.

뮌헨의 표면은 이틀 안에 섭렵했지, 그리고 내부로도 약간의 시선을 들이밀었네. 더 빨리 더 명백히 그리하려다 보니, 우티츠완 상당히 멀리했고, 정말 오늘은 아깝게도 랑데부마저 놓친 거야. 내일부터는 슬슬 모임에 끼어들어야지.―뮌헨이 내게 썩 유익해질 것 같구먼.

자네의

프란츠 카프카

주소: 로렌츠 하숙, 조피엔슈트라쎄 N. 15, 3층

## 26. 프라하의 파울 키쉬 앞

*뮌헨, 1903년 11월 20일 월요일*

이 사람아, 대체 왜 내게 편지를 쓰지 않나? 자넨 회사들의 주소를 주겠다고 하지 않았나, 게서 뭔가 가져다 보련다고. 아니면 내게서 편지를 기대했는가? 정말 난 그럴 수 없네. 보게나, 자네가 한 반년쯤 시간을 가지고서 할 일을 난 2주 동안에 삼켜야 한다네. 그것도 왕창 온 입으로 먹어야지, 그러면서 동시에 먹는 일에 대해서도 써야 한다네―말이 났으니 말인데, 엽서를 50통은 써야 한다네―그건 너무 많은 거지. 소화를 할 때 가서야 뭔가 이곳 뮌헨에 대해서 말할 수 있을 게야.

진심으로 안부 보내며,

자네의

프란츠 K.

### 27. 프라하의 파울 키쉬 앞
*뮌헨(?), 1903년 11월 24일에서 12월 5일 사이*

전해지지 않음.


### 28. 프라하의 파울 키쉬 앞
*뮌헨, 1903년 12월 5일 일요일*

이 후레자식, 자네는 내가 유일하게 분노로써 생각해야 할 작자야. 그러니까 이것이 다섯 번째 엽서지. 주소를 부탁, 또 부탁하네. 결국 내가 프라하 쪽으로 무릎이라도 꿇어야겠나? 좋아 기다리라고!

자네의 프란츠


### 29. 쥐레츠 근교의 오버슈투데네츠 성의 오스카 폴락 앞
*프라하, 1903년 12월 20일 토요일*

아니야, 자네가 직접 오기 전에 편지 쓰는 것을 마치고 싶어. 우리가 서로 편지를 쓰면, 한 밧줄에 함께 고리로 묶이네. 그러다가 멈추면 그 밧줄은 끊어지고 마네, 심지어 그것이 실 이상 아무것도 아니라 해도 그래. 그러니 내가 재빨리 그리고 잠정적으로 연결을 하겠네.

어제 저녁에 나를 사로잡은 것은 바로 이 이미지였어. 사람들은 자신들의 모든 힘을 긴장시키고 서로 사랑하면서 도울 때만이 지옥과 같은 심연 위에서 자신들이 원하는 어지간한 높이를 유지할 수 있지. 그들은 서로 밧줄에 함께 묶여 있는데, 한 사람 주변의 밧줄이 느슨해지고 그가 다른 사람들보다 조금 낮게 그 텅 빈 공간 어딘가로 내려앉으면, 그것은 벌써 좋지 않은 일이야. 만일 한 사람 주변의 밧줄이 끊기고 이제 그가 추락한다면, 그것은 끔직한 일이지. 우리가 다른 사람들과 엉켜 있어야만 하는 이유가 거기에 있네. 나는 추측해보네, 소녀들이 우리를 위에서 잡아주고 있으리라, 왜냐하면 그들은 가벼우니까. 그렇기에 우리는 소녀들을 사랑하지 않을 수 없고, 그렇기에 소녀들은 우리를 사랑해야 할 것이라고.

됐네, 됐어. 사실 자네에게 편지를 시작하기가 두렵네, 딱히 그럴 이유가 있어. 왜냐하면 편지는 늘 장황하게 늘어지고 결코 좋은 끝맺음을 찾아내지 못하니까. 뮌헨에서도 자네에게 편지 쓰기를 그만둔 이유가 바로 그것이었어, 쓸 것이 그렇게 많았는데도 말이야. 뿐만 아니라 나는 낯선 고장에서는 전혀 쓸 수가 없어. 그때는 모든 말들이 거칠게 흩어져버리고, 나는 하나의 문장 안에 그것들을 잡아 가둘 수가 없다네. 모든 새로운 것이 어찌나 압박하는지, 그것에 저항할 수도 또 그것을 무시할 수도 없게 되지.

이제 곧 자네가 직접 오겠지. 그렇지만 일요일 오후 내내 책상에 앉아 있고 싶지는 않네—두 시부터 여기 앉아 있는데, 벌써 다섯 시라네—, 어서 곧 자네하고 이야기할 수 있다면. 나는 너무도 기쁘이. 자네가 차가운 공기를 가져올 것이고, 그것은 여기 모두 무딘 사람들에게 참 좋겠지. 정말 기쁘이. 곧 또 보세나.

자네의 프란츠

# 1904년

## 30. 쥐레츠 근교의 오버슈투데네츠 성의 오스카 폴락 앞
### 프라하, 1904년 1월 10일/11일 일요일/월요일

저녁 10시 반.

마르쿠스 아우렐리우스¹를 옆으로 제쳐놓았네, 마지못해 옆으로 제쳐놓는다네. 나는 지금 그가 없이는 살 수 없을 것 같다는 생각이네, 왜냐하면 아우렐리우스의 격언 두세 구절을 읽음으로써 한층 침착해지고 또 긴장되기 때문이야. 비록 이 책 전체가 오직 한 사람, 다만 현명한 말과 단단한 망치 그리고 포괄적인 견해를 가지고서 자신을 극기한, 단호하고 올곧은 사람으로 만들고자 하는 단 한 사람에 대해서 서술하고 있지만 말이야. 그렇지만 우리는 한 인간에 대해서 회의적으로 되지 않을 수가 없는 것이, 만일 이런 정보를 들으면 어쩔 수가 없지. 그가 자신에게 이렇게 말하는 대목 같은 것, "조용히 하라, 무관심하라, 정열일랑 바람에게 줘버려라, 흔들리지 말라, 좋은 황제가 되라." 만일 우리가 우리 자신 앞에서 말로써 속을 채워 넣을 수 있다면, 그건 좋은 일이겠지. 하지만 만일 우리 자신을 말로 치장하고 장식할 수 있으면 훨씬 더 좋은 것이야. 우리가 마음속에서 바라는 그런 인간이 되기까지 말이야.

지난번 편지에서 자네는 자신을 부당하게 비난하더군. 누군가가 내게 서늘한 손을 내밀면, 기분이 좋아. 하지만 그 자신이 목을 메면, 그건 당혹하고 이해할 수 없어. 극히 드물게 일어나는 일이기 때문이라고 하려는가? 아니, 아니지, 그건 사실이 아닐세. 많은 사람들에게서 무엇이 특별한 것인가를 자네는 아는가? 아무것도 아니지, 그러나 그들은 그것을 보여줄 수 없고, 심지어 자신의 눈에도 보여줄 수 없는데, 그것이 그들에겐 특별한 것이라네. 이런 모든 사람들은 그 남자의 형제들이지. 누구냐 하면, 도시를 돌아다녔는데, 아무것도 이해하지 못했고, 분별 있는 말 한마디도 토로할 수 없었고, 춤을 출 수도, 웃을 수도 없었던 사람, 그러나 자물쇠가 채워진 상자 하나를 양손에 경련이 일도록 꽉 쥐고서 끊임없이 가지고 다녔던 사람 말이야. 만일 관심 있는 누군가가 이렇게 물어보았다고 치세, "그 상자 속에 무엇을 그렇게 조심스럽게 가지고 다니시오?" 그러면 그 사람은 고개를 숙이고서 불확실하게 이렇게 말했네, "나는 아무것도 모르오, 그건 사실이오. 그리고 난 분별 있는 말을 토로할 수도 없고, 춤도 못 추고, 웃지도 못하오. 하지만 주의하시오, 잠긴 이 상자 속에 무엇이 있는지, 그것은 말할 수 없소. 아니오, 아니오, 그것은 말하지 않겠소." 당연하게도, 이 대답을 들으면 관심 가졌던 사람들 모두가 떠나버렸지, 그러나 그들 가운데 많은 사람들의 마음속에는 모종의 호기심, 모종의 긴장감이 남았고, 그래서 계속 의문을 가졌지, "대체 잠긴 상자에는 무엇이 들어 있을까?" 그러고는 그 상자 때문에 가끔씩 다시 그 남자에게 되돌아왔지, 그렇지만 그는 아무 말도 해주지 않았다네. 그래, 호기심 말이야, 그런 유의 호기심은 오래 지속하지 못하고, 긴장감은 줄어들지. 마침내 초라하게 잠긴 그 상자가 영원히 이해되지 못할 것이라는 초조감으로 보호된다면, 마침내는 웃게 되는 일조차 그 누구도 배겨내지 못하지. 그다음에 우리는 정말 그 가련한 남자의 어중간한 좋은 취향을 내버려 둘 것이고, 그러면 아마도 마침내 그 자신이 웃을지도 모르지, 비록 어딘지 찌그러진 웃음일지라도.—이제 호기심 대신에 나오는 것은 무관심한 거리감에서 오는 연민이라네, 무관심과 거리감보다 더 나쁜 것이지. 지난번보다 수적으로는 더 적어졌지만 여전히 관심 가진 사람들이 이제 묻는 거야, "그 상자 속에 대체 무엇을 그렇게 조심스럽게 넣어 가지고 다니시오? 어쩌면 보물이라도, 응, 아니면 예언, 아니오? 좋소, 그걸 열어만 보시오, 우리는 두 가지가 다 필요하오. 그런데 말이오, 그냥 닫아두시구려, 열지 않아도 그렇게 믿으리다." 그러자 갑자기 누군가 유독 매섭게 외친다네. 그 남자는 깜짝 놀라서 둘러보지, 그것은 바로 그 자신이었어. 남자가 죽은 다음 그 상자에서는 두 개의 유치乳齒가 발견되었다지.

프란츠

친애하는 오스카!
…… 고통스러운 저녁 광기에 부치는 서늘한 아침의 후기. 자네가 그 여인을 돕지 않았다는 것에 나는 하등 부자연스러움을 느끼지 않네. 아마도 부패하지 않은 사람들 또한 그 일을 하지 않았을 게야. 그러나 정작 부자연스러운 것은 자네가 그 생각에 잠기는 일이며, 그리고 이 생각에 잠기는 것과의 대립을 즐긴다는 것, 자네의 분열을 즐긴다는 사실이네. 자네는 매번 짧게 스치는 작은 감정들에 자신을 너무 오랫동안 꼬챙이에 꿰지, 그럼으로써 결국에는 단 한 시간만을 사는 것이야, 왜냐하면 자네는 그 한 시간에 대해서 백 년을 곰곰 생각해야 하기 때문이지. 물론이야, 이를테면 아마도 나라면 그러한 경우 전혀 살지 못할 걸. 어디에선가 한때 내가 신속하게 살아간다는 무례함을 쓴 적이 있었지. 이런 증거를 가지고서였어, "한 소녀의 눈을 들여다본다, 그리고 그것은 천둥소리와 입맞춤과 번갯불의 긴 사랑 이야기였다." 그래 놓고서 "나는 신속하게 살고 있다"고 쓸 정도로 자만심에 넘쳤어. 커튼이 드리워진 창문 뒤에서 그림책들을 가지고 노

는 어린애 같았지. 이따금 그 아이는 창틈으로 길거리를 언뜻 보고, 그러고는 곧 그 귀중한 그림책들에 되돌아가는 것이야.—비유에 있어서 나는 자신에게 관대하군.

### 31. 쥐레츠 근교의 오버슈투데네츠 성의 오스카 폴락 앞
#### 프라하, 1904년 1월 27일 수요일

친애하는 오스카,

자네가 소중한 편지를 써 보냈는데, 곧 답장을 쓸 수가, 아예 답장이라고는 쓸 수가 없었다네. 그래서 이제 자네에게 편지를 쓰지 못한 지 두 주가 지났네. 그 자체로는 용서받을 수 없는 일이지만, 나에게는 이유가 있었네. 첫째는 오로지 심사숙고한 이후에 자네에게 편지를 쓰고자 했는데, 이유인즉 이 편지에 대한 회신은 내가 자네에게 써 보냈던 이전의 어느 편지들보다도 더욱 중요하게 여겼기 때문이라네—(하지만 유감스럽게도 그렇게 하지 못했지). 그리고 두 번째 이유라면, 헤벨[2]의 일기를(약 1,800쪽) 단숨에 읽어냈네. 한편으로 예전에는 아주 몰취미한 것으로 여긴 그 일기를 아주 조금씩 뜯어 읽곤 했는데 그리 되었어. 그렇지만 그렇게 시작했지, 처음에는 아주 유희적 기분으로, 그러다 마침내 동굴에 사는 사람이 된 느낌이었어. 처음에는 장난삼아 한동안 동굴 입구 앞에 돌덩이를 굴려다 놓는 게야, 그러다 그 돌덩이가 동굴을 어둡게 하고 공기를 밀폐시킬 때 가서는, 그때서야 둔하게 놀라서 정말 열심히 그 바위를 밀어내려고 애를 쓰는 사람 말이야. 그러나 바위는 이제 열 배나 무거워졌고, 그 사람은 다시 빛과 공기가 돌아오기까지 불안 속에서 온 힘을 긴장시켜야 하지. 나는 이즈음 손에 펜을 들 수조차 없었다네. 왜냐하면 누구라도 그렇게 빈틈없이 점점 드높게 탑을 쌓아간 그런 인생을, 너무 높아서 쌍안경으로도 거의 미칠 수 없을 그런 인생을 개관槪觀하다 보면, 양심이 안정을 찾을 수가 없지. 그러나 양심이 넓은 상처를 입으면 그것은 좋은 일이야. 왜냐하면 그로 인해서 양심은 물린 데마다 더 민감해질 테니까. 우리는 다만 우리를 깨물고 찌르는 책들을 읽어야 할 게야. 만일 우리가 읽는 책이 주먹질로 두개골을 깨우지 않는다면, 그렇다면 무엇 때문에 책을 읽는단 말인가? 자네가 쓰는 식으로, 책이 우리를 행복하게 해주라고? 맙소사, 만약 책이라고는 전혀 없다면, 그 또한 우리는 정히 행복할 게야. 그렇지만 우리가 필요로 하는 것은 우리에게 매우 고통을 주는 재앙 같은, 우리가 우리 자신보다 더 사랑했던 누군가의 죽음 같은, 모든 사람들로부터 멀리 숲속으로 추방된 것 같은, 자살 같은 느낌을 주는 그런 책들이지. 책이란 우리 내면에 존재하는 얼어붙은 바다를 깨는 도끼여야 해. 나는 그렇게 생각해.

그렇지만 자네는 정말 행복하군. 자네 편지는 참으로 빛이 나네. 내 생각에, 자네는 예전에 오직 좋지 못한 교제의 결과로 불행했던 것 같아. 그거야 아주 자연스러운 일이지. 그늘 속에선 햇빛을 쬐지 못하는 법이니. 그렇지만 설마 내가 자네 행복에 책임이 있다고는 생각하지 않겠지. 기껏해야 이렇지, 한 현인이, 그 현명함이 자신에게도 숨겨진 채로 살았는데, 한 바보를 만나서 겉보기에 요원하게 아무 관련 없는 사안들에 대해서 한동안 이야기를 나눴네. 이제 그 대화가 끝나고 그 바보가 집에 돌아가려고 했을 때—바보는 비둘기장처럼 사람이 들락날락하는 곳에 살고 있었는데—다른 사람이 그의 목을 껴안고 입을 맞추고 울부짖는 것이야, 고맙소, 고맙소, 고맙소. 왜냐고? 바보의 바보스러움이 어찌나 컸는지, 현인에게 자신의 현명함이 보였던 것이지.—

마치 내가 자네에게 부당한 일을 저지른 느낌이야, 그래서 자네에게 용서를 빌어야 할 것 같은. 그런데 나는 그 잘못을 모르고 있네.

자네의 프란츠

### 32. 쥐레츠 근교의 오버슈투데네츠 성의 오스카 폴락 앞
*프라하, 1904 이른 봄으로 추정*

*단편적으로 전해짐.*

—실제로는 우리가 반쯤 파묻힌 사람들인 반면, 자네는 이 봄에 좋은 공기를 들이마실 수 있군. 그래서 내가 자네에게 이런 도시에서 편지를 쓴다는 것이 불손하고 조금은 죄지은 느낌이라네, 만일 도시 사람들이 다른 사람들에게 하듯이 현명하게 자네에게 삼수갑산에 가라고 충고하지 않는다면 말일세. 그 대신 시골에서 편지를 쓰라고 하는 것이 현명하고 사려 깊은 충고일 걸세. 나는 그리 하려네.

### 33. 프라하의 막스 브로트 앞[3]
*프라하, 1904년 8월 28일 이전으로 추정*

친애하는 막스,

특히 어제 수업[4]을 빼먹었기 때문에, 자네에게 편지를 써야겠다 싶네. 왜 내가 가면무도회의 밤에 자네들과 함께 가지 않았는가를 설명하려면 말이야, 더구나 어쩌면 내가 약속까지 해놓았으니.

용서해주게, 나도 스스로 즐거움을 누리고 싶었고, 자네와 P.⁵와 함께 하룻밤 지내고 싶었던 게야. 왜냐하면 어떤 산뜻한 대위점이 생성되리라 생각했기 때문이지, 만일 자네가 순간적인 불가항력으로 극단적인 발언을 하면—자네가 가끔 여러 사람들이 있을 때 그러하듯이—그러면 그는 반대로 이성적인 개관으로 결정적인 것을 들이댄다는 식이지. 그는 예술을 제외하고 거의 모든 분야에 그런 개관을 지녔으니까.

그러나 그것을 생각했을 때, 나는 자네의 동아리, 자네가 속한 그 작은 동아리를 잊고 있었어. 한 이방인의 첫눈에는 그것이 자네를 긍정적으로 보이게 하지 않을 게야. 왜냐하면 그것은 부분적으로는 자네에게 의존해 있고, 부분적으로는 자네와 무관하기 때문이야. 의존적인 한, 그것은 마치 준비된 메아리를 지닌 민감한 산처럼 자네를 에워싸고 있다네. 그것은 듣는 사람을 화나게 하지. 눈이 면전에 있는 한 사물을 조용히 다루고 싶은 반면에, 그의 등은 두들겨 맞는다네. 두 사람을 위한 향유력이 사라질밖에, 특히 만일 그가 특별히 노련하지 않다면 말이야.

그러나 그 동아리가 독립적인 한, 그들은 심지어 자네에게 한층 더 해를 끼칠 거야. 왜냐하면 그들은 자네를 왜곡시키고, 그러면 자네는 그들로 인해서 제자리가 아닌 곳으로 밀리지, 자네는 듣는 사람에게 바로 자네로 인해서 반박되는 게야. 만일 자네 친구들이 시종일관이라면 좋은 기회에 무슨 도움이 되겠는가. 친구들 무리는 오직 혁명에서만 유용하지, 만일 모두가 다 같이 그리고 단순히 행동하면 말이야. 그러나 만일 탁자 주위의 흩어진 불빛 아래 정도의 작은 봉기일 뿐이라면, 그들은 그것을 수포로 만들어버리지. 바로 이런 것이야, 자네는 자네 장식품 '아침 풍경'을 보여주고자 하는데, 그리고 그것을 배경으로 설정하고 싶겠지. 그러나 자네 친구들은 이 순간에는

'이리의 협곡'이 더 어울린다고 생각하고서, 무대 양면으로 자네의 '이리의 협곡'을 내민다네. 물론 그 둘 다 자네가 그린 것들이고, 관객은 누구라도 그것을 알 수 있지. 하지만 아침 풍경의 목장에 지는 어지러운 그림자는 무엇이고 들판 위를 날아가는 무서운 새들은 무엇인가. 바로 그런 것이라 생각하네. 그런 일은 자네로서는 드문 일이지만, 그러나 종종 (그런데 그것을 아직 완전히는 이해하지 못하고 있다네) 이런 말을 하지, "여기 플로베르⁶를 보면 온통 사실들에 대한 착상들이다, 알겠나, 전혀 감상적인 허장성세가 아니야." 만일 내가 어느 기회에 그것을 이렇게 돌려서 적용한다면, 자네를 얼마나 불쾌하게 만들 수 있겠는가 보려나. 예컨대 자네가 "베르테르는 얼마나 대단한가!"⁷ 하고 말하면, 내가 이렇게 말하는 것이야, "하지만 우리가 진실을 말하자면, 거기에는 감상적인 허장성세가 만연하다." 우습고 불쾌한 언급이지만, 그러나 나는 자네 친구라네. 내가 그것을 말하면서도 자네에게 나쁜 뜻은 없지, 나는 듣는 사람에게 단지 자네의 그러한 일에 관한 개략적인 견해를 말해주려는 것뿐이야. 왜냐하면 가끔은 친구의 서술을 더는 깊이 생각하지 않는 것이 우정의 징표일 수 있으니까. 하지만 그러는 동안 듣는 자는 슬퍼지고, 지쳐버리지.---

내가 이것을 쓰는 이유는, 만일에 자네가 내가 자네와 더불어 그 저녁을 보내지 않았던 일로 나를 용서하지 않는다면 더욱 슬퍼질 것이기 때문이라네, 이 편지에 대해서 나를 용서하지 않는 것보다 더욱.—따뜻한 문안과 더불어—자네의 프란츠 K.

아직 치워버리지 말게나, 편지를 다시 한번 꼼꼼히 읽어보니, 자못 분명하지가 않다고 생각되네. 내가 쓰고자 했던 것은, 맥 빠진 시간에 느긋하게 지낼 수 있는 것, 그것이 자네에게 전대미문의 행복이 아니겠는가! 그것도 완전히 같은 생각을 가진 사람의 도움으로, 가고자 하는 곳에 실제로는 어떤 인도도 받지 않고 도달하는, 바로 이

것이 연출된 상황에서 자네를 나타낸다네—그것을 나는 P.의 경우
에서 생각했다네—내가 원한 그대로는 아니고.—자 이제는 충분히
썼네.

### 34. 프라하의 막스 브로트 앞
프라하, 1904년 8월 28일 일요일

초여름에는 즐겁게 지내기가 아주 쉽다네. 생동하는 심장과 무던한
움직임을 지니고, 그리고 제법 미래의 생을 마주하게 되지. 동양적인
묘한 것들을 기대하는가 하면, 희극적인 인사와 서투른 언사로 그것
을 다시 부정해버리는, 쾌적하면서도 떨리게 만드는 격동적인 유희
라. 헝클어진 침상에 누워서 시계를 쳐다보네. 시계는 늦은 아침 나
절을 가리키네. 그러나 우리는 흐릿한 색조와 뻗어가는 원경에서 저
녁 나절을 색칠하네. 그리고 기뻐서 손이 새빨개지도록 부벼대는 거
야, 왜냐하면 우리 그림자는 길어지고, 그렇게도 보기 좋게 저녁다워
지기 때문이지. 우리는 그런 장식을 하면서 그것이 우리 본성이라는
은근한 희망을 품지. 그리고 우리가 의도하는 인생에 대해서 누군가
묻는다면, 봄에는 대답 대신 확 펼친 손을 흔들어 보이곤 하지, 그러
다가 시간이 지나면서 손 움직임은 내려앉게 되지, 마치 확실한 사물
들을 맹세하는 것이 우스꽝스러운 불필요한 짓인 것처럼 말이야.

만일 우리가 전적으로 실망한다면, 그건 물론 우리에겐 슬픈 일이
지만, 그러나 한편 다시 한번 우리의 일상적 기도를 경청하는 것과
같겠지, 우리 인생의 일관됨이 외부적인 모양새에 의해 우리에게 자
비롭게 유지되어 보존될지어다.

그러나 우린 실망하지 않는다네. 끝이 있을 뿐 시작이 없는 이 계

절은 너무도 낯설고 자연스러워서, 그것이 우리를 죽일 수도 있으리라는 상태로 우리를 데려가지.

우리는 미풍의 공기에 제가 좋아하는 어느 곳이든 문자 그대로 실려 다니며, 그리고 우리가 그 미풍 속에서 이마를 잡거나 가느다란 손끝으로 무릎을 누르고서 우리가 한 말로 안심하려고 하면, 그러면 익살이 전혀 없는 것이 아니라네. 우리는 보통 어느 정도까지 충분히 정중해서, 우리 자신에 대한 어떤 분명함에 대해서 무언가를 알려고 하지 않지, 그런가 하면 이제는 우리가 일종의 허약함으로 그것을 모색하는 일이 생긴 게야. 물론 우리 앞에서 느릿느릿 아장거리는 꼬마 아이들을 따라잡으려는 것처럼 장난삼아 하는 식이라 하더라도 말이야. 우리는 마치 두더지처럼 굴을 파는데, 파묻힌 모래 굴에서 더러워지고 뭉그러진 머리카락을 뒤집어쓰고 기어나오지, 불쌍하도록 빨개진 발을 가냘픈 연민을 자아내려고 내뻗으며 말이야.

언젠가 산책길에서 내가 데리고 간 개가 마침 길을 가로지르려던 두더지를 발견했지. 녀석이 두더지한테 반복해서 뛰어들었다가는 다시 가도록 내버려 두었어. 왜냐하면 녀석은 아직 어리고 무서움을 탔으니까. 처음에는 나도 재미가 있었지, 특히 그 두더지가 흥분하는 게 재미있더군. 그놈은 단단한 땅에 구멍을 찾으려고 필사적으로 그리고 헛되이 나댔네. 그러나 갑자기 개가 다시 발톱으로 놈을 한 대 갈기자, 놈은 소리를 내질렀네. 캑, 캐캑 그렇게 울부짖었네. 그러자 내 느낌은—아니야, 아무것도 느끼지 않았네. 다만 그렇게 착각한 것이지. 그날 나는 머리를 유난히도 무겁게 내려뜨리고 다녔기 때문에, 저녁에는 놀랍게도 턱이 내 가슴속으로 자라 들어가는 것처럼 느꼈단 말일세. 그런데 그다음 날에는 머리를 다시 멋지게 쳐들고 다녔지. 다음 날에는 한 소녀가 하얀 옷을 입고서 나와 사랑에 빠졌지. 소녀는 그걸로 말미암아 매우 불행해했고, 나는 그녀를 달래는 데 성공하지 못했어. 그것은 정말 어려운 일이니까. 또 다른 어느 날 짧은 낮잠 후 눈을 떴을 때, 내 생이 아직 확실하지 않을 때, 어머니가 발코니에서 자연스런 목소리로 묻는 소리를 들었네, "무엇을 하시나요?" 한 여인이 정원에서 대답하지, "정원에서 간식을 들고 있는 중이어요." 나는 사람들이 생을 영위해 나가는 확고함에 놀랐네. 또 다른 날에는 구름으로 뒤덮인 날의 흥분에 대한 긴장된 고통을 기뻐했네. 그러고는 한 주나 두 주일 또는 그 이상 색 바랜 날들이었지. 그러고서 나는 한 여인과 사랑에 빠지고 말았네. 그러고서 한번은 선술집에서 무도회가 있었는데, 나는 가지 않았네. 그러고서 나는 서글펐고 매우 어리석었으며, 그래서 여기에선 매우 가파른 들길에서 비트적거렸고, 그리고서 한번은 바이런의 일기° 중 이 대목을 읽었네(여기에는 대충 적을게, 그 책을 이미 짐으로 싸버렸거든). "일주일 동안 집을 나서 본적이 없다. 사흘 동안 도서관에서 한 펜싱 사범과 매일 네 시간씩 펜싱을 한다. 창문을 열어두고서, 나의 정신에 안정감을 주기 위해서." 그리고 나서 이럭저럭 여름이 끝나고, 날이 서늘해짐을 느끼네. 또한 여름 편지들에 답할 시간에 이르고 있음을, 나의 펜이 약간 미끄러졌음을, 그러므로 다시 펜을 놓을 수도 있음을 느낀다네.

자네의 프란츠 K.

8월 28일

### 35. 프라하의 막스 브로트 앞
*프라하, 1904년 가을로 추정*

참 이상해, 자네가 『토니오 크뢰거』°에 대해서 나에게 한마디도 쓰지 않다니. 그러나 나는 스스로에게 말했지, "내가 편지를 받으면 얼마나 행복한지 그는 알고 있다. 그리고 『토니오 크뢰거』에 대해서라면 반드시 뭔가를 말해야 하는 법이다. 그러므로 그는 틀림없이 편지를 썼을 것이다. 그러나 우연한 일들, 폭우와 지진이 있는 법. 그 편지가 사라진 것이다." 그러나 그 후 곧 이런 착상에 화가 났지, 편지를 쓸 기분이 아니었어. 그러고는 아무래도 쓰이지 아니한 편지에 답장을 해야 하는 데 대해 욕을 하면서 그래도 쓰기 시작했지.

"자네 편지를 받았을 때, 당혹감 속에서 자네한테 가야 하는지 아니면 자네에게 꽃을 보내야 하는지 생각해보았다네." 그러나 그 어느 편도 하지 않았지, 한편으로는 게으른 탓으로, 한편으로는 내가 어리석은 짓을 할까 두려웠기 때문이네. 왜냐하면 나는 약간 내 페이스에서 빗나가버렸고, 그래서 비 내리는 날씨처럼 서글프거든.

그렇지만 자네 편지가 나에게 좋은 일을 했네. 누군가 일종의 진리를 말해줄 때, 나는 그것을 참담하게 느끼네. 그는 나를 교화하고, 나에게 무안을 주며, 반증이라는 수고로움을 기대하지, 그 자신은 위험에 처하지 않고서 말이야. 왜냐하면 그는 자신의 진리는 논박의 여지를 주지 않는 것으로 여길 것임이 틀림없기 때문이네. 누군가 다른 사람에게 선입견을 말할 때, 그것은 경건하고, 신중하고 그리고 감동적이지. 하지만 그것이 정당화할 때는, 특히 또 다른 선입견에 의해 다시금 정당화할 때는 한층 더 감동적인 법이야.

아마도 자네는 또한 자네의 이야기 『암적 속으로의 소풍』"과의 유사성에 관해서도 쓰는 모양이네그려. 전에는 나도 그러한 광의의 유사성을 생각했지, 이번에 『토니오 크뢰거』를 다시 읽기 전에는 말이야. 『토니오 크뢰거』의 새로운 점은 그 대립의 발견에 있는 것이 아니라(다행히도 나는 이 대립을 더 믿을 필요가 없네. 그것은 위협적인 대립이야), 이 대립에 대한 독특하고 유익한 (『소풍』의 저자 말인데) 몰두 그 자체에 있네.

만일 내가 지금 자네가 이 대립들을 썼다고 가정한다면, 내가 이해하지 못하는 것이 있어, 왜 자네 편지가 전체적으로 그렇게 흥분해 있고 숨이 끊어지는지 하는 점이야. (아마도 자네가 일요일 오전에 그랬다는 것에 대한 내 단순한 기억일지도 모르지.) 바라건대 조금 진정하게나.

그래, 그래 그게 좋겠어, 이 편지 역시 사라져버린다면 말이야.

자네의 프란츠 K.

이틀을 공부에 소비한 후.


### 36. 프라하의 막스 브로트 앞[12]
*프라하, 1904년으로 추정*

잠시 기다려주게. 10시 반까지는 확실히 여기에 돌아오겠네. 이보게, 오늘이 휴일인 것을 깜박 잊었다네, 그리고 프리브람[13]이 나를 놔주지 않을 것일세. 하지만 기어코 가겠네.

자네의

프란츠 K.

# 1905년

### 37. 프라하의 막스 브로트 앞
*프라하, 1905년 2월 10일 금요일*

미안하지만 내가 내일 오전에는 시간이 없네. 그러나 자네가 금요일
에 온다면 매우 기쁠 게야. 올 수 없다면, 편지 주게나.

프란츠 K.


### 38. 프라하의 막스 브로트 앞
*프라하, 1905년 4월 5일 수요일*

오늘 실내악 연주가 있네, 나는 거기에 갈 거야. 미안해, 용서하게나,
「윤리학」'은 토요일에 가져감세.

자네의

프란츠 K.

### 39. 프라하의 막스 브로트 앞
*프라하, 1905년 5월 4일 목요일*

자네가 나로서는 전혀 관여하지 않았던 좋은 일들을 체험했으므로, 나에게 화를 내서는 안 되네. 특히 나는 고약한 날씨에 그 모임이 카페에서 있겠구나 하는 생각을 하지 않을 수 없었으니까, 또한 자네가 슈테판 게오르게[2]를 읽느라 약간 진정된 시간을 보냈으니까. 그리고 이제 11시 현재 날씨는 아주 좋지만, 아무도 나를 위로해주지 않는다네.

자네의 F. K.


### 40. 미스드로이의 막스 브로트 앞
*추크만텔,[3] 1904년 8월 23일 수요일로 추정*

친애하는 B., 만일 내가 프라하에 머물렀다면, 틀림없이 편지를 썼을걸세. 그러나 나는 언제나 분별없이, 분별없이 여기 슐레지안 지방의 한 요양원에서 넉 주째가 돼서야, 엄청 많은 사람들과 여인네들 사이에서 생기를 꽤 되찾았네.

프란츠 K.


### 41. 프라하의 막스 브로트 앞
*프라하, 1905년 9월 21일 목요일로 추정*

나는 지금 어쨌거나 무언가를 배운다는 사실에 반쯤은 기뻐,[4] 그래서 이번 주에는 카페에 나가지 않으려네. 저녁에는 물론 기꺼이 갈 수도 있겠네만, 저녁 7시 이후에는 공부하지 않으니까 말이야. 그렇지만 너무 낯선 바람을 맞으면 다음 날 내내 독서에 지장이있거든. 게다가 난 낭비할 시간이 없어. 그러니 저녁에 퀴겔겐[5]을 읽고 작은 가슴을 위해 몰두하는 것이 좋겠어, 잠이 찾아오면 잠에 몰두하고.

프란츠

# 1906년

### 42. 프라하의 막스 브로트 앞
*프라하, 1906년 2월 19일 월요일*

친애하는 막스,

　　　　　이제 결국 자네에게 알리는 것을
더는 늦춰서는 안되겠네, 내가 내일 전시회¹에 가지 않겠다고, 그리
고 도대체 더는 가지 않는다고. 내가 잠시 미혹했던 게야, 그래서 어
리석게도 빠른 약속 날짜를 받아들였지, 내 지식이 변변치 않은 것도
아닌데 말이야. 그것은 정말 경솔하고 그래서 더 아름답기도 해, 만
일 내가 퇴직하기 위해서 곧 받아보게 될 의사의 진단서만을 계속 생
각하지 않는다면—그『자수정』²은 어찌 되었는가? 내 돈은 이미 준
비되어 있네.—전시회에서 작은 돈으로 뭔가 사랑스러운 것을 살 수
있을지 살펴보게나. 뭐 결혼 선물³이든지!

　　　　　　　　　　　　　　　　　　　자네의 프란츠

## 43. 프라하의 막스 브로트 앞

프라하, *1906년 3월 17일 토요일*

친애하는 막스,

원래는 시험 기간[4] 중에 자네에게
편지를 썼어야 했네. 왜냐하면 자네가 내 일생의 석 달을 구해주었기
때문이지, 금융을 배우기보다 다른 목적에 쓰도록 말이야. 그렇다네.
오로지 자네 쪽지가 나를 구해주었고,[5] 그 덕택으로 나는 W.[6]에게 자
기 반사로서, 심지어 흥미로운 오스트리아식 색조까지 더해서 빛을
보냈고, 비록 그가 이번 학기 중에 자신이 강의했던 잡동사니 더미에
사로잡혀 있었고 나는 내 기억 속에 다만 자네의 작은 쪽지만을 가지
고 있을 뿐이었는데도, 우리는 최고의 합의에 도달했네. 그러나 다른
사람들도 매우 재밌어 했다네,[7] 비록 지식을 풍요롭게 하지는 못했다
할지라도.
심심한 안부와 더불어. P.[8]는 아주 잘 해냈다네.

자네의 F. K.


## 44. 프라하의 막스 브로트 앞

프라하, *1906년 5월 27일 토요일*

친애하는 막스—너무 오랫동안 자네 집에 가보지 않아서(상자들을
들고 먼지를 뒤집어쓰고, 우리 가게가 이사를 하거든, 어린 소녀, 매우 하찮
은 공부,[9] 자네의 책,[10] 창녀들, 맥컬리의 『클리브 경』,[11] 그것이 일어난 일의 전
부네)—너무 오랫동안 자네 집에 가보지 않아서, 우선 자네가 실망하
지 않도록 그리고 내 생각에 오늘이 자네 생일[12]이기 때문에, 『행복한

사람들』의 우스꽝스럽게 멋진 변신[13] 가운데, 내가 오늘은 자네를 방문하겠네. 나를 반겨주겠지.

자네의 프란츠 K.


## 45. 프라하의 막스 브로트 앞
*프라하, 1906년 5월 29일 화요일*

친애하는 막스

무엇보다도 이제 공부를 해야 하므로[14] (가엽게 여기지는 말게, 그것은 엄청난 과잉을 위한 엄청난 과잉이지), 그리고 나로서는 낮 동안의 내 누더기를 벗어버리고 나들이옷을 걸치는 것 또한 고생이라서, 나는 그만 야행성 동물로 살아가야만 한다네. 그렇지만 기꺼이 자네를 다시 한번, 그러니까 어느 저녁에 보고 싶으이. 내일 수요일이나 그밖에 자네가 좋아하는 어느 때라도.―그런데 말이야, 무엇보다도 자네 건강이 어떤가 알고 싶어서 편지를 쓰는 것이야, 월요일에 자네는 의사에게 갔었지 않은가.

프란츠


## 46. 프라하의 막스 브로트 앞
*프라하, 1906년 6월 7일 목요일*

나는 이제, 내 사랑아, 한동안 아무 곳에도 갈 수가 없다네. 학장의 생각이 너무 짧아서, 내 면접 날짜를 앞당겨버렸고,[15] 나는 그보다 더 신중한 것을 꺼렸기 때문에 어떤 이의도 달지 못했어.

어제는 한 문학사 연구자가 내게 아주 분명하게 말했어, 막스 브로트
는 진짜 시인이라고.

진심으로 안부를 보내네

프란츠

### 47. 프라하의 막스 브로트 앞
*프라하, 1906년 6월 18일 토요일 이전*

나는 여전히 자리에 누운 채 쓰고 있네, 끔찍하게 망가진 위장을
하고 누워서, 울화가 치밀게도 하필 지금, 그러니까 내가 배움에 앞
서 쳇소리를 내어야 하는 바로 지금 말일세.[16]

난 자네 병이 최고로 나쁘기를 기원한다고.

자네의 프란츠

### 48. 프라하의 막스 브로트 앞
*추크만텔, 1906년 7월 28일 토요일*

멋있다, 멋있어. 자네에게 곧 편지 쓰겠네. 편지를 쓴다는 것은 필수
적이야, 이곳은 너무도 많은 것을 볼 수 있게 하고 또 모든 것이 뒤엉

켜 있으니까.—내가 자네 부모님을 위해서 뭔가를 알아둬야 할지,[17] 만일 그분들이 내게 편지를 주시면, 예컨대 방이 몇 개나 필요한지, 부엌 딸린 것을 원하시는지, 그랬으면 좋을 텐데—

### 49. 프라하의 막스 브로트 앞
추크만텔, 1906년 8월 13일 월요일

친애하는 막스—꽤 오랫동안 사라졌다가, 이제 다시 나타나는 것이야, 아직은 비록 호흡이 힘들지만.—우선 짧은 소식 한 가지, 그러니까 자네가 머무를 곳과 관련해서. 에델슈타인 호텔은 요양원[18]에서 2분 거리에 있네, 숲 바로 가까이에 있는 방 하나가 주당 5굴덴으로, 훌륭한 식사를 포함해서 일 인당 월 45굴덴이라네. 18일 이후부터는 아마 값이 더 내릴 수 있을걸. 요양원 별관에 있는 방들은 주당 7에서 8굴덴이면 되네.

자네의 프란츠

### 50. 프라하의 막스 브로트 앞
프라하, 1906년 여름으로 추정

(낯선 사람의 필체로)
이곳은 숲이며 이 숲에서는 누구라도 행복해질 수 있어요. 그러니 오세요!

리취 그라더[19](?)

(주소란에 본인 필체로)

카르틸라쥐 C. 데파르 C. 1058

오페라 아베뉴 7번지, 파리[20]


## 51. 프라하 황실경찰국 앞

*프라하, 1906년 9월 19일 수요일 또는 그 이전*


프라하 소재

존경하는 황실경찰국 귀중


프라하 첼트너가쎄 3번지에 거주하는 프란츠 카프카 박사는 공직수임[21]을 목적으로 품행방정증명서 발행을 요청합니다.

프란츠 카프카


## 52. 프라하의 막스 브로트 앞

*프라하, 1906년 10월 17일 이전*


자네가 언젠가 크라스노폴스키 자료[22]를 가지고 싶다 했지.

------------


잘 되기를 바라네.

자네의 프란츠

### 53. 프라하의 막스 브로트 앞
*프라하, 1906년 10월 31일 수요일*

친애하는 막스

　　어제 저녁 일 용서해주기를 청하
네.―다섯 시 정각에 자네에게 가려네. 내 변명은 약간 희극적일 것
이야, 그러니 자네가 아주 확실하게 믿게 될 것이네.

　　　　　　　　　　　　　　　　　　자네의 프란츠


### 54. 프라하의 막스 브로트 앞
*프라하, 1906년 12월 11일 화요일*

친애하는 막스,
파라과이 출신의 재미있는 내 사촌[23]에 대해서 자네에게 말한 적이
있었지, 사촌은 유럽에 체류하는 동안, 자네가 마침 국가 고시를 치
르려 했던 바로 그때 프라하에 있었는데, 돌아오는 길에 오늘 다시
프라하에 도착했네. 그는 바로 오늘 저녁에 떠나려고 했는데, 내가
자네에게 보여주고 싶었기에 애를 써서 그를 설득했네, 내일 아침에
떠나도록 말이야. 매우 기쁘이, 그리고 오늘 저녁에 함께하도록 자네
를 데리러 가겠네.

　　　　　　　　　　　　　　　　　　자네의 프란츠

## 55. 프라하의 막스 브로트 앞

*프라하, 1906년 12월 16일 일요일*

나의 친애하는 막스,
언제 우리가 그 인도의 무용수[24]에게 갈 것인가, 만일 그 꼬마 아가씨[25]가 우리한테서 도망쳐버렸다면 말이야. 현재로서는 그녀의 숙모가 그녀의 재주보다 한층 강력하다네.

프란츠

# 1907년

## 56. 프라하의 막스 브로트 앞
*프라하, 1907년 2월 12일 화요일*

친애하는 막스,

나는 잠자리에 들기에 앞서 자네에게 편지 쓰는 것이 좋아. 아직 네 시밖에 안 됐어.

어제 『현재』¹를 읽었네, 물론 불안감을 가지고. 왜냐하면 주변에 사람들이 있었고, 『현재』에 인쇄된 내용은 귓속에 속삭이려는 것이었기 때문이네.

글쎄, 그것은 사육제야, 순수한 사육제, 하지만 가장 사랑스러운 사육제였어.─좋아, 그렇게 해서 나는 이번 겨울 그래도 한 걸음 춤을 추었네.

특히 기쁜 것은, 모든 사람이 다 이 자리에서 내 이름의 필연성을 인식하지는 않을 것이기 때문이라네, 왜냐면 누구나 첫 문단을 벌써 그 결과로서 읽어야 할 테고, 또 문장의 성공을 다룬 그 부분에 이르면 깨닫게 될 것이니 말이야. 그다음에 그는 발견하겠지, 마이링크²(사실 그것은 웅크려놓은 고슴도치야)로 끝나는 일단의 이름들은 문장 시작에서는 불가능함을 알게 될 게야. 다음 문장들이 호흡을 할 수 있으려면 말이야. 그러므로 끝이 개방 모음으로 된 이름³은─여기에 삽입되어─그 단어들에 생명의 구원자임을 의미하네. 그 맥락에서 내 공헌은 사소한 것이지.

서글픈 사실은 다만—자네는 물론 그럴 의도가 아니었음을 아네—즉 나로서는 추후에 무엇인가를 출판하는 것이 이제 불미스러운 행동이 되는 것일세. 왜냐하면 이 첫 번째 등장의 우아함이 완전한 손상을 입을 것이기 때문이네. 그리고 자네 문장에서 나에게 주어진 영향만큼 똑같은 영향은 다시는 주어지지 않을 걸세.

하지만 이것은 오늘의 한낱 부차적인 고려일 뿐이네. 나는 현재 평판의 범위를 확보하는 데 더 관심이 있네, 착한 소년이자 지정학의 연인이기 때문이지. 독일 쪽은 여기에서 별로 기대하지 않는다네. 얼마나 많은 사람들이 똑같은 긴장감으로 서평의 마지막 문단까지 읽겠는가. 그것은 평판이 아니네. 그러나 국외에 있는 독일인들의 경우에는 다르지. 예컨대 발트 해 지방이나 미국, 또는 아예 독일 식민지의 독일인들의 경우에는 더 나은 편이야. 왜냐하면 의지할 곳 없는 독일인은 독일 잡지를 읽고 또 읽는다네. 따라서 내 명성의 중심은 다레살람, 우쥐쥐, 빈트휠이야.* 그러나 재빨리 흥미를 갖는 이 사람들(농부들, 군인들, 이 얼마나 좋은가)을 안심시키기 위해서 자네는 괄호를 썼어야 했네, "이 이름은 망각되어야 한다"고.

입맞춤을 보내며, 시험 잘 보게나.

자네의 프란츠

**57. 프라하의 막스 브로트 앞**<br>*프라하, 1907년 5월*

전해지지 않음.

## 58. 프라하의 막스 브로트 앞

프라하, 1907년 5월

나의 친애하는 막스

나는 어쨌거나 아주 불필요하지, 그러나 그 점에서 나는 변할 수가 없네. 어제 오후에는 자네에게 기송 우편엽서를 썼지.

"여기 그라벤의 담배 판매소⁵에서 오늘 저녁 자네에게 갈 수 없음에 대해서 용서를 비네. 두통이 생기고, 이가 흔들리네. 면도기는 무뎌졌고. 불유쾌한 광경이지. 자네의 F."

이제 다시 저녁, 소파에 누워서 변명을 했고 다시금 이 세상에 약간의 질서가 잡혀 있음을 생각해보네. 그러나 그런 생각을 하자, 다시 샬렌가쎄 대신 블라디슬라프가쎄라고 썼다는 생각이 났네.⁶

그래 이제 청하는데, 그 일로 화를 내고 나랑은 더 말도 하지 말게나. 내 길은 전혀 좋지가 않고, 나는—그런 개관은 충분히 하네—개처럼 몰락하고 말 게야. 나 또한 나 자신을 기꺼이 피하고 싶어, 그렇지만 불가능하기에, 스스로 동정심을 갖지 않는다는 것과 결국은 극도로 이기적이 되었음에 기뻐할 따름이지. 이 절정을 우리는 그래도 축하할 일이네, 나 그리고 자네, 바로 미래의 적으로서 그 정도는 축하해도 될 게야.

밤이 늦었네. 오늘도 자네에게 밤 인사를 했음을 알아줬으면 하네.

자네의

프란츠.

1907년 5월

### 59. 프라하의 막스 브로트 앞
*프라하, 1907년 6월 22일 토요일*

나의 친애하는 막스,

지금 서가에 펼쳐놓은 엽서에다
이 글을 쓰네, 오늘 저녁 자네가 원하는 곳으로 기꺼이 가겠노라고.
답장을 하지 말게나, 내가 어쨌거나 열두 시경에 '루브르''에 가게끔.
그러나 만일 자네가 올 수 없다면 답을 해주게, 그러면 좀 더 일찍 만
날 수 있을 테니.


### 60. 프라하의 막스 브로트 앞
*트리쉬, 1907년 8월 중순*

나의 친애하는 막스,

지난 밤 소풍(신나고 신난)에서 돌
아와 보니, 자네 편지가 와 있어서 나를 당황케 했네. 매우 피곤했지
만 말이야. 왜냐하면 망설임이 무엇인지 나는 알지, 다른 것은 모르
겠어. 하지만 무엇이든 간에 나를 요구하는 곳에는, 바로 빠져들지,
초기에 가지는 수천 가지 사소한 것들에 대한 호의와 의심에 완전히
지친 채로. 나는 세상의 단호함에 저항할 수가 없어. 그래서 자네 마
음을 바꿔보려는 시도조차 나에겐 어울리지가 않는 모양이야.
  자네의 여러 사정과 내 사정은 아주 다르고, 그래서 이런 것도 별
의미가 없겠지, 내가 예컨대 "나는 받아들이지 않기로 결정했다" 같
은 구절에서 마치 어떤 전장의 보고문을 보듯 경악을 느껴서 곧 더는
읽을 수 없었으니 말이야. 하지만 곧 모든 것이 그러하듯이 여기에

도 모든 사태의 그 빌어먹을 단점과 장점의 무한대가 나를 진정시켰다네.

나는 나 자신에게 이렇게 말했네, 너는 많은 활동이 필요하다. 이와 관련된 너의 필요를 나는 확신한다. 비록 이해하지 못할망정. 일 년 내내 산보의 목적지로서 하나의 숲은 네게 충분하지가 않다. 그리고 결국에 가서 도시에서 법정 경력을 쌓는 동안에 문학적 지위를 창출하는 것은 다른 모든 것을 불필요하게 만드는 거의 확실한 것이 아니더냐?

물론 나는 미친 놈처럼 코모토[8]로 달려갔을 게야. 물론 나는 직업이 필요 없네, 특히 그럴 능력도 없고 하니 말이야. 그리고 만일 숲이 어쩌면 내게 만족스럽지 못할지라도, 그럼에도—그것은 분명하네—법정에서는 일 년 동안[9] 아무것도 성취하지 못했네.

그리고 다음 얘기인데, 전문직이란 누구든 그것에 대결할 수 있게 되자마자 곧 무기력한 것이 되어버리지. 나는 근무 시간에—다만 여섯 시간일망정—끊임없이 나 자신을 바보로 만들 걸세. 자네가 편지에 썼다시피 행여 내가 그 비슷한 종류의 일을 다룰 수 있을 거라고 생각한다면, 내가 보기에 자네는 세상에 안 되는 일이 없다고 생각하는 거나 다름없어.

그와 반면에 저녁에는 일과 위안이 찾아오지. 그래, 만일 우리가 위안을 통해서 행복해질 수 있다면, 그리고 만일 약간의 행복만이라도 행복한 실존을 위해 필요하다면 말일세.

아니야, 만일 시월까지도 나의 전도가 개선되지 않는다면, 나는 상업 아카데미에서 졸업생 과정[10]을 밟을 것이며, 그리고 프랑스어와 영어에 더해서 스페인어를 배울 참이네. 자네가 여기에 합세한다면 좋으련만. 공부에서 자네가 나를 앞서는 부분을 나는 초조하게 보충할 게야. 외숙[11]이 우리에게 스페인에 자리를 찾아주셔야 하는데,

아니면 그 밖에 어디든 남미나 아초렌 군도, 마다이라 섬까지라도 말이야.[12]

잠정적으로 나는 8월 25일까지 여기에 머물러도 된다네. 나는 모터 자전거를 타고 꽤 돌아다니면서, 수영도 많이 하고, 연못가 잔디에 알몸으로 누워 여러 시간을 보내기도 하고, 성가시게 사랑에 얼빠진 한 소녀[13]와 더불어 한밤중까지 공원을 어슬렁거리고, 벌써 목장에 건초 더미를 쌓아놓기도 하고, 회전목마를 만들고, 폭풍 뒤에는 수목들을 세웠으며, 소 떼와 염소 떼를 돌보고 저녁에는 집으로 데려오곤 한다네. 당구도 많이 치고, 멀리 산보를 하고, 맥주를 엄청나게 마시고, 그리고 심지어 사원에도 갔네. 하지만 대부분의 시간을—그러니까 여기에서 엿새째인데—주로 두 소녀들, 매우 재치 있는 소녀들과 보냈지. 둘 다 학생인데, 극히 사회민주당 성향의 아이들이야. 이들은 어떤 확신이나 원칙을 표현할 때마다 설득당하지 않으려고 이를 악물고 있음에 틀림없다네. 하나는 A.라 하고,[14] 다른 쪽 H. W.[15]는 키가 작고, 볼이 끊임없이 그리고 한없이 빨갛다네. 그녀는 매우 심한 근시안이고, 코에 건 코안경을 움직이는 예쁜 동작 때문만은 아닌데,—그녀의 코끝은 조그마한 평면으로 참으로 예쁘게 모아져 있다네—간밤에 나는 그녀의 짤막하고 토실토실한 다리를 꿈꾸었다네. 그리고 이렇게 에돌아 감으로써 나는 처녀의 아름다움을 인식하고 사랑에 빠지려나봐. 내일은 그들에게 『실험』[16]을 낭독해주려네. 그것이 지금으로서는 『스탕달』[17]과 『오팔』을 제외하고 내가 가지고 있는 유일한 책이야.

그래, 만일 『자수정』을 가지고 있었더라면,[18] 자네를 위해서 시를 필사筆寫해줄 텐데.[19] 하지만 그 시들은 집 책장에 있고 열쇠는 지금 내가 가지고 있다네. 집안에서는 아무도 모르고, 나로서는 가족 내에서 위계를 결정하는 내 저금 통장이 발견되지 않도록 해야 해서. 그러니 자네가 8월 25일까지 기다릴 수 없다면, 자네에게 열쇠를 보내겠네.

그리고 이제는 나의 고마움을 표현할 일만 남았군. 내 불쌍한 친구에게, 자네가 내 스케치[20]의 훌륭함을 출판사에 설득하느라 수고해준데 감사하는 일 말이야.

날씨가 덥군, 오늘 오후에는 숲에서 춤을 출 거야.

부디 자네 가족에게 내 안부를 전해주게.

자네의 프란츠

아름다운 소녀가 말한다.
나는 세상의 꽃이다
수천이 나를 향하며
나는 내 마음에 드는 이에게로 향하네
나의 두 눈은 젖은 불꽃
경고하고, 꼬드긴다
불타오르라고, 그 불 속 이미 많은 이들이 무의미하게
가라앉았거늘.
나의 두 팔은 타오르는 기둥들
그리고 부드러운 애무로
그 강력한 의지를 요절낼 줄 알지
나의 손가락들은 갈퀴 발톱,
그러나 너무도 쾌적한!
심장들이 미소짓는다, 생채기 나고 영원히 피 흘리며 떨어진다./나의 두 손은 꽃차례,/그리고 신기한 곤충 같아/반지들이 게서 흔들리고, 소리낸다 사랑에 빠져 황금빛으로./나의 입은 향기들로 묵직./나의 말 그건 향기 되고……/그리고 나의 목소리 환락의 성당에서

들려오는 종소리 같아./나의 가슴은 잠자는 작은 새들,/부드러운 깃털로 서로에게 웅크리는/그리고 그들이 나눈 수많은 입맞춤에 지쳐서./나의 뼈는 하얀 피리. 하여 천상의 음악이/나의 움직임마다 울려퍼지리. 아이들은 듣고 얼굴을 붉히네./나의 품은 축축하고 뜨거워,/값진 기쁨의 촉진제,/내 친구의 황홀한 자태에서 읽을 수 있는 기쁨./그리고 얼마나 서운한 일이람,/이 지고의 행복을/오직 다른 사람에게서만 보는 것을, 결코 단 한 번도 스스로 향유하지는 못한 채.

기억, 그녀는 자신의 등을 옆으로 구부릴 수 있었다./그가 다른 사람을 비스듬히 응시하는 그곳에서는.//그녀는 너무도 가늘고, 낭창낭창, 젊은 성정,/자신을 꼬옥 완전히 보듬었지.//그리고 부드러운 가슴으로 나를 보듬었지,/따뜻한 허리로 가끔은 주문을 걸었지./우리가 함께한 것은 입술만이 아니었으니,/아, 우리의 온 육신이 입을 맞추었어라……/그것은 작렬, 압박, 쟁취, 강탈./마치 우리가…… 그녀를 나의 확실한 육신이 되도록/그리고 나는 그 하이얀 흠 없는 여자를……/뜨거운 육체에서 새로이 창조하려는 듯.//이제 다 지난 일이로다//생은 차갑지만은 않으니./아직 많은 여인들이 내게 족하리라./그렇지만 고맙게도 가장 성스러운 즐거움으로/나 그대를 생각하오, 충직한 고운님이여.//그녀는 자신의 등을 구부릴 수 있고……

동경 나는 십자가에 못 박혔네,/아무에게도 말할 수 없네/그 어떤 고통과 질긴 그리움 내 심장을 도려내는지./그 아름다운 방울풀/히아신스 목걸이/나를 에워싸고, 순수의 에테르 빛으로 날이 새도다.//허나 그중 단 하나 더욱 사랑스럽고 현란하게 떠도는도다./그건 바로 그 하나 기이하게 내 사랑을 닮았기 때문이라./그 사랑의 온기,/나를 향해 두 팔을 내미네/허나 알고 있네, 나의 팔 결코 그에 미치

지 못할 것을.//사지의 광채 속 춤을 추도다/위아래로 매혹적으로./
그 자극적 머리카락 내 상처를 자꾸 간질이네./그 숨결, 시들은 덩굴
과 카네이션처럼,/부드러운 욕망의 냄새를 피우네.//아! 일곱 패랭
이꽃/핏빛 눈의 거머리/차갑고 딱 붙어 내 여린 살 속에 박혔네. 끈에
묶인 팔/가까이 이끌 수 없어라,/내게 구원의 동경을 일깨우는 그 자
태를 잡을 수도 없어라……//허나 이미 완벽한 욕망 솟아올라/피가
끓어오르네,/땅으로 꺼지지 않고,/사랑의 기적을 낳네/새빨간 방울
들을 세상으로 내뿜네.//사랑스런 이, 오직 한 사람에게!/나의 피는
그녀와 합일하고자,/내가 가끔 향유했듯이 나의 육신은 아니 되니./
토막 난 시선으로/나는 바라보노라 핏방울들의 장식을/루비의 빗물
이 그녀의 달콤한 품을 적시듯.

밤의 모임
아홉 벌거숭이 여자들의 육신/밤마다 내 침상 주위에 서 있노라,/최
고의 시간[21]


### 61. 코모토의 막스 브로트 앞
프라하, 1907년 8월 29일 목요일


나의 친애하는 막스—그것은 좋지 않았네, 자네는 내게 코모토에서
어떻게 지내는지 편지에 쓰지 아니하고, 그러면서 내가 어떻게 지내
는지, 여름을 어떻게 보내는지 묻는다는 것은 정말 잘못이네.—에르
츠 산맥의 전망은 아름다울 테지. 사무실 책상의 녹색 덮개 너머로.[22]
그리고 만일 요금이 그렇게 비싸지만 않다면야, 내가 기꺼이 자네를
방문했을 거야.—자네가 종전의 내 필체와 같은 필체를 지닌 누군가
를 발견했다는 것은 가능한 일이야. 하지만 지금은 내 필체가 바뀌었

고,[23] 오직 자네에게 편지를 쓸 때만 이제 과거지사가 되어버린 내 자모들의 옛 움직임을 상기한다네. 일요일에 오지 않으려나? 정말 기쁠 텐데.

자네의 프란츠 K.

## 62. 트리쉬의 헤트비히 바일러[24] 앞
*프라하, 1907년 8월 29일 목요일*

8월 29일

그대, 은애恩愛하는 이여, 나는 피곤한 데다 아마도 좀 병이 났다오.

이제야 상점을 열었으며, 사무실에서 그대에게 편지를 씀으로써, 이곳을 좀 더 쾌적하게 만들려고 애를 쓰고 있소.[25] 내 주변의 모든 것은 그대에게 압도당한 듯하오. 탁자는 마치 종이와 사랑에 빠진 듯 그것을 짓누르고, 펜은 엄지와 집게손가락 사이의 공간에 놓여 있는데, 마치 어리광부리는 어린애 같고, 그리고 시계는 새처럼 째깍거리오.

하지만 내 느낌은 내가 마치 전쟁터나, 혹은 그런 유의 쉽게 상상되지 않는 사건들의 와중에서 그대에게 편지를 쓰고 있는 듯하다오. 왜냐하면 그들의 합성이 너무나도 비일상적이고 그 속도는 너무나도 변화무쌍하기 때문이오. 가장 고통스러운 작업에 연루되어 이렇게—

저녁 열한 시

이제 긴 하루가 지났소. 그리고 그것은, 비록 그럴 만한 가치는 없지만, 이런 시작과 끝을 지닌다오. 그렇지만 원칙적으로는, 누군가가 나를 방해하고 간 뒤에도 변한 것은 아무것도 없다오. 이제 비록 별들이 나의 왼편 열린 창문으로 보이지만, 마음 먹었던 문장을 완성해야지요.

…… 나는 하나의 확고한 결단에서, 또 다른 똑같이 확고하지만 정반대 의미의 결단에까지 이 두통을 지고 다닌다오. 그렇지만 이 모든 결정들은 활기를 띠고, 희망과 만족스런 생의 고양을 탄생시키는 것이오. 그러나 결과의 이 혼돈은 결단의 혼돈보다 더 나쁘기조차 하오. 마치 소총의 총알들처럼 나는 하나에서 다른 하나로 날아가오. 그리고 병사들, 관객들, 소총의 총알들 그리고 장군들이 서로 나눈 이 누적된 흥분은 나를 다만 떨리게 한다오.

하지만 그대가 원하는 것은, 내가 그대를 간절히 그리워하고, 내 감정들의 긴 산책을 통해서 그것들을 지치게 하고 만족케 하는 일이오. 그런가 하면 그대는 계속해서 자신을 몰아대며, 여름에 모피를 입고 있소. 오로지 그 이유는 겨울에 날씨가 추울 수 있으니까 라면서.

그런데 실은, 나는 사교성도 없고, 기분 전환도 모르오. 저녁 내내 강 위 작은 발코니에 앉아 있고, 『노동자 신문』[26]조차 읽지 않으며, 또한 선량한 인간이 못 되오. 몇 년 전엔가 나는 이런 시를 썼다오.

저녁 햇살 아래
공원의 벤치에
우린 등 굽은 채 앉아 있네.
우리의 팔 축 내려앉고,
우리의 눈 슬프게 깜박이네.

그런데 사람들은 의상을 걸치고

자갈길 위를 비틀거리며 산보하네.
이 광활한 하늘 아래,
먼 데 언덕부터
먼 데 언덕까지 퍼지는 하늘 아래.[27]

---

그리하여 나는 인간들에 대한 그런 관심을 단 한 번도 가지지 않았다오, 그것을 그대가 요구하지만.

아시겠소, 나는 웃기는 인간이오. 만일 그대가 나를 조금이라도 좋아한다면, 그것은 연민이며, 내 몫은 두려움이오. 서신으로 만난다는 것은 얼마나 무용지물인지. 서신이란 바다를 두고 떨어져 있는 두 사람의 해변에 철렁거리는 바닷물과 같은 것. 펜은 모든 문자들의 그 많은 언덕 위로 미끄러지고, 이제 그것은 끝에 이르렀소. 날씨가 서늘하니 내 텅 빈 침상으로 가야겠소.

그대의 프란츠

### 63. 트리쉬의 헤트비히 바일러 앞
*프라하, 1907년 9월 초*

무엇보다도, 은애하는 이여, 그대 서신이 늦게 도착했소. 그대는 편지에 쓴 내용을 철저히 생각해봤군요. 나는 그것이 더 일찍 도착하도록 강요할 수가 없었소. 한밤중 침대에 앉아 있는 것으로도, 옷을 입은 채 소파에서 잠들거나 낮 동안에 평소보다 더 자주 집에 오는 것으로도 소용없었소. 내가 그 모든 짓을 중지하고 그대에게 편지를 쓰려고 했던 오늘 저녁까지 말이오. 그런데 서류함 속에서 몇몇 서류들을 만지다가 그 안에서 그대의 서한을 발견했다오. 진즉 와 있었지만, 누군가가 먼지를 터는 동안 조심하느라 서류함 속에다 넣어둔 것이었소.

편지 쓰기란 마치 해변의 철렁거리는 물과 같다고 말한 적이 있지만, 그러나 그 물 튀기는 소리가 들린다는 말은 아니었소.

그러니 이제부터 자리에 앉아서 조용히 읽으며, 나의 문자 대신 나를 직접 그대 눈으로 바라보아주오.

A가 X에게서 편지를 받는다고 상상해보오. 그리고 매 편지마다 X는 A의 존재를 부정하려 한다고. 그는 계속 점층법으로, 다가가기 힘든 논거, 어두운 색조로, 그 논거들을 끌어내어 어느 고도까지 이르는가, A가 거의 벽 안에 갇힌 느낌을 갖게 되고, 논거들의 결함은 그를 눈물나게 할 정도까지 만듭니다. X의 모든 의도는 처음에는 감추어져 있고, 그는 다만 자기로서는 A가 매우 불행하다고 생각하며, 그러한 인상을 받지만 상세한 내막은 알지 못한다고 말할 뿐이오. 뿐만 아니라 A를 위로하지요. 무엇보다 만일 그렇다 하더라도 놀랄 필요는 없다, 왜냐하면 A는 불만을 가진 사람이니까, 그 사실은 Y도 Z도 안다. 결국에는 인정할 수 있을 것이다, 그가 불만의 원인을 가지고 있음을. 그를 보면, 그의 온갖 상태를 보면, 아무도 반박을 못할 것이다. 그러나 정말 자세히 관찰하면, 심지어 A가 충분히 불만스러워하는 것이 아니라고까지 말하지 않을 수 없다는 것이오. 왜냐하면 만일 그가 자기 처지를 X가 하는 것처럼 그렇게 철저하게 검토하게 되면, 그는 더 살아갈 수도 없을 테니까. 여기에서 이제 X는 그를 더는 위로하지 않지요. 그리고 A는 봅니다, 열린 눈으로 보는 것입니다, X가 최고의 인간이며 그는 나에게 이런 편지를 쓰는구나, 그야말로 나를 살해하는 것 이외에 다른 어떤 일을 원할 수 있단 말인가. 그는

마지막 순간에조차 얼마나 선량한가, 나를 고통에서 벗어나게 하려고, 자신의 속마음을 들키지 않으려 하다니. 그렇지만 한때 불 붙은 빛은 무차별로 비친다는 사실을 망각하다니.

닐스 리네[28]에서 인용한 이 문장은 무엇을 의미하는가요, 그리고 행복의 성이 없는 모래는 또. 물론 그 문장은 옳지만, 그러나 흐르는 모래에 대해서 말하는 이가 옳은 것이 아닌가요? 그런데 모래가 흐르는 것을 보는 사람은 성안에 있지 않고, 모래는 또 어디로 흐르는 가요?

내가 지금 무엇을 해야겠소? 어떻게 나 자신을 응집시켜야겠소? 나 또한 트리쉬에 있으며, 그리고 그대와 함께 광장을 건너고 있소. 누군가가 나와 사랑에 빠졌고, 나는 이 서한을 받고, 그것을 읽는데, 이해하기가 어렵소. 이제 작별 인사를 해야겠어요. 그대 손을 잡고, 내달으며, 다리 쪽으로 사라지오. 오 제발, 그것으로 충분하오.

나는 프라하에서 그대를 위해 아무것도 찾아보지 않았소, 10월 1일 이후 나는 아마 빈에 있을 테니까요.[29] 용서를 비오.

그대의 프란츠 K.


## 64. 트리쉬의 헤트비히 바일러 앞
### 프라하, 1907년 9월 11일 수요일

나의 은애하는 아가씨, 내가 편지를 쓰기도 전에 다시 깊은 밤이 되었소. 날씨는 서늘하지요, 가을에 접어들었으니까요. 하지만 나는 그대의 기쁜 서신으로 말미암아 온통 따뜻해졌다오. 그래요, 하얀 복장과 동정은 그대에게 최상으로 어울리며, 다른 한편 모피는 겁 많은 소녀에게 그리고 모피 자체에게는 매우 놀랍고 또 고통을 준다오. 그리고 내가 진정으로 바라는 것은 그대이며, 그대 서신은 다만 장식적인 벽지일 뿐, 하얗고 쾌적한 벽지, 그 너머 어딘가에서 그대는 풀밭에 앉아 있거나 산책을 하겠지요. 그대를 잡아두려면 이 벽지를 뚫어야 할 것이오.

하지만 바로 지금, 모든 일이 한층 좋아져야 할 때, 내 입술에 받은 입맞춤이 미래의 모든 좋은 일을 위한 최상의 출발일 때, 그대가 프라하로 오는 중이자 내가 그대를 방문해서 그대 집에 머물고 싶어 하는 바로 이때, 그대는 불손하게 작별을 고하고 떠나다니요. 나는 진작 여기 내 양친을 떠났어야 하오, 몇몇 친구들 그리고 없어서는 안될 다른 것들을. 이제 그대는 이 빌어먹을 도시에 있게 될 것이며, 그리고 나로서는 역으로 가는 많은 길목들을 헤쳐갈 수 없으리라 여겨지오. 그런데 그대에게 이 프라하가 필요한 것 이상으로 내게는 빈이 필요하다오. 나는 일 년 동안 상업 아카데미에서 공부를 하게 될 것이며, 비상하게 긴장된 일에 목까지 푹 빠지겠지요. 그러나 그것에 매우 만족하오. 그대는 내가 신문 읽는 것을 조금 더 지연시켜야 하오. 왜냐하면 나는 여전히 산책을 나갈 것이고, 그대에게 편지를 써야 하기 때문이오. 그렇지 않다면 내겐 아무런 즐거움도 없을 것이오.

그대 가족들과는 여전히 기꺼이 함께 할 것이오. 그대는 다만 지난번 모임 때보다는 더 많은 기회를 내게 주어야 하오. 왜냐하면 그대가 전혀 써 보내지 않은 것에도 내겐 매우 중요한 많은 일들이있기 때문이오. 그대가 몇 시에 도착했으며, 언제 떠났고, 어떻게 옷을 입었으며, 어느 벽 쪽에 앉았고, 많이 웃고 춤을 추었는지, 몇 십 초 동안 누구의 눈을 들여다보았는지, 마지막엔 지쳤는지, 그리고 잠은 잘 잤는지? 그리고 어떻게 편지를 쓸 수 있었는지, 그리고—이것이 가장 화나는 일이지요—내게 편지는 쓰지 않았는지. 단지 그것만으로도 그대를 짓눌렀겠소, 이 아름다운 새해[30]의 날씨에 모친과 조모와 함께,[31] 포장 도로를 지나서 두 계단과 석판 위를 따라서 사원까지 걸어갔으니 말이오. 그대가 고려하지 않았던 것은 희망하는 것보다 희망하지 않는 것에 더 용기가 필요하다는 사실이며, 그리고 만일 어떤 종류의 기질로서 그러한 용기가 가능하다면, 제 스스로 부는 바람은 그 용기에 가장 바람직한 방향을 부여한다는 사실이오. 내 안에 있다고 생각되는 모든 좋은 것과 더불어 입맞춤을 보내오.

그대의 프란츠

## 65. 트리쉬의 헤트비히 바일러 앞
*프라하, 1907년 9월 15일 일요일*

그대 은애하는 이여, 트리쉬 사람들은 묘하게들 살아가고 있어, 그러니 내가 오늘 나의 지구본 위에서 트리쉬의 대략적 위치에다가 붉은 점을 표시해놓았다 해도 하등 놀라운 일이 아니오. 오늘은 비가 내렸고, 나는 그 지구본을 꺼내놓고 그렇게 장식을 하였소.

트리쉬에서는 사람들이 전에는 울지도 않았으면서 한없이 울고, 파티에 가고서도 거기에서 보이지 않기를 원하지요. 누군가는 내가 전에 본 적도 없는 비단 허리띠를 둘렀고, 누군가는 거기에서 편지를 쓰되 그걸 부치지는 않소. 이 편지는 어디에서 쓰이나요? 아마 연필로, 하지만 성에서인지 담장에 기대서인지, 무대 뒤에서인지? 곁방의 조명은 편지를 쓰기에 충분했는지? 하지만 나는 호기심이 없소. 하긴 호기심을 가졌다 할 수도 있겠지요, 예컨대 아가테 양[32]이 누구랑 춤을 추었는지 내가 기필코 알고자 한다면 말이오. 허나 그것은 적절치 않을 것이며, 그대는 나에게 대답하지 않는 것이 옳은 일일 것이오.

하지만 만일 그대가―비록 그것이 다른 사람들을 통한 우회라 할
망정―트리쉬의 모든 사람들과 어쨌든 직접적인 관계를 가질 때라
면 그런 일이 일어나겠지요. 심지어 호텔의 벨보이든 아니면 그대가
순무를 훔치는 농장의 어떤 파수꾼이든 간에 말이오. 그대가 그들에
게 명령을 하거나, 그들로 인해서 그대가 울게 된다거나. 그러나 어
쨌든 나는 읽어야만 한다오, 마치 추방당한 사람이―다른 것은 아직
모르겠소―고향에서 일어난 중요한 변화에 대한 뉴스를 읽고자 하
는 것처럼, 그렇지만 그곳에서 아무것도 할 수 없다는 불행과 이제
무언가를 듣게 된다는 행복으로 인해서 거의 읽을 수도 없는 것처럼
말이오. 여기에서 내가 말할 수 있는 것은 그대가 간호하는 환자들에
대해 전혀 동정심이 없다는 사실이오.

나 자신에 관한 결정, 최종적 결정이 내일 나오게 되오. 하지만 이
편지는 참을 수가 없소. 내가 '은애하는 이여'라고 쓰자마자 그것은
살아나 더 기다리려 하지 않아요. 만일 그대가 이상적인 효용을 향한
노력이 나의 본성과 일치한다고 생각한다면, 그대는 나를 좋은 방식
으로 오해하고 있는 것이라오. 왜냐면 실제적인 유용성에 대한 태만
이라고 말하면 족할 것이니까요.

그대가 빈을 떠나야 함을 알고 있소, 하지만 나 또한 프라하를 그
렇게 떠나야 한다오. 그러니 우리 둘은 금년을 예컨대 파리에서나 보
낼 수 있을 것이오. 그러나 다음 말이 옳소, 우리는 우리에게 필요한
일을 하기 시작했다는 것, 우리가 그것을 관철하면 필연적으로 서로
에게 다가갈 필요가 없게 되는 것일까요?

프라하에서 계획하는 그대의 미래에 대해서 상세히 써 보내주기
바라오. 아마도 내가 무엇이든 준비해둘 수도 있을 것 같소, 내 그것
을 기꺼이 하리다.

그대의 프란츠.

## 66. 트리쉬의 헤트비히 바일러 앞
### 프라하, 1907년 9월 19일 목요일

은애하는 이여,

얼마나 그대가 나를 잘못 알고 있
는지, 나로서는 누군가에 대한 가벼운 혐오감이 그토록 잘못 이해하
고자 하는 필요를 낳는 것인지 알 수가 없소. 그대를 설득할 수 있을
지 모르겠지만, 어쨌거나 나는 역설적으로 말한 것은 아니었소. 내가
알고자 원했고, 또 그대가 내게 써 보내준 모든 사물들은 나에게는
중요한 것이었으며, 지금도 중요하기는 마찬가지라오. 그리고 그대
가 역설적이라고 하는 바로 그 문장들은, 한두 번 멋진 날에 그대 손
을 애무해도 되었던 그때의 그 템포를 모방하는 것 이외에 아무것도
아니오. 그 문장에서 농장의 파수꾼을 언급했든 그것이 파리에 관한
것이었든, 그 자체는 거의 부차적이었어요.
금세 중단해야 했고, 이제 다시 자정이 지나서야 매우 지쳐서 계속
합니다.

그래요, 결정이 났어요, 그것도 오늘에서야. 다른 사람들은 결정을
내리는 일이 아주 드물고, 그리고는 그 결정을 오래도록 즐기지요.
그러나 나는 끊임없이 결정을 한다오, 마치 권투 선수처럼 자주, 다
만 그러고 나서 권투를 하지 않지요, 그게 사실이오. 그런데 말이오,
그것은 그렇게 보일 뿐, 내 문제들은 곧 그에 어울리는 외관을 갖게
된답니다.

나는 프라하에 계속 머무를 것이고, 거의 확실하게 몇 주 이내에
한 보험 회사에서 일자리를 얻게 되오.[33] 이 몇 주 동안 쉴 새 없이 보
험 관련 공부를 해야 할 게요, 그런데 그 공부가 꽤 흥미롭소. 다른 모
든 것은 그대가 오면[34] 말해주리다. 다만 나는 물론 조심을 해야 하고,

또 이제 나와 관계된 예견이 초조해지지 않도록 해야 하오. 그러니 그것에 대해서 아무에게도, 심지어 내 외숙[35]에게도 말하지 않았으면 하오.

그런데 대체 언제 오는 거요? 그대 숙식에 대한 편지는 썩 명료하지가 않소. 그대를 돕고자 하는 내 준비심은—그대도 아는 것을, 다만 그렇다고 말하지는 않는군요—종이에 여백이 있다고 해서 줄어들지는 않소. 그러나 그대에게 말했듯이, 내 교제 범위는 유감스럽게도 좁고, 그래서 내가 문의한 곳에서는 헛수고였소. 왜냐하면 이미 전부터 여교사들이 있었기 때문이오. 어쨌거나 이 광고가 일요일 판 『일간』과 『보헤미아』[36]에 실리는지 눈여겨보겠소. "고교 졸업 후 처음에는 빈 대학교에서, 지금은 프라하 대학교에서 프랑스어, 영어, 철학과 교육을 전공하고 있는 젊은 여학생으로, 아동들에게 교사로서 학과목 수업 가능, 과거의 수업 성과에 비추어 훌륭한 처신을 할 수 있다고 사료됨. 또는 낭독자나 사교 보조자로도 취업 가능."

회답은 내가 신문사에 가서 가져오겠소. 주소를 우체국 유치로 해서 트리쉬로 보내겠지만, 아마도 그대는 다음 주에는 프라하에 있겠지요.

물론 계속 찾아보겠는데, 이런 유의 광고에 너무 의존할 수는 없기 때문이오. 프라하의 우연이 나처럼 그대에게 행운을 빌고 있을지도 모르오.

그대의 프란츠.

## 67. 코모토의 막스 브로트 앞

*프라하, 1907년 9월 22일 일요일*

9월 22일

나의 친애하는 막스,

이것이 이렇다네. 다른 사람들은 상당 기간 동안에 한 번쯤 결정을 내리고서, 그리고 그동안 자신의 결정을 즐긴다네. 그래, 결정이 났네, 그것도 오늘에서야. 다른 사람들은 결정을 내리는 일이 아주 드물고, 그러고는 그 결정을 오래도록 즐기지. 그러나 나는 마치 권투 선수처럼 자주 결정을 내리네, 권투도 하지 않으면서 말이야. 그래, 나는 프라하에 있게 되네.

가까운 미래에 아마도 이곳에서 직장을 얻을 걸세(결코 대단한 것은 아니지), 그리고 일을 초조히 기다리지 않도록 그것에 대해 상세히 언급하지 않았으며, 지금도 그냥 하지 않겠네.

자네와 상견하기를 고대하네.

자네의 프란츠

## 68. 트리쉬의 헤트비히 바일러 앞

*프라하, 1907년 9월 24일 화요일*

아무튼 흐지부지한 성공이오, 보다시피, 은애하는 이여.

내가 문의함으로써 그대를 도울 수 있다고 생각했기에, 나는 그 서신들[37]을 개봉했소. 글쎄, 그중 하나는 믿을 만한 유대계로 보이고, 무슨 일을 하는 사람들인지 문의해보려고 하오. 어쨌든 그들에게 편지를 쓰겠소.

다른 하나는 약간 소설 같구려. 그대더러—이건 나의 번역이오—기호를 붙여가며 편지를 쓰라는군요, 어떤 조건에서 그대가 이스물한 살의 아가씨에게 일주일에 세 번, 뭐 가능하다면 산책하면서도 좋고, 독일어 회화를 가르치겠는가 하는 편지를. 답변은 그대가 해도 좋을 것 같아요, 재미 삼아서.

그러나 양편 다 신속히 회답해야 할 게요. 서신이 더 오리라고는 여기지 않소. 어쨌든 우리는 다음 며칠 동안은 그것을 가져오게 되겠지요.

그대에게 최선의 안부를 보내오. 어머니더러 편지쓰시라 해요. 잊지 말고, 그리고 오세요.

그대의 프란츠

### 69. 트리쉬의 헤트비히 바일러 앞
프라하, 1907년 9월 24일 화요일

그대의 편지가 묘하게도 저녁에 배달되었소, 은애하는 이여, 그래서 그것을 받자마자 그대가 제때 받을 수 있도록 지금 급히 답장을 쓰는 것이오.

외숙이 모친께 서신을 띄운다는 착상은 매우 좋소, 그리고 그런 생각을 미처 하지 못했던 나는 비난받아야 마땅하오.

그런데 대체 이게 무슨 일이오? 다시 나한테서 달아나려는 거요, 아니면 그렇게 위협하고 있는 거요? 내가 프라하에 머무는 것이 그대의 계획을 좌절시키기에 충분하다는 것이오? 부디 오시오, 그대 편지가 도착하기 직전까지도 나는 우리가 일요일 오전이면 만나서 내가 지금 읽는 프랑스어 책[38]을 함께 읽는다면 얼마나 좋을까 생각했다오(나로서는 현재 읽을 시간이 아주 희박해요). 그 책은 냉랭하지만 가닥이 풀린 프랑스어로 씌어 있는데, 내가 좋아하는 양식이라오, 그러니 부디 오시오.

내가 내 즐거움으로 그대를 위해 하는 모든 일에 그대가 그 대가를 갚겠다는 생각은 나를 기쁘게 하오. 하지만 그 광고 비용은, 문안을 동봉하거니와 (그것이 얼마나 서툴고 형편없는가 그대가 직접 보도록 말이오) 너무 하찮은 것이오. 반면에 간밤에 그대 건강을 위해 내가 건배한 샴페인—아무것도 눈치채지 못하셨나요?—값에 대한 청구서는 그대에게 보낼 것입니다.

지금 그대를 화나고 지치게 하는 사소한 일들은 처음에만 좋지않은 일일 뿐이오. 다음번에는 그런 일들은 예상할 수 있는, 따라서 이미 흥미 있는 일이 된다오. 용기를 가지려면 단지 절반만 전환시키면 되는 거요. 오시오.

그대의

프란츠

## 70. 트리쉬(?)의 헤트비히 바일러 앞
### 프라하, 1907년 9월 29일 일요일

가장 은애하는 이여,

그들은 내 잉크를 가져가버리고서 이미 잠이 들었소. 연필로라도 그대에게 편지 쓰는 것을 이해해주오, 그럼으로써 내가 가지고 있는 모든 것이 그대에게 어떻게든 한 부분이 될 수 있도록. 단지 파리 두 마리가 천장에서 소리를 낼 뿐, 유리창 소리만 가만히 들리는, 텅 빈 이 방에, 내 그대 가까이 있고 내 목을 그대 목에 기댈 수 있다면야.

나는 혼란 속에 빠질 만큼 불행하다오. 몇 가지 잔병치레에다, 미열, 약간의 좌절된 기대로 하여 이틀 동안 침상에 누워 있었고, 그래서 그대에게 천박한 고열의 편지를 썼지요. 하지만 이 날씨 좋은 일요일에 나는 창틀에 기대어 그 편지를 찢어버렸소. 왜냐하면, 가련한 내 사랑 그대가 매우 흥분해 있기 때문이오. 그대는 밤중에 여러 시간을 울었지요, 그렇지 않나요. 그동안 나는 그대를 위해 모든 것을 마련하려고 별빛 비추는 길거리를 뛰어다녔고요(낮에는 공부해야 하니까요). 결국에 가서는 무관한 일이 되어버리지요, 우리가 한 구역 떨어져 사는 것이나 한 지방을 떨어져 사는 것이나. 우리 주변의 모든 것은 얼마나 다릅니까. 목요일 아침에 나는 확실히 철도역에 서 있었고, 그리고 목요일 오후에도 그랬지요(기차는 한 시 이십삼 분에 오지 않고, 세 시에야 오는데, 십오 분 연착했소). 그런데 그대는 트리쉬에서 떨고 있었으며, 그러고서 내가 금요일에 받은 그 편지를 썼으며, 그에 대해서 나는 무슨 일을 해야 할지 몰라서 그냥 잠자리에 들 수밖에 없었지요. 그건 나쁘지 않소, 왜냐면 곧바로 앉지 않고서도 나는 침상에서 벨베데레 공원[39]을, 녹색의 비탈들을 보게 되니까 말이오.

결국에 가서는 별다른 일이 일어나지 않았소, 우리가 프라하와 빈 사이에서 콰드릴 춤[40]을 추었다는 것을 제외한다면. 그런데 이 춤을 추자면 어찌나 허리를 굽혀야 하는지 서로에게 다가갈 수가 없다오, 제아무리 그러고 싶어도 말이오. 그러나 마침내는 라운드 댄스 또한 있게 마련이오.

나는 별로 잘 지내지 못하오. 어떻게 될지 알 수가 없소. 우선 일찍 일어나 아름다운 날이 시작되는 것을 본다면, 그것은 견딜 만하다오, 그러나 나중에는─

눈을 감고 그대에게 입맞춤을 보내오.

그대의 프란츠


### 71. 프라하 아씨쿠라치오니 게네랄리 앞
프라하, 1907년 10월 2일 수요일
아씨쿠라치오니 게네랄리 서류에 카프카가 기록.

[생략]⁴¹


### 72. 프라하의 막스 브로트 앞
프라하, 1907년 10월 4일 금요일

친애하는 막스, 알겠는가, 내가 일자리를 얻었네. 그러니까 새로운
한 해가 시작되었지. 내 고통은 그것이 지금까지는 발이었다면 이제
부터는 손에도 해당된다네. 난 두 시 반에 링 광장에 있는 마리아 입
상⁴² 근처에서 자네를 꼭 만나고 싶어. 가능하면 그렇게 해주게나.

자네의 프란츠 K.


### 73. 프라하의 막스 브로트 앞
프라하, 1907년 10월 8일 목요일

친애하는 막스—신속히 회신하기 위해서 길거리에서 쓰네—자네는
그 여가 시간을 위해서는 왜 그리도 좋지 않은 기억을, 빌린 책들에

대해서는 왜 그리도 좋은 기억을 가지고 있는가? 어쨌거나 난 금요일에 갈 걸세.―『오팔』에 대해서는 아무것도 몰랐네.⁴³ 다만 의문나는 것은(그래서 지금 엽서에다 쓰고 있는데), 하느님이 왜 독일, 블라이, 그리고 우리를 그렇게도 벌주는가 하는 것이야. 특히 나를, 지금 오후 6시 15분까지도 이러고 있는 나를―

자네의 프란츠

## 74. 빈의 헤트비히 바일러 앞
### 프라하, 1907년 10월 초에서 10월 9일 사이

이제 다시 갈색의 획으로 그대에게 편지를 써야 하오. 왜냐하면 이미 자려고 문을 잠근 사람들이 잉크를 가지고 있는가 하면, 그대와 사랑에 빠진 이 사람은 연필을 찾았기 때문이오, 은애하는 이여, 은애하는 이여, 여름 날씨가 이 가을의 한복판에 나타나다니 얼마나 좋은 일인가요, 계절의 전환은 견디기 어려웠을 거요, 누구든 계절에 대한 내적 균형을 유지할 수 없다면 말이오, 그러니 얼마나 좋은 일이오. 은애하는 이여, 은애하는 이여, 사무실에서 돌아가는 귀갓길은 화제의 가치가 있소, 무엇보다도 그것만이 나로서는 말할 가치가 있는 유일한 것이라오. 나는 6시 15분에 정문을 탈출하고, 낭비한 15분을 후회하며, 오른쪽으로 돌아서 벤첼 광장으로 내려가서, 친지를 만나지요. 그는 나와 함께 산책을 하며 몇 가지 재미있는 이야기를 들려준다오. 그리고 귀가하여 내 방문을 열면, 그대 편지가 거기 와 있고, 나는 그대 편지 속으로 몰입하는데, 그것은 마치 들길에서 지친 이가 이제 숲속을 거니는 것과 같소. 나는 길을 잃게 되오, 하지만 그건 나를 두렵게 하는 것이 아니오. 매일매일이 이와 같이 끝난다면 얼마나 좋겠소.

사랑스런 이여, 며칠 저녁이 그렇게도 빨리 지났고, 이제 다시 또 다른 저녁이오. 편지 쓰는 흥분이 분명 잉크 자국으로 시작될까 싶소.

내 인생은 지금 완전히 엉망이오. 어쨌든 나는 직장을 얻었는데, 80크로네[*]의 하찮은 봉급에다 일은 여덟아홉 시간이라 끝이 없지만, 나는 사무실 밖의 시간을 야생의 금수같이 삼켜버리오. 지금까지는 단 여섯 시간으로 내 사생활을 한정하는 데 습관이 되어 있지 않기에, 또한 이탈리아어를 공부하고 있고, 이 좋은 날들의 저녁을 바깥에서 보내고 싶지 않기에, 나는 이 여가 시간의 혼잡함에서 벗어나기가 쉽지 않다오.

지금은 사무실에 있소. 여기 이 아씨쿠라치오니 게네랄리 보험 회사에 있으면서도, 언젠가는 멀리 떨어진 나라들의 의자에 앉아있는 희망을 품지요, 사무실 창밖으로 사탕수수 밭과 모하메드의 공동묘지를 바라보는 희망 말이오. 보험이라는 실체는 매우 흥미롭지만, 내 이 현재의 일이 서글픈 것이오. 그렇지만 가끔은 매우 좋기도 하오, 펜을 놓고 이렇게 앉아서 상상할 때면, 예컨대 그대 손을 포개어 내 손에 쥐고서, 설사 내 손에서 관절이 빠진다 해도 그대 손을 놓지 않으리라는 것을 아는 기분 말이오. 아듀.

그대의 프란츠

### 75. 빈의 헤트비히 바일러 앞
*프라하, 1907년 10월 9일 이후*

사랑하는 아가씨,

그대에게 곧장 답장을 쓰지 않은 점에 대해 용서를 구하오. 하지만 나는 아직 내 얼마 안 되는 시간을 유용하게 쓰는 기술을 터득하지 못해서, 곧 자정이 되었구려, 지금처럼. 아름다운 날씨가 내 마음에서 그대를 몰아냈다고 여기지는 말아요, 다만 펜을 몰아냈을 뿐이니, 은애하는 이여. 하지만 모든 그대의 물음에 대답하겠소.

내가 곧 그리고 멀리 전출될지 여부는 아직 모르오. 일 년 내에는 아마 아닐 게요. 최선은 회사에서 아예 탈락되는 것일지도 모르겠소, 그것 또한 불가능한 일은 아니라오.

내 직무에 대해서 불평하는 것은 아니오, 늪지 같은 시간의 태만함에 대해서만큼은. 근무 시간은 분할되지가 않아요, 심지어 마지막 반 시간조차도 나는 처음 반 시간 때나 마찬가지로 여덟 시간의 압박을 느끼오. 그것은 가끔 밤낮을 타고 가는 기차 여행같기도 한데, 마침내 너무 무서워져서 엔진 작업을 하는 기차 운전자도 구릉이나 평평한 시골 지방에 대해서 더는 생각하지 못하고, 대신 모든 사태를 여전히 손바닥 안에 쥐고 있는 시계 탓으로만 돌린다면 말이오.

나는 이탈리아어를 공부하고 있소, 왜냐하면 아마도 맨 처음 트리에스테[45]로 전출될 것이기 때문이오.

처음 며칠 동안 그러한 일에 민감한 이들에게 내가 매우 감동적으로 보였던 모양이오. 실제로는 어떠했든 간에, 나는 비하된 느낌이었소. 최소한 스물다섯 살이 되기까지 잠시라도 빈둥빈둥 보내지 않은 사람들이라, 그들은 참 안 되었지. 왜냐하면 우리가 무덤 속으로 가지고 갈 것은 벌어놓은 돈이 아니라, 빈둥거린 시간, 바로 그것이라고 확신하기 때문이오.

나는 여덟 시 정각에 사무실에 가고, 여섯 시 반에 퇴근하오.

전제가 없는 즐겁기만 한 사람들? 이런 종류의 일에 종사하는 사람들은 모두 그런 것 같소. 그들의 즐거움을 위한 도약대는 사무실에서 보낸 마지막 순간이오. 불행히도 나는 그런 사람들과 사귀지 않소.

『에로테스』가 '사랑에 빠진 자의 길'이라는 제목으로 출판되오. 하지만 표지 그림은 내가 그린 것이 아니라오, 그 그림은 다시 쓸 수 없는 것으로 드러났다오.

그대가 그 젊은 작가에 대해 쓴 대목은 흥미 있구려, 하지만 그대는 유사성을 과장하고 있소. 나는 복장을 잘 차려 입는데, 다만 임의로 그리고 잠정적으로 그리하오. 그러나 이 지구상의 많은 나라에서 많은 사람들이 그런 일에 통달해 있어요, 그들은 손톱도 손질하고, 어떤 이들은 화장도 하지요. 만일 그가 프랑스어를 멋있게 잘한다면, 그것은 벌써 우리들 사이에 하나의 의미 있는 차이이며, 그리고 그가 그대와 왕래한다는 사실은 엄청난 차이라오.

그 시를 읽었소,[46] 그리고 그대가 나에게 그것을 판단할 권리를 부여했기에, 이렇게 말할 수 있겠어요. 그 시에는 꽤 자부심이 있으나, 불행히도 완전히 혼자서 산책하는 자부심이라오. 전체로 봐서는 나에겐 어린애 같기도 하고, 그렇기 때문에 또 공감하고 경탄할 만한 동시대인인 것 같소. 이상이오. 그러나 그대의 귀여운 손에 쥐고 있는 저울의 표면적인 균형을 위한 과장된 감수성을 고려해서, 여기 아마 일 년쯤 된 옛 시시한 작품 하나를 동봉하오.[47] 그 또한 동등한 상황에서(그대는 결코 이름이나 그 밖의 어떤 단서도 주지 않겠지요, 안 그래요?) 평가하도록 말이오. 만일 그가 나를 철저히 비웃는다면, 그것은 큰 기쁨이 될 것이오. 그런 다음 나에게 그 쪽지를 돌려보내주시오, 내가 그의 것을 되돌려주듯이.

이제 모든 것을 대답했소, 대답 이상으로. 이제 나로서는 내 권리를 표명할 차례요. 그대가 그대에 대해서 쓴 것은 불분명한데, 아마 그대 자신에게도 그럴 것이오.

사람들이 그대를 괴롭히는 데 내가 책임이 있나요, 아니면 그대 스스로 자신을 괴롭히고 사람들은 단순히 그대를 돕지 않는다는 말이오?

'나에게 매우 호감을 지닌 한 남자' '양편은 양보를 해야만 했다' 그 거대하고 또 나에게 매우 불분명한 빈에서 오직 그대만이 내게 분명한 존재임에도, 그러나 아시다시피 이 순간 그대를 도울 수가 없다오. 시계는 우울하게 한 시를 치는데, 이제 이 편지를 접어도 되지 않을까요?

그대의 프란츠

(첨부)

### 만남

내가 만일 아름다운 처녀를 만나 "호의를 베풀어 잠시 저와 함께 가실까요"하고 말하는데 그녀가 말없이 지나가버리면, 그렇다면 그녀는 이런 애기를 하고 있는 것이다.

당신은 날아갈 듯한 이름을 지닌 공작이 아닙니다. 인디언의 몸집을 한, 평형을 이룬 조용한 눈을 지닌, 잔디밭과 그 사이를 흐르는 강물의 공기에 단련된 피부를 지닌, 떡 벌어진 미국인이 아닙니다. 당신은 내가 알 수 없는 대양으로, 그 대양 위에서 여행을 하지 않았습니다. 그런데, 왜 내가, 곧 아름다운 처녀가, 당신과 더불어 가야 하나요?

그대는 망각한 것이오, 어떤 차도 오랜 동요 속에서 흔들거리며 그대를 길거리로 긴 부딪힘으로 데려다주지 않는다오. 나는 그대를 따르는 양복에 눌린 신사들이 그대를 위해서 축복의 말을 속삭이며 반원을 이루며 그대 뒤를 바싹 따르는 것을 보지 못하오. 그대 가슴은 코르셋 속에 잘 정돈 되어 있소. 그러나 그대 허벅지와 엉덩이는 그 겸양을 위해서 망가지고 있다오. 그대는 주름 장식의 호박직 의상을 입고 있어요, 지난 가을 모두에게 기쁨을 주었듯이, 그렇지만 그대, 일신에 이 생명의 위험이여, 때때로 미소 짓는다오."

"그래요. 우리는 둘 다 옳지요. 우리를 위해 그것을 반박할 수 없는 것은 아니나 이를 의식하면서, 차라리 각자 혼자서 집으로 가는 것이 옳지 않을까요.[48]

## 76. 프라하의 막스 브로트 앞
### 프라하, 1907년 10월 16일 수요일

친애하는 막스

지금까지 늘 그랬던 것처럼 길거리에서 편지를 쓰네, 왜냐하면 행인들의 부딪힘이 필체를 생기 있게 해주니까.

파울라 R.[49]의 사진 앞에서. 어제 그녀를 몇 번 생생하게 바라보았네. 그녀는 잠시 서 있다가 히베르너 가쎄를 지나서 완전히 하얗게 사라지더군, 주름진 바지를 입은 젊은 남자랑. 자신을 위해서 무언가를 확실히 해두기 위해서 말이네만, 그녀는 치아가 엉클어져 있더군. 오른쪽 뺨에만 보조개가 있고, 얼굴 피부는 꽤 메말랐더군. 분가루가 아니라 잿가루를 바른 듯, 확실히 피부가 낮에는 쉬고 있나 봐—목요일에 가겠네. 내게 기쁨을 주게나, 일 많이 하고.

프란츠


## 77. 프라하의 막스 브로트 앞
### 프라하, 1907년 가을로 추정

나의 친애하는 막스,

미안하네, 어제는 진짜 카바레떼[50] 분위기였었나보이. 왜냐하면 내가 이탈리아어 수업 후 9시 반에 거기도 갔을 때는 모든 것이 이미 끝나버렸더군.

우리 어머니는 왈츠를 추시느라 흐트러진 기억력으로 막연히 기억하고 계시는데, 자네가 오늘 나를 보러 오겠다고 말했다고 그러시거든. 만일 자네가 그러고자 한다면, 차라리 오늘 내가 자네에게로 갈까 하네. 왜냐하면 우리 집에는 수술을 하신 숙모 한 분이 계셔서, 저녁 내내 우리가 잠자는 사람들 위로 넘어지기 십상이라서 그래. 그러니 나에게 알려주게, 그리고 더욱 친절하게 해주게나, 내가 자네에게 그『루키안』[51]을 보내니까.

자네의 프란츠

### 78. 프라하의 막스 브로트 앞
*프라하, 1907년 10월 21일 월요일*

사무실에서 급히 쓰네, 점심을 먹었네.—내가 오늘 가지 못하더라도 용서하게. 일요일에 할 일이 있었는데 하지 못했어. 일요일은 짧으니까. 오전에는 잠을 자지, 오후에는 머리를 감고 황혼 무렵에는 산보를 하지, 마치 놀고먹는 사람처럼. 일요일은 항시 즐거움을 만끽하느라 보내버린다네. 참 우스운 일이야. 목요일 금요일을 제외하고 시간 있으면 내게 편지하길. 진심으로 안부 보내며,

자네의 프란츠

### 79. 프라하의 막스 브로트 앞
*프라하, 1907년 10월 21일 월요일*

나의 친애하는 막스, 우리는 불성실과 부정확성의 경주를 거행하고 있네그려. 물론 나는 여기에서 승자가 될 것을 고려하지 않고 있네, 왜냐하면 나는 이탈리아식 부지런함에서 그저 단순히 부정확한데

비해, 자네는 즐거움에서 그러하지 않나. 그런데 자네가 그것을 다시 상쇄하고자 내게 온다고 하니(수요일이던가?), 나로서는 그러면 되었네. 그러나 자네가 어쩌면 손님 맞기보다는 방문을 거절하기가 더 쉬워서 그러는 것은 아닌가 모르겠어.

자네의 프란츠


## 80. 프라하의 막스 브로트 앞
*프라하, 1907년 10월 26일 토요일*

친애하는 막스—나는 빨라야 열 시 반이나 열한 시에 갈 수 있을 것 같아. 왜냐하면 그곳에서 신체 검사를 원하기 때문이네.[52] 내가 이 불행한 상태에서 계속 머물러야 하는 것이 어차피 거의 확실하므로, 그들은 단순히 필요가 아닌 즐거움을 위해 신체 검사를 하는 것이라네.

자네의 프란츠


## 81. 빈의 헤트비히 바일러 앞
*프라하, 1907년 10월 말*

은애하는 이여, 타자기 소리가 음악처럼 울리는 사무실에서, 급히 그리고 우아한 오자들을 내면서. 그대 서신에 대해서 오래전에 감사했어야 하거늘, 이제 그 일은 다시 너무나도 늦어버렸군요. 그러나 그 일에 대해선 그대가 영원히 나를 이미 용서했으리라 생각하오. 왜냐하면 나는 잘 지내노라면 신속하게 편지를 쓰고—꽤 오래된 일이오, 그리고 그때는 그럴 필요가 없었소—그렇지 못하면 천천히 쓰니까요. 그리고 비록 그대가 편지에서 나를 친절히 대하긴 하지만, 그렇더라도 놓친 것이 있다오. 곧, 내가 어느 길바닥에다 머리를 틀어박고서 다시는 빼내지 않으려는 그 에너지에 대해 칭찬 좀 해주지 그랬소. 나는 지금까지, 비록 가끔씩 쉬면서도, 꽤 단정하게 살아왔소. 왜냐하면 평상시에는 자신은 가마에 떡 하니 앉아서 선의의 인간들이 머리를 이고 거리를 지나는 듯한 느낌을 받는 것이 그리 어려운 일이 아니기 때문이오. 그때 만일 (계속 쓰려고 했지만 벌써 8시 15분이었어요, 그래서 귀가했지요)—하지만 그때 만일 목재 버팀대 하나가 부러지면, 하필 형편없는 날씨에, 그러면 우리는 시골 길에 멈춰 선 게 되오. 아무것도 성취하지 못 하고, 그가 목적했던 유령의 도시에서 여전히 멀리 떨어져 있는 것이라오. 이러한 이야기로 나를 뒤집어씌우는 것을 용서하오, 마치 어느 병자가 자신을 이불과 모포로 뒤집어씌운 것처럼 말이오.

이것은 얼마 전에 써놓은 편지였소. 그런데 오늘 그대 편지가 왔군요, 은애하는 이여. 이제 세 번째 쓰기가 시작되나 보오. 하지만 셋 중 하나는 아마도 흥분해 있는 과민한 아이를 안정시키게 될 것이오. 이제 우리는 이 청색, 갈색, 검은색의 세 벌 쓰기의 깃발 아래 모이고 있소.⁵³ 그리고 이것을 함께 암송하며, 단어 하나하나가 서로 합치되도록 주의를 기울이오. "인생은 역겹다." 좋아요, 정말 역겹지요, 하지만 만일 두 사람이 함께 말한다면, 그건 그렇게 나쁜 것은 아니라오. 왜냐하면 우리 가운데 하나를 산산이 부숴버리는 그 느낌은 다른 한 사람에게 부딪히고, 그로 인해서 확대되는 데 방해를 받기 때문이오. 그리고 누군가 틀림없이 이렇게 말하오, "그녀가 얼마나 참하게 '역겨운 인생'이라고 말하는가 봐요, 그렇게 말하면서도 발로는 쾅쾅 구르면서." 세상은 서글픈 것이오, 하지만 여전히 상기된 슬픔이요, 먼 데 행복에서 오는 생동하는 슬픔이라오, 안 그러오?

아시다시피, 사무실에서 해야 할 일이 굉장히 많아서, 지독한 일주일을 보냈소. 아마도 언제나 그러할 것이오. 그래요, 누구든 자기 무덤을 찾아야 한다고 나는 생각하오. 그리고 다른 고충들도 있소. 그것은 언젠가 다음에 그대에게 말해주리다. 단적으로 나는 야생 동물처럼 쫓아다녔는데, 나는 동물이 결코 아니니 얼마나 피곤해야만 했는지. 지난주 나는 내가 지금 거주하면서 '자살자를 위한 도약의 길목'이라 부르는 이 거리[54]에 정말로 어울렸다오. 왜냐하면 그 거리는 넓은 길 폭을 따라 강으로 내려가기 때문이오. 거기엔 다리가 하나 만들어지고 있으며, 그리고 다른 쪽 둑에는 벨베데레 공원이, 거기에는 언덕과 공원이 있고, 그 밑에 터널이 뚫리고, 그래서 그 거리를 따라 다리를 건너면 벨베데레 공원 아래를 산책할 수 있게 되지요. 현재로선 그 다리의 골조만이 세워져 있고, 이 거리는 강으로만 나 있다오. 그러나 이 모든 것은 농담일 뿐이오, 왜냐하면 강을 통해서 천국으로 가는 것보다는 다리를 건너서 벨베데레 공원으로 가는 것이 점점 더 쉬울 것이기 때문이오.

그대 상황을 이해하오. 그대가 공부를 해야 한다는 것은 바보 같은 일이며, 그리고 그것 때문에 신경질이 나는 것은 마땅하오. 누구라도 그대에게 언제라도 단 한마디 말이라도 비난을 던져서는 아니 되오. 하지만 봐요, 어쨌든 그대는 가시적인 진보가 있소. 그대에게는 소녀처럼 그대한테서 달아날 수 없는 목표가 있으며, 그것은 설령 그대가 방어하려고 해도 그대를 행복하게 만들 수 있는 목표이지요. 그와 반대로 나는 영원히 윙윙대는 멍청이로 남을 것이오, 내 곁에 가까이 오는 몇몇 사람들의 고막을 잠시 괴롭히면서 말이오, 아님 무엇이겠소,

그대 서신 속에 분명한 오류가 나타나서 매우 기뻤다오. 그대 또한 곧 인정하겠지만, 이 주는 단 한 번의 휴일이 있을 뿐이거든요.[55] 다른

하나는 아마 하부 오스트리아의 행운임에 틀림없소. 이런 일로는 그대가 나와 논쟁을 벌일 일이 아니오, 왜냐하면 오월 초에 이르기까지 모든 휴일을 외고 있으니 말이오. 다른 모든 일들에서는 나와 더불어 논쟁을 해도 좋고, 또는 더욱 고약하게는, 나와 논쟁하기를 거부해도 되오. 하지만 여기 변두리에다 간청하니, 그런 일일랑 하지 말아요.

그대의 프란츠


## 82. 프라하의 막스 브로트 앞
*프라하, 1907년 10월 말 또는 11월 초*

나의 친애하는 막스,

자네들 모두를 만난 기쁨에 몇 가지 조심성없는 말을 하고 말았네. 자네들과 작별했을 때야 비로소 다음 일들이 걱정되더군, 안 그런가, 살펴보게나, 그런 일이 벌어지지 않도록.

자네 부친께서 보이믈 씨를 바이스게르버 씨에게 주선해주신 일,[56] 그것은 유효하며, 그리 기분 좋은 일은 아니나 자네 부친은 내 이름을 거론하셔도 되네. 그러나 부디, 어떤 경우라도 내가 불만이라거나, 이 직장을 떠날 것이며, 우체국에서 자리를 얻을 것이라는 따위를 말씀하셔선 안 되네. 그러면 정말 난처해져. 왜냐하면 바로 그 바이스게르버 씨가 상당한 공을 들여서 나를 여기 아씨쿠라치오니 게네랄리 보험 회사에 넣어주셨거든. 그리고 초기의 절망이야 어찌 지났건, 그 조처들에 감격했고, 그에게 미친듯이 감사했기 때문이네. 그는 나를 위해 그 회사에 말하자면 보증을 섰다네. 그 선임 상사들이 바이스게르버 씨의 면전에서 말한 첫마디가 그런 것을 담고 있었지. 곧 만일 내가 일단 고용이 된다면, 그것은 그때만 해도 결코 확실한 것은 아니었지만, 내가 그 회사에 영원히 남을 것이며 그것은 당연한 일이라고 말이야. 물론 나는 그저 고개를 끄덕이는 것 이상이 었지.

물론, 만일 우체국에 자리를 얻게 되면, 그거야 여전히 아주 의심스러운 일이나, 거기에 대한 여러 설명이 있어야 할 걸세. 하지만 현재로선, 부디, 내 지나간 예견을 더는 손가락 끝으로라도 다치게 하고 싶지 않으이.

자네의 프란츠

## 83. 빈의 헤트비히 바일러 앞
*프라하, 1907년 11월 22일 금요일 또는 그 이전*
**12시**

자, 피곤하오, 하지만 순종하며 감사하오, 그대에게 고맙소. 모든 것이 좋소, 안 그렇소? 가을에서 겨울로 전환하는 시기는 가끔 그렇소. 이제는 겨울이고, 우리는 한방에 앉아 있는데—그게 꼭 그러하오—각각 기대어 앉은 벽이 조금 서로 너무 멀리 떨어져 있는 것을 제외하고는 말이오. 그러나 그것은 다만 주목할 일일 뿐, 또 그래서는 안 되겠지요.

대체 무슨 얘기들이오, 그대는 얼마나 많은 사람들을 알며, 또 그 산책이며 계획들은. 나는 어떤 이야기도 모르오, 사람들도 만나지 않소. 내 일상적인 산책은 네 거리를 급히 지나, 모퉁이를 돌았다 하면 곧바로 광장을 건너는 것이오. 나는 계획 따위엔 너무 지쳤소. 아마도 내 얼어붙은 손가락 끝이 오르막으로 가면 갈수록—나는 장갑을 끼지 않소—점차로 나무토막이 되어, 그렇게 되면 그대는 프라하에서 친절한 대필자를 만나게 될 테고 내 손은 좋은 소유물이 될 것이오. 내가 이렇게 짐승같이 살고 있기에, 또 그대를 편히 놔두지 않기에, 그대에게 이중으로 용서를 구해야겠소.

22일

어떤 일로, 왜 내가 편지를 부치지 않았는지! 그대는 화가 나거나, 또는 그냥 불안해지겠지요. 용서해주오. 내 태만함을, 아니면 그것을 뭐라 해도 좋으니, 조금만 너그러이 생각해주오. 그러나 그것은 오직 태만해서라기보다는 또한 두려움, 편지를 쓴다는 것, 이 끔찍한 일에 대한 일반적인 두려움이오. 이제는 편지를 쓰지 못함이 내 모든 불행이지만. 하지만 무엇보다도, 우리가 때때로 어떤 조정을 동원해서 안정되게 만들어야 하는 것은 오직 흔들리는 사물에 한하지요, 우리 관계는 그러한 범주에 들어가지 않는다고 생각했으면 하오.

어찌 되었든 그대에게 오래전에 편지를 썼어야 했소, 절반쯤 쓴 편지를 작게 접어서 지니고 다닐 일이 아니라. 그런데 이제 나는 너무 갑자기 온갖 사람들의 홍수 속에 빠지게 되었소. 사관들, 베를린 사람들, 프랑스 사람들, 화가들, 카바레 가수들, 그들은 내 얼마 안 되는 저녁 시간을 너무도 즐겁게 빼앗아가 버렸소. 비단 저녁 시간뿐만이 아니오, 예컨대 간밤엔 나는 팁으로 악대 지휘자에게 줄 크로네가 없어서, 그 대신 그에게 책 한 권을 빌려주었소. 뭐, 그 비슷한 일들이오. 그러다 보면 시간이 흐르는 것도, 나날을 잃고 있다는 것도 망각하는 법, 그러니 지당한 일 아니겠소. 나의 안부, 사랑 그리고 고마움을 보내며.

그대의 프란츠

### 84. 프라하의 막스 브로트 앞

*프라하, 1907년 12월 6일 금요일*

나의 친애하는 막스—나를 기쁘게 해주게나, 그러니 내일 토요일에
'코르소'[57]로 나오게. 나는 8시부터 그곳에 있겠네. 이 즐거움을 나와
자네에게 부수적으로 부여하고 싶으이.

자네의 프란츠

### 85. 프라하의 막스 브로트 앞

*프라하, 1907년 12월 16일 월요일*

나의 친애하는 막스

    내 급히 자네에게 말하려네, 오늘
저녁에 나가지 않네. 그건 내게 아무런 즐거움을 주지 않을 걸세. 그
러나 그것이 지금의 내 생활 방식에서 결코 변명의 이유가 되지는 못
하겠지.

자네의 프란츠

### 86. 프라하의 막스 브로트 앞

*프라하, 1907년 12월 21일 토요일*

나의 벗 막스

    정말 너무도 힘이 드네, 그래서 만
일 한 주일 또는 필요한 만큼 더 오래도록 아무하고도 말을 하지 않

는다면 헤어나올 수 있을 것 같은 생각이 드네. 자네가 이 엽서에 어떤 방식으로든 답을 주지 않을 것으로 보아서 자네가 나를 좋아하는 것으로 알겠네.

자네의 프란츠

**87. 프라하의 막스 브로트 앞**

*프라하, 1907년 3월 29일 월요일*

*편지지 상단: 트리에스테 아씨쿠라치오니 게네랄리 보헤미아 총지부*

*프라하, 1908년 3월 29일*

서글픈 일요일—

오전 근무—

분과

나의

친애하는 막스,

자네 이름 첫 자는 참으로 불편하네! 내가 펜을 쥐는 방식으로는, 아무리 그러고 싶어도 깔끔하게 쓸 수가 없네.

그러나 할 일이 너무 많고, 마침 여기에 햇빛이 비치기에, 텅 빈 사무실에서 매우 값싸게 수행될 수 있는 거의 훌륭한 생각이 떠올랐어. 월요일부터 화요일까지 우리의 계획된 밤의 생활 대신에, 우리는 5시나 5시 반에 마리아 입상[58] 곁에서—그러면 여자들이 없는 것도 아니지—만나서 좋은 아침 생활을 마련할 수 있을 게야. 그리고 트로카데로나 쿠헬바트로 가거나 아니면 엘도라도에 가는 거야.[59] 내키는 대로 몰다우 강변 정원에서 커피를 마시든지, 아니면 요시[60]의 어깨에 기대고 있든지 할 수 있어. 둘 다 좋은 일이지. 왜냐하면 트로카데로에서는 우리가 초라하게 보이지 않을 테니까. 백만장자들이나 그 이상의 부자들도 있지만, 새벽 6시 무렵이면 그들 주머니도 비어 있을 게 아닌가. 마치 우리가 모든 다른 술집들에서 죄다 털린 뒤에, 유감스럽게도 마지막 이 집에 들어온 것은, 마침 우리에게 커피가 꼭 필요하니까, 하찮은 커피 한 잔을 마시러 온 것이다 하는 식이지. 그러고는 우리가 그래도 백만장자였기 때문에—아니면 지금도 여전히 그렇다고 해두세, 이 새벽에 누가 알아—이제 두 번째 잔을 지불할 능력이 된다 그러는 거야.

알다시피, 이런 일은 오직 빈 지갑 하나만 있으면 되는 것, 원한다면 자네를 위해 내 그것을 마련하지. 그러나 자네가 그러한 일을 감행하기에 용기도 덜하고, 인색하지도 않고, 기력도 없다면, 나에게 편지 쓰려 하지 말고 그냥 월요일 9시에 만나자구. 그러나 만일 그럴 생각이면, 내게 곧바로 편지를 써서 기송 우편으로 보내게나, 자네의 조건들을 함께 써서.

나는 그 몬테네그로[61]의 위엄을 엘도라도로 가는 길에 발견했네. 그래 거기서 생각했지—모든 것이 이 항구의 입항을 위해 정돈되어 있어—우리가 두 처녀를 자네가 좋아하는 첫 번째 아침 식사로 취해도 좋을 것이라고.

자네의 프란츠

# 1908년

## 88. 프라하의 막스 브로트 앞

프라하, 1908년 4월 7일, 14일, 또는 21일 화요일

나의

친애하는 막스,

내일, 수요일 저녁에, 내가 자네
를 데리러 가게 해주지 않으려나. 자네는 프리브람과 작별 인사를 원
할 것이고, 그럼 그렇게 할 수 있을 게야. 나는 토요일 밤의 무의식에
서 이미 깨어났네, 자넨 모르지. 물론 내가 그토록 오랫동안 그런 사
회에 속해 있지 않았던 데 책임이 있지. 그러나 그것만이 아니야, 그
거야 그럴 수 있지. 그런 똑같은 일이 '런던'에 갔을 때도 일어났네,
요시와 말취²랑 있을 때였지. 그러나 일요일엔 다시 엄숙해졌다네.
나는 「부제독」³을 보러 갔고, 만일 극본을 써야 한다면 다만 오페레
타에서 배울 일이라고 주장하려네. 심지어 무대 위는 그저 그렇고 출
구가 없더라도, 아래의 악장은 뭔가를 시작하는 것이야, 바다의 만
너머로 모든 체제의 대포들이 접전 중이고, 그 테너의 팔다리는 무기
이자 깃발이며, 그리고 네 모퉁이에서는 합창단 여자들이 웃고 있더
라고. 수병 복장을 한 예쁜 여자들이.

그런데 말이지, 만일 자네가 내일 나에게 올 생각이고 또 그렇다고
써 보내준다면, 내 새 외투를 자네에게 보여주겠네, 만일 그것이 준

비가 되고 또 달밤이면 말이야.

자네의 프란츠


## 89. 프라하의 막스 브로트 앞
프라하, 1908년 6월 9일 화요일

편지지 상단: 트리에스테 아씨쿠라치오니 게네랄리 보헤미아 총
지부

프라하, 08년 6월 9일

친애하는 막스,

고맙네. 틀림없이 자네는 좀 더 일
찍 고마움을 표시하지 않은 불행한 나를 용서해주겠지. 사정이 이랬
거든, 곧 일요일 아침과 이른 오후엔 아주 쓸데없이, 끔찍하게도 쓸
데없이, 다만 내 신체적 자세로 인해서, 어떤 일자리에 지원했고,[4] 오
후 내내는 외조부님[5]께 가 있었지, 비록 종종 자유 시간에 사로잡혔
지만, 그리고 해질 무렵이 되어서는 물론 사랑하는 H.[6]의 침대 옆 소
파에 앉아 있었다네. 그동안 그녀는 붉은 담요 아래서 자신의 아기
같은 몸을 납작 웅크리고 있었네. 저녁에는 다른 소녀와 전람회에,[7]
밤에는 술집에서, 그리고 5시 반에 귀가. 그때서야 나는 자네 책을 보
았네.[8] 다시 한번 감사해. 읽은 것은 아직 조금뿐이야, 내가 이미 알고
있는 부분. 웬 소음인지, 절제된 소음 같은 것.

자네의 프란츠

## 90. 프라하의 막스 브로트 앞
*프라하, 1908년 6월 11일 목요일*

바라건대 나의 친애하는, 친애하는 막스, 설령 전에는 자네가 저녁을 다르게 보내려 했다 하더라도, 나를 기다려주게. 그러면 나는 극장에 가서 누군가를 데려올 필요도 없고, 고무 타이어를 타지도,⁹ 어떤 카페의 발코니에 앉아 있지도, 어떤 술집에도 들어가지 않고, 그 줄무늬 의상을 구경할 필요도 없어진다네. 자네가 만일 매일 저녁 나를 위해 시간을 내준다면 말이야!

자네의 프란츠

## 91. 프라하 노동자재해보험공사 앞
*프라하, 1908년 6월 30일 화요일*

존경하는 지사장님 귀하!

충직한 본 서명자는 존경하는 보헤미아왕국 노동자재해보험공사 지사장님께 조무 관리로서 임용 선처를 바라오며 이 청원에 다음을 첨가하는 바입니다.

첨부한 국가시험증명과 졸업증명서는 본 청원자가 프라하 카를페르디난트 대학에서 제3회 국가 시험을 성공적으로 통과했음을 증명합니다.

이 대학에서 본 청원자는 제3회 시험 통과 이후 1906년 6월 18일 법학박사 학위를 취득하였습니다.

1906년 4월 1일에서 1906년 10월 1일까지 변호사 시보로 근무했고, 이후 10월 1일까지 법정 실습에 들어갔으며, 이후 프라하 아씨쿠라치오니 게네랄리 보험 회사에서 관리직을 수행하였습니다.

본 청원자는 독일어와 보헤미아어의 구어와 문어에 통달했으며, 나아가서 프랑스어에 능하고, 부분적으로는 영어도 가능합니다. 올해 2월 3일에서 5월 20일까지는 프라하 상업 아카데미에서 노동자 보험 과정을 수학했고, 첨부한 증명서와 같이 시험을 통과했습니다,

1906년에는 본 청원자는 제3급이었고, 군 면제자입니다.

프라하, 1908년 6월 30일

법학박사 프란츠 카프카 배상

*이하 체코어로 동일한 내용이 기록되어 있음.


### 92. 프라하의 막스 브로트 앞
슈피츠베르크,[10] 1908년 7월 18일 토요일

나의 친애하는 막스,

지금 베란다 지붕 아래 앉아 있네. 앞쪽으로는 비가 내리려 하고, 나는 두 발을 차디찬 벽돌 마루에서 탁자 중턱으로 옮겨놓고서, 편지를 쓰느라 손은 그냥 내버려 두었네. 나는 매우 행복하다고, 그리고 만일 자네가 여기 있다면 굉장히 즐거울 텐데라고 쓰네. 왜냐하면 숲속에는 우리가 이끼에 누워서 몇 년을 명상할 수 있는 사물들이 있으니까. 아듀, 곧 돌아가겠네.

자네의 프란츠

## 93. 프라하의 막스 브로트 앞

*프라하, 1908년 7월 29일 수요일/30일 목요일로 추정*

나의 친애하는 막스,—지금은 밤 12시 반, 편지 쓰기에는 어울리지 않는 시간이네, 밤이 오늘처럼 무더울지라도 말이야. 나방들조차 불빛에 모이지 않네.

──────── 보헤미아 산림에서 보낸 행복한 일주일 후─거기에선 나비들이 여기 제비들처럼 높게 난다네─프라하로 돌아온 지 나흘 되었지, 여전히 의지할 곳 없이. 아무도 나를 괴롭히지 않고, 나도 아무도 괴롭히지 않아. 하지만 후자는 바로 그 결과이지. 내가 드디어 줄곧 읽고 있는 자네 책"만이 좋으네. 형언할 수 없는 불행에 그렇게 깊이 빠진 것은 오래전 일이네. 나는 읽고 있는 한 그 책에 몰두하네, 비록 그것이 그 불행한 자를 도와주려는 것이 전혀 아닐지라도. 그렇지 않고서는 절실하게 누군가를, 그저 다정하게 만져줄 누군가를 찾지. 그래서 어제는 호텔에 창녀를 데리고 갔네. 그녀는 여전히 우울해하기에는 나이가 너무 들었는데, 그러나 안 됐다는 느낌은, 그것이 그녀를 놀라게 한 것도 아니지만, 어쨌든 사람들이 창녀들에게는 연애 상대에게 대하듯 그렇게 친절하지 않다는 사실이야. 나는 그녀를 위로하지 못했지, 그녀 또한 나를 위로하지 못했기에.

## 94. 프라하의 막스 브로트 앞

*프라하, 1908년 8월 22일 토요일*

솔직히 고마움을 표시하네, 나의 친애하는 막스, 하지만 사실의 불분명함이 자네의 설명보다는 더 분명하다는 것을 말해야겠어. 내가 거기에서 확실히 인식한 유일한 것은, 우리가 오랫동안 그리고 자주 함께 극장에, 공장에, 그리고 게이샤[12]들을 방문해야 한다는 것이야, 우리가 그 사안들을 우리 자신만을 위해서가 아니라 이 세상을 위해서 이해하려면 말이야. 월요일에는 안 되겠어, 그 밖에 화요일부터는 언제고 가능해. 화요일 4시에 자네를 기다릴게.

자네의 프란츠

## 95. 프라하의 막스 브로트 앞
보덴바흐,[13] 1908년 9월 2일 수요일

나의 친애하는 막스,
지금은 5시, 여태까지 6시간 근무의 권태를 우유와 함께 삼키고 있는 중, 그것은 부수적 의미를 주지. 하지만 그 밖에는 뭐. 그 밖에 몇 가지가 있긴 해. 매우 좋은 음식의 아침, 점심, 저녁, 그리고 호텔 방에서의 생활. 나는 호텔 방들이 좋아. 호텔 방에 들면 집에 있는 느낌이야, 아니 그 이상이라고, 정말로.

자네의 프란츠

목요일 오후면 벌써 돌아가네.

## 96. 프라하의 막스 브로트 앞
체르노직,[14] 1908년 9월 9일 수요일

그때 나는 12시까지 잠자리에 누워 있었고, 오후에도 더 이상 나아지지 않았네. 그 전날 그리고 밤이 문제였지. 내가 체르노직에 있는 것은 별난 일이 아니지. 자네들[15] 모두 나보다 훨씬 잘 지내기를 비네.

FK

### 97. 프라하의 막스 브로트 앞

*프라하, 1908년 9월 초*

나는, 나의 친애하는 막스, 자네의 행복에 대해서, 자네들 모두의 행복에 대해서 기뻐하고 있네. 다만 그 행복이 자네들을 좀 더 수다스럽게 만들지 않는 것이 유감일 뿐. 그러나 그건 그렇고, 나도 자네에게 동감이야, 여행 중에는 편지를 잘 쓰지 않게 된다는 것, 또한 행복하면 잘 안 쓰게 된다는 것 말이야. 거기서 자신을 방어한다면 행복해지는 것에 대한 방어를 의미하겠지. 그러므로 다만 편안히 수영이나 즐기게나, 나의 친애하는 막스여.

다만 나는 자네가 겐퍼 호수의 교훈적인 그림 엽서를 보내지 않았으니까 내 지리학 실력에 의존하는 수밖에 없겠네, 자네를 생각하려면 말이야. 그거야 물론 보편적인 것에 관한 한 탁월하겠지, 하지만 세부적인 것에 관해서는 그저 그 탁월한 보편성에 의지할밖에. 그러니까 정말 어떠한가? 리바에서 호수로 가서 수영을 좀 하는가, 보로마니아[16] 어느 섬에 가는가—지명이 뭔가?—풀밭에서 내가 함께 보낸 편지들을 읽는가? 그건 정말 예쁜 편지야, 안 그런가? 자네는 서체만으로도 글쓴이를 알 게야.[17] 잘 있게나.

자네의 프란츠 K.

## 98. 프라하의 막스 브로트 앞

*프라하, 1908년 9월 23일 수요일 가능성*

나의 친애하는 막스—두 달에 한 번 목요일에 오후 근무가 있는데[18] 그것이 바로 내일이네. 그러니 난 겨우 저녁에야 갈 수가 있네.

자네의 프란츠


## 99. 프라하의 막스 브로트 앞

*프라하, 1908년 10월 23일 금요일*

*주소 인쇄: 헤르만 카프카*

친애하는 막스—내일 자네에게 가는 일에 대해선 말을 말게나. 이 결혼식을! 이 결혼식을![19] 내가 거기에 책임이라도 있는 것 같으이. 화요일에 가도 되겠나? 오후나 어쩌면 저녁에?

프란츠


## 100. 프라하의 막스 브로트 앞

*프라하, 1908년 10월 25일 일요일*

그래 나의 친애하는 막스, 내 기꺼이 화요일에 가겠어, 그것도 곧. 단 질문이 하나 있어, 지금 자네가 곧바로 대답해줄 수 있을 것 같은데. 만일 예컨대 한 가지 대화를 하면서 여덟 사람이 앉아 있다면, 거기서 말이 없는 사람으로 여겨지지 않으려면 언제 어떻게 발언을 해야 하나? 설혹 인디언처럼 거기에 관여하지 않더라도, 그것이 자의적으로 일어나서는 안 되겠지. 미리 물어봐둘 것을!

자네의 프란츠

주의: 아버지[20]가 「마법사」[21]의 이 층 특별석 표를 내게 사주신 것이 아니네!


**101. 프라하의 오스카 바움 앞**

*프라하, 1908년 11월 6일 금요일*

존경하는 바움[22] 씨!

당신은 책의 출간으로 (저는 아직 그것을 읽지 못했지만, 이제부터 열성적으로 읽겠습니다) 그리고 어제 보내신 초대장으로 동시에 저에게 기쁨을 주셨습니다. 대단히 감사합니다. 물론 가 뵙지요. 만일 제가 책 한 권을 가지고 가서 조금 낭독하려 해도,[23] 무례라 간주하지는 마십시오.

우리가 월요일이 아닌 수요일에 간다 해도, 그것이 당신에게 누가 되지 않기를 바랍니다. 막스도 그렇게 써 보냈을 것으로 압니다만.[24]

상냥하신 부인[25]에게 경애를 보내며,

F. 카프카 드림

프라하 1908년 11월 6일

## 102. 프라하의 막스 브로트 앞
*프라하, 1908년 11월 12일 일요일*

나의 친애하는 막스—나는 못 갈 것 같네. 일찌감치 오후와 저녁을 고대하고 있는데 오후에 사무실에 나오라는 전갈이 왔네. 점심때부터 미리 저녁을 고대하고 있었는데, 내가 오후와 저녁때 점포[26]에 있어야 한다는 거야. 점원 하나가 아프고 아버지의 상태도 좋지 않다네. 내가 8시까지 점포에 있지 않으면 살인이라도 날 모양이야. 어쩌면 밤에 나가도 그럴 것인지. 그러니 날 어여삐 여겨 용서해주게나.

## 103. 프라하의 막스 브로트 앞
*프라하, 1908년 11월 21일 토요일*

나의 친애하는 막스, 더럽지만 내가 가진 이 가장 예쁜 그림 엽서[27]에 자네에게 입맞춤을 보내네. 그러니까 온 주민이 보는 가운데. 나 자신보다도 자네를 더 믿기에, 어제 내가 정말 잘못했구나 그렇게 생각했네. 다만 그런 것은 별것 아니다, 우리가 아직은 오래도록 살 것이니까 그런 말이었지. 하지만 자네가 쓴 대로 사실이 그렇고, 나 또한 그런 확신이라면, 그건 더 잘된 일이지. 그리고 자네는 정말 다음에는 리프트를 타게 될 거야.[28] 그런데 말이지 오늘은 정말 내가 처음으로 살기 시작한 것처럼 기분이 좋네. 거기에는 자네 엽서도 딱 들어맞는 것 같아. 그렇게 시작하는 것이 얼마나 좋은 친분인가 말이야.
　　　　　　　　　　　　　　　　　자네의 프란츠
날짜는 염려 말게나. 왜냐하면 자네는 그전에 자리[29]를 얻을 것이고, 만일 그렇지 못한다 해도 어떤 경우에라도 나오게 될 「하녀」[30]는 나올 테니. 그렇다면 자네는 뭘 더 바라는 것인가. 밤중에는 우리가 더 많은 것을 바라게 되지, 그러나 오전에는 어떻든가?


## 104. 프라하의 막스 브로트 앞
*프라하, 1908년 11월 21일 토요일*

나의 친애하는 막스, 신문에 의하면 만사가 자네를 위해서 눈부시게 잘 진행되는 것 같으이.[31] 물론 나는 자네와 나 그리고 우리 모두에게 행운을 빌어 마지않네. 이미 말했던 것처럼, 여기 어디에 행복이 숨어 있는지 알지 못하지만 말이야. 어쨌거나 자네가 비슷한 통찰의 기회를 갖게 된 것을 기뻐하지 않을 수 없네.

자네의 프란츠


## 105. 프라하의 막스 브로트 앞
*프라하, 1908년 12월 10일 목요일*

나의 친애하는 막스—만일 내가 오늘 간다면—그건 상관없겠지만, 난 내일에야 가거든—그래서 내가 자네에게 청하는데—내가 지금 하고 있듯이, 왜냐하면 그렇게 갑작스러운 놀람은 의미가 없을 테니까—일을 어떻게든 악의적이지 않은 방향으로 조정해 달라는 것이야. 곧 내가 내일 저녁에 가지 않아도 되도록 말이야. 왜냐하면 오늘 아침 세수하기 전에 알아차렸지만, 내가 2년 동안을 절망 상태에 있었고, 이 절망에서 나오는 더 크고 작은 제한이 현재의 기분을 결정한다는 사실 말이야. 그리고 나는 카페에 있으며, 몇 가지 좋은 것을 읽었고, 기분이 좋아졌고, 그래서 편지를 쓰지만, 내가 집에서 원했던 것처럼 확신에 차서 쓰지는 못한다네. 하지만 그것이 내가 2년 동안을 아침 일찍 기상하면서 아무런 기억이 없다는 사실을 반박해주지는 않지. 기억이란 나같이 위안에 강한 자에게는 위안하기에 충분한 힘인 것을.

프란츠

나는 어디에도 가지 않겠네, 절대로.


### 106. 프라하의 막스 브로트 앞
*프라하, 1908년 12월 15일 화요일*

나의 친애하는 막스,

　　　　　　　내일이 되기 전에 나는 『디드로』[32]에 대해서 자네에게 감사해야겠어. 그러한 즐거움이 정말로 필요했나봐. 누군가 그것을 향해 가면 항상 그 앞에 머무는, 또한 멀리 가면 갈수록 그 사람의 주변을 에워싸는 즐거움이.

　근래에 카스너[33]와 몇몇 다른 것들에 대해서 이런 문장을 썼네. 우리가 결코 보지도 듣지도 심지어 느끼지도 못한 것들이 있다. 더구나 그들의 존재는 입증되지도 않는다―비록 아무도 아직 그것을 입증하려고 시도하지는 않았지만. 우리는 그 진행 방향을 보지 않았음에도 곧 거기에 달려들게 된다. 그 방향에 도달하기도 전에 거기에 빠지며, 또 언젠가는 의복, 가족의 기억, 사회적 관계들을 지닌 채 함입되기도 한다. 그것은 마치 도상에 있는 그림자일 뿐인 함정 속으로 빠지는 것과 같다.

　그러나 이것은 다만 자네에게 안부를 전하고 자네 작품에 최상의 행운을 비는 계기가 되었으면 하네.

자네의 프란츠

1908년 12월 15일


**107. 프라하의 옐자 타우시히[34] 앞**

*프라하, 1908년 12월 28일 월요일*

경애하는 아가씨,

놀라지 마십시오, 저는 다만 제가 위임받은 대로 적당한 시간에(그것도 가능하면 늦게, 당신이 망각하지 않도록) 상기시켜드리려는 것뿐입니다, 곧 오늘 저녁 당신 자매와 더불어 '오리엔트'[35]에 가려는 사실입니다.

만일 더 쓴다면 그것은 과잉이며, 앞서 쓴 것이 감소될 뿐이겠지요. 그러나 저는 꼭 필요한 것보다는 과잉의 것을 더 쉽게 하곤 한답니다. 꼭 필요한 것이란 제가 항시 괴롭힌 것들이라고, 고백합니다. 이렇게 고백할 수 있는 이유는 그게 자연스럽기 때문입니다.

왜냐하면, 우리가 반드시 필요한 것을 성취하였다는 기쁨에[이것은 당연히 항상 당장에 발생해야 합니다, 그렇지 않다면 우리가 어떻게 영화관에 가는 삶을 유지할 수 있겠습니까—오늘 저녁을 잊지 마십시오—체조와 샤워를 위해서, 혼자 사는 것을 위해서, 맛있는 사과를 위해서, 수면을 위해서, 만일 충분히 잤다면 취하기 위해서, 몇 가지 과거사를 위해서, 겨울의 뜨거운 목욕을 위해서, 어둠이 깔리면 또 무엇을 위해서일지 누가 압니까] 그럼 우리는 그토록 기쁘다고 생각되는데, 즉 바로 우리가 그토록 기쁘기 때문에 과잉의 것을 행하는 겁니다. 겨우 필요한 것은 제쳐두고서 말입니다.

제가 이런 이유를 드는 것은, 당신 집에서 보낸 그날 저녁 이후 당신에게 편지를 쓰는 것이 꼭 필요한 일이라는 것을 알았기 때문입니다. 저는 이것을 결정적으로 지연시켰습니다, 왜냐하면 지난번 영화 상영 이후—당신은 이 두 가지를 구별하셔야 합니다—그 편지가 언제나 꼭 필요했지요, 그렇지만 이 잠정적인 필연성은 이미 약간은 과거지사였어요. 물론 과잉의 것이 위치한 방향과는 다른, 어떤 완전히 무가치한 방향에서였지요.

그렇지만 지난번에 당신이 저에게 제 필체를 보여주는 편지를 써 달라고 말했을 때, 당신은 곧 필요한 것의 모든 전제들, 그리고 그와 함께 과잉의 전제들을 마련해주었습니다.

그렇지만 그 꼭 필요한 편지도 나쁘지는 않았을 것입니다. 당신이 고려해야 할 것은, 필요한 것은 항상, 과잉의 것은 대체로, 그리고 꼭 필요한 것은 적어도 저에게는 아주 드물게 발생한다는 사실입니다. 그럼으로써 그것은 모든 맥락을 잃고 조금은 애처롭게, 즉 재미있어 질 수도 있을 것입니다.

그러므로 그 편지가 없어서 유감입니다, 왜냐하면 그 편지에 대한 당신의 웃음도 없기 때문이지요. 그렇다고 제가 이 말로—제말을 믿으시겠지요—당신의 다른 웃음에 반대하는 무엇을 말하려는 것은 아니고, 또 예컨대 오늘 '멋진 근위병'인지 '목마른 헌병'인지가 당신에게 마련해줄 그 웃음에 대한 반대도 아닙니다.

프란츠 K. 드림

1908년 12월 28일

### 108. 프라하의 막스 브로트 앞
*프라하, 1908년 12월 31일 목요일*

나의 친애하는 막스, 고맙지만 아닐세, 그것은 아니야, 아닌 것이 더 낫네.

[그런데 말이지 나는 4시에야 자네의 엽서를 받았네, 그때 막 자네에게 가려던 참이었지. 그리고 잠자리에 들었고, 지금 6시 15분에 일어났는데 말하자면 좀 너무 자버렸네.]

자네에게 손님들이 있다는 것을 아네. 그들 중 누가 나를 만나고 싶다거나 아니면 견딜 만하다고 말했단 말인가. 지난 사흘 동안 잠에서 깨어날 때마다 오늘 잘 잠에 대한 기대로 스스로 위안을 하지. 무엇보다도 우리가 차를 마시러 간다 하더라도『성 앙투안』[36]에는 이르지 못하고,『행복한 사람들』은 생각도 못했을 게야.[37]

그러나 현재로선『행복한 사람들』보다 나에게 더 의미 있는 것은 없어. 때문에 각별한 충심으로 자네에게 근하신년을 빌며, 너무 밤늦게까지 일하지 말기를 부탁하네.

잘 있게 나의 친애하는 막스, 자네 가족에게 내 신년 축원을 전해주게, 그리고 내가 다시 들을 수 있을 때 편지를 쓰게나.

자네의 프란츠

1908년 12월 31일


### 109. 프라하의 막스 브로트 앞
*프라하, 1908년(?)*

나의 친애하는 막스, 자네가 집에 있지 않은 것이 행운이야. 자네는

내게 해줄 몇 가지 좋은 일을 면하고 있네그려. 나 또한 행운이지,
왜냐하면 내가 만일 내일에야 비로소 9시경에 바움에게 갈 수 있다
고 하면,[38] 자네에게 이렇게 홀가분하게 그리고 단호히 빌 수 있으니
까 말이야, 나를 용서해주고, 이 세상을 용서해달라고. 몇 몇 친척들
이 아직 우리 집에 있네. 그래서 월요일 5시경에 잠시 자네에게 들
르겠네. 내가 혹여 일하는 것을 방해할 것 같으면, 그냥 집에 없다고
하게나.

자네의 프란츠

# 1909년

### 110. 프라하의 막스 브로트 앞
*프라하, 1909년 초로 추정*

나의 친애하는 막스—혹시 자네가 아르코[1]에 곧바로 잠시만 와준다면 어떻겠는가, 오래가 아니라, 절대로 그렇진 않아, 다만 나를 기쁘게 해주기 위해서 말이야. 이보게, 프리브람[2]이 거기 있네. 부탁하건대, 경애하는 브로트 부인과 브로트 씨, 부디 선처하시어 막스가 여기 오도록 내버려 두시지요.

프란츠 K

### 111. 프라하의 헤트비히 바일러 앞
*프라하, 1909년 1월 7일 목요일*

존경하는 아가씨,[3]

　　　　여기에 편지들이 있습니다, 오늘 엽서 또한 놓아둡니다, 그러나 당신[4]에게서는 단 한 줄의 편지도 없습니다.

따라서 감히 말하거니와, 당신과 말을 나누게 해주심으로써 당신은 제게 기쁨을 주십니다. 당신은 그것을 거짓말로 여길 자유가 있지만, 이 거짓말은 말하자면 너무나 엄청나서, 여기에서 일종의 우정을 표하지 않고서는 그 거짓을 믿으실 수 없을 것입니다. 그뿐이 아닙니다. 거짓말일 것이라는 견해는 필연적으로 당신으로 하여금 저와 말하도록 고무하게 될 것입니다. 물론 저는 이로써 그 허락에 대한 제 기쁨이 당신을 거부하도록 움직일 수도 있음을 말하려는 것이 아닙니다.

여하간 당신이 [저에게는 기쁨일 테니, 그 점을 잊지 마세요] 숙고를 강요할 수 있는 것은 아닙니다. 당신은 혐오감이나 권태를 두려워할 수도 있겠지요. 아마도 당신이 내일 떠나는지도 모르지요. 이 편지를 읽지 못할 가능성도 있고요.

당신은 내일 점심에 우리 집에 초대됩니다. 초대를 받아들이는데 제가 장애가 되지는 않습니다. 저는 늘 2시 15분에야 귀가합니다. 만일 당신이 오신다는 소식을 들으면, 제가 3시 반까지 밖에 있겠습니다. 그런 일이 앞서도 있었고, 그래서 아무도 놀랄 일이 아닙니다.

F 카프카 드림

1909년 1월 7일


## 112. 프라하의 막스 브로트 앞
### 프라하, 1909년 1월 13일 수요일

나의 친애하는 막스, 어제 B.⁵를 보러 갔는데, 자네와 그 아름다운 밤 탓으로 늦게까지 깨어 있어, 너무나 지쳐 잠에 취해 어리벙벙했네. 어찌된 일이었을까, 하지만 더는 버틸 수가 없네. 그래서 지금 잠자리에 들려고 하네, 그리고 6시경에 가겠네. 저녁에는 P.⁶에게 공부하러 갈 거야. 나는 그 일이 필요할 뿐만 아니라, 약간 흥미롭기도 하고,

또 지금 상당히 급하게 된 P.를 정말 도와야해. 그러나 그 직장[7] 때문에도 그를 시야에서 놓치지 않으려 하네. 일이 그리 많지는 않을 게야, 하지만 꽤 되겠지. 그리고 자네는 요즈음 신경질적이 되었는데—그렇게 보여—나로서는 자네가 왜 그러는지 이해할 수가 없어.

자네의
프란츠

### 113. 프라하의 막스 브로트 앞
*프라하, 1909년 1월 21일 목요일*

나의 친애하는 막스, 내가 『보헤미아』에 관해서 전에 얘기했던 것 말인데,[8] 자넨 아마 기억할 거야—좀 지나치게 믿었나봐, 지금 생각에는. 거절이란 지금 나에게 매우 침울한 일이지, 뭐 그 거절 때문에 그렇다기보다는 원래의 사안 때문에 더욱 침울해. 그래서 나는 나 자신을 보전하기 위해서 모든 것을 할 거야. 그리고 이 '모든 것을 할 거야'라는 말이 '제발, 나를 도와줘'만을 의미한다는 데에는 찬성할 수 없네. 그러므로 내일 금요일 오후 4시와 5시 사이에, 그럴 것 같아, 자네에게 가겠네. 길어야 전체 15분 정도 걸릴 거야, 그것도 자네에겐 지금 굉장한 시간인 줄은 알고 있어, 하지만 용서하게, 왜냐하면 나는 나 자신을 용서하지 못하니까.

자네의
프란츠

## 114. 뮌헨의 프란츠 블라이 앞

*프라하, 1909년 2월 7일 일요일*

존경하는 블라이 씨,

제가 그『분첩』을, 베를린의 잡지
『새로운 길』에 동봉하는 종이에 씌어 있듯이 그런 식으로 광고를 했
음을 나쁘게 여기지 마십시오.[9]

원 광고가 마지막에 가 있는 것은 어리석은 일이지요, 반면에 저는
그것을 서두에 두려고 했습니다만. 위에서 열다섯 번째 행의 '독립
적으로'라는 단어는 '부단히'였어야 합니다.[10] 또한 '고해 심득서'[11]란
단어는 왜 띄어 인쇄되었는지 저로서는 알 수가 없습니다. 다른 모든
것은 물론 제 실수입니다.

제가 알기로 귀하에게 체코어가 중요한 듯하여, 최근에 발간된 저
희 회사의 연감을 인쇄물 우편으로 부칩니다. 22쪽까지는 제가 쓴 것
입니다. 우정으로 받아주십시오.

곧 프라하에서 뵙게 된다니 진심으로 기쁩니다.[12]

프란츠 카프카 올림

1909년 2월 7일


## 115. 프라하의 막스 브로트 앞

*프라하, 1909년 3월 12일 금요일*

하지만 자네의 기억력이라니, 친애하는 막스여! 나는 너무도 상세히
기억하네. 일요일 밤 자네 집 앞에서 내가 머리를 흔들며 말했지. 화
요일에는 내가 여기저기 가야 한다고. 자네는 그랬지, 수요일에 오

라고. 내 말은, 피곤할 것 같아, 프리브람에게도 가려는데. 자네 말은, 그럼 목요일에 오게. 좋아. 내가 목요일에 자네 집에 갔지. 그런데 말이지만 나는 어느 정도인가 하면, 당연한 비난이라 해도 내게는 너무 심할 지경이라네.

자네의 프란츠

### 116. 프라하의 막스 브로트 앞
*프라하, 1909년 3월 13일 토요일*

나의 친애하는 막스, 오늘 저녁에 갈 수 없겠네. 그걸 알지 못하겠는 가? 오늘 저녁 우리 세 배반자 패거리[13]가 바리에떼 극장에 즐기러 간다네. 의심이라니 무슨 말인가? 목요일에 내가 자네 집에 갔을 때, 나는 먼저 나 자신의 고통을 무시하고 우체국 일로 자네를 축하하려 했지.[14] 말하자면 이 일에는 의심을 피할 길이 없는데, 하지만 그런 결심을 아마 이미 오래전에 했어야 하겠지. 우체국은 명예욕 없는 관공서로, 자네에게 어울리는 유일한 곳일세. 자네는 일주일 후면 많은 돈과 높은 자리에 대한 생각을 떨쳐버릴 것이고, 그러고서는 모든 일이 잘 될 걸세. 부디 더는 의심하지 말게나. 그런데 말이지, 내가 빚을 갚으려 하니 돈을 다시 받게나. 월요일 6시에 가겠네.

자네의 프란츠

## 117. 프라하의 막스 브로트 앞

*프라하, 1909년 3월 23일 화요일*

나의 친애하는 막스, 좀 보게나, 내가 좋아하는 사람들 모두가 단 한
여자를 제외하고는 내게 화를 내다니, 하지만 그 여자는 나를 좋아하
지도 않지. 어제 쓴 내 생활 이야기는 단순해. 난 10시까지 그곳에 있
었고, 1시까지는 술집에 있었지. 7시 반쯤 아마도 음악이 시작되었을
거야,[15] 시계 치는 소리를 들었거든. 아버지와 어머니의 상태는 썩 좋
지 않으시고, 할아버지는 아예 편찮으셔. 식당에서는 커피 가는 소리
가 들리고, 온 가족이 내 방 안에서 마치 집시들 마차에서처럼 사는
거야. 오늘 오후에는 사무실에 가야해. 난 바움에게 변명할 용기가
없어.[16] 나를 버리지 말게나.

자네의

프란츠

## 118. 빈(?)의 헤트비히 바일러 앞

*프라하, 1909년 4월 10일 토요일로 추정*

친애하는 아가씨,

당신이 그 편지를 쓸 때 상태가 좋
지 않았군요, 하지만 결코 지속적인 것은 아니겠지요. 당신은 외롭
다, 그렇게 쓰시는군요, 하지만 아마도 전혀 의도 없이 외롭지는 않
겠지요─그러한 의도는 물론 시작도 끝도 없답니다─그리고 외로
움이란 외부에서 볼 때는 나쁘지요, 누구나 자기 자신과 마주 앉을
때면 그렇지요, 하지만 내벽內壁안에서는 말하자면 그건 그 나름의

위안이 있는 것입니다. 물론 공부해야 하는 일이 외로움을 채워줄 수
는 없지요. 그건 끔찍한 일입니다, 특히 누구든 떨고 있을 때는, 그것
을 이해합니다. 그럴 때면 우리는 생각하게 되는데, 제가 잘 기억할
수 있답니다, 미완의 자살을 통해서 영원히 비트적거린다고 말이지
요. 매 순간 우리는 끝장나고, 곧 다시 시작하지요, 그리고 이 공부를
하면서 슬픈 세상의 중심을 지니게 됩니다. 그러나 나로서는 겨울이
늘 가장 어려운 계절이었습니다. 겨울에 저녁 식사 직후면 램프에 불
을 켜야만 했을 때, 커튼을 내리고, 무조건 책상에 앉아, 불행으로 철
저히 새까맣게 타서, 그렇지만 일어나 울부짖어야 했을 때, 멀리 비
행한다는 신호로 서서 두 팔을 들었을 때. 오 맙소사. 그럼에도 아무
것도 우리에게서 사라지지 않았고, 그러자 썩 유쾌한 친지가 방문
했고, 뭐 나라면 아이스 링크에서 온다 해도 좋지만, 조금 이야기를
나눴고, 그 사람이 떠났을 때 문은 열 번쯤 닫혔답니다. 그러나 봄과
여름에는 다르지요. 창문과 문은 열려 있고, 한결 같은 태양과 공기
가 우리가 공부하는 방 안이며 다른 사람들이 테니스를 치는 정원으
로 스며들며, 우리는 지옥의 네 벽으로 된 방 안에서 더는 몸부림치
지 않고, 두 벽 사이에 살아 있는 사람으로서 몰두합니다. 그것은 굉
장한 차이지요, 그 어떤 지옥 같은 것이 남아 있더라도 타개할 수 있
어야만 합니다. 그리고 당신은 분명 그렇게 할 수 있어요, 제가, 참으
로 모든 것을 내리막 중에 할 수 있을 뿐인 제가 할 수 있다면 말입니
다.―만일 무엇인가 저에 대해서 알고자 하는 것이 있다면 말씀드리
겠는데, 크랄 양[17]과 관련된 이야기는 동화에 불과합니다. 예쁜지 아
닌지, 저는 알 수 없습니다. 어머니는 다음 주에 수술을 하기로 되어
있으며, 아버지는 계속 내리막에 처해 있으며, 할아버지는 오늘 졸도
하셨고, 저 또한 별로 좋지 않습니다.

프란츠 K. 드림

## 119. 프라하의 막스 브로트 앞

*프라하, 1909년 4월 11일 일요일로 추정*

나의 친애하는 막스,

그래 어젯밤에는 갈 수가 없었네. 우리 집은 실제로 전쟁터라네. 아버지는 날로 악화되시고, 그리고 할아버지께서는 점포에서 졸도하셨네.

오늘 황혼이 깃들 무렵 6시경에 창가에서 「사람들 아닌 돌덩이」[18]를 읽었네. 그것은 매력적인 방식으로 사람을 인간 세계에서 끌어내더군, 그것은 죄가 아니며 도약도 아니지, 비록 넓지는 않지만 공공연한 출발이야, 그 한 걸음 한 걸음이 정당성을 수반한 출발. 누구라도 이 시를 꽉 껴안으면, 자신의 힘을 들이지 않고도, 그 포옹의 기쁨 때문에 실제보다도 더 실제적으로 불행에서 빠져나오는 듯한 생각이 들걸.

어제 우리는 함순의 한 작품[19]에 대해서 논의했지. 나는 그 남자가 호텔 앞에서 어떻게 차를 탔느냐 하는 것은 본질적인 것이 아니라고 말했지. 그 남자는 무엇보다도 자기가 사랑하는 소녀와 어느 레스토랑의 한 테이블에 함께 앉아 있지. 그런데 같은 레스토랑의 또 다른 테이블에 이제 그 소녀가 사랑하는 젊은이가 앉아 있네. 모종의 술수를 부려 그 남자는 자기 테이블로 그 젊은이를 불러들이네. 그 젊은이는 그 소녀 옆에 앉지, 그 남자는 일어서네, 어쨌거나 잠시 뒤지만, 틀림없이 그때 그는 의자 팔걸이를 잡고서 가능한 한 진실의 근사치에 가깝게 말하지. "자 여러분—매우 죄송합니다만—댁은, 엘리자베트 양, 오늘 다시 나를 완전히 황홀케 하는군요, 하지만 제가 댁을 소유할 수 없음을 저는 압니다—그건 저에게 수수께끼지요—" 이 마지막 문장이, 말하자면 독자의 현존 앞에서 이야기가 스스로 파괴되어버리거나 또는 적어도 흐려져버리는, 아니지 축소하고, 멀어져 버리는 장면이야. 그래서 독자는 그것을 놓치지 않으려고 그만 **뻔한** 함정에 **빠지고** 마는 것이야.—마음에 들지 않으면, 곧바로 편지 보내게나.

자네의 프란츠

### 120. 프라하의 막스 브로트 앞
#### 프라하, 1909년 4월 21일 수요일

나의 친애하는 막스, 내리막길에서 쓰네.[20] 수술은 잘 됐다고 하네,[21] 지금 알 수 있는 한에서 그렇지—매우 고맙네, 하지만 내가 항상 조금쯤 잠정적이라는 것을 자네는 알지 않나. W.[22]를 알트노이 유대 교회에서[23] 다리까지 동행했네. 만일 통행세 징수관[24]이 내게 말을 걸었더라면 나는 다시 건너기 시작했을 거야. 그렇게 하고 싶은 버릇은 특별히 강한 것은 아니고, 자그마한 저항이라면 충분한 표현이겠지, 하지만 그것을 터뜨리지는 못해. 거기에 자신에 대해서 끝없는 일반성을 끌어다 말할 수 있는 이 즐거움을 참작하게나.

안녕

자네의 프란츠

그래 목요일, 하지만 나는 그러면 어머니를 보러 가야 해.

## 121. 프라하의 막스 브로트 앞
*프라하, 1909년 5월 5일 수요일*

나의 친애하는 막스, 근래 모든 면에서 자네가 잘 지내고 있으니, 내가 두 번이나 약속을 지키지 못한 것을 쉽게 용서해줄 테지, 둘 다 그 자체로서는 무가치한 약속이었지만. 나는 너무 지쳤네. 어찌나 지쳤든지, 어떤 일이고 당장 결정해버릴 지경이네, 그게 될지 안 될지 생각도 하지 않으려고 말이야. 일요일에도 마찬가지였지, 그게 그렇게 빨리는 좋아지지 않을 거야, 도대체가 좋아지려고 해도 말이야. 어제 저녁 식사 후에도 15분쯤만 소파에 누워 눈을 붙일까 했지, 그런데 잠이 들었고, 10시쯤에 아버지가 깨우셨는데 하릴없이 절반쯤 깨어났다가, 아예 불 꺼진 상태에서 1시 반까지 잤더라네, 그때서야 침대로 옮겼고 말이야. 행여 지난밤에 나를 기다리느라 성가셨다면 정말 미안하네.

자네의

프란츠

## 122. 프라하의 막스 브로트 앞
*프라하, 1909년 6월 2일 수요일*

나의 친애하는 막스—자네 엽서를 오늘 저녁 방금 받았네. 그건 정말 이해할 수 없군. 그걸 어떻게 파악해야 하는가? 칼란드라 씨가 실습 중인 직원들을 바쁘게 일하도록 하는가, 아니면 한 번 발동했던 고위층이 이제 자네의 이력을 자발적으로 채근한단 말인가?[25] 일은 물론 놀랍네, 하지만 그 일이 놀랍게 해서야 안 되지. 자네의 다소 방탕한 생활이 잠시 중단되겠지. 오전에야 지금까지 보다 더 멋대로 빈둥거리 수 있겠지만, 대부분 오후 동안 글을 쓸 터이고, 그것이 결국 자네와 우리의 주된 일 아닌가. 전체적으로 여름 몇 달간뿐이라면, 그렇다면 여름은 이제 코앞으로 닥쳤고, 내 생각엔 어차피 일을 할 수 없는 때 같군. 그 대신 자네는 오후와 황혼의 저녁을 방해받지 않고 지내게 되네. 사람이 더 많은 것을 가질 수야 있는 법이지만, 더 많은 것을 요구해서는 안되지, 게다가 자네는 분명히 휴가에 대한 법적인 보장도 있지 않나. 허나 그 결정의 효력으로 해서, 그 처녀가 얼마 동안은 좀 시무룩하겠네 그려. 이거 야단났군!

자네의 프란츠


## 123. 프라하의 막스 브로트 앞
*프라하, 1909년 여름으로 추정*


나의 친애하는 막스, 행여 자네가 6시 5분에 프란츠-요젭 역에 못 온다고 쓴 기송 우편 엽서 때문에 비싼 돈 들이지 말게나. 이유는 자네가 꼭 그때 와야 하니, 우리가 브란에 가는 기차는 6시 5분에 출발하거든. 7시 15분에는 다블레[26]를 향해 첫발을 내딛고, 그곳 레더러에서 피망 요리를 먹을 것이며, 12시에는 슈테호비츠[27]에서 점심 식사를, 2시부터 3시 반까지는 숲을 지나 급류[28]에 이르러 그곳에서 배를 탈 게야. 7시에는 증기선을 타고 프라하로 돌아오지. 더 생각하지 말고 5시 45분까지 역으로 오게.―
하긴 자네는 기송 우편 엽서를 쓸 수도 있겠어, 만일 도브리호비츠[29]나 그 밖에 다른 곳으로 가고 싶다면 말이야.―

이것은 죄네켄의
펜대네.[30] 원래 이야기와
상관은 없네만.

## 124. 프라하의 막스 브로트 앞
### 프라하, 1909년 7월 초

*편지지 상단: 프라하 보헤미아왕국 노동자재해보험공사.[체코어]*

나의 친애하는 막스—급히 몇 자, 너무나 잠이 오기 때문이야. 졸리
네! 난 모르겠어, 바로 전에 무엇을 했는지, 지금부터 바로 후 내가 무
엇을 할지, 그리고 지금 내가 무엇을 하는지, 전혀 모르겠어. 15분 동
안 한 지역 단체[31]의 매듭을 풀고 있는데, 그러다가 정신이 갑자기 들
면서, 오랫동안 내가 샅샅이 찾고 있었고, 지금 필요한, 아직 사용해
보지도 않은 문서 하나를 치워버렸네. 의자에는 그런 나머지 무더기
가 쌓여 있고, 그 무더기를 바라보자니 눈도 크게 뜰 수가 없어.
그러나 자네의 도브리호비츠.[32] 그것은 정말이지 완전히 새로운 것이
네. 자네가 이 느낌에서 벗어날 수 있다니 그 얼마나 대단한가! 다만
첫 문단이 아마 현재로서는 적어도 뭔가 사실 같지가 않아. "모든 것

이 달콤한 냄새가 나는 등등" 여기에서 자네는 아직 존재하지 않은 이야기 깊숙이 뛰어들고 있네. "위대한 지역의 정적——등등" 이야기 속의 친구들이 그 말을 하지는 않았지, 내 생각에는, 만일 그들이 갈기갈기 찢긴다면, 그렇게 말하지 않았을 걸세 "오늘 밤의 별장들"

그러나 그다음은 모두가 좋고 사실적이네, 그것은 마치 우리가 밤의 창조를 목격하고 있는 것 같아. 가장 마음에 드는 대목: "그는 조약돌을 하나 찾고 있었다, 하지만 찾지 못했다. 우리는 서둘렀다" 등등.

내가 자네에게 준 소설[33]은 내가 아는 바 나의 저주였네. 내가 뭘 어찌해야겠는가. 만일 몇 쪽이 없다면, 그건 내가 잘 알고 있었는데, 그렇더라도 모든 것은 제대로일 것이며, 내가 그것을 죄다 찢어버린 것보다야 더 낫겠지. 분별을 갖게나. 그 처녀는 증거가 아니야.[34] 자네 팔이 그녀의 허리, 등이나 목덜미를 안고 있는 한, 이 열기 속에서 그녀는 모든 것을 통일적인 획에 따라서 매우 좋아하든지 아니면 전혀 좋아하지 않든지 그러는 것이야. 내가 잘 아는 그 소설의 중심과 비교해서, 그것이 무슨 의미란 말인가. 그것을 나는 매우 불행한 시간에 나의 내부 어딘가에서 아직도 느끼고 있네. 그리고 이제 그 이야기는 그만두세, 그 점에 우린 동감일 게야.

나는 내가 영원히 글쓰기를 계속하고 싶어 한다는 것을 알아, 그것은 다만 일을 해야 하지 않기 위해서야. 그렇게는 정말 아니할 걸세.

프란츠

*편지지 상단: 헤르만 카프카*[35]

친애하는 막스―괴테 연구라니 더 침착하게! "괴테라면 그것을 결코 쓰지 않았을 것이다" 따위를 괴테가 결코 쓰지 않았음은 확실하지, 그러나 하지만 그가 마지막 순간에 자기 생일을 고백할 수도 있지 않았을까?[36] 그럴 수가! 그 반대로, 나라면 결코 그러지 않았을 것이라고, 자네가 괴테에게 쓸 수도 있지 않겠는가. 나 또한 결코 그러지 않았을 것이네(생일이란 무관심하다기보다는 오히려 귀찮은 일이지). 또 몰라, 만일 그것이 무한한 예감으로 스물세 살짜리(얼마나 엄청나게 느껴졌던 나이던가!) 처녀[37]의 언급과 연결이 되어 있었다면 말이야. 그 처녀는 바로 그다음 날 내게 일요일의 기적을 마련해주었지. 그것은 어느 일요일이었네.

말해보게나, 왜 이 두 편[38]을 가지고서 나를 화나게 하는가? 자네가 불가해한 일들을 쓰고 있음을 나와 함께 기뻐하고, 다른 것들은 그냥 내버려 두게나.

자네의 프란츠

*편지지 상단: 헤르만 카프카.*

프라하, *1909년 7월 8일*

친애하는 바움 씨, 아닙니다, 아니에요, 제가 할 일이 별로 없지 않으며, 만일 당신이 그렇게 여긴다면 그것은 아마도 이런 이유 때문이겠지요, 즉 누군가가 빈둥거리면 일을 잘 계획할 수 없고, 시골의 이 혹서 속에서 일과 빈둥거림은 느긋하게 하나로 뭉치려 하기 때문일 것입니다. 그러나 제가 할 일이 많다는 것과는 아무 상관이 없지요, 왜냐하면 그렇지 않더라도 저는 기꺼이 시골에 머물고 싶다는 말 이외에 다른 말을 할 줄 모르기 때문입니다. 시골이란 천상에 있는 것과 비슷하기 때문이지요, 그것을 제가 때때로 일요일이면 검토해보고 또 당신도 사모하는 부인과 더불어 이제 최고로 알게 되듯이 말입니다.

그 에필로그[39]가 잘 완성되지 않은 것은 잘된 일입니다. 이 에필로그를 모든 의미에서 햇볕에 길게 늘어 빠지게 해놓고, 그리고 당신은 찬란하게 햇볕에 그을린 얼굴로 독자에게 작별을 고하는 것입니다. 저는 얼마만큼은 사욕에서 이런 말을 합니다. 왜냐하면 당신의 결론 "하지만 당신은 그것에 대하여 소설을 쓰지 않는다" 등등에 정말 확신이 가지 않거든요. 물론 그것은 아름답습니다, 매우 아름답지요, 그러한 이야기의 결말에 가서 몇몇 사람이 함께 모여 마음껏 웃기 시작한다면. 그러나 그런 식이 아닙니다, 그것은 그렇게 조용히 다듬어진, 여기에서 일획에 건강하지 못한 어둠 속으로 밀쳐진 그런 이야기에는 올바른 웃음이 아닙니다. 그렇다면 대체 독자가 당신에게 무엇을 행하겠습니까, 이 선량한 인간, 적어도 이제는 선량한 인간일 이 독자가.

당신 엽서에서 저를 가장 기쁘게 한 것은 '후회'라는 말이었습니다. 왜냐하면 이 후회는 물론 다른 작업에 대한 흥미일 것이기 때문입니다. 당신 자신도 원칙적으로 잘 알고 계시겠지요. 그러나 잠시 동안만은 푹 쉬십시오, 그럴 만하시지요. 또한 긴 편지는 원하지도 않습니다, 왜냐하면 모든 것이 편지 쓰기보다는 더 나은 것이니까요. 초원에 누워서 풀을 먹는 것이 더 좋을 것입니다. 어쨌거나 편지를 받는 것은 다시 정말 좋은 일입니다, 더구나 도시에서는.

계속 행복하시기를 빕니다, 당신과 당신의 사모하는 부인께,

프란츠 카프카 드림

### 127. 막스 브로트 앞
*프라하, 1909년 7월 15일 목요일*

가장 친애하는 막스, 그 주제 자체가 연기되어서는 안 되기 때문이 아니라, 그것이 무엇보다도 자네 질문에 대한 회답이기 때문이야, 그에 대한 재회답을 하기에는 어제의 산책은 너무 짧았다네('어제의' 산책은 아니네, 즉 벌써 한밤중 2시 15분이네). 자네 말이 그녀가 나를 사랑한다니. 왜 그런 말을? 그것은 농담이었나 아니면 잠에 취한 진담이었나? 그녀가 나를 사랑하는데, 내가 슈테호비츠[40]에 누구와 함께 있었는지, 무엇을 하는지, 왜 내가 평일에는 소풍을 할 수 없는지 등등을 물어볼 생각을 아니한단 말이지? 술집에서는[41] 아마 충분한 시간이 없었을 것이야, 하지만 산책 때는 시간도 또 자네가 원하는 것도 있었지, 그렇지만 그녀에게는 모든 대답이 충분했던 것이야. 그러나 모든 것은 외관상 논박될 수 있는 것, 하지만 다음과 같은 것은 논박할 시도조차 할 수 없을걸. D.[42]에서 나는 벨취 집안 여자[43]를 만나는 것이 두려웠는데, 그녀에게 그 말을 했지, 곧 그녀 또한 두려워했어, 나를 위해서 두려워한 것이야, 벨취를 만나는 것에. 여기에서 우리는 간단한 기하학적 도표를 그려낼 수 있네. 나에 대한 그녀의 태도, 그것은 바로 최고의 우정이라는 것, 어떠한 발전 가능성도 없이, 가

장 열렬한 사랑에서도 가장 미미한 사랑에서도 똑같이 요원한 그것만이 가능하지, 왜냐하면 사랑이란 전혀 다른 성질의 것이니까. 나는 물론 그 도표 안에 섞이고 싶지 않네, 그대로 명쾌하게 있으라지.

이젠 정말 잠을 자야겠어.

자네의 프란츠

### 128. 막스 브로트 앞
*프라하, 1909년 7월 19일 월요일*

전해지지 않음.**

### 129. 막스 브로트 앞
*프라하, 1909년 7월 19일 월요일*

친애하는 막스, 곧바로 정정하려고, 난 위장에 그런 압박을 느껴. 마치 위장이 사람인 것처럼, 그리고 울려고 하는 것처럼. 이래도 되는 걸까? 그런데 그 원인이 비난의 여지가 없지 않거든. 원인이란 게 비난의 여지가 없을 때야 비로소 그렇듯이. 어쨌거나 이 위장 속의 이상적인 압박은 그것이 없다 해서 내가 한탄하지 않을 것도 없다는 식이네. 다른 모든 고통들도 같은 정도의 것임에랴.

프란츠

## 130. 막스 브로트 앞

*프라하, 1909년 여름*

*편지지 상단: 프라하 보헤미아왕국 노동자재해보험공사.*

역시 사무실에서, 그러나 4:30

나의 가장 친애하는 막스, 정오에 배달된 자네 편지를 곰곰이 생각해
보면서, 이번에는 모든 규칙에 반해서 자네가 그녀를 얻는 데 내가
도움을 줄 수 없었음에 놀랐지. 또한 내가 만일 자네 모친이라면 그
리고 무슨 일이 벌어졌는지 안다면 (정오에 설탕과 신 크림을 친 산딸기,
오후에는 므니호비체와 스트란쉬츠 사이[45] 숲으로 오수를 즐기라고 보내졌
고, 저녁에는 일 리터짜리 프쇼르 맥주) 어떤 방식으로 자네를 위로할지
생각하고 있었지, 바로 그때 자네 엽서가 좋은 소식을 가지고 도착했
다네, 더구나 그 처녀 가수[46]께서 2주 동안 그 소설[47]을 그냥 내버려 둔
다는 최상의 소식과 함께. 왜냐하면 최선의 소설이라 해도 한 동일한
아가씨가 끊임없이 내부와 외부에서 자신을 압박한다면 더 참을 수
는 없을 것이기 때문이야. 또 다른 처녀[48]가 안도의 숨을 쉰다는 것,
그것도 좋지. 왜냐하면 그녀는 다른 처녀로 인해서 고통받고 있으니
까, 물론 그것을 알지도, 그럴 일도 없이, 더구나 그런 잘못도 없이 말
이야.

나더러 목요일에 바움네로 오라는 것을 자네 편지에서 알았네, 그
런데 자네 엽서에 보니 반드시 가야 하는 것은 아니라는 가능성이 보
이네, 왜냐하면 내가 목요일에도 실은 월요일에 그랬던 것처럼 불
가능하기 때문이야. 그의 소설[49]은 나를 기쁘게 하지 물론, 그리고 만
일 내가 내 작품에서 뭔가를 다듬어냈다 해도, 나로서는 목요일에 그
저 참석하는 것 말고는 별 도리가 없어. 그렇지만 바움과 바움 부인
이 만일 내가 어쩌면 다시 못 가게 되더라도 화내지 않기 바라네. 왜

냐하면 내가 해야 할 이 일들이라니! 내가 맡은 이 네 구역에서[50]—다른 일들은 제쳐놓고서라도—사람들은 마치 술에 취한 듯, 발판에서 떨어지고, 기계 속으로 떨어지고, 모든 발코니가 무너지고, 모든 제방이 새고, 모든 사다리가 미끄러지고, 뭔가 사람들이 올려놓은 것은 아래로 떨어지고, 뭔가 아래에 놓아둔 것에는 자신들이 비틀거리며 넘어진다네. 그리고 이놈의 도자기 공장의 젊은 처녀들 때문에 골치가 아프다네, 이들은 간단없이 접시들을 탑처럼 포개 들고서는 그대로 계단에서 넘어지곤 하지.

월요일쯤이면 나는 아마 최악의 것을 해치울 거야. 거의 잊고 있었는데, 만일 자네가 할 수 있다면 내일 수요일에 8시경 상점[51]으로 오게나, 노박의 일로 충고 좀 해주게.[52]

자네가 동의한다면, 그 연회에서 트로피를 만드세, 그래 그것을 우선 자네 소설이 끝난 뒤에 집행하지. 이제 다시 문서에 파묻히려네.

자네의 프란츠

### 131. 프라하 노동자재해보험공사 앞
*프라하, 1909년 8월 17일 화요일*

존경하는
지사장님 귀하!

프라하

보헤미아왕국

노동자재해보험공사

충직한 본 서명자는 1908년 7월 30일 공사의 조무 관리로 취임했으며 이로써 1909년 7월 29일까지 일 년간 귀 공사에서 봉직하였습니다. 따라서 집무법령 제20조 8항에 의거하여 수습 관리직의 부여를 청원하는 바입니다.[53]

프라하, 1909년 8월 17일

법학박사 프란츠 카프카 배상

*이하 체코어로 동일한 내용이 기록되어 있음.


## 132. 프라하 노동자재해보험공사 앞

*프라하, 1909년 8월 19일 목요일*

존경하는
  총무국 귀하!
프라하
보헤미아왕국
노동자재해보험공사
  충직한 본 서명자는 첨부한 의사의 진단서[54]를 고려하여 8일간의 휴가를 선처해주시기를 청원하는 바입니다.
프라하, 1909년 8월 19일

법학박사 프란츠 카프카 배상

### 133. 프라하의 막스 브로트 앞

*프라하, 1909년 8월로 추정*

친애하는 막스―간밤의 모든 것은 아무것도 아니네. 만일 어느 누군가가 저녁 내내 나를 가지고 그런 이야기를 벌인다면, 내가 어제 그랬듯이 말이야, 그럼 난 곰곰이 생각할 것이야, 내가 그를 리바로 데려가야 할 것인지 말 것인지를.[55] 자네는 그런 생각 말게. 물론 그건 그녀가 아니었고, 또 다른 여자도 아니었네, 하지만 그 이름을 불러도 되는 행운이여!

자네의 프란츠

### 134. 프라하의 막스 브로트 앞

*프라하, 1909년 8월 말/9월 초*

나의 친애하는 막스, 오늘 저녁에는 갈 수 없네. 오늘 정오까지는 우리 가족이 오후 3시에 도착할 예정인 것으로 알았고, 그 경우라면 어렵사리 그러나 갈 수 있으리라 생각했지. 그러나 이제 그들은 7시에 도착할 예정이라네. 그러니 만일 내가 그 직후에 떠나면, 그때 생길 야단법석은 생각도 하기 싫어. 그러니 내일 저녁에 가겠네, 만일 자네가 집에 있고 시간이 있다면 매우 좋은 일이지, 하지만 그렇지 않다 해도, 내가 어찌 화낼 일인가.―그래 여행이라니! 그러므로 우리는 비로소 화요일에야 가겠구먼,[56] 자네는 거기에 확실히 만족할 것이고, 나는 월요일에야 올 누군가[57]를 만나서 그와 작별할 수 있을 테니까.

자네의<br>프란츠

### 135. 프라하의 엘리 카프카 앞
*리바, 1909년 9월 7일, 화요일*

사랑하는 엘리, 안부를 보낸다. 내 행복이 마음에 걸리거든 이제 만
족해도 좋을 거야.

프란츠 오빠<br>(친필) 막스 브로트


### 136. 프라하의 오틀라 카프카 앞
*리바, 1909년 9월 7일, 화요일*

너무도 사랑하는 오틀라, 상점에서 열심히 일하거라,[58] 내가 걱정 없
이 여기서 잘 지낼 수 있도록, 그리고 사랑하는 부모님께 안부 인사
전해드리렴.

프란츠 오빠<br>(친필) 막스 브로트


### 137. 프라하의 엘리 카프카 앞
*보덴바흐, 1909년 9월 22일, 수요일*

안부를 보낸다.

프란츠 오빠

## 138. 프라하의 오틀라 카프카 앞

보덴바흐, 1909년 9월 22일, 수요일

안부를 보낸다.

프란츠 오빠

오빠는 아마 목요일 오후 3시 제국역[59]에 도착할 것이다.


## 139. 프라하 노동자재해보험공사 앞

프라하, 1909년 10월 7일 목요일

존경하는
　총무국 귀하!

프라하

보헤미아왕국

노동자재해보험공사

　보험기술과에서 한 근무,[60] 특히 분류 정리에 대한 이의 제기에 대한 답변과 회사들의 재분류[61] 등등의 업무에서 본 충직한 서명자는 기계 기술 분야에서 포괄적 보편적 지식의 습득이 실제로 필요함을 느꼈습니다. 본 서명자는 이 지식을 독일기술대학의 미콜 라쉡 교수[62]의 강의를 청강함으로써 가장 근본적으로 습득할 수 있다고 생각합니다. 그러나 이 강의의 중요한 부분이 화요일과 목요일 8시에서 9시까지 그리고 수요일과 토요일에는 8시에서 9시 30분까지 오전 중에 실시되기 때문에 근무 시간과 저촉되므로, 본 청원자는 존경하는 총무국에 다음과 같은 청원을 제출하지 않을 수 없습니다, 즉 본 청원자가 해당 일에는 오전 9시 15분 또는 9시 45분에 사무실에 출근하는 데 동의해주실 것을 청원 드립니다.

   본 청원이 허락될 시 본 청원자는 자신과 자신의 업무를 본질적으로 촉진해줄 이 강의들의 청강 가능성이 오로지 존경하는 총무국의 특별한 선처의 덕임을 항상 명심할 것임을 약속드립니다.

프라하, 1909년 10월 7일                      수습관리직
                                법학박사 프란츠 카프카 배상


## 140. 프라하의 막스 브로트 앞
*프라하, 1909년 10월 11일 월요일*

나의 친애하는 막스, 토요일 사무실에 오는 도중에야 자네의 「방문」[63]을 읽었네. 그런데 내가 호기심과 급한 마음으로 읽어서인지, 꽤 많은 것들이 너무 뜨겁게 요리된 것처럼 여겨졌네, 어떤 대목들은 더구나 타버렸고. 그러나 간밤에 다시 읽고 또 읽었을 때는, 이 많은 요점들의 소동 속에서 기본적인 사안이 조용히 그리고 옳게 처신되는 것을 보는 즐거움을 발견했네. 특히 그 부케 이야기,[64] 부이예에 관한 질문[65] 그리고 그다음에 계속된 것, 그리고 작별.[66] 이 열정은 그러나 겨우 조금 불완전하게 정보를 제공받은 독자에게는 어딘지 약간 너무 갑작스럽고 너무 얼굴 가까이 다가오는 것 같아. 그래 어쩌면 그는 아무것도 보지 못할지도 모르지. 무엇이 문제 되는지.

                                   잘 있게
                                      프란츠
수요일에 가겠네. 우리가 케스트라넥 재판[67]에 참석할 것인지는 생각

해봐야 하지 않을까 싶네.

### 141. 프라하의 막스 브로트 앞
*프라하, 1909년 10월 13일 수요일*

나의 친애하는 막스, 나한테 화내지 말게나, 난 어쩔 수가 없네. F. 박
사는 내가 그의, 우리의 일을 지체시키고 있다고 벌써 나를 비난하기
시작하네,[68] 지금까지 비난받을 일을 별로 하지 않았는데도 그러네.
기껏 일요일 때문이겠지, 왜냐하면 월요일에는 어쨌거나 다른 이유
에서 사무실에 있었거든. 오늘 시작하였지만, 열중하지 않으면 그것
을 완성하지 못해. 그리고 만일 거기 열중해야 한다면, 나는『성 앙투
안』[69]을 끼워 넣어서는 안 되고, 따라서 내일 자네를 보러 갈 수도 없
어. 그래, 토요일에나 오늘 같은 수많은 오후를 수없이 보낸 뒤에나
나 자신을 위해 한나절 오후를 쓸 수 있을 것이야, 하지만 그땐 자네
가 시간이 없을 것 같아. 뿐만 아니라 신선한 담화가 들이닥칠 거야,
라우흐베르크 교수[70]가 보험에 관한 세미나를 개최하네.―
바움이 매우 훌륭한 소설의 일부분[71]을 낭독해주었네.

### 142. 프라하의 오틀라 카프카 앞
*마퍼스도르프, 1909년 가을로 추정*

오빠가 또 무언가를 가져가마.

프란츠 오빠

### 143. 프라하의 막스 브로트 앞
*마퍼스도르프, 1909년 가을로 추정*

친애하는 막스, 또 며칠을 보냈네! 그러나 그것에 대해서는 쓰지 않으려네, 심지어 그동안에도 무척 긴장을 하고서야 그것에 대해서 제대로 쓸 수 있을 것 같았다네.—오늘은 6시 반에 가블론츠에 갔네, 가블론츠에서 요한네스베르크로, 그런 다음에는 그렌첸도르프로, 이제 나는 마퍼스도르프로 가네, 그런 다음에는 라이헨 베르크, 그다음에는 뢰홀리츠, 그리고 저녁 무렵에 루퍼스도르프에 갔다가 돌아오려네.[72]

### 144. 프라하의 오스카 바움 앞
*프라하, 1909년 11월 27일 토요일로 추정*

친애하는 바움 씨, 나는 이 편지를 12시에 그것도 콘티넨탈[73]이라는, 이번 토요일에 처음 보는 조용한 곳에서 씁니다. 그것은 얼마나 훌륭한 책[74]인지, 기대한 만큼이지만, 어쨌거나 매우 경이롭습니다. 그 단단하고 진지한 외관 속에서 그것은 씌어진 본래 의도와 일치하는 것으로 여겨집니다. 해서 당신은 모든 것에 대해 출판자[75]를 용서해야 할 겁니다. 그것은 그의 본성에 반해서 그리고 아마도 그의 의지에 반해서 성공한 것입니다. 이제는 다만 세상이 그 사랑스런 어린이들을 받아들이도록 팔을 벌려야 할 것 입니다. 세상은 그럴 수밖에 달리 어쩔 수가 없을 것, 그렇게 믿어야겠지요.
다시 만나기를,

프란츠 K 드림

### 145. 프라하의 오틀라 카프카 앞

*필젠,[76] 1909년 12월 20일 월요일*

경애하는 아가씨
나는 이곳에서 성탄 휴가를 보낸다오. 그러나 당신과 그 화환들 속에
묻혀 보낸 시간에 대한 기억만이 내 유일한 기쁨이랍니다. 내가 보낸
산타 선물은 받으셨는지요? 당신의 인형은 내 가슴에 있다오.

충직한 아르파드[77]


### 146. 프라하의 엘리 카프카 앞

*필젠, 1909년 12월 20일 월요일*

사랑하는 엘리

넌 그 유대 회당이, 내가 보낸 엽
서들에 따라 필젠의 중심부에 있다고 믿지 않아도 된단다.

프란츠 오빠


### 147. 프라하의 막스 브로트 앞

*필젠, 1909년 12월 22일 수요일*

나의 친애하는 막스, 그 일이 거의 끝나가고 내일 저녁이면 프라하에
돌아가니 좋군. 나는 그것을 달리 생각했지. 나는 그 기간 내내 좋지
않았고, 아침 우유에서부터 저녁 양치질 물에 이르기까지 분류, 정리
하는 일은 요양이 아니지. 자네가 자네의 소설[78]을 책상에 놓아두고

일을 한다니 정말 좋네.

자네의 프란츠


## 148. 프라하(?)의 에른스트 아이스너 지사장님[79] 앞
### 프라하, 1909년으로 추정

단편적으로 전해짐.

친애하는 아이스너 씨, 보내주신 물건에 감사드리며, 저의 전문교육은 하여간 부족합니다. 발저가 저를 안답니까? 저는 그분을 모릅니다. 『야콥 폰 군텐』[80]은 알지요, 좋은 책입니다. 다른 책들은 읽지 못했습니다. 부분적으로는 귀하의 책임인데, 이유인즉 제 충고에도 귀하는 『타너 형제자매』[81]를 구매하지 않으려고 하셨으니까요. 제 생각으로는 지몬[82]은 그 『형제자매』에 나오는 사람입니다. 그는 어디나 싸돌아다니고, 행복에 겨워 입이 귀까지 찢어지게 웃으며, 그리고 결국에 가서는 독자를 즐겁게 해주는 것 외에는 아무것도 한 게 없지 않은가요? 그것은 매우 초라한 이력입니다, 그러나 바로 이런 초라한 이력만이 이 세상에 빛을 부여하는 것 아닙니까? 완전하지는 않지만 꽤 훌륭한 작가가 생성해내고자 하는 빛을, 유감스럽게도 많은 대가를 치르고서 말입니다. 물론 표면적으로 볼 때, 그러한 사람들은 어디나 나돌아다닙니다. 제가 귀하를 위해 그런 몇몇 사람을 열거할 수도 있습니다, 당연히 저 자신을 포함시켜서. 그러나 매우 훌륭한 소설들에서 그들은 그 어떤 것으로도 표시되지 않고 오직 그 조명 효과에 의해서만 표시된답니다. 그들은 지난 세대로부터 부상하는 데 좀 더딘 사람들이라고 할 수 있을 것입니다. 모든 사람이 똑같이 규칙적인 도약으로 시대의 규칙적인 도약에 따라야 한다고 요구할 수는 없습니다. 그러나 누군가가 한번 어떤 행진에서 낙오되면, 그는 그 일반적인 행진 대열을 결코 따라잡을 수 없습니다. 당연하지요, 그렇지만 그 뒤처진 발걸음 또한 어떤 모습을 띠는데, 예컨대 그것은 인간의 발걸음이 아니라고 내기를 걸고 싶어질 지경입니다, 물론 그런 내기에는 질 것입니다만. 상상해보십시오, 경주로를 달리는 경주마의 시각은, 우리가 그의 눈을 지켜볼 수 있다면, 장애물을 뛰어넘는 경주마의 시각은 분명 우리에게 오직 경마의 극단적이고 현재적인 아주 진정한 본질을 보여줄 것입니다. 관객석의 일체감, 살아 있는 관객의 일체감, 어느 특정 시기의 그 주변 지역의 일체감 등등, 심지어 오케스트라의 마지막 왈츠 그리고 오늘날 그것을 연주하고 싶어 하듯이 말입니다. 그러나 만일 제 말이 뒤돌아서 뛰지 않으려 하고 장애물을 피하거나 부수거나 하면, 또는 경기장 안에서 정신이 팔리거나 심지어 저를 내던져버리면, 물론 총체적 시각은 외관상 완전히 이겼는데 말입니다. 관객들 가운데는 균열이 생기고, 어떤 이들은 날고, 다른 어떤 이들은 주저앉고, 손들의 물결은 모든 가능한 바람에 따라 앞뒤로 오가며, 덧없는 관계의 빗줄기가 내 위에 쏟아지며, 그리고 상당히 가능한 일은 몇몇 관중이 그 비를 느끼며 제게 동의할 것이란 말입니다, 저는 버러지처럼 풀밭에 누워 있을 것이고요. 이것이 무엇을 입증하겠습니까?

# 1910년

## 149. 프라하의 막스 브로트 앞
*프라하, 1910년 1월 5일 수요일*

나의 친애하는 막스, (이 열 줄을 쓰는 동안 사람들이 나를 열 번은 놀라게 하는 사무실에서, 그래도 상관없지) 당시에[1] 내 말은 이런 것이었네. 자네 소설[2]을 칭찬하는 사람은―이제 그것은 그것의 분량에서 새로이 드러나니만큼 많은 사람들을 눈부시게 하며 그래서 또한 눈멀게 할 것이 틀림없는데―자네 소설을 칭찬하는 사람은―여기서 칭찬이라 함은 우리가 가질 수 있는 모든 애정을 지니고 그 소설을 파악한다는 말이며―자네 소설을 칭찬하는 사람은, 그동안 내내 자네가 큰 소리로 읽었던 절반의 장에서 자네가 시도했듯이 하나의 해결을 위한 자라나는 욕구를 지닐 것임에 틀림없어. 다만 그에게는 이 해결이 소설의 가장 위험한 방향에 놓인 것처럼 여겨질 것이야―소설 자체에 위험한 것이 아니라, 다만 소설과 맺는 복된 관계에 위험하다는 것이지―그리고 이 해결이 바로 그 극단의 한계점에서 실행된다고 느껴질 것이 확실하지. 소설은 그 지점에서도 그가 요구하지 않을 수 없는 것을 지니고 있지만, 독자 또한 바라는 바를 지니고 있다네, 그것을 단념할 수도 없고. 그리고 가능한 해결들에 대한 상상들만으로도, 그 소설의 가장 내면적인 것을 그렇게 꿰뚫는 자네는 어쨌거나 그런 해결들에 대한 자격이 있지만, 독자에게는 먼 데서부터 놀라게 하는 듯이 여겨지지. 사람들이 나중에 그 소설을 고딕 양식의 사원에 비유하게 된다 해도 그것은 결코 나쁜 비유가 아니야. 물론 변증법적 장의 모든 문절을 위해 나머지 장들에서도 그 문절, 그 첫 번째 문절이 지녔던 것이 입증된다는 것을 전제로 할 때, 나쁜 비유가 아니라는 것이지. 그리고 그것 또한 첫 번째 문절이 수행한 것과 똑같은 무게를 요구하는 듯하지. 나의 가장 친애하는 막스, 자네는 얼마나 행복한가―게다가 마지막에 가서는 비로소 얼마나 행복해질 것인가, 그리고 우리는 자네를 통해서 그렇게.

자네의 프란츠

밀라다³에 관해서 무언가 덧붙이고 싶네만, 두렵군.


## 150. 프라하의 막스 브로트 앞
*프라하, 1910년 1월 29일 토요일*


친애하는 막스, 다만 내가 잊지 않기 위해서 확인하네―만일 자네 누이⁴가 이미 월요일에 프라하에 올 양이면, 자네는 오늘 내게 편지를 보내야 해. 만일 그녀가 나중에 온다면, 월요일에 말해주어도 물론 시간이 있지. 내일 나는 위장 세척 치료를 해야 하네, 내 느낌으로는 구역질나는 것들이 나올 것 같아.

자네의 프란츠

### 151. 프라하의 막스 브로트 앞

*프라하, 1910년 2월 18일 금요일*

친애하는 막스, 자네가 나를 완전히 잊은 거야. 내게 편지도 쓰지 않고—

프란츠

### 152. 프라하의 막스 브로트 앞

*프라하, 1910년 3월 10일 목요일*

막스, 루체르나[5]에 못 가네. 지금 4시에 난 사무실에서 글을 쓰고 있어, 내일 오후에도 쓸 것이고, 오늘 저녁 내일 저녁도 그래.[6] 승마를 할 수도 없어. 내가 할 수 있는 것은 뮐러식 운동[7]이 전부야. 잘 있게.

자네의 프란츠

### 153. 프라하의 막스 브로트 앞

*프라하, 1910년 3월 12일 토요일[8]*

나의 친애하는 막스, 타르노브스카에 대한 것을 이해할 수가 없네, 그 대신 비글러에 대해서는 아주 잘 알겠어. 그런데 비글러의 판단보다 더욱 중요한 것은 한들의 판단이지, 왜냐하면 그에게서 이미 여론이 시작되거든.[9] 나를 위해서 시 두 편[10]이 준비되어 있다는 소식은 자네의 상상 이상으로 나를 기쁘게 하네. 그러나 나는 위안이 필요해. 이제 제때 위통과 자네가 원하는 것이 시작되었네, 너무 강해서 뮐러식 운동으로 다져진 사람에게나 맞을 정도의 통증이네. 오후 내내 얼마가 되든 소파에 누워 있었네, 위장 속에 다 점심 식사 대신 차 몇 모금을 담은 채, 그러고는 한 15분쯤 잠들고 깨어나서 한 것이라곤 고작 날이 저물지 않음에 화내는 일이었네. 4시 15분경에도 밝은 기운이 떠돌더라니까, 그건 그냥 단순히 그치지 않으려 들었지. 하지만 이어서 날이 어두워졌지만 그 또한 좋지 않았어. 막스, 처녀들에 대해 불평하는 일일랑 그만두세, 그네들이 자네를 괴롭히는 고통이야 좋은 고통이지. 아니라면 자넨 그것을 버텨서, 그 고통을 잊게, 힘을 얻고. 하지만 나는 뭔가? 내가 가진 모든 것은 나를 겨냥하고 있어. 나를 겨냥하는 것이라면 더는 내 소유가 아니지. 예컨대 나를—이건 순전히 하나의 예인데—내게 고통을 주는 것이 내 위장이라면, 그렇다면 그것은 더는 내 위장이 아니라, 어떤 낯선 자의 소유물, 나를 몽둥이질함으로써 재미를 삼는 그런 자의 것과 본질적으로 다르지 않지. 그러니 모든 것을 가지고서, 나는 내 안으로 들어가는 급소들로 이루어져 있는데, 그것에 저항하고 힘을 소모하는데, 그것은 다만 급소들을 더 잘 누르는 것이 되지. 때로는 이렇게 말하고 싶어져, 하늘은 아시겠지, 대체 내가 어떻게 여전히 고통을 감지할 수 있느냐 말이지, 그 고통이 내게 야기하는 그 절박함에 넘쳐서 도무지 수용할 수가 없게 되는데 말이야. 하지만 또 이렇게 말할 수밖에 없어, 나도 그것을 알지, 난 정말이지 어떠한 고통도 느끼지 않는다고. 난 정말이지 우리가 상상할 수 있는, 가장 고통을 모르는 인간이야. 그러니까 나는 소파 위에서 전혀 고통을 느끼지 않았네, 제때 그쳤던 밝음에 대해서 화를 내지도 않았고, 어둠에 대해서도 마찬가지였네. 그러나 친애하는 막스, 믿고 싶지 않더라도 날 믿어야 하네, 이날 오후의 모든 것은 꼭 그런 식으로 나열되었기에, 그러니까 내가 만일 나라면, 그 모든 고통들을 꼭 그런 순서로 느낄 수밖에 없었노라고. 오늘부터는 중단없이 더 많이 말할 걸세. 한 발의 사격이면 최선의 것일 게야. 나는 자신을 내가 있지도 않은 그 자리에서 쏘아 없애고 있네." 좋아, 그것은 비겁일 게야, 비겁은 물론 비겁으로 남겠지. 어떤 경우 다만 비겁만이 존재한다 해도 말이야. 한 경우가 여기 있네, 여기에 하나의 상황이 있어, 어떤 대가를 치르고서라도 없애야만 할 상황이. 그러나 어느 누구도 비겁으로 그것을 없애지 않네, 용기는 비겁에서 다만 경련을 불러일으키지. 그리고 경련 중에 머무네, 걱정 말게나.

### 154. 프라하의 막스 브로트 앞
프라하, 1910년 3월 15일 화요일

친애하는 막스—내가 그것을 알았어야 해, 현실주의자들은 끝이 나야 멈춘다는 것을, 그리고 실제로 헤르벤 박사는 10시 15분에야 끝을 냈어." 그러고 나서 나는 슈토크하우스가쎄에 가서, 바움네 집 창문의 불빛을 확인하고는 그냥 귀가했네." 내가 그 시간에라도 올라가야 했을까? 나는 지독하게 잠이 필요해. 이전에 내가 하루하고도 한나절을 금식한 것을 아는가, 차를 조금 마신 것을 제외하고 말이야. 『카스』의 스몰로바"에 대한 기사 좀 보게나, "그녀의 부드럽고 순수하며 정감 있는 작은 목소리는 참으로 기분 좋게 울린다." 그러고 나서는 그날 저녁의 이미 예측된 상소리가 분명하고도 즐기는 기분으로 확언되었더군.

## 155. 프라하의 막스 브로트 앞
*프라하, 1910년 3월 18일 금요일*

1910년 3월 10일 친애하는 막스—자네가 내 엽서를 받았는지, 자네 엽서로는 알 수가 없네. 또한 바움에게도 편지 써야 하는데 온종일 할 수가 없어. 전에 내가 쓰지 않았던가, 겨우 할 수 있는 일은 뮐러식 운동뿐이라고. 그런데 그것마저도 더 이상 할 수가 없어. 그러니까 근래에 등이 류머티스성 통증에 시달렸는데, 그것이 허리까지, 그러다가 다리까지 내려갔어. 그다음에는 어째 땅속으로 들어가지 않고서, 그만 팔까지 올라온 거야. 게다가 오늘로 예상되었던 봉급 인상이 취소되고, 다음 달도 아니고, 그것이 지루해져서 침을 뱉을 그럴 때야 있을 것이라는 사실과 얼마나 딱 맞아 떨어지는가! 그 단편 작품과 관련해서 가장 기쁜 일은 내가 그것을 집에 가지고 있지 않다는 사실이야.[15] 내일 7시경에 (지금 6시인데 난 아직 사무실에 있거든) 자네에게 갈게(『보헤미아』 때문이기도 하고). 자네가 시를 보여주겠지. 좋은 밤이 될 게야. 잘 있게

자네의 프란츠


## 156. 프라하의 막스 브로트 앞
*프라하, 1910년 4월로 추정*

친애하는 막스—이것이 급히 쓰는 편지가 아니었으면 하네, 어쨌거나 한 시가 되어가고 있어. 그러니 그것을 마트라스에게 보내게나. 『독일의 노동』은 마르쉬너[16]라면 특히 기뻐할 거야. 그러나 그것을 넣기는 어려울지도 몰라, 걱정이네. 어쨌거나 자네가 마트라스에게

편지할 텐가, 가능하면 빨리 답장하라고, 예든 아니오든. 물론 그가 원하면 변경할 수도 있고, 또 재미있다면야 직접 새로 뭔가 쓸 수도 있겠지. 하지만 이 책에 대해서 무언가 발표해주는 것, 그것이 그의 의무야(그렇게 말 좀 하게). 정말 고마우이.

자네의 프란츠


### 157. 프라하의 막스 브로트 앞
*프라하, 1910년 4월 30일 토요일*

글쓰는 것이 행운이네, 가장 친애하는 막스, 우리 모두를 위해서! 자네는 아직 그런 생각을 해보지 않았나, 자네 자신을 자네 이야기[17]에 내던지게 했던 그 힘이 첫 번째 처녀를 병나게 했듯이 두 번째 처녀를 이해할 수 없게 만들 수도 있음을?[18] 다만 이 열기, 수요일에도 여전히 자네를 에워싸고 있던 그 열기 말이야![19] 그 의사[20]가 말한 공기 중에서 그 열기는 이 기간 동안 자네에게 소중히 간직되어 있어. 머리 좀 식히게나, 그러면 그 열기는 다시 뛰어 나올 것이고, 그것에 대한 의식이 비로소 자네에게 진정으로 머리를 식히는 용기를 줄 거야. 마침내 달리는 그것을 참을 수 없을 것이니. 하지만 내가 어찌 알겠나, 그사이 아마도 그 어리석은 처녀가 그 이야기의 중심에 들어가 버렸는지, 그렇다면 나로서는 그녀의 치마폭을 움켜쥐면서라도 그녀를 멈추게 할 수 있었으면 싶어!

자네의 프란츠

## 158. 프라하의 오토 프리브람 앞

*프라하, 1910년 4월 말*

전해지지 않음.


## 159. 프라하의 막스 브로트 앞

*프라하, 1910년 5월 27일 금요일쯤*

친애하는 막스, 여기 책 두 권과 조약돌이 하나 있네. 난 계속 자네 생일을 위해 무언가를 찾아보려고 애썼네, 중립성으로 인해서 변하거나 잃거나 망가지거나 잊혀질 수가 없는 것으로. 그리고 여러 달 동안 그 문제를 생각한 뒤에, 결국 다시 한번 책 한 권을 보내는 일밖에 할 수가 없었네. 그러나 책에는 괴로움이 따르지. 책이란 한편으로는 중립적이며, 그러나 다른 한편으로는 더 흥미롭네. 그러면 중립적인데 끌리는 것은 오직 내 확신뿐임에도, 확신이라는 것은 내게서는 보통 그리 결정적인 것이 못 되거든. 그러다 결국에 가서는 나는 또 다른 확신으로, 흥미진진함으로 불타는 책을 손에 쥐는 것이야. 한번은 내가 짐짓 자네 생일을 잊었네. 그것이 책 한 권을 보내는 것보다 더 나았음은 물론이지, 하지만 그건 좋지 않았네. 그래서 이제는 조약돌을 하나 보내네, 그리고 우리가 살아 있는 한 자네에게 그걸 하나씩 보낼 걸세. 자네가 호주머니에 조약돌을 간직하면, 그것이 자네를 보호할 걸세. 만일 서랍에 놔둔다 해도, 그것은 가만히 있지는 않을 것이야. 하지만 만일 자네가 그것을 내던져버리면, 그것이 최상의 길일 걸세. 왜냐하면 막스, 자네도 알다시피 자네에 대한 내 사랑은 나 자신보다 훨씬 크며, 그 사랑이 나의 내부에 산다기보다는 나에 의해서 살아간다네. 또한 그것은 내 불안정한 본성에 연약한 발판을 지녔을 뿐이야, 그러니 그 조약돌에서 바위처럼 단단한 집을 얻게 되는 것이네, 그것이 비록 샬렌가쎄[21]의 포장 도로 밑 갈라진 틈에서라도 말이야. 이 사랑은 오래전부터 나를 구해주었지, 자네가 알고 있는 것 이상으로 빈번히, 그리고 바로 지금, 내가 어느 때보다도 더욱 갈피를 못 잡고, 완전히 의식이 있음에도 반쯤 잠들어 있는 것 같은, 그렇게도 지극히 가볍고, 바로 지금—나는 마치 새까만 오장육부를 지닌 채 돌아다니는 느낌이야—이런 때 얼마나 좋은 일인가, 이렇게 조약돌 하나를 세상에 던지며, 그래서 불확실성에서 확실한 것 하나를 구분해내다니. 그것과 비교해서 책이 무슨 의미인가! 책은 자네를 권태롭게 하고, 그것으로 그치지 않고, 아이가 그것을 찢어버리거나, 혹은 발저의 책[22]처럼, 자네가 받자마자 이미 절단이 나고 말지. 그러나 조약돌은 자네를 권태롭게 할 수 없다네, 조약돌은 또한 망가지지 않지, 만일 그렇다 해도 먼 미래 언젠가일 뿐이지. 자네는 또한 그것을 망각할 수도 없어, 왜냐하면 자네는 그것을 기억해야 할 의무를 지지 않기 때문이야. 마지막으로 자네가 그것을 영원히 상실할 수가 없다네, 왜냐하면 자네는 처음 눈에 띄는 자갈길에서 그것을 다시 만날 테니까. 그것이 바로 그 처음 눈에 띄는 조약돌이었으니 말이야. 그리고 나는 아무리 큰 찬사로도 그것을 손상할 수가 없네. 왜냐하면 찬사가 주는 손상이란 그 찬사로 인해서 그 찬사의 대상이 눌리고 상하고 또는 당혹스러울 때만이 해로운 것 이니까. 그런데 조약돌이야 어찌? 단적으로 나는 자네를 위한 생일 선물 중에서 최선의 것을 발견했네, 그리고 자네에게 그것을 건네네,[23] 자네가 존재하는 데 대한 내 서투른 감사를 표현해줄 입맞춤과 더불어.

자네의 프란츠

### 160. 프라하의 막스 브로트 앞
*프라하, 1910년 6월 11일 토요일*

나의 친애하는 막스—자네 엽서는 오늘 정오에야 도착해서 이제 읽었네. 그럼 나는 토요일이 되어서야 방문하겠네. 맙소사, 이 스케치들이라니![24]

자네의 프란츠

### 161. 프라하의 막스 브로트 앞
*프라하, 1910년 7월 6일 수요일경으로 추정*

나의 친애하는 막스, 나는 내일도 갈 수가 없네. 저녁에나 갈 수 있을지, 그거야 누가 알아. 만일 내가 6시에 자네 집에 가지 못한다면, 바로 연주장으로 가겠네. 만일 연주장에 못 가면 루돌피눔[25]으로 자네를 데리러 가지. 자네가 집에 없어 유감이야. 체코어 선생이 나를 기다리고 있더라도, 몇 편의 시를 읽었으면 좋았을 텐데. "어린이, 영원한 천체"[26]가 내 귓가를 떠나지 않네. 작업하게, 친애하는 막스, 작업하라고!

자네의 F

### 162. 프라하의 오스카 바움 앞
*흐루쇼브, 1910년 8월 6일 토요일 또는 7일 일요일*

친애하는 바움 씨,

막스는 월요일에 동료 송별회[27]에 참석해야 하고, 저는 한 가지 문제로 부친과 화해를 시도해야만 합니다. 그 문제도 언젠가는 말씀드리게 되겠지요. 그러니까 저희 둘은 다음 월요일에 가 뵙겠습니다.

안녕히 계십시오

F 카프카 드림

*(막스 브로트의 친필)*

차감 계정은 어떻게 되었나?[28]

모두에게 안부드리며, 막스

## 163. 프라하의 막스 브로트 앞
*포스텔베르크, 1910년 8월 22일 월요일*

모든 일에도 불구하고 나쁘지는 않네, 곡식 단에 잠시 엎드려 그 속에 얼굴을 파묻은 채!

프란츠

## 164. 프라하 노동자재해보험공사 앞
*프라하, 1908년 8월 31일 수요일*

존경하는 지사장님 귀하!

충직한 본 서명자는 존경하는 지사장님께 본인의 봉급을 1,800K에서 2,400K로 인상해주실 것을 청원하며, 이 청원에 다음과 같은 근거를 제시합니다.

존경하는 지사장님은 1907년 생활 필수품의 보편적 등귀騰貴와 그에 합당한 국가 및 지방 또는 다른 공기관의 사무원이 받는 기본 임금에 대한 고려에서 당시 이 보험공사 사무원들의 기본 봉급을 2,000K에서 2,400K로 인상했습니다. 충직한 본 서명자의 기본 봉급은 그에 반해 겨우 1,800K에 불과했으며, 그러므로 1907년까지 적용된 보험공사 기초자의 기본 봉급에 이르지 못했습니다.

충직한 본 서명자는 이제 감히 본인이 한편으로는 인가 업무 및 초안 업무(통신 업무, 이의, 보상 소원, 불평 신고 등에 대한 설명 및 문서 작성, 모든 종류의 보고를 위한 문서 작성 등)에 종사하는 다른 직종의 사무원들과 같은 업무를 수행하고 있음과, 다른 한편 면제될 수 없는 생활필수품의 등귀가 똑같은 방식으로 본인을 압박하고 있음을 지적하는 바입니다.

이것들이 충직한 본 서명자로 하여금 여기에 존경하는 지사장님의 통찰에 맡기는 본 청원을 불가피하게 강요한 상황입니다.

프라하, 1910년 8월 31일

법학박사 프란츠 카프카 배상


### 165. 프라하 노동자재해보험공사 앞
*프라하, 1908년 9월 15일 목요일*

존경하는 총무국 귀하!

충직한 본 서명자는 존경하는 총무국에 1909/1910년의 휴가를 10월에 이행할 수 있도록 선처해주실 것을 청원합니다. 본 서명자로서는 직무상 휴가를 더 일찍 수행할 수 없다고 사료하는 바, 1910년 연초와 여름 동안에는 공장들의 신규 분류 정리 작업에 따른 후속 업무가 처리되어야 하는데, 이 업무

는 공장 담당 부서에서 이 기간 대부분 본 청원자 일 인이 담당하고
있기 때문입니다.

프라하, 1910년 9월 15일

법학박사 프란츠 카프카 배상


### 166. 프라하의 막스 브로트 앞
*프라하, 1910년 9월 29일 이전*

친애하는 막스, 먼저 자네가 잘 지내는지 알고 싶네―자네 침대가
실제로 신경질적인 표정을 하고 있는지―그리고 두 번째는 자네에
게 청이 있어, 내일 다시 그 프랑스 여자에게 혼자서 가달라는 것이
지.[29] 왜냐하면 나의 가블론츠 일이 점점 심각해져서 그래[30](공고가 나
갔는데, 선거 포고문 '악당들과 무뢰한들'과 구세군의 공고 사이에 난 것이
야).[31] 단적으로―일이 어떻게 되어갈지, 그냥 이 쪽지를 쓰면서도 실
마리를 잃었어―난 아마 일에서 성공하기에는 필요 이상으로 불안
한가 봐.


### 167. 프라하의 막스 브로트 앞
*가블론츠, 1910년 9월 30일 금요일*

친애하는 막스, 정말이지 처녀처럼 상냥하고 부드럽고 신선하신 자
네 할머님[32]의 방에서.

### 168. 프라하의 막스 브로트 앞

*프라하, 1910년 10월 초로 추정*

친애하는 막스, 난 자네를 방해하거나 기다리게 하고 싶지 않네. 그
런데 다섯 시에 갈 수가 없으니, 내일 다섯 시에 갈게, 시험 삼아 자네
에게 어떤 의무도 없이. 오늘은 5시 15분에 의사에게 갈까 하네, 그래
자네가 내 모든 고통을 알지는 못하지.(엄지발가락을 삐었어.)

F


### 169. 프라하의 막스 브로트 앞

*프라하, 1910년 10월 8일 이전*

*편지지 상단: 프라하 보헤미아왕국 노동자재해보험공사*

친애하는 막스!
아픈 다리를 하고서[33] 벌써 소파에 뻗어 있다가 자네의 편지를 받았
네. 참 괜찮지 않은 일이네, 더구나 발이 많이 부어 올랐어, 하지만 통
증이 그렇게 심하진 않아. 잘 맞춰졌으니 곧 좋아지겠지. 하지만 토
요일에 내 다리가 여행을 할 수 있을 만큼 되려는지,[34] 그것은 모르겠
어. 만일 여행에 대한 욕구가 그렇게 크다면, 토요일까지는 건강을
되찾을 거야, 왜냐하면 나는[35]

## 170. 프라하의 오틀라 카프카 앞[36]
### 파리, 1910년 10월 16일 일요일[37]

안부를 보낸다.

프란츠 오빠

## 171. 파리의 막스 브로트와 오토 브로트 앞
### 프라하, 1910년 10월 20일 목요일

친애하는 막스, 무사히 도착했네,[38] 그런데 오직 모든 사람들이 나를 불가사의한 현현顯現으로 바라보니 내가 몹시 창백하게 질릴밖에. 나는 잠시 졸도해서 의사[39]에게 소리 지르는 기쁨도 잃은 채, 그의 소파에 누워야 했고, 그리고 그동안—그건 매우 이상한 느낌이었다네—마치 손가락으로 치마를 아래로 잡아당기려는 한 소녀가 된 듯한 느낌이 들었다니까. 그밖에 그 의사는 내 등을 보고서 놀랐다고 설명하더군. 다섯 개나 새로 난 종기는 그리 심각하지는 않고, 왜냐하면 피부 발진이 하나 보이는데, 그것은 모든 종기보다 더 고약하고, 치료 기간도 길고, 애초에 통증을 일으킨 것이고 계속 그럴 것이라더군. 내 의견은, 물론 그것을 의사에게 털어놓지는 않았지, 내게 이 발진을 만들어준 것은 국제적 거리, 즉 프라하, 뉘른베르크, 또 무엇보다 파리까지의 먼 거리가 아닌가 싶네.[40]—그래서 나는 이제 오후에면 마치 묘혈 속에 있는 것처럼 집에 앉아 있네. (꽉 조인 붕대 때문에 거닐 수도 없지, 가만히 앉아있기는 통증 때문에 못하지, 치료가 통증을 더한다는군.) 그리고 아침나절에는 내가 나가야 할 사무실 덕분에 이 차안의 세계를 극복하지. 자네 부모님[41]은 내일 찾아뵐 예정이야.—

프라하에 돌아온 첫날 밤 꿈을 꾸었지, 내 생각에는 밤새 그런 것 같아, (꿈은 파리의 새 건물 받침대가 걸려 있듯이 내 잠 위에 걸려 있었지), 나는 잠을 자려고 한 커다란 건물에 투숙하지, 그런데 그 건물이라는 것이 파리의 택시들, 자동차들, 승합 버스들 따위에 불과한 것으로 이루어져 있어서, 서로 바짝 스치거나 넘어가는 운전 이외에는 아무 것도 할 수 없지, 또 요금, 교차점, 연결, 팁, 방향 전환, 위조 지폐 따위를 제외하고선 어느 것도 말하거나 생각하지 않았지. 이 꿈 때문에 잠을 잘 수가 없었는데, 그러나 내가 필연적인 의문들을 지닌 채 어리둥절했기에, 대단한 애를 써서 그 꿈을 잡아놓았지. 나는 내심 불평을 했어, 이유인즉 여행 이후 그렇게도 휴식이 필요한 나를 그들이 그런 집에 집어넣으니까 말이야, 그러나 동시에 내 속에 한 당원이 있어서, 프랑스 의사들(그들은 의사 가운의 단추들을 모두 잠갔더라고)이 급히 절을 하면서 이 밤의 필연성에 대해서 인정했네.—내가 자네들 두 사람을 속이지 않았는지, 돈을 셈해보게, 전적으로 확실하지 아니한 내 계산에 의하면 내가 어찌나 돈을 적게 썼는지, 그게 마치 파리에서 내내 상처의 발아를 기다리면서 거기에 기력을 몽땅 소모한 것 같아. 어허, 이게 또 쑤시네. 내가 돌아온 것은 딱 적절한 때였네, 자네들을 위해서나 나 자신을 위해서나.

자네들의 벗 프란츠 K.

### 172. 프라하의 막스 브로트 앞
*베를린, 1910년 12월 4일 일요일*

가장 친애하는 막스, 차이는 이것이야. 파리에서는 속고, 여기에서는 속인다는 것. 난 웃지 않을 수가 없어. 토요일에 기차에서 내리자마자 거의 곧바로 실내 극장에 갔네.[42] 미리 예매하는 재미를 알게 됐지. 오늘은 「아나톨」[43]을 보러 가네. 그러나 어느 것도 여기 채식 레스토랑의 음식만큼 좋은 것이 없네. 장소 자체는 조금 황량해. 사람들은 계란부침을 곁들인 양배추 요리(제일 비싼 음식)를 먹고, 건축은 아무것도 아니지. 하지만 여기서 느끼는 만족감. 나는 오직 나의 내적 상태만을 들여다보네. 잠정적으로는 여전히 매우 나쁘지, 하지만 내일은 어찌될지? 이곳은 어찌나 채식주의인지, 팁조차도 금지되어 있네. 흰 빵 대신 단지 지몬스 알곡 빵[44]이 있을 뿐. 방금은 또 나무딸기 시럽을 바른 거친 밀가루로 만든 푸딩을 가져왔네. 그러나 나는 생크림을 얹은 샐러드를 먹고 싶어, 구즈베리 술과 잘 어울릴 것이고, 그러고는 스트로베리 엽차 한 잔으로 끝낼 것이야.

아듀.


### 173. 프라하의 오스카 바움 앞
베를린, 1910년 12월 9일 금요일


진심 어린 안부를, 그리고 그 댁 꼬마 레오에게 이 경쟁자를 보냅니다.[45] 그 경쟁자가 그 아이를 놀라게 할 필요가 없음을 저는 압니다, 오히려 그 애는 그를 통해서 더욱 자기 확신적이 되어야 할 것이오.

프란츠 K. 드림

## 174. 프라하의 막스 브로트 앞
*베를린, 1910년 12월 9일 금요일*

어때, 잘 꾸며진 서재지, 친애하는 막스, 안 그런가? 기본적으로 단지 다섯 개의 가구들이 비치되어 있고, 거기에다 그 그늘. 책상 위에는 어쨌거나 건강에 좋지 않으리만치 많은 불빛이 비치는구면. 편안하게 놓인 것은 보조 탁자 위의 병이지. 책상에서라면 허리만 굽히면 잡을 수 있지. 발은 직접 마루 바닥에 닿지 않고 책상 발판 위에 놓여 있네. 그림을 그릴 양이면, 책상 자리에 이젤만 놓으면 되겠지.

자네의 프란츠

## 175. 프라하의 막스 브로트 앞
*베를린, 1910년 12월 9일 금요일*

막스, 「햄릿」 공연을 보았네, 아니 차라리 바서만을 경청했다고 할까.[46] 한 15분 정도를 맙소사, 난 전혀 다른 얼굴이 되었지, 때때로 무대로부터 텅 빈 관람석으로 고개를 돌려야 했네, 정신을 가다듬기 위해서.

자네의 프란츠

## 176. 프라하의 요젭 마레스[47] 앞
*베를린, 1910년 12월 9일 금요일*

진심 어린 안부를 보내며

프란츠 카프카 박사 드림

## 177. 프라하의 막스 브로트 앞

프라하, 1910년 12월 15일 목요일, 17일 토요일

나의 친애하는 막스, 이번 주에 대해서 다시 이야기할 필요가 없도록, 우선 자네가 이미 아는 것을 되풀이하겠네, 그럼으로써 한꺼번에 모든 것이 자네 머릿속에 들어가도록.―이번 주 모든 일은 내 형편상 지금까지는 어쩌다 겨우 가능했을 정도로 내게는 아주 상황이 좋았네, 모양새로 보아서도 더 좋을 수 없을 것처럼 말이야.―나는 베를린에 있었어,[48] 그리고 돌아온 후 이제는 일상의 환경에 너무도 느른하게 들어앉아서, 마치 나 자신을 한 마리 동물로도 처신할 수 있을 것 같은 기분이라네, 만일 그것이 내 본성에 들어 있다면 말이야.―나는 8일간의 완벽한 자유인을 만끽했지. 지난 밤에야 사무실 일을 걱정하기 시작했네, 어찌나 걱정스러운지 책상 아래로 숨어 들어가고 싶었어. 그러나 그것을 심각하게 여기지는 않네, 왜냐하면 독자적인 두려움이 아니기 때문이네.―부모님은 지금 건강하시고 만족스러워 하시지, 또 요즈음에는 그분들과 마찰도 없네. 단지 아버지께서는 내가 책상에 너무 늦게까지 앉아 있는 것을 보실 때면 화를 내시지, 왜냐하면 아버지는 내가 지나치게 부지런 떤다고 생각하시거든.―내 건강은 이전 몇 달 동안보다 훨씬 좋으네, 적어도 금주 초보다는 낫지. 모든 채소가 내 창자 속으로 아주 깊숙이 들어가서, 행운의 우연이 오로지 이번 주를 위해서 나를 살찌우는 것 같아.―집안의 모든 일은 아주 평화롭네. 결혼식은 끝났고, 새 사돈들은 익숙해지고 있는 중이네.[49] 아래층에서 가끔 들려오던 피아노 치는 처녀[50]는 요 몇 주 동안 집을 비웠나 봐.―이 모든 혜택들이 바로 지금 가을이 끝나가는 이때 나에게 주어지고 있어, 그러니까 내가 그 어느 때보다 혈기왕성하게 느끼는 계절에 말이야.

12월 17일 엊그제 쓰기 시작한 이 장례식 고사는 끝이 보이지 않는구먼. 그 편에서 보아 이제 그 모든 불행에 비탄이 추가되는 거야, 그런데 나는 슬프고도 완전히 입증할 수 있는 그런 감정을 며칠간 잡아둘 상태가 되질 않아. 그래, 정말 그럴 상태가 되질 않는다니까. 여드레 동안을 그 일로 앉아 있는데, 마치 날고 있는 듯한 감정의 회오리 속에 있어. 난 그냥 간단히 나 자신에 취해서, 이 시기에는 가벼운 와인 한 잔에도 전혀 기적이 일질 않아. 더욱이 지난 이틀 동안 변한 것이라곤 거의 없고, 있다면 사정이 악화된 것이네. 아버지는 썩 잘 되시지 않나 봐, 요사이엔 집에 계시네. 왼편에서 아침 식사의 소음이 그칠 무렵이면, 오른편에서는 점심 식사의 소음이 시작되지. 문들은 요사이 어디나 열려 있어서, 마치 벽들이 부서진 것 같다네. 하지만 무엇보다도 모든 불행의 중심이 있어. 글을 쓸 수 없다는 것. 나는 내가 중시하는 한 행도 쓰지 못했어, 그러고는 모든 것을 지워버렸지, 파리 이후에[51] 쓴 것들—그리 많지는 않아—모두를. 온몸이 내게 경고를 하네, 모든 단어에서 그래. 모든 단어를 써 내려가기 전에 우선 모든 방향으로 둘러보는 것이야, 그럼 모든 문장들이 문자 그대로 완전히 와해되어버리지. 난 그 내부를 들여다보고, 그러면 곧 중단해버리는 거야.

동봉한 단편소설의 일부는 그저께 옮겨 쓴 것이야,[52] 그리고 그것은 이제 그냥 두려고 하네. 그것은 벌써 오래된 것이고, 틀림없이 결점이 없지는 않을 게야. 하지만 그것은 이 이야기의 다음 의도를 충분히 말해주지.

오늘 밤에는 아직 가지 않겠네. 월요일 아침까지, 바로 그 최후의 순간까지 혼자 있으려고 해. 나 자신의 뒤를 바짝 따르는 이것이 아직은 나를 뜨겁게 하는 기쁨이며, 무엇보다도 건강한 기쁨이지. 왜냐하면 그것이야말로 나의 내부에서 그 보편적인 불안을 창출하며, 거기에서 비로소 유일하게 가능한 평정이 생성되는 것 아닌가. 만일 계속 이렇게만 된다면, 나는 그 누구 눈 속이라도 들여다 볼 수 있을 것 같다네. 예컨대 자네마저도 베를린 여행 전에는 그렇게 할 수 없었던, 그러니까 내가 파리에서마저도 못했던 일을. 자넨 아마 알아차렸겠지. 나는 자네를 너무도 좋아하고 그래서 눈을 들여다볼 수 없었지.—나는 내 이야기를 가지고 가고, 자네는 아마 자네 걱정 거리를 가지고 오겠지. 그래 내가 월요일쯤 사무실에서 그 문제[53]에 대한 이야기가 적힌 자네 엽서를 기대해도 되겠는가? 아 참, 자네 누이에게 보내는 축하 인사[54]도 빠졌군. 그건 월요일에 하지.

자네의 프란츠

# 1911년

### 178. 프라하의 막스 브로트 앞
*프라하, 1911년 1월 27일 금요일*

친애하는 막스—월요일에 프리트란트에 가네.¹ 오늘 일은, 내가 내일
은 치과 의사에게 가야 한다는 것이야. 그러니까 6시 전에는 자네에
게 가기가 어려울 것 같아. 클라이스트²를 읽는데, 마치 늙은 돼지 방
광에 바람을 불어넣듯이 들어오네. 일이 너무 나빠지지 않기 위해서,
또 내가 그럴 생각이었으니까, 지금 루체르나로 가려네.³

프란츠

### 179. 프라하의 막스 브로트 앞
*프리트란트, 1911년 2월 1일 수요일*

성은 담쟁이 덩굴로 뒤덮여버렸네.⁴ 담쟁이는 지붕 없는 발코니의 절
반 높이에까지 이르고 있어. 다만 도개교跳開橋는 장식물 같아서, 사
람들은 그 쇠사슬이며 철사줄에 마음 졸이려 하지 않지, 그건 그냥
장식품들이니까, 그 밖에 다른 모든 것은 애써 구경했더라도 그래.
이 아래쪽에 있는 붉은 지붕은 꼭 상상할 필요는 없어.

프란츠

### 180. 프라하의 막스 브로트 앞
*프리트란트, 1911년 2월 2일 목요일*

자네도 나처럼 어떤 낯선 지방을 최상으로 상상해볼 수 있겠는가?
만일 세상 어느 곳에서나 가능한 어떤 조용한 업무에 관한 이야기를
듣게 되면 말일세, 그것도 그 업무 때문에 바로 그 지방에서 시간을
보낸 이후에? 난 그것을 나 자신에게 이렇게 설명하네, 한편으로 이
지방은 버려지지 않는다, 그러나 다른 한편 역시 어떤 유일무이한 특
징적 요소를 뽑아낼 수도 없다, 그러므로 전체는 지속된다.―나는 황
제 파노라마에 갔고, 브레샤, 만투아, 크레모나를 보았네.⁵ 대성당의
매끄러운 바닥이 바로 혀끝에 닿을 듯한 기분이라니!

프란츠 K.

### 181. 프라하의 엘리 헤르만과 카를 헤르만 앞
*프리트란트, 1911년 2월 4일 토요일*

썰매타기만은 할 수 없을 것 같아, 너무 비싸니까. 그리고 내 생각에
는 그게 다 소용없을 것 같아, 눈이 저기 저렇게 흩어져 있으니까.
진심으로 안부를 보내며,

프란츠

오빠

### 182. 프라하의 오스카 바움 앞
*프리트란트, 1911년 2월 5일 일요일*

오늘 나는 타펠피히테 기슭의 노이슈타트[6]에 갔지요, 바짓단을 접지 않으면 완전히 눈 속에 파묻히는, 그리고 바지를 접어올리면 눈이 무릎까지 올라오는 곳. 여기서라면 행복할 수 있을 것인데. 안부를,

프란츠 K

### 183. 프라하의 오틀라 카프카 앞
*프리트란트, 1911년 2월 7일 이전*

사랑하는 오틀라

네 병 생각은 전혀 못했구나. 조심하고 잘 덮고 자거라, 이 산기슭 공기가 묻은 카드를 손으로 만지기 전에!

프란츠 오빠

오빠가 무언가를 가져가마, 그러느라고 네가 아팠던 게야.

### 184. 프라하의 오이겐 폴[7](노동자재해보험공사) 앞
*프라하, 1911년 2월 19일 일요일*

11년 2월 19일

오늘 자리에서 일어나려다 그만 쓰러져버렸습니다. 이유는 매우 단순했는데, 제가 전적으로 과로했기 때문입니다. 사무실 때문이 아니라 제 부업 때문이었습니다. 제가 만일 출근을 하지 않고 제 일을 위해서 유유히 살아갈 수 있고 이 6시간을 그곳에서 날마다 보내지 않아도 되었다면 얼마나 좋았겠습니까, 특히 금요일과 토요일이면 일

거리에 파묻혀서 그 시간들이 제게 고통을 주었을 때, 귀하께서 그것을 생각도 하지 못하셨다는 사실만으로 사무실이 죄 없이 그에 관여하게 되었습니다. 결국 이 모든 것이, 잘 압니다, 변명에 불과합니다. 제 잘못이며, 사무실은 제게 아주 명백하고 정당한 권리를 가집니다. 다만 이것은 저에게는 끔찍한 이중생활입니다. 여기서는 아마도 오직 광증狂症만이 출구가 될 것입니다. 저는 밝은 아침의 햇빛을 받으며 이 편지를 씁니다. 사실이 아니라면 결코 쓰지 않을 것입니다, 그것들을 마치 아들인 양 사랑하지 않는다면 말입니다.

말하자면, 저는 이미 아침에 다시 정신을 차려, 사무실에 나갑니다. 거기서 제가 최초로 들은 것은 귀하께서 저를 이 부서에서 내보내려 하신다는 소식입니다.


### 185. 프라하의 막스 브로트 앞
### 그로타우,[8] 1911년 2월 25일 토요일

몇 가지 새로운 일이 있어, 친애하는 막스, 사람들은 벌써 공원에서 지저귀는 검은 지빠귀들의 노래를 듣는다네―궁정용 마차들은 사람들이 승차를 할 때 뒤편에서 꽉 잡아야 한다네, 강력한 용수철 때문이래―오늘 귀로에서는 오리 한 마리가 강변 물 위에 떠 있는 것을 보았지―어떤 부인과 동승했는데, 어쩜 〈백인 노예〉[9]에 나오는 노예상 여자와 흡사해 보였어 등등.

### 186. 프라하의 오틀라 카프카 앞
*크라차우, 1911년 2월 25일 토요일*

사랑하는 오틀라, 오빠가 맞은편 로스호텔에 가서 감자와 월귤을 곁들인 쇠고기 구이에다가 오믈렛을 먹었고, 거기다가 사과주 작은 병을 마셨다는 사실에 넌 관심을 가질 것이야. 그러는 동안 나는 알다시피 잘 썹을 수 없는 많은 고기를 일부는 고양이에게 먹였고 일부는 땅에 버렸단다.[10] 그런 다음 여급이 내게로 왔고 우리는 「바다와 사랑의 파도」[11]에 대해서 이야기를 나누었단다. 저녁에 각자 따로 그 연극을 감상하러 가기로 결정했지. 그것은 슬픈 작품이란다.


### 187. 조피 브로트[12] 앞
*라이헨베르크, 1911년 2월 26일 일요일*

친애하는 조피 양, 당신의 새 장서[13]를 위해서, A. K. 그린의 『보복의 그날』[14]을 추천합니다. 오늘 차 속에서 내 건너편 남자가 읽고 있더군요. 의미심장한 제목이 아닌가요? 그 '날'이라 하면 깃대요, 이 첫 글자 '그'는 아래의 작은 말뚝이며, 그다음 '의'는 꼭대기의 조임줄, '보복'이란 그 깃발 자체, 아마도 그렇게 검지는 않지만 어두운 깃발의 천이지요, 에(e)에서 우(u)로 나부낌은 중간 강도의 바람(특히 '웅ng' 발음은 그것을 약화시킵니다)에 의해 야기됩니다.[15]—그리하여 나로서는 피곤한 가운데 차타고 가는 동안에도 사물을 둘러봅니다, 당신에게 유용할 수 있는 것들을. 그래서 만일 내가 다음 방문할 때 『보복의 그날』을 이미 가지고 있으면 물론 매우 자랑스러울 것입니다.

프란츠 K. 올림

### 188. 프라하의 엘리 헤르만과 카를 헤르만 앞
*라이헨베르크, 1911년 2월 26일 일요일*

나는 여기서 월귤우유, 헤르쿨로,[16] 속 넣은 배추, 과일 스프 그리고 또 다른 좋은 음식들로 양분을 섭취하고 있어. 그래서 너희가 그로 인해 나를 부러워할 수도 없음을 안타까워한단다.

프란츠 K.

### 189. 프라하의 막스 브로트 앞
*프라하, 1911년 3월 2일 목요일*

친애하는 막스, 자네 좋은 일하는 셈치고 내일 올 때『휘페리온』[17]을 좀 가져다 주게. 그것을 아이스너[18]에게 빌려주고 싶어. 그의『전망』[19]이 다시 책상에 쌓이네. 만일 아주 돌려줄 때, 그가 흥미 있어 할 무언가를 투고할 수 있다면 양심에 꺼릴 것이 없을 것 같아.

프란츠

### 190. 프라하의 막스 브로트 앞
*프라하, 1911년 3월 초로 추정*

*편지지 상단: 프라하 보헤미아왕국 노동자재해보험공사*

나의 친애하는 막스, 여기 그놈이 있네.[20] 아마도 자네는 그것이 부분 부분 필요할 수 있을 게야. 자네가 변경하거나 내버리거나 또는 승인

하거나 할수록, 그 일만이 아니라 나를 위해서도 더 좋으이. 그것을
쓰기 시작하기 전에 난 부끄러웠네, 내가 자네에게 이 작은 것을.[21]

### 191. 프라하의 막스 브로트 앞
*프라하, 1911년 3월 5일 일요일*

고맙네, 나의 친애하는 막스.
그놈[22]이 무슨 가치가 있는지 알고 있네. 항상 그렇지 뭐. 그 결점들
은 좋은 점들보다 내 살 속 더 깊이 파고드네. 그러나 세상과 관련해
서 더 중요한 것이 있어, 시간 계산이 잘못된 게야. 기송 우편으로 내
엽서[23]를 10시에 접수했지만, 그것이 오후에 있은 [원고의] 대출[24]을
막지 못하지 않았는가. 우체국 직원으로서 자네도 일말의 책임이
있네.

자네의 프란츠 K.

### 192. 루돌프 슈타이너[25] 앞
*프라하, 1911년 3월 31일 금요일*

존경하는 박사님!
　귀하께서 제 작품의 시험본을 봐주시겠다니 너무도 너그러우십니
다. 여기에 작은 작품이 있습니다.[26] 저로서는 그것이 저에게 본질적
인 것은 아니나 특징적이라 생각합니다. 또한 한편으로는 이미 그것
이 곧 귀하의 수중에 들어가리라는 느낌에 판단이 서질 않습니다.

삼가 정중한 경의와 더불어
프라하 니클라스슈트라쎄 36번지

프란츠 카프카 박사 배상

10년 3월 31일


### 193. 프라하의 막스 브로트 앞
*오이빈, 1911년 4월 23일 일요일*

여기 오이빈 산[27]에 200명 이상의 짜증스러운 손님들이 들어 있네. 비교적 나는 여전히 한 남부인처럼 엽서들을 쓰는 중이네. 하지만 겨우 엽서들이지, 그 글[28]은 아직 손대지 않고 있어.

프란츠


### 194. 프라하의 엘리 헤르만과 카를 헤르만 앞
*오이빈, 1911년 4월 23일 일요일*

난 작센으로 잘못 들어갔단다, 여기 이 국경 지대에서는 놀랄 만한 일도 아니라는군.

프란츠 K.


### 195. 프라하의 오틀라 카프카 앞
*바른스도르프,[29] 1911년 4월 28일 이전*

사랑하는 오틀라,
이번에는 틀림없이 무언가를 가져가마, 오빠가 출발하기 전날 밤 네가 울었기 때문이란다.

200

## 196. 프라하의 노동자재해보험공사 앞
프라하, 1911년 5월 13일 토요일

존경하는
지사장님 귀하
보헤미아왕국 노동자재해보험공사

충직한 본 서명자는 존경하는 지사장님께 본인의 봉급을 2,600K 로 인상해주실 것을 청원하며,[30] 이 청원에 다음과 같은 근거를 제시합니다.

본인의 연령, 사전 교육, 가족 관계 그리고 모든 생활필수품의 일반적 등귀는 본 충직한 서명자에게 현재 봉급으로는 충당할 수 없는 의무를 지웁니다. 그에 대해서 본 충직한 서명자는 본인이 맡은 직무로 인하여, 나아가서 공공기관의 사무원이 받는 기본임금에 대한 고려에서, 마지막으로는 본 보험공사 자체 내의 봉급 상태에 대한 고려에서, 존경하는 지사장님의 통찰과 선의에 대고 본인의 청원을 제출해도 좋을 것이라 생각합니다.

법학박사 프란츠 카프카 배상
프라하, 1911년 5월 13일

*프라하, 1911년 5월 27일 토요일*

나의 친애하는 막스, 오늘은 자네 생일이지, 하지만 통상적인 책조차
보내지 않네. 왜냐하면 그건 하나의 겉치레일 뿐이니까. 그렇지만 필
경 나는 자네에게 책 한 권도 선물할 수 없는 처지야. 다만 내가 지금
쓰고 있는 그 이유는 오직 오늘 한순간이라도, 비록 이 카드만으로라
도, 꼭 자네 가까이 있고자 해서라네. 이 탄식으로 시작한 것도 오직
자네가 나를 곧장 알아보도록 하기 위함이라네.

자네의 프란츠


**198. 프라하의 오토 브로트 앞**

*취리히, 1911년 8월 27일 일요일*

*(막스 브로트의 친필)*
행복하게 도착하여,[31] 일요일 아침 일찍, 진심으로 무한한 안부를 보
내며, M
*(친필)* 프란츠 K


**199. 프라하의 오스카 바움 앞**

*플뤼엘렌, 1911년 8월 29일 화요일*

*(막스 브로트의 친필)*
우리의 처음 기착지에서 무한한 안부를 보내며,[32]

막스 브로트

(친필) 프란츠 카프카


## 200. 프라하의 오틀라 카프카 앞
플뤼엘렌, *1911년 8월 29일 화요일*

플뤼엘렌에서 산 속에 파묻혀 지낸다. 다들 구부리고 앉아 있지, 코를 거의 꿀단지에 처박고

프란츠 오빠

(친필) 막스 브로트


## 201. 프라하의 오틀라 카프카 앞
루가노,[33] *1911년 8월 30일 수요일*

그러니까 어머니께서 편지를 쓰시도록 하려무나, 어머니에게서 이일을 빼앗지 말고. 그러나 그것은 썩 좋은 일은 아니구나.—어제는 우리가 피어발트슈태트 호수에 갔지. 오늘은 루가노 호수에, 거기 잠시 머물렀단다.—주소는 같은 곳이다.[34]

프란츠

(친필) D 브로트[35]

## 202. 프라하의 오토 브로트 앞
*루가노, 1911년 8월 30일 수요일*

*(막스 브로트의 친필)*

사랑하는 오토─여기는 아름다워, 하지만 리바[36]와 비교할 수는 없단다. 그곳은 낭만적이었지. 여기에는 온통 호텔뿐이야. 호수는 다만 푸를 뿐. 채식은 마치 소금창고의 산물과도 같고.─우리 숙소는 무엇보다도 매력적이야, 호수 바로 가까이에, 그래서 아마 우리를 여기 며칠 더 잡아둘 것 같아.[37] 세르부스.[38]

막스

*(친필)* F 카프카

## 203. 프라하의 오토 브로트 앞
*루가노, 1911년 9월 3일 일요일*

*(막스 브로트의 친필)*

사랑하는 오토─좋은 소식들을 보내준 네 카드 매우 고맙다. 너도 내 엽서를 받았기를 바란다. 내일 우리는 밀라노로 향해. 네가 어쨌거나 많은 일 중에서라도 잘 지내기를 바래. 진정한 마음으로,
막스

*(친필)* F 카프카

### 204. 프라하의 오이겐 폴(노동자재해보험공사) 앞
마이란트, 1911년 9월 5일 화요일

전해지지 않음.[39]

### 205. 프라하의 오틀라 카프카 앞
스트레사,[40] 1911년 9월 6일 수요일

오틀라, 넌 내게 좀 더 상세한 것을 써 보내야 해. 사랑하는 어머니의 편지에 따르면 뭔가 새로운 것들이 있던데, 그 상세한 것에 매우 흥미가 생기는구나. 그 대신 오빠가 네게 예쁜 그림 엽서들을 보내줄게.

프란츠 오빠

(친필) 막스 브로트

### 206. 프라하의 오토 브로트 앞
스트레사, 1911년 9월 7일 목요일

(막스 브로트의 친필)

사랑하는 오토—여기 스트레사에서 우리는 마침내 리바 온천을(그 것도 야외 온천을) 발견했구나. 여기서는 온천장을 지으면 부자가 되 겠어. 아름답고 평평한 모래 해변이 있는 마조레 호수[41] 전체에 온천 장이라곤 하나도 없으니까. 믿을 수 없는 것 아니니?—콜레라로 취 소된 이탈리아 여행 대신 우리는 여기에서 적절한 심플론 고개[42]를 파리와의 연결 통로로 이용하고 있단다. 그러니 파리로는 우체국 유치로 주소를 써 보내려므나. 그런데 오토 슈나이더[43]는 어디에 사니?

진심으로

막스 형

(친필) 진심으로 안부보내며,

프란츠 카프카

## 207. 프라하의 오틀라 카프카 앞
*파리, 1911년 9월 13일 수요일*

사랑하는 오틀라, 오빠가 너를 용서할 게 아니라, 네가 오빠를 용서해야 해, 너에게 글로 써 보낸 비난 때문이 아니지, 그것들은 부드러웠으니까. 그것이 아니라 오빠가 네게 내심 저주를 퍼부었기 때문이란다, 네가 그토록 진지한 문제에서 네 말을 지키지 않았기 때문에 그랬어.[44] 하지만 네가 네 부주의를 설명하고, 물론 그 설명이 유감스럽게도 상세하지도 않았지만, 즐기고 있는 사람이 일하고 있는 처녀에게[45] 나쁘게 대해서는 안 될 것이기에, 아까운 시간에도 불구하고 네가 뭔가 예쁜 것을 가져다 줄지도 모르겠다.

많은 안부를 보내며,

프란츠 오빠

막스를 생각하면, 넌 경솔했어. 왜냐하면 네가 그에게 나쁘게 대하질 않으니까 그는, 내가 걱정하는 거야, 네게 엽서 한 장 보내지 않고, 그 대신 진심으로 안부를 덧붙여주라는구나.

(친필) 매우 진심으로

막스 브로트

## 208. 프라하의 막스 브로트 앞

에를렌바흐,[46] 1911년 9월 17일 일요일

*편지지 상단: 에를렌바흐 요양원*

*에를렌바흐, 1911년 9월 17일*

나의 친애하는 막스,

내가 여기에 그 이야기[47]를 써야 한다고 자네가 요구했을 때, 자네는 요양원 시설에 대한 무지만을 내보였을 뿐이네, 그 반면에 그것을 쓰겠다고 약속했던 나는 무엇보다 내가 잘 아는 요양원 생활방식을 어쨌든 잊고 있었음에 틀림없어. 왜냐하면 여기에서 하루는 예컨대 목욕, 마사지, 체조 등이라 불리는 응용 활동들, 또 이들 응용 활동 이전의 예비 휴식과 그 이후의 회복 휴식들로 채워지니 말이야. 식사는 어쨌거나 많은 시간을 빼앗지는 않아, 왜냐하면 그것은 사과 소스, 으깬 감자, 걸쭉한 채소, 과일 주스 따위로, 만일 원하면 거의 눈에 띄지도 않게 빨리, 하지만 또 원한다면 매우 즐기면서 홀러 들어가게 먹을 수 있는 것이니 말이야. 다만 검은빵, 오믈렛, 푸딩, 무엇보다도 모든 견과류로 다소 지연될 수도 있지. 그러나 그 대신 저녁에는, 특히 요즈음에는 비가 자주 내리므로, 사교적으로 보낸다네, 가끔 축음기 프로그램을 즐기기도 하는데, 그럴 때는 신사숙녀들이 취리히의 교회당에서처럼 따로 구분해서 앉지.[48] 그리고 노랫소리가 커지면, 예컨대 '사회주의자의 노래' 같은 경우에는 그 축음기의 나팔은 신사들 편으로 더 향해지지만, 반면에 부드러운 곡이나 좀 더 경청을 요하는 곡의 경우에는, 신사들이 숙녀들 편으로 이동하고, 그 곡이 끝난 뒤에는 제자리로 돌아가거나 또는 경우에 따라서는 그대로 그 자리에 남는다네. 때로는 (만일 이 문장을 문법적으로 점검하려면 자네는 이 페이지를 넘겨야 하네)<sup>49</sup> 베를린 출신의 트럼펫 연주자의 연주가 내게 커다란 즐거움을 주거나, 또는 어떤 산간 지방에서 온 남자가 불안하게 서서 로제거<sup>50</sup>가 아니라 아홀라이트너<sup>51</sup>의 방언극을 낭독하거나, 마침내 어느 친절한 사람이 모든 것을 내주며 유머러스한 자작의 운문 소설을 낭독하거나 그러지, 그러면 나는 오랜 습성으로 눈에 눈물을 글썽인다네. 자넨 지금 내가 이들 여흥에 반드시 가봐야 하는 것은 아니라고 생각할지 모르지. 그러나 그건 그렇지가 않아. 왜냐하면 첫째 누구든 부분적으로 실제로 이 요양의 좋은 효과에 대해 어떻게든 감사를 표시해야 하기 때문이고(생각해보게나, 내가 파리에서 지난 저녁에도 약을 복용했지만 오늘 사흘째에 그 효능은 사라진다는 것을), 그리고 둘째로 여기는 손님이 어찌나 적은지 누구든 최소한 의도적으로 사라질 수가 없어. 그리고 마지막으로 여긴 조명 사정이 아주 나쁘다네, 그러니 대체 어디에서 나 혼자서 글을 써야 할지 짐작이 안 가. 심지어 이 편지를 위해서도 시력이 약간 낭비되고 있다니까.

물론 만일에 내가 나 자신의 내부에서 글을 쓰는 충동을 느낀다면야, 내가 어쩌다가 한때 상당 기간 그럴 수 있었던 것과 같이, 또는 스트레사의 한순간처럼, 거기서는 나 자신이 주먹이 된 느낌이었지, 그 주먹 안에서 손톱들이 살을 파고 들어가는 것 같은 느낌—다르게는 말할 수 없어—, 그렇다면 아무런 장애물이 존재하지 않을 것이야. 나는 단순히 그 응용 활동들을 참지 못하고, 식사 뒤에 곧장 작별 인사를 할 수도 있겠지, 그러면 사람들이 뒤통수를 쳐다보는 별난 괴짜로서 내 방으로 올라가, 안락의자를 탁자에다 끌어다 놓고서, 그리고 천장 높이 희미한 촉수의 불빛 아래에서 글을 쓸 수도 있겠지.

지금 생각해보네, 자네 의견처럼—자네의 예를 따른다고는 말하고 싶지 않네—외부의 기호에 따라서 글을 써야 한다고,<sup>52</sup> 그러면 물론 자네가 내게 한 요청은 옳았지, 자네가 요양원을 알든 모르든, 따라서 사실 내 수고로운 변명에도 불구하고 모든 것은 내 탓이지, 또는 더 좋게 말해서, 그것은 작은 의견상의 차이나 커다란 능력의 차이로 환원되네. 그런데 말이지 지금이 겨우 일요일 저녁이니, 내게는 아직도 대략 하루하고도 한나절이 남아 있네.[53] 비록 여기 마지막에 나 혼자 남아 있는 독서실의 괘종시계는 묘하게도 빠르게 종을 치고 있네마는.

건강 문제를 떠나서도 또 한 가지 면에서 나의 이곳 체재는 어쨌든 유용하다네. 손님들은 주로 중산층 노부인들인데, 말하자면 인종학적인 특성들이 가장 섬세하고 그리고 가장 소모적으로 드러나는 사람들이지. 그러나 만일 그들의 그러한 특성을 잘 관찰하게 된다면, 우리는 그것들을 잘 간직해야 해. 그들의 방언에 대한 나의 무지 또한 관찰에 도움을 주는 것 같다는 생각이야. 왜냐하면 그로 인해 훨씬 가까이에서 분류할 수 있거든. 그러면 우리는 차창에서 내다보는 것보다 더 잘 보게 되지, 비록 그것이 근본적으로는 그렇게 다른 것이 아니지만 말이야. 우선 간단히 말하자면, 스위스에 대한 평가에서 나는 켈러나 발저보다는 오히려 마이어를 의지하려들 것이거든.[54]

전쟁에 관한 자네의 글[55]을 위해서 내가 파리에서 한 책의 제목과 그 출판사의 자체 광고를 함께 복사해두었네. 아르튀르 부셰 대령의 『미래의 전쟁에서 승리하는 프랑스』.[56] "제반 작전의 전직 수장이었던 저자는 진술한다, 설사 프랑스가 공격을 받더라도, 프랑스는 승리에 대한 절대적인 확신 속에서 스스로 어떻게 방어하는지를 안다."[57] 나는 독일 문학 첩자로서 생 드니 대로에 있는 책방 앞에서 위 글을 베껴 썼네. 이것이 자네에게 유용하기를!

자네의 프란츠

난 우표 수집을 좋아해, 만일 자네의 우표 수집이 나의 그것보다 덜 소중하다면, 이 봉투는 나를 위해서 아껴두게나.

### 209. 프라하의 오스카 바움 앞
*에를렌바흐, 1911년 9월 19일 화요일*

친애하는 바움 씨, 막스가 당신에게 틀림없이 이미 이야기했겠지만, 우리의 여행[58]은 어찌나 변화무쌍했던지 집 생각을 할 시간이 전혀 없었습니다. 그러나 이제 제 휴가가 끝나가고, 제 병 중 하나가 나머지 병들이 놀라워하는 방관 가운데 사그라지기 시작하고, 그리고 온 세상이 제가 사무실로 돌아가야 한다는 견해를 지니고 있는 이때, 저는 어제 이렇게 비 내리는 추운 저녁에 열린 창문 옆에서 얇은 담요를 덮고서 훈훈함을 느끼기 시작했습니다.


### 210. 프라하의 막스 브로트 앞
*프라하, 1911년 10월 12일 목요일*

친애하는 막스, 하지만 우리가 그것을 잘 맞추었네! 골트파덴의 「줄라미트」가 공연되고 있다니까![59] 기쁜 마음으로 카드 하나를 낭비하고 있네, 자네가 이미 읽었을 것을 자네에게 일러주려고 말이야. 자네도 나에게 편지 썼기를 바랄 뿐이네.

프란츠


### 211. 프라하 황실경찰국 앞
*프라하, 1911년 10월 25일 이전*

*(다른 사람의 필체)*

[체코어 편지]

### 212. 아말리에 취지크[60] 앞
*프라하, 1911년 11월 4일 토요일*

전해지지 않음.[61]

### 213. 테플리츠의 요젭 폴라첵[62] 앞
*프라하, 1911년 11월 5일 일요일*

전해지지 않음.[63]

### 214. 프라하의 펠릭스 벨취 앞
*프라하, 1911년 11월 18일 이후일 것*

마침내 온 도시를 우리 감정 속에 품는다오. 당신 방이 있던 자리에
서 나는 뼈저리게 쑤시는 것을 느꼈지요, 당신이 그곳에서 그토록 절
망적으로 공부를 했기에.[64] 이제는 다 지나갔다오. 다행히도!

프란츠 K

### 215. 프라하의 노동자재해보험공사 앞
*프라하, 1911년 11월 27일 월요일*

존경하는 지사장님 귀하!

　충직한 본 서명자는 제2급 제1단계로 봉급 수준을 조정해달라는 1911년 5월 15일의 보증 청원을 또다시 제출하는 바이며,[65] 이 청원과 더불어 당시의 근거를 존경하는 지사장님께 제시합니다.

프라하, 1911년 11월 27일

공사 사무직

프란츠 카프카 박사 배상


### 216. 황실상업법정 앞
*프라하, 1911년 12월 16일 토요일*

*편지지 상단: 프라하 법학박사 <u>로베르트 카프카</u>*[66]


프라하

황실상업법정 귀하!


프라하, 마리엔가쎄 18번지에 거주하는 상인 카를 헤르만과 프라하 V. 니클라스슈트라쎄 36번지에 거주하는 관리 프란츠 카프카박사 두 사람은

의뢰 변호사인

로베르트 카프카 박사(프라하 거주)를 통해서

'프라하 석면 헤르만 합자회사' 명의로 상업 등기를 목적으로 공개 상사의 창설을 신고합니다.[67]

[이하 생략]

# 1912년

### 217. 프라하의 오이겐 폴(노동자재해보험공사) 앞
*프라하, 1912년 1월 24일 수요일 이전*

*전해지지 않음.*[1]

### 218. 트라우테나우의 미지의 수신인 앞
*프라하, 1912년 2월 2일 금요일*

*전해지지 않음.*[2]

### 219. 프라하 황실상업법정 앞
*프라하, 1912년 2월 16일 금요일*

*편지지 상단: 프라하 법학박사 로베르트 카프카*

존경하는
황실상업법정 귀하!

*[이하 생략]*[3]


### 220. 오토 클라인 앞
*프라하, 1912년 2월 18일 이전*

전해지지 않음.[4]


### 221. 프라하의 이착 뢰비 앞
*프라하, 1912년 2월 18일 이전*

전해지지 않음.[5]


### 222. 프라하 일간 편집진 앞
*프라하, 1912년 2월 18일 이전*

전해지지 않음.[6]


### 223. 프라하의 엘자 타우시히 앞
*프라하, 1912년 2월 18일 이전*

전해지지 않음.[7]

### 224. 프라하의 막스 브로트 앞
프라하, 1912년 2월 19일 월요일

나의 친애하는 막스, 자네 숙부님*의 돈, 사실 내심 유감으로 생각했네만, 그 돈이 집에 돌아와보니 내 윗호주머니에 있는 걸 발견했네. 자네의 첫마디, 즉 그분이 우편 예금으로 그것을 보냈어야 한다는 말은, 그뿐만 아니라 손에 있는 봉투마저 아무 소용없다는 인상을 주었다네.—자네 양친께 다시 한번 부디 감사하다고 전해주게나. 나는 그저 설치고 다녔을 뿐, 그분들이 그 저녁 행사를 실제로 주선하셨지.*—어느 날 저녁에 자네에게 갈 수 있을까? 자네를 제대로 못 본 지도 꽤 오래되었군.

프란츠

### 225. 프라하의 이착 뢰비 앞
프라하, 1912년 2월 26일 월요일

*전해지지 않음.*[10]

### 226. 프라하의 막스 브로트 앞
프라하, 1912년 3월 17일 이후

친애하는 막스, 그 건의 전후좌우를 생각해보았네.[11] 자네 편에서의 고소는 나로서는 매우 불리하게 보이네, 고소하지 말게! 남은 것은 그 건을 인내하는 가능성이네, 나라면 그렇게 하겠어, 자넨 아니겠지만. 고소하는 것보다 훨씬 더 나은 것이 고소를 당하는 일일 것이야. 자네는 그[12]를 공개적으로 거짓말쟁이라고 해버릴 수 있지, 그에 대해 충분히 혐오감을 가지고 있으니 말이야. 『보헤미아』의 성명 이후로 자네는 그렇게 할 정당한 자격이 있어, 만일 그가 양보하지 않으면 말이야. 그러나 내 의견으로는 자네가 신문들에 일종의 광고 형식으로 성명서 같은 것을 내보내는 것이 최상책일 것 같아, 예컨대 이렇게, "혹자가 익명의 편지를 공개했다고 아는데, 그 편지는 본인이 주최한 음악회들 중에서 어느 음악회에서 그 장본인이 행한 파렴치한 행위를 비난하고 있으며, 아울러 그의 설명으로는 본인이 그 편지를 썼거나 아니면 계기를 만들었다는 것입니다. 본인은 이 사건을 법정에 제기할 시간도 흥미도 없습니다. 본인으로서는 또한 다른 해결을 보기에도 이 사안이 너무도 시시한 것으로 여겨집니다. 이에 다만 본인은 동 서한이 본인에 의해 작성되거나 본인의 권유 또는 본인의 인지 하에 이루어진 것이 아님을 공개적으로 진술하는 것으로 한정하고자 합니다."[13]—어쨌든 나는 이 사건 전체를 그렇게 악의적인 것으로 여길 수 없네. 다만 어제의 자네 안색이 나를 놀라게 했네.

프란츠

### 227. 프라하의 막스 브로트 앞
*프라하, 1912년 5월 7일 화요일*

친애하는 막스! 자네 책으로 나는 대단한 기쁨을 맛보았네,[14] 지난밤 늦도록 집에서 넘겨보면서 말이야. 자네가 이야기한 그 축복받은 철도 여행이 그 안에서 보이는 것 같아. 자네는 그것이 너무 조용하다는 것을 염려했는데, 하지만 그 안에는 생명이 있네, 이렇게 말하고 싶어, 밤낮의 생명이 있다고. 모든 것이 아르놀트를 향해서 오르다가 그와 더불어 다시 내려오는 것, 모든 것은 부가적인 음악이 없이도 살아 있네. 그것은 하나의 전체이며, 동시에 더 높은 차원에서 『죽은 자에게 죽음을!』[15]과 연결되기도 하네. 입맞춤을 보내며,

자네의 프란츠

## 228. 프라하의 오토 피크 앞
*프라하, 1912년 5월 7일 화요일*

*전해지지 않음.*[16]

## 229. 프라하의 이착 뢰비 앞
*프라하, 1912년 5월 21일 화요일*

*전해지지 않음.*[17]

## 230. 마드리드의 알프레트 뢰비 앞
*프라하, 1912년 5월 22일 수요일*

*전해지지 않음.*[18]

## 231. 프라하의 펠릭스 벨취 앞

*프라하, 1912년 5월 23일 목요일*

*전해지지 않음.*[19]


## 232. 프라하 노동자재해보험공사

*프라하, 1912년 6월 17일 월요일*

존경하는

　총무국 귀하!

　충직한 본 서명자는 상당 기간 이래 병적인 신경 장애로 고생하고 있는 바, 주로 거의 그치지 않는 소화 장애와 불면증으로 나타납니다. 그로 인해서 본 서명자는 합목적적인 치료를 위한 요양원에 들어가도록 종용받고 있으며, 존경하는 지사장님께 한 달간의 병가를 선처해주시기를 청합니다. 본 서명자는 그 기간을 정기 휴가와 연결하여 당 요양원의 치료에 사용할 수 있기를 바랍니다.

　첨부한 의사 진단서[20]는 상기 청원의 근거가 될 것입니다.

프라하, 1912년 6월 17일

사무직

프란츠 카프카 박사 배상


## 233. 프라하의 빌리 하스[21] 앞

*프라하, 1912년 6월 24일 월요일*

*6월 24일*

친애하는 하스 씨!

당신은 그런데 도둑맞은 느낌이겠지요, 안 그렇습니까? 그렇지만 당신은 우리가 너무도 적게 대출한 사실을(어찌 당신은 '탈취해갔다'는 험한 단어를 쓰십니까?) 당신 장서들의 아름다움과 큰 규모 덕이라 해야 할 것입니다. 왜냐하면 우리는 여기저기 휘둘러보면서 대체 어디에서 대출을 시작해야 할지 알 수 없었으니까요. 그래서 예컨대 헤르만 그림을 대출하려고 했는데 그만 나로서는 흥미가 덜한 야콥 그림을 집에 가져오는 실수를 했지요. 그러나 이것이 결코 비난은 아닙니다. 다만 그래서 제가 내일 카페로 가 그 책을 일찍 돌려주려는 것입니다. 나로서 호기심이 생기는 일은, 당신이 그다지 잘 정돈된 것도 아닌 책들 가운데 어떤 책들이 없는지를 알아보는 것입니다. 무엇보다도 별로 확신이 없으면서도 말입니다, 왜냐하면 당신 엽서에 따르면 엄청난 의심을 하는 것 같으니까요. 다만 이렇게 말씀하시지요, 어떤 부정확성을 실제 저지른 것보다 더 온건하게 도외시할 수 있을까 하고. 그런데 우리는 썩 기분이 좋지는 않았습니다.

진심으로 안부 보내며

F. 카프카 드림

당신 편지는 우리 집에 오기까지 우회를 했더군요. 내 주소는 이렇습니다, 노동자재해보험공사, 뽀리츠 7번지.[22]


## 234. 프라하의 헤르만 카프카와 율리에 카프카 앞[23]

*프라하, 1912년 6월 30일 일요일*

사랑하는 부모님과 누이들.[24] 우리는 바이마르에 무사히 도착했고,[25] 정원이 내다보이는 조용하고 아늑한 호텔에 머물면서(모두해서 2마르크), 만족스레 지내며 관광을 하고 있습니다. 오로지 식구들 모두에게서 소식을 들었으면 할 뿐입니다.

아들 프란츠 올림

바이마르 우체국 유치

### 235. 프라하의 오틀라 카프카 앞
바이마르, 1912년 7월 3일 수요일

사랑하는 오틀라, 물론 오빠는 네게 또 편지를 쓴다, 더구나 기쁜 마음으로. 그리고 네게 슈타인 부인의 아름다운 집을 보내마.[26] 거기서 우린 어제 저녁 오랫동안 샘가에 앉아 있었단다.

프란츠 오빠

*(막스 브로트 친필)*
안부를 보내며

M 브로트

*(카프카의 친필)*
베르너 양[27]에게 진심 어린 안부 전해다오.

### 236. 프라하의 막스 브로트 앞
할버슈타트,[28] 1912년 7월 7일 일요일

친애하는 막스, 이것은 자네 사무실의 첫날 아침 인사라네. 너무 심각하게 여기지 말게나. 나 역시 완전히 행복한 상태는 아니라네, 이 믿을 수 없이 오래된 도시에 있으면서도 말이야. 나는 지금 어물 시장 위 발코니에 앉아, 다리를 서로 꼬고 있어, 거기에서 피곤을 짜내

*1912년* 221

기 위해서라네.

모두에게 안부를.

자네의 프란츠

### 237. 프라하의 막스 브로트 앞
할버슈타트, 1912년 7월 7일 일요일

이들 독일 시인들은 얼마나 잘 지내고 있었던가! 길가 쪽으로 난 창문이 16개라니! 또한 집 전체가 아이들로 넘쳤다니, 내 문학사적 감각에 따르면 글라임의 집에서는 아마 사실이었을 거야.[29]

### 238. 바이마르의 마르가레테 키르히너 앞
융보른, 1912년 7월 9일 화요일

전해지지 않음.[30]

### 239. 프라하의 막스 브로트 앞
융보른,[31] 1912년 7월 9일 화요일

편지지 상단: 루돌프 <u>유스트</u> 요양원, <u>융보른</u> 하르츠

나의 친애하는 막스, 여기 내 일기장이 있네.[32] 자네가 보게 되겠지만, 어느 정도 꾸며냈지, 왜냐하면 나 혼자만을 위한 것이 아니었으

니까.[33] 어쩔 수 없어, 어쨌거나 그러한 꾸밈은 조금도 고의가 아니고, 오히려 내 가장 깊은 본성에서 우러나왔으며, 그리고 나는 존중하는 마음으로 그것을 내려다보아야 할 것이야. 이곳은 꽤 마음에 드네, 그 독자성은 퍽 즐거운 일이며, '아메리카'에 대한 예감[34]이 이 빈약한 육신에 불어넣어지고 있어. 시골 길을 거닐다가 지나가는 나이 든 농부의 무거운 장화 곁에 내 샌들이 스치면, 그럴 때는 나 자신에게 별다른 긍지를 느끼지 못해. 하지만 혼자서 숲속이나 풀밭에 누워 있노라면, 그럴 때는 참 좋아. 잠시 동안이나마 이런 순간에는 글을 쓰고 싶은 욕망이 일지 않을 뿐이야. 설사 욕망이 인다 해도, 그게 아직 하르츠 산까지는 오르지 못하지. 아마도 그것은 바이마르에 머물고 있을 게야. 나는 거기에다 세 장의 그림 엽서를 방금 써 보냈네.[35]

　잘 있게 그리고 모두에게 안부를,

자네의 프란츠

7월 9일

### 240. 프라하의 막스 브로트 앞
융보른, 1912년 7월 10일 수요일

편지지 상단: 루돌프 유스트 요양원, 융보른 (하르츠)

1912년 7월 10일
나의 가장 친애하는 막스, 자네 편지가 기쁨 때문에 내 손 안에서 불타고 있기에 당장에 답장을 쓰네. 자네 시[36]는 내 움막[37]의 장식으로 남을 것이며, 그리고 밤중에 잠이 깨면, 자주 그런 일이 일어나지, 내가 풀, 나무, 공기가 만들어내는 소음들에 아직 길들여지지 않아선가 봐, 그럼 나는 그 시를 촛불을 켜고 읽을 거야. 아마도 이윽고 줄줄이 외워 읊을 수 있게 되겠지. 그러면 그것은 나를 고양시키겠지, 다만 감정 속에서나마 내가 좋아하는 것에 빠져 있다면 말이야. 그 시는 순수해(다만 "풍요로운 포도송이들"은 두 행에서 확실치는 않으나 과잉이랄까, 거기는 조금 손을 보아야 할지), 그러나 그뿐만이 아니라 그리고 그보다 앞서 그 시를 나를 위해 쓴 것 아닌가, 안 그런가, 아마도 내게 선사하려는 것, 그러니까 출판하려는 것이 아니라.[38] 왜냐하면, 알다시피 그렇게나 꿈꾸던 합일이 내게는 이 세상에서 가장 중요한 것이니까 말이야.

얼마나 늠름하고, 영리하고, 능력이 있는 로볼트인가! 옮기거나, 막스, 융커에서 옮기라고, 모든 것을 다 가지고서 아니면 가능한 한 많은 것을 가지고서.[39] 그는 자네를 잡아두고 있었네, 자네 내부에서는 아니지만, 나는 그렇게는 생각하지 않아, 그 점에서 자네는 좋은 길에 들어섰지, 하지만 세상에 대해서는 확실히 그랬어. 클라이스트의 『진기한 일들』[40]에서는 완벽하게 들어맞지. 이 건조한 책에서는 『감정의 고도』[41]가 속삭이는 소리를 한층 더 잘 듣게 될 것이야.

『문학 연감』과 '싼값으로'에 대해서는 왜 아무 말 없는가.[42] 로볼트가 『개념』은 공연히 받아준다는 것인가?[43] 그가 내 책에 관해서 생각하는 바는 나로서는 물론 당연한 일이지,[44] 하지만 이곳에서 그에게 편지를 쓴다? 글쎄 잘 모르겠어, 무슨 말을 써야 할지도.

설령 사무실이 자네를 다소 괴롭힌다 하더라도, 그건 문제가 아니네. 그것은 그러라고 있는 것 아닌가, 우리는 달리 어떤 것을 요구할 수가 없는 것이야. 반면에 이런 요구를 할 수는 있겠지, 가까운 장래에 로볼트든 그 밖에 누군가가 나타나서 자네를 그 사무실에서 빼내라고. 그렇게 되면 그는 자네를 오직 프라하 안에는 잡아 두어야 하네, 자네 또한 거기 남기를 소원해야 하고!

여기는 정말 좋아, 하지만 나는 너무도 무능력하고 슬프네. 그것이 영구적이어서는 안 되지, 나도 알아. 어쨌거나 아직은 글을 쓰기에 이르기까지는 요원하네. 그 소설[45]은 너무 방대해서, 마치 하늘 전체를 가로질러 스케치된 것 같아(또한 오늘 날씨처럼 색깔도 없이 불투명하고), 그래서 나는 쓰고자 하는 바로 첫 문장에서 혼란에 빠져들고 만다네. 이미 써둔 것의 황량함으로 인해서 스스로 놀라지 않아야겠다는 것, 그것 또한 이미 알아차렸어, 그리고 어제는 이 경험으로 많은 유용함을 얻었지.

다른 한편 나의 집은 많은 즐거움을 주고 있어. 바닥은 내가 가져온 잔디로 내내 덮여 있다네. 어제도 잠들기 전에 여자들의 목소리를 들은 것으로 착각했네. 만일 맨발로 풀밭을 치는 소리에 익숙하지 않다면, 침대에 누워 있을 때 옆을 지나가는 사람 소리를 한 마리 들소가 앞 다투어 도망치는 소리처럼 듣게 된다네. 나는 풀 베는 일은 배울 수가 없을 거야.

잘 있게, 그리고 모두에게 안부를.

자네의 프란츠


### 241. 프라하의 막스 브로트 앞
융보른, *1912년 7월 13일 토요일*

*1912년 7월 13일 토요일*

나의 친애하는 막스, 대체 누가 자네더러 나에게 편지를 쓰라고 요구하는 것인가? 나는 자네에게 편지를 쓰고, 자네와 나 사이의 결합을 당기는 일로써 기쁨을 만들고(이렇게 말하면서 나는 또한 벨취와 바움을 생각하네. 나는 그들에게 독자적인 편지를 쓸 자신이 없어, 뭔가 특별한 초점을 발견하기 위해서 반복해야 할 일이 너무 많기 때문이지), 뿐만 아니라 자네를 억류하려고 해서는 아니 되겠지? 내가 프라하에 돌아가면, 자네는 정말로 자네의 짧은 일기 몇 구절을 설명을 곁들여 읽어주겠지. 그러면 나는 완전히 만족할 것이야. 다만 조그마한 엽서를 가끔 보내주게나, 그렇게 함으로써 내가 이 들판에서 완전히 버림받아 나 자신의 편지들만을 노래하지 않도록 말이야.

그래, 자네는 키르히너 양[46]을 어리석다고 했네. 그런데 그녀가 나에게 두 번 엽서를 보냈어. 적어도 독일어권에서 조금 벗어난 아래쪽 천국에서 온 것이야. 그녀 문구를 그대로 베껴 쓸게.

존경하는 카프카 박사님!

친절하게도 선생님의 엽서와 우정 어린 회상을 보내주신 데 대하여 저는 최선의 감사를 하고자 합니다. 저는 무도회에서 즐거운 시간을 보냈고, 새벽 4시 반에야 부모님과 함께 귀가했답니다. 티푸르트[47]에서 보낸 일요일 역시 매우 좋았고요. 제가 선생님의 엽서를 받는 것이 즐거운 일인지 선생님은 묻고 계시는데, 저와 제 부모님은 선생님에게서 소식을 듣는 것이 큰 즐거움이라고 대답할 수 있을 뿐입니다. 저는 즐겨 파빌리옹 전시관 옆의 정원에 앉아서 선생님을 회상합니다. 어떻게 지내세요? 잘 지내시길 희망합니다. 저와 제 양친의 진정한 작별 인사와 우정 어린 안부를 보내며,

*Margarethe*
*Zirchner*

서명까지 모사했네.[48] 어떤가? 무엇보다도 이 행들이 시작에서 끝까지 문학임을 생각해보게. 왜냐하면 만일 내가 그녀에게 불쾌한 존재가 아니라면, 난 꼭 그렇게 생각되었는데, 그렇다면 나는 어쨌거나 그녀에게는 항아리처럼 냉담한 존재일세. 하지만 왜 그녀는 마치 내

가 그걸 바라는 것처럼 편지를 쓴단 말인가? 편지를 씀으로써 여자를 매어둘 수 있음이 진정이란 말인가!

『문학 연감』은 자네 엽서에서 언급이 없군. 벨취에 대한 짧은 소식을 자네에게 청하네. 나 대신 그를 위로해주게! 그리고 타우시히 양과 바움 집안 사람들에게 안부 전해주게.

자네의 프란츠

적어도 7장의 일기 첨부[49]

## 242. 프라하의 막스 브로트 앞
### 융보른, 1912년 7월 17일 수요일

1912년 7월 17일

나의 친애하는 막스! 자네는 정확히 즐거운 것이 아니군 그래, 내가 자네 편지에서 읽은 대로 생각하자면 말이야. 그런데 무엇이 잘못인가? 자네는 '노아의 방주'[50]를 쓰는 중이며, 그것이 잘 나아가고 있고, 또 내 기대처럼 너무도 잘 씌어서, 나에게 사본 하나를 보내주었으면 하고 청하네. 게다가 자네는 로볼트 출판사에 단단히 잘 들어앉아 있지. 리사우어[51]가 자네를 폄하하는 사실도 자네 털끝 하나 다치게 하진 못해. 그래도 혹여 자네가 나를 선망하는가?

나의 주요 고민은 과도하게 먹는 일이라네. 나는 소시지처럼 안을 꽉 채우고, 풀밭에서 춤추며 그리고 햇볕에서 팽창하네. 나는 나 자신이 비대해지기를 바라는, 그리고 거기서부터 일반적으로 요양한다는 어리석은 생각을 가지고 있어. 마치 후자가 또는 전자만이라도 가능한 일인 양 말이야. 요양원의 좋은 효과는 내게 모든 문제들이 있음에도 위장만큼은 결정적으로 망치지 않는다는 사실에서 드러

나. 그게 다만 무감각해지는 것일지. 그것은 내 이 글쓰는 짓이 프라하에서보다 한층 느려지고 있는 것과 무관하지는 않을 것이야. 그와 반면에, 아니 이렇게 말하는 게 낫겠네, 거기에 더하여, 어제와 오늘은 내 글쓰기의 과소평가에 대해 몇 가지 인식이 떠올랐는데, 그것들이 내 두려움에도 불구하고 다시는 사라지지 않으려고 해. 그러나 그건 상관없어. 글쓰기를 멈춘다, 그건 할 수 없어. 그러니까 손상 없이 핵심까지 시험해볼 수 있다는 것, 그것은 즐거움이지,

그래 자네는 『문학 연감』을 손에 쥐고 있다고? 나라면 "아르카디아"라고는 명명하고 싶지 않아, 지금까지는 다만 선술집 이름들이나 그렇게 붙여졌지 않나. 그러나 이름이란 한번 확정되면 그렇게 전제될 것은 쉽게 가능한 일이네.[52]

왜 일요일 저녁에 혼자서 카페 루브르[53]에 앉아 있는가? 왜 쉘레젠의 바움의 집[54]에 가지 않나? 그것이 자네에겐 더 어울릴 것을.

벨취에게는 그러니까 내가 편지하지. 하지만 자네가 나를 위해서 그에게 한마디 거들어주게. 그건 그의 누이[55]가 근래 앓았던 것과 비슷한 병이지, 아마?

잘 있게, 친애하는 막스, 그리고 슬퍼하지 말게나! 이건 사실이야, 내가 지금 영위해나가는 이 삶은 대부분에서 슬픔을 동반하기에 알맞다는 것, 하지만 나는 여전히 차라리 슬픔 안으로 뛰어들기를 수천 번도 더 바란다네. 거의 매일 저녁 내가 글쓰는 방에서 그러듯이 말이야, 한 시간 반 정도를 대개는 혼자서 그리고 글도 쓰지 않고 앉아 있곤 하면서. 이것이 융보른에서 한 생각이야, 내겐 이것이 원래의 기본적인 생각보다 더 중요해. 원래라면, 곧 글쓰는 방에서는 말을 해서는 안 되는 것 말이야. 거기에는 또한 명령이랄까 미신이 있어, 즉 9시 정각이면 창문들을 닫아야 한다는 것이지.[56] 물론 대강 10시까지는 그곳에 남아 있어도 되지, 하지만 9시 정각이면 한 처녀가 오

는 거야—때때로 내가 8시부터 이 여성을 기다렸다는 느낌이 들기도
해—그러고는 창문들을 닫지. 한 처녀는 팔이 짧아서 내가 그녀를 도
와주어야 해. 의사가 강당에서 강연을 (일주일에 세 번) 할 때면, 여기
는 특히 고요해. 두 가지 향유 중에서 선택에 마주치면, 나는 침묵을
선택하게 돼, 비록 그 강연에 기꺼이 가고 싶다 하더라도 말이야. 근
래에 그가 설명한 바로는, 복식 호흡이 주로 성적 기관의 성장과 자
극에 기여한다는 것이야. 따라서 주로 복식 호흡에 의존하는 여성 오
페라 가수들은 그렇게 품위가 없다는군. 또한 바로 그들이 직접 흉식
호흡법을 사용하도록 권장하는 일도 가능하다는구면. 좋을 대로 골
라 취하게나! 모두에게도 안부를,

자네의 프란츠

세 종류 동봉

### 243. 브룬스하웁텐의 빌리 하스 앞
융보른, *1912년 7월 19일 금요일*

친애하는 하스 씨, 나는 기다리고 기다렸으며, 그 논설[57]을 그토록 오
래 잡아두고 있는 프라하 T.[58]의 무질서에 화를 내고 있으며, 이제 그
것은 그런 불만스런 결말을 내고 있습니다. 여하간에 나는 그 송부를
받지 못했으며, 그것은 아마 내 사무실 어딘가에 또는 필시 존재하지
도 않는 시골 어느 보험 회사에 처박혀 있겠지요, 당신이 내게 답신
을 보내곤 하던 곳 말입니다. 뿐만 아니라 나는 이미 여기저기서 몇
몇 상세한 보고를 읽었습니다. 그것들 모두는 꽤 일치하며, 그곳에
있지도 않았던 나를 위로하려고 씌어진 것들이었습니다. 나는 당신
이 그것을 어찌 보셨을지 정말 궁금합니다.—프로이트라면 우리가

전대미문의 것을 읽을 수 있으리라 생각합니다. 나야 그 사람에 대해서 별로 알지 못하지만, 다만 그의 제자들에 대해서는 많이 압니다. 그렇기 때문에 그에 대해서는 무한한 존경심을 품고 있습니다. 만일 그것이 당신의 장서에 있었던 프로이트의 책[59]에 대한 것이라면 독서에 대해서는 내게 감사하십시오, 왜냐하면 나는 댁에 갔을 때[60] 벌써 그 책에 손을 뻗쳤으니까요. 당신의 야콥 그림의 책이 카페에 있을 확률은 당신의 논설이 내 사무실에 있을 확률보다 더 확실합니다.

F. 카프카 드림


## 244. 프라하의 막스 브로트 앞
융보른, 1912년 7월 22일 월요일

12년 7월 22일
나의 친애하는 막스, 우리가 다시 한번 그 불행한 아이들의 놀이를 하는 것인가? 한 사람이 다른 사람을 가리키며 자신의 흘러간 노래를 되풀이하네. 자네 자신에 관한 자네의 순간적 견해는 철학적인 변덕이야, 나 자신에 관한 나의 나쁜 견해야말로 결코 일상적인 나쁜 견해가 아니지. 이 견해 속에 오히려 나의 유일한 장점이 있다고 나 할까. 그것은 내가 살아온 과정에서 확연히 경계를 긋고 난 뒤에는 결코 단 한 번도 의심하지 않았을 그런 것이지. 그것은 내 안에서 질서를 부여하고, 개괄할 수 없는 것들 앞에서 곧 무너지고 마는 나를 충분히 안정시켜준다네. 무엇보다도 우리는 서로 다른 사람의 견해의 근거를 들여다보기에 충분하리만치 가깝네. 나는 그래, 세부적인 것에서는 성공적이었어, 그리고 그것에 대해서 너무 많이 기뻐하고 있어, 자네조차도 그것을 옳다고 할 그 이상이지—그렇지 않다면야 내가 벌써 손에 펜을 들고 있을 수 있겠는가? 나는 모든 것을 희생하고서 무언가를 관철하는 그런 인간은 결코 아니야. 그러나 바로 그 점이 문제야. 내가 지금까지 써 온 것은 미지근한 목욕탕에서 씌어진 것들이고, 진짜 작가들이 경험하는 영원한 지옥일랑은 체험하지 못했지, 몇 가지 예외는 접어두지만 말이야. 그 예외란 것들은 그 무한한 강도에도, 그 희소성과 작용하는 힘의 허약성 때문에, 판단에서 유보할 수 있을 것 같거든.

나는 여기에서도 글을 쓰며, 물론 쓰나마나한 정도지, 나 자신을 비탄하고 또한 기뻐하네. 이런 식으로 경건한 여인들이 신에게 기도 드리는데, 그러나 성서 이야기에서는 신은 다르게 발견되네. 내가 지금 쓰는 것을 자네에게 한참 동안 보여줄 수 없으리라는 사실을 막스 자네는 이해해야 해, 비록 나만을 위해서라 해도. 그것은 작은 부분들로서, 총체적이라기보다는 오히려 연이어서 작업이 되고 있으며, 고도로 바람직한 원으로 돌아 들어가는 귀착 전까지는 한동안 곧바로 나아갈 것이야. 그러고는 내가 그 방향으로 작업하는 그 어떤 순간에 이르러서야 비로소 모든 것들이 뭐랄까 더욱 쉬워지지 않겠는가. 그때까지도 불확실했던 내가 그때 가서는 넋을 완전히 잃는 일도 아마 가능할 것이네. 그런 까닭에 초고[61]가 완성된 이후라야 비로소 우리가 이야기할 수 있는 무언가가 생길 게야.

자네는 그 '방주'를 타자기에 치게 하지 않았나? 무엇보다도 내게 그 사본 하나 보내줄 수 없겠나? 그리고 그 성공은 한마디 언급될 가치가 있는 것 아닌가?

벨취는 아직도 자리에 누워 있는가? 그것이 그를 아예 때려눕혔군! 그런데 나는 아직도 그에게 편지를 쓰지 않았고, 아직도 쓰지 않고 있으니. T. 양[62]과 벨취에게 그리고 가능하면 바움네 가족에게도 내가 그들 모두를 사랑한다는 것, 그리고 사랑이란 편지 쓰기와 무관함을 말해주게나. 세 통의 실제 편지보다는 그편이 더 좋게 그리고 우정 있는 모양새로 여겨진다는 것을 그들에게 말해주라고. 원하기만 하면, 자네는 그럴 수 있네.

우리의 공동 이야기[63]에 대해서 말인데, 나는 세부적인 것 이외에도 다만 일요일이면 '자네-곁에-있음'만으로도 즐거웠어(물론 절망의 발작은 빼놓고 말이야), 그리고 이 기쁨은 그 일을 계속하도록 나를 유혹할 것이야. 그런데 자네는 해야 할 더 중요한 일이 있다지, 그게 다만 율리시스의 항해[64]일는지.

내게는 그 어떤 조직적 재능도 없어. 그래서 그 『문학 연감』의 제목 같은 것도 결코 창안해낼 수가 없지. 다만 명심하게, 그저 그런 심지어 나쁜 제목들도 현실에서 필시 예측할 수 없는 영향을 받아 좋은 외관을 갖게 됨을.

사교성에 거슬리는 어떠한 말도 하지 말게나! 나 또한 인간에서 유래했고, 내가 적어도 그 점에 환멸을 느끼지 않았음에 만족하네. 대체 난 프라하에서 어떻게 사는가! 인간을 향한 이 열망, 내가 지닌 이 열망은 성취되면 곧 불안으로 변하고, 휴가 동안에야 비로소 바른 길을 찾네. 확실히 나는 약간 변했어. 그런데 말이지만, 자네는 내 시간 표기를 꼼꼼히 읽지 않았나 봐, 나는 8시까지는 대강 글을 쓰지만, 8시 이후엔 아무것도 안 쓰지, 비록 그 시간대에 이르면 가장 해방된 느낌이 들지만 말이야. 그 문제에 대해서 더 많은 것을 쓸 수도 있을 텐데, 그러니까 만일 바로 오늘을 특히나 어리석게도 공놀이나 카드놀이 그리고 정원에 앉아 있거나 누워 있는 따위로 보내지 않았더라면 말일세. 소풍은 이제 전혀 안 하네! 내가 그 브로켄 정상[65]을 전혀 못 보게 되리라는 것이 가장 심각한 위험이네. 짧은 시간이 어떻게 지나가버리는지 자네가 안다면 얼마나 좋을까! 그것이 물처럼 그렇게 분명하게 흘러간다면 얼마나 좋아, 하지만 그것은 기름처럼 흘러

가버리지.

토요일 오후에 난 여기를 떠나서(하지만 그때까지 자네에게 엽서를
받을 수 있다면 얼마나 좋을까), 일요일엔 드레스덴에 머무를 것이며 그
리고 그날 저녁에 프라하에 도착하네. 내가 바이마르를 경유하지 않
는 이유는 단지 너무도 확실히 보이는 취약성 때문이지. 나는 그녀[66]
에게서 짧은 편지를 받았어, 그녀의 모친이 친필로 쓴 안부와 그리고
동봉한 사진 석 장과 함께. 석 장 다 그녀는 각각 다른 포즈를 하고 있
는데, 이전 사진들과는 비교할 수 없는 선명함에, 또 그녀는 얼마나
아름다운지! 그런데 나는 꼭 그래야만 하는 양 드레스덴에 가서 동
물원을 관람할 게야, 내가 소속된 그곳을!

프란츠

9장의 일기 첨부


막스, 자네 아는가, "이제 안녕……"이라는 노래[67]를? 우리는 오늘
아침 일찍 이 노래를 불렀는데, 나는 그것을 베껴 썼네. 특별히 주의
해서 필사했지! 이건 순수함이요, 또 얼마나 단순한가. 매 구절은 하
나의 감탄과 긍정의 고갯짓으로 이루어졌으니.

그 밖에도 이 여행에 대해서 잊어버린 페이지를 덧붙이네.


**245. 프라하의 오토 브로트 앞**

융보른, 1912년 7월 27일 토요일로 추정


휴가에서 이탈하기 전에 마지막 안부를 보내며,

당신의 프란츠 K

## 246. 프라하의 막스 브로트 앞
### 프라하, 1912년 8월 초로 추정

친애하는 막스, 어제 집에 도착하자마자「불행」에 몇 개의 작은 그러나 보기 싫은 타자와 받아쓰기 오자들이 있음을 상기해냈어.[68] 그래서 나한테 있는 사본에서 그걸 지워버렸지만, 자네 것에는 그대로 남아 있겠지. 마음에 걸리니, 그걸 나에게 곧 되돌려주게나, 고친 것으로 다시 줄게.

자네의 프란츠


## 247. 프라하의 막스 브로트 앞
### 프라하, 1912년 8월 7일 수요일

편지지 상단(지워짐): 루돌프 유스트 요양원, 융보른 하르츠

나의 친애하는 막스!

오랜 번민 끝에 그만두네. 난 불가능해, 이 다음에도 아마 못할 것 같아, 아직 남은 작품들[69]을 완성하는 일 말이야. 내가 그것을 지금 할 수가 없는데, 그러나 의심의 여지없이 적당한 시간에 해낼 수 있어야 하는 것이라, 자네가 진심으로 나에게 충고를 하려는 것인가—그리고 어떤 근거로 그러는지, 제발 그만두게—멀쩡한 의식을 지닌 채 무언가 엉망인 것을 인쇄에 부치라고, 『휘페리온』에 실린 두 대담[70]처럼 나중에 나에게 욕지거리가 날아올 것을 인쇄하라고? 지금까지 타자기로 쓴 것은 틀림없이 책 한 권으로 내기에는 충분치가 못해. 하지만 인쇄되지 않는다는 것 또한 더 언짢지만 이 빌어먹을 자기 강요

보다는 더 나쁠 것도 없다는 것이야. 이 작품들에는 여전히 몇몇 부분이 있어, 그것 때문에 나는 수만 명의 충고자를 원했지. 하지만 다 그만두었어, 자네와 나 이외에 누구도 필요하지 않아, 그것으로 만족해. 내가 옳다고 하게나! 이 예술적 작업과 성찰은 온통 나를 방해하고, 내게 필요 없는 비탄을 만들어주네. 나쁜 사안을 궁극적으로 나쁘게 내버려 두는 일, 그건 오로지 죽음의 침상에서나 그렇게 해도 되는 것이지. 말해보게나, 내가 옳다고, 아니면 최소한 자네가 그 일로 나를 나쁘게 여기지 않는다고라도. 그러면 다시 홀가분한 양심으로 안심하고 무언가 다른 것을 시작 할 수 있을 것 같아.

자네의 프란츠

### 248. 프라하의 막스 브로트 앞
*프라하, 1912년 8월 14일 수요일*

좋은 아침이기를!
　친애하는 막스, 어제 작품들을 정리하는 동안, 그 처녀의 영향을 받았다네.[71] 그러니 그로 인해서 어떤 어리석음 또는 아마도 다만 은밀하게는 희극적인 순서가 생겼을지도 모르겠어. 제발 다시 한번 살펴보게, 그리고 그에 대한 감사를 내가 자네에게 빚진 그 굉장한 감사에 포함시켜두게나.

자네의 프란츠

거기에는 또한 꽤 많은 작은 오자들이 있네그려, 유감스럽게도 지금 그 사본을 처음으로 읽어보니 그러네. 그리고 구두점이라니! 그러나 아마도 이것들 교정할 시간은 아직 있겠지. 다만 아이들 이야기[72]

에서 "너흰 어떤 모습이어야 하니?"를 지우고, 네 글자 앞의 '실제로'
다음에 의문 부호를 넣게나.


### 249. 라이프치히의 에른스트 로볼트 앞
*프라하, 1912년 8월 14일 수요일*

*편지지 상단(지워짐): 프라하 보헤미아왕국 노동자재해보험공사*

존경하는 로 볼 트 씨!
본인은 귀하께서 보시기를 바라는 짧은 산문[73]을 동봉하는데, 아마
작은 책 분량이 될 것입니다. 이 산문을 이번 목적으로 간추리는 동
안 저는 가끔 선택의 기로에 섰습니다, 즉 제 진정한 책임감이냐 아
니면 귀사의 훌륭한 서적들 가운데 제 책 하나를 가지고 싶다는 욕심
이냐 하는 사이에서요. 확실히 제가 완전 순수하게 결정을 내린 것은
아닙니다. 그러나 이제는 만일 귀하께서 그것을 인쇄할 만큼 마음에
드신다면 물론 저는 행복하겠습니다. 궁극적으로 아무리 이해력이
뛰어나고 훈련이 되어 있다 해도 이들 산문에 있는 나쁜 점이 첫눈에
드러나지는 않을 것입니다. 저자의 가장 전파력 있는 개성은 사실 각
자가 아주 독특한 방식으로 그의 결점을 은폐하는 데 있을 것입니다.
삼가 정중한 경의와 더불어
프라하 니클라스슈트라쎄 36번지
프란츠 카프카 박사 배상

프라하 1912년 8월 14일
원고는 별도로 포장해서 우편으로 보냅니다.

## 250. 라이프치히의 로볼트 출판사 앞

*편지지 상단: 프라하 보헤미아왕국 노동자재해보험공사*

존경하는 귀 하 ![74]

이달 4일에 보낸 우정 어린 서신에 많은 감사를 드립니다.[75] 그렇게 조그마한 첫 작품의 출판[76]이 주는 사업상의 전망을 쉬이 상상할 수 있기에, 귀하께서 제안코자 하시는 어떠한 조건에도 기쁘게 동의합니다. 가능한 한 귀하의 위험 부담을 제한하는 그러한 조건들이라 해도 저에게는 가장 좋은 것일 겝니다.—귀사가 발행한 것으로 알고 있는 서적들을 저는 대단히 존중하고 있어서, 이 책과 관련된 어떤 제안에도 이의를 갖지 않습니다만, 다만 청하는 것은 이 책과 관련된 그 의도 내에서 가능한 한 최대의 활자체입니다. 만약에 가능하다면, 그 책을 검은 판지 제본에다, 대략 클라이스트의 『진기한 일들』[77]의 종이처럼 엷게 채색된 종이였으면, 저로서는 매우 좋겠습니다. 여하간 다시 말하지만 귀사의 계획에 방해되지 않는 전제에서입니다.

귀하의 다음 소식을 고대하면서

삼가 정중한 경의와 더불어

프란츠 카프카 박사 배상

프라하, 1912년 9월 7일

## 251. 브레슬라우의 프리트리히 실러 앞

*전해지지 않음.*[78]

## 252. 프라하의 엘자 타우시히 앞

*프라하, 1912년 9월 18일 수요일*

*편지지 상단: 프라하 보헤미아왕국 노동자재해보험공사*

친애하는 타우시히 양! 참으로 감사합니다. 이것이 바로 남방식입니다. 이 일기[79]를 읽는 것만으로 피가 끓기 시작합니다. 그 종류로 보면 겨우 약한 정도일지라도.

부디 한마디만 적어주오, 언제 어디서 그대를 만날 수 있을지, 그러면 기꺼이 가겠소. 하지만 그대를 놀라게 하는 것은 원치 않아요, 상쾌한 놀라움이란 없지 않소.—그런데 혹시 우리가 언제 그 노당숙 님[80]을 함께 방문하면 어떨까요. 막스가 우리 모두와 그간 떨어져 있느니, 그래도 우리 모두는 함께 하나라오.

진심으로 정중하게
프란츠 K. 드림

프라하, 1912년 9월 8일

## 253. 이착 뢰비 앞

*프라하, 1912년 9월 19일 목요일*

전해지지 않음.[81]

238

## 254. 베네디히의 막스 브로트와 펠릭스 벨취 앞

*프라하, 1912년 9월 20일 금요일*

*편지지 상단: 프라하 보헤미아왕국 노동자재해보험공사*

나의 친애하는 행운아들이여!

근무 시간 중에 자네들에게 편지를 쓰는 기쁨을, 물론 매우 신경 쓰이는 기쁨을 맛보고 있네. 만일 내가 여전히 타자기 없이 편지를 쓸 수만 있다면야 그렇게 하지는 않을 것이야. 하지만 이 기쁨은 너무도 커. 한번은 그리고 대개는 기분이 완전히 내키지 않는다 해도, 손가락 끝은 항시 거기 가 있다네. 이게 자네들에게 매우 흥미롭다고 가정할 수밖에 없어, 왜냐하면 내가 너무도 급히 이것을 쓰고 있으니까.

고맙네, 막스, 그 일기[82] 말이야. 자네의 아가씨는 그것을 나에게 당장에 보낼 만큼 그렇게 친절했어. 자네의 첫 엽서와 같은 시간에 도착했지. 나 역시 그녀에게 신속하게 고마움을 표시하고, 솔직히 말하자면 내가 그녀에게 랑데부를 청했다네. 랑데부라면, 바라건대 자네의 의미에서, 자네 당숙님 댁 방문을 제안했네. 그럼으로써 버려진 우리 셋 모두가 다시 한자리에 모이는 것이 되도록.

자네는 그 일기 쓰는 일을 그만두어서는 안 되네! 그리고 자네들 둘 다 일기를 계속하고 그것을 보내준다면 더욱 좋을 것이야. 우리는 이미 선망으로 몸부림치고 있으니, 그 이유를 알고 싶어. 이 몇쪽 안되는 글에서나마 남방을 조금 이해하기 시작했으며, 자네가 간단하지 않은 행복한 생활 중에 더는 기억하지도 않을 그 기차 속의 이탈리아인들이 나를 강하게 사로잡아 버렸어.

어제 저녁에는 막스, 자네 부모님들을 찾아뵈었네. 그런데 자네 부친께서는 클럽에 나가 계셨고, 그리고 자네 아우더러 자네 편지들을

개봉하라고 고집하기에는 그 순간 스스로 너무도 미약하다 느껴지더군. 새 소식으로 말할 것 같으면[83]

이 긴장되는 글귀에서 중단당하고 말았네. 제재소 소유자 지역 협회 대표단이 와서,—그것이 자네들에게 주는 인상 때문은 아니지— 그리고 영구히 머무르려나봐.

그래 잘 있게나!

자네들의 프란츠

쥐스란트[84] 씨에게 안부를

내 누이 발리가 토요일에 약혼식을 했어.[85] 기뻐하게나, 그리고 그림 엽서를 보내서 그 애를 축하해주고! 자네들이 어디에서 그 소식을 알았는지는 알리지 말고.


### 255. 베를린의 펠리체 바우어[86] 앞
프라하, 1912년 9월 20일 금요일


### 256. 프라하의 오이겐 폴(노동자재해보험공사) 앞
프라하, 1912년 9월 23일 월요일

존경하는 감독관님!

저는 오늘 아침 일찍 가벼운 기절을 했고[87] 약간의 열이 있습니다. 그런 연유로 집에 머물러 있습니다. 그러나 그것은 틀림없이 큰 의미가 있는 것은 아닐 것이며, 틀림없이 오늘, 비록 아마도 12시 이후가 되겠지만, 사무실에 나갈 것입니다.

삼가 정중한 경의와 더불어

(미리 인쇄) 프란츠 카프카 박사 배상

## 257. 라이프치히의 로볼트 출판사 앞

프라하, 1912년 9월 25일 수요일

편지지 상단: 프라하 보헤미아왕국 노동자재해보험공사

존 경 하 는 귀 하!

동봉하는 서류에서 본인은 삼가 하나의 계약서[88]에 서명을 하고 이를 무한한 감사와 함께 반송합니다. 계약서를 며칠 동안 그대로 두었던 이유는, 단편 「갑작스러운 산책」의 교정본을 동시에 귀사에 동봉하려고 했기 때문입니다. 현재 상태의 첫 문단 말미 근처에 저를 불쾌하게 하는 대목이 있어서입니다. 유감스럽게도 이 문단을 아직 올바르게 수정하지 못했습니다만, 다음 며칠 안으로 틀림없이 보내겠습니다.[89]

한 가지 더 부탁드릴 말씀은, 계약서에 출판 일자에 대한 언급이 없어서—그것을 해야 하는지에는 조금도 가치를 두지 않습니다—그러나 귀사가 그 책을 언제 출판하실 계획인지 저로서는 당연히 무척이나 궁금하오니, 기회가 되면 이것에 대해서 저에게 알려주시는 친절을 베풀어주셨으면 합니다.[90]

삼가 정중한 경의와 더불어,

프란츠 카프카 박사 배상

프라하, 1912년 9월 25일

첨부 1건.

## 258. 프라하의 빌리 하스 앞

프라하, 1912년 9월 26일 목요일

편지지 상단: 프라하 보헤미아왕국 노동자재해보험공사

친애하는 하스 씨!

거의 모든 측면에서 생기는 불행[91]이 저를 아르코에 갈 수 없게 합니다. 또한 『관찰』인가 뭔가 하는 출판 때문에 생각을 했답니다, 내가 우선 로볼트에 허락을 청해야 할지 어떨지, 그런데 그건 너무 장황한 일이 될 것이고요. 아마 당신은 너그러이 여기 동봉한 작은 작품,[92] 그것으로 기꺼이 내 가족을 공적으로 비방하는 셈이 되겠지만, 이 작품을 받아줄 것으로 압니다. 당신에게 합당하다면, 나로서는 그러한 종류의 가족 이야기를 『헤르더블래터』[93]의 협력자로서 먼 훗날까지 제공할 용의가 있습니다. 이 작품을 인쇄에 부칠 것인지 아닌지 간단한 말씀으로 답변 보내주시기 바랍니다.

지난 호 『헤르더블래터』는 한 권도 받아보지 못했습니다. 그런 일은 있을 수 없을 텐데 말입니다.

진심으로
카프카 박사 드림

프라하, 1912년 9월 26일       니클라스슈트라쎄 36번지

첨부 1건.

## 259. 베를린의 펠리체 바우어 앞

*프라하, 1912년 9월 28일 토요일*

## 260. 프라하의 막스 브로트 앞

*프라하, 1912년 9월 28일 토요일로 추정*

가장 친애하는 막스, 도대체 자네 어디에 있는 겐가?[94] 소파에서 잠을 청하면서 자네를 기다리려 했지만, 잠도 오지 않았고, 자네도 오지 않았으니 말이야. 이제는 집에 가야 할 시간이군. 하지만 내일 오전에는 마침내 자네를 봤으면 해.[95] 어쨌든 나는 12시까지 사무실에 있을 텐데, 자네더러 나를 찾아오라거나 데리러 오라고 말하고 싶지는 않아. 하지만 그렇게 되면 내가 자네를 어쨌든 좀 더 빨리 볼 수 있을 것 아닌가, 어쩌면 자네가 자네 일정을 그렇게 조정할 수도 있을 것이고. 그러나 어찌 되건 나는 12시 이후에 자네에게 가겠네. 만일 자네가 집에 있을 것이라면—그럼 내가 자네를 우리의 태양 아래 산책으로 안내하려네.—바우어 양이 자네에게 안부를 전하네,[96] 난 기꺼이 내 입을 그녀에게 빌려주려네.

프란츠

## 261. 라이프치히의 로볼트 출판사 앞

*프라하, 1912년 10월 6일 일요일*

편지지 상단: 프라하 보헤미아왕국 노동자재해보험공사

존경하는 귀하!

동봉해서 제가 귀사에 발송하는 것은 작품 「갑작스러운 산책」의 교정본입니다. 귀하는 친절하게도 현재 가지고 계신 것 대신에 이것을 원고 안에 넣어주려고 하십니다.

동시에 얼마 전에 부탁드렸던 통지를 다시 한번 청하오니, 귀하께서 『관찰』에 대한 전망에서 작정하고 계시는 출판일자 말입니다. 친절하신 빠른 통지가 있으면 매우 감사하겠습니다.

삼가 정중한 경의와 더불어

F. 카프카 박사 배상

프라하, 니클라스슈트라쎄 36번지

프라하, 1912년 10월 6일.

첨부 1건

### 262. 프라하의 막스 브로트 앞

*프라하, 1912년 10월 7일 월요일/8일 화요일*

나의 가장 친애하는 막스,

일요일에서 월요일 밤에 난 글을 잘 썼지[97]—그날은 밤새도록 글을 쓸 수도 있었어, 그리고 낮과 밤 그리고 낮 그러다가 결국 다 날아가 버리네—그 후론 오늘도 틀림없이 잘 쓸 수 있었을 것이야—한 장, 아니 어제 열장의 한 호흡에 불과하지만 한 장은 다 완성 되었다고—그런데 나는 다음 이유로 중단해야 한다네. 공장주인 내 매제가, 난 그 사실을 내 행복한 방심 상태에서 거의 주의하지 않았는데, 오늘 일찍 사업차 여행을 떠나, 10일 내지 14일이 걸릴 것이라네.[98] 이 기간 동안 그 공장은 실제로 작업실장 한 사람에게 맡겨지며, 그리고 어떤 투자가라도, 특히 나의 부친과 같이 그렇게 신경이 곤두선 분이 라면, 지금 이 공장에서 이루어지는 완전히 사기적인 경영을 미심쩍 어할 걸세. 그런데 사실은 나도 이 일에 관한한 동감이야. 금전에 관한 불안 때문은 아니라 해도, 정보의 차단과 양심의 가책 때문이지. 결국은 그러나 내가 상상할 수 있는 한에서 참 무관한 그런 사람도 나의 부친이 느끼는 불안의 정당성을 특별히 의심을 해서는 안 된다 네. 비록 내가 잊어서는 안 될 것이, 나는 근본적으로 그 이유를 전혀 통찰하지 못한다 해도 그래, 왜 독일 제국의 작업실장은 나의 매제가 없을 때도 예전처럼 매사를 동일한 질서 속에서 운영할 수 없는가 말 이야, 매제에 비하면 모든 기술적인 그리고 조직적 사안에서 엄청나 게 월등한데도 말이야. 왜냐하면 우리는 결국 인간이며, 도둑들이 아 니지 않은가.

그런데 이제 그 작업실장 말고 또 내 매제의 아우[99]도 여기에 있거 든. 가령 그가 사업을 제외한 모든 일에 멍청이라 쳐도 그래, 사업상 의 일에도 상당한 정도로 관여하지. 그러나 그러면서도 그는 실팍하 고, 부지런하고, 주의 깊고, 한마디로 '뛰는 놈'이라 말하고 싶어. 그 런데 그도 상당 시간을 사무실에 있어야 하며, 게다가 대리점을 경영 하네, 그러니 그러기 위해서는 하루의 절반을 시내를 싸돌아다녀야 하고, 따라서 공장에 있을 시간은 거의 없다네.[100]

근래 언젠가 내가 자네에게 주장했지, 외부에서 오는 그 어느 것도 지금 나의 글쓰는 일을 방해할 수 없을 것이라고(그것은 물론 자기 위 로였을 뿐 허풍은 아니었네), 난 오직 그런 것만을 생각했지, 왜 어머니 가 내게 거의 매일 저녁 투덜거리시는지, 아버지를 안심시키도록 한 번쯤 여기저기 공장을 둘러보아야 한다고, 또는 왜 아버지 역시 그 나름대로 표정이나 다른 우회적 방법으로 훨씬 강하게 화를 내셨는지. 그러한 간청이나 비난들은 대부분 어떤 넌센스에서 나온 것이 아니었어. 왜냐하면 매제를 감독하는 것은 확실히 그와 공장을 위해서 꽤 좋은 일이니까. 다만 나는―그리고 바로 여기에 이 요설의 세상에 없을 넌센스가 숨어 있지―그런 종류의 감독을 내 최선의 맑은 정신 상태에서도 수행할 수가 없는걸.

다음 2주 동안에는 그런 것이 문제가 되지 않는다네. 이 기간 동안에는 임의의 두 눈이, 비록 그것이 내 눈이더라도, 공장 안에서 어슬렁거리게 하는 일 외에 더 필요한 일은 없다네. 이 요구 사항이 나에게 향해진 것에 대한 반대란 털끝만큼도 불가능해, 왜냐하면 모든 사람들의 의견에 따라 공장의 창설에 대한 주요 책무를 내가 짊어져야 하니까―나는 반쯤 꿈속에서 이 책무를 위임받았음에 틀림없네, 아무튼 그렇게 여겨져―그리고 게다가 그렇지 않으면 실제로 공장에 갈 수 있는 사람이 아무도 없어, 왜냐하면 부모님은 어차피 고려의 대상이 될 수 없지만, 아무튼 이제 상점에서 가장 분주한 시절을 맞으셨으니 말이야(상점은 새 위치에서 더 잘 되어가는 것 같아),[101] 그리고 오늘은 예컨대 어머니가 점심 식사에도 집에 못 오시더라고.

오늘 저녁 그러니까 어머니께서 또다시 해묵은 한탄을 시작하셨을 때, 그리고 내 책임으로 인한 아버지의 풍화와 병고에 대한 암시는 제쳐두고서, 또한 매제의 출발과 이 공장의 완전한 고립무원 상태의 새로운 논증을 거론했을 때, 그리고 내 막내 누이[102]가, 그녀는 통상 내 편에 서는데, 올바른 감정, 근래에 나로부터 그녀에게 전이된 감정을 가지고서, 그리고 동시에 엄청난 몰지각으로, 나를 어머니 앞에 두고 떠나버렸네, 그리고 통절함이―글쎄 그것이 다만 쓸개인가 그건 모르겠어―나의 전신을 흐르는 거야, 그때 나는 완전히 분명하게 깨달았지, 내게는 이 순간 두 가지 가능성만이 존재한다는 것을. 통상적인 취침 뒤에 창문에서 뛰어내리거나, 아니면 다음 2주 동안을 날마다 매제의 공장 사무실로 나가는 것. 첫째 것은 모든 책임, 내 글쓰기의 교란과 버려진 공장 양편을 탈피하는 가능성을 주었고, 두 번째 것은 무조건 글쓰기를 중단시켰고—14일간의 밤잠을 내 눈에서 간단히 씻어낼 수는 없는 일—그리고 만일 내가 의지와 희망의 힘을 충분히 가지고 있다면, 2주일 후에 가능하면 바로 그 지점에서, 그러니까 오늘 내가 중단한 그 지점에서 계속할 전망을 내게 남겼지.

그래서 나는 뛰어내리지 않았네, 그리고 이것을 작별의 편지로 하려는 유혹들은 (작별을 위한 영감들은 다른 방향으로 나가네) 그렇게 강한 것이 아니네. 나는 창가에 오랫동안 서서 창틀을 밀어보았지. 아마도 나의 추락으로 다리 위의 징수원을 놀라게 하는 일이 내겐 어울렸을 것이야.[103] 하지만 나는 줄곧 너무도 확고하게 느꼈기에, 길바닥에 나 자신을 산산이 부서지게 하는 결정이 적절한 결정적인 깊이로 침투하게 할 수가 없었어. 이런 생각도 들었지, 살아남는 것이 죽음보다는 나의 글쓰기를—심지어 다만 중단에 대해서만 말하더라도—덜 중단시킬 것이라고. 그리고 그 소설의 시작과 계속 사이 짐짓 2주 동안에 어찌 되었든 하필 공장에서, 하필 만족해하는 부모님들을 마주보며, 내 소설의 가장 깊숙한 공간 내부에서 움직이고 그 안에서 살게 되리라는.

내가 자네에게, 가장 친애하는 막스, 이 모든 것을 자네 앞에 내미는 것은 필경 자네의 평가를 구하는 것은 아니야. 왜냐하면 물론 자네는 거기에 대해 판단을 내릴 수 없겠지만, 그러나 내가 작별의 편지도 없이 뛰어내릴 결심을 굳혔기 때문에—끝에 가면 누구든 지치는 법이야—그래서 나는 다시 내 방의 점유자로서 물러서야 하겠기에, 그 대신 재회의 긴 편지를 자네에게 쓰려고 했네. 그래 여기 편지가 있네.

그리고 이제는 그냥 입맞춤과 밤 인사를, 그러니 내일 나는 그들이 요청하는 대로 공장장이 되는 것이네!

자네의
프란츠

화요일, (새벽) 12시 30분
  1912년 10월[104]
  그렇지만 지금은 아침이기에 이것을 숨겨서는 안 되는데, 나는 그
들 모두를 싫어해, 차례대로 모두, 그리고 생각해보니 이 2주 동안 그
들에게 인사 한마디조차 제대로 나올 것 같지가 않아. 그러나 증오라
는 것이—그리고 이것이 다시 나 자신을 향하는데—침대에서 편안
히 잠자는 것보다는 창밖으로 더 많이 기울고 있네. 난 한밤중보다
지금 훨씬 덜 확고해.[105]


### 263. 프라하의 막스 브로트 앞
*프라하, 1912년 10월 8일 이후로 추정*

친애하는 막스—어제는 중요한 사안 하나를 완전히 망각했네, 우리
전화 말이야. 자네는 그것이 얼마나 필요한지, 적어도 우리가 2주 전
에 그것을 얼마나 급히 필요로 했는지 상상 못하네. 내가 마지막으로
공장에 갔을 때 말이야(사무실에는 더 자주 나가지). 알겠어? 나도 실패
의 도래에 대한 변명을 가능한 한 줄이고 싶지, 그럴 가능성을 실제
에서는 전혀 인식하지 못하면서, 반면에 매제들의 표정[106]에서는 그
걸 예감하기 시작하니 원.

자네의 프란츠

### 264. 프라하의 막스 브로트 앞
프라하, *1912년 10월 14일 월요일*

친애하는 막스, 여기 제2장을 보내네,[108] 나는 가지 못해. 토요일 이후
그 일로 보낸 시간이 나로서는 유일하게 좋은 시간이었네.
아버지께서 편찮으시고 내가 함께 있기를 바라시니까, 갈 수가 없어.
어쩌면 저녁에나 방문할 수 있을지.

자네의 프란츠


### 265. 브레슬라우의 조피 프리트만 앞
프라하, *1912년 10월 14일 월요일*
12. 10. 14.

경애하는 부인![109]

저는 오늘 우연히 허락도 없이—그 때문에 화를 내시지는 않겠지
요—부인이 부모님께 보낸 서한에서 바우어 양이 저와 생생한 편지
내왕을 하고 있다는 언급을 읽었습니다. 이것은 다만 매우 제한적으
로 옳거니와, 또 한편으로는 내 소원에 맞아떨어지는 것이기도 해서,
친애하는 부인에게 청하오니, 내게 그 언급에 대해서 좀 더 설명해주
셨으면 합니다. 부인은 그 처녀와 의심할 여지없이 편지 왕래를 하는
사이이니, 그리 어려울 것 없는 일 아닐까요.

부인이 '생생하게'라고 말한 편지 내왕은 실제로는 다음과 같아
보입니다. 즉 내가 그 처녀를 처음이자 마지막으로 부모님 댁에서 보

왔던 그날 밤 이후로 아마 2개월이 지났을까 하는 때, 그때 그녀에게 편지를 한 장 써 보냈습니다.[110] 그 내용에 대해서는 여기에서 더 언급할 가치가 없습니다, 친절한 답신이 왔으니까요. 그것은 결코 끝내는 답변은 아니었고, 그 음조와 내용으로 보아서 다음에 아마 우의를 돈독히 할 편지 내왕의 시작으로 간주해도 좋을 그런 것이었습니다. 내 편지와 그 답신 사이의 시간 간격은 여하간 10일이었고, 지금으로서는, 그 자체로 그리 길지는 않았던 이 망설임을 답신에 대한 충고로 받아들여야 했지 않았나 싶습니다. 그런데 또 다시 언급할 가치가 없는 여러 이유에서—이미 언급할 가치가 없어 보이는 것을 친애하는 부인에게 너무도 많이 언급하고 있음에 틀림없지만—어쨌거나 나는 그렇게 하지 않았고, 그 편지를 아마도 여러 관점에서 볼 때 충분히 철저히 읽지 못하고 곧장 편지를 썼으며, 그것이 여러분들의 눈에는 불가피하게 어리석은 어떤 돌출 행동의 성격을 지닌 것으로 보였을 것입니다. 어쨌든 그 편지에 대한 모든 이의들을 그렇다 치고, 부정직하다는 이의만은 옳지 못함을 맹세할 수 있습니다. 그것은 서로에 대해 언짢은 선입견을 갖지 않은 사람들에게는 결정적인 것일 겝니다. 이 편지 이후 이제 오늘로서 16일이 지났습니다, 답신을 받지 못한 채로 말입니다. 그리고 이제 늦어지는 답신에 어떤 원인이 작용하고 있는지 정말로 모르겠습니다. 게다가 그 당시의 내 편지는 오직 곧 답신의 기회가 주어지도록 하기 위해서 결말을 낸 그런 편지였으니까요. 이 16일이 지나는 동안, 이것은 부인에 대한 제 솔직성을 완전히 보여드리기 위해서 드리는 말입니다만—벌써 두 통의 편지를 그 처녀에게 썼으며, 물론 부치지는 않았지요, 만일 내가 유머를 지녔더라면 감히 말씀드리겠는데, 그것들이야말로 생생한 편지 내왕 운운할 수 있는 유일한 것들입니다. 우선 나로서는 우연한 상황들이 그 편지에 대한 답신을 방해했거나 불가능하게 했을 수 있겠다고 믿을 수밖에요. 그러나 나는 모든 것을 신중히 생각해보았고, 우연한 상황들에 대해서는 더 믿지 않습니다.

친애하는 부인, 확실한 것은 확실히 부인에게나 나 자신에게 감히 이 작은 고백을 하지 말았어야 한다는 것입니다. 부인의 편지 내용 중 바로 그 언급이 나를 너무도 심하게 찌르지 않았더라면, 그 뿐만 아니라 이 편지가, 그러니까 결국 나 자신을 보여드릴 수밖에 없게 되어버린 이 편지가 선하고 능란하신 손에 이르리라는 것을 몰랐더라면 말입니다.

부인과 부인의 친애하는 부군[1]께 진심으로 인사드리며,

삼가

정중한 경의와 더불어

프란츠 카프카 드림

프라하 뽀리츠 7번지

### 266. 브레슬라우의 조피 프리트만 앞
프라하, 1912년 10월 18일 금요일

*편지지 상단: 프라하 보헤미아왕국 노동자재해보험공사*

경애하는 부인!

보내주신 16일 편지에 답하는 이 편지의 중요성에 비추어 사무실 일은 뒤로 밀려날 수밖에 없습니다. 부인께서 쓰신 한, 그 편지는 내가 기대했던 바대로 친절하고 좋게 그리고 분명하게 썼었으며, 반면에 인용하신 편지 문구들은 열 번을 읽어도 수수께끼가 풀리질 않습니다. 부인은 그러니까 정말로 '생생한 편지 내왕'이라는 언급을 선

불리 했을 뿐만 아니라 증거도 없이 그리 했습니다. 물론 지난번 편지[112]에 그걸 시인하지는 않았지만, 그랬다가는 편지 자체가 필요 없게 되어버릴 것 같았으니까요, 나로서는 나의 수치로 믿고 있습니다. 그리고 그 생생한 편지 내왕은 그러므로 실제 10월 3일이거나 빨라야 2일에 있었다는 것인데, 그러므로 내 두 번째 편지가, 물론 답장을 못 받은 편지 말입니다, 분명코 이미 베를린에 도착했을 그 시기에 말입니다. 그러므로 답장이 쓰이긴 했다는 말입니까? 왜냐하면 인용된 문구는 그 편지의 존재를 알고 있음을 시인하는 것이기 때문입니다. 그렇지만 대체 편지들이 정말이지 사라져버렸다는 말입니까, 다만 어떤 다른 설명이 아닐, 편지에 대한 불확실한 기대만 남기고요? 친애하는 부인, 그러니 시인하시지요, 내가 부인에게 편지를 쓸 권리가 있다고. 그리고 그것은 착한 천사를 필요로 하는 그런 일이라고.

부인과 부인의 친애하는 부군께 진심으로 인사드리며,

삼가

감사드리며

프란츠 카프카 드림

12년 10월 18일

## 267. 라이프치히의 로볼트 출판사 앞
프라하, 1912년 10월 18일 금요일

편지지 상단: 프라하 보헤미아왕국 노동자재해보험공사

존 경 하 는  귀 하!
귀하께서 친절하게도 저에게 보내주신 견본[113]은 정말 매우 아름답

습니다. 속달과 등기 우편으로도 이 인쇄에 동의 표시가 충분치 못하
겠습니다. 제가 쓴 작은 책에 보여주신 귀하의 배려를 진심으로 감사
드립니다.

견본상의 쪽 번호는 바라건대 확정적인 것은 아니겠지요, 왜냐하
면 「시골길의 어린이들」이 첫 번째 작품이어야 하기 때문입니다. 내
용의 차례를 함께 보내지 않은 것은 제 잘못이며, 그리고 제가 이 오
류를 보완할 수 없다는 것이 더 나쁘군요. 왜냐하면 시작 작품과 종
료 작품인 「불행」을 제외하고서는 그 원고들의 순서를 기억할 수가
없기 때문입니다.

「갑작스러운 산책」의 개정본은 아마 제대로 도착했겠지요?[114]

삼가 정중한 경의와 더불어

F. 카프카 박사 배상

프라하, 1912년 10월 18일.


### 268~269. 베를린의 펠리체 바우어 앞


### 270. 브레슬라우의 조피 프리트만 앞

*프라하, 1912년 10월 24일 목요일*


*편지지 상단: 프라하 보헤미아왕국 노동자재해보험공사*


12년 10월 24일

경애하는 부인!

이 일을 대하는 그 자상함에 부인에게 진정 감사드립니

다. 이제 그 일은 완전히 제 질서를 찾은 듯합니다. 지난번 저의 편지에 회답이 없으신 것을, 그게 도대체 특별한 회답을 필요로 한 것도 아닙니다만, 저로서는 어떤 우둔함에 대한 징벌로 간주하지는 않습니다. 그것이 제 두 번의 편지에 대한 신경 과민이나 기타 이유와 섞였을 수는 있겠습니다만. 하지만 경애하는 부인, 부인께서 회답하지 않음으로 해서 제가 지금 얼마나 고통받는지 아실 겝니다, 또한 회답이 없느니보다는 차라리 그에 상응한 편지로서 그런 우둔함을 벌하는 편이 확실히 더 좋았으리라는 것을.

이러한 고려에서 지금도 저는 분명코 회신을 희망합니다. 그러나 동시에 감히 앞으로도 지난번 부인의 조력으로 제게 입증해주신 것처럼 저를 친근하게 생각해주실 것을 당부합니다. 또한 친애하는 부군께도 특별히 감사드리고 싶습니다, 그러나 그러지 못함은, 첫째로는 그 일로 조금은 불쾌하셨음에 틀림없기 때문이며, 두 번째로는 부인은 친애하는 부군에 함께 속하므로, 부인에게 드리는 감사가 곧 직접 부군에게 드리는 것이 되기 때문입니다.

진심으로 인사드리며
삼가
카프카 박사 드림

## 271~280. 베를린의 펠리체 바우어 앞

### 281. 프라하의 막스 브로트 앞
*프라하, 1912년 11월 7일 목요일.*

12년 11월 7일

가장 친애하는 막스! 왜 그 사람[115]이 우리 사이에 끼어드나, 그렇게 오랜만에 우리 단둘이서만 만나서 이야기를 하려는 이때 말이야. 어쨌거나 그가 흥미를 끌긴 해, 한 번 내 서신 교환에서 언급되었기 때문이랄까.[116] 하지만 내가 거의 죽을 지경으로 지쳐 있는 마당에 내 몸을 침대에서 끌어낼 만큼 그가 내게 가치 있는 것은 아니었지. 그래서 난 겨우 9시에야 아르코에 도착했고, 자네들이 벌써 떠났음을 알았어. 그 자리에서 돌아서서 집으로 돌아왔네. 자넨 작업하지 않는다고? 슬프군, 시간이 흐르면서 그렇게 많은 장애물들이 자네 주변에 쌓이는 일이. 언젠가 자네는 팔을 힘차게 휘저어서 자네 주변을 깨끗이 치워야 할 게야. 『헤르더블래터』[117]에 실린 자네 시들이 매우 보기 좋으이.—자아 그럼, 금요일에 가겠네.

자네의 프란츠


### 282. 베를린의 펠리체 바우어 앞


### 283. 프라하의 빌리 하스 앞
*프라하, 1912년 11월 7일 목요일*

12년 11월 7일

친애하는 하스 씨!

이 게으름이 당신에게 권태로우리라, 그렇게 믿지는 않습니다. 한 번 게으름에 든 사람에게는 그것이 권태롭지 않답니다. 저 자신이 경험해서 압니다. 그러나 아마도 당신이 이제 벌써 두 번의 의무를 이행해주지 않으시기에(지난 호 『헤르더블래터』[118] 몇 권과 교정지 보내는 것 말입니다), 이 몇 자 적어서 당신의 기억 속에 특별한 자리를 얻었으면 합니다.

진심으로 인사 보내며<br>
삼가<br>
프란츠 카프카 드림

### 284~289. 베를린의 펠리체 바우어 앞

### 290. 프라하의 막스 브로트 앞
*프라하, 1912년 11월 13일 수요일로 추정*

아무것도 없어, 막스, 아무것도.[119]

프란츠

### 291. 베를린의 펠리체 바우어 앞

(오틀라 카프카의 필체로)

가장 친애하는 막스, (나는 침대에 누워서 이것을 받아쓰게 하고 있네, 게
을러서 그리고 침대에서 삶아낸 편지가 같은 지점에서 종이로 옮겨가도록
말이야.) 난 그저 이 말을 하고 싶어, 일요일 바움네 집에서 낭독을 하
지 않을 게야. 현재로선 그 소설 전체가 불확실해. 어제는 내가 나 자
신을 다그쳐 제6장을 억지로 끝냈어, 그러니 조야하고 형편없이 끝
냈지.[120] 그 속에 그대로 등장했어야 할 인물 두 사람을 삭제했어. 글
을 쓰는 동안 내내 그들이 나를 뒤쫓았고, 그리고 그 소설에서 그들
은 팔을 걷어붙이고 주먹을 불끈 쥐게끔 되어 있었기에, 똑같은 제스
처를 나에게 하더군. 그들은 내가 쓴 것보다 더 생생하게 살아 있었
네. 그런데 게다가 오늘은 아예 아무것도 쓰지 않고 있어, 쓰고 싶지
않아서가 아니라, 눈이 다시 너무도 쑥 들어갔기 때문이야. 베를린에
서는 물론 아무것도 오지 않았네.[121] 그런데도 어떤 바보 녀석이 무언
가를 기대했었다? 자네는 그곳에서 사람이 호의, 이성 그리고 예감
을 가지고서 말할 수 있는 가장 극단적인 것을 말했지. 하지만 거기
서 자네 대신 한 천사가 그 전화를 했을지라도 나의 악의에 찬 편지
에는 대항하지 못했을 게야.[122] 글쎄, 일요일에 한 베를린 꽃가게의 심
부름꾼이 봉투에 주소도 서명도 없는 편지를 배달할 걸세.[123] 그 밖의
나 자신의 고통을 그래도 조정하기 위해서, 나는 이 제3장을 조금 읽
어보고 알았네,[124] 이놈을 진창에서 끌어내기 위해서는 내가 지닌 힘
하고도 아주 다른 힘들이 필요함을. 그리고 그러한 힘들조차도 차마
그 장을 지금 상태로 자네들 앞에서 낭독하지는 못할 게야. 물론 나
는 그렇다고 그것을 그냥 넘겨버릴 수는 없고, 그래서 자네에게 남는

것은 다만 내 약속의 파기를 두 가지 선을 행함으로써 갚아주는 일이네. 첫째, 나에게 화내지 말게, 그리고 둘째, 자네가 직접 낭독하게. 안녕(나는 지금 대필자 오틀라와 함께 산책을 가려네. 누이는 저녁에 상점에서 이리로 왔고, 내가 파샤[125]처럼 침대에 누운 채 누이에게 받아쓰기를 시켰지. 그러면서 누이에겐 입을 닫으라 명령하지, 왜냐하면 누이로서도 뭔가를 언급하련다고 중간 중간 주장하거든). 이런 유의 편지들에서 좋은 점은 끝에 가서 처음을 보면 사실 같지 않다는 점이지. 나는 지금 처음보다 훨씬 마음이 가벼워졌네.

*(친필로)* 자네의

프란츠

12년11월13일

### 293. 프라하의 막스 브로트 앞

*프라하, 1912년 11월 14일 목요일*

가장 친애하는 막스, 어제 쓴 내 편지를 자네가 벌써 받아 보았는지 모르겠네. 어쨌거나, 그 속에 쓴 주요 사안의 묘사는 오늘 보니 벌써 틀렸네. 그리고 모든 것은 상상할 수 없을 만큼 잘 되었어.

프란츠

### 294~298. 베를린의 펠리체 바우어 앞

## 299. 프라하의 막스 브로트 앞

*프라하, 1912년 11월 16일 토요일*

(오틀라 카프카의 필체로)

가장 친애하는 막스, 내가 내일 일요일에 자네에게 가게 될지, 기껏 해야 거짓말을 하나 가지고서, 그걸 정말 알 수가 없네, 왜냐하면 자네가 두려워서야. 자네가 떠나기 전날 밤에 지었던 그런 표정을 견딜 수가 없어. 나는 이제 8시 15분까지 규칙적으로 잠을 자며, 그래서 오늘은 7시에 깨워달라고 확실하게 부탁을 했고, 그리고 그들은 7시에 나를 깨웠는데, 8시 15분에 내가 드디어 깨었을때 어렴풋이 기억이 나더군. 하지만 이렇게 잠을 깨우는 것도 요사이 무섭게도 분명한 내 꿈들보다는 나를 덜 괴롭게 한다네. (어제는 예컨대 파울 에른스트와 사나운 언쟁를 했어.[126] 끝이 없었지. 그는 펠릭스의 부친[127]과 닮았어. 내일부터 그는 날마다 두 가지 이야기를 쓸 거래.) 나는 이틀 동안 편지 하나 받지 못하고 있어. 자네는 내 엽서 두 장과 편지 하나에 회답하지 않았어. 물론 두 가지 다 설명하기가 그렇게 어렵지 않을망정, 내가 이렇게 유도하는 것은 나 자신의 부정확성에 대해서는 더 좋은 변명이 없기 때문이야.[128]

## 300~313. 베를린의 펠리체 바우어 앞

### 314. 프라하의 빌리 하스 앞
*프라하, 1912 11월 25일 월요일*

1912 11월 25일

친애하는 하스 씨!

물론 저는 헤르더협회의 초대를 받아들이며, 낭독을 한다는 것은 저에게 커다란 기쁨을 줍니다. 저는 『아르카디아』에 있는 이야기를 읽겠습니다.[129] 시간은 반 시간이 채 안 걸릴 것입니다. 그곳의 청중들은 어떤 부류입니까? 또 어느 분들이 낭독합니까? 전체는 얼마나 시간이 걸릴까요? 일상 복장으로도 괜찮을까요? (마지막은 불필요한 질문입니다, 다른 옷이 없으니까요.) 그러나 나머지 질문들에는 회답을 부탁드립니다.

진심으로 인사 보내며<br>F. 카프카 박사 드림

### 315~318. 베를린의 펠리체 바우어 앞

### 319. 베를린의 에미 브륄 앞
*크라차우, 1912년 11월 26일 화요일*

*전해지지 않음.*

## 320~327. 베를린의 펠리체 바우어 앞


## 328. 프라하의 막스 브로트 앞
*프라하, 1912년 11월 말로 추정*

나의 친애하는 막스, 나는 내일 오후에 할 수가 없어, 오늘 할 수 없었
듯이 말이야, 모레에도 할 수 없을 것이고. 끝없이 혐오스러운 인생
이야. 저녁 7시에 자네에게 가겠네.

자네의

프란츠

## 329~348. 베를린의 펠리체 바우어 앞


## 349. 프라하 노동자재해보험공사 앞
*프라하, 1912년 12월 11일 수요일*

존경하는 지사장님 귀하!

충직한 본 서명자는 존경하는 지사장님께 본인의 봉급과 서열 관
계의 단호한 조정을 정중히 청원드립니다. 동시에 다음 열거하는 이
유들을 고려해주실 것을 청합니다.
명백한 것은, 생활에 따르는 모든 요인들의 등귀가 이미 수년 동안
도처에서 매우 강압적으로 느껴질 만한 수위에 달했습니다. 이 사실

은 또한 존경하는 지사장님께서도 배제하지 않으셨고—결국은 그리고 특별히 1910년과 1911년에—보험공사 내 대규모 집단의 급료에 대대적인 새 조정을 시행하셨습니다. 고려된 직원들의 민감한 수요들을 만족시킨 이 조정은 협의의 전체 직원, 곧 근무 실습 규정에 의해서 현재 중급 학교 졸업을 사전 교육으로서 요구받는 직원들뿐만 아니라, 전 남녀 사무직 근무자들에게만 해당된 것이 아니라, 네, 심지어 청지기들도 다만 참을 수 없을 만큼 보편화되어버린 물가 등귀 현상만을 고려했던 이 조정에 함께 고려되었습니다.

간부진의 결정은, 숙박비 30%에서 40% 인상과 그 상한선은 1,400에서 1,600크로네로 하며, 기본급과 숙박비의 10%에서 15%의 특별 수당이 중졸 이상의 보험공사 대규모 집단 이외의 기획 부처 직원들(과장, 비서, 기획자들)과 출장소 소장들에게 적용된다는 것이었습니다. 이는 그들 또한 세 가지 예외까지 포함하여 모두 직원들의 일반 급료 체계에 편입시키기 위해서라고 했습니다. 그러나 이러한 규모의 급료 조정은 위에 언급한 보험공사 내의 예외적 집단을 완전히 만족시킬 수 없었습니다. 왜냐하면 중졸 직원들과 단지 겉보기에만 같은 급료 조정은 그들의 급료 수준을 이미 언급한 대규모 직원 집단의 수준에 비추어 볼 때 부당하게도 깎아 내리는 것이며, 그리하여 조정 이전에 있었던 급료간의 긴장이 부당하게도 축소되었기 때문입니다. *[중간 생략]*[130]

그러므로 본 충직한 서명자는 정중한 청원을 드리오니, 존경하는 지사장님께서 본 서명자의 봉급과 서열 관계에서 단호한 조정을 해주시길 간청하는바, 프라하 소재 보헤미아왕국 노동자재해보험공사 내 가까운 동료들과 위에 표시된 두 가지 방향에서 동등한 수준으로 조정해주시기 바랍니다. 본인은 봉급 체계에서 이렇게 동등하게 처우하는 데서 기본 급료를 척도로 삼아주실 것을 청합니다. 그럴 것이 다만 이것만이 직원들을 서열과 성격에서 서로 구분하는 것이기 때문입니다. 반면에 이른바 모든 직원들이 상대적으로 동등한 수준에 이른 보조 수당은 때 따라 물가 등귀 현상에 대한 고려로서 기본 급료를 조정하기 위한 것이기 때문입니다. 보헤미아왕국 노동자재해보험공사 프라하 지사에서는 초보자로서 3년 근무 이후에 그 초보자를 3,600크로네의 기본 급료로서 부서기로 임명하고 있습니다. 그에 따라서 충직한 본 서명자는 존경하는 지사장님께서 본인의 서열을 봉급 체계 중 제3서열(3,600크로네)의 제1단계로 조정해주실 것과 본인을 부서기 또는 위원직(그라츠와 잘츠부르크 소재 자매 회사에서 부르는 대로)으로 너그러이 위임해주실 것을 청원드립니다.

프라하, 1912년 12월 11일

지사의 초심자
프란츠 카프카 박사 배상

### 350~377. 베를린의 펠리체 바우어 앞

Das Schloss.    Die Schule.

Gruss aus Triesch!

1900년 7월 21일 엘리 카프카에게 보낸 엽서

Gruss aus Norderney.    Nach dem Sturm.

Verlag von Herm. Braams, Norderney.

1901년 8월 24일 엘리 카프카에게 보낸 엽서

1902년 8월 26일 파울 키쉬에게 보낸 엽서

1902년 9월 8일 파울 키쉬에게 보낸 엽서

1902년 11월 5일 파울 키쉬에게 보낸 엽서

1903년 8월 23일 파울 키쉬에게 보낸 엽서

1903년 11월 20일 파울 키쉬에게 보낸 엽서 앞면

위 엽서 뒷면

DIE ELF SCHARFRICHTER

1903년 12월 20일 파울 키쉬에게 보낸 엽서

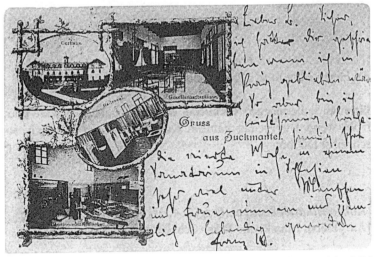

1904년 8월 23일 막스 브로트에게 보낸 엽서

1906년 7월 28일 막스 브로트에게 보낸 엽서

16706. — Isola di Garda.

1909년 9월 7일 엘리 카프카에게 보낸 엽서

5414  Lago di Garda · Riva vom Palast-Hotel Lido aus

1909년 9월 7일 오틀라 카프카에게 보낸 엽서

Gruss aus Bodenbach-Tetschen

4033

1909년 9월 22일 엘리 카프카에게 보낸 엽서

Tetschen, böhm. Schweiz.
Blick von der Schäferwand.

1909년 9월 22일 오틀라 카프카에게 보낸 엽서

Maffersdorf

1909년 가을 오틀라 카프카에게 보낸 엽서

1909년 12월 20일 오틀라 카프카에게 보낸 엽서

1909년 12월 20일 엘리 카프카에게 보낸 엽서

1910년 8월 22일 막스 브로트에게 보낸 엽서

PARIS. *La Grande Roue*

1910년 10월 16일 오틀라 카프카에게 보낸 엽서

PETER PAUL RUBENS      763      KIND DES MEISTERS

1910년 12월 9일 막스 브로트에게 보낸 엽서

FRIEDLAND i. B.
Schloss

1911년 2월 4일 엘리 헤르만과 카를 헤르만에게 보낸 엽서

FRIEDLAND i. B.
Schloss

1911년 2월 5일 오스카 바움에게 보낸 엽서

1911년 2월 19일 오이겐 폴에게 보낸 엽서

1911년 2월 25일 오틀라 카프카에게 보낸 엽서

Gruss aus dem vegetarischen Speisehaus „Thalysia"
Reichenberg

1911년 2월 26일 엘리 헤르만과 카를 헤르만에게 보낸 엽서

Gruss aus dem Reformspeisehaus Warnsdorf Böhm.

1911년 5월 13일 노동자재해보험공사에게 보낸 엽서

Vierwaldstättersee.
Axenstrasse. Blick auf den Bristenstock.

1911년 8월 29일 오틀라 카프카에게 보낸 엽서

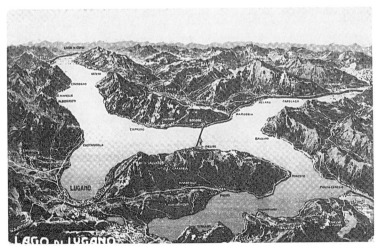

1911년 8월 30일 오틀라 카프카에게 보낸 엽서

Stresa. (Lago Maggiore.)

1911년 9월 7일 오토 브로트에게 보낸 엽서

1911년 9월 13일 오틀라 카프카에게 보낸 엽서

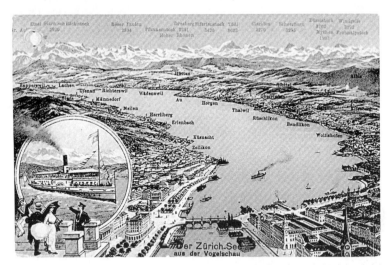

1911년 9월 19일 오스카 바움에게 보낸 엽서

1912년 6월 30일 헤르만 카프카와 율리에 카프카에게 보낸 엽서

# 1913년

**엘자 브로트와 막스 브로트 앞**[1]
[그림 엽서. 프라하, 우편 소인: 1913년 2월 4일.
수신 주소지 몬테 카를로]

친애하는 두 분, 야경꾼은 필요 없다오, 늦잠, 저녁 산책 그리고 꽁꽁 얼어서 나 스스로 자처한 야경꾼이니 말이오. 두 분은 태양 아래 제대로 따뜻하게 지내시오? 날 위해 여름이나 가을 동안 살 만한 장소를 살펴둬요, 채식 생활이 가능하고, 끊임없이 건강할 수 있는 곳, 혼자서라도 쓸쓸하게 느끼지 않을 곳, 설혹 멍텅구리라도 이탈리아어를 배울 수 있는 등, 단적으로 사랑스럽고 놀라운 장소를. 잘들 지내세요, 우리 모두 두 분을 생각하고 있다오.

프란츠

**엘자 브로트와 막스 브로트 앞**
[그림 엽서. 프라하, 우편 소인: 1913년 2월 14일.
수신 주소지 생 라파엘]

며칠 전에서야 알았어요, 두 분이 18일간을 여행하게 되리라는 사실을. 그토록 오래라니! 끝도 없겠네. 적어도 일기는 계속 쓰고 있겠지요? 만일 지금까지 일기를 쓰지 않았다면, 오늘은 해변 어디쯤엔가 앉아서 지금까지 두 분 여행의 전말을 함께 기록해보세요, 설령 아침부터 저녁까지 걸린다손 치더라도. 잘 들으세요, 두 분이 이것을 이행하지 않는다면 우리와 전쟁이 일어날 것이오. 그리고 빨리 돌아오세요!

프란츠

게르트루트 티베르거² 앞

[엽서. 프라하, 우편 소인: 1913년 2월 20일]

경애하는 아가씨,

그런데 무엇보다도 〈카르멘〉을 보러 갈 수가 없습니다. 오늘 오후 근무라서요. 전화할 때는 그것을 잊고 있었습니다, 그 기계 앞에서는 도대체가 늘 매사를 잊곤 한답니다. 다시 한번 당신의 친절에 진심으로 감사드립니다. 그런데 말입니다, 좋은 공연에 대한 기억을 아마 틀림없이 결함이 있을 공연에 대한 기억으로 지워버리는 것이 경제적일는지요?

당신과 당신의 자매에게 진심으로 인사드리며,

F. 카프카

쿠르트 볼프 출판사³ 앞

[프라하] 12년 3월 8일⁴

존경하는 출판자 귀하!

여기 반송 우편으로 『아르카디아』의 교정본을 보냅니다. 2교 역시 저에게 보내주신 데 대하여 다행으로 여깁니다. 왜냐하면 61쪽에 끔찍한 오자가 있었으니까요, '홍부' 대신에 '신부'라고 말입니다.⁵

최선의 감사와 정중한 경의와 더불어,

F. 카프카 박사 배상

[엽서. 샤를로텐부르크, 우편 소인: 1913년 3월 25일
귀사의 작가회의에서 최선의 안부 인사 함께 보냅니다.
오토 피크      알베르트 에렌슈타인      카를 에렌슈타인[6]]

존경하는 볼프 씨!
베르펠[7]을 믿지 마십시오! 그는 그 이야기[8]에 대해서 단 한 줄도 모릅
니다.
제가 깨끗한 사본을 만들면, 기꺼이 그것을 귀하게 보내드리겠습
니다.
정중한 경의와 더불어,

F. 카프카 배상


[파울 체히로부터 정중한 안부를, 엘제 라스커-쉴러의 서명된 스케
치: 아비가일 바실레우스 III세][9]

[프라하,] 1913년 4월 3일
가장 친애하는 막스,
만일 그것이 충분한 설명이 없어도 너무 어리석게만 보이지 않는다
면—그런데 내가 그것을 말로 충분히 설명할 수 있단 말인가!—나의
현재 그대로 최선은 내가 모든 시야에서 사라지는 것이라고 간단히
말하는 것, 그것이 가장 정확한 대답일 게야. 전에는 만일 다른 방법
이 없으면, 기껏해야 사무실에 꼭 매여 있었다네. 오늘은 그러나 내
가 만일 나의 쾌락만을 따른다면 알게 될 것도 같아, 많은 억압이 있

286

는 것도 아니야, 그저 내 상사의 발 아래 몸을 내던지고서 인간적인 이유로 (다른 이유를 알 수가 없으니, 외부 세계는 오늘따라 한층 더 행복하게도 다른 것들만을 보네그려) 나를 파면하지 말아달라고 탄원하는 것보다 더 나은 것이 없을 것 같아. 예컨대 이런 상상, 곧 내가 사지를 쭉 뻗고 바닥에 누워 있는데, 구운 고기처럼 잘게 저며져서, 그리고 그런 고기 조각을 천천히 손으로 집어서 구석에 있는 개한테 밀어주는 거야—그런 상상들이 내 머리의 일상의 자양분이라네. 어제는 베를린에 내 위대한 고백을 써 보냈네.[10] 그녀는 진짜 순교자이며, 나는 분명히 토대를 허물고 있는 것이야, 그녀가 예전에 행복하게 온 세상과 조화 속에서 살아온 토대를.

오늘은 정말 가고 싶었어, 친애하는 막스, 다만 중요한 일이 하나있어. 누쓸레[11]에 가봐야겠어, 누쓸레 고개의 원예사를 찾아가서 오후 시간 일자리를 맡을 수 있을지 알아보아야 해. 그러니 내일 갈게, 막스.

프란츠


쿠르트 볼프 앞
[프라하,] 13년 4월 4일

존경하는 볼프 씨!

귀하의 친절한 서한을 오늘 저녁 늦게서야 받았습니다. 최선의 의지를 가졌다 해도 일요일까지 귀하의 손에 그 원고를 보내기는 불가능합니다.[12] 설혹 제가 귀하에게 불친절하게 보이는 껍데기를 드리느니 차라리 미완의 사안을 그대로 내보내는 일을 훨씬 더 잘 견딜 수 있다손 치더라도 말입니다. 저는 어떤 방법으로 또는 어떤 의미로 이들 원고가 호의를 의미할 수 있는지 알지 못합니다만, 일단은 되도록 빨

리 그것을 보내겠습니다. 그 소설의 첫장은 대부분 이미 예전에 씌었
으므로 실제로 곧 보내겠습니다. 월요일이나 화요일까지는 그 원고
가 라이프치히에 도착할 것입니다. 그것이 단독으로 출판될 수 있을
는지 저는 알 수가 없습니다. 그 첫 장이 다음 500쪽의 완전히 실패한
분량을 노출시키지는 않습니다만, 여하간 그것은 그대로는 충분히
완결되지 못했습니다. 그것은 단편적이며 그런 식으로 남아 있을 것
이며, 그러한 미래가 이 장에서 대부분 미완성의 느낌을 주고 있습니
다. 제가 가지고 있는 또 다른 이야기 「변신」은 어쨌거나 아직 필사가
안 되었습니다. 왜냐하면 근래 매사가 저로 하여금 문학과 그 기쁨,
글쓰기의 기쁨에서 멀어지게 하기 때문입니다. 그러나 이 이야기 역
시 필사를 하게 해서 되도록 신속하게 귀하께 송부하겠습니다. 아마
도 그 후 이들 두 작품과 『아르카디아』에 실린 「선고」를 묶어 꽤 괜찮
은 책으로 보완할 것이며, 그 제목은 아마도 '아들들'이라 해도 될 것
입니다.

귀하의 친절에 진심으로 감사드리며 그리고 귀하의 여행에 최선의
소망을 함께.

삼가 경의와 더불어,

프란츠 카프카 배상

**쿠르트 볼프 앞**

[프라하,] 13년 4월 11일

존경하는 볼프 씨!

귀하의 친절한 서한에 매우 감사드립니다. 『최후의 심판일』[13]과 「화
부」의 게재에 관한 조건에 전적으로 그리고 기꺼이 동의합니다. 지
난번 편지에서 이미 말씀드렸듯이 한 가지 청이 있습니다. 저의 「화

부」, 「변신」(그것은 「화부」의 한 배 반 길이입니다), 그리고 「선고」는 모두 외적으로나 내적으로 한 묶음입니다. 그들 사이에는 분명하고도 한층 중요한 비밀스런 연결이 존재하며, 그래서 대강 이를테면 '아들들'이라는 한 권의 책으로 요약함으로써 그 연계를 드러내는 일을 포기하고 싶지 않습니다. 「화부」가 『최후의 심판일』 시리즈로 출판되는 것과 별도로 나중에 임의의 시기에 물론 완전히 귀하의 재량에 따라서 그러나 머지않은 시기에 다른 두 이야기와 함께 한 권의 책으로 통합되는 일이 가능하겠습니까, 그리고 그러한 약속의 표명이 현재 「화부」의 계약 안에 포함될 수 있겠습니까? 저로서는 그 작품들의 어느 하나의 통일성만큼이나 똑같이 이 세 편의 이야기의 통일성이 중요합니다.

삼가 정중한 경의와 더불어,

F. 카프카 박사 배상

**쿠르트 볼프 앞**

[프라하,] 13년 4월 20일

존경하는 볼프 씨!

이미 저 자신이 무리한 요구를 했다는 두려움을 가졌는데, 이제 귀하께서는 제 청이 사리에 맞는지조차 확신하지 아니한 채, 그렇게도 친절하게 용인해주시다니요.[14] 귀하에게 진심으로 감사드립니다.

삼가 경의와 더불어,

F. 카프카 박사 배상

게르트루트 티베르거 앞

[『관찰』의 초판 헌사,

1913년 봄으로 추정]

트루데 티베르거 양에게 진심 어린 안부와 충고 한마디: 이 책에는
아직은 속담 '아문 입으로는 파리가 들어가지 않는다(메리메의『카르
멘』[15]에 나오는 마지막 구절)'가 준수되지 못합니다. 그렇기 때문에 이
책은 파리 떼로 들끓습니다. 최선은 그것을 항상 꽉 닫아 두는 일입
니다.

F. 카프카


쿠르트 볼프 앞

[프라하,] 1913년 4월 24일

존경하는 볼프 씨!

「화부」의 교정본을 반송하며, 어떤 경우라도 2교를 저에게 보내주십
사 부탁드립니다. 보시다시피 비록 다만 사소한 것이나 많은 교정이
불가피하므로, 이번 교정으로는 충분할 수가 없겠습니다. 그렇지만
2교는 제가 받으면 즉각 반송하겠습니다. 그런 다음 속 표제지를 받
아볼 수 있겠는지요? 적어도 속 표제에 '화부'라는 제목에다 '단편'
이라는 부제를 다는 것이 저로서는 매우 중요한 일이 되겠습니다.
삼가 정중한 경의와 더불어,

F. 카프카 박사 배상

막스 브로트 앞

[그림 엽서. 프라하, 우편 소인: 1913년 5월 14일]

가장 친애하는 막스, 내일 아침 아우시히로 떠나네, 그래서 몇 가지를 준비하고 곧 자려고 하네. 내가 베를린에서 했던 일들[16]에 대한 얘기는 어쨌거나 그리 늦어지지는 않을 것이야.

프란츠


쿠르트 볼프 앞

[프라하,] 13년 5월 25일

존경하는 볼프 씨!

보내주신 소포 매우 감사합니다! 물론 저는 사업상으로는 『최후의 심판일』에 대해 평가할 수가 없습니다. 그렇지만 그러나 그 자체로는 저에게는 찬란하다 여겨집니다.

제가 제 책에서 그 그림들을 보았을 때,[17] 처음엔 놀랐습니다. 왜냐하면 첫째 그것은 저를 부정했기 때문인데, 제가 무엇보다도 가장 최신의 뉴욕을 묘사했기 때문입니다. 둘째, 그 그림은 제 이야기에 비해서 장점을 지녔기 때문입니다. 그림은 제 이야기에 앞서서 효과를 내고, 또 그림으로서 산문보다 더 집약적이니까요. 셋째, 너무도 아름답기 때문입니다. 만일 그것이 옛날 그림이 아니었더라면, 쿠빈[18]의 작품이라 할 수도 있겠습니다. 그렇지만 이제 저는 그것에 만족하며, 심지어 그것으로 귀하께서 저를 놀라게 하신 점이 매우 기쁩니다. 왜냐하면 만일 귀하가 저에게 문의하셨더라면, 저는 거기에 동의할 수 없었을 것이고, 그랬더라면 그 아름다운 그림을 잃었을 테니까요. 저는 제 책이 그 그림으로 인해서 결정적으로 그만큼 풍요로워졌으며 그리고 그림과 책 사이의 힘과 약점이 교체되었음을 느낍니다. 그

*1913년* 291

런데, 대체 그 그림은 어디에서 나왔습니까? 다시 한번 진심으로 감사드리며!

삼가 경의와 더불어 F. 카프카 배상

동시에 다음을 주문합니다:『추한 그림들의 아름다움』[19] 미장정 1권,『화부』장정본 5권, 그리고 추후에『아르카디아』장정본 3권.

**막스 브로트 앞**

[그림 엽서. 프라하, 우편 소인: 1913년 5월 31일]

친애하는 막스, 자네가『일간』에 가지 않는 한, 그 글[20]은 사라졌네. 적어도 그것이 나의 인상이야. 그러니 부디, 부디.

프란츠

**리제 벨취[21] 앞**

[프라하,] 13년 6월 5일

경애하는 벨취 양!

그것은 다만 하나의 착오일 뿐, 당신이 뢰비에게 더 빚진 것은 없습니다. 계산은 이미 완결되었고 그것은 전적으로 맞는 것이니, 저는 더는 아무것도 수령할 수 없고 예치권은 돌려보내야 하겠습니다. 이 문제로 부디 화내지 마십시오. 그러나 만일 당신이 착각한 견해에 따라서 뢰비에 대해서, 저는 그와 이 사안에서 동일인인데, 여전히 어떤 의무를 느끼신다면, 그렇다면 제가 당신에게 동봉하는 조그마한 책을 친절하게 받는 방식으로 마무리지으시기 바랍니다. 저는 오랫동안 이런 종류의 무언가를 하려던 참이었는데, 좋은 기회가 닿지 않았습니다. 그러다가 이제 이 기회를 이용하는바, 그것이 제가 염려하듯이 비록 옳은 기회가 아니며 그리고 이것이 옳은 책도 아니지만 말입니다. 이러한 단서에도 불구하고 이 일은 제게 기쁨이 됩니다.

진심으로 인사드리며,

삼가 경의와 더불어,

프란츠 카프카 올림

## 막스 브로트 앞

[엽서. 프라하, 우편 소인: (1913년?)8월 29일]

가장 친애하는 막스, 어제 내가 드디어 자네에게 끔찍한 인간이라는 인상을 남기고 말았구나 하는 느낌이 들어, 작별 인사 때의 웃음으로 말이야. 동시에 나는 알았네, 지금도 알고 있어, 바로 자네에게라면 정정 따위는 필요하지 않음을. 그럼에도 말하지 않을 수는 없어, 자네를 위해서라기보다는 오히려 나 자신을 위해서이지. 내가 어제 내보였던 것, 오직 자네, F. 그리고 오틀라만이 이러한 형식으로 알고 있는 것인데(물론 자네들에게도 난 그것을 억제했어야 하지만), 그것은 물론 내 속의 바벨탑 가운데 다만 한 층 안에서 생긴 사건이지. 바벨탑 안에서는 위와 아래에 놓인 것을 전혀 모른다네. 어쨌든 이것은 과잉이야, 설혹 내가 그렇게 쉽사리 할 수 있기나 한 듯이 그렇게 연습한 손으로 여전히 그렇게도 열심히 다시 손질하려고 했던 것은. 그것은 그대로 남아 있네, 끔찍하게—전혀 끔찍하지 않게. 그런데 웃음이라는 것이 정말 무엇을 의미하겠는가, 5분 후에 다시 똑같은 카드가 이어질 수밖에 없는 그런 웃음이. 사악한 인간들이 의심의 여지없이 존재한다네, 사악함으로 번뜩이면서.

프란츠

**막스 브로트 앞**

[그림 엽서(레호보트 식민지).

빈,<sup>22</sup> 우편 소인: 1913년 9월 9일]

친애하는 막스, 무자비한 불면증, 감히 손을 이마에 대지 못하겠어, 그랬다간 열 때문에 놀랄 테니까. 도처에서, 문학 그리고 회의에서 도망치고 있어, 드디어 가장 흥미롭게 되어가는데 말이야.
모두에게 안부를,

프란츠

**펠릭스 벨취<sup>23</sup> 앞**

[그림 엽서. 빈, 우편 소인: 1913년 9월 10일]

즐거움은 별로, 많은 의무, 더욱 많은 권태, 더욱 많은 불면증, 더욱 많은 두통—이렇게 살아가오. 그러다 바로 지금 10분 동안 조용히 빗속을 바라보고 있어요, 호텔 마당에 내리는 비를.

프란츠

**막스 브로트 앞**

[베네치아, 우편 소인: 1913년 9월 16일]

나의 친애하는 막스, 나는 무언가 조리 있는 것을 쓸 만큼 조리가 있는 상황이 아니라네. 빈에서 보낸 나날은 내 삶에서 가능하면 찢어

내버리고 싶어, 그것도 뿌리째로. 그것은 쓸모없는 질주였어. 그러한 대회보다 더 쓸모없는 것은 상상하기도 힘들어. 시온주의자 대회[24]에서 마치 전적으로 낯선 행사에 참석한 것 같았으니, 무엇보다도 나는 많은 일들로 말미암아 압박당하고 멍해진 기분이었어(지금 막 한 젊은이, 수려한 곤돌라 사공이 창문으로 나를 들여다보네), 그리고 맞은편 회랑의 처녀가 그랬듯이, 내가 바로 종이뭉치라도 대표자들에게 던지지 않았더라면, 너무도 불쌍했을 걸세. 거기에 있던 문학 관련 사람들에 대해서는 거의 아는 바가 없었고, 두 번인가 그들과 함께했을 뿐, 다들 내게 어떤 수준에서는 외경심을 불러일으키지만, 기본적으로 그들 어느 누구도 마음에 들지 않았어, 다만 우연히 빈에 있었고 제법 결단력 있게 말하는 슈퇴싱어 또는 다시 매우 다정하게 구는 E. 바이스라면 몰라도.[25] 자네에 대한 이야기는 많았는데, 자네가 이 사람들에 대해 '띠호' 같은 표상을 갖고 있는 데 반해서,[26] 여기 이 탁자에는 모두들 자네의 좋은 친구들도 끊임없이 자네 책들의 이것저것을 감탄하는, 우연히 모인 사람들이 앉아 있지. 내가 말하려는 것은 그것이 별 가치가 없다는 점이 아니라, 다만 그랬다는 것뿐이야. 그것에 대해 자네에게 상세히 얘기할 수도 있어, 하지만 그러다가 누군가가 이의를 제기한다면, 그것은 다만 대단히 큰 확실성에서 나온 것일 테고, 그러면 이 흐린 눈들을 대신해서 자네는 매우 괴로워할 것이야.

그러나 그 모든 것은 지나갔네. 이제는 베네치아에 있다네. 이렇게 움직이기 어렵고 슬프지만 않다면 얼마나 좋을까, 나는 베네치아 앞에서 나를 지탱할 독자적인 힘을 갖지 못했어. 이곳은 얼마나 사랑스러운지, 또 우리 고향에서는 이곳을 얼마나 과소 평가하고 있는지! 생각했던 것보다 더 오래 여기에 머무를 거야. 혼자라는 것이 좋아. 문학, 그것은 오랫동안 나에게 호의를 보이지 않았는데, 다시금 나를 기억하나보이, 빈에서 P.²⁷를 잡아두었을 때 말이야. 지금까지 경험에 의하면 나는 오직 자네하고만 더불어 여행할 수 있나 봐, 아니면, 한결 나쁘지만 그러나 어쨌든, 혼자이든지.

모두에게 안부를.

프란츠

오스카 바움 앞

[엽서. 리바, 우편 소인: 1913년 9월 24일]

나는 지금 적어도 태양이 있는 한, 호숫가 처량한 움막에서 살고 있다네. 호수 위로 기다란 다이빙대가 있고, 물론 나는 지금까지 그것을 누워 있는 데 이용했을 뿐이지만. 전체적인 시설은 나름대로 장점을 지니고 있고, 나는 완전히 혼자인지라, 그 속에서 서서히 그리고 부끄러운 줄 모르고 뒹굴고 있네. 모두에게 진심 어린 안부를.

프란츠

막스 브로트 앞

[편지지 상단: 하르퉁엔 박사, 요양원 및 물리치료소,

가르다 호수의 리바, 우편 소인: 1913년 9월 28일]

나의 친애하는 막스, 자네 엽서 두 장을 받았지만, 회답을 할 힘이 없었네. 그런데 회답 없음은 또한 사람 주변을 조용하게 하는 데 기여하는구먼, 그리고 나는 가능하면 이 조용함 가운데로 가라앉아 다시는 떠오르지 않고 싶어져. 고독이 얼마나 필요한지, 매번의 대화가 나를 얼마나 더럽히는지! 어쨌거나 나는 요양원에서 아무 말도 하지 않아. 식탁에서 나는 한 노장군(그 역시 아무 말 없고, 그러나 한번 말

을 하기로 결심하면 매우 분별 있게 말하는, 적어도 다른 이들을 훨씬 능가하는 사람)과 무딘 목소리에 조그마한 이탈리아인처럼 생긴 스위스 여자 사이에 앉지. 그녀는 식탁 파트너들에 대해 불행해하지.—그러나 내가 바로 알아차린 것은, 내가 말을 할 수 없을 뿐만 아니라 글도 쓸 수 없다는 것이야. 자네에게 많은 얘기를 하려는데, 그게 차례로 맞추어지지도 않고 아니면 틀린 방향으로 빗나가버린다네. 사실 2주 동안 아무것도 쓰지 않았어. 일기도 계속 쓰지 않고 그리고 편지도 쓰지 않네. 지나가버리는 나날들이 엷어질수록 더 좋다네. 모르긴 해도, 만일 오늘 보트에서 누군가가 말을 걸어오지 않았다면(나는 말세지네[28]에 있었어) 그리고 오늘 저녁 바이에른 술집에서 만날 약속을 하지 않았더라면, 그랬더라면 나는 여기에 있지도 않고, 자네에게 편지를 쓰지도 않으며, 실제로 시장 광장에 나가 있을지도 모르지.

그 밖에는 나는 매우 이성적으로 생활하며 건강도 좋아지고 있어. 화요일 이후로는 매일 수영도 했어. 다만 그 한 가지에서만 벗어난다면,[29] 다만 내가 그것을 늘 생각할 필요가 없다면, 여러 번, 대개는 일찍, 일어날 때, 무언가 생명체처럼 내게 덮쳐오지만 않는다면 얼마나 좋을까. 그런데 그 모든 것이 아주 분명해, 지난 2주 이래 완전히 끝났어. 난 내가 할 수 없는 일이라고 말해야 했어, 그리고 실제로 할 수가 없어. 그러나 왜 지금 갑자기 어떤 특별한 이유도 없이, 그 일에 대한 생각만으로 곧장 다시금 가슴속에 동요를 품게 된단 말인가, 프라하에서 가장 어려웠던 때처럼. 그러나 지금 내게 아주 분명하고도 끊임없이 끔찍하게도 현존하는 것을 써 담을 수가 없겠지, 만일 내 앞에 편지지가 없다면 말이야.

이것 말고는 아무것도 의미가 없어. 나는 단순히 이 동굴 안을 맴돌고 있어. 자네는 생각할지도 모르지, 고독과 침묵이 이들 생각에 그

러한 초능력을 부여한다고. 그러나 그건 그렇지 않아. 고독에 대한
필요는 독립적이며, 나는 고독에 탐닉하고 있어. 밀월 여행에 대한
상상은 내게 경악을 불러일으키지. 모든 밀월 중인 부부는, 나 자신
을 여기에 집어넣든 말든, 나에겐 거북한 광경이야. 내가 만일 구역
질을 하려면, 팔로 한 여인의 엉덩이를 두르고 있다는 상상만 하면
된다니까. 그래 자네 알지―그 사안은 끝났음에도 불구하고 끝났을
지라도, 그리고 내가 편지를 쓰지도 않고 또한 쓴 것을 받지도 않지
만―그럼에도, 그럼에도 나는 벗어날 수가 없어. 여기에서는 나의 상
상 가운데 여러 불가능성이 마치 실제처럼 가까이에 밀착해서 버티
고 있네. 나는 그녀와 함께 살 수도 없고 그녀 없이 살 수도 없어. 이와
같은 일필로서 지금까지는 부분적으로 나를 위해서 자비롭게도 은
폐되어 있던 내 실존이 완전히 폭로되고 말았네. 나는 매질을 당하고
서 사막으로 내쫓겨야 마땅해.

자네는 알 수 없을 것이야, 이런 모든 한복판에서 자네 엽서들이 내
게 얼마나 큰 기쁨을 주었는지. 띠호[30]가 전진하고 있고(그가 막혀 있
다고는 생각하지 않아), 그리고 라인하르트가 이별[31]을 생각하고 있다
는 것. 만일 내가 깊은 내면에서 자네의 신경성을 사냥하려고 한다면
우습겠지, 그것은 자네 자신이 곧 그리고 철저하게 할 일이야. 자네
사랑스런 부인과 펠릭스에게도 안부를(그에게도 이 편지가 해당되네,
너무 많은 편지를 쓸 수 없으니, 그러나 또한 회답을 기대하지도 않아. 자네
에게나, 그에게나).

프란츠

## 펠릭스 벨취 앞

[편지지 상단: 하르퉁엔 박사, 요양원.
리바, 1913년 9월]

아닐세, 펠릭스, 그게 잘 될 것 같지 않아, 어떤 것도 내게서 결코 잘되지 않을 것 같단 말일세. 가끔 나는 이런 생각을 하네, 나는 이미이 세상에 있는 것이 아니고 어떤 연옥을 떠돌아다니고 있다고. 자네는[32] 죄책감이 내게는 구원이요 해결이라고 생각할 테지. 아닐세, 내가 죄책감을 갖는 유일한 이유는 다만 그것이 나로서는 후회의 가장정교한 형식이기 때문이네. 그러나 누구든 너무 자세히 들여다보아서는 안 되지, 죄책감이란 단지 회귀욕이니까. 그러나 그 일이 생기자마자, 벌써 후회보다 훨씬 무섭게 자유의 감정이, 구원의 감정이, 상대적인 만족감이 고개를 쳐드네, 모든 후회를 훨씬 넘어서 높이. 오늘 저녁 막스의 편지를 받았네. 자네는 그것에 대해 알고 있는가? 내가 어째야 하지? 아마 회답을 하지 말까, 확실히 그것이 유일한 가능성이네.

일이 어찌 되어갈 것인지, 그것이 카드 점에 나와 있네. 며칠 전 저녁에 우리 여섯이 함께 앉아 있었는데, 부자에다 매우 우아한 한 젊은러시아 여인이 권태와 절망에서 모두에게 카드 점을 쳐주었어. 우아한 사람들은 우아하지 못한 사람들 사이에서 훨씬 더 혼란스러워하는 법이지, 그 반대보다는. 그것도 심지어 두 가지 다른 체계에 따라각자에게 두 번씩이나 했어. 그래서 이것저것들이 나왔지, 물론 대부분 우스운 것들이거나 반쯤 진지한 것들로, 그것들은 누군가 그걸 믿는다 하더라도 결국엔 아무 의미도 없지. 다만 두 경우에서 무엇인가아주 결정적인 것이 나왔는데, 모든 조정 가능한 것들 중에서 그것도두 체계에서 일치하는 것이었다네. 한 처녀의 성좌에서 그녀가 노처녀 오틀라가 되리라는 말이 씌어 있었는데, 그런가 하면 내 성좌에서는, 그 밖에 다른 어디에서도 그 비슷한 일도 없었는데, 사람의 형상을 가진 모든 카드들이 나와 가능한 한 멀리 가장자리로 밀쳐졌는데, 그 멀어진 형상들 중에서도 한 번은 다만 두 개만이 그리고 한 번은 내가 보기에 아예 하나도 없어졌다네. 그 대신 내 주변을 맴도는 것들은 '근심' '재물' 그리고 '야심'으로서, '사랑'을 제외하고는 카드들이 알고 있는 유일한 추상 개념들이었네.

어느 모로 보나 그 카드 점을 문자 그대로 믿는다는 것은 어리석은 일, 그렇지만 카드를 통해서 또는 임의의 외적인 우연을 통해서 혼돈의 불투명한 표상의 원 안으로 명료성을 가져오게 하는 것, 그것은 내적인 정당성을 갖지. 내가 여기에서 말하는 것은 물론 내 카드가 내게 갖는 효력이 아니라 다른 사람들에게 갖는 효력일세. 그리고 이것은 노처녀 오틀라가 될 것이라는 그 처녀의 성좌가 내게 준 효력을 시험할 수 있게 한다네. 여기 아주 상냥한 젊은 오틀라가 거론되고 있는데, 그녀에게는 겉보기에 아마도 머리 모양새를 제외하면 그 어느 것도 미래의 노처녀 오틀라를 누설해주는 것은 없다네. 그럼에도 이전에는 눈꼽만치도 이 오틀라에 대해 생각해본 일이 없다가, 처음부터 유감이다 싶은 것이 그녀의 현재 때문이 아니라 아주 분명하게 미래 때문이었으니 말일세. 카드 점이 그렇게 나온 이래, 이제 그녀가 노처녀 오틀라가 되리라는 것은 내게는 아주 의심할 여지가 없다네.—자네의 경우는, 펠릭스, 아마도 내 경우보다 더 복잡하지, 그렇지만 한층 비현실적이네. 그 가장 극단적인 실제로 항상 가장 고통스러운 가지들 속에서도 그것은 여전히 다만 이론일 뿐일세. 자네는 고백한 대로 풀 수 없는 문제를 풀려고 고심하고 있네, 그 해답이란 우리가 보기에는 자네에게도 그 누구에게도 유용할 수 없을 것 같은데. 하지만 나야말로 불행한 인간이기로 자네는 저리 가라일세! 만일 여기를 떠날 필요가 없게끔 내게 도움이 되는 최소한의 희망만이라도 있다면, 나는 요양원 출입구의 기둥들이라도 옮겨줄 걸세.

프란츠

**쿠르트 볼프 출판사 앞**

[프라하,] 13년 10월 15일

쿠르트 볼프 출판사 귀하!

제가 들은 바로는 약 2주 전에 (『신 자유언론』에 실린 『화부』에 관한 서평이 아닙니다. 그것은 제가 압니다.)[33] 또 다른 빈 신문에, 제가 알기로는 『빈 알게마이네 차이퉁』인가에 다른 서평이 나왔다더군요. 만일 귀사에서 아실 경우, 그 신문의 이름과 호수와 발행 일자를 알려주시는 친절을 부탁드립니다.

무한한 경의와 더불어,

프란츠 카프카 박사 배상

**쿠르트 볼프 앞**

프라하, 1913년 10월 23일

존경하는 볼프 씨!

무엇보다도 먼저 저에게 오늘 도착한 『다채로운 책』[34]에 대해 감사를 드립니다.—대략 열흘 전에 제가 귀사에 조그마한 부탁을 드린 적이 있는데, 이제 알고 보니, 옛 주소지였고 따라서 지금까지 회신이 없었던 거였군요. 제가 듣기로는 약 2, 3주 전에 빈 신문에 (『신 자유언론』에 실린 서평을 말하는 것이 아닙니다, 그것은 압니다) 제가 알기로는 『빈 알게마이네 차이퉁』인가에 『화부』의 또 다른 서평이 나왔다고 해서, 만일 귀사에서 이 서평을 아신다면 그 신문의 이름과 호수와 발행 일자에 대한 정보를 부탁드렸던 것입니다. 뿐만 아니라 이제 듣자니 지난 며칠 전 베를린의 『주식전령』에도 서평이 게재되었다 합니다.[35] 『주식전령』의 해당 호수 또한 알려주신다면 매우 감사하겠습니다.—마지막 부탁 말씀인데 『직감과 개념』 미장정본 한 부를 보내주시기 바랍니다.

삼가 정중한 경의와 더불어,

F. 카프카 박사 배상

### 리제 벨춰 앞

[프라하,] 13년 12월 29일

경애하는 벨춰 양!

친절한 초대에 당신과 당신 부모님께 극진한 감사를 드립니다. 당연히 저는 참석합니다, 그리고 기꺼이. 그러나 또한 당연히(—제가 방에 들어서면, 당신은 각별히 친절한 얼굴로 당신 또한 그것을 당연하게 생각하며 그 때문에 저에게 화가 나 있지 않음을 보여주실 것이 틀림없습니다. 그렇지 않다면야 저는 들어서자마자 곧 다시 방을 달려나올 것입니다—) 그러나 또한 당연히 저는 저녁 식사 뒤에야 참석하겠습니다.

삼가 정중한 경의와 더불어,

F. 카프카 올림

### 막스 브로트 앞

[1913년으로 추정]

무척 기쁘네, 나의 친애하는 막스, 자네의 행복, 자네들 모두의 행복에 대해서. 다만 유감인 점은 그것이 자네들을 조금이라도 수다스럽게 만들어주지 않는 것이야. 하지만 그것은 늘 그런 것, 나도 자네 의견에 동의해, 사람이 여행 중에는 즐겨 편지 쓰게 되지는 않는다고, 그리고 행복할 때도 역시 즐겨 쓰지 못한다고. 그것에 저항하려는 것은 곧 행복에 대한 저항을 말하는 것이 되겠지. 그러니 조용히 수영이나 하게, 나의 친애하는 막스여.

다만 내가 자네를 생각하려면, 자네가 즈네브 호수를 소개하는 그런 그림 엽서를 보내지 않았으니, 난 그저 내 지리학 지식에 의존할 수밖에. 내 지리학 지식은 보편적으로는 훌륭하지만, 세부적으로는 다시 그 훌륭한 보편성에 의존하게 되지. 그러니 그곳은 정말 어떠한가? 자네는 정말 리바 호수에 내려가서, 수영을 조금이라도 해보고, 보로마이 제도—이름이 뭐라더라?—어딘가에 가는가, 그리고 풀밭에서 내가 동봉한 그 편지를 읽는가? 좋은 편지지, 안그래? 자네는 벌써 서체에서 글쓴이를 알 게야.

잘 있어.

자네의 프란츠 K.

# 1914년

**막스 브로트 앞**

[프라하,] 14년 2월 6일

나의 친애하는 막스!

치통과 두통으로 집에 있어, 지금은 반 시간 동안 어둡고 과열된 방에서 책상 한 모서리에 앉아 있네. 그에 앞서서는 난로에 기대고서 반 시간을 보냈고, 그에 앞서서는 안락의자에 반 시간을 웅크리고 있었으며, 그에 앞서서는 반 시간을 안락의자와 난로 사이를 오갔지. 이제서야 나는 털어내고 나가네. 사실은 자네 이름으로, 막스, 왜냐하면 내가 자네에게 편지를 쓰겠다는 마음을 정하지 못했더라면, 가스등에 불을 붙일 힘도 없었을 테니까.

자네가 『띠호』를 나에게 헌정하겠다는 사실은, 나에겐 근래 오랜만에 처음으로 직접 나와 관련된 기쁨이야. 그와 같은 헌정이 무엇을 의미하는지 자네는 알지? 그것은 내가 (설사 그것이 다만 가상에 지나지 않는다 하더라도, 이 가상의 측면에서 나오는 빛 같은 것일지라도, 실제로 나를 따뜻하게 해준다네) 높이 추켜세워지는 것이며, 나보다는 훨씬 활력이 넘치는 『띠호』에 첨부되는 것이야. 이 이야기 주변에서 나야말로 얼마나 왜소하게 맴돌고 있는가! 하지만 나는 이 이야기를 나의 가상의 소유물로서 얼마나 사랑하게 되겠는가! 항시 그렇지만, 막스, 자네는 내가 받을 자격이 없는 그 이상의 좋은 일을 해주는 거네. 그런데 자네는 하스의 글[1]을 그렇게 쉽게 이해했나? 매번 그 외국

304

어까지 죄다? 그리고 만일 그가 자네의 보편적 견해를 확인시켜준다면, 그렇다면 그 피커²와는 (이름자를 k-h라고 쓰지는 않겠지 아마) 어떤 관계인가, 그 글로 그렇게 감동받을 수 있었다는 그 사람 말인데? 자네는 무질에게 내 주소를 주지 말았어야 해.³ 그가 대체 뭘 하려는 거야? 내게서 뭘 어쩌려는, 아니 도대체 누구라도 내게서 뭘 바란다는 것이야? 그리고 그가 내게서 무엇을 얻을 수 있겠는가?

그래, 이제 나는 치통의 와중으로 돌아가네. 그게 사흘 동안 점점 더 심해지는 상태야. 오늘에야 비로소 (어제 치과에 갔지, 의사는 아무것도 발견하지 못했고) 나는 그놈이 어느 이인지 정확히 알겠어. 물론 그 치과 의사의 책임이지. 통증은 그가 이미 때운 이, 그 땜질부분 밑에서니. 그 차단막 밑에서 무엇이 끓고 있는지 누가 알겠어. 아래쪽 임파선도 부어오르고 있다니까.

내일 판타의 모임에 못 가게 될 것 같아,⁴ 거기에 그렇게 가고 싶지도 않고. 다음 주에 자네가 나에게 읽어줄 만한 것을 써서 보내주지 않겠어? 주지하다시피, 난 이제 띠호에 관한 한 무언가 명령을 해도 된다고 생각하는데?

프란츠

쿠르트 볼프 출판사 앞

[프라하,] 14년 4월 22일

쿠르트 볼프 출판사 귀하!
귀사에서 『관찰』에 대한 서평의 사본 하나를 다음 주소로 보내주시면 매우 감사하겠습니다: 프란찌셰끄 란게르,⁵ 프라하, 바인베르게 679번지. 란게르 씨는 영향력 있는 월간지 『우멜레츠끼 메시츠니끄』의 편집인으로, 그 책을 조금 발췌해 번역 게재하고자 합니다. 동사본이 발송됐는지 귀사에서 저에게 알려주시는 친절을 또한 믿습니다.

무한한 경의와 더불어

프란츠 카프카 박사 배상

**리제 벨취 앞**

[프라하,] 14년 4월 27일

경애하는 벨취 양,

친절하게도 제게 소망 성취를 기원해주신 데 매우 감사하며, 하지만 이번에는 당신의 베를린 작업을 위해서 제가 최선의 소원 성취를 기원하며 악수를 청하도록 해주셔야 합니다. 보셔요, 당신은 제가 그리도 오랫동안 하고 싶었던 바로 그 일을 하고 있어요. 집에서 멀리 떠나는 것은 굉장한 일이며, 더구나 베를린에 가는 것은 더욱 굉장한 일이오. 그런데 정말로 당신을 그곳에서 아주 확실하게 그리고 미리 약속해서 만날 수 있는 기쁨을 주시렵니까? 저는 강림절에 거기 갑니다,⁶ 당신도 오는 거지요? 또한 언젠가 거기에서 계속 거주하고 있는 바이스 박사를 만나는 일에도 관심이 있지요? 게다가 6월 초하루부터 내 친지인 젊은 여성⁷이 거기 갈 예정인데(그녀는 베를린 출신으로 오랜 부재 끝에 베를린에 계속 머무르려 돌아가는 중이오), 내 느낌으로는 당신이 그녀를 좋아하게 될 것 같아요, 나는 실제로 그렇거든요.

이 점에 대해서 몇 줄 써 보내는 것 잊지 말아요, 그 점 정말 부탁합니다.

진심 어린 안부와 삼가 정중한 경의와 더불어

프란츠 카프카 올림

[프라하,] 14년 5월 18일

친애하는 벨취 양,

엄지손가락을 베어서 당신의 친절한 편지에 읽을 만한 서체로 곧장 감사해야 하는 일을 방해 놓고 말았어요. 당신이 그렇게 빨리 적응했음에 나는 전혀 놀라지 않는답니다. 당신은 거기에서 친구들이 없었더라도 분명히 그렇게 해냈을 것이오. 그리고 집에서 떠나간 일은 여전히 굉장한 일이오, 비록 당신은 부정하고 있지만. 그것은 이 순간에는 오직 외부인만이 판단할 수 있는 일, 그리고 그 놀라움의 한복판에 있는 사람은 거기에 대한 남의 말을 경청해야 하오, 비록 그 놀라움을 아직 느낄 수 없다 하더라도, 왜냐하면 그 놀라움이란 이제 비로소 그에게 닥치고 있으니까.

처음 순간 내가 생각하지 못했던 일은, 당신이 그렇게 여러 가지 중요한 유대 관계가 있는 뭇 사람들의 넓은 사회에 곧장 들어가게 되리라는 것, 그리고 당신이 곧장 비록 어떤 자잘한 번거로움으로 관여되어 있다 하더라도 기본적으로는 낯선 사람들과는 회동할 시간도 거의 없고 또 여하간 그럴 필요가 전혀 없으리라는 그런 생각 말이오. 당신은 우선은 필요한 친지들과 사귀는 데에, 비록 아주 건전한 것일지라도, 충분히 긴장할 것이어요. 이것을 몰랐더라면, 나는 엄지손가락에 피를 흘리면서라도 즉시 당신에게 편지를 썼을 것이오.

그럼에도 강림절에 당신을 보면 매우 좋겠소, 만일 당신이 그것을 전적으로 가능케 해줄 수 있다면 말이오. 그러나 당신은 프라하에 있지 않으면 소풍을 나갈지도 모르고, 그렇게 되면 베를린에 있지도 않겠지요. 나는 강림절 전날 토요일에 가서 화요일 오후까지 거기 머무를 것입니다. 전화로 통화할 수 있을까요? 그럴 수 있다면, 내가 강림절 일요일 아침에 당신에게 전화해서 물어보는 것이 제일 좋겠소.

진심 어린 안부와 더불어,

프란츠 카프카 올림


**리제 벨취 앞**
[프라하,] 14년 6월 6일

친애하는 벨취 양,

이제 여기 프라하에 돌아왔는데, 여기서나 거기서나 당신을 보지 못했소. 여기서 못 본 것은 내가 그날 저녁 시간이 없어서 그랬으며, 게다가 당신을 당신의 새 생활 한복판에서, 베를린에서 볼 수 있기를 희망했기 때문이오. 그런데 베를린에서는 더구나 화요일 오후에 벌써 떠나왔는데, 여기저기에 어찌나 끌려다녔던지, 내 허약한 힘의 마지막 바닥까지 다 써버렸고, 그래서 전화조차도 못했소. 만일 실제로 그대를 방문했더라면, 당신이 과연 어떤 몰골을 보았을 것인지! 그 이야기는 그만합시다.

당신 편지 속의 "이미 어떤 것을 배웠어요 등등"이라는 대목은 내가 당신의 이사에 대해 축하한 것이 옳았다는 것을 가리키는 것 같군요. 사람은 누구나 낯선 곳에서 많이 배우는 것은 아니오, 하지만 그러나 그 조금이란 것이 그것을 아직 배우지 않은 사람에게는 아주 대단한 양이라오. 초인간적인 것은 어느 곳에서나 일어나지는 않소, 사람이 옳은 관점에서 눈을 대고 있다면 말이오, 하지만 프라하 출신 여성이 한 달 관찰하고서 한 베를린 여성에게 초인간적이라 느낀다면, 조사를 하고, 체험을 해볼 가치가 있으며, 그리고 나서는 아마도 웃음을 보낼 수밖에 없을 것이오. 내가 왜 하필 프라하 출신 여성의 예를 드는지 모르겠소. 그것은 이 편지를 쓰는 키 큰 노인네에게 더 적합한 말이겠소. 그는 당신에게 진심으로 안부 보내며 당신을 위해 매우 기뻐한다오.

그대의 프란츠 카프카

이착 뢰비[8] 앞

[프라하, 1914년 6월/7월]

친애하는 뢰비 씨,

귀하가 저를 기억하셔서 무척 기쁩니다, 이렇게 늦게서야 답장드리는 것으로 미루어 생각하실 그 이상으로 말입니다. 저는 매우 황망한 가운데 일이 많습니다. 그런 것이 저나 그 밖의 누구에게 많은 유익함을 줄 것인지 알지도 못한 채.

그런데 한 가지 소식이 있는데, 약혼을 했으며, 이것으로써 무언가 좋고 필연적인 일을 했다고 생각합니다. 물론 세상은 어찌나 의심이 가득한지, 최상의 일조차도 회의 앞에서 안전치는 못하지요.

귀하가 여전히 고난에 처해 있고 그리고 빠져나올 방법이 보이지 않는다니 매우 슬픈 일이군요. 귀하가 그토록 오래 하필 헝가리 전역에 걸쳐 머물러 있었다는 사실은 묘합니다. 그러나 나름대로 안 좋은 이유가 있겠지요.

저녁이면 프라하에서 어슬렁거렸던 때가 우리 둘 다에게 훨씬 희망적이었던 것 같습니다. 그때 저는 귀하에게는 어쨌든 타개책이 있을 것이다, 그것도 일격에, 하는 생각을 했지요. 그런데 제가 귀하를 위한 그 희망을 포기하지 않았다는 사실, 그 점을 말씀드려야겠군요. 귀하는 쉽게 절망하지만 그러나 또한 쉽게 행복을 만듭니다, 절망 속에서는 그 점을 생각하셔요. 미래의 좋은 시절을 위해서 건강을 유지하시고요. 겪어야 할 것은 충분히 좋지가 않은 것 같으니, 건강을 해침으로서 사태를 더 악화시키지 마십시오. 귀하와 친구분들에 대해 더 구체적인 소식을 듣고 싶습니다. 귀하는 이번에는 카를스바트 온 천장에 가지 않습니까?
진심 어린 안부와 더불어

프란츠 카프카 올림

오틀라 카프카 앞

14년 7월 10일

사랑하는 오틀라, 급히 몇 마디 그냥, 잠자리에 들려고 애쓰기 전에 쓸게, 잠은 간밤에도 완전히 실패했단다. 넌 그 엽서로, 생각해보렴, 절망적인 아침을 잠시 견딜 만하게 해주었단다. 이것이 진짜 어루만져주기로구나, 네가 좋다면 그걸 계속 연습하자. 아니, 저녁에는 너 이외엔 내겐 아무도 없단다. 물론 베를린에서도 편지 쓸게.[9]

지금은 그 문제에 관해서 그리고 나에 관해서 결정적인 것을 말할 수가 없구나. 나는 내가 말하는 것과 다르게 편지를 쓰고 있으며, 생각하는 것과 다르게 말을 하고, 내가 생각해야 하는 것과는 다르게 생각하지. 그래서 모든 것이 가장 깊은 어둠 속으로 빠져든단다.

프란츠 오빠

모두에게 안부를! 이 편지를 보여주어서는 안 되고 아무 데나 내버려 두어서도 안 돼. 제일 좋은 방법은 찢어서 조각들로 나누어 마당에 돌아다니는 암탉들에게 던져버리는 것이란다. 파브라체[10]에 서서 말이야. 암탉들에게는 비밀이 없으니까.

## 알프레트 쿠빈[11] 앞

[엽서. 우편 소인: 1914년 7월 22일]

존경하는 쿠빈 씨,

엽서 매우 감사합니다, 그런데 그 엽서는 아직 완전히 회복하지 못한 멍한 상태에 있는 제게 찾아왔습니다. 그래서 회답을 드리지 못했습니다. 이제 저는 발트 해변에서 오르락내리락하며 여행하고 있습니다. 귀하는 틀림없이 그 아름다운 소유지의 평온 가운데 빠져서 작업하고 계시겠지요. 귀하의 작업이 제게 무엇을 의미하는지, 그것을 다시 한번 언급할 언어를 찾게 되는가봅니다.

F. 카프카 올림


## 막스 브로트와 펠릭스 벨취 앞

[편지지 상단: 마릴리스트 오스터소바트, 1914년 7월 말][12]

친애하는 막스, 친애하는 펠릭스,

이 편지가 늦어졌지, 안 그런가? 하지만 내게 무슨 일이 일어났는지 들어보게. 나는 파혼을 했어, 사흘 동안 베를린에 있었지, 모두가 나의 좋은 친구였고, 나는 모든 사람의 좋은 친구였지. 게다가 난 분명하게 알아, 이것이 모두에게 최선임을, 그래서 그 사안에 대해서, 그것이 그토록 분명한 필연성이므로, 사람들이 생각하는 것처럼 그렇게 불안한 것은 아니라네. 하지만 다른 일들은 썩 잘된 것은 아니야. 나는 그러고 나서 뤼베크에 갔고, 트라베뮌데에 수영 하러 갔으며, 그리고 뤼베크에서는 바이스 박사의 방문을 받았는데, 그분은 이 덴마크 휴양지로 가는 길이었고, 그래서 나는 글레셴도르프에 가는 대신 그를 따라갔지.[13] 정말 전형적인 덴마크인들 몇 사람이 있는 참으로 황량한 해안이지.

*1914년* 311

나는 외관상의 고집을 포기했고, 그것이 나의 약혼을 희생시켰지, 그러고는 거의 육류만을 먹고 있네. 그래서 상태가 나빠져. 그러고는 지독한 밤들을 지새우고 나면 아침 일찍이 입을 떡 벌리고서 망가지고 벌 받은 몸이 무언가 낯선 불결한 존재처럼 내 침대에 누워있음을 느낀다네. 난 여기에서 회복이라고는 전혀 안 되고 있어, 멍하니 깨지고 있을 뿐이지. 바이스 박사는 여자 친구[14]와 여기 함께 있다네. 아마 토요일 저녁이면 프라하에 갈 걸세.
자네들의 친애하는 부인과 신부에게 안부를.

프란츠

### 펠릭스 벨취 앞

[명함. 프라하, 1914년 9월]

나의 친애하는 펠릭스, 내가 아직 자네를 방문하지 않아서 자네와 자네 부인이 기분이 좀 상했다는 말을 들었네. 만일 정말 그랬다면, 자네들이 잘못이네. 내가 멀리 있음으로 자네들의 허니문을 존중할 뿐더러, 내가 끊임없는 불면으로 비참한 상태에 있으며, 게다가 해야 할 일은 많고, 뿐만 아니라 이 도시의 정반대편 끝에 그러니까 리거 공원 훨씬 너머에서 살고 있으니 말이네. 이러한 모든 이유로 해서 이 책들을 직접 가지고 가는 대신 송부하네. 중요한 것은 이들 책들의 선택이었네, 이 책들은 자네들 새 가정에서 내가 자네들을 위해 비는 온갖 소망들과 또한 나 자신을 대신하는 것이 될 테니까 말이네, 그래서 또한 선택이 잘 되었는지 걱정이 되기 시작하는군.
내 안의 목소리는 늘 선택이 이루어진 뒤에야 말하기 시작하니 불행이야.—진심으로 안부를.

프란츠

# 1915년

**펠릭스 벨취 앞**

[엽서. 프라하, 우편 소인: 1915년 1월 13일]

친애하는 펠릭스, 제발 월요일까지는 참게나. 만일 그 책'이 그때까지 어디선가 나오지 않으면—그런 일이 어찌 있을 수 있는지, 도무지 상상할 수가 없네—내가 그걸 지불하기로 해야겠네.

자네와 자네 부인에게 진심으로 안부 보내며,

프란츠

**막스 브로트 앞**

[프라하, 1915년 8월경]

친애하는 막스, 난 더 빨리 끝낼 수가 없네. 1시 15분까지 자리에 누워 있었다네, 잠을 자지도 못하고 그렇다고 특별히 피곤한 것도 없는데.

여기 원고²가 있네. 『백색 잡지』에 블라이가 없으니까,³ 이제 사람들이 이 이야기를 『백색 잡지』에 가져가는 것이 아닌가 하는 생각이 들었네. 그것이 언제 출판될지 그런 것은 나로서는 아무 상관없네, 다음 해가 되건 그다음 해가 되건.

폰타네⁴를 가져가지는 않겠네, 그 책을 여행 중에 알게 되는 것은 나로서는 불쾌할 게야. 그러니 자네들이 돌아올 때까지 기다리지 뭐.

그 대신 지벨[5]을 가져가려네. 읽고서 울게나!

그런데 막스, 만일 자네가 독일 어딘가에서 프랑스 신문을 보게 된다면, 내 앞으로 그것들을 사서 가져다주게나!

그리고 끝으로, 자네가 베를린과 튀링엔의 숲 중에서 선택할 권리를 가지고 있음을, 그리고 베를린은 다만 베를린이고 그러나 튀링엔의 숲에서는 '새로운 기독교도'[6]가 진척될 수도 있음을 잊지 말게나, 그 것도 그것이 아래로부터 솟구쳐 나올 결정적인 순간에.

그리고 그것과 더불어 잘 살게나!

프란츠

## 에른스트 파이글[7] 앞

[엽서. 프라하, 우편 소인: 1915년 9월 18일]

친애하는 파이글 씨, 제 머리 상태가 그렇지 않았던들(제 머리는 상상도 할 수 없는 세월 동안 전혀 개선을 보이지 않고 있으며, 상상도 할 수 없을 기간 내에 개선될 전망 또한 없답니다) 제가 귀하에게 이미 예전에 편지를 썼을 것입니다. 저는 귀하의 시들을 여러 번 되풀이해서 읽었으며,[8] 그 시에 다가갔다는 느낌이 듭니다. 시들은 저를 매우 매료시키고 부분적으로는 심지어 저를 제압했다고 봅니다. 이 시들이 희망과 절망의 교차와 그리고 이 교차의 불가해성, 그러나 무언가 강렬함을 지닌 것이 신기합니다. 저는 거의 모든 시에서 귀하의 목소리가 듣고 싶어지는군요. 귀하만 좋으시다면 언제라도 제 사무실로 오십시오, 저는 2시까지는 매일 거기에 있습니다. 제가 혹여 자리를 비운다면 그건 기막힌 우연일 겝니다. 새겨두십시오, 다시 한번 말씀드리지만, 시에 대한 저의 불충분성에 대해서 제가 했던 유보를 생각하시란 말씀입니다. 진심 어린 안부와 더불어,

카프카 올림

**쿠르트 볼프 출판사 앞**

[편지지 상단: 노동자재해보험공사]

프라하, 1915년 10월 15일

존경하는 출판사 귀하!⁹

이달 11일 자 귀하의 편지에 최선의 감사를 드립니다. 귀하의 소식, 특히 블라이와 슈테른하임에 관한 것은 저를 매우 기쁘게 했습니다, 그것도 여러 가지 관점에서 말입니다. 심지어 귀하가 제시한 문제점들에 대해서도 (그것은 전혀 문제가 아니었어요, 왜냐하면 「변신」은 정말 정해질 것이니까요), 분명하게 말씀드릴 수 있을 것입니다. 만일 폰타네 문학상이 어찌된 것인지 잘 안다면 말입니다.¹⁰ 귀하의 편지로 미루어, 그리고 무엇보다도 귀하께서 막스 브로트에게 보낸 편지로 미루어, 그 상은 슈테른하임이 받되, 그러나 그는 그 상금을 누군가 다른 사람에게, 아마도 저에게 주고자 한 것 같습니다. 그것은 이제 친절한 것이 자명합니다만, 그로 인해서 필요성의 문제가 제기됩니다. 그러나 그 상금과 관련한 필요성의 문제가 아니라 그 돈 자체에만 관련된 필요성입니다. 그런데 제 생각으로는 그것은 수령자가 장차 언젠가 그 돈이 필요할 것인가의 여부에 문제가 있는 것이 아니라, 오히려 결정적인 요인은 그가 그것을 당장에 필요로 하느냐의 여부에 국한되어야 합니다. 그 상 또는 그 상의 공유가 저에게 아무리 중요하다 해도—저로서는 그 상의 공유가 아닌 상금만 수령하는 것은 바라지 않습니다. 제 생각으로는 저에게 그에 대한 권리가 전혀 없습니다, 왜냐하면 저로서는 상금에 대한 절실한 당장의 필요가 전혀 없기 때문입니다. 귀하의 편지 중 저 자신의 견해와 상충하는 유일한 대목

*1915년* 315

은 다음입니다. "폰타네 문학상으로 주목을 끌게 될 것이며…… 등 등." 어쨌든 상황은 불분명한 채이며, 그러니 만일 귀하께서 그것을 조금 설명해주시면 매우 감사하겠습니다.

귀하의 제안에 관한 한 저는 귀하의 판단을 전적으로 신뢰합니다. 제 소망은 꽤 큼직한 소설집을 하나 출판했으면 하는 것이었습니다(말 하자면, 「아르카디아」, 「변신」 그리고 다른 단편들을 『형벌』이라는 공동 제 목 하에 출판한다든가). 그런데 볼프 씨도 얼마 전에 여기에 동의한 바 있습니다만, 그러나 현재 여건으로 보아서 귀하께서 대강 계획한 대 로 진행하시는 것이 잠정적으로 더 좋을 것 같습니다. 『관찰』의 신판 에 대해서도 저는 완전히 동의합니다.

『변신』의 교정본을 동봉합니다. 이것이 『나폴레옹』"과 다른 인쇄라 서 유감입니다. 그 『나폴레옹』을 보내셨기에 저는 『변신』 또한 그렇 게 하는 약속으로 이해했는데 말입니다. 『나폴레옹』의 각 장의 모양 은 경쾌하게 여백이 있고 전체를 조망하게 되어 있는데, 『변신』은 (제 생각에 활자 크기는 동일한데도) 어둡고 답답하게 보입니다. 만일 그 점에 관해서 무언가 아직도 변경될 수 있다면 제 마음으로서는 매 우 흡족할 것입니다.

『최후의 심판일』 총서의 다음 것들이 어떻게 장정이 될지 저는 모르 고 있습니다. 『화부』는 말쑥하게 장정이 되지 않았습니다. 그것은 일 종의 모방으로, 조금만 시간이 지나면 거의 혐오감을 느끼면서 바라 보게 될 그런 것이었습니다. 그러니 다른 제본을 청하고 싶습니다.

귀하께서 지난주에 오실 수 없었던 것은 유감입니다. 언젠가 곧 가능 하겠지요, 정말 기쁠 터인데.

진심으로 안부 드리며,

삼가 F. 카프카 배상

『백색 잡지』 10월호 5부를 더 가질 수 있을는지요? 그것들이 필요할 것 같습니다.

볼프 씨는 언젠가 『화부』에 대한 몇몇 비평을 저에게 보내주시기도 했습니다. 어떤 이유로든 혹 필요하시다면, 제가 귀하께 그것들을 보낼 수 있습니다.

교정본을 동봉합니다.

**쿠르트 볼프 출판사 앞**

프라하, 15년 10월 20일

존경하는 출판사 귀하,

18일 자 귀하의 편지와 『나폴레옹』에 대해, 또한 그리고 고지된 『백색 잡지』에 대해서 매우 감사드립니다.

저는 아직도 폰타네 문학상 건에 대해 여전히 이해하지 못하고 있습니다만, 그럼에도 저는 그 문제에 대한 귀하의 일반적 의견을 신뢰합니다. 그러나 레온하르트 프랑크[12]가 후보자에 들어 있었다는 사실로 미루어 (그 상은 동일인에게 2회 포상될 수 없다고 아는데요), 거기에 개입되어 있는 바가 오로지 전적으로 상금의 배분만이 문제 된다고 보입니다. 그럼에도 다시금 귀하의 충고에 따라, 저는 슈테른하임에게 서한을 띄웠습니다. 당사자에게서 직접 소식을 듣지 않고서 편지를 쓰며, 또한 이유를 정확하게 알지도 못하고서 감사를 표시한다는 것은 그렇게 쉬운 일이 아닙니다.

물론 저는 『나폴레옹』의 제본에 대해서 동의합니다. 같은 총서의 초기 발행 호수들도 어쩌면 이런 식으로 장정되었던가요?

교정본을 동봉합니다. 저는 서둘러 일하기를 좋아합니다, 그러나 많은 날 그런 일을 위해 필요한 작은 시간을 내는 것이 불가능하기도 합니다.

또한 서평들도 동봉합니다. 그것들은 소위 완전한 수집으로서 저에게 보내진 것들입니다만, 그러나 완전한 것은 아닙니다. 제가 아는 한, 『베를린 조간』, 『빈 알게마이네 차이퉁』, 『오스트리아 전망』, 『신전망』의 서평들이 빠져 있습니다.[13] 불행히도 이들 중 어느 것도 제가 가지고 있지 못합니다. 어쨌든 가장 중요한 것은 1914년 8월호『전망』에 게재된 무질의 것이고, 가장 호의적인 것은 동봉된 H. E. 야콥의 것입니다. 『관찰』에 대해 가장 호의적인 것은 3월호의 막스 브로트의 것이고, 『베를린 일간』에 에렌슈타인이 쓴 것인데, 그것들 역시 다 가지고 있지 않습니다.

귀하께서는 저더러 슈테른하임에게 감사 표시를 하라고 충고하셨습니다. 그렇다면 제가 또한 블라이에게도 감사해야 하는 것 아닙니까? 그리고 그의 주소는 무엇입니까?

연감[14]에 실을 「법 앞에서」와 이번 『변신』의 첫 교정지는 이미 받으셨을 것으로 사료됩니다.

삼가 정중한 인사와 더불어,

F. 카프카 배상

**쿠르트 볼프 출판사 앞**

프라하, 1915년 10월 25일

존경하는 출판사 귀하!

근래 귀하께서는 오토마르 슈타르케[15]가 『관찰』의 속 표제지 그림 작업을 하고 있다고 언급하신 바 있습니다. 『나폴레옹』에서 본 화가로 미루어 짐작하건대, 저는 작은 그리고 아마 아주 불필요한 것이겠으나 걱정을 하게 됩니다. 뭐냐 하면, 슈타르케가 실제로 삽화를 하는 사람이니, 그 곤충 자체를 그리려 하지 않을까 하는 것입니다. 그러지 않기를, 제발 그렇게는 안 됩니다! 제가 그의 권한을 제한하려는 것이 아니라, 다만 당연히 그 이야기를 더 잘 알기에 부탁을 하려는 것입니다. 그 곤충 자체는 묘사될 수가 없습니다. 그것은 멀리서조차 보일 수가 없습니다. 그러한 의도가 아예 없다면, 제 부탁은 웃어 넘기면 됩니다─그 편이 훨씬 나은 것이지요. 그러나 만일 귀하가 제 부탁을 강조하여 전달하신다면 저로서는 매우 감사하겠습니다. 삽화를 위해 만일 제가 제안을 하나 해도 된다면, 다음과 같은 장면을 저는 선택하겠습니다. 잠긴 방문 앞에 부모와 지배인이, 또는 더 좋게는, 불켜진 방에 부모와 누이가 있고, 한편 아주 어두운 옆방으로 문이 열려 있는 장면.[16]

교정본과 서평은 이미 받으셨을 것으로 사료됩니다.

삼가 최선의 안부와 더불어,

프란츠 카프카 배상

# 1916년

## 막스 브로트 앞

[엽서 2장. 마리엔바트, 우편 소인: 1916년 7월 5일]

친애하는 막스, 여기 마리엔바트에 와 있네. 우리가 헤어진 후, 나로서는 참 오랜 시간처럼 여겨지는데, 내가 만일 매일 편지를 썼더라면, 풀 수 없이 뒤죽박죽이 되었을 것이야. 지난 며칠만을 예로들어 보세, 사무실과 작별한다는 더없는 기쁨, 예외적으로 자유로워진 머리, 거의 모든 일이 처리되었고, 본보기다운 질서는 뒤로 미뤄놓고 말일세. 만일 그것이 영구한 작별이었더라면, 그렇다면 나는 여섯 시간의 받아쓰기 후에도 무릎으로 전체 계단을 닦을 태세가 되었을 것이야, 다락방에서 지하실까지 닦아서, 그것으로 각 단계마다 작별에 대한 감사함을 증명해 보일 태세 말이야. 그러나 바로 다음 날 실신할 지경으로 두통이 생겼어. 매제의 결혼식, 그로 인해 일요일 아침까지 프라하에 머물러 있어야 했지. 결혼식 일체는 전설의 모방 아니면 무엇이었겠나. 거의 불경스러운 결혼 설교: "네 장막이 어찌 그리 아름다운고, 이스라엘이여!"¹ 그리고 그런 몇 종류. 그날의 기분에 영향을 미친 것은 전율할 꿈이었지, 묘한 점은 꿈이 어떤 전율할 사태를 그리고 있는 것이 아니라, 다만 거리에서 친지들과 일상적인 만남을 그리고 있었다는 점이지. 자세한 내용은 전혀 기억할 수 없지만, 그러나 자네는 확실히 거기에 없었던 것 같아. 그러나 그 전율이 내가 이들 친지들 한 사람과 마주 대할 때의 느낌에 남아 있었어. 이런 유의 꿈은 아마 예전에는 한 번도 꾼 적이 없었던 것 같아.—그다음 마리엔바트에 가니 F.가 역에서 나를 매우 사랑스럽게 마중하였네. 그럼에도 불구하고 안마당으로 난 추한 방에서 절망적인 밤을 보냈지. 그러니까 말하자면 잘 알려진 절망의 첫날밤을. 월요일에는 특별히 매력적인 방으로 옮겼고, 이제는 '밸모럴 성채'[2]에 하등 모자랄 것이 없는 곳에 들어가 있네. 그래서 이제 여기에서 휴가를 정복하기로 애를 쓰려네, 그래서 지금까지 성공하지 못했던 두통 정복에 착수하네. F.와 나는 자네들에게 진심으로 안부를 보내네.

프란츠


막스 브로트 앞

[엽서. 테플,] [1916년] 7월 8일

친애하는 막스, 테플[3]에서 몇 시간 보내고 있네. 들판에 나와 있어, 머리와 밤들의 미친 기에서 벗어나서. 나는 무슨 놈의 인간인가! 나는 무슨 종류의 인간인가! 그녀와 나 자신을 죽도록 괴롭히다니.

프란츠


막스 브로트 앞

[엽서. 마리엔바트, 우편 소인: 1916년 7월 9일]

친애하는 막스—편지 매우 고맙네.『일간 전망』[4]의 서평은 정말 놀라워,『띠호』가 세상을 거머쥔 거야! 더욱이 그것은 이 지방 서점에서 베스트셀러라고 나에게 추천한 첫 번째 책이었네. 나는 성서를 겨우 조금 읽고 있으며, 그 밖에 하는 일이 없어. 그러나 우리는 산책을 많이 하고 있네, 엄청난 빗속에서, 가끔 약간의 태양과 더불어. 묘한 일은, 예컨대 테플의 오늘 날씨는 처참하기가 극도의 절망감에 이를 지경이야, 어제도 그제도 그랬지. 그러나 오늘 오후에는 놀랄 만큼 온화하고 좋은 오후가 되는 것이야. 그러면서도 구름들은 사라지지 않고 있어, 그게 어찌 사라질 수 있겠어. 다음에 상세히 쓰지.—오토의 주소 좀 부탁해.—부모님의 결혼 기념 선물로 노박의 그림 한 점이 필요하네. 100 내지 200크로네 정도는 써도 될 거야. 그 말 좀 전해줄 수 있겠나? 노박이 그렇게 싸게 팔릴까?—내일 다시 쓰겠네.
진심으로.

자네의 프란츠

**펠릭스 벨취 앞**

[엽서. 마리엔바트, 우편 소인: 1916년 7월 11일]

친애하는 펠릭스, 왜 회답이 없나? 자네의 그 정확성에 비추어 이해하기가 어렵네. 자네 손에 또다시 무슨 일이 생겼는가? 하지만 그렇다면 자네 부인이 함께 있지 않은가, 그분은 항상 느끼기에 (내 뺨으로 직접 느끼지 않아도) 나에게 호의를 가지고 있다고 생각했는데, 지금은 그분 역시 편지를 쓰지 않다니. 발코니가 있는 방은 여전히 자네들을 기다리고 있네, 하지만 그렇게 오래가지는 않을걸세.
진심으로 안부를.

프란츠

[여기에 F. B.가 쓴 몇 행이 뒤따른다.]

## 막스 브로트 앞

[마리엔바트, 1916년 7월 중순][5]

가장 친애하는 막스, 끊임없이 미루지만 않고 바로 오늘은 좀 더 상세하게 대답을 하네, 왜냐하면 오늘이 F.와 함께하는 마지막 날이거든, 아니면 (원래는 마지막 그 전날이지, 왜냐하면 내일은 어머니를 뵈러 프란첸스바트[6]에 그녀와 함께 갈 거니까).

연필로 엽서를 쓰는 이 아침이 (로비에서 쓰고 있는데, 여긴 가벼운 신경질로 서로를 방해하고 신경질나게 하는 곳이지) 종결이었는데, (하지만 내가 설명할 수 없는 수많은 과정들이 있었네), 곧 일련의 겁나는 나날들, 더욱 겁나는 밤에 푹 삶아지는 그런 나날의 종결 말일세. 난 정말 쥐가 막다른 구멍에 내몰린 것처럼 여겨졌네. 그러나 더 나빠질 수가 없었기에 이제 좋은 쪽으로 돌아섰네. 나를 동여매었던 밧줄이 어딘지 좀 느슨해졌고, 이제 조금 제 정신을 차렸어. 계속해서 완전한 허공 안으로 구원의 두 손을 뻗었던 그녀가 다시 도움이 되었고, 나는 그녀와 더불어 지금까지 알지 못했던 인간과 인간의 관계에 도달한 게야. 그것은 편지 내왕의 최선의 시기에 가졌던 그 관계에까지 미치는 가치에 도달했지. 기본적으로 나는 어떤 여자와도 그런 친밀함을 나눈 적이 없었어, 단 두 경우만 예외로 한다면 말이야, 그때 그 추크만텔에서 (그러나 거기에선 그녀가 부인이었고, 나는 소년에 불과했지) 그리고 리바의 경우(그러나 거기에선 그녀가 거의 어린아이였고 그리고 나도 완전히 혼란해 있었고 또 사방으로 보아도 병들어 있었지). 그러나 이제 나는 한 여자의 신뢰에 찬 눈길을 보았고, 그리고 자신을 억누를 수가 없다네. 내가 영원히 간직해두고자 했던 많은 것들이 열어 젖혀진 게야(어느 특정 사항을 말하는 것이 아니라 전체적인 것을 말하는 걸세). 그리고 이 틈새에서는 인간의 한평생보다 훨씬 더 많은 불행이 솟아 나오는 것을 알겠어. 그런데 이 불행이란 불러일으켜졌다기보다는 차라리 강요된 것이라네. 나는 그것에 저항할 권리가 없지, 만일 일어난 일이 일어나지 않는다면, 다만 그 눈길을 다시 붙잡기 위해서만이라도 자발적으로 내 손으로라도 그렇게 할 것 같으니, 더욱 저항할 수 없는 것이지. 나는 그녀를 지금까지 정말 몰랐네. 다른 의구심은 제쳐두고라도, 그 당시에는 바로 그 편지 쓴 여자의 실재에 대한 두려움이 나를 곤란하게 했지. 그녀가 약혼의 입맞춤을 받기 위해 큰방에서 나를 향해 걸어왔을 때, 전율이 엄습했어. 부모님과 함께한 약혼 여행은 여로의 한 걸음 한 걸음이 내게는 고문이었지. 결혼 전에는 F.와 단둘이 있다는 사실만큼 두려운 것이 없었어. 이제는 모든 것이 달라졌고 그리고 좋다네. 우리의 합의는 간단하네, 전쟁이 끝나면 곧바로 결혼하는 것, 베를린의 한 교외에 두세 칸짜리 집을 빌리고, 각자 자신을 위해 경제적 책임을 지는 거야. F.는 그동안 쭉 해왔던 대로 일을 계속할 것이고, 그런가 하면 나는, 글쎄 나 자신은 아직 말할 수가 없네. 누구든 그 상황을 시각화하려면 카를스호르스트[7] 쯤에 있는 방 두 개의 광경이면 될 거야. 그중 한 방에서는 F.가 일찍 일어나서, 나갔다가 그리고 밤에는 기진맥진해서 잠자리에 나가떨어지는가 하면, 다른 방에서는 소파가 하나 있고, 나는 거기에 누워서 우유와 꿀을 섭취하는 거지. 그러니 거기에 부도덕한 남편이 (상투적인 문구로 말하자면) 축 늘어져 있는 것이지. 그럼에도—이제 거기에 안정감, 확실성, 그리고 그와 더불어 생의 가능성이 있다네(돌이켜보건대, 이 말들은 연약한 펜으로 계속 써 내려갈 수 없을 만큼 강력한 것이라네).

현재로선 볼프에게 편지를 쓰지 않으려네. 그것이 그렇게 급한 일도 아니고 그리고 그 사람 역시 그리 급하지 않을 거야. 모레부터는 혼자 있을 것이며, 그렇게 되면 내가(다음 월요일까지는 시간이 있거든)

검사를 좀 받을까—말하려고 했어. 그런데 그러는 동안 수요일에서 금요일이 되었네. 나는 F.와 함께 프란첸스바트에서 어머니와 발리를 방문했고, 이제 F.는 떠났고, 그리고 나는 혼자네. 테플에서 보낸 그날 오전 이후 나는 그렇게 사랑스럽고 편안한 나날들을 보냈어. 그런 날들을 경험할 수 있으리라고는 결코 생각도 못했을 만큼. 물론 그사이에 어두운 짬들이 있었지만, 그러나 그 사랑스러움과 편안함이 지배적이었으며, 심지어 어머니의 면전에서조차, 그리고 이것은 아주 비상한 일인데, 어찌나 비상하던지 그와 동시에 나를 놀라게도 한다네. 자 그런데ㅡ

여기 호텔에서는 불쾌한 놀랄 일이 생겼지. 고의인지 아니면 부지중 혼동으로 그런 것인지 그들은 새로 온 손님에게 내 방을 내주고는, 나에게는 F.의 방을 준 것이야. 그 방은 훨씬 덜 조용한 것이, 좌우 양쪽에 다 손님이 들어 있고, 외짝 문에, 창문도 없고, 발코니만 달랑 있다니까. 그러나 나는 방을 구하기 위해 둘러볼 힘이 거의 없었어. 그럼에도 이 편지를 쓰는 바로 지금도 승강기 문이 닫히고, 그리고 무거운 발걸음 하나가 자기 방을 찾아가는구먼.

볼프 이야기로 돌아가려네. 당분간 그에게 편지를 쓰지 않을 거야. 우선 세 편의 단편소설 묶음집으로 등장한다는 것이 그다지 썩 이로운 것도 아니야. 그중 두 편은 이미 인쇄가 된 것들이니 말이야. 새로운 그리고 완성된 무언가를 내놓을 수 있기까지는 조용히 처신하는 것이 아무래도 더 좋을 거야. 만일 그리할 수 없다면, 그땐 영원히 조용히 있어야겠지.

『일간』에 실린 글을ㅡ생각해봐, 추밀樞密고문관이여 가시오!ㅡ동봉하네, 나를 위해 부디 간직해두게. 그것은 매우 호의적이지, 그리고 이 호의는 그것이 그 순간 우연히도 에거란트 호텔의 카페 탁자 위에 놓여 있음으로써 고양되었지. 우리의 관자놀이가 더는 지탱될 수 없겠다 생각했던 그 순간에 말이야. 그것은 정말로 성유聖油였어.

나는 그 점에서 그 고문관에게 감사를 표했어야 하는데, 아니 아마 앞으로 그리할까.

자네 수집을 위해서, 그것을 난 인정은 안 하지만 이해는 하네, 두 그림을 자네에게 보내네. 무엇보다도 묘한 점은, 둘 다 귀를 기울이고 있음이야, 사다리에서 보는 관찰자에다, 그의 책 너머로 굽어보는 학생 아닌가. (지금 내 방 외짝 문 밖에서는 웬 사람들이 쿵쿵거리는지! 어쨌거나, 그 아이가 이 학생을 성가시게 하지는 않는다네.)

9,000에서 14,000부라니! 축하하네, 막스. 그렇게 너른 세상이 넉넉한 것이야. 특히 프란첸스바트에서는 『띠호』가 모든 진열장에 놓여 있다네. 어제 우연히 『일간 전망』을 읽었는데, 크셀리우스라는 서적상이 그 책의 광고를 내었더군. 『전망』의 서평을 나에게 보내줄 수 있겠는가?

내 여기에 두 가지 부탁을 되풀이하네, 오토의 주소와 그 그림 구매에 관한 주선. 그러나 세 번째 부탁이 또 있네. F.에게 유대민족 가족 캠프의 내용 견본 하나를 보내줄 수 있겠나?[10] (그녀의 주소: 기술공장, 베를린 O-27 마르쿠스슈트라쎄 52번지) 우리는 그것에 관한 이야기를 나눴고, 그녀는 그것을 매우 가지고 싶어 했네. 자네는 「리하르트와 사무엘」에 대해서 늘 애착심을 지니고 있었지, 난 알아. 그때는 굉장한 시간이었지. 왜 그게 꼭 좋은 문학이어야만 하는가?

무슨 작업을 하고 있는 중인가? 자네는 화요일부터 일주일간 프라하에 있을 겐가? 이 편지는 물론 펠릭스에겐 보여주어도 되네, 하지만 여자들에게는 안 돼.—

자네의 프란츠

## 막스 브로트 앞

[편지지 상단: 마리엔바트, 벨모럴 그리고 오스보르네 성,
1916년 7월 중순]

[종이 여백에] 다시 분주한 로비에서, 매혹적이네.

친애하는 막스, 내게 알려줘서 고마워. 그 소식이 온 것은 두통이 심한 날이었어, 그런 고통을 적어도 여기서는 절대 예상 못했는데 말이야. 그럼에도 나는 저녁 식사 후에 곧바로 그리 달려갔네.

단지 전체만 묘사하겠네, 보는 것 이상으로는 말할 수가 없어. 그러나 누구든 실제로 보는 모든 것은 가장 미미하고도 사소한 것들 뿐이지. 그리고 어쨌거나 내 의견으로는 독특해. 그것은 심지어 가장 형편없는 천치에게도 진실성을 보증해주지. 진리가 있는 곳에서 누구든 적나라한 눈으로 볼 수 있는 것은 그러한 사소한 것 그 이상은 아니지.

우선 첫째로 란게르는 위치가 잡히지 않았어.[11] 그 장소에는 여러 건물과 부속 건물들이 있었는데, 모두가 한 언덕 위에 서로 얽혀있는데다 한 소유자에게 소속된 건물들의 연결 지점을 반쯤 지나는 지하 계단과 통로를 통해서만 들어갈 수 있으니. 그 건물들의 이름도 혼동되게 되어 있어. '황금 성城, 황금 반盤, 황금 열쇠' 등,[12] 그런가 하면 어떤 집들은 이름이 두 개나 있는데, 정면에 하나 그리고 후면에는 다른 이름이라니까. 그리고 다시 레스토랑은 그것이 속한 건물과는 다른 이름일 수도 있고, 그러니 누구든 처음 가서는 길을 찾을 수가 없어. 얼마 뒤에는 그러나 어느 정도의 질서가 잡히네. 그것은 계급에 따라 정돈된 작은 공동체이며, 두 개의 우아한 대규모 건물들, 곧 내셔널 호텔과 플로리다 호텔로 둘러싸여 있어. '황금 열쇠'는 제일 초라한 것이야. 그러나 거기에서도 아무도 란게르를 몰랐어. 한참 뒤에야 한 처녀가 거기 다락방에 살던 몇몇 젊은이들을 기억해내더군. 만

일 내가 그 프라하의 브랜디 상인 아들을 찾고 있다면, 거기에서 찾을 수 있었을 것이라고. 그러나 이제 그는 아마 틀림없이 플로리다 호텔에 클라인 씨와 있을 것이라고. 내가 그곳에 갔을 때, 그는 막 입구에서 나오는 중이었네.

나는 그가 나에게 이야기한 것을 보고하려는 게 아니라, 그냥 나 자신이 보았던 것을 쓰려네.

매일 저녁 7시 반에서 8시 사이에 그 랍비는 마차로 산책을 나가네. 숲을 향해서 서서히 마차를 모는데, 랍비의 추종자 몇 명은 도보로 그를 따르네. 숲에 이르면 랍비는 보통 미리 정해진 장소에서 내려서 그리고 어두워질 때까지 추종자들과 여기저기 숲길을 따라 산책을 하네. 그는 약 10시쯤 기도 시간에 맞추어 귀가하네.

그래서 나는 7시 반쯤에 그 랍비가 머무는 내셔널 호텔 앞에 가 있었지. 란게르는 나를 기다리고 있었네. 우기라고는 해도 비가 꽤 세게 내렸네, 아무리 우기일망정. 하필 이런 시간대에는 아마 지난 2주 동안 비가 내리지 않았는데. 비가 그칠 것이라고, 란게르는 틀림없이 비가 그칠 것이라 했는데, 그게 그렇지 않았고, 더 세차게 퍼부어댔네. 란게르는 이런 산책을 나가는 동안 단 한 번 비가 내린 적이 있었는데, 숲에 이르렀을 때는 곧 비가 멈췄다는 걸세. 그러나 이번에는 비가 멈추지 않았네.

우리는 나무 밑에 앉아서 한 유대인이 빈 소다수 통을 가지고 집에서 달려 나오는 것을 보네. 그는 랍비를 위해 물을 가지러 가는 것이라고, 란게르가 말하네. 우리는 그 사람을 따르네. 그는 루돌프 샘에서 물을 가져오는데, 그 샘물은 그 랍비를 위해 처방된 거라고. 불행히도 그는 그 샘이 어디에 있는지 모르네. 우리는 빗속에서 약간 길을 잃지. 우리가 만난 한 신사가 우리에게 그 길을 가르쳐주지만, 동시에 그러나 모든 샘물은 7시면 닫힌다고 일러주네. "샘들이 어떻게 닫힐 수 있다는 것인가요?" 그 물을 기르도록 지정된 사람이 묻고, 그리고 우리는 따라 걷는다네. 실제로 루돌프 샘이 닫혀 있어, 우리는 멀리서도 볼 수 있지. 그럼에도 우리가 가까이 가지만, 사정은 변하지 않았네. "그럼 암브로시우스 샘에서 물을 가져오지" 란게르가 말하네, "그것은 항상 열려 있네." 그 물 나르는 사람이 진심으로 동의하고, 그리고 우리는 그리로 서두르네. 실제로 아직 여인들이 거기에서 물잔들을 씻는 중이네. 그 물 나르는 사람은 수줍어하면서 계단에 다가가, 벌써 조금 빗물로 찬 병을 손에서 빙빙 돌리네. 여인들은 화가 나서 그를 내쫓으며, 물론 이 샘 또한 7시 이후론 닫혔다는 것이야. 그래서 우리는 서둘러 돌아서네. 도중에 다른 두 유대인을 만나네. 그들은 이전에 내 주목을 끌었는데, 한 쌍의 연인처럼 거닐면서, 서로가 정답게 쳐다보며 미소를 짓는데, 하나는 깊이 들어간 뒷주머니에 손을 넣고 있었고, 다른 하나는 더 도회적이라 할지. 단단히 서로 팔짱을 끼고서 말이야. 우리는 그들에게 닫힌 샘물 이야기를 들려주네. 이 두 사람은 단순히 그것을 믿지 못하며, 물 나르는 사람 또한 다시 그것을 믿지 못하네, 그래 이제 그들 셋은 우리를 뒤로 남겨놓고서 암브로시우스 샘으로 달려가네. 우리는 계속 내셔널 호텔로 걸어가고, 그런가 하면 그 물 나르는 사람은 우리를 따라잡고 앞서 달려가면서, 숨 넘어가게 소리 지르기를, 샘은 정말로 닫혔다는 걸세. 우리는 비를 피하려고 호텔 로비로 들어서려는데, 그때 란게르가 돌아서서 옆으로 뛰네. 그 랍비가 오고 있어. 아무도 그분의 앞에서 있으면 안 되고, 언제나 그분 앞의 통로는 비어 있어야 하는데, 이것을 항상 마련하기는 쉽지가 않다네, 왜냐하면 그분은 이따금 갑자기 돌아서는데, 붐비는 군중 속에서 갑자기 자리를 피하기는 쉽지가 않지. (그것은 그분 방에서는 더욱 곤란하다는데, 왜냐하면 그 방은 사람이 어찌나 붐비는지 랍비 자신이 위험할 지경이라네. 최근에는 그분이 이렇게 외쳐

됐더라네, "너희가 하시딤[13]인가? 너희는 살인자다.") 이 관습은 모든 것을 매우 장중하게 하고, 그 랍비는 문자 그대로 (그 길을 인도하지도 않고서, 왜냐하면 그분의 오른편과 왼편에는 그냥 사람들이 있기 때문이지) 모든 이들의 발걸음에 책임을 지는 거야. 그 집단은 계속해서 새로이 정렬을 하는데, 그 랍비의 시야가 막히지 않도록 하기 위함이라네.

그분은 내가 어린 시절 도레-뮌히하우젠 삽화[14]에서 자주 보았던 술탄 황제와 같아 보이네. 그러나 술탄으로 가장한 것이 아니라, 진짜 술탄이라네. 그리고 술탄일 뿐만이 아니라 또한 아버지, 초등학교 교사, 김나지움 교수 등등이라네. 그분의 등 모습, 허리에 놓인, 그분 손의 모습, 이 넓은 등이 돌아서는 모습—그것 모두가 신뢰감을 준다네. 이 집단의 모든 사람의 눈에서 나는 이 평안하고 행복한 신뢰감을 충분히 느낀다네.

그분은 중키에 진짜 듬직한 체구인데, 그러나 동작이 굼뜨지는 않아. 길고 하얀 턱수염, 유난히 긴 관자놀이의 곱슬머리(그것을 그분은 다른 사람들한테서도 좋아한다네. 누군가 긴 곱슬머리를 하면, 그런 사람은 그분이 벌써 호의를 갖는다네. 그분은 아버지 손에 이끌려 가는 두 어린이의 아름다운 모습을 칭찬하는데, 그러나 그분에게 아름다움이란 다만 곱슬머리를 의미한다네). 눈 하나는 맹하고 멍하다네. 입은 뒤틀어져 있어서, 그것이 부조화스러운 인상과 호의적 인상을 동시에 주지. 그분은 앞이 터진 명주의 카프탄[15]을 입고 있어, 허리에는 널찍한 띠가 둘러져 있고, 높다란 펠트 모자에, 그런데 이것이 외모에서는 가장 두드러져 보이지. 하얀 양말 그리고, L.에 따르면, 하얀 바지.

건물을 나서기 전에 그분은 당신의 은제 지팡이를 우산으로 바꾼다네. (줄어들 기미 없이 비가 계속 내리고, 그리고 지금 10시 반에도 아직 그치지 않았네.) 이제 산책이 시작되네(처음으로 그분은 차를 타지 않네. 솔직히 그분은 사람들이 빗속에서 숲까지 뒤따라오는 것을 원치 않는다네.)

십여 명의 유대인들이 뒤 또는 그분의 옆을 따라 걷네. 그들 중 한 명은 은제 지팡이와 의자를 가지고 가네, 아마 랍비께서 앉고 싶어 하실 것이니까, 다른 한 명은 의자를 닦을 천을 가지고 가며, 또 다른 이는 랍비께서 마실 유리잔을 가지고 간다네, 그런가 하면 또 다른 이 (슐레징어, 프레스부르크 출신의 부유한 유대인)는 루돌프 샘물을 담은 물병을 가지고 가네, 그는 그것을 분명히 상점에서 구입했을 것이고. 추종자들 중에서는 네 사람의 가바임[16](그 비슷한 사람들)이 특별한 역할을 맡는다네. 그들은 '측근', 직원, 비서들 같은 것이야. 네 사람 중 제일 높은 사람은 란게르의 주장에 따르면 별난 깡패라는데, 그의 불룩한 배, 독선, 수상쩍은 눈매가 그 증거라네. 그런데도 누구든 이것으로 불평을 해서는 안 된다네. 가바임들은 모두 나빠. 누구라도 상해를 입지 않고서는 계속 랍비의 측근임을 견디지 못하는 것이지. 이것이 한 평범한 수장이 견디어낼 수 없는 더 깊은 의미와 끊임없는 진부함 사이의 모순이라네.

이 산책은 매우 서서히 진행되네.

출발에서 그 랍비는 우선 힘겹게 걷는다네. 그분의 다리 하나, 오른쪽 다리는 말을 잘 안 듣네, 시작에서부터 역시 기침을 해야 하고, 그동안 추종자들은 그분의 둘레에 공손히 서 있네. 조금 후에는 그러나 거기에 아무런 다른 장애가 없어 보이네, 이제 그 관광이 시작되고 매 순간마다 중단의 절차를 초래하네. 그분은 모든 것을 점검하네, 하지만 특히 건물들, 가장 황량하고 사소한 것들이 그분의 관심을 끈다네. 그분은 질문을 하고, 모든 종류의 사물들을 지적하네. 그분 행동의 특징은 경탄과 호기심이지. 전체적으로는 하찮은 말이요 질문들이지, 순회 중인 폐하의, 아마 조금은 유치하고 기뻐하는 것들. 어쨌든 그것들은 동반자의 모든 생각을 아무런 이의 없이 같은 수준으로 낮춘다네. 란게르는 이 모든 것 가운데서 더 깊은 의미를 찾아보고 혹은 예감한다네. 깊은 의미란 바로 그런 것이 결여되어 있다는 것 자체인가 싶어. 내 생각에는 그것으로 충분하다는 걸세. 그것은 절대적으로 신의 은총이며, 어떤 부적합한 바탕에서 볼 수 있는 우스꽝스러움은 없다네.

바로 다음 건물은 찬더 연구소[7]네. 그 건물은 길 위로 돌로 쌓은 축대에 높게 지어져 있으며, 철책 울타리로 둘러싸인 전면에 정원이 있네. 랍비는 그 건물에 대해 조금 언급하는데, 곧 그 정원이 그분의 관심을 끌기에, 그것이 어떤 정원이냐고 묻는다네. 그러한 경우 황제의 면전에서 한 지사가 할 법한 행동으로, 슐레징어(그의 히브리어 이름은 시나)가 계단을 뛰어올라 정원으로 가서, 그 위에서는 한순간도 정체하지 않고서 다시 뛰어 내려와 (이 모든 것을 퍼붓는 빗속에서) 보고하네(물론 그는 이미 처음부터 아래에서도 알고 있었을 테지만), 그것은 찬더 연구소에 딸린 사유 정원일 뿐이라고.

랍비는 정원을 다시 한번 눈여겨본 뒤에 몸을 돌린다네, 그리고 우리는 정원을 (다시) 한 번 둘러보고, 그리고 새로 지은 목욕탕에 이르네. 처음 우리가 갔던 그 건물 뒤로는 일종의 도랑으로 증기 목욕을 위한 관이 통과하고 있네. 랍비는 철책 울타리 너머를 굽어보고, 그리고 그 관에서 눈을 뗄 수가 없는지, 다양한 의견과 반론들이 교환된다네.

그 건물은 중립적이며 딱히 무어라 규정할 수 없는 절충형으로 지어져 있네. 일 층의 일련의 창문들은 복도식으로, 그러나 아치형으로 되어 있고, 각 천장 부분에는 동물의 두상으로 장식됐네. 모든 아치와 모든 동물 두상은 동일하네. 그럼에도 랍비는 그 건물 측면에 있는 6개 아치의 각 앞에 특별히 멈춰 서서, 그들을 살펴보고, 비교하고, 그리고 그들에 대한 판단을 내리네, 가까이에서 그리고 멀리서.

우리는 길모퉁이를 돌아서 이제 정면에 서네. 그 건물이 그분에게 굉장한 인상을 준다네. 문 위에 황금 문자로 '새 목욕탕'이라 씌어있지. 그분은 그 제명를 읽도록 시키고, 왜 이것이 그렇게 불리는지, 그리고 이것이 유일한 목욕탕인지, 얼마나 오래됐는지 따위를 묻는다네. 그분은 특유의 동유럽 유대인다운 경탄을 하면서 되풀이해서 말한다네, "멋진 건물이군."

이미 일찍이 그분은 낙수 홈통에 대해 관찰해왔다네, 그런데 이제 우리가 그 건물에 가까이 지나가고 있으니(길 너머에서 우린 이미 전면을 지나갔지), 그분은 오로지 건물 돌출부에 의해 형성된 모퉁이로 떨어지는 낙숫통 쪽으로 가보기 위해서 우회를 하시는 거야. 그분은 홈통 안에서 물이 똑똑 떨어지는 소리에 즐거워한다네. 귀를 기울이고, 관들을 따라 위를 쳐다보고, 만져보며, 그리고 전체 장치에 대해 설명하게 한다네. [여기서 편지지 중간에 편지가 중단됨.]

### 펠릭스 벨취 앞

[엽서. 마리엔바트, 우편 소인: 1916년 7월 19일]

친애하는 펠릭스, 만일 자네가 편지를 쓴 것이 사실이라면, 그것은 정말로 나에게 출두하라는 소환장일 것이며, 아무튼지 간에 내가 가야겠지. 그러나 그것은 그렇지가 않고, 그리고 어쨌든 다음 날에는 더 그렇지가 않구먼. 다만 종기가 가신 것은 그대로일 것 같네만은. 다른 한편으로 나는 전혀 좋은 상태가 아니라네. 두통, 두통 말일세!(두 독일놈들 간의 편지 내왕이라니, 란게르라면 그렇게 말하겠지.) 그렇다네, 란게르가 여기에 있네. 마리엔바트가 유대인 세계의 일종의 중심지가 된 지금, 왜냐하면 벨츠의 랍비가 여기에 와있으니까, 나도 그분의 추종자들에 끼어 두 번 저녁 산책에 합류했네. 카를스바트에서 마리엔바트로 여행할 가치가 있는 것은 오직 그분 때문이지. 자네 알고 있나, 바움이 프란첸스바트에서 쌍수시 호텔에 머물고 있는 것을?

진심 어린 안부와 모든 좋은 소망을 자네와 자네 친지들에게 보내며,

프란츠

쿠르트 볼프 출판사 앞
프라하, 1916년 7월 28일

존경하는 마이어 씨!

여행에서 돌아오자마자 지난달 10일에 보낸 귀하의 서한과 책들을 발견했습니다. 두 가지 다 매우 감사드립니다.

책의 출판과 관련해서 저는 귀하와 의견을 같이합니다, 비록 제 견해는 귀하보다는 필연적으로 조금 더 과격합니다만. 사실상 저는 완전한 그리고 새로운 작품을 가지고 나설 수 있다면 그것만이 올바를 것이라 믿습니다. 이것을 하지 못한다면, 아마도 차라리 조용히 있어야 합니다. 현재로선 실제로 그런 종류의 작업은 해놓은 것이 없습니다. 그리고 제 건강 상태는 전반적으로 좋지 않아서, 현재의 이만 한 상태로는 그러한 작업을 할 수 없을 것 같습니다. 과거 3, 4년 동안에 저는 제 힘을 소진했으며 (그것이 사태를 이토록 더욱 나쁘게 만들었다는 것을 귀하께 공손히 말씀드립니다) 그리고 지금 그 결과를 힘겹게 지고 있습니다. 거기에는 또한 다른 요인들도 있습니다.

휴가를 내어서 라이프치히로 오라는 귀하의 친절한 제안을 저로서는 이 순간에 여러 이유 때문에 따를 수가 없습니다. 3, 4년 전, 심지어 2년 전만 하더라도 제 외적 환경과 건강으로는 그렇게 할 수 있었고 또 그랬을 것입니다. 지금은 그러나 제가 할 수 있는 모든 것은 제

게 확실히 도움이 될 만한 유일한 치유가 가능하기까지 기다리는 것뿐입니다, 곧 약간의 여행과 많은 휴식 그리고 자유입니다.

요 근래에는 어느 정도 긴 작업을 계획할 수가 없습니다, 그래서 남는 것은 오로지 소설집 『형벌』(「선고」,「변신」,「유형지에서」)을 지금 출판하는 것이 어떤 소용이 될지 하는 의문입니다(저는 개인적으로 부정합니다만). 그러나 만일에 귀하께서 그러한 출판이 좋다고 생각하신다면, 심지어 가까운 미래에 상당한 분량의 작품이 뒤따르지 않더라도 말입니다, 그렇다면 저로서는 전적으로 확실히 더 나은 귀하의 판단에 따르겠습니다.

제 최선의 안부와 더불어, 그리고 그것을 기회가 닿는 대로 볼프 씨에게도 전해주시길 부탁드리며, 삼가 정중한 경의와 더불어,

F. 카프카 배상


**쿠르트 볼프 출판사 앞**

프라하, 1916년 8월 10일

존경하는 마이어 씨!

막스 브로트에게 보낸 편지에서 저에 대한 귀하의 의견으로 미루어, 귀하께서 그 단편소설집을 출판한다는 발상을 철회하는 쪽으로 기울고 있음을 알았습니다. 현재 상황으로 보아서 귀하께서 전적으로 옳다고 인정합니다, 왜냐하면 이 책으로는 귀하께서 바라는 팔릴 수 있는 책을 얻는다는 것이 극히 불가능하기 때문입니다. 한편 저는 『최후의 심판일』 총서로 「유형지에서」가 출판된다면 전적으로 동의할 것이며, 「유형지에서」뿐만 아니라, 『아르카디아』의 「선고」 그리고 또 각각의 이야기가 별도의 단행본으로 된다면 좋을 듯합니다. 이 후자 유형의 출판은 소설집에 비해 저로서는 장점이 있지요, 각 이야

기가 독자적으로 보일 수 있고 또 그런 효과를 갖는다는 점에서 말입니다. 만일 동의하신다면 부탁드리고 싶은 것은, 다른 것들보다 저에게 더욱 의미 있는 「선고」가 맨먼저 출판되었으면 하는 것입니다. 그런 다음 「유형지에서」가 임의로 이어질 수 있을 것입니다. 「선고」는 어쨌든 짧지만, 그러나 『아이세』 또는 『슐린』보다 짧지는 않습니다. 만일 『들쥐들』과 같은 인쇄라면 30쪽은 넘을 것입니다.[18] 「유형지에서」는 70쪽이 넘을 것입니다.

삼가 최선의 안부와 더불어,

F. 카프카 배상

### 쿠르트 볼프 출판사 앞

[엽서] 프라하, 1916년 8월 14일

존경하는 마이어 씨!

우리 편지가 분명 엇갈린 듯합니다. 요점은 이렇습니다. 「선고」와 「유형지에서」를 하나의 단행본으로 출간하는 것은 제 의도에 없었습니다. 그런 경우라면 저는 좀 더 큰 소설집을 선호합니다. 그러나 이제 제가 이 좀 더 큰 규모의 소설집을, 그것은 볼프 씨 자신이 『화부』 출판 때 승인하셨던 것입니다만, 기꺼이 포기하겠습니다, 그 대신 「선고」를 따로 한 권으로 출판하는 선처를 바랍니다. 저에게 대단한 의미를 지닌 「선고」는 매우 짧기는 하지만, 소설이기라기 보다는 시입니다. 그래서 그것을 둘러싼 여백이 필요하며, 또 그럴 가치가 있다고 봅니다.

삼가 최선의 안부와 더불어,

F. 카프카 배상

지난달 15일 귀하의 서한에 부응하여 요약하자면, 제 청은 「선고」와 「유형지에서」를 개별 출판하는 것입니다.

애초에는 『최후의 심판일』에 그것들을 출간할 이야기가 없었고, 소설집 『형벌』(「선고」-「변신」-「유형지에서」)에 관한 것이었는데, 그 출판에 대해서는 볼프 씨가 제게 오래전에 제시했던 것입니다. 이들 이야기들은 어떤 통합성이 있으며, 그리고 소설집이면 당연히 『최후의 심판일』 총서보다는 품위 있는 출판이겠지만, 그럼에도 만일 「선고」가 별도의 권으로 간행될 가능성이 보인다면, 저는 기꺼이 그 책을 포기할 수 있습니다.

「선고」와 「유형지에서」를 함께 『최후의 심판일』 총서에 출간하는 여부는 애초에 문제가 되지 않습니다. 왜냐하면 「유형지에서」는, 귀하께서 지난번 편지에서 측정하셨듯이, 그 자체가 한 권으로 충분하기 때문입니다. 다만 제가 덧붙이고 싶은 것은 「선고」와 「유형지에서」는 제 느낌으로는 끔찍한 묶음이 될 것이라는 점입니다. 「변신」은 어쨌거나 그것들을 조정할 수 있을 것입니다. 그러나 「변신」 없이는 두 개의 이질적인 머리통이 서로 사납게 부딪치는 격이 될 것입니다.

특히 「선고」의 단독 출간에 대한 제안은 이렇습니다. 이 이야기는 서사 작품이라기보다는 시와 같습니다. 그렇기 때문에 효과를 내자면 그 둘레에 열린 공간이 필요합니다. 이 작품은 또한 제가 가장 좋아하는 작품이며, 그래서 가능하다면 언젠가 그 자체로서 인정받기를 늘 소망해온 터입니다. 이제 소설집 출판이 배제된 이상, 그것이 최선의 대안인 듯합니다. 그런데 부차적인 말입니다만, 만일 「유형지에서」가 지금 당장에 『최후의 심판일』에 출간되지 않는다면, 그것을 『백색 잡지』에 보낼 가능성도 있습니다. 그러나 그것은 정말 단지 부차적으로 말씀드린 것이며, 주요 사안은 「선고」가 단독으로 출판되는 것입니다.

그 출판 기술적인 문제가 정말로 그렇게 넘을 수 없는 일입니까? 거대한 활자체가 어울리지 않다는 것에는 저도 동의합니다. 그러나 첫째로 『들쥐들』 같은 활자체라면 30쪽은 될 것이고, 둘째로 모든 『최후의 심판일』 총서들이 32쪽은 아니지요, 예컨대 『아이세』는 겨우 26쪽이고, 그런가 하면 제가 지금 손에 가지고 있는 것은 아니지만 다른 여러 제본들, 이를테면 하젠클레버나 하르데코프의 경우에도 아주 적은 쪽으로 되어 있지 않습니까.[9]

그러므로 귀사에서 저에게 단행본 출판의 호의를—저는 그것을 분명히 호의라고 봅니다—베풀어주시리라 믿습니다.

삼가 특별한 경의를 표하며,

F. 카프카 배상


**쿠르트 볼프 출판사 앞**

[프라하,] 16년 9월 30일

존경하는 마이어 씨!

삼가 프라하의 작가인 에른스트 파이글의 시를 발췌하여 동봉하오니, 친절하신 일람을 바랍니다. 제 편에서는 이 시들이 예컨대 『최후의 심판일』의 원천적인 확대가 되리라, 어렴풋이나마 하나의 새로운, 한편 많은 면에서 참으로 시의 적절한 음조를 가져다줄 것이라 여겨집니다. 저로서는 또한 파이글이 강력한 잠재력을 내면에 가지고 있는데 아직은 폭 넓은 영향력을 갖지 못하고 있다고 봅니다. 동봉한 시들은 다만 통일체로서 간주되고 또 그렇게 집성한 모음집을 발췌한 것일 뿐입니다. 그것은 다시 말하지만 많은 시행들을 포함하고 있으며, 첫 번째 시 「늙어가기」에 따라서 제목을 붙이려 합니다. 최종 결정을 하시기 전에 다른 시들 또한 보고자 하신다면야 곧 보내 드리겠습니다.

삼가 최선의 안부와 더불어,

F. 카프카 배상


**쿠르트 볼프 앞**

프라하, 16년 10월 11일

존경하는 쿠르트 볼프 씨!

무엇보다도 먼저 지금 귀하께서 다시 저희들 가까이에 돌아오심을 진심으로 인사드리고자 합니다.[20] 비록 멀고 가까움이 별 차이가 없다 하더라도 말입니다. 제 원고[21]에 대한 귀하의 호의적인 말씀에 무척 기쁩니다. 그 고통스러운 것에 대한 귀하의 비난은 제 의견과 완전히 일치합니다만, 그러나 그러면서도 저는 제가 지금까지 써왔던 모든 것에 대하여 그런 유의 감정을 느낍니다. 보세요, 이런 형태로 또는 저런 형태로 이 고통스러운 요소들에서 해방된 것은 거의 없습니다! 이 마지막 소설에 대한 설명으로 덧붙여 말씀드리자면, 그 고통스러움이란 단지 그것만 고통스러운 것이 아니라, 우리의 보편적 시기와 제 특수한 시기가 동시에 매우 고통스러웠으며 또 지금도 그러하다는 것, 그리고 제 특수한 시기는 보편적 시기에 비해 더욱 오래도록 고통스럽다는 것입니다. 제가 계속 글을 썼다거나 혹은 더 좋은 말로, 만일 제 환경과 제 상태가, 이를 악물고 입술을 깨물고서라도, 그 갈망했던 글쓰기를 허용했더라면, 제가 얼마나 더 멀리 이 길을 따라갔을지 하느님은 아시겠지요. 그러나 그렇지가 못했습니다. 그러니 지금처럼, 다만 안정을 기다리는 일만 남았습니다. 그래야 비로소 정말 적어도 외면상으로는 회의하지 않는 동시대인으로서 자신을 묘사할 것입니다. 이 이야기가 『최후의 심판일』에 출판되어서는 안 된다는 데에는 저 또한 전적으로 동의합니다. 또한 서점 낭독회에도 맞지 않습니다, 비록 제가 11월에 글로츠 서점에서 그것을 낭독하고자 하며 아마 그렇게 되겠지만 말입니다. 소설집 출판에 대한 귀하의 제의는 특별한 호의입니다만, 그럼에도(특히 이제 귀하의 우의 덕분으로 「선고」가 출간되는데) 그 소설집은 어떤 새로운 그리고 상당한 규모의 작품이 전 작품이나 후속 작품으로 연결될 때만 유의미할 터입니다, 그러니 이 순간 무의미하지요. 뿐만 아니라 이런 견해를 귀하께서 막스 브로트에게 보낸 서신 중 그에 해당된 언급에서 읽을 수 있었습니다. 한 일주일 전에는 마이어 씨에게 에른스트 파이글의 (그는 화가 프리츠 파이글의 동생입니다, 무엇보다도 게오르크 뮐러를 위해서 도스토예프스키의 책에 삽화를 그렸지요)[22] 시 몇 편을 보냈습니다. 이제 저로서는 귀하께서도 라이프치히에서 그 시들을 읽으실 수 있는 가능성이 생김을 기뻐합니다. 귀 출판사에서 이 훌륭한 시들을 어떻게든 출판하는 일이 아마도 가능할지, 당장에 이루어질 필요는 없습니다, 물론 '당장에'라면 가장 기쁜 소식이겠습니다만. 처음 읽을 때는 그 시들이 혼란스럽다고 여겨질지 모르겠습니다만, 이유인즉 다양한 연상이 너무 많이 다른 방향으로 이끌기 때문입니다. 그러나 더 읽다 보면 전체의 통일성에서, 그러한 사소한 연상들은 정말 사소한 것임을, 그러나 거대한 연상들은 좋은 의미에서 거대하다는 것을, 곧 보통의 불에서 대 화염을 발견하게 되리라 생각합니다. 저에겐 그리 여겨집니다.[23]

삼가 정중한 경의와 더불어,

프란츠 카프카 배상

지크프리트 뢰비 박사 앞

[1916]

[카프카가 외숙 지크프리트[24]에게 보낸 책자 『마리엔바트 주변 안내서』의 속표지에 씀]

물론 오로지 마리엔바트로 가시라! 디아나호프에서 아침(달콤한 우유, 계란, 꿀, 버터)을 드시고, 서둘러 막스탈에서 스낵(신 우유)을, 서둘러 넵튠에서는 급사장 뮐러에게서 점심을 드시고, 과일 가게에 가서 과일을 드시고, 살짝 낮잠을 주무시고, 그러고서 디아나호프에서 우유 한 사발을 (미리 주문을 해야 하지요!), 서둘러서 막스탈에서 요구르트를 마시고, 넵튠에서 저녁 식사를 하시고, 그다음엔 시립 공원에 잠시 앉아서 돈을 세어보시고, 빵집에 가시고, 그다음엔 저에게 몇 줄 편지를 쓰시고, 하룻밤에 잘 수 있는 만큼 많이 주무시는 겁니다, 제가 스무하루 밤을 그랬던 것처럼.

이 모든 것은 날씨가 좋을 때보다는 비 오는 날 더 잘 된답니다. 왜냐하면 그때는 산책을 방해하는 사람이 없고, 그리고 이런 먼 카페에는 항상 무언가가 없으니까요, 예컨대 카페 알름에는 우유가, 카페 님로드에는 버터가 품절이며, 그리고 그들 모든 카페에는 흰빵이 품절이어서, 누구든 그것들을 늘 가지고 다녀야 한답니다.

신문을 살 필요는 없답니다, 왜냐하면 디아나호프에는 『베를린 일간』이 있고, 그것도 발행되자마자, 그리고 시청 독서실에는 다른 신문들이 (잡지들은 없어요) 비치되어 있답니다. 또한 모든 하숙집은 적어도 『마리엔바트 일간』의 석간 회보 하나쯤은 구독하고 있답니다. 유덴가쎄의 입구에는 완벽하게 깨끗하지는 않지만 특별히 싼 과일들이 있고요.

저 같으면 외숙께서 언급하신 발트크벨레 근처의 집들을 택하겠어요, 이유인즉, 제가 거기에 머물렀고 그리고 디아나호프가 근처에 있기 때문만이 아닙니다. 앞에 있는 다른 집들은 서북쪽을 향하기 때문입니다. 넵튠에서 권할 만한 것들로는: 야채 오믈렛, 에멘탈 치즈, 카이저 스튜, 파란 완두콩을 곁들인 날계란.─

외숙께서 저녁에 작업을 원하신다면, 발코니가 있는 (너무 가까이에 이웃 발코니가 없는) 방을 얻으시고, 그리고 발코니 탁자에 램프를 옮겨놓고요. 그러면 방이 두 개가 되지요, 발코니에서는 각별한 안정감을 갖게 됩니다.─

막스탈에 가는 길에도 좋은 과일이 많습니다(이것들이 조용한 밤 발코니에서 가진 저의 상념들이었습니다).─외숙께서 어떤 불평이나 그 비슷한 일이 있으시면, 시청에 가셔서 '지칠 줄 모르는 언론 수장' 프리츠 슈밥파허를 만나보십시오. 그 사람은 잠시 마리엔바트에 머무는 언론인들을 위한 클럽을 설립했답니다.

그러나 이것으로 충분하며, 이제 출발하실 수 있겠네요. 외숙이 어쨌거나 대표로서 그곳에 가 계시다는 생각으로 매우 즐겁습니다.

# 1917년

**펠릭스 벨취 앞**

[엽서. 프라하, 우편 소인: 1917년 1월 2일]

친애하는 펠릭스—어제 자네들 두 분께 신년 인사를 하려 했는데 그
러지 못했네. 자네가 그렇게 깊은 안정감 속에서 평온하게 독서하는
것, 그러고는 심지어 가방을 열고, 종이를 꺼내 글을 쓰는 것을 보았
기에, 자네를 방해해도 될는지 아예 의문의 여지가 없었네. 어쨌거나
자네 옆에는 찻잔이 놓여 있었고 불 켜진 거실로 통하는 문이 반쯤
열려 있었지—그래서 스스로에게 말했네, 만일 자네가 더 기세 좋게
그 찻잔을 들거나 아니면 자네 부인이 마침 들어오거나 한다면 나도
들어가도 되겠다 하고. 그러나 그것은 오판이었네.—왜냐하면 마침
내 자네 부인이 들어왔을 때, 그리고 자네가 왕성한 식욕으로 무언가
를 베어 물면서 그녀에게 말하기 시작했을 때, 난 더 들여다보는 것
이 부끄러워졌네, 그리하여 그 작업 중단이 오래 이어질지 아닐지 결
정할 수 없었고 그래서 그냥 와버렸네. 다음번에 하지. 거듭 안부 보
내며. 그런데 말이야, 그 신문의 소식은 좋네.

프란츠

고트프리트 퀼벨[1] 앞

프라하, 16년 1월 3일[2]

존경하는 퀼벨 씨!

귀하의 시들을 지금 막 받았습니다. 감사합니다. 그 시들을 받아 보리라고는 거의 생각하지 않았고, 그것이 아쉬웠습니다. 왜냐하면 저는 보편적인 인상을 강하게 받았기 때문입니다, 모든 세부적인 것들이 이해할 수 없이 빨리 사라져버리는 제 기억 속에나마 말입니다, 그래서 그 인상을 실제로 따라가고 싶었습니다. 이제는 이 세 편의 시로, 특히 「표류자」로 그리할 수 있게 되었습니다, 이 시들[3]은 뮌헨에서 받은 그 인상을 최선으로 다시 환기시켜줍니다. 저는 그곳에서 예사롭지 않은 처지에서 그 시들을 읽었습니다. 저는 제 이야기를 마치 여행 도구처럼 들고 갔지요, 저에게는 만남의 장소이자 황량한 유년 시절의 기억밖에는 아무런 의미도 없는 그런 도시에 말입니다.[4] 그러고는 그곳에서 저의 추한 이야기를 완전한 냉담함으로 낭독했지요. 텅 빈 벽난로의 구멍도 그보다 더 차가울 수는 없었을 것입니다. 그런데 제가, 이곳에서는 드문 경험인데, 모르는 사람들과 시간을 좀 보냈는데, 그들에 대해서 풀버[5]가 한동안 심지어 저를 우롱하기까지 했지요. 그래서 선생을 너무 단순하게 생각했지요, 원칙적으로 저 자신을 돌보기 위해서 말입니다. 그러다가 다음 날 카페에서 선생께서 인생, 작업 그리고 계획에 대해서 이야기하실 때의 그 만족감에 감탄했습니다. 그러고는 한 산문 작품의 후속 이야기를 들으며 어떻게 해야 할지 알 수가 없었습니다. 그러다가 마침내—이로써 뮌헨에서 제 내면에 일어났던 모든 것을 언급했다는 것은 아니나—선생의 시를 대하게 되었습니다. 그 시들은 한 행 한 행 참으로 제 이마를 두드렸습니다. 너무도 순수한, 모든 행이 너무도 순수했지요, 순수한 숨결에서 나오는 것들이었습니다. 저는 제가 뮌헨에서 저지른 모든 것을 그 시들로 정화하고자 했던 것입니다. 그리고 그런 많은 것을 이제 다시 발견합니다. 부디 다시 한번 저를 생각해주십시오, 그리고 제게 무언가 보내주시길 간청합니다.
삼가 최선의 안부와 더불어,

카프카 배상

고트프리트 쾰벨 앞

프라하, 16[1917]년 1월 31일

존경하는 쾰벨 씨!

그동안 몸이 편치 않았고 오늘도 여전히 그렇습니다. 제 위가 얌전하지 못한 것 같습니다. 그렇지 않았다면 오래전에 선생께 편지를 써서, 시를 보내주신 데 감사드렸을 것입니다, 그것은 제게 기쁨을 주었으며, 마찬가지로 다음번 보내시는 것도 기쁨을 주리라는 것을 벌써 알고 있습니다. 그것들은 모두 위안의 시요, 위안의 노래입니다. 그것들은 단지 한 손으로 어둠을 짚은 채 그 속에 머물며, 아마도 그래서 지상에서 전적으로 떨어져 나갈 수 없을 것입니다, 그 밖에 다른 것은 밝음입니다, 선하고 참된 밝음. 선생께서 그것을 숙명으로 아는 바로 그 이유 때문에, 어떤 차가운 감정의 전환이 저를 괴롭힙니다, 마음속에서가 아니라 마치 곡예사의 그네를 타는 듯, 제아무리 최고의 것이라 해도, 그것은 너무도 분명히 존재합니다. 흠잡을 데 없지요. 그러나 선생께서는 전혀 만족하지 못하시겠지요. 예컨대 무엇보다도 지고의 진실에 목표를 둔 그 시를 가득 채우고 있는 "위안의 노래"에서 이루어지는 전환은 마치 두 개의 거대한 버팀벽 같습니다. 또는 부분적으로는 "십자가에 못 박힘"에서도 그렇습니다, 헌데 그 각 하나하나의 시구에 독자는 가라앉게 되지요. 제가 느끼기에 강력한 그 반대의 경우는 아마도 "가을 노래"이며, 그것은 전체적으로 보아 부유하고 있으며, 따라서 소화할 수 있답니다.

선생께서 출판에 어려움을 겪고 있다는 것은 놀랍지 않습니다. 아연실색하거나 경악하지 마십시오, 선생께서 그렇게 하실 때 한 가지 분명한 것은 시간이 가면 그 시들에 누구도 저항하지 못하리라는 사실입니다. 그렇기 때문에 저는, 또한 그럼에도―선생이 내세우는, 어쩌면 더 나은 반대 논거를 알 수는 없습니다만―누군가가 실제로 선생에게 적대적인 일을 하고 있다고는 생각지 않습니다. 또는 오히려 그러한 적대감에 대한 생각 없이―그건 생각만으로도 씁쓸하군요―초기의 난관을 이해할 수 있다고는 생각지 않습니다.

쿠르트 볼프에 관한 한, 선생께서 알고자 하는 모든 것을 제가 물론 찾아보도록 노력하겠습니다. 직접적으로는 아니지요, 왜냐하면 저의 왕래는 그러기에는 너무 형편없고 또 영향력이 없으니까요. 그러나 어쩌면 제 친구 막스 브로트를 통해서는 가능할 것입니다. 세부적으로 무엇이 문제인지, 또는 더 나은 말로는, 세부적으로 무슨 문의나 행동을 해야 하는지, 어떤 방식으로 해야 하는지 저에게 그냥 편지하십시오.

삼가 최선의 안부와 더불어,

카프카 배상

**고트프리트 쾰벨 앞**

프라하, 17년 2월 21일

존경하는 쾰벨 씨! 새로운 시들 대단히 감사합니다. 제 착각이 아니라면, 그것들은 정말로 새로운 시입니다. 이전의 세계에 대하여 엄청난 신세계가 전개됩니다. 선생의 왕국은 참으로 광대하군요! 볼프가 양보한 것이 매우 기쁩니다. 그의 식견은 시간이 감에 따라서 가치들을 놓치지 않으리라는 점, 그리고 그에게는 나쁜 '아니오'에서 행운의 '예'로 가는 길이 그리 멀지 않다는 것을 입증해줍니다. 또는 더 나은 말로 하면, [그리 멀지 않은 것이 아니라]⁶ 아주 가까울 것입니다, 만일 계책과 관련해서 선생의 추측이 옳았다면 말입니다.

선생과 또한 좀머펠트⁷ 박사님께 최선의 안부를 보내며,

삼가.


**쿠르트 볼프 출판사 앞**

프라하, 17년 3월 14일

존경하는 출판사 귀하!

지난달 20일에 본인은 귀사에 책 『관찰』에 대한 1917년도 인세정산서의 수취를 확인하는 등기 엽서를 송부했고, 약 95마르크에 이르는 그 금액을 베를린 O-27, 마르쿠스슈트라쎄 52번지, 기술 작업장의 펠리체 바우어 양에게 송금하고자 함을 청했습니다. 동시에 『화부』와 「선고」의 제2판의 계산 여부와 어떤 방식으로 되는지를 문의했습니다.

저는 그 엽서에 대한 회신을 오늘까지 받지 못했으며, 그 금액 또한 상기한 수신자에게 도착하지 않았습니다. 후자는 더욱 당혹스러운 것이, 제가 바로 그 엽서를 보냄과 동시에 그 금액의 입금이 임박했음을 통보했기 때문입니다. 친절을 베푸시어 제 엽서를 처리해주시기 바랍니다.

삼가 정중한 경의와 더불어,

F. 카프카 박사 배상

### 펠릭스 벨취 앞

[프라하, 1917년 여름]

친애하는 펠릭스, 자네는 그 일을 매우 잘 처리했네, 나는 자네에게 무한히 기뻐해주려네. 여느 날 같으면 어렵겠지만, 그러나 아마 일요일에는 가겠네. 오스카와 함께 가면 안 되겠나? 다만 내가 다음 날 살아 있을지 비틀거리고 있을지 모른다는 사실이 유감일세. 후자가 늘 더 개연성이 있지만 말이야. 그럼 내가 『전망』에 게재되었던 하이만의 선거권과 관련된 빼어난 정치 논설을 가지고 가겠네.[*] 어렵지만 자네 도움이 있다면 아마도 이해할 수 있을 글이네. 자네와 자네 부인에게 진심으로 안부를 보내며,

프란츠

### 쿠르트 볼프 앞

프라하, 1917년 7월 20일

존경하는 쿠르트 볼프 씨!

귀하에게서 다시 직접 소식을 들으니 한없이 기쁩니다. 저는 이번 겨울 조금 편안한 시간을 보냈습니다만, 하기야 이제 겨울도 이미 지났습니다. 이 기간 동안 쓴 작품 중 쓸 만하다 싶은 것을 몇 편 보냅니다, 열세 편의 산문 작품들이지요.[*] 이것들은 제가 실제로 하고자 하는 것과는 거리가 멉니다만.

삼가 정중한 경의와 더불어,

F 카프카 배상

친애하는 이르마 부인!

당신의 편지는 우리가 출발한 뒤에야 도착했고(우리는 수요일 정오에 떠났습니다), 그것을 지금에야 받았습니다. 어제 일찍 도착했습니다만, 그러나 오늘 정오에야 상점에 나왔고, 사촌 누이[10]가 그것을 보관했답니다. 그러므로 때늦은 답신을 올립니다.

저는 당시 그 지갑을 제 누이의 집에서 찾았습니다, 댁을 방문한 직후에 말입니다. 상실에 대한 불행감으로, 저는 끔찍이도 구두쇠처럼 굴었고, 댁에서 나와 곧장 이미 앞서 샅샅이 찾아보았던 그 집으로 가서 무릎을 꿇고 조직적으로 마룻바닥 한 장 한 장을 누볐으며, 마침내 그 지갑이 아무 죄 없이 큰 가방 밑에 눌린 것을 발견했습니다. 거기서는 그게 유난히 작아 보였지요. 물론 저는 이 업적이 굉장히 자랑스러웠고, 그래서 댁으로 곧장 달려갔어야 했지요. 그러나 먼저 집에다 말해야 했는데, 집에서는 모든 가능한 지체遲滯가 따랐고, 다음 날 오후에는 우리가 출발해야 했으며, 댁에다 알리는 일은 계속 지연되었습니다. 편지를 쓸 생각은 아니었습니다, 왜냐하면 직접 댁에 가려고 했으니까요. 그러다 마침내는 아예 편지를 쓰지 않고 말았지요, 그러기에는 이미 너무 늦어버렸기 때문입니다. 더욱이 막스에게 댁에다 알려드리라 부탁했고, 뿐만 아니라 저 자신에게 이렇게 일렀지요, 부인은 저나 제 약혼녀와 마찬가지로 그 지갑이 댁에 있을 것이라는 말을 전혀 진지하게 생각하지 않으셨다고 말입니다. 저는 또한 당신에게 누차 말씀드렸지요, 실제로 행동도 그렇게 했고요, 저로서는 제 약혼녀가 댁을 떠나올 때도 그 지갑을 가지고 있었다는 것을 확신하며, 다만 어느 것도 놓치지 않으려는 형식적인 이유에서 문의드리러 갔을 뿐이라고요.

이것이 제 변명입니다. 수적으로는 충분하지요, 아마 너무 많다 하시겠지요. 부인의 편지가 없었더라면, 거의 죄책감도 없었을 것입니다. 하지만 부인께서 사실상 여전히 오랫동안 그 지갑 일을 생각 하셨고 또 가능하다면 그것을 찾기조차 하셨을 것이므로, 모든 변명은 물론 부적절하며, 그래서 오직 부인께 간청할 일만 남았습니다, 저의 태만 때문에 저에게 화를 내심으로써 지갑을 다시 찾은 기쁨을 완전히 망치지는 말아달라는 말씀입니다. 그렇게 된다면, 그 지갑이 설령 900크로네를 담고 있었다 하더라도 (그렇다면 제가 선뜻 다급히 문의했던 것이 설명되겠지요) 엄청나게 비싼 습득 사례금이 되어버릴 것입니다, 제가 행운의 우연에게 지불해야 할 것 말입니다.

그렇게 하시지는 않겠지요.

진심으로 안부 보내며,

카프카 올림


쿠르트 볼프 앞
프라하, 1917년 7월 27일

존경하는 쿠르트 볼프 씨!

그 원고에 대한 귀하의 우호적인 평가는 제게 어떤 확신을 줍니다." 귀하께서 지금 작은 산문 작품의 출간이 (어쨌든 아직 적어도 두 편의 작은 작품들이 보충될 수 있겠는데, 귀사의 연감에 수록된 「유형지에서」와 여기 동봉하는 「꿈」입니다) 적기라고 간주하신다면, 저는 그것에 매우 동감하는 바이며, 출간 형식과 관련하여 귀하를 완전히 신뢰합니다. 또한 이 순간에 저는 소득에 대해서는 전혀 관심이 없습니다. 이 후자의 건은 전쟁이 끝난다면 전혀 달라지겠지요. 저는 제 직장을 포기할 것이며 (그것을 포기하는 것이 진정으로 제 가장 절박한 바람입니다),

결혼을 해서 그리고 프라하를 떠나, 아마 베를린으로 갈 것입니다. 또한 그렇게 되면 제 문학 저술로 얻는 소득에 전적으로 의존하지는 않을 것입니다. 그럼에도 저는—또는 제 속에 깊숙이 자리잡고 있는 관료는, 하긴 그 사람이 그 사람이지만, 그 시대에 대해서 억압적인 두려움을 지니고 있습니다. 제가 부디 바라는 것은, 존경하는 볼프 씨, 그렇게 되면 저를 아주 버리지 말아달라는 것이며, 물론 제가 절반이나마 값어치가 있다는 전제로 말입니다. 이제 그에 대한 귀하의 한 말씀은 현재와 미래에 대한 모든 불확실성을 넘어 그래도 많은 것을 의미할 것입니다.[12]
삼가 진심 어린 안부와 더불어,

카프카 배상


**쿠르트 볼프 앞**
프라하, 1917년 8월 20일

존경하는 쿠르트 볼프 씨!
귀하의 휴가 중에 두 번씩이나 방해하지 않고자 오늘에야 귀하의 지난번 서한에 답장드립니다.
제 불안감과 관련하여 그 편지에서 귀하께서 말씀하신 바는 극히 우호적이며 읽는 순간 전적으로 만족했습니다.
새로운 책 제목으로 제가 제안하고 싶은 것은 '시골의사'이며 부제로는 '짧은 이야기들'입니다. 내용의 차례로 제가 생각하는 것은 대략 다음과 같습니다.

　　　신임 변호사
　　　시골의사
　　　두레박 타는 사람

전시장에서

옛 원고

법 앞에서

재칼과 아라비아인들

광산 방문

이웃 마을

황제의 밀사

가장의 근심

열한 아들

형제 살해

꿈

학술원에 보내는 보고서

삼가 최선의 안부와 더불어,

F. 카프카 배상


**쿠르트 볼프 앞**

프라하, 1917년 9월 4일

존경하는 볼프 씨,

저는 『시골의사』에 대해서 더 좋은 제안을 바랄 수 없겠습니다. 제가 자발적으로는 그 활자체를 감히 선택할 수 없었을 것입니다, 저 자신도, 귀하도 또한 그 책 자체도 아닙니다. 하지만 귀하께서 그렇게 권하신 이상, 그것을 기쁘게 받아들입니다. 그리고 아마 『관찰』에서 본 그 산뜻한 모양새가 사용될 것으로 봐도 되겠지요?[13]

「유형지에서」와 관련해서는 아마 오해가 있는 듯합니다. 저는 아주 편한 마음으로 그 이야기의 출판을 요청한 것이 아니었습니다. 마지막 두세 장은 졸작입니다. 그리고 그 존재는 어떤 깊숙한 결함을 가리킵니다. 거기에는 어딘가 전체 이야기를 움푹 도려내는 좀벌레가 한 마리 있습니다. 이 이야기를 『시골의사』와 동일한 양식으로 출간하시겠다는 귀하의 제안은 물론 매우 유혹적이며 그리고 어찌나 저를 흥분시키는지 저를 거의 무방비 상태로 만듭니다.—그럼에도 그 이야기는 제발 출판하지 마십시오, 적어도 현재로선. 만약에 귀하께서 제 처지에 계시고 그리고 저처럼 그 이야기를 보신다면, 귀하께서는 제 청을 과도하게 요지부동이라고 생각지 않으실 겁니다. 그 밖에도, 제 힘을 절반쯤 보류해두시면, 귀하께서는 「유형지에서」보다 더 나은 작품을 받으실 것입니다.

다음 주부터 제 주소는 다음과 같습니다.

취라우, 플뢰하우 우체국, 보헤미아.

말하자면 이제 몇 년째 두통과 불면으로 생긴 그 질병이 갑자기 터졌습니다.[14] 이것은 거의 안도감입니다. 저는 꽤 오랫동안 시골에 가 있을 겁니다, 아니 가야 합니다.

삼가 정중한 경의와 더불어,

F. 카프카 배상

### 막스 브로트와 펠릭스 벨취 앞

[프라하,] 1917년 9월 5일

친애하는 막스, 자네와 펠릭스에게 먹지로 복사하여 편지를 쓰네. 어머니께 드린 첫 번째 설명은 놀랍게도 쉬웠네. 나는 단지 간접적으로만 말씀드렸네, 잠정적으로 아파트를 빌리지 않으려고,[15] 건강이 썩 좋지는 않고, 좀 신경이 예민해져 있으니, 차라리 상당기간 휴가를 내보도록 해서, O.[16]에게 가겠노라고. 사소한 암시라 해도 마음껏 휴가를 주고 싶은(만일 어머니가 관련하실 문제라면) 무한한 배려의 마음에서, 어머니는 내 설명에서 조금도 미심쩍은 점을 발견하지 못했네, 그래서 그 일은 적어도 현재로선 그대로 머물러 있을 걸세. 아버지도 역시 마찬가지일세. 그러므로 만약 자네가 이 일에 대해 누군가에게 말한다면 (그 자체가 물론 비밀은 아니며, 내 지상의 소유물은 한편으로 결핵의 첨가물에 의해서 증대했으며, 다른 한편으로는 조금 감소했지), 그 사람에게 동시에 말해주거나, 이미 발설했다면 추후에라도 덧붙여 말해주길 부탁하네, 곧 내 부모님 앞에서는 그 사안에 대해 말하지 말아달라고, 심지어 대화 중에 어떻게든 요청받는 일이 있더라도 말일세.

잠정적으로나마 부모님께 걱정 끼치지 않는 일이 그렇게 쉽다면 어쨌거나 그리 해볼 노릇이지.

다시 한번, 이 부분은 복사본이 아니네, 자네에게 고맙네, 막스. 내가 의사한테 갔던 것은 매우 잘한 일이었고 그리고 자네가 없었더라면 그리 못했을 게야." 그런데 말이지만 자네는 거기서 내가 경솔하다고 말했지, 하지만 그 반대라네. 나는 오히려 너무도 계산적이지, 이런 자들의 운명은 성서가 미리 일러주고 있지 않은가. 그러나 나는 분명 불평하는 것이 아니라네, 오늘은 언제보다도 덜해. 또한 나는 스스로도 그것을 예감했지. 자네 기억하는가, 『시골의사』에 나오는 피 흐르는 상처를? 오늘은 F.에게 편지들이 왔네, 조용하고, 우정 어린, 전혀 원망함이 없이, 내가 내 최고의 꿈들 가운데에서 보았던 그 모습 그대로. 이제는 그녀에게 편지 쓰기가 어렵네.

## 막스 브로트 앞

[취라우, 1917년 9월 중순]

친애하는 막스, 첫날에는 글쓰기에 착수하지 못했네, 여기 모든 것이 그렇게도 좋다 보니까 그랬어. 또한 내가 했어야 할 만큼 거창한 일이라 여기고 싶지도 않았는데, 그러면 형편없는 것에도 표제어를 주어야 했을 것이네. 하지만 오늘은 매사가 이미 자연스런 모습일세 그려, 내부의 약점들이 (질병 말고, 그것에 대해 아직 거의 아는 것이 없다네) 자신을 드러내고, 길 건너 농장에서 때로 노아의 방주에서 나올 법한 우렁찬 외침이 들려오네, 영원한 양철공이 양철을 두드리고, 나는 식욕이 없으면서도 너무 많이 먹는다네, 저녁에는 불빛도 없고 등등. 그러나 좋은 일이 훨씬 압도하네, 내가 지금까지 본 바에 따르면. 오틀라는 이 어려운 세상을 헤쳐 가는 데 자기 날개 위에 나를 문자 그대로 떠받치고 있어. 방은 (동북향이지만) 훌륭해, 통풍이 좋고, 따뜻하고, 그리고 이 모든 것이 거의 완벽한 집의 정적 속에 있는 것이야. 내가 먹어야 하는 것들도 풍부하고 좋게도 나를 둘러싸고 있네 (다만 내 입술이 스스로 그것들을 가로막고 있을 뿐이네. 하지만 변화의 처음 며칠은 늘 그렇다네), 그리고 자유, 무엇보다도 자유가 있네.

그러나 여기에도 아직 상처가 있네, 그 징표는 다만 폐의 상처이지. 자네는 그것을 잘못 알고 있네, 막스, 복도에서 자네가 마지막에 한 말에 따르면 그래. 하지만 아마 나도 잘못 알고 있는지도 모르지. 하긴 (자네 경우에도 내적 사안들은 그럴 것이야) 이런 일들에는 이해란 아예 존재하지 않는지도 몰라. 왜냐하면 전체적 개관이란 없기 때문이야, 그래서 그렇게 요동치며 그리고 간단없이 움직이는 것은 거대한 질량, 결코 성장을 멈추지 않을 질량이지. 비탄, 비탄, 그리고 동시에 다만 고유의 본성 이외에는 아무것도 아니지. 그러다 만일 비탄이 끝나 매듭이 풀린다면(그런 일들은 아마 여자들만이 할 수 있을 거야), 자네와 나는 부서지고 말 게야.

어쨌든 오늘 결핵에 대한 내 태도는 마치 어머니한테 매달린 한 어린 애가 어머니 치맛자락을 붙들고 있는 것과 흡사하다네. 만약에 그 질병이 내 어머니에게서 옮아왔다면, 그 이미지는 더욱 잘 들어맞을 것이야. 그리고 내 어머니라면 그 무한한 섬세함으로 이 일을 하셨을 게야, 이 사안에 대한 이해와는 엄청 다르지만. 나는 이 질병에 대한 설명을 끊임없이 찾는 중이야, 스스로는 그것을 아직 노획하지 못했으니까.

가끔은 내 두뇌와 폐가 내 양해 없이 서로 합의에 이르렀다는 생각이 들어. "이런 식으로 계속할 수는 없다"고 두뇌가 말했고, 그리고 5년이 지난 뒤 폐가 말하지, 도울 준비가 되어 있다고.

그러나 만약에 내가 말하자면, 모든 것이 이런 식으로는 틀렸어. 그 첫 계단의 인식. 그 층계의 첫 계단, 그 정점 위에 내 인간적인 (그리고 무엇보다도 거의 나폴레옹적인) 현존의 보상과 의미로서 혼인의 자리가 평안히 펼쳐져 있겠지. 그 자리는 결코 만들어질 수 없을 것이며, 그리고 나는, 그렇게 정해져 있는 것이야, 결코 코르시카를 떠나지 않을 걸세.

그런데 이것들을 취라우에서 인식한 것은 아니네. 그것들은 이미 기차 여행에서부터 나를 따라왔고, 여행 중에는 내가 자네에게 보여준 엽서들이 내 짐 보퉁이 중 가장 무거운 부분이었어. 그러나 물론 나는 그것들에 대해서 곰곰이 생각을 계속할 걸세.

모든 이에게 그리고 특히 자네 부인에게 『타르튀프』[18]에 관한 안부를 보내네. 그녀의 눈매는 나쁘지 않지, 그러나 너무 집중적이야, 핵심만을 보는 것이지. 그 핵에서 달아나는 방사들을 따르기가 그녀에게는 너무 힘든 것이지.

진정을 담아서,            카프카

## 오스카 바움 앞

[취라우, 1917년 9월 중순]

친애하는 오스카,[19] 나는 더는 참석할 수가 없고, 낭독을 들을 수도 없네. 어쨌든 누구든 이 질병을 가지고 나돌아다녀서는 안 되니까.

현재로선 나는 매우 만족감을 느끼며 그리고 어느 정도 믿음을 가지고서 새 인생을 시작하고 있네. 어제 첫날 점심에 나의 복사판한 사람이 식탁에 함께 있었네. 진짜 방랑객이지. 예순둘의 나이로 10년간을 떠돌아다니고 있다네. 잘 가꾼 카이저 수염을 기른 얼굴에는 깨끗함과 장밋빛. 식탁에서 올려다보면 은퇴한 고위 공무원 같아 보이지. 10년간을 전적으로 구걸에 의존해 살아왔다네, 간간이 짧은 기간의 취업이 휴가였다고나 할까. 예컨대 지난 겨울 내내 방랑 생활을 했다는군, 내내 지금 입은 것과 똑같은 옷을 입고서 (조끼만 예외인데, 지금 입기에는 너무 더워져서 그사이 그걸 팔아버렸다는군), 그런데도 아직 심각한 류머티즘, 또는 다른 질병도 없다니. 지난 몇 년간 단지 머리가 약간 정상이 아니라고 느꼈다나. 그는 가끔 아무런 이유 없이 울적해지고, 모든 것에 즐거움이 없어지고, 그러면 무엇을 어떻게 해야 할지 모르게 된다고 하네. 만일 신을 믿으면 도움이 되지 않겠느냐고 내가 그에게 물어보는 거야. 아니라는군, 그것은 그를 도울 수 없으며, 반대로, 그렇기 때문에 정말이지 사변과 슬픔이 생긴다는구먼. 지나치게 경건하게 살다 보면, 자연히 그런 생각들을 하게 되는 것이라. 그런데 그의 최고의 불행은 결혼을 하지 않은 것이라. 근심 걱정? 물론 그랬다면 근심 걱정이야 있었겠지, 하지만 무엇보다도 가정과, 자녀들에게 기쁨과 머릿속의 안정을 가졌을 것이라고. 몇 번인가는 결혼을 할 기회가 있었지만, 그러나 모친이, 그 모친은 그가 쉰둘이 될 때까지 살았는데, 매번 결혼에 반대했다는군. 두 누이 역시, 그리고 부친도, 그들 모두와 함께 에거란트[20]에서 조그마한 사업을 했는데, 역시 결혼에 반대였다는군. 그런데 만일 모든 사람이 뭘 반대하면, 누구나 흥미를 잃게 되지. 또 만일 결혼을 하지 않으면 곧 술을 시작하게 되고. 그 또한 그렇게 되었다는군. 이제 그는 떠돌이 생활을 하면서 가끔 좋은 사람들을 만나기도 한다네. 예컨대 보헤미아 라이파에서 몇 년 전에 어떤 변호사를 만났는데(그러니까 그 또한 박사지, 그러나 나와는 달리, 진짜 노련한 박사),[21] 그가 점심 식사와 2크로네를 주었다지. 취라우에서는 이미 며칠 전에 내 누이 집에 들렀더래, 그러니까 이번에 두 번째로 온 것이라는군, 물론 그럴 생각이 없이 말이야. 그는 일정한 계획이라고는 없이 방랑 생활을 하는데 (지도를 하나 가지고 있지만, 거기에 마을 이름들은 나와 있지 않아서), 그래서 가끔은 돌고 도는 일이 생긴다는 거야. 그건 뭐 상관없는 일이래, 사람들은 그를 거의 다시 알아보지 못한다니까.

그는 진짜 전문직을 가진 셈이지, 결코 시간 낭비를 허용하지 않는 직종. 그는 마지막 한 입을 입에 넣자마자 (내가 질문으로 그에게 귀찮게 군 것은 아닐세, 오히려 대부분의 시간을 침묵으로 마주앉아 있었으며, 음식도 당황해서 겨우 남모르게 삼켰으니까), 일어서서 그리고 떠나는 것이야. 맥주 만드는 법을 우리에게 보내주시겠나, 우리가 손님들에게 무언가 좋은 것을 내놓을 수 있게끔? 그러면 자네들에게도 뭔가 좋은 일이 될 것 같으이.[22]

진심 어린 안부와 더불어,

카프카


그 위쪽 아파트를 빌리지는 않겠네. 현재로선 필요가 없고 또 미래에도 불확실하다는 것을 감안하더라도, 그 아파트는 내게 너무 크고, 너무 낮은 층이고, 길거리와 공장들에 너무 가깝고 또 너무 우울해 보여.

## 막스 브로트 앞

[취라우, 1917년 9월 중순]

친애하는 막스, 자네나 나나 섬세한 본능을 가지고 있나봐! 매 한 마리, 안정을 찾아서, 위로 치솟다 직선처럼 곧게 이 방 아래로 내리 닫네. 맞은편에는 피아노 한 대, 거칠게 그 페달을 밟으며, 이제 연주하는 중이네, 확실히 이 전 지역에서 유일한 피아노를. 그러나 나는 그것을 던져버리네, 불행히도 다만 비유적으로, 여기에서 주어지는 많은 좋은 것 속으로 섞이라고 말일세.

우리의 편지 내왕은 매우 단순할 수도 있네. 나는 내 편지를 쓰고, 자네는 자네 편지를, 그러면 그것은 이미 답장이요, 판결이며, 위안이며, 절망이지, 하고 싶은 대로. 그것은 같은 칼이지, 그 날카로움에 우리의 목구멍, 불쌍한 비둘기들의 목구멍이, 하나는 여기에서, 하나는 저기에서 잘려나가는 칼. 그러나 그렇게 서서히, 그렇게 도발적으로, 그렇게 유혈을 아껴가며, 그렇게 가슴을 끊어내며, 그렇게 가슴을 끊어내며. 이 맥락에서 도덕성은 아마도 마지막 고려 사항이며, 아니 어쩌면 마지막 것도 아닐지 몰라, 유혈이 첫째요 둘째요 그리고 마지막이지. 문제는 얼마나 많은 정열이 거기에 있느냐, 얼마나 많은 시간이 걸리느냐일세, 심장벽들을 충분할 만큼 가만히 뛰게 하려면 말이야, 그러니까 만일 폐가 심장에 앞서 지쳐 쓰러지지 않는다면 말이지.

F.가 몇 줄 편지를 보냈는데 오겠다는 거야.[23] 나는 그녀를 이해할 수가 없어. 그녀는 특별하지, 아니 더 낫게 표현하면, 나는 그녀를 이해해, 그러나 그녀를 붙잡을 수는 없네. 나는 그녀 주변을 뛰면서 짖어대는 것이야, 마치 신경질적인 개 한 마리가 동상 주변을 맴돌듯 말이야. 혹은 똑같이 참된 대조상을 제시하기 위해서라면, 나는 마치 박제된 동물이 조용히 자기 방에서 살고 있는 사람을 바라보듯이 그녀를 바라보는 것이야. 절반의 진실, 천분의 일의 진실. F.가 틀림없

이 오리라는 것만이 진실이지.

그렇게 많은 일들이 나를 조이네, 난 출구가 없어. 내가 여기에서, 내 말 뜻은, 시골에서, 철도에서 멀고, 그 누구라도 그 무엇도 눈꼽만치도 저항할 수 없는 풀리지 않을 저녁 가까이에서, 영원히 머물고 싶었다면, 그것은 거짓 희망이요 자기기만일까? 만약에 그것이 자기기만이라면, 그럼 그것은 내 혈통이 내 외숙인 시골의사의 새로운 현신으로 나를 유혹하기 때문이지. 외숙을 나는 (모든 최고의 관심을 가지고서) 가끔 "지빠귀"라 부르는데, 왜냐하면 그는 그렇게도 사람 같지 않게 가느다란, 노총각 같은 목구멍이 좁아져서 나오는 듯한, 새와도 같은 재담을 결코 잃지 않기 때문이야. 그리고 외숙은 그렇게 시골에서 살며, 꼼짝도 하지 않을 것이며, 만족해하기를, 마치 가벼이 살랑거리는 광기가 사람을 만족하게 만들 수 있다는 듯, 인생의 멜로디로 간주하는 그 광기가.

그러나 시골에 대한 욕망이 자기기만이 아니라면, 그렇다면 그것은 뭔가 좋은 일이지. 그렇지만 내가 서른네 살에 지극히 미심쩍은 폐를 가지고서 또한 더욱 미심쩍은 인간관계를 가지고서 그것을 기대해도 되겠는가? 시골의사는 더 개연성이 있지, 자네가 확언을 바란다면 말인데, 곧이어 아버지의 저주가 있는 걸세. 희망이란 놈이 아버지와 싸운다면, 신기한 밤의 광경이 펼쳐지네.

자네가 그 소설과 관련해서 가지고 있는 의도는 (우리 싸움꾼들일랑 집어치우세) 정확히 내가 바라는 바네. 그 소설은 위대하게끔 되어 있어. 그러나 이 의도에 비해서 여전히 경박한 처음 두 장은 스스로 드러낼 만한가? 내 느낌으로는 결코 그리 못 하네. 자네가 쓴 그 3장은 뭔가? 그것들이 전체에서 무언가를 결정하는가? 그것이 『띠호』를 반박하는 것이 고통인가? 그 작품을 반박하지 않을 걸세, 모든 참된 것은 반박될 수 없으니까, 반박은 안 되지, 진압이라면 몰라도. 그러나 그것이 모든 종군 기자들이 쓰듯이 여전히 최고의 공격 방식이 아닌가, 곧 일어서라, 달려라, 진압하라? 그 굉장한 요새를 상대로 끊임없이 되풀이되어야 하는 과정, 전집의 마지막 권에 가서 복되게 지쳐서 쓰러지거나. 아니면—더 고약한 운으로—무릎을 꿇을 때까지 반복되는 과정.

이것을 슬픈 일로 말하는 것은 아니네. 또한 내가 근본적으로 슬픈 것도 아니라네. 오틀라와 더불어서 단출하고 좋은 결혼 생활을 하고 있네. 통상적인 난폭한 고압 전류에 바탕한 결혼이 아니라, 똑바로 흐르는 전류의 작은 나선줄에 바탕한 그런 것. 우리는 좋은 살림을 하고 있고, 자네들 모두 바라건대 마음에 들어할 거야. 나는 약간의 물품들을 자네, 펠릭스, 그리고 오스카를 위해서 절약하려고 애를 쓰는데, 그것이 쉽지가 않네. 이곳에도 식료품은 많지 않고, 그리고 먹여 살려야 할 많은 가족의 입에 우선권이 있다네. 그러나 언제나 무언가가 있게 마련, 그것을 사사로이 조달해야 한다네.

그래, 내 병 이야기가 남았군. 열은 없네. 도착할 때 몸무게는 61.5킬로그램이었는데, 하지만 벌써 좀 불어났네. 아름다운 날씨일세. 태양 아래 오랫동안 누워 있게나. 한때라도 스위스를 부러워 말게나, 그곳에 대해서는 어쨌거나 지난해 소식이나 들을 수 있을걸.

매사 즐거운 일이 되기를, 하늘에서 내리는 위안을 기원하네!

프란츠


[종이 여백에 두 마디]
편지 전달자가 필요하다면, 내가 내 타이피스트[24]에게 쉽게 부탁할 수 있다네.

자네는 내 편지 한 통을 이미 받았을 것이야. 편지 한 번에 사나흘 걸리네.

## 오스카 바움 앞

[취라우, 1917년 9월 중순]

친애하는 오스카, 맥주 제조법 매우 고맙네. 우리는 곧 그것을 시험해서 이웃들을 매료시켜보려네. 만일 뭔가 본질적인 것을 얻고자 한다면 매료시켜야 하네. 이 지방 수요를 위해서는 모든 것이 상당량 있네, 하지만 많이 축적하기에는 충분하지 않고, 특히 나 같은 기생충들이, 그러니까 첫 주에 1킬로그램이 불어나(저울이 그렇다고 하네) 여기에 주저앉고들 있으니 말일세. 그러나 나는 자네들, 펠릭스, 그리고 막스를 위해서 뭔가를 좀 절약해보려고 하네. 나의 모든 프라하 연줄은 곤경에 처한 나를 저버렸네, 특히 주요 공급원이. 어떤 종류의 공지 사항이 머릿속에 맴돌고 있네, 그러니 그는 잠시 어둠 속에서 참고 있어야 하겠지.

난 여기서 내 생활에 만족하고 있네, 막스가 이미 자네들에게 말했겠지. 하지만 자네가 각별히 물었던 평안은 여기에서도 찾을 수가 없고, 나는 생에서 그걸 찾기를 포기하려네. 내 방은 조용한 건물에 있긴 하지만, 그러나 맞은편에 서북 보헤미아 지방에서 유일한 피아노가 있으며, 또한 동물들이 서로 소리 지르는 농장이 있다네. 이 지방 거의 모든 이웃들은 아침 일찍 마차로 내 창가를 지나가며, 모든 거위들은 거기서 연못으로 내닫는다네. 그러나 가장 고약한 것은 이웃 어딘가에 있는 목수와 대장장이 두 사람이라네. 한 명은 목재를, 다른 한 명은 금속을 두드려대는데, 특히 첫 번째 사람이 지칠 줄 모르고 그러네. 그 사람은 자기 힘을 훨씬 넘어서까지 일을 한다네. 도를 지나치는 것이야, 하지만 나는 아침 6시부터 그 소리를 듣고 있어야 하니 그에게 전혀 연민을 가질 수가 없다네. 만약에 그가 잠시 실제로 멈춘다면, 그건 다만 대장장이더러 주도권을 잡으라는 걸세.

그럼에도 그리고 다른 몇 가지 일들에도 불구하고, 프라하에 돌아가고 싶지 않다네, 전혀.

자네와 친애하는 부인에게 진심으로 안부 보내며,

프란츠

자네는 아마 이미 편지를 한 통 받아 보았겠지? 여기 우편 연결은 느릴 뿐만 아니라 (프라하에서 오는 편지가 사나흘 걸리고) 불확실하기도 해.


막스 브로트 앞
[취라우, 1917년 9월 중순경]

가장 친애하는 막스, 자네 그 층계참에서 얘기한 마지막 여행 소원은—기억하는가?—어떤 뜻인가? 만약에 일종의 시험 삼아 그랬다면, 난 그만 합격하지 못했을까 두려우이. 테스트라고 해서 나를 강화시키지는 못하지, 나는 그 타격을 제자리에서 받는 것이 아니라, 그것들을 향해 달려들어서 그 사이에서 사라진다네. 내가 지금 결혼할 수 없게 된 것을 감사해야 한다고? 그렇다면 난 당장에 그리 되었을 것이야, 미친 놈이, 어차피 지금 천천히 그리 되어가고 있지만 말이야. 점점 짧아지는 휴식 속에서 내가 아니라 다른 놈이 힘을 모아가고 있으니.

마침내 내가 깨달을 수 있었던 묘한 일은 모든 사람들이 나에게 지나치게 친절하게 대한다는 것, 심지어 말한다면, 내 문제라면 하찮은 일에서나 귀한 일에서나 당장 희생적이라는 것이야. 여기서 나는 보편적인 인간의 본성에 대해서 결론을 내리게 되었는데, 그 결과 한층 더 억압받는 느낌이라네. 그러나 그것은 확실히 잘못이야, 그 사람들은 도대체 도와줄 수 없는 그런 자에 대해서만 그렇게 하거든. 특별한 후각이 그들에게 이런 경우를 보여주는 것이지. 또한 자네에게도, 막스, 많은 사람들이 (모두는 아니고) 좋게 대하고 희생적이지, 하지만 자네 역시 세상에 대해서 그 대가를 치르고 있네, 그것은 올바른 사업적 교환이지(그렇기 때문에 자네 역시 인간사를 균형잡을 수 있는 것이네, 내가 손대서는 안 되지만). 그러나 나는 아무것도 치르지 않네, 적어도 사람에게는.

야노비츠[25] 부친의 편지를 동봉하네. 어쨌든 즐겁게, 그분은 아마 기쁜 답신을 받게 될 것이야. 그 편지는 내게 이제서야 보내져왔네. 펠릭스와 오스카에게 안부 부탁하네. 팔레스타인에서는 무슨 일들이 벌어지고 있나![26]

프란츠

**막스 브로트 앞**

[그림 엽서(취라우), 1917년 9월 중순][27]

친애하는 막스, 소포 매우 고맙네. 그 소녀의 편지는 (지금 나는 오틀라의 방에 있는데, 방금 쥐들이 파렴치한 소동을 일으켰네) 월등히 가장 훌륭한 것일세. 이 사려 분별, 정숙, 우월감, 세속성, 그것은 당당히 그리고 무섭게도 여성다운 것이지.―내가 그것들 모두를 다음번에 돌려보내겠네.―엽서에다 내 방 창문을 동그라미 해놓았네, 오틀라의 집은 표시된 나무 뒤쪽에 있어. 실제로는 그러나 모든 것이 더 좋아, 특히 요즘 같은 햇볕 아래서는.

프란츠

방금 F.에게서 전보가 왔네, 오후에 온다는군.
[덧붙여 씀] 우리가 역으로 당신을 마중 나가겠어요, 차를 가지고서

요. 그러지 않으면 당신은 프란츠 오빠의 스케치를 따라 우리 집 대신에 파이겔 씨 댁으로 가버릴지도 모른답니다. 우리 집은 오시면 직접 보실 거예요, 그러니 그것을 그려넣지는 않겠어요.

오틀라 카프카

## 펠릭스 벨취 앞

[취라우, 1917년 9월 22일]

친애하는 펠릭스, 어떤 오해가 있었던 것 같네. 우리가 자네를, 곧 자네 내외를 초대한 것은 자네들을 여기에서 보고 싶어서였지, 자네들이 여기 있는 많지도 않은 것들을 가져가라는 뜻은 아니었네. 만일에 그런 유의 암시가 있었다면, 그것은 다만 유혹일 뿐이었겠지. 내가 보기에 주요 난점은 휴가를 얻어내는 데 있는 듯하네. 그러나 바로 그 난점을 자네는 가장 가볍게 받아들이네그려. 자네들 내외를 위한 잠자리가 넉넉하네. 그러나 가진 것은 사실상 그리 많지 않네. 이 지방의 수요와 내방한 환자들을 위해서는 임시적이나마 충분하네. 심지어 풍부할 정도지. 그러나 이 중에서 손댈 수 있는 것은 소량이며 다만 서서히 가능하지. 어쨌든 무언가 자네들을 위해서 절약해놓을 것이야.

나는 이주移住에 대해서는 사실 강단이 있네, 훨씬 더 사소한 일 앞에서는 말을 듣지 않지. 차 요법은 마음에 들지 않아. 그러나 이런 폐를 하고서는 아마 건강 문제에 대해서라면 침묵해야 할 게야. 다만 한 가지만 빼고, 이 요법에는 재킷이 있어야 한다는 것, 뒷주머니에 반쯤 보이도록 보온병을 담을 수 있는 것으로 말일세.

무슨 클럽에 초빙된 것인가? 유대인클럽[28]인가? 만약에 자네가 강의를 하고 그것이 제대로만 광고된다면, 자네는 적어도 꼭 한 사람은 청중으로 갖게 될 걸세. 시골에서 몸소 나갈 사람 말일세. 물론 그가 아직 이동할 수 있는 상태라는 조건이 붙지만.

현재로는 그것을 의심하지 않네, 첫 주에 1킬로그램이 불었고, 초기 단계의 병을 악마라기보다는 수호 천사라 느끼고 있네. 그러나 더 진전되면 틀림없이 그 사안의 악마적인 면모가 드러날 것이며, 그다음에는 되돌아보건대 얼핏 천사 같았던 것이 가장 나빴던 것이 되겠지. 어제는 필슈타인 박사님에게서 편지가 왔네(내가 그에게 먼저 전했지, P. 박사[29]에게 갔다고, 진단서 사본도 보냈고). 무엇보다도 그 편지 내용이 이렇네, 치유(!)를 기대하셔도 좋습니다, 물론 그것은 다만 오랜 시간의 경과 이후에 확인될 수 있을 것입니다.

그러니 그에게선 내 전망이 점차로 흐려진다네. 처음 검사에서는 내가 거의 완전히 건강했지. 두 번째 검사에 따르면 심지어 더욱 좋아지기도 했어. 나중에는 가벼운 좌측 기관지염였고, 더 나중에는 "축소 또는 과장하지 않기 위해서 말하면" 좌측과 우측이 모두 폐병이었지. 그런데 그것이 프라하에서는 완전히 그리고 곧 치유될 것이라더니, 이제 마침내 내가 언젠가는, 언젠가는 치유를 확실히 기대할 수 있는 정도라니.

이것은 마치 그가 그 넓다란 등으로 그의 뒤에 서 있는 죽음의 천사로부터 나를 지키려했다가 이제는 점차 옆으로 물러선 것과 같아. 그러나 (유감스럽게도?) 둘 다 나를 놀라게 하지 못한다네.

여기 내 삶은 찬란하네, 적어도 지금까지 누리는 좋은 날씨에서는 말이야. 내 방은 햇빛 비치는 방은 아니야, 그러나 일광욕을 하기에 맞춤한 대단한 햇살이 드는 자리가 있어. 널따란 반원형의 분지 중앙에 언덕이랄까 또는 오히려 작은 평평한 고지가 있는데, 그곳을 내가 정복하고 있네. 어느 정도 높이가 같은 한정된 언덕들에 둘러싸인 채, 거기에서 마치 왕처럼 누워 있다네. 주변 환경의 유리한 입지 때문에 거의 아무도 나를 볼 수 없으며, 그것은 내 긴 의자의 복잡한 배치나 반라의 처지에서 보면 매우 기분 좋은 것이지. 어쩌다 드물게 내 고원의 변두리에 반대편 머리통들이 올라와서 소리지르곤 하지, "벤치에서 내려가라우!" 그보다 더 심한 외침들은 방언 때문에 알아들을 수가 없다네. 아마 나는 이 마을의 바보가 되어갈 거야. 내가 오늘 본 그 현재의 바보는 이웃 마을에서 사는 듯하며 벌써 나이가 들었네.

내 방은 그 장소보다는 좋지 않아, 햇볕도 없고 조용하지도 않다네. 그러나 설비가 잘 갖추어져 있고, 자네들 마음에 들 걸세, 왜냐하면 그곳에서 자네들이 자게 될 테니 말이야. 나는 어제도 그랬듯이, 다른 방에서 아주 편히 잘 수 있다네, 예컨대 F.가 여기에 왔을 때처럼.

F. 때문에 도서관 관련 부탁이 있네. 자네는 우리의 해묵은 "~할 때까지" 논쟁을 잘 알고 있지. 이번에는 내가 그녀를 오해했네. 그녀는 "까지"가 접속사로 사용될 수는 있지만 오직 "~하는 한 그때(까지)"라는 뜻에서만 그렇다는 것이야. 따라서 예컨대 "당신이 올 때까지 나는 당신에게 500킬로그램의 밀가루를 주겠소"라고 쓸 수는 없다는 말이네. (조용히 해봐! 이것은 단지 문법적 예문에 불과하네.) 부디 자네가 결정해보겠나, 그림 형제의 사전에 의해서건 (난 예문들을 이미 잊어버렸네) 아니면 다른 책들에 근거해서건 F.가 옳은지 그른지 말이야.[30] 이 사안은 중요치 않은 것이 아니네, 그녀에 대한 내 이중된 태도, 이 세상의 개 그리고 지옥의 개로서 성격을 규명하기 위해서는 말이야,

그런데 또 하나의 부탁이 있어, 마침 잘 연결되는 것인데, 빌헬름 슈테켈 박사의 『성 및 정서 생활의 병리학적 장애(자위 행위와 동성애)』 또는 그 비슷한 제목의 책 제2권에 (프로이트를 약간 변화 축소시킨 이빈 사람을 알지) 「변신」에 대해서 다섯 줄쯤 적혀 있네. 자네가 이 책

을 가지고 있다면, 나를 위해 그 대목을 필사해 보내는 친절을 부탁하네.[31]

그리고 부탁 하나 더, 이거 끊이지 않는구먼, 그러나 이것이 마지막일세. 나는 여기에서 오직 체코어와 프랑스어로 된 것들만 읽고 있으며, 전적으로 자서전 또는 편지 기록뿐이네, 물론 대개 잘 인쇄된 것일세. 그러니 자네가 내게 그런 종류의 책 한 권 빌려줄 수 있겠나? 그 선택은 자네에게 일임하겠네. 그런 종류란, 군사, 정치, 또는 외교적인 데 너무 한정된 것만 아니라면, 나에게는 충분히 비옥한 것이지. 체코어의 선택 가능성은 틀림없이 특히 적은지라, 뿐만 아니라 아마 이 책들 중 최고의 것이라, 보제나 넴초바[32]의 서간집을, 인간의 인식을 위해 무진장 읽었네.

자네의 정치적 저술[33]은 지금 어찌 되었나?

많은 안부를 보내며,

프란츠

내게 이런 생각이 떠오르네:『낭만주의의 사랑의 생』역시 나쁘지 않으리라는. 그러나 위 두 책들이 더 중요하네. 보증금이 필요하다면 지불하겠네. 자네는 이미 그 4권의 책(『석교』와 『프라하』)을 받았겠지.[34] 만약에 자네가 그 책들을 가지고 있다고 회신하면, 우리 상점에서 누군가가 그것을 가지러 갈 것이며, 그리고 그들이 가끔 보내는 소포와 함께 그것들을 보내줄 거야.

오틀라는 어제부터 프라하에 있다네, 그렇지 않다면 그녀 역시 편지를 썼을 것이야.

앞 장에 지워진 말은 어떤 질문의 시작이었는데, 내가 그만두었지, 너무도 많은 조야한 전문적 호기심이 들어 있기 때문이었네. 내가 그 고백을 한 지금, 한결 기분이 좋고 그래서 물을 수 있네, 로베르트 벨취[35]에 관해서 자네 뭐 좀 아는가?

막스 브로트 앞

[취라우, 1917년 9월 말]
가장 친애하는 막스, 자네 편지는 첫 번째 읽을 때는 분명히 베를린 투가 있었는데, 그러나 두 번째 읽을 때는 이미 그 음은 사라지고 다시금 자네 목소리였네. 때가 되면 내 병에 대해서 이야기할 시간이 있으리라는 생각을 늘 했지, 헌데 자네가 알고자 하니 말인데, 체온을 계속 쟀는데 완전히 열이 없다는구먼, 그러니까 곡선이 없다는 말이지, 교수도 첫 주의 자료를 모은 뒤에는 당분간 그 문제에 관심을 갖지 않더군.─아침 식사로는 찬 우유. 교수가 말하길(방어할 경우, 내 기억력은 훌륭하게 되지), 우유란 얼음처럼 차거나 아니면 뜨겁게 마셔야 된다는군. 아직 더운 날씨이니 찬 우유에 대해 반대할 이유가 없지, 그것에 습관이 되어 있으니 말이야, 그리고 경우에 따라서는 찬 우유 반 리터쯤에 많아야 1/4리터의 따뜻한 우유를 마시지.─끓이지 않은 우유를 말이야. 해결되지 않은 논쟁일세. 자네는 세균들이 강화될 것이라 생각하겠지, 내 생각에 그 일은 그렇게 수학적이지 않고, 끓이지 않은 우유가 더 힘을 보강한다네. 하지만 나는 고집을 부리지는 않아, 그래서 끓인 우유도 마찬가지로 마시네, 그리고 날씨가 더 쌀쌀해지면 다만 따뜻한 우유나 요구르트만을 마실 것이야.─간식 시간은 없지. 단지 처음에, 그러니까 내가 체중이 불기 전에는, 또는 그 이후에도 전혀 식욕이 없을 때나, 그렇지 않으면 오전 오후에 요구르트 1/4리터를 먹지. 더 자주는 마실 수가 없어, 생이란(일반적으로) 충분히 처량하다네.─휴식 요법은 없느냐고? 나는 매일 대략 8시간 정도 휴식을 취하네. 정식으로 안정 요법 의자에 눕지는 않으

나, 내가 경험했던 많은 다른 안정 요법 의자보다 더 편안한 어떤 장치에 누워 있곤 하지. 그것은 널따란 낡은 안락의자인데, 앞에 두 개의 발 걸상을 세워놓고서 말이야. 그 조합은 훌륭하네, 적어도 당분간은, 내게 담요가 필요 없을 때까지 말이야. 따뜻하게 감싸지 않느냐고? 하지만 나는 지금 햇볕에 누워서 바지를 못 벗는 것을 아쉬워한다네, 그것이 지난 며칠간 나의 유일한 옷가지인데 말이야. 진짜 안정 요법 의자가 이미 다가오고 있어.—의사한테 가는 도중이거든. 내가 언제 말했던가, 의사에게 가지 않을 것이라고? 내키지 않으면서도 가겠지, 가기는 가야 할 거야,—슈니처[36]는 회답이 없네. 자네는 내가 이 병을 미래의 관점에서 너무 무겁게 평가한다고 생각하나? 아니야. 이 병의 현재가 내게 너무 안이하고 또 여기서는 느낌이 가장 결정적인 요인인데, 내가 어찌 그럴 수 있겠나. 만일 내가 언젠가 그런 유의 무언가를 말했다면, 그것은 공허한 꾸밈에 지나지 않아, 그런 꾸밈 가운데서 가난한 시기에 그렇게 풍요롭게 느끼는 것이지. 아니면 나 자신이라기보다는 그 병이 그렇게 말했던 것이겠지, 내가 그 병에다 그러기를 요구했기 때문에. 확실한 것은 다만 내가 더 완전한 믿음으로 귀의할 수 있는 것은 죽음 이외에는 아무것도 없다는 거야.

F.의 방문에 관한 긴 전사 그리고 역사에 대해서는 아무 말 않으려네, 왜냐하면 자네 편지에도 자네 자신의 문제에 대해서는 일반적인 한탄만이 표현되어 있기 때문이네. 그러나 한탄이란, 막스, 당연한 것이지, 비로소 그제서야 핵심이 깨어지는 것일세.

자네가 옳아, 우유부단인지 아니면 그 밖의 다른 무언가가 드러나는지, 그것은 전적으로 관점에 달려 있네. 우리는 늘 우유부단 중에 있는 초심자들이네. 오랜 우유부단이란 결코 존재하지 않아. 그것은 항상 시간을 갉아먹거든. 자네가 내 처지를 이해하지 못한다는 것이 이상하면서도 동시에 사랑스러워. 내가 F.에 대해서 더 잘 설명할 수 있을지, 그래야만 한다 하더라도—완전히 평생을 지속하도록 고안된 이 경우는 결코 사라지지 않을 걸세. 다른 한편 나는 감히 결코 이렇게 말하지는 않겠네, 만약에 자네 처지에서라면 나를 위해 할 수 있는 일을 알 것 같다고 말이야. 난 자네 경우나 내 경우 모두 지금 밖에서 짖는 개처럼 속수무책이네. 다만 내 속에 지닌 미약한 온기나마 도움이 될 수 있을지, 더 이상은 없네.

몇 가지를 좀 읽어봤는데, 하지만 자네 상태를 고려해볼 때 아무 언급할 가치가 없어. 기껏해야 스탕달에 나온 한 일화인데, 그게 『교육』"에 나오는 것인지도 몰라. 그 젊은이는 파리에 처음 온 사람이지, 직업 없이 빈둥거리며, 탐욕적이고, 파리와 모든 것에 불만인 거야. 그가 기식하던 친척의 지인 가운데 한 유부녀가 매번 그에게 다정하게 대했지. 한번은 그녀가 그녀 애인과 함께 루브르 박물관에 가자고 그를 초대한다네. (루브르였던가? 의문이 일기 시작하네. 글쎄 그런 종류의 어떤 장소일세.) 그들은 갔네. 박물관을 떠나는데 비가 몹시 쏟아졌지, 온통 진흙투성이야, 집으로 가는 길은 멀고, 그래서 그들은 마차를 타야 하네. 그는 주체할 수 없는 현재의 기분에 빠져서 그들과 함께 타기를 사양하고 그 황량한 길을 혼자서 걷는다네. 그러다가 자기 방으로 갈 것이 아니라, 이 여인에게로, 곧 가까운 골목에 살고 있는 이 여인을 방문할 수도 있으리라는 생각에 그는 거의 울 뻔하였지. 그는 완전히 넋이 나가서 계단을 오르네. 물론 그가 발견한 것은 이 여인과 연인 사이의 정사 장면일세. 혼비백산한 그녀는 소리지르네, "하느님 맙소사, 왜 당신은 우리와 함께 마차를 타지 않았느냐 말예요?" 스탕달은 뛰어 나오네.—말이 났으니 말인데, 그는 인생을 어떻게 처신해야 하는지 잘 이해하고 있었네.

프란츠

다음번에는 부디 무엇보다도 자네 자신에 대해서 써주게.

**막스 브로트 앞**

[취라우, 1917년 9월 말]

친애하는 막스,

자네의 두 번째 인쇄물 소포가 단지 우연히 나에게 도착했네, 배달원이 그것을 어떤 농부의 집에 떨구었더란 말일세. 여기 우편은 매우 불확실해, 내 편지 배달이 그렇듯이(아마도 우리 우체국이 철도역도 없는 곳이라서 그런 것이겠지만), 그러니 자네가 우편물에 번호를 매기는 것이 좋을 것 같아, 이의를 통해서라도 분실된 것을 받아보게 말이야. 지난번 보낸 것이 없어졌더라면 각별히 섭섭했을 것이야.『유대의 메아리』에 있는 하시드적 이야기는 아마 최상의 것은 아니겠지,³⁸ 그러나 다른 이야기들은, 잘 이해하지는 못하지만, 내가 내 체질과 무관하게 즉각 그리고 언제나 편안함을 느끼는 유일한 유대어지, 그래 다른 모든 이야기들 속으로 그저 빨려 들어가는 것이야, 그러면 다른 바람이 나를 밖으로 다시 떠밀어낸다네. 나는 당분간 그 이야기들을 여기 가지고 있겠네, 자네가 반대만 하지 않는다면.

왜 자네는 유대 출판사³⁹의 부탁 아니 심지어 J. 박사의 부탁을 거절했는가? 그것은 물론 큰 부담이요, 그리고 자네의 현재 상태가 이의가 되지, 하지만 그것이 거절을 정당화하는 데 충분하겠는가?—자네는 수필집을 바라지 않는 것이겠지, 왜냐하면 매사가「에스터」⁴⁰를 위해서 결정나 있으니까?

뢰비는 부다페스트의 한 요양원에서 편지를 보내오고 있어, 그곳에서 3개월간 머물고 있다네. 그는『유대인』⁴¹에 게재할 수필의 도입부를 보내왔네. 난 그 부분을 매우 쓸 만하다고 여기지만, 그러나 당연히 얼마 안 되지만 문법적인 마무리 작업이 있어야 하고, 그러려면 엄청 섬세하게 손봐야 하네. 다음번에는 자네가 평가해 보도록 이것을 타이프해서 (그게 말이야 매우 짧거든) 보내겠어. 어려운 점의 한 보기를 들지. 그는 유대 극장의 청중과 폴란드 극장의 청중을 다르게 말하는데, 연미복의 남자들과 실내복 차림의 여인들이라는 거야. 더 훌륭하게 표현될 수는 없겠지, 하지만 독일어로는 거부감을 주지. 그런 것들이 많다네. 하이라이트가 더 효과적이긴 한데, 그의 언어는 정말 유대어와 독일어 사이에서 흔들리되 조금 더 독일어 쪽으로 기울고 있네. 내가 자네 같은 번역 능력이 있다면 좀 좋아!

프란츠

자고새 고기를 조금 자네와 펠릭스에게 보내네. 맛있게 먹게나.


**오스카 바움 앞**
[취라우, 1917년 10월 초]

친애하는 오스카, 이곳으로 오는 여행은 놀랍게도 간단하네. 우선 미헬로프⁴²행 기차를 탄다고 치세, 이른 아침 7시 전에 국립역에서 급행열차로 출발하면 여기에 9시가 지나면 도착하지, 또는 2시에 완행을 탄다면 저녁 5시 반에 여기 도착이네. 전보로 알려주면 우리가 자네를 데리러 마차를 대동할 것이며, 그래 대략 반 시간이면 취라우에 도착한다네. 이 여행은 하루 나들이(밤 10시 이전에 프라하에 돌아감)로 할 수도 있고 또는 더 오래 머무를 수도 있지. 왜냐하면 내 방에는 훌륭한 침대가 두 개 있는 데다가, 그동안에 나는 또 다른 방에서 잠잘 수 있으니까, 그 방 또한 아주 좋아서, 만일 난로만 있었다면 내가 영영 거처하고팠을 그런 방이거든. 우유 등 속은 넉넉히 마련될 수 있으며, 그리고 심지어 몇 가지 식료품도 실어 올 수 있다네.

그럼에도—자네에게 아주 편한 마음으로 오라고 권할 수는 없네. 첫 주 그리고 아마도 두 번째 주까지만 해도 사정은 달랐네. 그때는 자네들 모두가 여기 오기를 바랐고, 그리고 만약에 자네들에게 개별적으로 방문을 청하지 않았다면 그것은 오로지 이런 이유들 때문이네, 곧 한편으로는 자네들 모두가 와야 한다는 것이 나에겐 당연지사로 보였기 때문이며, 다른 한편으로는 여기에선 믿을 수 없는 기분과 얼뜨기의 모습을 한 우편이 너무 먼 길을 우회하기 때문이네(취라우-프라하-취라우 = 8일 또는 전혀 불통), 그러한 긴박한 소식을 위탁하기에는 더더구나 먼.—그런데 지금 이 세 번째 주에는 사정이 변하고 있으며, 사람을 초대해서 무슨 득이 있을지 잘 모르게 되었네. 어쨌거나 내게 취라우는 여전히 옛날의 취라우이며, 나는 여기에 내 이로 꽉 물고 있으려 한다네. 사람들이 나를 여기에서 끌어내리려면 그전에 내 턱을 부셔야 할 정도로 말일세. (아닐세, 이건 하나의 과장이고, 그것을 썼을 때도 나는 전체적으로 내려다보지 못했네.) 어쨌거나 여기는 모든 것이 나에게 좋다네. 하지만 누군가 다른 이에게는, 아무도 좋아할 수 없는 것들이 있지, 심지어 자네들 둘, 그렇게 온순한 자네들조차도, 좋아하지 않을 일들이.

무엇보다도 나 자신, 아니 '무엇보다도'가 아니라 그냥 다만 나 자신이 문제지. 그래서 자네에게 청하는데, 내가 솔직하게 말해도 좋을 자네에게 말인데, 처음에 자네들에게 오기를 청했던 꼭 그만큼 진심으로 청하는데, 지금은 오지 말게나.

이것은 물론 의학적으로 증명된 내 질병과는 아무런 관련이 없네. 내 상태가 그전보다 더 좋은지 나쁜지 난 전혀 모르네, 그냥 전처럼 잘 지내고 있네, 지금까지는 그렇게 쉽게 견디고 그리고 그렇게 억제할 만한 통증이 없었고, 만약에 이 미심쩍은 것만 아니라면 말이네, 하

긴 그게 아마 그것일 걸세. 나는 어쨌거나 보기에 좋아서, 어머니가
일요일에 여기에 오셨는데, 역으로 마중을 나가니 나를 알아보지 못
하시더군. (그런데 말이지, 부모님은 결핵에 대해서 아무것도 알지 못하시
네, 그러니 조심해야 하네, 그렇지 않는가, 만약에 자네들이 그분들과 우연
히 마주칠 경우 말일세). 지난 2주 동안에 나는 체중이 1킬로그램 반이
나 불었네(내일 세 번째로 무게를 달아볼 걸세). 잠은 매우 다양하게 자
지만, 그러나 평균은 그렇게 나쁘지 않다네.─그 밖에도 나는 곧 (내
가 말하는 '곧'은 '이달 말'을 뜻하며─나는 여기에서 그렇게 시간의 도사가
되었네) 프라하에 갈 것이며 그리고 자네는 이 모든 것을 자네 스스로
확인할 수가 있을 걸세, 좋든 나쁘든 간에.

친절하게도 자네가 보내준 그 새로운 요리법은 우리를 부끄럽게했
네. 이 일 또한 취라우식 발전을 겪었다네. 처음에 우리는 감격했고,
코르크와 코르크 기구가 없는 것이 본질적인 장애는 아니라고 여겼
네. 그러다가 그 감격은 사라지고 이제는 코르크와 코르크 기구를 도
저히 구할 수가 없다는 확실성만 남았다네. 이제 자네가 쓰기를, 그
병들을 밀랍으로 봉할 수도 있다고 하네. 그것은 이 일을 다시금 약
간 소생시킬 수도 있겠지. 그렇지만 현재는 무엇보다도 농장에서 할
일이 한없이 많고 오틀라는 끊임없이 엄청난 일 속에 파묻혀 있다네.
내 주요 관심사 가운데 하나는, 비록 내가 안정 요법 의자에서 꿈꿀
때만 일어나는 일이지만, 어떻게 하면 자네들에게 무언가 식료품을
조달해줄 수 있을까 하는 걸세. 안타깝게도 가진 것이 얼마 없고, 우
리 자신도 이 얼마 안 되는 것에 의존하고 있다네, 왜냐하면 우리는
닭도 없고 소도 없고 충분한 식량도 없으니 말일세. 그 밖에 우리가
모을 수 있는 버터와 계란 등에 대해서는 무엇이고 프라하의 가족들
이 아우성을 치네. 사냥 짐승도 괜찮겠나? 잠정적으로는 자네들을
위해서 4킬로그램의 좋은 밀가루를 비축해두었네. 그것은 자네들 것

이며 그리고 늦어도 내가 프라하에 도착한 직후에는 받게 될 걸세. 다가오는 겨울의 어둠 속에서 그것은 다만 희미한 빛일 뿐이라는 것을 알고 있네.


### 엘자 브로트와 막스 브로트 앞

[취라우, 1917년 10월 초]

친애하는 엘자 부인, '루체르나'의 의미를 밝혀내지 못해서 놀라운가요? 허나 그것은 댁이 오히려 기뻐해야 할 일이라오. 거기에서 일어나는 일은 어느 정도 인류의 창틀에서 일어나는 것이오. 만약 누군가 그 위에 너무 오래 머물면 떨어지게 마련이지요, 그런데 그 경우 바깥쪽 허공으로 떨어지기보다는 방 안으로 떨어지는 것이 더 낫소. 그것은 철저히 극단적인 것이고, W.[43]는 그것을 대표하는 것이오. 사진에서 그는 무장을 풀고 있어요, 심지어 자신에게 침을 뱉는 일도 마다않지요, 사진의 입술 모양이 그리고 실제 그렇게 보여주듯이 말이오. 댁은 그 그럴듯한 미소를 잘못 해석하고 있소. 뿐만 아니라 그는 댁이 여기는 것처럼 그렇게 전적으로 유일무이한 것도 아니오. 그를 돼지와 비교한다고 해서 그를 모욕하려는 것 아니오, 다만 특이함, 결단성, 망아忘我, 감미로움 그리고 그 밖에 무엇이든 그의 직업과 관련해서, 그는 이 세계의 질서 가운데 아마도 돼지와 같은 열에 서 있다오. 지금까지 주변의 돼지를 W.와 같이 주의 깊게 바라본 적이 있소? 그건 놀라운 일이오. 그 얼굴은, 바로 인간의 얼굴인데, 거기에 아랫입술이 턱 아래로 늘어지고 윗입술은 눈구멍 콧구멍을 덮지 않고서 이마까지 연결돼 있지요. 이 주둥이 몰골로 돼지는 실제로 땅바닥을 뒤진답니다. 그것은 그 자체 당연한 일이고, 만일 돼지가 그렇게 하지 않는다면 그게 더 놀라운 일일 것입니다. 그건 그렇고 근래 자주 가까이에서 그놈을 본 저를 믿으셔야 합니다, 그놈이 그렇게 하는 것이 더 요상하다는 말입니다. 이렇게 생각할 수 있지요, 무언가를 확정 짓기 위해서는 그 의심스러운 것을 발로 만져보거나, 냄새를 맡아보거나, 또는 필요하다면 가까이에서 킁킁 냄새를 맡아보는 것으로 충분하리라고—아닙니다, 그 모든 것이 다 충분치 못하답니다. 오히려 돼지는 그런 일을 절대로 하지 않으며, 당장에 주둥이를 들고서 힘차게 안으로 달려든단 말입니다, 무언가 구역질 나는 것이라도 말입니다—주변에는 제 친구들, 염소 그리고 거위의 오물들이 널려 있으니—그놈은 즐거워서 코를 그르렁거리오. 그리고—그것은 무엇보다도 저에게 어떻게든 W.를 연상시킨다오—돼지는 몸통이 더럽지 않으며, 그놈은 심지어 말쑥하다고나 할까(비록 이 말쑥함이 맛있어 보이는 것은 아닐지라도), 그놈은 우아한, 섬세하게 걸음을 걷는 발을 지녔으며, 어떻게든 단 한 번의 요동으로 자신의 몸뚱이를 제어하지요,—다만 그의 가장 고상한 기관인 그 주둥이는 가망 없게도 돼지답소.

그래서 아시겠지만, 친애하는 엘자 부인, 취라우에 있는 우리에게도 우리의 '루체르나'가 있답니다. 그리고 만약에 제가 W.의 사진에 대한 감사로 댁에 우리의 돼지 새끼로 만든 햄 한 덩어리를 보낼 수만 있다면 너무도 행복할 것 같다오. 그러나 첫째로 그것은 제 것이 아니고, 둘째로 그놈이 태평하게 잘 살면서도 어찌나 더디 살이 찌는지, 우리(저와 오틀라)는 기쁘나, 그놈이 도살되기까지는 오랜 시간이 걸릴 것이오.

저는 온갖 동물들 틈새에서 잘 지내고 있답니다. 오늘 오후에는 염소들에게 먹이를 주었소. 집에는 여러 가지 덤불이 자라는데, 그 가장 맛있는 잎사귀들은 염소들에게는 너무 높아서 제가 그놈들을 위해 가지들을 아래로 굽혀주었지요. 이 염소들은 그러니까—철저하게 유대인의 유형으로, 대부분 의사들처럼 보였소. 그렇지만 몇 놈은 법률가들, 폴란드의 유대인들 비슷하기도 하고, 따로 도는 젊은 오틀라들도 있어요. 특히나 저를 치료하는 W. 박사는 그들 중에서도 유난히 두드러집니다. 오늘 먹이를 준 세 유대인 의사로 구성된 의사팀은 제게 얼마나 만족을 했는지, 저녁에 젖을 짜려도 내보내려 해도 가지 않으려 하더군요. 그런 식으로 평화롭게 그들의 나날도 저의 나날도 저뭅니다.

제발 밀가루를 언급함으로써 저를 부끄럽게는 마십시오. 제가 댁을 위해서 어떤 기본적인 것들을 보내드리지 못함이 저로서는 진짜 고통입니다. 좀 숙달되었더라면 틀림없이 가능했을 텐데 하면서 말입니다.

진심으로 안부 보내며 벗 프란츠 K.

이 편지를 다시 읽어보았소. 여성분께는 정말 어울리지 않는 편지군요. 하지만 W.가 그 책임을 져야지, 제가 아닙니다.

친애하는 막스, 『수양딸』[44] 매우 고맙네. 그게 내일 안정 요법 의자에서 즐거움을 줄 게야. 슈라이버[45]에 대한 소식은 놀랍네. 그런데 말이지, 플로베르의 부친도 내가 방금 읽은 바로는 역시 결핵 환자였군. 그러니까 그 당시에 꽤 여러 해 동안 비밀리에 그 의문이 관심사였나봐. 곧 그 어린이의 폐 역시 "깨져버리는지"(난 "그르렁거리다"는 표현 대신 이 말을 제안하네) 아니면 그 아이가 플로베르가 되는지.—자네가 그륀베르크[46]를 위해 하고 있는 일에 온 마음으로 찬성하네. 만일 그 일이 성사되면 그가 얼마나 행복해 하겠는가.—자네의 단편소설[47] 소식은 없나?—지난 며칠 동안에 자네는 내 편지 두 통을 받았어야 하네.—10월 말에는 프라하에 가게 될 걸세.

프란츠

지난주, 그러니까 9월 28일에 『자기 방어』⁴⁸가 발행됐는가?

막스 브로트 앞
[취라우, 1917년 10월 초]

친애하는 막스, 내 병 말인가? 터놓고 하는 말인데 나는 그것을 거의 느끼지 않네. 열도 없고, 기침을 그렇게 많이 하지도 않고, 통증도 없네. 숨은 짧아, 그건 사실이야, 하지만 눕거나 앉아 있을 때는 괜찮아, 걷거나 어떤 일을 하는 동안 나타나지. 이전보다 두 배쯤 급히 숨을 쉬네, 하지만 그것이 본질적인 고통은 아니라네. 나는 이런 생각을 하기에 이르렀어, 결핵이란, 내가 지니고 있는 그런 종류의 결핵이란, 특별한 질병이 아니고, 특별한 이름값을 하는 질병이 아니라, 다만 그 의미에 따르자면 보편적인 죽음의 싹이 잠정적으로 예측할 수 없게 강화된다는 것이야. 3주 동안에 몸무게가 2킬로그램 반이 불었고, 그리고 이처럼 이동하기에는 상당히 무거워진 나 자신을 만들어버렸네.

펠릭스에 관한 좋은 소식이 나를 즐겁게 하네, 비록 이미 한물간 것이지만. 어쨌든 그것은 전체 평균 또는 전망을 좀 더 위안해주는데 기여하지. 하긴 그것이 그에게 이롭다기보다는 해가 될 수도 있겠지만.—펠릭스에게는 2주 훨씬 전에 편지를 썼는데, 아직 답장을 못 받았네. 그가 나에게 화를 내고 있지는 않겠지? 만약에 그렇다면 나는 그에게 형편없이 내 병을 상기시키고 그리고 이런 환자에게는 누구도 화를 내지 않는 법이라고 상기시켜야 할지도 몰라.

소설의 새로운 부분이라. 아주 새로운 부분인가, 아니면 자네가 나한테 아직 읽어주지 않았던 그 부분의 개작인가?—만약에 자네가 그것이 첫 장으로 적합하다 생각한다면, 그건 더할 나위 없겠네.—이것이

나에게 얼마나 묘하게 들렸는지 아나, "이제 내 앞에 나타난 문제점들"이라니. 그 자체로서는 사실 당연한 것이지, 다만 그것이 나로서는 이해가 되지 않는데 자네에게는 그토록 친숙한 것이라니. 그것이야말로 진짜 투쟁이야, 생과 사의 가지, 사람이 그것을 극복하든 말든 그건 남는 거야. 최소한 자신의 적수를 보았거나, 적어도 하늘에서 자신의 가상을 본 게지. 내가 그것을 생각해내려고 애를 쓰면, 문자 그대로 아직 태어나지 않은 느낌이야, 어두움 그 자체, 나는 그 어둠 속에서 헤매네.

하지만 전부는 아니야. 자넨 이 눈부신 자기 인식의 단편을 뭐라 할 텐가, 이 부분은 내가 F.에게 쓴 편지에서 베꼈거든. 아마도 좋은 묘비명이 될 걸세.

"만약에 나의 궁극적인 목적을 검토해보면, 나는 도대체 좋은 사람이 되고 어떤 최고의 법정에 일치하고자 노력하는 것이 아니라, 매우 대립적으로 전 인류와 동물계를 조망하고, 그들의 기본적인 선호, 소망, 윤리적 이상을 인식하고, 그리고 나아가서 가능한 한 나 자신을 모두의 마음에 들게 하는 방향으로 발전하고자 노력하고 있음이 드러나오. 그것도—여기에 비약이 따르는데—어느 정도인가 하면, 보편적인 사랑을 잃지 않고, 마침내는 화형당하지 않은 유일한 죄인으로서 내 속에 깃든 비천함을 솔직하게 모두의 면전에서 수행해도 좋을 그런 정도로 모두의 마음에 들기를 바란다오. 단적으로, 인간과 야수의 법정만이 내 관심을 끌 뿐이오. 뿐만 아니라 나는 이것을 속이려 하오, 물론 속임수 없이."

자기 인식의 중점은 다양한 결론과 논증의 가능성을 줄 게야.

『수양딸』을 받았네. 독서는 음악이야. 그 대본과 음악은 본질적인 것을 가져다주네, 그러나 자네는 그것을 마치 거인과 같이 독일어로 번역해냈네. 이 반복에 불과한 것들을 자넨 정말 살아 숨 쉬게끔 해냈네!

곁들여 내가 사소한 것들을 언급해도 되겠나? 단지 이것이야, 우리가 '창작'에서 벗어날 수 있을까? "이봐, 그럼 널 사랑하랴?" 이건 우리가 우리의 비독일인 어머니의 입술에서 배워 귀에 익은 독일어가 아닌가? "인간의 오성─물속에 빠졌네"는 인공적인 독일어야. "두근거리는 열정"─이게 여기 합당한가? 리히터의 주석 두 개는 이해할 수가 없어.[49] "권련이 있었더라면……" 그리고 "교양 있는 신사들 없이 난 거기서 보고(서서?)" 또한 마지막 부분의 "기꺼이"도 이 대단한 위치에서는 좀 거슬리네.─노래 가사들은 더 아름다울 것으로 기대했는데. 그게 아마 체코어에서도 썩 좋지 않을 수 있어.─나라면 "찡그린 죽음"을 라이헨베르거[50]에게 맡기겠어, 자넨 또한 제2막의 끝을 망쳤다고 했지. 하지만 내 기억으로는 이 부분이 자네를 가장 힘들게 했고, 자넨 아마, 다만 진본으로, 그 원고 안에 이 비슷한 번역을 갖고 있을 거야.─그 "성물 보관녀"의 의미에 대해서는 주석을 달아둘 필요가 있지 않을까?

셸러[51]에 대해서는 다음에 쓰지.─블뤼어[52]를 읽고 싶어 안달이네.─나는 글을 쓰지 않고 있어. 내 의지 또한 글쓰는 방향으로 가고 있지 않네. 만약에 내가 두더지처럼 무덤에서 구멍을 파서 나 자신을 구원할 수 있다면, 나도 구멍을 팔 거야.

프란츠

그로스, 베르펠 그리고 그 잡지에 관해서 아무것도 듣지 못했나?[53] 코모토─테플리츠 여행은 어찌 되었나?

오틀라의 소묘에 대해선 자네 아무 말이 없네그려. 그 애는 자네에게 그것을 (자신의 변호용으로) 보내는 걸 그렇게 자랑스러워했네, 그래서 그 편지를 등기로 보냈던 걸세.

## 펠릭스 벨취 앞

[취라우, 1917년 10월 초]

친애하는 펠릭스, 그래 자네는 화를 내지 않는군, 좋아, 그러나 '거짓말' 주변에서 진리의 가상을 볼 수 있음은 거짓말쟁이를 위안해줄 수 없다네. 어쨌거나 그 사안 자체에 대해서 내가 몇 가지 보충할 것이 있네만, 그게 자네에게는 필요 없는 말일세그려. (그런데 말이지 오늘, 짐짓 유쾌한 하루를 보낸 뒤에, 어찌나 권태롭고 나 자신에 대해 어찌나 편견에 빠져 있는지, 이제 정말로 편지 쓰기를 그만두어야겠네.)

놀라운 일이네, 자네가 가르치는[54] 그 범위 말일세.—학생들과 관련해서는 항시 예측했지, 그들은 내게 심지어 느릿느릿 다가왔네, 하지만 놀라운 건 자네란 말일세. 극기, 변덕 없음, 제정신, 확신, 진정한 노동 신조, 또는 거창한 어휘에 대한 모험, 남성다움이란 그런 일에 속하겠지, 그러한 일에 관계하고, 그것들에 집착하고, 실제로 매우 거센 역류에도 불구하고 그것들을 자네의 정신적인 이득으로 전환하는 일, 자네가 사실상 행하고 있는 것과 같이 말일세, 설령 자네는 그렇지 않다고 맹세하려 들 테지만 말일세. 이것이 꼭 언급되어야 할 말이었네. 그리고 심지어 이런 점에서 나는 기분이 한결 좋네.

이제 자네는 아이들의 시끄러움을 이 수업 결과에 대한 환희로 받아들일 수도 있게 되었네. 어쨌거나 아이들의 시끄러움은 가을이 깊어짐에 따라 사라질 것이 틀림없네. 더 환호성 지를 일도 없는 이곳에서처럼 말일세, 여기서는 차츰 거위들을 가두고, 들녘으로 치닫는 것을 그만두고, 대장장이들은 그들의 대장간에서만 일을 하라 하고, 아이들은 집에 머물고, 다만 밝은 노래 부르는 듯한 사투리와 개 짖는 소리만이 그치지 아니하지. 반면에 자네 집 앞은 오래전에 조용해지고, 그리고 여학생들은 방해받지 않고서 자네를 응시하게 될 것이네. 그래 자네 건강은 한결 좋다는 것이군(이상하지, 멍울에 대한 자네의 비

382

밀스러운 집착, 그건 요오드에 대한 선호로 더욱 두드러지게 되는데), 내 병은 더 나쁘지 않다네, 이미 3킬로그램 반에 이른 체중 증가는 중립적인 것으로 여겨지네. 내 병의 원인과 관련해서 나는 고집불통이 아니야, 하지만 이 '증상'에 관한 나만의 소견을 가지고 있다네, 왜냐하면 내가 이른바 원본 문서를 가지고 있으므로 내 의견을 견지할 수 있는 것이지, 심지어 나는 먼저 문제 된 폐에서 제대로 그것을 입증하는 그르렁거리는 소리를 듣는다니까.

건강 회복에는 물론 자네 말이 옳으니 무엇보다도 회복 의지가 중요하지. 그거야 내게도 있지, 어쨌거나, 내가 이 말을 꾸밈없이 할 수 있는 한에서 말인데, 또한 반대 의지도 가지고 있어. 이것은 특별한 병이며, 이렇게 말해도 좋다면, 일종의 선천적인 질병이야, 지금까지 내가 견뎌온 다른 모든 병들과는 다르지. 행복한 연인이 이렇게 말하듯이 말이야, "지난 모든 것들은 다만 착각이었을 뿐, 이제야 비로소 나는 사랑을 한다."

"bis(까지)"에 대한 설명 고맙네. 내게 유용한 것은 다만 이 예문이네, "우리가 다시 만나면 그때 가서 나에게 빌려다오"의 뜻이라는 가정에서, 그리고 "우리가 …… 할 때까지 그렇게 오랫동안 빌려다오"의 뜻이 아닐 때 말이네.[55] 그것은 단순한 인용문만 보아서는 알 수가 없지.

그 책들 때문에 자네는 날 오해했어. 나는 대체로 체코어 원본이나 프랑스어 원본을 읽는 것을 중시하지, 번역들이 아니라. 그런데 말이지만 그 총서류를 아는데, 그것은 내가 읽기에는 (적어도 라코비초바 편)[56] 너무 형편없이 인쇄되었어, 이곳 조명은 도시보다 현격히 좋지 못하지, 내 북창北窓에서는 말이야. 물론 프랑스어 판들은 내가 읽기에 무한대로 있고, 체코어 판이라면 별다른 것이 없다면 그 비슷한 것도 좋지만 학술 서적인 라이히터 총서류[57]를 읽었으면 하네.

전체적으로 그렇게 많은 독서를 하지는 않네. 시골 생활은 내게 썩 잘 어울려. 그 모든 수용하기 어려운 느낌, 곧 근대적인 원리에 의해 설치된 동물원에 살고 있다는 느낌, 거기에서는 동물들에게 완전한 자유가 주어졌다는 그 느낌을 극복한다면 곧, 시골 생활보다 더 쾌적하고 그리고 무엇보다도 더 자유스러운 생활은 없다네, 정신적인 의미에서의 자유스러움 말이야, 주변 세계와 과거 세계에 의한 억압이 고작이니까. 이 생활은 소도시의 생활과 동일시되어서는 안 되네, 그건 아마도 끔찍할 것이야. 나는 언제나 여기에서 살고 싶네. 다음 다음 주에는 아마도 프라하에 갈 게야, 내게는 힘든 일이겠지만.

자네와 자네 부인에게 진정으로 안부 보내네. 벌써 12시야, 지난 사나흘을 이렇게 늦도록 지새고 있네. 좋은 일은 아니야, 내 몸골을 위해서도 그렇고, 극소한 석유 재고량을 보아서도 그렇지. 그 밖에 어떤 일에도 좋지 않네. 하지만 그건 지극히 매혹적이야, 그것뿐, 그 밖에 아무것도 아닐세.

프란츠

막스 브로트 앞

[취라우, 1917년 10월 12일]

친애하는 막스, 사실은 이걸 항상 의아해했네, 자네가 나와 또 다른 사람들에 대해서 "불행 가운데 행복하다"라는 표현을 쓰는 데 대해서,[58] 그것도 극심한 경우에 대한 단순한 진술이나, 유감이나, 또는 경고로서가 아니라, 비난의 뜻으로서 말이네. 그것이 무엇을 의미하는지 자네는 알지 못한단 말인가? 물론 '행복 가운데 불행하다'를 함축하는 이 배움으로 아마 카인에게 그런 징표가 찍혔겠지. 누군가 "불행 가운데 행복하다"면, 그것은 무엇보다 그가 세상과의 공동 보조를 잃었다는 뜻이지. 그리고 나아가서 매사가 그에게서 떨어져나가 버렸거나 떨어져나가는 중이며, 어떠한 소명도 온전한 채로 그에게 더는 도달할 수 없으며, 그래서 그는 어떠한 소명도 솔직하게 따를 수 없다는 것이지. 나는 그렇게 완전히 나쁘지는 않아, 또는 아직까 지는 그렇지 않았어. 난 이미 행복과 불행 모두를 겪었지, 하긴 평균 적으로 보아서는 아무래도 자네가 옳겠지, 이 시기를 고려할 때는 대 부분 그래. 그렇지만 자네는 그것을 다른 음조로 말해야 하는 거야. 이 '행복'에 대한 자네 태도와 비슷하게, 나 또한 '확실한 비애'의 다 른 부수 현상들에 그런 태도일세, 곧 독선에 대해서 그러하네, 독선 없이는 그런 비애가 등장하지도 않지. 난 자주 그것을 생각했어, 가 장 최근에는『신 전망』에 게재된 만의「팔레스타인」[59]을 읽고 나서 야. 만은 내가 탐닉하는 작품들을 쓴 작가들의 한 사람이네. 이 에세 이 역시 굉장한 음식이야, 하지만 그 속에 둥둥 떠 있는 (예컨대) 잘루 스[60]의 곱슬머리 수량 때문에, 누구든 그것을 먹기보다는 감탄하게 되지. 누구든 슬픔에 가득 차면, 세상의 그 슬픈 광경을 드높이기 위 해서 몸을 뻗치고 펴는 듯한 느낌이 들어, 마치 여인들이 목욕 후에 그렇듯 말일세.

물론 나는 코모토[61]에 갈 걸세. 방문객들에 대한 나의 우려를 오해하 지 말게. 다만 사람들이 상당한 비용을 들인 긴 여행을 해서 가을 날 씨에 여기로 오는 것을 바라지 않을 뿐이야, (외지인들에게는) 황폐 한 이 마을, (외지인들에게는) 어쩔 수 없이 무질서해 보이는 살림살 이, 하찮은 불편들투성이에 심지어 거부감까지 일으킬 그런 곳으로, 단순히 나를 만나보기 위해서 오는 것을 말이야, 때로는 지루해하고 (나로서는 가장 형편없는 것도 아니지만), 때로는 과민하기도 하고, 때 로는 오고 있는 편지나 오지 못한, 또는 곧 들이닥칠 편지에 불안해 하고, 때로는 자신이 쓴 편지 한 장에 안심을 하고, 때로는 자신과 자신의 안락을 위해 무한정 염려하는, 때로는 자신을 가장 끔찍한 자로 경멸하기도 하는, 그러고는 곧 푸들 강아지[62]가 파우스트 주변을 맴돌듯 그렇게 뱅뱅 도는 나 같은 놈을 말이야.

반면에 자네가 이따금 지나쳐가는 것이, 나 때문이 아니라 코모토 사람들 때문이라면 내가 더 무엇을 바라겠나? 그런데 말이지만, 취라우 방문은 거의 불가능하다네, 만일 코모토에서 일요일 아침 제시간에 출발할 수 있는 경우라면 또 몰라도(이 순간에는 기차 시간이 대충 떠오르지만), 정오에 취라우에 도착하기 위해서 말이야. 그럼 자네들은 일요일 저녁에 매우 편하게 프라하로 돌아갈 수 있네. 숙박은 권할 만한 것이 아니네, 왜냐하면 월요일 꼭두새벽에 떠나야 하니까 (자네들이 정오까지 프라하에 돌아가려 한다면) 그리고 어쨌든 이 시간대에는 마차 대기하기가 여간 어려운 일이 아닐 듯하네, 왜냐하면 바로 지금은 들판에서 해야 할 일들이 많거든! 그 밖에도, 나도 자네와 같이 프라하에 돌아갔으면 하네, 혼자서 돌아간다는 사실에 대면하기가 두렵기 때문이야, 벌써 사무실에서 오는 친절한 편지들과 특히 사무실에서 자신을 소개해야 하는 필연성이 나를 몸서리치게 하네.

그래서 나는 이런 조정을 생각해냈네, 내가 토요일에 미헬로프에서 자네 열차에 승차해서, 일요일에 함께 취라우에 오고, 저녁에는 함께 프라하에 가는 것 말일세.

건강해야 할 필연성에 대한 자네의 논거는 좋아, 하지만 유토피아 같아. 자네가 나에게 준 이 과제는 내 양친의 결혼 침대 위에, 또는 더 좋게는, 내 민족의 결혼 침대 위에 놓인 한 천사가 한 일인 듯싶어, 나 또한 그런 침대를 가졌다고 가정하고 말이야.

그 소설을 위해 좋은 소망을 빌어보네. 자네의 짧은 언급은 위대한 것을 의미하는 듯하네. 사무실로 인한 어려움에도 그 소설은 내가 프라하에서 다른 한편 그래도 어쩌면 절반이나마 균형을 유지하도록 하는 데 도움이 되겠네.

자네와 자네 부인에게 진심 어린 안부를. 어쨌거나 나는 카바레떼에 갈 기분은 아니네, 하긴 가본 적도 없지만. 그녀는 어떤가? 그러나 카바레떼 자체가 나에겐 지금서부터 출입 금지되어 있네. 모든 '대포들'이 발포되면, 폐 한 쪽의 장난감 권총을 가지고서야 내가 어디로 기어 나가겠는가? 어쨌거나 이 상태가 오래전부터 지속되고 있다네.

프란츠

자네가 일요일 K.에서 언제 마무리 지을 수 있는지, 미리 제때 알려주게나, 그래야 우리가 이어 취라우로 올 수 있는지, 마차가 우리를 태우러 올 것인지, 그리고 내가 짐을 어찌해야 하는지 알 수 있겠네.

**펠릭스 벨취 앞**

[취라우, 1917년 10월 중순]

친애하는 펠릭스, 자네 강좌가 내게 심어준 인상에 대한 간단한 증거를 제시하기 위해서, 여기 오늘 꾼 꿈을 적네. 그건 굉장했네, 말하자면, 내 잠이 굉장했다가 아니라(잠이야 오히려 나빴지, 근래에는 도대체 그렇듯이. 만약에 내 몸무게가 줄어들고, 그 교수가 나를 취라우 밖으로 내보낸다면—난 무얼 하지?), 꿈도 그런 게 아니고, 그런데 그 꿈속에서의 자네 행동이 그랬어.

우리는 골목길에서 만났네. 나는 확실히 방금 프라하에 도착했고 그리고 자네를 만난 것이 매우 기뻤네. 내가 본 자네는 꽤 여위고, 신경 과민에, 그리고 전문 직업인답게 냉소적이었지(자네는 그 시곗줄을 그렇게도 억지로-마비된 듯 지니고 있었네). 자네가 말하더군, 자네가 강의하는 대학에 가는 중이라고. 내가 말하기를, 나도 자네와 함께 가는

*1917년* 387

것이 기쁘겠다고 했지, 다만 잠시 가게에 들러야 한다면서—그때 바로 그 앞에 있었거든(그것은 거기 있는 큰 주막 건너편의 랑엔가쎄 끝쯤이었어).[63] 자네는 나를 기다리겠다고 약속했지, 그러나 내가 안에 있는 동안 자네는 마음이 변해서 나에게 편지를 남겼네. 내가 어떻게 그걸 받았는지는 이미 기억이 없어, 하지만 그 편지의 필체는 여전히 생생하네. 무엇보다도, 수업이 3시에 시작해서 자네가 더 기다릴 수 없으며, 그리고 수강생 중에 자우어 교수[64]가 있는데, 지각함으로써 그분을 성나게 할 수가 없다는 것이었지. 많은 여인들과 소녀들이 주로 그분 때문에 그 강의에 출석하며, 그래서 만약에 그분이 물러서면, 수천 명이 물러서는 것이라고. 그래서 서둘러야 한다고.

그러나 나는 재빨리 따라가서 로비 같은 데서 자네를 발견했네. 그 건물 앞 거친 들판에서 공놀이를 하던 소녀가 이제 무엇을 할 참인가 자네에게 묻더군. 자네는 이제 한 강좌를 강의할 것이라며, 거기서 읽을 독서 목록을 말해주는데, 두 사람의 저자와 그들의 저작물 그리고 어떤 장을 읽을 것인지 말해주더군. 모두 매우 박식하더군. 나는 단지 헤시오도스[65]의 이름만 기억나네. 두 번째 저자에 대해서는 다만 그가 핀다로스[66]가 아니며, 그 대신 그냥 비슷한 이름이지만 훨씬 지명도가 덜한 누구라는 정도. 난 혼자서 자문했지, 자네가 왜 '최소한' 핀다로스를 읽지 않을까 하고.

우리가 들어갔을 때는 시간이 이미 시작되었네, 자네는 그러니까 이미 강의를 시작했는데, 단지 나를 보려고 나왔겠지. 강단 위에는 키가 크고, 힘센, 아주머니 같은, 예쁘지도 않은, 검은 옷을 입고, 코가 뭉툭한, 검은 눈빛의 소녀가 앉아서 헤시오도스를 번역하고 있었네. 난 한마디도 알아듣지 못했어. 이제서야 기억이 나는데, 꿈에서도 그녀가 누구였는지 전혀 몰랐는데, 그녀는 오스카의 누이였네, 다만 조금 더 날씬하고 키가 훨씬 컸지.

나는 (자네의 추커칸들-꿈을 분명히 상기하면서) 완전히 자신을 작가라고 느꼈고, 나의 무지를 이 소녀의 엄청난 지식과 비교하면서, 스스로에게 계속 말했네, "처량하군—처량해."

나는 자우어 교수를 보지는 못했네, 하지만 많은 숙녀들이 출석했지. 내 앞줄 두 번째 의자에는 (이 숙녀들은 눈에 띄게도 등을 강단 쪽으로 하고 앉아 있었는데) G. 부인이 앉아 있었네. 긴 곱슬머리를 하고 머리카락을 흔들면서 말이야. 그녀 옆에는 또 다른 숙녀가 있었는데, 자네는 내게 그녀가 홀츠너 부인[67]임을 일러주었네(그런데 참 젊더군). 우리 앞줄에서 자네는 헤렌가쎄의 다른 비슷한 학교 소유자를 가리키더군. 이들 모두가 자네에게 배운다는 것이지. 누구보다도 나는 다른 좌석에서 오틀라를 보았네. 그 애하고는 자네 강좌 일로 얼마 전에 다투었지. (그 애는 그러니까 오려고 하지 않았지만, 그러나 지금 이렇게 고맙게도 여기에 와 있고 그리고 심지어 매우 일찍 왔다네.)

도처에서, 그러니까 잡담만 하고 있는 이들조차도 헤시오도스에 대해서 이야기하고 있었네. 나로서는 일종의 안도감이 들었는데, 우리가 들어갈 때 낭독을 하던 오틀라가 웃어버린 것 말이야. 그녀는 청중들의 양해하에 한동안 그 웃음 때문에 진정을 못했지. 그렇지만 웃느라고 제대로 번역을 못한다거나 설명을 그치지는 않았네.

오틀라가 번역을 끝마치고 이제 자네가 정식 강의를 시작해야 했을 때, 나는 자네 쪽으로 몸을 굽혔지, 자네 책을 함께 읽으려고 말이야. 그러나 그때 내가 본 것은 너무나 놀랍게도 자네가 손에 가지고 있는 해지도록 읽은 더러운 레클람 판[68]이었던 거야. 그런데 자넨 그리스어 텍스트에도—전능하신 하느님!—'능통'하지 않은가 말이야. 이 표현은 자네의 지난번 편지에서 도움 받은 것일세. 이제 그런데 아마도—이러한 여건하에서는 내가 그 강의를 더는 따라갈 수 없음을 지각했기에—전체 장면이 더욱 불분명해졌네. 자네는 내 예전 동급생 누구 같은 모습이었는데(게다가 난 그를 많이 좋아했지, 그는 총으로 자살했고, 또한—지금 막 떠오른 것인데—낭독하던 여학생과 약간 닮았다네), 그러니까 자네 모습이 변하더라고, 그러고는 새로운 강좌가 시작되었네, 상세한 설명은 줄고, 음악 강좌였네, 검은 피부에 붉은 뺨을 한 자그마한 젊은 남자가 주도했지. 그는 내 먼 친척 누군가와 닮았는데, 화학자에다 (이것은 음악에 대한 특징적인 내 태도인데) 아마 미쳤을 거야.

그래 이것이 꿈이었네, 아무래도 그런 강좌들에 어울리는 품위라고는 없는 꿈. 이제 나는 자리에 누워 어쩌면 더욱 집요한 강좌에 대한 꿈을 꿀지도 모르겠네.

프란츠

## 막스 브로트 앞

[취라우, 1917년 10월 중순]

친애하는 막스, 내가 모든 다른 것들을 전혀 줄이지 못하더라도 되도록이면 내게서 최소한의 방해를 받게나.

나는 『액션』[69]과 마찬가지로 몇 가지 다른 것들을 가지고 있으니, 곧 자네한테 모두 한꺼번에 가지고 가겠네. 자네가 보내준 모든 것이 큰 즐거움을 주네. 그 「라데츠키 행군」[70]의 인상은 자네가 마치 한 편의 시처럼 읽어주던 때와 동일한 인상은 아니었네. 게다가 그 밖에도 무언가가 미흡하네. 축약이 잘못이었을까? 그것이 좋을 수는 없을 것이야. 황홀감에 이어서 증오가 치솟네, 하지만 아무도 그것이 자라는 것을 보지 못하였지. 아마 이야기 내부에 반명제적 발전의 공간이 충분치 못한 것일까? 또는 아마도 가슴의 공간이 없든가.

테벨레스의 문예평은 아마도 쿠를 겨냥한 걸 게야,[71] 부드러움을 지닌 가르침으로서 말이야. 그러니까 그가 최근에 베르펠에 관해서 진짜 참담한 지적인 글을 썼거든. 어떤 정신 상태에서 그러한 글을 쓸 수 있었는지 상상도 안 간다네. 그렇지만 나는 이 수수께끼의 탁자에 앉아 있었네, 그에게 꽤 가까이 다가가서.―내가 특히 주목한 것은, 괴테는 "역시 폰 슈타인이 아니었다"[72]는 사실이네. 그러나 그 전체가 아마도 그 숙녀[73]에게는 가장 당혹스러운 것일 게야. 그녀는 자신이 슈타인 부인에 관한 침울한 책을 썼다고 믿고 있었으나, 여기에서 지적되는 것은 그녀가 내내 눈물의 혼동 속에서 괴테의 바지에만 열중했다는 것이니 말이야.

코모토의 위원회가 나의 프라하 여행길을 약간 어렵게 했네. 물론 그럼에도 나는 갈 것이네. 그러나 임시로 먼저 오틀라를 보내겠어. 그 애가 '물이 어떤지' 확인하도록 말이야. 그다음에 나는 월말에 가겠네.

『자기 방어』의 사설은 그 민첩한 통찰, 항의의 힘, 그리고 그 대담함으로 미루어 볼 때 거의 자네 것이라 할 수도 있겠네. 다만 몇 군데는 곧바로 그렇다고 주장하지 못하게 하는 구절이 있더군. 헬만[74]이 쓴 것이겠지 틀림없이?

진심으로,

프란츠

### 펠릭스 벨취 앞

[취라우, 1917년 10월 중순/하순][75]

친애하는 펠릭스, 내가 자네에게 편지 쓰는 날을 특별히 선택하는 것은 아니지만, 그러나 오늘 또다시 (늘 오늘 같은 것은 아닐 것이네만) 의기소침하고, 무뚝뚝하고, 납덩어리를 견디는 느낌이라네, 아니 차라리 그게 한낮에 그러했다고나 할까. 지금 공동으로 저녁 식사를 한 뒤에는, 오틀라가 프라하에 있거든, 다시 그런 기분이 아니라, 더욱 깊어진 느낌이야. 그리고 덧붙여서 오늘 집 안 대청소를 했는데, 그것이 나에게 그렇게 고마운 일이었다네. 램프 밑바닥에 틈이 생겼는데, 공기가 새며 불꽃이 깜박이고 있어, 내가 나무 조각으로 그 틈을 막은 뒤에도 여전히. 그러나 아마도 이 모든 것이 편지 쓰기에 어딘가 도움이 되네.

이 시골 생활은 아름답고, 그런대로 지낼 만하네. 오틀라의 집은 링 플라츠에 있으며, 그래서 내가 창밖을 내다보면 광장 맞은편에 또 다른 작은 집이 보이네, 하지만 바로 그 너머는 열린 들판이네. 무엇이, 모든 의미에서, 호흡에 더 좋을 수 있을까? 나에 관한 한, 모든 의미에서 나는 헐떡거리네, 신체적으로는 최소한으로. 하지만 어딘가 다른 곳에 가면 질식에 가까운 느낌이네. 그것은 어쨌거나, 내가 능동적 그리고 수동적 경험으로 알고 있지만, 여러 해 지속될 것이야.

이곳 사람들과 나의 관계는 매우 느슨해서, 지상의 삶 같지가 않다네. 오늘 저녁에 예컨대 어두운 신작로에서 두 사람을 만났는데, 남자였는지, 여자였는지, 아이들이었는지, 난 알지 못했네. 그들은 내게 인사했고, 나는 감사를 표했지. 아마 그들은 내 외투 윤곽으로 나를 알아보았나보이. 헌데 아마도 나는 불빛에서 보았더라도 그들이 누구인지 몰랐을 것이며, 목소리로도 마찬가지일세. 사투리를 쓰는 사람들의 경우에는 도대체 그것이 불가능한 듯하네. 그들이 내 곁을 지나간 다음에, 누군가가 뒤돌아서서 "헤르만 씨"하고 부르는 거야, "헤르만 씨(내 매제의 성姓이네, 그래서 그것이 내 성이 되었다네), 혹시 담배 있소?" 나는 "미안하오만 없소" 그랬네. 그것으로 끝났네. 헤어지는 사람들의 말과 착각. 난 지금 이 상태대로 더 나은 것을 바라지 않네.

자네가 "반대 의지의 침투"에서 의미하는 것을 난 이해한다고 생각하네. 그것은 그 망할 놈의 심리학 이론 영역에 속하고, 자네는 그런 것을 좋아하지 않지만 거기 사로잡혀 있는 듯하네(나 역시도 그렇겠지). 허나 자연 요법 이론들이나 그것들과 동종인 심리학 이론들이나 마찬가지로 잘못되어 있네. 그것은 세계가 단일 관점에서 치유될 수 있는가 하는 문제의 해결은 건드리지도 못하네.

나는 슈니처의 강연을 들었으면 했네. 자네가 슈니처에 관해 하는 말은 아주 옳지만, 그러나 그런 유의 사람들은 모두 너무 쉽게 과소평가된다네. 그는 전혀 기교가 없고, 대단히 솔직하지, 따라서 그가 아무것도 갖지 않은 곳에서는 연설자로서, 작가로서, 심지어 사상가로서, 자네가 말한 대로, 복잡하지 않은 정도가 아니라 어리석기까지 하다네. 그러나 그와 마주 앉아 그를 보게, 그를 개관하도록 노력하게, 특히 그의 영향력을, 잠시라도 그의 관점에 조금이라도 접근을 시도하게—그는 그렇게 쉽사리 무시될 수 없는 사람이라네.

나의 "그 책"은 실제로 그런 대로 가치가 있을지도 모르겠네. 나 역시 그것을 읽고 싶기도 했으니까. 그 책은 천국의 서가 어딘가에 꽂혀 있겠지. 그러나 만일 일흔일곱 살 노부인이 생일 선물로 그 책을 선물받고 싶어 한다는 것(아마도 그녀의 증손자에게, 손자는 이러겠지 "전 꼬마예요, 제 선물도 꼬마예요……"), 그로 인해서 클레망소[76] 가계의 피가 격앙된다는 것, 그리고 그 교수님[77]께서는 검지를 치켜들지 않으시고 결정적인 판단을 내리신 것(의심할 여지없이 더 깊은 경멸을 입증하는 상황인데), 그 모든 것은—그건 너무하네, 그건 잘못이야.

어쨌든 나는 그 교수님에게 항시 각별한 존경심을 느끼고 있었지, 내가 기억할 수 있는 한, 내가 그분 밑에서 형편없이 대응했던 기억 때문이 아니라, 그분이 허례의 온갖 무게를 지고서 강단에 섰던 다른 교수와는 다르게, 5개의 획으로 윤곽을 그릴 수 있을 정도로 순수한 자태로 강단에 섰기 때문이야, 그러니까 사람들이 어떻게든 그 앞에서 머리를 숙였던 그의 본질적인 의도들은 겸양에 있음이 틀림없어. 세 과목이라고? 반나절 근무하는 주중에 그럴 여유가 있는가? 그건 너무 많네, 거의 김나지움 교수로서 생활을 채우기에도 빠듯하겠구먼. 막스는 그에 대해서 무어라 하는가?

자네가 나이 든 여학생들에게 했던 강연 제안은 아마도 좀 비교육적이었던 것 같네, 말하자면 실제로 놀랄 만했네. 그들은 자네를 바로 그날의 거인 자태에서, 소녀들이 지닌 모든 에너지를 모아서 '청년 독일'로 바꾸어놓았네.[78] 그것은 무엇보다도 자네가 강박감에서 불평하는 것처럼 그렇게 항상 자네에게 낯설지는 않지. 그런데 말이지만 다음 달에는 『청년 독일』이라는 새 잡지가 출간된다네, 코른펠트의 편집으로 '독일 극단'에서.[79]

그리고 『인간』[80]은 어떤가? 오랫동안 고집스레 광고가 나가긴 했지만, 그러나 아마도 좋은 것이 될 걸세. 자네는 그것을 전혀 언급하지 않네그려.—자네와 자네 부인에게 거듭 안부를 보내며.

프란츠

[종이 여백에] 볼프에 대해서 놀라지 말게나,[81] 그는 뽐내고 있음에 틀림없네. 모두가 그를 공격하지 않는 것만도! 그는 사안들을 구분할 상황이 못 되네.


**막스 브로트 앞**

[엽서. 취라우, 1917년 10월 22일]

친애하는 막스, 그럼 27일 코모토에서. 저들 코모토 관계자들의 이랬다저랬다 하는 결정들이 물론 사람을 심하게 휘두르네, 특히 자네를 그러겠지. 그러나 나 또한 그러네. 진실을 말하자면, 자네의 코모토 여행이 아닌들 나는 프라하에 가지 않을 걸세, 적어도 2주 동안은. 여기 생활은 가치가 있을 뿐만 아니라, 그 맥락 또한 가치가 있는데, 그것을 여행으로 잃는 것이네. 뿐만 아니라 지난 며칠간—기분은 최고인데—식욕이 전혀 없네. 만약에 내가 몸무게가 줄고 그리고 그 교수가 나에게 최상의 곳인 취라우에서 나를 데려가버린다면 어찌 되겠나? 이것들이 자네를 만나고 그리고 자네와 이야기하는 기쁨을 큰 소리로 외치지 못하게 하는 근심일세. 또 다른 일은, 내가 아마도 치과 치료 때문에 적어도 3일은 프라하에 머물러야 하고, 사무실에서도 날 들어오라고 한다는 것이네. 어쨌든 자유에서 노예 상태와 서글픈 일들로 들어가는 참이네.

그러나 어쨌든 코모토 여행은 확정되었는가? 취소되었다면 전보를 보내게. 나 혼자서 여행하고 싶지는 않아. 그곳에서 자네 강연을 들으려는 것 이외에도, 난 자네의 지난날 생활의 발자취를 더듬어 보고 싶은 것이야[82]

프란츠

## 오스카 바움 앞
[취라우, 1917년 10월/11월]

친애하는 오스카,

나는 마르쉬너 지사장에게 어쨌든 편지를 쓸 수가 없네. 그분이 내게서 한마디라도 들은 것도 3개월이 넘었네. 지사장은 내 문제에 관한 한 나에게는 일종의 '슈메르첸스라이히'로 여겨지며, 단지 값을 치르고 참기만 하는 것이지.[83] 그러나 다행히도 그에게 편지를 쓸 필요가 없네. 재향군인원호청, 뽀리츠 7번지, 청장이 서기 F. 박사님이신데(그 기구에서 쇠퇴해가는 유대인 중 그가 첫째요, 나는 둘째이자 마지막이네), 출중한 분으로, 그 일에 애정을 가지고 있으며, 반쯤 수행 가능한 어떠한 부탁에도 귀를 기울이는 분이네. 이 사태에 관해서 그에게 내가 방금 편지를 썼네, 그리고 그것으로 아마 충분할 걸세. 하지만 만일 자네가 9시와 1시 사이에 그분의 사무실에 직접 들른다면 한결 나을 걸세. 나는 어쨌거나 자네를 그에게 이미 알렸네. 내가 이것을 특히 권고하는 것은, 나에게는 (나는 물론 맹인 원호 프로그램의 상세 내용을 전혀 모르지만) 8,000크로네는 보통의 전쟁 부상자 원호에서는 전대미문의 엄청난 높은 금액으로 보이기 때문이며, 구두로 설명하는 것이 훨씬 더 유익할 것 같아서 그러네.[84]

어쨌든 F. 박사의 스케치를 자네에게 주겠네. 그는 4분의 3이 체코인이며, 4분의 4가 사회민주당원이네. 그의 모국어는 독일어이며 (그분과는 독일어로 말하는 것을 주저하지 말게, 내가 늘 그러듯), 어려운 젊은 시절을 겪었으며, 무엇보다도 『포스 신문』의 노익장 클라르의 비서였으며, 문학 같은 것에는 원천적으로 무관심, 이제 4, 50대의 체코인 타이피스트와 결혼을 했지.[85] 장인은 가난한 목수이며—그러니까 요컨대 더불어서 수월하게 터놓고 이야기할 수 있는 그런 사람이네. 부차적으로 그가 업무 추진하는 솜씨를 칭찬 한다면, 자네는 그를 행복하게 할 것이며 그렇다고 거짓말을 한 것은 아니라네. 그런데 그의 사소한 약점이랄까, 아마도 그는 자네에게 반은 무심결에 그런 말을 요구할지도 모르네. 어쨌든 그 사무실에 길게는 있지 말게, 그는 할 일이 많은데, 이야기하면서 그 일을 망각하고는, 나중에는 그것을 후회하지. 특히 그의 누이에 대한 P.의 염려가 그를 감동시킬 걸세. 그것이 무슨 의미인지는, 그가 그 자신의 경험으로 이미 알고 있다네.

재향맹인원호청의 조무는 문서 수발자이며, 그가 자네를 그 사람에게 안내할 터인데(그는 인수한 어떤 사안을 다른 사람에게 위임하지는 않지만), T. 박사이네(박사가 아니나 그렇게들 부른다네). 그는 매우 특이하며, 전쟁에 참여했고, 극히 통례적인 얼굴에, 창백하고, 깡마르고, 중키에, 얼굴에는 완고함을 말해주는 깊은 주름이 몇 개 있네. 말을 매우 느리게 하며, 울리는 목소리에, 그가 말하는 내용은 그 긴 휴지休止, 강조점, 입술의 긴장들을 정당화하지 못하는 듯하네—그러니까 전반적으로 차라리 흉하다고나 할까, 그러나 내 경험에 따르면 그것이 별 의미는 없고, 그는 아주 좋고 유쾌한 사람이네, 물론 누구든 그의 박자에 맞춰가야 하지만.

내 이름이 언급되면, 아마 그의 사무실 동료인 부서기 K. 씨도 (그 이름을 다시 써보겠네, 분명하게 하기 위해서. K. 이것은 진짜 이름이네, 내가 지어낸 것이 아니라) 대화에 참견하려 들 걸세. 그는 내 가장 가까운 동료이며, 그리고 여기에 와 있으니 그가 더 그립네그려(F. 박사는 그를 좋아하지 않네), 그래 자네는 점차 세 친구들로 둘러싸일 것이며, 바라건대 그들이 P. 씨를 위해 좋은 쪽으로 유도하게 되겠지. 여름 휴가 장소가 마땅치 않다는 소식에 매우 섭섭하네. 하긴 나도 역시 여기에 여름 거처를 마련하게 될지 모르겠네.—키에르케고르는 스타네, 나로서는 거의 다가갈 수 없는 저 영토 위에 있는. 자네가 이제 그를 읽을 것이라니, 기쁘네. 나는 다만 『공포와 전율』을 알 뿐이네.[86]—자네나 나나 우리에게 크라스틱[87]을 원고째 보내 주려나? 여기에 세 명의 귀한 독자가 있네, 각자 자신의 방식으로.

자네와 부인에게 진심 어린 안부를 보내며.


**막스 브로트 앞**

*[취라우, 1917년 11월 초]*

가장 친애하는 막스, 오늘 우리에게 방문객들이 있었는데, 내 의지와는 정반대로 말이야, 사무실에서 온 한 처녀였는데(글쎄, 오틀라가 그녀를 초대했는데), 뿐만 아니라 사무실의 한 남자가 동행하고 있었네.[88] (아마 자네는 기억할 거야, 언젠가 밤에 어떤 손님들과 부둣가를 따라 산책하고 있었지, 그때 내가 한 쌍의 남녀에게 인사를 나누려 돌아선 적이 있었지, 바로 그들이야), 그 자체로 매우 훌륭한 사람이요, 내게도 매우 상쾌하고 또 흥미 있는 (천주교 신자에다 이혼을 한) 사람이야, 하지만 예고된 방문이라 해도 충분히 놀라운 이 지방에서는 정말 놀라운 일이지. 나는 그러한 일에 견딜 수가 없고, 그 처녀에 대한 일시적인 질투, 심한 불편함과 무력감에 젖고 말았네. (나는 그녀에게 충고했는데, 확신도 없이, 그 사내와 결혼하라고 했지.) 온종일 완전히 허탈감에 빠져서, 그러면서도 완전히 추한 애매모호한 느낌들을 언급조차 하지 않았네. 허나 작별 인사에는 약간의 슬픔, 전적으로 무의미한 것, 위장의 어떤 변덕인지 그런 것이 담겼지. 전체적으로는 다른 모든 방문객들을 맞는 날과 같은 그런 날이었네, 말하자면 교훈적인 날, 단조로운 학습, 그런데 그렇게 여러 번 복습할 수는 없는 학습이지.

자네에게 이 모든 것을 말하는 것은 오직 우리 대화와 관련되는 한 가지 사실 때문이네, 그러니까 저 '순간적인 질투'때문이지. 그것이야말로 그날의 유일한 좋은 순간, 내가 적을 가진 순간이었네. 그 밖에는 하나의 '탁 트인 들판'이었지, 거의 내리막길로 치닫는 들판.

프랑크푸르트에는 아무것도 보내지 않겠어.[89] 난 그것이 내가 관여해야 할 일로 느껴지지가 않아. 만약에 그걸 보낸다면, 단지 허영심에서 그렇게 하는 것이고, 그걸 보내지 않는다면, 그것 역시 허영심 때문이네, 하지만 허영심만은 아니네, 그러니 무언가 더 낫지 않은가. 내가 보낼 수도 있었을 단편들은 나에게는 본질적으로 아무것도 아닐세. 그것들을 쓴 그 순간만을 나는 존중하네. 이제 그건 여배우 노릇이나 하고 있지, 자신의 이익을 위해서 훨씬 영향력 있는 것을 찾지만, 그녀가 빨리 또는 천천히 추락하게 될 허무에서 찾는 것이겠지, 하루 저녁 한순간 높이 뜨게 될 그런 여배우. 그건 무의미한 노력이야.

호흡 곤란과 기침. 자네는 그 자체로서 틀리지 않아, 나 또한 프라하 이래 이전보다 훨씬 주의 깊게 되었지. 내가 다른 고장에서 더 많은 시간을 밖에 누워 있다거나, 더 신선한 공기를 마시는 일 등등이 가능한 일이지. 그러나—그리고 그것이 내 신경 상태를 위해서, 다시 그 신경 상태는 내 폐를 위해서 매우 본질적인데—그 밖의 어떤 곳에서도 그렇게 편안함을 느끼지 못할 걸세. 그 어디에서도 기분 전환할 일들이 거의 없을 것이고(방문객을 제외하고는, 하지만 이들 방문도 따로 동떨어져서 이 평화로운 생활 속으로 가라앉아버린다네, 그다지 큰 흔적일랑 남기지 않고서). 또 그 어디에서도 저항, 짜증, 조바심을 덜 내면서 하숙이나 호텔 생활을 견디지 못할 것이야, 여기 내 누이동생 집에서가 낫지. 내 누이에게는 어떤 유의 이방인적 요소가 있는데, 거기에 나는 이 각별한 형태로 아주 손쉽게 적응할 수 있다네. (언젠가 슈테켈[90]이 나와 또 다수의 환자들에 대해 흥을 보았던 '인격에 대한 불안'을 난 실제로 가지고 있네. 그러나 나는 그것이 완벽하게 자연스럽다고 생각하네, 심지어 '자신의 영혼의 구원에 대한 불안'과 동일시하지 않는다 하더라도 말이네. 언젠가는 사람이 '자신의 인격'을 필요로 하거나 또는 필요 대상이 되리라는 것, 그러니까 그것을 준비해두어야 한다는 소망이 항상 존재하네.) 그렇다면 이제 그 어디에서도 내게 낯선 요소 뒤에 확연히 설 수가 없지 않겠나, 내 누이동생의 뒤에 선 것처럼 말이야. 여기에서는 적응할 수가 있어. 땅바닥에 누워 계시는 내 아버지께도 적응할 수 있지. (똑바로 서 계시는 분에게라면 또한 기쁘게 그럴 수 있네, 하지만 그건 허용되지 않네.)

자네는 그 소설에서 세 부분을 읽어줬지. 그 첫 번째의 음악, 세 번째의 강한 명쾌성이 내게 단적으로 행복을 가져다주었네 (첫 번째에서 그 실제적인 "유대적 대목"은 약간 방해하는 듯 눈 위를 흘러가더군, 마치 어두운 홀에서 매 지점마다 모든 불빛이 재빨리 켜졌다 꺼졌다 하듯이). 실제로 나는 두 번째 부분에만 주춤하네, 하지만 자네가 언급한 그 이의 때문이 아닐세. 공굴리기 말이야, 그게 자네가 뜻한 유대적이라는 의미에서 유대적 놀이인가? 기껏해야 루트[91]가 자신에게 다른 유희를 하고 있었다는 점에서 유대적이지, 하지만 그게 문제는 아닐세. 이 유희의 엄격함이 자학이요 연인의 학대라면, 그렇다면 이해하네, 그러나 독자적인 확신이라면, 루트든 자네의 인생살이든 그런 것과 원인에서 아무런 직접적인 연관이 없다면, 그렇다면 그것은 꿈속에서나 가능한, 팔레스타인을 눈앞에 볼 수 있는 그런 절망적인 확신인 게야. 그 전체는 그렇지만 거의 전쟁 놀음 같군, 그 유명한 돌파 이념 위에 축조된, 힌덴부르크[92] 사건 말이야. 아마도 내가 자네를 오해하는지도 몰라. 그러나 만일 해방의 무한한 가능성들이 없다면, 특히 그러나 우리 생의 매 순간에서 그러한 가능성들이 없다면, 그렇다면 아마도 가능성들이란 전무한 것일 테지. 그러나 내가 자네를 정말로 오해하는가보이. 그 유희는 정말이지 계속해서 되풀이되고, 순간적 오보는 다만 그 순간의 상실을 의미할 뿐, 전체의 상실은 아닌 게야. 그렇다면 그것이 언급되어야 하네, 바로 간호사 같은 고려에서라도.

프란츠

볼프에게서 16~17년분『관찰』102부에 대한 정산서를 받았는데, 놀랍게도 판매가 잘 되었네, 하지만 자네를 통해서 약속했던 정산서는 보내지 않는군,『시골의사』에 대한 것도 없고.
동봉한 것은 자네의 배급할당신청서 양식이네, 그것을 공책 속에다 두고 잊었더군. 제발, 막스,『유대 전망』[93]은 항상 보내주게—그런데 오틀라가 2주 뒤에 프라하에 가서 나의 퇴직을 조정할 작정이네.

**펠릭스 벨취 앞**

[취라우, 1917년 11월 초]

친애하는 펠릭스, 그날 밤에 내가 그 극장에 갔더라면[94] 자네도 분명히 함께 갔어야 하며, 내가 생각하기엔 자네는 취라우에서 좋은 인상을 가지고 돌아갔을 것이네. 그러나 나는 여전히 다음 날 오전에도 할 일이 많아서 막스 집에 갔는데, 그곳에 실제로 자네가 없었고, 꼭 필요한 이야기를 할 기회도 없었네, 왜냐하면 그 전날 보낸 전보가 나를 오래 머물지 못하게 했고, 치과 의사가 부러뜨린 치아가 자네 생각을 죄다 앗아갔으며, 프라하에 있는 동안에도 나의 결단은 전혀 개선되지 않았네. 그래서 그렇게 되었고, 난 혼자서 떠났네. 돌아와 보니 취라우는 전혀 실망스럽지가 않네. 그러나 이것은 진실성이 요구한 대로 그 칭찬의 노래를 부를 순간은 아니네, 왜냐하면 내 위장이 약간 망가졌고, 그리고 낮 시간에 집 주위에서 지금까지는 듣지 못했던 뜻밖의 소음이 들려오는데, 나의 재고품들에 대한 (확실히 이성적인 의도에서) 그때 그때의 재평가를 방해한다네. 그래 처음 시작부터 나는 엄청 불미스러운 일들을 프라하에서 이 지방으로 가져온 셈이네, 그 점을 항상 고려해야만 하네. 농경적 사고는 어떤 의미에서는 여기에서 늘 유용하다네.

자네의 아파트 생활은 여기 생활과 강한 대조를 보이는데, 그 때문에 가끔 그 생각을 하네. 그것은 놀라운 일이었네. 자네의 이전 아파트도 십분 풍성했는데, 그러나 이것은 아예 부화열에 가까웠네. 자넨 대체 어떤 독립심을 가져서 얼마나 주의 깊게 균형 감각에 입각해서 이 모든 것을 유지하는가, 그것을 다치지 않고 유지할 뿐만 아니라,

*1917년* 401

내 이제 모든 것을 보고 나서 말하는데, 나아가서 자네가 그 안에서 아무런 장애도 없이 움직일 수 있고, 또 그것을 자네 본연의 요소로서가 아니라 자네에게 친숙한 요소로서 수용하니 말일세. 아마도 막스가 옳을 걸세, 그가 자네를 그토록 높이 치켜세워서, 자네는 그만 꼭대기만 보고 더는 어마어마한 폐허성의 바닥을 보지 못한다면 말일세. 그렇지만 사람이 때론 몇 마디 경고를 하려 하지만, 확신을 가지고서 그러지는 못하고, 그만 추한 동요에 머물고 마네.

내 프라하 여행은 무엇보다도 자네에게 올 편지 절반을 빼앗아갔네. 그에 대한 보상으로 다만 두 가지 짤막한 설명을 청하네. 자네가 자네의 "윤리"가 이 시기에 겪고 있는 발전상에 대해서 머뭇거리는 것은 어찌된 것인가,[95] 두 번째, 자네 인생의 반쯤 정복된 마력[96]에 속하는 그 강좌들(젊은 독일)과 관련해서 상황은 어떤가?

프란츠

[종이 여백에] 요사이 자네는 우라니아[97] 강연에 많이 출강한다지?
—볼프에게서는 답장이 없는가?

막스 브로트 앞

[엽서. 취라우, 우편 소인: 1917년 11월 13일]
가장 친애하는 막스, 우선 이 엽서는 자네한테서 온 엽서, 편지 그리고 인쇄물(『유대 전망』『액션』과 『자기 방어』 특집호)[98]이 도착했음을 확인하기 위해서네. 알 수 없는 이유로 해서 그 편지와 엽서는 오늘 13일에야 배달되었지만, 그러나 그건 상관없네. 자네 편지들에 대한 기쁨은 시간과는 무관한 것이라네.—나는 이런 방식으로는 란게르를 도울 수가 없네.[99] 그 기관은 유대인들에게는 봉쇄되었네. 단지 재미로 그 소장에 대한 암살 기도를 행하도록 내버려 두는 일, 곧 한 신규 임

용자의 토요일 근무를 면제해달라는 청원은 바로 그것을 의미할 터인데—난 그렇게는 하지 않으려네. 그곳에 근무하는 두 유대인이 (제3의 유대인의 도움으로) 거기에 어떻게 들어갔는지는 설명할 길이 없다네, 그리고 그런 일은 다시는 되풀이되지 않네. 그러나 아마도 우리 상점에서는 가능할 것이야, 만일 누가 그것을—그래서는 안 될 이유가 있겠나?—아버지에게 보증할 수 있다면. 자네가 거기에 한번 들러서 어머니나 누이, 사촌 누이[100]와 이야기해보지 않겠나? 내가 그렇게 알려놓겠네. 그런데 란게르는 건강한데, 왜 유대인 농장 같은 데를 가지 않는 것인가?—"프란츠 숙부에게 인사"는 매우 좋아, 하지만 유약해. 숙모라면 조카가 사랑하는 사람을 때릴 수는 없다네.

프란츠

오틀라는 우리 상점에 L.이 취업할 가능성이 없다고 본다네, 그리고 그 아이가 아버지와 사업을 더 잘 알지.

**막스 브로트 앞**

[취라우, 1917년 11월 중순]

가장 친애하는 막스, 내가 하는 일은 좀 단순하고 자명한 것이라네. 도시에서, 가족·직장·모임·사랑 관계(이것을 첫 번째로 치지, 자네가 원한다면)에서, 현존 또는 장차 예상되는 민족 공동체에서, 이들 모든 관계에서 난 나 자신을 입증하지 못했네, 그것도—이 점을 예리하게 관찰했지—내 주변의 어느 누구에게도 일어난 적이 없는 그런 방식으로 말일세. 그것은 본질적으로 유아적 사고이고("나처럼 미미한 사람은 아무도 없지"), 그것은 나중에는 새로운 고통으로 바뀌네. 그러나 이 관계에서 (여기서 비천함이나 자기 비난이 문제 되는 것이 아니라, 자신을-입증하지-못함이라는 분명한 내적 사실을 말하는데) 이러한 사고를 똑바로 견지하고 또 여전히 그러고 있지. 나는 살지 않은 인생과 관련된 고통을 자랑하려는 것이 아니네. 그것은 (예로부터 아무리 작은 단계들에서도 모두) 돌이켜보건대 실제 사실들과 비교하면 턱없이 사소하게 여겨지네, 그 사실의 압박에 저항했음에도 말이네. 어쨌든 계속 견디기에는 고통이 너무 컸지, 아니면 너무 크지 않았다면 너무도 무의미했든지. (이 저지대에서나 어쩌면 의미의 문제가 허용될 수 있을지.) 어쩌면 이미 유년 시절 이래 제공된 가장 가까운 탈출은 자살이 아니라, 자살에 대한 생각이었네. 나의 경우 자살에서 나를 저지시킨 것은 특별히 꾸며낼 수 있을 비겁함이 아니라, 단지 동시에 무의미성으로 끝나는 이런 생각 때문이었지, '너, 아무것도 할 수 없는 네가, 하필 이 짓을 하겠다고? 어떻게 감히 그런 생각을 할 수 있어? 자신을 죽일 수 있다면, 말하자면 더는 그럴 필요도 없는 것. 등등.' 나중에는 천천히 다른 통찰이 덧붙여졌네, 자살에 대한 생각은 그만두었지. 이제 내 앞에 놓인 것은, 혼란된 희망들, 외로운 황홀경, 부풀린 허영심을 초월해서 생각해보았을 때(이 '초월해서'라는 것은 생에-머물기가 해낸 것에 비해 매우 드물게 성취할 수 있었던 것이네), 참담한 삶과 참담한 죽음이었네. "그것은 마치 치욕이 그의 뒤에 살아 남은 듯 했다", 이것이 어쩌면 『소송』 소설의 마지막 말이네.[101]

이러한 완전성에서 이제껏 불가능하게 여겨졌던 새로운 길이 보이네, 그것을 자력으로 (결핵이 '자력'에 속하지 않는 한) 찾아낸 것은 아니지. 나는 이 길을 보고 있으며, 보고 있다고 믿지, 아직 가고 있지는 않아. 그 길은 이런 거야, 아니 이런 것일 게야, 내가 사적으로만이 아니라, 방백[102]의 대화만이 아니라, 공개적으로 내 행동을 통해서, 여기에서 나 자신을 입증할 수 없다고 고백하는 것이지. 이 목적을 위해서 다른 어떤 일도 할 필요가 없지, 그저 지금까지 내 생의 윤곽을 따르는 것이라, 그러나 단호한 결심을 하고서. 그렇게 되면 바로 나타

404

나는 결과는 내가 자신을 응집하고, 무의미성에 방치하지 않고, 시각을 자유롭게 하는 것이겠지.

이것이 나의 의도겠지, 그것이 설령 수행된다 하더라도—그건 아니야—자체로서 '경탄할 가치가 있는 것'은 전혀 없는, 다만 뭔가 매우 일관성을 지닌 의도. 만약에 자네가 그것을 경탄할 가치가 있다 한다면, 나를 자만에 빠지게 하네, 내게 허영의 잔치판을 만들어주는 것이야, 물론 내가 더 잘 알지만. 그건 유감일세. 트럼프로 지은 집의 무상함은 그만 허물어지고 말지, 그 지은이가 허풍을 떨면(다행히도 틀린 비유네).

자네의 길은 내가 보기에는, 여기서 '본다'가 통한다면, 전적으로 다르네. 자네는 자신을 입증하지, 그러니 자신을 입증하라고. 자네는 서로 반항하려는 것을 응집시켜낼 수 있는데, 난 못하지, 적어도 지금까지는 못해. 우리가 한층 가까워지는, 친근해지는 것은 우리 둘 다 '가고 있다'는 데에 있네. 지금까지는 너무도 자주 나 자신을 자네의 짐으로 느꼈네.

자네가 '혐의'라 하는 것은 가끔 나에겐 단순히 잉여의 힘들의 유희쯤으로 보이네. 자네가 더러 불완전한 집중의 경우에 자네의 문학 또는 시온주의, 하긴 둘 다 하나인데, 거기에 보류하는 잉여의 힘 말일세. 그러므로 이런 의미에서는, 만일 그렇게 말하고 싶다면, '근거 있는 혐의'이지.


자네 부인이 그 이야기를 낭독하는 일에 전적으로 동의하네, 하지만 그 모임에서는 절대로 안 되네.[103] 반대 이유는 내가 프랑크푸르트 건에 대해서 그랬던 것과 같네. 자네는 무대에 나갈 권리가있지, 내 생각에 어쩌면 푹스나 파이글(주소지 '조합')은 조용히 있을 권리가 있다고나 할까,[104] 우린 그것을 이용해야 하네.

『다이몬』[105]에 대해서는 어찌 생각하나? 베르펠의 주소를 나에게 알려주게. 만약 어떤 잡지가 상당 기간 나를 유혹하는 것처럼 여겨졌다면(순간적으로야 모두가 그렇지), 그것은 그로스 박사의 이야기였네, 아마 그것이 내게, 적어도 그날 저녁[106]에는, 일종의 인간적 유대의 열기에서 나온 것처럼 여겨졌기 때문이네. 인간적으로 서로 연결되었다는 노력의 징표, 아마도 잡지란 그 이상은 아닐 거야. 하지만 『다이몬』은 어떤가? 그것에 관해서는 『도나우란트』[107]에 실린 그 편집진의 사진이 내가 아는 전부야.

이제 덧붙일 말은, 최근의 꿈에서 나는 베르펠에게 입맞춤을 했으며, 지금은 블뤼어의 책 속에 빠져 있네.[108] 하지만 그것에 대해서는 다음에 쓰지. 그 책은 나를 흥분시켰어, 그래서 이틀 동안 독서를 중단해야 했지. 그래서 말이지만, 그 책은 기타 심리 분석 저작과 공통점을 지녀서 첫 순간 충분히 질려버리네, 그렇지만 조금 있다가는 곧 다시 지난 굶주림을 느끼게 하지. 심리분석학적으로는 '물론' 쉽게 설명될 수 있는 것, 특급-억압 본능이네. 왕실 열차가 가장 신속하게 해결하겠지.

이제 이것만 덧붙이지, 건강은 좋고(교수는 남쪽에 관해서 아무 말이 없었으니까), 방문 통보는 환영이며 좋아, 선물 구상은 심히 의심쩍고, 다음 편지에 그에 대한 반박이 있을 것이야.

프란츠

아니, 지금 바로 반박하지. 왜냐하면 그게 더 정확하니까. 우리 '선물'은 전적으로 우리 자신의 즐거움으로 하는 것이네, 그것도 자네들에게 감정적 또는 물질적 손해를 주면서. 왜냐하면 만일 우리가 '선물'할 것이 아니라 판매할 것이라면, 우리는 물론 지금까지보다 더 많이 보낼 수 있으며, 그렇게 되면 자네들은 여기와 프라하의 가격 차이

때문에 훨씬 많은 이득을 볼 수 있을 것이네, '선물'의 가치보다 훨씬 더, 게다가 자네들은 더 많은 식료품을 갖게 될 것이니 말이네. 그러나 우리는 그러지 않고, 자네들에게 해를 주면서 그저 분별없이 '선물'을 하네, 그것이 우리에게 기쁨을 주기 때문에. 그러니 참게나. 우리는 정말이지 겨우 조금 보내며, 그게 또 점점 줄어들 것이니.

### 엘자 브로트 앞

[엽서. 취라우, 1917년 11월 중순]

친애하는 엘자 부인, 그러고 말고요! 하지만 그것이 어떻게든 신문에 언급되는 것은 피하세요.[109] 부인이 무엇을 선택하든 간에, 그것은 아마도 부가물로나 적합한 사소한 것에 지나지 않으며 언급할 가치가 없어요. 그리고 그 내용에는 어떤 불순한 것이 담겨 있겠지만, 그걸 빼지는 말아요. 정화를 시도한들, 그건 한도 끝도 없을 거요. 그리고 행운을 빌어요! 부인은 언젠가 『감정의 고도』에 나오는 시를 아름답게 낭독하신 적이 있었지요. 아마 부인이 낭독하는 목소리는 음악과 잘 어울릴 것입니다. 여러 거부감이 있긴 하지만 멜로드라마도 한번 시도해보시지요.—이번에는 부인 혼자서만 낭독합니까?

진심으로 안부 보내며,

카프카 올림

### 펠릭스 벨취 앞

[취라우, 1917년 11월 중순]

친애하는 펠릭스, 취라우에서의 첫 번째 치명적인 잘못, 쥐새끼들의 밤, 끔찍한 경험이었네. 나 자신은 다치지 않았고, 머리카락도 어제

보다 더 희어지지도 않았지만, 그러나 그것은 세상에 없는 전율이었네. 이미 앞에도 여기저기에서(나는 매 순간 편지 쓰기를 중단해야 했는데, 그 이유를 이제 들어보면 알 것이네), 여기저기에서 밤중에 야금야금 갉아먹는 소리를 듣곤 했는데, 한번은 내가 참 와들와들 떨면서 일어나서 사방을 둘러본 적도 있었지, 그랬더니 그 소리가 즉각 멈췄네—이번에는 그러나 한판 소동이 벌어졌네. 어찌나 끔찍하고 멍청하고 시끄러운 놈인지! 새벽 2시쯤 침대 주변에서 부스럭거리는 소리에 잠이 깼는데, 그게 글쎄 아침까지 멈추지 않았네. 석탄 상자 위로, 석탄 상자 아래로, 방을 대각선으로 가로질러 달리고, 빙빙 돌고, 나무를 갉아대고, 쉬는 동안에는 살며시 엿보며, 그러는 동안 내내 정적의 감정, 억압받는 프롤레타리아의 은밀한 노역의 감정이 온통 감돌았네, 그에게 이 밤이 속하거늘. 나를 사상적으로 구출하기 위해서, 나는 그 소리가 난로 둘레에 집중되어 있다고 단정했는데, 그런데 그 난로는 방 길이만큼 나와 떨어져 있었지. 그러나 그 소리는 어디에나 있었고, 그놈들의 모든 패거리가 어디선가 한꺼번에 뛰어내릴 때는 정말 끔찍했네. 나는 완전히 속수무책, 내 존재 어디에도 안정할 곳이 없었고, 감히 불을 켜려고 일어나지도 못했네. 내가 할 수 있는 모든 짓은 악 몇 번 쓰는 것이었지, 그것으로 그놈들이 겁먹게 하려고. 그렇게 해서 밤이 새고, 아침에는 역겨움과 처참함으로 일어날 수도 없었고 그냥 낮 1시까지 침대에 그대로 있었네, 들리는 소리에 귀를 쫑그리면서, 그러니까 지칠 줄 모르는 쥐 한 놈이 오전 내내 옷장 속에서 간밤의 작업을 마무리 짓든지 아니면 다음 날 밤 준비를 하든지 했거든. 지금은 고양이(나는 옛날부터 은근히 미워하는데)를 방으로 들여 놓았는데, 가끔 그놈을 쫓아내야만 하네(편지 쓰기 중단), 그게 내 무릎에 뛰어들려고 해서 말이야. 만약에 녀석이 더러워지면 아래층 처녀에게 데려가라고 해야겠어. 녀석(그 고양이)은 얌전해, 난로가에

408

누워 있어, 창가에서는 일찍 일어난 쥐 한 마리가 여지없이 긁어댄다네. 오늘은 만사가 틀렸네, 심지어 농장에서 만든 그 좋고 흐뭇한 빵의 향기도 맛도 쥐 냄새네.

말이 났으니 말인데 간밤에 자리에 들었을 때 난 이미 불안했네. 자네에게 편지를 쓰려고 했고, 이미 두 장이나 썼는데, 그게 잘 안 되었어, 그 사태에 대한 심각성이 와 닿질 않더군. 아마도 그것은 자네가 편지 서두에서 그렇게 경박하게 자신에 대해 말하고, 또 전혀 조롱감일 수 없는 자신을 조롱했기 때문이네. 만약에 자네 말대로 그렇게 양심이 경박했다면, 자네는 지금 나이까지 살지도 못했을 걸세. 내 말은, 그것 말고는 똑같은 상황에서라면. 그러니 "바위 덩어리 같은 신앙"과 동시에 그 신앙을 근본적으로 뒤엎는 "경박한 이론들"은 있을 수 없고, 다시 이 이론들과 동시에 그것들을 뒤엎는 "사고의 첨단"이라는 것도 존재하지 않네, 그래서 결국 그 "사고의 첨단"만 남는다거나, 아니면 그것마저도 혼자서는 전환 불가라서 아예 그것도 없어진다는, 그런 일은 있을 수 없네. 만약에 그렇다면 자네는 행복하게 전적으로 근절되어야겠지, 그러나 행복하게도 자네는 여전히 현존하며, 그것이 가장 좋은 것이네. 그러나 자네는 정말이지 그런 걸 놀라워해야 할 것이야, 그것을 정신적 성취로서 감탄해야 해, 곧 막스와 나와 일치해야 할 것이네.

그 밖에도 자네는 원칙적으로 옳지 않네. (놀랍네, 그놈이 무언가 냄새를 맡고서 옷장 뒤에서 어두운 곳으로 뛰어 들어가네. 거기서 그놈은 앉아서 망을 보네. 나로선 얼마나 다행인가!) 이 쥐구멍 주인의 말을 잘 듣게나, 자네 아파트는 환상적이라는 것을, 그리고 미미한 (물론 자네가 놀라울 정도로 전혀 방해받지 않는다는 점을 제쳐두고라도) 그 '공간적 잉여'는 '시간적 결손'을 낳기 때문에 방해가 된다는 사실을. 자네의 시간은 예컨대 현관 객실에 있는 양탄자처럼 누워 있네. 그걸 거기에 그냥 놓아두게, 그건 양탄자로서 멋있고, 가정의 평화로서도 멋있네. 그러나 미래의 시간은 아무 변화 없이 그대로 멈춰 있다네, 자네 자신에게나 모든 사람에게나.

그 "윤리"에 관한 나의 질문은, 지금 생각해보면, 사실은 서면으로 작성된 강의록을 부탁한 것이었는데, 지금은 너무 엄청난 것이라서 철회하네. 어쨌거나 신앙과 은총, 막스 그리고 심지어 나와 갈라선다는 언급에 뭘 어찌해야 좋을지 모르겠네.

내 건강은 꽤 괜찮은 편, 쥐 공포증이 결핵을 방지하는 것은 아니라는 전제에서 말이네.

중유럽 열강군의 1918년 군사 프로그램에서 한 가지 흥미 있는 항목을 덧붙이려네. 내 징집 면제 기한 만료일이 1918년 1월 1일로 확정되었네. 이번만은 힌덴부르크[110]가 너무 늦어버렸네.

자네와 자네 부인에게 (부인에게는 지갑 이야기 이후로는 할 말이 없지만) 진심 어린 안부를 보내며(지갑 사건으로 해서, 나는 아무것도 잃은 것이 없네).

프란츠

**막스 브로트 앞**

[취라우, 1917년 11월 24일]

친애하는 막스, 한가한 시간이 많지만 이상하게도 편지 쓸 시간은 없네. 그걸 추산해보게, 보게. 쥐새끼들의 재앙 이후로, 그것에 관해서는 이미 들었겠지(오랜 중단, 상자와 단지에 페인트를 칠해야 했네), 나는 사실상 방이 없었네. 고양이와 함께, 오직 그 녀석하고 함께만이, 방에서 간신히 밤을 지낼 수 있지. 그러나 방에 앉아서 가끔은 광주리 뒤에서, 가끔은 창가에서 부스럭거리는 소리를 듣는(계속 발톱 소리가 들리는 거야) 것에는 흥미가 없네. 물론 이 고양이 역시, 이놈도 매우 깜찍한 어린애 같은 동물이긴 해, 그러나 내가 책을 읽거나 글을 쓰는 동안 지켜보는 일, 그놈이 내 무릎 위로 뛰어오르지 못하도록 방어하는 일, 또는 그놈이 온갖 짓거리들을 해 놓으면 때맞춰 재를 준비하고 있어야 하는 일, 그런 게 참 성가시네. 한마디로 나는 고양이와도 단둘이서 함께 있고 싶지 않아. 다른 사람들이 함께 있으면 그래도 덜 당혹스럽다네, 하지만 그렇지 않으면 그 녀석 앞에서 옷을 벗는다든지, 운동을 한다든지, 침대에 간다든지 하는 것이 꽤 성가시다네.

그러니 내게는 누이의 방만 남네. 매우 쾌적한 방으로, 사람들이 어쩌면 처음에 문지방에서 건너다볼 때의 놀라움(지면 높이에, 창살이 있는 창문, 허물어진 벽)은 전혀 맞지 않다네. 그러나 방을 함께 이용하다 보니, 저녁에 무언가 쓰려 할 때, 막상 글을 쓸 기회는 물론 적어지네. 그럼 낮에는—하지만 낮은 또 매우 짧네, 침대에서 아침 식사를 하고 늦게서야 기상을 하면, 그럼 2시만 되면 일 층 방은 이미 어두워지네—그래서 낮에는 세 시간 이상의 시간이 없네, 그것도 하늘이 그렇게 흐리지 않았을 때 말이지만. 그러다가 점점 더 줄어들고, 겨울이면 더 줄어들지. 나는 야외나 창가에 누워 있지, 책을 읽고. 이런 시간, 어둠과 어둠의 사이에서 책에서 무언가를 낚아채려는 이런 시간에 (그러는 사이 혼베드는 피아베 삼각주를 깨끗이 청소하고, 티롤에서는 돌격이 있었고, 야파를 정복하고, 한트케는 접견을 받고, 만은 강연으로 큰 성공을 거두었고, 에시히는 전혀 못했고, 레닌의 이름은 체더블룸이 아니라 울리야노프이고 등등)''' 그러니까 이 시간을 글쓰기에 사용하려들지는 않지, 그런 생각을 하자마자 이미 땅거미가 지기 시작하고, 다만 바깥 연못에 거위들이 희미하게 보일 뿐이라네. 이 거위들은 거의 메스꺼울 판이야(여기에 대해서는 많은 이야기를 쓸 수도 있을걸), 만일 사람

들이 녀석들을 더 메스꺼운 방식으로 다루지 않는다면 말이야. (오늘
도 도살당한 통거위가 바깥 양푼에 놓여 있었네, 마치 죽은 숙모처럼.)
그러니 시간이 없네, 입증되었겠지, 그리고 그게 옳다는 것이 또한
입증되어야 할 게야. 그것이 옳으이. 내가 늘 알지는 못하지만, 그러
나 그것은 내 잘못이고, 나는 또한 그 잘못을 항상 인식하고 있지, 심
지어 그런 잘못을 저지르기 한순간 앞서서 말이야. 만약에 내가 아직
도 그 낡은 원칙들—나의 시간은 저녁과 밤이라는—에 얽매인다면
그건 나쁘겠지, 특히 불빛과 관련된 문제가 있기 때문에도. 그러나
이제는 더는 그러지 않기 때문에, 난 전혀 글을 쓰지 않네, 쥐가 없는
밝은 조명의 저녁과 밤의 정적을 두려워하지 않을 뿐만 아니라, 글을
쓰려고 하지도 않기 때문에, 오전에는 침대에서 자유 시간을 보내고
(그 고양이를 아침에 내보내자마자, 어쨌거나 벌써 장롱 뒤 어디선가 긁는
소리가 시작되네. 내 청력은 천 배는 더 예민해졌으며, 그만큼 또 불확실해졌
네. 손가락으로 홑이불을 만지작거리면, 쥐 소리를 듣고 있는지 어떤지 더 확
실히 분간할 수도 없다니까. 그렇지만 쥐들은 결코 내 환상이 아니야. 그 고
양이가 저녁에 내 방에 들어올 때는 말라서 오지만, 아침에는 뚱뚱해져서 나
가는 것만 봐도 그렇지), 잠시 아책(지금은 키에르케고르)에 눈을 주고,
저녁 무렵에는 시골길로 산책을 나가고, 고독 가운데서도 항상 만족
을 느끼고자 하지, 겉보기에 불평할 일이 없어, 보호받으며 낯선 일
들에 둘러싸여 있다는 사실이 면목 없게 한다는 것이 좀 그럴지도.
그런 중에도 나 자신은 질병의 어떤 가시적인 징후가 없는데도 어떤
주목할 만한 일을 할 수 없으니. 최근에는 채소 밭에서 그냥 조금 일
을 해보려고 했네, 그랬다가 나중에는 그것이 너무 무리라고 느꼈지.
오틀라는 프라하에 가 있네.[112] 아마도 그 애가 빈 문학의 밤에 대한 상
세한 소식을 가져오겠지. 자넨 젊은이들보다도 더 나은 청중을 가질
수 없었겠지. 나도 젊음에 대해서 비슷한 믿음을 가지고 있어, 비록

나 자신이 젊었을 때는 그런 믿음을 갖지 못했지만. 그런데 단지 젊은이로서, 미래가 없는, 순전히 젊은 젊음으로서 그런 믿음을 지녔더라면 아주 좋아. 이러한 믿음을 증명할 수 있다는 것은 얼마나 좋은 일일지, 예컨대 자네가 최근에 코모토에서 그랬듯이, 그곳에서는 감격이 (자네가 그 이야기를 써 보냈지)전적으로 나의 일이었지.

프란츠

이제야 깨닫네, 어제 저녁에는 모든 것을, 곧 나의 내적 상황을 너무 가볍고 간단하게 보았네.

5번째 소포(『전망』, 힐러의 책, 그리고 『마르시아스』)[113]가 도착했네. 오스카는 무엇을 하고 있는가? 나는 그에게 편지를 전혀 쓰지 않고 있으며, 그는 약속한 소설을 보내주지 않네. 그러나 그는 새해에 며칠 방문할 걸세.

새로운 사실 하나: 오전 내내 귀를 쫑긋거리고 있었는데, 지금 문 근처에서 새로운 구멍을 보았네. 그러니 여기에도 쥐새끼들이. 그런데 오늘은 고양이란 놈이 몸이 좋지 않은지, 계속 토하고 있다네.

오스카 바움 앞

[취라우, 1917년 11월 말/12월 초]

친애하는 오스카, 나는 그동안 자네에게 전혀 편지를 쓰지 않았으며, 자네는 약속한 그 소설을 보내지 않았네. 그러나 이것은 외적인 일들이고, 그리고 그 밖에 여기는 아무것도 변한 것이 없으며, 그쪽 또한 그러리라 바라네.

취라우는 늘 그렇듯 아름답네, 다만 겨울 색이 되어가네. 내 창문 밖 거위 연못은 벌써 가끔씩 얼어붙고, 아이들은 멋지게 스케이트를 타고, 그리고 저녁 강풍에 연못 위로 날아간 내 모자는 아침에 얼음판에서 간신히 건졌다네. 쥐들은 끔찍한 것으로 드러났지, 이것을 자네에게 숨기기는 불가능하네, 나는 그놈들을 고양이와 더불어 얼마쯤 쫓아버리곤 하는데, 저녁마다 광장 너머에서 그 고양이를 '팔에 따뜻하게' 안아서 데려온다네. 그러나 어제는 우악스런 부뚜막 시궁쥐가, 아마 틀림없이 아직 침실에는 한 번도 없었던 그놈이 전대미문의 쿵쾅 소리를 내면서 방으로 쳐들어왔지. 그래서 나는 옆방에 있던 고양이를 불러들여야 했네. 그놈에게 청결 교육을 못 시킨 나의 무능과 그리고 침대에 뛰어들까 하는 불안 때문에 옆방에다 놓아두었던 것이라네. 그 예쁜 놈이 어떻게나 냅다 상자에서 뛰어나왔는지 모르네, 한데 그 상자는 내용물을 알 수 없는 상자인 데다가, 아무래도 잠자리는 아니고 우리 집 안주인 것으로 보였는데 말이야. 그러더니 조용해지더군. 그 밖의 다른 소식들: 거위 한 마리가 배 터져 죽었고, 밤색 말은 옴이 올랐고, 암염소들이 숫염소에게 갔으며(그 수놈은 유독 잘생긴 젊은 녀석인 듯하네. 암염소 한 마리가, 이미 그 수놈 곁에 있었던 적이 있는지, 갑자기 생각이 났는지 우리 집에서 그 수놈에게까지 긴 길을 한달음에 달려가더구먼), 그리고 돼지가 다음번에 곧바로 도살당하게 되어 있네.

이것이 새해에 자네가 마주칠 생사의 축소판 그림이네. 나 자신의 상태가 어찌 될 것인지는 정말이지 확실히는 알지 못하네. 지난달 교수의 의견에 따르면, 나는 벌써 사무실에 복귀해 있어야 한다네, 비록 일상적으로 확실히 건강하지 못하지만 말일세(어쨌거나 나는 건강상 그 언제고 더 좋다 느낀 적도 없었다네). 하지만 만약에 내가 적어도 잠시만이라도 더 오래 사무실을 면할 수 있다면, 바로 그것에 (곧 면제에) 내 온갖 소망이 담기는데, 그렇다면 이렇게 하려 하네. 12월 말에는 어쨌든 프라하에 돌아가야 하네, 왜냐하면 내 징집 면제가 1월 1일에 만료되고, 자진 출두를 해야 하거든. 그들이 나를 플레스[114]에서 간호해주는 데 흥미를 가질 리가 없지, 나 스스로 이곳에서 그렇게 하는데 말이야, 그래서 아마 틀림없이 나를 (그리고 징병위원회의 건전한 이성 이외에도 나는 아마 또 다른 도움을 기대해도 된다네) 되돌려 보낼 걸세. 그러면 나는 서둘러 다시 취라우로 돌아올 것이며, 자네는 나와 더불어 멋지게 여행할 수 있을 게야. 그것이 최선의 길이겠지, 주로 나를 위해서. 자네로서는, 어쨌든 여기에 와야 하니, 내 운명이 어떻든 간에 고려하지 말고. 오틀라는 매우 기뻐하고 있어. 침대와 고양이가 준비되어 있고, 눈과 서리는 저희들 나름으로 오게 되겠지.

그리고 그 소설은?

진심 어린 안부를 자네와 부인과 아이에게.

프란츠

**펠릭스 벨취 앞**

[취라우, 1917년 12월 초]

친애하는 펠릭스, 막스가 이미 오틀라에게 말했다네, 자네가 잘 있다고. 그리고 자네 의지와는 달리 자네 편지도 그것을 확인해주는군. 대체 어떤 작업인가! 하루에 서너 권의 책을 보다니, 그것도 항상 똑같이.[115] 그 양이 물론 놀랍다는 것이 아니라, 그것이 말해주는 연구 조사의 강도네. 나 역시 책을 읽지만, 자네와 비교하면 거의 아무것도 아니네. 난 성격상 나와 가까운 책만을 견디지, 거의 닿을 수 있을 정도로 가까운 책만을, 그래 다른 모든 책들은 내 곁을 지나쳐 행군해 가버린다네. 조사는 잘 못하지.

만일 자네가 내게 아우구스티누스의 『참회록』을 인쇄가 좋고 손 쉽게 살 수 있는 판본으로 추천한다면, 내 기꺼이 그걸 주문하겠네. 펠라기우스[116]가 누구였던가? 나는 펠라기우스주의에 관해서 많이 읽었는데, 티끌만큼도 남아 있지 않네, 그게 이를테면 이단적 가톨릭 그런 것인가? 자네가 『마이모니데스』[117]를 읽으면, 아마도 『잘로몬 마이몬의 전기』(프로머 편집, 게오르크 뮐러 출판)[118]가 뭔가를 기여할 것이야, 그 자체로서 좋은 책이고, 동서 유대교 유령처럼 떠도는 한 인간의 지극히 눈부신 자화상이지. 그러나 또한 마이모니데스 학설의 요약이기도 하지, 그 자신 마이모니데스의 정신적 자녀로 느끼고 있으니까. 하지만 아마도 나보다도 자네가 그 책을 더 잘 알겠지.

자네가 종교에 이끌리는 데 대해서 자네도 놀라는가? 자네는 자네의 "윤리"를 원래는—이 점은 내가 그 책에 대해서 확실히 안다고 믿는 유일한 것인데—기초 없이 구축했지, 그러다 이제는 아마도 그것이 그렇지만 기초가 있음을 깨닫는 걸세. 이 말이 그리 이상한가?

쥐들이야 고양이로 쫓아낼 수 있네, 하지만 무엇으로 고양이를 통제하겠는가? 자네는 쥐들에 대해서 꺼릴 게 없는가? 당연하지, 자넨 식인종들에 대해서도 꺼릴 게 없겠지, 하지만 그놈들이 밤새 상자란 상자에서 온통 긁어대고 이빨을 갈아대면, 자네도 틀림없이 더는 참지 못할 걸세. 그런데 말이지, 나는 요즈음 산책에서 들쥐들을 관찰함으로써 나 자신을 단련하려고 노력하네. 그놈들이야 나쁘지 않지, 하지만 방은 들판이 아니고, 그리고 잠은 산책이 아니니까.

어쨌거나 나팔 소리 같은 것은—자네들 나팔 소리도 다 불고 끝났겠지—여기에는 없네, 그리고 늘 엄청나게 떠들고 그렇지만 본질적으로 나를 괴롭히지는 않았던 아이들도 거위 연못이 얼어붙은 뒤로는 한 백 걸음쯤은 멀리 떨어져 있으니 심지어 얌전하고 예뻐졌다네.

한 가지 부탁은, 여기 한 부유한 농부, 아니 가장 부자라고 할까, 그 딸이, 정말 보기 좋은 한 열여덟 살 먹은 처녀[119]가 프라하에서 석달을 보내고자 한다네. 그녀의 목적은 체코어를 배우고, 피아노 레슨을 계속하고, 가사 학교에 다니는 것, 그리고—아마도 그녀의 주요 목적이 겠지만—무엇인지 정확하게 규정할 수 없는 한층 높은 어떤 것을 얻고자 함이라네. 왜냐하면 여기에서 그녀의 위치는 그녀의 재산과 수녀원 교육 때문에 조금은 절망적인데, 여기에서는 동등한 여자 친구가 단 한 명도 없거든. 뿐만 아니라 자신의 원래 위치가 어디인지도 알지 못하기 때문이지. 이런 식으로 해서 한 찬란한 기독교인 처녀가 유대인을 닮아가지 말란 법도 없네. 이 모든 것을 나는 피상적인 인상을 바탕으로 하는 말일세, 내가 그녀와 나눈 말은 쉰 마디도 안 될 테니까.

이 일로 자네에게 조언을 부탁하는데, 이유는 나 자신이 해줄 조언이 없고, 또 자네는 체코인들을 많이 알기 때문일세. 그런 처녀를, 함께 있음으로써 식량 문제를 해결해줄, 그런 처녀를 아마도 기꺼이 집 안에 받아들이고 또한 그녀에게도 그녀가 하고자 하는 일에서 실제로 도움을 줄 수 있을 사람들 말이네. 그런데 그런 충고는 곧 해주어야 하네.

내 징집에 대해서는 별로 걱정하지 않네, 게다가 틀림없이 불필요한 일인데, 무언가 보험공사측에서도 말을 해놓았을 거야. 공사와 내 관계가 뭐랄까 걱정은 아니나 생각을 좀 하고 있네. 관계야 어찌 되었건 아주 가까운 장래에 뭔가 결정을 내려야만 하니 말일세. 그 교수의 진단대로라면, 나는 이미 근무를 하고 있어야 하는데.

진심으로 안부 보내며,

프란츠

[취라우, 1917년 12월 초]

친애하는 막스, 오늘에야 비로소 답장하는 것은 순전히 우연이고, 그러나 또한 방, 불빛, 쥐들 때문이네. 그러나 그것은 신경성 문제나 도시-시골-교환 조건 문제는 전혀 아니네. 쥐들에 대한 나의 반작용은 순전한 공포일세. 공포의 원인을 탐구하는 일은 정신분석 학자의 과제인데, 난 그게 아니지. 확실히 이 공포는 곤충에 대한 공포증처럼, 이 동물들의 그 예기치 못한, 달갑지 않은, 불가피한, 어느 정도 잠잠한, 집요한, 비밀스런 의도의 출현과 관련되어 있으며, 그것들이 담벼락 주위에 수백 배로 굴을 뚫고 뚫어서 그곳에 잠복하고 있다는 감정, 그들에게 속한 밤 시간으로 인해서 그리고 또한 크기가 아주 작아 우리에게 멀리 떨어져 있음으로 해서 잡기도 어렵다는 감정과 관련되어 있네. 특히 그 왜소함은 중요한 공포성을 부가한다네. 만일 예컨대 꼭 돼지만 한 모습으로 보이는 어떤 동물이 있다는 상상, 그러니까 그 자체로서 재미있지, 그러나 그것이 쥐처럼 예컨대 구멍에서 마룻바닥으로 쿵쿵거리며 기어 나온다면―그것은 소름 끼치는 상상이 아닌가.

지난 며칠 동안 나는 진짜 좋은 해결, 비록 단지 임시적이긴 해도 해결책을 발견했네. 밤사이 비어 있는 옆방에 고양이를 놔뒀는데, 그렇게 함으로써 내 방을 더럽히는 것을 막았지.(어려운 점은 이런 점에서 한 동물과 상호 이해를 해야 한다는 사실이네. 거기에는 오로지 오해만이 있는 것 같은데, 왜냐하면 고양이는 매질과 그 밖의 다른 설명의 결과로서 이 필수적인 실행이 뭔가 좋지 않은 일이라는 것과 그것을 위한 장소가 조심스럽게 선택되어야 함을 알 뿐이기 때문이네. 그러니 그놈이 무얼 할 것인가? 글쎄 예컨대 그놈은 어두운 장소를 택하네. 그것은 나아가서 나에게는 놈의 충성을 증명하지, 뿐만 아니라 물론 놈에게도 기분 좋은 곳이고. 그러나 인간의 편에서 보자면 이 장소는 우연히도 내 실내화 속이라네. 그러니까 오해라는 것이지, 그리고 그런 것들은 밤과 본능의 필요만큼이나 많다네.) 또한 침대에 뛰어들 가능성을 막았고. 그렇지만 만일 사태가 악화되면 곧 그 고양이를 들여보낼 수 있다는 안도감도 갖게 되지. 요 지난 며칠 밤은 조용했네, 적어도 쥐들의 분명한 증후는 없었네. 하지만 사람이 고양이가 할 일을 일부라도 맡는다면, 귀를 쫑긋 세우고서 불같은 눈을 똑바로 또는 앞으로 내리깔고 침대에 쪼그리고 있다 보면, 그게 자는 데 도움이 될 리가 없지. 그렇지만 그것은 단지 첫날밤이었네, 곧 좋아질 게야.

나는 자네가 자주 나에게 들려줬던 특별한 덫이 기억나네. 하지만 그것들은 지금은 가질 수도 없고, 또한 애당초 쓰고 싶지도 않아. 덫은 실제로 유혹해내지, 그러고는 단지 그렇게 죽임으로써 쥐들을 근절하지. 고양이들은 반대로 단지 그 존재만으로도 벌써 쥐들을 쫓아내는 거야, 어쩌면 단순히 그들의 배설물만으로도. 그러니 이들을 전적으로 경시해서는 안 되네. 고양이가 온 첫 번째 밤에는 특히 눈에 띄었지, 그게 굉장한 쥐들의 밤 다음이었네. 아직 '쥐죽은 듯이 고요한' 것은 아니었으나, 한 놈도 더 얼씬거리지 않았고, 그 고양이는 강제 이동에 침울해져서 난로 쪽 구석에 앉아 있더군, 움직이지도 않고서. 그러나 그것으로 충분했지, 마치 교사의 현존처럼, 쥐구멍 여기저기에선 재잘거리는 소리뿐이었네.

자네는 자네에 대해서 별로 쓰지를 않으니, 그래 나는 쥐새끼들로 복수를 하네.

자네는 "구원을 기다리고 있음"이라 쓰는군. 다행히도 자네의 의식적인 생각과 행위는 완벽하게 일치하지는 않네. 그 누가 자신의 과제와 투쟁하는 속에서 "괴로움, 죄의식, 무력감" 등을 느끼지 않겠는가, 그것도 자신을 구원하는 과제인데? 누구든 자신이 구원되지 않고서야 누구를 구원할 수 있겠는가? 야나첵 또한 (그의 편지를 내 누이가 자네에게 부탁하네) 자기 연주회가 있는 날이면 프라하를 돌아다닌다네. 말이 났으니 말인데, 자네는 불쌍한 것이 아니라, 그 모든 것은 순간이네. 그리고 그 탈무드 이야기[120]를 나라면 달리 이야기하려네. 정당한 자들이 우네, 왜냐하면 그들은 너무도 많은 고통을 겪어왔다고 생각했는데, 이제 와서 지금 가지고 있는 것과 비교했을 때 그것들은 아무것도 아니었다는 인식 때문이네. 그렇지만 정당하지 못한 자들은—그런 것이 있기나 한가?

자네는 요전번의 내 편지에 한마디 대답도 없었고, 베르펠의 주소도 보내지 않았네, 그렇기 때문에 이제 자네가 내 편지를 베르펠에게 직접 보내라 부탁하네. 『시작』[121]에서 청탁이 온 것은 자네가 권유한 것이지?

프란츠


### 막스 브로트 앞

[엽서. 취라우, 1917년 12월 초]

가장 친애하는 막스, 좋은 일일세. 그것은 우리가 여기에서 듣는 첫 번째 소식이었네. 내가 아직 침대에 있을 때 그 소식을 접했고, 그리고 그 소식이 내 모든 아침의 환상을 회전시켰네. 또한 자네가 보낸 소포 두 개가 최근에 왔는데, 두 번째 것은 오늘이야 (『유대 전망』, 『범이상』(명분과는 별개의 끔찍한 잡지네), 『프로시니엄』(『예술가』의 경쟁지), 뢰비트의 목록(내가 가져도 되는지), 『액션』, 『타블레테』, 『알즈베따』(라이프치히 초연에 대한 야나첵의 발언은 아마도 잘못이겠지, 그가 드레스덴 초연을 말하는 것 아닌가? 『후데브니 레뷔』에는 뭐라 실렸는가?))[122] 그렇게나 많이 보내다니. 자네는 선물을 주는 처지에 있고, 우리는 그렇지 못하네. 버터 흥정은 여기에서 만족스럽지 못했어, 입맞춤을 하고 싶은 입을 지폐로 막을 수는 없네. (이 순간에 부엌에서 들려오는 것은 끔찍한 노래의 중단으로서 놀란 외침, "쥐야!" 진정하게.) 한 가지 부탁이 있네, 막스. 『도나우란트』에서 내게 기고를 부탁하는군, 쾨르너 박사[123]의 추신과 함께. 답신을 보내야겠는데, 그 편집실로 보낼 수가 없네, 특히 그 초청장에 인쇄된 메모를 고려하면 말일세. 판타 부인은 그러나 분명히 K의 집주소를 가지고 있을 게야. 내 대신 그걸 좀 해주게나, 그렇지만 할 수 있는 한 신속히 말이야.

프란츠

드레스덴의 리허설에 가지 않는가?


**막스 브로트 앞**

[취라우, 우편 소인: 1917년 12월 10일]

친애하는 막스, 한 가지 오해가 있네, 그 쥐새끼들로 잠 못 자는 밤들은 아니네, 그 우악스런 첫날밤을 제외하고는. 도대체가 아주 잘 잔다고 하지는 못하겠지 아마, 그러나 평균적으로 프라하에서 최상의 잠을 누리던 시절만큼은 잔다네. "불같은 눈"이라 하는 것은 다만 내가 어둠 속의 쥐새끼를 꿰뚫어볼 수 있는 고양이의 눈을 만들어보고자 했던 시도, 그것도 실패작이지만, 다만 그것을 의미할 뿐이라네. 그리고 이제 그 모든 것은 불필요하네, 적어도 당분간은. 왜냐하면 고양이가 이전에 양탄자와 소파 위에 흩어놓았던 거의 모든 것을 모래 상자 하나에 모아놓았으니까. 사람이 동물과 타협할 수 있다는 것은 놀라운 일이네. 저녁에는 잘 자란 어린애처럼 지나가지, 우유를 먹이고 나면 모래 상자로 가서 그 속에 들어가 웅크리고 있다네, 상자가 너무 작거든. 그러고는 해야 할 일을 하지. 그러니까 이 순간은 아무 걱정이 없네. '쥐 없는 요양원'이라, '쥐 없음'은 동시에 '고양이 없음'을 의미하고, 어쨌거나 대단한 단어지, 그러나 '요양원'이란 단어가 시시한 만큼 그게 그렇게 대단한 단어가 못 되지. 그렇기 때문에 거기에 기꺼이 들어가고 싶지는 않아. 내 건강은 줄곧 좋다네. 겉보기에도 만족스럽고, 기침도 가능한 대로 프라하에서보다는 덜 한다네. 어떤 날은 내가 의식하지는 않지만, 전혀 기침을 하지 않은 때도 있다네. 숨 가쁜 것은 어쨌거나 아직도 여전하지, 말하자면 그것은 내가 일하지 않는 일상적인 삶에서는 도대체 나타나지 않는다는 말, 산책할 때도 안 나타나지, 다만 걸어가면서 누군가와 말을 나누어야 할 때—그것은 무리가 되네. 그러나 그것은 전체적인 상황의 부수 현상일 뿐이며, 내가 그것에 대해서 얘기했을 때, 그 교수도 뮐슈타인 박사도 전혀 심각하게 받아들이지 않았네. 요양원 문제가 왜 바로 지금 결정되어야 하는지 모르겠네. 그건 아니나, 보험 공사 문제는 해결되어야 하네, 왜냐하면 이제 그 교수에게 가면, 그는 나를 겨울 동안에 공사로 보내려고 할 테니까. 그러나 나는 가지 않을 것이며, 또는 내가 너무도 끊임없이 망설이며, 경영 측에서 볼 때는 가지 않는 것으로 보일 걸세. 그렇지만 그들이 내게 진정으로 친절하기에 즐겁지가 않네. 많은 사람에게, 특히 많은 사람에 의해서 설명될 수 없는 일들도 많다네.

두 번째 오해: 자네 병에 대해 의심을 표현함으로써 자네를 위안하고 싶지는 않네. 내가 어떻게 그것을 의심한단 말이지, 내가 보고 있는 터에. 나는 자네보다도 더 단호히 자네 편에 있네, 왜냐하면 자네의 존엄, 자네의 인간적 존엄성이 그로 인해서 위협당한다고 느끼며, 또한 자네가 병으로 너무도 고통받고 있다고 느끼기 때문일세. 확실히, 조용한 시간에는 누구나 그러한 판단을 하기 쉬우며, 자네도 마찬가지일 것이야. 하지만 예컨대 나의 이전 상태와 자네의 현 상태 사이

의 비교는 그래도 구분이 될 것이네. 내가 절망적이었다면, 그렇다고 그것이 내 책임은 아니었네. 내 병과 병에서 오는 고통은 하나였고, 그 밖에 거의 아무것도 없었지. 하지만 자네는 그 경우가 아니네. 자네 경우에는 그런 심한 공격은 '없을 것이다'가 아니라 '없어야 된다'고 해야 하네. 너무 심해서 자네가 물러나는 그런 공격은 없지. 자네가 지금 그렇게 하는, 아니면 이건 내 생각인데(자네를 위안하려는 것이 아니라 다만 내 생각인데), 자네가 그렇게 한다고 여기는, 또는 자네 자신에게도 그렇게 하는 것처럼 여겨지는, 그런 만큼 심한 공격은 없다네.

자네에게 말한 시시하고 불확실한 몇 마디 외에 달리 더 본질적인 조언을 줄 수 있을 것 같지는 않네. 난 무엇보다도 자네 사무실에 자네와 함께 몇 시간이고 앉아 있었으면 좋겠네, 그곳에서는 특히 좋았지, 그리고 자네 이야기에 귀기울일 수 있었으면. 하지만 그것은 단지 나에게 기쁨을 줄 뿐이겠지, 낭독한 것의 좋은 점과 나쁜 점과는 아무 상관없이, 그러니 결코 결정적인 조언은, 어떤 구체적인 경우에 쓸 만한 조언 같은 것은 나오지 않았네. 그러한 조언을 난 해본 적이 없어, 그러나 이제는 또 다른 이유에서 그러네. 그러한 조언은 오로지 극기의 교육학이라는 정신에서만 나올 수 있는 법인데, 난 그런 것에는 항상 속수무책이거든. 내게 떠오르는 것은, 그것도 매우 불분명하게나마, 푀르스터[124]의 예일세. 한 어린이에게 어떻게 완벽하게 확신을 심어줄 수 있느냐 하는 것인데, 방에 들어갈 때 뒤에서 문을 닫아야 하는 것은 인간 누구나 그래야 되는 것일뿐더러, 바로 이 어린이도 그렇게 해야 한다는 것을 말일세.—그 앞에서 난 속수무책이 될 과제지, 하지만 그 앞에서 속수무책이 되는 것은 옳다고 생각해. 문을 닫도록 자극하는 것, 그것은 확실히 어려운 일이지, 하지만 또한 무의미한 일이기도 해, 적어도 옳지 못한 일이라고까지 하지 않는다면 말이야. 그러니까 내말은, 조언이란 것이 어쩌면 가능하겠지만, 더 좋은 것은 전향시키지 않는 것이란 얘기지.—막스, 더도 덜도 말고 자네가 보고 싶네, 하지만 자네가 존재한다는, 나에게 자네가 있다는, 자네에게서 편지들이 온다는 그 의식만으로도 평안해지네. 뿐만 아니라 나는 자네가 그 소설 쓰는 행복을 누리고 있음을, 또한 그것을 어떤 방법으로도 변명할 수 없다는 것을 아네.

프란츠

[종이 여백에] 『시작』의 청탁 건에 대해서 왜 물었느냐 하면, 그들이 내 취라우 주소를 어디에서 알았는지 달리는 설명되지 않아서였네. 그러니까 자네가 그들에게 말했나? 자네가 언제쯤 드레스덴에 가는지 제때 편지 주게나. 내 프라하 여행 때문일세.

## 오스카 바움 앞

[취라우, 1917년 12월 중순]

친애하는 오스카, 물론 며칠 내에 자네를 보러가겠지만 이 건에 대해서는 그래도 편지를 써야겠네, 왜냐하면 자네가 그걸 편지에 쓰니까. 자네 방문에 대한 내 유일한 의구심은 (취라우에서 지낸 처음 기간, 곧 내가 진행하던 어떤 적응들이 아마도 완전한 고독의 필연성을 신빙할 만하게 했던 그때를 제외하고는) 자네가 어쩌면—그런데 오틀라는 내게 이 말을 못하게 하네—취라우나 나를 또는 그 밖의 어떤 것을 좋아하지 않을지도 모른다는 사실이었네. 하지만 만일 여기에서 무언가가 자네에게 어떤 즐거움을 주게 된다면, 그렇다면 나에게는—이건 분명한 사실이네—이 어떤 즐거움이 배가 될 것이네. 그 문제에 대해서는 더 이야기하지 마세나.

424

쥐들에 대해서 내가 쓴 것은 그냥 재미로 한 것일세. 자네가 쥐 소리를 듣게 되었을 때라야 비로소 심각해질 테지. 어떤 작가나 음악가도 쥐들의 소리를 이겨내고 잠들 수 있다고는 난 생각하지 않네. 또는 그에 필적하는 어떤 심장도, 설혹 공포는 아닐지라도, 적어도 혐오감이나 비애감으로 넘쳐흐르지 않는다고는. 하지만 이것 역시 그냥 재미로 하는 말일세, 왜냐하면 고양이 덕택에 꽤 오랫동안 무언가를 의미하는 어떤 미심쩍은 소리를 듣지 못했기 때문이며, 또한 나는 프라하에서 고양이 없이 여기저기서 쥐들이 찍찍대는 소리를 들을 것이기 때문이네. 그런데 말일세, 막스가 내게 덫을 환기시켰는데, 한꺼번에 마흔 마리를 잡을 수 있다네(난 그것이 단번에 당김으로써 그러는지 점차로 그러는지는 모르겠네), 그리고 그것은 벌써 주문이 되어서 여기 우리 집에서 잘 지내게 될 것이라네. 그러니 자네도 그 보호를 받게 될걸세.

현재로서는 이것이 가장 중요한 점이네. 다른 중요한 일들, 예컨대 취라우의 사회적 관례들은 직접 얘기하세, 거기 따르면 거위들을 먹여 살찌우는 것은 하녀가 아니라 아가씨라는구먼. 또는 여기에 나타나지 않으려는 그 소설은 아마도 내가 나서서 가지고 와야겠어, 그래서 우리 셋이서 낭독하게 말이네.


**요젭 쾨르너 앞**

[취라우, 우편 소인: 1917년 12월 17일]

존경하는 박사님,

귀하께서는 D.[125] 때문에 저와 논의하기 위해서 친절하게도 사무실로 저를 만나러 오신 적이 있습니다. 그때 저는 그 잡지에 원고를 보내겠다고 말씀드려놓고 그렇게 하지 못했습니다. (그러나 귀하께서도 아르님[126]에 관한 귀하의 글을 보내시겠다고 말씀해놓고 그렇게 하지 않으셨습니다). 그 뒤 D.에 귀하의 글이 게재되었는데,[127] 저에 대한 대목이 모든 상상의 한계를 넘어서 저에게 칭찬으로 쌓였습니다. 이것은 저에게 허영심의 잔치를 낳게 했을뿐더러, 귀하를 그런 식으로 유혹했다는 초조한 느낌마저 갖게 했습니다. 그리고 이제 귀하에게서 청탁이 왔습니다.

귀하께서는 제가 솔직한 말을 하도록 허락하시겠지요. D.는 저에게는 구제 불능의 거짓말로 여겨집니다. 그것은 최고의 인사들을 주변에 두고 있으며, 문예 분과는, 의심의 여지없이 귀하에 의해서 그렇게 되겠지만, 최선의 활력과 의도로서 운영될 수 있습니다.—불순물은 순수하게 만들어질 수 없습니다, 그 원천에서부터 필연적으로 항상 새로운 불순물을 야기하지 않을 수 없다면 말입니다. 제가 말씀드리고자 하는 뜻은 오스트리아에 대한 반대도, 군국주의에 대한 반대도, 전쟁에 대한 반대도 아닙니다. 그중 어느 것도 D.에서 저를 겁먹게 하지 않습니다. 그것은 오히려 그 잡지가 꾸며진 그 특이한 혼합, 그 특별히 모독적인 혼합 때문입니다.

친애하는 박사님, 제가 귀하에게 이렇게 쓰는 것은 교만에서가 아닙니다. 프라하의 일반 시민 생활 또는 제가 있는 시골의 정적에서 보신다면 (저는 여기에서 석 달을 병석에서 보내고 있습니다만 본질적으로 유감스런 상황은 아닙니다) 귀하께서도 그것을 협력자와, 어쨌거나 억지 협력자와, 크게 다르지 않게 보실 것이 틀림없습니다. 또한 그것을 귀하에게 맡겨진 정신적인 문제로서 진지하게 받아들이셔야 합니다. 그리고 눈앞의 그 잡지를 보지 마시고 귀하께서 그 잡지에 기여하고 계시는 귀하의 그 선의를 보셔야 합니다.

제 처지에서는 협력을 위해서 다만 세 가지 동기를 상정해볼 수 있습니다. 첫째, 귀하가 편집자라는 생각입니다. 그러나 바로 그것이 저를 만류시킵니다, 왜냐하면 저는 귀하를 제 기억 속에서 다음 사실과 연결시키고 싶지 않기 때문입니다, 곧 제가 귀하를 위해서 또는 더욱 자발적으로 무언가 분명히 진실하지 않은 데 자신을 참여시킨다는 사실 말입니다. 게다가 또 이런 생각이 들기 때문입니다, 곧, 귀하께서는 제 불참으로 인해서 이 잡지에 하등의 손실도 입지 않으신다는 것입니다. 왜냐하면 그 청탁은 저를 위한 귀하의 각별한 친절에서 나온 것이지, 그 밖에 아무것도 겨냥하는 것이 없기 때문입니다.

두 번째 생각은, 그 잡지에 동참한다는 것은 제 군복무 문제와 관련해서 어떤 이점을 줄 수도 있으리라는 것입니다. 그러나 그것은 제 경우에 해당되지 않습니다, 왜냐하면 저는 와병 중에 있기 때문입니다.

세 번째, 가능한 보수에 대한 고려입니다. 그러나 현재로서는 그것이 필요 없으며, 미래에도 그런 식으로 돌보고 싶지는 않습니다.

이 모든 말씀이 상황에 따라서는 제 협력을 위해 완벽하게 영예로운 근거가 될 수도 있을 것입니다. 그러나 이 시점에서는 고려의 대상이 못 됩니다.

그러하오니, 박사님, 귀하께서는 저에게 귀하의 아르님 에세이를 지금 보냄으로써(귀하께서 말씀하시길, 저는 그렇게 알고 있습니다만, 단 하나의 사본만을 가지고 계신다고요. 하지만 저는 그것을 신속히 돌려보내 드리겠습니다), 귀하께서 제가 앞서 말씀드린 논의를 전적으로 받아들이지 않을지라도, 최소한 귀하께서 저한테 화를 내고 계시지 않다는 것을 보여주시는 것입니다. 그렇게 해주시면 저에게 큰 기쁨이겠습니다.

삼가 정중한 경의와 더불어,

F. 카프카 배상

취라우, P. 플뢰아우 (보헤미아)

*1917년*　427

### 펠릭스 벨취 앞

[취라우, 1917년 12월 중순][128]

친애하는 펠릭스,

자네가 왔더라면 좀 좋아! 왜냐하면, 생각해보게나, 단순히 피난처로서(목적지로서가 아니라, 나도 취라우도 목적지는 아니지) 모든 것이 자네 것이니까, 내가 취라우에 있는 것, 가지고 있는 것 모두가, '사람과 쥐'까지도 해서 모든 것이 말이야.

그러한 분노가 작업에 필수적인 것을 난 도대체 믿을 수가 없네. 작업에 필요한 피난처에 대한 욕구는 이미 예로부터 그 보편적인 갈비뼈의 기적과 그에 뒤이은 추방을 통해서 주어졌던 것이네.

한 아가씨를 위한 자리 찾기가 이렇게 힘들 거라고는 미처 생각도 못했네. 사실 그 어려움은 그녀의 저주에 속하네(그런데 말이지만—이것으로 잘못된 인상을 갖지는 말게나—그것을 그녀는 잘 견딘다네). 아마 우리는 함께 무언가를 찾게 될 걸세, 왜냐하면 십중팔구 내가 모레에는 프라하에 갈 테니까. 나로서는 나중에 갈 수도 있어, 하지만 F.가 오거든.

프란츠

볼프와 계약한 소식에 매우 기쁘다네.[129]


### 막스 브로트 앞

[취라우, 1917년 12월 18/19일]

친애하는 막스, 벌써 오래전에 「에스터」[130]에 대해 자네에게 고맙다는 말을 했어야 했네. 하지만 그 책이 하필이면 내적으로 최악인 며칠 사이에 도착했네—왜 그런 날들이 있지—지금까지 취라우에서 보낸 중에서 최악이었지. 그것은 격동, 파도의 격랑이며, 창세기가 철회되지 않는 한 결코 멈추지 않을 그런 것일세. 그러나 그것은 자네 고통과는 또 다르다네. 나를 제외한 그 누구도 거기에 개입되지 않은, 아마도 바라건대 점차로 느낌 자체가 그치게 될 그런 격동이라면 몰라도.

그래 자네 일은 진전이 있었다지, 나로서는 그런 것을 거의 기대하지 않았는데 말이야.[131] 그러나 나는 아직도 여기에서 좌우 어느 편으로 결정하든 그것이 여자들에게서 나오는 것이 아니라고 믿네. 왜냐하면 다른 곳에서는 그것이 어떻든, 자네가 이쪽도 저쪽도 무조건 사랑한다고 보지는 않으니까. 이쪽의 부정적인 요소가 자네를 앞으로 내몰고 넘어가게 하지만, 저쪽의 부정적 요소가 자네를 다시 뒤로 내몰지. 아마 자네는 루트 쪽으로 결정할 수도 있겠지, 하지만 이들 두 여자 사이에서 자네는 그렇게 하지 않지, 마치 자네가 할 수 있는 것처럼도, 아니면 마치 그것이 자네에게 요구되는 것처럼도, 또는 마치 그것이 자네 일인 것처럼도 하지 않지. 눈물은 자네가 흘리고 있는 그곳에 맞지가 않네. 여기서는 저 여자 때문에, 저기서는 이 여자 때문에 울지. 만일 꼭 이렇게 분명한 경우는 아닐지라도, 자네는 어느 쪽에서도 안정을 찾지 못하네. 그것을 두고서 자네가 도대체 이 순환 고리에서 떨어져 나오고 싶어 한다고 해석해도 되지 않겠나? 물론 이런 해석은 완전히 내 표식이기는 하네만. 여성은 초인간적인 것을 행하는가? 그렇고 말고. 아마도 오로지 초남성적인 것이겠으나, 하지만 그것 또한 물론 충분하고 말고.

「에스터」를 오틀라에게 단숨에 낭독해주었네(호흡의 위업이기도 하네, 안 그런가?). 전체적으로 프라하의 인상을 확인할 수 있었네. 그러니까 그 서곡 대부분, 하만과 관련된 거의 전부에 대해 감탄했네— 다음에는 참으로 긴 중단, 그 결과 내가 시작 페이지를 잊어버렸네, 주로 중단 때문이지. 우리집 아가씨[132]가 오늘 플뢰하우에 가서 저녁

때 우편물을 가져왔데, 보통 때 같으면 내일 아침에야 왔을 것인데. 주로 자네 선물, 인쇄물 송부, 엽서, 그런데 거기에 대해서는 아무 말도 없었지(베르펠은 늘 그런 식으로 돌출하더군, 그리고 그것이 자네에게는 나에 대한 호의로 보인다면, 어찌 되었든 그렇다고 치세), 그리고 신문, 『자기 방어』, 그리고 내 상관의 장문의 편지(그 사람하고는 매우 가까운 사이지, 여기 방문도 했어),[133] 그리고 마지막으로, 이것이 그 중단인데, F.에게 온 편지야, 그녀가 성탄절에 도착하겠다고 알리는. 우리가 진작 그러한 여행의 무의미함, 심지어 나쁜 점에 대해서 분명히 합의했던 걸로 여겨지는데 말이네. 열거할 가치도 없는 여러 이유들로 해서 그러니까 나는 아마도, 성탄절 이후에야 프라하에 갈 것이었지만, 이번 일요일 저녁쯤에 가겠네.

그럼 이제 다시 「에스터」 이야기로 돌아오지, 그다음 할 수 있는 최선이니.

제2막의 감탄은 나를 사로잡았네, 그리고 유대인 관련 대부분도 자네가 알다시피, 세부 사항에 대한 거부감은 모두 여전하네. 나로서는 근거를 댈 수 있으니까.

다른 한편으로 처음부터 내가 알고 있던 것은, 내가 그 희곡을 프라하의 소동 한복판에서와는 다르게 읽게 되리라는 것이었네. 그런데 그 결과는, 내가 그 극을 더 잘못 이해한다는 생각이며 동시에 내게서 그 극의 중요성이 더욱 상승되고 있다는 것이네. 내가 말하고자 하는 것은, 나는 처음에 그것을, 이를테면 무언가를 그 손잡이로 파악하는 식으로, 그러니까 예술 작품으로 파악했던 것이네. 하지만 포괄적으로 이해하지 못했고, 그러기에는 내 이해력이 거기에 미치지 못하지. 아마도 그것은 무언가 필연적으로 진실하지 않은 근본적인 난점에 원인이 있지 않을지. 3인의 극중 인물인 하만, 왕, 에스터는 다만 하나일 뿐이며, 예술적이면서 기교적인 삼각 관계는 서로 맞물리는 부분들로 인해서 전제, 긴장, 통찰과 결론을 생성해내는데, 이것들은 다만 부분적으로만, 물론 어쩌면 상당한 부분일지도 모르나, 부분적으로만 사실이며, 또는 영혼의 이야기를 위해서는 그것이 무조건적으로 필수적이라는 게 더 옳겠지. 여기 하나의 예를 들지, 내가 그것을 완전히 파악하지 못하므로 어쩌면 틀린 예일 수도 있지만. 하만과 에스터는 같은 시기에, 같은 날 저녁에 날아오르네, 사실상 뭔가 깊은 인형극적인 요소가 그 안에 숨겨져 있다고는 하나, 전체 극에서 같은 날 말일세 (예컨대 최종 막의 절망에서, 그런데 내가 대목들을 열거하느라 그 절망을 잊었네). 또한 하만이 왕의 식탁에 7년 동안 관망하면서 앉아 있는 것은 매우 좋지만 비인간적 처사네. 그렇다면 이날 밤에 그들이 처음 등장하는가? 왕은 이미 본질적인 삶을 뒤로하고 있지, 그는 죄를 지었으며, 고통받았고, 자제했으며 그렇지만 상실했지. 아마도 그 모든 것은 이제 일어나는 것보다는 한층 아래 차원에 있는 거야. 그렇지만 아마 또 가장 높은 지점에서 보았을 때는 그 모두가 똑같은 것이겠지. 어쨌든 하만과 에스터가 없이는 그것은 가능하지가 않다네. 반복되는 동굴 방문은 그것을 암시하지, 하긴 왕이 첫 막에서 벌써 전체 무대를 알고 이해하고 있지, 마치 그것이 지나가 버린 옛 연극인 것처럼. 그리고 최종 막의 작별의 대사에서는 그것이 단순히 극의 사건이라기보다는 차라리 일종의 불투명성 속에서 충분히 이야기되네. 그러나 이 장면의 전제들 가운데 말이 너무 없으면, 다시금 제2막 천 년의 역사에서 분출되네.―그렇게 됨으로써 내 생각에는, 예술 작품을 오히려 강화시켜주지만, 그러나 다가가기 어려운 어떤 미로가 되고 말지. 내가 따라갈 수 없는, 자세히 들여다보면, 내 내면의 무언가가 따라가기를 거부하는 미로. 왜냐하면 그 미로들은 예술에 넘겨진 희생이자 자네의 손상이기 때문이네. 내 말의 뜻은, 그러니까 대충 자네 소설에서처럼(최근에 썼던 것 말이네), 자네 본성의 세 부분이 뒤따르고, 각 부분은 다른 부분들을 유감으로 여기며 위로하는 그런 손상 말일세. 여기에서 아마도 예술과 참 인간성 사이의 해독성 대립이 생기는 모양이네. 전자의 경우 어떤 예술적 정당성이 요구되지(바로 그것이 예컨대 자네로 하여금 왕을—그는 사실상 오래전에 결정이 나버린 인물인데도—마지막까지 끌고 갈 뿐만 아니라 미래에도 마주치도록 만들지. 아니면 예컨대 자네로 하여금 그래도 세상을 짊어진 에스터를 극 중 삶에서는 왜소하고 알지도 못하며—그녀가 어찌 되었든, 극의 관점에서는 다른 의미를 부여받을 수도 있겠지만—하만 옆에 가도록 한다거나, 불변의 그녀를 그가 살해함으로써 본질적으로 변화시킨다거나 하는 것 등). 그렇지만 후자에서는 다만 결정적인 현 존재를 요구할 뿐이라네.—

너무 늦었는데 할 말은 너무 많군. 우린 서로 곧 보게 되네. 하긴 이 문제들에 대해서는 편지로 쓰는 것보다는 할 말이 적네.

프란츠

[종이 여백에] 덧은 이미 주문함.—그래, 푹스에게서 『시작』의 주소가 왔네. 푹스는 내게 "미천한 시작지"라는 말을 썼는데, 그가 내게 청탁하도록 했다는군. 나는 오래전에 그들에게—그 회람장이 마음에 들었기에—솔직하게 불참한다고 설명했네.

## 엘자 브로트 앞

[취라우,] 1917년 12월 19일

친애하는 엘자 부인, 이것은 순간의 편지입니다. 다음 순간이라면 이 편지를 쓰지 않을 것이며, 그다음 순간이라면 부치지 않을 것입니다. 그렇기 때문에 이 편지는 본질적으로 잘못된 것이며, 그리고 부인이 기본적으로 충분히 지녔을 인간적 사안들의 지식에 합당하지가 않습니다.

친애하는 엘자 부인, 만일 우리가 막스에 대해서 말하고자 한다면, 우리는 먼저 같은 차원에 위치해야 합니다. 그러니까 우리는 오직 막스의 친구로서만 서로 이야기해야 하며, 오직 친구로서만이며, 그 밖에 모든 다른 것은 제쳐두어야 합니다. 제가 감히 건드리지 못하는 사안들, 설령 부인이 순간의 잘못으로 거기에 제 손을 끌어들이려 하더라도 말입니다. 그러나 막스의 친구로서 우리는 그의 의사가 아니며, 그의 교사도, 그의 판사도 아니며, 다만 그러나 그를 좋아하는, 그의 편에 있는 인간일 뿐입니다. 그런 견해에서 저는 우리가 그를, 그의 전 인생이 걸려 있는 터에, 충고로, 귓속말로, 암시로 영향을 끼쳐서는 안 된다고 생각합니다. 그러나 직접 우러나오는 그것, 말하자면 우리들의 현 존재로서, 사랑, 호의, 절제, 우정으로 영향을 주어야 합니다. 부인 또한 그렇게 해오셨고, 저 자신 그것을 종종 감명 깊게 보아왔습니다. 그러나 물론 부인은 또한 더 많이 그렇게, 말하자면 더 적게 해오셨습니다, 곧 우리 모든 인간들처럼 말입니다. 왜냐하면 제가 앞서 드린 말씀은 다만 목적으로서 그리 말씀드린 것이니까요. 저 또한 심지어 최근에 (제 생각으로는 부인도 함께 계실 때였는데요) 그에게 충고를 하려고 시도해보았어요. 그 충고는 아마도 부인이 뜻하는 바는 아니었을 터, 그렇지만 또한 부인의 의도와 전적으로 다른 것도 아닌, 그렇지만 어쨌든 저 자신의 의도와는 달랐지요. 그저 막스의 모습으로 말미암아 억지로 갖다 붙였던 것인데, 그로 인해서 부인이 그만둘 수 없는 현재 속에서 비교할 수 없을 만치 많은 고통을, 힘의 한계에 이를 지경의 고통을 받아야 했지요. 저는 그것을 잘 압니다. 이것이 유보 없는 제 이해심입니다. 그럼에도 진실은 그대로 남아 있는데, 막스가 돌에 걸려 넘어지려는 위험에 처한 것을 누군가가 보고서 그를 붙잡아 일으켜야 한다는 사실, 그러나 한편 그가 위험으로, 그가 고통스러울 게 뻔한 위험으로 내닫는 것을, 그에게 일격을 가함으로써 저지시켜서는 안 된다는 사실입니다, 도대체 완전히 개연성이 없는 짓이지만 누군가가 하려고 한다는 전제에서 말이지요.

이 시점에서 그에게 충고하려는 일은 아마도, 제가 그에게, 왜 친구로서 진작 저에게 결핵 걸리는 일로 충고를 하지 않았느냐고 비난을 퍼부으려는 것과 마찬가지일 것입니다.

이러한 확신에 비추어서 저는 부인 편지의 잘못들을 인식합니다. 반복하건대 그 잘못들을 부인의 잘못들로 간주하지 않으며, 그렇기 때문에 부인의 편지를 제가 가지고 있어서는 아니 되며 여기에 되돌려보내는 것입니다. 이 잘못이란 대략 이렇습니다, 부인은 사랑에서 탄식을 하며, 그 사랑의 진정한 기회를 지니고 있습니다.—부인은 옹호자를 찾고 있으며, 미혹되지 않는 막스라면 바로 가장 강력한 옹호자입니다. 부인은 아마도 요원한 부차적 사안을 주요 사안이라 보며(또는 적어도 그럴 쪽으로 시선을 돌리지요), 혼란에 빠지고, 그로 인해서 조용히 부인 자신의 실체로 있는 것을 소홀히 하고 있어요.

부인 편지의 어조대로라면 이제 이렇게 생각하시겠지요, '다른 사람이 고통 속에 있을 때, 원칙들을 나열하는 것이야 아주 간단하지'라고. 옳은 말씀일 수도 있지요. 허나 부인을 생각할 때마다 이 느낌이 제게 수치심을 줍니다. 그렇지만 사람이 수치스럽다고 침묵해야 합니까, 아니면 아예 거짓말을 해야 합니까? 특히 이 일에서, 우리가 막스를 염려한다는 점에서 한마음인데 말입니다.

프란츠 K 올림


## 막스 브로트 앞

[프라하, 1917년 12월 말]

친애하는 막스, 여기 원고들(유일한 사본들이야)을 보내네, 자네 아내를 위해서지, 그것들을 누구에게도 보여주지 말게.「양동이를 탄 사나이」와 '옛 원고'에서 내 비용으로 사본 하나씩을 만들어서 나에게 보내주게나, 코른펠트[134] 씨에게 주기 위해 그것들이 필요하네.

소설들[135]은 동봉하지 않네. 왜 해묵은 긴장들을 건드리겠는가? 다만 내가 아직 그것들을 태우지 않았다고 해서? 다음번에 갈 때, (아니, 가게 되면. 방금 F.에게 편지가 왔네.[136]「에스터」에 대해서 매우 고마워하면서, 자네에게도 고맙다고 해야 하는지 묻고 있네.) 아마 그때 나 바라건대 가져가겠네. 그런 '심지어' 예술적으로 실패한 작품들로 법석을 떠는 의미가 어디에 있는가? 이 작품들에서 내 전체가 요약되기를 사람들이 바란다는 사실에 있나? 내가 곤궁하면 나 자신을 그 품에 던질 어떤 소명의 법정이? 그런 것은 가능하지 않다는 것을 나는 아네, 거기에선 아무런 도움도 나오지 않음을. 그러니 이 일로 내가 어찌해야 하는가? 나를 도울 수 없다는 그들이 나를 또한 해치려는가? 이 지식을 전제한다면 그렇게 하고야 말 것인데? 도시는 나를 갉아먹고 있네, 그렇지 않고서야 내가 그 원고들을 가져간다고 말하지 않았을 것이야.

지난밤에 대한 짧은 몇 마디: 그 사안이란 것이 원래 고통과 관련이 없는 나에게는 다음과 같이 보이네. 자네 부인은 주된 비난 속에서 어쩌면 더 본질적인 문제를 건드렸네, 자네가 자네 편지에서 말한 것보다도.

너무 늦었네, 난 또 사무실에 가봐야 하네. 취라우에 가자마자 곧 편지를 쓰지. 바로 오늘 자네들 둘 사이에서 말하지 않게 된 것이 필시 다행스럽네.

프란츠

한 가지 부탁 더: 군대 등록 양식을 보내주게, 내 생각으로 1월에는 써내야 하거든.

# 1918년

## 펠릭스 벨취 앞

[그림엽서. 취라우, 1918년 1월 초][1]

친애하는 펠릭스, 6~8도의 추위에, 창문을 열어놓고 잠자지, 그러고 나서 일찍 일어나 씻네, 주전자 속의 얼음을 깨고 나면 곧 세면대에 새로 얼음이 생기지, 물론 완전히 발가벗은 채로, 그리고 일주일이 지났는데 아직 감기 기운이 없네, 이전에 밤낮으로 난로에 길들인 후인데 말이야—자네도 한번 시도해보게. 정말 놀라운 일이야, 그걸 위해서라면 도서관에서 보낼 일주일을 쉽게 희생할 수도 있을 것이야. 내가 자네들에게 말로 한다면 더 많은 흥미를 불러일으키겠지. 오스카에게 가장 따뜻한 안부를. 심지어 피아노도 있네, 일마 양이 치는! 요양원장이자 주요 환자에게는 만사가 좋은 것으로 확인됨.

프란츠

## 막스 브로트 앞

[엽서. 취라우, 1918년 1월 초]

친애하는 막스, 오늘은 다만 오스카의 비서로서, 행복한 무책임에 편지를 쓰고 있다네.

"그래 자네는 지금 자네 소설[2]의 결말을 나와 펠릭스에게 낭독해줄 날짜를 정할 수 있네. 프란츠에게 그 약속된 아름다움에 대해 들은 다음부터, 나는 이전보다 훨씬 더 열렬해졌네. 나는 일요일에 돌아가네, 그러니 월요일부터는 계속해서 매일 저녁 시간이 나네. 자네가 펠릭스와 약속을 한 연후에 내게 엽서를 띄울 수도 있겠지. 여기가 얼마나 아름답고 평화스러운지 자네에게 말하고 싶지 않네, 자네 또한 나와 같은 일을 할 가능성이 없다면." 최근에 트룈취의 논문[3]을 낭독할 때 내게 (이 사람은 나야, 프란츠라고, 자네에게 곧 장문의 편지를 쓰겠네) 이런 생각이 들더군, 그 소설의 긍정적인 결말은 내가 처음 생각했던 것보다는 사실 더 단순하고 근접한 것을 원한다는 것일세, 말하자면 교회나 요양원의 설립 같은 것, 그러니까 뭔가 거의 의심의 여지없이 다가올, 이미 우리가 몰락하는 속도로 우리 주변에 지어지고 있는 것 말이네.

우리는 오스카와 더불어 매우 상쾌한 시간을 즐기고 있네.

프란츠


### 막스 브로트 앞

[취라우, 1918년 1월 중순][4]

일요일

가장 친애하는 막스, 오스카가 여기에 있는 동안 편지를 쓰지 않았네, 한편으로는 내가 혼자 지내는 습관이 있어서 (조용함이 아니라 혼자 있는 자체에) 편지를 쓸 수가 없었고, 다른 한편으로는 그가 곧 직접 취라우에 대해서 자네에게 말할 것이라서 그랬네. 그는 몇 가지 점에서 내게는 더 분명해졌네. 유감이야, 분명함에 대해서 항상 끊임없이 분명한 얼굴을 보이기에 충분히 강하지가 못하니. 전체적으로 나보다 자네가 오스카에 대해서 확실히 더 옳게 판단했지. 허나 세부적인 면에서는 자네가 착각을 한 것 같으이.—그 소설[5]은 많은 대목에서 놀랍네. 여태까지는 오스카의 변화된 작업 방식에서 너무 지나치게 피상적인 것이라 보았네, 그런데 그게 아니야, 오히려 거기에는 진실이 들어 있어. 다만 그것이 지극히 긴장된 그러면서도 너무 좁은 한계에 부딪쳐서, 거기에서 지루함, 잘못, 취약성, 고함 소리가 나오는 것이야. 혹여 취라우가 그에게 조금이라도 도움이 되었다면, 그와 나 자신을 위해서 매우 기쁘겠어, 하긴 난 그것을 의심하지만. 자넨 아마 그것에 대해서 내게 편지 주겠지.

『타블레테』, 『액션』 그리고 서식 용지 고맙네. 이번에 내가 F.에게 『타블레테』를 선사해도 되겠는가?

우리의 마지막 저녁은 좋지 않았지. 그 후로 자네에게서 무슨 소식을 들었으면 했네. 그 저녁이 좋지 않았던 것은, 내가 (물론 속수무책이었지만 그건 내게 아무것도 아니었지) 자네가 속수무책임을 보았기 때문이었네. 그건 내가 견딜 수가 없지, 비록 이 속수무책을 나름대로 자신에게 설명하려고 했지만 말이네, 그러니까 누구든 옛 멍에를 처음으로 파괴하고 나서 움직이려고 하면 곧바로 바른 걸음을 취할 수는 없다는 식으로. 자네가 불확실한 것을 말했을 때, 방 안에서 왔다 갔다 하는 것도 꼭 그렇게 불안했지. 그리고 내가 보기에는 자네 부인이, 다른 한편 맞는 말이기도 한데, 자네보다는 훨씬 더 권리가 있는 것 같았네, 아마도 일반적으로 여자들에게, 물론 다른 일들의 해결을 위해서, 더 많은 권리가 주어져 있듯이 말이야. 자네가 결혼 생활에서 쓸모없다는 비난은 적어도 그녀의 입술에서 나오는 한 타당하게 들리네. 만일 자네가 그것이 바로 고통받는 점이라고 반박한다면, 그녀에게는 이런 답변이 있지, 곧 자네는 그것을 그녀의 고통으로 만들어서는 안 된다고, 왜냐하면 그것은 그녀의 고통이 아니니까. 자네에게 남은 답변이라면, 그녀는 바로 여자이며, 그리고 이것은 그녀의 몫이라고. 그렇게 함으로써 그러나 모두 그 사안을 한층 높은 법정으로 옮기는 것이며, 그 법정은 선고를 결코 내릴 수 없고 재판을 처음부터 다시 시작하게 되지.

그녀는 이 "결혼에 쓸모없음"을 보는 것이네, 나 또한 그녀와 더불어 (아니, 자네 부인하고 그렇게 연루되고 싶지는 않네, 아마 그녀는 그것을 달리 보겠지) 그 말에서 이렇게 생각하네, 즉 자네는 결혼을 필요로 하지만, 그러나 다만 부분적이며, 다른 한편 자네의 다른 본성이 자네를 길 떠나게 하고, 그로 인해서 유부남 부분을 끌어내리며, 그러고는 바로 그 부분, 그것을 전혀 원하지 않은 부분으로 인해서 결혼의 토대가 절단 난다고. 물론 자네는 온전한 존재로서 결혼을 했네, 하지만 그 분열에 어울리는 원시였지, 그게 곁눈질을 하게 만드는 것이지만, 아무 쓸데없는 것. 그러니 예컨대 자네는 자네 부인과 결혼을 했으며, 그녀와 더불어 그리고 그녀를 넘어서 문학과 결혼을 했지. 그런데 이제 와서 예컨대 어떤 다른 여자와 결혼을 하려는가, 그녀와 더불어 그리고 그녀를 넘어서서 팔레스타인과 결혼을 하려는가. 그러나 이런 일들은 불가능한 일이네, 설령 어쩌면 필요한 일일지라도. 반면에 참된 남편이란—이론상 이렇게 요약하려네—아내 안에서 세계와 결혼해야 하네, 그러나 아내 저편에서 결혼해야 할 세계를 보는 그런 식으로가 아니라, 세계를 통해서 아내를 보는 것이어야지. 다른 모든 것은 아내의 고통이며, 그러나 아마도 저 이상적 결혼에서처럼, 바로 남편의 구원 또는 구원 가능성일 것이네.

프란츠


**펠릭스 벨취 앞**

[취라우, 1918년 1월]

친애하는 펠릭스, 그 일이 잘 성사되었기를 바라네. 자네 사무실에서 나는 무척 슬펐네, 자네는 이미 떠나버렸더군, 나는 환자로서 엄청 지쳐서 자네에게 갔는데, 자네가 나를 소생시켜 주리라는 희망을 안고서 말이네. 그 옆의 한 근엄한 남자 또한 나를 가혹하게 대하더군. 그러나 만일 그 일이 성사되었다면, 바라건대 그에 대한 부수적인 효과가 있겠지.

어쨌거나 여기에서는 더 좋은 사업들이 이루어질 수 있을 것이네, 그렇지만 아마도 현장 근무가 아니고서는 불가능하지. 이러한 목적으로 한 며칠 이리로 와볼 수 있겠는가? 숙박은 가능하네. 최근에 자네를 만났던 내 누이가 그러는데, 자네가 안 좋아 보이더라는군. 그런 자네에게 여기 며칠이 어쩌면 도움이 되지 않을지. 초대는 당연히 자네 부인에게도 해당되네, 다만 나는 잠정적으로 부인이 머물 적당한 숙박 장소가 생각나지 않네. 그렇지만 그런 것은 아마도 찾아질 것이네. 그러니 오는가?

진심으로 프란츠

로베르트 벨취는 어찌 지내는가?

**오스카 바움 앞**

[취라우, 1918년 1월 중순]

친애하는 오스카, 먼저 그 훌륭한 선물에 감사하네. 생각하건대, 자네는 그 아름답고 이타적인 피아노 연주에 대한 보답으로 아무것도 받지 못하고, 그저 내가 R. 씨와 이야기하는 것을 듣는 즐거움뿐이었군(나는 기꺼이 자네 메시지를 그에게 전달해주었겠지만, 무슨 뜻인지는 모르겠네), 반면에 나는 오틀라가 여행용 가방에서 예상 밖에 이 두 가지 놀랄 물건을 꺼내는 것을 바라보네, 내 재미로 벌었을 뿐인데, ─

그러다가 나는 (다시 또 한 번) 세상이 무엇인가 잘못된 것을 발견하네. 특히 그 나무딸기 시럽이라니, 첫 방울부터 마지막까지 순전한 향유이지, 난 탐욕에서 그만 그것을 망쳐놓을 뻔했다네, 서두르다 코르크를 병 속에 처박아버렸으니 말이네. 하지만 오틀라가 나를 위해 그걸 구했고, 조금도 손대지 않고서 매일 구한다네. 그 시럽은 또 다른 가치가 있지, 왜냐하면 그건 무언가 고상하면서도, 심지어 탐욕까지 가져가 버리네. 이제 나는 자유의 정신에서 그걸 마시네, 그것이 거기 있기 때문에 그리고 선심을 환기시키기 때문이라네.

여기는 아무것도 변한 것이 없네, 그저 적당히, 자네가 떠난 것 말고는. 그러니 자네가 돌아온다면, 모든 것이 전적으로 예전처럼 될 것이네. 자네는 오기만 하면 되네. 나는 단지 행운아라는 이름을 앞질러 회피하기 위해서, 지난 며칠 동안 평상시보다 좀 더 풀이 죽었네. 하지만 그건 다만 시간의 부침 성쇠일 뿐이라네.

그러나 자네는 운이 좋았지, 왜냐하면 그 쥐들을 모면했으니까. 자네가 떠나고 난 뒤 사흘쯤 되었을까—고양이를 더 들여다 놓지 않았는데—밤중에 소음 때문에 잠이 깨었네. 처음에는 거의 고양이겠지 생각했지, 그러다가 곧 그것이 쥐라는 것이 확실해지는 것이야, 꼬마처럼 버릇없이, 덫을 가지고 노는 거야, 곧 녀석이 베이컨을 조심스럽게 탈취해 가는데, 그러는 동안에 덫 문이 위아래로 덜커덕거리면서도 쥐가 그 속에 빠질 만큼 넓게는 열리지 않는 거야. 막스에게서 대단한 신임으로 추천을 받은 덫이 덫이라기보다는 경보 장치였네. 그런데 말이지만, 다음 날 밤에는 또 다른 덫에서 베이컨 도둑을 맞았네. 바라건대 설마 자네는 내가 반쯤 졸면서 찬장 밑으로 살금살금 기어가서 내 스스로 베이컨을 가져간다고 생각지는 않겠지. 어쨌든 그것도 최근 며칠은 조용해졌네.

그러니까 그 시칠리아 여가수가 『일기』[6]에 대해서 나쁘게 말한다지.

그것이 놀라운 일인가, 아니면 감정과 이성의 결합인가? 그녀에게 그 책 서평을 부탁한 것이 바로 감성과 이성의 결합이겠지, 그것을 톨스토이 백작 미망인에게나 주었더라면 좋았을 걸 그랬네. 창문 아래에서 테니스 치던 열기에 젖은 채로 갑자기 『일기』에 들어가면, 대체 그 여자가 무슨 말을 할 수 있겠나. "보수주의는 항시 예술에 해롭다"는 문구는 사실 그 『일기』 자체에서 나온 인용구나 같은데, 우리는 그것을 읽었지 않은가.

크라스티크는 자네랑 함께 프라하에 잘 도착했는가? 그리고 자네의 극적인 이야기의 책은?[7] 볼프가 편지했던가? 그리고 잠은?

자네와 자네 부인에게 진심 어린 안부와 더불어,

프란츠

**막스 브로트 앞**

[취라우, 1918년 1월 중순/말]

친애하는 막스, 자네의 이번 편지는 나에게 특히 중요했네(다시 한번 그 내용과는 관계없이, 나는 이전에도 자주 그런 말을 했지, 그걸 분명히 느끼네). 왜냐하면 내가 근래 두세 가지 불행한 경우를 당했기에, 아니 어쩌면 단 한 가지 불행이라 말해야 할지, 아무튼 불행을 당했기 때문에 그래, 그것들은 끊임없는 혼란을 어찌나 가중시키는지, 마치 내가 예컨대 김나지움 최종 학년에서 초등학교 일 학년으로 낙제당하는 것 같은 기분인데, 그 근거라는 것이 나로서는 접근할 수 없는 교사 회의의 결정 같은 것이지. 게다가 그것은, 제발 나를 제대로 이해해달라고 하는 말인데, '어느 정도' 불행한 경우들이라네. 나는 그 장점을 존중하고, 그것에 대해서 기뻐할 수도 있고, 또 기뻐했지, 하지만 '어느 정도'의 한계를 넘으면 그것들은 완벽하게 불행인 거야.

그런 한 가지 중요한 예가 오스카의 방문이었네. 그가 여기에 있는 동안에는 나는 그 일의 본질을 조금도 몰랐거나, 또는 겨우 뭔가 아주 조금을, 그것도 아마 마지막 날에서야 알았을 뿐일 게야. 하지만 이것은 나약함의, 피곤함의 일상적인 느낌, 더 증명할 가치도 없는 느낌이었을 뿐이야. 그리고 그런 것은 한 개인 내부라기보다는 두사람 사이에서 더 명시적으로 나타나지. 일주일 내내 우리는 기분이 들뜬, 아마도 너무 들뜬 상태였네, 처음 며칠 오스카의 불행에 대해서 지치도록 깊이 생각하고 난 이후에 말일세. 어쨌든 나는 내가 알고 지내는 어느 누구보다도 훨씬 쉽게 지쳐버리는 것 같아. 하지만 여기서 그 이야기를 할 계제가 아니지. 그랬다간 옛날의 고통의 이야기에서 순 역사적인 것을 발견하게 될 터이니.

오스카의 불행 또한 이 맥락에 정확하게는 들어맞지 않는다네. 하지만 자네가 그걸 물으니, 지금까지는 그걸 일반적으로 언급했을 뿐이네, 왜냐하면 그것이 최근에야 나에게 비밀까지는 아니라 해도 일종의 고백으로 털어놓은 것이라서지. 또한 자네가 다음에 오스카를 만났을 때 자네 마음속에 이런 생각을 가지고 있기를 바라지 않았으니까. 그리고 마지막으로 자네는 그 경우 이미 사실에 거의 근접했기 때문에 그것이 정말 필요한 것은 아니었으니까. 그 불행은 굳이 말하자면 세 가지일세(그러나 우리 잠정적으로 비밀로 하세), 그러나 더 자세히 본다면 훨씬 더 복잡해질 게야. 첫째, 오스카는 끝없이 분석한 수많은 원인들로 인해서 아내와 결혼을 지탱할 수가 없네. 그럴 수 없는 것이, 내 생각에는 그가 결혼 7년째 같은데, 5년 전부터라네. 둘째로 그는, 누가 물으면, 항상 먼저 자기 아내의 불가능성에 대해 이야기하지만(성적으로는 아내와 잘 맞고 또 그가 그녀를 그 한계 내에서 매우 사랑스럽게 생각하지), 그것은 결혼의 불가능성, 도대체 결혼이라는 것의 불가능성을 의미한다는 것이 드러나네. 확실히 여기에는 미

해결의 잔재가 남아 있네, 예컨대 한 단편소설의 시도가 그에게 특징적이라 할 수 있지, 그 소설에서 그는 잘 아는 일련의 부인들과 처녀들과 직접 결혼을 한다는 주제를 가지고 썼는데, 이때 항상 끝에 가서는 완전한 불가능성이 입증되지. 셋째로, 그리고 여기에선 완전히 방대한 불확실성이 시작된다네, 그는 어쩌면 아내를 떠날 수도 있을 것이라네, 비록 엄청 잔인하게 느꼈던 이 행동에 대해서 지금은 내적 외적 정당성을 가지고 있다고 생각하는 것이야. 그러나 그는 자기 아들에 대해서는, 비록 부성이라는 정서에서는 아닐망정, 이 죄를 떠맡을 수가 없다는 것이야. 비록 이 이별만이 유일하게 옳은 일이며, 이것을 놓친다면 그가 결코 평안에 이르지 못할 것임을 그가 안다고 해도 말이야.—전체적으로 특히 '현세적인' 구문과 유령으로 충만한 나머지 (우리는 한 방에서 잤으며, 그리고 유령을 막을 병균들을 교환했네) 그는 다가가도 느낄 수 없는 고통을 안은 채로 아스코나스 박사[9]와 밀접한 관계에 있네, 이 박사가 또한 우리 서유럽 유대교 시대와 밀접하듯이. 이런 의미에서, 곧 사회적 의미에서 그 소설은 대단히 솔직한 서술이며, 그리고 그것이 정말 그렇다면 넓은 독자층에 영향을 줄 때야 비로소 진정으로 그 자체를 드러낼 것이야. 그건 아마도 이러한 확언, 이러한 시대-측면-뛰어들기 이상의 것은 아니겠지만, 어쨌든 위대한 시작일 수 있어. 우리의 처음 몇 밤은 그 소설에 대해서 이야기를 했는데, 마치 이것저것 증거를 대는 데 사용되는 역사적 문서에 대한 이야기 같았네. 물론 그것은 『노르네피게 성』[9]과 같은 것이었지, 그러나 당시에는 나는 거기서 별로 감동을 받지 않았어.

오스카의 문제에 대한 내 태도와 관련해서, 이것은 적어도 그 의도에서는 매우 단순했네. 흔들렸어, 내면적이지만 아마도 편견을 지닌 단호함일망정, 그의 동요와 더불어, '그래'와 '아니'를 들었다고 생각했을 때면 나 또한 '그래'와 '아니'를 말했지. 다만 그렇게 들었다고 생각하는 것 자체가 내 일이었지, 그를 좋게든 나쁘게든 영향을 주기에는 그것이면 충분했어. 그 점에 대해서 내 기꺼이 자네에게 뭔가를 들어보고 싶어. 그 밖에도 내 의도와 무관하게 반쯤은 취라우가 영향을 주었고, 취라우와 더불어 그때까지 여기서 내게 일어난 것들이 함께. 그리고 또 트뢸취와 톨스토이도, 그 작품들을 내가 그에게 낭독해주었거든.

그러나 이 모든 것이 나에게 역작용으로 드러났네. 한참 뒤에야 그걸 알아차렸지. 나는 그 방문 시험에 반쯤 합격을 했는데, 그러나 나중에 이미 종이 울렸을 때는 낙제한 것이야. 최근에 내가 오스카에게 편지를 썼지, 일주일 함께 지내더라도 환경을 바꾸기는 어렵노라고, 그리고 그가 그립다고. 그것은 사실이네, 적어도 나 혼자에 관한 한, 하지만 그것은 일주일간 같이 지낸 것과 관련해서 그럴 뿐, 전적으로 그런 것은 아니네. 나는 내 맘에 드는 이 사람과 함께 있다고 느끼네, 하지만 내가 그의 고뇌를 고뇌한다거나 그 어떤 구체적인 나 자신의 고뇌가 함께 일고 있다거나 하는 의미는 아니네. 그것은 아주 추상적으로, 그의 생각의 방향, 그의 상태가 원칙적으로 절망적인 것, 입증될 지경에 이른 그의 갈등의 미해결 상태, 그 자체로서 무의미한, 모욕적인, 여러 겹으로 반영되는, 서로 기어오르는—자네 소설에 나오는 전문 용어인데—"보조 구조"의 혼란, 그리고 이 모든 것이 나의 내부로 밀려드네, 죽은 강물처럼, 일주일이 살려놓은 강물처럼 말이야. 얼마나 거대한 힘이, 얼마나 거대한 힘과 그전의 고독이 필요하겠는가, 한 사람에게 굴하지 않기 위해서 말이야. 그의 곁에서 잠시 낯설며—친숙한 악마들 사이에서 걸으면서, 그것들의 바로 중심에서, 그것들의 원 소유자가 중심인만큼 말이야.

여기에서 나는 조금 과장하고 있지, 물론 다르게 덧붙일 수도 있네, 하지만 기본적인 진실은 남지. 더군다나 나는 부분적으로는 그 방문의 결과로서 『이것이냐 저것이냐』[10]를 읽기 시작했다네, 그것도 특별한 도움에 대한 열망을 품고서 오스카의 출발 전날 밤부터 말이야, 이제는 오스카가 보내준 부버의 마지막 책들[11]을 읽고 있지. 가증스럽고 역겨운 책들, 세 권 다 그래. 바르게 정확히 말하자면, 그 책들과 『이것이냐—저것이냐』는 극히 뾰쪽한 펜으로 씌었다는 거야(그 책에서는 거의 카스너[12]가 통째로 굴러 나오고 있어), 그러나 그것들은 절망으로 가는 것이야. 그 책들을 앞에 두고서, 긴장감 속에서 독서하면서 흔히 일어날 수 있는 일인데, 무의식적으로 이것들이 세상에서 유일한 책들이라는 느낌을 갖게 되면, 최고로 건강한 폐라 하더라도 숨을 못 쉬게 될 것이야. 이것은 물론 상세한 설명을 요구하지, 단지 내 현상태가 그런 식으로 말하게 하는군. 이런 책들은 누군가가 적어도 그것들보다 진정한 우월감의 흔적을 지니고 있다는 그런 방식에서만 집필되고 독서될 수 있을 책이지. 그렇게 그 책들에 대한 혐오감이 내 손 안에서 자라네.

자네 문제와 관련해서 자네는 나를 설득시키지 못하고 있네. 혹시 자네가 나를 오해하는 것이 아니라면, 그래서 우리가 부지중에 어떤 점에서 이미 조우하고 있지는 않을까? 나는 자네가 문학 때문에 자네 부인과 결혼한 것이 아니라, 문학에도 불구하고 결혼했다고 주장한 것이네. 또한 내 말은, 자네 역시 진정한 이유에서 결혼했을 것이므로, 자네가 이 "(문학)에도 불구하고"라는 말을 하나의 문학적 "타산의 결혼"(자네 의견에 따르면)을 했다는 사실을 통해서 잊으려고 했다는 주장이 아니야. 자네는 "합리적 이유들"을 결혼에 들여온 것이라네, 자네가 바로 그 완전한 신랑의 정서를 지니고서는 결혼할 수가 없었기 때문이지. 그리고 바로 지금도 내가 보기에는 비슷한 행동으로 보이네. 자네는 두 여인 사이에서 동요하는 것이 아니라, 결혼과 혼외 사이에서 동요하는 것으로 보이네. 이 동요를 여자가 확고함으로 이끌어야 한다는 것이지, 두 가지 가운데 어느 하나에 상처를 주지 않고서. 이것이야말로 '안내자'로서의 여인을 향한 자네의 욕망일세. 하지만 이 갈등이 도대체 단숨에 해결될 수 있을지는 제쳐두고서 말이네. 그러니 이를 해결하는 것은 아마도 도대체가 여자들의 과제가 아니라 자네의 것이네. 그리고 이 책임 전가의 시도가 다음에는 일종의 죄책감이 되는 것이지.

그래서 이 죄책감은 어떤 의미에선 자네가 더 이상 죄책감이라고 부르지 않는 것, 더 바르게 말하자면, 죄책감이긴 해도 또한 호의라고 하는 데에서 계속되는 것이네. 확실히 자네는 인정이 많지만, 그렇다고 이것이 보증될 계기는 전혀 아니네. 그건 마치 한 외과 의사나 같네, 그는 (원칙에 대한 양심의 가책으로, 그러나 결코 질병 때문에 죄를 짓게 되는 생물체에 대한 양심의 가책이 아니라) 용감하게 십자로 대각선으로 베고 찔러댄 이후에, 이제는 마음 약함과 슬픔 때문에, 이 중요한 경우가 이로 인해서 영원히 작별을 고하게 되지나 않을까 하는 슬픔 말이야("내 아내는 나에 대한 부차적–정신적 관계를 끊지 않고서 뭔가 그렇게 해야 될 텐데……"), 이제 와서 그 마지막 절개를, 어쩌면 치유를, 어쩌면 중환을 야기할 수도 있는, 어쩌면 죽이는, 그렇지만 어쨌거나 결정적인 일보를 내딛는 것을 망설이고 있단 말이지. 나는 『침종』[13]을 읽지 않았지만, 자네 말로 미루어 보아서 그 갈등은 자네의 것이라고 짐작하네. 그러나 거기에는 단지 두 사람만이 붙잡혀 있는 것으로 보이네, 왜냐하면 산중에 있는 자는 인간이 아니기 때문이네.

그리고 올가는? 그녀는 원초적으로 창조된 것이 아니라, 의도적으로 이레네의 상대역으로, 그녀로부터 구원받기 위해 창조된 것이지.[14] 그러나 이 모든 것을 떠나서, 여기에서 자네에게 보이는 것, 확실하게 보이는 것, "에로스에서 안정이요 완전한 자유"라는 것은 뭔가 너무도 엄청난 것이라서, 자네가 이의 없이 받아들이지 못하고 있다는 사실만으로도 반박되는 것처럼 여겨지네. 다만 자네가 그것을 조금 덜 환상적인 이름으로 부를 때라야만 의심을 할 수 있을지. 그러나— 여기에서 나는 다시 내 의견으로 되돌아가네—왜냐하면 자네가 그것을 그렇게 칭하니까, 다른 갈등의 개연성만 커지네.

베르펠이 말했던 것은 틀림없이 다만 지나친 김에 한 말이었고, 그가 다른 사람들의 경우에 절망 같은 것이 자리한 곳에서 분노하는 식으로 그렇게 유별나게 생긴 사람은 아니라네. 그렇지만 이 점만은 특별하지, 그는 조용한 침묵으로 시의 순간을 불러낸다는 것, 그러니까, 자네 그리고 모두들처럼, 마치 여기에 무언가 소명해야만 할 그런 것이 있는 것처럼, 그러다가 만일 책임져야 한다 싶으면, 거기서 차라리 눈길을 다른 데로 돌리려 해선 아니 될 어떤 것 말이네. 말이 났으니 말인데 이 말 또한 형제인 동시에 배신자 같지, "오직 공허한 나날은 견딜 수가 없다"니. 이건 저 분노하고는 일치하지 않지.

프란츠

「칙명」[15] 동봉하네. 『타블레테』고맙고.


요젭 쾨르너 앞

[취라우, 1918년 1월 말]

존경하는 박사님께

『도나우란트』가 저에게 그런 기쁨을 줄 줄은 미처 생각지 못했습니다. 어제 아침에야 저는 몽상 속에서 만일 제가 그 아르님—논문을 받고 또 여차여차한 편지를 받으면 어떨까 하는 생각을 했습니다. 그러자 그것이 정말로 도착했습니다. 무척 감사합니다.

오스카 바움에 관한 귀하의 말씀은 매우 지당하십니다. 여기에서 많은 일이 일어날수록, 그럴수록 더 좋은 것입니다. 그런데—이것이 아마도 편집 영역에 속하는 것은 아니겠습니다만—펠릭스 벨취 박사(현 대학 도서관 사서)를 협력자로 천거하는 일이 가능하지 않을는지요. 그의 처지에서는 D. 지에 영예를 가져다줄 수 있을 여러 가지 협력이 가능합니다. 금명간에 볼프 출판사에서 그의 저서 『유기적 민주주의』가 나오며, 힐러의 『목표』 제2권에도 참여했습니다.[16] 이 저서들이야 D. 지로서는 전혀 고려의 대상이 아니겠습니다만, 많은 다른 것들이 있지요.

아르님에 대한 논문은 매우 섬세하고 충실합니다. 아무나 다 끝까지 그렇게 어조를 유지하지는 못할 것입니다. 애정과 넓은 통찰력이 없이는 절대 못하지요. 그렇지만 그것은 뭔가 징병 기피와 호전성을 뜻하는 환상적인 데가 있습니다. 그는 사실상 몇 년 동안 내내 문 뒤에서 완전 무장을 하고 서 있었으며, 지금도 여전히 그러합니다. 인용문의 배치는 변호적이 아니면서도 방어를 잘하고 있습니다. 그것은 바로 근본적인 투쟁, 곧 두 종류의 진리가 존재하지 않으며 기껏해야 세 종류라는 데 대한 고뇌입니다. 자신을 바치는 일이 필수적이다, 자신을 아끼는 일은 더 필수적이다, 자신을 바치는 것이 더더욱 필수적이라는 것. 아르님 역시 그것을 넘지 못했으며, 자신에 대한 그의 견해는 시간이 흘러도 더 나아지지 않았습니다. 결혼 상태의 비유는 저라면 다르게 썼을 것입니다, 그의 착상에 근거를 두고서라도, 곧 "전쟁은 결혼 상태처럼 슬픈 일이다. 그러나 총각이 두려워하는 것과는 다르다"는 착상 말입니다.

그 글엔 한 가지 결점이 있습니다—그리고 그것이 볼프에 대한 귀하의 의문으로 이어지는데—그 글은 너무도 방대한 지식을 바탕으로 씌었는데, 그런 지식이 물론 거기서는 전달되지 않으니까요.—가망이 전혀 없는 것은 아니나 어렵겠지요, 이제 더구나 종이 부족이 극심한

450

이때 말입니다. 그리고 볼프는 출판 관계 이외에도 많은 일에 관여하는데 최근에는 "신 사고" 프로젝트가 그의 온 마음을 사로잡고 있습니다.[17] 요즈음에는 그와 접촉이 별로 없습니다. 제 마지막 서한에, 그러니까 그에게 다급했던 서한에 대한 답장이었는데, 그 답장을 4개월여 동안 받지 못하고 있습니다. 그러나 그것이 아직 가능한지도 모릅니다. 이점에서 제가 생각하는 바는 볼프가 원래 문학사가라는 점입니다(제가 알기로 그는 인젤 출판사에서 메르크의 저술 출판인이었고, 본 세미나 총서에서 나온 오일렌베르크[18]에 관한 저술자였습니다), 그러니 그와 더불어서 문학사적인 대화가 가능합니다, 예컨대 아르님의 경우 그러하듯이 뭔가 연관이 풍부한 것들에 관해서 말입니다. 그는 아마 전집류 출판은 거절할지도 모르겠습니다. 그런 것은 그에게 마땅하지 않을 것입니다. 그러나 아마도 서문을 곁들인 서한집 출판은 가능한지 모릅니다. 사실 그는 최근 렌츠의 서한집을 발행했습니다.[19] 여기에 어쩌면 연결될 수 있을 것입니다. 귀하께서 이 서한집을 읽어보시면 합니다, 저 스스로 열렬히 고대하는 책입니다. 그런 다음 『도나우란트』에 그것에 관한 논문을 쓰십시오. 볼프와 담판을 짓는 데 그보다 더 나은 (또한 더 위엄을 갖춘) 입문서는 상상이 안 갑니다. 어떤 식으로든 큰 소리로 외쳐야 합니다, 그래야 작가들 속에 파묻힌 그런 출판인이 귀를 기울이게 됩니다. 이 일이 성공한다면 매우 기쁘겠습니다.

진심으로 인사드리며,

카프카 박사 올림

**쿠르트 볼프 출판사 앞**

[취라우, 1918년 1월 28일]

존경하는 출판사 귀하!

교정본을 동봉하여 회송합니다. 다음 사항은 아무쪼록 주의하시기 바랍니다. 이 책은 15개의 짧은 이야기로 구성되어 있습니다. 그 순서는 얼마 전에 귀하께 보낸 편지에 제시한 적이 있습니다. 지금 순간적으로 그 순서를 정확히 기억할 수가 없습니다만, 「시골의사」는 첫 번째가 아니라 두 번째 이야기였습니다. 어쨌거나 첫 번째 이야기는 「신임 변호사」였습니다. 어쨌든 전에 제가 제시했던 그 순서로 이야기들을 배치해주시기를 부탁드립니다. 더 부탁드릴 말씀은 앞쪽에 "나의 아버지"라는 제목으로 헌정 페이지를 삽입해주시면 하는 것입니다. 표제지의 교정은 아직 받지 못했습니다만, 다음과 같아야 합니다.

『시골의사. 단편들』

삼가 특별한 경의를 표하며

카프카 박사 배상

렌츠의 서한집을 작가 가격으로 청구서와 함께 제게 보내주시기 바랍니다.

**막스 브로트 앞**

[취라우, 우편 소인: 1918년 1월 28일][20]

친애하는 막스, 자네한테서 답장이 없으니 자네 문제에 대해서 이 말만 덧붙이네. 나 역시 여자의 유혹을 믿네, 예컨대 에덴 동산의 타락에서 보여주었듯이, 그리고 일반적으로 그 때문에 나쁜 보상을 받았듯이. 자네 부인 역시 이런 의미에서는 유혹자이지, 자네를 그녀 자신의 몸 너머로 다른 여자에게까지 유혹해내는 점에서, 그리고 유혹해낸 다음에는 이렇게 자네를 붙들고 있음은 또 다른 범주에 속하지, 그래 아마도 그것으로 그녀가 비로소 제대로 유혹하는 셈이지. 자네가 내게 본래적 성생활의 좀 더 깊은 영역을 알지 못한다고 말한다면 그 말 또한 옳으이, 나 역시 그렇게 생각하니까. 그렇기 때문에 나는 자네의 경우 이 부분에 대한 판단을 회피하는 것이며, 또는 기껏 이런 말로 제한하는 것이네, 곧 자네에게 성스러운 그 불이라는 것은 내게서 정말 이성적인 저항감을 불살라버릴 만큼 그렇게 충분한 힘을 갖지는 못했네. 왜 단테의 경우가 자네가 하는 식으로 그렇게 해석되어야 하는지, 난 그걸 모르겠어. 그런데 그것이 설사 그렇다 하더라도 그건 자네 경우와는 사뭇 다른 경우지, 적어도 지금까지 진전되어온 것을 보면 말이야. 단테는 그녀 스스로 죽어서 떠나버렸지, 그러나 자네는 그녀로 하여금 죽어서 떠나게 하지 않는가, 그녀를 포기하겠다는 강박 관념에 사로잡힌 듯한 느낌으로 말이네. 물론 단테도 나름의 방식으로 그녀를 포기했고 자의적으로 다른 여자와 결혼을 했지. 그렇다고 그것이 자네 해석을 정당화하지는 않아.

하지만 오라고, 와보라니까, 그걸 반박하려면 말이야. 오직 제시간에 앞서 전보만 하라고, 우리가 자네 마중을 나갈 수 있게, 또 예컨대 자네 도착이 내 출발과 (만일에 내가 2월 중순에 군에 출두해야 한다면) 겹치지 않게 말이야. 또한 자네 방문이 내 매제의 방문과 겹치는 것도 피했으면 해, 처남은 2월 초에 올 것이거든. 그런데 갑자기 생각이 드는데, 그건 뭐 아무래도 좋을 것 같으이, 매제는 일요일 하루만 방문하지는 않을 걸세, 자네도 아마 그렇겠지만. 그래 자네가 미리 전보를 하면, 2월 내내 방해될 것이 없겠네. 그리고 만일 오틀라가 여기에 있었더라면 (그 애는 지금 프라하에 있으며, 아마 월요일쯤엔 자네를 찾아가겠지만 자네 강연 여행 때문에 만나지는 못하겠군) 자네를 이리로 유인할 목록을 다 헤아리지도 못할 것이네 (그 애로선 충분해도). 자네가 만일 토요일 아침에도 출발할 수 없다면(그러나 이 경우에는 벌써 금요일 오후에 출발하는 것이 더 좋을 테지만), 토요일 오후 두 시 이후 국립역에서 출발하면 다섯 시 반이면 미헬로프에 도착하네, 게서 우리가 마차를 가지고 자네를 기다릴 걸세. (일요일 당일 여행은 이제는 여정에 맞지 않아, 새벽 차가 신년 초하루 이래 이곳 미헬로프에서 정차하지 않거든.)

그 원고 사본들 매우 고맙고(비록 더는 필요 없지만, 적어도 코른펠트 건으로는 이제 필요하지 않아,[21] 내가 다른 해결책을 찾았으니까), 그리고 그 큰 인쇄물 소포도 정말 고맙네. 또한 볼프에게 나를 상기시켜준 것도. 이렇게 자네를 통해서 상기시키는 것이 나 자신이 하는 것보다 훨씬 더 편하네(자네가 그것을 불편하다고 여기지만 않는다면), 왜냐하면 그렇게 되면 그가 어떤 것에 흥미가 없을 때라도, 그걸 쉽게 말할 수가 있거든. 그렇지 않고 직접이라면, 이건 그저 내 인상인데, 그는 솔직하게 말하는 사람이 아니야, 적어도 편지로는 그래, 직접 대할 때는 훨씬 더 솔직하지만. 난 이미 그 책의 교정지를 받았네.

오틀라가 자네에게 부탁을 가지고 갈 형편이 아니라서 말인데, 그 앤 이미 월요일 정오에는 이리로 돌아오거든, 작가 협회[22]에서 나한테 통지해 오기를, 『오스트리아 조간신문』에서 「학술원에 드리는 보고」를 무단 게재한 건과 관련해서, 30마르크의 고료를 (그중 30%는 그들이 보관) 나를 대신해서 징수해도 되는지 물어왔네. 내가 동의해야겠는가? 20마르크는 나에겐 매우 환영할 일이겠지, 예컨대 키에르케고르를 더 살 수 있으니. 그러나 이 협회는 추잡한 사업을 벌이는군, 그런 징수라니, 그리고 그 신문은 바로 그 유대계 조간이지 아마. 그런데 내가? 그 신문 호수를 (그건 아마 12월 어느 일요일판, 또는 1월 것일 게야) 나를 위해서 블체크[23]를 통해 주문해줄 수 있을까?

그에 대한 고마움 표시로 프랑켄슈타인 요양원[24]의 권유문에서 한 문장 인용하려네, 이 기쁨을 나눌 사람이 아무도 없거든. 아르투르 폰 베르테르라는 신사이자 대기업가가 요양원 첫 이사회에서 대단한 연설을 했는데, 사실상 그것이 인쇄되기를 바랐고 그래서 그 협회에 유인물로 쓰도록 제공했지. 이 연설문은 이런 종류의 어떤 글보다도 나왔네, 꽤 신선하고 티 없는 구절 등등. 최근 프라하에서 나는 최종 단락을 덧붙였네. 그것이 그 입장에서는 수정과 보충의 촉진이 되었는지, 이제 인쇄된 것을 읽으니 이렇네. "여러 해 동안 실제적인 생활에 서보니 제 삶의 해석은 모든 이론들과 무관하게 이런 의미로 끝납니다, 즉 건강하기, 실팍하고 성공적으로 일하기, 자신과 자신의 가족을 위해, 그리고 약간의 재산을 영예롭게 획득하는 일, 이것이 인류를 지상에서 만족감으로 이끕니다."

[종이 여백에]

막스, 톨스토이 『일기』의 루브너판은 뮐러판과 무엇이 다른지 펨페르트에게 좀 물어보게나.²⁵

## 펠릭스 벨취 앞
[취라우, 1918년 2월 초]

친애하는 펠릭스, 자네와 그리고 물론 퓌르트²⁶에게도 매우 고맙네. 이 방법이 매우 좋네. 그 계획은 성공할 것이며, 사실은 그 어떤 도움이 없더라도 성공할 걸세. 나는 내가 돕겠다고 제안했지, 그러나 분명히 말했네, 이 도움에 별 의미를 두지는 않는다고. 또한 이후에도 이러한 제안은 반복될 터인데, 인심 쓰는 거짓 광채가 내게 남게 생겼네, 더구나 그 일 자체가 실패하면 말일세. 이 거짓이 대체 어디에서 왔겠는가?

자네 강연을 못 듣는 것은 나에겐 큰 손실이네, 자네가 사실상 가장 중요한 주제를 가지고 강연을 할 참이니 말일세. 어떻게든지 나도 좀 참여토록 해주지 않겠나? 예컨대 '문학과 종교'에 관한 첫 강의를 위해 준비해둔 읽을 만한 초고나 개요라도 없는가?

그림 엽서에 따른 취라우에 대한 자네 언급은 옳으이. 여기에는 일과의 순서, 계절의 순서가 있으며, 그리고 그것에 적응할 수 있다면 만사가 좋네. 교회 역시 몇 가지 의미를 지닌다네. 최근엔 설교를 들으러 교회에 갔네. 설교는 하나의 사업과 같은 단순성이 있었네. 그날의 성경 봉독인 누가복음 2:41~52절에서 세 가지 가르침이 나왔네. 1. 부모는 자녀들이 눈 속에 밖에서 놀도록 내버려 두어서는 안 되며 그들을 교회로 데려와야 한다(보게, 모든 이 빈 자리들을!). 2. 부모는 자녀들 돌보기를 마치 성 가족이 그분들의 자녀에게 하셨듯이 하라(그런데 이 아이는 아기 예수셨으니, 그분에 대해선 누가 염려할 필요가 없었던 것이지). 3. 자녀들은 부모에게 경건하게 말해야 한다, 마치 예수가 부모에게 그러했듯이. 그것이 전부였네, 왜냐하면 날씨가 매우 추웠거든, 그러나 전체적으로 어떤 궁극적인 힘이 넘쳤네. 그리고 어제는 예컨대 장례식이 있었네, 취라우보다 훨씬 더 가난한 근처 마을의 한 가난한 사람의 일이었는데, 그러나 그것은 눈 덮인 큰 시장 광장에서는 달리 어쩔 수 없으리만치 매우 장엄했네. 영구차는 광장을 가로지른 도랑 때문에 곧장 교회로 들어갈 수 없었고, 거위 연못을 돌아서 멀리 우회를 해야 했네. 조객들, 바로 이웃 마을 사람들 모두가 교회 출입문에 내내 서 있었고, 영구차는 평화스러운 쟁기 맨 말 걸음걸이로 여전히 느리게 한 바퀴를 돌았네, 마차 앞에는 관악기를 둘러맨 채 꽁꽁 얼어붙은 작은 악대를, 뒤에는 소방대를 대동하고 말이네(또한 우리 집사도 그들 중에 끼어 있었네). 나는 창가에서 내 안정 요법 의자에 누워서 나의 교화를 위해서 그것을 바라보고 있었네, 바로 교회의 한 이웃으로서.

진심 어린 안부를, 또한 강연의 행운을 빌며,

프란츠


## 쿠르트 볼프 앞

[취라우, 1918년 2월 초]

존경하는 볼프 씨!
귀하의 전갈[27]과 그 좋은 선물 렌츠 서한집에 진심으로 감사드립니다. 그 책은 제가 오래전부터, 그러니까 귀하께서 그 책을 출판하신다는 의도를 알기 전부터 원했던 것으로서, 그로 인해 갑절로 가치가 있습니다.
진심 어린 안부와 더불어,

F. 카프카 올림


## 펠릭스 벨취 앞

[취라우, 1918년 2월 초][28]

친애하는 펠릭스, 나는 시간이 많네, 자네 말이 맞네, 하지만 그 시간에 내가 원하는 것을 자유롭게 행할 수 있는 그런 자유 시간은 아니라네. 자네가 그렇게 믿는다면 날 너무 과대 평가하는 것이네. 세월은 그렇게도 빨리 지나가버리니, 만일 어느 날, 그런 일은 자주 일어나지만, 모든 것을, 그때까지 그걸 얻기 위해서 수많은 지난날들을 보냈는데 그 모든 것을 잃는구나 하는 생각을 하게 되면 더더욱 빨리 가버리지. 그러나 자네 역시 그걸 잘 알고 있으며, 또한 극복될 수 있을 걸세. 다만 자유 시간이 그다지 많은 것은 아니라네.
물론 자네는 지금 극도로 바쁘겠군. 그것이야 자네보다도 내가 더 잘 알지. 매주 그것도 어떤 기관의 후원 하에서가 아니라 혼자서 사적인 책임으로 청중들 앞에 선다는 것, 그들은 자기네들의 요구를 고집하고, 본질적인 것을 자네에게서 얻어가려고 하고, 자네 자신이 또한 그들에게 어떤 의미에서건 이런 권리를 부여하니―그건 정말 뭔가 대단히 위대한 것이네, 거의 성직자와도 같은 것이랄까. 그것이 어찌나 강한 인상을 주던지 나는 또다시 그 꿈을 꾸었네. 이번에는 자네가 강연한 것이 어떤 식물학 관련 주제였는데(크라우스 교수[29]에게 말하게). 자네는 청중들에게 민들레 같은 꽃인지 또는 그런 종류의 여러 꽃을 내보였는데, 그것들은 각각 커다란 견본들이었네, 하나씩 차례대로, 맨 앞자리에서 저 위 꼭대기 자리까지 청중에게 제시되었네. 자네 혼자서 단 두 개의 손으로 어떻게 이 모든 것을 해낼 수 있었을까, 난 이해할 수가 없었네. 그러더니 어디에선가 배경에서(가면을 쓴 얼굴들도 있었지,[30] 끔찍한 악습이지, 그것이 거의 매일 저녁 몇 번씩은 반복되네, 왜냐하면 가면들은 자신을 누설하지 않으려고 침묵하니까, 그러고는 방 안에서 주인처럼 빙빙 도네, 사람들은 그들을 대접하고 또 진정시켜야 하지), 또는 꽃들 자체에서인지 빛이 나오고 그것들이 환히 빛나는 것이네. 청중들에 대해서도 조금 관찰을 했지만, 지금은 잊어버렸네.

본질적인 것, 그 강의 자체에 대해서는 자넨 아무 말도 없네그려. 바로 그것을 내가 물었던 것인데. 그렇지만 아마도 지금쯤은 불가능할 것이고, 자네가 언젠가 강연들을 다 마치면 그때 가서 내게 완전한 원고들을 보내주게나. 그러나 혹시 그전에라도 뭔가 비슷한 걸 할 수 있다면 그렇게 해주게나.

내가 오스카에게 귀에 못이 박히도록 이야기를 했건만, 그 가엾은 사람은 취라우에 많은 것을 가져다주었네. 그가 어찌 지내는지 정말 알고 싶지만, 나는 아마도 다음 주에는 (군대 문제 때문이네, 그렇게 해야만 한다면) 프라하에 갈 것 같네. 막스에게서 최근 놀랍게도 안정된 편지를 받았네.

내 상사의 아들이 떨어졌네. 나는 그 일로 감사를 받긴 했지만, 뭔가 비일상적인 것이 감지되지 못한 듯하네. 그 일의 귀결에 대해서 매우 비통해하는 그 청년은 자신이 마지막 사람들 가운데 하나였기 때문에 거절되었다는 생각으로 위안하고 있네.

나는 이 순간 전적으로 건강하다고 생각하네, 단지 정원을 파면서 조금 다쳤는데 아물지 않으려는 엄지손가락을 빼고 말이네. 나는 허약하네, 그래서 노동력에 관한 한 제일 작은 농촌 소녀하고도 겨룰 수가 없다네. 물론 그것은 일찍부터 또한 그러하긴 했지만, 그러나 이 모든 들녘 주변에서는 그것이 더욱 부끄럽고, 또한 그런 종류의 무언가를 하려는 모든 욕구를 빼앗아버리기 때문에 비통하다네. 그리고 이 우회의 행로에서 예전에 그랬던 것이 생겨나네. 나는 창가의 안정 요법 의자에 앉아 있는 것을 좋아한다네, 읽거나 또는 심지어 읽지도 않고서.

진심 어린 안부를 보내며,

프란츠


### 막스 브로트 앞

[취라우, 1918년 2월 중순]

친애하는 막스, 자네의 지난번 편지는 비교적 안정되고, 원조 같은 것이 필요 없게 여겨졌네, 또 한편으로는 불안한 것이, 곧 자네 작업의 그 과도함(그것에 대해서는 실제적인 비교를 생각할 수도 없지만)때문에 말이야, 그래서 당장 대답하지 않았네. 그럼으로써 자네를 이러저러한 면에서 괴롭히지 않으려고 말이야. 그런데 그때까지 공사에서 반대 통지가 없으면, 나는 다음 주에 프라하에 가려고 하네, 다시금 군에 출두해야 한다는군. 그렇게 되면 특히 내가 자네 편지에서 놓친 두 가지 사안에 대해서 이야기를 나눌 수 있을 것이야, 오스카의 소식과 자네 방문에 관한 약간의 뉴스, 자넨 정말 내 지난번 편지가 자네에게 배달되지 않은 것처럼 쓰고 있으니 말이야.

단테는 모두 매우 좋네, 하지만 모든 정황으로 보아서 무언가 다른 문제이며, 그리고 자네는 극도의 보편성에서야 비로소 그와 만날 수 있네. 그 수준에서야 얼마나 쉽게 또는 필연적으로 그와 마주칠 것인가! 최근에 브르홀리츠끼[31]의 편지에서 읽었는데, 리보르노[32]에서라고 생각되는데, 그에게 누더기를 걸친 가난한 한 장인이 울면서 단테에서 나오는 노래들을 낭송하더라는 것이야.

쾨니히스베르크의 수용은 확실히 큰 성공이네.[33] 왜냐하면 그것은 진정 최초의 문학적 실험 극장의 하나로, 이제는 자네의 가장 본질적인 연극에서 자네를 배출시킬 것이기 때문이네. 매우 기쁘네.

그 밖에 모든 것을 이야기함세. 어쨌든 취라우에서는 아무도 나에 대해서 걱정하지 않고 있네. 사람들(익명의 저자들)은 취라우의 거의 모든 이에 관해서 시 한 편을 썼다네. 내 시는 그 불안정한 운을 제외하면 꽤 위안이 되지.

　　　　박사님 선한 사람
　　　　하느님 그를 긍휼히 여기시리.
진심 어린 안부를 보내며,

　　　　　　　　　　　　　　　　　　프란츠


　　　　　　　　　　　　　　　　막스 브로트 앞
　　　　　　　　　　　　　[취라우, 1918년 3월 초][34]
친애하는 막스, 곧바로 답장을 쓰네, 이렇게 아름다운 날씨인데도.

460

내 침묵을 자넨 오해하고 있네, 그것은 자네에 대한 배려가 아니었으며, 그거야 답장 포기에서 한층 더 잘 표현되었을 것이야. 그건 그냥 역부족이었지, 편지 세 통을 이 기나긴 동안에 시작했다가, 모두 그만두었지. 그것은 역부족이었어. 하지만 제대로 이해하자면 "퇴색"은 아니네. 왜냐하면 그것은 대단한 노력에 의하여 말하는 "나의 일"이니까(왜냐하면 나는 너무도 대단한 노력을 기울여서야 비로소 이 간단한 일을 할 수 있기에, 예컨대 행복하고-불행하게 전달된 키에르케고르와는 다르지, 그는 조정할 수 없는 비행선을 그토록 놀랍게 지휘하질 않나, 그것이 그에게 전혀 문제가 되지도 않고, 사람들이 그가 말하는 의미에서 전혀 문제가 되지 않는 그것을 할 수 없을 것임에도), 그러니까 말을 해도 전해지지는 않을 것이, 그러다가 내가 정말로 그것을 말도 할 수 없게 되고 마는 까닭이네. 그리고 침묵은 또한 시골에 어울리며, 그것에도 어울리는데, 내가 프라하에서 돌아오면(지난번 여행[35]에서는 문자 그대로 완전히 취해서 돌아왔지, 마치 내가 취라우에서 취하지 않는 목적 달성의 본보기인 양, 그러고는 겨우 취하지 않는 상태로 접어들면, 곧장 프라하로 여행을 했지. 제때 다시 완전히 취하도록), 하지만 그것은 여기에 어울리네, 내가 꽤 긴 기간 여기 있으면 항상 여기에. 그것은 스스로 그리 되지, 나의 세계는 정적으로 인해서 점점 더 가난해지고, 나는 참으로 (상징들의 현신으로서!) 세상에다 나 자신을 위한 다양성을 불어넣을 수 있는 폐활량을 충분히 지니지 못했다는 것을 항상 나의 특별한 불행으로 느꼈지, 세상은 우리 눈이 가르쳐주듯이 그런 다양성을 확실히 지녔는데 말이야. 이제 나는 그러한 노력을 더는 하지 않아. 그런 것들은 내 하루 일과에서 여지가 없고, 일과는 그러므로 더는 어둡지도 않지. 하지만 말하기는 그때 당시보다 더 잘 못하네, 그래서 내가 말하는 것은 거의 내 의지에 반하는 것들이야.

키에르케고르에서 아마 나는 정말로 길을 잃었나보이. 난 자네가 그에 대해서 쓴 글귀를 읽으면서 놀랍게도 그것을 깨닫네. 그것은 실제로 자네가 말한 그대로이네. 그의 결혼 실현 문제는 그의 주요 과제이지, 의식 내부에까지 계속 침투하는 주요 과제야. 그의『이것이냐—저것이냐』에서,『공포와 전율』에서,『반복』에서(마지막 것들은 지난 2주 동안 읽은 것들이고,『단계』[36]는 주문했네) 그것을 보았네. 그러나 그것을—어찌 됐건 키에르케고르가 요즈음 늘 내 곁에 현존함에도 불구하고—참으로 잊고 있었네. 난 어딘가 다른 영역으로 배회하고 있었던 거야, 비록 그것과 완전히 접촉을 끊은 것은 아니지만. 그와의 '신체적' 유사성, 그 소책자『키에르케고르의 '그녀'와의 관계』를 (인젤 출판사,[37]—그걸 여기 가지고 있네, 자네에게 보낼게, 그러나 그것이 본질적인 것은 아니지, 나중에 음미하려면 몰라도—) 읽은 후 느꼈던 그 유사성은 이제 완전히 사라져버렸네. 그것은 마치 이웃이 어떤 별이 되어버린 것처럼, 나의 찬탄도 나의 공감의 어떤 냉기도 다 말이야. 어쨌거나 나는 결정적인 말을 감히 하지 않겠네. 위에 언급한 책들 이외에는 그저 마지막 권인『순간』[38]을 알고 있네. 그리고 이것들(『이것이냐—저것이냐』와『순간』)은 정말로 서로 매우 다른 렌즈들이야, 그 둘을 통해서 우리는 이 인생을 앞으로 또는 뒤로 살펴볼 수 있고, 물론 또한 동시에 양방향으로 살펴볼 수 있을 것이야. 그렇지만 여기에서나 저기에서나 그를 부정적으로만 말할 수는 없지. 예컨대『공포와 전율』에서 (자넨 그걸 당장 읽어야 해) 그의 긍정성은 엄청나지, 그러고는—평범한 조타수 앞에 와서야 멈추지. 긍정성이 너무 높이 올라가는 것 그것에 대한 이의는 아니라 해도—내 생각은 그래. 그는 보통 사람을 (이상하게도 그는 바로 그런 사람과 대화 나누는 법을 잘 이해했는데) 보지 못하며, 구름 속에다 엄청난 아브라함을 그려 넣고 있네. 그렇지만 그것 때문에도 그를 부정적으로 말해서는 안 되지(기껏해야 그의 초기 책들의 용어 사용이라면 몰라도). 그리고 그의 우울증에 대해 그 모든 것을 누가 말할 수 있겠는가.

완벽한 사랑과 결혼에 관한 한 자네들 둘은 『이것이냐—저것이냐』의 바탕 위에서 아마도 일치할 것이야. 다만 완벽한 사랑의 결여가 A.로 하여금 B.의 완벽한 결혼을 불가능하게 만들지. 『이것이냐—저것이냐』 제1권을 혐오감 없이는 여전히 읽을 수가 없다네.

오스카의 감수성을 나는 그렇게 이해하지(사람들이 그를 그런 비참한 말로 화해시켜서는 안 될 일이었지, 다른 쪽 사람이 그에게 그렇게 보였을 리는 없으니. 하지만 그걸 떠나서), 그가 그것을 그런 식으로 고통스럽게 느낀다는 것(처음 출발할 때는 제대로 느끼지 못했던 그런 식으로 자신을 억압하면서), 그가 자학하면서 그냥 그대로 있을 수는 없고 그래서 자네에게라도 약간 고통을 주는 것이라고 말이야. 이런 점에서 나는 그를 이해할 수 있으며, 또 그런 일들을 하찮은 것이라고 생각하지 않을 수 있다네.

다행히도 나는 피크[39]에게서 아직 아무것도 받지 않았네. 아마도 친절한 말로 거절하게 될 게야, 나를 혼란스럽게 하지는 않지만 정말로 대단한 유혹을. 하지만 자네에게야 적용되지 않겠지. (나는 라이스 출판사에서 친절한 청탁을 받았고, 볼프에게서는 첫 교정 이후에 아직 아무것도 오지 않았네.)

자네에 관한 리프슈퇴클의 서평[40]은 역겨운 증오심의 분출이었네. 글쓰기 방식의 역겨움에서도 나머지 『수양딸』 비평들과는 달랐지. 내 느낌으로는 답변이 그를 약간 지원했다 싶네. 답변은 독자에게 우리가 그러한 것에 대해서도 논의를 해야 한다는 점을 비로소 의식하게 해주니까.—

독일에서 많은 행운과 즐거움을 누리기를!

자네의 프란츠

[종이 여백에] 펠릭스와 오스카에게도 안부 전해주게. 곧 그들에게 편지를 쓰게 되려는지 모르겠어.

자네, 미안한 말이네만 그 루브너판 톨스토이의 『일기』에 대해 펨페르트에게 문의했는가?—

자네는 동분서주다, 고충이다 그러는데 뭔가?—

공사와의 관계는 끝없는 내 고민 거리네. 나는 여기에 머무르려네, 할 수 있는 한 오래.—

두 개의 소포 매우 고맙네. 자네는 내게 너무도 잘 해주네, 다만 "변함, 퇴색" 같은 말만 하지 말게나.

### 막스 브로트 앞

[취라우, 1918년 3월 말]

친애하는 막스, 드레스덴에서 그렇게 일이 잘되다니 놀랍네.＂ 그들이 그 작품을 거기서 그렇게 해석할 수 있었다니, 내 말은 그 배우들, 극장 관련자들 말이야. 놀랍고 눈부시네. 그리고 자네 부모님을 거기에 모신 행운을 나는 잘 이해할 수 있네. 자네 아내는 안 왔다고? 어쨌든 좋은 날들이었으며, 이 좋은 일들이 당분간 자유 의지 상실에 대한 보상이 되겠네그려. 이 말을 내가 썩 경망스럽게 하는데, 왜냐하면 완전한 황무지에 이르도록 단순화한 내 눈으로는 자유 의지라는 개념을 지평선의 어느 특정한 지점에서 자네처럼 이렇게 제정신으로는 파악할 수가 없기 때문이지. 말이 났으니 말이지만 자네는 나름대로 그 자유 의지를 이 시점에서도 보유할 수 있을 것이고, 또는 적어도 잃어버리지는 않을 수 있지. 자네 자신을 잠정적으로 부인하거나, 그것을 은총으로 받아들이거나, 또는 은총으로 받아들이되 그 은총을 아무것도 아닌 것으로 여기거나 하면서 말이야. 이 자유 의지는

464

우리에게서 사라질 수 없네. 그리고 자네 아는가, 자네가 여러 해 동안의 진정한 작업을 통해서 간과할 수 없이 빛을 발하는 운동으로 가져온 것이 무엇인지? 난 이 말을 자네를 위해서 하는 것이야, 나를 위해서가 아니고.

볼프에게 주선해준 것 고마우이. 그 책을 아버지에게 헌정하기로 결심한 이래, 나는 그것이 곧 출간되는 것에 마음을 쓰고 있네. 내가 이런 식으로 아버지와 화해할 수 있겠다는 것이 아니네. 이 반목의 뿌리는 여기서는 잘라낼 수가 없을 만큼이야, 그러나 난 적어도 무언가를 했어야 하네. 비록 팔레스타인으로 이주는 하지 않을망정, 어쨌든 지도 위에서 손가락으로라도 갔어야 한다고. 볼프가 내게 단절해버리고, 답장도 없고, 아무것도 보내지 않기 때문에, 그런데 아마도 그것이 내 마지막 책이 될 것이기에, 난 원고들을 내게 친절한 제의를 해온 라이스에게 보내려고 했다네. 또한 볼프에게 최후의 통첩을 써 보냈지, 그것 또한 회신 없이 그렇게 있네만. 다만 그사이 한 열흘 전엔가 새 교정지를 보내왔어, 그래도 난 그걸 근거로 라이스에게 거절 편지를 보냈지. 그런데도 내가 그것을 어디 다른 출판사에 보내야 할까? 그러는 사이 파울 카시러[42]에게서도 청탁이 왔네. 그가 도대체 어디에서 내 취라우 주소를 알았을까? 자네 혹시 어떤 기회에 아들러[43]와 키에르케고르에 대해서 이야기 나눈 적이 있나? 그는 내 마음속에 이미 그렇게 현존해 있지 않네, 한동안 옛날 책들을 읽지 않았기 때문이지(이 좋은 날씨에 정원에서 일하곤 했지). 그런데 『단계』는 아직 도착하지 않았어.―자네는 "심사숙고"를 말하면서, 나와 더불어 우리 자신의 용어 사용, 자신의 개념 발견에서 달아날 수 없음을 느끼고 있지. 예컨대 그의 "변증법적인 것"이라는 개념도, 또는 "불멸성의 기사들"과 "신앙의 기사들" 또는 아예 "운동"의 개념 말이야. 이러한 개념에서 우리는 즉각 인식의 행복으로 이입될 수 있지, 그러고는 또 한 번의 날갯짓을 하는 것이야. 이것이 완전히 독창적인 건가? 그 배경 어딘가에 셸링이나 헤겔[44]이 있는 것은 아니고? (하긴 이 두 사람의 반대측으로 매우 몰두하기도 했지.)

어쨌든 그 번역자는 수치스럽게 처신을 했어, 나는 『이것이냐—저것이냐』에서만 해도 저자가 '젊음을 고려하는 차원에서 고쳤구나' 하고 생각했지,[45] 하지만 이제 그렇다면 『단계』에서도 똑같이 그러냐? 그것은 역겨운 일이야, 특히 거기에 대해서는 절망감을 갖게 되지. 그렇지만 독일어 번역이 정말 형편없지는 않아. 여기저기 추기에서 필요한 주석들도 있는데, 그것은 키에르케고르에게서 무한한 빛이 방사되고 있기에 모든 심연에도 불구하고 그중 조금 방사되어 나온 것들이지. 어쨌거나 출판사에 의한 이 "심연"은 불려나올 필요가 없는 것이었어.

책들의 출판에서 (『단계』는 내가 모르고, 그러나 이런 의미에서 그의 모든 책들은 타협되어 있는 것이야) 나는 그의 기본 의도에 결정적인 모순이 있다고 보지는 않아. 그 책들은 일목요연하지 않고, 그가 나중에 일종의 분명성을 전개시킨다 해도 이것은 다만 그의 정신, 애도, 신앙이 섞인 혼돈의 일부일 뿐이야. 그의 동시대인들은 우리보다도 더욱 분명하게 그것을 느꼈을 것이야. 뿐만 아니라 그의 타협적인 책들은 정말이지 익명으로 되어 있네. 더욱이 그 익명은 거의 핵심에 가까운데, 그것들은 전체로 보아서 그 고백의 풍요로움에도 불구하고, 뜬구름 너머에서 쓴 유혹자의 혼란스런 서한들로 간주됨이 타당하네.[46] 설혹 그렇지 않다 하더라도, 시간이 감에 따라 부드러워지는 영향 하에서 그들은 그의 약혼녀[47]로 하여금 이 고문 기계를 빠져나온 안도의 숨을 돌리게 했음에 틀림없어, 이제는 공전의 바퀴를 돌고 또는 적어도 그 그림자로 종사하고 있는 고문 기계를. 이 대가로 그녀는 거의 매년 나오는 출판의 '몰취미성'을 견디어왔을 것이야. 그리고 마침내는 키에르케고르의 방법론(아무도 듣지 말라고 소리치기, 혹시 그래도 사람들이 들어야 될 경우를 위해서 거짓으로 쓰기)의 정당성을 위한 최선의 증거로서 거의 새끼 양처럼 무흠無欠하게 남아 있었던 것이야. 아마도 여기에서 키에르케고르는 조금은 자신의 의지를 거슬러서 또는 어디 다른 곳으로 향하는 길에서 성공했던 것이야.

키에르케고르의 종교적 상황은 비상하고 내게도 매우 유혹적인 명쾌성으로 와닿지 않네, 내겐 자네처럼 안 되는구먼. 단순히 키에르케고르의 견해는—그는 한마디도 할 필요가 없네—자네를 반박하는 것으로 여겨질 것이야. 신성한 것에 대한 관계는 키에르케고르에게는 우선 모든 낯선 판단을 회피하는 것이야. 얼마나 심하던지, 예수마저도 자신을 추종하는 자가 얼마나 멀리 따라왔는지 판단을 해서는 아니 되지. 그것은 키에르케고르에게는 다소간 최후의 심판의 문제인 것으로 보이네. 그러니까 이 세상을 하직한 뒤에야 답변할 수 있을 것으로,—답변이라는 것이 아직도 필요하다면 말이네—.

결과적으로 종교적인 모든 관계에 대한 현재의 외적 이미지는 의미가 없네. 가령 종교적 관계가 계시되고자 하더라도, 그러나 이 세상에서는 그럴 수가 없네. 그러므로 분투하는 사람은 자기 자신 내부에 그 신성한 요소를 지키기 위해서 이 세상을 거역해야만 하네. 또는 동일한 것이겠지만 신성한 것은 자신을 지키기 위해서 그 사람을 세상에 거역하도록 내세운다네. 이처럼 이 세상은 키에르케고르나 또한 자네에게 능욕당하는 것이지, 여기에서는 자네에게 더 많이, 저기에서는 그에게 더 많이, 그것이 단순히 능욕당한 세상의 입장에서 볼 때의 차이점들이네. 그리고 다음 대목은 탈무드에서 인용하는 것이 아니야, "뭔가 원시적인 것을 지닌 한 사람이 오자마자, 그러므로 그는 세상을 있는 그대로 (사람이 큰 가시고기로서 자유로이 유영한다는 징표) 취해야 한다고 말하지 않고, 그 대신 이렇게 말한다. 세상이 어떠하든 나는 본성으로 존속할 것이다. 그것을 세상이 좋다는 것에 알맞게 바꾸지 않을 것이다. 이 말이 발음되는 순간에 전 존재 안에 변신이 닥친다. 그 말이 발언될 때, 마치 동화에서처럼 백 년 동안 마술에 걸렸던 그 성이 열리고, 모든 것은 생명을 얻는다. 그리하여 현존재는 온통 주의가 환기된다. 천사들은 해야 할 일들을 얻고, 거기에서 무슨 일이 벌어지는지 보기 위해 호기심으로 바라본다, 왜냐하면 이것이 그들을 몰두하게 하니까. 다른 한편으로, 어둡고 섬뜩한 악마들, 오랫동안 아무것도 하지 않고서 게 앉아서 손가락을 뜯던 악마들이 뛰어오르다가 사지를 뻗는다. 왜냐하면, 그들은 그렇게 말한다, 그들이 오랫동안 기다렸던 여기에 뭔가 우리를 위한 것들이 있다 등등."

이제 자학의 신 문제: "기독교가 만드는 가정들(보통 이상의 고통과 특별한 종류의 죄의식), 나는 그것들을 지니고 있으며, 기독교에서 피난처를 발견한다. 그러나 그것을 강압적으로 또는 직접적으로 다른 사람들에게 고지하는 것, 그것을 난 정말 할 수가 없다. 왜냐하면 그 가정들을 그들에게 마련해줄 수가 없기 때문이다."

이제 프로이트 문제(예수는 언제나 건강했다는 그의 관찰과 관련해서): "신체적으로나 심리적으로 완전히 건강하면서 참된 정신 생활을 영위하는 것—그것은 어떤 인간도 할 수 없다."

만일 자네가 그는 본보기가 아니라고 말한다면, 그 말뜻은 궁극적인 본보기가 아니라는 말일 게야. 틀림없지, 어떤 인간도 그렇지 않다네.

프란츠

막스 브로트 앞

[취라우, 1918년 4월 초]

나의 친애하는 막스, 내 편지가 그렇게나 사사롭지 않던가? 이해하기 어려운 임기응변의 키에르케고르가 나와 관련해서는 이해하기 쉽다는 편지 말이야. 이제는 시골 마을을 떠나는 일종의 작별 시간이 된 것을 고려하게나. 프라하에서는 사람들이 할 수 있는 (나를 붙들어 두려 한다고 가정하고) 최선의 정치를 하고 있네. 침묵, 인내, 지불, 그러고는 기다리지. 그건 버텨내기가 쉽지 않네. 난 아마도 다음 달에는 다시금 프라하의 관리가 될 것이야.

동봉한 편지들 고맙네. 피크의 편지는 좋지 않은 전쟁의 결과라 할 수 없네. 비록 자네의 이전 편지가, 난 아직 보지 못했지만, 그를 손잡아 이끌고, 뿐만 아니라 바로 그 가장 본질적인 의구심은 약간 불분명하게 남아 있음을 감안한다고 해도. 더구나 그에게는 그것들이 불분명하지 않았던 게 틀림없어. 그런데 말이지만 내가 보기에는 항상 같은 것이 반복되는 것 같아. 작가는 작품에서 검증된다는 것. 그것이 맞다면 좋은 일이지, 그것이 아름다운 부조화 또는 선율적 부조화 상태라면 그것 역시 좋은 일이지. 그러나 만일 서로 충돌하는 부조화 상태라면 그건 나빠. 글쎄 난 그런 원칙을 적용해도 좋을지 잘 모르겠어. 다만 그냥 차라리 부정하고 싶네. 하지만 생동하는 발상으로 정돈된 세상을 위해 그걸 상정할 수는 있겠지, 그러한 세상에는 내 경험 가운데는 결코 없었을지라도 예술에 합당한 그런 장소가 있겠지. (그동안에 나는 암말을 데리고 스카프라는 한 마을에 종마를 보러 갔네. 이제 방은 벌써 너무 추워졌으나, 반쯤 완성된 오이밭 정원인 여기는 아직도 꽤 따뜻하네. 오틀라가 방금 수레에 실어온 염소 똥 냄새가 코를 찌르네.) 그러니까 내 말은 저들 원칙을 적용하는 전제가 될 그러한 분석은 우리에게 불가능하다는 것이네. 우리는 언제나 (이런 뜻에서) 완전한 대로 머물지. 우리가 만일 뭔가를 쓴다면 예컨대 달을 내던진 것은 아니지. 그 위에서 자신의 근원을 탐구할 수 있을 달 말이야. 대신 우리의 모든 것을 가지고서 달나라로 이주한 것이라고. 아무것도 변한 것은 없었네. 우린 거기에서도 여기에서 그랬듯이 그대로라네. 항해 속도에서는 수천 가지 차이가 가능하지만, 실제 그 자체에서는 아무런 차이도 없지. 지구는 달을 따로 떼어놓았으면서도 그 후 한층 더 확고하게 붙잡고 있지. 그러나 우리는 달나라 고향을 위해서 우리 자신을 상실했어, 물론 영원히는 아니야, 여기에 영원한 것이란 없어, 하지만 상실했네. 그렇기 때문에 난 그 작품과 관련해서 자네의 의지와 감정이라는 구분에 동감할 수가 없네. (아니 어쩌면 다만 그 이름을 붙이기 때문일지도 몰라. 뿐만 아니라 제한적으로 말하자면 난 지금 나 자신에게만 말하는 거야, 그래서 너무 멀리 가고. 하지만 달리 어쩌겠나, 난 다른 지평을 가진 것도 아니고.) 의지와 감정, 모든 것은 항상 바르게 생명체로서 현존하지. 여기서 어느 것도 분리할 수가 없어(이상하지, 난 지금 알지 못하는 사이에 자네와 비슷한 결론으로 가고 있네). 있을 수 있는 유일한 분리, 고향과의 분리는 이미 일어났지, 눈이 감긴 비평가에 의해 결판난 거야. 그러나 무한성에 비추어 볼 때는 역시 그다지 본질적이 아닌 그런 분리의 차원에서 평가된 적은 없네. 그렇기 때문에 순수와 비순수의 개념을 다루는 어떤 비평도, 또한 존재하지 않는 작가의 의지와 감정을 작품 속에서 찾는 어떤 비평도 내게는 무의미해. 기껏해야 그 비평 또한 자신의 고향을 잃었고 모든 것은 마찬가지라고 여겨지네, 물론 의식적인 고향을 잃었다는 말이지.

쾨니히스베르크는 극장과 청중을 위한 더 큰 시험장이 될 것이네. 내 모든 좋은 소망들과 함께 가게나, 막스.

프란츠

에렌펠스에 대한 자네의 언급이 내게 커다란 인상을 심어주었네.[48]

470

그 책 빌려줄 수 있겠나? 그건 그렇고, 주문한 책이 모두 오질 않네, 배달된 적이 없어.


**요하네스 우르치딜[49] 앞**

[프라하, 1918년 봄]

존경하는 우르치딜 씨

귀하의 친절한 청탁과 잡지 보내주신 데 매우 감사드립니다. 그렇지만 제게서 협력을, 적어도 현재로선, 기대하시지 않기를 바랍니다. 왜냐하면 제가 발표할 수 있는 것이 아무것도 없으니까요.

진심 어린 인사와 더불어,

F. 카프카 올림


**펠릭스 벨취 앞**

[취라우, 1918년 5월/6월][50]

친애하는 펠릭스,

말 그대로 다시 연락하기 위해 취라우에서 마지막 인사를 보내니, 다음 인사는 프라하에서 하세. 자네에게 내가 변명을 해야 하는 건 아니겠지. 자네는 틀림없이, 적어도 암시적으로라도, 내 침묵을 이해했겠지. 나 역시 더 잘 이해한 것은 아니네. 난 글을 쓸 상황이 아니었어, 말하는 것도 그랬네. 자네에 대해서도 많이 생각했지, 『평화』[51]나 『전망』과 관련해서만이 아니었네. 자 다시 만나세!

프란츠

## 오스카 바움 앞

[취라우, 1918년 6월][52]

친애하는 오스카, 자네에게 이미 오래전에 편지를 썼을 것이네, 만일 내 회복에 대해 뭔가 특별히 좋은 것을 쓸 수 있었더라면 말일세. 그게 바로 의학 용어로는, 농담이든 진담이든, 가망 없는 환자라네. 자네 문외한의 진단 좀 들어보런가? 신체의 병은 정신적 병이라서 강물이 범람하는 것에 지나지 않는다네. 이제 그것을 다시 강변으로 회수하려면, 당연히 머리가 거부를 하지, 머리는 고통 가운데 폐병을 내던졌고, 이제 그것을 그 머릿속으로 회수하고자 하지. 그것도 그가 다른 질병들을 내던지려는 가장 큰 관심을 가진 순간에. 머리에서 시작하여 그것을 치료하기, 거기에는 가구 짐꾼만 한 체력이 필요할 것인데, 그건 바로 앞서 언급한 이유로 해서 내게는 주어질 수가 없지. 그러니 모든 것은 예전처럼 그대로라네. 과거에 나는 늘 어리석은 생각, 그러니까 자기 처방의 초기 단계에서 파악될 법한 생각을 했다네, 이런 저런 경우에, 이런 저런 우연한 이유로 해서 제대로 쉴 수가 없다고. 그러나 이제 나는 항시 그 반대 이유를 짊어지고 다녀야 함을 아네.

그런 일 말고는 여기는 사랑스런 곳이네, 특히 이런 비와 태양이 있는 6월, 부드러운 향기의 공기가 쓰다듬어주네. 공기는, 아무런 죄도 없으면서, 나를 건강하게 해줄 수 없음에 용서를 구한다네.

자네가 낭독하는 이야기에 대해서 막스가 편지를 써 보냈네. 너무 기쁘군, 다시 한번 자네 곁에서 지내게 되니, 6월 말에 보세.

자네 부인, 아이와 누이에게 안부를 보내며

자네의 프란츠

내가 너무 우울증에 빠져든 것을 느끼네, 아니, 알아. 허나 이제 다시 모든 것이 그렇게 나쁜 것만은 아니네.

[그림 엽서(룸부르크), 1918년 가을로 추정]

이번 여름에 배운 것이 있네, 펠릭스. 난 다시는 요양원에 들어가지 않겠네. 지금 정말로 아프기 시작하는 이때 말하거니와, 난 다시는 요양원에 들어가지 않으려네. 만사가 뒤죽박죽. 자네 누이가 오늘 떠났네. 마차가 지나갈 때 그녀에게 꽃다발을 건네주려고 길가에서 기다리려 했지. 그런데 정원사한테 가서 너무 오래 있는 바람에 마차를 놓쳐버렸어. 그래서 지금은 그 꽃으로 내 방을 장식해 놓을 수 있게 되었네.

진심 어린 안부를 자네와 자네 부인에게,

프란츠


막스 브로트 앞

[그림 엽서(보헤미아 투르나우),<sup>53</sup> 우편 소인 1918년 9월 27일]

친애하는 막스, 편지와 신중함에 감사하네. 자네 히브리어는 나쁘지 않군,<sup>54</sup> 처음 몇 군데 잘못이 있긴 하지만, 그러나 길이 들자 곧 잘못이 없어지네. 나는 아무것도 배우지 않고 있으며, 내가 아는 것에 그냥 매달려 있을 뿐, 그 밖에 달리 원하는 것도 없네. 하루 종일 정원에서 보내지. 그 소설<sup>55</sup>에 대한 자네의 평을 W. 박사에게 주려고 복사해 놓았네, 그에게 조금이나마 기쁨을 (순전한 기쁨은 아니라 해도) 주려고 말이야. 자네 의견은 그에게 매우 소중할거야.

자 다시 만나세, 다음 주 월요일이야! 펠릭스와 오스카에게 안부를.

자네의 프란츠

## 펠릭스 벨취 앞

[투르나우, 1918년 9월]

친애하는 펠릭스, 무엇보다도 먼저 매우 이성적인 여자 지배인과의 대화에서 그리고 약간의 경험에서 얻는 결론인데, 이 인근에서 무언가를 발견할 기회는 극히 드물다네, 왜냐하면 여기 숲속의 호텔들은 곧 문을 닫을 것이고, 아직 닫지 않았으면 아예 열지도 않았다는군. 그래서 자네 누이는 늦가을과 겨울에, 혹시라도 거의 그럴 것 같지 않지만, 그곳에 투숙하기에 이르렀다 해도 (매우 가까운 사적인 관계에서나 가능했겠지만) 매우 외로움을 느꼈을 것이야. 게다가 그쪽 호텔들은 굉장한 물품 부족으로 (심지어 석탄까지) 애를 먹고 있다는군, 그런가 하면 이곳 투르나우에는 그런 대로 약간의 공급이 아직은 들어오고 있다네.

이런 고려가 모두 내가 묵는 호텔을 지목하게 하네, 지금 막 그 생각을 하고 있던 참이지. 그리고 이 여지배인은 내게는 적어도 반대는 안 하고 있네. 이 호텔의 장점은 좋은 경영, 두드러진 청결, 그리고 내 생각에 훌륭한 요리 등이야. 단점은 그러나 비단 이 호텔만은 아니나, 주로 육식에(이건 어쨌거나 원하는 만큼 충분하게), 달걀, 어쩌다가 다른 음식들도 있지만, 그러나 채소 같은 것은 아예 먹지 못하지. 우유와 버터는, 좋은 비누와 담배는 제공되는데도, 심지어 최소한의 양도 얻을 수가 없네, 그래서 나는 모든 종류의 수단을 강구하고 있네. 하지만 여자들은 이러한 사정에 더 재치가 있지. 교구에서 제공하는 빵은 매우 형편없고, 그리고 점점 고약해지고 있지, 난 그걸 전혀 소화하지 못해.

숲은 매우 아름답고, 마치 마리엔바트의 숲같이 좋으며, 모든 곳이 사랑스런 영감을 주는 전망이네.

투르나우의 또 하나의 장점은 훌륭한 사과와 배. 자네 누이는, 내가

474

알기론 체코 말을 그리 잘 못하더군. 그것이 여기 체류하는 데 더 많은 어려움을 주겠지, 그러나 이 호텔에서는 아니야, 여기에는 북부 보헤미아에서 온 손님들이 많으며, 그리고 『라이헨베르크 신문』, 『프라하 일간』, 『시대』도 배달되며, 독일어 차림표도 제공된다네. 가격들, 어쨌거나 현재의 수준인데, 방 값 3크로네, 소스와 감자 곁들인 쇠고기 4.50크로네, 구운 돼지고기와 만두와 양배추 11크로네, 송아지구이 7~9크로네, 자두파이 (굉장한 예외로) 4크로네, 감자 곁들인 달걀 6크로네 등등. 아마 장기 체류할 시에는 특별가로 마련될 것이네. 주인장이 첫날 내게 큰 소리로 고함을 치고 웃으면서 그것을 거부했지만 말이야. 하지만 우리는 곧 다시 화해를 했다네.

이게 전부일는지, 하지만 더 뭔가 둘러봄세. 진심 어린 안부를,

프란츠

[별도의 종이에] 친애하는 펠릭스, 후기가 있네. 투르나우 근교 카차노에 여관 겸 하숙이 있다고, 놀랍게도 이곳에 포스터가 붙어있는데, 손님의 후의를 청한다 등등이네. 오늘 오후 거기를 가보았네. 투르나우에서 한 시간 가량 떨어진 곳으로, 예쁘장하고 널찍한 집에, 숲과 목초지가 있는 언덕으로 둘러싸여 있고, 그렇다고 아주 깊은 분지에 있지도 않고, 창은 남향이라네. 새 관리인이 있는데, 더불어 얘기 나눌 수 있을 사람이며, 사실 노력형이겠지만, 아직까지는 그 포스터 광고 이외에는 별다른 일을 기획하지는 않은 것으로 보이네. 그 집은 황량한 인상을 주며, 다만 음료는 제공되지만 식사는 안 된다네. 그의 설명으로는, 자기 아내가 아직 거기에 오지 않았기 때문이라며, 아내는 아직도 그가 이전에 돌보던 여관에 남아 있는데 2주 후엔 이곳으로 오게 되며, 그때 가서야 식사 문제며 가격 등을 상세하게 말할 수 있을 것이라네. 그는 벌써 지금 주장하기를, 그때 가서는 자신

이 자네 누이를 받아줄 수 있을 것이라고 하네. 매우 불확실하고 또 자세히 검토해보아야 할 일임에 틀림없네.

투르나우에 관한 더 자세한 정보는 우리 만나서 말로 하세. 현재로선 내가 자네 누이가 어떤 상태인지도 모르고 있으니. 토요일이나 일요일이면 벌써 프라하에 가 있겠네. 아마 내가 일요일 오후에 자네에게 들르거나, 아니면 자네가 월요일에 내 사무실로 들르게나.

진심 어린 안부를,

프란츠

**쿠르트 볼프 출판사 앞**
프라하, 18년 10월 1일

존경하는 출판사 귀하!

소식 주신 것 매우 감사합니다.[56] 그 책 인쇄에 관한 귀하의 설명을 제대로 이해한다면, 제가 더는 교정지를 받아보지 못한다는 말씀이군요. 참 유감입니다. 귀하가 만드신 목록의 순서는 대체로 맞습니다만, 그대로 둘 수 없는 단 한 가지 잘못이 있습니다. 그 책은 「신임 변호사」로 시작해야 합니다. 귀하가 첫 순서로 정하신 「살해」는 그냥 파기해야 할 것입니다. 왜냐하면 하찮은 차이들을 제외한다면 나중에 제대로 쓴 「형제 살해」와 동일한 것이기 때문입니다. 책 전체에 대한 헌정사 "나의 아버지께"를 부디 잊지 마십시오. 「꿈」 원고를 동봉합니다.

삼가 정중한 경의와 더불어,

카프카 박사 배상

476

**쿠르트 볼프 앞**

[프라하, 1918년 11월 11일]

존경하는 쿠르트 볼프 씨!

오랜 침상 생활 끝에[57] 거의 첫 펜을 들어 진심으로 귀하의 우정어린 서한에 감사드립니다. 「유형지에서」의 출판과 관련하여 귀하가 의도하고 계시는 일체의 것에 기꺼이 동의합니다.[58] 저는 그 원고를 받았고, 작은 부분을 뺐으며, 오늘 출판사로 반송합니다.[59]

삼가 진정 어린 안부와 더불어,

카프카 박사 배상

**쿠르트 볼프 출판사 앞**

[엽서. 프라하,] 18년 11월 11일

존경하는 출판사 귀하!

특별 등기 배달로 제 편지와 함께 「유형지에서」의 원고를 보냅니다. 제 주소는 프라하 뽀리츠 7번지입니다.

삼가 정중한 경의와 더불어,

카프카 박사 배상

**쿠르트 볼프 출판사 앞**

[프라하, 1918년 11월]

존경하는 출판사 귀하!

틀림없이 뭔가 착오로 귀사는 제게 보내는 편지를 취라우 주소로 보내고 있습니다. 그것은 잘못이며, 그러한 편지는 저에게 우회해서 오며, 또는 사실상 우연히 도달하게 됩니다. 제 현 주소는 프라하 뽀리

*1918년* 477

츠 7번지입니다. 제가 동봉해서 보내는 것은 「유형지에서」를 좀 다듬은 원고입니다. 저는 그 출판과 관련하여 쿠르트 볼프 씨의 의도에 전적으로 동의합니다.

유념해주실 것을 부탁드리고 싶은데, "철의 가시"로 끝나는 문단 뒤 (원고 28쪽)에 상당한 공간이 들어가 있는데, 그것은 작은 별표나 다른 방법으로라도 채워져야 합니다.

삼가 정중한 경의와 더불어,

카프카 박사 배상

## 막스 브로트 앞
[프라하, 1918년 11월][60]

친애하는 막스,

난 벌써 지난 일요일에 떠나려고 했는데[61] 하지만 토요일에 열이나 자리에 누워야 했고, 그러니 한 주일 내내 절반은 누워 있고 절반은 앉아 지냈네. 나는 내일 떠나네. 막스, 미안하지만 부탁 하나 들어주게. 동봉한 편지에서 보다시피, 그 원고가 볼프에게 도착되지 않았나 보이. 나는—동봉한 영수증이 증명하듯이—분명히 엽서와 함께 같은 날 볼프에게 원고를 발송했네, 편지도 함께 써 넣어서. 그런데 엽서는 (볼프는 그것을 편지라 하는군) 도착했는데, 원고는 아니래. 둘 다 특별 등기 우편으로 보냈지. 자네가 민원 신고를 해줄 수 있겠는가? 난 우편 제도를 어떻게 다루어야 할지 도통 모르겠네. 더구나 이 새로운 정부 아래의 우편 제도에 대해서는 전혀 아는 바가 없네.[62] 자네에게 정말 감사하네, 그리고 잘 지내게! 아마도 쉘레젠에 가면 히브리어에 대한 의문점 목록을 자네에게 보내겠네. 그건 자네에게는 대단한 일은 아닐 걸세. 문제들은 한마디로 또는 고갯짓 한 번으로도 대답이 될 수 있을 게야. 그리고 우리는 편지로 히브리어 대화를 하게 되겠지.

자네의 카프카


## 막스 브로트 앞

[슈튀들 하숙집. 리보흐 근교 쉘레젠,
1918년 12월 초]

친애하는 막스, 지난번 내가 자네를 집에서 만날 수 없었던 일은 유감이야. 어쨌든 나는 곧 돌아갈 걸세, 아마 이미 성탄절에는, 1월 초까지는 확실히. 여기는 취라우에서처럼 좋지는 않네, 하지만 물론 진짜 나쁘다는 것은 아니지, 그리고 모든 곳은 나름대로 교훈적인 법. 뿐만 아니라 놀랍게도 비용이 싸다네, 하루 6프랑(빈 신문에 난 현재 환율에 따르면, 1크로네 = 10상팀).

질문지 동봉하네. 나는 거의 아무것도 공부하지 않네. 하루는 짧고, 등유는 귀하고, 그리고 나는 바깥에서 누워 있기 일쑤고, 나는 내 책조차 읽지 않네, 이 하숙집 장서에서 (그것들 가운데 『띠호 브라헤』도 있었네) 마이스너의 『내 생애 이야기』<sup>63</sup>를 읽었네. 끝없이 직접 경험한 생생한 인물 초상들과 19세기 중엽의 보헤미아·독일·프랑스 및 영국의 정치와 문학 세계에 관한 일화들로 가득 채워진, 비상하게 활기차고 정직한 책이며, 게다가 정치적 견지에서는 눈부신 현장감을 지닌 책이야. 잘 있게, 자네 부인과 펠릭스와 오스카에게 안부 전하게. 우체국에는 이의는 제기했는가?

프란츠

[동봉: 두 장의 히브리어 문법 문제와 관련된 질문들, 히브리어 글자가 대부분.]

**오틀라 카프카 앞**

리보흐 근교 쉘레젠 [1918년 12월]

[엽서에 카프카가 그린 조그마한 그림 6장.]

내 삶에 대한 견해.

그런데 넌 어떻게 지내지? 성탄절에 공책들과 책들을 가지고 오렴. 시험을 볼 테니. 아니면 내가 그냥 프라하로 가랴? 나는 여기에서도 취라우에서처럼 잘 지내며, 다만 여기가 좀 더 값이 싸단다. 난 4주를 머물겠으나, 성탄절에는 매우 좋아져서 프라하에 갈 수 있었으면 한다.[64]

많은 안부를 보내며,

프란츠 오빠


**막스 브로트 앞**

[엽서. 쉘레젠, 우편 소인: 1918년, 12월 16일]

가장 친애하는 막스, 우려할 것은 아니지만 유념해야 할 일이 있네. 그런데 꽤 오랫동안 내 지갑에는 자네에게 건네줄 명함이 들어 있어, 그 비슷한 매우 단순한 처분할 물건과 (어쨌거나 금전 문제에서도 또한) 함께 있지.—현재로선 그러나 우리가 아직 살아 있으며, 그리고 자네의 공동사회 논문[65]은 훌륭하네. 그것을 읽는 동안 나는 기쁨으로 찡그렸네. 그것은 논쟁의 여지없이, 진정하고, 투명하고, 깊은 지식을 갖추고, 섬세하며, 그리고 여전히 눈부시네.

도덕적 관점에서 한 개인의 유기적 폐쇄성에 관한 한, 내 경험에 따르면 그 원인들은 더 나쁘다네. 이 폐쇄성은 다만 정신적 유보에 의해서만 대부분 도덕적으로 육성이 되네. 그렇지만 사실상 모든 인간은 사회적이며, 예외가 있다면 아마도 변방에서 어정거리다 낙오

480

하는 이들이겠지, 그럼에도 초인간적으로 좁은 가슴속에서 전사회성을 파악할 수 있는 이들일 것이네. 그러나 모든 다른 사람들은 철저히 사회적이어서, 그들은 오로지 자신들의 다양한 강점으로 자신들의 다양한 어려움을 극복하면 되네. 아마도 이런 것이 그 논문에서 함께 작용해야 할 것이야, 확실히 이 논문은 판단은 아니나, 적어도 판단의 구성 요건이거든.—또한 아마 거기에는 이런 오해의 여지도 피치 못하지, 예컨대 (매우 본보기적으로) 민족 단체[66]에 많은 눈부시게 사회적인 사람들이 들어 있으나, 부녀자클럽[67]에는 별로 없다는 사실에서 생성될 수 있는 오해 말이야.—그러나 다시 그리고 영원히 나는 이 논문 편에 남겠네. 자네의 새책[68]이 전적으로 이런 식으로 구성되리라는 전제에서!

프란츠

### 막스 브로트 앞

[엽서. 쉘레젠, 우편 소인: 1918년 12월 17일]

친애하는 막스, 무적의 자네, 그런 자네마저 드러누워 버렸군. 하지만 이제는 벌써 자리를 털고 일어났겠지. 나는 전혀 알지 못했네, 내 어머니는 그런 편지를 쓰지 않았으며, 그리고 아무도 알려주지 않았네. 자네 상태에 대해서 몇 마디 편지 보내주게. 내가 열병을 앓는 동안 자네는 내게 생명의 보증과도 같은 무엇이었네. 독감 이후 내가 가지고 있는 모든 이들 하찮은 후유증을 자네가 적어도 덜어주었으면 하지. 어쨌거나 자넨 아마 일주일 이상을 병석에 누워 있었던 것 같군. 자네 부인은 건강한가? 시골에라도 가서 회복해야 하지 않겠나? 불행하게도 여러 가지 것이 자넬 이리로 초대하기 꺼리게 하네, 하지만 꼭 필요하다면 그런 대로 될 것이야. 난 자네를 형편없이 돌보지는 않을 게야. 왜냐하면 보살핌 받은 경험이 많으니까. 어머니에게 자네 문병을 부탁드릴까 생각 중인데, 어머니가 자네를 방해할는지, 어쩌면 아예 집에서 만나지도 못하실지, 그러니까 자네가 이미 유대인민족평의회[69]에 참석해 있거나 해서 말이야. 어쩌면 다만 그 처녀[70]를 보낼지도 모르네.

잘 있게나, 곧 편지 쓰고, 펠릭스와 오스카에게 안부를.

프란츠

# 1919년

### 오스카 바움 앞

[쉘레젠, 1919년 초]

친애하는 오스카, 이번 겨울을 계속 어떻게 지내는가? 정말이지 일이 불공평하게 분배되는 것 같네그려. 여기 나는 시골에서 두 번째 겨울을 보내고 있으며, 취라우에서 그렇게 좋아했던 자네는 다시 눈과 추위의 프라하에 머물러야 하다니. 그리고 나는 어떤 비극[1]도 쓰지 않고 있네, 도대체 전혀 안 쓰지, 자네의 희곡[2]과 같은 것은 전혀 쓰지 못하고 있다니까, 그것에 대해서 적어도 그 극의 운명에 대해서 뭔가 정말 듣고 싶지만 말이네.

그런데 사실은 내가 다시 돌아가게 될 듯하이, 한 열흘 뒤쯤, 여기 의사[3]가 반대만 하지 않는다면. 이곳이 취라우보다 더 못하다고 말하려는 것은 아니네. 그렇지만 더 어려운 건 사실이야. 난 이곳에 벌써 두 번째 와 있는데, 그러나 아마도 열 번은 더 새로 준비를 하고서 와야 할 것이야, 내가 그것을 정복하기 전에는 말이야. 취라우에서는 그렇게 쉬웠지. 허나 내 건강은 어딘지 더 좋아졌다네. 이 집에는 여전히 자네에 대한, 아니 오히려 자네 아들에 대한 기억이 살아 있네. 자네들이 기숙했던 우편 배달원 집 작은 스피츠는 레오의 고문에 배겨나지 못했고, 그래서 슈퇴들[4] 양에게 팔려왔지, 그러니까 구제된 셈이지. 그 스피츠는 죽은 지 벌써 오래되었지만, 자네는 아들의 아버지로서 잊혀지지 않을 걸세. 개들이 바로 지금 저 아래에서 엄청 짖어

대고 있네, 놈들은 매일 밤 내게 그 스피츠의 복수를 하는 것이네. 그러나 그것은 아무것도 아닐세, 내면의 개들이 잠을 자는 데는 더 위험하니 말이야.

진심 어린 안부를 자네와 자네 식구들에게 보내며.

프란츠

막스 브로트 앞

[쉘레젠, 1919년 1월]

친애하는 막스, 최근에 자네 꿈을 꾸었네. 그 꿈 자체는 특별한 것은 없었어. 종종 그런 꿈을 꾸거든. 어떤 막대기를 들거나 또는 잔가지 하나를 그냥 부러뜨리거나 해서는, 땅 쪽으로 비스듬히 갖다 대고서, 거기에 올라타는 거야, 마치 마녀들이 빗자루에 올라타듯이, 아니면 단순히 그것에 기대는 거야, 길거리에서 지팡이에 기대는 식으로— 그리고 그것으로 충분해, 난 길고도 완만한 도약으로 멀리 날아가는 거야, 언덕 위로, 골짜기 아래로, 내가 하고 싶은 대로. 비행할 힘이 부치면 땅에 다시 한번 내려오기만 하면 되지, 그러면 곧 다시 계속되는 거야. 그러니까 그런 꿈을 난 자주 꾼다네. 그러나 이번에는 자네가 어딘가에 있었는데, 그걸 지켜보았거나 아니면 나를 기다렸던가, 그것은 가끔 마치 루돌피눔[5] 지대에서 일어나는 일 같았네. 그러다가 어떻게 되는가 하면, 내가 계속해서 자네에게 해를 끼치거나 또는 적어도 자네에게 뭔가 요구하는 것이야. 그것들이 단지 사소한 것들이긴 했지, 예컨대 한 번은 내가 자네의 조그마한 쇠막대기를 잃어버려서, 그걸 자네에게 고백해야 했고, 다른 한 번은 내가 날아다니느라고 자네를 오래 기다리게 했지, 그러니까 정말 사소한 것들이었어—그러나 그건 놀라웠어, 자네가 얼마나 선함과 인내와 담담함으로 그 모든 것을 받아들였는지. 그건—이러한 생각으로 꿈이 끝나는데—자네가 이렇게 확신했거나, 그러니까 내가 그 모든 것을 쉽게 하는 듯 보였을지라도 나로서는 매우 어려운 것임을 확신했거나, 아니면 적어도 그러한 믿음을 확실하게 지녔던 것이야, 그렇지 않고서는 이해할 수 없는 내 행동에 대한 유일한 해석으로서 말이야. 그래서 자네는 단 한 번도 나의 이 밤의 기쁨을 조그만 비난으로도 망치지 않았다네. 보통은 낮 시간에도 그렇게 나쁘지는 않아, 적어도 내 폐에 관한 한. 열도 없고, 호흡도 가쁘지 않고, 그리고 기침도 점점 줄고 있어. 그 반면 위장이 날 괴롭히네.

스위스에는 언제 가는가?

진심 어린 안부를 보내며,

카프카

펠릭스와 오스카에게 안부 전해주게.


막스 브로트 앞

[쉘레젠, 우편 소인: 1919년 2월 6일]

친애하는 막스, 자네가 자네 숙명과 어찌 싸우고 있는데, 그 숙명이란 놈이 그렇게도 아름답고 맑고 큰 소리로 울려 퍼지는 언어로 말을 하다니. 자신의 숙명이란 게 고작 속삭이거나 아예 침묵하는 다른 사람들이야 뭐라 말할 것인가!

자네가 아직도 꿈속에서 자네 생각으로 인해서 고통을 받는 동안,[6] 나는 라플란트[7]에서 삼륜 마차로 드라이브를 하는 중이었네. 이것은 오늘 밤에 일어난 일이었는데, 아니 아직 드라이브를 하지는 않았지만, 그러나 세 마리 말은 수레에 매여 있었네. 수레의 채는 거대한 동물의 뼈였으며, 그리고 그 마부는 나에게 그 삼륜 마차 마구에 대해서 기술적으로 꽤 재치 있고 또한 기묘한 설명을 해주더군. 난 그 긴 설명을 그대로 다 여기에 옮기지는 않겠네. 다음엔 고향의 울림이 북 유럽적인 것 속에 섞이었지, 내 어머니가, 어머니 모습이든가 아니면 다만 목소리만 거기 계셨는데, 남자들의 전통의상을 평가하면서 설명하시기를, 바지는 종이 섬유로 되어 있으며 본디 회사 제품이라는 것이었네. 그것은 옛날 추억들 속에서 전이되는 것이었네. 왜냐하면 여기에는 유대적인 것이 있고, 종이 섬유에 대해서도 언급이 되었으니까, 또한 본디사에 대해서도.

유대적 요소란 한 젊은 여인[8]이네, 바라건대 다만 아프지 않기를. 평범하며 그러면서도 놀랄 만한 자태라네. 유대 여자가 아니면서 유대 여자가 아닌 것이 아닌, 독일 여자가 아니면서 독일 여자가 아닌 것이 아닌, 영화에, 오페레타와 희극에 미쳐 있고, 분과 베일 속에 가려서, 지칠 줄도 멈출 줄도 모르는 뻔뻔스런 사투리를 엄청 소지한, 일반적으로 매우 무식하고, 침울하다기보다는 더욱 쾌활하며―그녀는 대충 그런 식이네. 만약에 누군가가 그녀를 인종적으로 분류하고자 한다면, 그녀는 점원류에 속한다고 말해야 할 걸세. 게다가 그녀는 진심으로 용감하고, 정직하며, 욕심이 없네.―한 몸에 거창한 특성들을 갖춘, 신체적으로 미모를 갖추지 않은 것도 아니야, 그러나 나의 램프 불에 날아드는 모기처럼 가냘프기 그지없지. 이런저런 것들이 아마 자네가 반감을 지닌 채 기억할 그 Bl. 양[9]과 비슷하지. 그녀를 위해서 『시오니즘 3단계』[10] 정도를 빌려줄 수 있겠나, 아니면 자네가 알맞다고 생각하는 다른 것이라도? 그녀는 그걸 이해하지 못할 게야, 흥미 없을 것이라고, 그녀에게 그걸 강요하지는 않으려네―하지만 그렇더라도.

시간이 많지 않아, 나를 믿어주게. 낮은 그렇게 길지 않아서, 벌써 11시 15분이네. 집 밖에 누워 있는 데 시간의 대부분을 소비하네. 발코니에 혼자 누워서 숲으로 뒤덮인 언덕을 바라보지.

내 건강은 나쁘지는 않아, 비록 위와 장이 고장이 났지만. 신경인가 뭔가 하는 것 역시 더 저항력이 있어야 하나보이. 여기서 겨우 두 번째 사람을 마주해서 생기다니. 새로운 사람을 자기 안에 수용하는 것, 특히 그의 고통과 그리고 무엇보다도 그의 투쟁, 당사자가 수행하지만 제삼자인 자신이 그보다 더 잘 안다고 생각되는 그런 투쟁을 수용하기―그 모든 것은 바로 출산 행위와 정반대라네.

잘 있게나. 펠릭스와 오스카에게 안부를,

프란츠

『자기 방어』잘 받았네. "팔레스타인 전적으로 불분명"이란 자네의 말은 대체 무슨 말인가?


### 막스 브로트 앞

[쉘레젠, 1919년] 3월 2일

친애하는 막스, 그 훌륭한 책에 대해서 자네에게 아직 감사조차 하지 않았네그려. 그 책의 정신으로 당분간 살아가는 것이 참 좋았어. 그러는 동안 젊은 시절의 기억과 감정들이 모든 것 속으로 섞이는 장점을, 또는 단점을 경험했네.

그 처녀 또한 자네에게 매우 감사하라더군, 그녀는 그 책을 꼼꼼히 읽었고, 심지어 한눈에 이해했다는군. 물론 소녀적인 순간의 이해로 그랬겠지만, 그 밖에도 그녀는 내가 애초에 생각했던 만큼 시온주의와 관련이 그렇게 없는 것도 아니라네. 그녀의 약혼자, 그는 전쟁에서 사망했는데 시온주의자였으며, 언니는 유대인 강좌에 다니고 있으며, 그리고 가장 친한 친구는 청백회[*] 회원이며, "막스 브로트의 강연은 결코 빠진 적이 없다네."

나에 대해서라면, 난 내 시간을 명랑하게 보내고 있어(어림잡아 지난 5년 동안에도 지난 몇 주 동안만큼 그렇게 많이 웃지 못했다고 할까). 하지만 여전히 어려운 시기이네. 글쎄, 당분간은 견디고 있는 중인데, 그러나 내 건강이 그렇게 좋지 않은 것이 이유가 없는 것은 아니라네. 뿐만 아니라 이런 시간, 적어도 현실감을 지닌 시간도 며칠 있음 끝난다네.[12] 그리고 나는 만일 보험공사측이 여기 의사의 소견서를 용납한다면[13] 아마도 여기에 얼만큼 더 오래 머무를 거야.

인생의 처음 잘못들, 내 말은 눈에 띄는 처음 잘못들은 썩 기묘해. 그것들을 누구나 정말이지 각각 분석해보려고 하지 않지, 왜냐하면 그것들은 한층 높고 그리고 한층 넓은 의의를 지니니까. 하지만 가끔은 그것도 해보아야 하네. 갑자기 어떤 경주가 떠오르는군, 그 경주에서는 참가자마다 자신이 승자라고, 하긴 그게 옳은 일이지만, 확신하고 있지. 그리고 인생이라는 재산도 그럴 가능성이 있을 것이야. 왜 그렇지 않겠는가, 그럼에도 겉보기엔 사람마다 믿음을 가지고 있겠지, 안 그런가? 왜냐하면 불신은 '믿음' 속에서 표현되는 것이 아니고, 사용된 '달리기 방식'에서 표현되니까. 그러니까 마치 누군가가 자신이 승리할 것이라는 확고한 확신을 갖고 있다면, 그의 승리는 오직 그가 첫 번째 장애물에서 경주로를 이탈하여 다시는 돌아오지 않는 것으로만 가능한 것이야. 허나 심판에게는 그 남자가 승리하지 못하리라는 것이 명백히 보이지, 적어도 이 차원에서는 그렇다는 게야. 그리고 그 남자가 처음 시작부터 모든 것을 거기에 걸고 출발하는 것, 그리고 모든 것이 너무도 진지함을 보는 것은 매우 교훈적이네.—그 책[14]에 행운을 비네! 그리고 많은 여유를 누리기를!

**요젭 쾨르너 앞**

[프라하, 우편 소인: 1919년 6월 3일]

존경하는 교수님!

최고의 감사를 올립니다. 그러한 연구들은 너무나 평화스럽고 그리고 평화를 불러옵니다. 저는 기꺼이 더 오랫동안 읽고 싶었습니다, 특히 그 행실이 매우 섬세하고 또 그 사람[15]을 지지하기 때문입니다. 그러나 베티나는 변장한, 혼란스런, 반쯤 피가 섞인 유대 젊은이인 듯합니다. 제가 이해할 수 없는 것은 그렇게 행복한 결혼으로 7명의 아이들을 두었다는 사실입니다. 그렇다면 그 아이들의 생이 반쯤이라도 정상적으로 흘러간다면, 그건 기적일 것입니다.

그런데 말입니다만 별쇄본에는 슐레겔에 대한 논문 대부분과 또 유사 포획물이 없습니다. 유감입니다.

삼가 정중한 경의와 더불어,

카프카 배상


**J. W.의 양친 앞(?)[16]**

19년 11월 24일

경애하는 부인, 저는 부인을 쉘레젠에서 잠시 만났을 뿐이지만 곧 부인께 신뢰감을 느꼈습니다—물론 부인에 대한 J.의 사랑스러운 애착 탓이었겠지요. 부인께서는 기본적으로 매우 친절하며, 또한 절제되고 세심하신 것으로 여겨집니다, 비록 어딘지 너무 우수에 젖어, 조금 불만스런, 조금 불운한 듯하지만, 그러나 그것들은 부인의 인생과 경험의 직접적 영역 너머를 이해할 수 있는 이들 성질들 때문이기도 합니다. 이것이 저로 하여금 부인께서는 적어도 인내심을 가지고 저에게 주의 깊게 귀를 기울일 것이라는 희망을 갖도록 고무시킨답니다. 더욱이 우리는 둘 다 각자 나름의 방식으로 J.를 매우 좋아하는 것으로 연결되어 있으니까요.

J.와 제가 어떻게 만났는지 부인께서는 알고 계십니다. 저희들 친분의 시작은 극히 흥미로웠습니다, 그리고 의심 많은 사람들에게는 정확하게 행복의 전조가 되는 것도 아니었습니다. 우리는 서로 만나면 며칠 동안이고, 식사 때, 걷는 동안, 서로 마주 앉아 있는 동안, 언제나 계속해서 웃곤 했습니다. 전반적으로 그 웃음은 유쾌한 것이 아니었습니다. 그것은 뚜렷한 이유가 없었으며, 고통스럽고 또 수치스러웠습니다. 그로써 우리는 서로 떨어지고, 함께 식사하기를 포기하고, 또 서로가 자주 만나지 않게 되었습니다. 제 생각으로는 그것이 우리의 일반적인 의도를 유지하게 했습니다. 사실 (제 병을 제쳐두고) 저는 비교적 자유롭고, 행복하며, 평화스러운 한 해를 보냈습니다만, 그러나 여전히 저는 마치 모든 곳에 상처 나기 쉬운, 그러면서도 무언가에 부딪치지 않는 한 너그럽게 잘 지낼 수 있을 그런 사람이었습니다, 그러나 맨 처음 정말 직접적인 접촉은 그런 사람을 옛 고통에서도 가장 좋지 않은 상태로 되돌려놓아 버리며, 마치 옛날 경험들이 되살아나는 것이 아니더라도 말입니다―왜냐하면 옛 기억들이란 과거의 부분이자 그대로 존속하는 것이니까―뿐만 아니라 오히려 꾸물거리고 사라지지 않는 것은 고통의 형식적인 양상이었습니다. 옛 상처에는 문자 그대로 어떤 통로가 있으며, 그리고 매번 새로운 고통이 즉각 오르내리는데, 첫날과 마찬가지로 지독하며, 심지어 더 지독한 것은 사람이 이미 그만큼 나약해졌기 때문입니다. 이와 같은 것이 부인의 경험 내에서도 있지 않을지 잘 모르겠습니다. 그러나 저는 그것을 처음 며칠 동안에 느꼈습니다. 저는 일 년을 통틀어 처음으로 잠 못 이루는 밤을 보냈던 것이지요. 저는 그 위협적인 기세를 알았습니다. J.도 마찬가지로 제게 유보하는 몸짓이었습니다. 그 밖

에도 제 본성, 제 낭독, 제 초조감, 그것들이 그녀에게는 그녀의 한층 행복한 기질과 더불어 썩 이해가 되지 않는 듯했으며, 처음부터 그녀에게는 예외적인 이상한 것으로 충격을 주었음에 틀림없습니다.

긴 안목에서는 그것은 우리처럼 그렇게 전적으로 강하게 조화를 이룬 두 사람 간의 경우에는 존속하지 못하며, 따라서 우리 각자는 상대방에게 강박 현상인 것이며, 기쁨과 슬픔에서 무관하며, 기쁨과 슬픔만큼이나 단순한 바로 어떤 필요인 것입니다. 게다가 표면상으로는 문자 그대로 요술의 집이 있었으며, 그 안에서 우리 둘은 거의 혼자였으며, 바깥의 혹한의 조건으로 말미암아 그리로 향했던 것입니다. 그럼에도 우리 두 사람은—이것은 제가 자신에게 아첨하는 유일한 시간으로 치부하렵니다, 이후에는 그렇게 할 근거를 더 찾을 수가 없을 것이니까요—엄청 용감하게 남았습니다. 아마도 그것이 양면성을 지닌 J.에게는 한층 쉬운 일이었을 것이니, 곧 그녀는 처녀로서, 그리고 또한 이방인에게는 응석부리기 어려울, 따뜻함과 차가움의 놀랄 만한 혼합물이기 때문입니다. 그러나 저는 진정으로 모든 동물적 본성의 고통을 전적으로 앓아야 했습니다. 그렇다 해도 그것이 무슨 의미가 있겠습니까?—그것은 최근 이 기간의 이 고통과 비교해서는 어린애 장난에 불과한 것이었으니까요.

어쨌든 우리는 그것을 이뤄냈습니다. 비록 그 긴장이 확실히 우리 건강을 조금 좋게 했고요. 저는 특히나 심장 치료를 위해 매일 의사와 면담하고 싶었습니다. 그러나 우리는 그것을 이뤄냈습니다. 우리들 사이에 기정 사실이 된 것은, 결혼과 아이들은 어떤 의미에서는 지상에서 가장 높이 요구된다는 사실이었으나, 그러나 또한 제가 아마도 결혼은 할 수 없으리라는 사실이었습니다. (그것에 대한 입증은 남아 있었습니다, 왜냐하면 그 밖에 모든 것이 충분히 분명하게 밝혀지지 않았기 때문인데, 저의 두 번의 파혼 건 말씀입니다.) 따라서 우리는 헤어져야 합니다. 그래서 우리는 그렇게 했습니다. 그것은 확실히 매우 슬픈 일이었으나, 그러나 이것이 그 일의 최종일 수는 없다는, 알 수 없는 느낌에 고통이 완화되었습니다. 여전히 우리는 안녕이라고 말할 때조차도 아직 서로가 너라고 말을 놓지 않는답니다. 그리고 요양원 내에서 간단한 편지 교환을 제외하고는, 지난 6주 동안 가장 의미 있는 사건이라 친다면, 제가 기억하는 한으로는 그녀의 작은 손을 필요 이상으로 꽤 오랫동안 제 손 안에 잡고 있었던 정도랍니다.

　J.는 당연히 저처럼 결혼에 대해 그렇게 분명한 견해를 가지고 있지 않았습니다. 그녀는 결혼을 하지 않을 것이라고 말했습니다. 그녀는, 저처럼, 결혼을 원치 않는다거나 결혼을 할 수 없다고 말하지는 않았습니다. 그것은 제가 보증하건대 처녀들이 통상 상황에 따라 말하는 방식이지만, 그러나 저는 곧 정말로 그녀를 믿게 되었습니다. 어떤 중심축이 없으면서, 그러나 그녀 본성의 아름다운 조화 때문에 거기에 대한 더욱 나쁜 점을 거의 느끼지 못하면서 말입니다. 그녀는 매력, 세상, 쾌락에 대한 막연한 그리움을 간직하고 있었는데 (저는 그녀에게서 그 점을 더는 찾아볼 수 없는데, 부인께서는 찾아볼 수 있나요?) 그런 것은 아마 그녀에게 가능했을 결혼이라는 평범한 가능성들로는 전적으로 만족할 수 없겠지만, 그러나 독신으로 남는다면 조금은 만족할 수 있을 것이니까요. 더욱이 그녀에겐 자식에 대한 애초의 간절한 희망조차도 거의 남아 있지 않았습니다. 아시다시피 우리 같은 종류의 인생에서 여자들은 그것을 신속하게 그리고 철저히 배제시켜버리는 것(같습니다). 그러니 왜 그녀가 결혼을 했겠습니까?

　그래서 우리는 결혼을 하지 않는다는 것과 관련해서 의견 일치를 보았습니다. 그러나 그것은 이성적 고려가 아니었고, 이러한 괴리는 함께 지내는 일을 가로막았습니다. 그때 저에게는 다만 두 가지 가능성이 있을 뿐이었습니다. 한 가지는 전적으로 진지함을 지니고서 그 사안에 접근하기, 그리고 남녀 사이의 유일한 진지함이란 저에게는 결혼이라는 것으로 여겨지는군요. 또 다른 한 가지는 서로 잔인하게 헤어지는 것입니다. 이 두 번째 가능성은 지극히 어려웠습니다, 그러나 쉘레젠에서 우리는 그것을 해냈습니다. 제 잘못의 결과였음을 인정합니다. 부인께서 보시다시피, 여러 이유들은 당장 더는 관심이 없고요, 저는 생각했지요, 그 일 전체는 쉘레젠에서 있었던 하나의 일화에 불과하고 우리 둘 다 곧 자유로워지며 또 프라하에 돌아갈 것이라고 말입니다. 저는 저 자신을 속이고 있었으며, 아마도 용의주도하게 모든 자학에도 불구하고 거기에 제 발을 절반쯤 걸쳐놓기 위해서 그랬던 것입니다.

사실상 쉘레젠에서 제가 혼자서 머물던 3주간에 우리는 한 번도 서로 편지를 쓰지 않았습니다. 그러나 제가 프라하에 돌아왔을 때 우리는 내몰리듯이 서로들 날아가 버렸습니다. 다른 가능성은 없었으며, 우리 중 어느 편도 마찬가지였습니다. 그러나 사건의 모양새가 제 손에 달렸다는 것을 인정하지 않을 수 없습니다.

그리고 이제 비교적 행복하고 평화로운 시간이 왔습니다. 서로 간에 떨어져 있는 것이 우리 힘 너머에 있었으므로, 우리는 그러한 노력을 포기했던 것입니다. 그녀의 자매이자 친구인 부인께서는 이 모든 일을 기뻐할 명분이 별로 없으셨을 것입니다. 우리는 깊은 숲속에서, 저녁 늦게 길거리에서, 체르노직의 수영장에서 함께 볼 수 있었으며, 그리고 만약에 어떤 때 어느 분이 우리더러 결혼할 것이냐고 물었더라면, 우리는 둘 다 아니오 하고 말했을 것이며, J.는 정직하게 그리고 저는 그렇더라도 절제심을 가지고서 그랬을 것입니다. 저는 이런 생활로는 만족스럽게 쉴 수가 없었으며, 적어도 그때는 그랬습니다. 좋은 일이 있었다면 다만 중도적인 일, 그것조차도 아닌, 뭔가 그와 관련된 나쁜 일이 있었다면 철저하게 나쁜 것이었다는 것입니다. 결혼을 고집한 것은 저, 저 혼자였습니다. 저는 고의로 평화로운 인생을 파괴했으며, 그리고 그것을 후회조차 하지 않습니다. 또는 오히려 제가 야기한 그 골칫거리로 매우 불행하지만, 그러나 제가 어찌 달리 처신했어야 하는지 알지 못합니다. 저는 결혼을 고집해야 했습니다.

그렇게 하게끔 제게 권리를 준 것이 무엇이냐고요? 제가 그러한 나쁜 경험을 (저 자신과 관련된 일도 포함해서요) 이미 했음에도 말입니다. 이번 상황은 과거보다는 훨씬 더 좋은 편이었습니다. 사실상 그 이상 더 좋은 일은 상정될 수가 없었으니까요. 제가 이 진술을 상세하게 정당화하고 싶지는 않습니다. 단지 이렇게 말하렵니다, 곧 우리는 서로가 가까워졌다(그리고 가깝다)는 것입니다, J.자신이 깨닫는 것보다 훨씬 더 가깝다고요. 뿐만 아니라 모든 준비는 매우 신속하게 그리고 단순하게 마련될 수 있으리라 상정할 수 있었습니다. 그런데 제 부친의 반대[17]는 저와 부친과의 불행한 관계에서 비롯한 것일지라도, 제가 원했던 정확함의 강력한 입증으로 제게 작용할 따름이었습니다. 제 견해로는 사랑의 결혼이 될 것이었습니다, 한층 더 높은 의미에서 훌륭한 결혼이었을 것입니다. 인정하는바, J.의 친지들 중에서 저를 성가시게 한 많은 사소한 일들이 있었지만, 그러나 그런 일들은 어디서나 일어나는 것입니다. 그리고 그 밖에도 부인 가족의 태도는 제가 의식하는 한, 어루만지듯 세심하고 사려 깊은 것이었습니다, 물론 제 부친의 매우 좋은 뜻에도 불구하고 어딘지 한층 거칠었던 행동과 비교해서 말입니다.

그럼 무엇이 제 내면의 장애들이었겠습니까? 모든 것들에도 불구하고 사라지지 않고 매복한 채, 말하자면 조심스럽게 발전을 지켜보고 있었지요. 사실상 말씀드리자면 그것들은 저에게는 어딘지 낯선 것들 같습니다, 왜냐하면 제 개인적 힘을 훨씬 능가해서 저는 그저 전적으로 그 자비에 매달려 있으니까요. 무엇보다도 재정적인 문제가 거의 전적으로 배제될 것이며, 저는 그런 문제가 전혀 없었습니다. 그러니 그런 것을 걱정할 수도 있겠지요. 그러나 제가 현실에서 그러한 문제들을 상상할 수 없기에 그것들은 저에게 결정적인 요인일 수가 없답니다, 적어도 현재로선. 이건 다른 무엇입니다. 저에게 재정적인 문제가 전혀 의미가 없어지자, 내부의 장애가 다른 문제들과 함께 뒤섞여서 악마적인 교활함을 분출시키며, 이러한 맥락에서 많건 적건 저를 일깨웁니다. 내적 안정을 위해 끊임없이 싸워야 하는 너, 네 모든 힘을 사용하고 그러고서도 충분하지 않을 거야—넌 이제 네 자신의 가정을 이루려는데, 그건 어쩌면 가장 필수적인 일이자 또 어쨌거나 거기에 가능한 가장 확고하고 가장 대담한 행위가 아닐까? 매 순간 너 자신에 대한 책임도 지탱하기가 어려운 네가 이제 가족에 대한 책임을 덧붙이기를 바라느냐? 과연 어떤 비축된 힘을 끌어내고자 기대하느냐? 너는 또 너에게 생겨날 아이들을 주어지는 만큼 갖기를 원하느냐, 왜냐하면 무엇보다도 현재의 너보다 더 나아지기 위해서 결혼을 하는 것인데, 아이들로 인해 생기는 어떤 제한에 대한 생각은 널 두렵게 할 텐데? 그러나 넌 아이들을 길러줄 땅을 가진 농부도 아니며, 마지막 계단에 내려서서 말하더라도 심지어 사업가도 아니며, 네 내적인 기질에 있어서, 내 말은 그러니까 (아마도 유럽의 전문인 계급에 대한 거부일지) 공직자, 더구나 신경 과민인, 일찍이 문학이라는 모든 위험의 낚싯밥이 되어버린 자, 폐는 약하고, 사무실의 무미건조한 문서에 지쳐버린 처지에 말이다. 이들 전제 조건들에도(비록 결혼이란 기본이라는 것을 한껏 인정한다 하더라도), 네가 결혼을 원하느냐? 그리고 그러한 의도를 가정하면서, 너는 또한 밤에는 잘 자고 낮에는 머리에 불이 난 것처럼 골치가 아픈 채 반미치광이로 뛰지 않기를 바라는 그 깡통 머리를 가졌느냐? 그러고서도 그 믿을 만한, 고분고분한, 믿을 수 없을 만큼 자기 희생적인 처녀를 네가 행복하게 만들기를 바라는 이것이 바로 아침 선물이더냐?

중요한 몇 가지 질문이 있으며, 많은 부수적인 질문들이 여기에 첨가됩니다. 물론 거기에는 이들 질문에 대한 수없이 많은 대답이 있으며, 모든 이들 대답에 수없이 대응하는 반문이 있으며, 그리고 또 등등이 있습니다. 밤이 대낮처럼 훤히 비칠 것입니다. 그러나 최종 결과는 다시 처음 질문들이 눈부시게 조용히 재현됨이며, 똑같은 조용함으로 답변할 수 없는 사태가 될 것입니다.

경애하는 부인, 부인께서 잘라 말씀하실 것인즉, 제가 모든 그 초기의 일을 분명히 알았으며, 따라서 그 일에 관련된 모든 이들이 고뇌에 이르도록 더 밀어붙일 이유가 없었다 하시겠지요. 저는 여기에 대해 몇 가지 답변을 드립니다. 무엇보다도 먼저, 누구도 그러한 것을 결코 모릅니다, 비록 비슷한 경험들을 했다 하더라도 말입니다. 누구든 그 모든 지독한 신기함으로 그것을 다시 겪어야만 한답니다. 둘째, 저로서는 다른 선택이 없었습니다, 왜냐하면 제 본성은 결혼을 향해 고심하고 있었으므로, 현존 상태와 상대적으로 평화로운 행복을 부당하다고 여겼으며, 그리고 결혼에 의한 그다음의 정당성 또는 적어도 결혼에 이르고자 하는 극도로 아낌없는 노력에 의한 정당성으로 그것을 쟁취하리라 생각했습니다. 그것은 심리적인 곤경이었습니다. 셋째, 제가 이미 말씀드렸듯이 그 상황은 과도하게 유리한 방향이었으며, 저로서는 이렇게 원하는 것을 성취하리라는 희망을 가질 권리는 있었던 것입니다, 만일 제가 자기 내부에서 거역하는 힘으로 기만당하지 않는다면 말입니다. 가장 큰 의심이란 놈은 처음엔 슬금슬금 기더니 확고한 결정에 마주쳤을 때는 숨어버립니다. 그러나 그 의심은 불면의 모든 고통으로 모든 것을 교란시키려고 합니다, 비록 오랫동안은 감히 그 자체 형태로 나타나지는 않지만 말입니다.

여기에 입각해서 제가 희망을 다졌던 것입니다. 모든 일은 외적 환경과 그리고 저의 내적 취약점 사이의 경주였습니다. 거기에는 다양한 단계가 있었는데, 첫째 의료 검사의 지체, 왜냐하면 피크 박사의 휴가 때문이었으며—그건 좋지 않았습니다. 다음에는 제 부친의 차라리 간단한 반대였습니다—그것은 좋았습니다, 왜냐하면 그것은 제 정신을 산만하게 하고 그리고 진짜 위험에서 제 생각을 딴 데로 돌려놓았으니까요. 그다음엔 꽤나 괜찮은 아파트가 나왔습니다. 모든 것은 이미 작동하고 있었고,—청첩장이 이미 인쇄 되었고, 그렇게 숨가쁜 일주일만 지나면 저희는 이미 결혼을 했을 것입니다. 그러나 금요일에 드러난 것은, 그 아파트가 우리의 손가락 사이로 빠져나가 버렸음이요, 그러니 저희는 일요일에 결혼을 할 수가 없었습니다. 그렇다고 해서 이것을 불운이었다고 말씀드리려는 것은 아닙니다. 아마도 심지어 더 나쁜 붕괴가 뒤따랐을 것이며, 그리고 신혼 부부를 그 파편 속에 매장시켰을지도 모릅니다. 단지 제가 말씀드리고자 하는 것은, 결혼에 이를 수 있으리라는 제 희망은 정당화될 수 없는 것이 아니라는 것입니다. 그리고 제반 사실에 반해서 판단하자면 저 자신 다만 가련한 인간일 뿐이며, 빈곤한 제 견지에서 행운에 의존하고 있으나 제가 거짓말쟁이는 아니라는 말씀입니다.

그것은 전환점이었습니다. 그 후 대단원은 더 연기될 수가 없었지요. 이번에 제게 주어진 그 유예의 시간은 다 써버렸습니다. 그때까지 멀리서 우르르 울리던 경고가 이제는 제 귀에 밤낮으로 뇌성을 쳤습니다. 제 행동에서 J.는 무슨 일이 벌어지는 것을 추측할 수 있었을 것입니다. 결국 저는 더 지속할 수가 없었으며 그녀에게 말해야 했습니다. 그녀 말고는 그것에 대해 아무에게도 말하지 않았습니다, 단 제 누이만은 예외였지요.

지금 이 순간 다만 두 가지 가능성이 있는 듯합니다.

첫째는 우리가 결별하는 것입니다. 제가 듣기로는, 그것이 가장 바람직한 과정이라고 하셨다고요. 그리고 심지어 J.가 저 자신을 위해 상상할 수 있는 어떠한 미래와도 밀접한 관계에 있다 하더라도, 저는 두 가지 조건하에서만 저희 결별에 동의할 수 있겠습니다. 첫째는 만약에 J.의 결혼에 대한 어느 정도의 합당한 전망이 있다면, 그리고 곧 그녀가 기꺼이 받아들일 수 있는 어떤 좋은 남자가 있고, 아이들을 가지고, 우리 상황에서 보통 사람들에게 가능한 만큼 순수하고 품위 있게 그와 더불어 살아간다면 말입니다. 물론 그와 같은 결혼은 현재 저에게 기대될 수 있는 어떤 것과 비교해서도 뜻밖의 좋은 행운일 것입니다. 그러나 제가 또한 믿는바, 만약에 모든 사람이 J.를 괴롭히는 것을 중지한다면, 그녀는 나에 대한 그녀의 매혹적인 본성과 더불어, 결혼 외부의 정절과 사랑으로, 또는 오늘날 결혼이라고 부르는 것으로 만족하리라는 것입니다. 그와 같은 관계는 그녀에게 사적인 행복의 어떤 커다란 희생을 의미하는 것은 아닙니다. 그래서 저는 우리의 결별에 동의하는 것입니다—이것이 저의 두 번째 조건입니다—오로지 만약에 저의 이 믿음에 잘못이 있다면 말입니다. 만약에 이 두 조건이 충족된다면, 저는 우리의 결별을 밝히는 어떠한 선언도 기꺼이 서명하고,[18]

…… 확인하고 공표할 것이지요, 그 내용이 무엇이 되든 상관없이, 그러니까 그것이 저를 수치스럽게, 우스꽝스럽게, 또는 모멸스럽게 할지라도 말입니다. 그 진술이 어떻든 간에, 그건 그 점에 있어서 옳은 것입니다. 그것은 제가 J.에게, 가장 순수하고 가장 선한 그녀에게 그토록 많은 고통을 야기했으므로, 그와 비교한다면 모든 단순히 사교적인 속죄도 하찮은 일이 되고 말리라는 것이지요. 만약에 이 두 전제가 맞지 않는다면, 그리 생각되는데, 그렇다면 저희를 함께 내버려 두십시오. 저희가 제 모든 약점을 넘어서서 결속되어 있다고 느

끼듯이 말입니다. 2월이면 저는 약간의 희망을 가지고서 약 3개월 정도 뮌헨으로 가게 됩니다.[19] 아마 J.도, 오래전부터 프라하에서 떠나고 싶어 했으므로, 역시 뮌헨에 올 수 있겠지요. 저희는 세계의 또다른 부분을 볼 수 있을 것입니다. 어떤 것들은 약간의 변화를 거치겠지요. 많은 약점들, 많은 초조감들, 적어도 그 형태들, 그 방향들은 변하겠지요.

더 말씀드리지 않겠습니다. 마지막에 제가 너무 많이 그리고 너무 조야하게 지껄였다고 여겨집니다. 좀 참아주십시오, 관대히 보아주시라는 게 아니고, 참아주시고 주의 깊게 봐주십시오. 부인께서 어느 것도 버리지 않으시고, 또한 어느 것도 받아들이시지 않도록.

삼가 정중한 경의와 더불어,

프란츠 카프카 박사 배상

M.E.[20] 앞

토요일 [프라하, 1919/20년 겨울]

친애하는 민체 양, 또는 차라리 '민체'와 '양'은 어울리지 않으니 그냥 친애하는 민체, 당신은 나에게 큰 즐거움을 주었어요, 물론 사진으로지만, 무엇보다도 당신은 내가 생각했던, 믿을 만하며, 말을 지키고, 선한 사람이기 때문이오. 그것이 중요하오. 그리고 그렇기 때문에 나 역시 그 사진에 대해서 진실을 말할 수 있어요. 그것들은 좋은 일의 모사라는 것이 늘 그렇듯이, 감사할 만한 많은 것, 자신의 눈으로는 몰랐던 많은 것을 보여주네요. 당신은 정말 놀라운 배우요, 아니 더 정확한 말로는 배우나 무희의 놀라운 자질을 가졌네요. 그리고 (높은 의미에서) 시선 받기 그리고 시선 견뎌내기에 빼어난 배짱이 있네요. 그것은 내가 미처 생각하지 못했던 것인데 말이오. 그러나 감히 말한다면, 이런 자질을 그 사진사가 평소 아무리 출중한 사람이라 해도 잘 알고서 다루지는 못하는군요. 거기서 좋은 것은 분명 당신 자신이오. 그는 1번 사진에서는 예컨대 슈니츨러의 「아나톨」[21]에 나오는 인물을, 2번에서는 춘희[22]로, 3번에서는 베데킨트[23]의 작품에 나올 법한 인물을, 그리고 마침내 4번에서는 (첫날밤의) 클레오파트라를 만들었군요, 만일 페른안드라[24]가 아니라면요. 그러니 그는 사물들을 뒤섞어놨으며, 사실 모두에서 부분적으로는 뭔가 옳기도 해요, 그러나 전체적으로 내 느낌으로는 한 번도 옳지 못해요. 그것들은 그의 손가락 사이로 빠져나간 거요. 이 말은 당신더러 그런 사진 찍기를 피하라는 뜻은 아니지요. 난 그것이 당신 내부에 어떠한 해를 끼치는 것이 아님을 확신해요. 하지만 당신은 그러한 일에 대해 일단 의구심을 가져야 돼요, 당신 공책의 단과 바움바흐에 대해서,[25] 달콤함, 거짓, 인위성 등에 대해서 의구심을 갖듯이 말이오. 왜냐하면 당신은 본성에서 이 모든 것보다 훌륭하며, 신성한 샘터에 이르는 얼음판 길목 위로 가듯이 그것들을 넘어서 춤을 출 수 있기 때문이지요. 거기서 많은 다른 이들은 어리석게 넘어지거나 달콤하게 비트적거렸을 것이고요. 당신이 홀츠민덴[26]에 가는 것이 매우 좋은 일이라는 데에서 멈추지요. 그것은 일종의 넓은 세계요, 테플리츠의 붉은 배경이 없는 곳이오.

그러나 사진들은 내가 간직해도 되겠지요, 아닌가요, 편지 안에 다른 명령이 없으니까요. 그리고 내게 다시 편지해줘요, 특히 장소를 옮기면요. 좋은 친구를 갖는다는 것은 그렇게 나쁜 일은 아닐 것 같소.

아듀 민체, 그곳 모두에게 진심으로 안부 전해줘요, 그 처녀[27]에게는 더욱 분명하게.

당신의 프란츠

# 1920년

M.E. 앞

[프라하, 1920년 1월/2월]

친애하는 민체,

당신의 이전 편지를 받기는 했는데, 물론 그것을 받아서 기뻤고, 가끔 그 편지며 당신을 생각하고 있었다오—왜 그런지 알 수는 없지만—그런데 오늘까지 답장을 하지 않고 있었네요. 아마 그 편지가 독자적이었고, 전혀 도움이 필요 없었기에, 심지어 답장할 필요조차 없었기 때문이었지요.

오늘은 그것이 달라졌어요. 그토록 불확실하다고요? 그건 좋지 않아요, 하지만 그 불확실성은 예전의 거기 쉘레젠에서처럼 뭔가 유쾌함, 태평, 신뢰감 넘치는 점이 있어요. 누구나 당신에 대해서 불안해하지만, 그러나 당신을 다르게 원하지 않아요. 그것이 내 입장이며, 그런가 하면 그것을 쉽게 생각하고 싶지 않을 친척들은 불안감만을 가지게 되는 거요, 이해할 만한 일이지요. 내가 정확히는 기억하지 못하겠네요, 당신이 나에게 그런 말을 했는지. 그러니까 부친이 (사업 경영과 간병을 제외하곤) 당신에게 만족하고 있었는지, 또는 당신이 부친께 걱정을 끼쳤는지, 당신의 미래를 부친은 어찌 생각하고 계시는지 등등. 그것이 궁금해요. 부친의 분노가 어떻게 폭발했는지 내게 얘기한 적은 있는 것 같아요.

진학 문제 포기는 참 안되었네요, 그리고 이해할 수도 없고요. 당신은 이미 홀츠민덴에서 입학 허가가 나 있었지요, 당신 말대로라면. 뿐만 아니라 홀츠민덴이 유일한 가능성일 수도 없는 거요. 북부 보헤미아만 하더라도 그러한 다른 학교는 여러 개가 있어요. 그리고 이런 의도가 당신에게 진지해 보였는데, 상황에 따라서는 자원자로서 농장에 가려고 하니까요.

이 순간 나는 아무런 가능성을 생각할 수 없지만, 그러나 그러한 가능성은 확실히 있는 것이지요. 만약에 내가 잘못 읽은 것이 아니라면, 당신 자신이 한 곳을 얘기하지 않았나요? 그로스프리젠의 국영 농장[1]이 당신을 받아줄 것이라고!—그곳 역시 수포로 돌아갔나요? 자, 우리 그 문제에 대해 함께 생각해봅시다.

셸레젠에서 그리고 그 후 시간을 어떻게 보냈어요? 롤프와 함께 들판을 거닐었나요? 그것은 매우 좋은 일일 것이오, 하지만 너무 하찮거나 또는 너무 많은 것이오. 누군가 꿈을 좇는 것은 좋아요, 그러나 그것이 대부분 그렇게 되어버리듯이, 꿈에 쫓기는 것은 나쁘지요. 그리고 세상은 크고 넓지만, 당신이 편지에서 썼듯이, 그러나 사람이 그것을 만들 수 있는 것보다 머리카락만큼도 더 큰 것이 아니지요. 당신이 지금 세상을 바라보는 그 무한성 속에는 한 용감한 심장의 진실 곁에 열아홉 살의 환상도 있는 거라오. 자, 이 얘기로 그건 쉽게 시험해볼 수 있어요, 당신에게는 대강 40세라는 나이가 무한한 것처럼 보이지만, 한편 당신 주변 전체가 보여주듯이, 그게 전혀 당신이 꿈꾸는 그런 무한성은 가지고 있지 않지요.

카를스바트에서는 무엇을 하고 있나요? 건강해진 것이오? 내가 알기론 카를스바트에 슈튈 양의 친척이 있다는 것 같고, 그 사람에 대해서 그녀가 좋은 이야기를 많이 했는데, 혹 그녀를 알아요? 난 한 달 후쯤엔 메란에 갈 거요. 메란에 직접 가본 적이 있다 했지요?

진심으로 안부 보내며,

F. 카프카 드림

M. E. 앞

[프라하, 1920년 2월]

친애하는 민체, 아니지, 내가 인생의 무한성에 대한 당신의 믿음을 빼앗으려 한 것은 아니었으며(이러한 무한정은 존재하니까, 다만 일반적인 의미에서는 아니고), 또 빼앗을 수도 없지요. 원칙적으로 그것을 소유한 것은 아니니까, 내 말은 그것을 의식적으로는 소유하지 않았다는 뜻이오. 만약에 내가 그 일에 대해서 무슨 말을 했다면, 그건 당신 자신이, 곧 좀 더 나은 자신을 믿기를 원했던 것이오. 어쨌거나 수양버들 민체도 때로는 아주 예쁠 것이며, 적어도 클레오 파트라 민체보다는―어림잡아서―10배는 더 예쁠 것이오.

당신 편지에 "아름다운 시간들"과 "어리석은"이 그렇게 가까이 함께 있는 것이 기묘해요. 그것들은 같은 것일 수가 없어요, 오히려 정반대의 것이지요. "아름다움"이란 사람이 전보다 더 나은 시간일 것이며, "어리석음"은 더 나쁜 시간이지요. "아름다운 시간"을 침울한 기분으로 얻을 수는 없고, 반대로 "아름다운 시간들"은 모든 잿빛 미래에 빛을 주는 것이라오. "어리석음"에는 어쨌든 우린 수업료를 내는 것이오, 알지 못한다 해도 우린 왼손으로 "어리석음"을 저지르면서 오른손으로는 끊임없이 수업료를 내는 것이지요, 더 할 수 없을 때까지. 어쨌든 "어리석음"은 모든 인간이 저지르는 것이지요, 친애하는 민체, 얼마나 많은, 얼마나 많은 어리석음일는지! 그 짓에 너무도 바쁜 나머지 우린 뭔가 다른 일을 할 시간도 없는 것이오. 그걸로 만족할 이유는 그러나 없어요, 물론 그러지도 않을 것이고요, 그렇지 않다면 당신은 친애하는 민체가 아니지요.

그런데 당신과 동의한 것으로 보이는 그리고 당신도 그와 동의한 것으로 보이는 그 삼촌은 누구요?

그 그로스프리젠 국영 농장이 자원자 기회에 관해서는 왜 아무 말 없지요?

1918년에 유대인 신문에서 보았던 광고를 하나 여기 동봉할게요. 아마 등기로 이 주소에 편지를 써봐요. "임멘호프(헤니 로젠탈), 독일 제국, 데소브, 마르크." 내 생각엔 그곳이 베를린에서 그렇게 멀지 않을 것이오. 개인적으로도 그곳 칭찬 소리를 들었어요.

홀츠민덴 건은 대체 세부적으로 어떻게 끝났나요?

카를스바트에서는 무얼 하고 있어요? 무위라면 가장 큰, 그리고 정복하기 쉬운 "어리석음" 중의 하나지요. 독서는 무슨 책을?

내가 잊어버렸던 그 소망이 무엇이었더라? 그렇지만 내 사진은 아니겠고. 그건 내가 일부러 보내지 않은 것이오. 만약 당신 기억 속에서 내 눈이, 민체, 정말로 맑고 젊고 조용하다면, 거기 그렇게 존속시키세요, 그럼 그 눈은 내게서보다도 거기에서 더 좋게 고양된 것이오. 왜냐하면 이 편에서는 그것이 엄청 흐리고 서른여섯 해 열려 있느라 점점 더 불안하게 되었으니까요. 물론 그것이 사진에는 나타나지 않지만, 그렇다면 더더욱 필요 없는 것이고요. 만일 내 눈이 언젠가 더 아름답게 더 순수하게 된다면, 그때는 당신이 사진을 갖게 될 것이오. 그러나 그때는 다시 그럴 필요가 없을 것이니, 왜냐하면 그땐 그 눈이 순수한 인간의 눈이 지니는 힘으로 카를스바트를 향해 당신의 심장을 곧바로 바라볼 것이니까요, 반면 지금은 다만 피곤스레, 솔직하고 그렇기 때문에 사랑스런 당신의 편지에서 헤매고 있지만요.

진심으로 안부 보내며,

당신의 카프카

쿠르트 볼프 앞

[프라하, 1920년 2월]

존경하는 볼프 씨,

아무것도 제가 잊지는 않았습니다만, 그러나 그때 그러니까 지난 12월에 휴가를 겨우 얻었을 때,[2] 저는 그만 감기에 조금 걸렸습니다. 의사는 전체 상태를 주시했고, 뮌헨에 대해서 알게 되었을 때 심하게 만류했으며, 그 대신 메란이나 그 비슷한 곳을 추천했습니다. 제 건강이 믿음직스럽지 못하다는 것, 바로 그 때문에 자유와 안전 속에서 휴가를 보낼 수 없으리라는 것, 휴가만으로도 제게 유용한 대로 그렇게 보내지 못하리라는 점에 대해서, 저는 그 의사가 옳다고 인정해야 했습니다. 그래서 이제 뮌헨과 또는 그러한 휴가를 가질 수 없기에, 저는 차라리 아무런 휴가도 갖지 않으려 했습니다—그런데 수많은 모험이 이 과도한 무게를 기다리고 있었지요—그리고 머물렀습니다. 귀하께, 쿠르트 볼프 씨, 저도 기꺼이 답장을 쓰지 못했습니다. 허나 이제 긴 설명이 대체 무엇이겠습니까. 조금 전에 심지어 귀하께서 제 우유 값에 관심을 갖도록 시도한 이후에 말입니다(실제로는 저를 그것으로 다만 가능하면 많이 시작부터 바로 계획 속으로 들여보내고자 했던 것입니다.)

이제 그러니까 저는 이 건강을 위한 휴가에 이르지 못했습니다, 오직 그것만을 가지고 싶었는데요—아마 그것은 저에게 이후로나 간직되겠지요—. 그러나 이제 초봄에는 병가가 필요합니다. 제가 이미 바이에른을 겨냥하고 있었으므로, 파르텐키르헨[3] 근교의 카인첸바트 요양원에 광고 전단을 보내달라 했습니다. 그러나 바로 오늘 매우 느리고 거의 역겨운 안내를 하는 그곳 관리자에게 3월 말에야 빈방이 날 것이라는 소식을 받았습니다. 거의 조금 늦어버린 것이지요. 기본적으로 저는 요양원이든 의료상의 치료든 필요하지 않습니다. 오히려 그 반대입니다, 둘 다 차라리 저에게는 해가 되며, 다만 필요한 것은 햇볕과 공기와 시골과 채소뿐이랍니다. 그러나 보헤미아 바깥에서는 이 계절에 그러한 것들은 오로지 요양원에서만 구할 수 있다고 생각합니다. 그러므로 존경하는 볼프 씨, 귀하께서 혹시 그 문제에 대해 어떤 충고의 말씀을 주신다면, 저는 물론 감사하게 받아들이겠습니다. 그렇지 않을 바에야 저는 아마 3월 말에 카인첸바트에 갈 것입니다.

삼가 최선의 안부와 정중한 경의와 더불어,

F. 카프카 올림

## M. E. 앞

[프라하, 1920년 2월]

친애하는 민체, 먼저 당신이 학교에 간다니 난 당신과 더불어 행복해요. 입학의 어려움을 당신은 과장했군요, 나 자신에 대해서도 하는 말입니다. 이 학교에만 들어가면, 그건 아주 특별한 시작이 되는 겁니다. 우선 그 제안이 당신 숙부에게서, 그러니까 가족 사이에서 나왔고, 그리고 그것이 좋은 분위기를 만들어주네요. 둘째로 치글러 박사의 추천은 그 학교 내에서 상당한 의미가 있었을 것이오. 그리고 마지막으로 거기는 유대인 학교이지요, 그러니까 이 순간 조금은 천방지축인 아이를 위해선 (그런데 그 아이란 지칭은 다른 어떤 것보다 더 아첨입니다) 특별히 좋을 것입니다.

그러니까 카를스바트에선 그랬나요? "매우 예쁜 얼굴"과 관련해서는 내가 거의 보지 못했는데요. 청춘은 물론 항상 아름답지요. 사람들은 미래를 꿈꾸며, 다른 사람들에게 꿈을 고무시키고, 또는 차라리 스스로 꿈이 되지요. 그러니 그것이 어찌 아름답지 않을 수 있겠어요! 그러나 그것은 모든 젊은이에게 공통되는 아름다움이며, 그리고 누구도 사적으로 그것을 전용할 권리는 없어요. 그러나 당신은 그 "매우 예쁜 얼굴"이란 말로서 무언가 다른 것을 의미하며, 난 그것을 깨닫지 못했어요. 머리 모양과 뱀 같은 팔 동작은 내 눈에 띄었어요, 하지만 그것은 다만 반쯤 익살스럽고, 반쯤 희극적이고, 그리고 반쯤은 (민체는 그러니까 자연의 법칙 외부에 존재하여 반쪽이 세 개네요) 심지어 안 예뻤지요. 이틀 뒤엔 그게 다 잊혔을걸요. 그러나 그녀가 경멸하며 쓴 "그렇지 않으면"이라는 말은 점차로 뭔가 본질적인 것으로서 뚜렷해지네요.

스스로 젊게 느껴야 할 것이라던 경구가 나를 전혀 움직이게 하지 않아요, 민체. 나는 스스로 늙었다고 느끼는 것을 한탄하는 것은 아니며, 오히려 그 반대 아니 오히려 전혀 한탄이라고는 하지 않아요. 이런 말 알지요, 나이 든 눈은 멀리 본다고. 난 그 멀리 보기의 결여를 말했던 것이오.

난 메란에 갈 수 있을 것 같지가 않아요. 그게 조금 너무 비싸서요. 아마도 바이에른의 알프스에 갈 것 같아요. 나의 머리는 북쪽을, 나의 폐는 남쪽을 더 좋아하네요. 그러나 머리에 너무 나쁘다 싶으면 일반적으로 폐가 자신을 희생시키기 때문에, 그래서 머리 또한 감사의 마음으로 점차 남쪽을 그리는 욕구를 갖게 되는 것이오.

그 사진들 말인데, 민체, 제발 그 일은 그쯤 해두기로 해요. 우리가 어두운 곳에서는 (내 말은, 서로 보지 않으면 말인데) 서로가 더 잘 듣는다는 이유만으로도 그래요. 그리고 우리 서로 잘 들읍시다. 같은 이유로, 만일 이제 우리가 프라하에서 서로 보지 않는다면, 의도적이든 다만 우연히든, 그게 훨씬 더 좋을 것이오, 그게 내 진심이오. 그러나 입학 허가에 대한 소식은 내가 최초의 몇 사람들 중 하나로서 듣게 되겠지요, 안 그런가요. 그건 내게 대단한 영광일 것이오.

진심 어린 안부와 더불어,

카프카 드림


## 쿠르트 볼프 앞

[프라하, 1920년 2월]

존경하는 볼프 씨

카인첸바트에서 기대치 않던 전보가 방금 도착했습니다. 내용인즉, 저를 위해 3월 초 방이 예약되었다던 지난번 전언을 철회하는 것입니다. 이는 저로서는 말괄량이 길들이기로구나 싶어 환영할 일입니다. 그러나 다른 면에서도 그것은 역시 좋은 일인지도 모르겠습니다, 제 형편이 더 지체하는 것을 허용하지 않으며, 아마 날씨가 아직 추운 동안에는 요양원에 있는 것이 저로서는 또한 좋은 일입니다. 아마 더 좋은 장소가 추후 나타날 것입니다. 잠정적으로는 저로 말미암아 더는 수고하지 마시기를 제발 부탁드리며, 그리고 귀하의 모든 친절에 대한 저의 따뜻한 감사는 확실합니다.

삼가 정중한 경의와 더불어,

F. 카프카 배상


## M. E. 앞

[프라하, 1920년 2월]

친애하는 민체, 물론 누구든 그러한 편지를 보낼 수 있지요, 특히 그러한 편지 말이오. 다른 편지, 그러니까 더 좋게 짜 맞춰지고 덜 흐트러진 것들은 종종 의도와는 반대로 중요 사안을 은폐할 수 있어요. 그러나 그런 끊어지고 조각난 편지는 아무것도 은폐하지 않지요. 그렇다면 이제는 실제로 다만 누구든 얼마만큼 많이 보는가, 그 시선의 힘에 달려 있어요. 그런 편지는 친밀해서, 마치 우리가 한집에 있는 듯한, 물론 천 개의 방만큼 떨어져 있으나 그 문들은 한 줄로 모두 열려 있는, 그렇기 때문에 누구든 비록 조금 어렴풋하게나마 마지막 방 안에서 당신을 볼 수 있는 것이지요. 보이는 것은, 민체, 매우 사랑스러운 것도 아니며, 매우 재미있는 것도, 매우 좋은 것도 아니오.

그런데 민체, 당신은 (또는 아마도 그것을 유용한다면 그렇겠지만) 작은 법률학자처럼 다소 예리하고 또 정당하게 독선적이네요. 물론 당신은 학교에서 필수적인 근거를 말뚝 박아 얻어내지는 못하지요, 대신 그것을 자신 안에는 가지고 있어야 합니다. 그러나 당신은 아마도 거기에서는 자기 안에서 그것을 찾게 될 것이니, 그런 건 그럴 법하지요. 왜냐하면 전체적으로 보아서 민체는 외향적으로 보이지만, 내면적으로 누구나 그렇듯이 간과할 수 없으리만치 무한하며, 진정으로 구하는 모든 것이 그곳에서 찾아질 테니까요.

내 앞에 '알렘 원예 학교'[5]에 대한 보고가 그림과 함께 놓여 있어요. 그곳은 아주 굉장할 것이며, 그리고 다음 내 생일에 이제 19세가 되어 알렘에 간다면 그것 말고 더 좋은 어떤 것도 바랄 게 없겠어요— 왜냐하면 그것은 당신의 시몬 학교이기 때문이오. 여자 정원술 학교는 전쟁 말기에 설립되었어요, 그전에는 단지 남자 원예 학교가 있었을 뿐이며, 여자는 가정 교과목 학교가 있었고요. 또한 그것은 당신이 입학되리라는 희망을 더 크게 해줍니다. 곧 그리되기를!

당신의 카프카

## 막스 브로트 앞

[프라하, 1920년 3월경]

친애하는 막스, 어제 그 소설에, 또 그것이 나온 사고의 엄정함에 사로잡혀 있었네. 나아가서 쾰른의 오틀라 일[6]에 관해 내가 그것을 어찌 평가하는지 말하는 것을 그만 잊었네. 그것은 내게 매우 중요하네, 슬로바키아나 파리에 대한 것보다 더. 그리고 만약에 그것이 성사되면 나는 훨씬 더 만족스럽게 떠날 걸세. 그 실현을 위해 자네가 도울 수 있을는지, 한다면 무엇을 할 수 있을는지는 모르겠어. 어쨌든 자네에게 말하고 싶었네. 아마 뢰비 양[7]에게 좋은 말 한마디면 충분할는지, 그런 종류의 것이네. 나는 민족 기금에 천 크로네를 말없이 약속하네. 그건 아마도 진짜 운명의 매수는 아닐 게야, 왜냐하면 반대 급부로 내가 요구하는 모든 것은 오틀라의 노동과 수고 가능성을 의미하니까. 그 일 자체보다도 난 정말 기쁜 것이, 그 일이 오틀라에게 강한 매력을 지녔다는 점이야. 그러니 그게 가능해야 할 텐데—

프란츠

## 펠릭스 벨취 앞

[1920년 봄]

친애하는 펠릭스, 자네 인내에 감사하네. 그러나 지난주 나는 각별히 망연했으며, 또한 그것[8]을 정확히 하려고 했네, 그러니까 두 번 읽은 것이야. 그래서 많은 시간이 지났네.

나로서 의심의 여지가 없는 사소한 것들은 곧바로 교정쇄에다 바로 잡아놓았네. 물론 이 정정은 자네가 검사해야 하니. 다른 한편 인쇄 오류는 어떤 것도 그냥 지나쳐버렸다고 생각하지 않네. 그 밖의 사소한 의문점들과 제안들을 동봉한 종이에 몇 자 적어놓았네. 교정쇄에 표시해둔 관련된 곳을 찾을 수 있을 걸세.

그러나 이 모든 것은 사소한 것이네. 더 큰 질문을 가지고 나서지는 차마 못하네. 자네에 대해서도 이 저작에 대해서도. 교화의 저술[9]로서—그리고 그것은 내가 생각했던 그 이상의 것이네—그것은 내게 굉장한 것을 뜻하며, 앞으로도 더 많은 것을 의미할 것이네.

새 교정지 나오면, 날 잊지 말게나.

자네의 프란츠

[약 40개의 교정 제안과 질문 목록이 이어짐.]


**M. E. 앞**

[프라하, 1920년 3월][10]

친애하는 민체,

여기 병석에 누워 있소, 더는 떨쳐버릴 수 없는, 묵은 습관에서 연유한 미열이 있어요. 그러자 당신이 나타나서 알리기를 알렘에 입학하지 못했다고 하네요. 그들은 당신을 위한 조그마한 장소를 발견할 수 있었을 터인데, 분명히 그들이 모르는가 봐요, 당신이 그렇게 작게 구를 수 있음을. 그동안에 또 다른 유대계 학교에 관해서 들었는데, 쾰른 근교의 오플라덴이라고요. 그런데 그곳도 모두 차버려서, 다만 4월에 시작하는 다음 해에나 불분명한 채로 전망이 있다나 봅니다. 아마도 이것에 대해 좀 더 결정적인 정보를 얻어보겠어요. 그리고 임멘호프는—아니면 조금 다른 이름이던가?—아예 아무런 답이 없다고요? 그리고 이제 그로스프리젠에서 실습하고—그로스프리젠에 대해서는 고집스레 침묵을 지키는군요—내년에 알렘에 가는 것은 실행하기 어려운 것인가요? 왜 그런가요? 그사이에 부인용 모자에 채소를 심는다는 것은 볼품없는 대안이며 결코 즐거운 것이 아니오,

*1920년* 5II

왜냐하면 그것은 테플리츠에서 일어나기 때문이오. 나는 가본 적도 없는 테플리츠는 견딜 수가 없어요. 그곳은 당신 고향이고, 그리고 어쨌든 불안정한 사람에게만은 고향은, 그 점에 대해서 흔연히 착각할지라도 뭔가 비고향적이며, 추억의, 슬픔의, 사소함의, 수치의, 유혹의, 권력 남용의 장소인 거요.

고향 땅은 사고의 협소함을 동반하는 것이라서, 당신은 사람들과 자기 자신을 또는 차라리 다른 처녀들과 자신을 그러한 대립에서 보게 된다오. 대립들은 생기게 마련이지요, 왜냐하면 바로 세상이라는 것이 그 혼돈과 관련하여 당신의 뇌와 비슷한데, 그러나 당신이 그리하듯이—여기엔 다른 여자들, 저기엔 나 하는 식으로—그렇게 단순하게 그 단절이 느껴지는 것은 아니라오. 나쁜 테플리츠로군요.

내가 병이 나서 편지가 지연되었어요. 그런데 사실 그게 진짜 병은 아니지만, 하지만 분명히 건강함은 아니고, 그게 잠복한 것처럼 보이는 그 자리에 원인을 둔 그런 병이 아니라서 의사들이 다른 때보다 더 어쩔 줄 몰라하는 그런 종류의 병이라는군요. 그래요, 틀림없이 폐는 폐지요, 그러나 다시 또 폐가 아니라는군요. 아마 나는 그래도 메란에 가게 될지, 아니면 또한 달나라에 가게 될지. 그곳이라면 도대체 공기라곤 없으니 폐가 최선의 휴식을 취할 수 있을 게 아니오.

그 사진들은 날 매우 기쁘게 했어요. 무엇보다도 그게 대단한 믿음의 표시라서요. 당신이 내게 뭔가 그토록 귀중한 것을, 어쩌면 당신 부친의 사진이 당신에게 그러하듯, 그런 것을 내게 빌려준다는 믿음 말이오. 물론 복사 과정에서 많은 것이 상실되었겠지요, 그러니까 간접적인 사진이지요. 하지만 여전히 나는 많은 것을 알아본다고 생각해요, 예컨대 훌륭한 이마, 섬세한 관자놀이, 힘, 수고로운 인생 같은 것들 말이오. 독특한 것은 부자연스런 두 손의 자세라오.

어린애는 찬란해요. 북극해의 빙원에 있는 한 바다표범의 동물적인 매력을 지닌 몸, 그 인간적인, 아니 차라리 소녀적이랄까, 그런 매력을 지닌 얼굴, 눈매의 표현, 입술의 충만함. 그건 대단한 위안일 것이오, 특히 그 애가 자신의 아이일 때, 조카는 정말 숙모의 아이나 다름없지요. 그러나 테플리츠에서는 가장 아름다운 손이라 하여도 당신은 손을 잡게 해서는 안 됩니다.

당신의 카프카

## M. E. 앞

[프라하, 1920년 3월]

가엾은 민체, 가엾은 친애하는 민체, 난 누구도 나무라려는 것이 아니오. 누군들 부러 그런 일을 했겠어요. 그러나 사람들이 당신을 사실상 너무도 집에 꼭 잡아두고 싶어 하는데, 당신은 겉보기에 바로 이런 사람들, 여행을 원하지 않는 그 사람들에게 여행 준비를 맡겨두고 있으니, 사람이 할 수 있는 모든 일을 다 한 것은 아니오. 그리고 학교는 왜 여행 허가증을 발급해줄 수 없다는 거요?" 그리고 만일 학교가 그 입국 허가증을 발급해줄 수 없다면서(그런데 학교는 당신이 한번 그곳에 가면 거기에 머무를 수 있길 바란다는 것인지), 그렇다면 왜 적어도 당신에게 편지를 써줄 수 없는 거요, 그럼 당신이 영사관에다 그 편지를 제시하고서 면접이나 시험 목적으로 2,3일간 머물기 원한다고 하면, 그럼 2,3일간의 체류 비자를 받을 것인데, 입국 허가증 없이도 틀림없이. 그리고 만일 등교일을 며칠 놓치더라도 그건 별 문제가 되지 않을 거고요. 그냥 포기만은 하고 싶지 않아요, 그러니까 내 처지라면 포기해버리든지, 아니 이미 오래전에 포기해버렸을지도 모르지만, 사방에서 밀어붙이는 대단한 늙은 친척들의 그와 같은 심각한 공격에 난 대항할 수가 없을 것이오. 하지만 당신은 토끼가 아니잖아요, 민체.

다른 것은 물론―민체, 잘 봐요―이 고통은 나 역시 알고, 누구나 다 알고 있으며, 그걸 전화위복으로 삼는 사람은 극소수이지요. 하지만 아마도 나는 그걸 다른 사람들과 비교해 아주 다른 종류로 잘 모르는 것이며, 당신은 그걸 다시금 다른 사람들보다 훨씬 더 많이 알지요. 그리고 나는 그 점에서 당신과 비교하려고 하지 않고, 당신의 고통을 여느 낯선 고통처럼 깊게 존경하고 있어요. 그러나 당신은 어쩜 뭔가를 오해하고 있어요. 누구나 자기 속에 나름의 밤들을 파괴하는 악마를 지니고 있지요. 그건 좋다 나쁘다가 아니라 그것이 바로 삶이라오. 그걸 지니지 않았다면 사람이 사는 것이 아니겠지요. 당신이 자신의 내면에서 저주하는 것이 있다면 그것은 그러니까 당신의 삶이오. 이 악마는 당신에게 부여된 그리고 그로부터 당신이 이제 무언가를 만들어야 할 질료(근본적으로 참 신기한 질료)라오. 당신이 시골에서 일을 했다면, 그건 내가 알기로는 도피가 아니었고, 당신은 자신의 악마를 내몰았던 것이오. 마치 지금까지는 테플리츠의 골목에서만 양육된 짐승을 이제 다시 한번 더 나은 초원으로 내모는 것처럼. 프라하의 카를 다리 위에 한 성인의 동상[12]이 있는데, 이 동상에는 당신의 이야기를 보여주는 양각이 새겨져 있어요. 그 성인은 그곳에서 쟁기로 밭을 가는데, 쟁기에다 악마를 매달고 있지요. 악마는 여전히 화가 충천해서(그러니까 전환기지요, 그 악마 또한 만족하지 않는다면 그건 완전한 승리가 아니니까요), 이빨을 갈며, 악의에 찬 곁눈질로 주인을 뒤돌아보며, 꼬리가 긴장으로 경련을 일으키는데, 그러나 그는 멍에 밑으로 간 것이오. 이제 당신은 정말이지, 민체, 성자가 아니며, 그래야 할 것도, 그럴 필요도 없고요, 또한 당신의 악마들 전부를 쟁기에 매어야 한다면 유감이요 슬픈 일이겠으나, 그들 중의 대부분이라면 그게 좋겠지요. 당신이 그와 관련해 한 일은 매우 좋은 행위일 것이오. 내가 그렇게 생각한다고만 해서 이런 말을 하는 것은 아니고,—당신 스스로 내면에서 그것을 위해 애를 쓰고 있어요.

당신은 편지에—만약 그 두 구혼자가 "그렇게 호감 가지 않는 정도만 아니라면"—"안정과 가정"을 갖기 위해서 결혼할 수도 있다고 쓰고 있는데, 그러면서 자신을 모친과 비교하는군요. 그러나 이것은 하나의 모순이오, 왜냐하면 당신 모친이 "안정과 가정"을 가졌던가요? 아마 "안정과 가정"이란 간단히 권태에서 선물로 찾아오는 것일 수는 없으며, 얻어져야 하는 것, 당신이 이렇게 말할 수 있는 것, 곧 이것은 내 작품이라고 말할 수 있는 것이라야 하오. 만일 당신의 악마들이 방 안 따뜻한 구석마다 앉아, 한 놈도 빠지지 않고, 모두가 당신이 점점 허약해지는 꼭 그만큼 점점 더 강해진다면, 그것이 대체 어떤 "가정"이겠소.

그러나 나는 이 뒷말을 무조건 고집하지는 않겠소. 아마 그 두 구혼자는 단지 당신이 도대체 어떤 고집에서인지 결혼을 피하려 들기 때문에 호감이 가지 않는 것인지도 모르오. 그리고 내가 생각해보건대 당신은 적어도 한 가지 점에서는 확실히 다른 면이 있어요. 당신 자신의 아이를 갖는다는 것은 당신을 위해서 하나의 결정적인, 아마도 구원의 의미를 지닌다는 것이오. 그렇게 생각하지 않아요? 뿐만 아니라 당신 편지를 대하니 나를 위로하는 것이 하나 있소. 당신은 분명히—그걸 부인하지 말아요, 민체—그 발코니에서 그때 당신이 웃었던 식으로 여전히 웃을 수 있다는 것이오(비록 그 발코니에서는 그 웃음이 그렇게 밝게 울리지는 않았지만).

당신의 카프카

[프라하, 1920년 봄]

친애하는 펠릭스, 내가 다시 한번 늦어지는군. 하지만 이번에는 이것을 집에 놔두고 있었네. 그것을 얼마 전에 마무리지었지만, 오틀라가 조금 아프고, 나는 따로 심부름꾼이 없다네.

이 부분은 매우 학문적이었네. 많은 대목에서 그 어떤 친숙한 것도 나를 이끄는 자네의 손길만 한 것이 없었네. 하지만 나는 거의 모든 곳을 거쳐서 나 나름의 길을 개척했네.

그런데 이 장의 정수를 발견했다고 생각하는데, 아니면 나에게 정수라 함은 앞서 장들에서와 마찬가지의 것인지도. 다만 그 논리적 교차가 이 장에서는 새로우며, 그 버팀목들, 그리고 그 마지막 무릎 꿇기(교리와 종교 간의 구분), 그것은 눈에 띄게 무사무욕한 책 전체와 마찬가지로 전적으로 무사무욕하네.

진심 어린 안부를 보내며,

프란츠

쿠르트 볼프 앞

[프라하, 1920년 3월 말]

친애하는 쿠르트 볼프 씨,

바이에른은 불통이군요. 저에게 방은 마련되었는데, 그러나 그들은 바이에른 교구의 입국 허가증 없이는 요양원 장기 체재 목적의 비자 발급을 허락하지 않으려 합니다. 제가 카인첸바트에 전보를 했으니, 아마 발급해주겠지 하고서요. 그런데 허가증 대신에 그들은 이번 달 15일 이후에는 외국인들에게 금지 조처가 내려졌으니, 당국에 신청하라는 전보를 보내왔습니다. 제 생각으로는 그들은 저더러 문서로 신청했다가 한 달 뒤에 기각 결정이나 통보 받으라는 식입니다. 그것은 저에게 너무 지나친 일입니다. 저는 제 모든 돈을 긁어모아서 메란에 가려고 합니다. 정말이지 저에게 그것은 그렇게 즐거운 일이 아닙니다, 왜냐하면 비록 그것이 제 폐에는 더 좋을지 모르나 제 머리는 바이에른으로 향하고, 그리고 머리가 폐병을 지휘하고 있으니, 바이에른이 어쨌든 더 옳았을 것입니다.

진심 어린 안부와 더불어,

F. 카프카 배상

귀하는 뷔르템베르크의 쇤베르크 요양원을 추천하고 계시는데, 하지만 그것은 완전한 주소로 보기 어렵습니다.


M.E. 앞

[프라하, 1920년 4월 초]

친애하는 민체,

사진은 찬란하오, 500명 클레오파트라에 버금갈 만하네요, 그리고 나에게 커다란 즐거움을 주오. 생각에 잠긴 (그런데 조금은 서로 다른) 눈매, 생각에 젖은 입, 생각에 잠긴 볼, 모든 것이 생각에 잠겨 있고, 하긴 이 묘한 세상에는 생각에 잠길 일이 그렇게도 많긴 해요. 내가 어렸을 적에 우리 집에 셰익스피어에 나오는 여인들 그림앨범이 있었어요. 그 여인들 가운데 하나, 내가 생각하기에 그것은 포샤[14]였으며, 내가 각별히 좋아하는 사람이었소. 그 사진이 오랫동안 잊고 있던 것을 생각나게 했는데, 그녀 역시 짧은 머리였다오. 내일 나는 메란으로 떠납니다. 혼자서 가는 것은 당신 의견과는 달리 (그것은 사실상 의견이라기보다는 좋은 마음씨의 표현에 불과하지만요) 그중 최고의 것이라오. 하긴 이 일에서는 최선의 것이라 해도 좋은 것하고는 한참

먼 것이라오.

메란에 가서 내 편지 쓰리다. 그 사진 말고 편지에서 제일 좋은 것은 당신이 알렘을 아직 포기하지 않았다는 소식이오. 아마도 그 사진에 있는 당신의 얼굴 표정은 테플리츠의 눈이 보헤미아–작센[15]의 스위스로 향하고 있다는 것으로 설명되나 봅니다. 왜냐하면 이 작은 사진은 여행증명을 위한 것이었다 싶으니까요.

모든 좋은 소망을.

카프카

막스 브로트와 펠릭스 벨취 앞
[메란, 1920년 4월 10일][16]

친애하는 막스, 이 첫날 저녁 나의 새 방인데,[17] 썩 좋게 여겨지네. 방 구하는 일, 결정, 그 무엇보다도 옛 방과 작별하는 고통(그것은 내 발밑 유일한 땅이라 여겨지나, 돈 몇 푼 때문에 또는 그 밖의 더 안정된 조건에서야 다시금 가치가 생기는 그런 하찮은 것들 때문에 버리게 되지), 이 모든 고통을 새 방이라고 해서 물론 보상해주지도 않으며 또 그럴 필요도 없네. 그것들은 이미 과거이며, 다만 그 근원은 존속하네, 모든 여기 초목보다도 더 열대성으로 내몰며.

나는 발코니에서 편지를 쓰는 중이네. 지금 저녁 7시 반(서머 타임으로), 아직은 조금 쌀쌀한 날씨. 발코니는 정원 속으로 가라앉네, 거의 너무 낮은 편. 나는 더 높은 것이었으면 하지(하긴 만일 수천 개의 발코니가 있으며 그보다 적지 않다면 그런 높은 발코니를 발견하겠지), 그러나 이것이 아무 실제적인 불이익이 없는, 즉 해가 저녁 6시까지 나를 강렬히 비춰주고, 주변의 초록은 사랑스럽고 그리고 새들과 도마뱀들이 나에게 가까이 오기 때문이네.

지금까지 나는 최고의 호텔들 중 하나에 묵었네, 아니 어쩌면 아예 최고의 호텔에. 왜냐하면 같은 범주의 다른 집들은 문을 닫아버렸거든. 손님들은 어떤 저명 인사급의 이탈리아인들과 그리고 약간의 불청객들, 나머지는 대부분 유대인들로서, 그들 중 몇몇은 세례를 받은 사람들이고(그러나 그런 무시무시한 유대적 기운은 어떤 세례 받은 유대인 내부에서 터질 듯이 살아 있다가, 다만 기독교도 어머니의 기독교도 자녀들에게서 조정되는 것이야). 예컨대 어떤 터키계 유대인 융단업자가 있는데, 나는 그와 더불어 몇 마디 히브리어로 말을 나누었네. 용모, 침착성, 평화로움에서 그야말로 터키인이며, 콘스탄티노플의 대 랍비의 절친한 친구인데, 그는 그 랍비를 이상하게도 시온주의자로 여기고 있었네.—그리고 거기에 또 프라하의 유대인이 있었는데, 그는 분할될 때까지도[18](비밀이네만) 독일협회 회원이자 동시에 메슈탄스까 베쎄다 회원이었지,[19] 그리고 지금은 고위층의 비호 하에 그 카지노에서 탈퇴를 얻어냈으며 [읽을 수 없을 지경으로 무엇인가 지워져 있음] 그리고 그 아들을 신속하게 체코 실업학교[20]에 전학시켰네. "이제 그는 독일어나 체코어 어느 쪽도 할 수 없을 것이다. 그러니 멍멍 짖게 될 것이다." 물론 그는 '그의 종파에 따라' 표를 던졌네. 그러나 그 모든 것도 그를 전혀 특징지울 수가 없으며, 그의 생명의 신경을 멀리에선 만질 수가 없네, 그저 선량한, 활기찬, 재치 있는, 감격할 줄 아는 노신사지.

내 현재 숙소의 동아리는 (내가 우연히 발견한 것인데, 그건 오랫동안 운 없이 찾아다니다가 대문의 초인종을 우연히 눌러본 것으로, 이제야 알았는데 좀 전에 주어진 경고를 주의하지 않았지. 한 지나치게 흥분한 교회 다니는 여자가, 그때가 부활절 월요일이었는데, "루터는 악마요!"하고 길거리에서 내게 소리쳤을 때 말이야.) 그러니까 그 동아리는 전원 독일인이자 기독교인이네. 눈에 띄는 것은 몇 사람 노부인들이네, 그리고 퇴역 또는 현역 장군, 하긴 그게 그거지만, 또 한 사람 대령으로, 둘 다 현명하고, 유쾌한 사람들이네. 나는 일반 식당 내에 마련된 별도의 작은 식탁에서 대접받기를 요구했는데, 왜냐하면 다른 사람들도 그런 식으로 대접받는 것을 보았기 때문이었네. 더욱이 그 편이 내 채식이 덜 주목을 받을 것이며, 무엇보다 더 잘 씹을 수가 있으며 그리고 대체로 그것이 더 안전하니까. 그러나 그것은 또한 오히려 웃기는 일이 되었는데, 특히 나만이 혼자서 앉는 유일한 사람이라는 것으로 밝혀졌을 때 말일세. 그 후에 그 일을 안주인에게 말했더니, 그러나 그녀가 나를 안심시키기를, 자신도 그 "꼭꼭 씹기"[21]를 알고 있다고, 나는 체중이 늘기를 바랐네. 그러나 오늘 식당에 들어섰을 때 (장군은 아직 거기에 없었는데) 대령이 어찌나 정중하게 나를 공동 식탁으로 초대하던지 응할 수밖에 없었네. 그래서 일은 그렇게 제 갈 길을 갔네. 처음 몇 마디가 오간 다음에 내가 프라하에서 온 것이 드러났지. 그들 두 사람, 장군과 (그 맞은편에 내가 앉아 있었지) 대령은 프라하에 대해 알고 있었네. 체코인이냐고? 아닐세. 자 이제 자네가 정말 누구인지 이 충직한 독일 군인 눈에다 설명을 해보시게. 누군가가 "독일-보헤미아인"이라 했고, 또 다른 사람은 "작은 동네"[22]라 했다. 그러다가 그 주제는 사라지고 사람들은 식사를 계속하는 것이지. 그러나 오스트리아 군대에서 언어학적으로 훈련을 받아 예리한 청력을 가진 장군은 만족하지 않았네. 우리가 식사를 마친 뒤, 그는 다시 한번 내 독일어 발음에 대해 의심하기 시작하는 거야, 아마도 귀보다는 눈을 더 의심하는 듯했지. 그래 나는 그것을 내 유대인 출신으로 설명하려고 시도할 수밖에. 이제 학문적으로 그는 만족했는데, 하지만 인간적 느낌으로는 아니었네. 바로 그 순간에 아마도 순전히 우연히, 그러니까 다른 모든 사람들이 우리 대화를 들을 수는 없었을 테니까, 그러나 아마도 그 어떤 연관에서였는지 일행 전체가 자리를 떠나려고 일어서는 거야(어제는 어쨌든 그들이 오랫동안 서로 어울렸는데 말이네. 내 방문이 식당과 붙어 있어서 그것을 들었지). 장군 역시 매우 안절부절하고, 긴 보폭으로 서둘러 나가기 전에 그래도 그 예의로써 일종의 마무리 격인 짧은 대화를 하긴 했지만. 인간적으로 그게 나를 만족시킬 수는 없지, 왜 내가 그들을 괴롭혀야 되는가 말이야? 그렇지 않음 뭐 다른 좋은 해결책이 있나, 내가 다시 혼자서 우스꽝스럽게 앉아 있지 않아도 다시 외로이 있을 것인데. 그들이 나를 위해 그 어떤 조처를 생각해내지 못한다면 말일세. 어쨌거나 이제 우유를 마시고 잠자리에 들겠네. 잘 있게.

자네의 카프카

친애하는 펠릭스, 나의 조그마한 소식이 자네에게도 해당되네. 햇빛과 관련해서, 나는 결코 그렇게 믿지 않았다네. 기본적으로 믿지를 않았던 거야, 여기가 날마다 맑은 햇빛이 비치리라고는. 사실 그게 사실이 아니네. 지금까지, 오늘이 목요일 저녁인데, 겨우 하루하고 반나절 그런 날이었지. 그리고 심지어 그런 날조차 어쨌든 극히 기분 좋은 쌀쌀함을 동반했어. 그 밖에는 비에다 늘상 추웠다네. 누군들 프라하와 그렇게 가까운 곳에서 다른 것을 기대할 수 있겠는가? 오로지 식물만이 자네를 속이지. 왜냐하면 이런 날씨에, 프라하에서라면 웅덩이가 얼어붙어 버릴 때, 여기 내 발코니 앞에서는 꽃망울들이 서서히 피어나고 있다네.
모든 최고의 소망을! 부인들과 오스카에게도 안부 전해주게.

자네의 프란츠

『자기 방어』 한 권 내게 보내줄 수 있겠는가?(자네의 「기적」 비평이 실린 호를 이미 읽었네.)[23]

**M. E. 앞**

[엽서. 메란, 1920년 4월]

따뜻한 남쪽 나라에서 진심 어린 안부를 보내오 (난로에 불을 지피면 물론 따뜻해요, 난 거의 거기에 기대고 있지만) 그럼에도 사랑스러운 곳, 왜냐하면 프라하에서 적어도 두 발짝 (머리는 발과는 달리 측정을 하오) 떨어져 있기 때문이오. 알렘 소식이 있을 경우를 대비해서 내 주소: 쥐트 티롤, 메란–운터마이스, 오토부르크 여관.

진심으로 당신의 카프카

**막스 브로트 앞**

[메란, 1920년 4월 말]

나의 친애하는 막스,

자네에게 아무런 소식도 듣지 못하고 있네, 벌써 오랫동안. 비록 내 잘못이지만, 왜냐하면 내가 그 첫 편지에다, 그런데 그것이 어딘가로 사라져버렸을 것 같은데, 두 번째 편지를 이어서 보냈을 수도 있을 테니까 말이네. 아니면 그걸 쉬이 할 수 없었던가, 왜냐하면 나는 여기에서 아주 편안하게 지내며, 체중을 불리면서, 비록 낮과 밤의 통상적인 불안–악마들에 시달리지만, 하지만 바로 그래서 내 삶에 관한 가장 면밀한 보고는 오직 쓰지 않음으로써만 전달될 수 있다 그런 식이니까. 그런 동안 자네는 아마도, 이것은 그 반대가 전혀 아닐 것이, 업무에 짓눌려 편지 쓸 선택의 여지가 거의 없었겠지. 그러나 자네 얼굴이 그렇게 좋다면서, 모친이 그리 쓰셨네, 그로 인해 여러 가지 불편한 생각들이 내 마음에서 지워지는군, 그 선거 운동과 관련한 과로와 과도한 실망 그런 것들 말일세.[24]

그 밖에도 나는 자네에 대해서 조금 더 들은 바가 있네. 내 담당 의사인 요쳅 콘 박사(프라하 시온주의자)가 여기 오는 여행 도중 자네가 뮌헨 역에서 내리는 것을 보았다 하더군. 그건 물론 그 선거철에 비추어 매우 놀라운 것이었네. 그분이 나중에 뮌헨 극장에서 있었던 그 작은 소동[25]에 관한 소식을 전해줄 때까지 말일세. 오로스민[26]이 이미 모든 것을 들어야만 했다니!

어제는 야노비츠[27]에게 등기로 온 편지를 받았네. 만약에 내가 동봉한 답장이 절반이라도 합당하다고 생각하면, 그걸 부치게나. 그렇지 않으면 내가 자네 소망에 따라서 물론 다시 고쳐 쓰려네. 그러나 전체로 봐서는 인내의 게임으로 변질되고 있어. 그러다가 그든 우리든 제기랄 욕을 하기 시작하면서 어떤 해결이 나겠지. 그러나 우리가 무례해질 것은 없겠지, 그렇다면 그냥 만족하는 편이 더 낫겠네.

펠릭스와 오스카 그리고 부인들께, 각별히 엘자 부인께 나의 진심 어린 안부를 전해주게.

자네의 프란츠


## 펠릭스 벨취 앞

[메란, 1920년 4월/5월]

친애하는 펠릭스, 엽서와 『자기 방어』 고맙네. 『자기 방어』들은 사실 자네에게 오는 전갈인 양 기다렸네. 특히 자네가 나에게 직접 편지를 쓸 것이라고는 전혀 고려를 안 했네. 왜냐하면 자네가 이룩한 그 업적과 무엇보다도 그 일을 향한 또한 그 일에서의 용기가 나에겐 정말 놀라운 것이니까. 그리고 우월성, 안정감, 자네에 대한 성실성이 말이야. 자네는 그 모든 것을 수행하네. 자네가 엽서에 언급한 개인적 고충에 대해서는—난 그것을 행간에서 찾아보았네만—눈곱만치도 느껴지질 않더구만. 그렇게 잡지를 발행해 나가는 것, 그건 이미 살아생전에 변용으로서 보게 된다는 말일세. 더구나 자네의 정치적 식견은 나로서는 판단하기 거의 어려운 그 무엇이네.

근래 이 지방 빵집 홀츠게탄에서 『자기 방어』 몇 권이 탁자에 놓인 것을 보았네. 한 젊은이가 임자에게서 빌려갔는데, 주로 신문들에 관해서 언급되었는데, 나로서는 거기에 낄 기회를 찾지 못했네. 어쨌거나 매우 놀랐고, 곧 『자기 방어』의 확산에 대한 흥미로운 관찰 결과를 자네에게 편지하려고 했네. 유감스럽게도 그것을 잊고 있었는데, 오늘은 그게 너무 늦은 일이 되었네. 왜냐하면 이제서 알았지만 그게 바로 내 잡지들이었다는구먼. 내가 프라하 시온주의자인 내 담당 의사에게 빌려주었는데(그전에는 이미 한 프라하 노부인에게 빌려주었고), 그가 그것을 빵집에 놓아두었다는 것이야, 그러고는 다시 찾지 못했다는 것이지.

근래 나는 또 가톨릭계 지방 신문 한 부를 자네에게 보내려고 했는데, 거기에 시오니즘에 관한 사설이 있었어. 그런데 그것이 그때는 너무도 지겹게 느껴졌네. 그것은 빈에서 발행된 비히틀의 시오니즘과 프리메이슨에 대한 책을 언급하고 있었지.[28] 여기에 따르면 시오니즘은 프리메이슨단이 창조한 것으로, 볼셰비키즘에서 이미 부분적으로 시작되었고, 모든 기성 제도를 파괴하고 유대인의 세계 지배를 구축한다는 것이네. 이 모든 것은 제1차 바젤회의[29]에서 결정되었으며, 그리고 그것은 그 조직의 외부 승인을 획득하기 위해서 겉으로는 다양한 우스꽝스러운 사안들을 다루었지만, 그러나 내심으로는 다만 세계 지배를 성취하기 위한 수단만을 논의했던 것이라네. 다행히 이 비밀기록이 사본으로 유출되었고, 그 위대한 러시아학자 닐루스에 의해서 공표되었다 하네.[30] (그것에 관해서는 묘하게도 사설에서 다시 한번 분명하게 주장되는데, "그는 실제로 살았고 그리고 위대한 러시아학자였다"는 것이네). 거기에는 자기 자신들을 "시온의 장로들"이라 칭하는 그 회의 참석자들 기록에서 인용된 대목들도 있는데, 그것들은 그 사설만큼이나 똑같이 어리석고 끔찍하네.

란게르[31]에게서 온 소식은 나를 매우 기쁘게 했네, 그에게 부디 감사의 말 전하게나. 이 기쁨이 대체로 어린애답다는 것을 알지만, 그러나 나는 그것을 수치심 없이 받아들이네. 어린애는 분명히 만족을 모르나, 현기증을 느낄 때까지 몇 년이고 사다리를 오른다네. 내가 잠자는 데 애를 먹지 않는다면, 잘 지낸다는 걸세. 그러나 나는 자주 극심한 불면일세. 아마 산 공기 탓이겠지, 아마 다른 것일 수도 있고. 사실 나는 산중에서나 바닷가에서 살기를 그렇게 원하지 않는다네, 그건 모두 나로서는 너무 영웅적이라네. 하지만 이말은 모두 농담이고, 불면증은 심각하다네. 그럼에도 여기에서 수 주 동안 더 머물 것이며, 또는 봐서 보첸[32] 근교로 옮길까 하네.

막스와 오스카와 부인들께, 또한 자네 양친과 아우에게도 진심 어린 안부를 전하네. 곧 중대한 시간이 다가오지 않는가? 그 용감한 부인께 모든 좋은 소망을.[33]

자네의 프란츠

### 막스 브로트 앞

[메란, 1920년 5월 초]

가장 친애하는 막스, 무척이나 고맙네. 뮌헨은 그럴 것 같다고 상상했네만, 그 상세한 일들이 놀랍네. 그것은 이해할 만해, 아마도 유대인들이 독일의 미래를 망치지는 않겠지만, 그러나 독일의 현재를 망치는 것으로 여길 가능성은 있다는 것 말일세. 일찍이 그들은 독일에 이런 일을 재촉해왔지, 독일이 오히려 서서히 그리고 그들 나름으로 거기에 이르렀던 것이야. 그런데 그런 일들에 대해서 독일은 반대편에 서게 되었는데, 왜냐하면 그것들이 이방인들에게서 나온 것이기 때문인 게야. 제아무리 가공할 불모의 사업, 반유대주의 그리고 그와 관련된 것들, 그것도 다 독일은 유대인들 탓으로 돌리고 있다네.

여기 내 작은 동아리로 말하자면, 그런 적개심들이 오래전에 박혔네. 나는 그때 그것을 과장했는데, 그러나 다른 사람들도 또한 그랬네. 예컨대 그 장군은 다른 사람들보다는 나에게 한층 우호적이며, 그리고 그것이 하등 나를 놀라게 하지도 않는다네. 왜냐하면 나는 의심할 여지없이 좋은 사교적 성품이 있기 때문이라네(불행히도 나머지 모든 것들을 희생하고서 단 하나 가진 것이지). 나는 훌륭한 청취자이며, 성실하고 행복하게 경청할 수 있다네. 이 성품이 우리 가족에게 점진적으로 발전해온 것임에 틀림없다네. 나이 든 숙모 한 분은, 예컨대 특별한 내적인 관심 없이도 귀 기울일 수 있는 비상한 청취자다운 용모를 지니셨지. 벌린 입, 미소, 커다란 눈, 계속 되는 고갯짓, 그리고 누구도 흉내낼 수 없는 그녀의 목 펴기, 그 목은 겸손할 뿐만 아니라 다른 사람들의 입술에서 무슨 말이 나오는데 편의를 제공하고자 하는 듯하고 또 실제로 그렇다네. 그러면 나 역시 그렇게 심한 긴장감 없이 전체에다 진실과 생을 부여했지, 숙모의 얼굴은, 그분의 얼굴은 꽤 큰데, 변함없이 내 얼굴 위에 겹쳐진다네. 그러나 그 장군은 그걸 뭔가 잘못 해석하고 그래서 나를 어린아이로 여기지. 예컨대 최근에 그는 내가 훌륭한 장서를 가지고 있다는 추측의 말을 하더니만, 곧 내 젊은 나이를 고려해서 수정하여 말하는 것이었어, 내가 어쩌면 그런 장서를 마련하기 시작했을 것이라고. 이렇듯 비록 그들이 나에 대해서 특별히 고려할 필요가 없으면서도, 식탁에서의 반反유대 감정은 그 자체로서 전형적인 순진성을 드러낸다네. 대령은 내게 사사로이 그 장군을 비난하는데 (그 장군은 대체로 모든 측면에서 부당한 대접을 받는다네) "어리석은" 반유대주의라는 거야. 그들이 유대인의 악질성, 후안무치, 비겁함에 대해서 말하면(전쟁 이야기들이 많은 기회를 제공하지, 또는 끔찍한 일들이, 예컨대 한 병든 동유럽의 유대인이 자기 부대가 전선에 진군하기 전날 저녁에 열두 명의 다른 유대인들의 눈에다 임질균을 뿌렸다는 것이야, 그게 가능이나 한가?), 그들은 어떤 놀라움을 곁들여서 웃으며, 게다가 나중에는 나에게 용서를 빌기도 한다네. 용서받지 못할 것은 유대인 사회주의자들과 공산주의자들뿐이네. 이들은 사람을 수프 속에 익사시키고 구운 고기는 잘게 썰어버리지. 그러나 모두 다 전적으로 그러는 것은 아니네. 예컨대 켐프텐[34] 출신 한 제조업자가 있는데(그곳에도 며칠간은 무혈 비유대적 소비에트 정부가 있었던 적이 있지), 그는 란다우어, 톨러 등과 사뭇 구별되며, 레빈에 대한 장중한 이야기도 들려주네.[35]

나는 건강상으로는 잘 지내고 있네, 만일 잠을 잘 수만 있다면. 체중은 불기까지 했네만, 허나 그 불면증이 근래엔 더 기승을 부리네. 거기에는 여러 가지 이유가 있겠지, 그중의 하나가 아마 빈과의 교신이네.[36] 그녀는 살아 있는 불꽃이야, 내 여태 보지 못한 것 같은 그런, 바로 불꽃이라니까. 그 모든 것에도 오직 그를 위해서만 타오르는 불꽃. 그러면서 동시에 극도로 부드러운, 용기 있고, 현명하고, 그리고 모든 것을 희생하지, 또는 달리 표현한다면 아마, 그 희생을 통해서 모든 것을 획득하든가. 도대체 그런 사람은 어떤 인간일까, 그것을 불러일으킬 수 있는 사람 말일세.

불면증 때문에 아마도 더 일찍 돌아가게 될지도 모르네, 그래도 좋을 때가 아닌데. 뮌헨에 갈 것 같지는 않네, 출판사[37]에 관심이 있다고는 해도 그건 그냥 수동적인 관심이라네.

자네와 자네 부인과 그리고 모든 분들께, 특히 따로 편지를 쓰지 않는 오스카에게 진심 어린 안부를 보내네. 별반 지장이 없다고는 해도, 필연적으로 공개적인[38] 편지를 쓰기란 어려운 결정이네.

자네의 F.

**M.E. 앞**

[두 장의 엽서, 메란, 1920년 봄]

친애하는 민체 양, 오늘에야 겨우 당신 편지를 전달받았어요. 그 동봉했다는 것은 전혀 오지 않았으며, 프라하에서 나를 기다리고 있을 것이며, 그러니 내가 거기에서 다시 그것을 되살려내겠지요. 내가 이 말을 당신에게 아직까지 말하지 않았다면, 지금 말하겠소, 당신은 사랑스럽고 선량하오. 오늘 나는 저 위 그 성에 [갔었소.]³⁹ 이 주랑柱廊식 복도가 쉘레젠의 발코니를 [연상시키지] 않나요? 그러나 이 복도가 어딘지 더 웅대하고, 그리고 멀리 있을 두 개의 작은 빌라도 볼 수 없고, 그 대신 오르틀러 산맥⁴⁰뿐이라오. 어쨌거나 이것은 주랑 복도이며, 만월에는 그곳에 옛 기사들이 나와 앉곤 했지요. 모든 것이 최상이길! 그 말엔 무엇보다도 알렘도 들어 있어요.

카프카

이 엽서를 보내는 이유는, 이것이 사실 지난번 메타가 낳은 새끼들을 보여주고 있기 때문이오.⁴¹

**막스 브로트 앞**

[메란, 1920년 6월]

고맙네, 막스, 자네 편지가 나에게 좋은 일을 했네. 그 이야기 역시 제때 언급된 것이네. 나는 그것을 열 번 읽었으며, 그리고 그것에 대해 열 번 떨었으며, 또한 자네의 언어로 그것을 반복했네.

그러나 우리들 사이의 차이는 여전히 남네. 자네 보다시피, 막스, 그건 그러니까 뭔가 아주 다른 것이네. 자네는 막강한 요새를 지니고 있네. 비록 담벽 중 한 면이 불행에 의해 점령을 당했지만, 자네는 성안 깊숙이 또는 어쨌든 간에 자네가 흥미를 지닌 곳에 그대로 있으며, 일을 하고 있지. 방해받으며 일하지, 불안해하며, 그러나 일을 하는 것이야. 그러나 나는 스스로 불타고 있지, 난 갑자기 아무것도 남지 않은 거야, 몇 개 들보들을 제외하고선. 그것들마저 내가 머리로 떠받지 않는다면 무너질 것이야. 아니 이제 이 전체 오두막이 불길에 싸이네. 내가 불평한 적이 있었는가? 내가 지금 불평하는 것은 아니네. 나의 외양이 불평을 하네. 내가 어떤 평가를 받았는지 이제서야 깨닫네.

두 번째 소식은 물론 나를 기쁘게 하네. 부분적으로는 내 현재에서 비롯하지만. 그동안 나는 이 사람[42]에게 내가 할 수 있는 가장 몹쓸짓을 했어, 그것도 가장 악랄한 방식으로. 마치 나무꾼이 나무를 내리쳐 자르는 것과 마찬가지로. (그러나 그는 명령을 받아서 그러지.)[43] 자네 보다시피, 막스, 나로서는 수치심이 여전하다네.

5월쯤에 자네에게 갈 수 있었으면 해, 자넬 만나기를 매우 고대하네. 단 한 가지가 자네 편지를 껄끄럽게 하는군. 건강 좋아지고 있느냐고 언급하는 대목 말일세. 아닐세, 지난 한 달 동안 그것에 대해선 더 이상 아무런 할 말이 없네. 그런데 말이야, 무엇보다도, 「카리나 섬」[44]을 쓴 사람은 자네 아닌가.

자네의 프란츠

자네 부인에게 안부를.
혹여 오틀라에 대해 뭔가 아는 게 있는가? 그 애가 내게 별로 편지를 쓰지 않네. 결혼식은 7월 중순이라네.[45]
오스카에게 편지를 쓰려네, 하지만 무슨 내용을 써야 할지, 쓸 일은 단 하나뿐인데 말이야.

## 펠릭스 벨취 앞

[엽서. 메란, 우편 소인: 1920년 6월 12일]

친애하는 펠릭스, 무척이나 고맙네. 하지만 아닐세, 아직 『세계 무대』[46]를 읽지 않았네. 만약에 가능하다면 제발 그것을 나를 위해 보관해두게나. 그런데 『자기 방어』 배달이 중단되었네. 내 이미 자네에게 고맙다고 했던 첫 우송 이후에는 더 이상 전혀 오지 않았네. 그리고 바로 이 순간 신문 보도에 따르면, 팔레스타인이 베두인족에게 유린당했다는데, 아마도 그 구석에 있을 작은 제본 작업대도 박살났을 걸세.[47]

자네와 자네 부인에게 진정 어린 안부를.

자네의 프란츠

오스카에게도 역시 안부를 전해주게나. 이달 말에는 돌아가려네.


## M. E. 앞

[프라하, 1920년 여름]

친애하는 민체, 대체 내가 이 모든 것을 어디서 알았을까요? 당신이 지금 한 농장에 있으며 그리고 가을에는 알렘에 가게 되다니! 만약 당신이 무언가로 내게 최고의 기쁨을 줄 수 있을까 곰곰이 생각해보았더라면, 피곤에 지쳐서, 잠도 잘 못 자고, 게다가 시들어서 (그러나 그렇게 나쁘지는 않지만) 그렇게 회사에 다니는 사람을 싱싱하고 자신감 있게 만들어줄 진정한 기쁨을 줄 수 있을까 생각했더라면, 바로 당신의 편지와 사진이면 되었을 것이오. 물론 누구든 과장을 해서는 안 되오. 당신이 조교라니(얼마나 훌륭한 단어요! 오늘은 그냥 평범한 한 사람이 내일은 벌써 조교라니), 그러나 아마 그것은 단지 일종의 여름방학 나들이며 당신 자신을 유용하게 하는 방편일뿐이오(그러나 이것은 불신해서 하는 말이 아니며, 당신이 그렇게도 손쉬운 일을, 그렇지만 전혀 쉬운 것도 아닌 무언가를 성취했다는 사실에 대한 놀라움이라오). 그런데 내가 그 스냅 사진에서 본 것은 성령강림제 월요일이더군요,[48] 그렇다면 이미 오래전이오. 그런데 당신이 여전히 그곳에 있으니, 그건 참으로 많은 시간이오. 당신은 이미 조그마한 돼지를 안고 있을 수도 있겠네요, 그놈을 약간 조이기도 하고, 하지만 잘 붙잡고 있고, 덧붙여 구릿빛으로 반짝이는 강한 팔을 가지고 있군요. 아니지, 나로선 황금 관을 쓴 클레오파트라보다 두엄수레를 탄 민체를 보는 것이 얼마나 더 좋은지.

그리고 알렘에 대해서는 절대 두려워 말아요. 설령 그곳 생활이 현재 생활처럼 그렇게 자유스럽지 않더라도(당신은 여가를 어떻게 이용하오?), 그건 어쨌거나 낯선 땅일 것이고, 낯선 사람들, 새로운 일들, 새로운 목표지요. 처음에는 조금 매여 있다는 느낌이겠지만 그게 대개는 좋은 것이오. 그렇지 않음 사람이 그만 너덜너덜해지고 말 거요. 테플리츠에서 누린 그 명목상의 자유는 차라리 제일 꽉 조인 손발 족쇄 속에 묶인 존재, 자유라기보다는 차라리 무기력이었소. 당신이 그곳에서 빠져나온 것은 기적이오.

확실히 당신은 다시 건강해졌으며, 그리고 그 요통이 더 이상 없는 모양이오. 이제 당신 편지가 내게 상기시키는 것은, 내가 근래 언젠가 슈트란스키 씨를 또 언젠가 코피들란스키 씨를 보았다는 것이오,[49] 물론 아주 슬쩍, 마치 꿈에서처럼 불분명하게, 글쎄 어디서였는지도 분명치 않아요. 아무튼 그 두 사람이 별로 안 좋아 보였어요. 나는 겨우 근근히 지내고 있소. 메란은 건강상 내게 별 도움이 안 되었어요. 사람을 소진시키고 진짜 회복을 허용치 않는 것은 바로 그 '내면의 적'이오. 그 적을 살아 있는 새끼 돼지처럼 무릎에 앉혀놓을 수 있다 하더라도, 그러나 누가 과연 그것을 깊은 우리 속에서 꺼내올 수 있단 말이오? 그러나 이것은 불평이 아니오. 이것에 대해 불평하는 것은 인생에 대해 불평하는 것이며, 따라서 그건 매우 어리석은 일 아니겠소?

진심 어린 안부와 다시 한번 많은 고마움을 전하며,

당신의 카프카

그런데 민체, 내가 그 사진에서 밀사우[50]를 이제는 상상조차 할 수 없다고 믿어서는 안 되오. 대체로 이럴 것 같소, 평탄하고, 남쪽을 향해 완만하게 솟아오른 언덕들. 부식토가 풍부한 검은 양토에 석회와 모래가 혼합되어 있소. 점토 바닥. 현무암이 형성되어 있소. 그렇게 크지 않은, 고작 60헥타르쯤 되는 경작지, 밀, 보리, 사탕무, 호밀. 대충 42가호 집에 268명의 주민들 (그리고 민체). 교회에 가려면 브루너도르프로 가야 하고.[51]

그렇게 작은 사진에서라면 꽤 많이 알아냈지요, 아닌가요? 게다가 나는 그곳을 둘러볼 충분한 시간이 없소. 왜냐하면 당신의 시선에, 날씨를 지켜보는 농촌 처녀의 비판적인 시선에 사로잡혀 있기 때문이오.

**막스 브로트 앞**

금요일 [프라하, 우편 소인: 1920년 8월 7일]

친애하는 막스, 만일 자네가, 자네가 그렇게나 특별하게 게으름을 부리고 있다면, 그건 틀림없이, 좋은 날씨를 전제로 할 때 행운이네그려. 내게는 이렇다 할 특별한 것은 없고, 나는 늘 게으른 편이지, 시골에서나, 프라하에서나, 늘 그렇네, 그리고 심지어 일할 때조차도 그렇다네. 왜냐하면 이 일이 진정한 작업이 아니고, 단지 개 한 마리가 고마운 햇볕 아래 누워 있는 것에 불과하니까.

『이교』를 곧바로 월요일에 단번에 읽었네.「노래 중의 노래」는 아직 못 읽었어.[52] 왜냐하면 그때부터 곧 수영 교습 받을 날씨였거든. 그 자명한 풍부함에 대해서, 그 장의 논리, 그리고 응집성에 대해서 난 다시금 새롭게 경탄하고 있네. 물론 그것을 예상은 했지만 말일세. 왜냐하면 이 "이교"라는 것이 한편으로 자네의 정신적 고향이 아닌가, 자네가 그러하기를 원치 않더라도 말일세. 그건 훌륭해, 나야 자네의 전적으로 무비판적인 갈리시아 제자가 아니었는가.[53] 독서 중에 나는 자주 은근히 자네와 악수를 나누었네, 가끔은 자넬 포옹하기도 하고.

그런데도 자네에게 동의한다고는 말할 수 없네, 아니 더 정확히 말하자면 아마도 나는 이교에 대한 자네의 암묵적 동의만을 솔직히 받아들이네. 어쨌거나 자네가 자네 자신의 느낌을 표현할 때, 그때는 내가 자네에게 매우 가깝네. 자네가 극단적으로 논쟁을 벌이면, 나 또한 자주 논쟁에 흥미가 생기지(물론 내가 할 수 있는 한에서).

말하자면 나는 자네가 의미하는바 "이교" 그 자체를 믿지 않네. 예컨대 그리스인들은 이원론을 잘 알았지, 그렇지 않고서는 모이라[54] 또는 다른 많은 것들이 어떤 의미를 가질 수 있었겠나? 단지 그들은 특별히 겸손한 인간들이었지—종교적 의미에서 말이야—, 일종의 루터파라 할지. 그들은 결정적으로 신적인 것을 그들 자신과 충분한 거리에 떼어놓고 생각할 줄 몰랐던 것이야. 신의 세계 전체가 그 결정적인 것을 세속적 육신에서 분리하고 인간의 숨에 공기를 부여하는 다만 수단에 불과했던 것이지. 거국적인 교육 수단, 인간의 시선을 붙잡아두는 수단 말이야. 유대 율법보다는 덜 극심한, 그러나 아마도 더 민주적인(거기엔 영도자라거나 종교의 창시자가 없으니 말이야), 아마도 더 자유로운(그게 확고하긴 했지, 어떻게 그리했는지는 모르겠어), 아마도 더 겸손한(왜냐하면 신들의 세계의 광경은 의식에만 들어왔으니까, 그러니까 결코 단 한 번도, 단 한 번도 우리가 신들이라거나 그러진 않았지. 만일 그렇다면 우린 대체 뭐겠나?). 자네의 개념에 근접하는 것은 아마도 이렇게 말할 때일는지 모르네. 이론적으로는 완벽한 세속적 행복 가능성이 존재한다고, 즉 결정적으로 신적인 것에 대한 신앙과 그것을 향해 노력하지는 않는 것이니. 이 행복 가능성이란 신성모독이요 그만큼 도달 불능이지, 그러나 아마도 그리스인들은 다른 많은 사람들보다도 그것에 더 가까이 있었네. 그러나 이것마저도 자네가 의미하는바 이교는 아니네. 그리고 자네는 또한 그 그리스 영혼이 절망적이었다는 것을 증명해내지는 못했네, 대신 만일 자네가 그리스인이었더라면 절망했을 것임을 증명한 것이지. 어쨌거나 그건 자네를 위해서나 나를 위해서 옳은 말이네만, 그게 이 점에서도 완전치는 않아.

실제로 그 장에서 체험하게 되는 것은 세 가지더군, 자네의 긍정적인 면, 그것은 여기에서 흔들림이 없으며, 나 또한 앞서 한 말로 그것을 건드리지 않으려네. 다음은 헬레니즘에 대한 자네의 집중적이고 격앙된 공격이며, 끝으로는 헬레니즘 자신의 조용한 자기 방어일세. 자네 또한 원칙적으로는 그 방어를 수행하고 있지 않은가.

자네 부인과는 그제 조피 섬[55]에서 그리고 귀갓길에 오랜 시간 이야기를 나누었네. 그녀는 즐거워하고, 또한 그녀 말대로 아쉬워했네, 그러나 즐거웠네. 자네 처남의 약혼 얘기는 그녀를 조금 흥분시켰기는 해, 하지만 그것 역시 의심할 여지없이 또한 조금 흥분하는 것일 뿐, 그런 일에 언제나 늘 그러는 정도, 나 역시 그런 것을 느꼈으니까. 아벨레스[56]에게는 오랫동안 아무 소식도 듣지 못했네. 난 벌써 그게 틀렸구나 하는 걱정을 했지. 그제서야 어제 그래도 그의 답이 왔는데, 진짜 친절한 답이었어. 그런데 그게 다시 뢰비트 출판사로 떠넘겨진 것이야, 왜냐하면 아벨레스가 8월 2일에 휴가를 떠나는데, 그 일을 오른슈타인 박사라는 그의 친구에게 위임했다는 것이야, 그런데 그가 바로 뢰비트 출판사의 원고 감사인이고 말이야. 그 일은 그가 확약한 대로, "양심적으로 수행된다"네. 금전에 대해서는 편지에 아무런 언급이 없었어. 아마도 그것도 뢰비트에 알아보아야 할 것이야. 동시에 그는 나더러 자네에게 양해를 구해달라는데, 금년 연감은 출판되지 않는다네. 그는 자네 현 주소를 모르는데, 그로서는 자네 "그 무척이나 바쁜 분을 그 사랑스러운 약속에서 해방시키는 일"이 매우 중요한 사안이라고 그러네. 자네 부인이 아마 연감에 낼 뭔가를 정서하고 있을 것이기에, 내가 오늘 저녁 무렵에 부인에게 갔네. 하지만 그녀가 집에 없어서 다만 쪽지에다가 그것에 대한 이해를 구했네.

나는 그럭저럭 지내네. 빈으로 보낼 답장은 물론 시간이 있어. 근래에는 오토 피크[57]가 여기 있었지. 그는 영국 사람 이야기를 하던데, 그가 『민중의 왕』[58]을 미국 공연을 위해서 독일어에서 영어로 번역하려고 한다는 것이야.—이것이 전부일세, 이제 잠자리에 들려네. 자네가 곤히 잠든 소리를 듣고 있네. 자네의 잠에 축복을.

프란츠

**엘자 브로트 앞**

[프라하, 1920년 8월 7일][59]

친애하는 엘자 부인, 유감스럽게도 수위가 부인을 만나지 못했군요. 그렇게 보고하더라고요. 다만 제가 말씀드리고자 했던 것은, 오토 아벨레스의 편지에 따르면 『유대국민연감』이 금년에는 발간되지 않는답니다.[60] 그러니 부인은 무엇이든 필사하거나 보낼 필요가 없답니다.
진심 어린 안부를 보내며,

당신의 F


### M.E. 앞

[프라하, 1920년 11월/12월]

친애하는 민체, 당신은 나에게 큰 기쁨을 주는군요, 정말로, 그리고 내가 당신 엽서를 받고 그리고 이제 또 당신 편지를 받은 날은 다른 날들과 확연히 다르오. 이 기쁨은 당신 자신과는 거의 아무런 관련이 없소. 우선 나를 기쁘게 하는 것은 모든 고충에도 불구하고 누군가가 성공을 하는 그 사실에 있어요(당신의 고충 그 자체는 그렇게 대단한 것이 아니었지요, 그러나 비교적 꽤 컸지요), 테플리츠에서 벗어나는 일, 그곳은 당신 같은 사람에게는 끔찍한 곳으로 여겨지지요, 당신 자신이 이 지점에서 파악할 수 있는 것 이상으로 훨씬 더 끔찍하지요. 그런데 그 사람이 그곳을 빠져 나와서 의심의 여지없이 한층 더 넓은 세계에 뛰어드는 데 성공하다니. 이것은 이 사람의 모든 주변에 용기를 전파하오. 그런데 여기 관련된 그 사람이 바로 당신임에 틀림없으며, 그리고 내가 이 무한히 요원한 곳, 저 건너 배후에서 어떤 식으로든 그 일에 참여하고 있다는 사실이 물론 이 기쁨을 배가하지요.

그리고 이제 당신은 마침내 거기에 있으며, 당신은 맘놓고 [삭제함: 알렘을 욕하든지] (아니지, 아마도 이런 말을 써서는 아니 되겠지요) 알렘에서도 많은 일로 불만을 갖게 되는지도 모르오. 확실히 당신 말이 옳소. 그것이 특별히 좋아야 한다는 말이오, 그건 다만 서유럽의 유대 문제일 뿐이오. 그러한 모든 일은 붕괴 직전에 있는 거요. 아마도

536

당신은 직접 알렘에서 팔레스타인까지 들보를 지고 가게 될 게요. 아니, 그건 농담이 아니오, 물론 진담도 아니지만.

그러나 알렘에서의 일이야 어쨌거나 당신은 그곳에서 인식하기 시작하는군요―당신 편지의 문장마다 그것을 증명하고 있어요―세계는, 특히 정신적인 세계는 그 우라질 테플리츠-카를스바트-프라하라는 삼각형보다는 훨씬 더 크다는 것을. 그리고 이 생명력을 얻은 인식은 소득이오, 얼려둘 가치가 있는 소득. 어쨌든 만일 난로라도 갖게 되면 그건 훨씬 낫겠지요. (이 난로 이야기는 어쨌건 정말 나를 아연케 하는군요. 아마도 나는 알렘의 이야기 중 많은 부분을 완전히 이해하지 못하는가보오. 이렇게 잠옷을 걸치고서 난방된 방 안에 앉아서 내가 먹어치울 수 있는 양의 대강 열 배의 음식물에 싸여 있는 한은). (좀 더 순간적인 이해를 어렵게 하는 것은 필체라오, 알렘에서는 매우 작은 글씨를 쓰는군요. 물론 침대에서겠죠, 그렇다면 그게 늘 당장에 의식되지는 않는 법이오, 그 편지가 얼마나 생동하고 또 건강한지.)

고골리,[61] 하피스,[62] 이태백,[63] 어쩌면 우연한 선택이기는 해요 (마지막 둘은 사실 베트게나 클라분트[64]의 번역인데, 둘 다 썩 좋지는 않아요. 중국 시의 번역으로 훌륭하지만 작은 책자가 있는데, 피퍼 출판사의 『과일 그릇』 총서 중 하나로 하일만의 번역이오.[65] 그러나 그것은 내가 알기론 아마 절판이 되었고 새 판이 나와 있지 않을 거요. 내 것을 누군가에게 빌려주었는데 그것을 되돌려 받지 못하고 있소). 그러나 어쨌든 그것은 쉘레젠 기념품인 단과 바움바흐보다는 훨씬 나은 것이지요. 당신이 책 읽을 시간이 나면―어느 도서관에서나 빌릴 수 있을 테니―릴리 브라운의 『한 사회주의자의 회고록』[66]을 빌려요, 매우 두꺼운 두 권으로 되어 있지만, 당신은 바로 좇아 읽게 될 거요, 달리 방법이 없어요. 그녀 또한 당신 나이였을 때는, 내가 알기로는 전적으로 그녀 자신에 의존했으며, 자신의 계급적 도덕성 때문에 (그러한 도덕성이라는 것은 어쨌든 허위투성이였고, 그런데 그것을 넘어서 바로 양심의 가책 같은 것이 시작되지요) 매우 많은 고통을 받았다오. 그런데 그녀는 용감한 천사처럼 고난을 헤쳐나갔소.

확실히 그녀는 자신의 민중 속에서 살았소. 그러나 당신이 그것에 관해서 말하는 바를 나는 궁극적인 것으로 받아들이지는 않을 것이오. 또한 당신이 각각의 유대인을 그가 유대인이기 때문에 사랑해야 한다거나 또는 유대 소녀들 스무 명이나 백 명이 당신 주위에 몰려서 당신에게 민족성의 토대를 부여하리라는 것 따위를 믿지 않아요. 그러나 물론 가능성의 예감 같은 것은 있지요. 그러고 나면, 아마 그 여성은 자신을 위해서는 실제로 그 민족성이 별로 필요하지 않게 될 것이오, 그러나 남성은 그것을 필요로 하며, 그렇게 해서 여성 또한 그를 위해서나 그리고 아들들을 위해서 그것을 필요로 하게 된다오. 뭐 그런 정도.

당신이 정원사로서의 미래에 대해 한 말은 완전히 이해하지는 못했어요. 그것에 대해서는 더 들어보았으면 해요. 뭐라고 썼든 그 정착이란 것이 무엇이오? 그 기관에는 온통 유대 여성들뿐인가요? 그리고 교사들도 유대인들? 청년들 이야기는 전혀 없군요. 하노버는 얼마나 떨어진 게요? 자유롭게 그리로 갈 수 있나요? (이 유대 민족 말인데요, 이 콧대 높게 독일인들을 위에서 바라보는 유대 민족은 내가 원했던 것보다 더하단 말이오. 독일 또한 하노버 이상이지만.)

그런데 나는 잠시라도 기꺼이 당신 방에 가서 앉아 있고 싶소(왜 당신 편지에서 그런 전망을 언급하는 거요?), 만일 커다란 야회가 열린다면 말이오(거기 소녀들은 몇 살이나 되었소?), 가능하면 난로 위에, 왜냐하면 난 지금 조금 추위를 느끼기 때문이오, 그리고 경청하고 함께 대화하고 함께 웃고 싶단 말이오(내가 할 수 있는 한). 잠정적으로는 우선 2주 후에는 저지 오스트리아의 요양원으로 갈 것이오.[67] 하지만 내 건강은 견딜만 하다오. 당신의 전투에 행운을!

당신의 카프카

막스 브로트 앞

[프라하, 우편 소인: 1920년 12월 13일]

그것은 매우 고마운 일이었네, 막스. 나는 즉시 자네에게 감사하려네. 내가 자네 부인에게 가서 이 층에서 그 작은 그림멘슈타인 체류 허가증[68]을 손 안에 빙빙 돌리고 있을 때, 그것은 내게 굉장한 선물처럼 여겨졌네. 나는 그 느낌을 잃고 싶지가 않네, 비록 그림멘슈타인에 가지 않더라도 말일세. 나는 가지 않겠네, 왜냐하면 내가 나 자신을 극복하지 못하기 때문이지, 아니 오히려 그것이 나를 압도하기 때문이네. 어떤 고려에도 여행 방향을 바꾸기는 쉽지 않아, 허나 이제 그 일은 끝났네. 나는 타트라의 마틀리아리(포르베르거 요양원)[69]으로 가려네. 적어도 잠정적으로는 그러하네. 만일 그곳이 별로 좋지 않다면 아마도 거기서 한 시간 가량 떨어진 손따그스 요양원 노비 스모꼬베츠로 가지 뭐.[70] 나는 18일에 떠나려고 하네. 떠나기 전에 프라하에서 자네를 만났으면 싶어, 하지만 더 기다리지는 않겠네.

자네 부인은 그 여행에 대해서 자주, 혹독하게 그리고 달콤하게 얘기를 들려주었지, 그녀의 특별한 그리고 가끔은 감동적인 방식으로 판단하면서 쌉쌀함과 달콤함을 나누듯이 말이야. 나는 그 비평에서 성공은[71] 순수했다는 것과 자네 의도들이 전혀 방해받지 않았다는 인상을 받았네. 묘하게도 「에스터」[72]가 그 성공 가도를 마련해놓았나 보이.

타트라에서 편지를 하겠네. 그런데 오틀라가 며칠 예정으로 함께 가네.[73]

*1920년* 539

모든 좋은 소망을!

프란츠

자네 누이, 매제, 그리고 테아에게 진심 어린 안부를 보내네.

[그림 엽서. 타트라의 마틀리아리, 1920년 12월 말]
친애하는 민체, 당신 편지를 바로 출발 직전에 받았어요. 놀라운 일이오! 당신이 드디어 배에 타자마자 가라앉았다니. 어쨌거나 그건 분명하지가 않아요, 적어도 당신의 암시로는 내가 완전히 이해할 수가 없어요. 그리고 그 발트 해 계획이란 게 무엇이오? 그것들은 나에게 분명하지가 않았어요. 그러나 당신은 용감하고, 그리고 그건 좋소. 계속 잘 하시고, 내가 여기 안정 요법 의자에 앉아서 [당신을] 좇아가도록 해보아요. 근래 내가 묻는 것을 잊었는데, 당신은 이제 정말 완전히 [건강한] 것이오?
진심 어린 안부를 보내며,

카프카 드림

[마틀리아리, 우편 소인: 1920년 12월 31일]
친애하는 막스,
자네 편지가 나를 뜨겁게 달아오르게 하지 못하는 것을 자네는 믿겠나? 그리고 나는 이 세상 왕국들과 그들의 광영을, 설령 그것들이 나에게 제공된다 하더라도 절대로 받아들이지 못하지. 그러나 내가 양보하지 못해서가 아니라, 내가 내려가는 와중에 그만 탐욕으로 자신을 죽이고 말았을 것이기 때문이라네. 나를 베를린과 차단하는 것은 그 큰 약점과 빈곤 말고 아무것도 없지, 그게 비록 그 '제안'을 방해했으나, 그것이 결코 나를 그 '제안'에 굴하도록 방해하지는 못했던 것이야. 두 주먹을 불끈 쥐고서 난 떠났을 것이네. 자넨 내 야심을 모르이.

자네 경우야 그게 다르지. 자넨 가능성이 있었고 (베를린의 활력을 본다고 주장하듯이, 나 또한 자네의 활력을 실제로 보네) 그리고 자넨 내게 가장 설득력 있게 가장 확실한 결정으로 그것에 양보를 하지는 않았지. 이 방향에서 나에게는 자네의 결정이 너무나도 확실하고 설득력 있기에 나는 꼭 그렇게 인식하게 될 게야, 비록 그것이 이제는 다른 상황으로 변했을지라도. 그런데 자네는 베를린으로 이사할 가능성을 지금까지는 말하지 않고 있네. 그리고 베를린으로의 유혹에 관해 묘한 점은, 그곳의 긴장도가 자네를 유혹한다지만, 자네의 느낌이, 그러니까 자네의 프라하 생활을 베를린 식으로 긴장시키려는 게 아니라, 도대체가 철두철미 베를린 식 생활이 되어야 한다고 느끼는 것 같아. 하지만 자넨 베를린에서 명령을 들은 것은 아니지, 베를린으로 오라는 식의. 대신 프라하를 떠나라는 명령이었겠지.

그 극장 일은 더 상세한 설명 없이는 잘 이해 못하겠군. 베를린 역시 나처럼 그 비평들을 읽었겠지. 자네 스스로도 말했지, 모든 가능하면서 불가능한 것이 공연되고 있으며, 그래서 사람들이 자네의 「위조범들」 앞에서 놀라 도망가는가?

F.가 자네의 독서 모임에 안 나왔던가? 그녀의 상황[74] 때문이었겠지, 아마? 베를린에 있었으면서 F.를 보지 못했다는 것은 내게는 개인적으로 옳지 않은 일이라는 생각이 드네, 하긴 나라도 아마 그러했겠지만. 나는 F.에 대해 마치 성공하지 못한 장군이 정복할 수 없었지만 '그럼에도 불구하고' 뭔가 위대한 것이—두 아이의 행복한 어머니라거나—되어 있는 한 도시에 대해 느끼는 것과 같은 사랑을 지니고 있

네. 혹여 그 첫 번째 아이에 대해 아무 소식 못 들었나?

나에 관해 말하자면, 난 여기서 좋은 장소를 하나 발견했네. 그러니까 우리가 뭔가 아직도 요양원의 외관을 가지고 있지만 그런데 기실은 요양원이 아닌 그런 곳을 취하고자 한다면 좋다고 할 그런 곳이네. 이건 요양원이 아니네, 왜냐하면 여긴 또한 관광객, 사냥꾼, 그리고 도대체가 아무나 받아주니까, 특별한 과잉 사치도 없고, 실제로 먹은 값만을 지불하면 되고. 그런데도 이곳은 엄연히 요양원이라네, 왜냐하면 의사[75]가 있고, 휴식 요법을 실시하는 시설물이 있고, 기호에 따른 음식, 양질의 우유와 크림의 선택이 가능하기 때문이네. 이곳은 타트라-롬니츠 뒤로 2킬로미터쯤 되는 곳, 그러니까 웅장한 롬니츠 정상에서 2킬로미터쯤 더 가까운 곳에 위치해 있지, 해발 900미터 높이고. 좋은 의사냐고? 그렇다네, 전문가야. 나도 어떤 전문인이 될 수 있었으면 좀 좋을까! 그자에게라면 세상이 얼마나 간단해질 것인고! 내 위장 장애, 불면증, 신경증, 한마디로 내 상태나 내가 지닌 온갖 증상은 폐질환으로 돌아간다네. 그 병이 밖으로 나타나지 않았을 동안 그게 위장 장애 그리고 신경 장애로 위장되어 있었다네. 많은 경우 폐질환이—나도 그렇게 생각해—이런 식의 위장으로 사라지지는 않는다는 것이야. 그리고 세상에 대한 고통이 녀석에겐 그렇게도 분명하기에, 놈은 그에 걸맞게 조그마한 가죽 상자 안에, 그게 민족 기금 모금 상자보다도 크지 않은 것으로, 그 속에 항상 세상의 구원을 가지고 다닌다네. 그러다가 놈은 만일 세상이 그걸 원하면 그 구원을 뿌려주는 것이야, 12크로네에 피에다 주입시키는 것이지. 그리고 실제로 놈 또한, 이로써 모든 것이 요약되는데, 잘생기고 붉은 뺨을 지닌, 힘센 사나이며, 그가 사랑하는 젊은 (분명히 유대인) 부인이 있고, 그리고 예쁜 어린 딸이 있으며, 그 애가 어찌나 놀랍게도 영특하던지 그는 그것을 입 밖에 낼 수가 없을 정도야. 왜냐하면 그 애가 그 자신의 아이라서 자랑삼아 뽐내기를 원치 않기 때문이네. 그는 매일 나를 찾아오네. 그것은 쓸데없는 짓이지만, 그러나 언짢은 것은 아니네.

대체로 이렇게 말할 수 있네, 만약에 내가 이 왕국을 육체적으로 정신적으로 (특히 같은 장소에서) 몇 달 동안 배겨내면 건강에 매우 가까이 다가갈 수 있을 걸세. 그러나 아마 그것은 잘못된 결정이며, 다만 이런 뜻이겠지. 만약에 내가 건강하다면, 그러면 건강해질 것이라는. 첫 주 동안에 1.6킬로그램이 불었는데, 그러나 그게 어떤 것도 증명해주지는 못하지. 왜냐하면 난 첫 주 요양에서는 늘 사자처럼 뻐기며 시작하니까.

여기에는 대략 서른 명의 고정 손님이 있다네. 대부분 비유대인으로 보았는데, 순수한 헝가리 혈통이었지. 그러나 급사장을 비롯해서 대다수가 유대인으로 밝혀지는 거야. 나는 말을 아주 적게 그것도 몇 안 되는 사람과 나누는데, 대부분 인간에 대한 공포에서지. 그러나 또한 나는 그것(누군가가 사람을 두려워한다면, 그것을 내보이는 것)이 옳다고 여기기 때문이네. 그런데 여기에 한 카샤우[76] 사람이 있는데, 스물다섯 살이고, 볼품없는 치아에다, 거의 감긴 작은 눈에, 끊임없는 소화 불량의 위장에, 신경질적이며, 헝가리어밖에 모르는데, 여기에 온 이래 처음으로 독일어를 배우고, 슬로바키아어는 한마디도 못하는—그러나 사랑에 빠질 만한 젊은이네. 동유럽 유대인의 의미로서 매력적이지. 빈정거림, 불안, 변덕, 확신에 넘치는, 그러나 또한 곤궁함으로. 매사 그에게는 "흥미롭군, 흥미롭군", 하지만 그것이 그저 통상적인 의미가 아니라, 예컨대 "불이다, 불이야" 같은 그 무엇이라네. 사회주의자지만, 그러나 유년시절의 기억에서 많은 히브리어를 재생해내며, 『탈무드』와 『조정 목록』[77]을 공부했지. "흥미롭군, 흥미롭군"하곤 했네. 그러나 거의 모든 것을 잊어버리네. 그는 모든 종류

의 모임에 참석하며, 자네 연설도 들었으며, 카샤우가 그 연설에 열
광했다고 이야기했고, 또한 란게르가 미스라히 그룹[78]을 창설했을 때
도 참석했다네.

베를린이 결국엔 자네에게 모든 좋은 일을 가져다 주기를! 그리고
그곳에 대해 또 한 말씀 내게 편지하게나. 아니면 언젠가 하루쯤 슬
로바키아로 여행하지 않겠나? 자네가 지난번 말했던 그 소설[79]은 착
수했는가?
자네 부인과 모든 분들에게 안부를. 그림멘슈타인 체류 허가증에 대
해서 자네에 대한 감사를 베를린에 있는 에베르 서점으로 보냈네. 그
것이야말로 매우 특별한 친절이었던 것으로 여겨졌고, 여전히 그렇
게 여기네.

자네의 프란츠


레오 바움[80] 앞
[그림 엽서(뒤러의 〈다람쥐〉). 1920년][81]
친애하는 레오, 내가 병석에 있으며, 그래 이제서야 네 소식을 사랑
하는 부모님 편에 받을 수 있었단다. 잘 지냈다니 나야 행복할 따름.
어쨌거나 나는 일이 (당연하고 또 부차적인 그러나 남자다운 용기로서만
이 헤쳐 나갈 수 있는 불리한 점들을 도외시하고 말이지만) 그렇게 잘 될
것을 결코 의심한 적이 없었지. 나로서는 내 질투심과 싸우는 일이
항상 어려움을 만들었단다. 난 이제 그 '끔찍한' 질산은에 대한 생각
으로 그걸 시도해보지만, 잘 되지는 않아.—보누스 선생님[82]이 너도
벌써 가르치셨을까? 몇 년 전에 『자기 방어』에서 그분의 여러 글들
을 대단한 존경의 마음으로 읽었지.—이 엽서는 뒤러 시대에도 벌써

삼림 학교가 있었음을 네게 보여줄 게다. 다람쥐 한 마리가 집에서 방금 음식이 든 소포를 받았지, 급우는 고상하게 고개를 돌려버리고, 그러나 다시 곁눈질로 살펴보고 있단다. 그 첫 번째 다람쥐가 걸맞게 서두르고 있고.

진심 어린 안부를! 모든 좋은 소망을!

카프카 아저씨

# 1921년


## 막스 브로트 앞

[마틀리아리, 1921년 1월 13일]

가장 친애하는 막스, 지난 3일 동안 마틀리아리를 옹호하거나 아니면 아예 글을 쓸 형편이 아니었네. 시시한 일 한 가지. 한 손님이, 병자이지만 유쾌한 한 젊은이가 내 발코니 아래에서 홍얼거리거나 아니면 내 위쪽 발코니에서 한 친구와 (그 카샤우 사람으로, 그 자신은 내게 조심스러운 것이 마치 어머니가 아이에게 하듯 그러는데) 잡담을 나누는 거야.—그러니까 이 사소한 일이 벌어지는데, 난 내 안정 요법 의자에 누워서 거의 경련을 일으키곤 한다네. 내 심장은 그것을 견딜 수가 없으며, 그 한마디 한마디가 관자놀이 속으로 뚫고 들어오며, 그리고 이 신경 충격의 결과는 내가 밤에도 잠을 잘 수가 없다는 것이지. 나는 오늘 여길 떠나서 스모꼬베츠로 옮기려고 했지, 마지못해서, 왜냐하면 거기 모든 것은 나에게 적합하니까, 내 방은 매우 조용하고, 내 옆, 아래, 위에 아무도 없으니까. 그런데 내가 사심 없는 사람들에게서 스모꼬베츠에 관해 들은 바는, 나에게 혐오감만을 확인시켜주는 거야(주변에는 숲도 없으며, 이곳이 특히 더 아름다운데, 2년 전 모든 것이 큰 폭풍으로 넘어져버렸고, 별장과 발코니는 도시처럼 먼지투성이의 번잡한 도로변에 위치해 있다니). 그럼에도 가야 했을 터인데, 이제 여기서 어떤 조처를 내린 것이야. 내일부터 내게 우선적으로 안정을 보장해준다는 것인데, 그 두 친구 대신에 한 조용한 부인이 내 윗방을 쓰는 것으로 말이야. 그렇지 않을 경우 나는 확실히 갈 것이네. 어쨌든 얼마 후에는 확실히 떠나겠네, 단지 나의 '자연스러운' 불안감에서.

이 모든 것을 언급하는 이유는, 우선 내가 그 일로 너무 꽉 차서, 마치 이 세상이 내 위의 발코니와 그 소음 외에는 어느 것도 아닌 듯 하고, 두 번째로는 마틀리아리에 대한 자네의 비난이 얼마나 부당한지 일러주기 위해서지. 왜냐하면 발코니의 소음이라는 것이 (중환자의 기침, 방문 종소리의 울림!) 만원으로 번잡한 요양원에서는 더욱 심하며, 또한 위쪽에서만 오는 것이 아니라 사방에서 오니까. 그리고 마틀리아리에 대한 또 다른 비난은 내가 더는 인지할 수가 없네(만약에 그것이 내 방의 우아함이 별로라는 것인지는 몰라도, 그러나 그것은 결코 이의가 아니네). 그리고 세 번째로는 나의 이 순간의 내면적 상황을 자네에게 보이고 싶어서네. 그건 어느 정도 옛 오스트리아를 상기시킨다네. 그러니까 때로는 정말 잘 지냈지, 저녁이면 난방 잘 된 방에서 소파 위에 누워 있었지, 입에는 체온기를 물고, 근처에는 우유 단지가 있고, 얼마 동안 평온을 즐겼지. 그러나 그것은 다만 얼마 동안이었을 뿐, 바로 그 평온은 아니었네. 단지 한 가지 작은 일, 잘 모르겠네, 뜨루뜨노브[1] 지방 법원의 문제가 필요했는지, 빈의 왕관이 흔들리기 시작했는지. 치과 의사가, 그게 그의 직업인데, 위 발코니에서 반쯤 큰 소리로 공부를 하고 있으며, 전 왕국이, 그러나 정말로 그 전체가 일시에 불길에 싸이네.

그러나 이 끝없는 일들일랑 이쯤 해둠세.

나는 우리가 그 주요 문제에 대해, 자네가 그리 말하듯이, 기본적으로 다르다고는 생각지 않네. 나는 그것을 이렇게 말하고 싶네, 자네는 불가능한 것을 원하고, 나에게는 가능한 것이 곧 불가능하네. 나는 아마 자네보다 단지 한 계단 아래에 있나보이, 그러나 같은 층계에서. 자네로서는 그 가능한 일이 달성될 수 있겠지. 자네는 결혼을 했고, 아이들이 없는데, 그것은 자네에게 불가능해서가 아니라, 자네가 원하지 않았기 때문이네, 또한 바라건대 자네는 아마 아이들도 갖게 될 걸세. 자네는 사랑을 했고, 또 사랑을 받았지, 결혼에서뿐만이 아니라 더. 그러나 그것도 자네에게 만족스러운 것은 아니었지, 왜냐하면 자네는 불가능한 것을 원했으니까. 아마도 나는 같은 이유로 가능한 것도 성취하지 못할 걸세. 다만 이 섬광이 자네보다 한 발 앞서 나를 덮쳤지, 가능한 것에 도달하기도 전에, 그리고 그것은 무엇보다도 큰 차이이네, 그러나 본질적인 차이는 아마 아닐 것이네만.

예컨대 베를린 체험은 내게는 명백한 불가능으로 보이네. 그것이 한 호텔 여종업원[2] 이야기라는 것이 자네를 깎아내리지는 않네. 반대로 그건 자네가 그 관계를 얼마나 진지하게 여기는지 말해주네. 이 처녀는 표면상으로는 자네가 베를린에서 매료되었다던 것과는 매우 거리가 있네, 대신 자네가 체험한 모든 것은 사실 그 처녀를 압박했고, 그럼에도 그녀는 자네가 그 관계를 받아들이는 진지함에 힘입어 자신을 그렇게 강력하게 주장할 수 있었던 것이네. 그러나—내 이제부터 이야기하는 것 때문에 제발 화를 내지는 말게나, 하긴 어쩌면 그게 어리석고 잘못일는지 모르지, 아마도 나는 자네 편지의 이 부분을 잘못 읽었는지도 모를 일이야, 아마도 나는 또한 그동안에 일어났던 일로 인해서 반박당할는지도—어쨌거나 자네는, 자네가 그 처녀에 대한 관계를 그렇게 받아들이듯이, 또한 그 처녀를 그렇게 똑같이 진지하게 여기는가? 그리고 그게 이런 것 아닌가, 사람이 완전히 진지하게 여기지 않는 무언가를 완전히 진지하게 사랑하려는 것, 바로 그 불가능한 것을 원하는 것, 마치 누군가가 한 걸음 앞으로 나가고 그 다음엔 다시 한 걸음 뒤로 갔는데, 사실 증명에 맞서 두 걸음을 앞으로 나갔다고 주장하는 것처럼 말일세. 그거야 그로서는 바로 두 걸음을 나갔고 절대로 그 이하로 하지 않았으니까 말일세. 내가 지금 그 처녀가 말한 것을 자네가 인용한 그것을 염두에 두고 하는 말은 아니네, 왜냐하면 그것은 아마도 이 진지함을 매우 잘 소화시킬지는 몰라도, 만일 자네 자신이 그 처녀에게 무엇을 의미하는지 전혀 생각하지 않는다면 그게 어찌 되겠는가. 한 이방인, 한 손님, 그것도 유대인이, 그 예쁜 객실 당번 처녀에게 호감을 갖는 수백 명 중의 한 사람이, 그녀로서는 하룻밤의 손 내미는 진지함을 믿을 만한 한 사람이(혹여 그가 그런 진지함을 지니지 않았다고 하더라도), 그렇지만 그게 도대체 그 이상 무엇일 수 있겠나? 나라와 나라를 넘는 사랑? 편지 왕래? 전설적인 2월에 대한 희망? 이 대단한 자기 부정을 자네는 요구하는가? 그리고 자네가 그 관계에 대한 정절을 (그거야 내가 아주 잘 이해하지, 진정으로 깊은 정절을) 지키겠다는 것은 또한 그 처녀에 대한 정절을 말하는가? 이것이야말로 그 불가능한 것 위에 또 하나의 불가능한 것 아닌가? 그 속에 놓인 불행은 어쨌거나 끔찍하네. 난 멀리에서도 그걸 볼 수 있어. 그러나 자네를 그 불가능한 것으로 내모는 그 힘은—그것이 다만 욕망의 힘일지라도—매우 크고 사라질 수 없을 것이야, 자네가 결딴나서 돌아온다면, 대신 새로운 날마다 자넬 바로 세울 것이야.

자네는 내 생각을 이해하지 못한다고 말하지. 그것은 적어도 가장 가까이에서 본다면 매우 간단하네. 자네가 그것을 이해 못하는 이유는 오로지, 자네는 내 행동에서 뭔가 선한 것 또는 부드러운 무언가를 상정하는데, 그런데 이것을 발견할 수 없기 때문이야. 나는 이 문제에서 자네에게 이른바 여덟 번을 낙제한 1학년생[3]이 8학년생 대하듯 한다네, 그는 불가능한 것, 곧 졸업을 앞두고 있는데 말이야. 나는 자네가 해 나갈 투쟁들을 예감하네, 그러나 자네는 그것을 이해할 수가 없는 것이야. 만일 자네가 나 이 커다란 사람이 자질구레한 곱셈 숙제에 매달리는 것을 보는 것처럼 말일세. '8년이라!', 자넨 그리 생각할 게야, '이거 참 극도로 철저한 인간임에 틀림없군, 여전히도 곱셈을 하다니. 그러나 그가 그렇게나 철저하다 해도, 이제는 정말 할 수 있어야 하지 않나. 따라서 나는 그를 이해하지 못하겠어.' 그러나 내게 그 수학적 이성이 절대적으로 결핍될 수도 있다거나, 또는 내가 다만 창백한 공포심에서 속임수를 쓰지 못한다거나—가장 개연성 있기로는—내가 공포심에서 그런 이성을 상실했을 수도 있다는 것—그 모든 것을 자넨 떠올리지 않는 것이야. 그런데 그것은 아주 보편적인 공포, 바로 죽음의 공포인 게야. 마치 어떤 사람이 바닷속으로 헤엄쳐 들어가는 유혹에 저항할 수 없고, '이제 너는 인간이다, 위대한 수영가다'하며 그렇게 실려가는 것이 행복한데, 별다른 계기도 없이 갑자기 그가 몸을 일으켜보니, 보이는 것은 하늘과 바다뿐으로, 파도 위에는 그의 작은 몸뚱이뿐, 그러자 경악할 공포심이 생겨, 그로서는 다른 모든 것은 아무래도 좋고, 폐가 찢어지더라도 돌아와야만 하는 것. 바로 그런 것이야.

그러니 이제 자네의 길과 나의 길을 비교해보세—아니면 차라리 신중하게 하기 위해서 나와 비교할 것이 아니라—위대한 옛 시대와 비교하세. 참으로 유일한 불행이란 여인들의 불임이었으며, 그러나 설령 그들이 불임이었다 하더라도, 여전히 생산성을 강요했네. 이런 의미의 불임을—필요하면 나 자신을 중점에 세우세그려—나는 더 보지 못하네. 모든 품 안은 열매를 맺을 수 있으며 세상을 쓸데없이 히쭉히쭉 비웃는다네. 그리고 우리가 얼굴을 가릴 때면, 그래도 그것은 이 히죽거림에서 자신을 보호하기 위한 것이 아니라, 자신의 히죽거림을 들키지 않으려는 것이네. 뿐만 아니라 부친과의 투쟁은 많은 것을 의미하지는 않네. 그는 정말이지 다만 형님일 뿐이며, 또한 못된 아들에 불과하네, 그저 더 어린 동생을 시샘하여 결정적인 투쟁에서 현혹시키려 드는, 물론 성공적으로 그리하는.—그런데 이제 날이 완전히 어두워졌네, 최후의 신성 모독에 그래야만 하듯이.

프란츠

[종이 여백에] 자네 혹시 슈라이버⁴의 논문 사본이 있는가, 내게 빌려줄 수 있어? 곧바로 돌려주겠네.

자넨 또 틀림없이 그 시들⁵의 새로운 수정본을 가지고 있겠지? 아마도 이제 상당해졌을 책⁶의 사본도?

펠릭스와 오스카에게 부디 안부 전해주게. 내가 좀 더 안정되면 그들에게도 편지를 쓰겠네. 자네가 마틀리아리에 관해서 언급한 것을 다시 읽고 있는데, 아직도 내가 조목조목 답변해야 할 것으로 보네. *자네는 슬로바키아를 알고 있지, 그러나 타트라는 아닐걸. 여기는 부다페스트 사람들의 여름 휴양지였다네. 그래서 모든 것이 깨끗해, 음식도 좋아. 우리에게는 독일이나 오스트리아의 요양원이 다소 더 편안하리라는 것을 인정하지. 그러나 그것은 단지 처음 며칠 동안의 느낌일 뿐이네. 사람은 곧 적응하네, 말하자면 내 장점 중의 하나일는지. 그 점에서 자네는 나를 혼란시키려 하지(집에서도 다들 그러지). 그 문제를 자네가 요구한 대로, 막스, 진지하게 여기려네. 사실 나는 반대 명제를 더욱 나쁘게 보고 있네. 그것은 삶이냐 죽음이냐는 아니지만, 그러나 삶이냐 또는 1/4의 삶이냐 하는 문제이고, 호흡이냐 아니면 공기를 헐떡거리면서 천천히 (실제 삶이 지속하는 것보다 많이 더 빠르지는 않지만) 열에 들떠서 죽어가느냐 그런 것이지. 내가 그것을 이렇게 여기기 때문에 내가 할 수 있는 일을 그냥 두지는 않을 것이라고, 그 일이 절반쯤이라도 좋은 쪽으로 반전하게끔 말이야, 자넨 나를 믿어도 좋아. 하지만 왜 그 의사가—? 나는 자네 편지에서 그 해당 문장을 처음 읽을 때 벌써 너무도 놀라서 연필로 읽을 수 없도록 그어버리려고 했네. 결국 그가 하는 말은 분명 아주 어리석은 것은 아니야, 틀림없이 다른 사람들이 말하는 것보다는 덜 어리석을 것이야. 그건 심지어 성서적이더군. 창조적인 생의 호흡을 완전히 들이마실 수 없는 사람은 모든 면에서 병이 날 수밖에 없다니.

어쨌거나 내가 육식 없이도 치유될 수 있다는 것을, 거의 육식을 하지 않았던 취라우에서 증명했네. 그리고 사람들이 내 좋아진 용모 때문에 두 주일 후에는 나를 다시 알아보지 못했던 메란에서도. 어쨌든 그 적이 중간에 끼어들었고, 그러나 육식이 그를 막지도 못하고, 금육이 그를 붙잡지도 않네. 놈은 어쨌거나 오니까.

나는 여기에서 많이 회복되었네. 만약에 많은 일들이 M.[7]과 연관이 없는 것을 방해하지 않았더라면 더 한층 좋아졌을 것이네.

부모님 때문에, 이제는 또 자네 때문에, 그리고 마침내 또한 나 때문에 유감이네(왜냐하면 이 점에서 우리는 하나이니까), 내가 바로 처음에 스모꼬베츠로 가지 않았으니 말이네. 그러나 내가 여기에 있는데, 왜 좋지도 않은 위험한 교환을 감행해야 하며, 겨우 4주도 안 되어 여기를 떠나야 하겠는가, 모두가 내게 필요한 것을 주려고 매우 품위 있게 노력하는데.

*[뒤에다 덧붙임] 그런데 나의 계획들은 (공사의 배후에서) 자네가 상상하는 것보다도 훨씬 대범하다네. 3월까지는 여기에, 5월까지는 스모꼬베츠에, 여름 내내 그림멘슈타인에, 가을에는—그건 모르겠네.


**막스 브로트 앞**
[마틀리아리, 1921년 1월 말]
가장 친애하는 막스, 또 다른 후기일세, 그러니까 그 '적'이 어떻게 나

타나는가를 자네가 보도록 말일세. 그것들은 정말이지 확실히 내면의 법이야, 그러나 거의 외부의 법을 향해서 장치된 것처럼 보이지. 아마도 자네는 몸소 참여하지 않은 자로서 그걸 더 잘 이해할 게야.

그 발코니—불행에서 조금도 회복될 기미가 없네. 위쪽 발코니는 이제 조용하긴 하나, 불안에 예민해진 내 귀는 이제 모든 것을 듣는다네, 심지어 그 치과 의사의 소리도 듣는다니까, 그는 내게서 창문으로 4개 그리고 층 하나 정도 떨어져 있는데도 말이야.

[방 배치도가 그려져 있음]

그리고 비록 그도 유대인이고, 공손하게 인사하고, 그리고 확실히 전혀 나쁜 의도는 없을지라도, 그는 나에게는 절대적으로 '낯선 악마'가 된 거야. 그의 목소리는 나에게 심장의 통증을 일으킨다니까. 그 소린 메마르고, 무겁게 움직이며, 사실은 낮은 소리야, 그렇지만 벽을 꿰뚫네. 내 말했듯이, 난 먼저 이것에서 회복되어야 하는데, 잠정적으로 아직 모든 것이 나를 방해하고 있어. 가끔은 나를 방해하는 이것이 바로 인생 자체인가 여겨진다네. 그렇지 않다면야 어찌 이 모든 것이 나를 방해한단 말인가?

그리고 참 어제 여기에서 무슨 일이 벌어졌는데, 여기에는 내가 아직 한 번도 본 적이 없는 환자 한 사람 이외에도 또 한 사람 침대에만 누워 있는 환자가 있다네, 체코인이며, 내 발코니 아래에 거주하는데, 폐와 후두 결핵을 앓고 있으며('생 또는 사' 이외에 또 다른 하나의 변종이지), 그의 병 때문에, 그리고 그 자신 이외에 여기에 단 두 명의 체코인들이 있는데 어쨌든 그 환자에 전혀 관심을 갖지 않기 때문에 그는 소외되어 있다고 느낀다네. 나는 그와 복도에서 겨우 두어 번 몇 마디 주고받았을 뿐인데, 그가 객실 당번 처녀를 통해서 나더러 한번 들러달라는 청을 했네. 한 쉰 살쯤 된 친절하고 조용한 분이며, 성년이 된 두 아들의 아버지더군. 나는 방문을 짧게 하기 위해서, 저녁 식사 직전에 그를 보러 갔네, 그랬더니 식사 후에 다시 잠깐 들러달라더군. 그러더니 자기 병에 관해서 들려주며, 작은 거울을 보여주었지. 햇볕이 나면 그의 목구멍 속으로 깊이 삽입해야 하는 것이래, 햇빛에 목구멍의 농양을 비추려고. 그리고 또 커다란 거울을 보여주었는데, 그것은 목 안을 들여다보는 것인데, 그 작은 거울을 제대로 놔두기 위한 것이라네. 그는 그러더니 나에게 그 종양의 그림을 보여주었는데, 그게 3개월 전에 처음 나타났다더군. 그러고서 자기 가족에 관해서 짧게 얘기를 들려주었어, 일주일 동안 그들에게 아무런 소식이 없으니, 걱정이 된다는 것이었네. 나는 들으면서, 가끔 질문을 하기도 했지, 그 거울과 그림을 내 손에 들고 있어야 했어. 내가 거울을 멀리 들었더니, "눈에 더 가까이"하더군. 그리고 마지막에는 별다른 변화가 없기에 자문했지, (난 전에도 가끔 그런 발작이 있었고, 그건 꼭 이런 질문으로 시작된다네) "네가 지금 실신을 하면 어찌될까", 그러고는 곧 이 실신 상태가 마치 파도처럼 내 위를 덮쳐오는 것을 보았지. 마지막 순간에는 의식을 단단히 붙들었지, 적어도 그랬다고 생각되는구면. 그러나 내가 아무런 도움 없이 그 방을 빠져나오는 것을 상상도 할 수 없었어. 그가 뭔가 더 말을 했는지, 그것도 모르겠어. 나에겐 소리 없는 정적이었지. 마침내 정신을 가다듬고, 좋은 저녁이다 뭐 그런 말을 했지, 그건 아마 내가 그의 발코니로 비틀거리며 나와서 거기 냉기 속에서 난간에 앉아 있는 데 대한 설명 같은 것이었지. 난 거기서 겨우 속이 좀 거북하다고 말할 수 있을 정도에 이르렀고, 인사도 없이 그 방을 빠져나올 수 있었다네. 복도의 벽들 그리고 층계참 의자의 도움을 받아서 내 방으로 겨우 돌아왔지.

나는 그 사람에게 뭔가 좋은 일을 하려고 했는데, 결과적으로 매우 나쁜 짓을 하고 말았네. 아침에 들은 말로는, 그가 나 때문에 밤새 한잠도 못 잤다는 거야. 그래 놓고도 나는 나 자신을 탓할 수가 없으며,

오히려 이해 못할 것이, 왜 누구나 실신을 하지 않느냐는 걸세. 거기 그 병상에서 바라본다는 것은 정말이지 사형 집행보다 훨씬 나쁜 것이며, 그래 정말 고문보다도 나쁜 일이네. 사실 그 고문들을 어디 우리가 직접 발견한 게 아니지 않은가, 그 대신 질병에서 그걸 배우지. 그러나 질병이 그러하듯이 고문하는 사람은 없네. 여기서는 수년간 고문이 자행되었지, 효과적으로 쉬어가면서, 그래서 그게 그리 빨리 결딴나지 않게시리―가장 특이한 점은―그 고문 당사자 스스로가 그런 강요를 자초하는데, 자의적으로, 그 가련한 내면에서, 고문을 길게 늘일 것을 강요하니 말이야. 병상에 누워만 있는 이 완전히 비참한 삶, 발열, 호흡 곤란, 투약, 그 괴롭고 위험한 (조금만 서툴게 움직여도 쉽게 햇빛에 데일 수 있으니까) 거울 보기는 다른 목적이 있을 수 없지, 그는 언젠가 농양으로 질식하고 말 것이니까, 이 농양의 성장을 지연시킴으로써 바로 이 비참한 삶, 열 등을 가능한 한 오래 지속할 수 있도록 하는 것이 목적이지. 그의 친척들이며 의사들 그리고 방문객들은 불길이 타오르지는 않으나 천천히 작렬하는 장작개비 위에 문자 그대로 어떤 발판들을 구축했으니, 그럼으로 해서 감염의 위험 없이 방문하고 냉각시키고 위로하고 계속되는 비참함에 격려할 수 있는 것이라네. 그리고 자신들 방에 돌아가서 그들은 완전히 겁을 먹고서 몸을 씻는다네, 나처럼 말이야.

어쨌든 나 역시 거의 잠을 못 이뤘네, 하지만 두 가지 위안이 있었네, 첫째는 강력한 심장의 통증, 그리고 그것은 또 다른 종류의 고문자를 나에게 상기시켰는데, 그자는 훨씬 빨라서 훨씬 부드럽네. 그리고 나서 나는 엄습해오는 꿈들 가운데서 마지막에 이런 꿈을 꾸었지. 내 왼편에 조그마한 셔츠를 입은 한 어린애가 앉아 있었어 (그 앤 적어도 내 꿈의 기억에 따르면 아주 확실한 것은 아니나 그래도 내 친자식인 듯했어, 그게 날 성가시게 하지도 않았고), 오른쪽은 밀레나였지, 둘 다 나를 밀치듯 다가와 앉았고, 난 그들에게 내 서류 가방에 대해서 이야기를 했어. 그게 사라져버렸거든. 난 그것을 다시 찾았는데, 그러나 다시 열어보지 않았고, 그래서 또한 그 속에 여전히 돈이 들어 있는지도 알 수가 없었어. 그러나 설사 그것을 잃어버렸다 해도 그건 아무래도 좋았어. 만일 두 사람만 내 곁에 있다면 말이야.—아침까지도 나를 휩쓸었던 그 행복감을 이제는 물론 더는 따라잡을 수가 없네.

그건 꿈이었네, 그러나 현실은 3주 전에 (많은 비슷한 편지들 다음이었지, 그러나 이것은 극도의 필연성에 부합하는 것이었지. 나로서는 이제 끝을 냈지만, 끝을 내고 또 그렇게 돼야 할 필연성에 부합하는, 가장 결정적인 편지로) 다만 자비를 청했던 일일세, 더는 편지하지 말자고 그리고 우리가 서로 보는 일을 막자고.

그런데 말이지만, 나는 이번 주에도 몸무게가 불어서, 4주째 총 3.4킬로그램이 늘었네. 펠릭스와 오스카에게 부디 안부를. 오스카의 시칠리아 여행에서 어떤 결과가 나왔는가? 그리고 그 두 사람 다 뭘 하는가? 루트*는 어떻고?

저녁에 발코니의 시원찮은 불빛에서:
이 편지가 며칠째 그대로 있었네, 아마도 내가 다음에 무엇이 '일어날' 것인지를 덧붙이려고 했는지. 아주 심각한 일은 없었네.
오늘 자네 편지를 읽고서 부끄러웠네, 자네와 그 처녀에 대해서 내가 했던 말 때문이었지. 만약에 내가 결혼을 했던들 그리고 내 아내에게 그 같은 일을 저질렀더라면, 아마도 나는, 과장해서 표현하자면(그러나 그 전제보다 더 과장된 것은 아닌데), 나 자신 어디 구석으로 들어가서 스스로를 교살할 것이야. 그러나 자네는 그것을 언급조차 하지 않을 만큼 나를 용서하는군. 물론 자네는 지지난번 편지에서 너무 일반론적으로 썼는데, 그러나 나는 그 보편적인 것들을 내가 썼던 것과는 다르게 표현했어야 했어. 그럼에도 그것에 대한 내 기본 감정은 변한 것이 없으며, 다만 그렇게 어리석고-쉽게 입증될 것은 아니라네.

아마도 내가 나 자신에 관해서 이야기한다면 그것에 좀 더 가까워질 수 있겠지. 난 지금 자네 편지를 손에 들고 있지 않으이(그리고 그것을 가져오려면 내가 무거운 포장에서 기어 나와야 한다네). 그렇지만 내 생각에는 자네가 이렇게 말했다 싶으이. 만일 완전성을 향한 노력이 여자에게 이르는 것을 방해한다면 그것은 나에게 또한 다른 모든 것도 불가능하게 만들 것이라고, 식사, 사무실 등등을.

그것은 옳아. 완전성을 향한 노력이 다만 내 커다란 고르디우스 매듭⁹의 작은 일부에 불과할지라도, 그러나 여기 각 부분이라는 것 또한 전체이며, 그렇기 때문에 자네가 하는 말이 옳으이. 그러나 이 불가능성 또한 실제로 존재하지, 이런 식사의 불가능성 따위가, 다만 이것이 혼인의 불가능성처럼 그렇게 조야하게 눈에 띄는 것은 아니라는 것이 말이야.

이 문제에서 우리 서로 비교해보세나. 우리 둘은 육신성의 장애를 지니고 있네. 자네는 그것을 영광스럽게 극복했네.¹⁰ 내가 이러한 생각들을 하는 동안에, 스키 타는 사람들이 길 건너 언덕에서 연습을 하는 중이었네. 그들은 여기서 보는 일상적인 호텔 손님들이라든지 근처 군 막사에서 온 병사들이 아니었네. 그들은 충분히 인상적인 것이, 지방 도로 위에서의 이 진지한 미끄럼 활주, 위에서 아래로의 활강, 아래서 위로의 역주, 그러나 이번에 그 세 사람은 롬니츠에서 왔고, 그들은 틀림없이 예술가들은 아니네, 하지만 무슨일을 해내었는가! 한 키다리가 앞장서고, 좀 더 작은 두 사람이 뒤를 따랐네. 그들에게는 언덕도 도랑도 둑도 없었네. 그들은 자네 펜촉이 종이 위를 스쳐 가듯 땅 위를 미끄러져 갔네. 언덕 아래로는 훨씬 빨라서, 그건 바로 질주였어, 하지만 언덕을 오를 때도 적어도 나는 듯싶었네. 그리고 그들이 하강하면서 보여준 것이, 글쎄 난 잘 몰라, 그것은 정말 위대한 텔레마르크 스윙"인지(그것이 옳은 용어이던가?), 아무튼 그건 꿈만 같았으며, 건강한 사람이라면 바로 그렇게 깨어 있다가 잠에 빠지겠지. 그게 그런 식으로 15분 동안 이어지더군, 거의 침묵 속에서(그때문에 내 사랑의 일부이지), 그리고 나서 그들은 다시 한번 거리로 나섰고—그걸 달리 표현할 수는 없을 게야—롬니츠를 향해서 휙휙 덮쳐 내려갔네.

나는 그들을 눈여겨 바라보았고 자네를 생각했지. 그런 식으로 자네는 자네의 육신성을 극복했군.

그와 반면에 나는—나는 계속 글을 쓰려고 했네.

그러자 며칠 매우 나쁜 밤들이 닥쳤네. 처음 이틀 밤은 우연한, 잠시 지나갈 하룻밤의 원인에서 왔고, 나머지들은 내 천골 부위에 생긴 농양으로 인해서였네. 난 밤낮으로 누워 있어야 했고, 밤이면 잠을 잘 수가 없었네. 그것들이야 시시한 일들이며, 그리고 만일 그런 유의 농양이 더 나타나지 않으면 난 그 손상을 쉽게 다시 회복할 걸세. 이 이야기를 하는 것은 다만 누군가 내 체중과 체력 증가를 방해하고자 하는 사람이 있다면(지금까지는 그런데 다만 내 체중 증가만 확인했는데, 5주에 4.2킬로그램이라네), 그가 내 위에서 안장에 꽉 붙어 앉아 있음을 보여주려고 그러네.

다른 비교는 오늘은 그만두려네, 막스, 나는 너무 피곤해. 그것은 또한 너무 복잡한 일이네. 자료는 시간이 경과함에 따라 괴물처럼 불어나고 또 집중은 되지 않아서, 누구라도 그것을 다시 시작하려면 하는 수 없이 수다를 떨 수밖에 없겠고.

자네가 오려고? 물론 와야 하네, 만약에 그렇게 큰 애로 없이 가능 하다면. 그러나 나는 별 가능성을 보지 못하네, 만일 자네가 슬로바키아 여행을 한다면 또 몰라. 자네 편지에서 추측건대, 자네는 베를린 여행과 연결시키려고 하는지, 이를테면 오더베르크[12]를 경유해서. 안 되네, 그건 너무 힘들 걸세. 그리 말게나, 나를 위해서도 하지 마. 그건 내게 너무 과중한 부담을 주니까. 아니면 자네 혹시 3일 이상 머물 수 있겠는가, 자네 자신을 위한 휴가로서?

이전 이야기에 대해 계속 논의하고 싶으이, 그렇게 요설이 들끓는구 먼. 자넨 강조하네, "무엇에 대한 두려움인가" 하고. 그렇게나 많은 것에 대한, 하지만 이 세속적 차원에서는 무엇보다도 내가 다른 사람의 짐을 지기에 충분치 않다는 두려움, 육체적으로도 안 되고, 정신적으로도 안 되는 그런 것에 대한 두려움일세. 우리가 거의 한 마음이 되는 한, 그것은 '뭐라고? 우리가 거의 한마음이라?' 하고 더듬어 찾는 두려움에 불과하네. 그리고 이 두려움이 제 몫을 다했을 때, 그것은 마지막 바닥까지 설득적이며, 논박할 여지가 없는, 참을 수 없는 두려움이 된다네. 아닐세, 그 일일랑 오늘은 그만하세, 너무 지나 쳤네.
자네는 데멜의 「서한들」[13]에 대해 언급하고 있는데, 나는 12월호에 게재된 것들만 알고 있을 뿐이네, 반쯤은 인간적인, 유부남다운.
아무래도 그 문제로 되돌아와야겠네. 자네는 쓰기를 "왜 사랑 앞에서는 인생의 다른 모든 사건들에서보다 더 두려움을 갖는가?"라고, 바로 그 앞에 "사랑에서 나는 간헐적인 신성함을 가장 가까이 가장 자주 체험했다"고 하네. 이 두 문장을 합해서 볼 때, 자네는 마치 이렇게 말하려 했던 것 같네, "왜 여느 가시덤불 앞에서는 불타는 가시덤불 앞에서와 똑같은 두려움을 갖지 않는가?"라고.

그건 정말 이러하네, 마치 내 삶의 과제가 집 하나를 소유하겠다는 것으로 이뤄진 것 같은.—그것 또한 해결할 수 없네. 며칠간은 중단, 피로, 약간의 신열(아마도 농양 때문에), 밖에는 맹렬한 눈보라, 이제는 좀 더 나아지네, 비록 오늘 저녁에는 새로운 장애가 일었지만, 바라건대 그리 심각한 것이 아니라서, 그것을 단지 기록하는 것으로 억누르려 하네. 식탁의 새 이웃은, 나이 든 미혼녀로, 역겹게 분 바르고 향수 뿌리고, 틀림없이 심하게 병들고, 또한 신경성으로 혼란스럽고, 사교적으로 수다스럽고, 체코인으로서 부분적으로 나에게 의존하고(이제는 여기에 체코인들이 다소 좀 많아졌는데, 그러나 그들은 금방 떠난다네), 또한 나로부터 먼 쪽의 귀는 잘 못 듣네, 나는 효과적으로 나를 보호해줄 무기가 하나 있는데, 오늘 그녀가, 나에게 말한 것은 아니지만, 그녀가 좋아하는 신문은 『벤꼬프』[14]이며, 특히 그 사설 때문에 그렇다네. 매혹적으로 나는 저녁 내내 그것을 생각하고 있었네. (그런데 그녀는 스모꼬베츠에서 왔으며, 많은 요양원을 거쳤는데 특히 한 곳을 지나치게 칭찬을 하네, 그림멘슈타인이라고. 그러나 그곳은 3월에 정부에 매각되었다네.) 아마도 가장 교활한 방법은 그 설명을 가지고 그녀가 취소할 수 없을 어떤 것을 말할 때까지 기다리는 것이었겠지. 그림멘슈타인에 대해서 그녀는 이렇게 말하더군, "소유주는 유대인인데, 그러나 운영을 기막히게 잘한다"[15]고. 하지만 그것으로 충분하지는 않지.

그런데 말이지만, 막스, 내가 쓰는 모든 것으로 미루어 내가 추적 망상증을 앓고 있다고 생각지는 말게. 나는 경험에서 빈자리가 없다는 것을 알지, 그래서 만일 내가 내 말 잔등에 앉지 않으면, 그렇다면 바로 그 추적자가 그곳에 앉게 되는 것이지.

그러나 이제 끝을 낼까 하네(그러잖으면 자네는 여행 떠나기 전에 이 편지를 받지 못할 것이니), 비록 내가 말하고자 했던 것을 아직 다 하지 못했고, 이제서도 겨우 나 자신을 우회하며 자네에게 이르는 길을 제대로 발견하지 못했지만 말이야. 그게 참 처음에는 적어도 어슴푸레 분명했는데. 그러나 이것은 단지 좋지 못한 작가의 패턴이지. 그는 그 보고해야 할 것을 마치 무거운 바다뱀처럼 팔에 감아두고 있으며, 그가 왼편 오른편 더듬어 찾는 어느 곳이고 간에 그것은 끝이 없고, 그리고 그가 심지어 포옹하는 것일지라도 견딜 수 없어 하네. 그러다가 특히 저녁 식사를 마치고 자신의 조용한 방으로 되돌아가면서 식탁 이웃과의 단순한 접촉에서 온 고통스러운 후유증으로 거의 신체적으로 부들부들 떨고 있는 어떤 사람이라도 그렇다네.

그러면서도 나는 이 편지 전체를 통해서 무엇보다도 두 가지 변수를 생각하고 있다네. 첫째는 불가능한 것으로 여겨지는데, 그 신문,『아르덴 신문』같은 것, 불가능이야, 편집진이 불가능, 작업 과부하가 (자네가 아마 유일한 음악 기고가는 아니겠지?) 너무 심해, 정치적 입지는 (그러한 신문의 협력자들은 어떤 입장을 견지해야 하니) 너무 강하고, 그 모든 것이 자네에게는 무가치하네. 유일한 이익이 있다면 아마 그 높은 수입일 것이야.

그러나 두 번째 일, 왜 그것이 가능하지 않느냐? 무엇을 위해서 정부가 돈을 내느냐? 정부는 매우 즉흥적이며, 또한 매우 긴급 사태에 있지, 바로 그렇기 때문에 여기저기에서 또한 매우 특별한 것을 만드는 것이고. 그리고 이것은 뭔가 그런 종류의 것이지, 그건 자네가 행했던 것에 대한 감사 바로 그것이라네, 아마도 (그와 관련해서 어떤 관료적 제한이 성립하겠는가? 오랜 세월이 지나도록 자네는 그런 종류의 어떤 일에도 개입하려 들지 않았네) 앞으로 행하게 될 그것에 대한 것도. 말이 났으니 말이지만, 이런 종류의 일들은 체코슬로바키아에서만 일어나는 것은 아니지. 그런 일들은 전시에 이루어지는 언론 획책의 좋은 유산이네.

묘한 일이야—이것을 덧붙여야겠네, 그리고 그것은 베를린과 관련한 자네 결정의 어떤 확실성을 지니네, 비록 그것이 그렇게 단도직입적으로 설득력이 있는 건 아니지만—묘한 일이야, 자네가 자네의 모든 전문적 힘을, 내 말은 자네가 여기로 끌어들이기를 바라는 그 힘을, 시온주의에 내주는 데 망설이다니.

그 글[16]을 동봉하는데, 그걸 단숨에 빨리 여러 번 읽었네, 어찌나 머리가 핑핑 돌게 쐬었는지(사업상 서류들에 대한 몇 가지 회피적인, 약간 멋부려 쐬어진 것을 제외하고선). 그런데 그것이 고발로서 쓴 것인가, 아마 아니겠지? 그리고 그것이 구체적으로 바로 베를린에 맞아떨어지는가? 아무 데나 대도시가 아니라? 적어도 서구적 의미에서, 필수적으로 '삶'을 한층 쉽게 해주는 인습들이 한층 강력해지고 질식할 것처럼 되는 대도시들.

자네는 자네 소설[17]을 카발라의 연구와 관련해서 언급하는데, 거기에 무슨 관련이 있는가?

그 시집은 어제 받았네. 자네는 나를 생각하는군.

펠릭스와 오스카에게 부디 안부를, 그들 역시 나를 잊어서는 안 되지, 내가 편지를 쓰지 않을망정.

그런데 말이지만 일주일 전에 M.에게 또 하나의 편지, 마지막 편지를 받았네. 그녀는 강하고 그리고 변함없네, 어딘지 자네가 말하는 의미에서. 자네 또한 변치 않을 사람이지. 하지만 아니지, 여자들은 자네를 그렇게 말하지 않지. 아니, 왜 아니겠어, 자네도 어떤 의미에서는, 난 그 점을 특히 높이 사는데, 여자들에 대해서 변함이 없지.

## M.E. 앞

[마틀리아리, 1921년 1월/2월][18]

친애하는 민체, 하루 일로 지쳐서(그것은 온실 일과 같소), 마지막 우유 잔을 아직 마시지 못했으며, 마지막 체온 재기도 안 했고, 구강에 체온기를 물고서, 소파에 누워 있소. 민체, 이 넓은 세상에서 어디를 달리고 있는 중이오? 내 생각에는 만일 당신이 사나이라면 로빈슨 크루소가 되었거나 또는 뱃사람 신바드가 되었을 것이며, 그리고 아이들은 당신에 대한 책들을 읽을 것이오.

어떻게 돼서 당신이 알렘을 떠났나요? 좋은 사이로 또는 나쁘게? 그러면 그 원예 학교가 거기에 이미 존재하지 않는가요? 그리고 당신의 지금 회사[19]가 당신을 아무 사전 훈련 없이도 도제로 받아준 것이오? 2년간 예정으로 (2년 의무라는 것이 무엇이오?) 비용과 숙식을 포함해서?

몇 가지 불분명한 점이 있긴 하지만, 그러나 그 밖에 당신이 행한 일은 훌륭하오, 용감하며, 자랑스럽게 보이오. 당신 편지는 두 가지로 되어 있는데, 하나는 길고 즐겁고 그리고 하나는 짧고 슬프오. 그러나 그것은 당신이 당신 스스로의 발로 걷는다는 것을 보여주오, 왜냐하면 세상만사 그 자체는, 테플리츠의 거리에서 굴러가듯이, 즐거운 것도 슬픈 것도 아니기 때문이오. 그 대신 비록 그것이 순간적으로는 즐겁게 또는 슬프게 보인다 하더라도, 항상 다만 흐릿한 절망적인 혼합이라오.

당신 편지는 비교적 좋은 기간의 바로 마지막 날에 도착했소. 발코니에서 그것을 읽었는데, 그 발코니는 쉘레젠의 것과 매우 닮았으나 다만 눈 덮인 산들에 아주 가깝고, 그 대신 조금 더 초라하고 금방 쓰러질 듯하지요. 그러니까 난 그 편지를 거기서 읽었다오. 당신의 행복에 대해서 행복해했고, 당신의 슬픔에 대해선 그리 몹시 괴로워하지는 않은 채, 발은 물론 발 담요에 넣고 당신의 브로켄 산책을 함께했다오(몇 년 전 어느 때 수주 동안 브로켄 기슭 융보른 요양원에 있었다오,[20] 아마도 당신은 그곳을 지나갔을 것이오, 그곳은 하르츠부르크에서 멀지 않아요, 난 거기에서 몇 주 동안 있었으며, 그리고 그때는 내가 건강했지만 브로켄까지는 가보지 않았소. 왜 그랬는지는 모르겠소. 그곳 사람 하나가 한번은 따뜻한 밤에 발가벗고 등산을 했소. 코트만 하나 등에 메고서. 그러나 난 바깥 움막에서 잠자기를 더 좋아했지요, 그 시절엔 잠은 아직 달콤했으며, 그리고 숲속의 여인 밀체는 겨우 태어났을까 말까, 아니지, 그녀는 이미 몇 살은 됐으며 좀 덜 얌전한 테플리츠 여학생이었겠소.)

그렇소, 그것은 그러니까 아름다운 지난날이었고, 하지만 그다음엔 한층 나빠져서, 모든 종류의 일들이 닥쳤소. 나중에는 감기까지 걸렸으며 그리고 침대에 누워 있어야만 했어요, 거의 끊임없이 폭풍이 부는 3주 내내. 허나 이제는 드디어 나아졌소, 하늘에서나 땅에서나.

친애하는 밀체, 다시 여러 날 중단되었소. 난 썩 좋지가 못했어요. 그러나 또한 철저히 나쁜 것도 아닌, 다만 글씨를 쓰려고 손을 치켜드는 일이 조금 피곤했지요. 아마도 폭풍우가 문제였어요, 숲에서 노도가 치는 것이 마치 발트 해 같았어요. 그러나 이제 지난 며칠은 날씨가 청명하고, 낮에는 강렬한 햇빛이 내리쬐고 그리고 밤에는 그렇게도 혹한이라서 만약에 귀덮개 없이 몇 분 동안 외출을 하면 귀가 갑자기 어찌나 따가운지, 집에서 겨우 200걸음 떨어져 있더라도 다시는 집에 못 돌아갈 것 같은 생각이 들 정도라오. 날씨는 며칠 그럴 것 같아요.

그리고 당신은 어떻소, 밀체, 당신은 그렇게 고되게 일을 하오? 그것을 지탱할 수 있겠소? 한때 프라하의 원예 연구소[21]에서 많은 정원사들과 함께한 적이 있는데, 그들은 자신들의 경험에 대해서 얘기했지요. 모두가 양묘원養苗園 경영이 가장 많은 일거리라는 데 의견이 일치했어요. 그때 나는 보헤미아에서 가장 큰 양묘원(마쉑, 투르나우)에 가본 적이 있었는데, 그곳은 그다지 나쁘지는 않았소. 그곳은 주로 묘목원이었으며, 이른 봄과 가을의 운송 시기를 제외하면 사람들이 매우 좋은 생활을 하고 있더군요. 어쨌거나 이 사업은 벌써 조금 하향길에 있으며, 독일의 효율 경제와는 거리가 멀다오.

책들이라니요? 원예와 무관한 책들을 읽을 시간이나 있나요? 당신에게 조그마한 책[22]을 보내도록 하지요, 거기서 당신은 지난 세기 작은 발트 해 휴양지에서의 삶에 놀라게 될 것이오. 그리고 곧 다시 당신에게 편지를 쓰겠소. 용기를, 민체, 용기를!

당신의 카프카

[종이 여백에] "만약에 의사들이 옳다면"이란 뭘 뜻하지요?

오틀라 앞
[1921년?][23]

사랑하는 오틀라, 지난 밤, 1월 31일과 2월 1일 사이 한밤중 5시쯤 잠에서 깨어났단다, 네가 "오빠"하고 방문 앞에서 부르는 소리를 들었지, 살며시, 그러나 분명하게 들었단다. 나는 곧장 대답을 했는데, 더는 아무 일도 일어나지 않았어. 넌 무엇을 바랐니?

프란츠 오빠

## 막스 브로트 앞

[마틀리아리, 1921년 2월 초]

친애하는 막스, 자네에게 코쉘[24] 주소로 끝없는 편지를 보냈네, 그러나 그 편지는 2월 1일에야 도착할 듯하네. 아마 자네는 그것을 아직 받아 볼 수 있을 터이지만, 그러나 그렇지 않은들 잃을 것은 아무것도 없네, 왜냐하면 그것은 그냥 끝이 없는 것이었느니. 또한 중간도 없고, 다만 시작이, 시작이 있었을 뿐이네. 나는 전체를 새로 시작할 수도 있다네, 하지만 베를린이 그것으로 무엇을 시작할 것인가?

그 편지는 여러 가지 방해로 지연되었는데, 그 이유가 거기에 다 열거되어 있네. 하지만 가장 새로운 것은 포함되어 있지 않네, 왜냐하면 그 편지를 보냈을 때야 비로소 그것을 느꼈으니까. 나는 감기에 걸렸거나, 아니 어쩌면 감기에 걸리지 않았네, 왜냐하면 어떤 세부적인 일로 내가 감기에 걸리게 되었는지 알 수가 없으니까. 고약한 날씨, 거의 2주간 끊임없이 계속된 폭풍은 별다른 상황 없이도 간단히 나를 병석에 내던져버렸네. 나는 꼬박 나흘 동안 침대에 누워 있었으며, 오늘도 아직 침대에 있는데, 다만 이 저녁에야 잠시 일어났다네. 심한 것은 아니었는데, 차라리 지레 조심해서 자리에 누운 것이랄까, 다만 기침을 하고 침을 내뱉을 뿐, 특이한 신열은 없었네. 의사가 오늘 폐를 면밀히 진찰해보고서 말하기를, 새로운 어떤 일도 없으며, 사실 이삼 일 전보다도 더 낫다고 했네. 여전히도 나는 그것에 지쳐 있으며, 5주째 말에는 4.2킬로그램의 증가를 보였던 체중이 내일도 틀림없이 잘해야 같은 수준을 유지할 걸세. 그러나 이 모든 피곤과 장애에도 이 순간 불평을 하지 않으려네. 왜냐하면 지난 6주 동안에 일어난 모든 일들이 메란에서라면 겨우 3일 밤낮의 돌파력을 한데 합쳐 단단히 반죽해놓은 데 불과하니까. 어쨌거나 난 그 당시 아마도 더 많은 저항력을 지녔을 것이네.

수요일.

간밤에 방해를 받았네, 그러나 기분 좋게. 21세의 의과 대학생[25]이 있는데, 부다페스트 유대인이며, 매우 노력형이고, 지적이며, 또한 지극히 문학적이네. 그런데 그는 외모가 전체로 보아서는 어딘지 더 거칠게 보이지만 베르펠을 닮았네, 타고난 의사들이 그렇듯이 사람을 그리워하고, 반시온주의자야. 예수와 도스토예프스키가 그의 안내자라네. 그가 9시가 넘었는데 본관 건물에서 건너왔네, 나에게 (거의 그럴 필요가 없는데) 압저포壓抵布를 해주려고. 나에 대한 그의 특별한 친절은 사실상 자네 이름의 효과에서 온 듯했네. 그는 자네 이름을 매우 잘 알고 있었네. 그와 그 카샤우인에게는 자네가 여기를 방문할 가능성은 당연히 굉장한 뉴스거리였네.

이 가능성과 관련해서 나는 프라하에 편지를 썼지, 만약에 자네가 온다면 매우 기쁘겠지만, 그러나 단 자네가 어쨌든 슬로바키아 여행을 한다거나, 아니면 자네 자신의 휴식을 위해서, 곧 꽤 오랫동안을 와서 머물 수 있다는 조건이었네. 그러나 만약에 그것이 특별 여행으로라면, 프라하에서든 브륀에서든, 또는 (자넨 그것을 베를린 여행과 연결시키려 하는 것 같은데) 예컨대 오데르베르크나 그 밖의 어느 먼 곳에서는 제발 오지 말게나. 그건 나에게는 너무 무거운 책임을 지게 하네.

그리고 베를린에서는 행복하고 재미있게 보내게나! 내가 데멜의 서한에 대해 뭔가 고약한 것을 편지에 쓰더라도, 그것은 분명히 자네와는 아무런 상관이 없네. 한 여인을 사랑하고 그리고 불안감에 공격받지 않는다는 것, 또는 적어도 불안감에 버틸 수 있다는 것, 그리고 더구나 이 여인을 아내로 삼는다는 것은 나로서는 그렇게도 불가능한 행복이어서, 난 그것을―계급 투쟁적 의미에서―증오하네. 게다가 나는 12월호에 실린 「서한들」을 보았을 뿐이네. 그리고 인생의 충만에 대해서 사실상 본질적이 아닌 공포가 무엇이겠는가. 그 충만함이 자네 책[26] 속에 있네. 세월과 여인들과 그 안에서 갈라지듯이, 그 안에 있음이야. 가장 강력하게는 초기 시에 있어, 자넨 예컨대 「입맞춤」에서처럼 그렇게 강력하게는 언급한 적이 없었지. 그 책을 사실은 이제서야 읽기 시작했는데, 맑은 눈으로, 몇 주 이래 처음으로 맑은 날, 침대에서 벗어난 그 첫 날에, 이제 겨우 침대를 벗어났지.

만약에 자네가 온다면, 카발라[27] 책자나 한 권 가져올 수 없겠나, 그게 히브리어로 씌어 있다고 추측되는데.

자네의 프란츠


## 막스 브로트 앞

[마틀리아리, 1921년 3월 초]

친애하는 막스,

이제는 더 편지가 없을 것이네. 이제 정말 2주 후에는 돌아갈 것이야.[28] 그러니 아마도 자네의 편지는 손에다 입으로 답을 하게 될 것이야.

내가 이 편지를 받았을 때, 그 편지는 여러 가지 면에서 깊은 감명을 주었고, 난 머릿속에서 문자 그대로 단번에 쏟아져 나오는 대답을 했네. 그러나 써놓은 것은 하나도 없었지. 회답해야 할 몇몇 편지들이 그렇게 놓여 있었으며(오늘도 그렇게 놓여 있네). 부다페스트 사람에게 최근에 편지를 썼는데, 그가 나를 오랫동안 거기에 붙잡아놓았네. 그러나 무엇보다도 피로가 쌓였네. 여러 시간을 몽롱한 상태에서 안정 요법 의자에 누워 있는데, 어린 시절 조부모님들이 그런 것을 보고 얼마나 놀라워했는데 말이야. 나는 별로 좋지가 않네, 비록 의사는 폐의 문제가 반쯤 경감되었다고 주장하지만 말일세. 그러니까 그것이 두 배쯤 훨씬 더 악화되었다고 말하고 싶을 지경이야. 이러한 기침도,

이러한 호흡 곤란도, 결코 이러한 허약함도 겪은 적이 없었으니 말일세. 물론 프라하에서라면 이것이 더 한층 악화되었을 것임을 부인하지는 않아. 그러나 내가 여기 외적인 환경을 생각할 때, 여러 다양한 장애를 제외하고선, 이번에는 충분히 좋았다고 생각할 때, 그리고 보면 이것이 어떤 방식으로 어떻게 호전될 수 있을는지 알 수가 없네. 그러나 이런 식으로 말하고 그리고 그것을 그렇게 진지하게 여기는 것은 어리석고 또 부질없는 짓이네. 가벼운 기침 발작 도중에야 누군들 그것을 극히 중대하다고 여기지 않을 수 있겠는가. 그러나 그것이 줄어들면 다르게 생각하고, 또 그래야만 하니까. 날이 어두워지면 촛불을 켤 것이며, 그리고 촛불이 다 타버리면 조용히 어둠 속에 남아 있는 거야. 바로 부친의 집에는 여러 가구가 사니까, 아무도 소음을 내어서는 안 되는 거야.

나는 여기를 떠나게 된 것이 정말 즐겁네. 아마 한 달쯤 전에 그랬어야 했겠지만, 그러나 움직이기가 어려웠고 또 여기 여러 다른 사람들에게서 이해할 수 없을 정도의 많은 친절을 경험했기에, 만약에 내 휴가가 연장된다면 여기 더 오래 머무르고 싶을 지경이야, 이제서야 마침내 좋아지고 있는 이 날씨 속에서. 숲속의 안정 요법 회랑에서 몇 번인가 상반신 알몸으로 누워 있을 수 있었네, 그리고 내 발코니에서는 완전히 알몸으로.

위에서 보았듯이 자네는 내가 요양 치료를 진지하게 받아들이지 않는다고 생각할 수도 있겠지. 허나 반대로 나는 그것을 사납고 진지하게 받아들인다네. 심지어 고기도 먹고 있는걸, 비록 다른 음식보다는 훨씬 더 혐오지만. 내가 이전에 폐병 환자들과 살지 않았던 것, 그래서 아직 그 병을 눈여겨보지 않았던 것, 그것이 잘못이었네. 나는 여기에서 처음으로 그 일을 했네. 그러나 조금 더 건강해질 수 있는 마지막 기회는 아마도 메란에서였나보이.—그러나 이제는 결정적으로 싫증이 났네. 그것에 관해서 프라하에서 더 말해야 하는 것을 피하려고 지금 이것을 쓰고 있다네.

자넨 그런데 잘로모 몰코[29]에 대해 쓰기를, 내가 마치 그에 대해 무언가 들었을 것으로 아는 것 같네. 허나 나는 이 석 달 동안 많은 것을 놓치고 있네.

곧 만나세!

프란츠


비커스도르프[30]의 회람 편지가 이 주제에 알맞네. 신문에서 우연히 에시히[31]의 서한을 보았는데, 특별한 혐오감의 한 예로서 자네에게 그것을 보내고 싶었네. "심장 속에서 그렇게도 사랑스럽게 간질이는 저 귀여운 작은 두 눈." 물론 기본적으로 거기에는 그렇게 혐오스러운 것이 들어 있지 않아. 다만 이제서야 그 서한이 출판된다는 사실, 그리고 그 작성자는 이미 벌레들이 갉아먹어 버렸으니 말이네.


**막스 브로트 앞**

[마틀리아리, 1921년 3월 초]

가장 친애하는 막스,

바라건대 이 편지가 어제 부친 편지와 동시에 도착했으면 하네. 어제 것은 중요하지 않네. 그것을 어떤 전제에서 썼는지 그것도 안썼지. 식사의 긴장으로 녹초가 되어서 나는 소파에 누워 있었네. 고통스러운 식욕 결여가 내 앞에 가득 채워진 접시의 무섭증을 보게 되면 내 얼굴에서 땀이 배어난다네. 그런데 나는 지난 두 주 동안 고기를 많이 먹었던 거야, 솜씨가 덜한 요리사가 나를 좋아하던 이전 여자 요리사 자리에 와서 그래. 그 고기가 다시금 치질을 발끈 일깨웠고, 나는 밤낮으로 심한 통증을 느꼈네—자 그러한 상태에서 그 편지를 썼네. 그러나 그것은 옳은 것은 아니었네. 왜냐하면, 만약에 내 기침이 더 심하고 그리고 호흡 곤란이 더 심하다 싶으면, 그러면 거기에 따라 또한 긍정적인 것이 따르니까. 의사의 소견, 이젠 비록 멈췄지만 체중 증가, 그리고 적당한 체온. 자 그러니 우린 정말 곧 만나게 되는 것이네! 그러한 과장된 것들을 쓰다니! 대체 누가 이 손을 이끄는지?

자네의 F.


### 막스 브로트 앞

[마틀리아리, 1921년 3월 중순][32]

가장 친애하는 막스, 자네한테 매우 큰 일 하나를 부탁하네, 그것도 당장에 이루어져야 할 일. 나는 여기에 더 머물고 싶은데, 바로 여기가 아니라, 타트라 폴리안카에 있는 구르 박사 요양원이 될 게야. 사람들이 내게 추천하는데, 이곳 마틀리아리보다는 물론 훨씬 비싼 곳이라네.

나는 다음과 같은 이유로 더 머물고자 하네.

1. 우선 이곳 의사의 경고일세. 만약 지금 프라하에 돌아간다면 완전한 와해의 가능성. 그리고 약속하기를, 내가 가을까지 머무른다면, 근사치의 회복이라는군. 그렇게 되면 매년 6주간만 바다나 산간 지방에서 요양하면 나를 지탱하기에 충분하다는 거야. 이 두 가지 예상으로, 물론 두 번째 것이 첫 번째 것보다 과장인데, 어쨌거나 그는 그 문제로 매일 아침 나를 괴롭히는데, 아버지처럼, 친구처럼, 모든 종류의 마음씨로 그러네. 그리고 만일 그가 내가 폴리안카로 옮아가려는 것을 안다면, 그의 예언은 어떤 관점에서나 훨씬 후퇴하리라는 것을 나는 알지. 그럼에도 그것은 나에게는 그런 인상을 주네.

2. 집에서는 모두가 내가 더 머물기를 권한다네, 그들이 실제로 아는 것보다 더 많은 이유로. 지금 내가 폐병 환자들과 여기에서 살아온 이래 확신하는 것은, 건강한 사람들에게는 전염 가능성이 전혀 없다는 사실일세. 그렇지만 여기에서 건강한 사람들은 단지 숲속의 나무꾼들과 부엌의 처녀들뿐이지(나라면 단지 건너편에 앉기도 꺼리는 그런 환자들의 접시에서 먹다 남은 음식을 그냥 집어서 먹어치우는). 도시 출신의 우리들 중에서는 단 한 사람도 없네. 그러나 예컨대 어떤 후두염 환자(폐병 환자와 피를 나눈 형제나, 더 슬픈 형제)의 맞은편에 앉는다는 것이 얼마나 혐오스러운가. 그런데 그 친절하고 무해하게 자네 건너편에 앉는 것이야, 폐병 환자의 신성한 눈으로 자네를 바라보며, 동시에 펼친 손가락 사이로 결핵성 농종의 고름을 자네 얼굴 쪽으로 기침해 내놓는 거야. 그렇게 심각한 것은 결코 아니지, 하지만 내가 집에 가면 그런 비슷한 처지로 앉아 있게 될 걸세, 아이들 사이에서 '선량한 삼촌'으로 말이네.

3. 아마 나는 프라하에서 봄과 여름을 꽤 잘 견딜 수 있을지도 몰라. 적어도 크랄 박사는 내게 편지로 오기를 권했네. 그러나 이제 다시 그는 부모님께 이 충고를 철회한 것 같아. (이런 번복은 나 자신의 편지로도 설명이 되겠지.), 그러나 아마도 어딘지 반쯤 결정적인 뭔가를 저지르는 편이 더 현명할 것일세. 만약에 그 의사가 주장한 대로 그것이 실제로 개선된다면. 그리고 내가 이 고산 지대(폴리안카는 1,100미터 이상의 고지라네) 아닌 어느 곳에서 이 따뜻한 계절을 더 잘 보내겠는가? 내가 혹여 더 잘 지낼 수 있을 곳을 안다면, 가벼운 소일거리를 가진 촌락이 아닐는지. 하지만 그런 촌락을 나는 알지 못하네.

4. 가장 결정적인 요인은 그러나 나의 주관적인 상태이네. 그리고 그것은—하긴 물론 무한히 많은 악화 가능성이 상존하지만—좋지 않네. 기침과 호흡 곤란은 그 어느 때보다도 더 나쁘다네. 한겨울에—

고약한 겨울이었네, 혹한과 관련해서가 아니라, 끊임없이 사나운 눈보라—호흡 곤란은 가끔은 거의 절망적이었네. 이제는 좋아진 날씨에 물론 더 나아졌지. 나는 스스로에게 말하네, 내 주관적 느낌이 옳다면, 그렇다면 내가 어디에 머물든 아무래도 상관없겠다.—아니 난 이 부분에서 혼돈을 일으키고 있네. 그렇게 되면 그 위치와 더불어 발생하는 일이 상관없지는 않겠지, 그렇게 되면 그게 특히 필요하겠지. 그러나 만일 근사치로 건강해진다면, 그땐 그게 덜 필요하겠지.

내 병가는 3월 20일에 끝나네. 어떻게 해야 할지 난 너무 오래 생각해 왔네. 순전한 불안과 의구심에서 지금까지 이 마지막 나날을 기다렸네, 이제는 병가 연장을 위한 부탁이 거의 점잖지 못한 공갈 협박이 되어버렸네. 왜냐하면 그 사안은 원래 먼저 내가 지사장에게 그의 의견이 어떤지 묻는 것으로 진행되었으니까. 그다음에 그 답변에 따라서 청원서를 썼어야 하지. 그다음엔 그 청원이 관리위원회에 회부될 것이고 등등. 그 모든 것을 하기에는 이젠 물론 너무 늦어버렸지. 편지로는 더 할 수 있는 일이 없지. 그 공갈 같은 일은 다만 말로 청원함으로써 완곡해질 것인데, 그러면 내가 프라하로 갈 수 있어야 하지. 그러나 내가 시간을 낭비해야겠는가? 그렇다면 오틀라에게 가달라고 부탁할 수도 있었겠지. 그런데 그 애의 지금 형편에서[33] 그것을 부탁해야겠는가? 또한 그 애에겐 그 모든 것을 자네에게처럼 상세하게 설명하고 싶지 않으이. 그러니 내가 이 짐을 지울 사람은, 막스, 단지 자네만 남은 거야. 내 부탁은, 자네가 되도록 빨리 오드스트르실 지사장에게 가는 것이네, 내가 동봉하는 의사의 소견서를 가지고서.[34] (난 이것을 오후에야 받으러 가네. 그건 아마 우리가 말했던 바 그대로 되었으면 하네.) 제일 좋기는 오전 11시경에 갔으면 좋겠네. 무슨 말을 해야 할 것인지는 자네가 물론 나보다도 더 잘 알 게야. 난 그저 내가 어

찌 생각하는지만 말하려네, 예컨대:

아무개는 의심할 여지없이 사무실에 나갈 능력이 된다(편들어 말하자면, 그곳에서 하는 업무를 수행할(!) 능력도 된다). 그러나 그것은 아무개가 떠나기 이전에도 그랬다. 그리고 또한 똑같이 의심의 여지가 없는 일은, 아무개가 가을에는 다시 떠나야 할 것이며 또다시 지난 가을보다도 어딘지 더 나빠진 상태가 될 것이라는 사실이다. 의사는 그에게 4개월 내지 6개월은 체재해야 상근 능력을 보증할 수 있다고 약속한다. 그러므로 아무개는 계속 병가를 청한다. 우선 약 2개월의 연장을, 그다음에 다시 의사의 상세한 소견서를 보낼 것이다. 아무개는 병가 신청을 내는 것이며, 그것이 여하한 방식으로 주어진다 해도, 예컨대 봉급이 전액 주어지거든, 아니면 3/4이나 1/2만 주어지든, 다만 무봉급 조건만은 면해주고, 또한 연금 생활도 기다려달라는 부탁이다. 말이 났으니 말인데, 이 반년은 아무개의 휴가일과 연금에서 공제될 수 있을 것이다. 사실 그러한 제한적 병가 신청이 아무개에게는 심지어 안도가 되는 것 같다. 왜냐하면 그가 그동안에 공사에서 이미 허용받았던 그 많은 병가들 모두를 너무도 잘 깨닫고 있기 때문이다. 이제 이렇게 병가를 청하는 방식은 물론 부적절하며, 변명이라면 다만 아무개가 이 지점에 이르기까지 의구심으로 파김치가 되었으며, 그래서 이제서야 비로소 의사와 그 일을 충분히 논의할 수 있었다는 게 변명이 될지. 아무개는 또한 청원이 먼저 제출되어야 하는 등등을 알지만, 그러나 어쩌면 그 청원을 추후에 제출할 수도 있다고 알고 있다. 물론 아무개가 20일에 근무에 들어가지 않고 여기에 머물게 해준다는 허가를 기대한다는 전제에서이다. 그러나 만일 그것이 불가능하면, 아무개는 잠시나마 프라하에 올 수는 있을 것이다.

그러니까 대충 이 정도가 할 말이네, 이제 그럼 자네는, 막스, 내게 전보를 주게나, "거기 머물게" 또는 "여기로 오게"라고.

이제 지사장에 관한 몇 마디. 그는 매우 선하고, 친절하며, 나에게는 각별히 좋은 분이었네. 물론 거기에는 정치적 동기가 부분적으로 작용했지, 왜냐하면 그는 독일인들에게 자기가 그들 중 한 사람에게 각별히 잘해주었음을 말할 수 있을 테니까. 그런데 그자는 결국 유대인에 불과한데 말이네.

부디 그 봉급 문제에 대해서는 섣불리 말하지 말게, 그리고 내 부친의 재산에 대해서도 언급하지 말고. 왜냐하면, 첫째로 아마도 그것이 존재하지 않을 것이며, 둘째로 그게 나를 위한 것은 분명히 아니기 때문이네.

내가 청한 절차가 온당치 못하다는 것을 강조하게. 왜냐하면 정확성이나 권위 유지 그런 것이 그에겐 큰 비중이 있는 것이니까.

대화는 분명히 일반론으로 옮겨갈 걸세. 그의 편에서야 그러겠지, 찾아간 사람이 바로 자네이므로 더욱. 그때 자네는 아마도 슬며시 언급할 수 있을 게야—그를 매수하기 위해서가 아닐세, 그런 것은 전혀 마음에 두지 않네—오히려 그에게 기쁨을 주기 위해서, 왜냐하면 내가 그에게 정말이지 많은 빚을 졌으니, 이렇게 말이야, 내가 자주 그의 아주 창조적인 언어력에 대해서 말했고, 또한 비로소 그를 통해서 생생한 구어로서 체코어를 경탄하면서 배웠다고 하더라고. 아마도 자네는 그런 것을 알아차리지 못할지도 몰라. 그가 지사장이 된 이래 그 힘을 거의 상실했으니 말이야. 관료성이란 언어력을 더는 부상하게 놔두지 않더군. 그는 말을 너무 많이 해야 하니까. 그런데 말이지만 그는 사회학 저술가이며 교수라네. 하지만 그런 건 자네가 몰라도 되이.—물론 자넨 자네 원하는 대로 말을 해도 될 게야, 독일어든지 체코어든지.

그러니까 그것이 숙제라네. 내가 자네의 많은 일에다 이런 종류의 무언가를 덧붙인다는 것을 고려할 때, 나는 내가—내 말 믿게—그리 예쁘지 않네. 그러나 누구라도 의구심에 파묻혀 있을 때면 어딘가로 돌파구를 찾아야 하고, 그러니 막스, 자네가 고통을 당해야 하네그려. 나를 용서하게.

자네의

한 가지 더. 오틀라가 제 소신으로 그와 비슷한 일을 착수한다는 것이 불가능하지만은 않네.[35] 그러니 우리 집에다 미리 묻는 것이 현명할 걸세.

자네는 어쩌면 내가 근무처와의 관계 때문에 너무 우려하는 듯하다고 느낄지도 모르겠네. 아니네. 사실 근무처가 내 병에 대해 하등의 책임이 없다는 것을 생각해보게나. 또한 우리 공사가 단지 내 질병만이 아니라 5년 동안 일어난 일만으로도 고통을 당해왔음을. 정말이지 우리 공사는 내가 의식도 없이 나날을 허우적거릴 때도 차라리 나를 지탱해주었음을.

만약에 내가 여기에 머물게 된다면, 아마도 여기에서 자네를 보게 되겠지. 그럼 참 좋겠네.

자네 부인과 펠릭스와 펠릭스 부인과 오스카와 오스카 부인에게 많은 안부를.

M. E. 앞

[마틀리아리, 1921년 3월 말]

친애하는 민체,

무엇보다도 먼저 할 말, 당신을 매일 잠에서 깨우는 그 "미열"이 대체 어떤 거요? 그것이 체온기에 의해 측정되는 실제의 신열이오? 그리고 알렘에는 분명 학교 의사가 있겠지요, 그럼 그에게 상의해보았소? 또 바르트에 있는 의사하고? 다시 묻지 않고서는 내가 알 수 없는 일이오, 왜냐하면 그 비료 수레와 함께한 당신의 스냅 사진을 본 이래 나는 당신의 건강에 큰 신뢰를 가졌다오. 거기서는 그렇게 튼튼했단 말이오, 셸레젠에서보다 훨씬 더 건강해 보였지—그래요 셸레젠에서도 당신은 전체적으로 건강했지요. 당신의 긴 활보를 좇느라 내가 얼마나 헐떡였는지—거기선 그랬어요. 그런데 이제 미열이라고요? 그런데 미열이라는 그런 것은 없소, 다만 지긋지긋한 신열이 있을 뿐이오. "인생을 더 빨리 그리고 더 아름답게 소모할수록, 그만큼 더 좋다"고 당신은 쓰고 있군요. 그것이 당신이 원하는 것이라면, 그러라지요. 하지만 내 말을 믿어요, 신열이 있고서는 인생을 "아름답게" 소모할 수가 없다오, "더 빨리"도 아니오. 나는 사실 진짜 요양원에 있는 것도 아니니, 요양원에서라면 그 인상이 더욱 강할 것이오. 그러나 여기서도 주변을 둘러보면, 그 어떤 아름답거나 빠른 소모도 볼 수 없소. 아무도 자기 인생을 소모하는 사람은 없소, 소모될 뿐이지. 그리고 그것에 대항하여 당신은 신선한 젊음으로 멋지게 저항할 수 있는 것이오, 그러니 그리해야지요. 내가 모르는, 믿고 싶지 않은 어떤 공격이 눈앞에 있다고 가정하고 말입니다. 그러나 만일 당신의 열이 사실이어서, 일관되게 37°또는 그것을 웃돈다면, 구강 체온계에 의해 그렇다면, 그러면 당신은 곧장 의사에게 가보아야 하오, 말할 필요도 없이. 그렇다면 로빈슨 크루소 짓일랑 그만둬요, 적어도 잠정적으로라도. 로빈슨 또한 한때 신열이 있을 때는 배에서 내보내졌지요. 다시 집에서 건강을 되찾았을 때야 비로소 그는 다시 항해를 허락받았고, 다시 로빈슨이 된 것이랍니다. 그의 책에 보면 그는 그 다음에 이 장을 파기해버렸대요, 부끄러웠으니까요. 어쨌거나 그는 건강에 대해 늘 염려를 했고, 그 거대한 로빈슨 크루소에게 허용된 것은 조그마한 민체에게도 허용되어야지요.

*1921년*    577

그 밖에는 당신이 옳아요, 민체, 내가 당신의 지금 생활을 그토록 아름답다 간주하는 것이 내 과장이라면 말이오. 그러나 달리 어쩔 수 없소. 철학자 쇼펜하우어가 어디에선가 이 문제에 대해 언급한 적이 있었는데, 그것을 여기 겨우 느슨하게 인용하자면 대강 이렇다오. "인생이 아름답다고 간주하는 사람들은 그것을 매우 쉽게 입증하는 듯하다. 그들은 발코니에서 세상을 가리키기만 하면 된다. 그것이 어찌 되건, 맑은 날에나 흐린 날에나, 세상, 곧 인생은 항상 아름다울 것이다. 주변이 복잡하든 단조롭든, 항상 아름다울 것이다. 민족의 삶, 가족들, 개인의 삶은 쉽든지 어렵든지, 항상 묘하고 아름다울 것이다. 그러나 이것으로써 무엇이 입증되는가? 그것이 증명해주는 것은, 세상이 요지경으로 들여다보이는 상자 속 그 이상 아무것도 아니라면 정말로 무한히 아름다울 것이라는 그뿐이다. 그러나 불행히도 세상은 요지경 상자가 아니다. 오히려 이 아름다운 세상에서 아름다운 삶이란 순간순간 하나하나의 일에서 실제로 체험되는 것이며, 그렇게 되면 그것은 더는 아름답지 않고, 대신 수고로움 이상 그 어떤 것도 아니다." 대충 그렇게 쇼펜하우어가 말했어요.[36] 당신의 경우에 적용한다면 이런 말일 게요. 민체가 그곳 혹한의 북쪽에 가서 자신의 빵을 스스로 벌고, 수고로운 낮이 지나고 저녁이면 말안장의 덮개를 감고서 짚자리에 누우며, 리슬은 옆에서 이미 잠들었고, 밖은 눈보라가 치며, 습하고 춥고, 그리고 내일은 또 다른 수고로운 낮이 다가오고—이 모든 것도 타트라 산장의 발코니에서 보면 아름답게 보인다, 그러나 저녁에 가까이에서 석유 등잔 속을 들여다보니, 그것은 이미 그렇게 아름답지 않으며, 그리고 거의 조금 눈물로 뒤범벅이 되어 있다.

그 비슷한 무언가를 내가 그때 계속해서 써보려 했소. 하지만 방해를 받았는데, 이번에는 폭풍이나 침대에 누울 일 때문이 아니라, 그 반대로 꼬박 7일간 계속해서 햇빛 가득한 날이었고, 숲에서 깊이 쌓인 눈 바로 가까운 곳에서 알몸으로 누워 있었으며, 그리고 외투 없는 외출에, 한층 자유스러운 호흡, 그러나 사람들은 자기들의 애로 사항으로 나를 중단시켰어요, 마치 내가 어떤 도움이 될 수 있다는 듯이. 그런 문제에는 이러한 영원한 작은 이야기가 항상 통하지요. 그릴파르처가 어느 파티에 초대를 받았는데, 거기에서 그는 헤벨을 만나게 될 것이었다.[37] 그런데 그릴파르처는 거기에 가기를 주저했다, 왜냐하면 "헤벨은 항상 신에 대하여 따져 묻는데, 나는 그에게 아무것도 말할 수가 없다. 그러면 그가 화를 내니까"라는 이유로.

그러는 동안에 당신의 두 번째 편지가 배달되었네요. 만약에 내가 잘못 보지 않았다면 조금은 더 기분이 명랑해졌고요. 상처입은 손에도 불구하고 말이에요. (정말이지 전정 가위 다루기가 쉽지는 않소. 나는 늘 내가 다치기보다는 나무를 상처 입혔지요. 그러다가도 내가 베었을 때면, 이렇게 위로를 한다오, '서투른 살은 잘라내버려야지.') 그리고 당신은 의사에게 가보는 것이오. 그는 그냥 당신 손만을 보는 것이 아닐 것이오. 51킬로그램이라, 너무 적어요, 적어.

발트 해 휴양지들을 말하자면, 확실히 그곳들은 사랑스럽소. 나는 극단의 서쪽 한 곳만을 조금 알고 있을 뿐이오, 트라베뮌데라는 곳. 그곳에서 나는 어느 뜨거운 날 온종일 쓸쓸하게 아무런 결정을 내리지 못한 채 목욕하는 사람들 틈에서 방황한 적이 있어요.[38] 전쟁 발발 대략 한 달 전이었소.—그러나 지금 그곳에 가는 것은, 밀체, 다른 모든 것을 제쳐두고, 우리의 동의를 불이행하는 것이 될 게요. 그것에 따르면 우린 서로 결코 다시는 만나지 않는다고 결정했기 때문이요. 거기에서 그렇지만 그 '결코'란 어딘지 과장된 것이오, 마치 당신의 로빈슨 크루소 꿈처럼. 내가 당신에게 커다란 정원과 푸른 하늘 그리고 남쪽을 빌긴 하지만.

친애하는 민체, 이전에 무언가를 써둔 이래 며칠이 지났는지, 아예 그 날짜를 셀 수가 없으며, 그리고 또 그사이 무슨 일이 일어났는지, 말할 수가 없소. 아마도 아무런 일도 없었는지, 예컨대 그 기간 동안 책이란 것을 하나라도 읽었는지, 그것도 기억할 수가 없다오. 반대로 가끔 완전 몽롱한 상태에 있었던 듯하오. 어린 시절 조부모님들에게서 그런 것을 보고 놀라워했던 것과 비슷하게. 그러느라 나날은 내가 알지 못하게 매우 빠르게 지나갔어요. 편지를 쓸 시간은 전혀 없었고, 부모님께 보내는 카드는 겨우 쥐어짰는데, 민체 당신에게 편지 쓰는 일은 내가 마치 당신에게 전 독일을 통째로 가로질러 내 손을 뻗쳐보려는 것 같았어요, 그것은 무엇보다도 불가능한 일인 것 같고. 이 시기의 결과는 여하간 나로서는 이렇소, 3월 20일에는 프라하에 가려 했는데, 실제로는 여기에 더 오래 머무를 것이오. 여기 의사는 만일에 내가 여기를 떠난다면 일어날지도 모르는 온갖 나쁜 일로 나를 협박하며, 만일 내가 머문다면 가능한 모든 좋은 일을 약속하네요, 그래서 당분간 더 오래 머무를 것이오. 하지만 여기 발코니나 숲속 안정 요법 회랑에 누워 있기보다는(숲은 눈 때문에 아직 접근할 수가 없소), 차라리 어디쯤의 정원에서 '이마에 땀을 흘리며' 일을 하고 있을 것이오. 왜냐하면 우리는 그렇게 하도록 만들어졌기 때문이오, 그런 일을 하지 않는 모두가 기본적으로 그것을 느낀다오. 당신은 그러고 있지요, 그러니 당신에게 축복을! 그건 많은 면에서 아마도 썩 유쾌한 것은 아니지요, 그러나 대체 어떤 것이어야겠소, 그건 저주의 수행이니 말이오, 그러나 그 저주를 회피함이 더욱 나쁜 일이오.

바라건대 태양이 당신의 작업 위에 빛을 비추었으면, 여기 내 안정 요법 위로 비치듯 그렇게 아름답게(이틀 전부터 오후면 알몸으로 내 발코니 위에 누워 있을 수 있다오, 마치 어린애가 눈에 보이지 않는 위대한 어머니의 눈 밑에서 완전히 알몸인 것처럼), 그리고 발트 해 휴양지는 아름답소, 분명코, 하지만 내가 당신을 보고 싶은 곳은 우선 당신 소유의 정원에서라오(그것이 남쪽 어느 호숫가면 어떻소, 가르다 호반이나 마조레 호반으로 여행하는 것 또한 마다하지 않겠소). 당신 남편과 아이들과 함께, 긴 줄줄이, 가장 잘생긴 이리 사냥개보다도 얼마나 더 훨씬 아름다울까. 그 밖에도, 어찌 그것이 꼭 유럽의 호수이어야 하겠소, 키네레트 호수나 티베리아스 호수 또한 아름다울 것이오. 동봉한 발췌본들은—그 중요성에 걸맞게 해지도록 읽고—조금 다루어 봐요.

폰타네의 소책자는 발트 해에서의 생활과 관련해서 아마도 당신을 실망시켰을 것이오. 그러나 이 추억들을 잘 이해하려면 먼저 폰타네의 다른 것들도 알아야 하오, 특히 그의 서한들을. 헌데 무엇보다도 난 이 본래의 발트 해 생활을 어디에서 알았는지 잘 모르겠어요, 이 회고집에서인지 아니면 그의 장편소설에서인지, 뿐만 아니라 나는 이 소설의 제목도 확실히 알지 못해요, 『세실』인지 『회복불능』인지 아니면 어디 다른 곳에서인지,[39] 난 잘 모르겠어요, 프라하에 가서나 확실히 알게 될 것 같아요.

생일이 4월이오? 그러나 당신은 전혀 변덕스럽지가 않은데, 그런데 어떻게 4월에 속하지요? 며칠이오?

계약서를 동봉하오, 그것은 현명해 보이며, 내가 두려워했던 것만큼 그렇게 잔인하지도 않소.

자, 이제 그 신열에 대해서 무엇인가 소식을 곧 듣고 싶소.

당신의 카프카

**막스 브로트 앞**

[엽서, 마틀리아리, 우편 소인: 1921년 3월 31일]

친애하는 막스, 나는 별로 좋지 않았네. 아직도 좋지 않아, 소화가 그

래. 그것이 육류 섭취에서 오는지 아니면 다른 것들에서 오는지, 며
칠 지나야 알게 되네. 그럼 그때 가서 더 상세히 편지하겠네. 어쨌든
자네는 나에게 편지를 써 보냈네, 하지만 늘 나에 대해서만 쓰지 자
네에 대해서는 없네. 자네 직장에 대해서, 여행, 라이프치히,[40] 펠릭스
와 오스카 등에 대해서는 없어. 그러니까 내 며칠 내로 편지하겠네.
잘 있게나.

자네의 프란츠

자네 부인에게 내 안부 말씀을 전해주게. 내가 얼마나 오랫동안 프라
하를 떠나 있었는지 이제서야 깨닫네.


막스 브로트 앞

[마틀리아리, 1921년 4월 중순]

가장 친애하는 막스, 자네가 어떻게 막 그 단편소설[41]에서 실패할 수
있겠는가. 자네는 그 긴장을 이겨내기 위해서 평온을 유지하고, 그
소설은 생 그 자체의 착한 아이로서 탄생해야 하는데 말일세. 게다가
매사 자네를 위해서 얼마나 분별 있게 조정되고 있는가, 근무처에서
도 역시. 예전의 직장에서는 자네가 게으른 공직자였지. 왜냐하면 근
무처 밖에서 자네가 하는 일은 아무짝에도 소용없었고, 기껏해야 너
그렇게 봐주고 그리고 용서되는 정도였으니까. 그러나 이번에는 그
것이 주요 사안이며, 자네가 근무처에서 행하는 일에다가 본래적 의
미의 가치를, 다른 공직자는 도달할 수 없을 가치를 부여하는 걸세.
그러니 자네는 심지어 근무처 안목에서조차도 늘 근면한 것이네, 설
사 자네가 그곳에서는 아무 일도 하지 않는다 해도. 그리고 최종적으
로 무엇보다도, 자네는 실제로 막강한 손으로 자네의 결혼 생활을 영
위하고 게다가 라이프치히를 종횡무진, 양쪽에서 자네 자신을 건사

하고 있으니, 현실의 힘을 확신하고서, 비록 나야 그것을 이해하지 못한다 해도 말일세. 그러니 자네의 어렵고도 드높은 자랑스런 행로에 모든 행운을!

나 말인가? 그들이 서로 잘 정돈되고, 그러니까 자네 이웃들, 펠릭스, 오스카 말이네, 그리고 나 자신을 그들과 비교하면, 나는 마치 완숙기의 숲속에 있는 한 어린아이처럼 방황하는 느낌이네.

하루하루가 권태 속에서, 무위 속에서 지나갔다. 구름을 바라보며, 또한 분통 속에서. 정말 그렇다네, 자네들 모두는 성년의 수준으로 진전했는데. 모르는 어느새, 결혼이 여기서 결정적 요인은 아니네, 아마도 역사적 발전과 더불어 생의 운명이란 것이 있으며, 또한 그렇지 않은 운명이 있나 싶으이. 난 이따금 재미 삼아 이름 없는 한 그리스인을 상상해보네, 그는 하등의 그런 의도가 없었는데 트로이로 가게 된 것이야. 그곳에서 자신의 처지를 보지 못한 채, 이미 전투 한복판에 들었지, 신들조차도 무엇이 문제가 되는지를 몰랐으니, 그러나 그는 이미 트로이의 전차에 매달려서 그 도시 전체를 두루 끌려다녔네. 호메로스는 아직 노래를 부르기도 전이었고, 그러나 그는 이미 생기 없는 눈으로 거기에 누워 있었지. 설혹 트로이의 먼지가 아니더라도 안정 요법 의자 방석의 속에 파묻혀서. 그런데 왜? 헤쿠바[42]는 그에게 아무것도 아니지, 헬레나[43] 또한 결정적인 요인은 아니야. 다른 그리스인들처럼 똑같이 신들에게 불려나가서 길을 떠났지. 그리고 신들의 보호를 받으며 싸웠던 게야. 그는 아버지들의 발자취를 따라서 떠났고, 아버지들의 저주 아래서 전투를 했네. 또 다른 그리스인들이 있었던 것이 다행, 그렇지 않았더라면 세계사가 그의 부모의 집 방 두 개와 그 사이의 문지방에 한정되어버렸을 게야.

내가 편지했던 그 질병은 장염이었네. 지금까지 겪었던 어느 것보다도 너무 특이했기에, 난 그것이 장결핵이라고 확신했네(장결핵이 어떤 것인지 알아. 펠릭스의 조카가 그 병으로 사망하는 것을 지켜보았으니까). 어느 날엔 40도까지 열이 오르는 거야, 그러나 그것이 별 손상 없이 지나갔나 봐. 체중 감소도 좋아진 거야. 부차적으로 덧붙일 말은, 내가 한때 편지에 썼던 그 고통당하던 사나이는 끝장이 났다네, 반쯤은 고의적으로, 반쯤은 우연히, 달리는 급행열차에서 두 객차 사이로 추락했다네, 완충기 사이로. 그런데 말이지만 그는 이미 거의 제정신이 아닌 채 여기서 나갔다는군, 아침 일찍, 마치 가벼운 산책을 하듯이, 시계, 지갑 그리고 짐도 없이, 그러다가 산책을 철길까지 연장해서는, 계속해서 뽀쁘라드[44]까지 간 거야, 계속해서 급행열차를 타고, 모든 것이 프라하 방향으로, 그의 가족에게로 부활절 방문하듯, 하지만 그는 방향을 바꾸었고 뛰어내렸네. 여기 우리 모두는 함께 죄를 지었네, 그의 자살에 대해서는 아니지만 최근의 그의 절망에 대해서. 모두가 매우 사람 좋아하는 그 사람을 피했네, 아주 비정하게도, 온통 난파선에서 팔꿈치로 제껴 나갈 줄밖에 모르는 사람들이었네. 의사, 간호사, 그리고 객실 당번 처녀들은 여기서 제외되네. 이런 관점에서 나는 그들에게 굉장한 존경심을 가지고 있지. 그런데 그 후 비슷한 환자가 왔어. 그러나 그는 벌써 떠나버렸네.

우연히 내 손에 들어온 『프라하 일간』에서 읽었는데(매리쉬-오스트라우[45] 출신 관광객이 며칠 여기에 있었는데, 뭐 별다르게 서로 이야기를 나누지도 않았는데 내게 아주 친절하게도 신문 뭉치를 들이밀더군. 그는 정작 이곳에서 사람들이 내게 말해주었듯이 『유대교를 위한 투쟁에서』[46]를 읽고 있더군), 하스가 야르밀라[47]하고 결혼을 했더군. 그것이 놀랍지는 않네, 난 항상 하스에게서 대단한 것을 기대했으니까, 하지만 세상은 놀라겠지. 자네 혹시 더 상세한 것을 아는가?

자네가 자그마한 직장 이야기를 하는군, 아마도 나를 위해서 찾아보게 한 것이겠지. 참으로 고마우이, 또한 읽기에도 매우 위안이 되네.

하지만 그건 나를 위한 것이 아니네. 만일 내가 세 가지 소원을 빈다면 뭘까, 시커먼 욕망은 제쳐두고, 먼저 어느 정도 회복이 되는 것이라네(의사들은 그것을 약속하지, 그러나 나는 그 어떤 것도 느끼지 못하네. 지난 몇 년간 얼마나 자주 요양 길에 나섰는가, 그리고 나는 늘 지금보다는 훨씬 더 좋다고 느꼈지, 석 달 이상 요양을 한 뒤에 말이야. 이 석 달이 지나는 동안 개선된 것은 양쪽 폐보다는 확실히 날씨뿐이야. 물론 잊어서는 안 될 것이, 이전에 내 육신 전체를 관통해서 확산되었던 우울증이 이제는 폐에 집중된 것이지만). 그다음에는 남쪽에 있는 이국땅에 가는 것이라네(꼭 팔레스타인일 필요는 없네. 여기 와서 첫 달에는 성서를 퍽 많이 읽었지, 그것 역시 잠잠해졌네만). 그러고는 수수한 수작업. 이건 확실히 썩 그렇게 많이 바라는 것이랄 수는 없겠지, 심지어 아내와 아이들조차 그 바람 중에는 없으니.

### 막스 브로트 앞

[마틀리아리, 1921년 4월 중순]
가장 친애하는 막스, 난 그 책[48]을 받은 순간 두 번, 거의 세 번을 읽었네, 그러고 나서 신속히 반납했네, 그래서 다른 누군가에게도 재빨리 읽혀지도록. 그것이 되돌아온 뒤에는 네 번째 읽었으며, 그리고 이제 다시 반납했네. 나는 그토록 서둘렀네. 그러나 그것은 그럴 만한 것이라네, 왜냐하면 그 책은 그렇게도 생명력이 있고, 그리고 누구라도 얼마 동안 어두운 그늘에 서 있다가 그러한 삶을 보게 되면, 곧 거기에 이끌려 들어가게 마련이지. 그것은 그냥 추도사가 아니야,[49] 차라리 자네들 둘 사이의 결혼식이네. 결혼식이란 결혼하는 당사자들에게 그런 것처럼 슬프고 절망적인 것이며, 결혼을 바라보는 사람들에겐 행복하고 눈이 휘둥그레지고 가슴 뛰는 일이네. 그런데 누가 거기

서 결혼을 하지 않고서 바라만 볼 수 있단 말인가, 그는 세상에서 가장 외로운 방에 웅크리고 있겠지만 말일세. 그리고 이 생명력은 다만 자네 혼자서 그것을 보고한다는 사실에 의해서 더욱 고양되고 있네. 살아남은 강자가 이 보고를 그렇게도 섬세하게 해내다니, 자네는 망자를 더 크게 울려 지워버리지 않고, 그로 하여금 함께 말하도록 하고 담담한 목소리로 들을 수 있도록 하고, 심지어 그의 의미에서 필요할 때면 자네 목소리를 잠재우기 위해서 손을 자네 입술 위에 놓을 수 있게 하였지. 참으로 경이롭네. 그리고 그럼에도, 말하자면―그 책은 독자의 의지에 헌신하고 있는데, 그 모든 내적 힘을 가지고서도 자유로운 의지를 독자에게 부여하는데―그럼에도 유일한 생존자만이, 모든 거대성을 지닌 화자만이, 생존자들을 위해서 죽음에 맞서서 생을 지탱하는 힘을 지닌다네. 그건 마치 묘비처럼 서 있지, 그러나 동시에 생의 기둥들처럼. 그리고 나를 가장 직접적으로 매료시킨 것은, 자네에겐 아마도 별로 본질적인 것이 아닐는지도 모르지만, 예컨대 이런 구절이네. "자 이제 내가 미쳤었나 아니면 그였는가?" 여기에 바로 그 인간, 그 성실한 자, 불변의 영혼, 항상 열려 있는 눈, 결코 불패의 원천이―내가 역설적으로 표현하지만 직설적인 의미로 말하지―이해할 수 있는 것을 이해할 수 없는 인간이 서 있는 것이네.

어제였네, 몇 마디 더 하고 싶었던 것은. 하지만 오늘 M.에게서 편지가 왔네. 나는 그것에 대해 어떤 것도 말해서는 아니 될 게야, 왜냐하면 그녀가 내게 편지를 쓰지 않겠다고 자네에게 약속했다니 말이네. 자네에게 이것을 미리 말해버리네, 그러고는 이제 M.에 관한 한 마치 내가 자네에게 어떤 말도 하지 않은 것처럼 하세나, 알겠는가. 얼마나 다행인가, 막스, 자네가 있다는 것이.
나는 다음과 같은 이유들로 해서 그 편지에 대해서 자네에게 편지를 쓰는 것이네. M.은 그녀가 병중이라고, 폐병이라고 쓰고 있네. 그건 그녀가 옛날에 그랬던 것이지. 우리가 만나기 전에 잠시, 그러나 당시 그것은 가벼웠고, 전적으로 본질적인 병이 아니었어, 그 병이 종종 더디게 발병하듯이 말이야. 지금은 그것이 한층 심하다고 하네. 그래, 하지만 그녀는 강하네, 그녀의 삶은 강해. 내 환상은 병중의 M.을 상상하는 데 미치지 못한다네. 자네 또한 그녀에 대하여 다른 정보를 가지고 있었지 않은가. 어쨌거나, 그녀는 부친께 편지를 썼다네, 부친은 친절했고, 그녀는 프라하로 와서 부친 집에서 머물다가, 나중에 이탈리아로 여행할 것이라네(타트라로 가보라는 부친의 권유를 그녀가 거절했다는군, 그러나 이제 새 봄의 중턱에 이탈리아로?). 그녀가 부친의 집에 머물겠다는 것은 아주 묘하다네. 만일 그들이 그렇게 화해했다면, 남편은 어디에 머문단 말인가?

그러나 그 모든 것 때문에, 내가 그 일로 자네에게 편지를 쓰려는 것은 아니라네. 그건 물론 순전히 내 문제지. 그러니까 문제는, 자네가 M.의 프라하 체류와 (그것에 대해서 자네는 틀림없이 알게 될 게야) 그 기간을 내게 알려달라는 것이지, 그래서 내가 대강 그 시기에 프라하에 가지 않도록. 또 M.이 언제쯤 타트라에 오도록 되어있는지도 알려주게나, 그래서 내가 적시에 이곳을 떠나도록. 왜냐하면 한 번의 재회가 더는 머리카락을 쥐어뜯는 정도의 절망을 의미하는 데 그치지 않고, 이젠 두개골과 뇌수의 홈을 갉아놓고 말거든.

그러나 나를 위해 이 부탁을 들어주면서 나를 이해하지 못한다고는 말하지 말게나. 이미 오래전에 나는 그 일에 대해서 자네에게 편지를 쓰려고 했네, 하지만 너무 지쳤더랬어. 아마도 이미 여러번 암시는 했지. 자네에게 새삼스러운 일은 아닐 게야. 하지만 정작 노골적으로 토로한 적은 없었지. 그것은 또한 그 자체로서는 특별한 무엇이 전혀 아니네. 자네가 초기에 쓴 이야기들 중 하나도 그런 이야기를 다루었지 아마, 어쨌거나 공감하면서. 그것은 본능의 질병이자, 시대의 만개이네. 생명력에 따라서 그것으로 만족할 가능성들이 있는 법이지. 나는 내 생명력에 알맞게 전혀 가능성을 발견하지 못하며, 아니면 기껏해야 도망칠 가능성뿐, 어쨌거나 이방인에게 (그런데 차라리 나 자신에게) 여기에서 무엇을 구원해야 할지 이해할 수 없게 만드는 그런 상황에서 말이네. 그런데 사람이란 자신을 구하기 위해서 항상 달리는 것은 아니야. 바람이 불더미에서 불어 날려버리는 재도 자신을 구하기 위해서 날아가는 것은 아니지.

나는 그 행복했던 시절, 이런 관점에서 행복했던 유년 시절에 대해서 이야기하려는 것이 아니네. 문은 아직도 닫혀 있었으며, 그 문 너머 재판소는 협의 중에 있을 때였네(모든 문을 꽉 채운 배심원–부친은 그 이래로 벌써 오래전에 나타났네). 그러나 그 후 사실 마주치는 두 번째 처녀마다 그 육체는 나를 유혹했고, 하지만 내가 (바로 그 때문에?) 희망을 걸었던 그 처녀의 육체는 전혀 그렇지가 않았네. 그녀가 나를 피했던 한($F$) 또는 우리가 하나이었던 한에 있어서 ($M$), 그것은 오직 먼 곳에서 오는 위협이었으며, 그리고 심지어 그렇게 먼 것이 아니었지만, 그러나 어떤 시시한 작은 일이 발생하자마자, 모든 것이 망가져버렸네. 나는 사실 나의 존엄 때문에, 나의 자존심 때문에 (녀석이 아무리 시시해 보였을망정, 그 구부정한 서구의 유대인 주제에!), 나는 내 위로 드높이 놓을 수 있어서 나로서는 도달할 수 없는 그런 것만을 사랑한다네.

이것이 아마도 전체의 핵이네, 어쨌거나 심지어 '죽음의 공포'에까지 엄청 부풀은 전체 말이네. 그리고 그 모든 것이 단순히 이 핵의 상부 구조만이 아니라 또한 하부 구조이기도 하지.

그러나 이 붕괴에서 그것은 정말이지 끔찍한 것이었어, 나는 그것에 대해서 이야기할 수가 없네. 다만 이 한 가지만, 임페리얼 호텔 이야기에서 자넨 속았단 말이네. 자네가 열광이라고 생각했던 것은 이가 맞부딪치는 소리였지. 나흘에 걸친 밤에서 찢겨 나온 편린들만이 행복이었네. 이미 완전히 난공불락의 상자 속에 갇혀버린 날들, 행복은 이 성취 이후의 신음이었네.

그리고 지금 나는 다시 여기 그녀의 편지를 갖고 있네. 단 한 번의 소식 이외에 어떤 것도 요구하지 않는 편지, 거기에 답장이 따를 필요는 없는 거야. 관자놀이를 괴롭히는 오후가 지났고, 내 앞엔 밤이 놓였네, 그 밖엔 아무것도 일어나지 않을 것이야. 그녀는 나로서는 닿을 수가 없다네. 그것을 받아들여야겠지. 내 힘은 환호하면서 그것을 포기할 그런 상태이라네. 그리하여 고통에 수치심이 더하네. 마치 나폴레옹이 자신을 러시아로 불러들였던 악마에게 이렇게 말하는 듯한 느낌이야, "나는 지금 갈 수가 없다, 아직 저녁 우유를 마셔야 하니까." 그러다가 악마가 재차 "그게 그럼 오래 걸리겠느냐?"하고 물었을 때, 이렇게 말하는 것 같아, "그렇다, 나는 그것을 꼭꼭 씹어야 한다."[50] 그러니까 이제는 그것을 이해하겠나?

**막스 브로트 앞**

[마틀리아리, 1921. 4월]

친애하는 막스, 자네가 지난번 내 편지를 (슈라이버와 M.에 관해서 쓴) 받지 못했다는 겐가? 주소가 잘못되었을 수도 있겠지. 만약에 난데없는 외부인이 그것을 손에 넣었다면 참 유감일세.

『파리 일지』문예란을 보내줘서 무척 고맙네. 자넨 그것이 내게 얼마나 큰 기쁨을 주는지 모르는 거야, 그렇지 않다면야 자네가 쓴 모든 것을 내게 보내줄 텐데 말이야. 나는 『자기 방어』에 게재된 것도 완전히 다는 모르네. 예컨대 쿠에 대한 평론에 (조금 거칠고, 조금 언성이 높은, 조금 성급한, 하지만 읽기에 그렇게 즐거운) 대해서도, 난 다만 제2부만 알고 있어. 그리고 라신에 대한 비평 같은 것을 자넨 자주 쓰는가?[51] (그런데 말이지만 자네가 첫 단에서 잠들고 그리고 마지막 단에서 깨나면서 청중이 그렇게 적은 것을 화내는 그런 방식은 참 귀엽네. 또한 자네가 일종의 절망에서, 그러나 살아 있으면서 이 옛 무덤에서 라신의 목적을 구하고 있다는 데 대해 행복해하는 방식은 참 특이하네. 왜냐하면 그로써 사람들은 비록 자네가 거기서 하듯이 그렇게 그 곁으로 가서 아름다운 상상을 하지 않으면서도 동시에 모든 풍향으로 빠져드니 말이네.)

고맙네 또한, 자네가 그 의대생에 대해서 한 말 말일세. 그는 그럴만한 가치가 있지. 어쨌든 그는 아마도 한동안 오래 도시에서 벗어나 있어야 할 게야, 가을까지는. 그런데 아직 병의 외향적 징후가 보이지는 않네. 키가 크고 건장하고 볼이 발그레한, 금발 녀석이네. 옷을 차려 입었을 땐 거의 너무 건장하다 싶지. 아무런 불평도 없고, 기침도 하지 않고, 다만 이따금 열이 오른다네. 내가 외모로서 그를 약간 소개한 뒤에 (침대에서, 잠옷 차림으로, 헝클어진 머리를 하고서, 소년 같은 얼굴을 지닌 것이 마치 호프만의 아이들 이야기책 동판화에 나오는 것 같지,[52] 게다가 진지하고 긴장하고, 그러나 또한 꿈꾸는 듯한—그는 정말이지 그렇게 잘생긴 거야), 그러니까 이제 그를 소개 했으니까, 그를 위하여 두 가지 일을 청하고자 하네. 첫 번째 질문에는 자네 경험으로 보아서 아마 그다지 어려움 없이 대답할 수 있을 걸세. 프라하에서 후원 또는 생계 협조 방법으로 그가 프라하에다 희망할 수 있는 것은 무엇인가? 그는 두 장의 추천서를 가지고 있는데, 봉함된 하나는 부다페스트의 한 랍비가 슈바르츠 랍비에게 보낸 것이며, 그리고 매우 좋은 것으로 하나, 부다페스트 교구에서 프라하 교구로 보내는 것인데, 에델슈타인이라고 하는 랍비의 특별히 진정 어린 서한이 첨부되어 있다네, 그의 제자였다는군. 다만 내가 우려하는 것은 프라하에 오는 외국인이라면 누구나 그러한 추천서를 가지고 있다는 것이네. 그다음, 만일 그가 체코슬로바키아 시민권을 획득한다면, 그것이 과연 대학 입학 허가와 그 밖의 다른 생활에 본질적인 경감을 의미하는가?(아마 그는 그걸 할 수 있을 것이야, 위험하지 않은 이름을 지녔거든, 클롭슈톡이라니까. 그리고 그의—오래전에 돌아가신—부친은 슬로바키아 출신이셨다네)……

자네는 내 건강에 관해서 묻는군. 체온은 좋은 편이네. 신열은 극히 드물고, 36.9도 정도는 날마다가 아니라네. 그것도 구강에서 측정된 것이며, 구강 계측은 겨드랑에서보다는 0.2 내지 0.3도는 더 높게 나오지. 큰 변동만 없으면 거의 정상이라고 부를 수 있을 정도라네. 물론 난 거의 안정 요법으로 지내지. 기침, 담, 호흡 곤란은 줄어들었지만, 그러나 날씨가 좋아진 이래 그만큼 좋아진 것이지, 그러니 폐의 호전이라기보다는 차라리 날씨의 호전을 말하는 것이겠지. 체중 증가는 약 6킬로그램. 성가신 것은 내가 계속해서 이틀을 완전히 건강하지 못하다는 데 있다네, 폐와 우울증을 제외하고서도 말이네. 나는 자네 충고를 완전히 무시하지는 않았네. 그러나 로코판 연고는 이곳에서는 알려져 있지 않고, 롬니츠의 예쁘고 가냘프고 키 큰 금발에 파란 눈의 약사 처녀는 내가 그녀를 바보 취급하려는 게 아닌지 시험하듯이 쳐다보더라니까. 아무라도 장난 삼아 어떤 희한한 이름을 만들어내 가지고서는 물어볼 수도 있겠지, 이 연고가 있느냐 하고. 그 주사 말인데—글쎄, 크랄 박사는 찬성, 외숙은 반대, 여기 의사는 찬성, 스모꼬베츠의 스촌타흐 박사는 반대, 그리고 나는 진료 중에 반대를 표명하지. 막스 자네는 특히 그것에 대해서 아무것도 비난할 수가 없지, 특히 자네의 책에서 경고하기 때문이네. 접종에 관한 논문은 나도 벌써 읽었네.『오스트라우 조간』은 내가 지금 여기에서 거의 매일 받는 유일한 신문이네. 이 의학 관련이나 그래도 부분적으로는 분명히 유머 감각 있는 저술가가 쓴 이 논문 또한 읽고 있네. (그런데 말이네만 그것이 이곳 의사, 내가 매우 좋아하는 그 의사의 유일한 전문적인 독서일 것이네.) 그 논문에는 통상적인 인위적인 통계들이 들어 있는데, 그것들은 자연 요법의 이의들('어떤 접종도 죽음 전에 행복하게 찬양할 것은 아니다')에 대해서는 사소한 것이며, 의학은 극히 한정된 시간 내에 해악의 결과를 탐구하며, 그 대신 자연 요법은 다만 경멸을 받을 뿐이네. 결핵이 통제될 것이라는 것도 믿을 만한 사실이네, 모든 질병은 결국에는 통제되니까. 그러니까 그것은 전쟁에서와 같은 것이야. 모든 전쟁이 끝은 나지만, 전쟁이 그치지는 않으니. 폐결핵은 폐 내부에 그 자리를 가진 것은 아닌 것이, 예컨대 세계 대전이 최후 통첩에서 그 원인을 지니는 만큼도 안 된다네. 질병이 하나 있네, 더 이상은 아니야. 그런데 이 하나의 질병이 의학에 의해서 맹목적으로 사냥되는 것이라네, 마치 끝없는 숲속에서 맹수 한 마리가 사냥되듯이.—그러나 나는 자네 충고를 무시하지는 않았어. 자네는 어찌 그런 생각을 하나.

프란츠


## 오스카 바움 앞

[마틀리아리, 1921년 봄][53]

친애하는 오스카, 그러니까 자네는 나를 잊지 않았군. 그동안 *내가* 자네에게 편지를 쓰지 않았다는 비난을 하마터면 *자네에게* 하고 싶다네. 그러나 이 엄청난 무위 가운데 편지 쓰기란 나로선 일종의 활동이라네, 거의 다시 태어나는 것 같은, 세상에서의 새로운 정지 작업 같은 것이지, 그러다 곧 다시 그 역겨운 안정 요법 의자가 따라나 오겠지, 그러고는—꽁무니를 빼고 말지. 그렇다고 그것으로 내가 그러는 것이 옳았다는 인상을 일깨우려는 것은 아니야, 아닐세, 전혀 아닐세.

자네에 대한 소식은 거의 아무것도 듣지 못했네, 비록 바이니거 강의[54]에 관해 읽기는 했지만 (임의의 원고가 혹시 없는가, 이 논문의 교정본이라도 없는가?) 비평가 지위에 대한 소문들, 그 밖에는 없다네. 나는 막스와 늘 나 자신에 대해서 지껄이며, 그에게 다른 일에 대해서 쓸 기회를 거의 주지 않네. 그러니 그사이 몇 년 동안 무슨 일이 죄다 일어났겠지, 자네는 몇 번 시칠리아에 여행을 했을 수도 있고, 얼마나 많은 일을 했을 것이며, 레오는 거의 대학에 갈 때가 되었을 것이야. 안정 요법 의자에 누워서는 시간을 규정하기가 어렵다네. 넉 달쯤 지난 것처럼 생각되는데, 정신을 차리고 보면 몇 년이 지났음을 깨닫는다네.

다행히도 그에 상응하게 나이를 먹어간다네. 예컨대 이제 부다페스트에서 온 작은 여자가 떠났네(아란카라는 이름이었지. 셋 중 하나는 그 이름이라네, 둘 중 하나는 일론카. 예쁜 이름들이지, 클라리카라는 이름도 많지. 그리고 모두가 이름만으로 호명된다네. "어떻게 지내오, 아란카?") 그러니까 이 부다페스트 여자가 떠났네. 그녀가 특별히 예쁜 것은 아니었네. 어딘지 비뚜름한 뺨, 완벽한 모양새가 아닌 눈, 퉁퉁한 코에, 하지만 젊었지. 그런 청춘이라니! 옷마다 그녀의 예쁜 몸에 들어맞았지. 그리고 쾌활했으며 사랑스러웠어. 모두가 그녀에게 흠뻑 빠졌다네. 나는 의도적으로 그녀와 일정한 거리를 유지했네, 나 자신을 소개하지도 않았지. 그녀는 여기에 석 달을 체재했는데 그녀와 단 한마디도 직접 나눈 적이 없었다네. 그것은 이렇게 조그마한 집단에서는 쉽지 않다네. 그리고 이제 마지막 날 아침 식탁에서 (점심과 저녁은 나 혼자서 방에서 먹지) 그녀가 나에게 건너와서 알아듣기 힘든 헝가리식 독일어로 꽤 긴 연설을 시작했네. "제가 감히 박사님께 작별 인사를 드리고자 하는데요." 등등 마치 우리가 온통 낯을 붉히며 불확실하게 나이 든 권위자에게 말하듯이 말이네. 그동안 정말이지 난 무릎이 다 부들부들 떨리더군.

그 책[55]을 다시 읽는 것이 나는 즐겁다네, 그 책은 어떤 의미에서 제어할 수 없는 이유들로 해서 내가 자네의 저술 중 좋아하는 것들의 하나이네. 그 속에서 산다는 것이 그렇게도 좋으네. 따스함, 그것은 마치 잊혀진 채 그러나 그럴수록 일어나는 모든 것을 더욱 강렬하게 함께 체험하게 되는 방 한구석 같으이. 유감스럽게도 그것을 빌려주어야 했지. 하지만 내일 돌려받네. 나의 식탁 친구, 이번에는 일론카인데, 그녀가 그것을 보았고, 어찌나 졸라대는지 빌려주어야 했어. 그녀는 사실 전 생애를 통해서 좋은 책일랑 한 권도 읽지 않은 것처럼 그렇게 열렬히 원했지. 그녀의 예쁜 점은 부드러운, 거의 투명한 피부야. 그래 나는 그녀가 자네 책을 읽는 기쁨으로 달아오를 때 그 피부가 어떨지 보고자 했던 것이라네.

진심 어린 안부를 자네와 자네 부인, 아이와 누이에게.

자네의 프란츠

**막스 브로트 앞**

[마틀리아리, 1921년 5월 초]
친애하는 막스, 아직도 이해가 되지 않는다고? 것 참 이상하네, 하지만 더 잘되었어. 왜냐하면 그것이 부정확했으니까. 한 가지 경우로서는 부정확했어. 그것을 내 전 생애로 확대하지 않고서는 부정확하지. (확대라고? 아니면 지운다? 모르겠네.) 자네는 M.과 말을 나누겠지. 나

는 이 즐거움을 다시는 갖지 못할 거야. 만일 자네가 나에 대해서 그녀에게 말을 하게 된다면, 죽은 자에 대해서 하듯이 하게나. 내 말은 나의 '외부'에 관한 한, 나의 '치외법권'이라는 얘길세. 에렌슈타인이 최근에 여기 왔을 때,[56] 이런 말을 하더군. M.에게서는 생이 그 손길을 내게 내밀고 있으며, 나는 생과 사의 선택을 가진 것이라고. 그것은 너무 과장된 말이었네(M.에 관련해서가 아니라 나에 관련해서), 그러나 근본에 있어서는 진실이네. 단지 어리석었던 것은, 내게 그러한 선택 가능성이 있다고 그가 믿었던 것이지. 만일 아직도 델포이의 신탁이 존재한다면, 난 그것을 물었을 것이고, 답은 이랬겠지. "생과 사의 선택이라' 어찌 그대가 주저할 수 있으리오?"

자네는 계속해서 건강 회복에 대해서 쓰고 있군 그래. 그건 정말이지 나에게 당치도 않네 (폐와 관련해서만이 아니라, 그 밖에 매사와 관련해서. 근래에는 예컨대 불안의 파고가 나를 덮쳤네. 불면증이라 극히 사소한 소음에도 고통이네. 그것이 참으로 텅 빈 공간에서 생겨나지, 그것에 대해서는 긴 이야기라도 할 수 있다네. 그리고 낮과 저녁의 모든 가능성이 소진되었을지라도, 그러면 이제 오늘 같은 경우 이 한밤중에 악마의 작은 집단이 함께 몰려다니면서 자정에 내 집 앞에서 즐겁게 이야기들을 나눈다네. 그러다 이른 새벽에는 회사원들 차례지, 그들은 저녁에는 기독교—사회주의 회합에서 집으로 돌아온, 선량하고, 죄 없는 사람들이라네. 아무도 악마처럼 가장할 수는 없지) 그러니 당치도 않네. 이 마지못해 살아가는 육신을 좀 보게나. 뇌수는 자신이 저지른 일에 놀라서 이제 다시 자신을 거슬러 육신에게 생을 강요하려는 것, 마지못해 살아가면서, 먹을 수도 없고, 농양의 상처, 어제는 붕대를 검사했는데, 한 달간 대형 붕대들이 필요하다네, 대강이라도 나을 때까지는 말일세(그 활달한 의사가 어쨌든 구원을 손아귀에 쥐고 있네, 비소 주사면 끝, 고맙겠어). 그러니 그건 당치도 않고, 그런데 또한 최고의 희망 사항도 아니지.

자네는 처녀 이야기를 하네만, 어떤 처녀도 여기서 내게 매달리지 않네(특히나 그 사진에 있던 처녀들은 아니네. 그녀들 또한 몇 달 전에 떠났거든), 그리고 어딜 간들 어느 누구도 내게 매달리지는 않을 것이네. 여자들이란 묘하게도 그리 예리한 통찰력을 가지고 있지 않지. 다만 자신들이 누군가의 마음에 드는가 아닌가 그것만을 알아차리지. 그다음엔 사람들이 자신들에게 동정심을 갖는지 아닌지. 최종적으로는 사람들이 자신들에게서 연민을 구하는지 아닌지. 그것이 전부야, 하긴 그것이면 정말 보편적으로는 충분하기도 하고.

사실상 나는 그 의대생하고만 소통하네. 다른 모든 것은 부차적이지. 만일 누군가가 내게서 뭔가를 원하면, 그는 그것을 그 학생에게 말한다네. 내가 만일 누군가에게서 무언가를 원하면, 나 또한 그에게 그걸 말하지. 그럼에도 그것은 외로움이 아니네, 전혀 외로움이 아니야. 반쯤 쾌적한 삶, 극도의 친절을 보이는 사람들이 끊임없이 바뀌는 집단 내에서 표면적으로 반쯤은 쾌적한 것, 물론 나는 모든 사람들의 시야에서 익사하는 것도 아니고, 어느 누구도 나를 구해야 하는 것도 아니지. 그들 또한 너무도 친절해서 익사할리 없지. 또한 그런 친절함이란 적이 분명한 이유를 가지고 있지. 예컨대 나는 팁을 엄청 주지(상대적으로 후한 것, 다른 모든 것은 충분히 저렴하니까), 또 그건 필요한 일이야. 왜냐하면 최근에 급사장이 부다페스트에 있는 아내에게 편지를 썼다는데, 그만 공개적으로 알려져버렸다네. 거기 보면 급사장은 손님들을 팁에 따라서 대충 이렇게 분류했다는 거야. "손님 열두 명은 남아 있어도 좋겠지만, 나머지는 악마나 데려가라지" 그리고 그는 그 나머지 사람들을 이름에 주석을 달아가면서 위령 기도처럼 열거하기 시작한다는군. "사랑스런 G. 부인(말이 났으니 말이지만 정말로 사랑스런 젊고 어린애들은 농부의 아낙으로 칩스[57] 출신), 악마나 데려가라지 등등" 난 그들 중에 없었다는군. 그러니 내가 만일 끌려가면 그건 팁이 적어서만은 아닐 것이 분명해.

그러니까 오스카는 『프레세』에 근무한다던가, 『석간』이 아니라?[58] 그 신문은 자네가 그에게 그리하라고 추천할 만한 것인가? 강의를 그가 포기했는가? 자네 요즘 오스카의 글이 실린 호를 내게 보내줄 수 있겠는가? 나는 그 신문을 아직 본 적이 없네. 폴 아들러[59]도 거기에서 근무하는가? 그리고 펠릭스도? 그런 일들이 어쨌든 이전에도 있었겠지. 수요가 증가하는가? 그가 핵심에 미치는가? 지금까지는 그것이 정말 그렇게까지 본질적으로 행해진 건 아니었지. 기본적으로 그는 여전히 로마에 살고 있으며 그리고 아시아 쪽 접경에서만 야만인들과 전쟁이 있었으니. 사태가 점점 더 악화되었는가? 아이는 어떤가? 이제 여름 별장에 있게 되는가? 잘 있게.

프란츠

### 오틀라 다비도바 앞

[마틀리아리, 1921년, 5월 초][60]

가장 친애하는 오틀라와 베루슈까[61] (어머니는 이름을 그렇게 쓰셨지만, 무슨 이름이 그러니? 베라 같은 거니, 아니면 코팔 부인의 딸처럼 브예라? 대체 작명 전에 무슨 생각들을 했던 것이니?) 그러니까 심부름 하나 부탁! 포르베르거 부인이 우표 수집가인 자기 남동생[62]을 위해서 필요하다는구나.

2헬러 짜리 속달 우표 100장
80헬러 우표 100장 } 후스의 초상이
90헬러 우표 100장 있는 것으로[63]

내 계좌에서 돈을 인출하렴, 내가 여기에서 받게 되겠지. 이 우표는 5월 말에 유통이 끝나는데, 그러니까 즉시 구입해야 한단다. 그리고 그게 프라하에서만 구할 수 있는가 봐.

만일 그 심부름이 너희 둘에게 너무 어렵다면(우체국 본 건물의 로비까지 유모차를 어떻게 끌고 올라가야 하나? 좋은 유모차가 있어? W. 부인[64]이 조금 샘을 내니?), 그렇다면 어쩌면 매제 페파[65]가 좀 잘 해줄 수도 있겠지(그런데 그는 파리에 왜 안 간다니?) 그렇다면 네가 그에게 여기 동봉한 브륀의 리도베 노비니[66]의 문예란을 비평해달라고 내놓을 수 있을 게야. 그가 그 일을 좋게 여긴다면, 물론 우리는 크랄 박사와 더불어서도 얘기를 나누어야 하겠지. 어쩌면 그가 요양선 좌석을 어디에서 구할 수 있으며 또 총 얼마가 드는지 등을 문의해볼 수도 있을 것이야. 너흰 그에게 그것이 유감스럽게도 4월 첫 호에 실렸다는 것을 즉각 말할 필요는 없어. 그때 그게 아주 심각하게 실렸나 봐. 이곳의 한 가련한 환자가 희망에 부푼 채 그것을 의사에게 판정해달라고 보였지, 그가 그것을 내게 가져온 것이야. 그는 체코어를 알지 못하므로 나더러 자세히 읽어보라고. 그때 나는 장염로 너무 허약해진 상태였고, 그래서 실제로 한두 시간쯤 그 말을 믿어버렸다니까.[67]

이런 것들이 표면상의 계기란다. 사실은 오래전부터 네게 편지를 쓰려고 했어. 하지만 너무 피곤했거나 아니면 너무 게을렀던 게야, 아니면 너무 허약했던가. 그건 정말 거의 구별이 안 된단다. 또한 여기서 항상 뭔가 사소한 일들이 생기곤 했지. 예컨대 지금은 또 다시 사나운 농양이 있어서 그놈과 싸우는 중이야. 너희 둘이 그토록 민첩하다니 기쁘구나. 하지만 너무 민첩해서는 안 되는 거야. 여기에 한 젊은 농촌 아낙이 있는데,[68] 병은 중간 정도. 그런데 말이지만 쾌활하고 사랑스러우며, 이리저리 날리는 그 넓다란 발레리나 치마로 된 전통 의상을 입은 모양새가 예쁘기도 하단다. 그런데 시어머니가 그녀에

598

게 늘 너무도 과한 일을 쌓아놓고 있단다. 그 곳 의사가 항상 이렇게 경고하고 말을 했어도 그렇다는군.

　　　젊은 여인들을 보호해야 합니다

　　　황금빛 오렌지처럼요.

그야 완전히 논리적이지는 않지만 그러나 여전히 매우 교훈적인 말이지. 그런 이유로 난 네게 새 심부름 거리 찾아내기를 삼가는 것이란다.

어쨌든, 심부름 하나는 꼭 해야만 할 게야, 지사장에게 가는 일. 그건 참 입술 깨물러 가는 일이지. 5월 20일로 병가가 끝난다(그가 너에게 병가 승인에 대해서 정말로 양해했더냐?), 그렇다면 어쩌란 것이냐? 그럼 내가 어딘가로 갈 것인지, 아니면 대강 6월 말까지 여기 그냥 머물러 있을지, 그건 부차적인 고려이지. (장염이라는구나, 그것은 내 견해로는 육류에 원인이 있으며, 그 뒤로 이렇게 조정이 된 듯해, 그러니까 주방 처녀 하나가 내가 생각하기에는 나를 위해 요리해줄 수 있을 식단을 생각하느라 상당한 시간을 소비하는 거야. 아침 식사 때면 주방에선 점심에 관한 제안을 해오고, 티타임에는 저녁 식사에 관해서, 그런 식이지. 최근에는 그 처녀가 창밖을 내다보며 꿈을 꾸는 듯했어. 난 생각했지, 그녀가 고향 부다페스트를 꿈꾸나 보다. 그러다 그녀가 갑자기 말했어, "저녁에 야채 샐러드를 좋아하실지, 저는 정말 긴장되네요.")

그렇지만 내 어찌 또다시 휴가를 연장하겠어? 그리고 언제 그 끝이 보이지? 그건 매우 어려워. 봉급을 반감하고서 휴가를 요구한다? 그렇게 휴가를 청하는 것이 더 쉽겠니? 사실 이 병이 짐짓 사무실 근무로 발병했거나 또는 악화되었다면, 그렇다면 휴가 신청이 쉽겠지. 하지만 그 반대가 참이거든, 사무실 때문에 병이 억제되었으니까. 그건 어려운 일이야, 그런데도 나는 휴가를 청해야만 하니. 진단서는 물론 첨부할 수 있지. 그건 매우 간단해. 자, 어떻게 생각하니?[69]

그렇지만 넌 여기서는 누구나 줄곧 그런 생각에만 사로잡혀 있다고 생각해선 안 된단다. 어제는 예컨대 오후 반나절을 웃으면서 지냈는데, 뭔가 비웃음이 아니라, 감동적인 사랑스런 웃음이었단다. 유감이지만 이 사건은 다만 암시할 수 있을 뿐, 그 전체의 대단함을 전하기는 불가능하구나.

여기에 한 참모 대위[70]가 있는데, 그는 군 막사 병원에 배속해 있으나 많은 다른 장교들처럼 이곳 아래쪽에 거주한단다. 거기 군 막사가 너무 지저분하기 때문이래. 식사는 위에서 가져오고. 눈이 많이 내린 한 그는 굉장한 스키 여행을 계속했지, 거의 정상까지, 주로 혼자서. 그런데 그건 거의 미친 짓이야. 이제 그에게는 다만 두 가지 일이 있을 뿐인데, 스케치와 수채화가 그 하나이며, 플루트 연주가 나머지 하나이지. 날마다 일정한 시간에 그는 야외에서 그림을 그리고 스케치를 한단다, 또 일정한 시간에 그의 작은 방에서 플루트를 불어대고. 확실히 그는 혼자 있기를 선호해(다만 스케치 할 때는 누가 그를 주시하는 것을 기꺼이 참는 것 같아 보여). 나는 물론 그것을 매우 존경해. 지금까지는 그와 다섯 번도 채 말을 건네지 않았나 싶어. 그가 멀리서 나를 부를 때나, 느닷없이 어디선가 그와 마주쳤을 때 등. 만일 그가 스케치를 할 때 마주치면 나는 약간의 찬사를 보내지. 그의 스케치는 실제로도 괜찮아. 높은 수준의, 아니 아주 좋은 아마추어 작품이지. 내가 보기엔 그게 전부인 것 같아, 뭐 특별한 것은 없고, 내 말하다시피 또 알다시피, 전체의 본질을 전하는 것은 불가능해. 만일 내가 그의 모습이 어떠한지 묘사를 시도한다면 이 정도야. 그는 시골길에 산책을 나서면, 항상 높이 곧추선 자세로, 천천히 편안하게 활보하며, 눈은 항상 롬니츠 정상을 향해 쳐들고, 외투를 바람에 날리며, 그러니까 조금 실러처럼 보인다 할지. 가까이에 다가가서 그의 마르고 주름진 (부분적으로는 플루트를 불기 때문에 주름이 진) 얼굴을 들여다 보면, 창백한 나무 색에, 목덜미와 몸 전체가 그렇게나 나무토막처럼 메마른 걸 보면, 그러면 그는 시뇨렐리의 부조[71]에 있는 죽은 자들을 연상시키지(그건 『미술 걸작 전집』에 있는 것 같아), 마치 무덤에서 솟아오르는 것처럼 말이야. 그는 또 세 번째 공통점이 있지. 그는 어떤 환상을 품기에 이르렀는데, 아마 자신의 그림들을 가지고서 주─

아니야, 이것은 너무 큰 주제다. 내 말은 내면적으로. 단적으로, 그는 그러니까 전시회를 열었단다. 의대생은 헝가리 신문에다 평론을 썼고, 나는 독일 신문에다 썼고.[72] 모든 것을 비밀리에 했지. 그 대위는 헝가리 신문을 가지고 급사장에게 갔단다, 그에게 번역해달라고. 그러나 그에게는 그것이 너무도 복잡했지. 그래서 그는 순진하게도 그 대위를 의대생에게 데려간 거야, 그가 가장 잘 번역할 거라고. 의대생은 마침 미열로 침대에 누워 있었고, 나는 그를 방문하러 거기 가 있었지. 이렇게 해서 시작된 일이었단다. 하지만 그만 되었구나. 그걸 얘기하지 않으려면서 무엇 때문에 얘기한다니.

그런데 말이다, 앞서 한 말과 관련해서인데, 내가 항상 웃고 있다고 생각해서는 아니 된다, 정말 아니야.

타우시히[73]의 청구서를 동봉하마. 덧붙여 엘리를 위해서 오려낸 기사도, 펠릭스와 관련된 것이란다. 네 딸아이에게도 십 년 후면 관련이 되는 일일걸. 그건 그리 긴 것은 아니구나. 안정 요법 의자에 누워서 왼쪽에서 오른쪽으로 한번 뻗치고 나서, 시계를 쳐다보고, 그리고 십 년이 지난 거야. 다만 활동 중에 있는 사람에겐 그게 더 길게 느껴지겠지만.

엘리와 발리에겐 물론 다시 아주 각별한 안부를 보낸다. 그것을 어찌 생각하니? 쉽기 때문에 그 애들에게 안부를 부탁하는 거냐, 그러고는 편지 쓰기가 어려우니까 편지는 쓰지 않는 것이고? 전혀 그렇지 않단다. 내가 안부를 보내는 것은 그들이 내 친애하는 누이 들이기 때문이며, 그리고 내가 특히 그들에게 편지를 쓰지 않는 것은 내가 너에게 쓰니까 그런 것이지. 나중에는 네가 이렇게 말하겠지, 난 다만 네 딸에게 편지 쓰기가 어렵기 때문에 안부만을 보냈다고. 그렇지만 편지 쓰기란 다른 어떤 것보다도 어렵지 않아, 오히려 조금 더 쉬운 일이지.

식구들과 더불어 잘 지내렴.

F.

그 아가씨에게도 부디 내 안부 전해주렴.


**요젭 다비트 박사 앞**

[마틀리아리, 1921년 5월][74]

친애하는 페파,

잘 했네, 참 잘 했어. 이제 나는 한두 가지 작은 오류를 적어 넣을 뿐인데, 거기에 예컨대 어떤 오류들이 들어 있다는 것은 아니네. 왜냐하면, 내 말을 용서하게나, 오류라면 우리 지사장[75]은 자네 편지에서도 찾아낼 사람이거든. 그러니까 편지마다 그런 것을 발견할 걸세. 난 그저 오류가 적정한 숫자를 유지하도록 하기 위해 이런다네.

여기에서 조용히 살고자 애쓰고 있네. 심지어 신문 하나도 손에 잘 들지 않는다네. 『트리부나』[76]조차 읽지 않으며, 공산주의자들이 무엇을 하는지도, 또한 독일인들이 뭐라 하는지도 모른다네.[77] 다만 마자르인[78]들이 하는 말만을 듣고 있는데, 난 그들 말을 이해 못하지. 유감스럽게도 그들은 말을 많이 하는데, 만일 그들이 말을 덜 했더라면 난 행복할 게야. 무엇 때문에 시인가, 페파, 괜히 긴장하지 말게나, 웬 새로운 시라니? 이미 호라티우스가 많은 아름다운 시들을 썼고. 우린 그 한 편하고 절반만을 읽은 거라네. 그런데 자네의 시 한 수는 나에게 있네. 이 근처에 작은 야전 병원이 있는데, 저녁이면 도로를 따라서 이동하네. 다른 것이 아닌 바로 이 "표범들"이 항상 "돌고 돈다네."[79] 그런데 체코 병사들은 최악이 아니네. 그들은 스키를 타고 아이들처럼 웃고 소리 지르지, 물론 병사들의 목소리를 지닌 아이들처럼. 그러나 그들 가운데는 역시 헝가리 병사들이 몇 명 있으며, 그중 한 명은 이 표범 노래를 다섯 마디쯤 배웠는데, 사실 그가 그것에 온통 정신을 잃었나 봐. 그가 나타나는 곳이면 어디서나 그 노래를 외쳐댄다네. 그리고 주변의 사랑스런 산들과 산림들이 이 모든 것을 그렇게도 진지하게 내려다보고 있다네, 마치 그것이 마음에 든다는 듯이.

그러나 이 모든 것은 나쁘지 않다네. 그것이 날마다 다만 잠시 되풀이되네. 이런 면에서 한층 안 좋은 것은 집 안의 악마처럼 시끄러운 소음일세. 그러나 그것 역시 견딜 만하네. 나는 불평하지 않겠네. 여긴 타트라 산맥 내에 있으며, 사빈의 땅은 어디 다른 곳이나 아니면 아예 어느 곳에도 없을 것이니까.

자네 부모님과 자매들에게 내 안부 전해주게. 국립극장과는 어찌 되어가는가?

자네의 F

[이 편지는 체코어로 씌었고, 편집자에 의해 번역됨.]


막스 브로트 앞

[마틀리아리, 1921년 5월 말/6월 초]

가장 친애하는 막스—내 빚은 이미 그렇게도 많으이, 그렇게도 많이 자네에게 받고 있으며, 그렇게도 많은 일을 자네는 나를 위해 해주었네. 그런데 나는 여기 굳은 채 가만히 누워서, 옆 방에서 난로를 손보는 사람 때문에 속마음까지 시달리고 있다니. 그는 매일 아침 심지어 공휴일에도 일찌감치 다섯 시면 시작하네, 망치질에 노래와 휘파람까지 불며, 그리고 저녁 일곱 시까지 쉬지 않고 계속 하네, 그러다가 조금 자리를 비웠다가, 아홉 시 전에는 잠자러 가지. 나도 마찬가지네, 하지만 잠들 수가 없어. 왜냐하면 다른 사람들은 다른 시간 계획이 있기 때문이며, 그리고 나는 마틀리아리의 아버지가 된 듯하이. 마지막으로 낄낄거리고 웃는 객실 담당 처녀 또한 잠자리에 든 다음에야 잠들 수 있는 것이 아버지지. 그리고 물론 나를 방해하는 것은 바로 이 남자는 아니지(객실 담당 처녀가 그에게 오늘 오후에, 내가 우격다짐으로 말렸지만—안정 요법 의자의 게으름뱅이인 내가 훌륭한 일꾼에게 무엇을 금지시키려 든단 말인가?—휘파람을 금지시켰다네. 이제 그는 어쩌다 망각에서 오는 중단을 제외하고서는 전혀 휘파람을 불지 않고서 망치질만 한다네, 틀림없이 나를 욕하면서. 그러나 진실을 말하자면 나로서는 더 쾌적하지). 만일 그가 그만두면, 여기 있는 모든 생명체가 각각 그를 대신한 채비를 할 것이며 그럴 능력이 있지. 마침내 그것을 할 것이며 그리고 그렇게 한다네. 그러나 문제가 되는 것은 여기 소음이 아니라 세상의 소음이지. 결코 이 소음이 아니라 나 자신의 소리 없음이야. 그러나 오래된 내 불면을 제외하고서도, 나는 자네가 M.을 만나기 이전에는 자네에게 편지를 쓰지 않으려 했던 거야. 그녀에 대해서 쓰다 보면 난 나도 모르게 거짓말에 얽히고, 자네에게—자네 때문은 별로이지만 나 때문에—더 영향을 미치고 싶지 않았어. 이젠 그러니까 자네가 그녀를 보았겠군. 그녀가 부친과 어떤 식으로 화해했는지 난 이해할 수가 없네. 그 점에서는 아마 자네도 별 아는 것이 없겠지. 그녀가 보기에 나쁘지 않다는 것, 그건 알았네. 슈드르바는 대강 타트라(가장 높은 고도이지, 하지만 본디 요양원은 아닌 이곳)의 맞은편 끝에 있지. 용서하게나, 내가 이곳에서 자네에게 짐 지운 일을. 그건 당시 그녀 편지에 처음 정신 나간 흥분 속에서 발생한 일이었네. 어쨌거나 곰곰 생각해본 연후에 자네에게 그걸 청했어야 해. 그녀가 곧장 자네에게 자기 편지에 대해서 말하리라는 점을 전혀 의심하지 않았네. 그러나 그녀는 그 편지에 대해서 침묵해달라고 내게 요구할 권리가 있었지. 자네가 "과잉의" 편지에 대해 말하는 것, "이런 방식으로는 더이상 계속될 수 없다" 등은 그녀가 더는 나에 관해서 아무것도 듣고 싶어 하지 않음을 암시하는 것으로 보이네. (내 말했듯이, 난 거짓말에 얽혀드네). "판단을 직시하기", 그래, 그것이야말로 본질적인 일이겠지. 사람이면, 물론 외부에 서 있는 자로서도, 그런 종류의 여자를 대할 때는 그것에 대해서 제일 먼저 분명히 해야겠네. 자네는 틀린 것을 꺼내어 맛보지, 난 그럴 수 없었네, 내가 그것을 노렸어도 그래. 그러면서 나는 그러한 판단의 진실을 과장하지는 않네. 그것들은 확실하지 않고, 말 한마디면 그것들을 완화시키기도 하지. 그러한 항해사가 조종하는 선박이고 싶지는 않았어. 하지만 그것들이 용기를 돋우네, 대단해, 신들에게로 이끌고 있어, 적어도 올림피아의 신들에게로.

나는 또한 내가 M.과 자네 아내와의 관계에 대해서 자네에게 뭔가 분명한 것을 말했다고는 생각지 않아. 이 사안에 대한 M.의 판단은 꽤 제한적이고 거의 철회된 것 아닌가. 리슬 베어[80]와의 회동에 대해서도 나는 기억할 수가 없는데, 어쩌면 M.의 언급은 기억나는 듯해. 그 말에 따르자면 그녀는 언젠가 하스와 자네 부인과 그렇게 동석한 적이 있었다는 것이었어. 자네 아내가 자네에 대해서 이야기를 했고, 이 공손한 경탄이 M.에게는 가증스럽게 여겨졌다는 것이었어. 이 점에서 M.에게 너무 혹독하게 대하지는 말게, 막스. 이건 정말이지 곤란한 경우야, 그걸 내가 줄곧 곰곰이 생각해보았지. 자네 아내의 친구들을 합산하려고 해보게나, 자네가 확실한 친구들이라고 생각하는 사람들을. 그러면 자네는 아마도 자네 아내가 필경은 경시하는 그런 친구들만을 발견하게 될 것이니. 나야 다른 사람들에 비해서 그 문제에 대해서 훨씬 자유롭게 말할 수 있지. 모종의 사교적 그리고 사회적 의미에서 (자네 아내의 고립에 결정적인 그런 의미에서) 나는 자네 아내와 엄청 유사하네(그것이 근접을 뜻하는 것은 아니지), 너무 유사해서 사람들이 흘낏 보기만 해도 우리가 동일하다고 말할 수 있을 정도로. 그리고 이 유사성은, 내 생각에는 오늘날의 사건에만 국한되는 것이 아니라, 또한 원천적인 소양을 포함하지, 선량한, 노력하는, 그러나 어딘가 흠집 난 어린아이들의 소양 말이네. 그러나 이제 우리 사이에는 그래도 내 단순한 학문적 눈으로는 인지되지 않지만 어쨌거나 실제의 차이가 존재하네. 사소한 것, 무가치한 무. 그러나 그것으로 충분하이, 다른 사회적 물질이 제시되지 않는다 하더라도 예컨대 M. 같은 사람에게 자네 아내를 증오한다고 주장하는 누군가에게 나를 사랑스럽게 만들기에는 충분한 거야. 물론 자네 아내 또한 결혼의 결과로 나보다는 더 넓게 인생을 헤쳐 나갔지. 누구에게라도 내 생의 입지에서 내 가치를 측정할 그런 착상은 떠오르지 않을 것이야. 만일 누군가에게 떠오른다 해도 그것을 믿지 않을 것이고.

스따샤[81]와는 M.이 다시 화해했지, 그것이 반년이 지나는 동안 한 번인가 두 번인가 반복되었어. 그런데 스따샤는 내게 예리한 시선을 보내더군. 곧바로 처음 만남에서 그녀는 내가 신뢰성이 없음을 알아보았어. 그렇지만 그러한 여자들 문제는 내게 대단한 영향력을 행사한 적이 없었지, 아니면 오히려 아주 절대적인 영향이던가. 그러한 이야기들은 들으면, 예컨대 그녀는 찬란하다, 그는 찬란하지 않다, 그는 그녀를 사랑한다, 그녀는 그를 사랑하지 않는다, 그녀는 충실하지 않다, 그는 독을 먹어야 한다 등—그러면 그 모든 것은 통일적인, 깊이 확신된, 열정적인 정신에서 연설되고, 그러면 나는 어찌할 바를 모르고, 위험하나 겉으로는 어린애다운 그러나 실제로는 생을 파괴하는 감정이 솟아난다네.

나는 이렇게 말하고 싶었네, 그 모든 것이 나에게는 [중단됨]

약 2주의 고문의 시간이 지나고 처음으로 더 안정적인 날이네. 얼마간 세상−밖의−생, 그런 삶을 나는 여기서 살아가네, 그 자체로서는 다른 삶에 비해서 더 나쁠 리 없는 삶을. 그러니 불평할 이유라고는 없지 않겠나. 그러나 만약에 세상이 이 세상−밖으로 묘지를 훼손하듯 파고 들어온다면, 나는 상규常規를 벗어나고, 그러면 그렇지 않아도 항상 기대고 섰던 광증의 문에 실제로 이마를 깨부술 것이야. 나를 이러한 상황으로 내모는 데는 사소한 일이면 충분하이. 내 발코니 아래에서 한 젊은 어중간히 경건한 헝가리 유대인이 얼굴을 내 쪽으로 향하고 안정 요법 의자에 누워서, 진짜 편안하게 몸을 뻗치고서, 한 손을 머리에 다른 한 손을 바지춤에 깊이 넣고서, 항상 즐겁게 하루 종일 사원의 멜로디를 흥얼거리는 것만으로도 충분하지. (대체 어떤 민족이란 말인가!) 그것이면 그러한 일이 충분하이. 다른 것은 서둘러서 끼어드네. 나는 내 발코니에 누워 있는 것이 마치 북 안에 있는 것과 같으이. 그 북을 사람들이 위에서도 아래에서도 또한 모든 측면에서 쳐대는 것이야. 나는 이 땅 표면 어딘가에는 안정이 있다는 그런 믿음마저 잃어버리지. 나는 깨어 있을 수도, 잘 수도 없어. 언젠가 예외적으로 안정이 깃들 때조차도 잠을 잘 수 없어, 너무도 교란되어서 그런다니까. 글을 쓸 수도 없어. 그리고 자네는 내게 비난을 퍼붓지만, 나는 정말이지 독서도 할 수 없어. 그러자 삼 일 전에 (의대생의 도움으로) 아름답고 그리 멀리 떨어져 있지 않은 숲속의 초원을 발견했네. 그것은 사실상 두 개의 시냇물 사이의 섬인 게야. 그곳은 조용하더군. 그곳에서 나는 세 번의 오후를 보내며 (오전에는 그곳에 물론 병사들이 있어) 건강을 되찾았으니, 오늘은 그곳에서 심지어 살짝 잠이 들었지 뭔가. 나는 오늘 자네에게 편지 씀으로써 그것을 자축하는 거야.

자넨 발트 해에 간다고 했나, 어디로? 최근에 나는 많은 아름답고 저렴한 발트 해 휴양지에 관해서 읽었는데. 티소,[82] 샤르보이츠, 네스트, 하프크룩, 티멘도르프 해변, 닌도르프 등이 추천할 만한 곳이야. 어느 곳도 하루 30~40마르크 이상은 없어. 그런데 누구랑 가는가? 아내와? 혼자서? 아니면 다른 사람들과 함께? 나 역시 가끔 발트 해를 생각한다네. 그러나 그건 차라리 꿈이지, 생각이라기보다는.

자네 누이[83]가 친절하게도 내게 편지를 썼더군. 그리고 연고도 받았네. 그것을 받아서 매우 기쁘네. 겨울에 그 천벌의 병은 고약했지(이제는 삼림욕이 나를 보호해주네). 하지만 그 연고가 만일 그렇게 효과가 있고 종기를 막는다면, 그건 금세 사람들이 인류에 가해지는 채찍이라 부르는 그런 것이 되고 말 거야. 왜냐하면 이 연고로 지옥의 사냥개가 잡아갈 머릿수가 줄어드는 것이 아니라 늘어만 갈 것이니 말이야.

앞서 말한 것에 몇 자 덧붙이고 싶었네. 모든 이런 여자 문제들이 내게는 희극적인, 참람僭濫한, 허풍으로 여겨진다는 것, 가차없이 웃기는 것이지, 거기에 언급되는 불쌍한 육체성과 비교되어서 말이야. 그들은 자신들의 게임을 하고, 그러니 내가 알 바가 무엇인가.

그러면서 나 역시 이곳에서 한 처녀와 아침에 숲속에서 한두 번 가벼운 산책을 했네. 그건 사람들이 제왕의 식탁이라 칭하는 그런 것과 일치하지, 풍요한 상태에서 휘어지니까. 그리고 아무 일도 일어나지 않았네, 눈길 한 번도. 그 처녀는 아마 아무것도 눈치채지 못했을 게야. 그리고 그건 정말 아무것도 아니고, 이미 오래전에 지난 일이야. 또한 앞으로도 내 자리가 매우 적절하다는 것을 제외한다면 아무런 결과가 없을 것이야. 말이 났으니 말이지만 그건 특별한 기적이 아니야, 만일

[두 장의 종이 여백에]
우선 이것을 보낼게. 내일 계속 편지를 쓰지.
이렇게 단편적으로 편지를 쓰네, 불면증이—실질적인 이유도 없이, 다만 예전의 유산일는지—달리 잘 안 되게 하네.
전보 고맙네.

### 펠릭스 벨취 앞

[마틀리아리, 우편 소인: 1921년 6월 5일]

친애하는 펠릭스, 부디 '아무것도 쓰지 않는 벽'이 아니기를. 그런 종류의 것도 아니기를. 나는 막스에게 편지를 쓰고 있으니, 그러니까 또한 자네에게도 쓰는 것이네. 막스는 나에게 편지를 쓰며 자네는 나에게 『자기 방어』를 보내네, 그러니까 자네 역시 나에게 편지를 쓰는 것이야. 자네에게 …… 하다는 것—차마 그 단어를 적을 수가 없네—그것이 나로서는 매우 유감이네. 자네 논문들에서는 그것에 관한 어떤 흔적도 없으니, 그러니까 자네 사고 속에서도 없는 것이지.

『자기 방어』는 여기에서도 새로운 구독자를 하나 얻었네. 여기에 그 사람 신청서를 쓰네, 이곳 의사인 레오폴트 슈트렐링어 박사, 따뜨란스께 마틀리아리 P. 따뜨란스께 롬니차.[84] 다음 호부터는 그에게도 보내도록 하게나. 나로서는 그에게 몇 호를 빌려준 것 말고는 그리하도록 한 것은 아무것도 없네. 그는 황홀해했고, 나는 놀랐지. 왜냐하

면 나로서는 그가 보통 때는 아주 다른 일들로 바쁜 줄 알았으니까.

자네, 자네 아내와 아이에게 진심 어린 안부를 보내며,

자네의 프란츠

## 로베르트 클롭슈톡<sup>85</sup> 앞

[마틀리아리, 1921년 6월]

나의 친애하는 클롭슈톡,

안정 요법실, 오래된 불면증에, 눈에는 오래된 열기, 관자놀이에는 긴장감:

······ 이런 것을 고려할 때 이처럼 회의적인 때는 결코 없었네, 그러나 놀라고 불안해하면서, 머릿속에는 그렇게나 많은 의문들, 이 들판 위의 모기 수보다 더 많은 의문들로 가득 찬 채. 나는 어쩌면 내 옆에 핀 이 꽃의 처지와 같지, 싱싱하지 않은, 머리를 태양을 향해 쳐들고 있는, 하긴 누구 안 그런 사람 있겠나? 하지만 뿌리 속의 그 수액의 고통스런 진행 때문에 비밀스런 걱정으로 가득 차 있는데, 분명 무슨 일이 벌어진 거야, 그리고 여전히 그곳에서 일이 벌어지고 있어. 그러나 꽃은 그에 대해서 겨우 불분명한, 고통스레 불분명한 소식만을 알고 있을 뿐이며, 이제는 스스로 구부릴 수도, 땅을 긁어볼 수도, 살펴볼 수도 없지. 대신 형제들을 따라하고 스스로 키를 세워야 할 뿐. 이 꽃 역시 그렇게 하지, 그러나 지쳐서.

나는 다른 아브라함을 생각해볼 수도 있겠어.<sup>86</sup> 그는―물론 그것을 족장에게까지는, 아니 헌옷 장수에게까지도 가져가지는 않겠지만―희생자의 요구를 마치 급사처럼 당장에 기꺼이 충족시켜줄 준비가 되어 있겠지, 하지만 그 희생을 완수하지는 못할 것이니, 왜냐하면 집을 떠날 수가 없고, 그는 여기에 필수 불가결하고, 경영은 그

를 필요로 하고, 계속 무언가를 돌보아야 하고, 집은 아직 완성되지 않았고, 집이 완성되지 않고서는, 이러한 고려가 없이는 그는 떠날 수가 없는 것이야. 그것을 성서도 인식한 것이지, 이렇게 씌어진 것을 보면 말이야, "그는 그의 집을 정돈하였으니." 그리고 아브라함은 실제로 오래전에 모든 것을 풍요롭게 소유하고 있었지. 그가 집이 없었던들, 어디에서 자식을 길렀겠으며, 그 희생의 칼을 어떤 들보 속으로 찔러 넣었겠는가?

이젠 다른 날 쓰네. 이 아브라함에 대해서 많은 생각을 해보았네. 그러나 그건 오랜 옛이야기이며 더 논의할 가치가 없네. 특히 그 진짜 아브라함은 필요 없네. 그는 이미 오래전에 모든 것을 소유했지, 유년 시절부터 그렇게 되도록 키워졌으니, 난 비약을 볼 수 없어. 만약 그가 이미 모든 것을 소유했으며 그러고도 더욱더 높이 나아가게 되어 있다면, 그럼 그에게서 무언가가, 적어도 겉보기에라도 박탈되었어야 해. 그것이 논리적이며, 거기엔 비약이 없어. 그와는 다르게 위에 언급한 아브라함들은, 그들은 자신들의 건축현장에 서 있지, 느닷없이 모리야 산정[87]에. 그들은 심지어 아직 아들도 하나 없는데 아들을 희생양으로 바쳐야 하는 거야. 그건 불가능성이며, 사라가 웃는다면 그녀가 옳지. 그러니까 이 남자들이 의도적으로 자신들의 집을 완성하지 않으리라는 의심만 남게 되지, 그리고—굉장한 예를 하나 들자면—얼굴을 마법의 삼부작[88]에 처박고 있다는 의심 말이야. 고개를 쳐들어서 먼 데 있는 산을 바라보지 않으려고 말이야.

그러나 또 다른 아브라함도 있지. 철저하게 제대로 희생을 치르려하며 그 전체 사안을 제대로 예감하는 그 사람은 그러나 믿을 수가 없는 것이야, 그게 그를, 그 역겨운 노인이자 자신의 아이, 곧 그 더러운 소년을 뜻한다고는. 그는 진실한 신앙이 부족한 건 아니야, 이런 신앙을 가지고 있으니까. 곧 올바른 방식으로 희생하기를 바랄 것이야, 만일 그게 그를 뜻한다고 믿을 수만 있다면야. 그는 아브라함으로서 아들과 함께 출발하게 되리라, 그러나 도중에서 돈키호테로 변신할까 봐 두려워한다네. 아브라함에 대해서는 그 당시 온 세상이 경악했을 것이야, 그걸 바라보았다면. 하지만 이자는 이제 세상이 그 광경을 보고서 죽도록 비웃을까 봐 두려워하는 거야. 그가 두려워하는 것은 그러나 그 우스꽝스러움 자체가 아니라네—어쨌거나 그는 그것도 두려워하지, 특히나 합세한 웃음을—그러나 그가 주로 두려워하는 것은 이 우스꽝스러움이 그를 더욱 늙고 역겹게 할 것이며 그의 아들을 더욱 더럽게 할 것이기에, 참으로 소명하는 바를 더욱 무가치하게 만들 것이라서지. 소명되지 못한 아브라함이라니! 마치 이런 것이지, 최우수 학생이 학년 말에 장중하게 일등 상을 받을 것인데, 그리고 기대감 넘치는 정적 가운데 최하위 학생이 잘못 듣고서 더러운 마지막 걸상에서 앞으로 나가고, 온 학급이 폭발하듯 웃는 것 같은. 그런데 그건 어쩌면 잘못 들은 것이 아니고, 그의 이름이 실제로 호명되었고, 동시에 최우수생의 표창은 교사의 의도에 따른 최하위생의 처벌과 같은 것이리니.

끔찍한 이야기들—그만하지.

자네는 고독한 행복을 불평하는데, 그럼 고독한 불행은 어떤가?—사실, 그건 거의 하나의 쌍을 이루는구면.

헬러라우에서는 아무 소식이 없군, 그게 나를 우울하게 만드네. 만일 헤그녀가 고려를 하고 있다면, 엽서 한 장이라도 보내줄 수 있었을 텐데, 고려하고 있다는 소식만이라도. 헬러라우에 대한 우리의 관심은 확고하게 결속되어 있는데.[89]

자네의 K

## 막스 브로트 앞

[마틀리아리, 1921년 6월]

가장 친애하는 막스, 계속하려던 쪽지를 며칠 전에 치워버렸네. 갑자기 생각이 떠올라서, 자네가 혹시나 내게 화를 내고 있을까 하는 생각. 그 편지를 썼을 때, 그때 나는 눈곱만치도 그런 생각을 하지 않았네. 그리고 또 이론상 그건 정말 자네 아내에 대한 좀 더 깊은 예절이었지, 내가 실제 인생에서 지금까지 감히 해왔던 것에 비해 더 깊은. 그러다가 그 가능성이 떠오른 것이야, 이제 그러니까 다행히도 그렇지 않을 수 있으리라는. 어쨌거나 내가 든 예는 잘못이었네. M.은 하기야 거의 모든 유대 여자들을 증오하네, 그리고 문학이 그런 영향을 주었겠지마는, 그러나 또한 자네의 반대 예도 취약하긴 매한가지네. 이 '기독교적'[90] 우정은 인종적 매력을 고갈시키는 것이 아니라네. 그들이 어떻게 더 깊이 갈 수 있겠는가? 그러나 무엇보다도 나는 그 부정적인 면, 곧 우정의 결여를 그렇게 많이 강조하고 싶지 않네. 그러므로 그 이론은 남아 있네, 내 살에 박힌 가시와 같이 확고히 남아 있구먼.

그 책[91]은 그렇게나 진척된 겐가? 그리고 그렇게 행복한가? 그런데 나는 그것에 대해서 아무것도 모르네, 이렇게 멀리, 이렇게 멀리 떨어져서. 발트 해에서도 그것에 대해서 아무것도 들을 수 없겠지. 이제 솔직히 말하지, 자네와 함께 가는 것 외에는 더 어떤 좋은 것을 몰랐다고. 완전히 침묵은 할 수 없었고, 솔직히 말하기도 마찬가지였네. 왜냐하면 사실상 그것은 일종의 구급차 이송이었을 것이니 말이야. 만일 내가 예컨대 이런 관점에서 나 자신을 자네 처지에 대치시켜보려고 하면, 알게 되네, 내가 만일 건강하다면, 옆 사람의 폐질환이 나를 굉장히 성가시게 할 것임을. 그건 어쨌든 항상 존재하는 감염 위험성뿐만이 아니라, 무엇보다도 이 끊임없는 병증이라는 것이 더럽기 때문이지. 얼굴과 폐의 모습 사이의 모순이 더럽고, 모든 것이 더럽지. 다른 사람의 침 뱉기는 내가 구역질하며 겨우 참을 수 있을 것이고, 그리고 나는 실제로 침 뱉을 그릇도 가지고 있지 않다네, 갖고 있어야 하는데도. 그런데 이제는, 모든 이런 고려도 다 소용없다네. 의사가 내게 무조건 북해 여행을 금지시키네. 그로서는 나를 여름 동안 여기에 붙잡아두려는 따위에 관심이 있는 것은 아니라네. 그 반대로 그는 내가 떠나는 것을 허용한다네, 숲속으로는, 어디든지 가고 싶은 곳으로, 그러나 바다로는 안 된다네. 하긴 바다로도 가도 되긴 한다네, 심지어 네르비[92]라 해도, 겨울에는. 그게 그리되었다네. 그런데 나는 벌써 목을 빼고 기뻐했지, 자네를, 여행을, 세상을, 바다의 노랫소리를. 물론 초원을 둘러싼 시냇물의 속살거림, 나무들, 그것 또한 안정을 주지, 그러나 그건 의지가 되지 않아. 병사들이 나타나고—그리고 이제는 계속 그곳에 있으며 숲속의 초원을 객주집으로 만들어버리네—그러면 시냇물도 숲도 그들과 더불어 소음을 내네. 그건 망령이야, 악마라고, 그들 모두의 안에 들어 있는. 난 여기에서 벗어나려고 하고 있네, 자네가 충고한 대로. 그러나 마음에서 말고 그 어디에서 안정의 가능성을 찾는단 말인가? 예컨대 어제는 타라이카[93]에 갔지, 산 속의 한 객주인데, 1,300미터 이상의 고도에다 자연 그대로 아름다운 곳이지. 나는 대단한 보호를 받았지, 그들은 나를 위해 가능한 모든 일을 해주려 했어, 엄청 많은 손님들이 예약되어 있었지만 그랬네. 내게 야채 요리를 해주려 했지, 여기보다 훨씬 나은, 그리고 최고의 음식을 주려고.

이건 이미 옛이야기가 되었네. 그곳은 이곳보다 더욱 시끄러웠지, 관광객들과 집시 음악으로. 그래서 다시 여기에 머무르며, 움직이지 않고 있어, 마치 뿌리를 내려버린 것처럼, 물론 그런 일이야 있을 수 없는 일이지만. 말할 것도 없이 무엇보다도―일반적으로 그것에 대해서 깊이 생각해보지 않고서 하는 말인데―나는 공사가 제일 두렵네. 내 이토록 오래 근무지를 떠난 적이 없지―취라우를 제외하고는, 그러나 그곳에서는 달랐지, 그곳에서는 내가 달랐어, 그 옛 상관은 나를 조금은 챙겨주었지―공사에 대한 내 빚은 너무도 엄청나 갚을 길이 없어. 그래서 점점 더 증대될 수밖에 없지. 공사에 대해서는 다른 변경 가능성이 없는 거야. 그러니 이제 문제들을 이런 식으로 해결하곤 하네, 그러니까 그들이 나를 삼켜버리도록 내버려 두는 것이지. 하긴 여기서도 그러고 있는 셈이야.

오려서 보내준 것들에 감사하는 것을 잊었군. 거기 모두에는 행복과 긍지 그리고 그것들을 가벼이 인도하는 손길이 들어 있네. 한편 오스카의 글들은 어떻게나 우수에 차 있는지, 왜곡되고, 종종 고통에 절은, 특히나 어떤 사교적 감각으로는 부족한 듯한, 하긴 전반적으로는 그럴 수 있지 그 비타협적인 사람이. 펠릭스는 나에게 태만하네. 『자기 방어』를 벌써 몇 호째 내게 보내지 않았으며, 그리고 여기 의사인 레오폴트 슈트렐링어 박사 또한 아무것도 받지 못 했다네, 내가 그에게 새로운 구독자라고 신청을 했거든.

얼마 전에 크라우스의 『문학』[94]을 읽었네. 자네 아마 그것을 알지? 그때 당시의 인상으로는 비상하게 마음에 와 닿았어, 마음속을 적중하는 듯했지. 하긴 시간이 지남에 따라 약해지긴 했지만. 이 좁은 독일계 유대인 문학 세계에서 그는 독보적이야, 아니 오히려 그에 의해 대변되는 원칙이 독보적이지. 그는 그 원칙에 경탄스러울 정도로 종속된 나머지, 심지어 그 자신마저도 그 원칙과 혼동될 지경이며, 다른 사람들로 하여금 함께 혼동하게 만들지. 내 생각에는, 내가 꽤 구분을 잘하지 않는가, 그 책 속에는 다만 재치뿐이네, 여하간 매우 현란한 재치인데, 그다음엔 연민을 자아내는 빈약함과, 그리고 마침내 진실인 것, 적어도 마치 내가 글을 쓰는 손인 것처럼 그렇게나 많은 진실, 그렇게나 분명하고 불안하게도 형이하학적인 것이지. 재치라면 주로 유대 투의 언어,[95] 그런 유대 투의 말을 크라우스만치 하는 사람은 없지. 비록 이 독일계 유대세계에서 누군들 유대 투의 말 이외에 어떤 다른 것을 할 수 있을까만은. 유대 투의 말을 가장 넓은 의미로 사용해서, 하긴 그건 그렇게밖에는 사용할 수가 없지만, 곧 낯선 유산의 큰 소리, 또는 조용히 침묵하는, 또는 자학하는 오만불손으로 말이야. 그건 받는 것이 아니라, 어떤 (상대적으로) 재빠른 쟁취를 통해 도둑질하는 것이며, 그렇게 해서 그 낯선 유산은 유지되는 것이야, 단 하나의 언어오류도 입증될 수 없다 하더라도. 왜냐하면 여기에는 정말이지 후회의 순간에 양심의 아주 작은 외침을 통해서 모든 것이 입증될 수 있으니까. 유대식 언어를 반대해서 하는 말은 아니네. 유대식 언어 그 자체는 아름답기까지 하지. 그것은 탁상 독일어와 표정 언어(이것은 얼마나 조형적인가. "어디에 그 위에 그가 재능이 있는가?" 또는 이 상박上膊을 뻗치고 턱을 앞으로 내밀며 당신은 그리 생각하시오! 라거나 아니면 무릎을 서로 부비며, "그는 글을 쓴다, 누구에게 대해서?"[96])의 유기적 결합이기도 하지. 그것은 또 부드러운 언어 감각의 결과이네. 그 언어 감각으로 보면, 독일어에는 다만 사투리와 그 밖에는 다만 극히 개인적인 고지 독일어만 실제로 살아 있고, 그 반면 나머지 언어적 중산층은 잿더미일 뿐이야. 그리고 이 재는 살아남은 유대인들의 손이 그것을 파헤침으로써 오직 가상의 생명을 얻을 수 있는 것이라고. 그것은 사실이야, 재미있든 끔찍하든 마음대로 생각하라지. 그러나 어찌하여 유대인들은 그렇게도 저항할 수 없이 그 언어에 유혹되는 것인가? 독일 문학은 유대인의 해방 이전에도 존재했고 위대한 영광을 누렸네. 특히 그 문학은 내가 보기로는 평균적으로 오늘날에 비해서 하등 덜 다양했다고 할 수 없지. 어쩌면 오늘날 그

다양성을 잃었다고 할 게야. 그리고 이 두 가지가 본디 유대 정신과 연관되어 있다는 것, 더 자세히 말하자면 젊은 유대인들이 자신들의 유대 문화와 갖는 관계, 이 세대의 끔찍스런 내적 상황과 연관되어 있음을, 그것을 특히 크라우스가 인식했다는 것이야. 더 바르게 말하자면, 그에게 비견되어서 더욱 분명하게 드러났다는 것이지. 그는 오페레타에서 할아버지 같은 존재야. 그와 구별되는 것이라면 단지 그가 간단히 "오"라고만 말하는 대신 여전히 지루한 시를 써 나가고 있다는 것이지. (나름대로 어떤 정당성을 지니고서, 말이 났으니 말인데, 쇼펜하우어가 지옥으로 추락하면서도, 그러니까 그 자신 인식한 끊임없는 추락 속에서도 어지간히 즐겁게 살았던 것과 동일한 정당성이지.)

심리 분석보다 더 내 마음에 드는 것은 이 경우, 많은 사람들이 거기에서 정신적으로 자양을 취하는 이 아버지 콤플렉스가 순진한 아버지가 아닌 아버지의 유대 정신에 해당된다는 인식이라네. 독일어로 글을 쓰기 시작한 대부분은, 그들은 그것을 원했지, 유대문화에서 멀리 떨어져 있고자 했네, 대개는 아버지들의 막연한 동의와 더불어(이 막연함이 치미는 분노였어), 그러나 뒷발로는 여전히 아버지의 유대 정신에 들러붙어 있고, 앞발로는 새로운 땅을 발견하지 못했지. 그에 대한 절망이 그들의 영감이었어.

다른 어떤 영감처럼 영예로운 영감, 그러나 더 가까이 관찰하면 그래도 조금은 서글픈 특이성을 지닌 영감이지. 우선 그들의 절망이 방전된 그것은 겉으로는 독일 문학인 듯 보였지만 독일 문학이 될 수 없었지. 그것은 세 가지의 불가능성 속에서 살았던 거야, (내가 다만 우연히 언어적인 불가능성만을 일컬지만, 그건 그것들을 가장 쉬이 일컬을 수 있는 것이지. 그러나 전혀 다르게 일컬을 수도 있을 것이야), 곧 글을 쓰지 않는 불가능, 독일어로 쓰는 불가능, 그리고 다르게 쓰는 불가능이지. 어쩌면 네 번째 불가능성을 덧붙일 수 있을지도 몰라, 쓰는 불가능이라고(왜냐하면 절망이란 정말이지 글쓰기로는 안정시킬 수 없는 무엇이니까. 그건 생의 적이며 그리고 글쓰기의 적이지. 글쓰기로는 여기에서 그저 임시방편일 뿐, 예컨대 목을 매달기 직전에 유언장을 쓰는 누군가처럼—그러니 일생을 족히 지속할 수 있을 임시방편). 그러니까 그것은 모든 측면에서 불가능한 문학이지. 독일 어린이가 요람에서 훔쳐서는, 누군가가 밧줄 위에서 춤을 추어야 하니까 그냥 성급히 어떻게 마무리해버린 집시의 문학이여. (그런데 그건 또 독일 어린이도 아니었지, 그건 아무것도 아니었어, 그냥 누군가가 춤을 추었다고만 말했을 뿐이야)[97][중단됨]

[막스 브로트의 앞서 편지에 동봉된 설문지에 카프카가 기입하고 보낸 것]

설문지

| 체중 증가는? | 8킬로그램 |
| 총 체중은? | 65킬로그램 이상 |
| 폐의 객관적 소견은? | 의사의 기밀, 이른바 양호함 |
| 체온은? | 일반적으로 열 없음 |
| 호흡은? | 좋지 않음, 차가운 저녁에는 거의 겨울 수준 |
| 서명: | 나를 당황하게 하는 유일한 질문이군 |

오틀라 다비트 앞

[엽서. 마틀리아리, 우편 소인: 21년 8월 8일]

나의 첫 외출.

베라는 곧 알아보았지만, 너를 알아보는 데는 애를 먹었구나. 다만 네 자긍심[98]은 곧 알아보았지. 내 자긍심은 더욱 커서, 엽서에 다 쓸 수가 없겠구나. 그 아이는 개방적이고 정직한 얼굴을 지닌 듯하더구나. 내 생각으로는 세상에 대한 개방성, 정직 그리고 신뢰보다 더 좋은 것은 없단다.

네 오빠

## 막스 브로트 앞

[엽서. 마틀리아리, 우편 소인: 21년 8월 23일]

친애하는 막스, 거의 일주일을 자리에 누워 있었어, 신열로.[99] 감기는 아니고, 그 왜 폐의 발작들, 그건 막을 수가 없는 일이라네. 지금은 기침을 제외하고선 거의 넘겼으며, 그 때문에 마지막 며칠 햇볕의 나날을 누릴 수가 있었네. 또한 마틀리아리에서 그렇게 당장에는 벗어나지 못한다네(이 경우 마틀리아리가 중요한 것이 아니라, 운동성이지), 다만 내게 어울릴 만큼 단계적으로. 이번 주말에는 아마도 프라하에 있을 걸세. 그럼 곧 자네를 찾지. 바라건대, 자네 그때 벌써 카를스바트에 가 있지는 않겠지.

자네의

## 엘리 헤르만 앞[100]

[1921년 가을]

사랑하는 엘리, 사실 나는 덜 거부적인 편지를 기대했거나, 적어도 결정적으로 더 즐거운 편지를 기대했나 보다. 이것이 얼마나 행복인지 넌 모르겠어? 아니면 넌 더 나은 교육 기회를 알고 있는 거야? 꽤 급진적인, 더 사적으로 운영되는, 어쩌면 꽤 유명한 학교들이 있지,

예컨대 비커스도르프[101] 같은. 그리고 먼 외국 땅에는 아주 부드러운 이국풍의, 여기에서는 평가할 수 없는 학교들이 있지. 팔레스타인에는 혈통이 더 가깝고 아마도 꽤 중요한 학교들이 있어. 그러나 근처에는 위험이 적은 곳으로는 헬러라우[102]를 제외하고선 없지, 아마. 그 아이가 열 살에서 몇 달 모자란다고 해서 너무 어리다고? 하지만 일곱 살 아이들도 거기에 입학이 된단다, 삼 년의 학습 전 단계가 있으니까. 보통 생계를 맡기에는 너무 어리다는 말을 할 수도 있지, 결혼하기에도, 죽기에도 너무 어리고. 그러나 한 아이가 온화하고 강제 없는 교육, 모든 최상의 것을 펼치는 교육을 받기에 너무 어리단 말을 하려느냐? 10살은 적은 나이야, 그러나 상황에 따라서는 많은 나이지. 신체 단련 없이, 신체 관리도 없이, 안락한 생활, 특히나 눈과 귀와 손의 훈련이 없이 (용돈의 정리 정돈 이외에는) 안락한 생활 속에서, 어른들의 새장 속에서, 게다가 어른들이란 기본적으로, 하긴 일상생활에서는 달리 무슨 도리가 있겠느냐만, 자녀들에 대해서 실컷 분풀이만 하는데―그러한 십 년은 적은 것이 아니다. 물론 펠릭스의 경우 어른들이 그렇게 나쁜 영향을 주지는 않았겠지. 그 아이는 힘차고, 조용하며, 영리하고, 명랑하지. 그러나 이런 십 년을 그럼에도 프라하에서 보낸 것 아니니, 그것도 프라하에서 잘사는 유대인들 사이에 영향력을 지닌 정신, 어린이들을 방해하는 독특한 정신 속에서 말이야. 나는 물론 개개인의 사람들을 말하는 것이 아니라, 거의 손으로 잡을 수 있을 만큼 보편적인 정신을 말하는 것이야, 소양에 따라서 각자에게서 발현되는 정신, 네 속에도 있고, 내 속에도 들어 있는, 이 작고 더러운 미지근한 깜빡거리는 정신 말이야. 그런 것에서 제 아이를 구하는 것, 그 아니 행복인가 말이다!

F. 오빠

엘리 헤르만 앞

[1921년 가을]

사랑하는 엘리, 아니야, 그건 힘이 아니다. 그걸로 인해서 놀라지도 말고(내가 너에게 힘 같은 것으로 뭔가 네 의지에 반하는 것을 강요할 수 있는 것처럼), 또는 용기를 내지도 말거라(내가 너에게 결여된 의지, 펠릭스를 떠나보내려는 의지를, 물론 네가 그런 의지를 원하지만 네게 없으니 마치 내가 힘으로 이 의지를 대신할 수 있을 것처럼 말이야). 그건 힘이 아니란다, 기껏해야 말뿐인 힘이지. 그리고 그것 역시 그칠 것이다, 이미 그쳤어. 힘은 그게 아니다. 그건 차라리 네가 놀랄 만큼 좋게 느끼는, 그러나 글로 쓰려면 옳게 암시하지 못하는 그런 것이지. 너 또한 '우리의 환경'에서 떠나가고자 하며, 네가 그렇기 때문에 (바로 그렇기 때문에!) 펠릭스를 떠나보낼 수가 없는 것이지. 너는 우리 환경에서 떠나기를 원하고, 이것을 펠릭스의 도움으로 하고자 하지. 둘 다 좋은 일이고 또 가능한 일이지. 자녀들은 부모의 구원을 위해서 존재하는 것이야. 이론적으로는 나는 전혀 이해를 못해, 어떻게 자녀들이 없는 인간이 있을 수 있는지. 그러나 넌 이 '빠져 나감'을 어떻게 성취할 거니? 바로 이 환경의 전형적인 행동을 통해, 인색함을 통해(나라면 그 애를 떠나보내지 않아요!), 절망을 통해(그 애 없이 난 대체 무엇이 될 수 있을까!), 희망 상실로(그 앤 더 이상 내 아들이 아닐 게야!), 자기기만으로, 거짓 이유들로, 약자들의 화해로, '환경의' 화해로("생을 참을 만하게 만드는 일", "책임을 지는 일", "멀리에서조차도 그러한 어머니들의 예는 있을 수 있어요" 등등), 나 또한 네 처지라면 이런 모든 말을 할지도 몰라, 아마 "더 거창하게" 할 거야.

'계몽'의 이야기에서 나는 거기 들어 있는 아름답고 감동적인 것 이외에도 다음 내용을 읽어본다. 첫째, 너는 너무 늦게 도착했다. 2. 펠릭스는 프라하 소년들의 이야기를 듣고 너에게 간 것이 아니다. 3. 베라에 관해서도 그 애는 너에게 질문한 것이 아니야, 심문을 했지. 왜냐하면 소년들의 설명을 그 애가 꼭꼭 지니고 있었으니까. 4. 너는 설명으로 물론 다만 추상을 사용할 수밖에 없었다, 사랑이라는. 이미 그것이 나쁘다(황새 이야기의 장점은 정말이지 그 현실, 거기에 더해서 증명될 수도 없고 거리가 먼 현실이다), 더욱 나쁜 것은 이 추상이 소년들에게 무섭게 놀라움을 주는 임신이라는 현실 옆에 자리한 것이지. 좋아, 너는 거짓말을 하지는 않는다, 다만 그 애도 그 밖에는 아무것도 감추지 않는다. 5. 네 언급은 매우 좋았다. 누구든 자신이 원하기만 한다면 무엇이든 웃기게끔 그리고 나쁘게 만들 수 있다는 언급 말이야. 불행히도 이것을 말로만 만들 수 있는 것이 아니라 행동으로도 할 수 있다는 것, 그래서 나쁘게 만들어진 좋은 것은 진짜 나쁜 것을 혼동하게끔 비슷하게 바라보게 하지. 그렇게 되면 네 언급에서 뭐가 남는데? 그러면 그 동아리에서 그 브룩스[103]의 소년이 옳다 하지 않겠어? 6. 그러면 너는 네 설명과 그 소년의 설명 사이에서 뭔가 연관을 만들어냈겠지. 네가 그것을 어떻게 만들었을지 참 궁금하구나, 그러나 그 자체는 정말이지 어렵지 않아, 누구나 그런 것을 살다 보면 급히 내몰려서 어떻게든 해내는 법이지. 나는 여자들 이야기만 하려는 것이 아니야, 주변의 모든 남자들에게도 그 브룩스의 소년은 숨어 있게 마련이지. 다만 소년의 경우 공동체는 그것이 어떤 방식으로 보이든, 항상 신성시되는 것이야, 자신보다 상위에 있는 존재들에 대한 수줍음과 인식욕으로 인해서. 그렇기 때문에 나는 남자들 반대편에서 소년의 편에 서며, 어떤 의미에서는 네 설명의 반대편에 서는 것이야. 왜냐하면 그 소년만이 매수되지 않는 진리 추구자요 고려의 여지없는 전달자이며, 그에게 아직 지식과 경험이 부족한 점을 고려할 때 우리는 그를 신뢰할 수 있는 것이야, 그 애는 그 부족한 것을 자기 내부에 내재하는 공동성의 힘으로 근접하게나마 제대로 느낄 수 있

다고 말이야. 왜냐하면 그 앤 정말이지 다른 자들의 피에서 나온 피
니까.

생각해보렴, 예컨대 나를 가르쳤던 두 소년들을. 그 애들은 오늘날
확실히 그때 당시보다 더 많이 알지 못할 것이야. 어쨌거나 그것은
그렇게 밝혀졌듯이 하나같이 일관된 성격들이었지. 그들은 동시에
나를 가르쳤어, 하나는 오른편에서, 다른 하나는 왼편에서. 오른편
녀석은 쾌활하고, 아버지 같고, 세상에 밝고, 웃음을 지녔지. 그 웃음
은 내가 나중에 모든 나이의 남자들에게서, 역시 나 자신에게서도,
꼭 그렇게 들었던 웃음이었어(물론 사물에 대한 어떤 자유로운 다른 웃
음이 있기는 해, 하지만 그건 살아 있는 사람에게선 아직 듣지 못했어). 왼편
녀석은 객관적이고, 이론적이었으며, 그리고 훨씬 혐오감을 주었지.
둘 다 오래전에 결혼했고, 프라하에 남아 있었어. 오른편 녀석은 이
미 여러 해 전부터 매독으로 못 알아볼 만큼 절단이 나버렸지. 그가
여태 살아 있는지도 모르겠어. 왼편 녀석은 성병학 교수이자 성병퇴
치협회의 창립자이자 회장이야. 그들을 상대 평가하려는 뜻은 없어.
그런데 말이지만 그 둘은 이른바 친구가 아니었지. 그 당시 그들은
다만 우연히 내게 가르침을 줄 목적으로 함께 모였던 것이야.

하지만 상대적으로 그 모든 것은 정말 그리 본질적인 것이 아니야,
네 설명이든 그 소년의 것이든. 중요한 것은 그가 자신의 육체가 동
요하기 시작할 때 어떻게 결정을 내리느냐지. 난 그 경우 특정한 행
위나 억제를 생각하는 것이 아니라, 그를 이끌어갈 정신을 생각하는
것이야. 그리고 그는 만일 초인적으로 강한 소양이 뻗치지 않는 한,
자기 삶이 지금까지 그래 왔던 그대로 결정을 하게 되는 것이지. 삶
이 풍요롭든, 정신적 육체적으로 연약하든, 대도시적으로 예민하든,
신앙심 없이 지루했든, 그는 그에 합당하게 결정을 할 것이다. 그리
고 만일 네가 그동안 내내 매 순간 사랑스런 격려의 말을 들으며 그

의 뒤를 따르고 있다면, 그렇게 하기는 물론 시간적으로나 정신적으로 불가능한 일이지만, 너는 정말이지 예컨대 단 한 번 가벼워 보이는 것마저도, 곧 이 권태를, 이 모든 사악한 정신들의 출발점을 방해하기 위해서라도 어느 것도 할 수가 없단다. 그걸 너 자신도 시인했으며, 나는 그 애를 이러한 관점에서는 위로가 되지 않았을 그런 상태에서 보아왔지. 이런 상태는 그러나 해가 갈수록 점점 더 나쁘고 위험해질 것이 틀림없단다. 왜냐하면 그게 그 애나 너에게 점점 더 의식되지 않기 때문이지. 유년 시절에는 그것들이 불분명했고, 급한 김에 그것을 막기 위해서 뭔가를 할 수 있었겠지. 그러나 점차로 바로 그 가장 나쁜 권태로운 상태들이 (정신적인 의미에서) 최상의 위안처럼 보이고, 책을 읽고, 음악을 배우지, 그리고 축구를 하고, 그 모든 것을 해야 하는 것은 아니지만, 그러나 대충적인 권태와 방향 상실감을 내포할 수 있으며, 그 자체로는 그에게서나 다른 사람들에게서나 알 수 없다가, 그러나 그 결과에서 드러나게 되는 것이지.

## 엘리 헤르만 앞

### [1921년 가을]

……[104] 내가 나를 위해 (많은 다른 것들 중에서) 대단한 증인을 한 사람 가지고 있구나. 하지만 난 그걸 여기에서 인용만 할 거야, 바로 그것이 너무 대단해서이고, 그다음엔 내가 그것을 바로 어제 읽었으니까. 그렇다고 내가 감히 똑같은 의견을 갖겠다고 그러는 것은 아니란다. 걸리버의 릴리푸트[105] (그 제도들이 높이 칭찬되고 있지) 여행을 기술하면서 스위프트가 말하지, "부모 자식의 상호 의무와 관련한 그들의 개념은 우리와는 완전히 다르다. 왜냐하면 이른바 남자와 여자의 결합은 모든 동물의 종에서와 마찬가지로 자연법에 근거하니, 그들은

남자와 여자는 다만 그 이유로 하나가 된다고 철저하게 주장한다. 젊은이들에 대한 애정도 동일한 기본법의 결과라니. 그렇기 때문에 그들은 한 아이가 자신의 현존을 부모에게 빚지고 있다고 인정하려 하지 않는다. 현존이란 애당초 인간의 비참함으로 인해서 선행이 아니라는 것이다. 또한 부모도 선행을 목표로 한 것이 아니라, 다만 사랑에 빠진 결합을 할 때 전혀 다른 일들을 생각한 결과라고. 이러한 그리고 또 다른 결론들 때문에 그들은 자녀들의 교육을 위탁하는 데에서 다른 모든 사람들 가운데 가장 나중에 부모에게 맡겨야 한다는 견해를 갖고 있다."[106] 그는 이것으로써 공공연히 주장하기를, 네가 '남자'와 '아들' 사이를 구별하는 것과 마찬가지로, 어린이는 인간이 되어야 한다면, 되도록 빨리, 그의 표현대로라면 동물성에서, 단순히 동물적인 관계에서, 떨어져 나와야 한다는구나.

너 또한 너의 망설임 속에 네 사욕이 작용함을 인정하는구나. 이 사욕은 그런데 사욕으로서도 뭔가 전도된 것 아냐? 그것은 마치 네가 예컨대 여름을 지나서까지도 겨울 옷가지들을 모피 전문가에게 맡겨두려고 하지 않는 것과 같아, 네 기분으로는 그 물건들을 가을에 돌려받으면 그것들이 내적으로 낯설게 느껴질 것 같아서 그러는 거야, 그래 만일 네가 그 물건들을 직접 보관한다면 말이야, 그러면 가을에도 그것들은 너에게 완전하겠지, 내적으로나 외적으로나 온전한 너의 것이지, 그러나 좀이 쏠았을 것이라고.(이건 악담이 아니란다, 정말 아니야, 다만 하나의 예지, 비슷한.)……

그러니 난 너의 의구심을 그렇게 본단다. 완전하게는 내가 단 하나의 반증만을 인정할 따름인데, 그건 네가 언급하지 않는구나. 아마도 너는 그것을 생각은 하고 있겠지. 그건 이것이란다, 내 충고가 어떻게 다른 사람의 자녀 교육에 관련해서 뭔가 가치가 있겠느냐는 것이지. 스스로는 사람이 자기 자녀를 어떻게 기르느냐에 대해 충고할 능력도 없으면서.—이 논증이라면 반박의 여지가 없지, 나를 완전히 패배시키는 거야. 그러나 그것이 그렇게 뛰어나다 해도 그래도 나는 믿는단다, 그게 나를 겨냥하는 것이지 결코 내 충고를 겨냥하는 것은 아니라고. 내 충고를 헛되이 생각 말거라, 그것은 나에게서 나온 것이니.


엘리 헤르만 앞

## 엘리 헤르만 앞
### [1921년 가을]

…… 네가 강조하는 부분(자녀들은 자신들의 현존에 대해서 부모에게 감사할 필요가 없다), 그것이 스위프트의 요점은 아니야. 기본적으로 누구도 이런 단순한 형태로는 그런 것을 주장하지 않지. 무게는 마지막 문장에 놓여 있어, "자녀들의 교육을 위탁하는 데에서 다른 모든 사람들 가운데 가장 나중에 부모에게 맡겨야 한다." 확실히 그것은 이런 문장이 나온 논증이 여하간에 너무도 압축되어 언급되었구나. 그래서 그것을 너에게 상세히 설명해주려고 시도하는 거다. 그렇지만 거듭 말하건대, 그것은 다만 스위프트의 견해라는 것(그 또한 한 가정의 가장이었지),[107] 내 견해가 그 방향으로 가고 있긴 해도, 그렇게 극단적으로 주장하고 싶지는 않구나.

그러니까 스위프트의 생각은 이렇단다.

전형적인 가족은 우선 동물적인 연계를 나타낸다, 어느 정도의 단일 유기체, 단일 혈통을. 따라서 가족은 그 자체만을 가리키며 그 자체를 넘어설 수 없다. 가족은 자체에서는 새로운 인간을 창조할 수 없고, 가족의 교육을 통해서 그것을 시도하며, 그것은 일종의 정신적인 근친상간이다.

그러므로 가족은 하나의 유기체인데, 그러나 극히 복잡한 불균형의 유기체이며, 다른 유기체가 그러하듯이 가족 또한 끊임없이 균형을 추구한다. 부모 자식 사이의 균형을 위한 이 노력이 계속되는 한(여기서는 부모들간의 균형은 별개의 문제다), 그것은 교육이라 지칭된다. 왜 그렇게 칭하는지는 알 수 없다. 왜냐하면 진정한 교육이란, 그러니까 한 성장하는 인간의 잠재력을 조용히 이타적으로 사랑하며 발전시키는 것이라거나, 아니면 다만 독립적인 발달을 조용히 참아주는 것이라도, 그런 흔적일랑 없으니까 말이다. 오히려 그것은 오랜 세월 동안 가장 심한 불균형으로 판정된 동물 유기체가 균형을 잡는 시도로서, 대개는 투쟁 가운데 발생하는 것이다. 이 동물 유기체는 각각의 인간—동물과 구별하기 위해서 가족—동물이라고 칭할 수 있을 것이다.

이 가족—동물 내에서 즉각적인 올바른 균형잡기가 (그런데 올바른 균형이야말로 진정한 균형이다, 다만 그것만이 영속한다) 무조건적으로 불가능한 이유는 각 부분의 불평등 때문이다, 말하자면 오랜 세월 동안 지속되어온 자녀들에 대한 부모의 엄청난 우세 때문이지. 그 결과 자녀들의 유년 시절 동안 부모는 가족을 대표하는 전권을 행사한다. 외부에만이 아니라 내부적인 정신적 유기체 안에서도, 그로 인해서 부모들은 자녀들에게서 인간성의 권리를 한 걸음 한 걸음씩 박탈하고, 더 나아가 그들로 하여금 언젠가 이 권리를 건전하게 유효화시킬 능력을 없애버릴 수 있다. 이것은 후일 부모들에게는 훨씬 덜하나 자녀들에게는 치명적으로 닥쳐올 불행이다.

진정한 교육과 가족 교육의 근본적인 차이는 무엇보다 인간적인 사안이며, 둘째 가족의 사안이다. 인류 안에서 각 인간은 위치가 있다, 적어도 자신의 방식으로 파멸할 가능성은 가지고 있다. 부모에 의해 울타리 쳐진 가족 내에서는 그러나 다만 아주 특정한 인간들만 위치가 있다. 아주 특정한 요구 사항과 그에 덧붙여 또한 부모들에 의해지시된 기한에 상응하는 인간들만. 만일 그들이 상응하지 못하면, 그들은 추방되는 것이 아니라—그것은 매우 좋을 것이다, 그러나 불가능하다, 왜냐하면 여기서 문제 되는 것은 한 유기체니까—, 저주받거나 소진되거나 둘 다가 된다. 이 소진은 그리스 신화에 나오는 부모의 전형(아들들을 삼켜버렸던 크로노스—가장 정직한 아버지)처럼 육체적으로 일어나는 것이 아니다. 그러나 아마도 크로노스는 바로 그 자녀들에 대한 연민의 정에서 여느 방법보다 자신의 방법을 선호했던 것이리라.

부모의 자기 본위—사실상의 부모 정서—는 그 한계를 모른다. 심지어 부모의 가장 위대한 사랑도 교육의 의미에서는 돈을 받는 교육자의 가장 작은 사랑보다 더 자기 본위적이다. 그것은 달리 어쩔 수가 없다. 부모는 자신들의 자녀들에 대해 다른 성인이 한 아이에게 대하듯이 그런 자유로운 관계에 있지 않다. 이 아이는 그래 자신의 혈통이니까—더욱 어려운 복잡성은 양친 가계의 혈통이다. 만일 아버지(어머니의 경우도 이에 상응한다)가 '교육한다'고 할 때, 그는 예컨대 스스로 이미 증오했지만 극복할 수 없었던 사안들을 그 아이에게서 발견하며, 이번에는 틀림없이 극복하기를 희망한다. 왜냐하면 자기 자신보다도 그 약한 아이가 더 확실히 자신의 권력 안에 있다고 느끼기 때문이다. 그러고는 발전을 기다리지 않고 맹목적으로 분노하면서 그 성장해가는 인간 내면을 움켜쥔다. 또는 예컨대 자기 고유의 특출한 영예로 생각하고 그렇기 때문에 (바로 그렇기 때문에!) 가족 내에서 (바로 가족 내에서!) 결여되어서는 안 되는 어떤 것이 이 아이에게 결여되어 있음을 경악하면서 인식한다. 그러면 그것을 아이에게 망치질로 주입하며, 또한 그 일에 성공하지만 그러나 동시에 실패한다. 왜냐하면 그는 아이를 산산조각 내버리기 때문이다. 또는 그는 예컨대 자신이 아내에게서 사랑했던 어떤 것들을 아이에게서 발견하는

데, 그러나 그것을 아이에게서는 (아이를 그는 끊임없이 자신과 혼동한다, 모든 부모들이 그렇다) 증오한다. 누구라도 예컨대 아내의 하늘색 눈은 매우 사랑할 수 있지만, 그러나 자신이 갑자기 그런 눈을 갖는다면 극도로 염증을 느낄 것과 마찬가지다. 또는 그는 예컨대 스스로 사랑하고 갈망하고 그리고 가족에 필수적이라 여긴 사안들을 아이에게서 발견하는데, 그러면 아이에게서 모든 다른 것은 무관심해져버린다. 그는 아이에게서 오직 그 사랑스러운 것만을 보며, 그 사랑하는 것에 매달리고, 그것의 노예가 될 정도로 비하되며, 아이를 사랑함으로써 소진해버린다.

그것들은 자기 본위에서 나온 부모의 두 가지 교육 수단이다. 모든 등급에서의 독재와 노예근성, 이때 독재는 매우 부드럽게 표현될 수도 있다("너는 나를 믿어야 해, 왜냐하면 난 네 어머니니까!") 그리고 노예근성은 극한 자만 속에서("너는 내 아들이다, 그러므로 나는 너를 나의 구원자가 되게 만들 것이다"). 그러나 그것들은 두 가지 끔찍한 교육 수단이요, 곧 두 가지 반교육 수단이니, 아이를 그가 왔던 바닥으로 다시 짓밟아 넣는 데 적당하다.

부모들은 자녀들에 대해서 다만 동물적이고, 분별없는, 자녀를 자신과 끊임없이 혼동하는 사랑만을 지닌다. 그러나 교육자는 그 아이에 대해 존중심을 갖는다. 그것은 비록 사랑이 개입되지 않는다 하더라도 교육의 의미에서는 비할 데 없이 많은 것이다. 반복하마, 교육적 의미에서. 까닭인즉, 부모의 사랑을 동물적이고 분별없다고 지칭하더라도, 그것은 그 자체로서 전혀 과소평가한 것이 아니다. 그것은 교육자의 의미 있는 창조적 사랑과 마찬가지로 탐구할 수 없는 비밀이다. 다만 교육의 관점에서는 무엇보다도 이 과소평가는 충분하다 할 수 없다. 만일 모 여사가 자신을 암탉이라 칭한다면, 그녀는 절대적으로 옳다. 모든 어머니는 원칙적으로 암탉이니까. 그리고 암탉이 아닌 여자는 여신이거나 아니면 아마도 병든 동물일 것이다. 다만 만일 이 암탉 여사가 병아리들이 아닌 인간을 자녀로 가지려고 한다면, 따라서 그녀 자녀들을 혼자서 교육해서는 안 되는 것이다.

거듭 말하지만, 스위프트는 부모 사랑에서 품위를 떨어뜨리려는 것이 아니다. 그는 오히려 상황에 따라서는 자녀들을 바로 이런 부모의 사랑 아래 보호하기에 충분할 만큼 강하다고 간주한다. 어떤 시에도 나오는데, 제 아이를 사자 우리에서 구하는 그런 어머니가 이제 이 아이를 그녀 자신의 손에서는 보호할 수 없어야 하겠느냐? 그리고 그녀는 이것을 보상 없이, 아니면 더 정확하게 말해서 보상의 가능성 없이 하는 거냐? 또 다른 교과서의 시에, 그것을 너도 틀림없이 알 게야, 한 방랑자 이야기가 나온다. 그는 수년이 지난 후 고향으로 돌아오는데, 어머니를 제외하고는 아무도 그를 알아보지 못하지. "어머니의 눈은 그래도 그를 알아본다."[108] 그것이 모성애의 진정한 기적이며, 여기에 위대한 예지가 표현되어 있다, 물론 반쪽의 예지가. 왜냐하면 거기에는 첨언이 빠져 있으니까, 곧 만일 아들이 집에 머물렀더라면, 그녀는 그를 알아보지 못했을 것이라고, 아들과의 매일매일의 공동생활은 그녀로 하여금 그를 완전히 알아볼 수 없게 만들고 말았으리라고, 그러면 그 시의 반대 현상이 생겼을 것이라고, 그래서 그녀보다는 다른 누군가가 그를 더 잘 알아보았을 것이라고. (물론 그렇게 되면 그녀는 그를 알아볼 필요가 없었겠지, 왜냐하면 그가 그녀에게 돌아올 일도 없었을 테니까). 넌 아마도 이렇게 말할 것이다, 그 방랑자는 열한 살이 넘어서야 세상에 나갔을 것이라고. 그러나 나는 확실히 안다, 그는 만 열 살이 되기에 몇 달이 부족했음을. 또는 다르게 표현하자면, 그 어머니는 소유욕에서 책임을 맡으려 했고 소유욕에서 기쁨과—그리고 아마 더욱 나쁜 것인데—슬픔을 함께 나누려 했던 (아무것도 아들이 완전히 가져서는 안 된다니!) 그런 어머니가 아니었음을. 아들에게 구원되기 위한 장치를 준비했던 그런 어머니가 아니었음을. 그러니까 그에게 믿음을 가졌던 어머니요(불신은 프라하적이지, 말이 났으니 말인데 같은 방식의 신뢰와 불신은 결과에서는 다 같이 모험인데, 불신은 그러나 그 자체에서 모험이지), 바로 그 때문에 아들의 귀향으로 구원된 어머니이다. (그런데 정말이지 아마 처음 시작부터 그녀의 위험은 그렇게 엄청난 것이 아니었다, 왜냐하면 그 여자는 프라하의 유대 여자가 아니라, 슈타이어마르크[109]의 경건한 가톨릭교도니까.)

그럼 무엇을 해야겠느냐? 스위프트에 따르면 자녀들은 자신들의 부모를 떠나야 한다, 곧 그 "가족-동물"이 필요로 하는 그 균형은 우선 잠정적으로 이렇게 이루어져야 한다, 곧 자녀를 멀리 떼어놓음으로써 궁극적인 균형을 일정한 시간까지 연기하는 것이다, 자녀들이 부모에게서 독립해서 신체와 정신력에서 그들과 동등해지고, 진정한 균형, 사랑하는 균형을 위한 시간이 올 때까지. 네가 "구원"이라고 칭하는 것, 그리고 다른 사람들은 "자녀들의 고마움"이라고 칭하는데, 거의 발견하기가 어려운 것 말이다.

그런데 말이지만 스위프트는 한계를 알고, 가난한 사람들의 경우 자녀를 멀리 떼어내는 일이 반드시 필요한 것은 아니라고 간주한다. 가난한 사람들의 경우 말하자면 어느 정도 세상이, 노동의 삶이 저절로 움막 안으로 밀어닥치는 것이며(예컨대 반쯤 터진 움막에서 그리스도가 탄생할 때 곧 온 세상이 함께 있었지, 목자들과 동방의 현자들이), 아름답게 치장된 가족실의 멍하고 독이 넘치는, 아이들을 소진시키는 공기가 들어오지 못하게 한다.

스위프트 또한 부모가 상황에 따라서는 훌륭한 교육 공동체를 구성할 수도 있음을 부정하지는 않는다. 그러나 이방인의 아이들을 위해서일 뿐이지. 그러니까 뭐랄까 나는 이런 식으로 스위프트의 구절을 읽는다.

## 로베르트 클롭슈톡 앞

[프라하, 1921년 9월 2일]

친애하는 로베르트, 여행[110]은 매우 편했네. 내가 이것을 언급하는 이유는 다만 꿈처럼 뒤얽힌 수많은 우연들 때문이야, 덕분에 나는 좋은 좌석을 얻었고. 열차는 넘쳤지, 사람들은 우선 여기저기 트렁크 위에 앉을 수밖에, 나중에는 더 서 있을 자리도 거의 없었어. 브루뜨끼[111]에서 빈 객차 두 량이 연결될 것이었는데, 그곳에서는 그러니까 좌석들이 있을 것이란 얘기였지. 브루뜨끼에서 내려서 그 객차들 쪽으로 내달렸지, 허나 모든 객차가 넘치고, 뿐만 아니라 낡고 더러웠어, 나는 다시 내가 탔던 객차로 달렸네, 곧바로 찾을 수가 없어서 다른 객차로 올라탔지, 그게 다 그거지 뭐, 모든 객차가 꽉 차버린 거야. 이 객차에는 다른 사람들 사이에 끼어 부인들 셋이 벽 쪽으로 밀리고 있었어, 그들은 롬니츠에서 프라하로 가는데, 그들 중 나이 든 교사를 한 명 내가 마틀라에서 잠깐 알고 지낸거야, 그곳에서 그녀가 한번은 기술자 G. 씨를 내가 앉은 식탁에 데려온 적이 있었어, 다른 좌석이 없어서였지. 이제 이 객차 안에서 내가 그들에게 약간의 작은 봉사를 하는 거야. 그 교사는 분기탱천한 노부인—여교사의 힘을 결합해서 객실에서 객실로 가보면서, 그래도 좌석 하나를 얻어내 보자고 결심을 한 것이야. 실제로 그녀는 멀리 떨어진 일등 객실에서 좌석을 하나 찾아내고, 또 어찌 우연으로 그곳에 두 번째 좌석이 비는 것이야. 이제 그러니까 두 부인들은 거기에 들기로 했고, 세 번째 부인도 그들을 따라 이동을 했지. 곧바로 그다음에 그 객실에서는 이런 일이 일어나는 거야, 나머지 네 여행자들 가운데 두 명이 하급 철도청 직원인가 뭐 그렇다는 것이야, 그들은 무진 애를 써서 차장을 설득했지(그들은 이등칸 권리만 있었거든), 그 객실을 이등칸으로 선언해 달라고. 차장은 예외적인 경우에 이러한 변경 권한을 가지고 있지.

마침내 차장이 동의하는데, 그러나 그로 인해서 일등석 권리를 가지고 있던 다른 승객들이 마음을 상하고는 완전히 빈 일등객실을 요구하는 거야, 차장은 그들에게 그걸 해결해주었고, 그래서 다시금 두 개의 좌석이 빈 거야, 하나는 세 번째 부인, 그리고 하나는—그 부인들이 봉사에 대한 감사를 표하고자 하니까—나에게 떨어지고, 그들은 나를 그 가득 찬 통로를 통해서 부르고, 나는 어찌된 일인지도 도통 모른 채. 왜냐하면 그들은 내 이름을 모를 뿐만 아니라, 여교사는 나중에 드러난 바에 따르면 언제 처음으로 나와 말을 나누었는지도 기억 못하니까 말이지. 어쨌거나 나는 그들이 부르는 것을 듣고는 그쪽으로 건너가는 거야, 바로 그 순간 차장은 커다란 '2'자를 유리문에다 써 붙였지.

여행 음식 중 최고는 자두였네, 훌륭한 자두들.

몇 가지 변화가 프라하에 있네. 예컨대 독특한 노외숙[112]의 사망일세. 그분은 한두 달 전에 돌아가셨다네, 며칠 전 나는 마틀라에서 첫 엽서를 보냈었는데, "근일간 뵙기를 고대하면서 진심 어린 안부를 보냅니다."

친척들을 통하면 내가 뮌처 교수와 매우 좋은 관계에 있다는 것이 금새 판명되었네. 만일 그러한 종류의 취직 자리 가능성이 있다면,[113] 그건 자네를 위해서 미칠 수 있을 걸세, 만일 제때—그러니까 예컨대 2월을 위해서는 지금—준비를 시작하면 말이네. 다만 어떤 문서라도 내게 보내보게, 교수님의 서한 따위를.

아마도 나는 또 석 달 동안을 독일의 요양원에 가게 될 걸세.

모든 좋은 소망과 모든 좋은 소망을 빌어준 데 감사!

자네의 K

M. E. 앞

[프라하, 1921년 9월 초]

친애하는 민체, 곧장 서둘러요. 난 당신의 두 편지를 이제서야 받았어요, 지금까지 마틀리아리에 있었고, 우편이 내게 후송되지 않았기 때문이에요. 언제 오나요? 그동안 나는 여러 방법으로 수소문해 볼 거요. 하지만 부디 민체, 만일 여기 오면 나를 놀라게는 말아요, 나는 놀라움을 잘 못 이겨내요, 오랜 병상 생활이 신경을 소모시켜요, 지금 벽에서 기어가는 작은 거미도 나를 놀라게 하니까, 매우 커다란 민체, 처녀 노동자, 그녀가 갑자기 들어오면 어떻겠어요. 그러니 부디 민체, 미리 편지를 써요, 언제 어디에서 우리가 만날 수 있을지.
곧 만나요!

당신의 카프카


M. E. 앞

[프라하, 1921년 9월 초]

친애하는 민체, 그래 9월 중순에 온다고요, 그건 매우 좋아요(9월 말 아니면 10월 초 나는 다시 프라하를 떠나요), 어쩌면 13일이나 14일에 오는 것을 피할 수 있을지, 왜냐하면 그때 아버지 생신이거든요. 그러나 만일 피할 수 없다면, 그날에 와도 좋고요. 어느 날이라도 환영이오. 만일 주중 아침에 온다면, 내가 역으로 마중 나가기는 거의 불가능해요(우리 공사의 많은 보시의 대가로 나는 적어도 이삼 주는 책상에 앉아 있어야 하니까), 그러면 그냥 역에서 내 사무실(뽀리츠 7번지)로 와서 "자기 소개를 해요", 난 그곳에 2시까지 있고, 수위가 나를 아래층으로 부를 것이니. 당신이 이번 주에 오지 못한 것이 안됐어요, 내 막내 누이한테서 (남편이 이번 주 출장 갔고, 그리고 그녀는 나와 한 집

에서 살고 있는데) 잘 수 있었을 텐데. 계속적인 여행으로 너무 지치지
도 않았을 것이고, 게다가 카를스바트 회의[114]에도 참가할 수 있었을
텐데.
어쨌든 나에게 미리 편지해요, 언제 오는지, 어느 역에, 그리고 어느
시간에. (언젠가는 프라하에 친하게 지내는 집이 있었지요, 지금은 아닌
가요?)
모든 좋은 소망을!

당신의 K

## 로베르트 클롭슈톡 앞

[프라하, 1921년 9월 초]

친애하는 로베르트, 자네 등기 편지를 아직 확인 못했다네……
피크와 이야기를 나누었네, 그는 내가 헤그너에게 보낸 편지에 대해
서도 알고 있네. 헤그너는—미리 알 수 없는 것인데—좋은 습관을 가
지고 있다는구먼, 하긴 다른 사람을 좀 신경질나게 만드는 습관이지,
그러니까 만일 그가 '예'라고 말할 수 없으면 도대체 그냥 침묵한다
는 거야. 그런데 또 그가 언젠가 피크에게 이렇게 말했다는군, "카프
카가 내게 편지를 써 하는 말이, 나더러 자기 친구를 일 년쯤 인쇄소
에서 써달라는 거야. 그런 일에 내 뭐라 회답을 하겠나?" 이러한 수사
학적인 의문문으로 우리의 사안이 종결났네. 그러나 홀츠만은—피
크의 말대로—걱정할 것이 없으며, 심지어 진심으로 영접을 받을 것
이래. 아마 자네는 이미 그 소식을 들었겠지.
나는 건강이 썩 좋지가 않아. 사무실에서 돌아온 뒤 곧바로 침대에
눕지 않으면, 그냥 거기 그렇게 있는다면, 아마 배겨낼 수 없을 것 이
야. 처음 며칠을 그렇게 하지 않았더니 그게 곧 복수를 한 것이지. 그

리고 정말이지 아직은 매우 아름다운 날씨야. 피곤하기도 해, 손 하나도 쳐들지 못하겠어, 마틀라에 그림 엽서라도 보내야 할 텐데. 모두에게 안부 전해주게.

플로베르의 일기에서 이 좋은 일화를 읽었네. 어느 날 샤토브리앙과 몇몇 친구들이 가우베 호수(피레네 산맥에 있는 외딴 산간 호수)를 방문했다지. 모두는 우리가 (이건 플로베르의 말이네) 아침을 먹었던 바로 그 벤치에서 식사를 했다. 호수의 아름다움은 모두를 황홀경에 빠지게 했다. "나는 여기에서 영원히 살고 싶다"고 샤토브리앙이 말했다. "오, 당신은 여기에서 죽을 지경으로 권태로워질 걸요'"라고 일행 중 한 부인이 받아쳤다. "그게 무슨 말이오," 그 시인은 웃으면서 대답하기를, "나는 항상 권태로운데.""[115] 실지로 나를 기쁘게 하는 것은 그 이야기의 지적 풍부함이 아니네, 그건 정말이지 비범하지도 않아, 그러나 명랑성, 그것은 바로 그 사람의 제왕 같은 행복일세.

모든 좋은 소망을!

자네의 카프카


### 로베르트 클롭슈톡 앞

[엽서. 프라하, 우편 소인: 1921년 9월 7일]

친애하는 로베르트, 이게 어찌된 일인가, 내가 편지를 한 번도 안 썼다고? 편지 두 장, 엽서 한 장, 그 모두가 사라져버릴 수는 없겠지……—난 피곤하고 허약해졌지만, 이곳 모두는 건강하고 싱싱하네. 바로 에른스트 바이스[116]가 여기에 있었지. 전혀 악의 없고, 친절하고, 그리고 전체적으로 전보다 부드러웠어. 그는 오직 거의 의지로 건강을 유지하는 것 같아, 그리고 매우 건강해. 하려고만 한다면 그는 심지어 병이 날 수도 있을 것이야, 그 어떤 사람처럼.

거듭 인사를!

K

**로베르트 클롭슈톡 앞**

[프라하, 1921년 9월 중순]

친애하는 로베르트, 먼저 임시로나마 회답하네, 월요일에 더 상세히 쓰겠어. 우선은 아직도 그 편지로 좀 현기증이 나네, 다음에 그것을 신중히 고려해보겠네. 끝으로는 막스와 (그는 벌써 오래전에 프라하에 와 있네—그 회의는 이미 며칠 전 끝났고, 그는 끝까지 있지도 않았대) 그리고 오틀라의…… 충고를 들어보겠어. 오늘은—그러나 앞서 말한 대로 궁극적인 것은 아니네—도시에 대한 불안에서 이렇게 충고하지, 어쨌거나 베를랑리게트[117]의 가능성을 붙잡으라고, 그리고 만일 가능성이 거기 없으면, 그것을 가능하면 만들려고 노력하라고, 어쨌거나 겨울을 위해서, 시월 중순까지 며칠은 가치가 없으니. 만약에 B. 나 스모꼬베츠가 가능하지 않다면(그 영국 제조업자의 말인가?), 그럼 하는 수 없이 프라하뿐이네, 내가 알기론. 왜냐하면 노르트다흐는 설사 그것이 가능하다 해도 며칠 사이에 주선될 수 없을 테니까, 만일 될 수 있다면, 그것도 프라하보다 쉽게……

그것이 그러니까 잠정적으로, 난 정말이지 아주 좋아, 바로 조금 전에 재니 36.8도였네, 저녁 6시 정각.

자네의 K

## 로베르트 클롭슈톡 앞

[프라하, 1921년 9월 중순]

친애하는 로베르트, 사정이 정말 그렇게 나쁘진 않아, 그냥 좋은 것도 아니며, 그리고 나는 확실히 떠나네, 아마 피르베르스도르프[118]로. 마틀라에서보다 비용이 더 들 것 같지는 않네. 물론 나로서는 차라리 어딘가 더 먼 곳으로 갔으면 해. 라인 강변이나 함부르크로. 그러나 그곳에서는 제대로 된 회답을 받지 못했어. 열은 37.3도 이상으로는 올라가지 않아. 그러나 날마다 37도 이상은 되지.

왜 자신에 대해서는 아무것도 쓰지 않나? 건강, 스모꼬베츠, 추천서, 아우스 호수[119] 등등.

일론카가 초콜릿을 보내왔네, 상냥도 하지. 작은 가신처럼 그녀는 조공을 보내며 감히 거기에 한마디도 하지 않네. 그녀는 얼마나 조용했는지, 추억 속에서 더욱더 조용해졌나 봐.

……

최근에 야누흐[120]가 여기에 왔네, 단 하루 예정으로 시골에서. 그는 편지로 자기 자신을 알려왔네. 그는 전혀 악의가 없으며, 그리고 특히 자네 편지가 그에게 큰 기쁨을 주었다네. 그는 사무실로 나를 찾아왔지, 울며, 웃으며, 외치며, 내가 읽어야 할 책을 무더기로 가져왔지. 그러고선 사과를, 마침내 자기 애인을, 자그맣고 친절한 산림지기의 딸을 데려왔다네. 그는 그녀 부모와 함께 저 밖에서 살고 있다네. 그는 스스로 행복하다고 말하지만, 때때로 걱정스럽고 혼란스러운 인상을 주기도 하지. 또한 나빠 보이기도 하고, 졸업 시험을 보려고 하고, 다음엔 의학 ("왜냐하면 그것이 조용하고 수수한 일이기 때문에")이나 법률을 ("왜냐하면 그것은 정치로 이끌기 때문에") 공부하고 싶어 하지. 이런 불을 지피는 것이 어떤 악마인가?

홀츠만이 하이델베르크에서 공부하게 된다고? 헤그너에서는 그가 그러니까 안 된 건가? 유감이군. 그렇다면 그는 이미 부분적으로는 슈테판 게오르게[121] 쪽에 속하겠지, 그는 나쁘지는 않지만 그러나 엄격한 신사이지.

마틀라 사람들은 무엇을 하는가? 특히 글라우버는, 그의 뽀쁘라드[122] 계획들은, 뮌헨아카데미는 뭐라 회답했다는가? 시나이는 이미 거기와 있는가?

거듭 인사를 보내며,

K

**로베르트 클롭슈톡 앞**

[그림 엽서(마틀라). 프라하, 우편 소인: 1921년 9월 16일]

마음속으로는 마틀라에 있기에 (그리고 다른 엽서가 없어서) 이 마틀라 엽서를 보내네. 전보는 보내지 않았네, 왜냐하면 아래층에 심부름 보낼 사람도 없고, 또 승강기가 고장이거든. 그러다가 또한 내 편지가 이미 틀림없이 도착했을 것이기에, 그리고 내 건강에 관한 일로 전보하는 것이 수치스럽고, 그것이 비싸고, 그리고 처벌 없이도 아주 까다로운 의사에 대해서 조금 과장해서 고소하는 것이 허용될 것이기에, 대체 그렇지 않으면 어떤 사람에 대해서 고소할 수 있단 말인가? 그리고 최종적으로 벌써 그 편지가 여기 놓여 있기 때문일세. 그러나 그것은 건강과 관련된 구절들이 읽을 수 없게 되었을 때라야 부칠 수 있을 것이네.

K.

### 로베르트 클롭슈톡 앞

[엽서. 프라하, 우편 소인: 1921년 9월 23일]

친애하는 로베르트, …… 코 훌쩍거리던 것이 심한 기침이 되었네. 오늘은 출근하지 못했어. 내일은 바라건대 다시 나가야지. 그런데 방금 폼메른의 원예사[123]에게서 (그녀도 참 좋은 사람이지) 전보가 도착했네, 내일 오겠다는군. 하루만 머물겠다는데, 어쨌거나 나는 온 힘을 모아야겠어. 그녀는 친절하고 사랑스러우며 인내심이 좋아. 그리고 충고를 원해, 그러나 좋은 충고들은 별들 사이에 걸려있지─그래서 그곳이 그렇게 어두운 것이야─어떻게 그것들을 끌어 내려야 좋을지.

바를[124] 쪽으로 가는 일이 아마 그래도 성사될 것이라니 기쁘군. 막스에게는 이 문제에서 여지껏 아무런 소식을 받을 수 없군. 그는 매우 바쁘고 그리고 고통당하고 있지……

바닷가로는 갈 수 없네, 어디에서 돈을 구하겠는가? 또한 내가 돈을 '구하려' 한다 해도, 그럴 수 없을 것이야. 게다가 그곳은 내게 너무 멀어. 건강을 이유로는 세상 끝까지도 가고 싶지, 허나 병 때문에 고작 열 시간 정도나 가겠지.

K

시나이는 잘 지내나? 글라우버에게도 안부를!


### 로베르트 클롭슈톡 앞

[프라하, 1921년 9월 말]

친애하는 로베르트, 내게 아직 며칠 그 교수님을 뵈러 갈 시간이 있다니 다행이네. 폼메른의 방문객은 아주 잘 지나갔네, 아주 짧기도 했고. 그러나 이제는 뭔가 대단한 일이 일어났어. 그 편지의 주인공[125]

이, 그 왜 자네도 예리한 규칙적인 서체를 알지 않는가, 그녀가 프라하에 와 있고, 불면의 밤들이 시작되었네.

만일 이레네 양이 자네 지난번 편지에서처럼 이해하고 있다면, 그렇다면 그것은 좋은 일이지. 다만 칩스 출신 남편에 대한 애도만 남네. 하지만 그녀는 그에게 너무 다정하게 대했는지 몰라. 그녀가 나오게 되어서 정말 매우 기뻐. 그건 마치 주사위 놀음 같았지. 처음에는 자네 학생이 헬러라우를 취득할 것으로 보였지, 그러다가 내 조카가 전망이 있더니, 그러다가 자네였지 (부록으로 나와 함께), 그러더니 홀츠만이고, 마침내는 이레네 양이 취득하는군. 우린 그녀에 대해서 전혀 몰랐지, 함께 협력했는지도 몰랐으니. 드레스덴에서 이미 전보가 왔는가?

자네의 사촌 누이는 베를린에 꽤 오래 머무를 건가? 그곳에서 그림을 그린다고?
난 바를에는 가지 않겠네, 로베르트. 차라리 타트라에 더 오래 머무를 수는 있을 것이야, 그러나 다시 돌아간다는 것, 그것은 마치 거기 남아 있던 (그렇다고 내가 병을 덜 가진 것도 아니면서) 나 자신의 병에 내가 다시 감염되는 듯한 느낌이 들어. 난 이 병을 다시 어딘가 다른 곳으로 가지고 가려네. 의사들도 신체 맛사지, 압저포 용법, 석영 램프, 더 나은 음식이 있는 제대로 된 요양원을 바란다네. 게다가 괴르베르스도르프는 마틀라보다 더 비싸지도 않다네, 물론 괴르베르스도르프에 가는 것도 즐겁지는 않아. 우리의 겐퍼 호수 계획이 최상이었지.

의지가 병에 어떻게 작용하는지 놀랍기만 하네, 물론 의지로 인해 어떻게 끔찍하게 작용되는지도. 이틀 동안 거의 기침을 하지 않았네,

그것은 그렇게 이상한 것도 아닐 거야. 그러나 담도 거의 없어, 사실 굉장히 뱉어냈거든. 하지만 차라리 진짜 기침을 했으면 싶으니, 이 '기흉술氣胸術'을 지니고 다니는 대신에.

『자기 방어』[126]와 『의회 신문』 일은 나도 자네와 같네, 나도 그것들을 받지 못하고 있으니. 마틀라에는 가지 않는가?
대체 시나이가 폐병이라니? 그는 어디로 간다는가, 운터슈멕스[127]인가? (아 그래, 운터슈멕스라, 그곳은 폐병 요양원이 아니지?) 그리고 G. 부인[128]은? 일론카 양은 어딘가로 떠나는가?
잘 지내게.

자네의 K

### 로베르트 클롭슈톡 앞

[프라하, 1921년 9월/10월]

친애하는 로베르트, 단지 오늘은 이레네 양 문제라네. 내가 그러니까 피크에게 갔네. 그는 아무것도 몰랐지……, 그런데 폴 아들러가 그곳에 있었던 거야, 매우 마음이 넓지, 그다음 내가 어쨌든 참석해야 했던 어느 모임에서 내게 지금 동봉한 두 편지를 써 주었다네. 그는 뛰어난 사람이네. 이런 면에서도 그럴지는 내 전혀 예기치 않았는데. 한 편지는 드레어 교수에게 쓴 것인데, 그는 미술아카데미 교수이고, 약 45세쯤으로 매우 친절하고, 부인 역시 그렇다네. 그는 두 편지에 모두 언급된 그로스와 친구인데, 그로스는 공예아카데미 관장이라네. 드레스덴 A. 바이젠하우스가쎄 7번지란 주소가 확실하지 않으면, 어쨌든 미술아카데미에 자세히 문의해볼 수 있겠지. 그를 미술아카데미로 직접 찾아갈 수도 있겠지만, 집이라면 더 이로울 것이, 그

러면 이레네 양이 곧 부인과 알게 될 것이고, 여자들 특유의 보호를
받을 수 있을 것이니까. 게오르크폰 멘델스존은 내가 슬쩍 아는데,
그는 틀림없이 나를 잘 기억 못 할 걸세, 그러나 누구도 그를 잊는 일
은 없을걸. 덩치도 키도 큰 북구적으로 보이는 사람이, 작고 무지하
게 정력적인 새대가리 형상이니. 그의 존재, 짧게 동강내는 말씨, 가
능한 경우라 하더라도 모두 거절할 것 같은 태도 등을 보면 누구라도
놀라지. 그러나 꼭 놀랄 필요는 없다네. 그는 전혀 악의로 그러는 것
이 아니며, 적어도 평소 행동으로 보아 그렇지 않으며, 무조건적으로
신뢰해도 좋다네. 그는 독일 공예의 중심에 서 있고, 헬러라우에 금
속 공예 작업실을 가지고 있으며 어떤 점에서나 공예 부문 '식자층'
에 속하네.

이 두 편지를 받았으니 (거기에는 물론 그 친절함을 제외한다면 온갖 가능
한 넌센스가 들어 있고, 좋은 목적 때문이라도 이레네 양은 아마도 그것을 무
시하겠지) 나는 이제는 오직 드레스덴에만 한정하는 것이 가장 옳은
일일 것이라 생각하네. 이레네 양은 그곳에서 교육받을 기회를 가지
게 될 것이야, 사정에 따라서 작은 규모의 사립학교에서든 아니면 바
로 공예 학교에서든. 뿐만 아니라 그곳은 아름답고 쾌적하고 무엇보
다도 비교적 매우 건강한 도시지(뮌헨보다 훨씬 더 건강하고 전원 도시
같지), 그리고 또 고향에 매우 가깝고.

이런 이유들로 해서 나는 신청서를 그곳으로만 보냈네. 회답이 없거
나 거절의 답이라 하더라도 상관없네. 추천서들이 그것을 다시 좋게
할 것이며, 호의적인 회신이 오면, 드레스덴에 있는 새로운 친구들
에게 뭔가를 제시할 수 있을 것이네. 그래서 다른 신청을 위한 돈과
우표를 미리 돌려보내네. 드레스덴 신청에 20크로네를 첨부했는데,
10크로네는 너무 적은 것 같아서 말이야. 내가 자네에게 편지를 쓰겠
네, 왜냐하면 훈스도르프는 우편과 관련해서 어딘지 믿을 수가 없거

든. 아마도 그 아가씨도 이미 마틀라에 가 있겠지.

진심 어린 안부를 자네와 아가씨에게 보내며,

K

이레네 양이 자기 추천서 써준 사람을 조금이라도 알도록, 그가 쓴 비평을 하나 동봉하네. 그런데 대체 훈스도르프에 우체국이 있긴 한가? 전보는 보낼 수 있을 것이라서.

[별도의 용지에]

그리고 이젠 자네에게게만 *비*밀로 몇 마디. 이것이 다만 신청서 발송을 위한 희망 없는 실험이라 해도, 이 일은 내 흥미를 끄네, 그러나 다만 멀리서, 예컨대 쥘르 베른의 작품에서처럼,[129] 지각 없는 아이들이 보트 위에서 노는 것을 바라보면서 흥미로워하듯이. 그 보트는 우연찮게 밧줄이 풀릴 것이라고, 누구든 내심 그렇게 말하지, 그리고 넓은 바다로 표류하게 되리라고. 그러나 그 가장 먼 가능성은 그럼에도 존재하고, 바로 그것이 흥미롭네.

그러나 지금 그것이 진지해지고 나 자신이 개입되어버리면, 더는 흥미가 없어지네. 편지에 씌어진 자네 판단은 옳지 않다고 생각하네, 하지만 아마 뮌헨 교장[130]의 판단은 옳은 것 같으이. 그러나 그 또한 결정적인 요인은 아니네. 비록 여기서 어떤 생생한 재능이 발견되지 못한다 해도—그리고 그것은 마치 내 과문한 눈이 아니라 인간사에 대한 지식에 맞는 경우일 것 같은데—그게 그 자체로서 그리 나쁠 것 같지 않아. 학교의 훈육, 교사의 영향, 자기 자신의 가슴에서 우러나오는 절망 등은 뭔가 필요한 것에 이르게 할 걸세. 그런데 그 모든 것은 좀 더 청소년기에 알맞고, 이레네 양의 나이에는 아닐세. 그렇지, 그녀는 일생 동안 칩스 태고림(드레스덴 산사들의 경쾌한 정기에서 보

644

자면 그리 보인다는 게지)에서 살았고, 그리고 이 온순한 투박성, 수줍음, 인간적이고 예술적인 모든 측면에서 보이는 미숙함이 모종의 원료적 가치를 지니고 있지. 생활의 급격스러운 변화는 강한 영향을 줄 것이고, 여전히 어떤 견고함이 존속한다면 이러한 영향을 손상 없이 견뎌낼 것이나, 유감스럽게도 그 나이 때문에 또한 아무런 소득도 없지. 그러니 우리가 그녀를 그렇게 내몬다면 그 어떤 책임을 지는 것인가. 이제 그녀가 결혼으로 구원될 수 있을 바로 그런 나이에 외국에 나가 있을 것이고, 이 희망도 소용없었음을 인식하고, 부끄러움에 되돌아가고, 그리고 그제서야 정말로 모든 것을 잃었구나 그렇게 알게 된다면. 그녀가 드레스덴으로 가는 중에 여기를 지나갈 것이고, 나 또한 그녀를 보게 될 것이며(그녀에게 시내를 구경시켜주기에는 내가 너무 무기력하네만), 그리고 내가 마치 자신감에 찬 듯 그렇게 행동해야 하리라는 상상으로 불행해지네. 또 그 사람 좋은 작센의 미술 학교 교수가 이렇게 말하는 것을 상상해보지, '자 그러니까 아가씨, 당신 작품들을 보여보세요' 그리고 그 미술 학교 교수 부인도 그 자리에 동석해 있는 게야, 그러면 난 그만 벌써부터 아무리 그 장면에서 거리적으로 멀리 떨어져 있다 하더라도 세상에 대한 공포심에서 땅속 어딘가로 기어 들어가버리고 싶으이. 추천서들은 좋지, 하지만 더 좋은 것은 그것들을 찢어버리는 일이네.

어제 한 모임에 나갔는데, 그 모임은 젊은 신인 낭송 배우의 낭송을 듣기 위해 모인 것이었고(예술가로서 그녀의 미래는—그녀는 라인하르트[13]에게서 수업을 받고 있었는데—이레네 양의 경우보다 훨씬 덜 절망적으로 보이는 것도 아니었네), 그다음에는 무기력해져서 찻집에 갔다가 부들부들 떨면서 집에 돌아왔다네. 더는 사람들의 눈길을 견딜 수가 없었네(인간 혐오증에서가 아니라, 사람들의 시선, 그들의 현재, 그들이 거기 있는 자체, 건너다보는 눈, 그 모든 것이 내게는 너무도 강해서), 새벽 잠자리 몇 시간 내내* 기침을 했고, 차라리 삶에서 헤엄쳐 나가버리고 싶을 지경이었네. 그것은 직선 거리가 얼핏 짧아 보여서 더 쉬울 것처럼 여겨지더군.

뮌처에게는 하루 이틀 뒤에나 갈까 하네.

이레네 양은 왜 차라리 원예 학교라도 가지 않을까? 말이 났으니 말인데, 그 비슷한 학교가 드레스덴에도 있을 텐데.
이제 막 생각나는데, 이레네 양은 내가 생각했던 것처럼 28세가 아니라 26세더군. 이 작은 차이가 그래도 조금은 희망을 주겠지.

*전보하지 말게! 나는 몇 시간을 기침한 것이 아니라 몇 시간을 잠을 못 잤네. 그러면서 좀 기침을 했네.


**로베르트 클롭슈톡 앞**
[두 장의 엽서. 프라하, 우편 소인: 1921년 10월 3일] 일요일
친애하는 로베르트,
무소식을 이해하지 못하겠네. 엽서 하나, 편지 하나는 그래도 왔어야 하는데. 목요일까지는 완전히 묶여 있었네,[132] 현실에서는 내 마음속보다 덜 그렇지만. 하지만 다시 정적이 오네. 지금은 내가 처음 엄청난 공포 속에서 두려워했던 것보다는 좋아, 하지만 위험들이 여전하며 상승하고 있지……[133]
진심 어린 안부를 보내며,

K

[종이 여백에] 이레네는 어디쯤 있나?
[클룹슈톡은 미리 쓴 표제들 "체온, 기침 등등"이 기록된 설문지를 동봉했는데, 카프카는 답변을 하지 않은 채 보냈다.]

**루트비히 하르트[134] 앞**
[프라하, 1921년 10월 초]

친애하는 하르트 씨, 저녁 6시에 '푸른 별'[135]의 로비에 있겠습니다. 저는 그렇게 늦은 시간에 가서 곧 다시 돌아와야 합니다. 수요일 저녁에는 확실히 참석하기 위해서 제 부족한 힘을 아끼기 위해서입니다. 물론 귀하가 바로 그 우연한 시간에 시간이 있으시리라고는 전제하지 않습니다. 만일 시간이 없으시면 제게 쪽지를 남겨주십시오, 수위에게 문의하겠습니다. 귀하를 이런 식으로 화요일에 뵙지 못한다면 꼭 하나의 청이 있습니다. 수요일에 클라이스트의 「일화」[136]를 프로그램에 넣어주시는 일, 그것이 가능한지, 또 친절히 그리 해주실 수 있을는지요?
삼가 정중한 경의와 더불어,

카프카 배상

[연필로 후기]
친애하는 하르트 씨, 방금 귀하의 편지가 도착했습니다. 분명코 오늘 저녁은 최고가 되겠습니다. 하지만 저는 이 비 오는 날씨에 연이어 이틀 밤을 외출하지는 못할 듯합니다. 그렇더라도 6시에 귀하를 뵙도록 해보겠습니다. 만약에 그것이 여의치 않으면, 8시 반에 가도록 해보겠습니다. 한편 그와 관련해서 6시에는 수위에게 쪽지를 남겨놓겠습니다. 얼마나 복잡합니까! 부디 저로 말미암아 화내지 마시기를 빕니다.

## 로베르트 클롭슈톡 앞

[엽서. 프라하, 우편 소인: 1921년 10월 4일]

친애하는 로베르트, 부디 화내지 말게, 아니면 같은 말인데, 그렇게 불안해 말게. 나 역시 불안하지만 그러나 다르다네. 상황은 분명해, 신들이 우리 둘을 가지고 놀고 있음이야. 하지만 자네 경우엔 다른 신들이고, 내 경우엔 또 다른 신들. 그것을 우리가 인간의 노력으로 균형 잡으려 애써야만 하다니. 주요 사안에 대해서는 많이 말할 수가 없네, 왜냐하면 이것이 나 자신에게마저도 가슴속 어둠에 갇혀 있으니. 그게 아마도 병과 나란히 같은 침대에 누워 있는 모양이네. 목요일이나 금요일에는 다시 혼자가 되네. 그때는 아마 그 일에 대해서 쓰겠지만, 어쨌거나 그때도 상세하게는 못 써. 나를 포함해서 어느 누구도 그것에 대해서 뭔가 상세한 것을 쓸 수 있는 사람은 존재하지 않으이.—조금, 그리고 이 '조금'이 나로서는 안됐지만 참 많은 것이네, 나는 지금 어떤 (어쨌거나, 아니 여기에는 '어쨌거나'가 아닐세, 감탄할 만한) 낭송 배우에게 매달려 있네, 그가 이곳에 며칠 있거든.

자네의 K

## 로베르트 클롭슈톡 앞

[프라하, 1921년 10월 초][137]

친애하는 로베르트, 그렇게는 안 되네. 내 누이가 그곳에 있네. 새 여권은 191크로네가 들 것이고, 그것이 아무것도 아닌 것에 치르기에는 엄청난 값임을 차치하고라도, 그들은 새 여권을 발급하기를 바라지 않을 것이네. 옛날 것이 아직 좋다는 둥, 훨씬 더 나쁜 여권들도 있었다는 둥 하면서. 어쨌거나 지면들을 함께 꿰매 붙이는 것은 옳지 못한 일이라고, 그러나 그것은 문제가 아닌데, 그들은 이제 안전을 위해서 모든 지면들을 스탬프로 찍으니, 더 해당될 것도 없겠지. 잘해야 진실을 말할 수 있을 정도인데, 그러나 그렇게 되면 거액을 지불해야 할 것이라고.

어제 이레네 양이 여기에 왔네. 그 사안에 대한 나의 불신이 누그러진 것은 아니네. 그것은 정신 나간 기획이야, 옆에서 구경하는 것조차도 유쾌한 일이 아닐 정도로 정신 나간 짓이지. 만약에 그 일이 절반이라도 잘된다면 난 기절할 거야. 나는 나 한 사람의 경우로서 반박당하는 것이 아니라, 내 모든 세계관이 영향을 받을 것이네. 오늘 낮에 그녀가 떠났네. 아마 오전에는 하르트 씨와 함께 있었을 것이며 그에게 추천서를 받았을 걸세.—전체적으로 나는 아주 나 자신만을 생각하고 있네, 그건 마치 내가 오늘 뭐랄까 꿈에 승복하고서 열 살 보이스카우트에 등록을 하려 했다는 식이지. 자네에 대해서 이레네 양은 거의 아무것도 이야기할 것이 없더군, 바를에 대해서도 아무것도, 마틀라에 대해서도 아무것도, G. 부인에 대해서도 아무것도 없었네.—그러나 그녀는 물론 온순하고, 그 점에 대해서는 내 조야한 판단으로 건드리지 않으려네.
벌써 조금은 안정을 찾았네, 그러나 지난 며칠의 긴장으로 이제 매우 피곤해. 전체적인 상태는 그리 나쁘진 않고.
모든 좋은 소망을!

자네의 K

로베르트 클롭슈톡 앞

[엽서. 프라하, 우편 소인: 1921년 10월 8일]
친애하는 로베르트, 그건 하루가 연기되었고, 이제는 지나갔어. 지금

은 하르트도 아직 있고, 많은 일들이 감탄을 자아낼 만하고, 또 많은 것이 사랑할 만해. 화요일에 그가 떠나네, 그러면 조용해질 거야. 요며칠 낮에는 거의 누워 있지 못했는데, 그다지 피곤하지는 않아, 기침을 하는데도 심지어 힘이 넘친다니까. 내일은 체코의 요양원 한 곳을 보러 가네. 괴르베르스도르프에 11월 말에야 방이 하나 날 거라는데, 그곳도 채식에는 반대라는군. 이제는 바를을 고려해서 최종 결정을 내려야 할 터인데?

이레네 양은 어떤가?

자네도 고충이 있겠지, 로베르트, 물론. 그러나 자네는 그 탓을 남에게 돌릴 수가 있네. 또는 만약에 자네가 아무도 탓하고 싶지 않다면 더욱 좋을 일이지. 얼마나 훌륭한, 자유로운 인생인가.

자네의 K

## M. E. 앞

[그림 엽서. 프라하, 우편 소인: 1921년 10월 11일]

'게으름뱅이와 일하는 처녀'[138]

친애하는 민체, 나는 오랫동안 잠수해 있었으며, 당신의 예쁜 스냅사진들을 그냥 즐거움으로 호주머니에 가지고 있었어요. 엽서 두 장과 편지를 읽었지요, 마치 당신이 소파 앞에서 나에게 이야기하는 듯이. 그런데 말이지만 나는 몇몇 어수선하고 피곤한 방문객들로 바빴고, 가끔씩은 침대에 누워 있어야 했고, 일 때문이었건, 피곤 때문이었건, 단 한순간도 시간이 없었어요. 무엇보다도 내가 오늘이나 내일 쓰는 것이 우리 사이에서는 아무것도 결판낼 것이 없음을 알고 있었지요. 왜냐하면 우린 누군가가 한 번쯤 쓰지 않는다해도 신경질을 내지 않을 것이며, 서로 상대가 쇠처럼 단단한 사람임을 알고 있으니까요.—네덜란드 여행은 아무 소득이 없나요? 유감이오, 유감.—난 조금 더 프라하에 머물 거요. 또한 친구들에게도 진심 어린 안부를 보내며,

당신의 K

누이의 (누이가 진심 어린 안부를 보내네요) 주소:
오틀라 다비트. 프라하 알트슈태터 링 6번지.


**로베르트 클롭슈토크 앞**
[프라하, 1921년 10월 중순]

친애하는 로베르트, 자네는 늘 내게 불만이군그래. 그것이 내 건강에 좋을 수는 없네. 나는 마틀라에서와 같은 사람인데, 자네는 그 곳에서는 늘 내게 불만이었던 것은 아니질 않은가. 물론 곁에서의 삶이 자비롭게도 한계선을 흐리게 해주는 것이겠지만. 전체적으로 이렇게 결론을 내릴 수도 있겠지, 만일 자네가 완전히 내 술책을 알아챈다면, 자네는 나에 대해서 더는 무언가를 알고자 하지 않을 것이라고. 자네 사촌 누이와의 비교는 나를 늘 채찍처럼 위협하네. 그래도 나는 틀림없이 자네 사촌 누이와 아무것도 결정적으로 공유하는 것이 없지, 자네 자신을 제외하고는. 지난 시절 아버지는 내가 겉보기에 어떤 어리석은 일을 저질렀을 때면, 아니 사실은 그러나 근본적인 잘못에서 온 결과였는데, 그러면 늘 말씀하시곤 했지, "완전히 루돌프[139]로군!", 그러면서 나를 당신 생각으로는 지극히 우스꽝스런 어머니의 이복형제와 비교하시는 것이었어. 수수께끼 같은, 지나치게 친절하고, 지나치게 겸손하고, 고독한 그리고 동시에 거의 수다스러운 사람하고. 기본적으로 나는 외숙과 거의 공유하는 것이 없었지, 그런

비판자 이외에는. 그러나 이 비교의 고통스런 반복, 전에는 생각도 해본 적이 없던 길을 이제는 어떤 대가를 치르고서라도 피해가야 하는 거의 신체적인 어려움, 그리고 끝으로는 아버지의 설득력이랄까, 아니면 이렇게도 말할 수 있는데, 아버지의 저주는 내가 외숙을 적어도 닮아가게 했다니까.

그 기흉술 이야기 전체는 다만 농담이었네. 나는 내 폐보다는 다른 일에 바빴고, 폐는 그 일의 정당성을 통찰하고서는 잠시 동안 더 조용했다네, 그 이래 이젠 다시 스스로 되갚았다네.

자네 혼자 있다는 것은 물론 좋지 않네, 비록 이것도 확실성을 가지고 말할 수 있는 것은 아니지만. 자네 공부하는 중인가? 체온은 어떤가? 일론카 소식 아무것도 모르는가, 갈곤 부인은? 시나이가 그러니까 폐병이라고, 그게 가능한 말이야?

모든 좋은 소망을!

자네의 K

[종이 여백에] 어떤 종류의 책을 두고 얘긴가, 내가 자네에게 약속했다는?


### 로베르트 클롭슈톡 앞
[프라하, 1921년 10월]

친애하는 로베르트, 여기 그 여권이 있네. 나는 다시 병이 도졌고. 그래서 이것 또한 다시 늦었네. 바라건대 자네가 여권을 곧 사용할 수 있기를. 자네의 경우 가장 나쁜 일은 그 병이 아닐세, 열도 서글프고 이해할 수 없지, 허나 병이 간혹 자네를 사로잡는 절망의 발작들이야. 그건 다시금 무無, 유년 시절, 유대 정신, 그리고 세상의 보편적 고뇌에서 유래하지. 원래 일상의 일과에서 위안을 주는 것은 다만 이런 경험, 곧 우리가 믿을 수 없긴 해도 수많은 순간의 바닥 없는 심연에서 그래도 다시 빠져나온다, 하는 경험 뿐이라네.

자네의 K

## 로베르트 클롭슈톡 앞

[프라하, 1921년 11월]

친애하는 로베르트, 아마도 그 편지를 완전히는 이해하지 못하는가 싶네. 그 영국인들이 타트라에서 요양할 돈을 주지 않는다 그 말인지, 내가 기억하기로는 교수는 자네가 타트라에 머무를 수 있도록 동의를 했는데도 그런가? 그래 자네는 지금 곧장 프라하로 가려는가, 도시로? 어느 따뜻한 봄날 시내를 걷는다는 것, 그게 느리면 느리더라도, 그것은 내게는 통풍이 되지 않는 좁다란 방에 있는 것과 같아, 마침내 공기를 얻기 위해서 창문을 열어젖힐 힘이라곤 전혀 없고. 그러고는 여기 계속 머문다고? 이 해부실에? 겨울에, 난방은 되지만, 통풍도 안 되는 방 안에? 그것도 전환기도 없이, 순수한 산정의 공기에서 곧장? 자네 말은 곧장 이리 오겠다는 것인지? ⋯⋯ 그 처녀의 편지는 사랑스럽네, 끔찍할 만큼 사랑스러워. 그건 유혹적인 밤의 목소리이며, 사이렌[140]들도 그렇게 노래했지. 만일 우리가 그들을 유혹하려 했다고 생각한다면 그들에게 부당한 것이야. 그들은 자신들이 갈퀴 발톱은 있지만 자궁이 없음을 알고, 그것에 대해서 큰 소리로 탄식했던 것이야, 그들로서는 그 탄식이 아름답게 울리는 것을 어쩔 수 없었지.

소녀들에게 온 편지들로 그러니까 자네는 잘되었구먼. 누가 헤디인지 난 전혀 몰라. 가엾은 글라우버. 그러나 아마도 그것이 적절한 발전을 촉진시키겠지. 그 처녀는 그렇지만 그를 받아들여야 하네, 그러니까 부친에게 맞서야지. 동시에 그 주요 사안에 대한 그녀 자신의 의구심을 제쳐놓아야 하고 등등.

『자기 방어』는 그 뒤로는 아직 나오지 않았네. 『의회 신문』은 가끔 내게 부쳐오는데, 대개는 마틀라로 가지. 그것은 마지막 호까지도 (그 또한 자네는 별 흥미가 없을 것이야, 집약적 농업에 관한 제안[141]을 다루고 있어) 읽을 가치가 없네, 연설문들의 무미건조한 요약들이지. 아이들은 나를 즐겁게 하네. 어제는 예컨대 최근 끝에서 두 번째 조카딸[142](내가 언젠가 그 애의 사진을 보여주었지)이 마룻바닥에 앉아있는 거야, 난 그 애 앞에 서 있었고. 갑자기 그 애가 전혀 알 수 없는 이유로 내게 무척 겁을 먹고는 내 아버지에게 달려간 거야. 아버지는 그 애를 무릎으로 받아 안을 수밖에. 아이는 두 눈에는 눈물을 글썽거리며 떨고 있었어. 그러나 매우 유순하고 상냥하고 친절해서 그래도 모든 질문에 대답을 하는 것이었어, 어쨌든 할아버지의 팔에서 조금은 다시 안심을 하고서, 그러니까 예컨대 내가 프란츠 외삼촌이라는 것, 내가 얌전하다는 것, 그 애가 나를 매우 좋아한다는 것 등등. 그러나 그러면서도 그 애는 여전히 떨고 있었지, 두려움에서.

진심 어린 안부를 보내며,

자네의 K

**로베르트 클롭슈톡 앞**
[프라하, 1921년 11월]

친애하는 로베르트,

이제 공포는 점차 사라지고 있는데, 그러나 그건 무척이나 나빴네. 화나는 건 체온이고. 그래도 특별한 이유가 없다고? 자네는 최소한 여름만큼이라도 안정 요법을 하는가? 마틀라에서 자네 처지는 어떤 가? ……

이레네 양에게 편지를 하나 받았는데, 견습 기간 시작 전에 썼더군. 확실히 그곳 사람들이 그녀에게 매우 친절한가보이. 하르트 씨가 그녀에게 일러준 두 처녀들도 그녀와 연락이 되었나 봐. 그런 의미에서 하르트는 이들 완전히 다른 종류의 불꽃 같은 정신을 지닌 러시아 유대인들에게 그다지 많은 것을 바라지 않았다네, 내게 사적으로 그렇게 말했지. 바라건대 일들이 옛 법칙대로 되지는 말았으면 하네. "도와줄 게 없는 사람을 모두가 도와주려고 한다네" (자넨 「군도」[143]를 알지? 오직 위대한 영웅만이 도움 받을 수 있는 자를 돕는다네, 대중은 구원될 수 없는 자에 몰두하지). 이레네 양이 잘되었으면 하네! 그녀 편지는 감동적이었네.

자네는 『프라하 신문』에서 「염소의 노래」를 읽는가?[144] 무척 재미있네. 파도와의 이 투쟁, 그는 매번 다시 솟아오르네, 헤엄을 치는 이 위대한 자. 내일 그를 만나기로 되어 있는데, 아마 가지 않을 것이네.

『자기 방어』는 월요일에 보내겠네. 전에는 자주 그것을 경시했으니 이제 조금 그것에 굶주림을 느낀다 해도 별것은 아니겠지. 그 교과서 또한 보내겠네.

그 새로운 요양법에 대해서는 아직 할 말이 없네.[145] 그 의사 또한 숭고하고 어린애답고 미소 띤 사람으로, 대부분의 의사들과 비슷하지. 나중에는 그들을 매우 좋아하게 되네. 오직 문제가 되는 것은 그들은 자신들이 할 수 있는 최선을 다한다는 것이지. 그리고 그것이 덜하면 덜할수록, 더욱 감동적이지. 그리고 가끔 그들은 놀라게도 하네.

모든 좋은 소망을!

자네의 K

글라우버와 시나이에게 안부를.

### 로베르트 클롭슈톡 앞

[프라하, 1921년 12월 초]

친애하는 로베르트, 자네는 대체 어떤 사람인가! 이레네 양이 입학했다네. 26세인 처녀가 (분명히 소질은 있으나) 형편없는 엽서의 형편없는 모사를 제외하고선 결코 어떤 미술 작업을 해본 적도 없고, 홀룹의 전시회 말고는 어떤 전시회도 본 적이 없는, 자피르의 연설 말고는 어떤 연설도 들어본 적이 없는, 『카르파치아포스트』 말고는 어떤 신문도 읽은 적이 없는[146]—이 처녀가 입학했다니. 그러고는 감수성이 없지 않은 반쯤 행복한 편지들을 쓰고, 사실상 중요한 처녀의 친구라니. 기적 위에 기적이요, 자네에 의한 마술이었지. 이 음울한 겨울에 그것으로 몸을 녹이네.

자네의 K

### 로베르트 클롭슈톱 앞

[프라하, 1921년 12월 초]

친애하는 로베르트, 자네 숙부 이야기는 묘하네, 마치 팔렌베르크[147]의 공연 같아. 자네 편지에서 그 방의 공기를 느낀다니까. 그러나 그다음 이어진 일은 쓰지 않았군, 시민권 관련만 적었을 뿐. 직업 선택—글쎄, 자네가 의사가 아닌 다른 것이 되었으면 한다고는 결코 생각해본 적이 없네, 자네를 알고 지낸 잠시 동안이지만. 그것이 다만 가진 자들을 위한 전문직이라는 것은 중부 유럽에서는 맞는 말일걸세. 그러나 나머지 세상 특히 팔레스타인에서는 아니지,[148] 그곳은 지금 기꺼이 자네의 지평선 안으로 들어가고 있고. 그리고 그것은 또한 육체적 활동이기도 하지. 그럼 그 어중간한 전문직들, 바꾸어 말해 진지함이 결여된 전문직들은 혐오스럽지, 육체적이든 정신적이든. 그것들은 사람들과 관련될 때는 영광스러운 것이지, 육체적이든 정신적이든. 그것을 인식하기는 굉장히 쉽지, 그리고 생명 있는 길을 발견하기는 굉장히 어렵고. 자네에겐 그러나 그리 어려운 일이 아니지, 왜냐하면 의사니까. 그건 주로 평균적인 법관들 다수에 해당되는 말이네, 그들은 팔레스타인으로 가기 전에 먼저 먼지로 닳아 빠져야 하네. 왜냐하면 팔레스타인에 필요한 것은 땅이지 법관들이 아니니까. 난 살짝 어떤 프라하 사람을 아는데, 그는 수년간 법률 공부를 하다가 그것을 그만두고서 열쇠공 견습생이 되었네(직업을 바꿈과 동시에 결혼을 했고, 벌써 작은 아이도 있네), 이제는 거의 과정을 마쳤고, 새 봄에는 팔레스타인으로 떠난다네. 물론 그러한 직업 변경에 통상적으로 따르는 것이 있긴 하지, 비학업 분야의 공부 기간은 3년이고, 학업 분야는 6년이나 더 많은 기간 필요하다는 것. 그런데 말이네만 난 최근에 견습직 전시회에 갔는데, 거기에서 모든 수공업 분야에서 한두 해 견습기를 보낸 뒤에야 상당한 성취에 (어쨌거나 비학업분야로서) 도달함을 알게 되었네.

자네의 사촌 누이가 베를린에 머무르지 않겠다는 것이 이상하군. 절반쯤 자유인으로서 베를린을 음미한다는 건 뭔가 상당한 의미가 있는데. 그녀가 베를린을 그렇게 간단히 떠난다는 것은 그녀의 예술적 능력이 위대하든지 아니면 그 반대를 말해주는 거야. 그러나 다른 일, 그러니까 그녀가 타트라를 거치지 않고 따라서 나와 더불어 이야기를 나누지 않으려는 것일 테지, 그건 특이한 일이 아니지, 그리고 나로선 놀랍지도 않고.

만일 자네에게 베르크만의 『야브네와 예루살렘』이 없으면 내가 보낼게.[149]

지금 자네는 어떻게 살고 있는가? 무슨 일을 하는가? 아직 내 사촌[150]에게는 다시 가보지 않았네. 이제는 아예 내가 전혀 시간이 없는 사람들

의 부류에 속한다네. 하루가 누워 있기, 산보하기 그런 등속等屬으로
정확히 나뉘고, 그리고 이제는 책 읽을 시간도 힘도 없다네. 며칠 열이
없더니 다시 열이 오르고. 의사는 특별한 차 한잔을 처방해줄 뿐, 그
차는 내가 그 의사를 올바르게 이해한다면 규산이 함유되어 있으며,
그런데 규산이 함유되어 어디선가 (유머 잡지가 아니었기를 바라네) 읽
은 바에 의하면, 상처를 빨리 아물게 한다는군. 자네도 한번 마셔보게
나. 내 방에 돌아가면 그 처방을 자네에게 베껴 보내겠네. 지금은 내 누
이 방에서 편지를 쓰고 있어. 내 방, 그 추운 지옥은 난방이 안 되거든.
진심 어린 안부를 보내며, 글라우버와 슈타인베르크에게도.

자네의 K

일론카와 갈곤 부인에 대해서 소식 주게나.
자넨 편지 한 통과 그 교과서를 내게서 받았어야 하는데.


## 로베르트 클롭슈톡 앞
[프라하, 1921년 12월]

친애하는 로베르트, 일론카에 대한 자네 판단은 어딘지 과장된 것이
아닌가? 그녀는 불안해하고, 세상에서 압박받고, 자신의 판단을 불
신하고, 하지만 타인의 판단에 따라서 행동하기에는 충분히 좋은 신
경을 가지고 있지 않은가, 바라건대 그녀가 그런 신경을 지녔기를.
또한 충분히 상냥하고, 그로써 영웅적 행위를 하는 것이 아니라 비탄
을 자신과 타인들에게 고백하는, 유감스럽게도 그녀는 그러한 상냥
함을 지녔지. 그런데 나는 그녀가 부친의 말을 따른 것을 철저히 불
행이라고는 간주하지 않으이. 자신의 판단을 신뢰하는 자가 반드시
옳은 것은 아니지, 하지만 자신의 판단을 불신하는 자는 아마 항상
옳을 것이야. 뿐만 아니라 결혼이란, 대개는 기껏해야 상대적인 행복

이야. 다만 신부로서의 신분은 견뎌내야 하는 것이지. 그 점에서 나는 편지에서 일론카를 격려하려고 애썼네. 그녀에 대한 새로운 소식을 아는가? 그리고 갈곤 부인에 대해선 왜 한마디도 소식이 없는가? 자네는 일론카에 대해서 과장을 하고, 나는 이레네에 대해서 그러네. 그러한 아이 같은 꿈이 어딘가 나와 가까운 곳에서 적어도 그 형식에 따라서 실제 생명을 얻는다는 행복감, 그렇게도 대단한 순진성이 있고, 그 결과 그렇게 대단한 용기가, 그리고 이 지구상에는 그렇게 많은 가능성이 있다는 행복감에서 과장을 하는 것이지. 그러나 세부 사항에서는 그렇게 해서는 안 되지. 나를 행복하게 하는 것이 바로 그것들이라 해도. 그런데 여기 크라우스, 코코슈카 등은 뭔가?[151] 이 이름들이 여기 이 드레스덴 지역에서는 날마다 그렇게 자주 거론되고 있다네. 마치 마틀라에서 롬니츠 정상을 거론하듯이, 그리고 기껏해야 그 같은 의미로. 산들의 영원한 단조로움은 사람을 절망하게 하지. 그것들이 아름답다고 느끼도록 자신을 강요할 수 없을 때는 말일세. '기적을 행하는' 편지들은(로베르트 자네!) 세 자루의 몽당연필로 쓴 것, 거기에서 나는 그녀와 나 자신에게 축하를 보냈다네.

내 상태는 겨울의 마틀라에서보다 더 나쁘지는 않네. 체온과 체중은 마틀라에서와 같이 썩 그렇게 좋지는 않지만, 그렇다고 해서 달리 더 나빠진 것은 아니야, 확실히 아니야. 베르펠이 여기에 있었을 때, 나는 아마도 지금보다 더 나빴지, 그러나 그것이 금지령의 이유는 아니었네. 의사는 도대체가 제메링[152]에 대해서는 반대라네. 왜냐하면 그곳은 너무 험준하니까. 도대체가 모든 지속적이고 강한 변화에는 반대이고, 뿐만 아니라 그의 치료를 중단하는 것에도 반대지. 어쨌거나 그것과는 일종의 모순인데, 그는 일월 말에 가족들과 함께 슈핀델뮐레[153]로 여행갈 것이라네(거대한 산간 지방이지), 그리고 나를 데려가려

한다네, 물론 겨우 두 주 동안 예정이지만.

자네는 『프라하 신문』에서 에이브럼즈 박사에 관한 업턴 싱클레어의 논문을 읽었나.[154] 난 그것을 장난으로 여겼지, 그런데 사람들은 그걸 부인하더군.

......

자네 문제는 부분적으로는 내가 게을러서, 또 부분적으로는 내 잘못은 아니지만 아직 아무 일도 생기지 않았네. 우선 그것을 내 사촌이 맡았고, 그는 아내 쪽으로 뮌처와 인척이 되거든. 그런데 사촌은 맨날 골골하고, 이제는 진짜로 병이 났다네.[155] 그래서 나는 서류들을 거기서 가져다가 이제 펠릭스 벨취에게 주었네. 아마 그것에 대해서 일요일이면 뭔가 소식을 듣게 될 것이야.

자네의 K

글라우버, 시나이, 슈타인베르크에게 안부 전해주게. 그리고 홀츠만은? 그가 자네에게 게오르게를 보냈던가?

내가 자네에게 보내는 신문들 가운데 『레포름블라트』가 있네, 거기에 X-레이에 관한 논문이 있더군. 거기에 뭔가 언급할 만한 것이 있거들랑, 틈나는 대로 몇 마디 적어 보내주게. 신문들이 이미 포장되어서, 다시 풀고 싶지 않아서 그래.

**로베르트 클롭슈톡 앞**

[프라하, 1921년 12월/1922년 1월]

친애하는 로베르트, 내가 그 아브람 사안에 대해 가지고 있는 확증은 그렇게 전적으로 분명한 것은 아니네. 내 누이는 다만 루돌프푹스[156]

와 그 일을 이야기했을 뿐이며, 그가 누이에게 말하기를, 그건 유명한 일이고, 이른바 아브람주의라고까지 하며, 또한 그것에 대한 책들이 나왔다고 그랬다는 것이지. 그가 농담을 했다고는 생각지 않아, 그가 어디에서 그 아브람주의를 들었는지, 어디 출판사에서였는지, 난 모르겠어. 나는 막스 이외에는 누구와도 이야기를 나누지 않지(가끔은 오스카와 펠릭스), 그리고 내 주치의와. 그 둘은 그것에 관해서 전혀 모르고, 어쨌거나 그 논문도 읽지 않았어. (나에게 그 발행 호수를 말해줄 수 있어?) 내 주치의는 (그는 어쨌거나 내가 그 의사에 대해서 잡담을 늘어놓았던 이 편지의 시작 부분을 내던져 버리게 한 책임이 있다) 나보다 더 젊고, 열정적인 의사이지. 특히 암에 대해서 관심이 많고, 나에게 내 문제에 이어서 방사능에 대한 책을 보여주었어. 바로 그것을 그가 공부했다는 것이네만 아브람에 대해서는 아무것도 모르네.

아브람 때문에 자네가 자책하다니! 그런 일들, 그런 고백들은 예로부터 나로 하여금 세상과 멀리하게 만드는 것들이네. 그러한 죄목들의 실제 등장이 뭔가 비범한 것, 고립된 것, 특별히 끔찍한 것이라면, 그렇다면 나는 세상을 더는 이해할 수 없을 뿐만 아니라, 그거야 당연지사이고, 세상은 나와는 다른 소재로 만들어진 것이겠지. 나에게 그러한 죄는 내가 나아가는 인생의 강물 가운데 단 한 방울 그 이상은 아니네. 내가 익사하지 않으면 행복한 것이지. 그러한 죄를 부각시키는 것은 나에게는 바로 이런 것과 동일한 것으로 보이네, 예컨대 누군가가 런던에서 하수도를 점검하면서 그 속에서 단 한 마리 죽은 시궁쥐를 찾아내고는, 그러한 근거로 이러한 결론을 낸다는 식이지, 곧 '런던은 극도로 혐오스러운 도시임에 틀림없다.'

작업 소재 때문에 오는 불안은 늘 아마도 다만 삶 자체의 정체에 불과할 것이네. 사람이 일반적으로 공기가 부족해서 질식하지는 않지, 폐활량이 부족해서지. 아브람 사안에 대한 자네 설명은 아주 좋아,

다만 "전자電子"라는 개념은 잘 이해하지 못하겠어, 그 이름조차 모르겠는걸.

『레포름블라트』는 틀림없이 아주 우스운 신문이구먼, 그러나 그 우스꽝스러움이 신문을 평가 절하하지는 않아, 다만 하나의 부가적인 특징일 뿐. 이 신문 그리고 그 비슷한 신문들의 포부는 그 담당자들보다는 더 긴 생명력을 가지고서 이 어스름 속에서 자신들의 시대를 기다리는지도 모르지……

모든 좋은 소망을,

자네의 K


자네 건강과 일은 어떤가? 그리고 왜 갈곤 부인에 대해서는 아직 아무 소식이 없는가?


**M. E. 앞**

[그림 엽서(슈피츠베크의 〈결혼하는 남자〉).

프라하, 1921년/1922년 겨울]

나를 잊지 않았다니 참 친절하군요, 민체. 그렇지만 당신 엽서를 내 오랜 침묵에 대한 용서로 해석하는 것은 아니라오―용서란 쉬운 것―그 대신 내 특별한 경우에 대한 이해로 해석해요, 더 정확히 말하자면 분명한 이해가 아니라, 이해심 많은 인내랄까. 그 또한 참으로 친절한 것이오. 당신은 지금 그 당시보다 조금 더 기쁜가요, 내게 마지막으로 편지했을 때, 그리고 내가 뭐라 답해야 할지 몰랐던 그때보다? 난 가끔 그러한 경계에 이마를 부딪히고는 한다오.

진심 어린 안부를 보내며,

당신의 K

# 1922년

**로베르트 클롭슈톡 앞**

[프라하, 1922년 1월 말]

친애하는 로베르트, 또다시 책망의 편지로군, 그런데 내가 이해하는 한(독일어—이것은 그러나 몰이해의 이유는 아니네—이것이 지난번보다도 조금 더 기이하네, 뭐랄까 틀렸다는 게 아니라, 그건 전혀 아니지, 그러나 더욱 기이하고 그래서 자네가 독일어를 쓰는 사람들과 그리 같이할 기회가 없는가 싶어), 자네는 나를 계속 책망해야 한다? 내 스스로 그걸 충분히 하지 않는다는 말인가? 내가 그 일에 도움이 필요하겠나? 그래 확실히 그 일에 도움이 필요하겠지. 그리고 자넨 그 자체로서도 옳아, 그러나 나는 실제 존재하는 난파선에서 상상의 들보를 뒤쫓아다니느라 너무도 매달린 나머지, 다른 모든 것에 대해서는 거의 화가 날 수밖에. 특히 편지들에 관한 한, 남자에게든 또는 여자에게든. 편지들은 나를 즐겁게 할 수도, 나를 감동시킬 수도 있고, 내게 경탄할 만하게 여겨지기도 하지, 그러나 그것들은 예전에 너무 많았나 봐. 너무 많았기에, 이제는 그것들이 나에게 삶의 본질적인 형식일 수가 없나 봐. 나는 편지들에 기만당하지는 않았어, 그러나 내가 편지들로 나 자신을 기만했지. 꽤 오랜 세월 미리 그러한 온기에 나 자신을 녹였던 것이야, 마침내 온통 편지 무더기가 불에 내던져진 때야 비로소 생성될 온기를……

막스의 소설¹은 나에게 대단한 의미를 지녔네. 내가 그중 몇 가지를 (예컨대 스파이 이야기, 청소년 일기 이야기 등) 자네 눈앞에 옮겨 놓아줄 수 없는 것이 유감이야. 자네는 그 책의 깊이를 들여다볼 수 있을 터인데. 내 생각으로는 적어도 그 이야기들이 그것을 방해하지만, 전체 소설을 위해서는 그래도 그것들이 필요해, 그게 그의 약점이지. 자세히 배후까지 들여다보는 수고를 하게, 그럴 가치가 있으니.

「염소의 노래」에 대해서는 자넨 아무 말도 않는군.

뮌처의 전갈은 받았으리라 여기네.

몇 가지 잡지들을 내일 보내겠네. 『불의 기사』²는 창간호밖에 받지 못했네.

금요일에는 슈핀델뮐레로 떠나네,³ 2주 예정이야. 이 기간이 지난 불면의 3주보다 더 좋기를 바랄 뿐, 그건 내가 마틀라에서도 아직은 건드리지 않았던 바로 극한까지 이르렀네.

자네는 미래를 어찌 설계하는가? 난 아직 집을 못 구했네, 그러나 막스가 얘기했던 대로 YMCA에는 (그는 며칠 전 그곳에서 강연을 했거든) 훌륭하고 조용하고 안락한 학생용 거실들과 공부방들이 있다는군, 안정 요법 공간, 욕실 등등이. 그러나 침실은 없다는군.

잘 있게나, 그리고 글라우버에게 최선을 안부를.

자네의 K

### 로베르트 클롭슈톡 앞

[엽서. 슈핀델뮐레, 1922년 1월 말]

친애하는 로베르트, 슈핀델뮐레에서 외향으로는 훌륭한 조건 하에 처음 며칠은 매사가 좋았지. 지금은 불면, 절망에 이르도록 불면이야. 그렇지만 나머지는 썰매를 타고, 등산을 할 수도 있네, 충분히 높고 가파르지, 큰 어려움 없이 지내며, 체온계는 무시해버리지. 오틀라가 아마 자네에게 편지를 썼겠지, 학기가 언제 시작되는지. 잘 있게나, 그리고 곧 다시 만나기를! 일 년 반의 고산 지대 생활, 황량한 고산 지대 생활을 지내고 어찌 도시에 내던져지게 될는지!

자네의 K

막스 브로트 앞

[그림 엽서. 슈핀델뮐레, 우편 소인: 1922년 1월 31일]
친애하는 막스, 첫인상은 매우 좋았다네, 마틀라에서보다 훨씬 좋았지. 그러다 두 번째 인상에서는 이곳의 정령들이 깨어났지. 그러나 매우 만족하네, 이보다 더 좋을 수는 없을 것이야. 이만한 정도로 계속된다면, 회복될 것이야. 벌써 썰매도 타보았고, 스키도 시도해볼 것이네. 잘 있게나. 자네는 최근 며칠간 나를 무척이나 도와주었네. 난 샨다우*의 소식을 기다리려네.

자네의

막스 브로트 앞

[엽서. 슈핀델뮐레, 도착 우편 소인: 1922년 2월 8일]
가장 친애하는 막스, 유감이야, 유감, 자네가 단 며칠 동안도 올 수 없다니 말이야. 행운이 그리만 해준다면 우리는 온종일 등산, 썰매 타기를 (스키도? 지금까지 나는 다섯 발자국을 옮겼다네) 할 것이고, 그리고 글쓰기, 그 마지막 것으로 종결을 내고, 기다리는 종결을, 평화로운 종결을 이끌어내고, 촉진할 것인데. 아니면 자넨 그걸 원하지 않는 겐가? 나는 지금 김나지움 시절처럼 지내고 있어, 선생님이 왔다

갔다 하시고, 온 학급은 학교 과제를 마치고, 이미 집으로 가버렸으며, 나 혼자서만 수학 문제의 기본 오류를 개축해내느라 고심하면서 선량한 선생님을 기다리는 것이야.

물론 이 또한 복수를 당하는 것이지, 다른 모든 선생님들에게 저지른 죄목들처럼.

지금까지 닷새쯤 좋은 밤을 지냈네, 그러나 여섯 번째, 일곱 번째는 벌써 형편없이 지샜고, 나의 익명은 들통났네.[5]

자네의


### 요하네스 우르치딜 앞

[슈핀델뮐레, 우편 소인: 1922년 2월 17일]

존경하는 우르치딜 씨,

그 책[6]에 진심 어린 감사를 보냅니다. 그 책은 본질이나 구조에서 『이반 일리치의 죽음』[7]을 상기시켰답니다!

우선 베르펠의 매우 단순하고 끔찍한 진실(그 섬뜩한 '기꺼이 기만적으로 의도된 것'도 진실이지요), 그다음에 이 젊은 사람의 죽음, 사흘 낮 사흘 밤의 외침 소리, 실제로는 누구도 그중 단 한마디도 듣지 못했지요. 만일 그것이 들렸더라면, 사람들은 한두 방을 더 지나갔겠지요. 이 방을 제외하고선 다른 '출구'는 없습니다. 최종적으로 귀하의 남자다운 그러므로 위안이 넘치는 후기가 나옵니다. 거기엔 누구든 기꺼이 동의할 것입니다. 다만 이 위안이 원래 위안이 가지는 속성이 그러하듯이 너무 늦게 찾아오는 것이 아니라면 말입니다, 예컨대 처형 이후에. 이반 일리치의 경우에도 다르지 않습니다. 다만 여기에서는 그 '유산'이 더욱 분명하지요, 각 단계가 특별히 의인화되었으니까요.

정중한 인사와 더불어,

카프카 배상

[그림 엽서 〈리젠게비르게의 겨울〉.
빈, 우편 소인: 1922년 2월 22일]⁸
일광 온천에서 진심 어린 안부를 보내며!

카프카


친애하는 민체, 프라하에 가서 편지하겠어요. 나는 어려운 시간을 보
냈어요, 폐 때문이 아니라 신경 때문에. 당신 편지들을 극히 최근에
야 받았는데, 그게 사무실 주소로 되어 있어서 그랬답니다. 출근하지
않은 지 오래되었거든요. 모든 좋은 소망을!

당신의 카프카

[프라하, 우편 소인: 1922년 2월 23일]
친애하는 로베르트, 나는 며칠 더 슈핀델뮐레에 머물렀다네,⁹ 그런데
거기에서는 더 이상 편지를 쓰고 싶지 않았지, 지친 나날들. 그 전보
가 왔을 때 나는 막 도착했다네, 어머니가 그것에 답을 보냈으며, 그
래서 그 이상한 단어들이지, 그다음에 피크의 전보가 왔고 (내가 그에
게 화를 내는지, 아니면 그가 나에게 화를 내는지, 그는 나에 대해서 아무것
도 모르네, 우리가 그저께 길거리에서 서로 지나쳐버린 것을 제외하고선),
그다음은 편지들이었네. 그 모든 것은 나에게는 괴로운 수치일세, 용

서하게나. 오늘 오후에 여권이 도착했네, 곧바로 그리로 갔지만, 그게 그리 간단하지가 않았네. 아무것도 그리 간단하지는 않지, 사람들이 그러더군, 이 여권의 기한 연장 한도까지 연장된 것이라고. 그러므로 새 여권을 발급받아야 하며, 그것을 위해서 새 사진이 필요하다는군. 내 말은 명령권자나 아니면 외교관 같은 사람이라면 이 여권을 연장시킬 수 있지 않았을까 주장하는 것은 아니라네. 자네의 부다페스트 여행, 직행 기차, 자네의 가난 때문이라는 내 호소를 친절하게 경청해주었지만, 별다른 효과는 없었지. 그러니 자네는, 로베르트, 사진을 보내야 하네. 생보자 증명은 가지고 있지 않은가? 요양원에서 온 서류에는 뭐라 씌었는가? 왜 그것을 동봉했는가?
진심 어린 안부를 보내며,

자네의 K

### 로베르트 클롭슈톡 앞

[엽서. 프라하, 우편 소인: 1922년 3월 1일]

친애하는 로베르트, 그건 아무것도 아니네. 자네 편지들에서 실제 사정에 대한 통찰이 조금만 나타나기만 해도, 모든 것이 당장에 좋아지네. 자네가 꼭 알아야 할 것이 있는데, 그건 자네가 가련하고 왜소한 인간, 모든 가능한 악령들에 신들린 인간에게 편지를 쓰고 있다는 사실이야(의심할 수 없는 의학의 공적은 신들림의 개념 대신에 신경 쇠약증이라는 위안스런 개념을 도입한 것이며, 그렇게 함으로써 어쨌거나 치료를 더욱 어렵게 만들지. 뿐만 아니라 쇠약과 질병이 신들림을 유발하는가, 아니면 쇠약과 질병이 오히려 신들림의 한 단계가, 아닌가, 불결한 정령들의 안식과 쾌락의 장소로 인간을 준비함인가 그런 의문들을 열어두었지), 그리고 그것을 인정하지 않는다면 그자를 괴롭히는 것이며, 그

668

러나 또한 그런가 하면 그자와 더불어 견딜 만큼 지낼 수도 있을 것임을.—여권과에서 오늘 완전히 실패했네, 비록 거기에 지난번보다 더 일찍 갔지만, 마찬가지로 어찌나 붐비던지, 난 다시 쫓겨났네. 내일은 더 일찍 가야겠어. 요금이 면제될 가망은 희박하네. 내 누이가 말한 대로라면 그 애가 지난번에 시도했지만 헛수고였다는군. 그리고 자네가 나에게 보낸 것은 생보자 증명서 대신 사진이고, 거기 보면 자네는 젊은 귀족처럼 보이는군, 루덴도르프[10]가의 아들쯤이나 되는 듯이.

진심을 다해서,

K

### 로베르트 클롭슈톡 앞

[프라하, 1922년 봄][11]

친애하는 로베르트, 편지 쓴 지 오래되었군, 알고 있어. 하지만 나는 먼저 가끔 좋든 싫든 자네 편지들이 짐 지워준 수치심을 버리는데 시간을 들여야 한다네.

가장 묘한 것은 항상 자네가 여기저기—마지막 편지에서는 대단한 규모로—자네 표현대로 "그 친애하는 선량한" 사람들에 대한 자네 처지에 대해 한탄하곤 하는 것이네. 그런데 말이지만 나는 "친애하는 선량한" 것이 자네와 비슷하다고 느낀다네, 그러나 그렇게 씌어진 것을 읽으면서 내가 쓴 것이 아닐 때는 그게 차라리 진짜라기보다는 우스꽝스럽게 느껴지네. 인류에게 제공되는 생일 소원, 모두에게 소속된, 말을 압도하는 배후의 사고가 담긴 소원.

이제 자네의 세 번째 편지가 와 있네. 많은 것들을 답변하지 않은 채,

나는 아무것도 모르겠고, 그저 피곤해. 내가 말할 수 있는 것은 고작, 오게나, 자네를 고갈시키는 마틀라에서 사람들 틈에서 빠져 나오라는 것이야. 정말이지 그들에게 자네는 자신의 확증을 훨씬 넘어서 경이롭게 하고, 생기를 주고, 이끌 줄 아는 것이네. 그러면 이제 비로소 자네 편지들에서 형성되기 시작한 이 환영은, 자네 손에 든 자네 편지에 있을 뿐, 아직 마틀라에는 존재하지 않았던 이것은, 그건 바로 나이어야 하지만, 내가 그 앞에서 도망칠 정도로 영원히 침묵할 정도로 놀라운 존재임을 (그 자체로써 놀라움을 주는 것이어서가 아니라 나와 관련해서) 자네는 곧 인식하게 될 게야. 또한 그런 것은 존재하지 않음을, 다만 참기 어려운, 자기 안에 파묻힌, 낯선 열쇠를 가지고서 자기 안에 고립된 한 인간이 있음을, 자네는 전혀 어려움 없이 인식하게 될 게야. 그러나 그자는 보는 눈을 가지고 있고, 자네가 옮겨 내딛는 전진의 발걸음마다 매우 기뻐할 것이며, 자네에게 비춰오는 세상과 더불어 자네의 위대한 대전을 기뻐할 것이야. 그 밖에 또 뭐? 나는 사람들이 신경이라고 부르는 것에서 나를 구하기 위해서 얼마 전부터 조금씩 글을 쓰기 시작했네.[12] 저녁 7시부터 이른바 책상 앞에 앉아서, 그러나 그건 아무것도 아니네. 세계 대전에서 손톱으로 긁어 파는 참호 같은 것, 다음 달에는 그 또한 멈출 것이며, 사무실 생활이 시작되네.[13]

부다페스트에서 좋은 시간 갖게나!

그리고 일론카에게 안부를! 모든 것에도 불구하고 서글프네. 이 부정적인 영웅 행위들, 약혼 파기, 포기, 부모에 대한 반항—그건 그렇게 하찮은 것인데 그렇게도 많은 것을 끊어버리다니.

자네의 K

책 몇 권이 있는데, 자네에게 정말 읽어보라고 권하고 싶은 것이네.

하지만 그것들을 보내는 건 엄청 성가시고 위험스런 일이네. 내 책들이 아니라서.

## 로베르트 클롭슈톡 앞
[프라하, 1922년 5월/6월][14]

친애하는 로베르트, 나는 그 번역을 펠릭스에게 주었네. 그는 그러나 그것을 출판할지는 모르겠나 봐. 이른바 그 비슷한 것이 이미 나와 있거든. 그렇게 흥미 있는 세부 사항은 많이 없지만, 『프라하 일간』에 실린 것이야, 어쨌거나 그가 감사를 전하라 하네.

조금 전 한 처녀에게 편지를 썼네, 오랜만에 처음으로, 물론 그건 단지 그녀의 피아노 연주 때문으로 공손한 청에 불과하다네. 그게 나를 절망으로 내몰거든. 내게 필요한 조용함은 이 지구 표면에는 존재하지 않는가보이. 적어도 1년간은 공책을 들고 숨어서 아무하고도 말을 안 하는 것. 눈곱만 한 시시한 일들이 나를 산산이 부수네. 사무실 근무는 이달 말에야 시작될 걸세.[15] 그러나 의사는 이의를 제기하네, 어떻게 될지 모르겠어. 물론 폐가 봄을 견디는 것은 내 생각으로는 가을 겨울만 못한 것 같아.

이레네 양은, 눈에 띄게 젊어지고 예뻐져서 (다만 보기 싫은 타트라 모자는 빼고, 모자로 그 아름다운 머리카락을 덮어버리다니. 마틀라에서도 그녀는 늘 그러한 보기 싫은 모자를, 내 기억으로는 하얀 모자를 쓰곤 했지. 이번에는 회색이야, 하지만 그걸 차마 말로는 못 해주겠더군) 여기에 왔었네. 가끔은 내 무심한 피곤감 때문에 별 재미가 없었을 게야. 하지만 나로서는 이레네 양 때문에 기뻤지, 그리고 자네에게만 조용히 말하거니와 그녀의 행동을 축하하네.

여기서 자네 집 문제로 뭘 어찌하면 되겠나? 난 아직 해결책을 찾지 못했네. 바라건대 성사가 되었으면.

자네의 K

아마 동봉한 서평이 자네에게 흥미가 있을 걸세. 물론 그것이 독서의
흥미를 권장하려 한다면, 그건 목적이 빗나가는 것이지, 적어도 나에
게서는.


**막스 브로트 앞**
[두 장의 엽서.

플라나 낫 루쉬니치[16] 도착 우편 소인: 1922년 6월 26일]
친애하는 막스, 나는 숙소에 잘 묵었네, 어쨌거나 믿을 수 없을 정도
로 오틀라가 제 편안함을 희생한 덕택이었지,[17] 그러나 이런 희생이
없었더라도 '내가 여태까지 보아온 한' 여기가 좋겠어(왜냐하면 누구
라도 '실언'을 해서는 안 되니까), 이전에 어느 여름 휴양지보다 한층 조
용해, '뭐 뭐 하는 한.' 처음에는 여기로 오는 동안 이곳을 걱정했지.
도시에는 아무 볼 것이 없다, 블뤼어가 그랬나? 그런데 바로 도시에
만 볼 것이 있네, 왜냐하면 열차 창문을 지나쳐 가는 모든 것은 공동
묘지였거나 아니면 그런 비슷한 것들, 온통 시체 위에서 자라는 것
들뿐이었지. 반면에 도시는 매우 강함과 생명력으로 그것들과 구별
되었어. 그러나 여기에서 맞은 나의 두 번째 날은 모든 것이 더할 나
위 없이 좋아. 시골과 교통하는 것은 묘하지, 소음이 첫날은 없었는
데 둘째 날에는 와 있더군. 나는 급행열차로 왔는데, 놈은 아마도 완
행을 타고 왔나봐. 나는 방해받은 오수 시간을 그 생각으로 보내고
있어, 그러니까 자네가 어떻게 그 신축 공사장 옆에서 『프란치』를 썼
을까 하는 생각으로. 자네 작업에 무한한 행운을, 흐름은 흐르게 하
라!—사무실에서 나는 한 달 반이나 묵은 매우 친절하고 부끄러움을

주는 편지를 찾았네.[18] 내 자체 평가는 두 가지야. 하나는 그것이 진실이라는 것이고, 그것은 그 진실로써 나를 행복하게 할 것이야, 만일 내가 그 역겨운 이야기[19]를 볼프의 서랍에서 꺼내 그의 기억에서 지울 수 있다면야. 그의 편지는 나로서는 읽을 수가 없어. 그렇다면 그 다음은 자체 평가가 불가피하게 방법이 문제가 되며, 예컨대 볼프로 하여금 그것에 동의할 수 없게 하네. 그것도 위선에서가 아니라, 그런 건 그가 나에게 사용할 필요가 없을 테니까, 대신 방법의 힘으로. 그리고 나는 항상 그 점에 놀라는데, 예컨대 슈라이버[20]가, 그의 자체 평가는 그래도 진실과 필연적인 방법 둘 다였는데, 진실로서가 아니라 (진실은 원래 결과가 없지, 진실은 다만 파괴된 것을 파괴할 뿐이야) 방법으로서 성공을 하지 못했다는 것에 놀라지. 어쩌면 진짜 곤궁함이 그를 가로막았기 때문일지도, 그러한 거미줄짜기 식의 성공을 생성치 못하도록 말이야.

무슨 공론인가! '검찰관'만이 명상해도 좋을 일들이 있지, 이런 마지막 문구로, '대체 내가 무슨 이야기를 했나?'

자네의

### 로베르트 클롭슈톡 앞

[엽서. 플라나, 우편 소인: 1922년 6월 26일]

친애하는 로베르트, 여행은 자네 덕분에 매우 좋았네, 다만 그 객실 처녀가 내게 그걸 용서하지 않았지, 처음에 그리 보였던 것처럼 자네가 함께 여행하지 않은 데 대해서 말이야. 여기에서는 매우 극진한 대접을 받았네. 오틀라가, 참 자네에게 진심으로 안부를 묻는군, 나를 돌보기를 베라 돌보기 못지않게 하거든, 그건 정말 대단한 것이야. 그러나 플라나에도 살아 있는 사람들 그리고 가축들이 있으니,

여기 또한 소음이라네. 그놈은 잠에서 소리지르며 머리를 황폐하게 하고, 그러나 그 밖에는 숲과 강과 정원들로 하여 말할 수 없이 아름답다네. 그리고 오로팍스 귀마개[21]를 하고서, 그걸 소유하는 것만 해도 적어도 조금은 위안이 되지, 그것을 귓속에 집어넣어서 오늘 아침 한 농부 소년이 부는 일요일 뿔나팔 소리를 안 들리게 하지는 못했지만, 그러나 마침내 그치는 계기를 만들었지. 왜 한 사람의 기쁨이 다른 사람의 기쁨을 방해하는 것인지. 내가 책상 앞에 앉게 된 것도 오틀라를 커다란 창문이 두 개나 있는 따뜻한 방에서 작고 추운 방으로 밀어낸 셈이지, 아이랑 또 일하는 처녀랑 딸려서. 반면 나는 큰 방에서 왕좌를 틀고서, 사람 많은 한 가족의 행복 틈새에서 고통을 받고 있다네. 그들은 아무 죄 없이 소음을 내면서 내 방 창문 바로 아래서 건초를 뒤집고 있고.

어떻게 사는가?

자네의 K

**펠릭스 벨취 앞**

[엽서. 플라나, 1922년 6월 말]

친애하는 펠릭스, 내 착각인가, 아니면 자네는 이미 쉘레젠에 가 있는가? 언젠가 자네는 유월을 작업의 달이라 했던 것으로 아는데. 유월이 그렇게 영광되기를! 나는 자네에게 작별 인사를 할 수가 없었네, 게다가 그때 극장에서 자네에게 그 원고를 빌려주는 어리석은 짓을 했네. 그로 인해서 난 두 가지 일을 저지른 셈인데, 자네가 더는 내 염려를 하지 않았다는 것, 그리고 나는 그 원고를 다시 되돌려받지 못했다는 것이네. 그러나 그날 저녁은 좋았어, 안 그런가? 결국 그 극작품[22]은 공연보다 훨씬 좋은 것이겠지? 예컨대 이런 장면, 밖에서는 썰매들의 종소리가 울리고, 재빨리 두 명의 연인을 얻고서 그로 인해서 출발을 거의 잊고 있었던 클라스타코프가 기억을 되찾고, 두 여자와 더불어 문밖으로 서두른다. 이 장면은 유대인들에게 내던져진 미끼나 같아. 곧 유대인으로서는 이 장면을 상상하는 것이 불가능하지. 감상적이 되지 않고서는 심지어 그것을 되씹기도 불가능해. 내가 만일 이렇게 말한다면, '밖에서는 썰매들의 종소리가 울리고', 그럼 벌써 감상적인 것이야. 막스의 비평 또한 감상적이지. 그러나 그 극작품은 전혀 그런 흔적이 없으니.─난 이곳에서 그럭저럭 지내네. 다만 이 세상에 그렇게 많은 소음만 없다면야, 바라건대 자네 그곳 쉘레젠에서는 그걸 못 느꼈기를!─모든 좋은 소망을 자네와 자네 아내, 그리고 아이에게!

자네의 F.


## 오스카 바움 앞

[플라나, 1922년 6월 말]

친애하는 오스카, 그러니까 7월 20일경 이곳을 떠날 차비가 되었다고 알리네, 만일 자네가 내게 편지를 한다면 말일세. 여권은 가지고 있는데, 새로운 여권 발급 개선이 놀랍더군, 더듬는 해석으로는 그 항진亢進을 따라잡을 수가 없네, 관료주의는 그에 능한 것이겠지만. 게다가 필요한, 불가피한 항진이라지. 인간 본성의 심원에서 발원한다고나 해야 할지, 정말이지 나를 비춰 본다면 그 심원에 가까운 것은 그 어떤 사회적 장치도 아닌 바로 관료주의라네. 그렇지 않다면야 세부 사항을 기술하는 것은 너무도 지루하지, 물론 자네에게 그렇단 말이네. 자넨 두 시간을 사무실 층계 위에서 밀려드는 사람들 사이에 서서 기관의 새로운 통찰에 행복해지도 않았고, 그리고 여권 교부

시에 시시한 질문에 대답하면서 떨지도 않았지, 실제로 깊은 존경심에서(또한 일상적인 두려움에서, 어쨌거나 그러나 또한 바로 그런 깊은 존경심에서).

그러니 게오르겐탈[23]에서 나를 잊지 말게나. 그러나 또한 숙소 찾는데에 지나치게 신경 쓰진 말게나. 아무래도 못 찾으면, 나로서는 서글픈 일이지, 그러나 불행까지는 아니네. 은퇴한 관리에게 세상은 정말이지 열려 있는 것, 월 천 크로네 이상을 요구하지 않는 곳이라면 어디라도.

### 막스 브로트 앞

[플라나, 도착 우편 소인: 1922년 6월 30일]

친애하는 막스, 자네 편지에서 우울한 기분의 핵심을 추출해내기가 쉽지는 않네, 언급된 세부 사항이 별로 충분치가 못하이. 무엇보다도, 그 소설[24]이 살아 있는데, 자신의 삶을 증명하는 데 그것이면 충분치 않은가? (아니지, 그것으로 충분하지 않겠지.) 그러나 그것으로 살기에는 충분치 않은가? 그러기에는 충분해, 충분하다고, 기쁨 속에서 말 여섯 필이 끌고 가는 삶을 살기에는. 다른 문제인가? E.가 규칙적으로 편지를 쓰지 않는다, 하지만 그 이상은 아니라면서, 내용이 나무랄 데 없다면서? 로젠하임의 편지요, 드라이마스켄 출판사[25]의 외교적 실수, 아닌가? 그 또한 외교적으로 좋게 할 수 있지. 섬뜩한 뉴스들인가? 예컨대 라테나우 살해 사건[26] 말고 다른 것 말인가? 이해할수 없네, 왜 그리 오래 그를 살려놨는지. 벌써 두 달 전에 프라하에 그의 살해 소문이 나돌았네. 뮌처 교수가 그 소문을 퍼뜨렸는데, 정말 신빙성 있었고, 또 정말 유대의 운명이자 독일의 운명에 속했지, 자네 책[27]에도 정확히 쓰여 있지 않은가. 그러나 이건 너무 많은 말이었네. 그 사안은 내 지평을 훨씬 넘는 일이야, 여기 내 창문 주위의 지평만도 나에게는 너무 크다네.

정치 뉴스들은 지금은—속상하게도 만일 내게 다른 신문이 오지 않으면, 물론 온다면 그걸 탐독하겠지만—오로지 『프라하 석간』이 진지하게 훌륭한 형식으로나 내게 이르네. 이 신문만 읽다 보면 세상사를 그런 식으로 통지받는 거야, 마치 전쟁 상황을 『신자유신문』을 통해서 통지받았듯이.[28] 당시에 전쟁이 평화스러웠듯이, 이제 『석간』에 따르면 온 세상이 그러하네. 이 신문은 우리에게서 걱정들을 말끔히 날려버리지, 아예 걱정을 갖기도 전에. 이제서야 나는 이 신문에서 자네 평론이 갖는 위치를 알겠어. 자네 글을 사람들이 읽는다면, 자넨 더 좋은 환경을 바랄 것도 없겠지. 옆구리에서 그 어떤 혼란스러운 것도 자네 글에 섞이지 않고, 자네 주변은 완전히 조용하지. 평론들을 여기에서 읽는 것은 자네와 왕래하는 정말 아름다운 방식이야. 나도 역시 기분에 따라서 그것들을 읽지, 스메타나와 스트린드베리는 나에게는 완곡한 것 같고, 그러나 「철학」은 분명하고 좋아.[29] 「철학」의 문제는 내게는 말이 났으니 말이지만 분명히 유대적 문제점으로 여겨지네. 그건 혼란에서 생겨나는 거야, 토박이들은 현실에 비해서 너무 낯설게 느껴지고, 유대인들은 현실에 비추어 너무 가깝게 느껴지는 혼란에서. 그래서 우리는 이것도 저것도 제대로 평형에 다다를 수가 없는 것이지. 그리고 이 문제점은 이 나라에서 비로소 심해졌지, 전체 이방인이 인사를 하지만 다만 몇몇 사람만이 답례를 하는, 뭔가 위엄 있는 노인이 어깨에 도끼를 메고 국도를 행진해 가면, 우린 나중에는 아무리 애를 써도 그를 따라잡아서 답례 인사를 할 기회를 갖지 못하는 곳이니.

만약에 조용하기만 하다면 여기도 좋을 것이야, 그래도 한두 시간은 조용해, 하지만 훨씬 못 미치지. 작곡의 오두막은 아니네.[30] 그러나 오틀라는 놀랄 만큼 애를 쓰고 있다네(그 애가 안부 전하라네. 마침 자네의 안부는 좀 잘못된 케이크로 속상하던 차에 큰 위안이었나보이). 예컨대 오늘은 불운한 날이네, 나무꾼이 하루 종일 안주인을 위해서 나무를 쪼개고 있어. 그가 하루 종일 팔과 뇌수로 믿을 수 없으리만치 잘 견디는 것을 난 귀만으로도 견딜 수 없으니. 심지어 귀마개를 껴도 소용없어(그런데 그건 참 좋은 것이야, 그걸 귀에다 꽂으면 이전과 똑같이 들기는 해도, 그러나 시간이 지나면서 머리에 조금 가벼운 마비가 목표이고, 보호되고 있다는 가벼운 감각이 오지, 글쎄, 대단한 것은 아니고). 또한 어린 아이들의 소리들, 그리고 그 밖의 것들. 또한 오늘은 며칠간 방을 바꿔야 했네. 지금까지 있었던 방은 매우 아름다웠지, 크고, 밝고, 두 개의 창문에다, 널찍한 전망, 그리고 완전히 초라한 그러나 호텔 같지 않은 품에 "성스러운 무미건조함"[31]이라 부르는 어떤 것을 지녔지. 그렇게나 소음 가득한 날에는, 그런 날들이 이제 며칠이 다가오고 있다네, 며칠임은 확실하고 아마도 여러 날이 되겠지, 나는 세상에서 쫓겨난 느낌이 들어, 다른 때처럼 한 발짝이 아니라, 수백 수천 발짝 멀리.―카이저의 편지[32]는 (나는 그에게 답장하지 않았네. 독일지역 밖의 절망적인 출판 때문에 편지를 쓴다는 것은 너무도 좀스런 일이니까) 물론 나를 기쁘게 했지(궁핍과 허영이 그런 일들을 얼마나 잘 핥아먹는지!). 그러나 그가 내 방식에 감동을 받지 않은 것은 아니었더군, 그 이야기[33] 또한 견딜 만할걸, 볼프에게 보낸 이야기[34]에 대해서 말했지, 사심 없는 사람이라면 그것에 대해서 의심을 가질 수 없을 게야―자네와 두 여인들에게 안부를. 또한 펠릭스에게도, 유감스럽게도 그에게 작별 인사를 할 수가 없었거든.

자네의

[종이 여백에]

프라이소바 부인[35]이 여기에 거주한다고 하네. 한 번쯤 그 여자를 만나서 이야기 나누고 싶은 마음이 간절하기도 하고, 어쨌거나 두려움 또한 똑같이 크네, 그러한 모험에 대한 불편함도. 어쩌면 그녀는 아주 거만하겠지. 어쩌면 모든 방해에 대해서 비꼰 나만큼이나 절망적일지도 몰라. 아니야, 그녀와 이야기를 나눌 생각이 없네.

자넨 카이저에게 뭐라 답하려나? 하웁트만은 자네와 가까우니, 그에 대해서 편지하는 건 거절할 수가 없을 것이야.


### 로베르트 클룝슈톡 앞

[플라나, 우편 소인: 1922년 6월 30일]

친애하는 로베르트, 신문들 보내줘서 많이 고맙네, 하지만 그것들을 보낼 필요가 없네. 『석간』은 매일 받아보고 있고, 적절한 신문이며 막스의 평론들로 인해서 충분하고 또한 소설 발췌본을 적어도 자주 받고 있네. 그 대신에 자네에게 부탁하고 싶은 것은, 만일 『횃불』[36] 신판이 나오거든—그게 꽤 오랫동안 안 나온 것 같거든—그리고 그것이 너무 비싸지 않다면, 다 읽고서 내게 보내주었으면 해. 이 선하고 악한 모든 충동을 지닌 달콤한 음식은 사양하고 싶지 않으니.—『제체시오 유다이카』,[37] 그것에 대해선 쓰지 않는가? 자네가 그 일을 한다면 무척 기쁠 거야. 독일어가 아니라도, 그럼 헝가리어로 쓰지. 난 그걸 할 수가 없어, 내가 그걸 시도하면, 곧 내 손이 가라앉고 말아. 물론 나도 다른 사람들처럼 그것에 대해 할 말이 많을 거야. 어딘가 나의 계보에 그래도 바라건대 한 탈무드주의자가 들어앉아 있겠지, 그러나 그는 나를 충분히 격려하지 않아, 그래서 내가 자네에게 그걸 하는 거야. 그걸 반박할 필요는 없어, 다만 호소에 대한 답이면 되네. 그건 정말 매혹적임에 틀림없어, 한 번쯤 이 독일 초원에, 그러면서도 아주 낯설지 않은 초원에 그의 가축들을 방목하고 싶도록 유혹하지, 물론 유대 방식으로.

자네의 K

## 로베르트 클롭슈톡 앞
[플라나, 1922년 7월 초]

친애하는 로베르트, 그 점에서는 자네가 전적으로 옳으이. 만약에 이 독자적인 방식으로 다른 일이 자네를 바쁘게 한다면, 다른 어떤 것도 그 곁에 자리할 수 없겠고, 자네나 또 모든 다른 사람들은 수행할 일이 있겠지. 내 제안이라고 해도 나는 어떤 경우에도 결정적인 시합을, 예컨대 다윗과 골리앗의 싸움 같은 것을 촉구하려는 것이 아니라, 다만 골리앗을 측면에서 관찰하는 것, 역학 관계의 부차적인 확립, 우리 고유의 존립의 검열, 그러니까 휴식 작업으로 촉구하려 했던 것이네. 그런 일은 항상 행할 수 있으되, 축복이나 절망, 아침 같은 상태에서는 전혀 시작할 시간이 없는 법이지. 자네는 바로 그런 상태에 있고, 그런 상태에서는 모든 것이 필연적으로 대표적인 것이 문제되는 것이고. 또한 비평가의 처지도 그것을 하기에는 적당하지 않을 거야. 게다가 기독교 사회주의적 신문에서는? 자네 막스의 저술 번역과 관련해서는 이미 회답을 받았는가?
이상하네, 그렇게나 말이 없는 처녀에게서 이렇게 장문의 편지라니. 난 거기에 어떠한 표상도 그릴 수가 없네.
『프라하 신문』 고맙네, 『석간』의 소설은 필요하지 않네, 자넨 그걸 읽는가?
누이[38]는 어쨌든 헬러라우에 머물 것이야, 아마 그 앤 오늘 그곳에 있을걸. 노이슈태터 부인이 그 애한테 답을 했다는군.

오스카에게는 답장이 없네. 그는 튀링엔의 행복 속에서 나를 잊었나 보이.

자네의 K.

## 오스카 바움 앞

[플라나, 1922년 7월 4일]

친애하는 오스카, 헌데 자네들은 얼마나 선하고, 정확하고 민감한 사람들인지! 자네가 내게 준비해준 모든 것 그리고 내게 충고해준 것은 필요한 일이고 또 훌륭하네. 그러니 내가 가겠네, 아마도 정히 15일에는 아니겠지만, 그러나 20일 전에는 가네. 게다가 더 일찍 갈 수 있다면 환영일 텐데, 왜냐하면 마드리드의 외숙께서 8월에 오신다 했고, 날짜는 확정짓지 않았지만 말이야, 그러니 내가 대충 8월 20일에 (그분은 보통 2주일쯤 계시거든) 프라하에 다시 가 있어야 할지도 모르겠어, 외숙을 뵈려면 말이네. 15일과 20일 사이 내가 도착하는 정확한 날짜는 자네들에게 전보로 알리겠네. 만일 자네들이 그래도 좋다면, 무엇보다도 그 주인네와 교섭을 맡아준다면 말이네. 또한 다른 이유로도 그 날짜는 나로서는 매우 만족스러운데, 왜냐하면 이곳으로, 그런데 여기 오틀라네 집은 정말 좋거든, 그래서 이 시기에 많은 손님들이 모인다네, 그러면 장소가 아마 조금 비좁을 듯하고, 그에 대처해서 그럼 난 여기로 8월 말에 돌아올 수도 있을 것이거든. 오틀라는 9월 말까지는 머물 것이 거의 확실하네.

자넨 아마 느꼈을 것이네, 내가 필요한 것과 불필요한 것을 뒤죽박죽 섞어서 쓰고 있음을. 그게 또 나름대로 좋고도 나쁜 이유가 있다네. 다른 모든 것을 제쳐두고서 나를 게오르겐탈로 내모는 것은(자네와 자네 식구들과 잠시 함께 사는 것, 가까이에서 자네 작업을 지켜보며, 잠시 취라우 시절을 음미하고—그 시절은 당시 내가 가졌던 모든 것들과 더불어 내게서 멀리 사라져버렸으니—잠시 세상을 바라보고, 그리고 그 어딘가에는 나 같은 폐를 위해서도 아직도 숨쉴 만한 공기가 있다는 것을 나 자신에게 확신시키고, 그래 그러한 인식, 그것으로 세상이 더 넓어지는 것은 아니겠지만 뭔가 갉아먹는 욕구를 잠재워주는 것이지), 그 모든 것을 제쳐두고서 나로서는 꼭 가야할 중요한 이유가 있으니—나의 불안이네. 자넨 이 불안을 틀림없이 어떻게든 상상할 수 있을 게야, 그러나 그 깊이에까지는 이를 수 없을 것이네, 그러기에는 자넨 너무 용감무쌍해. 솔직히 말하자면 여행에 대해서 가공한 불안을 느끼네, 물론 딱히 이 여행에 대해서가 아니라, 아니 도대체 여행에 대해서가 아니라, 변화에 대해서라네. 그 변화가 크면 클수록, 불안 역시 더 커지긴 하나, 그러나 그것은 다만 상대적일 뿐, 다만 아주 작은 변화들로 한정해서 말해야 할 것이네—산다는 것이 그걸 허용하지는 않지만—, 그러니까 결론적으로 내 방의 책상 위치를 바꾸는 것이 게오르겐탈 여행보다 덜 끔찍한 것이 아니란 말이네. 말이 났으니 말이지만 게오르겐탈 여행만 끔찍한 것이 아니라, 그곳에서 출발하는 것 또한 그러할 것이네. 이 마지막 이유 또는 그 직전의 이유들로 해서 그건 정말이지 죽음의 공포라네. 부분적으로는 신들로 하여금 나를 주시하게 하는 공포이기도 하고. 내가 이곳 내 방에서 계속 살면, 하루는 다른 날들과 마찬가지로 규칙적으로 지나가겠지, 물론 누군가가 나를 돌보겠지만. 그러나 일은 이미 시작되었네, 신들의 손길은 다만 기계적으로 고삐를 잡고 있어, 너무도 아름다워, 너무 아름답다고, 전혀 눈에 띄지 않는다는 건. 만일 내 요람에 요정이 서 있다면, 그건 '연금 생활'이란 이름의 요정일 것이네. 그러나 이제 이 일의 아름다운 진행을 버리는 일, 넓다란 하늘 아래 자유로이 짐 보따리를 들고서 역으로 나가는 일, 세상을 소란케 하는 일, 하긴 그런 일은 자기 내면의 혼란일 뿐 세상 아무도 아무것도 알아차리지 못하겠지만, 그것이 끔찍하네. 그런데도 그런 일이 일어나야 하다니. 나는 하여간―그게 꼭 아주 오래 걸려야 하는 건 아니겠지만―생을 완전히 습득해야 할 거야.―그러니까 15일에서 20일 사이에 보세. 모두에게 안부를 보내네. 또한 자네 비서에게도 감사를 보내네.―내가 같은 날 저녁에 게오르겐탈에 도착하는 것이 참 좋네. 그곳이 아마도 게오르겐탈-오르트이겠지?

자네의 프란츠

### 막스 브로트 앞

[플라나, 우편 소인: 1922년 7월 5일]

친애하는 막스, 잠 못 이루는 밤을, 플라나에서 맞은 첫날밤을 그렇게 지새고 나서 난 모든 다른 일을 할 수가 없지만, 그러나 자네 편지는 어쩌면 평상시보다 더 잘 이해할 수 있을 것 같아, 자네 자신보다도. 그러나 어쩌면 난 그것을 과장하는 것이며, 그냥 그것을 아주 잘 이해하네, 왜냐하면 자네 경우는 내 경우와 다른 면에서 또한 사실이 아니기도 하지만, 내 경우보다는 현실에 가까우니까. 나에게는 이런 일이 일어났네. 나는 자네가 알다시피 게오르겐탈로 가야했네, 난 결코 그것에 이의를 제기한 적이 없네. 내가 언젠가 그곳에는 너무도 많은 작가들이 모이게 될 것이라고 했다면, 그것은 닥쳐올 일에 대한 예감이었을 것이야, 그러나 이의로서는 전혀 진정이 아니었고, 다만 해본 소리였지. 반대로, 가까이에서 나는 모든 작가들에 대해 경탄하지(그래서 내가 프라이소바에게 가려는 것이지, 그녀에 대해서는 자네 부인도 말렸지만), 하긴 나는 모든 사람들을 경탄하지, 하지만 특히나 그 작가를 경탄하네, 무엇보다도 내가 이전에 사적으로 알지 못하는 그

*1922년* 683

작가를. 나는 그가 이 부박하고 처절한 왕국에서 그렇게 쾌적하게 정주하는 것을, 그가 그곳에서 어떻게 정돈된 경영을 해 나가는지 상상할 수가 없거든. 내가 아는 대부분의 작가들은 나로서는 적어도 인간적인 면에서는 쾌적해 보이네. 예컨대 빈더[39]라 하더라도. 그리고 셋이서라면 내 형편상 특히 기분 좋을 것이야, 내 문제가 거론되지 않을 것이고, 나는 옆으로 비껴 있을 수 있고, 그럼에도 혼자는 아니고, 혼자라면 난 두렵거든. 그렇지 않고도 또한 내게는 오스카가 의지가 되지, 내가 좋아하고 또 나에게 잘해주는 그가. 그리고 나는 다시 한 조각 새로운 세상을 보게 될 것이야, 8년이 지나서야 다시 한번 독일을. 그리고 그건 싸게 먹히고 또한 건강에도 좋고. 그리고 이곳 오틀라 집에서도 좋기는 하지만, 특히 요즈음에는 다시 옛날에 쓰던 방을 써서 좋지만, 그러나 바로 이달 말과 내달 초쯤에는 매제네 가족들이 손님으로 오고, 장소는 다시금 약간 비좁아질 것이야. 그러니 내가 지금 떠난다면 매우 좋겠지, 물론 나는 다시 돌아올 텐데, 오틀라가 9월 말까지는 여기 머물 것이니까. 그러니 여기에는 이성적으로나 감성적으로 결함이 없네, 여행은 무조건 추천될 만하지. 그리고 또 어제 오스카의 친절하고 상세한 편지가 왔는데, 아름답고 조용한, 발코니가 딸리고, 안정 요법 의자도, 섭생도 좋은, 정원이 내려다보이고, 하루 150마르크 하는 방을 발견했다는구먼. 난 그냥 받아들이기만 하면 되고, 아니 난 벌써 미리 받아들이기로 했네. 왜냐하면 무언가 그곳에 있을 곳이 있기만 하면 틀림없이 가겠노라고 말했으니까. 그럼 이제 무슨 일이냐고? 먼저 아주 보편적으로 말하자면 난 여행에 대한 불안이 있네. 난 그걸 벌써 예감했지, 지난 며칠간 오스카의 편지가 없는 것이 기뻤을 때. 그러나 그것은 여행 자체에 대한 불안이 아니지, 어쨌거나 난 이리로 오지 않았는가 말이네, 하긴 이리로는 두 시간이었고, 그리로는 열두 시간일 게야. 그리고 기차 여행 자체는 지루했지만 뭐 그런대로 견딜 만했지. 그건 여행의 불안이 아니야, 예컨대 우리가 최근 이탈리아에 가려고 했다가 베네샤우에서 되돌아와야 했다던 미슬벡⁴⁰에 관해 읽었던 것 같은 건 아니야. 그건 또 게오르겐탈에 대한 불안도 아니지, 내가 그리로 가야 한다면 틀림없이 당장에, 그러니까 바로 그날 저녁이면 익숙해질 곳이니까. 그건 또한 의지 박약도 아니야, 그 경우라면 이성이 모든 것을 상세히 계산한 뒤에 그때서야 결심이 나타날 것이니까. 그건 또 대개의 경우 불가능한 일이고. 이것은 이성이 실제로 계산을 할 수 있고 항상 다시 내가 가야 한다는 결과에 이르는 극단의 상황이야. 차라리 변화에 대한 불안이지, 내 형편으로는 대단한 일을 함으로써 신들의 주목을 끄는 것에 대한 불안이랄까.

오늘 잠 못 이루는 밤에 아픔을 느끼는 관자놀이 사이에 모든 것을 다시금 왔다 갔다 하게 놔두었더니, 최근 충분히 안정된 시간 동안 거의 망각하고 있었던 사실을 의식하게 되었네. 얼마나 취약한 지반, 또는 전혀 존재도 하지 않는 지반 위에서 내가 살고 있는지, 어두운 세력이 제 의지대로 솟아오르고, 내 더듬는 말로 되돌아오지 않고도 내 삶을 파괴하는 그런 암흑 위에서 살고 있음을. 글 쓰는 일이 나를 지탱하네, 그러나 이런 유의 삶을 지탱한다고 말하는 것이 더 바른 말이 아니겠는가? 이게 뭐 물론 내가 글을 쓰지 않으면 내 삶이 더 낫다고 말하는 것은 아니네. 아마도 그렇게 되면 훨씬 더 나쁘고, 완전히 참을 수 없을 것이며, 정신 착란으로 끝날 걸세. 그러나 그것은 물론 실제로 그렇기도 하지만, 글을 쓰지 않는다 해도 나는 역시 작가이며, 글을 쓰지 않는 작가는 어쨌거나 정신 착란을 부르는 괴물이라는 전제에서 말이네. 하지만 작가라는 존재 자체가 어떻단 말인가? 글쓰기는 달콤하고 신기한 보상이지, 하지만 무엇을 위해서? 밤이면 나는 어린이의 직관 강의에서처럼 명백함으로 이 보상이 악마에 대한 봉사를 위한 것임을 분명히 느꼈지. 이러한 어두운 힘들에 끌려내려감, 얽매인 정신들에서 자연의 사슬 풀기, 의심쩍은 포옹들, 그리고 저 아래서 진행되는 모든 것, 우리가 태양 빛을 받으며 이야기들을 쓰고 있다면 위에서는 아무것도 모르는 것이지. 어쩌면 또한 다른 글쓰기도 존재하겠지, 난 다만 이것을 알지. 밤이면, 불안이 나를 잠 못 이루게 하면, 나는 다만 이것만을 알지. 그리고 거기에서 악마성을 분명히 느꼈어. 그건 허영이요 향락욕이야, 계속 자신이나 타인의 형상 주변에서—움직임은 그렇게 되면 다양해지지, 그건 허영의 태양계가 되네—지저귀며 그것을 즐기는 것. 순진한 사람이 가끔 소망하는 것, '난 죽어서 볼 테다, 사람들이 얼마나 나를 애도하는가', 그것을 작가는 계속 실현하며, 죽어서 (또는 살지 않고) 자신을 계속 애도하지. 그렇기 때문에 처절한 죽음의 공포가 오는 것, 죽음의 공포라고 말해서는 안 되는, 그 대신 변화에 대한 공포로서, 게오르겐탈에 대한 공포로서 등장해야 하는 것이지. 이 죽음의 공포에 대한 이유는 두 종류로 나뉘지. 첫째는 그는 죽음에 대한 처절한 공포를 가지고 있지, 왜냐하면 아직 살아보지도 못했으니까. 이로써 삶은 처자식과 농토와 가축이 필수적이라고 말하려는 것은 아니네. 삶에 필수적인 것은 다만 자기 향락을 포기하는 것, 집을 경탄하고 화환을 둘러주는 것이 아니라 집에 드는 것. 그에 대해서 이렇게 말할 수도 있겠지, 그건 운명이고 누구의 손에도 주어진 것이 아니라고. 그러나 그렇다면 사람들은 왜 후회를 하는가, 왜 후회가 그치지 않는가? 자신을 더 아름답고 화려하게 만들기 위해서? 물론 그것도 그래. 그러나 왜 그것을 넘어서 그러한 밤들에 결론이 항상 남는가 말이야. 나는 살 수 있으렷다, 그런데 살고 있지 않다고. 두 번째 주요 이유는—아마도 그건 다만 하나인지도 모르지, 이제 그 둘이 제대로 구분이 되려고 하지 않으니—이런 판단이지, '내가 연기한 것은 실제로 일어난다. 나는 글쓰기로 나를 팔아 내몰지는 않았다. 나는 생애 내내 죽었으며 이제 나는 정말로 죽을 것이다. 내 삶은 다른 이들보다 더 달콤했고, 내 죽음은 그만큼 더 처절할 것이다. 내 안의 작가는 곧 죽을 것이다, 왜냐하면 그러한 인물은 지반도, 지속도 없으니까, 또 먼지에서 나온 것도 아니니까. 다만 미친 듯한 속세의 삶 속에서 조금 가능할 뿐이며, 향락욕의 구조일 뿐이니까. 이것이 작가이다. 나 자신은 그러나 계속 살아갈 수 없다, 살아보지도 않았으니까. 나는 점토였다. 불꽃을 불로 일으키지 못했고, 대신 내 시신의 조명으로 이용했다.' 그건 독특한 장례가 될 것이네, 그 작가, 그러니까 더는 존재하지 않는 그것은 옛 시신을, 예로부터의 시신을 무덤에 양도하지. 나는 충분히 작가이네, 그것을 완전한 망아 상태에서—깨어 있음이 아니라 망아가 작가 존재의 제1의 전제 조건이지—모든 감각을 지니고서 향유하고, 또는 그게 동일한 것이지만 이야기하려고 하기에는. 그러나 그런 일은 일어나지 않을 것이야. 그런데 나는 왜 다만 실제의 죽음에 대해서만 말하는 걸까. 인생에서는 그게 정말 동일한 것인데. 내가 여기에 작가로서 편안한 자세로 앉아, 모든 아름다운 것을 향해서 준비를 하고, 그러고는 아무 행동도 없이 바라보아야만 하는데—왜냐하면 내가 글쓰기 외에 무엇을 더 할 수 있겠는가—내 진정한 자아, 이 불쌍한 무방비의 자아가 (작가의 현존재는 영혼에 대한 논쟁이지. 왜냐하면 영혼은 사실 이 실제의 자아를 신뢰하니까. 그런데 다만 작가가 되었고, 그것을 잘 하지도 못했으니까. 자아의 분리가 영혼을 무력화시킬 수 있을까?) 임의의 동기에서 게오르겐 탈로의 작은 여행⁴¹이 (난 그것을 멈추게 할 수가 없어, 그건 또한 이러한 방식에서 옳지 못하지) 악마에게 괴로움을 당하고 매질당하고 거의 가루가 되도록 짓이겨지는 것을 보고만 있어야 하니. 어떤 권리로 내가 놀라는가, 집에 있지도 않았던 내가 그 집이 갑자기 무너지는 것을 말이야. 도대체 나는 그 붕괴에 앞서 무슨 일이 일어났는지 아는 것인가, 집을 떠났지 않는가, 그래서 그 집을 모든 사악한 힘들에 넘겨버리지 않았던가?

어제 오스카에게 편지를 써두었네. 나의 불안을 언급하긴 했지만, 그러나 나의 도착을 확언했고, 편지는 아직 부치지 않았는데, 그사이 밤이 되었네. 어쩌면 하룻밤 더 기다려야 할 게야, 그것을 극복하지 못하면 난 그래도 사절해야 할까 봐. 그렇게 한다면 이제 확정되는 것은, 내가 보헤미아 밖으로는 더 이상 나가서는 안 된다는 것이네. 이 다음에는 그러면 프라하로 한정해야 할 것이고, 그다음은 내 방만으로, 그다음은 내 침대로, 그다음은 어떤 특정 신체 부위로, 그다음은 더 이상 아무것도. 아마도 그리되면 글쓰기의 행복조차 자발적으로—자발성과 기쁨이 관건이네—체념할 수 있을 것이야.

이 모든 이야기를 작가적으로 요점을 정리하기 위해서—내가 요점을 정리하는 것이 아니라 일 자체가 그러네—덧붙여 말하지 않을 수 없는 것은, 여행에 대한 내 공포심에는 심지어 내가 적어도 며칠간 책상에서 떨어져 있겠구나 하는 생각도 한몫한다는 사실이네. 그리고 이 우스꽝스러운 생각이야말로 실제로는 유일한 바른 생각이라는 것이지. 왜냐하면 작가의 현존재는 실제로 책상에 의존해 있으니까. 작가는 본래 정신 착란에서 벗어나려면 절대로 책상을 멀리해서는 아니 되고, 이로 꽉 물고 달라붙어 있어야 하네.

작가의 정의는, 그러한 작가의 정의는, 그리고 작가의 영향에 대해 설명하자면—도대체가 영향이 있다면—이런 것이네. 그는 인류의 속죄양이다. 그는 인간에게 죄를 죄 없이 거의 죄 없이 향유하도록 허락한다.

그저께 우연히 역에 있었네(매제가 떠나려고 했기에, 그러다가 떠나지는 않았네), 우연히 이곳에 빈행 급행이 정지했고, 프라하행 급행열차를 기다려야 했기 때문이었는데, 우연히 자네 아내가 그곳에 있었네. 기분 좋은 놀람이었지. 우리는 몇 분간 말을 나누었고, 자네 아내는 소설의 종결에 대해서 이야기했네.

내가 게오르겐탈에 간다면, 열흘 후에는 프라하에 가겠네. 행복하게 자네 소파에 누워서, 자넨 책을 읽어줄 것이고. 그러나 내가 떠나지 않으면—
난 오스카에게 취소 전보를 했네. 달리는 도저히 안 되겠어. 흥분에 달리 대처할 수가 없었지. 그에게 어제 쓴 편지가 내게는 아주 낯익게 여겨졌네. 그런 식으로 F.에게 편지를 쓰곤 했지.

**오스카 바움 앞**

[플라나, 1922년 7월 5일]

친애하는 오스카, 동봉한 편지는 어제, 그러니까 7월 4일 자네 편지를 받자 곧 쓴 것이네. 그것은 두 가지 면에서 진실에 연막을 치네. 게오르겐탈에 가는 기쁨과 관련해서요, 또한 불안에 대해서이네. 두 가지는 서로 너무도 모순을 이루어서, 그것들을 편지 한 장에 쓰려면 연막을 뿜어내야 하는군. 그리고 나서 편지를 들고 우체국에 가다가 오틀라를 만났지. 오틀라는 차라리 도착 날짜를 확정 지으라고 충고했네. 그러자 나도 그 생각이 떠올랐고, 그런데 연필이 없어서, 다시 그 편지를 집으로 가져온 것이라네. 난 어쨌거나 계속 흥분했고, 그러다 밤이 왔네. 내가 두려워했던 대로 전혀 잠을 이루지 못하는, 플라나에서의 첫날밤이. 15일까지는 아직도 열흘밤이 남았고, 내가 당장에 가려고 한대도 그건 최소한 사나흘 후가 될 것이고, 그것을 난 견디지 못할 걸세, 그러니 난 갈 수가 없네. 거기에 썼듯이, 그건 완전히 이해 못할 일이네. 오늘 막스에게 그 문제에 대해서 아예 논문 한

편을 써 보냈네—내가 자네에게 전보를 하게 될는지 그것을 아직 알기 전에 말이네—그걸로 자네를 성가시게 하지 않으려고, 내가 자네에게 괴로움을 끼친 모든 것에 이것 또한 더하고 싶지 않아서, 그러니 그것을 여기서 펼치는 건 좋지 못 할 것이네. 질적으로 그 비슷한 것을 나는 정말이지 나 자신에게서 체험했네. 양적으로는 아직 아니네만, 그건 나에게도 끔찍한 점층법인데, 예컨대 내가 보헤미아를 더는 떠나서는 안 된다 그런 것이네. 내일은 새로운, 모레는 또 다른, 일주일 후에는 마지막 제한이 닥치게 되리라는. 그 점을 생각하게, 그리고 어쩌면 나를 용서할 수 있기를 바라네. 나로서는 호른 부인이 내게 과태료를 물리면 오히려 안심이 될 것이네. 그건 곧 송금할 수 있으니.

잘 지내게나!

자네의 F


자네에게 오늘 이런 전보를 보내네. 갈 수 없음에 유감. 편지 보내겠음.

오틀라는 이 불안을 부분적으로 (더는 그 애도 감히 하지 못하지) 신체적 허약 때문으로 설명하려고 하네. 매우 온건한 설명이지, 만일 이렇게 생각해보면, 그러니까 내가 작년에는 아마도 더 약했고 그래도 그 보기 싫은 타트라까지 갔다는 것(하지만 그다음엔 그곳에서 놓여날 수 없었지), 그리고 정말 지금 상태의 신체적 허약함도 정신적인 것으로 거슬러 올라간다는 사실을 생각한다면 그래.

## 펠릭스 벨취 앞

[플라나, 1922년 7월 초]

친애하는 펠릭스, 나의 소음 이야기에 대해 자네가 한 말은 거의 옳으이. 어쨌든 나는 자네의 의견을 수렴했고, 그건 나를 이루는 상당한 보조적인 틀이 되었네, 비교적 거창한 골조들 가운데 하나이지. 이제 나는 그것들을 가지고서 나의 이 초라한 골방에서 일하고 있으며, 세상이 밀집된 결과 겨우 극복한 소음은 다시 새로 극복해야 할 놈으로 끊임없이 뒤바뀌고 있네. 이제 그러니 그건 다만 '거의 옳은' 것이고, 자네가 인용하는 그것들을 가지고서 대답을 시도하는 것은 넌센스가 아니면 천박함이네, 오히려 이 소음은—이것은 묘사 방식에 문제가 있는 것이 아니라 사실의 문제이네—동시에 자네에게 마음을 쓰는 모두에 대한 비난의 외침인 게야. 그들은 여기서 약하고 구제 불능으로 드러나며 동경의 눈으로 책임을 꺼리지, 그러나 그로 인해서 더 무거운 책임을 지게 되는데. 소음은 또한 뭔가 매혹적인, 도취하게 하는 것이 있네. 만일 내가—나는 다행히도 가끔 두 개의 방 중 선택을 하게 되는데—어느 방에 앉아 있고, 그리고 자네가 불평했듯이, 톱 앞에 앉아 있으면, 때로는 참을 만도 하지만 그러다가 회전톱이 돌아가면, 그런 일이 최근에는 계속 일어났는데, 사람에게 삶을 저주하게 만들어버리고, 그러면 이 불행의 방에 들어앉아서 난 떠날 수가 없다네. 옆방으로 갈 수는 있으나, 또 그래야 하지, 그것을 배겨낼 수 없으니까, 그러나 이사는 할 수 없고 다만 이리저리 왔다 갔다 하면서 두 번째 방에서 그곳 역시 불안정하며 창문 앞에선 아이들이 뛰놀고 있음을 확인하는 것이네. 사정이 그러하다네. 나는 계속해서 바라기를, 그 회전톱날이 갑자기 멈추었으면 하지. 실제로 한 번인가는 그런 일도 있었지. 나는 그곳 회계사를 슬쩍 알게 되었는데, 그것마저도 내게는 조그마한 희망을 준다네. 그는 물론 그의 회전톱이 나를 괴롭히는 것도 모르며, 뿐만 아니라 나를 염려해줄 아무런 관심도 없고, 도대체가 자폐적인 사람인데, 만일 그가 트인 사람이더라도 만일 톱질할 일이 있다면야 그 회전톱을 중지할 수는 없을 것이네. 그런데도 나는 절망적으로 창밖을 내다보며 그래도 그를 생각한다네. 아니면 말러를 생각해보네,[42] 그의 여름 생활이 어디엔가 서술되었을 텐데, 그는 날마다 아침 5시 반이면 일어났고, 그 당시 매우 건강했고, 아주 잘 잤고, 야외에서 목욕을 하고, 그러고 나서 숲으로 내닫곤 했다지. 그곳에 "작곡의 오두막"이 있었으니까(아침이 이미 그곳에 준비되어 있고), 그러고는 한낮 한 시까지 그곳에서 일을 하고, 나무들은 나중에는 톱날 안에서 엄청 소음을 내겠지만 그때는 조용히 소리 없이 무리지어 그의 주위에 자라고 있었다네. (그런 다음 오후에는 잠을 자고 네 시 이후에야 그는 가족들과 생활을 했고, 그의 아내는 어쩌다가 겨우 그가 자신의 아침 작업에 대해서 말하는 것을 듣는 행운을 맛보곤 했다네.) 그런데 원래 톱 이야기를 하려고 했지. 나 혼자서는 그것에서 해방될 수가 없네. 누이가 와서 그 처지에서는 믿을 수 없으리만치 쾌적감을 희생하고서라도 내게 다른 방을 내주어야 하네 (그것 역시 작곡의 오두막은 아니지만, 그러나 그것에 대해서는 이제 더 말하지 않으려네). 이제 잠시 동안 톱에서 해방되나보이. 그리하여 자네에게도 조용한 방으로 안내할 수 있도록.

자네 편지의 첫인상은 찬란했네. 처음엔 그것을 내 손에서 빙그르르 돌리면서 편지 받은 것이 기뻤고, 슬쩍 들여다보면서 단 두 곳만을 보았지, 한 곳에서는 윤리 어쩌고 씌어 있고, 다른 곳엔 "루티가 굉장하다" 그렇게 씌어 있었네. 그래 나는 물론 매우 만족했지. 물론 나는 자네에게 온 다른 편지들도 가지고 있지. 부모님들의 저녁에 관한 것이라거나(특별히 좋았어), 또는 라테나우에 대한 것(자넨 혹시 라테나우에 관한 H.의 문예란 서평을 읽었는가? 다른 부분은 그렇게나 틀림없는 이

글에서 그 놀라운 몰취미성이라니, 청원자가 살해된 자신의 보호자를 대하는 이 역설, 우린 자기도 모르게 이런 인상을 갖지, 사자에 대해서 그렇게나 동등하게 아이러니로서 말하는 이 보고자는 적어도 부분적으로는 스스로 죽은 것임에 틀림없을 것이라고. 여기에서 전체 월계관은 정말이지 자기 모순이네, 왜냐하면 만일 H.가 라테나우에게서 이런 말을, 그러니까 "우리 라테나우 집안은 노동하는 말들이외다" 정도를 기대했더라면, 난 또 H.가 어디엔가는 이렇게, 예컨대 "불초 하급 편집진 불쌍한 개"라고 쓰게 될 것이라고 믿어 의심치 않는다네. 그렇다고 그걸로 그를 괴롭히려는 것은 아니며, 나라도 같은 의미로 더 잘못 쓸 것이니까. 나라면 그것을 출판하지 않을 것이고, 아마도 그런데 다만 그것이 훨씬 더 잘못 씌었기 때문일 것이네).

그저 그것과 관련해서 몇 가지 더 말할 것이 있는데, 내가—생각해 보게나!—"불안"때문에 독일로 가지 않는다는 것, 그것도 오스카에게 나를 위해서 그곳에 방을 하나 구해달라고 청했고, 또 그가 그것을 사랑스럽고 완벽하게 해주었는데도 말이네, 그것은 여행에 대한 불안이 아니네, 더 나쁜 것이지, 그건 일반적인 불안이니까.

진심 어린 안부, 무력한 소망들을, 아내와 아이에게도 안부를 보내네.

자네의 F

(오틀라가 안부 전하네)


막스 브로트 앞

[플라나, 우편 소인: 1922년 7월 12일]

가장 친애하는 막스, 나는 주변을 어슬렁거리거나 돌처럼 앉아 있곤 한다네, 절망적인 동물이 자신의 동굴 안에서 해야 하는 것처럼, 도처에는 적으로 둘러싸인 채, 이 방 앞에는 아이들이 그리고 다음 방 앞에도, 그래 막 떠나려고 했는데, 거기에 다만 순간적으로나마 고요가 깃들이고, 그래서 자네에게 편지를 쓰네. 자네는 플라나에서는 모든 것이 완전히 또는 거의 완전히 아름답고, 그래서 그것이 내가 머무는 주요한 이유라고 생각해서는 안 되네. 거처 자체는 가정의 평화와 관련해서 거의 정교하게 설비되어 있어, 시설은 그냥 사용하기만 하면 되고, 그리고 정말 사려 깊은 오틀라 또한 그렇게 해서, 그녀와 아이, 처녀에게는 우리가 벽과 벽을 사이에 두고 살고 있어도 낮이고 밤이고 미세한 방해도 받지 않지. 그러나 예컨대 어제는 오후에 아이들이 내 방 창문 앞에서 뛰노는 거야, 바로 내 창 아래에 나쁜 녀석들이, 멀리 왼쪽으로는 얌전한 녀석들이, 사랑스레 지켜보는 쪽인데, 그러나 양쪽의 소음들은 똑같아. 나를 침대에서 쫓아내어 절망해서 집 밖으로 내모는 거야. 지끈거리는 관자놀이로 들과 숲을 지나, 완전히 절망적으로, 밤 부엉이 신세라. 저녁에는 평화와 희망 속에서 드러눕지, 3시 반에 깨나 다시 잠이 들지 않는 거야. 가까운 기차 역에서, 역은 그러나 아주 심하게 방해가 되지는 않는데, 계속해서 재목들을 싣고, 그러면서 계속 망치질을 하지, 그러나 가만가만 간격을 두고서. 그런데 오늘 아침에는, 글쎄 잘 모르겠어, 이제 그게 항상 그러려는지, 아주 이른 시각부터 시작되더니, 조용한 아침을 뚫고 잠을 더 자고 싶어 하는 뇌를 관통해서 그 소리는 낮과는 전혀 다른 울림이 되었어. 그건 너무도 나빴지. 그래서 나는 아침에 일어나네. 이러한 관자놀이의 상태에서 그건 전혀 일어날 이유가 아닌데 말이야. 그러나 그때까진 참 커다란 행복이었던 거야. 며칠 전부터는 이곳에 대략 200여 명의 프라하 학생들이 묵고 있지. 지옥 같은 소음, 인류의 재앙. 난 이해할 수가 없어, 어찌해서 그 지역 사람들이—그런데 그게 그 고장에서 가장 크고 가장 품격 있는 장소인데—미쳐서 집에서 뛰어나와 숲으로 도망치지 않는 건지 말이야. 더구나 그들은 진짜 멀리 도망가야 해, 왜냐하면 이 아름다운 숲들 가장자리 전체가 오염되었으니까. 나는 전체적으로는 그것과 화해를 하고서 지내왔지, 그러나 매 순간이 경악을 불러일으킬 수 있고, 이미 여러 번 그런 자잘한 일들이 있었고, 때로는 나는 오히려 기대감에 차 찾으며 창밖을 내다보는데, 불쌍한 죄인인 나. 나는 괜찮은 소음에도 완전히 정신을 잃고, 예컨대 사람들이 극장에 모이는 것이 오직 소음 때문이라는 사실이 나에게는 불가사의하게 되어버리네. 다만 비평들은, 특히 자네가 지금 쓰거나 특히 이곳에서 좋게 읽히는 그런 좋은 비평들은 바라건대 언제라도 이해할 것이야. 우리가 인쇄된 것 이상 아무것도 알지 못한다면, 사람들은 막연히 생각하겠지, 여기 한 사나이가 밤과 일하는 낮의 깊은 고요로부터 저녁에 떠올라서, 혼자서 내밀한 기쁨을 느끼면서, 최선의 눈과 귀로 복을 받아서, 극장을 헤매고 다닌다고, 그러면서 줄곧 삶을 희사하는 비밀과 계속해서 강한 관련을 맺고 있다고. 이라젝에 대한 좋은 연구[43]나 탄산칼륨과 진주모에 대한 연구 같은 그런 기쁨을 주는 작은 연구들도(그날 저녁에는 모든 것이 제대로 되었는가?). 또는 아레나에 대한 글에서, 비록 동료들에 대해 쓴 작은 문단이 뭔가 나를 성가시게 하지만, 우연은 아니지, 원칙적으로 그래. 난 우리 의견이 어디에서 조금 갈라지는지도 모르겠어. 이 점에서 나에게 뭔가 시각이 부족한 것인가, 아니면 판단력이?

자네가 내 경우에 대해서 말하는 것은 옳으이. 겉으로는 바로 그렇게 나타나는 것이겠지. 그건 위안이며, 어떤 때엔 절망이기도 하지. 왜냐하면 끔찍한 것들 중에서는 어떤 것도 그냥 관통해버리지 않고 모든 것이 내게 저장되어 남는다는 것이 드러났기 때문이지. 이 어두움, 나 혼자서만 바라보아야 하는 것, 그러나 나도 멀리 보면 항상 그러는 것은 아니니, 그날 이후 그다음 날에는 벌써 보지 않게 되었네. 그러나 나는 그 어둠이 존재하며 나를 기다리고 있음을 알아. 만일—

그래 이제 내가 만일 나 자신과 더불어 잘못해 나간다면, 자넨 참으로 아름답고도 바른 말로 모든 것을 설명하고 있음이야. 만일 자네가 나를 그런 식으로 베를린에 초대하면 난 확실히 갈 걸세. 가능하다면 그래 바움하고 함께 가고 싶어, 우리가 함께 프라하에서 출발할 수 있다면 말이야. 그리고 나의 신체적 허약함은 여전히, 오틀라가 하듯이, 고려에 넣어야지. 그리고 외국 화폐 쓰는 여행자의 꼴불견도, 그는 다만 값이 싸기 때문에 떠난 것이니. 그리고 또한 소요에 대한, 근거가 없지 않은 불안―많은 이유들, 그래도 단 하나 이유, 내가 어린 시절 어딘가에서 옷핀 크기만큼 보았다고 생각했는데, 이제는 그것 말고는 더 아무것도 없음을 알고 있으니.

그리고 글쓰기 말인가? (그런데 말이지만 그게 이곳에서는 중간 이하 정도로 나아가고 있네, 그 밖에는 아무것도 없지. 그리고 끊임없이 소음으로 위협당하고 있어.) 가능하지, 나의 설명으로는 자네에게는 전혀 맞지 않는 일이 가능해, 그러니 다만 그것 때문에 내가 자네의 글쓰기를 가능하면 내 글쓰기와 가까운 관련으로 두고 싶은 것이지. 그리고 이 차이는 확실히 존재해, 내가 그러니까 만일 내가 글쓰기로 인한 그것과 상관없이 행복해야 했는데(잘 모르겠어, 내가 행복했는지), 그런데 곧 전혀 글을 쓸 수 없었던 것이지, 그로 인해서 모든 것이, 아직 여행 중이었는데, 곧바로 전복된 것이야. 왜냐하면 글쓰기를 향한 동경은 도처에서 중량 초과였으니까. 그러나 그렇다고 해서 기본적으로 타고난 진정한 작가적 특성으로 결론낼 것은 아니지. 나는 집을 떠나 항상 집을 향해서 글을 쓰네, 비록 집의 모든 것이 이미 오래전에 영원 속으로 헤엄쳐 들어가버렸을지라도 그래. 이 완전한 글쓰기는 섬의 맨 꼭대기에 세워둔 로빈슨 크루소의 깃발 바로 그것이지.

불평을 통해서 잠시 안도감을 갖기 위해서 말하지, 오늘 3시 반에는 다시금 짐 싣는 사다리, 망치질, 통나무 구르는 소리, 짐꾼들의 외침

소리네. 어제는 일찍 8시 정각에 영영 그쳤거든. 그런데 오늘은 그 화물차가 새로운 화물을 실어왔고, 그래서 지금까지는 그래도 좋았던 오전부터 계속 그럴 모양이네. 휴식 시간을 채울 양으로 이제 약 100걸음 전방에 기중기를 작동시켰네. 대부분의 경우 그놈은 조용히 있거나 얌전한 말들이 끌던데, 그러면 그놈들은 말이 필요 없지 않나, 그런데 오늘은 황소에 매어졌고, 그놈들에게는 한 걸음마다 호트 휘외 우라질 부랑패[44] 그런 소릴 해대야 하네. 사는게 뭐란 말인가?

반제의 별장이라니, 막스! 그럼 내게는 부디 조용한 다락방을 (음악실에서 멀리 떨어진) 주게나, 거기서 절대로 나오지 않으려니까. 사람들이 아예 내가 게 있는지도 모르게.

그러나 잠정적으로는 다만 이 고통이로구먼, 매번 다시, 이번은 동기가 무엇인가? 상상도 되지 않는군, 그러나 그것을 들으면 그건 또 항상 옳지, 모든 위안의 가능성들을 넘어서. 그런데 자네가 고민을 한다면서 동시에 백조의 호수를 꿈꿀 수 있다니,[45] 그게 어떻게 가능한가? (마술 같아, 난 이제 그것을 다시 읽었네—총체적인 멜랑콜리로 미끄러지듯 질주하며—우울함이 소파 위로 가득 쌓이네—러시아 고성—발레리나—호수 속의 익사—모든 것.)—자네 최근 며칠 사이 다시금 본원적으로 좋아진 모양일세. (우와! 한 애녀석이 내 창문 아래서 그렇게 소리지르네, 역의 쇠사슬을 절그렁거리면서, 단지 황소들이 좀 쉬고 있구먼. 참 힘든 오전이 될 듯하네. 날씨가 시원하단 말일세, 그렇지 않다면야 태양이 아이들로부터 나를 지켜줄 것인데. 오늘 같으면야 게오르겐탈로 여행할 힘이 있을 것도 같아.) 자넨 물론 신체적으로 이번처럼 아파보긴 처음이었지 아마, 자네가 뭐 아니라고 해도 말일세. 이러한 신체적 고통을 나는 E.에게서는 용서할 수가 없어, 물론 그녀가 그 고통에 책임이 없다고는 해도. 벌써 자네가 만들어낸 관계 때문만으로도 그러하네.

나도 펠릭스에게서 불평의 편지를 받았네. 내 생각으로는 우리 모두

중에서 그를 돕는 것이 가장 쉬울 것 같아, 그런데도 아무도 그를 돕지 않다니.

자넨 내 엽서를 받았는가? 그 소설을 프라하에 놓아둘 수 있겠는가? 하웁트만에 대해서도 평을 썼는가?

모든 좋은 소망을, 이제껏보다 더 많이!

F

[추신] 클롭슈톡에 대해서 무언가 아는 것이 있는가? 얼마 동안 그는 나에게 편지를 쓰지 않고 있어, 하긴 내 불만스러운 답장들로 미루어 매우 이해가 되지만.

학부모 저녁 모임은 (사적인 견해에서) 어땠는가? 내 누이가 어떻게 연설했나? 내년에 생도들을 뽑는가?[46]—오틀라가 방금 뉴스를 가져오네, 그녀는 (자발적으로, 내가 절대로 주의를 환기시킨 것이 아니었는데, 그리고 안마당을 마주한 아래쪽 부엌에서는 그 애가 아이들 소리를 거의 들을 리가 없는데) 아이들을 쫓아버렸으며, 그리고 그 아이들이—얌전한 녀석들로—기꺼이 가버렸다는군. 짐 싣는 사다리, 잠 못 잔 사람, 비교적 늦은 시간, 망쳐버린 날, 오틀라의 배려로 견딜 수 있게 되었지.—아니야, 그 말썽장이들, 전혀 통제가 안 되는 녀석들, 안주인을 숙모라 하는 녀석들이 내 방 창 앞에 있네. 자네는 숲에 대해서 묻더군, 숲은 아름답지. 그곳에서는 고요를 찾을 수 있어, 그러나 "작곡의 오두막"은 아니지. 저녁에 (그런데 말이지만 매우 다양한 모습의) 숲을 지나는 것, 새들의 소음이 잦아지고 (말러의 오두막이라 했더라도 새들이 나를 방해했을 것이네) 다만 여기저기서 불안스레 지저귀면 (그걸 나에 대한 공포라고도 말할 수 있을 거야, 그러나 그건 저녁에 대한 공포이지) 그리고 거대한 전망을 바라보며 숲 가장자리 어느 특정한 벤치에 내려앉음, 그것은 매우 아름다워, 그러나 그건 단지 고요한 밤 그리고 고요한 낮을 보냈을 경우에만 그러하지.


## 로베르트 클롭슈톡 앞

[엽서. 플라나, 1922년 7월 중순]

친애하는 로베르트, 그게 그저 그렇네, 난 여전히 플라나에 있으며 여기에 남아 있을 걸세, 비록 오스카가 놀랍도록 배려를 해서 정말로 아름다운 방을 게오르겐탈 그곳에서 찾아주었는데도 그랬다네. 불안 때문에, 꼭 여행에 대한 불안에서가 아니라, 일반적인 불안에서 나는 여행할 수가 없었고, 사절 전보를 보내놓고는 이렇게 있네. 있는 거야, 나머지 대단히 좋은 점들이 있다고는 해도, 이곳이 내 형편에는 머리가 어지러울 정도로 시끄러운데도 말이네. 피할 길이 없네, 평지에서는 없어.

그런데 자네는 어찌 지냈는가? 콜로키움은 어떤가? 헤르만[47]과는 결별했나? (반년간 청구서가 2,700크로네, 아버지에겐 1,900크로네. 내 폐에 대해서 어찌 말하든, 그게 소득이 아니랄 순 없지.)

나와 오틀라의 진심 어린 안부를 보내며,

자네의 K.


## 오스카 바움 앞

[프라하, 1922년 7월 16일]

친애하는 오스카, 오늘은 단지 몇 마디만 하려네. 외관상으로는 여행을 포기한 것 때문에 이제 밝혀진 대로 어떤 경우에도 자네들에게 갈 수 없다 함이 정당화되네. 처음 계획대로라면 15일에는 여행을 떠나야 했네, 그러나 14일 오후에 플라나에서 전보를 받았는데, 아버지께서 프란첸스바트에서 병이 위중하셔서 프라하로 이송되셨다는 게야. 나는 즉시 프라하로 돌아왔는데, 아버지는 그날로 그러니까 14일 저녁에 수술을 받으셨네. 아마 악성은 아닌 듯한데, 기질성 질환도 아닌 것, 배꼽 탈장에서 오는 장 중첩이거나 뭐 그 비슷한 것으로 (난 감히 의사들에게 물어볼 수 없었고, 만일 그들이 대답 해주었다 하더라도 내가 그 말을 이해하지 못할 것이네), 그러나 어쨌든 매우 신중한 수술이었다네. 칠십 고령에, 그 조금 전까지도 가지고 있었고 어쩌면 이러한 통증과도 관련이 있을 질병으로 쇠약해진 상태시니, 게다가 그게 심장병이니. 수술 이틀 후인 오늘까지는 모든 것이 신기할 정도로 잘 진행되고 있다네.

그러나 난 이제 내가 여행 떠나지 않은 이야기를 하려네. 나는 자네 엽서를 자세히 검사하려고 마음먹었네. 단어 하나하나에, 단어마다 그 뒤에 숨은 뜻에. 첫 번째로 그리고 두 번째로 읽었고, 엽서는 지극히 아름답고 안심을 주었네. 그러나 나중에는—그 검사를 끝내지 않았지, 프라하로 가야 했기에—여기저기에서 더듬거렸네. 특히나 "배려의 습격"이란 단어에서는. 자넨 어떻게 감히, 오스카, 그러한 단어를 써 보낼 수 있단 말인가? 배려의 습격이라(나는 그런 단어를 단 한 번이라도 쓸 수가 없네, 질문으로 한다면 또 모를까?), 그런 배려에서 내가 날이면 날마다 자네 집으로 건너가고, 자네 작업을 방해하고, 가장 좋은 전차 연결을 자네에게서 얻어내고자 시도한단 말이지, 내가 질문만 충분히 하면 아마도 전차만 타고서도 게오르겐탈에 갈 수 있으리라는 비밀스런 희망을 가지고서. 그러나 제발 배려의 습격이란 말일랑 그만두게나! 그리고 자네가 오직 이 플라나의 아름다움이 내가 가는 것을 방해했다고 믿음으로써 나의 고통을 오해하지 말게나! 플라나는 정말 아름답지, 그러나 나는 아름다움에서도 고요를 구하고 있어. 그리고 그곳에서도 상상의 게오르겐탈 여행을 전후해서 이미 소음의 날들을 체험했네. 내 삶을 저주하고, 소음의 공포, 소음에 대해 실패한 적이 없는 잠복성, 머릿속의 혼란, 관자놀이의 통증들을 떼어내 버리기 위해서는 여러 날들이 필요했다네. 그러나 설상가상 정말 조심성 많은 오틀라가 취한 조처들의 효과가 다시 약해졌고, 새로운 끔찍한 소음들이 마련되었네.—오늘은 이만 하세나, 그리고 모든 좋은 소망을 자네와 자네 식구들에게!

자네의 F

호른 부인은 왜 아무 말이 없다는가?

**막스 브로트 앞**

[플라나, 우편 소인: 1922년 7월 20일]

가장 친애하는 막스, 어제 아침 자네를 보러 갈 시간이 없었고 그리고 나로서는 떠나야 할 일이 이미 다급했네. 불규칙한 생활을 충분히 만끽했고 (규칙적인 생활을 위해서는 플라나가 프라하보다 덜 어울리지만, 그러나 다만 소음 때문이고, 다른 건 전혀 아니지. 나는 그것을 항상 다시 반복하는데, '상부'에서 그걸 내게서 빼앗아가지 않게 하려면 말이네.) 그럼에도 만일 아버지가 나를 어떻게든 필요로 하신다고 보았더라면 나는 아마도 머물러야 했겠지. 그러나 어제는 전혀 그런 경우가 아니었네. 아버지의 나에 대한 호의는 날이 갈수록 (아니지, 두 번째 날에는 그게 가장 심했고, 그다음엔 점차로) 감소했고, 어제는 나를 방에서 더 그럴 수 없이 아예 몰아내시는 것이었어. 반면에 어머니께는 남아 있으라 강요하셨고. 그런데 말이지만, 어머니에게는 이제 특별한 새로운 소모성 고통의 시기가 시작되고 있네. 비록 모든 것이 지금까지처럼 그토록 좋은 방향으로 진척되고 있어도. 왜냐하면 아버지는 지금까지는 끔찍한 기억들의 압박으로 인해서 침대에 누우신 것을 어쨌거나 은혜라 받아들이셨는데, 누워 있는 큰 고통이 [이제서야] 시작되신 것이라네. (아버지는 등에 흉터가 있어서 예전부터 오랜 시간 누워 계시는 것이 거의 불가능하셨거든. 게다가 육중한 몸을 움직이는 데서 오는 어려움들, 불안한 심장, 커다란 붕대, 기침에서 오는 상처의 통증, 그러나 그 무엇보다도 소란하고 당신 스스로 절망적인 어두워진 정신이 따르네), 내 생각으로는 앞서 있었던 모든 것을 넘어서는 고통일세. 이 고통은 이제는 총체적인 회복 상태에도 불구하고 밖으로 드러나네. 어제는 아버지가 내가 알기로는 이미 밖으로 나가고 있던 기특한 누이에게 대고 뒤에서 손짓을 하셨는데, 아버지의 언어로는 단지 "짐승!"이라는 말을 의미할 수밖에 없는 것이었지. 그리고 이러한 아버지의 처지는, 완전히 황량한 끔찍함에서 아마도 다만 내게나 완전히 이해되는 것인데, 상태가 아주 좋다면야 겨우 열흘 정도 지속할 것이고, 그중에서 어머니께 전가할 수 있을 것은 완전히 철저하게 전가할 것이야. 지금 어머니 앞에 놓인 것과 같은 열흘간의 낮밤 지키기라!

그러니까 자네를 보러 갈 틈이 없었네, 하지만 아마 시간이 있었더라도 갈 수 없었을 것이야. 자네가 내 공책[48]을 벌써 읽었을 경우에 매우 부끄러웠을 것이니까, 그러니까 내가 자네 소설 뒤에다 감히 덧붙여놓은 공책 말이네. 비록 난 그 소설이 다만 쓸 것이고 아직 읽을 것이 아님을 알면서도 그랬네. 그렇게도 완벽하고 그렇게도 순수하고, 그렇게도 바로 써 내려간, 그렇게나 신선한 소설 다음에는 하나의 희생이지. 그 허무한 것이 위에서는 마음에 들 것이 틀림없네. 그런데 그것이 내게는 너무도 소중하므로, 부탁하네, 시작 부분을 완전히는 말고 교수 가족이 나오는 대목까지, 그리고 마지막 종결 부분을 다시 한번 숙독해주게나. 시작은 조금 이리저리 혼란스러워, 적어도 전체를 알지 못하는 사람에게는. 그래서 그는 휴식을 위해서는 쾌적한 그러나 실제로 전체적으로는 상처를 주는 부차적인 허구들을 찾는 것 같지. 그것들은 정말이지 실제에서는 전체적으로 완전히 거부감을 주지, 그러나 처음 시작에서는 약간 번개가 번쩍하는 듯해. 그런데 종결은 숨이 너무 긴 것 같아, 그동안 여전히 숨과 더불어 싸우고 있는 독자는 그로 인해서 혼란되어서 시선의 방향을 잠시 잃게 되는 거야. 이 말로써 이미 나를 설득한 바 있는 편지 형식에 대해서 이의를 제기하려는 것이 아니네. 나로서는 이 소설이 나의 '작가'라는 견해에 어떻게 삽입되는지 전혀 모르겠다는 거야. 그렇지만 내 걱정은 말게, 나는 소설이 존재하는 것만으로 행복하다네. 그런데 어제는 내 견해에도 좋은 양분이 공급되었어, 여행 중에 조그만 레클람판『슈토름: 추억』을 읽었거든. 뫼리케를 방문하고. 이 두 선량한 독일인들이 평화로이 거기 슈투트가르트에 마주 앉아서 독일 문학에 대해서 담소하는 것이야, 뫼리케는『프라하 여행 중의 모차르트』를 낭독하고(하르트라웁, 그는 뫼리케의 친구로서 이 소설을 이미 잘 알고 있는데, "존경스러운 감동을 품고서 그 낭독을 좇아갔다. 보아하니 그는 그 감격을 억제할 수 없는 듯했다. 휴지부에 들어갔을 때, 그가 나에게 소리쳤다. '청하건대 계속해주시길'"—그건 1855년 일이네. 그들은 이미 나이 든 남자들이고, 하르트라웁은 목사),[49] 그리고 그들은 또한 하이네에 대해서도 이야기하네. 하이네에 대해서는 이미 이 회상에 씌어 있기를, 슈토름에게 독일 문학의 문은 괴테의『파우스트』와 하이네의『노래의 책』[50]이라는 이 두 마력적인 작품들로 인해서 활짝 열렸다는 게야. 뫼리케에게도 하이네는 큰 의미를 지니는데, 왜냐하면 뫼리케가 소장하다가 슈토름에게 보여준 그에게 매우 귀중한 몇 안 되는 친필 서명 책들 중에서 "많이 수정한 하이네의 시 한 편이" 있다는군. 그럼에도 뫼리케는 하이네에 대해서 이야기하며, 그건 비록 여기에서는 다만 항간의 견해를 재현하는 데 불과할지라도 적어도 일면 내가 그 작가에게 대해서 생각하는 것의 눈부신 그리고 여전히 항상 비밀 가득한 요약이라네. 내가 생각한다는 것도 일면 항간의 견해에 불과하고. "그는 완전 무결한 시인이다"고 뇌리케는 말하네, "그러나 내 그와 더불어서는 15분도 채 못 살겠다, 그 전 존재의 거짓 때문에." 탈무드 주해서註解書를 거기 끌어내게나!

자네의

[추신] 자네는 『석간』에 쓸 자료가 부족해 고생이라 했지. 괜찮은 뭔가를 알 것도 같아, 조각가 빌렉을 위해서 뭔가 써보게나.[51] 우선 그것에 대해서 써봐. 콜린에 있는 후스 기념물을 알고 있겠지? 그게 자네에게도 독보적인 큰 인상을 주지 않았나?

## 로베르트 클롭슈톡 앞
[플라나, 우편 소인: 1922년 7월 24일]

친애하는 로베르트, 이 외관상의 실패 때문에 그리 절망하지 말게나. 그걸 어쨌거나 내가 통찰할 수는 없으나, 그래도 내 방식으로 공감할 수는 있다네. 우리가 올바른 길에 있다면, 그러한 불발이 무한한 절망일 수도 있겠지. 그러나 우리는 기껏해야 첫 번째 길에 서있지, 그건 비로소 두 번째 길로 나아갈 것이며, 이게 또 세 번째 길로 나아갈 것이며 등등, 그리고 오래도록 아직 올바른 길은 나타나지 않고, 어쩌면 아예 나타나지 않을지도 모르고, 그러니까 우리는 완전한 불확실성에, 그러나 또한 이해할 수 없이 아름다운 다양성에 내맡겨져 있기 때문에, 희망의 성취라는 것은, 특히나 그러한 희망의 성취라는 것은 항상 뜻하지 않았던 기적, 그 대신 항상 가능한 기적인 것이야. 나로 말하자면, 고요함, 그저 고요함만을 필요로 하네, 그러나 유감스럽게도 그곳[52] 자네의 일들을 믿을 수가 없고, 적어도 그 분수를 꺼버렸으면 하네. 그리고 나를 여행 떠나지 못하게 하는 불안, 난 그것을 이미 오래전부터 알고 있네. 그건 나보다도 더 생명력을 지니고 있으며 그 점을 입증하게 될 것이야,—여행은 그런데 말이지만 전혀 할 수가 없다네, 아버지께서 수술을 받으셨네 (장 중첩과 더불은 배꼽 탈장), 9일 전 일이지. 놀라울 정도로 좋은 경과시라네.—막스는 자네의 최근 방문에 대해서 이전보다 더 진심으로 더 거리낌 없이 말하더군.

자네의 K.

귀마개가 없이는 낮이든 밤이든 도저히 지낼 수가 없다네.

막스 브로트 앞
[플라나, 1922년 7월 말]

가장 친애하는 막스, 벌써 저녁 아홉 시 십오 분이니, 편지 쓰기에는 너무 늦었네. 그러나 낮은 가끔 너무 짧아서 말이야. 부분적으로는 아이들 때문이지, 왜냐하면 그 녀석들이 남겨준 쉬는 시간만이 겨우 쓸 만한 낮이라서, 또 부분적으로는 나의 허약함과 게으름 때문이지. 오틀라는 그와 관련해서 내가 두 번째로 사직을 해야만 한다고 말하네.

그러나 그건 사소한 것들이네. 그런데 자넨 얼마나 고통을 받나! 얼마나 대단한 망상이, 어느 것으로도 혼란될 수 없을 소설[53]로도 진정되지 못할 망상이 자네를 겨냥하여 작동하고 있는지! 자네 또한 취소한다는 그 "가족 회의"를 난 도대체 이해할 수 없네. 자네와 E.의 관계는 가족 내에서 새로운 것도 아니지 않은가. 세 누이들과 매부는 좋든 싫든 편으로 얻었고, 그러니 이젠 부친과 형님이네. 멀리서 보면 그게 어쨌거나, 자네 그 소설들이 나를 가르친 한에서, 라이프치히 누이의 작은 간계, 그러나 별 성공을 거두지 못한 간계로 보인다네. 그 누이는 이런 점에서 내게는 매우 활동적으로 상상되는구먼. 난 베를린 여인의 편지를 읽었더라면 하는 마음이네. 그런데 보게나, 그녀는 그래도 답장을 했다면서. 다시금 그렇게 수다스럽고 미더우며 계속되는 편지로 유혹하는가, 지난번 편지처럼? 그 "진정 올바른 인간"은 한편으로는 그 소설을 예감하는 인용이며, 다른 한편으로는 그러나 그를 실제로 보고자 한다는 초대일세. 자기 학대의 흔적이, 물론 이해할 만한 불안을 제외하고도—자네는 그를 너무 높이 치켜세웠어, 그 소설 속의 산악 인간보다도 더 높이—그것이 자네를 방해함이야.

자네가 내 지난번 편지를 받았는지는 잘 모르겠군. 그 소설 이야기를 전혀 하지 않으니—그 신문 조각 보내주어 고맙네, 의역들에 대해서도. 그것들은 내가 이제 이것이 어찌 되어야 할지 정확한 표상을 그리지 않고서도 나로 하여금 그 소설에 대한 평을 한번 써야겠다는 생각으로 나를 이끄네.—뫼리케가 아니라—최근에는 앙드레의 집에서 본 디더리히 출판사의 현대 문학사에서 (저자는 오토 폰 데어 라이엔[54]이든가 그 비슷한 이름으로) 절제된 독일적 견해를 뒤적여보았네. 그 속의 거만한 음조는 편자의 개인적인 특색 같았고, 그의 견해는 아닌 듯하네.

아침 7시 45분, 아이들은 ([추신] 그러다 오틀라에게 쫓겨났지만) 벌써 게 나와 있었네. 어제는 놀라우리만치 좋은 날을 보냈는데, 아이들은 벌써 곧장 여기에 모인 것이야. 우선 처음 두 놈들하고 유모차 한 대, 그것이면 충분하지. 그들이 나의 '가족 회의'네. 만일—방 한가운데서도 벌써 그들이 거기 있는 것을 보네—그들이 거기 있다는 것을 확인하면, 나는 돌멩이를 드는 듯하이. 그러고는 그곳에서 자명한 것, 기대한 것, 그렇지만 두려워했던 것을 보네. 지네들 그리고 밤에 기어 나오는 모든 것들, 그것은 그러나 그건 분명히 전염이지. 어린이들은 밤의 것들이 아니지. 오히려 녀석들은 놀이를 하면서 내 머리에서 돌멩이를 들어올리며, 내게 또한 눈길을 '베푼다네.' 그들도 '가족회의'도 최악은 아닌 것이, 둘은 아마도 현존재로 끼워져 있는 것이네. 오히려 나쁜 일은, 그것에 대해서 그들이 죄가 있는 것도 아니고 차라리 그들은 그것을 두려워하기보다는 사랑하게 만들 것인데, 그것은 그들이 현존재의 마지막 단계라는 것이네. 그들이 이제 자신들의 소음으로 인해서 겉보기에 놀란다거나 또는 자신들의 정적으로 인해서 겉보기에 행복해하건 간에, 그들 뒤에서는 오델로에 의해 고지된 혼돈이 시작된다는 것이지. 여기에 우리는 다른 측면에서 작가문제에 부딪치게 되네. 잘은 모르지만, 그 혼돈을 장악한 어떤 사람이 글을 쓰기 시작하는 것이 아마도 가능할 거야. 그것들은 성스러운 책이 되겠지. 아니면, 그가 사랑하는 일이 가능하든지. 그럼 그것은 사랑이 되겠지, 혼돈에 대한 공포가 아니라. 리스헨은 잘못하고 있어. 어쨌든 다만 용어적인 의미에서라도. 비로소 정돈된 시계에서라야 시인이 시작하는 거야. 『안나』[55]의 독서가 무슨 말인가, 그것을 읽기를 내 오랫동안 고대하고 있는데, 그게 자네가 하웁트만에 대해서도 뭔가 썼다는 말인가?—자 이제는 그러나 『부활절 축제』도 읽어야되는지, 여행 중에라도?

『문학사』에 대해서: 겨우 일 분간 그것을 뒤적여보았네. 그걸 자세히 읽는다면 흥미로울 것 같아. 그것은 『제체시오 유다이카』[56]에 따르는 음악처럼 보이며, 그리고 놀라운 일은 일 분 내에 한 독자에게, 확실히 좋은 기질을 가진 사람이지만, 그 책의 도움으로 사물들이 정돈되는 것일세. 예컨대 '우리 나라'라는 장에 등장하는 절반쯤은 유명한, 분명히 존경할 만한, 작가 범주가 어쨌든 지명에 따라서 정돈되는 것이네, 어떤 유대인의 손아귀에도 접근될 수 없을 독일적 자산이. 그리고 만일 바서만[57]이 날마다 아침 4시에 일어나서 일생 동안 뉘른베르크 지방을 한쪽 끝에서 다른 끝까지 갈고 다녔다면, 그곳은 그에게 대답해주지 않을 것이네, 공기 중의 아름다운 속삭임들을 그는 그들의 대답으로 받아들여야 할 것이니까. 그 책에는 인명 색인이 없더군, 그렇기 때문에 나는 자네 이름이 단 한 번 그리 불친절하게는 아니지만 아무튼 언급된 것을 보았네. 그것은 묀스[58]의 소설과 자네의 『띠호』 사이의 비교였던 것 같네. 『띠호』는 극히 조심스럽게 변증법의 혐의를 두고 있었네. 나를 심지어 칭찬했더군, 물론 반쯤만, 그것도 한 아름다운 극을 썼다는 프란츠 코프카라는 이름으로(분명히 프리트리히 코프카[59]였을 게야).

빌렉에 관해서는 자네 또한 언급하지 않고 있네, 난 자네가 그를 자네 팔에 안았으면 하는데. 나는 오랫동안 대단한 감격으로 그를 생각해오고 있다네. 최근에는 『트리부나』에서 다른 사안들을 다루는 문예란 글에서 (할룹니[60]의 글이었던 것 같은데) 그에 대한 언급이 있어서 비로소 다시 그를 떠올렸네. 프라하와 보헤미아의 이 치욕과 부당하고 무의미한 빈곤화를 제거하는 일이 가능하다면 좀 좋겠나. 샬로운의 후스 기념비 같은 어중간한 작품들이나 수하르다의 빨라츠키 기념비 같은 처참한 수준의 작품들이 영예롭게 세워지고, 그 반면에 의심할 여지없이 비교도 안 될 빌렉의 스케치들, 그러니까 지슈까 또는 코멘스끼 기념비를 위한 스케치들이 상론詳論도 되지 않고서 내버려져 있다는 것이지,[61] 이런 일을 제거할 수만 있다면, 많은 일을 한 것이 될 게야, 그럼 정부 기관의 문서면 올바른 도약점이 될 게야. 물론 그것들을 상론하는 일이 유대인들의 손에 서 수행되어야 옳은지는 나도 모르겠어. 그러나 나는 또한 그런 일을 할 수 있는 다른 어떤 손들을 알지도 못하며, 그러니 자네 손에 모든 것을 믿네. 그 소설[62]에 대한 자네의 평은 나를 부끄럽게 하고 또 기쁘게 하네. 마치 내가 베라를 기쁘게 하고 또 부끄럽게 하는 만큼이나, 예컨대 그 아이가, 그런 일은 너무도 자주 일어나지, 비틀비틀 걸음마를 하다가 잘못해서 작은 엉덩방아를 찧을 때 내가 이렇게 말하는 거야. "하지만 우리 베라 잘 한다."[63] 자 이제 그 애는 반박할 여지없이 알고 있지. 왜냐하면 그 앤 제가 잘못 주저앉았음을 엉덩이로 느끼니까. 그런데 내 탄성이 그 애한테 엄청 힘을 발휘해서, 그 앤 그만 즐겁게 웃기 시작하면서, 지금 막 진짜 주저앉는 재간을 부렸다고 확신하는 것이야.

그 반면 벨취 씨의 전달은 별로 설득력이 없네.[64] 그분은 선험적으로 확신하시는 것이지, 사람이란 자기 아들을 칭찬하고 또 사랑하는 것밖에 할 수 없다고. 그러나 이 경우에는, 눈을 빛낸다는 것의 근거가 무엇이란 말인가. 결혼도 못하는, 이름을 넘겨줄 자식도 낳지 못하는 아들, 39세의 나이로 연금 생활에 들어간, 자기 영혼의 구원이나 파멸을 겨냥한 글쓰기 외에는 아무것도 하지 않는, 사랑스럽지도 않은, 신앙에도 소외된, 영혼의 구원을 위한 기도 한마디도 녀석에게서 기대할 수 없는데, 폐병에, 게다가 겉보기에 지당하신 아버지의 견해에 따르면 그 병을 회복했는데, 처음으로 잠시 아동실을 떠났을 때 이미, 자립이라곤 그 어떤 것도 불가능해서 건강에 나쁜 쉰보른의 방을 구해 들었던 녀석인데 말이야.[65] 이것이 그 열광할 자식이네.

F.

펠릭스는 무엇을 하고 있는가? 그는 더 이상 나에게 답장을 하지 않네.

### 로베르트 클룹슈톡 앞

[플라나, 1922년 7월 말]

친애하는 로베르트, 그래 이제는 다 괜찮네. 내가 전혀 걱정을 안 했을 것인데(왜냐하면 편지 안 쓰는 것 자체는 나쁜 것이 아니니까. 물론 그것이 좋은 것이라고 말할 수는 없지, 왜냐하면 내 경우는 단 한 번도 편지 쓰고 싶지 않은 마음이 한결 나은 다른 것을 하고픈 마음에서 촉발된 적은 없으니까. 물론 자네 경우에는 그런 것 같고 또 그럴 수 있겠지만), 만일 그 신문 기사가 계속 내 마음을 갉아먹지 않았다면 말이네. 그 기사는 YMCA에서 식사를 했던 학생들 중에서 학년 말에 발진티부스가 발병했고, 대다수의 학생들이 (발진에 이르기까지 이른바 4주간의 잠복기가 필요하다는) 병균을 방학 때 가지고 갔다는 것이었네. 그러니까 이제, 그것에 대해서는 우리가 그 부분에서는 보호를 받았네그려. 대신 전쟁을 위해서 보존된 것이지, 자네가 암시한 대로. 자 그 전쟁에 행운을, 그리고 안정과 숲과 인적 없는 고요를! 나는 지금—중단되기도 하지만—어지간히 지내네. 내가 아버지의 수술 이야기를 썼던 엽서를 지금쯤 받았겠지?

자네의 K

### 막스 브로트 앞

[플라나. 도착 우편 소인: 1922년 7월 31일]

가장 친애하는 막스, 여행 떠나기 전에 급히 안부하네(아래층 사람들이 허용하는 정도에서, 안주인, 조카들과 조카딸—물론 안주인의 조카딸).
자네의 순서에 맞춰:
빌렉: 내가 그저 사실 환상적인 소망으로 감히 이야기해본 것을, 난 더는 힘이 미치지 못해, 그런데 자네가 정말로 시도하련다니 비할 바

없이 기쁘네. 내 견해로는 그것은 야나첵[66]을 위한 투쟁 수준의 투쟁일 것이네. 내가 아는 한(나는 정말이지 드레퓌스를 위한 투쟁이라고 쓸뻔하였네), 그러나 이 경우 빌렉은 투쟁하는 야나첵도 드레퓌스도 아닐 것이야(왜냐하면 그는 이른바 그런대로 지내고 있어, 그 비평에 보면 그가 작업을 하고 있고, 『맹인』이란 작품은 일곱 번째 사본이 주문되었다더군. 그는 또한 무명이 아니야. 그 비평에서는—일반적으로 예술에 대한 국가의 노력을 소개하는 데 주력하였는데—그가 심지어 "위대한 남자"[67]라고까지 지칭되었지, 독창성은 그를 위한 투쟁의 가치를 결정하는 것이 아닐 게야, 그를 위한 투쟁의 가치를 떨어뜨리지도 않을 것이고), 그 대신 그는 조각 예술 그 자체이고 인간의 눈에는 즐거움이지. 이런 말을 하자니 콜린에 있는 후스의 상이 계속 생각나는구면 (현대미술관에 있는 입상立像[68]이나 비셰흐랏 공동묘지에 있는 묘비[69]를 생각하는 것이 아니라, 어쨌거나 이것을 더 생각하지만, 기억 속에서 내게서 사라져가는 많은 것들, 쉽게 다가갈 수 없는, 목재와 그래픽의 미세한 작업들, 그걸 초기의 그에게서 볼 수 있었지), 마치 골목에서 튀어나와서 가장자리에 작은 집들이 있는 커다란 광장을 보는 것처럼, 그리고 중앙에는 후스가 있는 거야, 모든 것은 항상 눈이 오든 여름이든, 숨을 앗아가는, 형언할 수 없는, 그렇기 때문에 자의적으로 보이는 통일성, 그리고 그 순간 다시금 이 막강한 손에 의해서 새로이 강요된 통일성, 관람자 자신까지도 포함하는 통일성을 지니고서. 뭔가 그 비슷한 경지에 도달한 것으로는 바이마르의 괴테의 집이지, 아마도 시간의 흐름의 축복을 받아서겠지, 그러나 그것을 지은 자를 위해 우리는 다만 어렵게 투쟁할 수 있을 뿐이며, 그 집의 대문은 항상 닫혀 있다네.

후스 기념비가 어떻게 해서 세워지게 되었는지 들어보는 것도 참 흥미로운 일일 것이네. 죽은 내 사촌[70]의 이야기에서 내가 기억하는 한, 시 당773국 전체가 이미 그 설치에 앞서 그것에 반대했다네. 나중에는 더욱더, 아마도 오늘날까지.

단편소설: 마지막 개정본을 알 수 없어서 유감.

리스헨: 리스헨은 M.보다는 훨씬 더 이해하기 쉽네. 처녀들이 대충 그러하다는 것을 우리는 학교에서 다 배웠네. 그러나 그들이 사랑을 받아야 되는 것, 그런 방식으로 알 수 없게 되어버리는 것을 배우지는 못했네.

펠릭스: 정말 같지 않은 건 그 불가사의한 정신과 의사로군, 그러나 F.는 정말 같지 않은 가장 아름다운 것을 받을 만하네.—왜 그가 『유대인』을 인수할 수 없다는 겐가, 지극히 좋은 일일 것을. 만일 그렇게 되지 않는다면 매우 슬픈 일일 게야. 물론 이 순간에는 그것은 『자기 방어』보다는 잘 못해내고 있지, 그러나 그것도 꾸려나갈 수 있을 만큼은 많이 나가고 있다네(이럴 때 나는 『유대인』이 헤펜하임[71]에서 편집될 수 있었다면 프라하에서도 편집될 수 있으리라 상정하지). 그리고 그 입장은 대표성을 띠게 되고 그에게 『자기 방어』보다는 훨씬 적은 일감을 주게 될 것이야. 물론 그 좋은 『자기 방어』는 위태로워지네, 그건 이미 엡스탱[72]의 휴식기에 다들 느낀 것이지. 그중에서는 겨우 예컨대 이런 일들이나 기억에 남아 있을지, "러시아의 할루즈[73]가 무대 위에 등장한다." 『자기 방어』는 부차적으로가 아니라, 펠릭스가 그렇게 하듯이, 희생적으로 만들어져야 하네.—나로 말할 것 같으면, 『유대인』에 공석이 날 경우에 나를 생각한다는 것은 다만 농담이거나 아니면 자다가 봉창 두드리는 발상이네. 사물에 대한 나의 무한한 과문함으로, 또한 인간에 대한 완전한 무관심으로, 발 아래 확고한 유대적 토양의 결핍에서, 어떻게 그 비슷한 일들을 생각한단 말인가? 아니야, 아닐세.

하웁트만: 『석간』에 실린 그 비평은 매우 훌륭했고, 『전망』에 나올 비평[74]을 기쁘게 고대하고 있네. 그렇지만 내가 모르는 것은, 자네가 요

린데와 안나를 (자네 주석에 따르면) 제어할 수 없는 사랑의 권리로서 가 아니라면 어떻게 연결시킬 것인가 하는 점이네.[75] 요린데는 안나와는 아주 다르고, 동시에 이해심도 더 많고 더욱 비밀스럽지. 안나는 명백한 타락을 자행했고, 그 동인들은 미심쩍어, 타락은 의심할 여지가 없지. 그녀의 가장 큰 비밀은 자기 자신에 대한 판결이요 자기 징벌이지. 나에게는 어느 정도 그녀를 요린데보다 더 이해할 수 있게 만드는 그런 비밀이지, 내 능력보다는 내적 요청의 힘으로. 그 반면 요린데는 전혀 나쁜 짓을 하지 않았지, 만일 그랬더라면 그녀의 방식에 따라서 안나처럼 그대로 고백을 했을 것이야. 그러나 그녀는 고백할 것이 없으므로 고백을 하지 않지. 이때 물론 자신의 본성에 따라—그러나 아마도 안나의 경우에 타락에 앞서 또한 그렇게 말할 수 있었겠지만—그녀가 "저는 불의를 행했습니다"고 확신을 가지고서 스스로에게 말한다는 것은 불가능하게 여겨지네. 거기에 그녀의 수수께끼가 있지, 그러나 그것은 말하자면 풀리지 않을 수수께끼지, 왜냐하면 그녀는 나쁜 일을 전혀 하지 않았으니까. 우리는 이 과정에서 단지 정말 수수께끼처럼 그녀의 연인을 발견하는 데 이를 뿐, 그리고 그는 온 세상을 어둡게 하리만큼 자신의 약점을 극대화하네. 그 약점은 논박의 여지없이 거기에 드러나며, 그것은 그가 그 기술자와 교제를 끊을 수 없다는 데 있으며, 그것은 순간적인 약점일 뿐만 아니라 계속될 약점의 전조인 것이, 그는 말하자면 그가 이 교제를 끊을 수 있다 하더라도 그를 방해할 또 다른 새로운 교제를 마련하게 될 것이기 때문이네. 그를 방해하는 것은 그 기술자와 마찬가지로 요린데의 순진성도 그렇고, 순진성이라면 여기에서는 접근 불가를 의미하네. 그는 자네도 확실히 말했던 것처럼 뭔가를 향한 사냥의 길에 섰는데, 바로 그것은 요린데가 갖고 있지 않은 것이며, 그것에 대해 그녀는 오히려 빗장 걸린 문으로 표현할 뿐이지. 그가 그 문을 혼

들면 그는 그녀를 또한 매우 슬프게 하는데, 왜냐하면 그녀는 자신이
소유하지 않은 것을 줄 수는 없기 때문이지. 그러나 그는 물론 늦출
수가 없는데, 왜냐하면 그는 바로 그녀가 빗장 걸어버린 것을 원하기
때문이야. 그러나 그녀 자신은 아무것도 모르고, 누구에게도 또한 그
에게도 아무리 노력하고 배운다 해도 뭔가를 알 수 없는 것을.
내가 미스드로이[76]로 자네에게 편지를 쓰겠네. 그러나 E.에게는 쓰지
않겠어. 그건 코메디가 될 것이며, 그녀 편에서도 그리 볼 것이니까.
그 대신 만일 쓴다면 자네에게 쓰지, 그래서 자네가 편지를 보여줄
수 있도록. 그러면 그것은 코메디가 아닐 것이네. 그런데 말이지만
요즈음엔 독일로 가는 우편이 참 느리더군.
잘 있게나!

F

부디 베를린에서도 미스드로이에서도 엽서 보내주게.

[추신] 빌렉의 경우는 야나첵의 경우보다는 더욱 기묘하다네. 첫째,
당시에는 오스트리아가 존재했고 그래서 보헤미아 상황은 억눌려
있었지, 둘째로 야나첵은 정말이지 적어도 보헤미아에서는 완전히
무명이었고. 그러나 빌렉은 매우 유명하고 매우 칭송되고 있지, 수백
수천이 그를 보고 있어, 그가 저택의 먼지 낀 정원에서 열 그루 나무
들 사이에서 저녁 산책을 할 때면.


**막스 브로트 앞**

[플라나, 1922년 8월 초]

가장 친애하는 막스, 프라하에서 거의 나흘을 보냈으며 그리고 비교

적 평화로운 이곳으로 돌아왔네. 이 분할, 도시에서 보낸 며칠, 시골에서 보낸 몇 달이 나에게는 옳은 것일지도 모르네. 여름에 도시에서 보낸 나흘은 분명히 너무 많은 것일세. 예컨대 누군들 반벌거숭이의 여인들을 보고 더 오래 버틸 재간이 있겠는가. 여름에 이르면 그런 종류의 몸을 엄청 보게 되지. 그것은 부드러운, 넘치는 수분을 함유한, 약간은 부풀어 오른, 단지 며칠 동안만 싱싱할 육신이지. 실제로는 물론 더 오래 견디지. 그러나 그것은 인간 생명의 단명에 대한 증거에 지나지 않아. 인간의 삶은 얼마나 짧아야 하는지, 만일 그러한 육신이, 그래 우리가 그 소멸성 때문에, 다만 순간만을 위한 원숙함 때문에 (어쨌든 걸리버가 그걸 발견했던 대로—그러나 나는 대체로 믿지 못하겠어—땀, 비계, 털구멍, 그리고 털들로 일그러진 채) 감히 그것을 건드리지도 못한다면 말이야. 또한 인간의 삶은 얼마나 짧아야 하는지, 만일 그러한 육신이 삶의 큰 부분을 넘어서 유지된다면 말이야.

이곳에서는 여인들이 전혀 다르네. 여기에도 많은 피서객들이 있긴 해, 예컨대 비할 데 없이 아름답고 비할 데 없이 뚱뚱한 금발의 여자라거나, 그녀는 몇 걸음 뗄 때마다 배와 가슴을 제자리에 갖다 놓기 위해서 몸을 뻗쳐야 하지, 마치 남자가 조끼를 잡아당기듯이 말이야. 옷은 마치 아름다운 독버섯처럼 차려입고서, 냄새는—사람들은 멈추지를 못하네—마치 가장 먹음직스런 버섯 같아 (나는 물론 그녀를 전혀 알지 못하지, 여기서는 거의 아무도 몰라)—그러나 우린 피서객들을 지나치며 바라보곤 해. 그들은 우스꽝스럽거나 무관심하지, 그러나 여기 여자들에 대해선 내가 대부분 감탄을 하지. 그들은 절대로 반벌거숭이로 다니지도 않고, 거의 한 벌 이상 옷도 없는 것 같지만, 항상 완전히 입고 다닌다네. 뚱뚱해지는 건 아주 나이가 들어서야 비로소 그렇고, 풍만한 건 가끔 여기저기 한 처녀정도(예컨대 내가 저녁이면 가끔 지나가는 반쯤 퇴락한 장원의 외양간 처녀, 그녀는 주로 외양간 문안에서 그녀의 젖가슴으로 싸우고 있다네). 그러나 여인들은 말랐어, 아마도 멀리에서나 사랑에 빠질 수 있는 그런 건조함이지. 전혀 위험해 보이지 않는, 그렇지만 훌륭한 여인들. 그건 특별한 건조함이지, 바람에, 폭우에, 노동에, 배려와 출산에서 유래한, 그러나 도시의 참상은 전혀 없는, 그 대신 고요하고 솔직한 즐거움이지. 우리 거처 근처에 한 가족이 살고 있는데, 그들을 꼭 '베셀리'"라 이름할 필요는 없네. 부인은 서른둘에 아이가 일곱이라. 그중에서 아들이 다섯, 아버지는 방앗간 노동자인데, 주로 밤일을 하지. 나는 이 부부를 존경하네. 그는 오틀라가 말한 것처럼 마치 팔레스타인의 농부 같은 모습이네. 이제 이것이 가능하지, 중키에, 조금 창백한, 그 창백함은 그러나 검은 콧수염의 영향이지(자네가 언젠가 힘을 빨아들이는 콧수염이라고 썼던 그런 수염 중의 하나야), 조용하고, 머뭇거리는 움직임에, 만일 그의 고요함이 아니었다면 그가 수줍어한다고 말할 수도 있을 정도야. 건조한 여인들 중의 하나인 그 부인은 영원히 젊고, 영원히 나이 든, 파란 눈에, 쾌활하고, 주름을 잔뜩 짓는 웃음, 이해할 수 없는 방식으로 이 한 무더기 자녀들을 삶 속에서 이끌며 (한 녀석은 타보르에서 실업학교에 다니지) 물론 끊임없이 고민을 하지. 한번은 그녀와 이야기를 나누었는데, 그녀와 결혼을 하기라도 한 그런 느낌이었어. 왜냐하면 아이들은 나에게도 내 창 앞에서 고민거리를 만들어주니까. 그러나 이제는 그녀 또한 나를 지켜주네. 물론이지, 그건 어려워. 아버지는 가끔 낮에 잠을 자야 하고, 그러면 아이들은 집 밖으로 나가야 하고, 그러면 그들에게는 내 방 창문 앞 말고는 거의 다른 장소가 남아 있지 않거든. 풀이 자라는 거리 한 귀퉁이, 그리고 몇 그루 나무가 있는 울타리 쳐진 초원 한구석, 그건 남편이 염소들 때문에 사두었던 것이야. 한번은 어느 날 오전에 그가 그곳에서 잠을 자려고 했다네. 그는 그곳에서 처음에는 등으로 누워 있었고, 팔을 머리에 베고 있었지. 나는 책상에 앉아서 계속해서 그를 주시하고 있었는데, 그에게서 눈을 차마 뗄 수가 없었어, 다른 일을 할 수도 없었고. 우린 둘 다 정적이 필요했지, 그건 하나의 공통점이었고, 그래 유일한 공통점이었지. 만일 내가 정적에 대한 내 지분을 그에게 제공할 수 있었다면, 난 기꺼이 그리했을 것이야. 그런데 말이지만 그게 그리 조용하지 못했거든. 그의 아이들은 아니나 다른 아이들이 소음을 냈고, 그는 몸을 돌려 얼굴을 손에 묻고서 잠을 청하려 했지, 그러나 그 또한 불가능했고, 그는 그러다 일어나서 집으로 들어갔어.

그런데 내가 자네에게, 막스, 내가 차츰 깨닫게 되는데, 자네에겐 전혀 흥미 없을 이야기를 하고 있군. 그런데 그것을 그렇게 이야기하는 것은 오직 무언가를 이야기해야 하고 또 자네와 어떻게든 연결되기 위해서야. 왜냐하면 나는 매우 우울하고, 재미 없이 프라하에서 돌아왔기 때문이네. 원래 전혀 편지를 쓸 생각이 아니었지, 자네도 도시에 살았다시피, 도시의 소음과 불행감에는 편지들이 어울리겠지, 그러나 그곳 바다의 고요 저편에 있는 자네를 방해하고 싶지는 않았어. 자네가 프라하에서 내게 마지막으로 보낸 엽서는 그 점에서 나를 단단히 맘먹게 했지. 그러나 이제 내가 프라하에서 돌아오니, 계속 고통을 받고 계시는 아버지 때문에 조금 서글퍼져서 (아마도 그 일은 그래도 잘 되어갈 것이야, 벌써 일주일 전부터는 날마다 산책도 하시지만, 통증, 불쾌감, 불안정, 불안 등은 그러나 계속 가지고 계시지), 대단히 용감하신, 정신적으로 매우 강하신, 그러나 아버지를 돌보시느라 점점 더 망가져가는 어머니 때문에 서글퍼져서, 또한 다른 몇 가지, 훨씬 덜 중요하지만 거의 더 많이 압박해오는 일들 때문에 서글퍼져서, 내가 이제 벌써 자기 파괴에 머물다 보니까 자네 또한 생각하게 되네, 오늘은 자네 꿈도 꾸었어, 여러 가지, 그중에서 다만 기억나는 것이, 자네가 창밖을 바라보는데, 끔찍할 정도로 말라서, 얼굴은 아예 정삼각형—그리고 거기 모든 것이 그랬기 때문에 (그리고 나도 최근 며칠 '자연을 거스르는' 생활로 상대적인 균형에서 흔들려버렸고, 곧장 지금까지 단 하나였던 그 길이 바로 내 발 앞에서 끊어져 있음을 보는 터라서) 그래서 그냥 자네에게 편지를 쓰는 것이야, 외적인 생각과 내적인 어려움에도 불구하고. 그것은 그러니까 자네가 마지막으로 프라하에서 보냈던 것 같은 방식에 의한다면, 항상 라이프치히의 편지들을 (그리고 편지 한 장이 온 다음엔 전보다도 더 고통스레) 노리고 있음직하지, 그래서 자네는 내 꿈에서처럼 그런 모습일지도 몰라, 자네가—내 진심에서 자네에게 기원하는 바—휴가 중에 벌써 조금이라도 회복을 했다면 몰라도. 하긴 그게 정말 가능한 일일 게야, 이제 자네가 편지들이 주는 끊임없는 고통 대신에 끊임없이 생생한 보고를 받는 행운을 가졌으니. S.[78] 양에게는 기꺼이 안부 전하고 싶었네마는, 그러나 그럴 수가 없네. 난 그녀를 점점 더 모르게 되네. 나는 그녀를 자네가 그녀에 관해서 이야기해준 것에 따라서 굉장한 여자 친구라고 알고 있네. 그다음에는, 이해할 수 없기는 하지만 그러나 결코 고발할 수 없는 소설의 여신으로서 알고 있네. 마침내는 그러나 또한 자네를 파괴하는, 그러면서 동시에 그럴 의도는 아니었다고 부정하는 편지 친구로서 알고 있네. 그것들은 너무도 모순 덩어리야, 거기서는 어떤 인간도 생겨나지 않네. 난 자네 곁에 있는 사람이 누구인지 모르겠어. 그래서 그녀에게 안부를 전할 수 없네. 자네는 그러나 잘 있게나, 그리고 건강히 돌아오게.

F

## 막스 브로트 앞

[플라나, 우편 소인: 1922년 8월 16일]

친애하는 막스, 정리를 하려네. 내가 자네보다 더 잘 이해하는 것, 그 다음에는 내가 전혀 이해하지 못하는 것을. 아마도 그러면 내가 전혀 이해하지 못하고 있음이 밝혀질지도 모르지, 그런 일이야 흔히 가능한 것이고. 왜냐하면 화두는 광범위하며 거리 또한 그러하네, 게다가 또 자네에 대한 염려가 끼어드네. 사실 스스로 인정하는 것보다도 아마 더 힘들게 지내고 있을 자네 말이네. 그 모든 것들에서 생성되어 나오는 것은 다만 안개 낀 영상뿐이네.

먼저 무엇보다도 내가 이해할 수 없는 것은 자네가 왜 W.[79]의 장점들을 그렇게나 찬양하는가 하는 점이네, 어쩌면 그런 (조용히 편지 쓰기는 글렀네. 폭풍이 오고, 내 매제는 좀 황량한 사람인데, 그가 왔고, 내 책상에 다가앉았지. 내 책상? 사실 그의 책상이로군. 그리고 그 좋은 방을 내게 넘겨준 일, 그리고 세 식구가 작은 방 한 칸에서—어쨌거나 커다란 부엌은 예외로 하고—함께 잠을 자는 것, 그것은 혜량할 수 없는 선심이지. 특히 이 배분이 아직 달랐던 처음 며칠간을 생각하면 더욱 그래. 그때 매제는 아침에 즐겁게 자기 침대에서 기지개를 켜면서, 자신이 여름 별장에서 최고로 치는 것이 아침에 일어나자마자 침대에서 먼 데 보이는 숲 하며 등등 이렇게 넓은 전망을 갖는 것이라고 했으니. 그러다 며칠 지나서는 작은 방에서 이웃 마당과 제재소 굴뚝을 전망으로 가지게 되었으니 말이지—나는 이 모든 것을 뭐 하려고 말하느냐 하면—아니지, 목적은 그냥 말하지 말고 내버려둬야지)—자 이제 자네 일을 이야기하세. W.는 모든 것에 따르면 전혀 우세한 게 아니야. 그러나 평형 저울은 적어도 이 순간에는 조심스럽게 균형을 유지하는 것 같아, 모두를 끔찍하게 괴롭히기 위해서 딱 필요한 만큼. W.는 우세하지 않아. 그는 결혼을 할 수도 없어, 그는 도움을 줄 수가 없어, 그는 E.를 어머니로 만들 수도 없거니와, 달리 말하면, 만일 그가 그것을 할 수 있었더라면 진작 그렇게 했을 것이며, 그렇다면 그건 자네에게 훨씬 강력한 선전 포고가 되었을 것이야. 그러므로 그쪽의 품위 있는 동기라거나 이쪽의 나쁜 동기에 대해서는 더 이상 말하지 마세. 그가 E.를 사랑하고 자네도 그녀를 사랑하네. 누가 여기에서 결정을 하련단말인가, E. 또한 결코 그 결정을 할 수 없는 것을. 그는 나름대로 청춘의 모습과 매력을 지녔지, 나이 들어가는 여자를 위해선 딱이지, 그건 대단한 거야. 특히나 자네가 유대인인 점이 더욱 짐이 되지는 않는다 해도 그를 광영으로 채우느니. 그러나 솔직히 자네는 훨씬 더 많은 것, 그리고 더욱 지속적인 것을 가지고 있네, 남자다운 사랑, 남자다운 도움, 그리고 부단히 때로는 예술가 생활의 꿈을, 때로는 그 실제를 주고 있네. 이런 관점에서 무엇이 자네를 절망하게 한단 말인가? 솔직히 그건 자네의 투쟁의 전망이 아니라 투쟁 자체이네, 그리고 그에게는 돌발 사건들이지. 그 점에서 자네가 물론 옳으이. 그것을 나는 결코, 그런 일의 털끝만 한 암시라도 난 견디지 못할 것이네. 그러나 얼마나 많은 것을 자네는 참고 있는지, 나라면 달아나버릴 일, 아니면 내 앞에서 제가 달아나버릴 일인데. 여기에서 나는 아마도 자네를 과찬하는 데 이르렀나보이. 여기서는 나는 자네 힘에 대해서 아예 정신 나간 아니면 겨우 어정쩡한 판결을 내릴 수밖에.

그다음 이야기로 가세. E.는 거짓을 말하네, 그것도 한도 없는 거짓이야. 그건 뭐 그녀의 거짓됨의 증거라기보다는 그녀의 고민의 증거이네. 그리고 그것은 일종의 사후 거짓 같아 보인다는 말이네. 그러니까 뭐랄까 그녀가 말하기를, 그에게 말 놓고 "자기"라 하지 않는다고 주장하네, 그건 참이지. 그러나 그다음에는 곧 실제로 그에게 그렇게 말해버리네. 부분적으로는 그 주장으로 인해 혼동되어서, 그러고는 이제는 그 주장을 철회할 능력이 없는 것이지. 뭐 어찌 되었건, 이런 건 내가 기대하지도 않았고 또 여전히 전혀 이해하지도 못하겠는데, 또한 자네가 어떻게 자기 비하 운운할 수 있는지 이해할 수 없네. 왜냐하면 그것은 사실상 그녀 체계의 붕괴이자, 남자로서 원조자로서 자네에게 그것을 어떻게든 좋게 만들어달라는 탄원인데 말이야. 그녀는 정말이지 완전히 자네에게 도망쳐 오는 것이야, 적어도 자네가 그녀 곁에 있는 한. 그녀가 자네의 부탁에도 불구하고 썼던 편지는 내가 제대로 이해한다면 오로지 너무 너무 자네의 의미에서 씌어진 것이네, 내게 써 보낸 고통스러우면서도 진실한 엽서와 비슷하지.

더 어렵게만 되는 부차적인 상황들은 내버려 두기로 하세, 이 사건에 그런 것들이 오죽이나 많은가 말이야. 나는 기본 도식을 이렇게 보네, 곧 자네는 단념할 수 없는 필요에서 나오는 불가능한 것을 원하네. 그건 대단한 것이 아니지, 그런 것은 많은 사람들이 원하는 것이니까. 그러나 자네는 내가 아는 어떤 사람으로서 그걸 계속 밀고 나가며, 목적지에 빠듯하게 다다른 거야, 다만 빠듯하게. 완전히 목적지에 이른 것은 아니고. 왜냐하면 그건 바로 불가능한 것이니까. 그리고 바로 이 '빠듯함' 때문에 자네는 고통을 느끼고 있어, 고통을 느낄 수밖에. 불가능한 것에는 단계적인 점층이 있네. 글라이헨 백작[80]도 뭔가 불가능한 것을 시도하지—성공 여부에 대한 질문에는 아마도 무덤들도 대답을 못 할 것이네—그러나 그건 자네 경우처럼 불가능하지는 않지. 그는 그녀를 동방에 남겨두지 않았고, 지중해를 넘어서 그녀와 결혼을 이루어냈지. 이 마지막 이야기도 그가 자신의 의지와는 반대로 첫 아내에게 묶여 있다면 가능한 일이 되겠지. 그래서 그녀에게 동경이나 공허함이나 피난처에 대한 갈망이나 악마 같은 고양이 짓이, 그에게는 고맙고 다행스럽게도 자신의 첫 번째 결혼에 대한 절망이라면. 그러나 여기서는 그런 경우가 아니네. 자네는 절망하지 않고, 자네 아내는 자네에게서 심지어 수고로운 삶을 경감해주고 있지 않은가. 그렇다면 내 견해로는, 자네가 자기 파괴에서 자신을 구할 양이면(나는 자네가 또한 집으로도 편지를 써야 한다고 생각하면 소름이 끼쳐), 다른 어떤 것도 남아 있지 않고, 그냥 그 엄청난 일을 저지르는 것이네(엄청나다고 해도 자네가 근년에 겪은 엄청난 것들에 비하면 다만 표면상 엄청난 일일 뿐). 실제로 E.를 프라하로 데려오든지, 아니면 이것이 여러 가지 고려에서 너무도 민망한 일이라 치면, 자네 아내를 베를린으로 데려가는 것, 그러니까 베를린으로 이사를 해서 공개적으로, 적어도 자네들 세 사람 사이에서는 공개적으로 셋이서 사는 것이네. 그렇게 되면 지금까지의 모든 악이 소멸하는 것이지(비록 새로운 미지의 악이 들이닥칠지도 모르지만). W.에 대한 불안, 미래에 대한 불안(W.의 극복 이후에도 여전히 남을), 자네 아내에 대한 염려, 후손 때문에 생기는 불안, 그리고 심지어 경제적으로도 자네 삶은 부담이 줄어들 것이네(왜냐하면 E.를 베를린에 살게 하는 비용이 이제 지금까지의 짐을 열 배로 만들 테니까). 다만 나로서는 프라하에서 자네를 잃게 될 것이네. 그러나 이제 자네 주위에 두 여인을 위한 자리가 있는데, 나를 위해서는 어디엔들 한 자리 없다 하겠는지.

잠정적으로 정말이지 자네가 이 지옥의 휴가에서 구원되어 다시 돌아와 있는 것을 보고 싶으이.

F.

[추신] 자네의 아내: 아마도 그 계획에 대해 그녀를 설득하기가 그렇게 절망적으로 어려운 일은 아닐 것이야. 프라하에 있는 동안에 펠릭스와 이야기했는데, 그는 그녀가 아무것도 모른다는 것이 불가능하다고 생각한대나(다시 말해서 그녀가 상대적으로 명랑하게 견디고 있는 것이라고). 나 역시 언젠가 그녀가 좋아하면서 보여주었던 슈토름의 편지가 생각나는구먼.

## E. S. 앞

[편지 초고. 플라나, 1922년 8월]<sup>81</sup>

엽서와 편지 매우 감사합니다. 그것들이 저를 전혀 놀라게 하지는 않았습니다. 그건 마치 첫 편지가 아니라는 느낌이었으니, 그만큼 당신에 대해서 많이 들어왔고 또한 그 이름이 너무도 친숙했습니다. 다만 제가 당신을 직접 보거나 듣지 못했다는 것이 흠이었지만, 그것이 항상 느껴지지 않았던 것은, 당신이 막스의 소설들에서 살아 있기 때문입니다. 그리고 저는 앞으로도 그것으로 만족해야 하는데, 발트 해 여행은 의사가 제게 허용하지 않습니다.

그러나 저는 기꺼이 당신을 한번 만나보고 싶습니다, 왜냐하면 관련이 풍부하지만 그래도 전혀 소통이 없는 거리를 두고서는 쉽게 오해가 발생할 수 있으며, 편지조차도 이 경우 도움보다는 해가 될 것이기 때문입니다. 그러니 당신의 친절한 편지에서도 그러한 오해, 그 자체로서 불가피한 오해가 위협해 옵니다. 멀리 있는 사람들, 특히 사진으로만 본 사람들은 상상 속에서 별 어려움 없이 사악하고 적대적으로 형성됩니다. 예컨대 저 또한 프란츠라는 이름이지요, 그러면 곧 그 무뢰한이 떠오르지요,<sup>82</sup> 순간 그건 거의 나 자신이라고 확신되는 것입니다. 그러나 실제로—막스의 삶과 일을 중요시 여기는 사람이 어떻게 당신을 나쁘게 생각하며, 또한 당신에게 깊은 감사 이외에 어떤 다른 상태에 이른다 하겠습니까. 막스의 삶과 일은 당신이 살아 있고 꽃피는 데에서 느끼는 기쁨에 근거 합니다. 그를 당신에게서 떨쳐내려고 하는 것은 그를 삶과 일에서 몰아내려는 것이 될 것입니다. 그 점에서 당신과 막스와 저 사이에서 발생하는 단합이 완전한 것이어서는 안 될까요? 물론 지난번 여행 전 같은 날들이 있겠지요. 그때는 그 상이 전도되고, 그에게 생명을 주는 바로 그것 말입니다, 그러면 그것은 그를 앗아가려는 것처럼 여겨지고, 저는 감히 직접적인 계기에 간섭하지 못하게 됩니다. 물론 많은 무의미한 자학이 전제되어 있음을 봅니다. 물론 가장 값진 것에서 위협을 받은 인간의 고뇌를 통해서만 설명이 되겠지요—그러나 그것이 어찌 되었건, 만일 당신이, 경애하는 아가씨, 그를 그 당시에 또는 그 비슷한 기회에 보았어야 하는데—이런 광경을 당신은 본 적이 없을 것이오, 그것은 나에게는 유보되어 있고, 당신에게서 막스는 항상 위안을 받았던 것이오—혼란되고, 이삼일 사이에 놀랍게 말라서, 잠 못 잔 눈으로, 모든 것들에 냉담한, 다만 그에게 고통을 마련하는 것들에만은 예외이고, 그럼에도 그런 때도 그를 떠나지 않은 힘을 가지고서 계속 일을 하고, 그리고 자신을 더욱 파괴해가면서, 만일 당신이 그것을 본다면, 경애하는 아가씨, 그러면 당신은 틀림없이, 제가 그만큼 당신을 안다고 생각하는데, 내가 하는 것으로는 만족하지 못할 것이오, 그러니까 조용히 아무런 도움도 되지 못하고 기껏해야 거의 비슷하게 내리누르는 고통 속에서 그와 마주앉아 있는 것 정도로는. 그 대신 당신은 훨씬 더 많이 도움과 위안을 주면서 막스의 편에 설 것이오. 유감이오, 유감입니다. 당신이 그러한 순간에 함께 있지 않다니. 그리고 당신은 제게 틀림없이 더는 편지하지 않을 것이오.

이것이 당신의 친절한 편지에 대한 답입니다. 그것을 넘어서, 제가 듣자하니 과제가 있군요. F. 양과 다방에서 가진 만남을 보고하는 일, 아니 지금 막 들은 바로는, 보고하는 것이 아니라 막스의 보고를 꾀를 부려 나에게 받아쓰게 하는 것이오. 이 두 가지 과제가 연관이 없기에, 당신은, 경애하는 아가씨, 다음의 언급으로 만족셔야 할 것 같은데요, 그 만남은 내 삶에서 가장 무의미한 사건들 중의 하나였습니다.

## 로베르트 클롭슈톡 앞

[플라나, 우편 소인: 1922년 9월 5일]

친애하는 로베르트, 며칠 동안 프라하에 있었네, 그래서 이제서야 자네 엽서를 여기에서 발견하네. 아마도 적어도 또 한 달을 플라나에서 머무르게 되겠네. 플라나의 가치를 인식하기 위해서라도 가끔씩 프라하에 가야 하는 것인지, 아니면 오히려 항상 그것을 인식하는 것인지. 다만 그 가치를 인정할 힘이 항상 있는 것은 아니라네. 자네는 프라하에 가는 일을 망설이고 있는가? 자 그래도 어쨌든 자넨 도시에 가야 하네, 그건 아주 확실하네. 내가 도시에서 도망치는 것은 다만 도시에 대적할 수 없기 때문이지, 내가 거기서 갖는 몇 안 되는 사소한 만남들, 대화, 풍경 모두가 나를 거의 실신하게 만들기 때문이지. 그럼에도 나는 시월, 십일월을 아마도 프라하에 머물게 될 것이네. 그러나 그다음엔 사정만 된다면 어디 시골에 계시는 외숙[83]에게 가고 싶어. 자네 미래에 대해서 뭔가 말하려면 자네에게 주어진 제안들이 무엇인지 알아야 할 듯하네. 모든 상황에서는 아니라도 많은 상황에서 프라하는 자네에게 최고의 도시네.—막스는 벌써 프라하에 가 있네. 그의 주소는 브레호바 울 8번지.—제안들에 대해서 써 보내시게.

자네의 K

## 막스 브로트 앞

[플라나, 도착 우편 소인: 22년 9월 11일]

친애하는 막스, 내가 예컨대 독일에 가지 않았을 때 나를 이끌었던 "올바른 본능"에 대해서 아무 말도 하지 말게. 그것은 뭔가 다른 것이었네. 나는 여기에 돌아온 지 일주일 되었으며, 금주를 그리 재미있게 보내지 못했네(왜냐하면 『성』 이야기를 사실상 영영 파기해야 했기 때문이네. 프라하에 가기 일주일 전에 시작되었던 '졸도' 이래 그것을 다시 연결할 수가 없었네. 플라나에서 썼던 부분이 자네가 보았던 것처럼 그렇게 완전히 나쁘지 않았는데 말이네). 재미있지는 않았지만 매우 조용했고, 난 좀 뚱뚱해진 편. 그런데 오틀라하고만 있으면, 그러니까 매제도 손님들도 없이 단둘이만 있으면 가장 조용히 지내지. 어제 오후는 다시금 매우 조용했고, 내가 안주인의 부엌을 지나가는 거야, 우리는 간단한 대화를 나누지, 그녀는 (복잡한 인품인 것이) 지금까지 형식적으로 친절하고, 그러나 냉정하고, 퉁명스럽고, 뒤로는 우리에게 간계를 썼다가, 최근 며칠 사이에 완전히 설명할 수 없는, 솔직하고, 진심으로, 우리에게 친절하게 되었거든, 그러니까 우린 간단한 대화에 이르렀는데, 강아지에 대해서, 날씨에 대해서, 내 모습에 대해서 (당신이 왔을 때 당신은 사색이었었죠)[84] 그러다 어떤 악마가 나에게 바람을 넣는 거야, 허풍을 떨라고. 나는 여기가 참 마음에 들며, 무조건 가능한 한 여기 머물 거라고, 다만 식당 음식에 대한 고려가 그걸 막을 뿐이라고. 나를 좀 걱정하던 그녀의 언급을 나는 웃어넘길 일로서 치부하는데, 이제 우리의 전체적인 형편에 의하면 (또한 그녀는 유복한 부인이지) 완전히 예상 밖의 일이 벌어지는 거야, 그녀가 나에게 음식을 제공하겠다고 제안하다니, 그것도 내가 원할 때까지. 그러면서 그녀는 벌써 세부적인 일들을 말하는거야, 저녁 식사와 그 비슷한 것을. 나는 그녀의 제안에 무척 기뻐 감사를 하고, 모든 것이 결정되었지. 나는 틀림없이 겨울 내내 이곳에 머물 것이라고, 다시 한번 감사를 드리고서 간다네. 그러다 내 방으로 충계를 올라가는 중에 곧바로 이 '졸도'가 일어나는데, 그게 이곳 플라나에서 네 번째야. (첫 번째는 아이들이 떠들던 날, 두 번째는 오틀라의 편지가 왔을 때, 세 번째는 오틀라가 9월 1일에 벌써 프라하로 옮겨가므로 내가 한 달은 더 식당에서 식사를 해야 하리라는 것이 거론되었을 때였지). 그러한 상태의 외관에 대해서 묘사할 필요는 없겠지. 자네도 알 테니, 물론 자네는 경험에서 가장 최고로 심각한 것을 생각하겠지, 돌아보는 곳에서 넘어질 수도 있듯이. 무엇보다도 내가 아는 것은 내가 잠을 잘 수 없으리라는 것이네. 수면 기능이란 놈이 심장에서 물어 뜯겨나갔고, 그래 나는 정말 이제 잠을 잘 수 없네. 불면증을 문자 그대로 미리 경험하고 있네. 나는 괴로워하네, 마지막 밤을 잠들지 못하고 있었던 양. 그러고는 집을 나서네, 난 다른 것을 생각할 수가 없어, 엄청난 불안 아닌 어떤 것도 골몰하지 않고, 좀 더 밝은 순간에는 이 불안에 대한 불안이 일고 있음이야. 네거리에서 우연히 오틀라를 만났는데, 그건 우연히도 내가 오스카에게 보내는 답장을 들고 가다가 만났던 그곳이야. 이번에는 그때 보다는 조금 더 잘 됐지. 이제는 정말 오틀라가 말하는 것이 매우 중요하거든. 만일 그 애가 이 계획에 대해서 간단한 동의의 말이라도 하면, 그럼 나는 연민 없이 적어도 며칠을 보내게 될 것이니까. 왜냐하면 나 자신도 그것이 바로 내 문제일 경우에는 그 계획에 대해서 마음속에서 단 한마디의 이의도 떠오르지 않거든. 그것은 오히려 커다란 소망의 성취일 것이야, 홀로, 조용히, 잘 대접받으며, 비싸지 않고, 가을 겨울을 나로서는 특히 쾌적한 지방에서 보내는 것. 그렇다면 뭐 이의를 달 것이 있는가? 불안 이외에는 아무것도 없지, 그건 이의는 아닌 것이고. 만일 오틀라가 아무런 이의를 달지 않으면, 나는 스스로 그것을 위해 싸울 수밖에 없지, 그러니까 내가 머무는 것으로도 틀림없이 끝나지 않을 파기의 싸움을. 그런데 이제 다행히 오틀라가 곧바로 말하기를, 나는 남아 있어서는 안 된다네. 공기는 너무 거칠고, 안개에다 등등. 그로써 긴장은 해소되었고, 그리고 나는 나의 고백을 할 수 있는 거야. 물론 제안의 수락 때문에 난점이 아직 남아 있기는 하나, 그것은 오틀라의 견해로는 사소한 것이라네, 나로서는 어쨌든 엄청난 것인데, 그 모든 사정이 엄청난 사태로 밀려간다니까.

임시로나마 난 어쨌거나 조금 안심하지, 아니면 오히려 그냥 이성일지, 이성이 이 사태에 관여하는 한. 나 자신은 마음을 놓지 못하네, 너무 많은 것이 주문되었어. 이제 자발적으로 사는 것이며, 더 이상 말 한마디로 진정될 수 없는 것이고, 일정한 시간의 흐름이 필요할 뿐. 그래서 혼자서 숲속으로 걸어 들어가네, 매 저녁마다 그러하듯이. 어두운 숲속은 내가 가장 좋아하는 시간, 그러나 이번에는 놀람뿐이네. 그건 저녁 내내 계속되었고, 밤에는 잠을 잘 수가 없었어. 아침에 정원에서야, 햇볕에서야 그게 조금 걷히네. 오틀라가 내 앞에서 그 일에 대해서 안주인과 말 하고 있고, 나는 조금 관여를 하다가 너무도 놀라는 가운데 (놀라움은 이성과는 전혀 무관하게 생기네) 이 다른 곳 어딘가에서 세상을 진동하는 이 사안이 여기에서 몇 마디 가볍게 주고받는 문장으로 깨끗하게 정리되어버리는 것이야. 나는 그곳에 걸리버처럼 서 있는 거야, 거인 여자들이 이야기를 나누는데. 심지어 안주인은 그 제안을 진지하게 받아들이지도 않는 것처럼 보이더군. 나는 그러나 종일 푹 꺼진 눈을 하고 있다네.

자 그럼 그것이 무엇이냐고? 내가 그것을 곰곰히 생각해도, 그건 다만 한 가지야. 자네는 나더러 더 큰 사안에 자신을 검증해봐야 한다고 말하지. 그것은 어떤 의미에선 맞는 말이네, 다른 한편으로는 그러나 그 비율을 결정하지 않는 말이지. 나는 내 쥐구멍에서도 나 자신을 검증해볼 수 있네. 그리고 이 한 가지 일이란, 완전한 고독에 대한 불안이라네. 만약에 내가 여기에 혼자서 머문다면, 나는 완전히 고독한 것일세. 나는 여기 사람들과 말을 할 수가 없으며, 그리고 만약에 그럴 수 있더라도, 그것은 고독의 고양일 뿐일세. 그리고 나는 그 고독의 끔찍함을 암시적으로는 알지, 고독한 고독의 끔찍함은 아니고, 사람들 사이에서 느끼는 고독함, 예컨대 마틀리아리에서의 처음 얼마간이나 슈핀델뮐레의 며칠, 그렇지만 그것에 대해서는 이야기하지 않으려네. 그러니 고독이 어쨌다는 말이냐고? 원칙적으로 고독은 나의 유일한 목적이기도 해, 나의 가장 큰 유혹이요, 나의 가능성, 그리고 도대체 내가 내 삶을 '조성했다'고 하는 점에 대해서 이야기를 나눌 수 있다고 전제한다면, 곧 고독 그 안에서 편안하게 느낀다는 점을 고려한다면 말일세. 그리고 내가 사랑하는 고독에 대한 불안에도 불구하고. 훨씬 더 쉽게 이해되는 것은 고독을 유지하기 위한 불안일세, 그건 똑같이 강렬하고, 즉시 외칠 수 있네 (아이들이 소리 질렀을 때, 오스카의 편지가 왔을 때의 '졸도'), 그리고 나선형 계단에 대한 두려움이 차라리 더 이해하기 쉽지. 그리고 이 불안은 셋 중에서 가장 약한 것이네. 이러한 불안들의 와중에서 나는 으깨어질 것이야─세 번째 것이나 도움이 될는지, 내가 도망치려 한다는 것이 느껴지면 말이네─그리고 마침내 어떤 거대한 방앗간 주인이 내 뒤에다 욕설을 퍼부을 게야, 엄청 일을 했는데도 전혀 양분 있는 것이 나오지 못했다고. 어떻든 개종한 내 외숙[85]처럼 그런 삶을 사는 건 나에게는 전율일 게야, 비록 내 앞에 놓인 삶이 바로 그것이지만. 물론 목표로서는 아니지, 그러나 외숙에게도 그게 목표는 아니셨지, 그냥 마지막 영락의 시절에서야 비로소 그렇게 되었고. 특이한 것은 뭐냐면, 나에게는 텅 빈 방들이 그렇게나 좋단 말일세, 그러나 완전히 텅 빈 것이 아니라 그 안에 사람들에 대한 기억들로 가득 차 있고, 계속되는 삶을 준비하는 그런 방들이 좋아. 가구가 갖춰진 부부용 침실, 아동실, 부엌이 있는 집들, 아침 일찍 다른 사람들을 위해 우편물이 배달되고 다른 사람들을 위해 신문이 배달되는 집들. 다만 실제로 살 사람들은 결코 오지 않고, 마치 내게 최근에 일어났던 것처럼, 왜냐하면 그러면 난 무지하게 방해를 받거든. 자, 이것이 '졸도'의 이야기네.

자네의 좋은 소식은 나를 기쁘게 하네. 그그저께 그 편지가 왔을 때,

나는 그때도 기뻐할 수 있었고, 오늘도 또한 다시 천천히 기쁘네. 베를린으로는 내가 이제 함께 가지 않네. 오틀라는 거의 나 때문만으로 이곳에 한 달을 더 머물었네. 그런데 이제 내가 떠나야 하겠는가? (자네는 왜 10월 30일에 떠나려는가?) 나도 그 첫 공연에 가고 싶으이, 그러나 두 번을 가는 것은 나로서는 너무 대단한 일이야. 그리고 E. 문제에 관한 한, 그 여자가 나를 싫어하고, 또 나도 그녀를 만나는 것이 두려워. 그리고 자네로 말할 것 같으면 내 영향력은, 만일 그런 것이 있다면, 내가 나타나는 것보다는 숨어버리는 편이 더욱 강할 것이야.

내가 슈파이어에게서 마음에 들지 않았던 부분[86]을 자네도 말하는군. 기숙 학교, 시작 부분의 크리스테와 블랑쉬는 흔치 않게 좋아, 아주 경직된 의미를 풀어내고 있어, 그러나 그러다가 그의 손이 가라앉더군. 독서를 하다가 이 가라앉는 손을 따라가기가 힘들어. 그러다가 물론 충분히 존중할 만한 구절들이 있지, 그러나 더는 아니야. 다른 한편 나중의 몰락은 이미 초반에서 예고된 것이야, 뭐랄까 동급생들의 편안한 성격 묘사나 도입의 장에서. 만일 누군가가 11월의 밤에 티베트의 고요함과 독일의 고요함을 비교할 목적으로 창문을 열어본다면, 가장 좋은 방법은 그에게 창을 다시 닫아주는 일이겠지. 여기에 슈토름의 정취가 과장되어 있음이야.

『안나』 또한 나를 조금 내리누르네. 어찌 되었든 난 별로 재미가 없더군. 게다가 그것을 두 번이나 읽었지. 한 번은 나를 위해서, 그다음엔 열여섯 개의 장을 오틀라를 위해서 읽은 것이야. 난 정말이지 구조나 풍부한 정신의 생동하는 대화들에서, 그러니까 많은 부분에서 대가의 품위를 인식하네. 그러나 전체는 이 무슨 홍수란 말인가! 그리고 유스트를 제외하곤 어떤 인물도 나에게 살아 있지 않네. 그러면서 나는 그 순전한 희극, 품위 없는 코메디를 전혀 생각하지 않아, 예컨대, 살았던 적도 없고 죽은 적도 없는데 계속 가짜 무덤에서 끌려 나오는 에르빈도 (우린 그에 관해 읽으면서 그저 웃을밖에), 테아도, 할머니도. 그러나 거의 모든 인물들 또한, 불쌍한 죽은 자들에 대비해서 자신의 가련한 삶을 확인하게 되지. 자네는 안나가 아니라 E.를 사랑하고, E. 때문에 안나를 사랑하는 것이 아니라, E. 때문에 다시금 E.만을 사랑하고, 안나라 하더라도 그 일에서 자네를 방해할 수 없을 것이야. 가장 내 마음에 드는 것은 경건주의자들이며, 자네가 묘사했듯이 작가가 그렇게 무조건적으로 그들에 반대하는 견해를 취하지는 않았다고 보네. "그리고 그들은 눈에 부정할 수 없는 기묘한 광휘를 지녔다, 깊고 훌륭한."[87]

베를린에서 많은 행복을!

F

### 로베르트 클롭슈톡 앞

[플라나, 1922년 9월]

친애하는 로베르트, 펜이 손에서 거의 낯설게 느껴지니, 내가 편지를 쓴 지 그렇게 오랜만일세. 그러나 이번에는 그것을 시도하려는 동기가 충분히 중요한 일이네. 의심의 여지없이 자네에게 충고하는데, 베를린에서 겨울 학기를 보내도록, 그리고 다음과 같은 이유에서이네.

걱정 없이 베를린에서 살고 독자적으로 공부하는 이런 기회는 유일무이한 것이며, 따라서 어떤 경우라 해도 던져버리지 말게. (무슨 대가로 슈타인페스트 박사가 자네에게 지불하는가? 그것은 선물인가?)

공부 장소를 다시 변경하는 데에서 오는 '모험' 극복하기는 자네에겐 가볍게 이루어지겠지. 이 대단한 내적 가능성을 다 이용해보게나! 프라하의 가치는 의심스럽네. 분명히 사적인 모든 것을 제외하고라도 프라하는 뭔가 특별한 매력적인 것들로 넘치지, 그건 내가 이해할 수 있어. 내 생각으로는 그건 사람들 마음속에 있는 어린애다움의 흔적이네. 이 어린애다움은 그러나 치기, 왜소, 무지 등과 곧 잘 섞여 있어서, 본바닥 사람이 아닌 경우에는 어떤 위험을 의미한다네, 결코 일급 위험은 아니라 해도. 프라하는 베를린에서 온다면 더 유용하네, 그렇지만 내가 알기로 아직 그 누구도 대단한 방식으로 그걸 이룬 적은 없네. 어쨌거나 프라하는 베를린을 잡는 약이고, 베를린은 프라하를 잡는 약이네. 그런데 서구의 유대인이 병들어 있고 또한 약으로 밥 먹고 있으니, 그라면 이 권역에서 행동한다면 베를린을 지나쳐 가서는 아니 될 것이네. 그것을 늘 나 자신에게 말해왔네, 그러나 침대에서 이 약 쪽으로 손을 뻗칠 힘이 없었네. 또한 나는 그것을 부당하게도 내 마음에서 무가치하다고 평가하려 했네, 그건 정말이지 그냥 약품일 뿐이라는 생각으로. 오늘날 베를린은 훨씬 낫지, 내 생각으로 팔레스타인에 대한 전망에서도 프라하보다 훨씬 강하네.

막스에 관해서인데, 이번 겨울에 그와 연락을 유지하는 것은 프라하보다는 베를린에서 거의 한결 쉬울 걸세, 왜냐하면 각별한 이유로 해서 베를린은 그의 제2의 고향이 될 것이기 때문이네. 자네는 거기에서 그에게 귀중한 기여를 할 수 있을지도 모르네. (그런데 말이지만 그가 그곳에서 초연을 가질 것인데, 거기에는 아마 나도 참석할 것이네.)

나로 말하자면, 나는 그러니까 외숙 댁에서 (모라비아에 있는데, 그곳은 프라하에서 아마 베를린보다 더 멀 것 같은데) 보낼 몇 주간을 제외하고서는 프라하에 머물 걸세, 왜냐하면 나는 정신적으로 이송이 가능한 사람이 아니기 때문이네. 그러나 어디에선가 자네를 내 숙식 담당자로서 만나봤으면 하는 것은 나에게 매우 즐거운 상상이라네.—그리고 이 모든 것은 겨울 이야기이네. 아마도 베를린에서 한 겨울이면 충분할 게야(자네 사촌 누이도 겨울에 베를린에 있으려 한댔나?), 그런 다음 자네는 비교를 아는 여행 경험이 풍부한 사람으로서 프라하에 돌아오는 거네(만일 그럴 관심이 있고 또한 남부 독일의 대학을 선호하지 않는다면). 그리고 자네의 후견인이 5월 이후에 프라하에 돌아오는 것 또한 안성맞춤이지.—전체적으로 나는 자네가 건강상 잘 지내고 있다는 것을 전제로 하며, 그렇지 않다면야 자네는 그러한 계획들로 노닐게 되지는 않겠지.—베를린 추천서는 막스와 펠릭스 편에 갈 것이네. 나 또한 에른스트 바이스에게 쓸 것이고, 물론 자네가 원한다면. 슈타인페스트 박사의 지원금이 있다 해도 어쨌든 그 부유한 신사에게 원조를 요청하게나, 바이스 박사의 보고에 따르면 10,000마르크로는 지내기 빠듯하다더군.

자네가 베를린으로 가는 도중에 프라하에서 (10월 1일에는 아마 틀림없이 내가 그곳에 가 있을 걸세) 만나서, 필요한 것들을 의논하세. 이레네 양은 다시 드레스덴으로 가는가? 글라우버는 어디에 있는가? 롬니츠에 있는가? 그에게 내 안부 전하게! 그리고 시나이는?—나의 꼬마 조카[88]는 헬러라우로 가지 않네, 당연히. 어쨌거나 나는 누이와 매제가 아이들과 함께 일단 헬러라우로 가보게 하는 데 이르렀지만, 바로 이런 억지 승리로 궁극적인 승리의 희망을 영 잃어버렸네. 노이슈태터 부인이 매우 겁을 먹게 했으니, 악의적으로 하필 바로 그날 얼굴에 염증과 농종을 가지고 있었다네. 노이슈태터 씨, 영국인, 보조 여교사, 달크로즈 여학생[89] 등이 아주 마음에 들기는 했지만, 그 염증에 맞설 수는 없었네. 학생들은 소풍을 갔고, 일요일이었거든. 내 누이는 결정을 내릴 힘이 없는 듯했네. 그것으로 그 애를 나무랄 수는 없네. 나는 여러 달 전부터 이러한 기차로 10분짜리 소풍을 하고자 하면서도 그걸 못해보았다네.

모든 좋은 소망을!

자네의 F

친애하는 오스카, 편지 고맙네, 플라나를 경유해서 받았다네(나는 월
요일[91] 이후로 프라하에 있네). 나는 자네가 내게 화났을 것이라고 매우
걱정했으며, 그리고 아직도 걱정하고 있네, 왜냐하면 그러한 상연
에 대처하여 누군들 어찌 잘 지낼까 싶으니. 내가 이 끔찍한 상연을
얼마나 가까이 내 생명처럼 여기는지를 힘들여서라도 생각한다면
또 몰라도. 나는 되도록 빨리 가겠네. 플라나에서는 몇몇 셀 수 있을
만한 중단을 제외하곤 정말 잘 지냈네. 끝나가려 했을 때 비로소 내
가 떠났던 것이 거의 기뻤어. 겨울을 그곳에서 보내는 것보다 더 좋
을 일이 어디 있겠는가, 특히 잠꾸러기에게는. 그런데 난 그런 사람
에 속하지는 못해, 나는 그곳에서 자유롭게 해방된 자연의 정령들 사
이에서 견딜 수가 없을 거야. 자네는 음악회 시즌에 묶여서 기껏해야
이삼 일 떠나올 수 있을는지. 레오는 행복할지어다! 그의 양친에게
찬양을! 그처럼 성장하고, 건강하며, 힘있고, 세련되고, 신체적으로
도 노련한, 그래 뭇처녀들에게 선망의 대상이 되다니, 그들의 시선은
더욱더 발전을 촉진시키고 유도하는 법이지! 막스에게 슈파이어의
『계절의 우울증』을 빌려 보게나, 그 책에 기숙학교가 그려져 있더군.
그에 비해서, 교육을 기본적으로 완전히 고독한 너무도 추운 또는 너
무도 더운 소년의 침상에서 완성했던 사람이라면 이렇게 말하고 싶
을 게야, '나는 저주받았다.' 그건 다 옳지는 않아, 하지만 그렇게 이
야기하는 게 재미있지.
자네, 부인과 누이에게 진심 어린 안부를 보내며.

자네의 F

## 로베르트 클룝슈톡 앞

[프라하, 1922년 가을]

친애하는 로베르트, 몇 마디만 함세, 그 처녀가 기다리네. 이레네 양의 보고에 따르면, 최악의 상태는 넘기고 그리고 입원 문제는 더 고려되지 않는다는 인상을 받았네. 어쨌거나, 만일 자네가 어떤 극미한 회복이라도 병원에서 약속받을 수 있다면 우린 그것을 시도해보아야 하네(집에서 시중을 받는 것은 틀림없이 아주 나쁠 게야), 그건 결코 기원 행렬이 아니네, 나는 동료에게 갈 것이야, 그리고 그것을 그를 통해서 매우 자부심을 가지고서 전달하게 하겠네……

그러니 말해보게. 헤르만 박사에게는 오늘 소식을 받았네, 그러나 매우 짧고 불분명한 내용이었네, 가벼운 독감이라고 말했으니. 내일은 내가 그에게 가보겠네.

열은 얼마나 높은가? 정확하게.

자네 편지에는 이미 답장을 보냈네, 이레네 양이 어제 여기에 오기 전에. 열 때문에 그 일은 전에 그랬던 것에 비해서는 덜 중요하게 되었네. 대답은 내게 보류되어 있네.

모든 좋은 소망을,

자네의 K

자네에게 뭐가 필요한지 솔직하게 말해주게.

## M.E. 앞

[프라하, 1922년 가을]

친애하는 민체, 당신 편지는 나에게 큰 기쁨을 주었어요. 왜냐하면 그건 당신이 내가 알고 있다고 생각하는 장애물들 그리고 여전히 존재하고 또 나로서는 알지 못하는 장애물들을 포기하지 않았고 당신의 독자적인 용감한 삶을 살아 나가고 있음을 보여주기 때문이오. 물론 나는 초대[92]를 승낙하며, 어찌 내가 그것을 받아들이지 않겠소. 한 주부로서 당신을 보는 것, 그리고 게다가 안정, 숲, 정원을. 그렇지만 나의 이동성이 한정되어 있다는 것을 인정해야 해요, 신체적인 면만이 아니라 정신적으로도. 예컨대 여름에 나는 튀링엔에 있는 친구들을 만나러 가기로 되어 있었어요, 그런데 비록 신체적 상태가 꽤 좋았지만 그것을 실행할 수가 없었어요. 그건 설명하기가 어렵군요. 그러나 아마 카셀에 가는 것은 되었으면 해요. 그런데 대체 무슨 별장이며 무슨 땅인가요? 원예 사업이오? 아니면 단지 요양지? 그럴 것 같지는 않고. 그리고 당신이 그런 곳에 혼자서 살 리 없으니, 대체 어떤 사람들이랑 함께 살고 있나요? 슈티프터의 『연구』에 보면 『두 자매』의 이야기가 있는데,[93] 한 처녀가 이룬 대단한 원예업 성공 사례라오. 당신은 그 이야기를 아나요? 묘하게도 그 이야기는, 내 생각으로 우리가 그 비슷한 맥락으로 이야기한 적이 있었던 그 가르다 호반의 일이지요. 그건 많은 사람이 갖는 꿈인 것 같아요.

그 고백. 고백을 들어도 좋고, 그렇게 선택된 것은 벌써 불가피한 무거운 의무요. 부디 그렇지만 이것에서 무언가를 희망하지는 말아요. 누군가가 어떤 사람에게 고백을 한다고 할 때, 그가 희망을 걸 수 있는 사람이란 대체 어떤 사람이어야 하겠어요! 어떤 사람에게 고백한다는 것, 또는 그것을 바람 속으로 외치는 것, 그건 대체로 동일한 것이오. 그 가련한 약한 의지가 아무리 선하다 해도 그래요. 자신의 삶의 혼란 속에서 방황하면서 다른 사람의 혼란을 듣는 것, 그걸 어찌 다르게 말하겠어요, '어쨌거나 그건 그렇고, 그렇게 되어가지요'라고 할밖에. 그건 물론 위안이 될 수도 있겠지요, 그러나 고도의 것은 아니지요. 그러나 친애하는 민체, 꼭 그렇게 하고 싶으면 편지를 써요. 분명 나에게서는 내 힘의 한계까지의 존중과 관심을 발견하게 될 것이니.

당신은 내 병에 관해서 묻는데, 그게 병실의 닫혀진 문 밖에서 보는 것처럼 그렇게 나쁘지는 않아요. 하지만 건물이 좀 부서질 것 같지요. 그래도 지금은 꽤 좋아지고 있고, 그렇지만 예컨대 2개월 전에는 정말로 좋았지요. 이건 아무래도 어딘지 혼란스러운 전쟁 상황이오. 이 병 자체는 전투 병력으로 볼 때 세상에서 가장 복종을 잘하는 미물이지요, 두 눈은 전적으로 본부에 고정시켜놓고 있으며, 그리고 거기에서 명령이 떨어지면 무엇이든 수행하고. 다만 상부에서 종종 결정이 불확실하거나 아니면 아예 오해하는 것들이 있지요. 본부와 군대 사이의 틈은 종결되어야 하지요.

잘 지내요, 친애하는 민체, 여행과 꾀하는 일에도 모든 좋은 소망을.

당신의 카프카


**쿠르트 볼프 출판사 앞**

[프라하, 접수 소인: 1922년 10월 21일]

존경하는 출판자 귀하!

두 권의 책과 특히 제게 전해주신 인사 말씀[94]에 대해서 감사드립니다. 곧 그 인사 말씀에 대해서 이렇게 답례합니다.

이런 기회에 제가 귀하께 알리고자 하는 것은, 몇 번 말씀드렸듯 이제 주소는 뽀리츠 7번지가 아니라 확실히 말씀드리면 다음입니다.

프라하, 알트슈태터 링 6번지

여러 가지 다른 이유들로 해서 불편한 것은 제쳐두고라도, 뽀리츠로 우송된 우편물을 받는 것은 대개 아주 오래, 때로는 몇 달을 지연되는 이유에서 불편합니다. 이 책들도 매우 지연되어 도착했습니다. 그러므로 이 주소 변경을 아주 친절히 유의해주시기를 부탁드립니다.
우연히 제삼자에게 들은 바로는, 「변신」과 「선고」가 카샤우의 신문
『세바드샤끄』에, 그리고 「형제 살해」가 『카싸이 나쁠로』의 1922년
부활절 판에 헝가리어 번역으로 실렸다 합니다만. 번역자는 베를린
에 거주하는 헝가리 작가 산도르 마라이[95]라고요. 귀하는 그것을 알
고 계시는지요? 여하간 저로서는 앞으로는 헝가리어 번역권을 제가
알고 지내는 문필가 로베르트 클롭슈톡에게 유보하고자 함을 청합
니다. 그는 확실히 훌륭한 번역을 할 것입니다.
정중한 경의와 더불어,

F 카프카 배상


로베르트 클롭슈톡 앞
[프라하, 1922년 11월 22일][96]
친애하는 로베르트, 언제 자네는 마침내 덧칠 없이 내가 실제로 어떠
한지 그대로를 보려나, 여기 이 소파에 속수무책으로 누워 있는 나
를. 내 건너편 저 위 러시아 교회의 맨 꼭대기에는 함석쟁이들이 기
어 올라가서 일하면서 노래를 부르네, 바람과 빗속에서. 난 열린 창
을 통해서 그들을 바라보며 선사 시대의 거인들 보듯이 감탄하네. 내
가 이 시대의 인간이라면, 그들은 선사 시대의 거인들 아니고 뭐겠는
가. 이것 말고는 내가 편지를 쓰지 않은 이유가 없네, 아니면 또 하나
의 이유, 자네를 설득할 수 없을 무기력.
매우 고맙네. 점차로 하긴 약간의 도움으로 이 위대한 사람[97]이 헝가
리의 어둠 속에서 여기저기 노출되고 있군. 그렇지만 잘못된 표상들
그리고 무엇보다도 잘못된 유추가 들이닥치네. 그러한 번역은 조금
은 매체의 고통스러운 무능에 대한 사람들의 불평들을 상기시키네.

여기에 바로 독자와 번역가의 매체적 무능이 연합하지. 그러나 그 산문은 더 분명하며, 우리는 산문에서 그를 조금 더 가까이에서 보게 되지. 많은 것은 이해하지 못하겠네, 그러나 전체적으로는 이해가 되지,—그런 경우 대개 그렇듯이—그가 있었다는 사실, 있다는 사실, 그러니까 어떻게든 그와 동류라는 사실에 행복해지네,—"아무와도 유사하지 않다"고 되어 있지, 그러니까 바로 그 점에서 동류인 것이라네. 시의 번역은 사실상 통탄스럽네, 다만 여기 저기 한 단어 또는 한 음이라면 몰라도. 원전과의 관계를 확정하기 위해서 나는 나와 지붕 이는 사람들 사이의 관계를 척도로 삼네.

그 편집인에 대해서는 자네가 좀 부당하네. 그가 얻는 이득이 무슨 상관인가? 기생에 대해서 무슨 이의란 말인가, 만일 그것이 공개적이고 정직하고 타고난 능력으로 보편적인 효용을 위해 일어나는 일이라면. 우리는 뭐 기생충이 아닌가, 그는 우리의 안내자가 아니던가? 뿐만 아니라 그 둘의 단합은 매우 박력 있고 또 인식을 요청하고 있네, 그토록 말을 많이 하는 사람과 그토록 아예 침묵하는 사람 사이의 단합이니. 또한 후기에도, 적어도 나에게는, 새로운 것들이 들어있네.

내 삶은 다행히도 최근에는 매우 일정했지. 다만 막스가 때때로 오고, 한 번은 베르펠도 왔지. 나를 제메링에 초대하기 위해서. 그건 참 친절한 일이었네, 그러나 의사가 내 여행을 허용하지 않았고, 결국 나는 4일간 방문객을 받았지.

이제 곧 내가 마틀라에 도착한지 일주년이 다가오고 있으며, 부자에다 뚱뚱한 젊은 신사가 두 젊은 여인들 사이에 따뜻하게 앉아서 『신자유신문』성탄호를 읽고 있네.

잘 있게나.

자네의 K.

자네의 특급 우편이 방금 도착했네. 자네로선 사실상 나를 알 만한 다른 방도가 없지, 증오 외에는. 또한 종당에는 내 행동이 자네 마음 속에서 증오를 불러일으키고야 말 것이네.

부디 글라우버에게 나의 안부를.

갈곤 부인은 무얼 하는가?
일론카 양은 최근 나에게 편지를 썼네.

**막스 브로트 앞**

[프라하, 1922년 12월]

친애하는 막스, 주로 자네에게 정보를 주기 위해서 쓰네. 왜냐하면 베르펠이 자네를 보러 갈 것이거든, 그리고 덩달아서 자네 생각으로 나 자신을 위안시키려 하네.

어제 베르펠이 피크와 함께 찾아왔네. 그 방문은 내게 큰 기쁨을 주었어야 했는데, 그만 나를 절망시키고 말았네. 베르펠은 내가 「말없는 사람」[98]을 읽었다는 것을 알고 있었고, 그래서 나는 그것에 대해서 언급을 해야 하리라고 미리 짐작을 했네. 그것이 단지 일상적으로 불만스러웠더라면 그런 정도에 대해서는 어떻게든 우회할 수가 있었겠지.

그러나 그 극작품은 나에게 많은 것을 뜻했네, 그것은 나에게 아주 치명적이어서, 혐오스러운 것 중에서도 가장 혐오스럽게 나를 강타한 것이야. 그런 일은 꿈에라도 생각해본 적이 없었지, 베르펠에게 언젠가 그것에 대해서 이야기해야만 하는 상황이 되리라고는. 심지어 그 역겨움의 이유들조차 분명치가 않았으니, 왜냐하면 나로서는 그 극과 더불어서는 눈곱만치도 내적인 논쟁이 일지 않았으니까. 다만 그것을 떨쳐내버리고 싶은 욕망뿐이었지. 예컨대 내가 하웁트만의 『안나』에 대해서 귀머거리가 되었다면, 이번의 안나와 그녀 주변의 괴물에 대해서는 고통에 이르도록 너무도 잘 들리네. 이 청각 현상들이 온통 뒤얽혀 있다니까. 내가 오늘 이 혐오감의 이유들을 요약해야 한다면, 예컨대 이런 정도이네. "말없는 사람"과 안나는 (마찬가지로 그녀의 가까운 주변 사람들, 그러니까 끔찍한 볏단 자르는 사람, 교수, 강사) 인간이 아니네(다만 더 먼 주변인들, 그러니까 보좌 신부, 사회민주주의자 등에서야 비로소 약간의 삶 비슷한 것이 성립되지). 이것을 참을 수 있게 하기 위해서 자신들은 그들의 지옥의 현상을 변용하는 전설을, 심리학적인 이야기를 꾸며내고 있음이야. 이제 그들은 그러나 자신들의 본성에 따라서 다시금 다만 무언가 마찬가지로 비인간적인 것을 창출해내는 것이야, 그들 자신과 똑같은, 그래서 경악은 배가되는 것이지. 그러나 그것은 다시 가상적이고 모든 것을 사선으로 회피해버리는 전체의 순진무구함으로 인해서 열 배로 되어버리지.

내가 베르펠에게 뭐라 해야 했을지, 내가 감탄하는, 심지어 이 작품에서도 감탄하는 그에게. 이 작품에서는 특히 이 제3막의 진창을 건너가는 그 힘만으로도 감탄하는데. 그런데 이 극에 대한 내 감정은 너무도 개인적이어서 그것이 오직 나에게만 해당된다는 느낌이었지. 그리고 그가 온 것이네, 매력적인 우정을 지니고서 내게로. 그리고 나는 그가 몇 년 만에 한 번 오는데, 그러한 소화되지 않은, 소화될 수 없는 평가를 지닌 채 그를 맞이해야 하다니. 그러나 달리 어쩔 수 없었고, 내 마음의 구역질을 조금 지껄여댔지. 그러나 저녁 내내 그리고 밤새 그 결과에 괴로웠네. 뿐만 아니라 아마도 피크를 모욕했던 것 같아, 흥분 속에서 그를 거의 거들떠보지도 않았으니까. (그런데 말이지만 그 극에 대해서는 피크가 가고 난 다음에야 비로소 이야기를 했는걸.)

건강상으로는 더 잘 지내고 있네.

모든 좋은 소망을, 삶에서나 무대에서나.

F.


**프란츠 베르펠 앞**

[미발송으로 추정. 프라하, 1922년 12월]

친애하는 베르펠, 자네[99]의 지난번 방문했을 때 내가 그런 행동을 한 이후에 자네가 다시 올 수 없었으리라는 것, 그것을 알고 있네. 그리고 사실은 자네에게 벌써 편지를 썼어야 하는 건데, 만일 편지 쓰기라는 것이 말하는 것이나 마찬가지로 나에게 점점 어려워지지만 않았던들. 그리고 편지 부치기라도 문제가 아니었더라면 벌써 보냈을 것을, 그러니까 내가 이미 편지를 한 통 완성했으니 말이네. 그러나 옛일들을 되씹는 것은 쓸데없는 짓이네. 자신의 모든 옛 비참함을 항상 다시금 변호하고 변명하는 일을 그만두지 않는다면 대체 어디로 간단 말인가. 다만 이것만은 말하리니, 베르펠, 자네가 정말이지 또한 스스로 알아야 할 것이니, 그게 일상적인 불만이 문제 되었다면, 그것은 아마도 더 쉽게 요약해서 말했겠지. 그러면 그저 사소한 일이 되고, 나 또한 그냥 좋게 침묵할 수 있었을 것이고. 그러나 그건 경악이었고, 그것을 논증해내기는 어렵네. 꽉 막히고 질기고 반항적으로 보인단 말이지. 거기선 누구라도 불행하구. 자넨 분명히 한 세대의 인도자인데, 이건 아첨이 아니고 또 누구에게도 아첨으로 쓰일 수가 없지. 왜냐하면 이 수렁 속의 사회는 여러 사람이 인도할 수 있는 것이니까. 그렇기 때문에 자네는 인도자일 뿐 아니라 그 이상이고(자네는 그 비슷한 말을 스스로도 브란트의 유작에 대한 멋진 서문에서 말했지, "기꺼이 기만적으로 의도된 것"[100]이라는 단어에 이르도록 멋지게). 사람들은 격렬한 긴장을 지닌 채 자네의 길을 따르고 있고. 그리고 이제 이 극이 나왔네. 그것은 모든 장점을 가졌을지도 모르네, 연극적인 것에 서부터 더 높은 것에 이르기까지. 그러나 그것은 지도자적 품성의 후퇴요, 단 한 번도 그 속에는 지도자적인 것이 없으며, 오히려 세대에 대한 배신이요, 견강부회, 일화로 승격시키기일 뿐, 그러니까 그 고통의 존엄성을 훼손하는 일이네.

허나 이제도 나는 다시 쓸데없는 소리나 하고 있네, 꼭 그때처럼. 결정적인 것을 생각하고 말하기에는 능력이 안 되네. 그쯤 해두세나. 나의 관심이, 자네에 대한 나의 지극히 이기적인 관심이 그렇게 크지만 않다면, 어디 쓸데없는 소리라도 할 건가.

그리고 초대 말인데, 우리가 초대를 문서로서 손에 받으면 그건 더 대단한 더 사실적인 외관을 갖게 되네. 방해되는 것은 질병, 의사(제메링 여행을 그는 다시 무조건적으로 반대하네, 이른 봄 베네치아라면 그렇게 무조건 반대하지는 않는데) 그리고 아마도 금전 문제도(나는 월 1,000크로네로 살아갈 수 있어야 하니까). 그러나 그것들이 중요한 장애는 아니지. 프라하의 침대에 뻗어 있기에서 생 마르코 광장의 똑바른 산책으로 이동하자면 너무 멀어서, 상상만은 그것을 겨우 뛰어넘지만, 그것들은 정말이지 무엇보다 일반적인 일이고, 그것을 넘어서 뭔가 표상을 생성해내는 일, 예컨대 내가 베네치아의 사교 모임에서 점심을 든다거나 (난 혼자서만 식사를 할 수 있는데), 그것만으로도 상상을 거부해버린다네. 허나 어쨌거나 나는 그 초대장을 꼭 움켜쥐고서 자네에게 거듭 감사하네.

아마도 정월에는 자네를 보게 될 듯해. 잘 사시게나!

자네의 카프카

[1922년 12월 추정]

가장 친애하는 막스, 나는 갈 수가 없네. 지난 이틀 저녁 가벼운 열이 있었네(37.7도). 그러다가 낮에는 훨씬 낮아지거나 심지어 정상이네, 그러나 그렇더라도 감히 외출은 하지 않겠어. 베를린의 투쟁과 그 밖의 다른 일에도 많은 행운이 있기를. 그 여행자에게 진심 어린 안부를 보내네, 아직 그녀의 낭독을 들을 기회는 없었지만.

자네의 F.

내 몫으로 괴테를 부디 사지 말게. 1. 나는 돈이 없으며, 모든 것이 필요하고 또 의사를 위해서 더 많이 필요하네. 2. 책들을 놓아둘 공간이 없네. 3. 어쨌거나 대충 괴테의 전집 5권이 있으니까.

[1922년 추정]

친애하는 막스, 나는 가지 않겠네. 7시에 식사를 해야 하네, 그러지 않으면 전혀 잠을 못 자네. 주사의 위협이 효과가 있네. 뿐만 아니라 바로 오늘 (바로 매일처럼) 뭔가 쉽지 않은 일 하나를 끝마쳐야 하네. 이따금 나는 훈련 중의 검투사 같다는 느낌이 들어. 그는 자신에게 마련된 일이 무엇인지 알지 못하며, 그에게 부과된 훈련으로 미루어 판단하건대, 그것이 아마도 전 로마인들 앞에서 벌어지는 굉장한 전투가 될 것이라는 예감.

**막스 브로트 앞**

[1922년 추정]

친애하는 막스, 오지 말게나! 나는 조금 열이 있으며 자리에 누워있
네. 티베르거 박사[101]에게는 알리지를 못했네. 필요하다고 생각된다
면 자네가 그리해줄 수는 없겠나? 여기에『체쓰까 쓰뜨라슈』두 편과
『체쓰까 스워보다』한 편을 보내네.[102]『스워보다』는 명칭 문제에 대해
서 두 가지 해석을 하는데, 심지어 두 가지 다른 해석이네(주해와 시).
진심 어린 안부를 보내며,

자네의 프란츠


**막스 브로트 앞**

[1922년 추정]

친애하는 막스, 부디 거기에 어떤 착오가 생기지 않도록 말하네만,
내 생각에는 내가 우리 아가씨가 오후 공연에만 가려 한다고 말했던
것 같으이. 그건 옳지 않아, 저녁 입장권 역시 환영이고, 심지어 어쩌
면 그것이 더욱 환영일걸.

F


**M. E. 앞**

[프라하, 1922/23년 겨울]

친애하는 민체, 오늘에서야 비로소, 참 믿을 수가 없군요, 그 꽃에 대
해서 감사를 보내요. 내게 그렇게나 즐거움을 준, 집에는 위안이요,
카셀로의 권유였던 꽃을. 그러나 최근에는 극히 불안정한 날들이었
어요. 어머니에게 갑작스레 그리고 위급하게도 중대한 수술이 닥쳤

고, 그런데도 어머니는 그 모든 위급에도 불구하고 그사이에 들이닥친 다른 고통 때문에, 물론 주요 사안과 어쨌든 연관된 고통으로 수술을 하지 못했어요. 그러고는 너무도 고통스러운 처치를 겪으면서 하루하루를 연기하고 계시고요. 끔찍한 약물, 끔찍한 인간들의 끔찍한 발명이지요.

이 일이 지나가면, 그때 편지하리다. 내게 당신의 주소를 보내요, 아니면 "카셀 근교 빌헬름스회에"라고 쓰면 되오?

모든 좋은 소망을!

당신의 카프카


이제 보니 이 몇 줄조차 우송하지 않는 채 그대로 놓여 있게 했네요. 테플리츠에 너무 늦게 도착할 것 같소. 수술이, 특히 좋지 않은 수술이 어제 있었어요.

# 1923년

## 오스카 바움 앞

[프라하, 1923년 1월 중순]

친애하는 여러분, 나의 축하를 보내오. 고약한 양반들, 왜 자네들은 시간에 맞춰서 나에게 알리지 않았나. 막스와 펠릭스와도 다만 드물게 만나므로, 며칠 전에서야 우연히 그 잔치[1] 이야기를 들었네. 그런데 그것이 16일로 잘못 생각했는데, 어제서야 듣기를, 그런데 그런 잔치는 평생 동안 알기를 (그 점에 관해서도 내가 제때 알지를 못 했지만, 그건 자네들 죄가 아니지) 토요일에만 행해질 수 있다 싶네. 그런데 어제는 오한이 나서 외출을 할 수 없었고, 상세한 문의도 해볼 수가 없었다네. 그래서 그 전체가 나를 빼놓고서 진행되었지, 그리고 책들 또한 무차별로 우연히 선택된 것이네. 다만 실제적인 크기에서 모든 나의 상상들을 초월하는 그 잔치에 대한 나의 평소 관심은 날짜와 준비와는 상관이 없네.

잘 있게나, 아마도 내가 마침내는 자네들을 한번 방문할 것이네.

F

만약에 레오가 그 책들 중 어떤 것을 별로라고 여기거나 이미 알고 있는 것이면, 칼베 서점에서 그것을 교환할 수 있을 걸세. 그 서점에는 예컨대 진짜로 좋은 전집류들이 있다네,[2] 이를테면 심해 탐험, 다윈, 스벤 헤딘,[3] 난센,[4] 또는 아마도 브로크하우스에서 간행된 비슷한 것들을 좋아할 것이야, 칼베 서점에도 비축된 것들이지.

M.E. 앞

[프라하, 1923년 1월/2월]

친애하는 민체,

지난번 내 편지를 테플리츠에서 아마도 받지 못했겠군요. 그것은 내 어머니의 중한 수술에 관한 것이었어요, 수술은 이제 지났고, 그리고 어머니는 서서히 아주 서서히나마 회복되시는 것 같네요.

이런 일들이며 다른 일들이 당신에게 더 일찍 편지 쓰지 못하게 한 것이며, 그러는 사이에 당신은 이제 겨울 정원에서 지내겠네요. 그것이 어려운 일인 것을, 민체, 내 어찌 모를 수 있겠어요. 그것은 전적으로 희망 없는 유대인의 기도이고, 그러나 그건 내가 보기에는 그 절망 속에 장엄함이 있지요. (말이 났으니 말이지만, 그러나 그건 아마도 이 순간에 심지어 내 형편에 비추어서도 너무도 이상스런 불면의 파괴적인 밤을 지낸 오늘처럼 그렇게 절망적이지는 않을 것이오.) 이런 표상들은 피할 수가 없어요, 한 아이가 황량하게 혼자 놀다가 어떤 전대미문의 의자 오르기나 또는 그 비슷한 일을 기도하는 것 같은, 그런데 완전히 망각 속에 빠진 아버지는 보고만 있고. 그러나 모든 것은 보기보다는 훨씬 안전하다오. 이 아버지는 예컨대 유대 민족일 수도 있어요.* 당신은 히브리어를 아나요, 아니면 그것을 적어도 배우려고 시작해본 적이 있나요? 신랑은 유대인인가요? 시온주의자 말이오?

그 전체 기도 중에서 나를 우려케 하는 것은 다만 당신이 가끔 편지에서 언급한 육체적 피로뿐이라요. 그것이 어떤 종류의 질병의 흔적일까요? 아니면 다만 대부분 그러하듯이 당연한 피로인지, 그거야 신비한 잠으로, 나에게서야 불발인 잠으로 끝나는 것이지만?

내가 좀 더 정신적으로 안정된 상태가 되면 다시 쓰겠소.
정말 잘 지내도록 해요.

당신의 카프카

*이것은 무관심에 대한 그 반항을 설명하는 데 또한 도움이 될는지, 당신에게 이해가 안 가는, 자신의 힘에서 나오는 것 같지 않은, 그 끊임없는 반항 말이오.


M. E. 앞
[프라하, 1923년 3월]

친애하는 민체,
아름다운, 대단한, 너무도 대단한 놀라움이오, 그리고 세상에서 가장 자연스럽고, 가장 이성적이며 가장 당연한 것. 이 놀라움에 직면하여 생기는 많은 의문들을 글로 쓸 수는 없다오, 당신을 프라하에서 보게 된다니 매우 기뻐요. 당신 신랑에게 내 안부를 전해줘요, 그리고 그 커다란 돌변에 즐겁고 강건히 지내고요!

당신의 K


로베르트 클롭슈톡 앞
[프라하, 1923년 3월 말]⁵

친애하는 로베르트, 나는 단지 먼젓번 것을 대답할 수밖에 없네, 곧 예컨대 자네의 마지막 편지 같은 것은 불안의 동인이다, 그 초조함이다, 또는 뭐랄까 이런 언급 "……그렇게 고집할 순 없는 것이, 비록 우리 대다수 모두가" 따위의 언급에는 그 어떤 진실의 흔적도 들어 있지 않다고. 그럼에도 그러나 그것은 그것과는 무관한 불안일세, 이 순간—미래에 관해서는 전혀 말하지 않겠네—불가분의, 강조하자면, 결정적으로 (비밀리에 행해지는 협약은 제외하겠네) 불가분성의 모든 성사들을 갖춘, 하늘 앞에서 장엄하게 뿌리내리는 결속에 대한 불안일세. 결속이란 나에게는 여자들과도 불가능했지만 남자들과도 마찬가지네. 이 방랑에서, 이 구걸에서 그런 거창한 일들을 가지고서 뭘 하겠다는 건가? 수치감도 모르고 허풍 떨게 되는 매 순간 불가피한 계기, 황홀하게 이용한 계기들이 있지. 무엇하러 더 이상의 기회들을 구한단 말인가. 그리고 그뿐만 아니라 상실이란 가끔 보기보다 그렇게 크지 않기도 하지. 뭔가 공동체감을 느끼는 쪽으로 기운다면, 거기에 충분한 결속이 있는 것이네. 그 밖의 것은 별들에게 맡겨두세나.

그러고도 이 모든 불안, 마치 자네에게 엄습하기라도 하듯이 내게 계속해서 파묻혀 있는 그 불안은 정말이지 나에게만 엄습하는 것이라네. 여기서 뭔가 속죄를 통하여 또는 그 비슷한 무엇을 통하여 도달할 수 있다면, 나는 그 짐을 지려네. 그러나 이 불안에 대체 뭔가 특별한 것이 있단 말인가? 한 유대인이자 독일인이며 게다가 병자에 게다가 개인적으로 첨예한 상황에 있는데—이건 화학적인 힘들이네, 나는 그 힘들로 당장에 황금을 자갈로, 또는 자네 편지를 내 편지로 변하게 해서, 그것으로써 정당성을 보유하려 나서겠네.


**로베르트 클롭슈톡 앞**

[프라하, 1923년 3월 말][6]

그 편지에는 글로 대답하는 것이 아마 더 좋을 듯하네.[7]

전체적으로 그 편지는 내가 이미 전부터 알던 것을 담고 있으며, 자네가 하고 싶은 대로 방향을 바꾸려면 바꾸게나, 그렇다고 그것이 원래 있던 그것 이상으로 달리 뭘 할 수도 없을 테니 말이네. 자네는 그 본질에 실망을 하고서, 자네 자신과 나에게 설명하기를 그 관계에 실망했다고 주장하네. 물론 그것은 자네에게 고통일 뿐만 아니라, 자네가 나에게 입히는 크나큰 고통이기도 하네. 자네는 정말 분명히 이 과오의 발견에 접근하고 있지만, 그러나 잠정적으로는 거기까지 이르는 데는 상당한 시간이 필요할 듯하네. 구원 같은 것은 정말 그 발견이 가져다 줄 리도 없지, 여기에선 다만 실망만이 발견될 뿐이니까. 깊이 파면 팔수록 더 깊은 실망이지.

자네가 마틀라와 프라하 사이에 그렇게 결정적인 구분을 짓는다면 그것은 부당하네. 그것은 마틀라에서도 그렇게 간단없이 실망을 했지. 그곳의 '대산맥' 또한 사실상 그 사이에 천국이 자리한 그런 산맥은 아니었지.

그 언급과 관련해서 [한 단어가 지워졌고, 판독하기 어렵게 됨] 그것은 상대적으로 비본질적인 사소한 일이네. 그러나 왜 내가 거기서 부당했다는 말인가, 내가 자네에게 농담조로 커다란 비밀로 토로한 것을, 자네가 제삼자 앞에서 (그것이 비록 아무런 관심도 없는 이레네 양이었다 하더라도) 일종의 즐기는 식으로 큰 소리로 이야기하고서, 내가 자네를 제지하려고 하자 그것을 더욱 재미있다는 듯이 미소를 지으며 반복한다면—왜 내가 거기서 부당했다는 말인가, 그걸 나는 이해할 수가 없네.

정당한 것은 자네가 그러나 그 슬픔에 대한 질문에 대해서 쓴 것이네. 그건 어쨌거나 점잖치 못한, 당혹감을 주는 질문이었네. 그러나 왜 하필 나는 그러한 당혹감을 주는 질문은 해서는 안 된단 말인가, 그 질문들이 나를 위해 만들어진 것인데도 나는 안 된다?

이른바 '대등하지 못함'은 여기에 있네, 곧 우리 절망적인 시궁쥐들이 주인의 발자국 소리를 듣고서 여러 방향으로 뿔뿔이 달아나는데, 예컨대 여자들을 향해서, 자네는 누군가에게로, 나는 문학으로, 모든 것은 그러나 헛수고, 우리는 이미 스스로 피난을 선택함으로써, 여자들의 특별한 선택 등을 통해서 그것을 돌보는 것이지. 그것이 대등하지 않음이지.

이 점에서는 마틀라의 나와 프라하의 나 사이에는 그래도 구별이 존재한다는 점을 인정할 수 있네. 나는 그사이에, 망상의 시간을 통해서 호되게 얻어맞은 다음에야 글쓰기를 시작했고, 그리고 이 글쓰기는 나에게 이 지구상에서 가장 중요한 것이네. 내 주변의 모든 사람들에게 가장 끔찍한 (전대미문의 끔찍한, 그것을 얘기하려는 것은 절대 아니네) 정도로 중요해, 미친 자에게 광증이 (그자가 그걸 잃는다면 아마도 '미치게' 되겠지) 또는 여자에게 수태가 그렇듯이. 그것은 글쓰기의 가치와는, 여기에서 다시 반복하지만, 전혀 관계가 없네. 가치란 내가 정말이지 너무도 면밀하게 인식하고 있는바, 그러나 내가 지닌 그런 가치만큼은 있지…… 그리고 그렇기 때문에 나는 저 방해 앞에서 떨리는 공포 속에서 글쓰기를 에워싸고 있다네, 비단 글쓰기뿐만이 아니라 글쓰기에 속하는 혼자 있는 것까지도. 그리고 만일 내가 어제 자네더러 일요일 저녁은 아니고 월요일이 되어서야 오라고 말했고, 그리고 자네가 두 번이나 물었다면, "그러니까 저녁에는 아니지요?"라고, 그러고 나서 적어도 두 번째 질문에 내가 대답해야 했고, 그래서 "그래 좀 푹 쉬게나"하고 말했다면, 그렇다면 그것은 여지없는 거짓말이었네. 왜냐하면 나는 내가 혼자 있는 것을 의미했으니까.

이 차이가 그러니까 마틀라와 비교해볼 때 매우 강하게 존재하네. 다른 것은 전혀 없고, 물론 내가 여기에서 '무력한'(자네가 제대로 표현한 대로) 것이 마틀라에서보다 덜하다거나 하는 차이는 없네.

동봉한 것은 저녁에 반쯤 적절한 강도로서 쓴 것이네. 부분적으로는 잠 못 이룬, 부분적으로는 잠을 방해받은 밤에 나는 다른 편지를 또 한 생각해내었네. 그런데 그것이 이제 밝은 낮이 되고 나니 다시금 시의적절하지 못하다고 여겨지네. 다만 이것 하나, 어쨌거나 자네 편지의 진실성과 아름다움, 그리고 자네 시선의 진실성과 아름다움은 내가 나의 진실성과 추함으로 대답하는 결과를 얻었다는 것. 그것을 나는 오래전부터 해왔고, 말로서 글로서, 안정요법 의자에서 보낸 첫날 오후부터, 이글로°로 보낸 첫 편지에서부터, 그리고 자네가 나를 불신하는 것 (나는 자네를 믿는데) 그것이 가장 괴로운 것인데, 또는 더욱 나쁜 건, 자네가 나를 믿기도 하고 믿지 않기도 하는 것이지, 그러나 신뢰와 불신으로 나를 가격하고, 어쨌거나 항상 생명의 신경을 건드리는 질문으로 나를 아예 구멍을 뚫고 불로 지지지, "왜 당신은 당신 그대로이고 다르지 않나요?"

그런데 말이지만 자네 편지는 새로운 요소를 담고 있네, 그것은 의사 앞에서 보인 자네의 말더듬과 관련해서야 비로소 분명해졌는데, 물론 그것을 믿지는 않아. 언제부턴가 우리는 대화나 편지에서 다음을 확정해놓지 않았는가, 자네가 부다페스트에서 학업을 계속 할 수 없는 세 가지 주요 이유들, 곧 자네는 세상으로 나가야 하니까, 자네의 사촌 누이 곁에서는 살 수가 없으니까, 그러나 무엇보다도 정치적인 상황 때문에.° 자네는 모든 편지마다 그것을 다시금 확인하곤 했네. 결국 자네가 여권을 요청한 편지에는 이렇게 씌어있었지, 곧 프레스부르크¹⁰ 행정부의 체류 허가가 기필코 새 여권에 반영되어야 한다고, 이유는 헝가리–탈출–않기가 현 상황 하에서는 죽음을 의미한다고. (그건 나에게는 과장으로 보였지만, 그러나 자네가 저 멀리에서 부다페스트를 자네가 학업을 계속할 장소에서 배제하기 위해서 그렇게 믿었다는 그 점으로 충분했네.) 그리고 부다페스트에서 쓴 가장 마지막 편지에서 자네는 다시 말하기를, 자네의 사촌 누이 가까이에서는 살 수 없다고 했네. 그러니 부다페스트는 불가능했지, 나는 그것을 승인했으며, 그러나 거기에는 나에 대해선 아무 말이 없었네, 나에 대해서는 부다페스트 이외의 대학들 가운데에서 선택하는 문제가 나왔을 때야 비로소 언급되었네. 그다음에 자네가 나와 다른 요인들을 고려해서 프라하를 선택했을 때, 그것을 나는 옳다고 간주했네. 그러나 모든 것은 다만 부다페스트가 불가능하다는 전제에서였네, 그러나 나에 대한 고려가 없이도 불가능했다는. 그 점에서 나는 이제 자네의 어제 편지에서 변화를 끌어내고자 하네. 그 점에서 자네는 부당하네.

### 로베르트 클롭슈톡 앞

[엽서. 프라하, 1923년 4월 중순]

친애하는 로베르트, 내가 자네를 오해했나보이. 나는 자네가 이미 며칠 전부터 돌아오기를 기대했으며, 무엇보다도 그런 이유로 편지를 쓰지 않았네. 자네는 12일에 팔렌베르크 공연을 보러 여기에 확실히 온다고 하지 않았던가? 그리고 그 공연들은 이제 연기되었으며, 수요일, 목요일, 금요일에 있을 것인데, 자네는 여전히 프라하에 있지 않을 것인지, 그리고 나는, 내가 바라던 것이었지만, 자네 보호 하에 입석 일 층 좌석에 갈 수는 없을 듯하네. 물론 그럼에도 자네가 더 오래 머무는 것은 매우 좋은 일이네, 두 편지 사이의 차이가 그것을 분명하게 보여주네. 모든 놀란 사람들의 성문이 똑같이 열려 있지는 않았기에, 자네는 벌써 절망했지. 주요 사건은 베르크만"의 도착이네. 그는 4주째 머물고 있고, 자네도 그를 보게 되겠지. 그와 함께 있다는 것은 흥분이며 매혹이네.—그 기대했던 히브리어 편지는 오지 않았고, 또한 그래서 편지를 쓰지 않았네.—안부 보낸 모두에게 안부해주게, 안부를 묻는 소식에 베라는 내 방으로 오려고 했다네. 그 애는 사람들이 편지로 안부를 전할 수 있음을 모르기 때문에 자네가 우리 집에 있다고 생각했나봐.—소포 잘 받았네. 고마우이.

오스카 바움 앞
1923년 6월 12일

친애하는 오스카, 경우에 따라, 나의 골치 상태를 감안하면, 다음 며칠간은 갈 수 없을 듯하네, 여기 그 편지의 번역일세. "주소: 노동자은행주식회사, 텔아비브 야파[12], P. O. B. 27(이게 사서함입니다).—편지 참조 번호: 2485. 베르크만 박사가 저희에게 편지 쓰시기를, E. W.가 그분에게 약속했는데, 노동자은행의 주식에 관심이 있는 귀하의 친지들에게 그 주식을 매각하기로 했다 하셨습니다. 이에 저희는 귀하에게 귀하의 약속을 상기시키며, 또한 귀하께 저희 정보나 선전 자료가 필요한지 알려주십사 부탁드립니다. 저희는 귀하께서 원하시는 모든 것을 즉시 발송하는 데 온 힘을 기울일 것이며, 요컨대 이곳에서 만일 귀하께서 저희 지원이 필요한지 여부만 알려주신다면 저희가 할 수 있는 한에서는 귀하의 사업을 지원하고자 노력 할 것임을 말씀드립니다. 귀하의 회신을 기다리며, 삼가—" 그 편지를 나는 며칠간 보관해둘 것일세, 선전 목적으로. 내 매제[13]의 한 친구에게 (그는 팔레스타인 반대파이네) 그런 유의 서류는 아주 강력한 증거가 될 것이네. 이 편지로 그것을 시험해보려네.
진심 어린 안부를 보내며,

자네의 F

## 오스카 바움 앞

[1923년 여름]

친애하는 오스카, 바로 그날 저녁에 무서움에 떨면서 그것을 죄다 읽었네, 그 강철 같은 동물의 생김 그리고 그것이 소파 위로 덮쳐오는 무서움에 떨었지.[14] 그러한 일들은 아마도 우리 모두에게 가까이 있는 것이야, 그러나 누가 그것을 그렇게 해낸단 말인가? 나 또한 그것을 몇 년 전에 무력하게 시도했다네.[15] 그러나 나는 책상 앞으로 더듬어 나아가는 대신 소파 밑에 기어가는 것을 더 선호했으며, 나는 여전히 그곳에서 발견되고 있다네. 위안스러운 것은 자네 이야기에 있는 두 번째의 온건한 수수께끼네, 화해를 원하는. 그것은 물론 화해하기에는 너무도 미약하네. 희망에 대해서는 어떤 전망도 없고, 다만 희망의 상실뿐이지. 인간적이라 하기에는 별로 아니고, 또한 너무 비현실적이고, 그러나 나머지는 매우 좋은 듯하네, 이 널름거리는 불길의 온화한 포옹이라니.

시작은 나에게는 밖에서 보기에 너무 불안정한 것 같고, 너무 호텔 이야기 같기도 탐정 이야기 같기도 하다네. 그렇지만 그것이 어찌 달라야 할지는 말하기 어려워, 아마도 바로 그것이 가장 필요할 게야, 적어도 누군가가 자신의 방을 지나가고 야수성이 그곳에서 조용히 누그러질 수 있다는 것은 빼어난 점일세. 나는 이 비난을 아예 느끼지도 깨닫지도 못했을 것이네. 만일 자네가 그러한 시작을 선호한다고 의심하지 않았더라면. 그리고 바로 이 혐의 때문이었네, 다른 어떤 이유로도 여기에서의 필연성을 조금은 의심했을 것이라는 혐의 때문.

매우 고맙네.

자네의 F

## 막스 브로트 앞

[엽서. 발트 해의 뮈리츠,[16] 우편 소인: 1923년 7월 10일]

그녀[17]는 매력이 있네. 그리고 그렇게도 전적으로 자네에게 몰두하고 있더군. 어떤 계기에도 자네를 끄집어내지 않는 일이란 없더군. 발트 해로 향하는 기차, 아마 자네는 거기에 탔겠지. 그녀는 이러저러한 곳에서 자네와 함께 있었네. 왜 그녀가 나로 하여금 흐라드신을 설명해보라고 했는지, 한참이 지나서야 이해가 가더군. "사랑하는 사람의 견해를 어떻게 인용하는지, 그것이 참 묘합니다, 그것들이 지금까지 자신의 견해와 상충하는데도 말입니다"와 같은 관찰들이 자주 되풀이되더군. 진정으로 강한 독창성이요, 솔직성, 진지성, 어린애다운 사랑스러운 진지성이네. 나는 그녀와 함께 에버스발트에 있는 푸아[18] 유대민족 가족캠프에 갔는데, 그러나 에미의 가신이 승리했고, 우리는 베르나우에 처박혀 있었네.[19] 그곳에서 그녀가 가장 재미있어한 것은 황새 보금자리, 그녀는 그것을 믿을 수 없으리만치 재빨리 찾아내더군. 그녀는 내게 잘 대해주었네.─여기서는 어지간히 지내고 있네, 대개 처음 며칠을 그러하듯이. 유대민족 가족캠프,[20] 건강하고 즐거운 푸른 눈의 아이들이 내게 기쁨을 주네.

진심 어린 안부를 자네와 자네 아내에게 보내며,

프란츠


## 로베르트 클롭슈톡 앞

[엽서. 뮈리츠, 우편 소인: 1923년 7월 13일]

친애하는 로베르트, 여행과 베를린을 약간의 노력으로 이겨냈지만, 그러나 우리를 한순간 유령들에게서 탈출시킨 모든 노력은 달콤하였네. 우리는 문자 그대로 우리 자신이 주변 구석으로 사라져 가는

것, 그리고 그들이 당혹 속에 거기 서 있는 것을 보네. 물론 오랫동안
은 아니지, 사냥개들, 그들은 이미 흔적을 찾은 듯하이.—바다는 처
음 며칠간 매우 행복하게 해주더군. 히브리어는 프라하에서보다 훨
씬 조금 배웠지. 어쨌거나 여기에는 아예 베를린 유대민족 가족캠
프가 와 있네, 많은 히브리어 사용자들과 건강하고 쾌활한 아동들이
함께. 이것이 내가 밀치고 다가갈 수 없었던 푸아 캠프의 대충일세.
난 에버스발트가 베를린에서 약 두 시간 정도 떨어져 있는 것을 몰랐
네. 그러고서 오후에야 떠났는데(혼자서는 아니고), 그러다가 가는 중
도쯤에 베르나우에서 멈추고 말았지. 그러고는 그곳에서 푸아에게
편지를 썼네. 나는 겨우 하루 베를린에 있었고, 지치고, 약간 열도 났
다네.
진심 어린 안부를 보내며

F

친구들 친지들에게도 안부를 보내며,


쿠르트 볼프 출판사 앞

[엽서. 뮈리츠, 우편 소인: 1923년 7월 13일]
저는 귀하가 지칭하시는 지난달 12일의 문의를 받지 못했습니다. 실
제로 그것이 귀하의 지난번 엽서와 같이 아직도 뽀리츠 7번지 주소
로 되어 있었기 때문입니다. 제가 거듭 그 주소로 보내지 말고, '프라
하 알트슈태터 링 6번지'로 보내주십사고 알려드렸음에도 그렇습니
다. 「단식 광대」는 『신 전망』의 지난해 10월인가 11월호에 게재되었
습니다.[21]
삼가 정중한 경의와 더불어,

카프카 박사 배상

[뮈리츠, 1923년 7월]

친애하는 후고,[22]

안부와 소망을 빌어준 것 매우 고마우이. 그것은 내가 팔레스타인에서 받은 최초의 히브리어 편지였다네. 그 속에 표현된 소망들은 아마 커다란 힘을 가질 게야. 나는 침상과 두통으로 묶인 수년여를 지낸 뒤 내 이동성을 시험해보기 위해 발트 해로 짧은 여행을 떠나는 만용을 부려보았다네. 어쨌거나 거기서 행운을 만났네. 내가 있는 발코니 50보 전방에 유대민족 가족캠프가 있으니 말이야. 나무들 사이로는 아이들이 뛰노는 것을 볼 수 있어. 즐거워하는, 건강한, 정열적인 아이들일세. 서구 유대인들로 인해서 베를린의 위험에서 구출된 동구 유대인들. 낮이고 밤이고 절반은 집이고 숲이고 해변이고 노래 천지네. 내가 그들과 함께 있다면, 나는 행복하지는 않을 것이야, 하지만 행복의 문턱에 있겠지.

진짜 잘 지내게나.

자네의 프란츠

자네의 용감하신 모친과 자녀들에게 내 안부를 보내네.

엘제 베르크만[23] 앞

뮈리츠, 1923년 7월 13일

친애하는 엘제 부인,

더 긴 여행[24]을 위한 짧은 사전 연습은 겨우 버텨냈다 할는지요, 형편없지도 않지만 그다지 영광스럽지도 않지요. 비록 더 큰 연습을 위해서가 아니라 오히려 큰 여행을 위해서였지만요.—잠시 부인께서 정원을 떠나 바닷가 어딘가로 오실 수는 없나요? 바다는 제가 마지막

으로 보았던 10년 사이에 참으로 한층 아름다워졌군요, 더 다양해지
고, 더 활기차며, 더 젊어졌어요. 그러나 제게 더한 기쁨을 주는 것은
베를린 유대민족 가족 캠프랍니다. 건강하고, 즐거워하는 아이들, 그
들에게 나는 따뜻함을 얻는답니다. 오늘 그들과 함께 금요일 저녁 잔
치를 경험할 것입니다. 제 생애 처음인 것 같습니다. 안녕히 계십시
오, 그리고 어린아이에게도 안부 보냅니다.

당신의 K.

**엘제 베르크만 앞**

[뮈리츠, 1923년 7월]

친애하는, 친애하는 엘제 부인,

제 편지가 머뭇거린 것은 이삼 일이면 바뀌는 우편 요금[25]을 알아내
기가 어려운 때문만은 아니었습니다. 저는 제가 이제 확실히 항해를
떠나지 않으리라는 것을 알며—제가 어떻게 항해를 한답니까—그
러나 또한 부인의 편지와 더불어 사실상 그 배가 제 방 문턱에 정박
해 있고 부인께선 거기에 서서 제게 물으시니, 그렇게 물으시는 것을
압니다, 그러니 그것이 사소한 일은 아니지요. 그런데 말이지만 부인
께서는 스스로—변방의 사안에 이상하리만치 가까이 관여하시며—
부분적으로는 부인의 질문에 답을 하고 계십니다. 뭔가 그런 일이 도
대체가 저를 위해 수행될 일이라고 전제했을 때, 그건 이제 원래의
팔레스타인 항해가 아닌 것이 되어버렸습니다. 전혀 아닌 것이—이
제 그렇게 되어버린 것, 거기엔 제가 갈 수가 없습니다. 왜냐하면 이
어리석은, 어리석은 사안에서 바로 부인의 등기 편지가 도착한 때문
입니다. 첫째로, 그 책이 어떻게든 부인께 가치가 있다고 제가 알았
더라면, 그것을 편지로 청하지 않았을 것이며, 그 책이 부인과 더불

어 팔레스타인으로 항해하고 있음을 간단히 자부심을 가지고서 기뻐했을 것입니다. 둘째, 그 책이 만일 이곳, 제가 약간 정원사 같은 분위기로 있는 이곳에서 특별한 칭찬과 더불어 언급되지만 않았더라도, 제가 전혀 떠올리지도 않았을 것입니다. 셋째, 모친께서 어떻게 하셨든 간에—그렇게는 제가 의도했던 것이 절대로 아닙니다, 거기에 나빴던 점이 있다면 그것은 부인을 개인적으로 겨냥해서 말하지 않고, 부디 이 말씀 믿어주십시오, 대신 "팔레스타인의 위험" 운운하신 것입니다. 그리고 이것으로써 그 사안을 그만 잊어버립시다, 무엇보다도 부인께서 만일 그 책을 사용하신다면 거기에서 기쁨을 보시기를 부탁드리는 것은 잊지 않겠습니다. 그런 기쁨으로 그 책은 이전 소유자의 이름으로 부인께 기부하게 될 것입니다. 비록 부인께서 그것을 그에게서 실제로 정말로 사셨을지라도 말입니다.—

그러니 처음으로 돌아가서, 팔레스타인 항해는 없겠습니다, 대신 정신적인 의미에서 상당한 돈을 횡령한 한 회계사의 아메리카 항해 같은 것이겠지요. 그리고 부인과 더불어 항해를 했더라면 그 사건의 정신적인 범죄성을 더 한층 고양시켰을 것입니다. 아닙니다, 저는 그렇게는 항해를 해서는 아니 됩니다, 비록 제가 할 수 있었다 해도 안 됩니다.—제가 거듭 말씀드리면, 그러면 부인께서 덧붙이십니다, "모든 좌석이 벌써 다 찼어요." 그러고는 다시금 유혹이 시작되고, 다시금 절대적 불가능성이 대답 됩니다. 그리하여 그것이 아무리 슬픈 일이라 하더라도 결국에 가서는 아주 올바른 일이 됩니다. 그리고 희망은 나중을 위해서 존재하고, 부인은 선량하고 또 희망을 죽이지 않지요.

안녕히 계십시오, 저를 괘념치 마시고 잘 봐주세요.

당신의 K.

## 로베르트 클롭슈톡 앞

[엽서. 뮈리츠, 우편 소인: 1923년 7월 24일]

로베르트, 또 다시 무슨 일인가? 어제 소포가 도착했고 (푸아가 지난 번 부친 것을 어떻게 받았는가?) 그리고 그 주해서도(바로 그때 나는 그걸 하나 사야 될까 생각 중이었다네). 그러나 아무런 소식이 없군. 타트라의 무거운 공기가 다시금 억압적인가? 그곳에서는 히브리어를 공부하는 것이 불가능한가? 나는 장소의 권능을, 아니 더 나은 말로는 인간의 무력함을 믿네. 전달할 가치가 있는 말은 도대체 아무것도 없네, 다만 보여주고 싶은 것이 많지, 함께 체험하는 것들이 많아. 그것을 가능케 하기 위해서 근래 나는 자네 꿈을 꾸네. 캠프, 캠프, 이 젊은 사람들. 자네는 어찌 과장을 하는가, 로베르트, 프라하가 자네에게 가치 있음을, 그곳에서 만나는 고독한 사람들이 자네에게 가치 있음을. 사람은 달리 살아야 하네, 우리가 거기 그렇게 살았던 것과는 달라야 해. 자네는 자네 인생을 다음 해에는 다시 설계해야 해, 아마도 프라하를 떠나 예컨대 베를린의 더러운 유대인 거리로 가야겠지.— 나에 대해서 말하자면, 이 모든 것이 내가 잠을 잘 자고 있음을 의미하지는 않네. 오늘은 나쁜 밤. 다만 가끔씩 캠프 쪽에서 약간의 비몽사몽이 밀려오기도 한다네.

자네의 F

글라우버와 여러분들에게 안부를.


## 로베르트 클롭슈톡 앞

[그림 엽서. 뮈리츠, 우편 소인: 1923년 8월 2일]

친애하는 로베르트, 내일은 편지를 쓰겠네. 오늘은 먼저 다만 푸아의 임시 주소를 보내네, 물론 내일이라도 바뀔 수 있을 것이나, 유대민족 가족캠프, 뮈리츠.

모든 좋은 소망을!

[히브리어로 인사와 푸아라는 성명을 씀]


## 틸레 뢰슬러[26] 앞

[뮈리츠, 우편 소인: 1923년 8월 3일]

나의 친애하는 틸레, 우편이 당신 편지들을 뒤섞어놨어요, 두 번째
것이 한낮에 왔는가 하면, 첫 번째 것이 그다음에 저녁에서야 왔어
요. 그 저녁 편지는 바닷가에서 받았어요, 그때 도라[27]와 함께 있었지
요. 우리는 바로 좀 전에 히브리어를 조금 읽었던 참이었소. 오랜만
에 처음 햇볕이 든 오후였으며 그리고 아마 오래 계속될 거요. 아이
들은 소동을 일으켰지요. 난 내 해변 의자에 돌아갈 수가 없었어요,
왜냐하면 내 매제가 축구를 하다 다친 발가락을 거기서 치료하고 있
었기 때문이며, 그래서 선 채로 당신 편지를 읽었어요. 그런 동안 펠
릭스가 내 너머로, 내 둘레로, 나를 지나쳐서 돌을 던져서 내 뒤에 있
던 기둥을 맞추려고 애를 쓰고 있었어요. 그리고 그런데도 나는 당
신 편지를 정말 조용히 읽을 수 있었으며, 당신이 우리를 그리워한다
는 것이 기뻤고, 그러면서 또한 기쁜 것이, 최소한 내 순간적인 감정
으로는, 당신이 떠남으로써 당신이 생각하는 만큼 그렇게 크게는 잃
은 것이 없다는 사실이라오. 이곳은 내게 처음처럼 그렇게 썩 좋지는
않아요. 그것이 나의 개인적인 피로감, 불면증, 그리고 두통이 원인
인지는 나도 확실히 모르겠어요. 그렇지만 그렇다면 왜 처음에는 모
든 나쁜 것이 더 적었을까요? 아마도 나는 한 곳에 너무 오래 머물러
서는 안 되나 봐요. 여행을 할 때만 고향에 온 감정을 느낄 수 있는 사
람들이 있다오. 외관상으로는 모든 것이 과거에 있었던 그대로지요.

여기 가족캠프에 있는 모든 사람이 다 내게 친절해요, 내가 그들에게 보여주려고 하는 것보다 훨씬 더 친절한걸요. 특히 내가 가장 많이 함께 지내는 도라는 특별한 존재랍니다. 그러나 캠프 그 자체로서는 전보다 더 명쾌하지가 않아요. 눈에 띄는 사소한 일이 그걸 내게서 약간 손상시켜버렸어요. 다른 보이지 않은 사소한 것들은 이제 그것을 더 널리 손상시키는 작용을 하고 있지요. 손님으로서, 이방인으로서, 지친 손님으로서, 나는 말할 기회가 전혀 없었고, 명료함을 얻을 가능성도 없었지요. 그래서 나는 빠지는 거요. 이제까지는 저녁마다 그곳에 있었지요, 그러나 오늘은 금요일 저녁임에도 나는 내가 두려워하였듯이 그리로 가지 않을 것이라오.

그리하여 나는 내 누이가 (누이의 남편이 누이를 데리러 왔어요)10일에야 떠나지 않고 며칠 더 일찍 떠나버린 것에 불만을 갖지는 않는답니다. 그리고 나는 그것이 더 편하고 더 싸기 때문이기도 하고 또 무엇보다도 내가 여기에서 혼자서 머무르고 싶지는 않기 때문에 그들과 함께 떠날 것입니다. 베를린에는 그리 피곤하지만 않다면 하루 이틀은 머무를 것이며, 그러면 틀림없이 당신을 보러 갈 것이오. 그러나 만일 거기 머무르지 않고 곧장 부모님이 계시는 마리엔바트로 가게 되더라도 (그렇게 되면 하루쯤 카를스바트에 가고,[28] 유감스럽게도 틸레 대신 사장님을 만나기 위한 것이 되겠지만) 그렇더라도 언젠가는 다시 곧 보게 될 것이오. 왜냐하면 내 곧 다시 베를린으로 돌아오고자 하니까요.

최근에는 여기에 내 방문객이 있었다오.[29] 참 좋은 분으로, 일전에 말했던 팔레스타인에서 살고 있는 분이오. 그녀는 동시에 오래전부터 알고 지냈던 프리다 베르와 함께 와서 유대민족 가족캠프에 머물렀어요. 방문은 빨리 지나갔는데, 그녀는 겨우 하루 머물렀지만, 그러나 그녀의 자기 확신, 그녀의 조용한 쾌활성에서 격려 같은 것이 오래 남았어요. 당신이 그녀를 언젠가 베를린에서 만나야 하는데.

당신이 '샤알레'라고 쓰는 것은 참 귀여워요, 마치 '프라게'를 은어로 쓰듯이 말이에요.[30]

그래요, 그 '샤알레'가 당신에게 '프라게'를 던지네요, 곧 이런 것. "이봐 틸레, 넌 나를 언제 깨뜨리려니?"

당신에게 받은 꽃병을 두고서 나는 가끔 크리스틀과 싸워야 한다오. 그 애는 우리네 주인의 세 살 난 딸인데, 여기 모든 가정에서 자라는 엷은 금발에 하얀 피부를 지닌 빨간 뺨을 한 꽃송이들 중의 하나지요. 나에게 오면 그 앤 항상 꼭 그것을 가지고 싶어해요. 내 발코니에 있는 새둥주리를 보러 온다는 핑계로 쳐들어오는데, 탁자 곁에 이르자마자 그 꽃병으로 손을 뻗치는 거예요. 별 변명도 없이. 많은 설명도 않고서. 다만 언제나 강력하게 반복하지요, 꽃병! 꽃병! 그러고는 자기의 좋은 권리를 주장하는 거요, 왜냐하면 세상이 다 그 애의 것이니까, 왜 하필 꽃병은 안 되느냐고? 그런데 꽃병은 아마도 잔혹한 어린애의 손을 무서워하나 봐요. 그러나 그것이 무서워할 필요는 없는 것이, 나는 그것을 항상 지키고 결코 내어주지 않을 것이기 때문이지요.

그 캠프에 있던 내 모든 친구들에게 안부 전해주오, 특히 비네에게. 그분에게는 진작 편지를 썼을 텐데요, 만약에 내가 그녀의 아름다운 히브리어에 역시 히브리어로, 물론 덜 아름다운 말로나마 히브리어로 감사해야겠다는 야심만 없었더라면, 그리고 또 지금 나의 이런 불안한 상태에서 히브리어로 힘의 긴장을 모아낼 수만 있었더라면.

또한 나의 모든 친척들이 당신에게 거듭 인사를 전하네요, 특히나 아이들이. 당신의 정오 편지가 도착했을 때, 펠릭스와 게르티[31] 사이에 큰 싸움이 벌어졌어요. 누가 당신 편지를 먼저 읽어도 좋은가 하는 것이었지요. 그건 결정하기가 어려웠는데, 펠릭스에게는 그의 나이와 또한 그가 그 편지를 우체부에게서 받아온 것이 유리했지요. 게르티는 펠릭스보다 자기가 당신과 더 친했다는 이유를 들이대었지요. 유감스럽게도 폭력으로 결정되었고, 게르티는 그녀 특유의 대단한 방식으로 아랫입술을 내리깔았지요.—그리그 음악은 들었나요? 그것이 사실상 내가 당신에게 갖고 있는 마지막 기억이오. 어떻게 피아노를 쳤는가, 당신은 고개를 좀 수그리고, 약간 비에 젖은 채 서서, 음악 앞에서 공손한 자세로. 그런 자세를 항상 견지할 수 있었으면 해요! 정말 잘 지내세요!

당신의 K.


그리고 그 목소리는? 그 의사요?—프라하의 내 주소는, 비록 앞으로 2주 정도 지나야 가게 되겠지만, 알트슈태터 링 6번지 3층이오.


## 로베르트 클롭슈톡 앞

[뮈리츠, 1923년 8월 초]

나의 친애하는 로베르트, 자신의 경험에 기초해서도 나는 결코 이해할 수 없네, 이해할 가능성도 결코 없어, 게다가 그렇게 쾌활하고 기본적으로 근심 없는 사람이 다만 폐병으로 망가져버릴 수 있다는 것을. 글라우버와 관련해서 자네 실제로 잘못 알고 있는 것 아닌가? 그게 정말 그렇게까지 되었나, 그 누구도 그의 말을 믿으려 하지 않았지만 그가 항상 주장했던 것처럼? 그리고 이제 이 비 내리는 여름에, 낡아빠진 '타트라',[32] 그 무정한 산맥들, 그것은 좋지 않지. 그를 위해서나 자네를 위해서나.

자네 병과 관련해서는 전혀 걱정을 하지 않아. 자네가 식사에 소홀하고, 감기 들어도 소홀하고, 그럼 뭔가 발생하기 쉽지, 뭐 큰 의미를 지닌 것은 아니더라도.

내 두통과 잠은 좋지 않네, 특히나 최근 며칠간은. 내 머리가 깨끗했던 것은 오래되었네. 처음에는 오직 잠만을 선사했던 캠프가 이제 다시 내게서 잠을 아주 빼앗아 가고, 아마도 다시 한번은 주게 될 것이지만, 그것은 바로 살아 있는 관계이네.

우리는 여기를 월요일[33] 아침에 떠나기로 했네. 물론 내가 혼자서 남아 있을 수 있다면 더 남아 있을 수는 있네. 캠프만으로는 그러나 이런 의미에서는 머무를 수가 없어. 왜냐하면 그곳에서는 다만 객에 불과하니까. 게다가 분명한 객도 아닌 것이, 그게 날 괴롭게 하네. 분명치가 않다는 것은, 일반적인 관계에 사적인 관계가 첨가되니 말일세. 그러나 성가신 세부사항들이 있기는 하지만, 삶을 유지하는 데는 충분치 않더라도, 뮈리츠에서 또 뮈리츠를 넘어서 내게 가장 중요한 것은 그 캠프라네.

베를린에서는 하루 이틀 머물 것이네. 만일 그리 피곤하지만 않다면, 모험을 해서 하루쯤 카를스바트에 가려네. 베를린에서 카를스바트를 경유해서 프라하로 가는 거야. 그게 어쩌면 그리 비쌀 것도 아니고. 모험이라면 생각에 따라서는 내 말에서 들리는 것처럼 그렇게 대단한 것은 아닌 것이, 왜냐하면 나는 생각 속에서는 이미 그것에 익숙해졌기 때문이네. 마리엔바트로 부모님을 뵈러 가자, 그런데 날씨가 나빠서 부모님은 벌써 일찍이 프라하로 가신다, 그러니 그곳에서는 만날 수 없다고. 그러므로 곧장 프라하로 가는 대신 카를스바트를 경유하는 것이 나로서는 어떤 의미에서는 참 미미한 모험인 것이지. 마치 러시아 황제라도 자신의 여행 계획들을 자의적으로는 변경할 수 없듯이, 왜냐하면 이미 준비된 길목에서만이 그가 기습에서 보호받을 수 있을 것 아닌가. 그러니 나의 생활 태도 역시 대단하기가 그만 못하지 않다네.

그리고 그다음에는, 프라하 다음은 어떠냐고? 그건 나도 모르네. 자네는 베를린으로 이주하고픈 생각이 있나? 가까이로, 유대인들에 아주 가까이로?

K

급성 폐렴이라는 질병이 있는가?
안부 전해주게, 안부 받을 모두에게.


**막스 브로트 앞**
[베를린, 우편 소인: 1923년 8월 8일]

친애하는 막스, 자네에게 뭔가 속내를 들은 지 오래되었네. 지금 재회를 불과 며칠 앞두고 자네에게 베를린 음식점 정원에서 편지를 쓰다가, 이제는 또 호텔에서 계속하고 있네. 마치 자네를 직접 손으로 느끼기 전에 신체적 접촉을 갖고 싶은 그런 느낌이네. 자네는 발트해 기간에 아예 입을 봉했네. 어찌 지내고 있을지? 나로 말하자면, 내가 어떠한지를 알지 못하네. 어쨌거나 처음으로 혼자 있는 이 첫날의 좋지 않은 영향을 매 순간 점점 강하게 느끼고 있네. 그런데 아주 혼자는 아니지, 어젯밤에는 예컨대 동구 유대계 여자 셋과 「군도」 공연에 갔지, 물론 대단한 피로 외에 별다른 것을 느끼지는 못한 공연이었네. 에미 양을 방문하게 될 것 같지는 않네. 너무 힘도 없고, 게다가 에미가 나를 어찌 생각하는지 알 수도 없는 데다가, 그런 경우에는 모든 것이 두렵게 마련인데 무엇에 도움이 되겠는가. 그다음엔 또 끊임없이 겁을 주는 이 베를린이라니. 모레는 틀림없이 자네에게 갈 것이네. 아내와 펠릭스 그리고 오스카에게 안부 전해주게, 그들 소식은 까맣게 모르네. 이제 떠오르는데, 아마도 자네는 그 회의장[34]에 나갈 것이니 자네를 전혀 만나지 못하겠구먼. 그건 자네로서는 좋은 일이겠으나 내게는 안 된 일이네.

F


### 로베르트 클롭슈톡 앞

[우편 엽서. 쉘레젠,[35] 우편 소인: 1923년 8월 27일]
그래 그 일이 그렇게 끝났네그려.[36] 로베르트 자네는 무엇을, 또 그는
무엇을 겪어야 했단 말인가. 이상한 일이지, 우리가 거기 마틀라에
있었을 때 (물론 달리 비교가 되는 것도 아니지만) 가장 쾌활하던 두 사
람이 먼저 죽다니. 어쨌든 누구든 그런 일에 실제로 관여할 수는 없
는 일이지, 여전히 탁자에 반듯이 앉아 있으며 그리고 심장이 겨우
견딜 만한 속도로 맥박치는 한. 그것에 대해 『마기드』[37]에는 엄청나
게 비인간적인 이야기가 있지, 죽음의 공포 속에서만 보인다는 혈관
이야기.—나는 카를스바트에 가지 않았네. 지금은 쉘레젠의 오틀라
집에 있네. 푸아[38]의 주소는 베를린 W. 57, 빅토리아 하임 II 슈타인
메츠슈트라쎄 16번지야. 막스는 프라하에 있네. 베를린과 관련해서
자네에게 편지하겠네. 그곳이 오직 계속되는 나쁜 일만 없으면 좋겠
네.—잘 지내게, 좀 쉬라고, 모두에게 안부 전하고.

F


### 막스 브로트 앞

[우편 엽서. 쉘레젠, 우편 소인: 1923년 8월 29일]
친애하는 막스, 자네가 어떻게 지내며 그리고 어떻게 작업을 하고 있
는지, 몇 마디 들었으면 하네. 귀환에 관한 우울한 쪽지는 읽었네만,
그것이 어떤 일반적인 것을 의미하지 않기를 바라네. 나에 관해서는

별 할 말이 없네. 체중을 조금 불리려고 열심히 애를 쓰고 있지—내가 여기 왔을 때 나는 54킬로그램 반이 나갔지, 여태 그렇게 적게 나간 적은 없었네—그게 조금도 불어나지 않네, 너무 큰 반작용일세, 글쎄 이건 투쟁이네. 이 지방은 나에게 잘 맞아, 날씨도 지금까지는 친근감을 주었지. 그러나 나는 이 반작용들의 귀한 소유물임에 틀림없어. 그들은 악마처럼 싸우거나 아예 악마인지도 몰라. 잘 지내게나, 펠릭스와 오스카에게도 안부를.

F

## 막스 브로트 앞

[우편 엽서. 쉘레젠, 우편 소인: 1923년 9월 6일]

친애하는 막스, 나는 파멸은 믿지 않네. 불행히도 자네는 가끔 사물을 보는 데 나와 같은 방식을 지니지만, 그러나 다행히도 자넨 항상 결단력이 있네. 웬 파멸인가? 그토록 강한 인간관계가 외적인 사안에 그렇게 의존하는가? 만약에 E.가 지금 잠정적으로, 가장 나쁜 시기에 예컨대 아이 돌보는 자리를 갖는다 해서, 그게 섭한 일이긴 하지만 그러나 그것이 어디 파멸인가? 자네는 분노 운운하지만, 그것은 자네에게도 그리고 그 사안에도 어울리지 않는 말투일세. 나보다는 자네에게 더 확실한 사안에 대해서 말하고 있는 내가 어리석네, 하지만 나는 머릿속이 정말로 어리석고 불확실하지, 그렇기 때문에 조금이나마 확실한 것을 말할 수 있어 기쁘다네, 예컨대 이런 말, 분노란 아이가 갖는 것, 어른이 책상을 건드려서 카드로 쌓은 집이 무너질 때나. 그런데 카드로 지은 집이 무너지긴 했지만, 책상이 흔들려서가 아니라 그것이 카드로 만든 집이었기 때문이네. 진짜 집은 무너지지 않지, 책상이 땔감으로 쪼개어진다 하더라도. 그것은 도대체가 낯선 기반을 필요로 하지도 않아. 그것이 그렇게나 자명하고 요원하며 장엄한 일들이네.—E.에게는 엽서 두 장을 띄웠네. 다음 금요일 오전에 자네에게 가겠네.[39] 자넨 언제 베를린으로 가려는가? 지금은 차비가 얼마나 드나? 펠릭스와 오스카에게 부디 안부를.

카를 젤리히[40] 앞

[쉘레젠, 1923년 9월]

존경하는 귀하께,

제가 며칠 시골에 있습니다. 귀하의 서신이 멀리 돌아서 왔더군요. 귀하의 친절한 청탁에 무한한 감사를 드립니다. 유감스럽게도 저는 지금 귀하의 총서에 참여할 수가 없습니다. 제가 초기부터 수중에 가지고 있던 글들은 모두 쓸모가 없습니다, 저는 누구에게도 그것들을 보일 수가 없습니다. 게다가 최근에는 제가 글 쓰는 것에서 멀리 비켜섰습니다. 그러나 앞으로 언젠가 다시 한번 저를 불러주실 가능성을 남겨주십시오.

저는 2년 전쯤의 귀하의 서신을 잘 기억하고 있습니다. 옛날의 빚을 용서하십시오. 당시에 저는 너무도 아팠고, 답신조차 할 수 없었습니다.

저는 귀하의 첫 번째 요청이나 두 번째 다 응할 수가 없습니다. 둘 다 정말이지 함께 관련됩니다, 표면상만은 아닙니다. 그것들에 응하기 위해서는 적어도 확실한 책임감이 필요합니다. 그런데 그것이 이 순간 저에게는 결여되어 있습니다. 또한 저는 귀하에게도 이미 잘 알려진 그런 이름들만을 거명할 수 있을 따름입니다. 귀하의 친절하신 서한이 너무 적은 수확을 건졌군요, 그렇지 않습니까? 그러나 일이 그렇게 된 것은 서한 탓이 아닙니다.

진심 어린 안부를 보내오며,
삼가

프란츠 카프카 배상


## 로베르트 클롭슈톡 앞

[엽서. 쉘레젠, 우편 소인: 1923년 9월 13일]
친애하는 로베르트, 자네가 학생 식당을 이용할 수 없다는 것이 정말
인가? 정말 나쁜 일이로군, 우리가 뭔가 거기에 조처를 취해야겠네.
막스와는 언제라도 이야기를 하려네. 코린티 이야기가 당시에 『일
간』에 나왔던가?⁴¹—자네가 벌써 이번 학기에 베를린에 가야 하는 것
은, 그건 내가 그 민족 가정에서 처음에 도취 상태에 있을 때뿐이었
는데, 그건 지금 상황에서는 매우 어려운 일이네. 그러나 다음을 위
해서 염두에 두어야 하네. 이 황량한 프라하의 삶을 자네는 계속할
필요가 없어. 카페에서 약간의 문학, 룸메이트와 약간의 싸움, 우리
둘 사이 슬픔과 희망의 씁쓸한 혼합, 막스에 대한 관계, 그 모든 것이
너무도 빈약해, 아니 너무 빈약하지는 않다 하더라도 그러나 절대로
좋은 자양분이 아니지. 나에게는 또한 물론 프라하 사람으로서 모든
것이 실제보다도 더 암담하게 보일지라도, 그러나 이러한 교정을 하
고도 그것은 여전히 암담하네, 가족캠프에서 얻은 전망으로 보아서
도 그래. 어쨌든 그렇지 않아도 팔레스타인은 나로서는 도달할 수 없
는 것이었겠지, 베를린에서의 가능성에 비추어 볼 때, 그것은 심지어
급한 것도 아닐 거야. 하지만 베를린 역시 거의 도달 불가능하지 (체
온 상승에 또 다른 일들도 겹쳤네) 그리고 팔레스타인 여행이 쉘레젠 여
행으로 움츠러들 위험이 남아 있어. 적어도 그 정도만이라도 그대로
유지되었으면 하네, 그러다가 마침내 알트슈태터 링에서 내 방까지

엘리베이터 여행으로 끝나지나 말게끔. 그런데 내 어머니는 파리에 계시다네.[42]

F

**막스 브로트 앞**

[엽서. 쉘레젠, 우편 소인: 1923년 9월 13일]
친애하는 막스, 아마 금요일에 가지 못할 듯하네. 아버지 생신에 가려고 했는데, 이게 너무도 좋네, 내 말은 날씨가 그래. 체온도 상승하지 않고, 그래서 그냥 남기로 하네. 유감이야, 『석간』을 이리로 직접 발송 받지 못하는 것이. 그러니 그걸 매우 늦게 받는 데다가 불완전하지. 보르하르트[43]는 특히 좋더군, 그가 자네의 비호 하에 있고 또 그 비호가 얼마나 막강했는지. 잘 지내게.

F.

클롭슈톡이 이렇게 편지하네: 지금 나는 『석간』을 다시 받고 있는데—그렇게나 그 신문이 기다려져요, 막스의 글들이, 마치 오랫동안 만나지 못했던 매우 절친한 좋은 친구와의 만남을 기다리듯이.

**막스 브로트 앞**

[우편 엽서. 쉘레젠, 우편 소인: 1923년 9월 14일]
가장 친애하는 막스, "외적인 사안들은 인간관계에 영향을 주지 않는다"니, 나는 정말이지 그렇게 거창한 말을 의미하지는 않았네, 비록 일상적으로는 내가 내 내적 모순을 현재화하는 데 관심을 갖지만. 그러나 이번에는 단순히 인간관계에 대해서 말했던 것이 아니라, 가

장 강한 관계를 말한 것이네. 그것도 예컨대 고통과 고문 같은 강한 외적인 사안들에 대해서가 아니라, 다만 상표의 추락에 대해서. 그것도 그냥 임의의 누군가가 아니라, 자네에 대해서. 그리고 영향의 배제에 대해서가 아니라 '파멸'의 배제에 대해서. 모든 것을, 막스, 제발 그냥 그대로 두게나, 내게 화내지 말고서. 나로 말하자면, 약간의 체중 증가가 있고, 외부적으로는 거의 표시가 나지 않지만, 그러나 그 대신 매일 어떤 더 큰 결함이 생기네. 벽들이 새는 것이야, 크라우스가 말한 대로. 드디어 어제는 한 노인이 내 앞에 멈춰 서더니 말하더군, "당신 아마 제대로 팔팔하지 않지요?" 물론 우리는 그러다가 유대인들 이야기를 했지, 그는 유대인 별장 정원사인데, 좋은 유대인들이지, 그러나 모든 유대인들과 마찬가지로 공포에 질린. 공포는 그들의 본성이지. 그러더니 그 노인은 마른 나무를 엄청 모아 가지고 올 두 번째 망태를 등에 지고서 숲으로 들어갔네. 그리고 나는 내 맥박을 재기 시작했지, 110도 훨씬 넘더라고.

자네 작업에 행운을 비네.

F

### 로베르트 클롭슈톡 앞

[우편 엽서. 프라하, 우편 소인: 1923년 9월 23일]

친애하는 로베르트, 더 이상은 좋지가 않았네. 나는 내일 떠나네, 다음 열두 시간 이내에 어떤 큰 장애가 어둠의 잠복에서 나를 덮치지 않는 한 베를린으로 가네, 그러나 불과 며칠 있으려는 것이네. 아마 자네가 온다면 또한 여기에 돌아와 있겠지. 막스와는 단지 짧은 이야기라도 할 수가 있었네, 그러니까 막스는 오늘 오후에 베를린으로 갔네. 아마도 그를 그곳에서 볼 것이네. 이제 막 떠오르는 것이 있는데,

나는 잡지사 두 곳에서 요청을 받았네, 로볼트 출판사의 헤셀 편집인『시와 산문』, 그리고 빈 I 크리스티넨가쎄 4번지 회플리히 편집의『텐트』인데,<sup>44</sup> 그들에게 귀중한 젊은 작가들을 거명해달라는군. 자네 혹시 관심 있는가? 잘 지내게! 나는 물론 조금 불안정하네.

F

### 로베르트 클롭슈톡 앞
[엽서. 베를린 슈테글리츠, 미크벨슈트라쎄 8번지,<sup>45</sup>
우편 소인: 1923년 9월 26일]

친애하는 로베르트, 그래 나는 여기에 있다네. 확정적인 것은 물론 아직 말할 수 있는 것이 없네. 막스와는 여기에서 이야기를 나누었네.『석간』에는 아무것도 없네. 네 명의 헝가리인 편집자들이 아무것도 하는 일 없이 출판부에 앉아 있네. 그 반면에—그거야 원칙적으로 훨씬 나은 일이지만—막스는 학생 식당에서 자네의 출입증을 관철시키기 위해서 만반의 준비를 하고 있고 또 확실히 능력이 있네. 그는 그 일을 매우 즐거운 마음으로 한 것이야, 자네는 도착 직후에 그에게로 가면 되네. 그런데 말이네만 자넨 아는가, 뮌처가 중병인 것을, 장암이라던가? 적어도 그 말을 어머니가 해주시더라니까.
여기 사정들이, 내 말은 사적인 뜻인데, 정리되는 대로 상세하게 편지를 하겠네. 아니면 어쩌면 구두로 설명을 하든지. 내가 프라하에서 보낸 엽서를 받았는가?

### 오스카 바움 앞

[우편 엽서. 베를린 슈테글리츠, 우편 소인: 1923년 9월 26일]
친애하는 오스카, 하루하고 반을 프라하에 있었는데, 자네에게 가지를 못했네, 마침 자네들 모두를 보고 싶은 대단한 욕구에도 불구하고 말이네. 그렇지만 미친 만용의 행동을 앞두고서 내 어찌 갈 수가 있었겠는가, 그게 뭐냐면 며칠간 베를린에 행보하려는 것이었으니.[46] 내 제반 조건들 안에서 말하자면 그것은 미친 만용이지, 그런 비슷한 일은 역사를 뒤적여봐야 찾아낼까말까, 예컨대 나폴레옹의 러시아 진군쯤이지. 잠정적으로는 최소한 표면상으로는 그런대로 지내고 있네, 그냥 평상시 지난날처럼은 되지. 자네가 혹시 가까운 시일 안에 베를린에 오겠는가?(그 조각과 연극도 있으니!) 아니면 자네의 강좌들이 자네를 붙잡아두는지, 난 사실 그것에 대해서 아직 알지 못하네, 그것들에 대해서 슬퍼해야 할지 그냥 조용히 받아들여야 할지.
진심 어린 안부를 자네와 식구들에게 보내며,

F

만약에 베를린에 주문 사항이 있거든 언제라도—

### 막스 브로트 앞

[우편 엽서. 베를린 슈테글리츠, 우편 소인: 1923년 9월 28일]
친애하는 막스, 어제 목요일에 그녀[47]가 우리 집에 왔네. 그것은 나의 첫 번째 사교 행사로 '집들이 잔치'였으며, 그래서 몇 가지 심각한 실수들을 저질렀으며, 더구나 그것들을 다음에 부분적으로나마 어떻게 개선해야 하는지도 모르겠어. 그녀는 그것들을 친절하고 상냥하게 보아 넘겨주었지만, 그러나 부차적으로는 자네가 기회가 되면 그것들을 더 수습해줄 수도 있지 않겠나 싶네. 첫째 나는 그녀를 간단

히 전화로 초청했지, 5시에 오도록. 그런데 그 투박한 짓이 더욱 투박해져버린 것은, 그때 그 전화에서 그녀의 웃음 이외에는 거의 아무것도 이해하지를 못했으니 말이네. 뿐만 아니라 내가 만일 그녀의 숙소에 사람들이 출입해도 되는 줄 알았더라면, 아마도 일반적인 취약성에도 불구하고 그 일을 더 잘 했을 것이네. 그런데 나는 그런 게 금지된 것으로 알았지, 7월에는 그런 모양새였으니까. 더더구나 그녀는 몇 송이 꽃을 가져왔는데, 내겐 꽃이 없었다네. 더더구나, 그것까지는 아마 실수가 아니었는지도 몰라, 그런데 도라가 있었거든. 그녀 또한 그런 행사에 붙임성이 없었어. 가장 끔찍한 일은 물론 내가 그녀가 도착할 때 잠을 자고 있었던 것이겠지, 독특한 방식의 잠이었지. 그렇지 않았으면 그 일은 내 생각으로는 그냥 그런대로 되었겠지. 그녀는 조금은 불안하게, 신경질적으로, 거의 과로에 지쳐 보였어. 그러나 용감하고 엄청 동경을 담고 있었지. 우리는 일요일에 유대인 추수감사절[48]에 참석하는 가능성을 토의했네, 나와 마찬가지로 그녀에게도 적지 않은 모험이지. 나는 아마 참석하지 않을걸세.

모든 좋은 소망을!

F

### 막스 브로트 앞

[엽서. 베를린 슈테글리츠, 우편 소인: 1923년 10월 2일]
친애하는 막스, 지금 막 에미를 기다리고 있네. 우리는 이 아름다운 근방에서 간단한 아침 산책을 하려고 하네. 일요일 오후에는 내가 그녀의 집에 갔네. 다시금 심각한 실수를 저질렀고, 항상 같은 일을 반복하는 자신이 부끄럽네. 주요 동기는 물론 내가 그 아래에서 예컨대 동물원 역[49]에서 올라가는데, 호흡이 가빠지는 거야, 기침을 시작하

고, 어느 때보다도 더욱 불안하여, 이 도시의 모든 위협들이 나를 향해서 한마음으로 몰려오는 거야. 또한 나는 여기 밖에서도 물가의 진정한 고통에 맞서 자신을 보호하고자 하지, 사람들이 그 점에서 내게 많은 도움이 되네, 도시에서는 그러나 그게 안 되더군. 어제는 예컨대 숫자에 집착하는 급격한 발작을 일으켰는데, 나는 자네의 걱정들을 더 잘 이해하네, 이 불쌍하고 사랑스런 지칠 줄 모르는 불굴의 두뇌여! 내 방은, 그것을 월 28크로네에 빌렸는데, 그게 9월에는 70크로네였고, 10월이면 적어도 180크로네가 될 것이라네. 나는 잘 알아, E. 또한 위안이 필요하다는 것을, 그러나 그녀 방에서는 그녀가 내게 더 용기 백배하고 더 힘차 보이네, 자네의 '마지막 장미'를 굽어보면서, 행복해 보여.―그런데 그녀가 오늘을 오지 않았네. 전화로 취소를 했고, 내일 온다는군, 매우 사랑스러운 일이야.―그사이에 나는 지금까지 벌써 며칠간을 피했던 일이지만 『슈테글리츠 소식』[50]을 꼼꼼히 읽었네. 나빠, 나쁘네. 그러나 그 안에 정의가 있긴 하네, 독일의 운명과 결부되어서, 자네나 나처럼.

F

부차적인 말이네만, 자네는 유감스럽게도 나의 어머니에게 안심시켜드리는 영향력이 없었네그려.


**막스 브로트 앞**

[엽서. 베를린 슈테글리츠, 우편 소인: 1923년 10월 8일]
친애하는 막스, 에미를 며칠 동안 보지 못했네. 한번은 우리가 식물원에서 함께 매우 우정 어린 시간을 보냈네, 다시금 용감함의 인상이 불안의 인상을 능가하더군. 그 이래로 날씨는 더 나빠지고, 슈테글리츠는 더 이상 산책하고 싶게 하지 않네. 도시에 대해서 다시 겁을 먹

게 되네. 어제 일요일에는 E.가 좀 안 좋았나 봐, 내게 전화한 것으로 는 그랬네. 그런데 말이네만, 동시에 나도 썩 좋지가 못하네. 기침에, 질적으로 보아서는 그리 나쁜 건 아니지만, 양적으로는 심했네. 밤을 새워버렸고, 일요일에도 자리에 누워 있었네. 그러니 이젠 지났네. 아마도 오늘쯤엔 E.에 대해서 뭔가 소식을 듣게 되겠지.—나의 시간 할당에 대해서는 아직 말할 것이 없네. 부지중에 아무런 할 일도 없 이 날들이 흘러가버리네. 바이스 박사는 다르지, 그가 어제 우리 집 에 왔고, 난 그와 더불어 처음으로 이야기를 나누었네. 활동적이고, 신경질적이고, 강자의 신경질이지, 씁쓸한 쾌활성에, 심지어 대성공 했지(베르크너가 타냐로 나오는 배우들의 극장 창설),[1] 뿐만 아니라 나는 그에게 운을 하늘에 맡기라고 희망을 주었지, 어쩌면 자네의 프라하 서평 대열에서『나하르』[2]가 차례가 될 수도 있다고. 그는 그 말을 믿 지 않더군.—클롭슈톡은 내가 보기엔 아주 형편없네, 자신을 '타락' 했다고 간주하는 거야. 그래서 자네에게 가기를 주저하는가 봐, "그 의 비평들은 그러나 나를 항상 새로운 기쁨으로 채워주고, 점점 증가 하는 존경심으로 그의 글들을 읽는데, 그 존경심이 나에게는 이미 가 라앉고 있는 품위의 일부를 반영해준다"고 하더군.
진심을 다해서,

F

펠릭스와 오스카에게 안부를.


카를 젤리히 앞

[베를린 슈테글리츠, 1923년 가을]

존경하는 귀하께,
자 이제 저는 귀하께서 기뻐하실 무언가를 제시할 수 있겠습니다. 귀하께서는 틀림없이 에른스트 바이스의 이름을 알고 계실 것이며, 아마도 또한 그의 신작들에 대해서도 뭔가를 알고 계실 것입니다. 저에게는 가끔 믿을 수 없으리만치 강렬한 작품들로, 비록 쉽게 접근할 수 없는 책들이긴 합니다만(『사슬에 묶인 동물들』, 『나하르』, 『마성의 별』, 『아투아』).[53] 이러한 서사적 작품들 외에도 또한 비평집도 준비되어 있습니다, '크레도퀴아압수르둠'[54]이라는 제목으로 출판하고자 한답니다. 이 비평들은 제 느낌으로는 그가 쓴 서사적 작품들의 모든 장점을 포함하고 있습니다. 그것들처럼 종결되는 일이 없이 말입니다.

제가 시험삼아서 「완성으로서의 괴테」와 표제작인 「크레도 퀴아 압수르둠」을 동봉합니다. 그 밖에도 귀하께 그의 현재 작업에 대해 소개하기 위해서 소설 『다니엘』의 제1장을 동봉합니다.

그 비평집에 모아놓을 몇몇 비평들의 제목입니다.

모차르트, 동양의 거장
예술에서의 안정감      현재성
루벤스의 생애
도미에[55]
맥베스에 관한 일언
문법의 천재
루소
현대 소설
세르반테스
언어에 대해서
평화, 교육, 정치[56]

부디 그러한 책의 출판에 대해서 귀하의 고견을 저에게 또는 더 좋은 방법이라면 그에게 곧장 직접 알려주셨으면 합니다(에른스트 바이스 박사, 베를린 W 30, 놀렌도르프슈트라쎄 22 a). 어쨌든 동봉한 세 작품은 그에게 곧 필요하므로 돌려받을 수 있기를 청합니다.
삼가 정중한 경의와 더불어,

프란츠 카프카 배상


## 펠릭스 벨취 앞

[엽서. 베를린 슈테글리츠, 우편 소인: 1923년 10월 9일]
친애하는 펠릭스,『자기 방어』매우 고맙네. 나는 어쨌거나 내가 생
각했던 것보다 더 오래 머물렀고, 그것이 없어 참 어려웠네. 아직 리
제[57]의 집에는 가보지 않았네. 나날이 너무 짧고, 나에게는 프라하에
서보다도 더 빨리 지나가는 것 같아, 다행스럽게도 별 눈에 띄지 않
고서. 나날이 그렇게 빨리 지나는 것이 물론 서글프지, 그건 아마 세
월도 그렇겠지, 손을 그 귀퉁이에서 놓았는가 하면, 그건 그만 우리
를 스쳐 지나가버리지. 손으로 잡을 어떤 장소도 없음을 알게 되는
것이지. 이 집 주변 너머 그 밖에까지는 거의 나가지 않네. 이 주변은
참 좋아, 내가 사는 골목은 반쯤 도시풍으로 마지막인가 봐. 그 뒤로
는 정원들이다 빌라들이다 시골 풍경이야, 오래된 우거진 정원들이
지. 미적지근한 저녁이면 강렬한 향기들이 올라와, 내가 그 어디에서
도 맡은 적이 없었던 것 같은 그런 향기가. 그다음엔 그 대형 식물원
이 있지 않나, 여기서 15분 정도 거리에. 그러고는 숲이지, 하긴 내가
아직 가보지는 못했지만, 절대로 반 시간도 채 걸리지 않을 것이야.
이 왜소한 이주자를 위한 환경치고는 그러니까 좋은 것이지.—부탁
하나 더 있네, 펠릭스, 자네가 할 수 있다면 가련한 클롭슈톡을 좀 돌
보아주게나(직장 소개 같은).
진심 어린 안부를 자네와 자네 식구들에게 보내며,

F

## 막스 브로트 앞

[엽서. 베를린 슈테글리츠, 도착 우편 소인: 1923년 10월 16일]

친애하는 막스, 에미가 틀림없이 벌써 자네에게 말했겠지, 나는 프라하에 돌아가지 않으려네, 지금은 가지 않겠어, 한 2개월 후에는 몰라도. 자네 걱정은 사실무근이네, 난 신문들을 읽지 않아, 시대의 험악한 결과들을 내 육신에서는 아직까지 느끼지 못했네. 나는 식사에 관한 한 아주 정확하게 살아가네. 그런데 프라하에서와 꼭 같이 그렇게 정확히. 날씨가 나쁘면 내 방에 틀어박히고, 내가 아주 우연히 언급했던 기침은 다시는 되풀이되지 않았네. 좀 고약한 것은 무엇보다도 극히 최근에 밤의 유령들이 나를 짓눌렀던 일이지. 그러나 그것 또한 돌아갈 이유는 아니지. 내가 그것들에 굴복할 양이면, 그곳보다는 여기가 더 나으이, 그렇지만 아직 거기까지는 가지 않았네. 그런데 말이지만 나는 자네를 정말 곧 만나게 될 것이네. 정말 친절을 베풀려면, 나에게 겨울 용품이 든 가방 하나쯤 챙겨다 주게나. 그것을 자네 여행짐으로 함께 부치고, 그 영수증을 수하물 배달 부서에 넘겨주면 되지. 다만 보덴바흐[58]에서는 어쨌든 그것 때문에 귀찮을지도 몰라. 그렇게 해주려나? E.와는 몇 번 함께 지냈네. 그녀는 나에게 다시금 즐겁고 더 강인해 보이네, 특히 그녀가 프라하로 통화를 할 때 보면.

자네의 F

E.가 내게 준 세 편의 비평은 나에게 큰 기쁨을 주었네.


## 로베르트 클롭슈톡 앞

[우편 엽서. 베를린 슈테글리츠, 우편소인: 1923년 10월 16일]

친애하는 로베르트,

프리덱[59]이라, 좋은 방편이네. 자네가 그것을 발견했으니 난 매우 기쁘네. 언제 그 시험이 치러지는가?—나와 관련해서는 불필요한 걱정들이네. 그 일이 어쨌든 성사되면, 나는 아주 기꺼이 겨울을 여기에서 보내려네. 내 경우가 역사에서 완전 처음 있는 일이라면, 걱정도 정당화되겠지. 그러나 선배들이 있지 않은가. 예컨대 콜럼버스도 선박을 이삼 일 뒤에 곧 방향을 바꾸게 하지는 않았지.—내 식사에 대해서 말하자면, 나는 대단위로 동반하고 먹지 않네. 그러니까 내면적인 수치심에 이르는 기회만 있을 뿐이지. 그런데 말이지만 여기 슈테글리츠에서는 생활이 평화롭네, 아이들은 좋아 보이고, 구걸은 구차하지 않네. 옛 풍요의 시대에서 비롯된 근간이 여전히 대단하며, 그 역의 의미에서 부끄러움을 느끼네. 시내에 대해서는 물론 내가 약간 움츠리지. 겨우 세 번 나갔으나, 내 포츠담 광장은 슈테글리츠 청사 앞 광장이고, 그곳도 나에게는 너무 시끄러운 곳이고, 그러면 나는 신기하게도 조용한 가로수 길에 행복하게 잠긴다네.

모든 좋은 소망을.

F

막스와 펠릭스에게도 편지를 썼네, 그들을 보러 가게나.


막스 브로트 앞

[베를린 슈테글리츠, 도착 우편 소인: 1923년 10월 25일]

친애하는 막스, 내가 자네한테 편지를 쓰지 않는 것은 사실이네, 그러나 무슨 감출 일이 있어서가 아니며(그것이 내 생애의 직업이 아닌 한), 자네와 보낸 친근한 시간을 그리워하지 않기 때문은 더더욱 아니지, 우리가 북부 이탈리아의 호수에서 함께 지냈던 이래 별로 그런 시간을 갖지 못했다는 생각이 들곤 한다네. (이것을 말하는 것은 어떤 특정한 의미가 있지, 왜냐하면 당시에 우리는 그런 참된 순수함을 지녔지, 비록 동경할 가치는 없을지언정. 그리고 그 사악한 힘들은 좋은 일에서든 나쁜 일에서든 겨우 입구를 가볍게 건드리고 있었지, 바로 그 입구를 통해서 언젠가 침투할 일은 벌써 참을 수 없이 기쁜 일이었고.) 그러니 이제 내가 편지를 쓰지 않는다면, 그건 무엇보다도 '전략적인' 이유가 있는 것이지, 그게 근년에는 내게서 곧잘 법칙이 되어버린 게야. 나는 단어와 편지들을 신뢰하지 않아, 나의 말과 나의 편지들을. 나는 내 마음을 사람과 나누고 싶어. 단어들을 가지고서 유희를 일삼고, 편지들을 부화뇌동의 혀를 가지고서 읽는 그런 유령들과 나누진 않겠어. 특히나 편지들을 믿지 않아, 심지어 편지란 수취인에게 확실하게 전달되도록 편지 봉투를 붙이는 것만으로도 충분하다는 것은 기이한 믿음이지. 이 점에서는 그런데 말이지만 전쟁 시기의 검열이, 특히 허깨비들의 반어적 솔직성의 시대에 검열은 교육적인 효과가 있어.

그런데 나는 바로 또 이런 이유로 덜 쓰게 되는데(위의 언급에 뭔가 덧붙이는 것을 망각했군, 내게는 도대체가 예술의 본성, 예술의 현존재란 단지 그 '전략적 고려'만으로도 설명될 수 있을 것 같아, 사람과 사람 사이에 진실된 말의 교환을 가능하게 하는 것만으로 말이야), 그러니까 내가 당연한 일이겠지만 나의 프라하 생활을, 나의 프라하 '작업'을 계속하기 때문이고,[60] 그것에 대해서야 더 할 말이 없으니까. 그러니 자네는 내가 여기에서 베를린 고유의 끔찍한 압박도, 교육적 압박도 받지 않고, 그저 반쯤은 시골풍으로 살고 있다고 생각하면 되네. 그것은 또한 버릇없게 하기 십상이지. 내가 한번은 자네와 더불어서 요스티에 갔지, 또 한번은 에미에게, 또 한번은 푸아에게, 한번은 베르트하임에도 갔지.[61] 사진을 찍으러 가기도 하고, 한번은 돈을 가지러 가기도 하고, 한번은 집을 찾아보려고.—그것이 아마 이 4주 동안 내가 베를린에 소풍 나간 전부였고, 거의 매번 처량한 느낌으로 돌아왔고, 내가 슈테글리츠에 살고 있다는 데 깊은 감사를 느꼈지. 나의 '포츠담 광장'은 슈테글리츠 군청사 광장이며, 그곳에 두세 대 전차가 다니고, 그곳에서 작은 소통이 이루어지는데, 그곳에 울슈타인과 모세, 쉐를 지사가 있고,[62] 나는 그곳에 내걸린 신문 일면에서 내가 견딜 만한 독을 흡입하지, 물론 가끔은 (바로 지금도 현관에서는 거리 투쟁에 대한 이야기가 오가고 있네) 순간적으로 견디기 힘든 것까지도—그러나 그럼 나는 이 공중을 떠나, 만일 그럴 힘이 남아 있다면 조용하고 가을 정취를 풍기는 가로수 길에서 망아를 즐기지. 나의 거리는 마지막으로 비교적 도시풍이다가, 그다음에는 모든 것이 정원과 빌라 들의 평화 속에서 풀리네. 모든 거리는 평화로운 정원 산책로이거나 그런 정도. 나의 하루 또한 정말이지 매우 짧아. 9시경에 일어나기는 하지만, 그러나 꽤 오래 누워 있네, 특히 오후에는. 그것이 꼭 필요하거든. 조금은 히브리어 책을 읽는데, 주로 브레너의 소설[63]을 읽고 있어. 그러나 그건 내게 아주 어려워. 그 모든 어려움에도 지금까지 30쪽의 독서라면, 만일 4주간의 답변서를 요청받았다고 할 때 결코 정당화할 만한 업적이랄 수 없지.

화요일. 그런데 말이지만 나는 그 책을 소설로서는 그렇게 대단하게 즐기고 있지를 않아. 브레너에 대해선 처음부터 어떤 경외심을 품고 있었지. 정확히 왜 그랬는지는 몰라. 들은 풍월과 상상이 그 속에 섞이었을지. 항상 그의 슬픔에 대해서 언급되곤 했으니까. 그리고 '팔레스타인의 슬픔'이라든지?—

우리 차라리 베를린의 슬픔에 대해서 이야기하세, 그게 더 가까이 있으니까..조금 전엔 전화로 중단되었네, 에미였어. 그녀는 벌써 일요일에 와야 했는데, 유감스럽게도 오지 못했어. 뿐만 아니라 방문객도 있었다는군, 그것이 그녀를 즐겁게 했겠지, 뮈리츠에서 알던 작은 여자[64]와 베를린의 젊은 화가로, 사람을 사로잡는 매력을 지닌 아름다운 두 젊은이지, 나는 에미에게도 그런 것을 희망했지, 지금은 그날의 동요와 사랑의 동요에 깊이 빠져 있는 그녀를 위해서. (그런데 말이지만 내가 파티를 열고 있다고 생각하진 말게, 그것은 우연히 일어난 일이었고 단 한 번이었지. 나는 프라하에서와 꼭 마찬가지로 사람들을 두려워할 뿐이야.) 그러나 그녀가 오지 않았어, 감기에 걸렸거든. 그러고 나서 우리는 어제 전화로 서로 이야기를 나누었지, 그녀는 동요했고, 베를린의 동요들이 (총파업에 대한 두려움, 환전의 어려움, 그런데 그것은 그 동물원에서만 아마도 어제만 그랬던 것 같아, 예컨대 오늘은 프리트리히슈트라쎄 역에서 그런 밀치고 닥치는 일 없이도 환전이 되었거든), 베를린의 동요들이 프라하의 고통들과 섞였어. (난 다만 이렇게 말할 수 있을 뿐이네, 막스가 뭔가 9일에 대해서 편지를 쓰고 있구나 하고) 그리고 여기 베를린 사람들은 실제로 전염성이야, 나는 전화 통화 이후에 여전히 밤중에도 그들과 싸우고 있다니까. 어쨌든 그녀는 그러나 오늘 저녁에 오겠다고 약속했고, 나는 그사이에 위로될 만한 힘을 모을 수 있겠구나 희망했지. 그러나 이제 그녀가 전화를 했고, 올 수 없다고 하네, 이유는 그녀가 동요된 때문이라는데, 그러나 그건 사실은 단 하나의 이유일 뿐이네. 다른 이유들은 다만 장식으로서 그 주변을 감싸고 있지, 곧 자네의 여행 날짜야. 결혼식은 장애 사유로 인정되지 않고, "그이는 기분 전환으로 한번 다른 사람의 마음에도 상처를 줘야 된다" 그러더군. 그 비슷한 말을 그 비슷한 계기에 내가 프라하에 있을 때도 들었던 것 같아. 가련한 사랑스런 막스! 행복한 불행한 이여! 만일 자네가 내가 E.에게 쓸 만한 어떤 충고를 줄 수 있다고 생각한다면, 내 기꺼이 그 일을 하겠네. 나 자신도 순간적으로는 아무것도 모르겠어. 내가 내일은 그녀에게 갈 수 있을까 물었지, 그녀가 말하기를, 언제 집에 돌아와 있을지 모르겠다는 거야, (물론 모든 말을 친절하고 또 솔직하게), 아침 일찍은 한 시간 수업이 있고, 오후에는 여자 친구의 집에 가는데, "그 애 역시 미친 애지요" 그렇게 말하더군그래(에미는 내게 그 여자 이야기를 몇 번인가 했지), 마침내 우린 합의했어, 내일 다시 서로 전화하자고. 그게 전부야, 적고도 많지.

수요일. 지금 막 9시에 다시 E.와 이야기 나누었네, 일은 더 잘 될 것 같고, 오늘 저녁 자네와의 전화 통화는 그 위안을 전제로 하지. 아마 틀림없이 오늘 저녁에는 그녀가 올 거야. 새로운 전화 통화, 새로운 변경이지. E.는 정오에 벌써 오겠다고 하더군. 나는 항상 생각해보지, 어떻게 사랑과 음악이 E.를 고양시키는가, 그러나 이런 결론을 내릴 수밖에 없어, 전에는 어려운 삶의 한가운데에서도 지극히 용감하게 살았던 그녀가 이제는 이 모든 베를린적인 경악에도 불구하고 표면상 그래도 훨씬 가벼워진 삶을 살면서도 외관 때문에 그토록 고통을 당하고 있다고 말이야. 나야 내가 아는 부분에 한해서 이 마지막 것을 잘 이해하지만, 어쩌면 그녀보다 훨씬 더, 그러나 난 정말이지 그녀의 초기 생활이라면 견뎌내지 못했을 것이야.

다시 자네의 질문으로 돌아가세. 나는 내 한정된 히브리어로 벌써 몇 마디 말을 한다네. 게다가 나는 여기서 겨우 15분쯤 걸리는 달렘에 있는 유명한 원예 학교[65]에 다니고 싶었는데, 거기 청강생이자, 팔레스타인인이며, 또한 D.(디아만트가 그녀의 이름이지)[66]의 친지인데, 그가 나를 격려할 뜻으로 정보들을 줌으로써 오히려 나를 겁먹게 했네. 나는 실기 수업에는 너무 나약하고, 이론 교육에는 너무 불안정하지. 더구나 해가 너무 짧고 그리고 나쁜 날씨에는 난 외출할 수가 없네. 그래서 그냥 포기했네.
프라하에는 꼭 갔어야 할 것을, 그 비용과 고생에도 불구하고, 다만 자네와 함께 있고, 마침내 펠릭스와 오스카도 만나기 위해서라도

(E.에게 보낸 자네 편지에 오스카에 대한 놀라운 문장이 있더군, 그 언급은 단지 어떤 기분에서 나온 겐가 아니면 사실인가?), 그러나 오틀라가 만류했지, 마침내 어머니도 그러셨고. 그게 더 나은 일일 게야, 나는 아직 거기 손님이 아닌 것이야, 바라건대 난 너무 오래 밖에 머물고 있어서 손님이 될 수나 있을까 싶어.

자네의 F

자네 동생의 결혼식에 대해서 조언 좀 해주게나. 자네 여동생과 매제에게 안부 전해주고.
나는 겨울옷들을 11월까지는 좋이 기다릴 수 있네.
자네 작업이 무언가? 그 소설[67]은 쉬고 있나?


쿠르트 볼프 출판사 앞

[엽서. 베를린 슈테글리츠, 접수 소인: 1923년 10월 26일]

존경하는 출판사 귀중,
본인은 그 결산서를 받아보았습니다.[68] 서적들의 송부는 저에겐 대환영이겠습니다. 제가 그 서적들의 선택에 영향을 미칠 수 있을는지요? 저는 현재로서는 베를린에 살고 있고 (베를린 슈테글리츠, 미크벨 슈트라쎄 8번지, 모리츠 헬만 댁), 이 점이 그 사안을 좀 더 간단하게 해결할는지요?

삼가 정중한 경의와 더불어 F. 카프카 배상


로베르트 클롭슈톡 앞

[엽서. 베를린 슈테글리츠, 우편 소인: 1923년 10월 25일]

친애하는 로베르트, 바라건대 프라하의 열기 이후 자네가 친구들과 더불어 평화롭게 살고 있기를(그런데 말이지만 막스가 편지하기를, 자네가 지나가는 것을 보았다는데, 자네가 나쁘지 않게 보이더라네. 나는 자네를 생각할 때마다 그 점을 고수하네). 그리고 어쩌면 화학이 또한 히브리어를 위해서 좀 여지를 남겨놓았네. 나는 그 언어에 매우 더딘 진보를 하고 있네. 휴가와 쉘레젠은 내게 많은 것을 망각하게 했네, 특히 규칙적이고 터무니없이 공부하는 것을. 이제 나는 여기에 한 달째 있으며 그리고 브레너가 쓴 소설 32쪽을 읽었으니, 그러니까 하루에 한 쪽이라니. 그 책은 『불모와 좌절』[69]이며, 이 화학 공식을 풀어보게나. 나에게는 어떤 면에서나 어려운 책으로, 아주 좋지는 않다네. 푸아가 한두 번 독서를 도와주었지, 지금은 한 두 주 동안 그녀를 만나지 못했네.—여기에서 가능한 유일한 기도가 좌절되었지만, 그러나 그것은 아직은 좌절할 만한 단계에 이르지는 않았네. 내가 있는 곳에서 가까운 달렘에 유명한 원예 학교가 있는데, 거길 다녀볼까 했다네. 그곳에서 공부하고 있는 한 팔레스타인인이 나를 격려 차 정보를 주었지만 오히려 나를 겁먹게 했네. 나는 실기 수업에는 너무 나약하고, 이론적인 교육에는 너무 불안정하지. 이 불안정을 다른 방향으로 보내버려야 하겠지.

커다란 소포에 든 버터가 훌륭한 상태로 도착했군, 정말 고맙네.

자네 모친과 동생은 잘 지내시나?

슈타인베르크에게 안부를!


**막스 브로트 앞**

[베를린 슈테글리츠, 도착 우편 소인: 1923년 10월 27일][70]

친애하는 막스, 자네 엽서에 대해 몇 마디만 하려네, 그사이 내 편지를 받았을 것이니. E.가 수요일 오후에 나를 보러 왔네. 나는 실제로 빵 덩어리로 그녀를 꾀어냈는데, 그게 슈테글리츠에서는 간단하지만, 화요일이면 베를린에서는 구하기 어려운 것이라네. 진짜 물자 부족 때문이 아니라, 여기 상황에서 현재 매일 변하는 원인들에서 그렇다네(그런데 화요일에만 그렇다니까, E.는 그 빵을 가져다가 자신을 위해 남겨둔 것이 아니라 자매에게 선사했다네). 그래, E.는 동요했지만, 그게 그렇다고 그녀가 이따금 쾌활하고 또 웃고 하는 것을 방해할 정도는 아니었네. 그러나 이 동요가 베를린의 상황들에만 그 원인을 돌리는 것, 그건 아닐 것이야. 그 동요와 베를린의 상황은 다만 이 정도로 연관되어 있으니, 어느 하루 빵 부족 사태와 어느 한번 환전의 어려움이면 다른 모든 재난에 수문을 열어주기에 충분하다는 식이지. 그리고 이 다른 재난, 첫 번째 재난 말고, 그것이 대하기가 어려운 것이지. 그런데 말이지만 나는 매사에 빈약한 변명들뿐이었네. 단 하나, 그녀가 원칙적으로 모든 것을 포기했노라고, 또 자신은 자네가 만일 4주 동안에 단 이틀을 온다 해도 그것에 완전히 만족할 것이라고 말했을 때, 그때는 아무 변명도 못했지. 그것에 대해서 할 말이 무엇이겠는가? 특히 그녀가 이렇게 덧붙였을 때는 할 말이 없었지, 자네가 빙클러[7] 시기라면, 만일 그것이 필요하거나 다만 유용하거나 또는 다만 쾌적했더라면, 그녀의 부탁이나 다만 말 한마디 또는 암시만으로도 자네가 왔을 것이라는구먼, 결혼식 같은 것은 완전히 무시하고서. 그리고 그녀는 자네가 오는 것 이상은 아무것도 더 요구하지 않는다고. 그래, 그런 말에 대해서도 좋은 대답이 있을 수 있겠지, 그러나 이 경우엔 맞지 않아.

그러나 그 모든 것은 정말이지 이 순간에 더 이상 시사적이지 않으이. E.는 자네와 전화 통화를 한 뒤 내게 전화를 했더군, 기뻐하며, 행복을 내뿜으며, 모든 것은 좋다고, 그녀는 뭔가 '새로운 탄생' 비슷한 말을 하더군, 그러나 더 좋고 더 강한 표현이었는데. 나는 그 전환을 그녀가 배우들의 극장[72]에 참여한 것에서 주로 원인을 보았어—정말이지 그건 어쨌든 그녀에게는 뛰어난 일이고 게다가 해방의 사건이지—그러나 자네 엽서에서 느낀 것은 그녀의 고통을 자네에게 전가함 또한 그 "새로운 탄생"에 기여했구나 하는 걸세. 그 프라하 또는 아우시히 계획[73]은 나에게는 잘못으로 보이며 그리고 매우 위험하네. 구원은 단지 일과 음악에 놓여 있으며, 그리고 외적 환경은 자네가 생각하는 것처럼 그렇게까지 나쁘지는 않으니, 일반적으로야 아마 그러하겠지, 그러나 구체적으로는 분명 그렇지가 않아. 나는 예컨대 식사 문제라면 프라하에서 그런 것처럼 똑같이 살고 있네, 물론 버터만큼은 누가 보내주어서 먹지만 말이야, 그러나 그것도 여기서 구할 수 있는 것이라네. 그냥 자네에게 물가를 상상케 하자면, 전화 통화한 바로 그날 나는 시내에서 점심을 먹었어, 프리트리히슈트라쎄에 있는 채식주의 식당에서(보통은 늘 집에서 먹네, 내 여기 온 이래 그게 두 번째 외식이었지), 나와 D. 둘이서. 우리는 수란을 곁들인 시금치와 감자에다(훌륭했지, 양질의 버터로 요리한 것인데, 양은 그것만으로도 배가 부를 만), 거기다가 채소 커틀릿, 그다음에는 사과 소스를 곁들인 국수, 그리고 가외로 자두절임(이것도 시금치 요리만큼 좋았지), 그다음에 토마토 샐러드와 흰 빵 하나. 이 전체가 푸짐한 팁을 합쳐서 약 8크로네였네, 그건 그리 비싼 것이 아니지 않나. 아마도 그건 예외였는지 몰라, 환율 변동 탓이지. 물가 오름세는 사실 매우 대단해, 식사를 제외하고서 무언가를 사는 것, 그건 불가능해. 그러나 아까 말한 대로 식량은 베를린에도 있거든. 그것도 아주 양질의 것으로. 그 점에 대해서는 염려 말게나.

펠릭스와 오스카에게 내가 잘 있다고 안부 전해주게.

아마도 오늘 E.와 함께 극장에 갈 것이야, 클뢰퍼[74]가 공연하는 「인민의 적」일세. 지금까지는 단 하룻저녁도 집을 떠나본 적이 없었는데.

## 로베르트 클롭슈톡 앞

[베를린 슈테글리츠, 1923년 10월][75]

친애하는 로베르트, 자네 편지를 수요일 오전에 받았네. 만약에 자네가 그 이야기를 금요일에 받으려면, 우리는 서둘러야만 하네, 나도 우체국도. 뿐만 아니라 어쨌든 자네 번역을 쭉 읽는 것은 내게는 절대적으로 오직 즐거움뿐이네. 자네가 무엇을 가지고 있든 나에게 보내주게. 그 이야기 자체는 나에게 매우 좋게 여겨지네, 다만 K.[76]의 이야기들은 보통 뒷맛이 씁쓸하다네, 마치 그 자체로서는 견딜 만하게 좋은 이 착상이 언제나 최종이어야 했듯이, 마치 가난한 사람이 마지막 동전을 쓰면서 동전 외에도 텅 빈 주머니를 바라보아야 하는 것처럼. 그런 이유가 어디에 있는지 난 알지 못하네, 왜냐하면 그의 풍부함은 의심의 여지가 없거든.—번역은 매우 좋으이. 단 몇 마디 언급한다면, 제목은 옳아, 그렇지만 단순히 '머리 없음'이나 '무뇌'가 더 강력하지 않을는지.

6) 나 같으면 '질질 끌며가다'를 선택하겠네. '끌다' 역시 고통을 포함하고 더 이상하기만 하네. '움직이다'는 이 고통이 없는 것이지.—전체적으로 이들 '끌다'와 '흔적을 남기다'는 기어가는 송충이들을 연상시키질 않나.[77]

"섬세한 재료의 소재"—나쁘지 않군, 그러나 '재료'와 '소재'는 같은 것이지.[78]

이것은 무엇인가, "믿는 사람"?

다른 것들은 텍스트 내에서 주목했네.

크라우스의 책[79]을 받았네, 자네가 그것을 보내주다니, 착하고 사랑스럽고 또 헤픈 일이네. 그것 또한 『마지막 날』[80]의 부활이라면 재미있군. 그 밖에는 별로 독서를 안 하네, 다만 히브리어만 읽네. 책들도, 신문들도, 잡지들도 읽지 않네, 아니 그래도 『자기 방어』는 읽고 있어. 왜 『자기 방어』에 글을 안 보내는가? 자네 원고는 환영인걸. 나는 자네가 벌써 11월 1일에는 프라하에 가려는 줄 알았네. 그래, 빈은 아름다운 곳이지. 베를린 시대가 지나가면 우리 다음에 빈으로 이주할까, 어떤가?

나는 극소수의 사람들과 소통하고 지내네. 한번은 바이스 박사하고 이야기를 나누었으며, 푸아는 5주간 보지를 못했네. 그녀는 완전히 사라졌으며, 엽서들에도 회신이 없네.

건강 상태는 견딜 만하네.

11월 15일에 새 아파트로 옮기네, 바로 근처야. 곧 주소를 보내겠네.

잘 있게, 자네 꿈들과 작업들에 모든 좋은 소망을!

자네의 F

'쉐홀, 우히샬론'[81]은 내가 충분히 이해하지 못하는 두 개의 명사이네. 어쨌든 그 단어들은 불행의 정수를 표현하려는 시도이네. '쉐홀'은 문자 그대로 아이 없음을 뜻하지, 그러니까 아마도 불모성을, 열매 없음을, 무의미한 노력을. 그리고 '우히샬론'은 문자 그대로 넘어지기, 추락일세.


## 로베르트 클롭슈톡 앞

[우편 엽서. 베를린 슈테글리츠, 우편 소인: 1923년 10월 31일]

친애하는 로베르트, 베를린과 관련해서 부디 과장하지 말게나. 내가 여기로 왔다는 것은 엄청난 일이었지, 그러나 여기서는 잠정적으로 더는 엄청난 것들이 따르지 않았다네, 그러니까 축하로써 그것을 놀라게 하지는 마세나. 불쾌한 물가 상승이―잠정적으로는 아닌데, 그러나 아마도 앞으로도 이와 같은 끈질김으로 치솟는다면― 나를 내몰 것을 배제하지는 않네. 지금까지는 겉보기에 잘 지내고 있네, 지금의 나보다 더 잘 보살핌받을 수 없을 만큼.—자네가 『클라리사』[82]의 새 번역을 해낸 것이 나에게 고통스런 일격을 주었네. 그 작품은 훌륭하게 번역되어 있는데, 왜 또다시 이 작업을, 하필 이런 때 한단 말인가, 내가—아마도 그것이 착각이라면 그렇다면 그건 큰 착각인가보이—자네의 마지막 편지들에서 전에 없던 그러한 욕구와 나아가서 자신의 고유한 작업을 위한 힘을 느끼는 이런 때. 박사 학위 시험 이후에 자네가 만일 프리덱으로 돌아가 정적 속으로 도망하는 것도 그리 나쁜 생각은 아닐 걸세. 그렇다 치고, 『자기 방어』에서 읽은 바로는 바로 금년에 히브리어권 사업들이 그곳[83]에서 엄청 계획되고 있더군. 여기에서라면 나는 그런 일들로[84] 여러 시간을 차를 타야 하네, 그곳 집에서라면 백 걸음이면 될 것을 이리도 멀어 미치지 못하네.

자네의 F.

막스 브로트 앞

[엽서. 베를린 슈테글리츠, 우편 소인: 1923년 10월 31일]
가장 친애하는 막스, 내일이 되어서야 편지 쓰려네, E.가 무엇을 하려는지 알게 되면. 물론 그건 어려운 문제야, 당혹스럽게도 어려운. 비록 양편이 결국에는 자신들의 최선을 다하려고 하지만, 그래서 쉬운 타협 가능성을 믿어야 하지만. 나로서도 상당히 많은 것을 완전히 이해하지는 못하네, 여기에 4주마다 한 번 오는 것은 너무나 비용이 든다거나. 그러나 보덴바흐에서의 2주는 확실히 더 많은 비용이 들겠지. 잠정적으로 또한 이해하지 못하는 것은 왜 하필 보덴 바흐가 신경 안정에 효험이 있다는 말인지. 만추의 한 작은 낯선 시골, 그리고 그곳에서 호젓하게 산다면, 작업도 하지 않고 친지들도 없이, 프라하

794

에서 오는 슬쩍 지나치는 방문뿐으로, 마침내 그러다가 다시 베를린으로—이곳이 모든 고통의 근원임을 상정하고서도—돌아와야 한다면 말이네. 자 이제 결정은 정말이지 아직 궁극적인 것은 아니니 내일 다시 쓰려네.

자네의 F

클롭슈톡한테 듣기로는, 그가 『클라리사』의 새(!) 번역을 끝냈고 그리고 그것을 대행사 네 곳에 보낼 것이라는군.


**막스 브로트 앞**

[베를린 슈테글리츠, 도착 우편 소인: 1923년 11월 2일]

가장 친애하는 막스, E.에게 들은 바로는, 그러니까 자네가 온다지. 이미 두 번째 편지와 엽서에서 말했듯이, 나는 그것만을 올바른 것이라고 간주할 수 있어. 이제 또한 그것과 관련된 다른 모든 것에 대해서 더는 쓸 것이 없네, 왜냐하면 우리는 서로 곧 보게 될 것이니까. 나는 말하자면 오늘도 모든 정신력을 집중하지 못하고 있어, 한 엄청난 사건에 너무도 많은 것을 쏟아야 했으니까. 그러니까 11월 15일에는 이사를 해야 된다네. 내가 느끼기로는 굉장한 이득이 되는 이사야. (여기 안주인은 이 일을 11월 15일에야 알게 될 것인데, 이 사건을 여기 그녀의 가구들 사이에서 쓰고 있는 것이 거의 두렵기까지 하네. 이 가구들은 내 어깨너머로 함께 읽을 것이니까, 그러나 그것들도 부분적으로는 나와 함께 하지.)

유산에 관한 한, 그건 정말 그냥 소문에 불과하지만 그러나 보다시피 널리 퍼진 소문이지. 엘제 베르크만도 나에게 벌써 그것에 대해 편지를 했으니 말이야. 사실은 그 상속이 총 재산 600,000크로네에 이른다는 것, 거기에는 어머니 말고도 세 분 외숙[85]들이 소유 주장을 하고 계신다네. 그건 아직 그래도 꽤 좋은 일이야, 그러나 유감스럽게도 주관자가 프랑스 정부와 스페인 정부에, 파리와 마드리드의 공증인에 변호사들이지.

여자 친구에 관한 한 자네가 옳을 것이야, 한두 번 그런 자리에서 그 여자는 대화 사이를 슬쩍 스쳐갔지. 그런데 말이지만 E.는 이 여자 친구에 대한 호감 외에도 또한 그녀에 대해서 매우 강한 거부감을 갖고 있어, 그냥 지지해줄 수밖에.

미래에 대한 걱정 때문에 자네는 이제 그만, 또한 볼프에게 안정된 가치의 현금을 받아야 함을 잊고 있나보이. 그 사람 또한 말이 나왔으니 말인데, 진짜로 엄청 돈을 벌었음에 틀림없지만.

E.와의 극장 구경 계획에선 현재로선 아무것도 이루어진 것이 없네. 물가 상승은 사실 엄청나다네. 두 가지 연극이 고려되었지, 레싱 극장(코르트너, 게르다 뮐러 주연의 「도취」),[86] 그리고 실러 극장 (클뢰퍼 공연의 「인민의 적」). 그러나 전자는 천문학적 값이라 불가능, 후자는 며칠 만에 매진되었지. 그리고 어떤 날씨에도 나는 외출을 할 수 없네. 잘 살게나, 그리고 우리에게—죄가 있든 없든—루가노의 태양이 다시 한번 비추기를!

F.


## 발리 폴락 앞
[베를린 슈테글리츠, 1923년 11월]

사랑하는 발리,

책상이 난롯가에 있구나. 지금 막 그 난롯가에서 물러났단다, 왜냐하면 거기는 너무 덥거든, 심지어 이 영원히 시린 등에도 불구하고 그렇구나. 내 석유등은 놀랍게도 잘 타고 있는데, 등 제작에서도 구입에서도 양편 다 걸작품이란다(각각의 부품들을 빌리고 사들여서 조립한 것인데, 물론 내가 한 것은 아니고, 내 어찌 그런 일을 해내겠니! 그것은 찻잔만 한 버너가 달렸는데, 유리관과 종을 빼내지 않고서도 불을 붙일 수 있는 구조란다. 사실 단 한 가지 단점을 가지고 있는데, 그것은 석유 없이는 타지 않는다는 점이며, 그렇지만 다른 것들도 다 마찬가지지). 그래서 나는 자리에 앉아서 지금은 아주 오래된 사랑스런 네 편지를 소리내어 읽어본단다. 괘종시계가 똑딱거린다. 심지어 시계의 그 똑딱 소리에도 난 습관이 되었고, 그런데 말이지만 그것을 어쩌다 드물게 들을 뿐이란다. 보통은 내가 특히 지당한 가치의 일을 할 때면 그렇구나. 나하고는 확실히 개인적인 각별한 관계에 있는 시계야, 이 방에 있는 다른 많은 물건들도 마찬가지이긴 해, 그러나 다만 이제 그러니까 내가 직장을 그만둔 이래(또는 더 정확하게 말해서는 내가 해고당한 이래, 그런데 어떤 의미에서나 그것은 잘된 일이고, 그런데 말이지만 복잡하고도 또 오래 기술해야 할 그런 사건이지 뭐냐), 그것들이 부분적으로 나에게 등을 돌리기 시작한다는 것이지, 특히 그 달력이 그래, 언젠가 부모님께 달력에 있는 격언들에 대해서 편지를 쓴 적도 있었다니까. 그런데 최근에는 달력도 변했지, 그건 완전히 폐쇄되었거나, 예컨대 급히 달력의 충고가 필요해서 그리로 가보면, 그러나 그것은 아무 말도 없는 것이야, 기껏해야 '종교 개혁 축제'[87] 같은 것이나 씌어 있지, 그건 물론 더 심오한 의미를 지닌 것임에 틀림없지만, 그러나 누가 그것이 눈에 띄랴. 아니면 달력은 악의적인 모순을 담고 있어, 예컨대 최근에는 뭔가를 읽었는데, 거기에서 어떤 착상이 떠올랐어, 그게 내게는 매우 좋다는 생각이 아니 오히려 의미심장하다는 생각이 들었지, 그런 나머지 달력에다가 그것에 대해서 물어보려고 했다니까(다만 그렇게 우연적인 기회에는 그것이 그 하루를 지나는 동안에 대답을 해주지, 그러니까 우리가 특정한 시간에 꼼꼼히 그 달력 종이를 뜯어내는 그런 게 아니란다),

그러자 "눈먼 닭도 제법 낟알을 찾아낸다 등등"이라고 달력이 말했다니까. 또 다른 때 나는 연탄 값 청구서를 보고 질겁했는데, 거기에 대해 달력이 말하는 거야, "행복과 만족은 인생의 축복이다." 물론 그 속에는 역설과 더불어 모욕적인 싱거움이 들어 있지. 달력은 초조해하지, 내가 떠나는 것을 참을 수 없어해. 그러나 그건 아마도 달력이 내게 작별을 어렵지 않게 해주려는 것인지도 몰라. 아마도 내 이 삿날의 달력 뒤에서는 내가 더는 보지 않을 종이가 나올 것이야, 거기에는 예컨대 "그것은 신의 권유로 정해져 있다"[88] 따위가 적혀 있을 것이고. 아니, 우리는 제 달력에 대해서 생각하는 바 모두를 다 베껴 쓸 수는 없겠지, "그 또한 다만 인간일 뿐이다"라거나.

만일 네게 내가 접촉하는 모든 것에 대해서 이런 식으로 계속 쓰려고 한다면, 물론 난 끝을 모를 게야, 그러고는 마치 내가 매우 생동하는 사교 생활을 영위하는 것처럼 보일지도 몰라. 그러나 실제로 내 주변은 아주 조용하지, 그런데 말이지만 너무 조용한 적은 없어. 베를린의 소요들은 좋은 것이든 나쁜 것이든 별로 경험을 하지 못했구나, 물론 좋은 것이 더 많지만. 그런데 말이지만 베를린에서 사람들이 "어떻게 지내요?"라는 질문을 받으면 무엇이라 대답하는지 페파가 알까? 아차, 그는 정말이지 다 알겠구나, 그네들 모두는 베를린에 대해서 나보다 더 많이 알더라고. 자 이제 뭔가 구닥다리 말을 하게 될 위험을 무릅쓰고 하는 말인데, 그것은 사실상 정말이지 항상 시사적이란다, 사람들은 "우라질, 지수[89]를 곱해봐"하고 말한다니까. 그리고 이런 말, 누군가가 라이프치히의 체육 대회에 감동을 받고 이렇게 이야기를 한단다, "—엄청난 광경이야, 75만 명 선수들이 입장하는 광경이라니!" 그럼 다른 사람은 천천히 계산하면서 이렇게 말하지, "뭐, 삼과 이분의 일 평화의 선수들이면 뭐가 되나."

유대인 학교는 어떠냐?(이것은 이제 전혀 농담이 아니다, 그러나 바라건대 역시 슬픈 일도 아니기를)너 『자기 방어』에서 젊은 교사가 쓴 비평을 읽었니? 매우 좋은 착상에다 열심히 썼더구나. 나는 다시 아른슈타인[90]이 아주 잘 나가며 마우트너 양은 전 팔레스타인 체육을 개혁했다고 들었다. 노익장 아셔만에 대해서도 그의 상업적 안목을 고깝게 생각해선 안 된다. 그 가족을 등에 지고서 바다를 건너서 팔레스타인에 데려가는 것은 참 뭔가 대단한 일이다. 그 많은 사람들이 자신들의 방식으로 그 일을 한다는 것은 저 홍해의 기적보다 결코 작은 기적이 아니란다.

마리안네와 로테에게 편지 매우 고마워한다고 하렴.[91] 그들의 글 솜씨가 어떻게나 신기한지, 옆에 나란히 놓고 보니, 아마도 본질적인 차이는 아니겠으나, 그들의 신체의 차이만큼 달리 묘사되어 있으니, 적어도 이 최근의 편지들에서는 그렇게 보이는구나. 마리안네는 그 애의 인생에서 특히 흥미로운 것을 묻고 있구나, 자 이젠, 그 애가 무슨 책을 읽는지, 여전히 무용을 배우는지(여기 유대민족 가족캠프에서는 모든 소녀들이 율동적인 무용을 배우더라, 어쨌거나 무상으로). 그리고 그 애가 아직 안경을 쓰는지. 로테에게는 안니 G.[92]가 안부 전하더구나. 그 앤 사랑스럽고 아름다운 영리한 아이이며(로테도 물론 그러하지, 그러나 안니도 그래), 히브리어를 열심히 배운단다. 벌써 읽기를 할 수 있고, 새 노래도 부를 수 있을걸. 로테도 좀 진전이 있는 거냐?

그러나 이제는 마침 잠잘 시간이 되었구나. 이제 이렇게 거의 하룻밤을 너희랑 함께 보냈구나, 그런데 슈토크하우스가쎄에서 미크벨 슈트라쎄는 멀기도 하구나. 잘 지내거라! ......................................

[베를린 슈테글리츠, 도착 우편 소인: 1923년 11월 5일]

가장 친애하는 막스, 그 일이 내 머릿속에 어떤 모습으로 그려지는지 간단히 설명할게, 어쨌거나 오늘은 여러 가지 이유로 약간 충격을 먹은 머리라서. 그에 대한 자료로는 주로 어제 그러니까 목요일[93]에 E.와 나누었던 대화 내용이네. 그녀는 7시경부터 10시까지 우리 집에 있었네. 그런데 말이지만 자네 편지가 도착한 바로 그 시간이었지, 난 그것을 그녀 앞에서 개봉하기 싫었고.

그 점에서는 자네 말이 옳으이, 만일 베를린 사정이 대체로 작년 수준이었다면, 그러니까 생활은 쉽고, 가능성들은 많고, 쾌적한 방심상태 등등이라면, 그렇다면 그것은 그러한 돌발 사태로까지는 나아가지 않았을 것임에 틀림없어. 그러니까 화산에 불길이 없어서가 아니라 그것이 다만 다른 통로들을 찾았을 것이기에 그래. 그것이 상황에 따라서는 평화로운 시대가 되었을 것이야, 물론 지속적인 것은 아니겠지. 왜냐하면 그것은 고통의 중심점이니까, 그 속에서는 수많은 것들이 섞이고, 서로 다른 시대에는—자네의 현재, 사실상 막강한 영향력 하에서—아주 전적으로 서로 다른 견해를 가져다 주기 때문이지, 그러나 항상 거기 존재하는 것이야. 거기에 대해서 우리는 그런 식으로 행동할 수 있고, 그래 표면상의 평화로 만족하는 것이지. 그것은 또 정말이지 아주 많은 것이야, 왜냐하면 결국은 이러한 잠정적인 평화 이후에 또한 정말 기대했거나 기대하지 않았던 일들로 인해서 언젠가는 진정한 평화가 도래할 수도 있으니까. 이 잠정적인 평화에도 이제 이 오늘의 베를린은 다가갈 수가 없어, 비록 자네가 초인간적으로 고군분투하고 또 자네는 그것을 유감스럽게도 실제로 한 것 같은데 말이야. 그러나 베를린이 그것을 할 수 없기에 우리가 후속 도움을 주어야 하며, 이 후속 도움이란 바로 자네가 4주마다 오는 일일세.

그것은 최고의 상자들보다도 더 영양가 있는 일일 게야. 자넨 마지막 돌발 사태를 위한 그 어떤 직접적인 계기들도 구해서는 아니 되네. 2 주 전에만 해도 요구 사항이란 고작 자네가 오는 것에 한정되었지. 이제서야 비로소 그건 엄청 상승해버렸어. 그렇기 때문에 나는 그녀가 자네의 개인적인 영향력을 통해서 다시금 한정하게 되리라고 믿는 것이야. 그리고 바로 이러한 희망에서 내가 어제 자네로서는 경악했을 제안이자 내 상상력의 범위 내에서는 해결될 만한 제안을 했던 거야. 자네들 둘이서 최근 며칠간 더 이상은 설왕설래 편지로 전화 통화로 서로를 괴롭히지 말라고, 그 대신 모든 것을 눈과 눈을 맞대고 풀기 위해 내버려 두자는 것이었지. 그렇게 되면 거기서 다시금 '잠정적인 평화'를 희망할 수 있을 테니까.

E.의 현재 주된 요구 사항은 엄청나네. 나는 그것을 느끼고 있어, 막스, 자네와 함께 심각하게. 그러나 그것은 질투심만이 아니라네, 비록 그 역시 자네가 말한 대로 '무의미한' 것은 아닐지라도. 그것은 질투심만이 아니라네—난 이 말을 자네가 그것이 뭔지를 알지 못해서가 아니라, 이 기이하고 감춰진 수수께끼 같은 고통 속에 있는 자네에게 가까이 가고자 말하는 것이야—이것은 또한 이해의 불가능성이기도 해, 그것이 자네 편에서는 설명의 불가능이듯이. 자네는 "다만 의무가 나를 여기 이 결혼에 묶어둔다"고 말한다면, 그것으로써 E.를 반박했다고는 생각할 수 없겠지. 거기다 대고 그녀가 반박 못할 그 어떤 말을 할 수 있겠는가 말이야! 게다가 자명한 것을. 그것은 바로 '의무'만은 아닌 것이야, 그러나 이 순간에는 달리 어떻게도 표현할 수 없지. 게다가 자네는 그 말로써 뭔가를 반박할 희망을 가져서는 안 되지.

그런데 말이지만 E.는 아마도 아직은 그녀 말대로 '행복하게 해주는' 전화 통화의 영향으로 (그건 자네 편지로 인해서 완전히 취소되어야 했겠지만) 아주 좋아 보였네. 리허설에도 성공했고, 뿐만 아니라 교회 콘서트에서 함께 노래할 전망이 있었고, 그래서 총체적인 인상은 절대로 절망적으로 보이지 않았어. 다만 이따금씩 폭발하면, 그럴 땐 '의무'와 관련된 질문이거나 아니면 자네로 인한 영향력과 마취에 대한 불안이었지, 자네가 여기 오게 되면 말이야.

어머니께는 얼마 전에 여하간 자네가 베를린에 올 것이라고 편지 드렸네. 이제 그것을 취소해야겠구먼. 그러나 그 또한 아무 의미가 없을 것이야, 난 그래 착각을 했을 수 있으니까. 자네가 물건들을 가져올 수 있다면,—어떻게 처리하든 짐은 남네—그럼 부디 가져오게나. 물론 그것이 꼭 필요한 것은 아니야, 그렇지 않고도 또 그것을 입수할 어떤 계기를 발견할 수 있겠지. 만일 그것을 가져온다면, 그냥 간단히 철도택배 사무소에 수하물 표를 내 지금 주소로 줘버리게나. 아마 내가 자네에게 제때 내 새 주소를 (11월 15일부터 통용될 주소) 보낼 것이야, 그러면 트렁크가 쉽게 곧바로 배달될 것이니까. 그러나 그 모든 것보다도 중요한 것은 우리가 곧 만나게 된다는 것이로군.

F


### 쿠르트 볼프 출판사 앞

[엽서. 베를린, 접수 소인: 1923년 11월 19일]

존경하는 출판사 귀중,

귀하의 10월 29일 엽서와 출판 목록에 매우 감사드립니다. 그러나 이런 식으로 추진될 수는 없겠습니다. 그 목록은 매력적인 책들을 썩 많이 포함하고 있는데, 대부분은 비쌉니다. 무엇이 '적정한 선택'인지 저는 알지 못합니다. 그러하오니 귀하께서 저에게 애당초 금화 얼마만큼의 서적들을 보내주실 의향이었는지 말씀해주십시오. 그런 연후에 제가 곧바로 선택을 하겠습니다.
삼가 정중한 경의와 더불어,

F. 카프카 배상

*저의 현주소: 베를린 슈테글리츠, 그루네발트슈트라쎄 13번지, 자이 페르트 댁.*<sup>94</sup>


**펠릭스 벨취 앞**

[엽서. 베를린 슈테글리츠, 우편 소인: 1923년 11월 18일]
친애하는 펠릭스, 규칙적인 잡지 송부에 너무 고맙네, 그리고 자네 또한 아마도 힘들 것인데 여기 우리를 돌봐주는 것에 대해서도. 그런데 우리는 이사를 했네, 바뀐 주소를 보게나, 베를린 슈테글리츠, 그루네발트슈트라쎄 13번지, 자이페르트 댁. 그리고 몇 가지 더 있네, 내가 얼마나 빚이 있는지 부디 내게 알려주게, 그러면 곧바로 누이에게 시켜 그것을 갚도록 하겠네. 그리고 내가 프라하에서 보던 잡지 송부를 중지해주게나, 만일 아직 하지 않았을 경우에는 꼭. 나는 이 정신 나간 물가 상승에도 불구하고 얼마간 더 여기에 머무르려네. 아직 자네 친척들<sup>95</sup>께는 가보지 못했네, 기꺼이 가려고는 했지만, 이 계절에 낮은 짧기만 한데 나돌아다니는 것이 내게는 너무도 어렵네. 일주일에 두 번 다만 날씨가 좋을 때만 유대연구 아카데미<sup>96</sup>에 잠깐씩 나가보네. 그것은 내가 해낼 수 있는 극한의 일이네. 진심 어린 안부를 자네, 자네 가족들 그리고 바움가 분들에게도,

자네의 F

### 막스 브로트 앞

[엽서. 베를린 슈테글리츠, 우편 소인: 1923년 11월 25일]

친애하는 막스, 지난 며칠간 자네한테 많이 몰두했네. 어머니께서 나에게 『석간』에 게재된 비평들을 보내셨다네. 얼마나 훌륭하고 신선하고 생동하는 것들인지, 자네는 여전히 말안장에 올라 있군.—오늘 오틀라가 여기에 왔는데, 그녀가 본 모든 것에 만족하는 듯했어. 자네에 관한 한 나는 걱정하지 않네.—나한테 돈이 있으며, 이번 주중에 E.에게 400크로네를 주려고 하네. 자네들 새로운 송금 방식은 어떻게 운용되는가?—나는 아프지는 않았네, 등불이 조금 명멸하는 정도, 그 밖에는 지금까지 나쁘진 않았어. 하지만 E.의 공연에 가는 것은 안 되고 말았어, D. 또한 불행히도 그날 마찬가지로 좋지 않았네. 그러나 아마 그 연극은 성탄절 무렵에 반복될 것일세.—베를린에서 가진 우리 모임의 결함들에 대한 자네의 말은 사실이네. 그러나 그것은 또한 베를린의 결함보다는 나 자신의 결함이 더하지. 우리에게 개선의 희망이 남아 있었으면. 그런데 말이지만 나는 자네가—복잡하지만 그 영웅적인 점으로 인해서 그래도 단순한 자네 삶에서 불가피한 방해들을 제외하고는—과거 어느 때 보다도 더 자유스럽게 그리고 확고하게 살고 있다는 느낌이 드네, 그 글들 또한 그것을 입증하네.—펠릭스와 오스카를 나 대신 좀 포옹해주게나.—모든 좋은 소망을!

F

도라가 공손히 인사 보내네.

**쿠르트 볼프 출판사 앞**

[베를린 슈테글리츠, 1923년 11월 말]<sup>97</sup>

존경하는 마이어 씨 귀하,

귀하의 친절한 엽서를 받고도 다시 경과한 상당한 시간으로 보아 제게 이 문제가 얼마나 어려운지 짐작하셨을 것입니다. 그러나 한 아름 서적을 선택하게 해주신 것은 이런 시대에 너무도 엄청난 전무후무한 사건입니다.

그럼 거론될 서적들은 아래와 같습니다(그러나 장정본은 고가이므로, 특히 '기도서들'의 경우 문고판으로도 충분히 만족하겠다는 조건부로 하게 해주십시오).

| | |
|---|---|
| 횔덜린 | 『시집』 |
| 횔티 | 『시집』 |
| 아이헨도르프 | 『시집』 |
| 바흐호펜 | 『일본의 목판화』 |
| 피셔 | 『중국의 풍경화』 |
| 페르친스키 | 『중국의 신』 |
| 짐멜 | 『렘브란트』 |
| 고갱 | 『이전과 이후』 |
| 샤미소 | 『슐레밀』 |
| 뷔르거 | 『뮌히하우젠』 |
| 함순 | 1권 |
| 카프카 | 『화부』 1권 |

1권 또는 2권 {
『관찰』
『변신』
『시골의사』
『유형지』
}

이것이 그러니까 목록입니다.[98] 모든 억제를 했음에도 다시금 많고 많은 양이 되어버렸습니다. 그러나 다시 열 번을 더 시도해도 잘 될 것이 아니라서, 이제 그냥 이렇게 보냅니다.

무한한 감사와 안부와 더불어,

삼가

카프카 배상

베를린 슈테글리츠
그루네발트슈트라쎄 13번지, 자이페르트 댁.

**막스 브로트 앞**

[엽서. 베를린 슈테글리츠, 우편 소인: 1923년 12월 17일]
가장 친애하는 막스, 오랫동안 편지를 쓰지 못했네. 나에게는 온갖 종류의 장애가 있었고, 온갖 종류의 피곤함까지. 그건 마치 바로 (은퇴한 관리로서) 이 황량한 이국 땅에서 싸워나가야 하는 기분이야, 그리고 더 더욱 어려운 것은, 아예 이게 황량한 세상 속에서라니. 그때 자네의 문예란 글에 대해 내 불행한 손을 놀려서 생긴 그 소동들은 아마 벌써 다 지나갔겠지, 아니 벌써 그때 당시에 지나가 버렸지 뭐. 왜냐하면 E.가 내게 말해준 대로라면 바로 그다음 날 자네는 정말이지 용서를 비는 선의의 엽서를 받았으니까 말이야. 그래서 나 또한 그다음에는 더는 그것을 무겁게 생각하지 않았네. 금전 문제는 이제 아주 잘 이해하고 있네, 다만 그때 11월의 위기를 함께 체험했고 또 오해도 했지만, 그땐 자네가 나보다도 더 잘 해석했는데, 그 후 이제도 왜 자네가 12월의 위기에 그런 일에 (질투심, 전화 통화의 어려움 등등) 그렇게 빠져 있는가 하는 점을 이해할 수가 없네. 마치 이 위기가

806

본질적으로 11월의 위기와는 사뭇 다른 것인 양 왜 그러느냐구. 그 것은 자네들이 함께 있음으로써 그렇게 아름답게 해결되었고, 그래 서 그건 미래 전체에 좋은 징조를 보여 주었지 않았나 말이야. 그러 나 어찌 되었건, 자네가 어떤 주문이 있고 또 내 편에서 어리석은 짓 을 할 위험을 너무 많이 걱정하지만 않는다면, 나를 잊지 말게나.— 자네의 극작품[99]에 대한 언급은 무엇을 의미하는가? 그것이 벌써 공 연이 되었는가? 나는 (구독료가 올라서) 신문을 읽지 않고 있네, 또한 일요 신문마저도 포기했어(새로운 세금들에 관해서는 이래저래 안주인 때문에 너무도 제때 알게 된다네), 그래서 프라하에 있을 때보다는 세 상사에 대해서 훨씬 깜깜하다네. 그래서 예컨대 무질의 「빈센츠」[100] 에 대해서도 정말 알고 싶어, 그것에 대해서 아는 것이라곤 첫 공연 이 지난 한참 뒤에야 아카데미에 가는 (세계로 가는 관문) 길목에 있는 극장 포스터에서 읽은 제목이 전부니까 말이야. 그러나 사실 그것이 본질적인 고통은 아니지 뭐. 그런데 말이지만 자네 극작품 일로 피 어텔[101]이나 블라이와 접촉할 수 없겠는가? 그들은 거의 친구지간이 지.—오스카에게는 『전망』과 관련한 그의 소설[102] 때문에라도 진작 편지를 썼어야 하는 건데, 그러나 그 일은 아직도 진행 중이지, 말하 자면.

도라가 안부 전하네, 그녀는 끄리츠카[103]에 대한 글을 보고서 황홀해 하네.


오스카 바움 앞

[엽서. 베를린 슈테글리츠, 1923년 12월]

나의 친애하는 오스카, 자네는 어쩌면 기껏 그렇게 비참한 대변인을 두었는가! 그의 선한 의지는 어디다 써먹는단 말인가? 그런 정도 비참함으로는 손해만을 끼치겠네. 그런 과제를, 그것도 자네에게 그렇게 전망 좋은 과제를 맡아서 나는 황홀했지, 진짜로 황홀했어. 자 이제 물론 내가 직접 전화로 곧장 달려가지는 않았네(굉장하네! 전화라니! 그것이 실제 내 책상 위에 있으니!), 그러나 내 온 힘을 다해서 누군가 다른 사람에게 밀어붙였네. 두 번의 전화는 실패했네. 나는 그것을 더한층 교활한 절차를 요구하는 징후로 받아들였고, 편지를 썼으며, 그리고 한 절친한 친지에게 그것을 가지고 가게 했네. K.[104]가 말로 양해하도록 강요할 그런 생각이었네. 그러나 K.는 더욱 교활해서, 옆 방으로 사라지더니 받아쓴 편지를 가지고 돌아왔지. "그로서는 참 안 되었답니다—그러나 특집에다가 그리고 편집상의 난점들이 있어서—지금까지는 불가능—그런데 이제는 새로운 발상이 떠올랐다는데(난 오늘까지도 알 수 없는 것이, 그 발상이라는 것이 자네 소설과 관련된 것인지 말이야), 그것에 대해서 그가 기꺼이 나와 이야기를 나누고 싶다는 것이야, 내가 그에게로 오든지 전화로 알리든지 하랍니다." 그것은 의식적인 것은 아니더라도 교활했어, 왜냐하면 그 둘 다 내게 불가능한 일이었으니까. 나는 더욱 교활해서 두 번째 편지를 보냈지, 다시금 내 친지를 통해서, 그 속에 두 가지 불가능성을 설명했고, 그리고 화급하게 부탁했지, 자네 소설에 대해서 내 친지와 상세히 이야기를 나누어달라고. 그러나 교활함은 하늘 꼭대기까지 쌓여만 갔지. 이 두 번째 편지에 대해서 그가 말하기를, 그가 그 주 안에 내게로 오겠다는 것이야. 그런데 이제 그가 점잖게 빠져나갔어, 왜냐하면 그는 오지 않았으니까. 다음 주에는 다시금 (그 말은 다시금 직접 내가 아니라) 그에게 그 소설 때문에 문의할 것이야. 그에 대해서 그는 성탄절 이후에야 오게 될 것이라고 말하지. 그러나 그 소설에 관해서라면 그건 무조건 받기는 했는데, 그러나 출판 시기에 대해서는 그가 아무런 할 말이 없다는 것이야.—희한한 일이지, 그러한 대단한 작전이 세상 흘러가는 통에 밀려 들어갈 수 있다는 것인지, 오묘하게, 눈곱만 한 것도 변화시키지 않고서. 오스카, 친애하는 친구여, 내게 부디 화내지 말게!
진심 어린 안부를 자네와 자네 가족들에게 보내며,

F.

### 로베르트 클롭슈톡 앞

[엽서. 베를린 슈테글리츠, 우편 소인: 1923년 12월 19일]
친애하는 로베르트, 우선 로베르트 방식으로 질문들부터 하려네, 그러나 그가 질문하는 것보다 더 중요한 질문들이네. 학생 식당은? 이는? 번역은? 부수입은? 방은? 시험은? 잠정적으로는 이것이면 되네. 나에 관한 한, 로베르트 자네는 나의 삶이 임의의 순간에 보고하거나 또는 글을 쓸 자유와 힘을 지닌 그러한 종류라고는 상상도 하지 말게나. 알아차리지도 못한 가운데 가라앉은 심연들이 있어, 그런 다음엔 다시금 오랜 시간이 지나서야 기어 올라올 수 있을지, 그것도 아주 잘해야 그럴 수 있을. 이건 글을 쓸 상황은 아니지.—자네가 히브리어 과정[105]에 들어가려고 하는 것은 아주 좋은 일이네, 아마도 히브리어 과정뿐 아니라 탈무드 강의까지겠지(일주일에 한 번이라! 자네는 완전히 이해하지는 못하겠구먼, 허나 그게 대순가? 자네는 또 먼 곳에서 무슨 일이 있는지 듣게 될 것이니, 먼 곳에서 들려오는 뉴스 이외에도). 유대 연구 아카데미는 나에게는 이 황량한 베를린에서, 또한 내면으로도 황량한 지역 한가운데에서 유일한 평화의 장소라네. (지금 막 내 상태에 대해 질문을 받았는데, 머리에 관해서는 '사자처럼 갈기가 돋음'이라고밖에는 아무 말도 할 수 없다네.) 건물 전체가 좋은 강의실들, 커다란 도서실에, 평화, 그리고 난방도 잘 되고, 학생 수는 적고, 모든 것이 무료라네. 물론 나는 정규 수강생은 아니지, 다만 예비 과정에 있고, 그곳

에는 교사가 한 분뿐이고, 그에게서는 그다지 많이 배우지는 않아서, 결국에는 모든 호사가 다시금 거의 사라져버리지, 그렇지만 설사 나 또한 학생이 아니라 해도, 그 학교는 존속하며 그게 좋은 것이지. 그 런데 근본적으로는 전혀 좋지가 않고, 대신 차라리 기괴할 지경으로, 아니 그것을 넘어서 이해 할 수 없으리만치 연약함으로, 미묘하다 할 까 (곧 자유주의적 개혁주의적인 것, 전체적으로는 학문적인 것). 그러나 그것에 관해서는 그만두지.—자네가 푸아를 만나리라는 것은 매우 좋은 일이네, 아마도 그렇게 되면 그녀에 대해서 뭔가 소식을 듣게 되겠지. 그녀는 수개월 전부터 연락이 닿지 않네. 내가 그녀에게 무 슨 일을 저지르기라도 했나?—모든 좋은 소망을!

F

또 다른 수강생 한 명이 안부를 함께 보내려 하네.

[D.의 인사와 서명]


### 쿠르트 볼프 출판사 앞

[엽서. 베를린 슈테글리츠, 우편 소인: 1923년 12월 31일]

존경하는 출판사 귀중,

이달 4일에 귀하께서는 제게 책 소포가 발송되었다고 알리셨습니 다. 오늘로서 거의 4주가 지났는데, 아직 아무것도 받지 못했습니다. 친절을 베푸셔서 소포가 어찌 되었는지 추적 조회를 해주셨으면 합 니다.

삼가 정중한 경의와 더불어,

F. 카프카 배상


베를린 슈테글리츠, 그루네발트슈트라쎄 13번지(자이페르트 댁)

# 1924년

[베를린 슈테글리츠, 1924년 1월 중순]

친애하는 막스, 먼저 내가 편지를 쓰지 않은 것은 아팠기 때문이네 (고열, 오한과 후유증으로 단 한 번 의사가 왕진하는 데 160크로네가 들었지. 나중에 D.가 교섭을 해서 그것을 절반으로 내렸지만. 어쨌든 그 이래 병 나는 것이 열 배는 두렵네. 유대인 병원에서 이등실 병상이 하루 64크로네라네. 그러나 그것은 다만 병상과 식사 값이며, 그러니까 간호 비용도 의사 비용도 아니고서 그렇다네). 그다음엔 또 왜 쓰지 않았나 하면, 자네가 쾨니히스베르크로 여행 중에 베를린에 들를 것이라 생각했기 때문이네, 그런데 말이지만 E. 또한 당시에 그렇게 말했지, 자네가 그녀의 오디션에 참석하기 위해 3주 후에 올 것이라고. 그리고 나서 이 생각이 지나가버렸을 때는 (쾨니히스베르크 일은 어찌 되었는가? 사람들이 『분터바르트』[1]에 대해 거부감을 보인다는 것은 아직 나쁜 일은 아닐 것이야, 난 이제서야 드디어 꼭 읽어보고 싶다네. 그리고 『클라리사』의 경우에도 처음에는 그렇지 않았나, 물론 『클라리사』가 두 번째 극작품에 길을 열었어야지), 그러니까 그 일이 지나버렸을 때 그리고 자네의 이곳 여행이 아예 멀리 미루어진 다음에는, E.와 더불어—이번에 그녀가 어찌 행동할지는 난 잘 모르네—한숨이나 쉴 수밖에. 그러고는 가볍게나마 마음이 울적하여 쓰지 못했네, 소화 장애 뭐 그런 것이 야기한 일이었지. 그러나 이제 자네 엽서가 나를 깨웠네. 물론 나는 E.에게 가서 내

온 힘과 재주의 한계를 총동원해서 모든 것을 해보려고 노력했지, 비록 나이 든, 사실상 변덕스럽고 고집스런 숙녀의 적대감이 어쨌든 뭔가를 의미했더라도 말이야, 헌데 그 양반은 간계奸計에도 일가견이 있는 듯 보였다네. 나에게 도움이 된 것은, 하긴 또한 뭔가 내게 손해를 끼치기도 했지만, 그것은 내가 E.와 그녀의 일을 연기의 영역에서 보게 되는 것을 애당초 기쁘게 생각했다는 것이지, 그것은 물론 나로서는 후두-가슴-혀-코-이마의 비밀처럼 그렇게 전적으로 차단된 것은 아니었지만, 내 말은 설사 어떤 가치를 가졌다 하더라도 그로 인해서 가치를 잃어버렸어. 그러나 주요 장애는 역시 내 건강이네. 오늘은 예컨대 E.와 전화 통화를 약속했지, 그러나 그 추운 방 안으로 건너갈 수가 없다네, 왜냐하면 열은 37.7도이고 침대에 누워 있으니까. 그건 물론 특별한 일은 아니네, 그 정도는 자주 올라가고서도 별다른 뒤탈은 없었네. 날씨의 변덕 또한 거기에 관여되겠지, 내일이면 보아하니 지나갈 것이로구먼. 어쨌거나 그것은 거동의 자유에는 심각한 장애이며, 그 밖에도 의사의 왕진료를 나타내는 숫자가 불타는 글자로 내 침대 위에서 둥실 떠다니네. 아마도 그러나 내일 오전이면 시내로 아카데미에 갈 것이며 E.의 집에 들를 수 있을 것이네. 그녀를 여전히 이런 날씨에도 끌고 나오는 것은—그녀 또한 조금 감기가 든 것 같아—좋지 못할 것이야. 나아가서는 E.를 어쩌면 낭송 배우 미디어 피네스²와 인사시킬 계획을 가지고 있네, 그 여자 이야기는 전에 한번 했지. 그녀는 며칠 예정으로 베를린에 와서 노이만의 그래픽 갤러리³에서 낭송을 하게 될 것이네(그녀는『카라마조프의 형제들』에서 은둔자의 생애를 외워서 낭송한다네), 그리고 틀림없이 나를 방문할 것이야. 아마도 그것은 E.에게는 예증적 영향력을 지닐 것이야, 피네스 또한 언어학 교사이며, 젊은 처녀이니까. 그리고 그 낭송은 내가 E.에게 즐겨 듣는 것이라네, 또한 그녀에게 오래전에 솔직한 심정으로 그것을 부탁했지(오랜 시간이 지난 뒤에 괴테의 시구를 듣기 위해서만 이라도). 다만 외적인 사정들이 그것을 지금까지 방해했는데, 그중에는 우리가 2월 1일부터 가난하고 지불 능력이 없는 외국인들로서 우리의 좋은 아파트에서 추방당하는 일도 들어 있네. '따뜻하고 배부른 보헤미아'를 상기시켜주는 것은 옳은 일이네. 그러나 사정은 그리 좋지 못해, 그래도 어느 정도는 버티네. 쉘레젠은 당치도 않네, 쉘레젠은 프라하야. 뿐만 아니라 나는 따뜻함과 배부름을 40년간 누렸고, 그 결과는 더 이상의 그 시도가 매혹적이지 않다는 것이네. 쉘레젠은 나에게도 그리고 아마 우리들 모두에게 너무 작을 것이야, 또한 나는 '학습'에 익숙해지지 않았어, 학습이란 애시당초 존재하지 않고 다만 기초도 없는 형식적인 기쁨뿐이라는 것을 제외하면 말일세. 그러나 사물의 이치를 이해하는 어떤 사람을 가까이 한다는 것, 그것은 나에게 특별한 고무를 의미하지. 틀림없이 이것은 사물에 대해서라기보다는 그 사람이 내게 중요하다는 말일세. 어쨌거나 그것이 쉘레젠에서는 가능하지 않지, 그러나 아마도 실제로—자네 얘기를 듣고서 떠올랐는데—어떤 다른 보헤미아 지방이나 모라비아 지방이 가능할지, 그 점에 대해서 곰곰 생각하고 있다네.

본질이라는 것이 그렇게 무상하지만 않다면, 누구라도 정말이지 현상을 그려낼 수 있지 않을까 싶어. 왼쪽에는 뭐랄까 D.가 있어 그를 지지해주고, 오른편에는 뭐랄까 그 사람이, 예컨대 어떤 '악필'이 그의 목을 뻣뻣하게 할지도 모르지, 이제 다만 그의 발 아래 땅만 굳어 있다면, 그 앞의 심연은 메워질 것이고, 그의 몸을 둘러싼 독수리들은 내쫓기고, 머리 위 폭풍은 잠재워지겠지. 그 모든 일이 일어난다면, 이제 그러면 조금 그런대로 되어가겠지. 또한 빈을 생각하기도 했는데, 그러나 최소한 1,000크로네를 여행 경비로 쓰는 일이나, (나는 그래 아주 훌륭하게 처신하고 계시는 부모님, 최근에는 또한 여동생들에게도 신세를 지고 있으니) 게다가 프라하를 경유하고 그 밖에도 불확실한 곳으로 여행하는 것은 너무 모험적이기도 해. 그래서 아마도 그래도 아주 이성적으로 아직은 잠시 동안 여기에 머무를 것이야, 베를린의 어려운 단점들이 어쨌든 그만큼 더 기쁘고 교육적인 효과를 지니기 시작했으니. 아마도 그런 다음 언젠가 우리는 E.와 더불어 이곳을 떠날 것이네.—모든 좋은 소망을, 특히 내가 듣기로 이제 자네가 돌아가려 한다는 그 소설[4]이 잘 되어가기를 비네.

자네의 F.

자선 소포 고맙네. 우리가 그것을 받아두는 것이 조금은 부끄러웠네. 내용물들은 비록 모두 칭찬할 만한 가치가 있을망정 그리 매력적이지는 않았네. D.는 큰 케이크를 구워, 그녀가 지난해 침모로 있었던 유대 고아원에 가지고 갔네. 거기에서 억압되고 기쁨 없는 삶을 사는 아이들에게 큰 사건이었다는군. 이것으로 더는 자네에게 부담이 되지 않도록, 누이 엘리에게 몇몇 주소를 보냈네, 그들 모두에게 소포를 보내면 되네.

최근에 카츠넬존이 부인과 더불어 나를 보러 왔네. 리제 부인이 말하기를, 자기 모친이 자네를 성탄절에 보덴바흐에서 보셨다면서, 여기에 왔었느냐고 묻더군. 나는 아니라고 말했지. 그러자 당장에 재치 있게 카츠넬존이 말하더군, 마치 자네에게 사주를 받은 듯이, "틀림없이 그는 그럼 츠비카우[5]에 갔구먼." 바로 그 순간 그가 오히려 미심쩍어 보였다네.

도라는 브레슬라우 출신의 만프레트 게오르크[6]를 잘 아는데(그는 지금 베를린에 와 있어), 그리고 자네에게 그에 대한 몇 마디 판단의 말을 듣고 싶어 조바심이 나나보이. 자네도 그를 알 게야, 내 착각이 아니라면, 아니 내가 계속 착각하는 게 아니라면, 그가 편집한 선집[7]에 자네 글이 한 편 들어 있을 것이야.

베르펠에 대해서 자네가 쓴 글[8]은 매우 좋아, 매우 고무적이며, 힘을 실어주고, 여러 번 읽을 가치가 있네. 그러나 왜 영웅적인가? 오히려 탐닉적, 아니 그래도 영웅적이네, 영웅적인 탐닉이지. 만약에 모든 사과에 벌레만이 진짜 탐닉자가 아니라면.

「쁘와레 무대」[9]도 좋아, 좋다고. 이들 평론에만 한정한다 해도, 자네는 정말 굉장한 작가야! 무소르크스키[10]에 관한 그 글을 얼마나 자주 읽었는지(그리고 아직도 그 이름을 어떻게 적는지도 모르네), 차라리 한 무도회장의 입구 문설주에 달라붙어서 이방인들의 큰 잔치를 바라보는 어린아이 같다고 할지.

자네는 바이스의 『불의 심판』[11]을 읽어보았나? 몇 주간 그것을 가지고 있었는데, 한 번 읽고 절반을 다시 읽었네. 그 글은 화려하며 그리고 그의 다른 어떤 글보다도 더 어렵더군. 비록 개인적이고자 하면서도 또한 역전과 굴곡으로써 그것을 회피하고자 하고. 나는 그에게 아직 감사를 전하지 않았네, 내 양심에 몇 가지 그러한 부담이 있어. 그런 것들을 조금이나마 자신에게서 털어내고자 묻는데, 자네는 『나하르』[12]에 대해 평을 썼는가?

펠릭스와 오스카에게 부디 나의 안부를 전해주게(카이저에 대해서도 통 소식을 듣지 못했는데, 아마도 더 아무 소식도 못 받을 것 같으이).

클롭슈톡에 대해서 뭔가 알고 있는가? 『석간』에 뭔가 발표된 것이 나왔는가?

## 로베르트 클롭슈톡 앞

[엽서. 베를린 슈테글리츠, 우편 소인: 1924년 1월 26일]
친애하는 로베르트, 자네가 아직도 B.에 있다고 추측했는데, 막스의 편지를 받고서야 벌써 프라하에 있음을 알았네. 그가 자네의 번역물 네 권에 대해서도 편지했더군, 난 그것들에 대해서 아무것도 몰랐는데. 자넨 교정을 위해서도 어느 것도 보내주지 않았고. 누가 그 일을 훔쳐 갔는가? 그사이 이레네가 여기에 와 있었고, 자네에 관해서 조금 이야기를 했네. 자네가 그녀에게 성탄절 무렵에 잘 통과했노라고 언급했다는 그 시험이란 게 무엇이었나? 미디아[13]에게는 아직 가보지 못했네. 저녁이면 늘 체온이 오르네. 그런 경우에 '다른 학생'[14]이 늘 출석하네. 그 학생은 미디아에게 황홀해한다네. 나 자신에 대해서는 별로 할 말이 없네. 어딘지 그늘진 생활, 그것을 똑바로 보지 않는 사람은 그것에 대해 아무것도 알아차릴 수 없지. 당장에는 아파트 문제가 있네, 아파트야 넘쳐나지, 하지만 좋은 것들은 우리 힘이 감당하지 못해서 우리 곁을 스쳐 지나가버리고, 나머지는 미심쩍기만 하네. 뭔가 조금이라도 돈을 벌 수 있어야 말이지! 그러나 아무도 여기에서 열두 시까지 침대에 누워 있는 일에 임금을 주진 않지. 아는 사람이 하나 있는데, 젊은 화가지, 그는 이제 아주 좋은 직업을 가진 게야, 나는 그를 벌써 여러 번 부러워했지. 그는 거리의 책 장사인데, 아침 열 시경에 좌판으로 나가서 해질 무렵까지 머물러 있네, 그런데 여긴 벌써 십 도 이하의 혹한이었지. 성탄절 무렵에는 매일 10마르크를 버는데, 지금은 3, 4마르크라네.

## 펠릭스 벨취 앞

[엽서. 베를린 슈테글리츠, 우편 소인: 1924년 1월 28일]

친애하는 펠릭스, 이사할 때만 자네에게 편지를 쓰는구면(『자기 방
어』가 언제라도 배달되지 않을까 하는 불안에서지. 지금은 규칙적으로 오는
데, 규칙성과 내용에 비추어 볼 때 충실 중에 최고로 충실한 잡지라네, 게다
가 그 구독자들 중 가장 불규칙적인 자에게 배달되는 것이), 그러나 편지
왕래가 또한 더욱 활발해지는 계기가 되네. 2월 1일에는 (그러니까 다
음 호부터는) 내 주소가 다음과 같네, 베를린 첼렌도르프, 하이데슈트
라쎄 25~26번지, 부세 박사 부인 댁. 어쩌면 작고한 작가 카를 부세
박사(1918년에 작고)[15]의 집으로 이사함으로써, 부당한 일을 저지르고
있는지도 모르겠어(그리고 터무니없이 높은 방세로, 그러니까 이 아파트
로서는 전혀 비싼 것은 아니나, 현실에서 내게는 감당할 수 없으리만치 비싼
방세로 애시당초 벌을 받았는지도 모르네). 그분은 적어도 그의 생애 동
안 내게 거부감을 지녔던 것이 틀림없으니까 말이네. 자네는 아마도
펠하겐 운트 클라싱에서 펴낸 『월보』[16]에서 그의 월례 종합 비평란을
기억하겠지? 그럼에도 나는 이사를 하네, 세상은 도처에 위험으로
가득하지, 그러니 이번에는 알려지지 않은 어둠 속의 위험들이 이 특
별한 위험으로 떠오르게 두지 뭐. 그런데 말이지만 묘하게도 이러한
경우에조차 어떤 고향 같은 느낌이 든다네, 그것이 이 집을 매력적으
로 만드네. 매력적인 것은 확실히 그럴만한 이유가 또 있는데, 그것
은 내가 지금 살던 좋은 아파트를 가난하고 지불 능력이 없는 외국인
들이라고 해서 해약당했기 때문이네. 진심 어린 안부를 자네와 자네
가족들에게 보내며.

### 리제 카츠넬존 앞

[엽서. 베를린 슈테글리츠, 1924년 1월 말]

경애하는 리제 부인, 보내주신 소포에 대한 감사의 말씀을 곧바로 저의 작은 책 장사 여인에 대한 기억과 결부시키는 점을 부디 화내지 마십시오. 자선가가 되는 일은 그렇게 좋은 일이며, 그것은 또한 너무 쉽지요(그냥 누군가에게 전화를 부탁하고, 그다음에는 카츠넬존 박사님께 서점에 문의해달라고 청하게 하는 것이지요), 그리고 그것이 너무 쉽기 때문에 그것으로 멈출 생각을 하질 않고, 동료들을 괴롭힙니다, 그들은 그렇게 괴로움을 당하고요. 그러나 이제, 만일 카츠넬존 박사님께서 선의를 베푸실 양이면, 그리고 제게 그분께서 하시려 했던 그 마지막 시도에 대해서 정보를 주신다면, 이번에는 자선을 그만두겠다고 약속을 드립니다. 어쨌든 두 분 모두에게 진심 어린 감사를 드립니다.

가족 분들에게도 안부를 보냅니다.

K

제 주소는 2월 1일부터는 베를린 첼렌도르프, 하이데슈트라쎄 25~26번지, 부세 박사 부인 댁입니다.


### 루트비히 하르트 앞

*[베를린 첼렌도르프, 1924년 2월 초]*

친애하는 루트비히 하르트 씨,[17] 전보에 매우 감사드립니다. "유령의 전당에서"[18] 낭송을 하신다고요, 전보에 그리 쓰셨군요, 분별없이 쓰는 건 아니겠지요. 이제 저도 베를린에서 멀리 떨어져 있어서, 하긴 그렇게 멀리는 아니지만, 만일 그 전보가 아니었다면 낭송들에 대해서 알지 못했을 것입니다. 다만 유감스럽게도, 다만 유감스럽게도,

제가 갈 수가 없습니다. 오늘 오후에야 이사를 했기 때문에 못 가는 것이 아닙니다, 물론 제가 수행하는 거창한 사업의 온갖 잡동사니들을 이끌고 들어왔지만요(이사 자체는 이 편지를 가지고 가는 친절한 R. F. 양의 도움으로 그만하면 단순했습니다). 그게 아니라 무엇보다도 제가 환자라서, 열이 있어서 못 갑니다, 베를린에 있는 넉 달 동안을 내내 저녁이면 외출을 하지 못했습니다. 그러나 이렇게 오랜만에 제가 당신을 이 첼렌도르프에서 뵐 수는 없을는지요? 내일 저녁 공연에는 도라 디아만트 양이 갑니다, 이 가능성을 당신과 의논해보기 위해서입니다. 안녕히 계십시오, 그리고 공연에 축복 있으시기를 기원합니다.

K.

### 루트비히 하르트 앞

[베를린 첼렌도르프, 1924년 2월 초]

친애하는 루트비히 하르트 씨, 지금 막 한 불운한 여인의 보고를 받았다오. 수위는 하르트 씨가 벌써 도착했느냐는 질문을 오해했고, 심지어 그를 전화로 불러냈으니, 저는 H. 씨가 공연 전에 잠을 자곤 한다는 기억으로 (그건 사실이었지요) 그 불행을 배가시켰습니다. 그러고는 다시금 어떤 일도 H. 씨를 방해할 수는 없다고 (그건 더 더욱 사실이었지요) 위로했습니다. 공연 날 저녁 끝에 수다스런 편지는 무엇하겠나요. 이제 그러나 짧게 덧붙일 말씀은, 저는 갈 수 없다는 것입니다, 아픕니다, 그래서 어제 벌써 취소된 공연을 보러 간 여성편을 이용해 편지를 보냈습니다. 아마도 언젠가는 나올 수 있을는지요, 제가 당신을 오랜만에 한번 만나보게요? 특히 기쁜 일이야 이곳에서 보실 게 없겠지만, 어쨌거나—

전달자인 도라 디아만트 양은 전권을 가지고 있답니다. 첼렌도르프 방문 가능성을 의논하는 일 그 이상으로요. 그게 가능하겠지요?

당신의 K.

## 로베르트 클롭슈톡 앞

[베를린 첼렌도르프, 우편 소인: 1924년 2월 29일]

나의 친애하는 로베르트, 그건 안 되겠네, 난 편지를 쓸 수가 없어, 자네가 나에게 퍼붓는 그 모든 그 좋은 것들에 대해 자네한테 고마워할 수가 없어(내가 며칠 전에야 받은, 또는 차라리 그 진실을 호도하지 않기 위해서 말하자면, 우리가 받은 것이겠지, 그 훌륭한 초콜릿 그리고 『횃불』, 그것을 들고 나는 자네도 익히 잘 아는 자극에 의존하는 비밀의 잔치에 저녁 내 탐닉해 들어갔다네. 한번은 외숙[19]과 도라가 황홀경에 빠진 채, 아마도 내 황홀경과는 다르겠지만, 크라우스의 낭독회에 갔다네), 그리고 그것들 중에서 선물은 가장 작은 것이었다네. 내가 시작한 편지 두 장과 엽서 한 장이 아파트 어디엔가 떠돌아다니고 있는데, 자네는 그것들을 결코 받아보지 못할 걸세. 최근에 자네의 예전 편지를 찾아 보았는데, 찾을 수가 없었어. 이제서야 그것이 히브리어 책 속에서 나타났으니, 내가 그것을 거기에다 밀어 넣었던 모양일세. 그럴 것이 그 책을 매일 조금씩 읽었는데, 이제는 그러나 한 달 동안이나 펼쳐 보지도 않았거든. 아카데미에도 그보다 더 오래 나가지 못했네. 물론 이곳은 바깥이 아주 좋아, 그러나 아마도 떠나야 할 듯하네. 자네 또한 썩 잘 지내지 못한다니 유감이야. 이런 것을 균형이랄 수 있겠는가. 알 수 없는 일은 자네가 어떻게 살아가느냐이네. S.가 최소한 경비를 대는가? 그리고 학생 식당 출입증을 주던가? 자네가 그 주문을 D.를 위해서 쐐기를 박은 것은 공평하지 못했네. 주문들은 우리를 기쁘게 하지만.—자네의 건강은 모든 괴로움에도—우리 연약한 것은 연약하게 다루세나—적어도 아주 나쁜 것은 아닌 듯 하네. 이만큼의 소유로도 그래도 앞으로 나아가는 것이네.

정말 잘 사시게나.

자네의 F

## 로베르트 클롭슈톡 앞

[베를린 첼렌도르프, 우편 소인: 1924년 3월 초]

친애하는 로베르트, 아니라네, 여행은 아니야, 그러한 거친 행동은 안 돼, 우리는 그렇게 하지 않고서도 함께할 것이네, 더 조용하고 또 약한 뼈에 알맞은 방식으로. 아마도—실은 이제서야 그 생각을 한다네—우린 곧 프라하로 가려네, 빈의 요양원이 고려 대상이라면 그렇다면 확실하네. 나는 요양원에 반대하고, 또한 하숙에도 반대하네, 그러나 내가 열에 대항할 수 없으니 무슨 소용인가. 38도는 일상의 양식이 되었고, 저녁 내내 그리고 밤의 절반을 그러네. 그 밖에는, 그럼에도, 이곳은 매우 좋으이, 발코니에 누워, 태양이 어려운 두 대상에게 그렇게도 상이한 과업을 수행하는 것, 나와 내 옆의 자작나무를 자연의 생명으로 일깨워내는 과업을 바라보는 것 말이네(그 자작나무는 훨씬 앞선 것 같네만). 여기를 떠난다면 매우 싫어, 그러나 요양원에 대한 생각을 전적으로 거부할 수는 없다네. 왜냐하면 열 때문에 벌써 몇 주째 집 밖으론 꼼짝도 못하고 있으니. 누워 있으면 충분히 힘이 난다고 느끼지, 그러나 어떤 움직임에도 첫걸음에서 벌써 거창한 일의 성격을 받아들여야 하지, 때로는 살아서 평화로이 요양원에 묻힌다는 생각이 아주 불쾌한 것만도 아니라네. 그러고 나면 심지어 자유를 위해 점지된 이 따뜻한 몇 달마저도 잃어버려야 한다는 생각을 하면 다시금 매우 끔찍하게 느껴지네. 그러나 그런 다음에는 다시금 아침저녁으로 기침이 나고, 거의 날마다 가득 채운 물병,—또다시 요양원 문제가 거론된다네. 그러나 그런 다음에는 예컨대 다시금 그곳의 끔찍한 식사 의무에 대한 공포가 이네.

지금 자네의 최근 편지가 왔네. 그러니까 자네는 동의하는가, 아니면 다만 강요된 것인가? 나는 자네가 스스로 정정하고 외숙을 더 이상 단순히 '차가운 신사'로 보지 않아서 기쁘네. 또한 '차가움'이 어찌 단순할 수 있단 말인가? 거기에는 이미 틀림없이 항상 다만 어떤 역사적으로 설명될 현상이 있으므로, 정정되어야 마땅하지. 그리고 또, 그를 차갑게 보이게 하는 것은 틀림없이 그가 자신의 의무를 수행하고 '독신의 비밀'을 고수하는 때문이라네.

자네의 병든 소녀에 관한 소설을 잘 기억하네. 그녀는 꿈속에서도 아브라함이 나오고 그러는 여자 아니었나? 홀리처의 「생애의 회상」[20]을 읽으면서 자네 생각을 많이 했네. 그것이 『전망』에 게재되었는데, 두 번째와 세 번째 연재물을 읽었네. 자네와 그 사이에 직접적인 연관성을 전혀 규정할 수 없지만, 기껏 헝가리인 그리고 우리 모두에게 해당되는 유대인이라는 것 정도 말고는, 그러나 나는 지역성에 기꺼이 집착하는 편이며, 거기서 그것들이 보여주는 것 이상으로 많은 것을 인식할 수 있다고 생각하네. 그런데 말이지만 홀리처 자신은 생각하기를 자기에게는 헝가리 정신이 없으며, 그냥 단순히 독일인이라는군, 자네는 그러한 부다페스트인들에 대해서 나에게 말한 적이 거의 없었네. 그 회상록에는 매우 좋은 것들이 있네, 베를렌[21]의 등장과 함순의 등장이네. 그에게도 또 독자에게도 함께 부끄러운 것은 유대적인 것에 대한 그의 독특한 탄식 방식이네. 우리가 어떤 집회에서 수 시간 동안 특정한 고통의 요소를 논구하고 나아가서 보편적 동의 하에 그 치유 불능성을 확인하고 모든 것이 끝난 뒤쯤에, 누군가가 또 한 사람 구석에서 나와서 바로 이 고통에 대해서 참담하게 탄식하기 시작하네. 그러나 좋아, 기괴한 참담함에 이를 지경으로 솔직하지. 그럼에도 이런 느낌이지, 그건 아직도 멀었구나.

나로서는 또한 젊은 시절의 '문학적' 회상이 그 즐거움을 강화해주며, 랑엔 출판사의 목록들을 처음부터 그리고 항상 새로운 것까지 본다네.[22] 그것은 지칠 줄 모르고, 또 내가 거기서 거론된 책들을 대개 손에서 놓을 수 없었기에 또한 대개 이해하지 못했으니까. 파리와 문학의 영광은 나에게는 수년 동안 홀리처와 그의 소설들의 제목들이었으며,[23] 이제 그 노경老境의 남자가 온통 그 시절의 고충을 스스로 털어놓다니. 그는 당시에는 불행했다고, 그러면 우리는 생각하지, 우리도 한 번이라도 그렇게 불행했다면 이런 식으로 시도해보았을 것인가. 그런데 말이지만 거기서 함순[24]은 설명하더군—그것은 사실상 나를 위로하기 위한 것 같았네, 그러나 진짜 거칠고 서툴게 꾸며져 있었지만—파리의 겨울은 그를 매우 압박 했다고, 옛 폐병이 다시금 신고를 하고, 그래 저 위 노르웨이의 작은 여름 요양원으로 가야 했다고, 그리고 파리는 도대체가 너무 비싼 곳이라고.[25]

이제 다보스[26]의 경이로운 사실이 드러나네. 그 모든 것이 얼마나 어려울 것이며, 나는 또 나를 위해서 다른 사람들을 얼마나 쥐어짜야만 할 것인지. 그런데 자네는, 로베르트, 1,000크로네에 대해서 한탄을 하는구먼. 자네는 얼마나 버릇없는 독립적인 자유의 귀족인가 말이네.

이제 우리는 정말 만나게 될 것이네. 외숙이 나더러 이곳에서 곧장 인스브루크[27]로 가라고 제안하셨네. 오늘 외숙에게 내가 왜 프라하로 가는 쪽을 선호하는지 설명드렸네. 아마도 외숙은 동의해주실 것이네.

## 로베르트 클롭슈톡 앞

[엽서. 비너 발트 요양원, 오르트만,[28] 저지오스트리아,
우편 소인: 1924년 4월 7일][29]

친애하는 로베르트, 오로지 의료적인 것들이고, 그 밖에 다른 모든 것은 너무도 부차적인데, 그러나 이것은—그 유일한 장점인데—기쁠 정도로 단순하네. 해열제로 액체 피라미돈 1일 3회—기침약으로 데모폰(유감스럽게도 듣지는 않아)—그리고 아네스테신 정제. 내 착각이 아니라면 데모폰에 아트로핀을 추가. 요는 아마도 후두이네. 말로는 물론 어떤 정확한 이야기도 듣지 못했네, 그럴 것이 후두결핵을 상담할 때는 누구나가 머뭇거리고 회피하며 멍한 눈을 하고서 말을 하게 되니까. 그러나 "뒤쪽에 부기" "침윤" "악성은 아닌" 그러나 "정확한 것은 아직 말할 수 없소", 그것이면 아주 악랄한 통증과 관련지어서 충분히 알게 되네. 그 밖에는 좋은 방에다, 아름다운 시골, 보호 대상이란 느낌을 전혀 받지 않네. 기흉 요법을 언급할 기회는 없었네, 전체적으로 좋지 않은 상태에서는 (겨울옷을 입고서도 49킬로그램이니) 그것도 전혀 고려 대상이 못 된다네.—요양원과 나머지 다른 소통은 전혀 없네, 침대에 누워서, 정말이지 오직 속삭일 수 있을 뿐 (어찌나 빨리 일어난 일인지, 예컨대 프라하에서 세 번째 날엔가 그게 처음으로 넌지시 시작되었네). 발코니와 발코니 사이가 커다란 잡담망인 듯하이, 현재로선 그것이 나를 방해하지 않네.

## 막스 브로트 앞

[엽서. 비너 발트 요양원. 우편 소인: 1924년 4월 9일]

친애하는 막스, 비용이 드네, 상황에 따라서는 엄청난 돈이 들 것이야. 「요제피네」[30]가 어느 정도 도움이 되어야겠어, 다른 방도가 없네.

부디 오토 피크에게 그것을 줘보게나[31](그가 원하는 작품이 있으면 『관찰』에서도 인쇄할 수 있겠지). 오토가 그것을 받으면 나중에 슈미데 쪽에 넘기고,[32] 그가 받지 않으면당장에 보내게. 나로 말하자면 그게 분명히 후두 문제이네. 도라가 내 곁에 있네. 자네 아내와 펠릭스와 오스카에게 안부 전하네.

F

[도라 디아만트의 후기에 보면, 환자의 상태가 매우 심각함을 알 수 있다.]

로베르트 클롭슈토크 앞

[엽서. 비너 발트 요양원, 우편 소인: 1924년 4월 13일]
친애하는 로베르트, 나는 M. 하예크 교수[33]의 대학 병원으로 옮기네, 빈 IX 라자렛가쎄 14번지이네. 그러니까 후두가 너무 부어 올라서, 음식을 먹을 수가 없네. 신경에다 (사람들 말이) 알코올 주사를 해야 한다는구먼, 틀림없이 또 절제 방식이겠지. 그러니 나는 몇 주간은 빈에 있게 될 게야.
진심 어린 안부를 보내며,

F.

자네의 코데인[34]이 염려되네, 오직 코데인 0.03만을 먹었는데, 오늘 그 병을 다 써버렸네. "속이 어떤 모습이겠소?"하고 간호사에게 물었지. "마녀의 부엌 같겠지요." 그 여자는 정직하게 말했네.

## 로베르트 클롭슈톡 앞

[엽서. 빈, 우편 소인: 1924년 4월 18일]

로베르트, 친애하는 로베르트, 폭력 행위는 아니지, 갑작스런 빈 여행이 아닐세. 자네는 폭력 행위에 대한 나의 공포를 알면서 그래도 늘 다시 시작하는군. 그 사치스럽고 억압적이며 그래도 무력한 (어쨌거나 놀랄 만한 위치에 있는) 그 요양원을 떠난 이래, 점차로 좋아지고 있네. 병원의 절차는 세부적인 것들을 제외하면 참 좋았어. 삼킬 때의 통증도 타는 목마름도 줄었고, 지금까지는 주사도 없었지, 다만 후두에 멘톨유 스프레이만 하지. 토요일³⁵에는 만일 그사이 특별한 불행만 닥치지 않는다면 호프만 박사의 요양원으로 가려고하네, 저 지오스트리아 클로스터노이부르크 근교 키얼링이야.³⁶

## 막스 브로트 앞

[키얼링, 1924년 4월 20일로 추정]³⁷

가장 친애하는 막스, 방금 자네 편지를 받았네, 그것이 나를 너무 너무 기쁘게 하네. 오랫동안 자네 글씨 한 자도 못 본 것 같았거든. 무엇보다도 나 때문에 자네 주변을 에워싸는 편지나 전보의 소음을 용서하게. 그것들은 대체로 필요 없는 것으로, 나약한 신경에서 촉발되었네(내가 얼마나 떠벌리며 말을 하는지, 오늘은 또 몇 차례나 밑도 끝도 없이 울었어, 이웃 환자가 밤중에 죽었거든). 그리고 또 역시나 비너 발트에 있는 그 지독한, 억압적인 요양원 때문이기도 했어. 후두결핵이라는 사실과 타협을 한다면, 내 상태는 견딜 만해, 현재로선 다시 뭔가를 삼킬 수 있으니. 그리고 병원에 머무는 것도 자네가 상상하는 것만큼 그렇게 나쁘지는 않아. 오히려 그 반대지, 많은 면에서 그것은 하나의 선물이네. 자네 편지를 토대로 하여 나는 베르펠로부터 매우 친절한 다양한 일들을 경험했네, 먼저 그와 잘 아는 여의사의 방문, 그 여자는 또한 탄들러 교수와 이야기를 나누었지. 그러더니 또 교수의 주소를 주었는데, 그의 친구라는군. 베르펠은 내게 소설책[38]과 (내게 적당한 책에 굉장히 굶주렸는데) 장미도 보냈어. 그리고 오지 말라고 부탁을 했는데도 (왜냐하면 이곳은 환자에게는 빼어난 곳이지만, 방문객에게는 그리고 또 그런 점에서는 환자에게도 혐오스런 곳이니까) 엽서에 따르면 오늘 중으로 오려는가 봐. 저녁에는 베네치아로 간다고.

이제 도라와 더불어 키얼링으로 가네.

자네가 나를 위해서 훌륭하게 수행한 그 모든 수고로운 문학 사업에 무척 고맙네.

모든 좋은 소망을 자네와 자네 삶에 속하는 모든 것에!

F

내 주소야, 아마도 도라가 내 부모님께 불분명하게 써 보낸 듯싶어.

호프만 박사 요양원

저지오스트리아 클로스터노이부르크 근교 키얼링


**막스 브로트 앞**

[엽서. 키얼링, 우편 소인: 1924년 4월 28일]

가장 친애하는 막스, 자네가 내게 얼마나 잘 해주는지, 그리고 내가 자네에게 지난 몇 주 동안 모든 것에 얼마나 고마워하는지. 의료건에 대해서는 오틀라가 자네에게 말해줄 걸세. 나는 매우 허약하네, 그러나 여기에서 극진히 보살핌을 받고 있네. 우리는 아직까지 탄들러 교수에게 요청하지 않았네. 아마 그를 통해서라면 아주 좋은 곳에 위치한 그림멘슈타인에서 무료 병상이나 값싼 자리를 얻을 수 있을 것이네. 그러나 지금은 여행을 할 수 없고, 아마 그것도 그 밖의 단점이 있을 것이야. 블라우 박사님<sup>39</sup>께는 내가 다음에 그 추천서에 대해서 감사를 드리려네, 안 그런가? 그 증정본<sup>40</sup>은 대환영이지, 그 호만 받아보지 못하고 있었으니. 지금까지는 목요일 금요일 호만 받아 보았으며, 그 외엔 아무것도 받지 못했고, 부활절 호도 아직 오지 않았네. 주소가 불명확해, 한번은 키부르크라 씌었더군, 친절을 베풀어 그사이 한 번 더 가보려나, 아마 부활절 호*를 보내줄 수도 있겠지. 자네 소포는 둘 다, 특히 두 번째 소포는 내게 큰 기쁨을 주었네, 레클람 책들은 마치 나를 위해 점지되었던 것 같으이. 내가 정말로 읽고 있다는 말은 아니네(아니, 베르펠의 소설은 한없이 천천히 그러나 규칙적으로 읽는 중이네). 다 읽기에는 나는 너무도 지쳐 있다네. 감겨 있다고 하는 것이 내 눈의 자연스런 상태이지, 그러나 책과 잡지 들과 노니는 것이 나를 행복하게 하네.

잘 있게, 내 좋은 친애하는 막스.

F.

*방금 그것을 집에서 받아왔네, 발송은 제대로 된 것 같으이.


**율리에 카프카와 헤르만 카프카 앞**

[키얼링, 1924년 5월 19일경]<sup>41</sup>

사랑하는 부모님, 이제 부모님께서 매번 자주 말씀하시는 방문 이야기입니다. 저는 그 문제를 날마다 생각해보고 있습니다, 제게는 매우 중요한 것이니까요. 오시면 좋을 것이에요, 정말 오랫동안 만나 뵙지 못했어요, 부모님과 함께 프라하에 머문 것은 상정하지 않고 있어요, 그것은 가정사에 혼란만 가져다 주었지요. 오히려 제 뜻은 어디 아름다운 고장에서 함께 평화스러운 며칠을 보내는 것입니다, 우리들만. 그 마지막 시간이 언제였는지 기억나지 않습니다―프란첸스바트에서 몇 시간쯤이었을까요. 그러고 나서는 "좋은 맥주 한잔 하자고요," 편지에 쓰셨듯이요. 그것으로 미루어 보아 아버지는 금년 포도주에 대해서는 별로 생각하지 않으신 것 같군요. 그리고 저는 그 맥주에 관한 한, 아버지와 거기서 같은 의견입니다. 열이 오르는 동안이면 가끔 생각나는데, 과거에는 우리가 꽤나 자주 맥주를 함께 하곤 했지요, 그 아득한 시절 아버지는 수영장에 데려가시곤 했지요.

그것과 그리고 다른 많은 것들이 방문을 선호하는 쪽 논의입니다, 그러나 반대 논의 또한 너무도 많답니다. 무엇보다도 먼저, 아버지는 여권 문제로 오시지 못합니다. 자연히 그것이 방문 의미의 대부분을 강탈해 가지요. 그러나 무엇보다도 어머니는 그 누가 어머니를 동반하더라도 저에게 너무 과도하게 심신을 쓰실 것이며, 저에게 너무 과도하게 의지하실 것인데, 저는 여전히 매우 예쁜 모습이 아니외다, 볼품이라곤 전혀 없습니다. 부모님은 여기와 빈 근처의 지난번 문제에 대해서 알고 계십니다. [병원] 사람들은 저를 어딘지 지쳐빠지게 해놓았습니다. 그들은 신속히 열을 내리는 데 집중하고 있는데, 이것이 저를 더 약골로 만듭니다. 그러나 초기에 후두 문제의 충격이 진짜 많이 약해지게 했지요, 제대로 되었을 때보다 훨씬 심했어요.

단지 지금은 이들 모든 약화 요인들에서 벗어나서 제 페이스를 찾아가기 시작한답니다, 도라와 로베르트의 도움으로요.⁴²—이렇게 멀리 계시니 부모님께서는 그들이 얼마나 큰 도움이 되는지 상상도 못하실걸요(그들이 없었더라면 제가 어찌 되었을지). 지금 저의 진척에는 장애들이 있습니다, 예컨대 지난 며칠 동안의 장 인플루엔자 같은 거죠, 아직 완전히 떨쳐버리지 못하고 있답니다. 결론은, 놀라운 조력자들에도 불구하고, 좋은 공기와 음식에도 불구하고, 거의 날마다 일광욕을 하는데도, 제가 아직 적절하게 회복하지 못했다는 것입니다. 사실상 전체적으로 보아서 최근 프라하에 있을 때만큼도 좋지를 못합니다. 그리고 또한 저는 말을 속삭이는 수준으로만 하도록 허용받았고, 그것도 그리 자주는 하지 못함을 감안 하신다면, 두 분은 기꺼이 방문을 연기하실 것입니다. 모든 것은 시작의 최선 단계에 있습니다—최근에는 한 전문의[43]가 발표하더군요, 후두가 유의미하게 개선되었다고. 그리고 비록 제가 이 극도로 상냥하고 이타적인 사람—그는 일주일에 한 번씩 자기 차를 타고 와서는 거의 돈을 받지 않습니다—말은 [믿을 수 없긴 하지만요], 어쨌거나 그의 말은 은근히 제게 큰 위안이 된답니다. 모든 것이 말씀드렸듯이 시작의 최선 단계에 있습니다, 그러나 최선의 시작이란 많은 것을 가져오지는 않습니다. 제가 방문객들에게—게다가 두 분과 같은 방문객에게는 더욱더—주요한 부정할 수 없는 진전을, 눈길을 두는 것만으로도 알아볼 수 있는 그런 진전을 보여드릴 수 없으니만치, 제 생각으로는 차라리 그냥 내버려 두는 것이 좋을듯합니다. 그러니 우리 그만 그대로 내버려 두면 안 될까요, 사랑하는 부모님?

부모님은 여기에서 제 치료를 개선하거나 강화하는 데 어떤 일을 하실 수 있다고 생각하셔서는 안 됩니다. 이 요양원의 주인은 제가 알기에 병든 노인으로, 제 일에 많은 시간을 헌신할 수 없으며, 고도로 불쾌한 레지던트 의사와의 관계는 의학적이라기보다는 사회적인 기초에서 이루어지고 있습니다. 그러나 전문의들의 수시 왕진 말고도 로베르트가 여기 있습니다. 그는 제 곁에서 떠나지 않으며, 자기 시험에 대한 생각 대신에 그의 모든 힘을 제 생각에 헌신하고 있습니다. 그리고 또 한 젊은 의사가 있는데, 그에게는 제가 큰 신임을 두고 있습니다(제가 그에게 신세를 지고 있는데, 앞서 말씀드린 전문의와 마찬가지로, 또한 건축가 에르만[44]에게도 그렇고요). 그 의사가 매주 세 번을 여기에 왕진 나옵니다, 승용차가 아니라 겸손하게 열차와 버스로 말입니다.

막스 브로트 앞

[엽서. 키얼링, 우편 소인: 1924년 5월 20일]

가장 친애하는 막스, 이제 그러니까 그 책[45]이 역시 여기 도착했네, 그냥 보기에도 대단하며, 샛노랑과 붉은색이 약간의 검정과 붉은색이 검은 터치와 어울리며, 그리고 매우 유혹적인 데다, 그리고 더욱이 공짜라니. 사실상 타우벨레스[46]의 선물일세—내가 자네에게 도라의 순진성에 밀려서 직선적으로 뻔뻔하게 그 책의 "조달"을 부탁했다니, 그것은 알코올 중독의 여독이 틀림없었을 거야—왜냐하면 매일 한두 번 주사를 맞는데, 그 중독이 겹치니, 항시 여독餘毒이 있다네—단지 내가 어떤 강력한 알코올 주사를 거기다 사용했더라면, 자네가 방문한 동안에[47] 뭔가 더 사람답게 굴었으면 좋았을 것을, 그걸 그렇게 고대했건만 그렇게 침울하게 지나버렸으니. 어쨌거나 그것이 예외적으로 나쁜 날은 아니었네, 자네는 그렇게 생각해서는 안 되네. 그것은 그냥 그 전날보다 더 나빴을 뿐이고, 그런데 바로 그렇게 시간이 가고 열이 간다네. (지금은 로베르트가 피라미돈으로 그것을 시도하려고 하네.) 이런저런 불평 거리들 말고 물론 몇 가지 사소한 즐거움도 있다네. 그러나 그것을 전달하기는 불가능하며, 아니 또 다른 방문을 위해서 아껴두려네, 나로 인해서 참담하게 망쳐버린 저번 방문 같은 것 말이지만. 잘 있게나, 매사에 고맙네

F

펠릭스와 오스카에게 안부 전하게.[48]

# 대화 메모지[1]

소모성 질병이란 개념을 얻다. 중앙에는 다면체의 돌, 곁에는 톱이, 그 밖에 모든 것은 텅 빈, 마른 가래.

[스케치]
여러 시간 내가 후두로 아무것도 하지 않았기 때문에 그것이 그리 아프다고?
난 행동하고픈 충동을 여전히 지님.

자넨 비스마르크의 의사인 슈베닝어[2]에 대해 들은 바 없다고? 그는 관례적인 의약과 완전히 독자적으로 발견한 자연 요법 중간에 위치했지. 비스마르크를 치료하느라 고생했던 위대한 인물, 그럴 것이 비스마르크는 굉장한 대식가에 폭주가였으니.

적은 양과 지속적인 충동은 완전한 정화를 위해서는 장애가 있음을 증명. 그건 의약으로 차단하려고 시도하기 이전에 제거되어야 하는 것.

오늘 신문 어딘가에 꺾은 꽃들을 다루는 방법에 대한 훌륭한 작은 메모가 실렸어. 꽃들이 그리 끔찍하게도 갈증을 느낀다는군, 신문에 그렇게.

비스듬히 두는 거야, 그건 거의 내 생각, 그러면 그것들이 더 많은 물을 마실 수 있지 않나, 잎들은 떼어버리고.
소량의 물, 알약 조각들이 유리 파편처럼 점막에 달라붙어.

국수가 그렇게 부드럽지 않았던들 전혀 먹을 수 없었을 것. 모든 것, 심지어 맥주마저 목을 태우네.

『여행과 모험 총서』[3]
라이프치히, 브로크하우스 출판사

27번 아르투르 베르거『영원한 봄의 섬에서』[4]
난 이 총서에서 이미 책 몇 권을 가지고 있어, 대부분 소년용 위대한 작품들의 발췌, 아주 좋아. 큰 소매상들, 말하자면 레히너(그라벤) 같은 곳에는 재고가 있겠지, 그러나 예컨대 헬러라면 없을 것.[5] 그런 일에는 후각을 지녀야 해, 그렇지만 난 이 열 속에서 그들에게서 요청할 수 없는 것이지. 그냥 기다리게, 옷이 올 때까지.

그러나 그것은 정말이지 다만 어리석은 관찰이야. 먹기 시작하면, 후두에서 무언가 내려앉고, 그러면 나는 놀랍게도 자유스러워지고 벌써 모든 가능한 기적들을 생각하지. 그러나 그것은 곧 사라졌어.

한 번이라도 물 크게 한 모금 그냥 삼켜보는 모험을 할 수 있었으면 하는 생각.

조금이면 확실히 더 쉽게 삼킬 것.

특히 작약을 돌보고 싶다, 왜냐하면 그것들이 너무도 부서질 것 같으니까.

그리고 라일락을 햇볕 속으로 옮기기.

좋은 광천수가 있는지 물어봐, 그냥 호기심에서.

자네 잠시 시간 있나? 그럼 그 모란에 살짝 물을 뿌려줘.

포도주를 좀 아십니까, 의사 선생님? 호이리겐⁶ 벌써 마셔보셨나요?

그리고 아예 이 상태에서 몇 주를 보내게 될 것, 가능하다면 여기서 회복되어야 하는데.
부디 작약이 화병 바닥에 닿지 않는지 살펴보게. 그러니까 그건 수반에 꽂아야 하는 거야.

새 한 마리가 방 안에 있었네.

좋은 충고: 포도주에 레몬 한 조각을 넣게.

시냇물에서 목욕을 할 수 없나, 또 일광욕도.

그냥 재미로 내가 광천수를

일주일은 더 버틸 것이다, 아마도, 바라건대, 그런 뉘앙스.

나는 그것에 순종하려네, 특히 그것이 쾌적하다면, 그 레몬수 다음에 자네 모친께서 어떻게 해서 다만 물을 마셨는지 이야기해주게, 오랜 통증, 목마름. 그러나 전에 모친께서 좋은 물을 받으셨을 때는 기뻐하셨다지.

모친께서는 한 번도 그런 병발된 질병이 없으셨나, 마시는 것이 일시적으로 금지되었다거나?

슈미데[7]에서 보낸 책들을 보았나?

R.[8]을 위해 수학 여행. 6주의 정부 장학금.

중간에서 삼 분의 일 삭제.[9]

이 통증을 일시적으로 정지시킬 수 있을까? 내 말은 상당 시간을?

조심하게 부디, 내 자네 얼굴에다 기침을 하지 않도록.

슈미데 편지

내 자네들 모두를 어찌 괴롭히는지, 이건 완전히 미친 짓이군.

비스마르크 역시 주치의가 있었지, 역시 괴롭혔고.

그 의사는 역시 위대한 사람이었네.

그것들[10]은 다른 어떤 것보다도 두렵다, *차라리 약을 그리고 모든 다른 것은 제외하면 좋겠다.* 오늘 아침 이후—그러나 물론 모든 것이 착각—당의정이 주사보다 더 잘 들어, 그 뒤의 한없이 타는 듯한 느낌을 제외하면. 약이 용해된 직후에는 너무도 타는 듯해서 어쩔 수가 없어. 나아짐이라면 주사 뒤에도 어차피 따르는 통증이 여기에서는 둔해진다는 데서 드러나. 마치 상처에 음식이 쏟아지면 조금 덮이는 것 같은 느낌. 다만 그 효과를 표현해보려고 하는 것. 그런데 말이지만 그것을 다만 오늘 오전에 느낀 것. 정말 모든 것이 틀린 말인지도 몰라.

매번 다시 불안이.

물론 자네들이 내게 너무도 잘 해주니까 그로 인해서 나는 더욱 고통을 느껴. 그런 의미에선 바로 이 병원이 아주 좋아.

내 옆 사람을 그들이 죽였지.[11] 조수란 조수는 일순간에 다 모였으며 질문도 없었어.
 그들은 폐렴이 있는 그를 그냥 내버려 두었네, 41도 이상의 열에. 그러다가 놀라운 것은 밤중에 모든 조수들이 다들 각자 침대에 들었다는 일, 다만 신부만이 미사 복사와 함께 있었지. 그가 고해 성사를 할 필요는 없었어. 종부 성사 이후 그 신부는 다시

오늘은 말하는 데 긴장감이 일어.

너무 슬플 뿐이야, 이 미친 듯이 먹는 노력이 아무 소용없으니.

여기, 이제, 이 힘을 지니고서 그것을 써야 한다.
이제야 비로소 그들이 내게 자료[12]를 보내다니.

악마 같은 약이 다른 약에게 어떻게 길을 비켜주는지, 정말 분명히
보게 되는군.[13]

나쁜 것은 나쁜 대로 놔두어야 하리, 그러지 않으면 더 나빠질 테
니까.

자네 기스휘블[14]을 아는가? 카를스바트 근처　샘　숲

만일 주제가 없다면, 그럼 대화 소재라도 있겠지.

몇 년간이나 자넨 그것을 견딜 수 있을까? 자네가 그것을 견디는 것
을 난 얼마나 오래 견딜 수 있을까?
이제 그걸 읽을 테야.
그게 나를 너무 많이 흥분시킬 것이야, 아마 그걸 그래도 처음으로
체험해야겠지.[15]

왜 우린 맥주집에 가지 않았지?
긴 길
포도주–메란　　맥주　　모기

잠시나마 조용하면 난 기뻐.
　　　　　　[스케치(이탈리아와 시칠리아)]

호수란 어느 곳으로도 흘러들지 않는다.

우유는 매우 좋아. 허나 끔찍해, 다시 그렇게 늦어지네, 허나 그것에 대해 어쩌지도 못하고. 일상적인 한탄.

문제는 단 한 잔의 물도 마실 수 없다는 것. 하긴 욕구 자체만으로도 조금은 만족.

그리고 기스휘블의 놀라운 기억들, 예컨대 카를스바트 근처 너무도 아름다운 작은 숲터.

현재의 음식이 내부에서 치유를 이끌어내기에 부족한 게 사실이라면—그럴 개연성이 많아—, 그렇다면 모든 것은 희망 없음, 기적이라면 몰라.

이 통증과 기침으로는 현재의 식사 수준도 더는 유지할 수 없다.

아버지는 빠른 우편을 기뻐하시지만, 한편 화를 내시지.

이 라일락을 보게, 아침보다 더 싱싱해.

그 처녀에게 누구라도 유리컵에 대해 말해줘야 해, 가끔 맨발로 들어오니까.[16]

에르고 비바무스[17]        그러니 자 우리 마시세!

그게 마음에 들지 않아. 너무 많은 일, 너무 많은 지식을 요구해. 실내용 화초는 전혀 다르게 돌보아야 해.

벌써 너무 독을 입어서, 내 몸은 순수한 과일을 거의 알아보지 못해.

그건[18] 그릇에서 바로 먹을 수 있어. 거 참 좋다. 허나 깨끗치가 않아. 단지 조금만 먹으니까, 모두 휘저어서 날 위해 조금만 컵에 담아주는 것이 제일 좋아.
물 없이는 그것도 삼킬 수가 없어. 요구르트만으로도 절대 충분했을 텐데, 이런 고열에는 누구에게라도 좋았을걸. 그게 날씨에 따라 변해. 더운 날씨에는 훨씬 더 좋고 짙어. 그 밖에도 더운 날씨에 훨씬 좋은 게, 아주 부드럽고 단단하지도 않아.

개미들이 그걸 먹어치우지 못하는 것.

이제 우린 선술집 정원에 갔던 그날에서 한참을 되돌아왔네.

그건 비몽사몽간에 한 계약 같은 것. 소음을 이기고 잠자는 데 성공할 것이라 약속 받았는데, 헌데 내가 그 반대로 뭔가 다른 것을 약속해야 했고, 그걸 약속했는데, 헌데 망각.

놈은 먹을 줄을 몰라, 그러니 통증도 없고. 놈[19]이 돌아오려나?

언제나 이 '잠정적으로'라는 말. 그걸 나 자신에게도 적용할 수 있겠어. 후두에 대해서 이야기할 때면 마치 그게 오직 좋은 쪽으로 발전할 수 있을 듯 늘 그렇게 말하지. 헌데 그건 사실이 아니야.

물론 기분도 함께 작용. 예컨대 흥분을 일으키는 대화 주제라거나 등.

어떻게 그토록 오래 R.[20]없이 지냈을까?

지금 막 R.이 문에 서 있고 내가 그에게 어떤 준비가 되어 있음을 알리는 신호를 하려는 꿈을 꾸었어. 동시에 당신[도라]이 테라스에 있는 걸 알았지만, 그런 신호로 당신을 방해하고 싶진 않았고. 어려운 경우.

비록 정말로 모든 것에서 조금이라도 회복된다 하더라도, 난 마취제 중독에서는 회복되지 못할 것.

누가 전화했다고? 혹시 막스 아니었나?

가래침 끊임없이 엄청, 가볍기는 하나 그래도 아침에 통증, 몽롱한 가운데 머릿속을 스치는 것, 이만한 양과 그 가벼움으로 어쩜 노벨상 감인가.

그래서 사람들이 잠자리들을 사랑하는가 봐.

이 문제들에 대한 작은 책을 살 일. 그런 건 정확하게 알아야 해.

허나 이제 당분간 이 꽃들이면 충분.
그 매발톱꽃[21] 보여줘. 다른 놈들과 함께 두기엔 너무 튀는 색.
산사나무는 너무 가렸어. 그늘 속에 너무 많이.

더 많은 물. 과일

내가 넉넉히 먹으면 자넨 그렇게 마구 칭찬하더군. 오늘은 많이 먹었었는데 나를 꾸짖네. 한번은 또 나를 괜스레 칭찬하기도.

『영원한 봄』[22]이 어디 있나?

그 신문에 나 있지 않나, 초록빛 투명한 수반들?

어제 저녁 벌 한 마리 하얀 라일락을 다 빨아 마셔버렸어.
아주 사선으로 자르게, 그럼 마루에 닿을 수 있을 거네.

그걸 벌집째 먹고 싶어. 허나 그건 가을에나 있지. 게다가 맑고 깨끗한 벌집이란 매우 드물고.

금련화를 가질 순 없나?

그는 오늘 아직 한 방울 물도 마시지 않았다. 헌데 우리 여기서 사는 방식, 이게 비너 발트에선 불가능했을 것.

오늘은 아이스크림을 조금 시도해볼 수 있을지.

충직한 에카르트[23]—선량한 현명한 아버지 같은 수호신.

내가 계속 자리에 누워 지낼 때 그땐 얼마나 가볍게 지냈던가, 자네가 왔을 때, 그땐 맥주도 못했지만, 어쨌거나 잼, 과일, 주스, 물, 주스,

과일, 잼, 물, 주스, 과일, 잼, 물, 레모네이드, 사과주, 과일, 물.[24]

그게 얼마나 놀라운가, 그렇지 않아? 라일락―죽어가면서도 물을 마시고, 또 여전히 들이키다니.

죽어가는 사람이 물을 마신다는 것, 그건 있을 수 없어.

비록 반혼이 생긴다 해도―이 혐오스런 질문지를 용서하시오. 허나 당신은 내 의사 선생님이시지 않소, 안 그런가요?―그건 몇 해가 걸릴 것. 통증 없이 먹는 것이라면 역시 몇 해를 기다려야 할 것.

수사학적 질문

이 정도 마시는 능력 가지고선 아버지랑 시민 수영장 맥주집에 갈 수 없지.[25]

전에는 베네치아          리베 데젠차노          또한 혼자서 노르더나이,          헬고란트[26]          지크프리트 외숙

그녀와 함께 (또한 그녀의 친지와 함께) 발트 해에 갔어야 했어. 허나 여윔과 다른 초조감 때문에 부끄러웠어.
나를 이해하는 것이 가치가 있는 한에서.[27] 그녀는 모든 면에서 그랬어.
그녀는 아름답지는 않았어, 허나 날씬하고, 귀족적인 자태. 다른 사람들(막스의 누이, 그녀의 여자 친구)의 보고에 의하면 그런 몸매라.

내게 용기를 주기 위해 잠시 내 이마에 자네 손을 얹게.

이 신문은 3부씩 오는데, 일주일에 두 번.

사지가 사람처럼 지쳐서.

왜 병원에선 맥주를 한 번도 시도해보지 않았지.
레모네이드 그것은 모두 그렇게도 끝없어.

그래 그 도움은 도움 없이 다시 떠나고.[28]

주석 |

## 1900년

1) [K] 카프카에게는 세 누이가 있었다. 첫째 누이 엘리Elli(가
브리엘레Gabriele)는 1889년생으로, 1810년 카를 헤르만Karl
Hermann과 결혼했다. 둘째 발리Valli(발레리Valerie)는 1890년
생이며, 1913년에 요젭 폴락Josef Pollak과 결혼했다. 막내 오
틀라Ottla(오틸라에Ottilie, 1892년생)는 그의 총애를 받았으며,
체코 변호사 요젭 다비트Josef David와 1920년에 결혼했다. 특
히 오틀라는 가톨릭 교도와 결혼했기 때문에 유대인 박해에서
피할 수 있었으나, 1942년 이혼한 뒤 1943년 자원 봉사자로서
폴란드 유대 어린이들의 수송 보조로 아우슈비츠에 도착했고,
곧 살해되었다. 결국 세 누이 모두 나치 수용소에서 사망했다.

2) 당시 열한 살이었던 누이 엘리는 엘라Ella라고도 불렸다.

## 1901년

1) Paul Kisch(1883~1944): 카프카의 김나지움 친구. 1902년
독문학 공부를 시작했고, 대부분의 친구들처럼 '프라하 독
일 대학생 독서 및 담화회Der Leseund Redehalle der deutschen
Studenten in Prag'에 참여했다.

2)    파울 키쉬의 부친 헤르만 키쉬Hermann Kisch(1840~1901)가
      1월 19일에 사망했다.

# 1902년

1)    그림 엽서 참조.
2)    [K] Oskar Pollak: 프란츠 카프카의 김나지움 동창생. 친교는
      대학 시절까지 한동안 지속되었다. 1883년 프라하 태생인 오
      스카 폴락은 처음에 화학을 공부했다가, 다음에는 철학, 고고
      학, 그리고 미학을 공부했다. 예술사가로서 로마에 가서, 로
      마의 바로크 예술을 공부했다. 그의 유품에서 『로마의 바로
      크 예술사 출전Quellenschriften zur Geschichte der Barockkunst
      in Rom』이라는 책자에 「우르바누스 8세 시대의 예술활동
      Kunsttätigkeit unter Urban VIII」이 출판되었다(빈, 1928~1931).
      전쟁이 발발하자 지원병으로 입대했고, 1915년 6월 11일 사관
      후보생으로 전사했다. 여기에 발표된 카프카의 편지들은 오스
      카 폴락의 유품에서 발견됐고, 편지는 폴락의 미망인에게 허
      가를 얻어서 조사할 수 있었다. 편지는 카프카 편지의 최초 출
      판본(1937년)에서 몇 장의 부차적인 것들, 양으로 보아서 매우
      적은 것들을 탈락시켰는데, 유감스럽게도 그것을 지금은 더
      보충할 수 없게 되었다. 왜냐하면 원본 편지들이 프라하 점령
      중에 소실되었을 가능성이 크기 때문이다.
3)    *Kunstwart*: 예술, 문학 그리고 생生에 관한 월간지. 페르디난
      트아베나리우스Ferdinand Avenarius 편집.
4)    [역] 독일어의 '꿀Honig'은 '오늘heute'과 발음이 비슷하고, '달
      콤süß'은 '좋은schön'과 비슷함.
5)    프라하 근교의 별장 지대.

6)  오스카 폴락이 방문하고 있는 고전 독일 문학의 명승지로 괴 테도 관심을 가졌던 바이마르 근처의 조그만 마을.

7)  [B] 카프카는 처음에 독문학을 공부하려고 했다가 불쾌감으 로 마음을 돌렸고, '빵을 위한 공부'로서 법학을 택함으로써 당시 프라하의 그의 주변에서 평범한 생활 방식에 머물렀다. 당시 프라하 독일대학의 독문학과 아우구스트 자우어August Sauer 교수가 그에게 실망의 계기를 안겨주었으며, 그에 대한 카프카의 반감이 이 편지의 지워진 부분에 심한 논쟁으로 들 어 있다. 여기에서 언급되는 뮌헨에서 독문학을 공부하고자 했던 카프카의 계획은 결국 실현되지 못했다.

8)  알프레트 뢰비Alfred Löwy(1852~1923): 어머니 율리에 카프카 Julie Kafka의 형제들 중 하나.

9)  리보흐에서 북쪽으로 약 21킬로미터 떨어진 곳.

10) [K] 1892년까지 도나우 왕국의 은본 화폐로 통용되다가, 금본 화폐로 크로네가 도입되었다. 그러나 항간에서는 이런 표현들 이 계속 사용되었다.

11) [K] Paul Schulze-Naumburg: 건축가, 화가, 출판업자, 저널 리스트. 『예술 작품Kulturar-beiten』이란 일련의 글을 발표했 고, 카프카는 이 글을 읽었던 것으로 보인다.

12) [K] Elvira Sterk: 1902년까지 카프카의 집에서 근무한 처녀.

13) 그림 엽서 참조.

14) 그림 엽서 참조.

15) Vyšehrad: 가파른 바위 위에 세워진 중세의 요새.—Hrad- schin: 프라하의 왕궁. 이 둘은 프라하의 상징.

16) 『예술의 파수꾼』에 따르면 전자는 카프카 자신을 가리키며, 후 자는 김나지움의 한 학우 에밀 우티츠Emil Utitz를 지칭한다.

1903년

1) [K] 카프카가 기록한 '1902'의 '2'는 푸른색으로 지워지고 그 위에 누군가가, 아마 수신인이 '3'으로 대체해놓았다. 전후 맥락으로 보아 카프카의 실수로 보인다.

2) [K] 오스카 폴락. 이 외에 '독서회'에 참가한 사람들로는 후고 베르크만, 에밀 무티츠, 펠릭스 벨취, 막스 브로트. 카프카는 이 모임과 어느 정도의 거리를 유지하고서, 간헐적으로 참석했다.

3) [K] 베르타 판타Berta Fanta(1865~1918): 약사 막스 판타Max Fanta의 부인으로, 프라하 정신 문화 생활에 관심을 가지고 자택에 사교 모임을 규칙적으로 주선했다. 모임에는 카프카가 언급한 사람들 이외에 철학자들과 자연과학자들도 참석했다.

4) 제스처 게임으로, 몸짓으로 판단하여 하려는 말을 알아맞추는 놀이. 시나리오의 고급 기술 가운데 하나이기도 하다.

5) [K] 이다 프로인트Ida Freund(1868~1931): 베르타 판타의 여동생으로, 정신 문화적 야심을 함께했다. '프라하 독일예술여성 클럽'의 공동 창설자.―[역] 'Freund'는 친구라는 뜻이 있다.

6) 율리에 카프카, 1856년 3월 24일생.

7) Donaatello(1386?~1466): 조각에서 르네상스 양식의 창시자. 〈복음서 기록자 요하네스 상〉(1415)은 그의 유명한 작품 가운데 하나이다.

8) 오스카 폴락.

9) 요하네스 상.

10) [K] 카프카는 이 모임에 1901/1902년 겨울 학기에서 1904년 여름 학기까지 속해 있었다.

11) 법학도 파울 펠릭스 주덱Paul Felix Soudek.

12)  [K] 1903년 8월 카프카는 바이서 히르쉬에 있는 라만Lahmann 박사의 요양원에 갔고, 이것이 자연 요법의 처음 시도였다(처음에는 위장, 일반적인 허약 증세, 그리고 우울증).

13)  [K] 안나 파우차로바Anna Pauzarová(당시 카프카 집에서 근무)의 증언으로도 카프카가 소녀들과 테니스를 하는 정도의 쾌활성이 입증되었다.

14)  카프카의 이 초기 작품들은 후세에 전해지지 않았다.

15)  [K] 괴테의 편지 인용. 1774년 8월 21일 프리트리히 하인리히 야코비Friedrich Heinrich Jacobi에게 보낸 편지 중.

16)  후세에 전해지지 않은 작품 중 하나로 보인다.

17)  [K] 브로트의 추측에 따르면 '레나테Renaté'는 야콥 바서만 Jacob Wassermann의 소설 『젊은 레나테 푹스의 이야기Die Geschichte der jun-gen Renate Fuchs』(Berlin, 1900)에 대한 암시라고 한다.

18)  폴락이 쥐레츠 근교의 오버슈트데네츠 성城에서 가정 교사로 부임하기 위해서 떠난 것을 두고 하는 말.

19)  쥐레츠 근교의 오버슈트데네츠 성. 오스카 폴락은 그곳에서 가정 교사 자리를 얻었다.—원전에는 열두 쪽에 달한 이 방대한 편지에서, 무엇보다도 슐체-나움부르크 교수의 프라하 강연에 대한 상세한 비평이 포함된 것인데, 여기에서는 부분들만 인쇄되었다.—같은 수신인에게 보낸 네 번째 편지에서처럼 도시와 시골 간의 대립은 카프카의 주요 테마다.

20)  구스타프 테오도르 페히너Gustav Theodor Fechner(1801~1887): 독일 자연철학자이자 실험심리학자.—요하네스 에케하르트Johannes Eckehart(1260?~1327?): 거장 에케하르트로 불리는 성 도미니크회 소속의 신비론자이자 독일 산문의 거장.

1904년

1) [K] Marcus Aurelius: 로마 황제였으며, 철학자로도 유명하다. 스토아학파에 속하며, 그의 사상과 생애는 자신이 쓴『자기 관찰Selbstbetrachtung』로 알려졌고, 그 밖에 그의 스승 프론토Fronto에게 보내는 서한 등에서 알려졌다. 아우렐리우스의『자기 관찰』은 1903년 디데리히에서 재출간되었다. 그러나 다른 독일어본도 있어서 어떤 판을 읽었는지는 알 수 없다.

2) 프리트리히 헤벨Friedrich Hebbel(1813~1863): 독일 극작가.

3) [K] 막스 브로트에게 보내는 첫 번째 편지. 카프카는 1902년 10월 2일에 있었던 브로트의 강연〈쇼펜하우어 철학의 운명과 미래〉 이후 그를 알게 되었다.

4) [K] 여름 학기의 법조인을 위한 실습을 말한다.

5) [K] 브로트는 P.를 에발트 펠릭스 프리브람Edwald Felix Přibram(1883~1940)이라고 한다. 프리브람은 김나지움 이래 카프카와 친구였고, 마찬가지로 다른 것을 하다가 법학을 공부했다. 아버지 오토 프리브람은 보헤미아왕국 노동자재해보험공사 프라하 지사장이었고, 아마 이런 연유로 1908년 유대인으로서는 거의 불가능한 보험공사 입사에 대해서 감사해했다고 한다.

6) [K] 귀스타프 플로베르Gustav Flaubert(1821~1880): 브로트에 의하면, 그들은『감정 교육』(1869년),『성 앙투안의 유혹』(1874) 등을 함께 원문으로 읽었다고 함.—[역] 앙투안(251~356)은 실제의 성자로, 수행 초기에 온갖 환영에 시달렸다고 한다. 플로베르는 스물네 살 때 같은 제목의 그림을 보고 이를 주제로 삼아 괴테적·바이런적 작품을 쓰려고 결심, 27년 동안 세 번이나 고쳐 썼다.

7) 	[K] 괴테 역시 키프카와 브로트가 존경하여 학습한 작가에 속한다.

8) 	[K] 카프카는 『바이런의 일기 및 서한Byrons Tagebücher und Briefe』(베를린, 1904)을 소지하고 있었다. 인용은 1814년 4월 10일 자.

9) 	토마스 만Thomas Mann(1875~1955)의 짧은 소설. 1903년 발표. '토니오 크뢰거'라는 주인공은 니체가 '금발의 야수'라고 부르는 시민 사회와 악마의 길을 걸으며 미美를 추구하는 예술가의 입장을 동경하면서, 이 둘 중 그 어느 면에도 받아들여지지 않는 자기 자신을 의식하며, 그 중간에서 자기가 갈 길을 찾으려고 한다.―[K] 두 친구는 브로트의 소설과 『토니오 크뢰거Tonio Kröger』 사이의 공통점에 대해서 논의한 적이 있었다. 토마스 만은 브로트의 소설을 돌려 보내며 "전체 예술가 세대와 관련된 작품들이라서 상통하는 바가 있음이 놀랍지 않다"는 요지의 서한을 보냈다(1904년 12월 27일).

10) 	[역] 이 문장을 비판본은 따옴표로 시작하고 있으나 끝을 나타내는 따옴표가 없다. 브로트판과 영문판에는 따옴표가 아예 없다.

11) 	1909년 베를린에서 출판됨.

12) 	[B] 브로트의 말: 내가 쓴 『카프카 전기』(1954)에는 카프카가 내게 쓴 짧은 편지나 명함에 쓴 것들이 열다섯 장 더 수록되어 있다. 그것들은 대학 시절과 직장 초년 시절에 쓴 것들이다.―중요하지 않은 편지들 몇 통은 그 책에서나 여기에서나 모두 취급하지 않았다.―내 기억의 철에는 추크만텔에서 온 카프카의 우편 엽서에 또 다른 그림 엽서(숲속의 산보)가 첨부되어 있었다. 거기에는 내가 모르는 여성의 필체로 다음과 같은 말이

썩어 있었다. "이것은 숲이다. 그리고 이 숲에서는 사람들이 행
복할 수 있다. 그러니 오십시오." 이어서 식별하기 어려운 속기
식 서명이 있었는데, 어쩌면 리취 그라더Ritschi Grader였을 것
이다. 그 엽서는 카프카 자신이 내게 보내주었다.

13)  [B] 에발트 펠릭스 프리브람: 카프카의 고교 및 대학 친구로
  편지에 자주 언급된다.—그의 인간성의 특징은 『어느 투쟁의
  기록Beschreibung eines Kampfes』에서 대척자의 인물로 알 수
  있다.


## 1905년

1)  [K] 브로트의 강연 〈윤리학에서의 명증Evidenz in Ethiks〉을 말
  하는 것으로 추정된다.

2)  Stefan George(1868~1933): 독일 시인.—[K] 카프카는 브로트
  에게 1904년판 게오르게의 시집을 선물했다.

3)  지금은 폴란드에 속하며 예전에는 독일 국경 근처 작은 읍이
  었다.

4)  [K] 카프카는 실제로 박사학위 제2분야 구술 시험을 준비하고
  있었다. 제목은 '오스트리아 민법, 상법, 무역법, 민사법, 형법
  에 대하여.' 11월 7일 통과.

5)  [K] 빌헬름 포 퀴겔겐Wilhelm von Kügelgen: 『한 노인의 청춘
  시절 회상Jugenderinnerungen eines alten Mannes』(1894)이 카
  프카 소장 도서에서 발견되었다.


## 1906년

1)  [K] '아름다운 프라하'라는 이 전시회는 2월 2일부터 열렸다.

2)  *Der Amethyst, Blätter für seltsame Literatur und Kunst*:

1905~1906년 프란츠 블라이Franz Blei가 뮌헨에서 발행한 잡지. 두 사람은 이 잡지의 구독을 신청했다.

3)  [K] 젤마 콘Selma Kohn과 막스 로비쉑Max Robischek의 결혼 (1906년 2월 25일)일 가능성이 높다. 카프카는 젤마를 1900년 여름 알게 되었다.

4)  [B] 1905년 여름 대학의 마지막 학기와 추크만텔에서 보낸 휴가 이후, 카프카는 자신이 치러야 할 박사학위 제3분야 구술 시험 준비에 착수했다.—[K] 1906년 3월 16일 합격.

5)  [K] 두 사람은 1904년 여름 학기에 추커칸들Zuckerkandl 교수에게서 금융학을 배웠고, 그는 나중에 시험 위원 중의 한 사람이었다.

6)  [K] 경제학자요 사회학자로서 시험 위원 중 한 사람이었던 베버는 3개월 후 본 박사 시험의 위원이기도 했다. 브로트는 그의 강의에 열광했으나, 카프카는 직접 강의를 받은 적이 없었다.

7)  [K] 시험위원회는 알프레트 베버Alfred Weber와 로베르트 추커칸들 이외에 요젭 울리히Josef Ulbrich, 하인리히 라우흐베르크Heinrich Rauchberg로 구성되었다.

8)  [K] 같은 날 제3분야 구술 시험에 통과한 프리브람을 말한다.

9)  3분야 구술 시험 합격 이후에 카프카는 실패했던 제1분야 시험(로마법, 교회법, 독일법) 준비를 했다.

10) [B] 『죽은 자에게 죽음을! Tod den Toten!』(1906)

11) [B] Lord Th. B. Macaulay, *Lord Clive*. 당시에 널리 유행했던 영·불 작가들의 작품이 학교 도서실에 비치되었다.

12) [K] 브로트는 5월 7일 스물두 번째 생일을 맞았다.

13) [B] 브로트의 말: 내가 오래전부터 작업하고 있었지만 완성하지 못한 장편소설이 있었다. 제목으로는 '엄청난 즐거움Die

tausend Vergnügungen'도 고려하고 있었다.

14) 제1분야 구술 시험 관련.

15) [K] 제1분야 구술 시험은 6월 13일에 있었고, 통과되었다.

16) [K] 마지막 구술 시험 또는 6월 18일에 있었던 박사 학위 시험을 의미할 것이다.

17) [K] 실제로 브로트의 부모님은 카프카에게 여름 별장을 알아봐 달라고 부탁했다.

18) [K] 카프카가 연초부터 있었던 루드비히 슈바인부르크Ludwig Schweinburg 박사의 요양원.

19) [K] 이 그림 엽서에 쓰인 낯선 필체의 편지는 브로트에게 보내는 것이 아니었을 것이다. 카프카는 이 엽서를 1905년 추크만텔에서 휴가를 보내던 중에 사귄 사람에게서 받았고, 짐 속에 넣어둔 채로 있다가, 브로트에게 파리 주소를 주면서 사용했을 것이다.

20) The Cartilage Cᵒ. Dept. C. 1058
7, Avenue de l' Opera. Paris

21) [K] 10월 1일 시작되는 일 년간 무보수 법정 실습을 의미한다. 이것은 법조인에게 필수였던 과정이며, 증명서는 9월 25일 발행되었다. '이상 무nichts Nachteiliges' 판정.

22) [K] 호라츠 크라노폴스키Horaz Kranopolski: 카프카는 그의 강의를 들었고, '오스트리아 사법, 가족법'의 범위에서 제2분야 구술 시험을 치렀다(1905년 11월 7일). 브로트는 1년 늦게 구술 시험을 보았다(1906년 10월 17일).

23) [K] 오토 카프카Otto Kafka(1879~1939)로 추정된다. 그는 숙부 필립 카프카Filip Kafka의 아들로, 숙부는 열여덟 살에 남미로 이주했다.

24) [K] 12월 17일 바리에떼 극장에서 유명한 인도 무용수 미스 루트 세인트 데니스Miß Ruth St. Denis의 초청 공연이 시작되었다.

25) [K] 전해지지 않음.


## 1907년

1) [K] 브로트는 베를린 주간지인 『현재Die Gegenwart』(1907년 2월 9일)에 프란츠 블라이의 희곡 「어두운 길Der dunkle Weg」에 대한 서평을 쓰는 중에, "하인리히 만, 베데킨트, 마이링크, 프란츠 카프카 그리고 이 극을 쓴 작가 등 (중략) 현존하는 극히 다양한 면을 예술과 섬뜩함으로 장식하는" 몇몇 작가들의 기법을 찬양하면서 카프카를 포함했다. 카프카는 그때까지 발간한 책이 없었다.

2) 구스카프 마이링크Gustav Meyrink(1868~1932): 『진흙 인형Der Golem』(1915)으로 잘 알려진 환상 소설의 저자.

3) [역] Kafka는 개방 모음 'a'로 끝난다. 카프카는 자신이 거명된 것을 다만 이름 덕이라고 겸손해한다.

4) 다레살람: 아랍어로 '평화로운 항구'를 뜻하는 탄자니아의 상업 수도.—[K] 우쥐쥐: 당시 동아프리카 식민지 탄자니아 호반에 위치한 곳.—빈트횔: 당시 남서아프리카 식민지의 수도를 의미하는 것으로 추정됨.

5) 프라하 중심의 상가 지역인 그라벤에 있음.

6) [K] 카프카의 친구 오스카 폴락은 블라디슬라프가쎄 17번지, 브로트는 샬렌가쎄 1번지에서 살았다.

7) 페르디난트슈트라쎄에 있는 고상한 분위기의 카페.

8) 프라하 북쪽의 도시로 브로트가 이 지역의 내무부 세입 관리

로서 임시 직장을 가졌던 곳.

9)  [K] 1906년 10월 1일 시작한 프라하 황실 법정에서 법률 시보
    로 근무한 기간.

10) [K] 아비투어를 끝낸 학생들을 대상으로 하는 1년짜리 단기
    교육 과정.

11) [K] 마드리드에 거주하는 외숙 알프레트 뢰비는 철도 회사의
    사장이며 국제적인 사업 관계를 장악하고 있었다.

12) 아초렌: 대서양의 군도, 포르투갈어로는 '매의 섬'이라는
    뜻.—마다이라: 아프리카 서안의 섬.

13) [K] 전해지지 않음.

14) [K] 아가테 슈테른Agathe Stern: 유대 율법학자인 막시 밀리안
    슈테른Maximilian Stern의 딸.

15) [K] 헤르비히 바일러Hedwig Weiler: 빈 출신으로 이 휴가 이후
    활발한 서신 왕래를 시작했다.

16) [B] *Experimente*(1907): 브로트의 초기 단편집들 가운데 하
    나. 그 안에 등장 인물 중 하나(「카리나 섬Die Insel Carina」 중의
    카루스Carus)는 당시에 그가 보았던 프란츠 카프카를 묘사했
    다 한다.

17) [K] 카프카의 유품에서 발견된 『스탕달의 저널Journal de
    Stendal』(파리, 1899)일 것으로 본다.

18) [B] 『오팔Die Opale』(1907), 『자수정Der Amethyst』(1906): 프란
    츠 블라이에 의해 편집된 문학 잡지들.

19) [K] 브로트는 자기 시집 『사랑에 빠진 자의 길Der Weg des
    Verliebten』(1907)을 위해서 『자수정』에 실린 시들의 필사를 부
    탁했다. 그것을 못한 대신, 『오팔』에 실린 시 세 편을 필사해주
    었다.

20) [B] 카프카는 브로트의 책 『사랑에 빠진 자의 길』의 표지를 위해 스케치를 그렸다. 이 책은 처음에는 'Erotes'라는 제목으로 계획되었다.—당시 브로트의 출판사는 슈투트가르트에 있는 악셀 융커Axel Juncker였다.

21) [K] 여기에서 필사가 끝나는데, 이 부분은 종이의 끝이고, 다음 장은 분실된 것으로 보인다.

22) [B] '책상의 녹색 덮개'는 브로트가 임시로 지방의 재무국에서 일자리를 얻었던 것과 관련된 표현이다.

23) [역] 카프카는 그의 필체를 독일어체에서 라틴어(로마자)체로 바꾸고 있다고 말한다. 그러나 비판본은 맬컴 파슬리Malcolm Pasley의 연구를 들어서, 그가 독일어체를 완전히 포기한 것을 1907~1908년 연말 연시라고 한다.

24) [E] 헤르비히 바일러에게 보내는 서한들을 발견한 것은 에스터 호페Ester Hoffe 부인의 각별한 열성 덕분이다. 카프카는 이 처녀를 모라비아의 시골 도시인 트리쉬에서 알게 되었는데, 그곳에서 그는 외숙이자 '시골의사'인 지크프리트 뢰비 Siegfried Löwy의 집에서 여름 휴가를 보내고 있었다. 헤트비히는 당시 열아홉 살로 빈에서 여러 언어를 공부하는 학생이었고, 트리쉬에 할머니를 방문 중에 있었다.—[역] 몸집이 작고 지독한 근시인 그녀는 사회주의자였다.

25) 당시 아버지 헤르만 카프카의 사업은 장신구 소매 상점이었으며, 부친의 사업에 대한 카프카의 혐오감은 그 후 대규모 도매 기업으로 발전하고부터다.

26) [K] 오스트리아 사회민주당의 기관지. 헤트비히의 정치적 확신에 대한 암시.

27) [B] 제2연은 「어느 투쟁의 기록」에 모토로 써 넣었다.

28) *Niels Lyhne*: 옌스 페터 야콥슨Jens Peter Jacobson(1847~1885)
의 소설(1880)로 그는 덴마크의 작가 겸 시인, 그리고 다윈의
번역가이다.—[K] 실제로 헤트비히 바일러는 이 소설의 한 구
절을 인용했다.

29) [K] 헤트비히는 프라하에서 공부를 계속할 계획을 갖고 생활
비 보조를 위해 가정 교사 자리를 희망했다. 카프카는 신문에
광고를 내주겠다고 약속했으나, 그가 빈으로 옮길 계획이라
이를 시행하지 않았다.—[E] 빈의 상업 아카데미에서 1년간
공부를 할 카프카의 계획은 이루어지지 못했다.

30) [K] 유대의 신년 잔치는 1907년에는 9월 9일이었다.

31) [K] 레기비 바일러Regine Weiler 그리고 그녀의 모친 크나플
Knappl 부인.

32) [K] 아가테 슈테른.

33) [K] 1907년 10월 1일 근무 시작.—[B] 이것은 카프카가 혐오했
던 실제적인 직장 생활에 대한 재앙 같은 입장을 말하고 있다.
그의 힘과 시간의 참을 수 없을 만큼 커다란 부분을 요구했던
이 첫 직장은 아씨쿠라치오니 게네랄리Assicurazioni Generali
였다. 이듬해(1908) 7월에는 그에게 좀 더 자유 시간을 허용하
는, 그러나 그를 여전히 폭 넓게 짓누르는 직장을 얻었다. 그곳
은 반관 반민의 기관으로, 프라하 소재의 보헤미아 '노동자재
해보험공사'였다.

34) [K] 원문은 'bis(~때까지)'이나 이것을 프라하의 언어 관습에
따라서 카프카 또한 'wenn(~한다면)'의 뜻으로 썼다.

35) 지크프리트 뢰비.

36) 둘 다 프라하의 유력한 독일어판 일간지였다.

37) [K] 광고에 응답한 서신들.

38) [역] 비판본은 여러 가지 가능성 중에서 플로베르의 『감정 교육』일 가능성을 가장 높게 본다.

39) 1907년 7월 20일, 카프카의 부모(카프카도 함께)는 첼트너 가쎄에서 몰다우에 가까운 니클라스슈트라쎄로 이사했으며, 카프카의 방 서북쪽으로 강 풍경과 왼편 강둑에 벨베데레 공원이 보였다.

40) 네 쌍이 사각형을 이루며 추는 춤.

41) [역] 이 내용은 비판본에 처음 등장하는데, 이 책에 포함되기에는 너무 사무적인 자료라고 생각되어 역자에 의해 생략한다. 비판본 66~70쪽 참조.

42) [K] 구 시가의 링 플라츠 중앙에 1918년 11월 3일까지 마리아 입상이 있었다.

43) [K] 라이프치히 신문들의 보도를 인용하면, 1907년 9월 28일로 블라이 발행의 『오팔』을 '외설 저작물 유포' 혐의로 압수했다고 함.—[역] 이 부분은 전체 편지 중에서 가장 문제가 되는 곳이다. 비판본에서는 『오팔Opalen』이라고 되어 있지만, 그 이전 브로트판과 영문판은 '작전Operation'으로 되어 있다. 따라서 발행자 블라이Blei 또한 영문판에서는 '납'이라는 보통 명사로 번역되었다.

44) [역] 영어의 크라운crown과 같은 뜻으로, 화폐에 왕의 초상이나 왕관이 디자인된 데서 유래한다. 1892년 오스트리아·헝가리제국은 새로운 화폐법의 제정으로 금화를 법화法貨로 하고 순금 4그레인(약 0.2592그램)을 화폐 단위로 하여 크로네라고 하였다. 제1차 세계 대전 후 오스트리아·헝가리 제국은 붕괴되어 오스트리아공화국, 헝가리, 체코슬로바키아 3국으로 분열하였고, 주변 국가의 침략과 극심한 인플레이션으로 화폐

단위의 혼란이 심했다.

45) 아드리아 해 북부, 슬로베니아와의 국경 지대에 있는 항구 도시. 중부 유럽을 배후지로 가진 중요한 상업항이며 조선업·석유 공업을 비롯한 공업 도시이기도 하다.

46) [K] 이 시는 「그대Du」라는 제목으로, 헤트비히가 카프카에게 평가해 달라고 보낸 한 지인의 것이며, 지인의 이름은 언급되지 않았다.

47) [K] 「만남Begegnung」이란 제목의 짧은 산문의 필사본이 동봉되었다. 이 소품은 나중에 그의 첫 작품집인『관찰Betrachtung』에「거부Abweisung」라는 제목으로 수록되었다.

48) [역] 이 첨부 글은 브로트판과 영문판에는 없었고, 비판본에만 있다. 따옴표의 끝 부분이 원전에도 없다.

49) [K] 파울라 리들Paula Riedl일 것이다. 10월 상반기, 바리에떼 극장에서 매일 공연을 하고 있었다.

50) 춤과 노래의 여흥을 겸한 레스토랑.

51) [K] 블라이 번역의『루키안의 유녀 대담Die Hetärengespräche des Lukian』이었을 것이다. 이에 대한 브로트의 서평은『현재』 1907년 12월 7일에 실림.—[역] 루키안 폰 사모사타Lukian von Samosata: 웅변가, 시리아 사모사타 출신의 변호사로서 아시아, 그리스, 이탈리아 등지를 여행한 뒤 아테네에 정착하여 철학에 전념. '유머 넘치는 대화'라는 새로운 문학 형식을 창출했다. 풍자물로『신들의 대화』『죽은 자의 대화』등이 있다.

52) 최종적인 고용과 관련된 의례적인 검사.—[E] 새 직업과 관련해서 카프카는 1907년 10월 1일 정밀한 의료 신체검사를 받았다. 카프카는 '건강 그러나 허약' 판정을 받았으며, 키는 약

6피트에 몸무게는 134파운드. 2차 신검이 요구된 것으로 여겨진다.

53)  [K] 편지의 시작은 타자기로 써서 청자색을 띠고, 이어서 연필로, 나중에는 검은 잉크로 씌었다.

54)  니클라스슈트라쎄 36번지.—[K] 몰다우 강에 다리를 놓고 있었고 몇 달 후 완성되었다.

55)  [K] 11월 1일은 '성인의 날'로서 오스트리아나 보헤미아 전역에서 휴일이다. 그러나 11월 2일 '영혼의 날'은 하부 오스트리아에서는 공적인 휴일이 아니지만 전통에 따라서 학교와 관공서가 쉬었다.—[역] 공휴일은 지역마다 조금씩 다른 것은 독일어권의 전통이다.

56)  막스 보이믈Max Bäuml(1882?~1908): 브로트의 어린 시절 친구로서 유니온Union 은행에 취직되었으나, 몇 달 후 사망. 영문판과 비판본의 주석에서는 'Weissgerber'가 아마도 'Weissgerber'에 대한 오기라고 말하고 있다. 프라하 주재 미국 부영사인 바이스베르거Weissberger는 아씨쿠라치오니 게네랄리에 카프카를 "중심으로 추천했다." 그의 아들, 호세 바이스베르거Jose Weissberger(1880~1954)는 같은 회사의 마드리드에 있는 총무 대표였다 한다.

57)  [K] 그라벤에 있는 이 카페는 프라하의 '고상한 모임' 장소이자, 발레, 바리에떼, 그리고 고상한 노래를 위한 만남 장소였다.

58)  [K] 1918년 11월 3일까지는 링 플라츠에 이 입상이 서 있었다.

59)  [B] 트로카데로, 엘도라도: 포도주를 파는 선술집.—[K] 카프카와 브로트는 그곳에 출입이 잦았다.—쿠헬바트: 프라하에서 4킬로미터 떨어진 몰다우 강변에 위치하여 소풍과 경마장으

로 유명한 곳.

60) [K] Josci: 카페 '런던'에서 사귄 지인일 것이다. 다음 편지 참조.

61) 유고슬라비아 남부의 공화국. 1878년 베를린회의에서 세르비아와 함께 독립국으로 승인되었다. 발칸전쟁 때는 세르비아와 협력하여 투르크와 싸우고, 제1차 세계 대전 중에도 세르비아를 도와 오스트리아·헝가리 제국과 싸웠다. 1918년 세르비아·크로아티아·슬로베니아 왕국(뒤의 유고슬라비아 왕국)에 흡수되었다.


1908년

1) [K] 밤 업소 '런던'은 이전 편지의 '트로카데로'와 같은 건물에 있었다.

2) [K] 카프카와 브로트가 선술집에서 만난 사람들.

3) [B] *Der Vizeadmiral*: 카를 밀뢰거Karl Millöcker(1842~1899) 작 오페레타(단편 희가곡).—[K] 1908년 4월 5일 일요일에 공연이 있었고, 계속 일요일 공연이 이루어졌다.

4) [K] 친구 프리브람의 집에서 다음 직장이 된 '노동자재해보험공사' 문제를 의논했을 것이다. 친구의 부친이 당시 지사장이었다. 편지 33 참조.

5) 야콥 뢰비Jakob Löwy(1824~1910): 포데브라디 출신의 의복 취급상으로 당시 프라하에서 은퇴 생활 중이었다.—[K] 조모 율리에 뢰비Julie Löwy(1827~1908)가 5월 22일에 사망했다.

6) [K] 율리아네 소콜Juliane Szokol(1886년 빈 출생)을 말한다. 그녀는 '한시Hansi'라고 불렸고, 브로트에 의하면 바의 종업원이었던 그녀에게 카프카의 관심이 컸으나 결과는 불행하게 끝났다.

7)  [K] 프란츠 요젭 1세 황제는 프라하에 5월 14일부터 10월 18일까지 대규모 상공업 관련 전시회를 열었다.

8)  [B] 『노르네피게 성Schloß Nornepygge』(1908).

9)  [K] 고무 타이어를 단 마차.

10) 해발 2,740피트, 엘베와 다뉴브 사이의 분수령에 위치한다.— [K] 카프카는 7월 15일에 아씨쿠라치오니 게네랄리를 그만두었고, 7월 30일 노동자재해보험공사에 입사 할 때까지 일주일 정도 그곳에서 휴가를 보냈다.

11) 『노르네피게 성』

12) 일본 정통 찻집의 접대부들.

13) 독일어권 도시인 엘베Elbe의 테췐Tetschen 소인이 찍혀 있다. 이곳은 독일 국경에 가까운 보덴바흐의 반대편으로 카프카는 새 직장 일로 북 보헤미아의 공장 지대에 자주 출장 가서 공장을 조사하고 보험과 관련된 점검을 담당했다.

14) 프라하에서 서남쪽으로 10마일 떨어진 촌락.

15) [K] 브로트는 동생 오토와 더불어 가르다 호반의 리바로 여행을 떠났다.—가르다 호는 이탈리아 베로나 서쪽에 있는 호수로서, 알프스 산지의 남쪽에 있는 여러 빙하호 중에서 규모가 가장 크다.

16) 마조레 호에 위치한 군도. 마조레 호는 이탈리아 북부, 알프스 산 기슭에 있는 빙하호다.

17) [K] 동봉했다는 이 편지는 전해지지 않음.

18) [K] 카프카의 근무는 평상시 오후 두 시에 끝났다.

19) [K] 사촌 이레네 안나 카프카Irene Anna Kafka(1886년 콜린 출생)와 아르투르 슈바이처Artur Schweitzer(1873년 빈 출생)의 결혼을 의미할 것이다(1908년 10월 25일).

20) 카프카의 아버지 헤르만 카프카Hermann Kafka(1852~1931)는 프라하에서 남쪽으로 60마일 떨어진 보섹Wossek이라는 조그마한, 체코어를 쓰는 촌락에 사는 고깃간 아들이었다.

21) [K] *La Sorcière*: 빅토리엥 사르두Victorien Sardou(1831~1908)의 연극(1903). 사르두는 사라 베른하르트를 위해서 초라야 Zoraya 역을 썼고, 그녀는 1908년 10월 27일 신독일극장에서 공연했다.—[역] 사르두의 작품의 대부분은 오늘날 거의 잊혀졌고, 「토스카La Tosca」(1887)는 푸치니의 오페라로 더 잘 알려져 있다.

22) Oskar Baum(1883~1941): 소설가이자 극작가로, 학생들의 인종 대립 싸움에서 실명失明했다. 1904년 브로트가 카프카에게 소개했고, 그 역시 '프라하 독서회'의 일원이었다. 『강가의 실존Unferdasein』(1908)은 그의 첫 작품이다.

23) [K] 대개 토요일에 바움, 브로트, 카프카 그리고 펠릭스 벨취 등이 모여 작업 중인 글들을 낭독했다. 대개는 바움의 집에서 모였고, 그의 장애 때문이기도 했지만, 무엇보다 그가 최초로 집을 소유했기 때문이다.

24) [K] 바움과 카프카의 친교는 양쪽의 친구였던 브로트의 주선으로 1904년 이루어졌다. 편지 35 참조.

25) [K] 그레테 바움Grete Baum(1874~1942?). 본가는 슈나벨 Schnabel.

26) [K] 부친이 경영하는 장신구점.

27) [K] 모토나야 히로시게가 그린 후지야마 배경의 일본 풍경.

28) [K] 이것은 약속했던 만남을 카프카가 놓친 다음의 초대에 해당된다. 카프카 가족이 살던 '배로Zum Schiff'라는 이름의 건물에는 정말로 리프트가 있었다.

29) [K] 브로트는 시보 근무 이후에 우체국에 지원했는데, 카프카가 아씨쿠라치오니 게네랄리에 근무해본 결과, 두 친구는 오직 관공서에 근무하는 것만이 글쓰기에 유리하다고 판단했다. 결과는 불발.

30) 막스 브로트, 「체코인 하녀Das tschechische Dienstmädchen」. 이것은 1907년에 「이야기Die Geschichte」라는 제목으로 『오팔』에 수록되었다. 카프카는 이것이 책으로 출판될 것을 이야기하고 있으며, 1909년 1월에 출판됐다.

31) [K] 그 날짜 『프라하 일간』에 따르면 프라하 우체국 관내에 우체국 세 곳을 신설한다는 보도가 있었다.

32) [K] 루돌프 카스너Rodolf Kassner, 『드니 디드로Denis Diderot』 (1906). '문학' 시리즈로서는 1908년에 출판됨.—[역] 디드로 (1713~1784)의 『라모의 조카Rameaus Neffe』는 괴테의 번역으로 독일에서 1805년 첫 출판, 프랑스어 원본 출간은 1891년.

33) [E] 루돌프 카스너(1873~1959): 오스트리아 철학자, 심미학자 겸 비평가이자 라이너 마리아 릴케, 오스카 와일드 및 폴 발레리의 친구.

34) [B] Elsa Taussig: 이 수신인은 훗날 브로트의 아내가 되었다.

35) [B] 영화관으로(그때는 영화의 초기 시대였다), 그들은 카프카와 더불어 자주 그곳에 가곤 했다.—[K] '오리엔트 카페' 건물에 1907년 극장 '그랜드 영화관Grand-Kinematograph'이 설립되었다.

36) [K] 『성 앙투안의 유혹』. 카프카는 브로트와 함께 프랑스 판으로 읽었다.

37) 편지 44 참조.

38) [K] 오스카 바움 집에서 가진 정기적 모임을 말할 것이다. 편지

101 참조.

1909년

1)    [K] 히베르너가쎄에 있던 젊은 문인들의 만남의 카페. 바움,
      브로트, 키쉬가 교우했고, 또한 10년쯤 젊은 빌리 하스, 야노비
      츠 형제, 파울 코른펠트, 프란츠 베르펠 등도 참가했다.

2)    프리브람, 편지 33 참조.

3)    [K] 이 형식적인 호칭은 아마도 바일러의 요청에 의한 파국을
      증거한다. 이 편지와 그 앞의 편지(83번) 사이에는 약 일년여의
      간극이 있다. 그 사이에 있었을 또 다른 편지들과 거기에서 알
      수 있을 파국의 이유 등은 전해지지 않았다.

4)    카프카는 여기에서 호칭의 형식상의 대명사를 존칭의 'Sie'로
      바꾼다. 그전에는 그녀에게 친칭 'Du'를 사용했었다.

5)    [K] 전해지지 않음.

6)    [K] 프리브람. 편지 33 참조.

7)    [B] 여기서 직장은 브로트를 위한 직장을 말한다고 한다.

8)    [K] 블라이의 『분첩. 여인경문Die Puder-quaste. Ein Damen-
      brevier』(1908)에 대한 서평을 『보헤미아』에 실으려는 가능성
      이 무산된 것을 의미한다.

9)    [K] 위 편지에서 말한 블라이의 『분첩』에 대한 서평이 『새로운
      길Der neue Weg』(1909년 2월 6일)에 실렸다.

10)   [역] 독일어의 경우 '독립적unabhängig'과 '부단히unablässig'
      는 혼동되기 쉽다.

11)   [역] 고해 성사에 임해야 할 죄목의 목록.

12)   [K] 블라이는 1909년 3월 초 프라하에 와 '독서 및 담화회'에
      서 『분첩』을 발췌 낭독했다.

13) [K] 브로트, 카프카, 벨취로 추정된다.

14) [K] 1909년 3월 브로트는 마침내 희망하던 우체국에 직장을 얻었다.—[E] 그곳에서 1924년까지 근무했다.

15) [K] 아마도 여성진보클럽의 '위안의 밤'을 말하는 듯하다. 1909년 9월 21일 토요일에 있었던 그 모임에서 브로트와 친분이 있던 가수 엘자 아들러Elsa Adler가 등장했다. 편지 130 참조.

16) [K] 추측하건대, 카프카는 바움의 집에서 열린 정기 모임에 참석할 수 없었다. 편지 101 참조.

17) [K] 카프카 가족의 주치의인 하인리히 크랄Heinrich Kral 박사의 친척일 것이다.

18) [B] *Steine, nicht Menschen*: 『보헤미아』에 1909년 4월 11일 발표, 나중에는 『운문일기Tagebuch in Versen』(베를린, 1910)에 포함되었다.

19) 크누트 함순Knut Hamsun(1859~1952): 노르웨이 출신의 소설가. 이 소설은 『가을의 별 아래에서』(1906), 카프카가 인용한 것은 독어판(뮌헨, 1908).

20) [K] 이 엽서의 필체는 카프카가 실제로 걸으면서 쓴 것임을 보여준다.

21) 어머니의 수술, 편지 101 참조.

22) [K] W.가 누구인지 전해지지 않음.

23) 프라하에서 가장 오래된 시나고그(유대 교회)로서, 이 교회가 이른바 '신구新舊'라 불리는 이유는 1338년 유대인 거주지를 파괴한 재앙의 화재 뒤에 재건축하였기 때문이다.

24) [K] 프라하에서는 1908년까지 '카를대교'를 제외한 모든 다리에서 통행세를 징수했다.

25) [B] 당시 브로트의 상사였던 우체국장 칼란드라Kalandra 가 브로트에게 부여했던 초과 근무 때문에 쓴 위로의 편지라 한다.

26) 프라하 남쪽의 조그마한 촌락들.

27) 프라하 남쪽으로 19마일 떨어진 몰다우에 있는 촌락.

28) [K] 성 요한 급류: 슈테호비츠 상부에 몰다우 강의 성 요한 급류가 있다. 슈테호비츠에서 도보로 1시간 반 거리. 프라하에 회항하는 증기선 유람은 2시간 반이 소요된다.

29) 프라하 남쪽에서 20킬로미터 떨어진 소풍 장소로 빌라가 늘어선 곳.

30) [K] 카프카는 본에 있는 프리트리히 죄네켄Friedrich Sönnecken 회사의 펜을 사용했다.

31) [K] 노동자재해보험공사는 구역 관리를 행정 구역에 따랐다. 카프카가 담당한 구역은 북보헤미아 지역으로 프리트란트, 라이엔베르크, 룸부르크, 가불로츠.

32) [K] 브로트는 카프카와 벨취와 함께 갔던 이 소풍을 「시골에서의 서커스Zirkus auf dem Lande」(『무대Die Schaubühne』, 1909년 7월 1일 자에 수록)에 문학적으로 기록했다.

33) [K] 『시골에서의 혼례 준비』의 재수정판.

34) [K] 브로트는 한 여자에게—후일 아내가 되는 엘자 타우시히일 가능성—카프카의 원고를 읽어주었던 것으로 보인다.

35) 아버지 이름 다음에 'Velkozavod zbozim glanternim'라고 씌어 있다. 체코어로 쓰인 이 글귀는 '장신구 도매상'을 의미한다.

36) [K] 브로트는 카프카가 7월 3일 저녁에서야 자기 생일임을 고백했을 때 비난조의 반응을 보였다 했다.

37) [K] 이 스물세 살 난 처녀는 전해지지 않는다. 편지 127에도 이

관계가 드러나 있음을 참조.

38) [K] 『어느 투쟁의 기록Beschreibung eines Kampfes』 중에서 「기도하는 자와의 대화Gespräch mit dem Beter」와 「술취한 자와의 대화Gespräch mit dem Betrunkenen」를 말하며, 6월 하반기에 블라이가 편집하는 『휘페리온Hyperion』에 발표됨(1909년 제8호).

39) [B] 바움의 『어둠 속 인생Das Leben im Dunkeln』을 가리킨다. 1910년 베를린에서 출판되었고, 시각장애인들의 요양원을 무대로 한다.—[K] 바움은 여름의 신선한 며칠간 그 에필로그를 완성할 계획이었다. 그리고 다음에서 카프카가 인용하는 대목은 정작 출판물에는 나오지 않는다. 이 책이 1909년 융커에서 출판되었을 때 바움은 카프카에게 헌정사와 함께 한 권을 선사했다. "MEINEM HELFER UND FREUND./DEM LIEBEN DR. FRANZ KAFKA(나의 조력자이자 친구. 친애하는 프란츠 카프카 박사에게)."

40) [K] 편지 123에서 거론했던 소풍 장소에 대한 이야기로 보인다.

41) [K] Im Bar: 카프카는 이 여성 명사를 남성으로 사용한다. 편지 90 참조.

42) [K] 슈테호비츠 가는 길에 있는 다블레나 또는 그보다 더 남쪽에 위치한 도브리호비츠를 의미할 것이다.

43) [K] 친구 펠릭스 벨취의 사촌 누이인 리제 벨취Lise Weltsch 또는 그의 누이 엘리자베트Elisabeth(별명 베티Betty)를 말한다.

44) [K] 봉투만 있음.

45) [K] 이 두 곳은 프라하 동남쪽 사차바 계곡에 있는 촌락으로, 그해 친구들의 산보 장소였다.

46) [K] 브로트가 1909년과 1910년 꽤 가까운 관계로 지냈던 엘자 아틀러를 가리킬 것이다.

47) [K] 브로트의 『행복한 사람들Die Glücklichen』을 말할 것이다. 편지 44 참조.

48) [K] 브로트가 이 시기에 엘자 아틀러 이외에 꽤 가까운 관계에 있었던 엘자 타우시히로, 그녀와 결혼하게 되었다.

49) [K] 바움의 『어둠 속 인생』. 이 시기에 정기 모임에서 낭독했을 것이다.

50) 편지 124 참조.

51) [K] 부친의 장신구점.

52) [B] 빌리 노박Willi Nowak(1886~1977): 화가 겸 그래픽 예술가. 카프카와 브로트는 노박과 친교를 가졌고, 공동으로 프랑스어 수업도 했으며, 1911년에는 카프카가 그에게 석판화를 받았다.

53) [K] 이 서한에 대한 답장(1909년 9월 11일)은 그가 수습 관리직에 임용되었음을 알린다.

54) [K] 의사는 지크문트 콘Siegmund Kohn, 8월 18일의 진단서 내용 발췌: "2년간 휴가 없이 계속된 봉직奉職으로 인해서 긴장과 신경성으로 두통에 시달리고 있어" 그 결과 8일간의 휴가가 "예외적으로" 주어졌다.

55) [E] 카프카는 브로트 형제와 더불어 9월 4~14일 사이 가르다 호수 연안의 리바에서 휴가를 보냈다. 거기서 체재하는 동안 비행 시합을 관람하기 위해 브레샤Brescia에 갔는데, 그곳 비행 시합에는 루이 블레료Louis Blêrior(1872~1936), 글렌 커티스 Glenn Curtiss(1878~1930)가 참가했다. 르포『브레샤의 비행기 Die Aero-plane in Brescia』참조.

56) [K] 여행을 9월 7일 화요일로 연기하려는 계획은 이루어지지 않은 것으로 보인다. 브로트의 일기에 따르면 "4일 카프카와 리바행. 오토는 뒤에 왔다."

57) [K] 전해지지 않음.

58) [K] 이 시기에 이미 막내 누이 오틀라는 부친의 상점에서 일했다. 1913년 펠리체 바우어Felice Bauer에게 보낸 서한에서 발췌하면, "오틀라는 7시 15분이면 상점을 열러 나가고(부친은 8시 반에야 출근), 거기서 점심 때 지나서까지 있다오. 점심은 다른 사람들이 날라다 주고, 그 애는 오후 4, 5시가 되어서야 집으로…… 성수기에는 상점 문 닫을 때까지."

59) [K] 하블리엑가쎄와 히베르너가쎄 사이 역.

60) [K] 카프카는 입사 이래 잠깐의 예외였던 산재과 근무(1909년 4월 7일부터 9월 17일까지)를 제외하고는 이 부서에 근무했고, 과장은 오이겐 폴Eugen Pfohl이었다.

61) [K] 책임 보험 분야에서 각 회사는 매 5년마다 위험 계층에 따라 심사 분류된다.

62) [K] 카를 미콜라쉑Karl Mikolaschek: 프라하 보헤미아왕국 국립 기술대학 기계학과 정교수로 1909/1910년 겨울 학기 중 4개 강좌를 개설. 카프카는 이중 제3과정인 방직 관련 강좌를 신청했다.

63) [B] *Ein Besuch in Prag*: 『보헤미아』(1909년 10월 8일)에 게재됨. 플로베르의 질녀인 카롤린 코망빌이 프라하를 방문한 것에 대하여.―[K] 비판본은 플로베르의 질녀를 Caroline Franklin-Grout라 표기함.

64) [K] 「방문」에 따르면, 브로트가 플로베르의 질녀를 위해서 꽃다발을 사서 호텔에 묵은 그녀에게 전달했다. 「방문」 발췌: "한

노부인이, 검은 옷을 입고, 뭔가 꾸러미를 손에 들고 다가온다. 나는 그것이 나의 오랑캐꽃다발인 것을 알게 된다."

65) [K] 브로트의 질문: "친구 부이예의 친척들이 아직 살아 있는 지."―루이 부이예Louis Bouilhet(1822~1869): 프랑스의 시인이 자 극작가이며 플로베르의 친구.

66) [K] 작별에 대해 쓰기를: "비가 와서 그녀를 차에 바래다주었 다. 몇몇 문장들을 이해하지 못했다. 다만 악수, 고개 끄덕임, 몇몇 지나가는 사람들이 나에게는 너무도 새롭게 보였고 동시 에 프라하적으로 보였다. 내가 어디에 있었나?"

67) [K] 빌헬름 케스트라넥Wilhelm Kestranek: 1909년 10월 10일 『프라하 일간』에 따르면, 상원의원 요젭 브르들릭Josef Brdlik 은 프라하 광산노조 중앙위원장인 케스트라넥과『프라하 일 간』을 명예 훼손으로 고발했다. 발단은 케스트라넥이 의원의 정치 권력 남용을 폭로한 것인데, 자신의 출신구 회사에 유리 한 광산 채굴권을 청탁하다가 그가 이를 거절하자 고위층을 통해서 압력을 행사하려고 했다는 것. 이 방청 계획은 무산되 었는데, 첫 공판 이후 무기한으로 연기되었기 때문이다.

68) [B] 지그문트 플라이쉬만Siegmund Fleischmann: 카프카의 동 료이자 상사였고, 유감스럽게도 이따금 (그러나 악의 없이) 지 나치게 학문적인 성격의 전문적인 논문들을 카프카에게 쓰도 록 설득하곤 했다.―[K] 공동의 일이란 노동자재해보험공사 연감에 수록할 논문일 것이다.

69) 편지 108 참조.

70) [B] 하인리히 라우흐베르크Heinrich Rauchberg: 당시 프라하 대학교의 행정법학자.―[K] 독일 카를대학교의 민법. 통계학 교수로서 카프카의 스승 가운데 하나. 1909~1910년 겨울 학

기에는 '행정학과 오스트리아 행정법 I'과 '오스트리아 경제권' 강좌를 개설했다.

71) [K] 추측건대 출판이 임박한 바움의 『어둠 속 인생』 중에서.

72) [K] 카프카는 10킬로미터 이내에 밀집한 이 지역으로 출장을 다녔다.

73) [K] 그라벤에 위치한 카페. 『프라하 일간』의 광고에 의하면 "프라하 최고의 대규모 엘레강스 카페."

74) 바움의 『어둠 속 인생』을 말한다.

75) [K] 악셀 융커.

76) 카프카의 필젠 출장은 언제나처럼 위험 계층 분류를 위한 것이었다. 필젠은 맥주의 고장으로. 이 지방의 필젠 우어크벨Pilsen Urquell과 남부 도시 체스케 부드예요비체Ceske Budejovice의 부드바Budwa는 세계 시장에서 유명한 맥주로 통한다.

77) [K] Arpad: 전해지지 않음. 추측건대 카프카는 자기 누이가 잘 아는 문학 원전을 암시한 듯하다. 어원은 미확인이나, 헝가리 영웅과 관련된 인물일 것으로 본다.—[역] Árpád 헝가리 최초의 군주로, 아르파드 왕조의 창시자이다. 헝가리의 국민적 영웅이며, 그의 원정은 민요로 전해져온다.—뿐만 아니라 누이에게 갑자기 '존칭'을 사용함으로써 뭔가 극적인 효과를 겨냥한다.

78) [K] 추측건대 『행복한 사람들』.

79) [B] 아씨쿠라치오니 게네랄리 지사장의 한 사람으로 그는 이 젊은 관리(카프카)에 대해서 곧 특별한 호의를 가졌고, 나름대로 그의 일을 경감시켜주려고 애썼으나 헛일이었다. 고도로 교양 있고, 친절하고 회의적인, 문학에 관심이 많은 이 남자(작곡가 아돌프 슈라이버Adolf Schreiber의 사촌)는 카프카를 로베르

트 발저Robert Walser의 소설에 나오는 인물들 가운데 하나와
비교했던 것으로 보인다. 대부분은 달콤하면서도 관조적인 무
위에 중독된 인물들이다.

80)  [B] Robert Walser, *Jakob von Gunten*. Berlin,1909.

81)  [B] Robert Walser, *Geschwister Tanner*. Berlin, 1907.

82)  [K] 실제로 『형제 자매』의 주인공이다.


## 1910년

1)  [K] 카프카는 '당시에damals'라는 단어를 '최근에neulich'라는
    뜻으로 사용하고 있다.

2)  [K] 이 소설은 보통 『행복한 사람들』이라 하며, 여러 제목을 생
    각했으나 미완성으로 남았다. 편지 44, 147 참조.

3)  [K] Milada: 이 소설의 주인공일 뿐 아니라, 「밀라다에 부쳐
    An Milada」라는 시도 있고, 이것은 『운문 일기』(1910)에 수록
    되었다.

4)  [E] 조피 브로트Sophie Brod: 후에 프리트만Friedmann과 결혼.

5)  [K] 카바레, 극장, 카페로 프라하 최고의 우아함을 자랑했던
    곳. 1910년 3월 11일에 체코 작가 빅토르 디크Viktor Dyk에게
    헌정하는 문학의 밤이 열렸고, 여기에 브로트가 참석했다.

6)  [E] 아마도 「어느 투쟁의 기록」의 두 번째 번안.

7)  [E] 외르겐 페테르겐 뮐러Jörgen Petersen Müller(1866~1938):
    덴마크 출신의 기계 체조 교사로서, 그는 매일 가정에서 하는
    15분 운동을 개발한 바 있다, 그리고 남성을 위한 지침서(1903)
    를 출판했으며, 여성과 아동을 위한 지침서(1913)도 출판했다.
    뮐러 운동은 당시 일시적으로 유행이었다.—[K] 뮐러가 권장
    하는 운동 중에서 열린 창문 안에서 벗고 운동하는 것을 카프

카는 학창 시절부터 시행했고, 누이들에게도 권장했다.

8)    [역] 이 편지는 브로트판에는 [1919년 봄?], 영문판은 [1910년 봄]으로 되어 있다. 날짜 추정에 있어 각 판본들 사이에서 가장 큰 격차를 보이고 있다.

9)    [B] Tarnowska: 당시에 세간을 떠들썩하게 했던 타르노브스카 백작부인의 살인 혐의 재판.—파울 비글러Paul Wiegler: 유명한 문학사가이자 수필가.—빌리 한들Willy Handl: 연극 비평가였으며 기이하면서도 대가다운 소설 『불꽃Die Flamme』을 썼다. 두 사람은 오랫동안 프라하 독일어 신문 『보헤미아』의 편집진이었다. 추측컨대 카프카는 이 신문에서 문제의 재판에 대한 기사를 읽었을 것이다.—[E] 타르노브스카에 대한 재판은 그녀의 약혼자 파벨에브그라포비치 카마로브스키Pavel Evgrafovich Kamarovsky 백작 살해에 대한 공범 혐의였고, 그녀는 8년 6개월의 징역형을 받았고, 심리학적 성적 도착증이 큰 역할을 한 이 재판은 큰 물의를 일으켰다.—[K] 이 물의를 일으킨 재판 과정에 대해서 프라하 일간지들이 상세한 보도를 했고, 『보헤미아』 3월 6일에 게재된 한들의 「타르노브스카」는 매우 생생한 보도였다. 카프카가 이 편지의 시작에 전적으로 타르노브스카 재판을 말하려 했는지는 미심쩍다. 뿐만 아니라 브로트의 일기에 따르면 당시 단막극 「감정의 고도」를 비글러에게 보였다가 부정적인 평을 들었고 곧 이어서 한들에게 보냈다는 기록이 있다. 카프카는 그러므로 그 극에 대한 평의 중요성을 말하려 했을 것이다.

10)   [K] 어떤 시였는지는 전해지지 않음.

11)   [K] 브로트의 일기에 따르면 "카프카에게서 온 편지, 자살계획"이란 구절이 있다.

12) [B] 현실주의자Die Realisten: 체코의 현실주의자 정당으로, 당시 의원이던 토마스 마사릭Thomas Masaryk(1850~1937)도 여기에 소속. 이 부분은 이 정당의 민중 집회. 카프카는 민중의 연설을 듣기 좋아했다.—[E] 마사릭은 당시 의회의 대의원이었으며, 후에 체코 슬로바키아의 초대 대통령이 되었다.—Jan Herben(1857~1936): 체코의 작가이자 언론인으로서, 마사릭과 가까운 관계이자 『카스Čas』 신문의 편집장.

13) [K] 3월 14일 카프카가 현실주의 정당 연설을 들은 날, 바움 집에서 정기 모임이 있었다.

14) [B] 자빌 스몰르바Syvil Smolová(1886~1972): 당시 젊고 아름다운 여배우로, 브로트와 카프카는 그녀를 "특별히 대단한 재능"이라 간주했다. 체코의 비평가의 판단이 카프카에게는 너무 소극적이라 여겨졌다는 뜻.—[K] 그녀는 브로트 등의 후원으로 베를린으로 진출, 막스 라인하르트Max Reinhardt와 그 밖의 무대 및 영화에서 활약하게 되었다.

15) [B] 「어느 투쟁의 기록」. 이 언급은 브로트가 감명을 받아 찬사를 보내고 그 원고 자체에 대한 감사를 보내자, 카프카가 이에 대해 답변한 것이다. 그 원고는 브로트가 카프카에게 간청해서 선물 받은 것이었다. 카프카는 3월 14일 브로트에게 그 단편을 낭독해주었고, 그것을 없애버릴 뜻을 밝혔다고 한다.

16) [B] *Deutsche Arbeit*: 이 고위 공보지가 당시 프라하에서 출판되고 있었다. 페르디난트 마트라스Ferdinand Matras가 편집.—[E] 카프카는 상사인 노동자재해보험공사 지사장이자 그가 좋아하는 마르쉬너가 쓴 보험 기술 책의 서평을 써야 했고, 그 출판 가능성을 타진하고 있었다.—[K] 마르쉬너의 『보험학적 관점에서 본 모성보험』. 카프카의 서평은 브로트와의 친분을

통해서 편집인에게 전해졌고, 2개월 후 1910년 6월호에 수록되었다.

17) [K] 아마도 다음 해 1911년에 출판된 『유대 여인들Jüdinnen』을 가리킬 것이다.

18) [K] 카프카는 브로트의 창작 시기와 여자 관계를 연관시켜 말한다. 한 처녀 엘자 타우시히는 병이 났고, 또한 다른 처녀인 엘자 아틀러는 그를 떠나, 그는 그 원인을 생각하느라 당분간 소설 작업을 계속할 수 없었다고 했다.

19) 4월 27일 엘자 아틀러는 약속을 파기했다. '엄청난 분노'로 브로트는 오후 근무를 동료에게 위임하고 저녁때까지 소설에 매달렸다. 바움의 집에서 제3장을 낭독했다.

20) [K] 브로트의 일기에 엘자 아틀러와 관련해서 자주 등장하는 후고 클렘페러Hugo Klemperer 박사.

21) [B] 브로트가 당시에 거주하던 거리 이름. 브로트는 부모와 오토, 조피와 함께 샬렌가쎄 1번지에서 살았다.

22) [K] 로베르트 발저의 『야콥 포 군텐』. 카프카는 이 작품을 높게 평가했다.

23) [K] 이 조약돌은 브로트의 유품 중에 남아 있다.

24) [B] '칭찬에 대한 거부감'의 표시.―[K] 실제로 카프카가 그린 스케치들에 대해서 브로트가 칭찬을 했다.

25) 몰다우의 오른편 둑 위에 있는 건물로, 음악 콘서트 홀, 전시장과 화랑이 마련되어 있다.―[K] 여기서 연주는 연말의 공연이었을 것이다.

26) [K] 브로트의 『운문 일기』 중에서 「가정의 행복Familienglück」이란 시의 일부를 카프카가 인용.

27) [K] 브로트의 일기에 따르면 홀릭Horlik이라는 동료의 송별회

가 있었다.

28) [K] 바움을 출판사와 교섭해준 브로트는 『어둠 속 인생』 출판 관계를 물었을 것이다.

29) [K] 카프카와 브로트는 파리 여행을 위한 준비로 프랑스어 교습을 받았다. 8월 18일에서 10월 5일까지, 교사는 주틸로프 Sutiloff 양이었다.

30) [K] 노동자재해보험공사의 위탁으로 1910년 9월 29일 가블론츠에서 강연하기로 된 일을 말한다. 강연 내용은 새로운 등급 설정으로 불안해하는 그 지방 업자들에게 보험공사의 입장을 설명하기 위한 것이었다.

31) [K] 『가블론츠 신문』 1910년 9월 10일 공고는 '산재보험 가입을 의무로 하는 회사 사주들에게 중요함'이라고 나갔다.

32) [K] 브로트의 보고에 따르면, 이 할머니는 "모두가 달아나 버리는, 하얀 갈래 머리를 한 늙은 마녀 같은 인상의 (중략) 그러나 나에게는 묘하게도 달콤하고 부드럽게 말씀하시는" 분이었다.

33) 편지 168에서 "삔 엄지발가락"의 결과.

34) [K] 카프카의 다리는 10월 8일 토요일에는 여행할 만했다. 예정대로 브로트 형제와 더불어 파리로 여행을 갔다.

35) [K] 이 편지는 여기 첫 장 중간에서 중단되었다.

36) 그림 엽서 참조.

37) [K] 일행은 10월 9일에 파리에 도착해, 브로트 형제는 예정대로 10월 29일까지 머물렀고, 카프카는 병이 나서 10월 17일에 다시 프라하로 돌아왔다.

38) [B] 파리 여행 중 카프카는 이 편지에서 언급한 발진 때문에 10월 17일 먼저 프라하에 되돌아갔다.

39)  [K] 카프카 가족의 주치의인 크랄 박사일 것이다.

40)  [K] 이번 파리 여행에서는 우선 프라하에서 뉘른베르크를 경유해서 다음 날 파리로 갔다.

41)  아돌프와 파니 브로트.

42)  [K] 실내 극장의 상연 일정에 보면 12월 3일 토요일에는 셰익스피어의 「실수의 희극」과 몰리에르의 「뜻과 다른 결혼」을 공연했다.

43)  *Anatol*: 아르투르 슈니츨러Arthur Schnitzler(1862~1931)의 첫 희곡(1893).—[K] 1910년 12월 4일 베를린 레싱 극장에서 공연.

44)  낮은 열기에다 12시간 굽는 특별 알곡 빵을 가리킨다.

45)  [K] Leo: 오스카와 그레테 바움의 아들, 1909년 12월 4일생. '경쟁자'란 그가 쓴 그림 엽서에 그려진 루벤스의 〈예술가의 아들〉을 가리킨다.

46)  [K] 라인하르트의 연출로 1910년 12월 6일 베를린의 독일극장에서 공연됨.—알베르트 바서만Albert Bassermann (1867~1952): 독일의 연극 및 영화 배우로, 그의 햄릿 공연은 카프카에게 지속적인 영향을 주었다. 1913년 3월 4~5일에 펠리체 바우어에게 쓴 편지에서도 다시 언급했을 정도였다.

47)  [K] Josef Mareš(1893~1971): 러시아 혁명과 무정부주의자 바쿠닌을 존경하여 자신을 미하일Michal이라 부름. 1909년 카프카가 부모님 댁에서 지내는 동안 규칙적으로 만났다. 그는 금지된 '믈라디치Mladych 클럽' 소속으로, 카프카 역시 관심을 지녔다고 증언했다. 그에게 보낸 엽서는 체코어로 씌었다.

48)  [K] 카프카는 12월 3일에서 9일까지 베를린에 있었다. 편지 172 참조.

49) [K] 누이동생 엘리가 취라우 출신의 상인 카를 헤르만(1883~1939)과 결혼했다. 새 사돈이란 카를의 두 형제들, 파울Pau과 루들Rudl, 그리고 그들의 부친인 레오폴트Leopold를 말한다.

50) [K] 1910년 카프카 가족의 아래층에 살았던 파이글 Feigl가의 딸 안나Anna를 지칭할 것이다.

51) 1910년 10월 17일 돌아온 이후에. 편지 171 참조.

52) [K] 아마도 『어느 투쟁의 기록』에서 나중에 「시골길의 아이들 Kinder auf der Landstraße」이라는 제목으로 출판된 작품.

53) [K] 엘자 타우시히는 거절하는 브로트에게 그들의 관계를 곧 결혼으로 결말지으라고 촉구했다. 카프카가 베를린에서 돌아온 12월 11일 브로트의 일기에는 둘이서 그 문제를 이야기했다고 씌어 있다.

54) [K] 조피 브로트와 브레슬라우 출신 상인 막스 프리트만 (1885~1963)은 12월 4일에 약혼했다.


1911년

1) 보헤미아 북방에 있는 프리트란트와 라이헨베르크에 점검 출장.—[K] 이 출장은 1911년 1월 30일에서 2월 7일까지.

2) 하인리히 폰 클라이스트Heinrich von Kleist(1777~1811): 독일의 극작가 겸 소설가로 예술적·정치적·물질적 불만이 누적되어 삶에 절망한 끝에 자살하였다. 『깨어진 항아리Der zerbrochene Krug』(1812)로 유명.—[K] 브로트의 일기에 따르면 카프카는 누이들에게 클라이스트를 읽어주었고, 그들은 눈물을 흘리곤 했다고 한다.

3) [K] 1911년 1월 27일 루체르나라는 카바레에서는 벨라 라스츠키Béla Laszky의 오페라 〈교활한 백작녀Der schlaue Kom-

tesse〉를 공연한다고 했다.

4) [E] 라이헨베르크에서 15마일 북쪽으로 떨어진 프리트란트에
는 이 르네상스 성이 우뚝 솟아 있으며, 30년 전쟁 때 당시 제국
장군인 알브레히트 폰 발렌슈타인Albrecht von Wallenstein이
1622년에 사들였다.—[K] 카프카가 방문할 당시에는 클람–갈
라스Clam-Gallas 백작 소유였다.

5) [K] 소위 황제 파노라마에 가면 25인의 관람자들이 실체처럼
보이는 사진들을 볼 수 있었다. 브로트는 1911년 1월 6일 프라
하에서 이 황제 파노라마를 보았는데, 그가 일기에 쓴 이탈리
아의 세 도시 이름을 카프카 또한 거명했다.

6) 프리트란트의 도시. 양모와 금속 산업의 중심으로 타펠피히테
Tafelfichte 산자락에 위치.

7) [K] 오이겐 폴은 조정과 과장이었다. 1908년 7월 노동자 재해
보험공사 입사 때부터 카프카는 이 부서에서 일했으며, 산재
과로 잠깐 이동한 것을 제외하고는 1922년 그만둘 때까지 같
은 부서에 있었다. 카프카는 폴을 1908년 상업 아카데미에서
수강할 때부터 알았다. 편지 139 참조.

8) [K] 1911년 초 북보헤미아 지방 출장의 기점이었다.—[E] 체
코–독일 국경이 위치한 라베렉에서 12마일 떨어져 있다. 오스
트리아인 백작 클람–갈라스가 그곳에 한 성을 가지고 있었다
한다.

9) [E] *Die weiße Sklavin*: 독일 영화로서 1910년에 제작됐으며,
주연은 엘렌 디트리히Ellen Dietrich.—[K] 카프카는 출장 떠나
기 전 프라하에서 이 영화를 보았다.

10) [K] 카프카는 채식주의자에 가까웠고, 가능하면 고기 요리를
피했다.

11) [K] 프란츠 그릴파르처Franz Grillparzer(1791~1872), *Des Meeres und der Liebe Wellen*(1831). 카프카는 라이헨베르크 시립 극장에서 2월 24일 관람함. 그의 여행기에 따르면 "제1막 끝에서 주인공들의 눈이 서로 떨어질 줄 모를 때 등 (중략) 여러 번 눈물을 흘렸다"고 한다.

12) 브로트의 누이동생으로, 1911년 막스 프리트만과 결혼한다. 그는 펠리체 바우어와 사촌으로, 그녀와 카프카는 우연히 브로트의 집에서 만났다.

13) [K] '새 장서'라 함은 1911년 6월에 있을 결혼식을 암시.

14) [K] 미국 추리소설 역사상 최초의 여성 작가인 안나 캐더린 그린Anna Katherine Green(1846~1935)의 탐정 소설로 최초의 독역은 1896년.

15) [역] '보복'의 독일어는 'Vergeltung', 카프카는 여기에서 'gel'과 'tung'으로의 음절 교환을 '바람'이라 했고, 마지막 'ng'에서 자음들이 유성음에 가깝게 발음되는 것을 말하고 있다.

16) [K] Herkulo: 알려진 바 없다.

17) [K] *Hyperion*: 블라이 편 문예 격월지(뮌헨, 1908~1910). 카프카의 처음 작품들이 1908~1909년에 이 잡지를 통해서 발표되었다. 이 잡지가 폐간되자 카프카는 「잠자는 잡지Eine entschlafene Zeitschrift」라는 글을 『보헤미아』에 발표했다 (1911년 3월 19일).

18) [K] 에른스트 아이스너Ernst Eisner: 아씨쿠라치오니 게네랄리 시절부터 카프카의 상관. 편지 148 참조.

19) [K] *Rundschau: Die Neue Rundschau*. 피셔에 의해 창간됐으며, 당시 독일의 가장 전위적 문학 월간지로서, 카프카는 학생 시절부터(즉 그가 『예술의 파수꾼』에 대한 심취에서 벗어나는

그때부터), 어느 정도 정규적으로 이 잡지를 구독하고 있었다.

20)  [K] 카프카가 브로트에게 주었을 것으로 생각되는 위의 『휘
     페리온』에 대한 글을 지칭할 것이다.—[E] 아마도 단편 「불행
     Unglücklichsein」을 가리키는 듯하다. 브로트의 일기에 따르면
     카프카는 1911년 3월 3일에 이것을 브로트에게 읽어주었다.
     카프카는 그에게 사본을 준 것 같다.

21)  편지는 여기서 갑자기 중단된다.

22)  앞 편지 참조.

23)  [K] 이 엽서는 전해지지 않았다. 추측건대 중단되어버린 편지
     190 대신 쓴 엽서였을 것이다.

24)  [K] 아이스너에게 『휘페리온』을 대출한 건으로 보인다. 편지
     189 참조.

25)  [K] Rudolf Steiner(1861~1925): 인지학의 창시자로 1911년
     3월 프라하에서 '신비 심리학'이라는 주제 강연을 가졌고, 두
     친구는 그곳에 참석했다.

26)  [K] 무슨 작품이었는지 전해지지 않는다.

27)  [E] 해발 1594 피트의 종 모양의 산으로, 치타우에서 남서로
     5마일 떨어진 인기 있는 유람지이다. 카프카는 북보헤미아에
     또 다른 출장으로 그곳을 방문한 것으로 여겨진다.—[K] 출장
     중 일요일에 이곳을 찾았다.

28)  [K] 브로트의 『유대 여인들』(1911)에 대한 서평을 말하며, 이
     것을 출장 여행 이후 착수하기로 했으나 발표되지 않았다.

29)  [K] 출장 여행의 종점. 카프카는 1911년 4월 28일 프라하로 돌
     아왔다.

30)  [K] 1910년 11월 이후 봉급은 2,100K. 이 청원은 5월 26일로
     잠정 기각되었고, 11월 재청원이 따른다. 편지 215 참조.

31) [K] 8월 26일에서 9월 13일까지 뮌헨, 취리히, 루체른, 루가노, 마일란트, 스트레사 그리고 파리로 향했다.

32) [K] 두 사람은 8월 28일 우른 호수에 도착하여 플뤼엘렌의 슈테르넨 호텔에 머물렀다.

33) 루가노 호수의 북서안에 있는 관광 도시, 같은 이름의 루가노 호수는 스위스와 이탈리아의 국경, 알프스 남쪽 산기슭에 있는 호수로서, 코모 호와 마조레 호 사이에 있다.

34) [K] 두 사람은 루가노에서 벨베데레 아우 락Belvedereau Lac 호텔에 머물렀다.

35) [K] 브로트는 보통 'Dr Brod'라고 하는데 이 경우에 'r'이 빠졌다.

36) [K] 1909년 9월에는 오토와 함께 리바에서 휴가를 보냈다.

37) [K] 두 사람은 8월 29일에서 9월 4일까지 루가노에 머물렀다.

38) [역] Servus: "당신의 충복"이란 뜻으로, 작별할 때 가장 공손하게 쓰는 라틴어. 특히 남독일과 오스트리아 등지에서 사용했다.

39) [K] 카프카의 여행 일기에는 "9월 4일 제1부장에게 엽서"라는 기록과 함께 그 내용까지 적혀 있다.

40) 이탈리아 북서부 피에몬테 주 노바리 현에 있는 소도시. 마조레 호의 서안에 있으며, 호수에 있는 섬과 함께 경치 좋은 관광지이자 별장지로 알려져 있다.

41) 이탈리아 북부, 알프스 산 기슭에 있는 빙하호. 가르다 호에 이어 이탈리아 제2의 호수이다. 밀라노·토리노 등 큰 도시에 가깝고 경치가 아름다워 관광·휴양 지대를 이루며, 별장 지대·오락지로도 이용된다.

42) 스위스 중남부 발레 주州의 브리크와 이탈리아 북동부 이셀레

사이에 있는 알프스의 고갯길. 높이 2,006미터. 나폴레옹이 도로를 닦고(1900~1907) 고갯마루에 숙박소를 세움으로써 스위스와 이탈리아 사이를 잇는 주요 교통로의 하나로 이용되어 왔다.

43) [K] Otto Schneider: 전해지지 않음.—[역] 잡지 편집인으로 1917년 주석 121 참조.

44) [K] 여행 떠나기 전 양친의 상점에 대해 문제점을 알려달라고 써 보낸 것을 누이가 무시해서 생긴 일들. 편지 205 참조.

45) [K] 오틀라가 양친의 상점에서 일을 돕고 있는 것을 가리킨다. 편지 136 참조.

46) [K] 함께 파리에 있은 뒤, 브로트는 프라하로 돌아간 반면 카프카는 9월 13일 일주일 예정으로 에를렌바흐Erlenbach의 요양원에 들어갔다. 취리히 근교 소재의 자연 요법 요양원.

47) [K] 여행 시작부터 카프카는 여행 일기에 적기를, "여행과 각자에 대한 내면의 입장을 동시에 기록하려는 좋지 않은 발상을" 했다고 했다. '리하르트와 사무엘Richard und Samuel'이라는 제목의 합작 소설을 쓰려는 계획은 완성되지 못했다.

48) [K] 두 사람은 여행 초기 취리히에서 실제로 그곳 성당을 찾았다.

49) [역] 이 문장들은 번역상 필요에 의해 마침표로 끊었지만, 실제로는 20행이 넘게 이어져 있다. 카프카의 표현은 바로 그것을 두고 하는 말이다.

50) 페터 로제거Peter Rosegger(1843~1918): 슈타이어마르크 Steiermark 출신 작가로서 당시 매우 인기가 있었다.

51) 아르투르 아흘라이트너Arthur Achleitner(1858~1927): 바이에른의 향토 작가.

52) [K] 두 친구 사이의 글쓰기 원칙에 대한 차이를 암시한다. 카프카는 영감에 의한 글쓰기 원칙을 고수하고 그에 따라서 글쓰기가 안 되는 순간을 자주 불평했고, 그렇기 때문에 브로트는 지속적이고 규율적인 글쓰기 원칙을 설득하고자 했다.

53) [K] 카프카는 9월 20일 프라하로 돌아갔다.

54) 콘라트 페르디난트 마이어Conrad Ferdinand Meyer(1825~1998), 고트프리트 켈러Gottfried Keller(1819~1890)는 당시 스위스에서 가장 알려진 작가들이다. 마이어는 주로 역사 소설을 썼으며 초자연적이고 고전적인 내용에 중점을 두었고, 그와 반면에 켈러와 발저는 더 지방색을 보였다.

55) [K] 브로트의 글「전운의 파리Das kriegerische Paris」는 몇 주 뒤에 『삼월März』이라는 주간지에 나왔다(1911년 12월 31일).

56) Arthur Boucher: *La France victorieuse dansla guerre du demain*(파리/낭시, 1911).

57) 프랑스어로 씌어 있다.

58) [K] 브로트와의 휴가 여행.

59) [K] *Sulamith*: 아브라함 골드파덴Abraham Goldfaden(1840~1908)은 동유럽의 유대인계 극작가로서, 이 연극은 람베르크Lamberg 유대 극단에 의해 10월 13일에 공연되었다.—[E] 이착 뢰비Jizchak Löwy(1887~1942)가 배우들 중 하나였다.

60) [K] Amalie Tschsik(1881~?): 이착 뢰비와 함께 람베르크극단 소속이었다.

61) [K] 카프카의 일기에는 이 여배우에게 감사의 뜻으로 명함과 더불어 꽃다발을 보냈다고 기록되어 있다.

62) Josef Poláček(1874~1943?): 테플리츠의 변호사로 카프카의 인척이 된다. 콜린의 백부 필립과 클라라 카프카Klara Kafka의

결혼으로 태어난 아들.

63) [K] 카프카의 일기에 따르면 위 극단을 테플리츠로 초빙할 계획으로 이 추천장을 썼다고 기록되어 있음.

64) [K] 벨취는 철학을 공부하고 1911년 6월 22일 구술 시험에 응시했으나 떨어졌다. 이때 카프카가 그를 기다려 위로해주었다고 한다. 이제 11월 18일 재시험에서 합격한 것을 두고 축하하는 내용이다.

65) 편지 196 참조.

66) [K] Robert Kafka: 카프카의 먼 친척으로 석면 제조회사의 인가를 위해 고문으로 있었다.

67) [K] 1911년 12월 중순 매제인 카를 헤르만(엘리의 남편)과 함께 공동 명의로 석면 제조 회사를 설립했다.


1912년

1) [K] 카프카의 일기에 따르면 상사와 관계가 나빴고 이를 편지로 조정했다는 기록이 있다.

2) [K] 1912년 2월 4일 일기에 "그저께" 뢰비의 초청 공연을 위해서 트라우테나우로 편지했다는 기록이 있다.

3) [역] 역시 편지 216과 마찬가지로 회사 인가 관련 서류이므로 생략하였다.

4) [K] 일기에 따르면 오토 클라인Otto Klein에게 편지했다는 기록이 있다.

5) [K] 일기에 따르면 뢰비에게 편지했다는 것과 간단한 내용이 기록되어 있다.

6) [K] 일기에 따르면 뢰비의 공연 정보를 위해서 『프라하 일간』에 편지했다는 기록이 있다.

7)    [K] 일기에 따르면 타우시히 양에게 편지했다는 기록이 있다.

8)    [K] 에밀 바이스Emil Weis(혹은 Weiß, 1854?~1922): 브로트의 먼 친척으로 영어 교사. 뢰비의 공연 관계로 기부금을 냈다.

9)    [K] 그 무렵 몇 달 동안 카프카는 간간히 유대 극단의 많은 연극들을 관람했으며 배우 이착 뢰비와 친구가 됐다. 카프카는 뢰비를 자주 만났으며, 그를 위해서 유대어 대본을 낭독하는 공연을 알선했다. 여기서 말하는 행사는 1912년 2월 18일 프라하 유대 시청사 연회장에서 개최되었다.

10)   [K] 일기에 따르면 뢰비에게 편지했다는 기록이 있다.

11)   [K] 브로트는 1912년 3월 17일 '독일여성예술가협회' 주관으로 작곡자로서 무대에 섰다. 연주회는 비판당했고 특히 『보헤미아』의 비방은 심했다. 이 의견 충돌은 평론가 펠릭스 아들러가 브로트가 익명으로 자기를 비방하는 편지를 보냈다고 주장하는 데에서 정점을 이루었다. 아들러는 프라하 일대의 방송 프로그램에서 그런 내용을 방송했다. 브로트는 카프카에게 조언을 청했다. 그 후 그 편지는 브로트의 부친에 의해 쓰인 것으로 밝혀졌다.

12)   [K] 펠릭스 아틀러Felix Adler: 1906년 이래 『보헤미아』에서 음악 칼럼을 담당했고, 'F.A.'라는 이름으로 비판적인 평론을 썼다.

13)   [K] 카프카가 초안한 이 성명은 거의 그대로 발표되었고, 브로트는—아마도 부친의 편지였음이 드러나서였는지—고소를 포기했다.

14)   『아르놀트 베어, 한 유대인의 운명Arnold Beer, das Schickesal eines Juden』(베를린, 1912). 카프카의 「선고Das Urteil」에서 영향을 받은 브로트의 장편소설로, 한 서유럽 유대인이 시온주

의자로 변신하는 과정을 그린다.—[K] 브로트는 카프카에게
헌사를 써서 선사했다.

15) 브로트의 단편소설집『죽은 자에게 죽음을!』(슈투트가르트,
1906).

16) [K] 일기에 따르면 "피크에게 편지, 막스에게 엽서, 아르놀
트 베어에 대한 기쁨"이란 기록이 있음. 오토 피크의 시집『친
근한 체험Freundliches Erleben』(1922)과 관련된 편지였을 것
이다.

17) [K] 1912년 5월 23일 일기에 "그저께" 뢰비에게 편지했다는
기록이 있다.

18) [K] 일기에 의하면 "공장 때문에" 마드리드에 사는 뢰비 외숙
에게 경제적인 지원을 청했다고 한다.

19) [K] 일기에 의하면 벨쉬에게 편지했다는 기록이 있다.

20) [K] 콘 박사의 진단서는 "소화 장애, 체중 미달, 신경통으로 적
어도 4주간의 합리적인 요양이 즉각 권유된다"는 요지의 내용
이었다.

21) [K] Willy Haas(1892~1973): 프란츠 베르펠과 김나지움 동기
로 평생지기가 되었다. 카페 아르코의 정기 모임 회원으로 문
학계 선배인 브로트를 사귀었고, 그를 통해서 카프카와 사귀
었을 것이다.

22) Poříč 7.

23) [역] 영문판은 '카프카 가족 앞'이라고 되어 있다.

24) [K] 발리와 오틀라: 그 시기엔 아직 미혼이었다.

25) [E] 카프카와 브로트는 여름 휴가로 라이프치히에 여행을 떠
났으며, 그곳에서 카프카는 그의 미래의 출판업자 에른스트
로볼트와 그리고 쿠르트 볼프를 6월 29일에 만난다. 그날 오후

에 그들은 바이마르에 갔다.

26) [K] 카프카의 엽서는 슈타인 부인의 집 광경을 보여준다.

27) 마리 베르너Marie Werner(1881~1942): 1911년 이래 카프카 가
   정의 가사를 돌보고 있었다. 주로 체코어만 쓰는 이 처녀는 점
   차 가족처럼 간주되었다.

28) 독일 작센안할트 주, 하르츠 산맥 북쪽 기슭 홀테메 강 연안에
   있다. 고딕 양식의 주교좌성당과 성모성당 등 유명한 건축물
   들이 있다.―[K] 카프카는 융보른 요양원에 가는 도중에 이곳
   에 묵었다.

29) 요한 빌헬름 루트비히 글라임Johann Wilhelm Ludwig Gleim
   (1719~1803): 할버슈타르 사원의 사무장이자 시인. 당시의 시
   인들과 작가들을 위해 집을 개방하는 것을 좋아했다.―[K] 카
   프카의 추측에도 불구하고 글라임은 미혼이었다.

30) [K] 다음 편지에 따르면 엽서를 보낸 사실이 확인된다.―
   Margarethe Kirchner(1896~1954): 바이마르의 '괴테 기념관'
   관리인 딸로서, 카프카는 그녀와 사랑에 빠져서 몇 번이나 약
   속을 했다. 브로트의 여행 일기에도 "카프카가 관리인의 예쁜
   딸을 꼬여내는 데 성공했다"고 기록되어 있으며, 두 사람의 사
   진도 남아 있다.

31) [K] 1912년 7월 8일에서 27일까지 이곳 요양원에서 머물렀다.

32) [K] 이것을 두 친구의 바이마르 여행에서부터 이곳 요양원 체
   제 기간의 메모장을 말하는데, 이중 두 장만 남아 있다.

33) [K] 두 사람이 공동 작품을 위해서 나란히 스케치를 했는지는
   알 수 없다. 다만 서로의 여행 인상들을 다음에 교환하자는 데
   동의했을 것이다.

34) [K] 미완성 장편소설 『실종자Der Verschollene』: 카프카는 당시

에 아메리카에서 일어나는 이야기로서 이 소설의 초고를 쓰고 있었다. 브로트는 『아메리카』라는 제목으로 출판했다.

35) [K] 마르가레테 키르히너에게 보낸 엽서를 의미한다.

36) [K] 두 사람의 휴가 여행 중 (1911년 여름) 브로트가 써서 카프카에게 헌정한 시.「루가노 호수」.

37) [K] '나의 움막'은 'Ruth'라 불리며, 소위 '빛과 공기의 작은 집'을 말한다.

38) [K] 브로트는 그 시를 1년 뒤에 출판했다.

39) 에른스트 로볼트Ernst Rowohlt(1887~1960): 독일 출판업자로서 1909년에 회사를 설립. 쿠르트 볼프Kurt Wolff(1887~1963)와 곧 병합하고 공동 경영.—악셀 융커Axel Juncker(1870~1952): 덴마크 인으로 1902년 슈투트가르트에 출판사를 설립했으나 곧 베를린으로 옮겼다. 당시 막스 브로트의 출판자였다.—[K] 브로트는 바이마르 여행 중 1912년 6월 29일 로볼트를 방문했고, 그동안 많은 이견들이 생긴 융커 출판사와 결별을 고려 중이었다.

40) [K] 클라이트의 『진기한 일들Anekdoten』은 1911년 로볼트 출판사에 의해 장서가용으로 출판되었다.

41) [K] 1912년 가을 대활자로 특별히 아름다운 장정으로 출판되었다.

42) [K] 브로트(편), *Arkadia. Ein Jahrbuch für Dichtkunst.* Leipzig, 1913.—1911년의 이탈리아 여행 후, 카프카와 브로트는 여행자들에게 가장 "싼값으로" 돌아다닐 수 있는 방법을 보여주는 안내 책자들을 발행하는 착상을 했다고 한다. 브로트에 따르면, 그들은 "이 귀한 비밀을 대단한 선물을 받지 않고서는 내주기 싫어서" 출판에 이르지 못했다.

43) [K] 브로트/벨취, 『직관과 개념. 개념 형성 체계의 기초Ansch-auung und Begriff. Grundzüge eines Systems der Begriffsbildung』 (1913).

44) [K] 1912년 6월 29일 만남에서 로볼트는 카프카의 중단편과 산문 작품들을 출판하는 일에 대해서 언급했다. 일기에 따르면 "R.은 내 책 이야기를 상당히 진지하게 했다"고 되어 있다.

45) 여기서는 『실종자』의 초판을 말하며, 분실되고 없다.

46) 마르가레테 키르히너.

47) 바이마르에서 동북으로 2마일 떨어진 조그마한 촌락으로서 대공의 여름 궁전과 공원이 있고, 그곳에서 괴테는 극장의 흥행작을 각색하곤 했다.

48) [K] 카프카는 키르히너의 서명을 베껴 쓰려고 했다.

49) [K] 카프카는 함께 여행이 끝난 뒤 그러니까 7월 7일부터 단계적으로 여행 스케치를 브로트에게 보냈다. 그중 34장의 느슨한 메모장들로 구성된 묶음이 유품으로 남았고, 그 배열 순서는 큰 확실성 없이 재구성되었다. 「바이마르─융보른 여행」으로 1937년 프라하에서 출판된 『일기와 편지들』에 처음 수록되었다.

50) Die Arche Noahs: 브로트의 「감정의 고도」의 한 장면.

51) [K] 월 2회 발행되는 『문학의 메아리Die literar-ische Echo』에 1912년 7월 15일 작가인 에른스트 리사우어Ernst Lissauer가 쓴 평론을 가리킨다. 리사우어는 쿠르트 힐러Kurt Hiller가 편집한 시집 『콘도르Der Kondor』에 대해서 평하면서, 그 시집에 수록된 브로트의 시 「크고 작은 세계Die große und die Kleine Welt」를 인용했다.

52) [K] 연감은 카프카의 뜻과는 무관하게 '아르카디아'라는 제목

으로 발행되었다.

53) [E] 철학자 프란츠 브렌타노Franz Brentano(1838~1917)의 추종자들의 모임 장소였다. 카프카는 이들 모임에 가끔 참석했다.

54) [K] 프라하 북쪽 리보흐 근교 엘베 강에 위치한 이곳은 여름 별장으로 애용되는 곳으로, 카프카와 다른 친구들도 휴식을 위해서 가끔 찾곤 했다.

55) [K] 엘리자베트 벨취Elisabeth Weltsch(1888~1944).

56) [K] 카프카는 '닫힌 창문'을 견디기 힘들어했다. 편지 259 참조.

57) [K] 하스Haas는 7월 10일 그 신문에 실린 자신의 글 「헬러라우 학교 파티Hellerauer Schulfest」를 보내주겠다고 약속했다. 학교의 창설자 에밀 쟈크-달크로즈Emile Jaques-Dalcroze는 1911년 3월 프라하에서 자신의 음악 교육 방법을 소개했고, 이 학교는 리듬과 음악 신체 발달을 교육하는 곳이었다. 카프카는 이에 지속적인 관심을 보였다.

58) 『프라하 일간』을 말한다.

59) [K] 지그문트 프로이트의 어떤 책을 말하는지는 전해지지 않는다.

60) 편지 233 참조.

61) [K] 『실종자』의 초고를 가리킨다. 브로트는 카프카에게 이미 완성되었을 소설을 보여달라고 했다.

62) 엘자 타우시히.

63) [K] 루가노에 체류할 때 카프카와 브로트는 공동으로 소설 하나를 쓰기로 계획했다. 그것은 두 친구의 여행 일기로, '리하르트와 사무엘'이라 부르기로 되어 있었다. 단 1장만 썼었고, 『헤르더블래터Herder-Blätter』 I, 3호(1912)에 발표되었다. 편지 208 참조.

64) [K] 아마도 브로트가 계획하던『키르케와 돼지들Circe und ihre Schweine』의 후속 작품을 말할 것이다.

65) 하르츠 산맥 중 가장 높은 정상(1,142미터)으로, 융보른에서 8킬로미터 거리에 위치. 해를 등지고 산정에 서면 산 아래 구름에 거대한 그림자가 비치며 때로 머리 둘레에 빛의 고리가 나타나기도 하는데, 이를 '브로켄의 요괴'라고 부른다. 전설에서는 마녀들의 집합소이며, 괴테의『파우스트』에 등장하여 유명해졌다.

66) [K] 마르가레테 키르히너.

67) [K] 알프레트 그라프 폰 슐리펜바흐Albert Graf von Schlipp-enbach(1800~1868): 「먼 곳에서In der Ferne」 시작은 "이제 안녕, 그대 작은 오솔길,/이제 안녕, 조용한 지붕이여." 이 시는 브로트에게 보낸 메모장에 남아 있다.

68) 「불행Unglücklichsein」: 최초의 산문집『관찰』에 나오는 단편.—[K] 카프카는 융보른에서 돌아오자 일전에 브로트에게 소개받은 대로 로볼트에서 최초의 산문집을 낼 준비로서, 작품들을 손질하고 선택하는 작업에 들어갔다.

69) [B]『관찰』을 위한 작품들.

70) [K] 「기도하는 자와의 대화」와 「술취한 자와의 대화」『휘페리온』(1909년 제8호). 편지 125 참조.

71) [B]『관찰』의 최종 원고들이며, 이것을 브로트가 로볼트 출판사에 보냈다.—[K] 1912년 8월 13일 저녁 카프카는 브로트를 방문했는데, 그와 더불어 원고 순서를 논의하기 위해서였다. 그다음 날 아침에 원고를 보내기로 되어있었지만 카프카는 전혀 돌보지 않았던 것이다. 거기에서 카프카는 다른 손님을 만났는데, 그녀는 펠리체 바우어로 브로트의 매제인 막스 프리

트만의 사촌 여동생이었다.―[역] 그녀는 후일 카프카의 약혼자가 되며, 그날 저녁의 묘사는 편지 272에 자세하게 나오지만, 전집 편집상 이 책에서는 생략하였다.

72) 「시골길의 아이들」을 가리킨다.

73) [K] 18개의 소품 원고들로, 『관찰』로 출판되었다.

74) [K] 카프카는 쿠르트 볼프의 편지에 답하고 있다. 카프카가 라이프치히에서 잠깐 알게 된 이래 "자신의" 출판인이 되어줄 것이라 생각했던 에른스트 로볼트는 1912년 11월 1일로 퇴사하고, 공동으로 경영되던 이 출판사는 1913년 2월부터는 쿠르트 볼프 출판사로 서명되었다.

75) [K] 1912년 9월 4일 자 서한에서 쿠르트 볼프는 카프카의 책을 출판하려는 자신과 로볼트의 열의를 표현하며, 카프카에게 그가 원하는 조건과 책의 체재에 대해 말해달라고 문의해왔다.

76) [K] 큰 활자를 선택했지만 『관찰』은 99페이지에 불과했다.

77) 편지 240 참조.

78) [K] 1912년 9월 8일 일기에 따르면 "어제 실러 박사에게 편지"라는 기록이 있음.―프리트리히 실러Friedrich Schiller: 시 참사회 관리로, 카프카와는 융보른 요양원 체재 시절에 알게 되었다.

79) [K] 브로트는 1912년 9월 14일에서 29일까지 계속 휴가 여행 중이었다. 그는 벨취와 동행으로 이탈리아를 여행 중이었고, 이미 완성된 여행 일기 일부를―카프카에게 전해달라는 부탁과 함께―후일 아내가 되는 타우시히 양에게 보냈다. 편지 254 참조.

80) [K] 추측건대 영어 교사 에밀 바이스일 것이다. 에밀 바이스는 브로트의 먼 친척이나 이 시기에 친구들의 소풍과 모임 등에 자주 함께했다.

81) [K] 일기에 따르면 타우시히 양에게 같은 날 편지를 보낸 기록이 있다.

82) 편지 252 참조.

83) [K] 여기에서 타자기로 친 원고가 끝난다.

84) [K] 아마도 잘로몬 쥐스란트Salomon Süßland. 벨취의 친구로 이번 이탈리아 여행에 동참했다.

85) [K] 둘째 누이동생 발리와 요젭 폴락 Josef Pollak(1882~1942)은 1912년 9월 15일에 약혼식을 가졌다.

86) 카프카와는 1914년과 1917년 두 번의 약혼과 파혼을 거듭한다.—[역] 이후로 바우어 앞으로 보낸 편지는 모두 생략한다. 카프카 학회의 번역 계획에 따라 다른 단행본으로 출판되었기 때문이다. 바우어는 뉴욕으로 간 뒤 자신이 가지고 있던 500여 통에 이르는 엽서와 편지들을 1955년 쇼켄Schocken 출판사에 팔았다.

87) [K] 22일 밤 10시에서 새벽 6시까지 카프카는 단편「선고」를 썼다.

88) [K] 여러 번 작성되었다는 본 계약서의 내용은 전해지지 않는다.

89) 이 교정은 1912년 10월 6일에 보낸다. 편지 261 참조.

90) [K] 이에 대한 답은 10월 7일에야 받는다.

91) [K] 이것은 아마도 카프카 가족의 도움 요청을 말하는 듯하다. 카프카는 매제와 석면제조회사를 공동 설립한 형식으로 되어 있는데, 보험공사 근무 이후에 그것을 돌보아주었으면 하는 요청이다.

92) [K] 1912년 10월호에 실린「큰 소음Großer Lärm」.

93) [K] *Herder-Blätter*: 빌리 하스, 노르베르트 아이슬러Norbert

Eisler가 프라하에서 1911년 4월부터 1912년10월까지 편집한 잡지.

94) [K] 카프카는 1912년 9월 28일 토요일에 브로트가 휴가에서 돌아올 것으로 예상했다.

95) [K] 브로트의 일기에 따르면 29일 일요일에 카프카를 만났다고 되어 있고, 『카프카 전기』에 따르면 카프카가 역으로 마중 나왔다고 되어 있다.

96) [K] 펠리체 바우어는 같은 날 카프카가 받은 편지에서 브로트에 대한 안부를 보냈다.

97) [K] 『실종자』의 3장.

98) [E] 카를 헤르만, 곧 카프카의 누이 엘리의 남편으로, 프라하에 석면제조회사를 소유하고 있었다. 그 회사가 설립된 1911년 10월, 카프카는 부친의 압력으로 공동 경영자가 되었다. 카를 헤르만의 부재 시에는 카프카가 그 공장을 돌보기로 되어 있었다.

99) [K] 파울 헤르만.

100) [K] 회사는 공장들을 포함해서 여러 곳에 분산되어 있었다.

101) [K] 부모님의 상점 이전.

102) 오틀라.

103) [K] 카프카의 당시 방에서는 바로 몰다우 강의 체흐 다리 위로 떨어질 수 있었다. 그 다리는 체코의 시인 스바토 플루크 체크 Svatopluk Čech(1846~1908)를 따라 명명된 것이다.—그는 프롤레타리아 문학의 선구자라고도 불리며, 민족 해방의 열렬한 투사였다.

104) [K] 실제로 카프카는 며칠인지 표기하지 않았다.

105) [B] 브로트는 카프카 모르게 이 편지의 복사본을 (후기는 제외

하고) 그의 모친에게 가져갔다고 한다. 왜냐하면 그가 카프카의 목숨에 대해서 심각하게 우려했기 때문이다.

106) '매제'는 복수형으로 쓰였고, 매제와 그 아우를 가리킨다.

107) [역] 비판본에는 보내지 않고 써두기만 한 세 통의 편지도 들어 있다. 변역하지 않은 편지 중 마지막 편지의 '10월 13일 금요일'은 '일요일'의 잘못이다. 이에 대해서 역자가 비판본 편집진에 보낸 편지에는 아직 답이 없다.

108) [K] 『실종자』에 관한 것으로, 카프카는 2차 원고 작업을 하는 중이었다. 처음에는 이른바 '1차분 소설' 원고를 보냈기 때문이다. 제2장은 '삼촌Der Onkel'

109) 브로트의 누이동생. 편지 187 참조.

110) 편지 255를 가리킴.

111) 막스 프리트만.

112) 편지 265 참조.

113) 『관찰』의 견본.

114) 편지 261 참조.

115) [K] 1912년 12월의 펠리체 앞으로 보낸 편지를 보면 작가인 오스카 슈미츠Oskar Schmitz임을 알 수 있다.

116) [K] 펠리체가 그 작가의 이름을 거명했다.

117) [K] 1912년 10월호.

118) [K] 1912년 5월호에 브로트와 카프카 공저의 「리하르트와 사무엘」 첫 장이 실렸다. 그러나 카프카는 잡지를 받지 못했다 (편지 258 참조). 또 그 편지에 「큰 소음」 원고를 보냈으나, 교정지도 받지 못했다. 10월호에 이 작품이 실렸지만, 다시 견본을 받지 못했다.

119) [K] 브로트는 주초에 베를린과 라이프치히에 있었다. 베를린

에서, 그는 추측건대 11월 12일 카프카의 부탁으로 펠리체와 통화를 했다. 펠리체는 카프카의 편지가 어딘지 '낯설다'는 펠리체의 언급이 카프카에게 어떤 감정을 유발했는지, 그래서 카프카가 절교를 고려하게 되었음을 설명하려 했을 것이다. 브로트는 돌아와서 그날 저녁으로 카프카에게 전화 일을 설명했음은 물론이다. 이 편지의 내용은 펠리체가 그 전화 내용에 대해서 답이 없다는 뜻이거나, 이전의 편지에 대해서 답이 없다는 뜻이다.

120) 『실종자』를 말한다.

121) 베를린은 펠리체를 가리킨다.

122) '악의에 찬 편지'란 펠리체에게 보낸 11월 11일 편지(편지 289)를 가리킨다.

123) 편지 289에서 존칭에서 친칭으로 아무 설명 없이 넘어간 카프카는 이제 그녀에게 서두나 말미를 조심스럽게 생략하는 편지를 썼다(편지 291). 그러고는 이 편지와 더불어 꽃다발을 보낸 것이다.

124) 『실종자』를 말한다.

125) 오스만투르크제국 당시에 문무 고급 관료에 주어진 명예적 칭호.

126) [K] 파울 에른스트Paul Ernst(1866~1933): 독일 작가로서, 자연주의자로 시작해서 후기(신)고전주의적 형식주의자로 전환했다. 한동안 보카치오 모형에 의한 이야기 쓰기에 집착했다. 바이마르 체재 시 카프카와 브로트는 7월 초 에른스트를 방문했다.―[E] 7월 5일 저녁을 그와 함께 보냈으며 그리고 다음 날도 함께 산책을 했다.

127) [K] 두 사람의 친구인 펠릭스의 부친, 하인리히 벨취Heinrich

Weltsch(1856~1936).

128) [K] 일주일 전, 그러니까 8일 브로트의 일기에 따르면 "카프카와 부정확성 때문에 다툼"이라는 기록을 볼 수 있다.

129) 이 저녁 모임은 12월 4일에 있었으며, 카프카는 「선고」를 낭독했다.

130) [역] 이 부분은 봉급의 세부 항목별 비교 도표들로서, 지나치게 사무적인 부분이라 생략했다.


## 1913년

1) 막스 브로트와 엘자 타우시히는 근래 결혼을 했고 밀월 중이었다.

2) [B] Gertrud Thieberger: 카프카의 히브리어 교사가 되는 프리트리히 티베르거Friedrich Thieberger(작가, 종교철학자)의 누이. 그녀는 후에 시인 요하네스 우르치딜Johannes Urzidil(1896~1970)의 아내가 된다.

3) 에른스트 로볼트와 쿠르트 볼프의 강한 개성은 양자가 양립할 수 없는 것으로 입증되었다. 그들은 헤어지고 볼프가 그 회사를 인수했다. 볼프는 1913년 2월 15일 쿠르트 볼프 출판사로 개명, 1930년까지 독일에서 성공적인 출판업자 중 하나였다.

4) [B] 카프카가 연도를 잘못 적었다. 왜냐하면 「선고」는 1912년 9월 22일과 23일에야 처음으로 씌었기 때문이다. 첫 번째 교정은 1913년 2월 11일에야 이어졌다.

5) [역] 독일어의 '흉부Brust'와 '신부Braut'는 철자가 매우 비슷하다.

6) Otto Pick(1887~1940): 보헤미아 시인 겸 작가, 번역가.— Albert Ehrenstein(1886~1950): 오스트리아 표현주의 시인 겸

작가.—Carl Ehrenstein(1892~1940): 알베르트의 동생, 산문 스케치 저자.

7) 프란츠 베르펠(1890~1945): 시인이자 소설가. 카프카와 브로트의 친구로서, 당시 볼프 출판사의 편집인이었다.

8) [B]『변신Die Verwandlung』: 카프카가 1912년 11월과 12월에 썼다.

9) Paul Zech(1881~1946): 프랑스 출신의 시인 겸 번역가.—Else Lasker-Schüler(1869~1945): 시인 겸 극작가.—바실레우스는 세습적이며 합법적 왕을 말한다.

10) 펠리체 바우어에게 보냈음을 의미한다.

11) 프라하의 남쪽 교외.

12) 「화부Der Heizer」와「변신」에 관한 언급.

13) [B] *Der jüngste Tag*: 쿠르트 볼프 출판사에서 발행한 잡지로서, "우리 시대의 공동 체험에 의해서 야기된, 젊은 작가들의 창작품"을 포괄하는 잡지이고자 했다.

14) 쿠르트 볼프는 후일에 세 이야기를 한 권으로 묶기로 쾌히 동의했다(1913년 4월 16일). 그러나 책은 출판되지 않았다.

15) P. Merime(1803~1870): 파리 출생. 법률을 배워 관리가 되었으나 예술가들과도 자주 교제했으며, 특히 스탕달과는 깊이 사귀었다. 대표적인 걸작『콜롱바Colomba』(1840)『카르멘Carmen』(1845) 등을 남겼다. 메리메의『카르멘』은 드라마틱하지 않은 담담한 문체로 쓰인 중편 소설이었고, 비제가 오페라에 착수하기 26년 전이었다. 메리메 자신은 〈카르멘〉이 초연되기 5년 전인 1870년에 세상을 떠났다.

16) [E] 카프카는 성령강림제 휴일(5월 11~12일)에 베를린에 있는 펠리체를 재차 찾아가서 그녀의 가족을 만났다.

17) [B] 『화부』의 표지에는 프란츠 베르펠의 제안에 따라 19세기의 강판화가 첨부되었는데, 뉴욕 항구의 광경을 나타내는 그림이었다.

18) 알프레트 쿠빈Alfred Kubin(1877~1959): 그래픽 예술가이며 일러스트레이터.

19) [B] Max Brod, *Über die Schönheit häßlicher Bilder. Ein Vademecum für Romantiker unserer Zeit*, Leipzig, 1913.

20) [B] 사무실의 위탁으로 카프카가 쓴 글.

21) [B] Lise Weltsch: 정치적 작가 로베르트 벨취Robert Weltsch의 누이로서, 후일 베토벤 연구가이자 출판업자인 자크문트 카츠넬존Siegmund Kaznelson와 결혼.

22) [E] 9월 6일 카프카와 오토 피크는 보험공사의 지사장 마르쉬너와 카프카의 직속 상관인 오이겐 폴을 동행하고서 '제2차 세계 응급 처치와 사고 예방 회의'(9월 2일~9일)에 참석했다. 이어서 베네치아, 베로나 등을 거쳐서 가르다 호반의 리바에 가서 휴가를 보냈다.

23) [B] 카프카와 브로트의 우정에서 일찍이 오스카 바움과 철학자 펠릭스 벨취에 대한 우정이 결속되었다.—Felix Weltsch (1884~1964): 철학자이자 시온주의자. 막스 브로트의 학우이자 친구로 1904년 카프카에게 소개됨. 카프카와의 우정은 1912년까지 오히려 형식적으로 유지됐었다.

24) 제11차 시온주의자 대회.

25) [B] 펠릭스 슈퇴싱어Felix Stössinger(1889~1954)는 빈, 베를린 그리고 나중에는 취리히에서 영향력이 있었고, 그곳에서 사망했다. 슈퇴싱어의 책『세계 정치의 혁명Revelution der Weltpolitik』은『사회주의자 월보Sozialistische Monatshefte』의

발행자 요젭 블로흐Joseph Bloch의 생과 사상에 대한 기념비적 작품이다. 슈퇴싱어의 마지막 중요한 작품은 하이네 선집 『나의 가치 있는 유증Mein wertvolles Vermächtnis』이다.—에른스트 바이스는 나중에 오랫동안 카프카와 가까이 지냈고, 1940년 파리에서 자살했다.

26) 『띠호 브라헤의 신을 향한 길Tycho Brahes Weg zu Gott』(라이프치히, 1916)에 대한 암시. 막스 브로트가 당시 쓰고 있던 이 소설은 종교적 · 철학적 생각들을 밝히기 위한 것이었다. 주인공인 점성가들, 띠호 브라헤와 요하네스 케플러의 모습에서 그는 프란츠 베르펠과의 애매모호한 관계를 다루고 있다고 한다.

27) 여기에서 P.는 오토 피크를 말한다.

28) 가르다 동편 호숫가의 리조트.

29) [E] 펠리체 바우어와의 관계. 베네치아에서 "우리는 헤어져야 하오"(9월 16일), 베로나에서 간단한 엽서(9월 20일), 그 이후 카프카는 그녀에게 편지 쓰기를 중단했다.

30) [B] 『띠호 브라헤의 신을 향한 길』.

31) [B] 『청춘으로부터의 이별. 3막의 낭만적 희극Abschied von der Jugend. Ein romantisches Lustspiel in drei Akten』, 베를린, 1912.—막스 라인하르트Max Reinhardt(1873~1943): 무대 감독이자 극장 지배인으로, 1920년부터 잘츠부르크 축제를 창안했다.

32) 카프카는 이제 펠릭스 벨취에게 친칭 "Du"를 사용하고 있다.

33) *Neue Freie Presse*: 카밀 호프만Camill Hoffmann(1878~1944)에 의한 서평, 1913년 10월 12일 게재.

34) [B] *Das bunte Buch*: 쿠르트 볼프 출판사의 첫 번째 연감. 거기에 카프카의 「남자 기수들을 위한 숙고Zum Nachdenken für

Herrenreiter」가 게재되어 있다.

35)    레오 그라이너Leo Greiner(1876~1928)에 의한 것으로『베를린
       주식 전령Berliner Borsen-Kourier』에 1913년 10월 12일에 게
       재됨.

## 1914년

1)    [B] Wily Haas, *Die Verkündigung und Paul Claudel*.
      Brenner, 1913. 7. 1.

2)    루트비히 폰 피커Ludwig von Ficker(1880~1967)『불사르는 사
      람들』을 창간하고 편집했다(1910~1954).

3)    [B] 위대한 작가 로베르트 무질Robert Musil(『생도 퇴를레
      스의 혼란Die Verwirrungen des Züglings Törleß』『광신자들Die
      Schwärmer』『특성 없는 사나이Der Mann ohne Eigenschaft』의 저
      자)은『관찰』이래 카프카 예찬자 중의 한 사람이었다.『자기
      방어Selbstwehr』(프라하, 1912년 12월 20일)에『관찰』에 대한 찬
      탄의 비평을 헌사했다. 전쟁 발발 이전에 무질은 몇 개월 동안
      『신 전망』의 편집인이었다. 그 자격으로 그는 카프카에게 기고
      를 부탁했다.

4)    [B] 베르타 판타: 프라하의 한 약국 부인으로서, 문학 서클을
      초대했으며 카프카도 자주 참석했다. 문화계 또는 지성들의
      강연이 있었고, 그 가운데는 1911년에 알베르트 아인슈타인
      도 있었다.

5)    [B] Frantísek Langer(1888~1965): 체코의 극작가, 그의 작
      품『변두리Pheripherie』가 막스 라인하르트에 의해 공연되었
      다. 1920년대에 독일에서 매우 성공적이었다. 잡지『월간예술
      Umélecký Mésićnik』편집.

6)   [E] 그해 강림절은 5월 30~31일, 카프카는 부활절(4월 12~13일)에 베를린에 있었는데, 그때 펠리체 바우어와 비공식 약혼을 했고, 공식적인 식을 위해 돌아가기로 했다.

7)   [역] 카프카는 그레테 블로흐Grete Bloch와 펠리체의 일로 1913년 11월에서 1914년 7월 사이 서한을 주고받았다 한다. 스물한 살의 지적이고 감수성 예민하며 상큼한 외모의 이 여성은 몇 가지 단서로 카프카의 아이를 가졌을 가능성도 제기되었지만(엘리아스 카네티 주장), 중론은 이를 극히 의심한다.

8)   [B] 동유대 극단 단원, 이 극단은 카프카의 「일기Tagebüchern」를 많이 공연했다.

9)   [E] 다음 날 아침 카프카는 휴가를 떠나는데, 첫 기착지가 베를린이며 펠리체와 논의하기 위함이었다. 7월 12일 그 자리에는 그레테 블로흐와 펠리체의 자매인 에르나도 있었다. 약혼은 파혼됐다. 다음 날 카프카는 뤼베크에 갔다. 이 편지는 카프카의 가족이 여름을 나는 곳으로 보내졌다. 카프카는 마릴리스트에서 부모님에게 긴 편지를 보냈는데 그의 파혼과 미래의 계획에 관한 것이었다.

10)  [B] 이탈리아어 'parvola loggia'에서 체코어로, 다시 거기에서 독일어로 차용된 단어. 프라하 옛 가옥들에서 안마당을 향해 길게 뻗은 발코니를 일컫는다.

11)  쿠르트 볼프 앞 1913년 5월 25일 편지 참조.

12)  영문판은 [7월 26일 이전].

13)  [E] 카프카는 조그마한 내륙 호수가 있는 그곳에서 휴가를 보낼 의도였다.

14)  라엘 자나자라Rahel Sanasara(Sanzara) 요한나 블레쉬케 Johanna Bleschke(?~1936): 1920년대 초에 다름슈타트에서 짧

은 연기 경력을 가졌으며, 성공적인 소설 『잃어버린 아이Das verlorene Kind』가 있다.

## 1915년

1) [B] 대학 도서관에서 빌린 책을 말하는데, 그 관리가 펠릭스 벨취였다.

2) 「변신」.

3) [B] *Die Weiße Blätter*: 라이프치히에서 1913년 9월 부터 발행된 잡지. 처음에는 슈바바흐Schwabach에 의해서, 그리고 1915년부터는 르네 쉬켈레René Schickele에 의해서 발간됨.— 프란츠 블라이는 폰타네 상 결정에 영향력이 있었다.

4) 테오도르 폰타네Theodor Fontane(1819~1898): W. 스콧의 역사소설에 영향 받아 뒤늦게 장편소설들을 발표. 프로이센 시대의 베를린을 무대로 신분 의식에 의한 인간관계 탐색. 『에피 브리스트Effi Briest』(1895) 『슈테힐린Der Stechlin』(1897) 등의 대표작이 있다.

5) 하인리히 폰 지벨Heinrich von Sybel(1817~1895): L. 랑케의 제자로 본과 뮌헨대학교 역사학 교수 역임, 진보당정치가. 『독일제국의건설』 7권(1889~1894)의 대작을 남김.

6) [B] Die Neuen Christen: 브로트의 장편소설 계획 중의 하나.

7) [B] 후일 민속적이고 가난한 자들에 대한 진정한 동정으로 넘치는 법정 소식을 『프라하 일간』에 기고함으로써 명성을 얻었다.

8) [B] 쿠르트 볼프 출판사 앞 1916년 9월 30일 보낸 편지 참조.

9) [B] 이 편지 및 다음 계속된 몇 장의 수령인은 쿠르트 볼프 출판사의 대리인인 게오르크 하인리히 마이어Georg Heinrich

Meyer(1868~1931)였다.

10) [E] 1915년도 폰타네 문학상은 프란츠 블라이에 의해 카를 슈
테른하임Carl Sternheim에게 수여하기로 결정되었다. 그의 소
설『부제코Busekow』『나폴레옹Napoleon』『슐린Schuhlin』은 쿠
르트 볼프 출판사에서 간행되었다. 그러나 백만장자인 슈테른
하임의 제시로 그 상금액 500마르크는 카프카에게 주어졌다.

11) [B] *Napoleon*: 카를 슈테른하임의 소설(『최후의 심판일』 제19권).

12) Leonhard Frank(1882~1961): 독일의 소설가로서, 첫 소설『도
적단Die Räuberbande』으로 폰타네 문학상을 수상했다.

13) *Berliner Morgenpost*; *Wiener Allgemeine Zeitung*;
*Sterreichische Rundschau*; *Neue Rundschau*.

14) *Vom jüngsten Tag*; *Ein Almanach neuer Dichtung*(Leipzig:
1916).「법 앞에서」는 여기에 처음 게재되었다.

15) Ottomar Starke(1886~1962): 무대 디자이너 겸 삽화가로서
『최후의 심판일』총서를 위해 표지와 삽화를 많이 제작했다.

16) [E] 출판된 책 표지의 슈타르케의 디자인은, 배경에는 접히는
주름 문 한쪽이 절반쯤 열려 있으며, 그리고 왼편 전면에는 모
닝코트를 입은 한 남자가 손으로 얼굴을 움켜쥐고 있다.


1916년
1) 히브리 기도서(구약성서) 민수기 24:5.

2) Schlo Balmoral: 스코틀랜드에 있는 영국 왕실의 저택. 매년
4~6월 일반에게 공개됨.

3) [B] 마리엔바트 근교의 고을이자 프레몽트레 수도원.

4) *Tägliche Rundschau*: 잡지나 신문으로 추측될 뿐 정확히 확
인되지 않는다.

5)    영문판은 [7월 12~16일 사이].

6)    1793년 이래 최고의 요양지로 꼽히는 이곳은 19세기의 유명
      한 건축물이기도 하다.

7)    베를린의 동남쪽으로 5마일 쯤 떨어진 교외.

8)    *Tagblatt*: 일간지이지만, 정확히 확인되지 않음.

9)    마리엔바트의 북부 프란츠 요젭 광장에 있는 호텔.

10)   [B] 카프카의 권유로 그의 약혼녀는 이 유대민족 가족캠프에
      서 실제 시온주의 교육 사업에 참여했다. 이 캠프는 후일 팔레
      스타인에 세워진 벤-쉐멘Ben-Shemen 아동촌(교육농장)으로
      발전한다.

11)   [B] 브로트는 카프카에게 신문 보도를 보고 벨츠의 랍비이자
      하시디즘의 수장 한 분이 마리엔바트에 도착했다고 알려주었
      다. 카프카는 (일기에 지적하고 있듯이) 열광, 호기심, 회의, 동
      의와 아이러니로 뒤섞여 이 하시디즘 운동과 관련되어 매사에
      끌리는 느낌을 가졌다. 그는 동시에 둘의 공동 친구인 란게르
      에게 갔다. 란게르는 유난히 고독한 사람으로, 프라하의 서구
      유대 문화권에서 나고 자랐으나 순수한 하시디즘 추종자로서
      수년간 벨츠의 '랍비 사원'에서 생활했었다. 그의 형은 이미 언
      급된 프란찌셰끄 란게르(1888~1965). 게오르그 란게르는 카발
      라Kabbala 주제(중세에 일어난 유대 신비설과 그 문서들)에 관해
      독일어와 체코어로 저술을 했고, 히브리어로 두 권의 시집을
      출판했다. 이들 시 중 하나는 카프카의 죽음에 대한 비가悲歌이
      다. 란게르는 1939년 프라하의 나치의 탄압에서 벗어나서, 말
      할 수 없는 고통 속에서 불법 선박을 타고 팔레스타인으로 탈
      출했다. 그 곳에서 한동안 살았으나, 항해의 여독을 이기지 못
      하여 1943년에 사망했다.─카프카와 브로트는 1921년 가을

에 게오르그 란게르에게 히브리어를 배웠다고 한다.

12)  [역] '성, 반, 열쇠'등은 독일어로 'Schloß, Schüssel, Schlü-
     ssel'로서 아주 비슷하다.

13)  Chassidim: 18세기 폴란드에서 비롯한 유대 신비주의의 한
     분파 추종자. 히브리어로는 '경건한 사람들'이라는 뜻.

14)  Doré-Münchhausen: 뮌히하우젠은 18세기에 실존했던 허풍
     선이 남작의 이름으로, 허황한 이야기의 주인공들을 그렇게
     부른다.—귀스타프 도레Gustav Doré(1833~1883): 프랑스 삽화
     가 겸 화가.

15)  터키 사람 등이 입는 띠 달린 긴소매의 옷.

16)  [B] Gabim: 실제는 Gabaim. 평신도로서 임직원을 가리킨다.

17)  구스타프 찬더는 스웨덴의 외과 의사로서, 체조와 마사지를
     기계적으로 고안된 방법으로 수행하는 연구소를 1865년, 스
     톡홀름에 설립했다. 그 후 유사한 연구소들이 많은 도시에 들
     어섰다.

18)  [B] 르네 쉬켈레,『아이쎄Aissé』; 슈테른하임,『슐린Schuhlin』;
     마이링크,『들쥐들Feldermäuse』.

19)  [E] 발터 하젠클레버Walter Hasenclever(1890~1940),『끝없는
     대화Das unendliche Gespräch』(총서 제2권). 페르디난트 하르데
     코프Ferdinand Hardekopf(1876~1954),『저녁Der Abend』(총서
     제4권).

20)  볼프는 전쟁 중 전방에 있었는데, 에른스트 루트비히 대공의
     노력으로 1916년 9월 무기한 휴가를 받아서 라이프치히로 돌
     아왔다.

21)  [B]「유형지에서」.

22)  Fritz Feigl, Friedrich Feigl(1884~1966): 판화가 및 그래픽 미

술가.—Georg Müller(1877~1917): 1903년에 뮌헨에 출판사를 설립했으며, 고전과 현대 작가들을 전문으로 출판함.

23)    [E] 에른스트 파이글의 시는 쿠르트 볼프에서 출판되지 않았다.

24)    [B] 트리쉬의 시골의사인 지크프리트 뢰비는 어머니의 이복 동생이다. 무엇보다도 시간 분할과 시간 유용을 높이 샀던, 조금은 기인 같은 그에게 카프카는 선의의 조롱이 섞인 사랑과 무한한 존경을 보냈다.


## 1917년

1)    [B] Gottfried Kölwel(1889~1958): 이 서정시인은 시집 『죽음에 맞선 노래Gesange gegen den Tod』(1914)로 마르틴 부버가 쿠르트 볼프에게 추천했으며, 이후 이 출판사의 전속 작가가 되었다.—카프카와는 1916년 11월 뮌헨의 글로츠 서점에서 있었던 「유형지에서」의 낭독회에서 알게 되었다.

2)    [B] 카프카 자신이 날짜를 잘못 기록했다. 뮌헨에서 낭독회는 11월에야 개최되었다. 쿠르트 볼프 앞 1916년 10월 11일 편지 참조.

3)    [B] 이 시와 다른 시들은 쾰벨의 두 번째 시집 『고양Erhebung』(뮌헨, 1918)에 실렸다.

4)    [E] 펠레체 바우어가 카프카의 낭독회에 참가하러 뮌헨에 왔다.

5)    [B] 막스 풀버Max Pulver(1889~1952): 스위스 신낭만주의 시인이자 희곡 작가, 이후 유명한 필적筆跡학자가된다.

6)    [역] 역자의 보충. 앞 문장의 작은 따옴표 역시 역자의 강조.

7)    [B] 마르틴 좀머펠트Martin Sommerfeld(1894~1939): 문학 사가.

8) [B] 모리츠 하이만Moritz Heimann(1868~1942): 작가이자 베를린의 피셔 출판사 편집인. 이 글은 「정치적 전제들 따위Politische Voraussetzungen etcetra」,『신 전망』, 1917년 6월.

9) [B] 후일 산문집『시골의사 Ein Landarzt』에 실림.

10) 이르마 카프카Irma Kafka: 숙부 하인리히 카프카의 딸로 고아였으며, 전쟁 중 카프카 아버지의 상점에서 점원 생활을 했고, 1917년 봄까지 거기서 일했던 오틀라와 매우 친했다. 1919년 슈타인Stein과 결혼.

11) [E] 1917년 7월 20일에 보낸 간단한 쪽지에서, 쿠르트 볼프는 카프카에게 그 단편에서 "비상하게 아름답고 성취된" 것을 발견했다고 했다.

12) [E] 1917년 8월 1일에 쿠르트 볼프가 카프카에게 쓴 회신: "가장 성실하게 그리고 가장 기쁘게 귀하를 돕기 위해 준비할 것을, 또한 전쟁의 이후에도 물질적 원조를 지속할 것을 선언합니다."

13) 『시골의사』는『관찰』과 동일한 형식으로 식자植字되고 인쇄되었지만, 전쟁 때문에 1919년에야 출판되었다.

14) [E] 8월 10일 오전 4시와 5시 사이에, 카프카는 약 10분 동안 각혈했다. 아침에는 평상시와 같이 사무실에 출근했으며, 오후에 뮐슈타인 박사에게 진단받은 결과 처음에는 '기관지염'이었다. 그러나 다음 진단은 '폐결핵'이었다.

15) [E] 양친께는 9월 3일 뮐슈타인 박사의 '폐결핵' 진단을 아직 알리지 않았다. 카프카는 부모님과 함께 전쟁 중 여러 주소에서 살았다. 취라우에 가기로 결정하기 전에, 그는 오퍼네처에 있는 벨베데레의 한 곳을 잠시 생각해보기도 했다.

16) [역] 오틀라를 지칭. 취라우에서는 마침 누이 오틀라가 부모님

에게서 독립하려는 시도로서 친척 소유의 땅을 경작하려던 참이었다. 이곳 풍경은 『성』에서 다시 나타나는데, 그 시각적 기본 구상은 프리트란트에서 쓴 그림 엽서까지 거슬러 올라간다.—[E] 9월 7일에 카프카는 3개월의 휴가를 받았고, 그리고 9월 12일에 취라우의 오틀라와 합류했으며 휴가를 몇 차례 연장하면서 1918년 4월 30일까지 머물렀다.

17)  [B] 의사에게 갔던 것과 카프카의 질병에 대한 첫 진단을 의미. 막스 브로트는 카프카를 9월 4일 피크 교수에게 데리고 갔으며, 묄슈타인 박사의 재검 진단을 확인하고 폐결핵의 위험을 피하기 위해 3개월의 휴가를 명했다. 이어서 카프카는 직장에서 휴가를 내고, 약혼을 파기하고, 상당 기간 오래 시골에 거주한다.

18)  *Le Tartuffe*: 프랑스 극작가 몰리에르의 5막 운문 희극으로 (1664), 베르사유 궁전에서 초연. 상연되자마자 곧 공개 금지되어 개작을 거듭해야 했다. 신앙을 가장했던 주인공 타르튀프는 프랑스어에서 '위선자'라는 보통 명사로 사용될 정도이다.

19)  원래 존칭으로 써오던 편지글이 그 동안 편지(173, 182)를 써서 '바움 씨'라고 직접 호칭하지 않고 중간 톤으로 쓰더니 편지 209에서 다시 한번 '바움 씨'라는 존칭을 쓴다. 그러나 이 편지 이후에는 친칭을 쓰며 성 대신 이름을 부르는 사이가 된다.

20)  독일과의 접경, 보헤미아 동서쪽 지역.

21)  라이파: 프라하 북쪽으로 50마일 정도 떨어진 고을.—[B] 카프카는 자신의 소년 같은 용모를 그런 식으로 자조적으로 말하곤 했다. 실제로 그는 박사 학위를 받은 지 오래였다(1906년 법학박사 취득).

22)  [B] 전시의 마지막 겨울에 카프카는 시골 거주지에서 약간의

식품을 도시에 사는 친지들에게 보내고자 했다.

23) [역] 펠리체 바우어가 취라우로 카프카를 방문한 것은 9월 20일과 21일. 또는 다른 기록을 통해 21일 당일이라는 설도 있다.

24) 카이저Kaiser: 노동자재해보험공사에서의 카프카의 비서.

25) 구스타프 야노비치Gustav Janowitz: 야노비츠의 세아들이 카프카의 광범위한 친구에 속했다. 그들 중 시인인 한스 Hans(1890~1954) 그리고 프란츠Franz(1892~1917)의 작품이 막스 브로트의 시선집 『아르카디아』에 게재됐다.

26) 이집트 원정군의 사령관 에드문트 알렌비Edmund Allenby (1861~1936)는 당시 팔레스타인에 주둔 중인 터키군에 대항하는 캠페인을 준비하고 있었으며, 1918년 9월 터키의 지배로 캠페인은 끝났다.

27) 영문판은 [9월 20일].

28) [E] 청탁은 카프카가 생각했던 유대인여성클럽이 아니고 독일여성예술가클럽이었으며, 펠릭스 벨취에게 청탁한 것은 그의 철학적 사고에 대한 강의를 듣기 위해서였다. 그 강좌는 1918년 2월에 시작되었다.

29) [B] 피크 교수: 카프카의 폐병을 제일 먼저 확인한 교수.

30) [역] bis: 접속사로 사용될 때는 'solange bis: ~할 때까지'의 의미로서 시간문을 도입한다. '~할 때'의 의미로는 동부 오스트리아와 보헤미아 지방의 방언에서 사용된다. 카프카는 그것을 잘못 사용했고, 막스 브로트는 편집할 때 이 잘못을 제거했다고 한다.

31) [B] Wilhelm Stekel(1868~1940),『본성 및 정서생활의 병리학적 장애Krankhafte Störungen des Trieb- und Affektlebens』(베

를린, 1917).─「변신」에 대해서는 제2권 『자위 행위와 동성애 Onanie und Homosexualität』 477쪽 1행에 언급되어 있으며, 한 환자가 빈대로 변신한 꿈을 꾼 것과 관련되어 있다.

32) [B] Božena Němcová(1820~1864): 위대한 체코 작가이며 동화와 전설의 수집가. 주요 작품은 소설 『할머니Babićka』.

33) [B] Felix Weltsch, *Organische Demokratie*, Leipzig, 1918.

34) [E] *Das Liebesleben der Romantik, Steinerne Brücke*: 확인되지 않음.─*Prag*: 아마도 *Das Jüdische Prag*, 또는 『자기 방어』의 편집자들이 만든 편찬물이라고 추정된다.

35) Robert Weltsch(1891~?): 펠릭스 벨취의 사촌, 정치 저술가. 1919년에서 1938년까지 『유대 전망*Die jüdische Rundschau*』의 편집인으로 베를린에 있었다.

36) 모리츠 슈니처Moriz Schnitzer: 북부 보헤미아, 바른 스도르프에 있는 제조업자이자 자연치료법사. 카프카는 1911년 9월경 그를 만난 적이 있었다. 슈니처는 카프카를 진단하기를 "척추에 해독이 있음"이라 하고 채식, 신선한 공기, 일광욕 및 의사들과 멀리할 것을 권했다.

37) 플로베르의 『감정 교육』을 말한다.

38) [B] *Judische Echo*: 메타 모흐Meta Moch가 편집한 잡지. 하시디즘에 대해서는 막스 브로트 앞 1916년 7월 중순 편지 참조.─원래 히브리어 '하시드chassid'는 신의 약속을 수호하는 사람들이란 뜻이다.

39) 마르틴 부버, 베르톨트 파이벨Berthold Feiwel, 에프라임 릴리언Ephraim Lilien에 의해 1902년에 설립된 베를린의 출판사. 1938년 나치에 의해 폐쇄됐으며 1958년 지크문트 카츠넬존이 다시 열었다.

40) [B] *Eine Königin Esther*: 서막과 3막으로 된 희곡(라이프치히, 1918).

41) [B] *Der Jude*: 마르틴 부버가 1916년 3월부터 간행한 잡지.

42) 프라하-자테크 간 철도선에 위치함.

43) [B] W.: 시사적인 풍자 노래를 부르는 인기 있는 가수.

44) [B] 레오스 야나첵Leoš Janáček(1854~1928)의 오페라 〈제누파 Jenufa〉(1904년 1월 21일 브르노에서 첫 공연)를 브로트가 『수양 딸』로 번역.

45) 아돌프 슈라이버Adolf Schreiber(1883~1920): 막스 브로트의 친구이며 작곡가.

46) [B] 아브라함 그륀베르크Abraham Grünberg: 바르샤바에서 온 난민으로, 히브리어로 글을 쓴 작가. 프라하에서 사망.

47) *Das große Wagnis*: 브로트가 작업 중인 소설이며, 카프카가 이후 편지에서 '그 소설'이라 할 때는 이것을 의미한다.

48) [B] *Selbstwehr*: 펠리스 벨취가 편집하던 프라하 시온주의적 주간지로, 카프카는 애독자에 속함.—[E] 1912년부터 프라하에서 간행되었고 체코슬로바카아의 시온주의자 단체를 대변했다. 1918년부터는 신설 유대인당을 대변, 펠릭스 벨취는 1919년 가을부터 1939년까지 편집자였다. 9월 28일, 국경일 (보헤미아 수호성자인 성 벤체스라웃Wenceslaus 축일) 간행은 없었다.

49) [역] 카프카가 쓴 판사의 언급 부분은 그 자체로서 매우 애매하며, 영문판에서는 이후 서너 문장을 번역에서 제외하고 있을 정도다. 독일어에서 '보다sehen'와 '서다stehen'는 혼동되는 단어이며, 카프카 자신이 괄호 속에 물음표와 함께 넣어서 의심을 표시한다.

50) 후고 라이헨베르거Hugo Reichenberger(1873~1938): 독일의 지휘자로서, 빈 황실 오페라에서 1905년에서 1935년까지 지휘함.—[B] "그는 나의 번역을 '개악'했다. 내가 항의했음에도 그의 번안이 인쇄됐다. 극심한 투쟁 끝에 겨우 가장 형편없는 몰취향의 몇몇을 제거할 수 있었다."

51) Max Scheler(1874~1928): 독일 철학자로서, 가치의 윤리를 설정하는 목적으로 윤리를 현상학적 방법으로 응용한 바 있다. 카프카는 그의 『독일인 증오의 원인Die Ursachen des Deutschenhasses』(라이프치히, 1917)을 참조하고 있는 것으로 여겨진다.

52) 한스 블뤼어Hans Blüher(1888~1955): 철학적이자 반유대적 작가로서, 독일 청년 운동에 관심이 있었다.

53) Otto Gross(1877~1919): 프로이트의 초기 추종자들의 하나, 심리 분석에 관한 저작자(1901년 초. 1917년 7월 23일의 막스 브로트 집 파티에서 카프카, 벨르펠, 아돌프 슈라이버 참석), 그로스는 새 잡지에 대한 착상을 제시한 바 있었으며, 그 잡지는 『권력의지의 억압 저널Blätter zur Bekämpfung des Machtwillens』이라 부르기로 했다.

54) [E] 1917년 가을에 펠릭스 벨취는 프라하 여고(김나지움)에서 문학을 강의했다.

55) [원문] 예문: Borge mir, bis wir wieder zusammenkommen.
해석 1) Du sollst mir erst dann borgen, bis wir……
해석 2) Du sollst mir für so lange Zeit borgen, bis wir……

56) [B] 헬레나 라코비초바Helena Racowitzová, 『라살레의 사랑과 죽음Láska a smrt Ferdinanda Lassallea』(프라하, 1912).

57) 프라하 소재 라이히터Laichter 출판사 발행 도서를 말한다.

58) [E] 카프카는 브로트의 편지 전반부 "너는 네 불행 가운데 행복하다"를 펠리체에게 보내는 편지에서 반복했다. 『카프카의 편지—약혼녀 펠리체 바우어에게』 참조.

59) 토마스만, 「팔레스타인Palestina」. 첫출판은 1917년 10월 『신 전망』에, 그 후에 『비정치적 인간의 고찰Betrachtungen eines Unpolitischen』(베를린, 1918)에서 「덕망에 관하여Von der Tugend」에 병합됨. 이 에세이는 한스 피츠너Hans Pfitzner (1868~1949)의 오페라〈팔레스타인〉을 다루고 있는데, 첫 공연은 1917년 6월 12일 뮌헨에서 열렸다.

60) 후고 잘루스Hugo Salus(1866~1929): 프라하 거주의 신낭만주의 시인에 대한 암시, 그는 19세기 말에 유명인이자 인기 작가였다.

61) 막스 브로트가 연설을 하기로 되어 있던 곳.

62) 괴테의 『파우스트』에 나오는 검은 푸들을 가리킨다.

63) [E] 1915년 3월에 카프카는 랑엔가쎄 16번지에 방 하나를 전세 들었다.

64) [B] August Sauer: 독일문학사학자. 편지 7 참조.

65) Hesiodos: 그리스 BC 8세기 말경 '보이오티아파' 서사시를 대표하는 시인이다. 종교적·교훈적·실용적인 면이 두드러지고 중후한 성격을 지녔으며, 『신통기』『노동과 나날』이 남아 있다.

66) Pindaros: 키노스케팔라이 출생. 명문 출신으로 아테네에서 공부하고 각지의 귀족과 참주들에게 초빙되어 합창대가合唱隊歌를 작사하였다. 장대한 형식의 축승가祝勝歌에서는 신과 영웅을 찬미하고 이상에 도달한 인간을 찬미하였다. 후기에는 귀족적 인간상, 도덕적 자부, 종교적 신앙을 자각하고 이들을

심화 또는 미화시켜 묘사함으로써, 상실되었던 세계의 고귀한
혼의 부활을 절규하는 불후의 명시를 많이 낳았다.

67)   [B] 리디아 홀츠너Lydia Holzner: 프라하 여중학교 교장.

68)   안톤 필립 레클람Anton Philipp Reclam(1807~1896)이 라이프치
      히에 1828년에 설립한 대형 출판사로, 독일 및 세계 문학 대부
      분의 작가의 문고판을 출판했다.

69)   *Die Aktion*: 정치 문학 및 예술에 관한 주간지로, 프란츠 펨페
      르트Franz Pfemfert(1879~1954)가 설립하여 펴냄(1911~1932).

70)   [B] 막스 브로트의 소설 「라데츠키 행군Radeskymarsch」, 『액
      션』에 1917년 9월에 게재됨.

71)   Heinrich Teweles(1859~1927): 보헤미아의 연극 평론가이며,
      또한 필명 'Bob'으로 『프라하 일간』에 기고 하고 있었다. 여기
      에 언급된 것은 아마도 안토 쿠Anton Kuh(1891~1941)의 「베르
      펠 공연」으로서, 그것은 베르펠의 「극락에서 온 손님」 낮 공연
      에 대한 비평으로, 1917년 10월 10일 『프라하 석간』에 게재되
      었다. 쿠는 오스트리아의 비평가이며 편집자였고, 카프카는
      7월에 그를 빈에서 만난 적이 있었다.

72)   [역] 번역할 수 없는 동음이의어 익살. 괴테와 샤를로테폰 슈타
      인 부인이 나눈 오랜 우정을 빗댄 표현으로, '폰 슈타인'은 '돌
      로 만들어진'이란 뜻이다. 따라서 '괴테는 슈타인 부인이 아니
      다'는 뜻과 또는 '괴테는 석두가 아니다'는 이중의 뜻을 갖는
      다.

73)   여기에서 '숙녀Dame'는 슈타인 부인이 아니라 독일의 소설가
      였던 이다 보이-에트Ida Boy-Ed(1852~1928). 그녀는 샤를로테
      폰 슈타인(1742~1827)의 옹호론을 썼다. 『샤를로테 폰 슈타인
      의 순교. 정당화의 시도Das Martyrium der Charlotte von Stein.

Versuch ihrer Rechtfertigung』(슈투트가르트, 1916).

74) 알브레히트 헬만Albrecht Hellmann: 지그문트 카츠넬존Siegm-
und Kazneelson(1893~1959)의 필명으로, 그는 출판업자이며 편
집자였다. 제1차대전 후『유대인』편집.

75) 영문판은 [10월 17일 이후].

76) 조르쥬 클레망소George Clemenceaux(1841~1921): 프랑스의 정
치가.

77) [B] Zuckerkandl: 이미 언급된 바 있는 추커칸들 교수는 클레
망소의 먼 친척이다. 펠릭스 벨취는 1917년 10월 17일 카프카
에게 다음과 같은 편지를 썼다. "추커칸들 교수님과 대화—자
네에 대해서. 그는 자네를 작가로서 하늘만큼 칭찬하시네. 어
느 요양원에서 그의 장모가 친한 부인으로부터 프란츠 카프카
라는 이름의 작가에 관해서 들었다네, 무조건 그의 작품에 발
을 들여놓아야만 한다고. 장모님은 그 책을 요청했고 그걸 받
았다네. 그래서 그 교수님도 4페이지를 읽고서는 열광했다는
군. '만약에 그가 우리로부터 박사학위를 받았다면, 내가 그를
틀림없이 알고 있을 것이오'라고 말하면서."

78) '청년 독일Junges Deutschland'은 1830년대와 1840년대 혁
명적 독일 작가들을 지칭한다. 가장 잘 알려진 작가들로는 루
트비히 뵈르네Ludwig Börne(1786~1837), 하인리히 하이네
Heinrich Heine(1797~1856). 여자 김나지움에서 펠릭스 벨취가
강의한 한 주제에 대한 외관상의 암시.

79) Paul Kornfeld(1889~1942): 표현주의 희곡 작가, 프라하 태
생으로 당시 베를린에서 라인하르트와 함께 작업 중이었
다.—Das junge Deutschland: 문학과 연극에 집중한 월간지
로 1918~1920년에 출판되었으며, 베를린에 있던 독일 극단

Deutsches Theater을 위해서 편집되었다.

80) [B] *Der Mensch*: 레오 라이스Leo Reiss 편집의 월간지―『액션』에서 본뜬 표현주의자 잡지로, 오스카 바움, 막스 브로트 및 에른스트 바이스가 기고가들이었다.

81) 카프카는 그가 「유기적 민주주의」 원고를 제출한 것으로 여겼다. 후일 볼프 출판사에서 출판됨.

82) [B] 브로트가 공무원으로 코모토에 있었던 지난 우울했던 시절을 가리킨다.―그들이 조우하게 된 계기는, 코모토 시온주의자 협회에서 브로트가 한 연설이었다. 카프카는 인근 취라우에서 코모토로 갔다.

83) [B] 카프카가 다시 연장한 병가를 가리킨다. 이것은 그 후에 퇴직으로 이어졌다.―Schmerzensreich: '고통이 많은'이라는 뜻으로, 독일 민담책에 나오는 브라반트 지방의 즈느비예브의 아들 이름이며, 또한 그림 동화『손이 없는 소녀』에서 거부당한 여왕의 아들 이름이기도 하다.

84) [B] 다음에 이어지는 것은 오스카 바움이 전쟁 시각장애인 P.를 위해 애를 쓰고 있음이며, 이에 카프카가 충고를 한다.

85) *Vossische Zeitung*의 연극평 담당 알프레트 클라르Alfred Klaar(1848~1927)를 가리킴.

86) 카프카는 키르케고르 전집을 읽을 때, *Kierkegaard: Werke*, hrsg. v. Hermann Gottsched u. Christoph Schrempf, Jena: Eugen Diederich를 사용하고 있었다.『공포와 전율』은 제3권이었다.

87) Krastik: 바움의『불가능한 것으로의 출구Die Tür ins Unmögliche』(뮌헨, 1909)의 주인공.

88) [E] 카프카의 비서 카이저 양, 그리고 그 남자는 아마도 클라임

Kleim으로 추정된다.

89) [E] 작품 낭독회가 개최되는 곳. 막스 브로트는 카프카에게 참여를 권유했다.

90) Wilhelm Stekel: 펠릭스 벨취 앞 1917년 9월 22일 편지 참조.

91) Ruth: 브로트의 소설 『대모험Das große Wagnis』(뮌헨, 1920)의 등장 인물. 그녀는 브로트가 관계를 가졌던 시온주의자 소녀의 구현이었다고 한다.

92) 파울 폰 힌텐부르크Paul von Hindenburg: 제1차 세계대전 중 제8군 사령관으로, 타넨베르크전투에 이어서 대 러시아 전선에서 공을 세워 군신이라 칭송받음.

93) [B] *Die jüdische Rundschau*: 한스 클뢰첼Hans Klötzel 편집, 나중에는 로베르트 벨취Robert Weltsch 편집(1919~1938).—애초에 독일 시온주의자 조합의 기구로 1896년에 설립됐다. 전쟁 기간 중에 레오 헤르만Leo Hermann과 막스 브로트, 그리고 잠시 프리츠 뢰벤슈타인Fritz Lowenstein 편집.

94) [E] 카프카는 10월 말 며칠 프라하에 가 있었는데, 치과 의사와 피크 박사에게 통원 치료를 받기 위해서였다.

95) 펠릭스 벨취는 '윤리(의지의 자유)'라는 책을 쓰고 있었으며 그리고 자신의 아이디어에 종교적 바탕이 있음을 발견하고 있었다. 그 책은 『은총과 자유Gnade und Freiheit』라는 제목으로 1920년에 출판되었다.

96) [역] 'Dämon'이라는 단어는 초자연적, 초인간적 존재를 일컫는 말로서, 마성적, 영적 정수를 의미하지만, 상응하는 한국어가 마땅하지 않다.

97) Urania: 성인 교육을 촉진시키는 한 협회.

98) [E] 『자기 방어』는 1917년 11월 2일 '밸포어Balfour 선언'의 축

제에 대한 특집을 발행했다.

99) Georg M. Langer: 막스 브로트 앞 1916년 7월 중순 편지 참조.

100) 사촌누이 이르마.

101) 카프카는 1914년 후반기에 『소송Der prozeß』의 주요 부분을 집필했으며, 계속 브로트에게 마지막 장까지 읽어주었다. 이 편지에서 인용된 문장들은 『소송』에서이다.

102) 극 용어로 무대의 상대편에게 들리지 않고 관객만 들을 수 있는 것으로 약속되어 있는 대사.

103) [E] 「학술원에 드리는 보고」로 엘자 브로트는 이 이야기를 1917년 12월 19일 프라하의 유대인부인클럽과 소녀클럽에서 낭독할 예정이었다.

104) 루돌프 푹스Rudolf Fuchs(1890~1942): 페터 베즈루취Peter Bezruč(1867~1958)의 시집을 번역. 카프카는 7월에 빈에 머물렀을 때 푹스를 만난 적이 있었다.—에른스트 파이글: 1915년 9월 18일 편지 참조. 둘 다 시인이되 아직 출판된 책이 없었다.

105) [B] *Daimon*: 격월지로서, 1918년 2월호부터 발행 됨. 야콥 모레노 레비Jakob Moreno Levy 편집.—일단의 빈 작가들(그들 중에는 프란츠 베르펠이 있음)에 의해 설립된 협동 출판사였다. 이 것은 바뀐 이름으로 1921년까지 존속됐다.

106) Gross: 막스 브로트 앞 1917년 10월 초 편지 참조. 7월 23일 밤을 말한다.

107) [B] *Donauland*: 월간지. 1917년 10월 이후, 카를 무트Karl Muth 편.

108) [B] 한스 블뤼어, 『남성 사회에서 에로티시즘의 역할Die Rolle der Erotik in der männlichen Gesellschaft』, Band I. 『도착유형 Der Typus inversus』, 예나, 1917(막스 브로트 앞 1917년 10월 초

편지 참조).

109) [B] "내 아내는 단 한 번 낭독을 시도했는데, 엄청난 성공을 거두었다. 아내는 카프카의 「학술원에 드리는 보고」를 낭독했다. 이것은 카프카 작품의 첫 공개 낭독이었다."

110) 힌덴부르크 전선: 프랑스 동북쪽 경계로, 독일에 의해 1916년 설정된 방어적 요새화 전선으로, 1차 세계대전 중 특히 1917년의 격전 지대.

111) Honvéd: 헝가리 증원군.―Piave: 이른바 카포레토 전투에서 있었던 군사 행동을 가리킨다, 곧 독일군이 이탈리아군을 끌어내서 피아베 강으로 격퇴하는 것.―Jaffa: 야전 사령관 알렌비가 1917년 11월 16일 터키로부터 팔레스타인의 야파를 탈환했다.―Hantke(1874~1955): 독일 시온주의자 지도자, 1917년 11월 17일 시온주의자 조직의 입장에서 그는 오스트리아·헝가리 외무부 장관 체르닌 백작에게 친시온주의 성명을 받아냈다.―Mann: 토마스 만 또는 하인리히 만의 연설.―헤르만 에시히 Hermann Essig(1878~1918): 독일 극작가, 소설가.―레닌의 본명은 블라디미르 일리치 울리야노프Vladimir Ilich Ulyanov이며, 니콜라이 레닌은 1902년경부터 사용한 이름이다.

112) [E] 오틀라는 11월 22~25일 프라하에 있었다. 그녀는 아버지에게 오빠의 병에 대해 사실대로 말했으며, 그리고 카프카의 연금 퇴직 희망을 전달했다. 그 청원은 거절되었다.

113) 쿠르트 힐러Kurt Hiller(1885~1972): 독일의 비평가이자 수필가. 1916년부터 지성적 정치학 연감인 『전망Das Ziel』의 편집.―[B] *Marsyas*: 테오도르 티거가 편집한 격월지. 1917년 가을호부터 출간.

114) Pleš: 보헤미아에 있는 군 막사로 추정된다.

115) 벨취가 '윤리'에 관한 그의 원고와 관련해서 참고 조사를 하고 있는 저작물로 추정됨.

116) Pelagius: 영국의 수도사로, 운명 예정설론의 아우구스티누스 교리를 거부하고 자유 의지를 주장했다.

117) 모세스 마이모니데스Moses Maimonides(1135~1204): 중세의 유대교 신학자, 철학자. 아리스토텔레스 철학을 수용, 유대교의 신학 철학 체계를 수립.

118) [B] Ludwig Fromer, *Salomon Maimons Lebensgeschichte*, 뮌헨, 1911. 게오르크 밀러 편집으로 『인간적 기록 전집Sammlung menschlicher Dokumente 총서로 출판됨.―Salomon Maimon(1753~1800): 독일의 유대인 철학자. 흄의 영향, 비판적 관념론의 입장에서 칸트 철학의 창조적 비판 시도.

119) [E] 이 처녀는 그레슬Greschl이라고 한다.

120) [E] 탈무드 중 Tractat Sukkah 52a.

121) [B] *Der Anbruch*: 오토 슈나이더와 루트비히 울만 편집으로 1917년 말경 나왔다가 곧 절판됨.

122) *Jüdische Rundschau*: 막스 브로트 앞 1917년 11월 초 편지 참조.―루돌프 마리아 홀츠아펠Rudolf Maria Holzapfel(1874~1930): 오스트리아 철학자이자 시인이며, 가족·계급·국가를 초월하는 지고의 이상적인 가치를 가정했다. 주요 저작은 『범이상Panideal』 『사회적 정서의 심리학』. 이들 이상을 촉진시키기 위해서 1917년에 그는 베른에서 간행물 *Panideal*을 시작했다.―*Proscenium*: 확인되지 않음.―*Der Artist*: 서커스, 카바레, 순회 악단과 실내악 사업의 중심적 기구로서, 뒤셀도르프에서 1883년부터 오토에 의해 편집되었다.―R. Löwit: 베를린과 빈의 출판업자.―*Tablettes*: 확인되지 않음.―

*Alžběta*: 확인되지 않음.—브로트의 「감정의 고도」 독일 초연
은 1918년 3월 드레스덴에서 개최되었다.—*Hudebni Revue*:
체코의 음악 잡지로 1907~1920년 동안 발행됨, 카렐 슈테키
Karel Stecker, 카렐 호프마이스터Karel Hoffmeister에 의해 편
집됨.

123) 요젭 쾨르너Josef Körner(1888~1950): 문학사가, 비평가.

124) 프리트리히 빌헬름 쾨르스터Friedrich Wilhelm Foerster
(1869~1966): 독일 교육학자이자 평화주의자. 그의 『청소년
지도: 부모, 교사, 성직자를 위한 책Jugendlehre: Ein Buch für
Eltern, Lehrer und Geistliche』(베를린, 1904)은 베를린의 유대민
족 가족캠프에서 사용되었으며(그곳에서 펠리체 바우어는 자원
봉사자였음), 카프카는 그 저자에게 관심을 가졌다.

125) *Donauland*: 막스 브로트 앞 1917년 11월 중순 편지 참조.

126) 아힘 폰 아르님Achim von Arnim(1781~1831): 독일 낭만주의 시
인이자 소설가.

127) 「독일어권 프라하 작가와 작품Dichter und Dichtung aus dem
deutschen Prag」(『도나우란트』, 1917년 9월). 이 글에서 쾨르너는
카프카의 "고상하고 그리고 명쾌한 스타일"을 칭찬하고, 그리
고 「변신」을 그의 "지금까지 작품 중에서 가장 완성된 작품"이
라 했다.

128) 영문판은 [1917년 12월 20일]이라고 되어 있다. 카프카는
18일 편지에 펠리체의 편지(그녀의 방문을 통보하는)를 같은
날 저녁에 받았다고 했다. 그러므로 펠리체의 방문을 언급한
이 편지는 18일 이후에 씌었어야 한다. 카프카가 "이번 토요
일"(곧, 12월 22일) 프라하에 "아마" 가게 될 것이라고 브로트
에게 알린 것, 그리고 벨취에게는 "십중팔구 내가 모레에는

프라하에 갈 것 같다"고 말한 것으로 미루어 볼 때, 이 편지는 12월 20일에 씌었다고 추정할 수 있다(12월 22일에 카프카는 좌골신경통을 앓고 있어서 여행을 하루 연기했음 직하다).

129) 추측건대 펠릭스 벨취의 『은총과 자유』.

130) 브로트의 희곡 「에스터Eine Königin Esther」.

131) 브로트는 한 시온주의자 소녀와 사랑에 빠졌으며, 그녀를 자신의 소설 『대모험』에서 루트Ruth로 묘사했다.

132) 마렌카Mařenka: 농장 일로 오틀라를 돕던 처녀.

133) 상관 오이겐 폴(막스 브로트 앞 1913년 9월 9일 편지 참조)은 1917년 12월 10일에 취라우로 카프카를 방문했다.

134) 파울 코른벨트Paul Kornfeld: 『청년 독일』의 편집자.

135) 『실종자』와 『소송』.

136) [E] 펠리체는 12월 25~27일 프라하에 있었다. 두 번째 약혼이 파기됐다.


1918년

1) 영문판에는 [1월 말]로 되어 있는데 1월 초에 카프카는 아직 프라하에 있었기 때문이다. 카프카가 1월 6일경 프라하에서 취라우로 돌아갈 때 오스카 바움을 데리고 갔다. 한 주 동안 오스카 바움은 카프카와 함께 있었고, 1월 13일 바움이 다시 프라하로 갈 때는 오틀라가 동행해주었다. 엽서의 마지막에서 "오스카에게 가장 따뜻한 안부를"이라는 대목에서 이 엽서가 그 방문 이후 어느 시점에 씌었다는 의견이 설득력 있다. 그러므로 사실상 이 편지는 벨취에게 보낸 '2월 초' 편지 앞에 있어야 한다, 왜냐하면 그사이에 벨취가 그림 엽서에 대해 언급을 했다고 보기 때문이다.

2)   『대모험』.

3)   에른스트 트뢸취Ernst Troeltsch(1865~1923), 「루터와 개신교 Luther und der Protestantismus」, 『신 전망』, 1917. 10.

4)   영문판은 [1월 13일].

5)   오스카 바움, 『불가능한 것으로의 문』.

6)   레오 톨스토이, 『일기Tagebuch』, B. 1. 뮌헨, 1917. 카프카의 서재에 이 책이 있었다.

7)   오스카 바움, 『두 이야기Zwei Erzählungen』, 『최후의 심판일』 52권.

8)   Dr. Askonas: 막스 브로트의 소설 『대모험』에 등장하는 인물.

9)   *Nornepygge*: 편지 89 참조.

10)  키르케고르, 『이것이냐 저것이냐Entweder oder』.

11)  마르틴 부버의 책들: 『말, 교리 그리고 노래Die Rede, die Lehre und das Lied』(1917), 그리고 『사건과 조우Ereignisse und Begegnungen』(1917).

12)  루돌프 카스너: 편지 106 참조.

13)  게르하르트 하웁트만Gerhart Hauptmann(1862~1946), *Die versunkene Glocke*, 1896.

14)  Olga, Irene: 막스 브로트의 『유대 여인들』에 나오는 인물들.

15)  「황제의 칙명Eine kaiserliche Botschaft」: 단편집 『시골의사』에 포함됨.

16)  펠릭스 벨취, 『유기적 민주주의: 대표제와 의회선거권에 대한 법철학적 연구Organische Demokratie: Eine rechtsphilosophische Studie über das Repräsentativsystem und das parlamentarische Wahlrecht』, 라이프치히, 1918. ―힐러: 『전망Ziel』, 제2권은 1917/1918년으로 되어 있으며, 1918년 봄에 발행됐다.

제1권과 같이 독일 정부에 의해 판금되었으나, "계산대 아래에서"는 구할 수 있었다고 한다.—벨취의 에세이는 「경험과 의도: 행동주의와 낭만주의의 위험Erlebnis und Intention: Die aktivistische und die romantische Gefahr」.

17) *Der Neue Geist*: 문학과 예술 분야에서 대량 출판을 하고 있던 쿠르트 볼프는 1917~1918년의 겨울에 정치와 지식 관련 저술 출판에 집중하고 있었다.

18) 헤르베르트 오일렌베르크Herbert Eulenberg(1868~1949): 신낭만주의 극작가이자 산문작가.

19) *Briefe von und an J. M. R. Lenz*, hrgs. v. Karl Freye, Wolfgang Stammler 2, Leipzig, 1918.—야콥 미하엘 라인홀트 렌츠Jakob Michael Reinhold Lenz(1751~1792): 질풍노도기의 희곡 작가이며, 괴테의 친구.

20) 영문판은 [1월 27일].

21) Kornfeld: 『청년 독일』게재 건으로. 펠릭스 벨취 앞 1917년 10월 중순 편지 참조.

22) Deutsche Schriftsteller Verband: 베를린, 1887년에 설립됨.

23) Wltschek: 체코어로 Vlček, 프라하의 신문 도매상으로 추정된다. 그 무단 게재 혐의가 있는 판은 미확인. 당시 오스트리아의 유일한 유대계 신문은 『빈 조간Wiener Morgenzeitung』이었다.

24) 보헤미아 북쪽에 있는 룸부르크 교외의 신경병 재향 군인 요양원으로, 카프카는 보험공사에 다시 근무하는 다음 해 여름에 직무상 몇 차례 방문하게 되어 있었다.

25) 루트비히 루브너Ludwig Rubner편, 『톨스토이 일기선』—체르트코우W. Tschertkow 편, 『톨스토이. 일기』, 6권으로 된 완전판(뮌헨: 1917).—Pfemfert: 『액션』의 편집인.

26) 발터 퓌르트: 아르코 카페에서 만나는 모임의 한 회원. 편지 110 참조.

27) [E] 쿠르트 볼프는 카프카에게 1월 29일 알리기를, 『시골의 사』와 관련된 그의 소망은 이루어질 수 있으리라 했다.

28) 영문판은 [1918년 2월 13일 이전].

29) Oskar Kraus(1872~1942): 프라하 대학교의 철학교수이며, 프란츠 브렌타노Franz Brentano[편지 242 참조] 사상의 주요 해석자.—[B] 크라우스 교수는 '서한을 통해서 언급된 정치 및 문학적 주제들의 강연 때문에' 그의 제자였던 펠릭스 벨취에 대해 모순된 언급을 했다. 그래서 카프카가 벨취에게 그가 '심지어' 식물학에 관한 강연도 한다고 그 교수에게 보고하라고 제안한 것이다.

30) [E] 1918년 '성회聖灰의 수요일'(카니발 다음의 금식 첫날)은 2월 13일이었다.

31) 야로슬라브 브르홀리츠끼Jaroslav Vrchlický(1853~1912): 체코의 문학인, 빅토르 위고의 영향을 받음.

32) 이탈리아 토스카나에 위치, 영어로는 레그혼Leghorn이라고 알려진 항만 도시.

33) 막스 브로트의 희곡 「에스터」의 초연.

34) 영문판은 [3월 중순].

35) [E] 카프카는 자신의 군복무에 대해서 보험공사에 문의하기 위해 2월 중순 프라하에 잠시 갔다. 그는 2월 19일 화요일에 취라우로 돌아왔다.

36) 『인생 행로의 단계Stadien auf dem Lebensweg』, 전집 제4권.

37) [B] 카프카가 말한 책은 융커 출판사에서 나왔다.—실제로 그 비슷한 책들이 있었다: 『키르케고르 그리고 그녀와의 관계

Sören Kierkegaard und sein Verhältnis zuihr』(1905), 『키르케고르의 신부에 대한 관계Sören Kierkegaards Verhältnis zu seiner Braut』(1904).

38) *Der Augenblick*, 전집 제12권.

39) [B] 오토 피크: 시인이자 소설가. 차페크Čapek, 랑게르Langer 등의 번역자. 당시 프라하 신문사의 편집인.

40) 한스 리프슈퇴클Hans Liebstöckl: 그의 평론은 미확인.

41) 브로트의 「감정의 고도」가 초연되었다.

42) Paul Cassirer(1871~1926): 사촌 브루노와 함께 미술 갤러리를 설립했으며(1898) 거기서 인상파 화가들을 장려했다. 그리고 1908년에 베를린에 인상파 문학 전문 출판사를 열었다.

43) 폴 아들러Paul Adler(1878~1946): 프랑스 시인, 당시 드레스덴 근처 헬러라우에서 살고 있었다.

44) Friedrich Wilhelm Schelling(1775~1854), Georg Wilhelm Friedrich Hegel(1770~1831): 독일 이성주의 철학자들. 베를린에서 키르케고르는 쉘링의 '계시 철학' 강의에 출석한 바 있다.

45) [E] 번역자라 함은 크리스토프 슈렘프Christoph Schrempf (1860~1944): 키르케고르 전집의 편집인이며, 키르케고르의 작품을 읽을 만한 독일어 책으로 제시하기 위해서 의도적으로 자유스럽게 다루었다.

46) 『이것이냐 저것이냐』 제1권에 있는 「유혹자의 일기」에 대한 참고.

47) 레기네 올젠Regine Olsen: 키르케고르는 삼십 대에 열네 살의 레기네에게 미혹하여, 그녀가 성년이 되자마자 약혼하였으나 일 년 뒤 일방적으로 파혼했다.

48) 크리스티안 폰 에렌펠스Christian von Ehrenfels(1859~1932): 오스트리아 심리학자, '형태질: 지각 현상의 특성, 전체 규정성과 이조 가능성을 동시에 가지는 특성'을 처음 명명함. 1896년부터 프라하의 교수. 카프카는 첫 두 학기 강의를 들었고 1913년 한 세미나에 참가했다. 여기에서 거명된 책은『우주창조설Kosmogenie』(예나, 1916).

49) [B]『인간』의 편집을 맡은 요하네스 유치딜.

50) 영문판은 [1918년 4월 말].

51) *Frieden*: 정치·경제·문학을 다룬 주간지. 1919년 벨취의『은총과 자유』제2장을 연재하기로 되어 있었다. 벨취의 에세이「유기적 민주주의」는 1918년 4월『신 전망』에 게재되었다.

52) 영문판은 [1920년 6월 메란에서]라고 되어 있다. 그 근거로는 1918년 6월에 카프카는 프라하에 돌아와 있었다. 편지의 "부드러운 향기의 공기"는 메란을, 따라서 1920년의 여름을 암시한다. 바움을 다시 만나리라는 "6월 말"(카프카가 메란을 떠났을 때)은 이것과 일치한다. 카프카는 6월 29일에 떠나서 먼저 빈에 갔고, 그곳에서 밀레나와 함께 며칠을 보냈다. 그리고 7월 4일 프라하에 돌아왔으며, 같은 날 율리에 보리첵을 만나서 파혼했다. 막스 브로트 앞 1919년 2월 6일 편지 참조.

53) 프라하에서 동북 65마일 거리의 읍. 카프카는 9월 후반부를 그곳에서 휴양했다.

54) [E] 카프카는 1917년 5월경 히브리어를 공부하기 시작 했으며, 모세스 라트Moses Rath가 쓴 현대 히브리어 교과서를 사용했다.

55) 에를스트 바이스의『사슬에 묶인 동물들Tiere in Ketten』(베를린, 1918)로 추정.

56) [E] 1918년 9월 13일에 G. H. Meyer는 카프카에게 긴 편지로 알리기를, 『시골의사』의 조판을 완성할 수가 없다고 했다. 활자 자체의 불충분한 공급 때문이었고, 또한 포함되어야 할 단편들의 순서 목록과 「꿈」 원고의 상실을 언급했다.

57) [E] 10월 14일 카프카는 스페인 독감으로 병석에 누워, 11월 7일에 처음으로 일어났으며, 19일에야 직장에 출근했다.—[역] 당시 스페인 독감의 위력은 엄청나서 1918~1919년 일 년 남짓한 기간 동안 최소 2000만, 최대 4000만 명이 희생되었다.

58) [E] 10월 11일 편지에서 쿠르크 볼프는 「유형지에서」를 새로 만들어진 총서인 드루굴린판에 호화판으로 발행하기로 제안했으며, 막스 브로트 편에 전달된 카프카의 부탁으로 그 작품의 원고를 반송했다.

59) [E] 쿠르트 볼프는 당시 다름슈타트에 있었으므로 라이프 치히의 회사에 보낸 별도의 우편물을 뜻한다.

60) 영문판은 [11월 29일].

61) [E] 카프카의 모친은 아들을 주치의 하인리히 카를을 통해 쉘레젠의 요양원으로 회복을 위해 보내기로 했다. 그 여행은 카프카가 여기에서 서술하듯이 11월 24일 일요일에 떠나기로 되어 있었으나, 모친과 동반해서 11월 30일 토요일에 떠났다.

62) 카프카의 와병 중 합스부르그 제국이 종말을 고했다. 10월 28일에 임시 정부가 프라하에 세워졌다. 11월 11일에는 오스트리아 황제 퇴위, 11월 14일에는 체코슬로바키아 공화국이 선포되고 토마스 마사릭이 대통령으로 선출되었다.

63) 알프레트 마이스너Alfred Meissner(1822~1885): *Geschichte meines Lebens*(2권, 테쉔, 1884). 여행을 많이 한 보헤미아 출신의 작가이며 시인.

64) [E] 카프카는 성탄절에 프라하에 갔으며, 1919년 1월 22일에 쉘레젠에 돌아갔다.

65) [B] 막스 브로트, 「우리 작가들과 공동체Unsere Literaten und die Gemeinschaft」, 『유대인』(1916. 10).

66) Volksverein: 확인되지 않음.

67) Mädchenklub: 시온주의자 유대인여성클럽, 오틀라도 회원이었다.

68) Max Brod, 『이교, 기독교, 유대교Heidentum, Christentum, Judentum』 2권, 뮌헨, 1921.

69) 1918년 10월 프라하에 창설된 시온주의자 조직. 카프카도 회원이었다.

70) 마리 베르너Marie Werner: 아이들을 돌보는 보모로 카프카 집에 와 있었으며, 체코어만 할 줄 알았다.


1919년

1) [B] 카프카의 희곡 「묘지지기Der Gruftwächter」를 말함. 카프카는 오스카 바움이 1918년 1월 취라우에 머무는 동안 그와 더불어 논의한 적이 있었다.

2) [B] 오스카 바움의 희곡: 「기적Das Wunder」(베를린, 1920).

3) 에른스트 프뢸리히Ernst Fröhlich 박사.

4) 카프카가 요양 차 머물던 하숙집의 주인.

5) 이웃에 있는 작은 공원.

6) [B] 유대인과 시온주의자에 내린 재앙으로 고통을 받는 꿈을 가리킨다. 당시 팔레스타인의 상황이 심각했다.

7) 스웨덴 북쪽에 위치한 라플란트 지방은 연간 약 200일 동안 눈이 쌓여 있고, 특히 이 북부 지역은 6월과 7월에 걸쳐 수주일 동

안 낮이 24시간 계속되는 백야 현상이 나타난다. 카프카는 브로트의 꿈속 남쪽 고향과 대비해서 북구를 이야기한다.

8) [E] 율리에 보리첵Julie Wohryzek: 프라하의 구두제조업자이자 유대인 교회 관리인의 딸. 1919년 여름에 카프카는 그녀와 약혼하지만 그 약혼은 1년 후에 파기되었다.―[B] 특히 아버지의 반대가 강했다.

9) [E] 펠리체 바우어의 친구인 그레테 블로흐라고 추정된다. 리제 벨취 앞 1914년 4월 27일 편지 참조.

10) 막스 브로트, 『시오니즘의 제3단계Die dritte Phase des Zionismus』.

11) Blau-Weiß: 독일 청년 운동을 본뜬 시온주의자 청년 기구.

12) [E] 율리에 보리첵은 프라하에 돌아가는 중이었다.

13) [E] 1월 12일(아직 프라하에 있던 동안)에 카프카는 3개월의 병가를 보험공사에 요구했는데 3주만 허락되었다(1월 14일). 그 뒤 두 번에 걸쳐 연장을 했고(2월 7일과 3월 6일), 3월 말에 종료되는 조건으로 허용되었다.

14) [B] 희곡 「위조범들Die Fälsher」로 추정된다.

15) 베티나 폰 아르님Bettina von Arnim(1785~1859): 브렌타노의 누이로, 1811년 오빠 친구인 아힘Achim과 결혼.

16) [역] 이 편지 전체가 처음 출판된 것은 클라우스 바겐바흐Klaus Wagenbach에 의한 카프카 심포지엄에서였다. 브로트판은 마지막 부분만을 실었다. 따라서 앞부분은 90퍼센트 이상 영문판에서 번역했다. 또한 브로트는 '양친'에게 쓴 편지라고 했으나, 영문판에서는 '한 자매에게'로 되어 있다.

17) [E] 아버지의 반대는 난폭한 말로 표현되었다. "나는 너를 이해할 수가 없다. 너는 성인이고 도시에서 사는 데다가, 네게는

처음 만나는 여자와 당장 결혼하는 것 말고는 해결책이 없구나, 정말로 별다른 가망이 없는 것이냐?"—카프카는 아버지에게 편지로 답했다. "물론 저는 아버지가 저에게 하신 행위가 오늘날의 저를 만든 유일한 원인이라고 말하지는 않겠습니다. 그건 지나친 일일 것입니다."

18) [역] 여기까지가 영문판에서 번역되었다.

19) [E] 표면상 카프카는 그의 출판사 쿠르트 볼프에 가까운 뮌헨에 갈 생각을 하고 있었는데, 그 출판사는 당시 라이프 치히에서 뮌헨으로 사업을 옮기고 있었다.

20) [E] 민체 아이스너Minze Eisner(1901~1972): 보험공사에 근무하면서 프라하에서 여름을 보낸 뒤에, 카프카는 1919년 11월쯤 일주일을 쉘레젠의 하숙 슈튀들에 돌아갔는데, 이번에는 막스 브로트와 동행했다. 그때 카프카는『아버지에게 보내는 편지』에 실린 대부분의 편지를 썼으며, 그리고 민체 아이스너를 만났다. 그녀는 템플리츠 출신으로 오랜 병에서 회복되는 중이었다. 주인 슈튀들은 후일 도라 게리트Dora Gerrit라는 필명으로 발표한 짧은 회고록(『보헤미아』, 1931년)에서 민체에 대해 기술하기를 "심리적 고통과 공허한 삶의 짐을 진 한 어린 소녀"라 했으며, "카프카는 그녀에게 노력과 성취에서 개선에 대한 모든 희망을 가지고 일하도록 경고, 간청, 가르쳤다"고 했다.

21) Arthur Schnitzler(1862~1931), *Anatol*, 1893.

22) Alexandre Dumas fils(1824~1985), *La Dame aux Camélias*, 1852.

23) 프랑크 베데킨트Frank Wedekind(1864~1918): 독일의 극작가.

24) Fern Andra(1893~1974): 미국 태생의 무성 영화 제작자이자

배우로, 독일에서 활동.

25)  펠릭스 단Felix Dahn(1834~1912): 독일 역사가이며 역사소설
가.—루돌프 바움바흐Rudolf Baumbach(1840~1905): 독일 서정
·서사 시인. 둘 다 1914년 이전에 중산층에서 인기 있는 작가
들이었다.

26)  브라운슈바이크에 있는 베저 강변의 고을로, 농업 학교가 있
었다.

27)  [B] 슈튀들: 하숙집 주인이며 숙박인들은 그녀를 '그누Gnu'라
고 불렀다.


## 1920년

1)  아우시히 동쪽으로 6마일 떨어진 엘베 강변에 위치했다.

2)  [E] 카프카는 12월 22~29일 병가 중이었다. 1919년에 카프카
와 쿠르트 볼프 사이의 서신 교환은 없는 듯하다. 이것은 카프
카의 뮌헨 행 계획에 빛을 비춰준 것으로 보인다.

3)  알프스에 위치한 약효가 있는 온천.

4)  이그나츠 치글러Ignaz Ziegler(1861~1948): 카를스 바트의 자유
주의적 랍비이며 잘 알려진 설교자이자 종교 작가.

5)  하노버에 가까운 고을. 화훼 실습 기관이 아직도 있다.

6)  [B] 오틀라는 쾰른에서 가까운 오플라덴에서 하크샤라(팔레스
타인에서 농사 짓는 훈련)에 참가하기를 원했다.

7)  Frl. Löwy: 확인되지 않음.

8)  카프카는 펠릭스 벨취의 『은총과 자유』 교정지를 읽고 있었다.

9)  펠릭스 벨취, 『은총과 자유, 종교와 윤리에서 창조적 의지의
문제 연구Gnade und Freiheit. Untersuchungen zum Problem des
schöpferischen Willens in Religion und Ethik』(뮌헨, 1920).

10) 영문판은 [1920년 2월]로 되어 있고 근거로는 카프카가 가리키는 병이 2월 21~24일에 발생했음을 든다.

11) 전쟁 이후 유럽의 많은 나라들은 외국인들에게 입국 허가증과 특별 비자 증명을 요구했다.

12) 성인 프로코피우스(1004~1053)의 상, 페르디난트 보로코프 Ferdinand M. Brokoff(1688~1731) 작.

13) [역] 이것은 브로트판에는 수록되지 않았기 때문에 영문판에서 번역한 것이다. 처음 발표된 것은 Hartmut Binder: Ein ungedrucktes Schreiben Franz Kafkas an Felix Weltsch. In *Jahrbuch der deutschen Schiller-Gesellschaft*, Marbach, 1976. 그는 이 편지뿐 아니라 교정할 부분과 의문점을 95가지 제시했다.

14) 셰익스피어의 5막 희극 「베네치아의 상인」(1596년경의 작품, 1600년 초판)에 등장하는 현명한 여자. 남장을 한 포샤가 베네치아 법정의 재판관이 되어, "살은 가져가되 피를 흘려서는 안 된다"는 유명한 말을 했다.

15) 서북부 보헤미아와 남부 작센에 있는 산간 지방이며, 그곳은 민체가 드레스덴과 하노버로 가기 위해서 횡단해야 하는 길목이다.

16) 영문판은 [4월 8일]로 되어 있다. 카프카가 화요일이라고 했기 때문이다.

17) 카프카는 메란 남쪽에 있는 요양지 오토부르크에 있는 엠마 호텔에서 처음 며칠을 머물렀는데 너무 비쌌다고 한다.

18) 제1차 세계대전 후 오스트리아-헝가리 제국의 분할.

19) 독일협회: 카지노 26호는 독일-보헤미아 회원제 협회였으며, 클럽 사무실, 식당 등을 소유하고 있었다.—Měšťanská

Beseda: 체코의 독일협회 비슷한 성격의 협회.

20)   체코 실업학교: 과학과 현대 외국어에 역점을 두는 고등학교 로서, 라틴어·그리스어 및 인문학을 가르치는 김나지움과는 구별된다.

21)   fletschern: 원뜻은 '플레처 식으로 씹기로' 미국의 영양학자 호레이스 플레처Horace Fletcher(1848~1919)의 이름에서 유래 된다. 음식을 철저히 씹는 기술(한입에 30회까지)을 개발했고, 당시 그것은 미국과 유럽에 상당히 유행했다.

22)   Mala Strana: '작은 동네'는 몰다우강 왼편 둑 위의 프라하 구 역을 가리킨다.

23)   [E] 1919년 가을에 펠릭스 벨취는 『자기 방어』의 편집자가 되 었다. 그 비평은 오스카 바움의 연극 「기적」의 프라하 공연에 대한 논평으로, 1920년 4월 2일에 게재되었다.

24)   [E] 체코슬로바키아 신생국의 국회의원 선거가 1920년 4월 18일에 있었다. 막스 브로트는 유대인 정당 후보로 출마했으 나 낙선했다. 사회주의자들이 가장 강력하게 부상했으나, 형 성된 정부는 사회주의자들이 참여한 부르주아 연립 정부이 었다.

25)   [E] 막스 브로트와 엘자 브로트는 1920년 4월 20일 뮌헨 소극 장의 「감정의 고도」 개봉의 밤에 참석하기 위해서 뮌헨에 갔 다. 그런데 프리트리히 코프카Friedrich Koffka의 「카인」이 앞 서 공연되었다. 브로트의 온건한 서정시적인 극은 코프카의 날카로운 연극성과 대비해서 그 자체를 드러내는 기회를 갖지 못하고, 결국 실패로 돌아갔다.

26)   Orosmin: 「감정의 고도」에서 주역 배우.

27)   [E] 한스 야노비츠Hans Janowitz로 추정. 1920년 〈칼리가리 박

사의 밀실〉이라는 표현주의 영화 시나리오의 공동 집필자.

28)  Friedrich Wichtl, 『프리메이슨-시오니즘-공산주의-스파르
타쿠스주의-볼셰비키즘』(1920).─프리메이슨: 18세기 영국
에서 출발, 회원 상호간의 부조와 우애를 목적으로 하는 비밀
결사단.

29)  제1차 시온주의자 회의는 1897년 8월 29~31일 스위스 바젤
에서 개최됐다.

30)  [B] 『시온 장로들의 의정서』는 유대인 학살을 정당화하기 위
해 20세기 초 차르주의자 비밀 경찰에 의해 개시되었다. 그 날
조는 모리스 졸리Maurice Joly(1821~1878)의 프랑스어판 팸플
릿 『마키아벨리와 몽테스큐 간의 지하에서의 대화』(1864)에
기초를 두었으며, 그것은 나폴레옹 3세 제국에 반대하는 극단
론이었다. 그 『의정서』는 처음에 세르게이 닐루스Sergei Nilus
의 『작은 일에서의 큰 일, 또는 닥쳐오는 반기독교인이 가까이
왔고 악마의 왕국이 지상에 오다』(모스크바, 1905)에 공표되었
다.─오토 프리트리히Otto Friedrich의 『시온의 장로들』(뤼베
크, 1920)과 헤르만 슈트락Hermann L. Strack의 다양한 출판물
등에 의해서 그것은 날조임이 판명되었다.

31)  막스 브로트 앞 1916년 7월 중순 편지 참조.

32)  남부 티롤 지방.

33)  [E] 펠릭스 벨취의 아내 이르마는 출산을 앞두고 있었다.

34)  뮌헨의 서쪽, 슈바벤 근처에 있는 도시.

35)  구스타프 란다우어Gustav Landauer(1870~1919): 작가이자 역
사가, 무정부주의자. 1919년 4월 뮌헨의 평의회 정부 일원이
었고, 암살됨.─에른스트 톨러Ernst Toller(1893~1939): 1918~
1919년 뮌헨 혁명에 연루됨. 우익군의 승리 이후 5년 징역

형. 시인이자 극작가로, 일부는 쿠르트 볼프 출판사에서 출판됨.—Lewin: 뮌헨 혁명에 개입한 'Lewin'은 없었으며, 카프카가 참조한 것은 공산주의 조직원 막스 레빈Max Levien으로 추정되며, 그는 1930년대의 숙청 기간에 오스트리아로 도망했다가 러시아로 사라졌다. 아니면 오이겐 레빈Eugen Levine을 가리킬 수도 있는데, 그 또한 공산주의 조직원으로 1919년에 처형되었다.

36)  밀레나 예젠스카—폴락Milena Jesenská-Polak(1896~1944)과의 서신 교환을 처음으로 언급함.—[E] 카프카는 1919년 후반에 프라하의 한 카페에서 그녀의 친구들과 처음으로 만났다. 체코 신문 기자인 밀레나는 카프카의 작품 번역에 관심을 갖고 빈에서 그에게 몇 차례 편지를 보냈으며, 거기에 대해 카프카는 프라하에 있는 동안 적어도 한 번은 답장을 보냈다. 메란에서 그는 규칙적인 편지 왕래를 시작했으며, 그 사귐은 사랑으로 발전했다.—[역] 밀레나는 열여덟에 방종한 은행원 에른스트 폴락Ernst Polak과 함께 문학계에 모습을 드러냈다가, 저명한 의사인 아버지의 반대로 정신 병원에 감금되었다. 성년이 되어 풀려나 결혼을 했지만, 빈에서 불행한 상태로 생계를 위해 체코어 강의나 번역 등의 일을 했다. 1919년 공산당원이 되었지만 모스크바에 저항했다는 이유로 1936년 제명되고, 나치 독일 치하의 체코에서 저항 활동을 하던 중 1940년 체포되어 라벤스브뤼크로 이송되어 그곳에서 사망했다. 그녀는 그곳에서 연대의 의미로 유대의 노란 별을 달고 다닌 것으로 알려졌다.

37)  뮌헨에 있는 쿠르트 볼프 출판사.

38)  오스카 바움이 시각장애인이었으므로, 편지는 그에게 큰 소리

로 읽혀야 했다.

39) 메란의 북쪽에 있는 티롤 성으로, 1200년경 세워졌으며 그 후 수도원으로 존속되었으며, 1253년에 서거한 티롤 가문 백작들의 영지였다. 첫 번째 엽서에 나타난 것.—[B] [  ]안의 글은 추측에 의한 것임. 엽서 자체는 손상이 없었다.

40) 메란의 서쪽으로 12,793피트 높이의 산맥.

41) 이 엽서는 개 일가족을 보여주고 있다.—Meta: 쉘레젠의 여관 주인 슈튀들의 개 이름.

42) 율리에 보리첵은 카프카와 파혼한 뒤 프라하에 부인용 모자상을 개점했다.

43) [B] 여기에서 카프카는 석 줄을 완전히 알아볼 수 없게 지워버렸다. 다음 문장은 이것과 관련된다.

44) *Die Insel Carina*: 편지 60 참조. 브로트에 의해 쓰인 초기 이야기로서, 카프카를 묘사하고 있다.

45) 오틀라와 요젭 다비트의 결혼식이 7월 15일에 있었다.

46) *Weltbühne*: 1915년에 창간된 반反정치적 문화 주간지로서, 1918년에 지크프리트 야콥존Siegfried Jacobsohn에 의해 *Schaubühne*로 이름이 바뀜.—[B] 여기 실린 글은 「유형지에서」(1907년 6월 3일).

47) [B] 카프카의 인생 계획 가운데 하나는 팔레스타인에서 제본 작업자가 되는 것이었다.

48) 1920년 5월 24일.

49) Stransky, Kopidlansky: 카프카가 그의 두 번째 방문에서 브로트와 함께 쉘레젠 요양원 슈튀들에서 만났던 사람들.

50) 브루너도르프에서 동남쪽으로 2마일 떨어져 있다.

51) 코모토에서 서남쪽으로 7마일 떨어져 있다.

52) [B]「노래 중의 노래Lied der Lieder」는 브로트의 『이교, 기독교, 유대교』의 한 장.

53) [B] 세계 대전 중 브로트는 갈리시아에서 온 유대인 피난민 아동들을 위한 학습 과정을 맡고 있었으며, 카프카는 그곳에 자주 동석했다.

54) Moira: 운명의 여신, 곧 운명을 뜻한다.

55) 슬로반스키 오스트로프 몰다우 강에 있는 섬으로, 카프카가 좋아했던 '공중 수영 학교'가 있었다.

56) Otto Abeles: 다음 편지 참조.

57) 편지 228 참조.

58) *Der Volkskönig*: 체코의 희곡 작가 아르노쉬트 드보르약 Arnost Dvořák(1881~1933)의 역사극이며, 이것을 막스 브로트가 독일어로 번역했다(라이프치히, 1916년).

59) 영문판은 [8월 5일]이라 되어 있다. 막스 브로트에게 보낸 다음 편지는 8월 6일 금요일에 썼고(그다음 날 우편소인), 그 전날 카프카는 아벨레스Abeles에게 답장을 받았으며, 같은 저녁에 엘자 브로트를 만나기 위해 갔다. 그러나 그녀가 부재중이라서 이 쪽지를 남겼다는 것에서 추측한다.

60) *Judischer Nationalkalender*: 1915~1916년과 1921~1922년에 간행된 연감.—오토 아벨레스(1879~1945): 오스트리아와 네덜란드에서 활동한 작가이자 시온주의자.

61) Nikolai Gogol(1809~1852): 러시아의 소설가 겸 희곡 작가.

62) Hafis: 14세기의 페르시아 시인. 한스 베르게Hans Bethge(1876~1946)에 의해 독일어 번역본이 1910년에 출판되었다.

63) 이태백(李太白, 701~762): 당나라 때의 시인. 태백은 호. 어려서부터 시서詩書에 능하였고, 민산岷山에 숨어 종횡책사縱橫策士

의 선술仙術을 즐겼으며, 후일 조래산에 살며 술을 즐겨 6일六
逸의 한 사람이 되었고, 현종玄宗시대에 시선詩仙이라 추앙받
았다.

64) Klabund(1890~1928): 본명은 알프레트 헨쉬게Alfred
Henschke. 이태백을 경애하고 스스로 프랑소아 비용의 후계자
로 자처, 인상주의와 표현주의 사이에 가교 역할을 하였다. 자
유 작가로서 국외 각지를 편력하였으며, 중국에 머문 적도 있
다. 『이태백Li tai-pe』(라이프 치히, 1916년).

65) [E] Hans Heilmann 편, *Chinesische Lyrik vom 12.
Jahrhundert v. Chr. bis zur Gegenwart*, 뮌헨, 1905. 이 책은
카프카가 좋아한 것으로, 특히 소리 내어 읽기를 좋아했다. 펠
리체에게 보낸 편지에 이 시들 가운데 하나를 인용했을 정도
이다.

66) Lily Braun(1865~1916), *Memoiren einer Sozialistin*, 2권, 뮌
헨, 1909~1911. 카프카는 픽션으로 쓰인 이 자서전을 매우 좋
아하여, 펠리체, 오틀라, 브로트에게 선물했다. 브라운은 프로
이센의 귀족 가문에서 태어났지만 가정을 이탈하여 사회주의
정당에 합류했고, 여성 운동에도 매우 적극적으로 가담했다.

67) [E] 11월 어느 때 카프카는 그림멘슈타인 요양원에 체재하도
록 허가해줄 것을 저지 오스트리아 정부에 신청했다. 그 허가
와 보험공사의 휴가를 받지만, 그 요양원에 갈 결심을 내리지
는 못했다. 그의 망설임은 밀레나에게 보내는 편지에 반영되
어 있다.

68) [B] 오스트리아 요양원에 체제하는 데 필수적인 오스트리아
여행 허가서를 말한다.

69) 욜란 포르베르거Jolan Forberger 부인이 경영하는 폐결핵 치료

요양원으로, 부다페스트에서 북쪽으로 60마일 떨어진 슬로바키아에 있는 타트라 고산 지대에 위치해 있다.

70) [E] 밀코스 폰 손따그스Miklós von Szontagh 박사가 주도하는 곳으로, 카프카는 후에 건강 진단을 위해 그곳에 갔다.

71) 막스 브로트의 희곡 「위조범들」이 쾨니히스베르크 오페라 극장에서 처음 상연되었다. 1920년 쿠르트 볼프 출판사에서 출판되었다.

72) 브로트의 희곡 「에스터」.

73) [E] 사실 오틀라는 함께 가지 않았던 것으로 밝혀졌다.

74) [E] 펠리체 바우어는 1919년에 결혼했다.

75) 레오폴트 슈트렐링어Leopold Strelinger 박사.

76) 당시 헝가리 카스에 있던 한 고을로, 타트라 산맥 동남쪽, 지금은 슬로바키아 코시체에 위치함. 이 젊은이는 시나이Szinay로 추정되며, 로베르트 클롭슈톡에게 보내는 편지에서 자주 언급되고 있다.

77) *Schulchan Aruch*: 유대인의 종교 및 시민의 법률로서 탈무드에 기초함. 요젭 카로Joseph Karo(1488~1575)에 의해 1565년에 출판되었다.

78) Misrachigruppe: 시온주의 종교 운동으로 세계시온주의자기구의 종교적 분파로서 1902년에 란게르가 창설함.

79) 브로트의 역사 소설 『유대 왕자 로이베니Rëubéni, Fürst der Juden』, 1925년 출판.

80) [B] 오스카 바움의 아들: 레오를 그의 부모 집에서 멀리 떨어진 학교로 보내는 데 카프카가 강력한 영향력을 행사했다고 함. 누이 엘리 앞 1921년 가을 편지 참조. 그는 오덴발트 학교(헤펜하임 근처 오버함바흐 위치)에서 교육을 받았다.

81)  영문판은 [가을]. 이유는 이 편지가 카프카가 마틀리아리로 떠
    나기 전에 썼었다는 것이다.

82)  아르투르 보누스Arthur Bonus(1864~1941): 프로테스탄트 신학
    이론가이자 작가로서, 『예술의 파수꾼』에 자주 기고했다.


# 1921년

1)  인구가 독일인과 체코인의 혼합으로 이루어진 동북 보헤미아
    의 한 지역 수도. 1891년에 독일어를 공용어로 고등 법원에서
    확정했을 때, 프라하의 체코인들이 폭력 시위와 반反합스부르
    크 난동으로 반항을 했다. 빈 제국 정부는 혹독한 억압적 대책
    에 의지했으며, 그 결과로 체코인 기관과 정기 간행물들이 억
    압받고 많은 사람들이 체포되었다.

2)  에미 잘베터Emmy Salveter: 그녀는 막스 브로트의 인생과 카프
    카의 편지에서 크게 부상했다. 브로트가 처음 만났을 때, 그녀
    는 베를린에 있는 한 호텔의 객실 담당 처녀로서 생계를 꾸렸다.
    그 후 브로트의 재정적 지원으로 여배우로서 경력을 갖게 되었
    다. 브로트는 자신의 세 번째 소설에 그녀를 묘사했으며, 카프
    카의 『성』에 나오는 페피Pepi에 그녀의 한 성격이 투사되었다.

3)  프리마Prima: 독일에서는 최상급생인데, 오스트리아에서는
    최저학년이다. 오스트리아에서는 8학년이 최고.

4)  [B] 막스 브로트, 『아돌프 슈라이버―한 음악가의 운명Adolf
    Schreiber―ein Musikerschicksal』(베를린, 1921). 슈라이버는
    1920년 9월 1일 베를린 근처 반제에서 자살했다. 막스 브로트
    앞 1917년 10월 초 편지 참조.

5)  [B] 막스 브로트, 『사랑의 책Das Buch der Liebe』, 뮌헨, 1921년.

6)  『이교, 기독교, 유대교』.

7) 밀레나.

8) 루트: 펠릭스 벨취와 이르마 벨취 사이의 딸.

9) 고르디우스의 매듭: 옛날 프리기아의 고르디우스 왕이 매어놓은 매듭으로, 이것을 푸는 자가 아시아 전체의 왕이 된다는 신탁神託이 있었는데, 알렉산더 대왕이 칼로 끊어버림으로써 명쾌히 해결했다.

10) [E] 막스 브로트는 척추 기형을 앓았다.

11) 회전법의 일종으로 텔레마르크 지방 소년들이 슈톡도 없이 활강하여 급회전으로 정지한 데서 유래.

12) 체코슬로바키아와 독일 사이의 국경 역.

13) 리하르트 데멜Richard Dehmel(1863~1920): 독일 시인. 그의 서한들이 『신 전망』(1920년 12월)에 「데멜의 알프스 기행Dehmels Fahrten in den Alpen」이란 제목으로 게재되었다.

14) Venkov: '토지'라는 뜻. 체코 농업인 조직으로 반유대적 경향이 있었음.

15) 이 부분은 체코어이며, 카프카 자신이 독일어로 해석한 주석을 달았다.

16) 슈라이버에 대한 글로 추정됨. 바로 이전 편지 참조.

17) 『로이베니』.

18) 영문판은 [2월 8일]이다. 다음 2월 초 막스 브로트에게 보낸 편지 중 "폭풍이 거의 2주"라는 부분과 이 편지 중 "3주"라는 언급 때문에, 브로트판의 순서를 바꾸어야 한다고 주장한다.

19) 발트 해 연안 포메른의 바르트 소재.

20) 융보른 요양원: 편지 239 참조.

21) [E] 1918년 여름에 카프카는 근무 시간 외에 프라하의 트로야 원예 연구소에서 가벼운 정원 일을 했다.

22) 테오도르 폰타네Theodor Fontane, 『나의 유년 시절Meine Kinderjahre』(1894). 저자의 어린 시절에 대한 자서전적 기록으로, 부분적으로 발트 해의 우제돔 섬의 스비네뮌데에서 보냈던 기록.

23) 영문판은 [헬레젠, 1919년 2월 1일]로 되어 있다. 근거로는 하르트무트 빈트·클라우스 바겐바흐 편『오틀라에게 보내는 편지』를 든다.

24) Koschel: 베를린에 있는 조그만 호텔로, 당시 작가들과 예술가들이 좋아하던 곳.

25) [B] 로베르트 클롭슈톡Robert Klopstock(1899~1972)에 대한 첫 번째 언급. 카프카는 테트라의 요양원(마틀리아리)에서 젊은 의학도인 클롭슈톡을 사귀었다. 그는 후일 의학 박사이자 빼어난 연구자가 되었다. 이 우정은 카프카가 죽음에 이르기까지 지속되었다. 클롭슈톡은 카프카의 반려자가 된 도라 디아만트Dora Diamant(1902~1952?)와 더불어 마지막 병상인 빈 근교의 키얼링에 있는 호프만 요양원에서 카프카를 간병했으며 임종을 지켜봤다.

26) 『사랑의 책』, 1921년.

27) Kaballah: 성경의 신비적 해석에 바탕을 둔, 특히 중세의 유대계 랍비의 비교秘敎적 철학.

28) [E] 카프카의 병가는 3월 20일에 끝나기로 되어 있었다.

29) [E] Salomo Molkho: '가짜 메시아' 다비트 로이베니에 대한 반대자로서, 1532년에 화형에 처해졌다. 브로트의『유대 왕자 로이베니』는 그 이야기를 쓴 것이다.

30) 파울 게웨브와 구스타프 비네켄Gustav Wyneken(1875~1964)에 의해 설립된 진보적인 학교로서 튀링엔의 잘펠트 근처 비커스

도르프에 위치하여 1906년에서 1933년까지 존속했다.

31) Hermasn Essig: 막스 브로트 앞 1917년 11월 24일 편지 참조. 1918년에 사망했다.

32) 영문판은 [3월 11일]. 아래 34번 주 참조.

33) [B] 누이 오틀라 다비트는 첫 아이의 출산을 기다리고 있었다. 3월 27일에 출생한 그녀의 첫 아이는 딸로서 '베라Verar'라고 명명되었다.

34) [E] 보존된 이 증명서는 1921년 3월 11일로 되어 있었다. 왜냐하면 카프카가 그날 '오후'에 그것을 얻으려 가려고 했으며, 이 편지는 같은 날 씌었기 때문이다.

35) [E] 오틀라는 실제로 그런 일을 했다. 카프카는 3월 9일 편지에 막연하나마 그의 상황을 일러준 적이 있었는데, 오틀라는 보험공사에 가서 그의 병가 연장을 위한 주선을 시도했다. 3월 16일에 카프카는 슈트렐링어 박사가 작성한 진단서를 제출하고 2개월 연장을 요구했으며, 그것은 3월 25일에 5월 20일까지 허용되었다.

36) 아르투르 쇼펜하우어Arthur Schopenhauer(1788~1860), 『의지와 표상으로서의 세계』 제2권(1844), 30장 참조.

37) 프란츠 그릴파르처Franz Grillparzer(1791~1871): 오스트리아 극작가.—헤벨: 편지 31 참조.

38) 카프카는 1914년 7월 14일 뤼벡에서 트라베뮌데를 방문했다.

39) Theodor Fontane: 『세실Cècile』(1887)과 『회복 불능Unwie-derbringlich』(1891)에서는 주로 하르츠 산맥과 덴마크의 발트 해변에서 이야기가 벌어진다.

40) 에미 잘베터는 당시 라이프치히에 체재하고 있었던 것으로 보인다.

41) 『프란치 또는 2급 연애Franzi, oder eine Liebe zweiten Ranges』(뮌헨, 1921). 막스 브로트가 에미와 자신의 연애를 다룬 소설.

42) 호메로스의『일리아드』에 등장하는 인물로 헤쿠바(또는 헤카베)는 트로이의 왕 프리아모스의 아내.

43) 스파르타 왕 메넬라오스의 아내로서, 트로이 전쟁은 이른바 트로이의 왕자 파리스가 헬레나를 트로이로 데려가는 데에서 시작되었다.

44) 타트라 남쪽으로 체코슬로바키아에 있는 고을이자 철도 교차지.

45) 되벨른의 한 지역.

46) [B] 막스 브로트, *Im Kamf um das Judentum*(빈, 1920).

47) [E] 야르밀라 라이너Jarmila Rainer: 본가는 암브로초바 Ambrozova, 프라하의 기자 부인이었으며, 그 기자는 그녀와 빌리 하스(편지 233, 243 참조)와의 연애 사건 때문에 자살했다. 야르밀라는 병적으로 밀레나에게 헌신했다. 1920년 여름에 그녀는 밀레나의 대필로 수많은 편지를 썼으며, 거기에서 카프카는 밀레나의 부탁에 개입했다. 하스와 야르밀라는 결혼 후 베를린으로 옮겼다.

48) 막스 브로트,『아돌프 슈라이버―한 음악가의 운명』.

49) [B] 브로트는 이 대목에서 친구인 '천재적인 음악가 아돌프 슈라이버'가 반제에서 자살로 생을 마감했다고 썼다.

50) 꼭꼭 씹기: 막스 브로트와 펠릭스 벨취 앞 1920년 4월 10일 편지 참조.

51) 안톤 쿠Anton Kuh(1891~1941): 막스 브로트 앞 1917년 10월 중순 편지 참조.『유대인과 독일인Juden und Deutsche』(베를린, 1921).―브로트의 서평 1, 2부:「니체 자유주의자Der Nietzsche-

Liberale」,『자기 방어』(1921년 4월 1일, 8일).「라신의 바자제 Racines Bajazet」,『프라하 석간』(4월15일).

52) 하인리히 호프만Heinrich Hoffmann(1809~1894): 독일 의사이며 동화 작가로, 스스로 삽화를 그렸다.

53) 영문판은 [4월].

54) 오토 바이니거Otto Weininger(1809~1894): 오스트리아 철학자.『성과 성격Geschlecht und Charakter』(1903). 여성의 지적·정서적 열등성을 보여 주려고 모색했다. 바움은 2월 중순 바이니거에 대해 강의를 한 적이 있다. 요하네스 우르치딜이 1921년 2월 18일『자기 방어』에 논평을 실었다. 그 강의록은 출판되지 않았던 것 같다.

55) 오스카 바움의『불가능한 것으로의 문』으로 추정된다.

56) 알베르트 에렌슈타인: 쿠르트 볼프 앞 1913년 3월 25일 편지 참조. 그는 4월 중에 카프카를 몇 번 방문한 것으로 보인다.

57) 타트라 동남부 독일어 언어권. 이전에는 북부 헝가리에 속했으며, 지금은 대부분 체코슬로바키아에 속함.

58) *Prager Presse, Prager Abendblatt*: 막스 브로트는 후자에 비평을 썼다.

59) Paul Adler: 막스 브로트 앞 1918년 3월 말 편지 참조.

60) 영문판은 [4월].

61) Véruška: 오틀라의 딸 베라의 애칭.

62) 그의 이름은 율리우스 푸취Julius Putsch. 오빠인지 남동생인지는 사실 불분명하다.

63) Heller: 옛 독일의 동전.—Jan Hus(1372~1415): 체코 종교 개혁 운동의 주도적 인물이었던 신부, 1922년 7월 말 막스 브로트에게 보낸 편지 참조.

64) W. 부인: 이르마 벨취를 말하며, 딸 루트는 당시 약 열 달째였다.

65) Pepa: 오틀라의 남편, 요젭 다비트에 대한 애칭.

66) Lidové Noviny: 알려지지 않음.

67) [E] 결핵 환자들이 동쪽(지구의 회전 방향인)으로 가는 순항선을 타면 체중이 불어난다거나, 또는 아인슈타인에 의해 제안된 측정의 확대가 효과가 있어 폐에 난 구멍을 메운다는 등 엉터리 과학 기사로, 프라하에서는 그 목적을 위해서 병원선 한 척이 실제로 장비를 갖추는 중이었다고 한다.

68) 그녀의 이름은 주지 갈곤Susi Galgon. 나중에 로베르트 클롭슈톡에게 보낸 편지에서 드러난다.

69) [E] 카프카는 5월 5일 의료 진단서를 받아서 다음 날 공사 주소를 첨부하여 오틀라에게 발송했다. 오틀라는 카프카의 병가 연장을 8월 20일까지 받아냈다.

70) [E] 그의 이름은 안톤 홀룹Anton Holub으로 알려졌다.

71) 루카 시뇨렐리Luca Signorelli(1441~1523): 〈최후의 심판〉, 이탈리아 움브리아 주 테르니 현에 있는 도시 오르비에토의 대사원 내부 벽기둥에 있는 부조.

72) [E] 카프카의 리뷰: 「마틀리아리에서Aus Matlárháza」, 1921년 4월 23일 지방 독일어 주간지 *Karpathenpost*에 게재되었다. Matlárháza는 마틀리아리의 헝가리 명칭이다.

73) Taussig: 프라하에서 주도적인 고서적 취급상.

74) 영문판은 [1월 말]. 『오틀라에게 보내는 서한』에 카프카의 체코어 원본이 인쇄되어 있다. 1월의 셋째 주에(그가 마틀리아리에서 넉 주 이상을 보내고 있었을 때), 카프카는 오틀라 편에 그의 사장에게 독일어로 쓴 편지 원고를 보냈는데, 거기에서 그의

건강을 보고하고, 병가에 대해 감사를 표했다. 오틀라는 남편에게 이를 체코어로 번역해주기를 청했고, 카프카는 이 번역본을 받았다. 그리고 역시 체코어로 매제에게 감사하고 있다. 브로트판에는 독어로 번역된 편지가 실려있다.

75) 베드리히 오드스트르실Bedřich Odstrčil, 노동자재해보험공사의 지사장으로 로베르트 마르쉬너의 후임.

76) *Tribuna*: 자유주의적 경향의 체코—유대계 주간지로서 1919년에 창간됐으며, 마자릭의 정치적 견해에 가깝다. 밀레나는 패션에 관한 글을 기고했다.

77) 체코슬로바키아 공산당은 1920년 말에 창당되었다.—독일인들: 새로운 체코 국가에서 우세한 위치를 상실한 체코슬로바카아 내 독일인들을 가리킨다.

78) Magyaren: 마자르인은 곧 헝가리인을 뜻한다.

79) "표범들이 돌고 돈다네": 당시 체코 유행가 중 하나를 가리키며, 그것은 막스 브로트의 소설 『프란치』에도 인용되어 있다. '표범들'은 당시 10대 난폭자들을 가리킨다.

80) Lisl Beer: 알려지지 않음.

81) 스따샤 일로브스카Staša Jilowská: 밀레나의 결혼한 친구, 1920년 여름 카프카가 프라하에 체재하던 중 몇 번 본 적이 있었다.

82) 메클렌부르크 포어포메른에 속하는 최고의 발트 해안 온천 휴양지.

83) 조피 프리트만. 브로트의 여동생이며 사업가 막스 프리트만의 부인.

84) '타트라마틀리아리, 타트라롬니츠'의 체코식 명칭.

85) [역] 이 편지 이래 카프카는 그에게 존칭을 사용했으며, 임종을

지키는 마지막까지 그러했다. 그러나 그들의 친근한 관계와 많은 나이 차이 등을 고려해서 '자네'로 옮긴다.

86) 키르케고르의 저서『공포와 전율』참조.

87) 「창세기」 제22장, 아브라함이 그의 아들 이삭을 신에게 바치려고 하였던 산.

88) 프란츠 베르펠의 『거울사나이Spiegelmensch』(1920)에 대한 암시. 이 작품을 '마법의 3부작'이라 한 것은 카를 크라우스이다.

89) [B] 카프카는 헬러라우에 있는 헤그너 출판사에 클롭슈톡을 위한 일자리를 얻으려 노력하고 있었다(이하 9월의 편지들 참조).—야콥 헤그너Jacob Hegner(1882~1962): 독일 출판업자이자 프랑스어 번역가.

90) 밀레나 예젠스카, 에미 잘베터 및 야르밀라 하스는 기독교도였다.

91) 『유대 왕자 로이베니』

92) 제노바 현의 동부에 있는 휴양지.

93) Taraika라는 이름 이외에는 알려진 것이 없음.

94) 카를 크라우스Karl Kraus(1874~1936): 『문학, 또는 우리는 거기서 알게 될 것이다. 마법의 오페레타Literatur, oder Man wird doch da sehn. Eine magische Operette』(빈, 1921). 크라우스는 베르펠의 '마법의 3부작'에 회답해서, '마법의 오페레타'라고 소극 형식을 내놓음으로써 베르펠에 반反하는 논쟁을 제시했다.

95) mauscheln: 특히 동부 유대인의 언어, '전형적인 유대적' 제스처를 수반하는 독일어이자 유대어를 말한다.

96) [역] 이 세 마디 문장은 독문법에서는 가벼운 오류를 내포한다. 의문사와 발음이 비슷한 부사를 과잉으로 덧붙이거나, 전치사의 격지배가 틀렸거나 하는 식이다. 그래서 그 오류에 가깝게

번역하려고 했다.

97) [B] 카프카의 언어에 관한 설명은 이 설명과 더불어 특수한 상황이 묘사되어 있음을 생각해보면 더 잘 이해될 것이다. 그것은 빈, 프라하 그리고 베를린에서 진행된 특정한 문학적 현상을 관련해서 말하는 것이다.

98) [B] 여기에서 자긍심이란 오틀라의 아기 베라를 가리킨다.

99) [E] 카프카는 8월 13~19일을 누워 있었으며, 8월 20일 근무처에 있어야 할 시간에 프라하에 돌아갈 수 없었다. 그는 8월 26일경 프라하로 여행을 했으며(다음 클롭슈톡 앞 편지 참조), 그리고 8월 29일에 근무처에 보고했다.

100) [B] 카프카의 바로 아래 누이동생인 엘리의 아들 펠릭스는 1911년 12월 8일생인데, '열 살에서 몇 달 모자란다'고 되어 있으므로, 이 편지는 1921년 가을쯤에 쓴 것으로 볼 수 있다.

101) 막스 브로트 앞 1921년 3월 초 편지 참조.

102) [E] 헬러라우는 드레스덴 바로 외각의 정원 도시로서 1909년에 설립되었다. 야콥 헤그너의 신문사와 독일 워크숍, 에밀 달크로즈 리듬 체조 학교 등이 있었다. 1921년에는 '새로운 학교 Neue Schule'가 설립되고, 닐Neil(1883~1973)이 설립자였다.

103) 독일 국경 근처, 서북부 보헤미아에 있는 고을.

104) [B] 누이에게 쓴 원본 편지들은 독일의 점령 기간 중 소실된 것으로 보인다. 그래서 그때 당시 사본에 있던 이 부족분을 다시 채워 넣을 수가 없다.

105) 조나단 스위프트Jonathan Swift(1667~1745)의 『걸리버 여행기 Gulliver's Travels』(1726)에 나오는 소인국.

106) 인용한 대목은 『걸리버 여행기』의 제6장. 총 4권으로, 주인공 걸리버가 항해 중에 난파하여, 소인국, 대인국, 하늘을 나는 섬

나라, 말[馬]나라 등으로 표류해 다니면서 기이한 경험을 한다
는 줄거리이다.

107) [역] 카프카는 착각한 듯하다. 스위프트는 성직자로서, 서간집
『스텔라에게 보내는 일지The Journal to Stella』(1710~1713) 등
에 여성이 거론되기는 하지만 결코 결혼한 적이 없었다.

108) 요한 네포묵 포글Johann Nepomuk Vogl(1802~1866)의 「인식
Das Erkennen」(1864)이라는 시는 인용된 행으로 끝난다.

109) 오스트리아 남동부에 있는 주. '푸른 슈타이어'라는 별명처럼
절반이 삼림, 나머지 절반이 목장·목초지로 되어 있다. 역사적
으로 슬라브의 영향이 컸으나 인종적으로는 독일계이며, 90퍼
센트가 가톨릭 교도이다.

110) [B] 카프카는 10개월 간 머물렀던 마틀리아리에서 프라하로
돌아갔다. 이 여행에 대한 보고이다.

111) 슬로바키아에 속하는 지역.

112) 리하르트 뢰비Richard Löwy 박사이며 알트슈태터 링에서 변호
사였고, 카프카는 1906년 4월에서 9월까지 그의 서기 노릇을
한 적이 있었다.

113) [E] 카프카는 뮌처Münzer 교수를 통해서 로베르트 클롭슈톡
을 위한 일자리를, 아니면 적어도 프라하 대학 입학을 주선하
기 위해 애를 쓰고 있었다.

114) [E] 제12회 시온주의자 회의가 1921년 9월 1~11일 카를스바
트에서 개최되었다.

115) 플로베르, 『항해Voyages』 제1권(파리, 1948), 「피레네」.—르네
드 샤토브리앙René de Chateabriand(1768~1848): 프랑스 작가,
프랑스의 낭만주의 운동을 일으킴.

116) 에른스트 바이스: 막스 브로트 앞 1913년 9월 16일 편지 참조.

117) Berlangliget: 알려지지 않은 지명으로, 다음 편지들에서는 'Barl.'이라는 약자로 언급되는 듯하다.

118) [E] 9월 13일에 보험공사의 의사인 J. Kodym 박사가 카프카에게 요양원으로 돌아갈 것을 권했다. 이곳은 브레슬라우의 서남쪽, 보헤미아—독일의 바로 북쪽 독일에 있으며, 결핵 전문 요양원들이 있었다.

119) 오스트리아 중부의 온천 및 요양원.

120) 구스타프 야누흐Gustav Janouch(1903~1968)는 카프카의 동료의 아들로서 열일곱 살 때인 1920년 5월에 카프카의 사무실로 찾아오기 시작했다. 그는 그때의 대화를 기록해서 나중에 출판했다.『카프카와의 대화Gespräche mit Kafka』(1951).

121) Stefan George. 그의 친구이자 해석자인 프리트리히 군돌프 Friedrich Gundolf(1880~1931)는 1916~1931년 하이델베르크 대학교의 교수였다.

122) Poprad Tatry: 슬로바키아 동부 도시.—글라우버, 시나이 등은 마틀라 시절에 알게 된 사람들로 보이며, 정확한 정보는 없다.

123) 민체 아이너스.

124) Barl.: 알려지지 않는 지명. 클롭슈톡 앞 1921년 9월 중순 편지에 나오는 지명 'Berlangliget'를 줄여서 일컫는 말인 듯하다.

125) 밀레나 예젠스카.

126) [E] 시온주의자 회의 기간(9월 1~11일) 중『자기 방어』는 연설문 소식과 요약을 담아 매일 4쪽의 보충판을 발행했다.

127) 1881년에 개발된 타트라의 남쪽, 칩스에 있는 광천.

128) 주지 갈곤.

129) Jules Verne(1828~1905):『바캉스의 한 해Une Anne des Vacan-

ces』, 프랑스의 소설가, 『80일간의 세계일주』(1873)로 유명.

130) 미술 학교 교장.

131) 막스 브로트 앞 1913년 9월 28일 편지 참조.

132) [E] 밀레나가 프라하에 왔다. 카프카가 자신의 모든 일기를 그
녀에게 넘겨준 것이 이 기회였다. 『일기』 참조.

133) 클롭슈톡은 체온, 기침 따위를 묻는 설문지를 보냈다. 그것을
카프카는 대답하지 않은 채 미루고 있었다.

134) Ludwig Hardt(1889~1947): 유명한 낭송 배우로, 카프카의 단
편들을 자주 낭송했다.

135) 그라벤에 있는 프라하 최고급 호텔의 하나.

136) [E] 클라이스트의 단편은 아마도 「프로이센 전쟁 일화Anek-
dote aus dem letzten preussischen Kriege」, 카프카는 이 작품을
큰 소리로 읽기 좋아했다.

137) 영문판은 [1921년 10월 둘째 주]라고 되어 있어 10월 8일 엽
서 뒤에 배치했다. 근거로는, 앞의 엽서에서 카프카는 아직 이
레네에 관해서 묻고 있는 데 비해서, 이 편지에서는 그녀가 벌
써 "여기에 왔네"라는 표현을 쓴 것을 든다.

138) [B] 이 엽서의 그림은 〈가을〉이란 제목의 미꼴라슈 알레슈
Mikoláš Aleš(1852~1913)의 그림을 재현한 것이다. 비 내리는
들판에서 한 여자가 거위 떼를 몰아 집으로 가고, 한 소년이 연
을 날리고 있는데, 성 벤첼의 동상이 깃발을 들고서 길가에서
바라보고 있다. 카프카의 표제어는 유머적인 해석을 낳게 한
다―'게으름뱅이'가 소년인지 아니면 성 벤첼을 의미하는지
불확실하다.

139) 루돌프 뢰비Rudolf Löwy(1861~?): 어머니의 이복동생으로, 코
지르 양조장의 부기계원으로서 미혼이며 가톨릭으로 개종했

다.『일기』참조.

140) 요상한 노래로 뱃사람을 홀린다는, 상반신은 여자요 하반신은 물고기 형상을 한 괴물. 괴조라는 설도 있는데, 얼굴은 인간이고 몸통은 새라고 한다.

141) 아르투르 루핀Athur Ruppin(1876~1943)의 연설에서 제안된 것으로, 그는 시온주의자 조직의 식민지개척분과 위원장이었다.

142) 한네Hanne: 1920년에 출생, 엘리와 카를 헤르만의 딸.

143) 프리트리히 폰 실러Friederich von Schiller(1759~1805):「군도 Die Räuber」, 처녀작인 제5막 15장의 희곡. 1781년 발표, 다음 해 만하임 극장에서의 초연으로 일약 질풍노도 시대의 대표작이 되었다. 마지막 문장은 "그 사람은 도움을 받을 수 있다Dem Manne kann geholfen werden."

144) 프란츠 베르펠,「염소의 노래Bocksgesang」. 나중에 책으로 발간(뮌헨, 1922).

145) [E] 10월 17일 카프카는 헤르만Herrmann 박사에게 검진을 받았는데, 그는 10월 29일 특별 치료를 처방했고 이는 곧 보험공사에 의해 승인되었다. 카프카는 이 치료를 받기 위해서 3개월의 병가(1922년 2월 4일까지)를 허가받았다.

146) [E] 홀룹Holub에 대해서는 오틀라 앞 1921년 5월 초 편지 참조. 카프카는 직업 군인인 이 화가에 대해서 짧은 평론을 쓴 적이 있었다. 홀룹과 자피르에 관한 클롭슈톡의 진술로 보면 그들이 칩스의 유명한 사람이었다고 추정된다.— *Karpatenpost*: 이 언어의 섬에서 발간되는 주간 신문.

147) 막스 팔렌베르크Max Pallenberg(1877~1934): 독일 배우, 주로 희극 역할. 카프카는 1921년 10월 30일 몰리에르의「구두쇠 Miser」공연에서 그를 본 적이 있다.

148) [B] 카프카의 시오니즘적 정서는 특히 모든 유대인에게 팔레스타인은 자유로운 활동 지역이라고 간주하는 데에서 여실히 드러난다.

149) 후고 베르크만(1883~1975): 카프카의 김나지움 급우로서, 철학자이자 시온주의자. 그는 제2차 세계 대전 후에 팔레스타인에 가서 히브리 국립 도서관의 사서, 히브리 대학교의 교수가 되었다.

150) 로베르트 카프카Robert Kafka: 콜린에 있는 필립 카프카의 아들. 그는 프라하의 변호사였다.

151) 카를 크라우스Karl Kraus: 막스 브로트 앞 1921년 6월 편지 참조.—오스카 코코쉬카Oskar Kokoschka(1886~1980): 오스트리아의 표현주의 화가 및 작가.

152) 제메링 고개로 유명한 오스트리아 동부 노이슈타트 남서쪽의 고개. 해발 고도는 985미터이다. 짐수레를 끄는 말이 다니는 길로서 13세기 초부터 이용된 고개로, 가까운 제메링 마을은 알프스 동부의 관광 휴양지로서 알려져 있다.

153) 1923년에 슈핀들러뮐레로 명칭이 바뀜. 체코의 산맥지대에 있는 휴양지. 슈네코페의 기슭으로 폴란드와(전에는 독일과) 접경 지대.

154) [역] 브로트판과 영문판 모두 'Abram'으로 표기되어 있으나 'Abrams'의 잘못으로 보인다. 앨버트 에이브 럼즈Albert Abrams(1863~1924)는 미국인 의사로 인간의 신체를 구성하는 기본 단위를 전자(세포보다는)로 여겼다. 따라서 전기 진동 조화의 교란으로 질병을 정의했다(『진단과 치료에서 새로운 개념들』, 샌프란시스코, 1916).—Upton Sinclair(1878~1968): 미국의 소설가이자 사회비평가로, 여기에 인용된 논문은 「*In Defence*

*of Albert Abrams*」(1923년 3월 15일). 그 이전의 출판은 전해지지 않는다.

155) [E] 그는 비장(지라)에 생긴 질병으로 고통을 받았으며, 그것으로 다음 해에 사망했다.

156) Rudolf Fuchs: 막스 브로트 앞 1917년 11월 중순 편지 참조.


## 1922년

1)  [E] 브로트의 소설 『프란치』. 막스 브로트 앞 1921년 4월 중순 편지 참조. 데오그라트 남작은 체코슬로바키아에서 헝가리 스파이로 행동하며 그리고 주인공 화자에게 속는다. 초기 장에서 주인공은 브라질에서 온 사촌의 방문을 받는데, 그는 프라하에서 소년 시절 겪은 두 소년의 규칙 위반 등에 대해서 일기를 썼으며, 떠날 때 그것을 프란치와 함께 남겨둔다. 카프카에게 흥미를 주는 대목은 플라토닉 및 성적 사랑에 관한 주인공의 상상과, 선과 악의 행위의 결과에 대한 도덕적 성찰이며, 그것이 행위자의 의도에 종종 모순되는 것 등이다.

2)  *Feuerreiter*: 문학과 미술을 위한 후기 표현주의 잡지. 하인리히 에두아르트 야콥Heinrich Eduard Jacob(1889~1967)의 편집으로 1921년에서 1924년까지 발간됨.

3)  1922년 1월 24일 카프카는 병가 연장을 요청했고, 1월 27일에 허가를 받았다.

4)  엘베 강 유람선의 종점지인 바트 샨다우. 드레스덴에서 엘베 강을 거슬러 올라가면 체코 국경 부근에 양쪽으로 깎아지는 듯한 바위산이 솟아 있는 엘베 사암 지구가 있으며, 그 경치가 근사하여 스위스에 비유, '작센의 스위스'라고도 불린다.

5)  [E] 호텔 장부에 카프카의 이름은 「소송」의 주인공 이름인 '요

젭 K. Joseph K.'로 올라 있었다.

6)  『카를 브란트: 젊은이의 유산Karl Brand: Das Vermächtnis eines Jünglings』, 프란츠 베르펠의 서문과 더불어 요하네스 우르치딜 편집(빈, 1920). 그 책은 1918년 오랜 결핵으로 사망한 브란트의 미발표 작품을 담고 있다. 그는 프라하의 시인으로, 기독교 무산 계급 출신이었다.

7)  Aleksei K. Tolstoi(1817~1875):『이반 일리치의 죽음』(1866) (그는 3인의 톨스토이 중 하나로, 러시아 문호라 불리우는 Lev Nikolaevich Tolstoi(1828~1910), 그리고 장편『고뇌 속을 가다 Khozhdenie po mukam』(1920~1941)의 A. N. 톨스토이가 있다).

8)  [E] 카프카는 2월 17일 슈핀델뮐레를 떠났다. 이 날짜에 '빈'이라 함은 의아하다.

9)  [E] 원래의 2주 계획은 2월 10일에 종료되었다.

10)  에리히 루덴도르프Erich Ludendorff(1865~1937): 제1차 세계 대전 때의 독일 장군. 그는 매우 거만한 풍모를 지닌 귀족이었다.

11)  영문판은 [3월 말]. 근거는 Hartmut Binder(1976) 참조.

12)  슈핀델뮐레에서 돌아온 후 카프카는「단식 광대」를 썼고,『성』의 집필을 시작했다.

13)  [E] 카프카의 휴가는 5월 4일까지 계속되었다. 4월 17일에 병가에다 5주 정규 휴가를 추가로 신청했고, 공사는 이를 허가했다.

14)  영문판은 [6월].

15)  [E] 카프카의 휴가는 6월 8일에 종료됐다. 그러나 건강이 아주 나빠서 6월 7일에 퇴직을 신청했다. 그러자 6월 30일 공사는 7월 1일 자 효력으로 퇴직 연금(월 1,000크로네)을 주어 그를 퇴직시켰다.

16) 프라하에서 남쪽으로 60마일 떨어진 곳으로, 타보르의 바로 남쪽. 오틀라는 그곳에다 여름 별장을 빌렸다.

17) [B] 다시 오틀라 누이 집에 기거했다. 이번에는 체코의 시골 별장이었다.

18) [E] 쿠르트 볼프는 1922년 5월 10일 편지에서, 카프카가 출판사에서 보낸 두 장의 극히 우정 어린 편지에 전혀 반응을 보이지 않은 것을 자신에 대한 반감으로 보지는 않는다고 썼다.

19) [B]「첫 번째 시련Erstes Leid」: 1922년 5월 카프카는 볼프에게 이 이야기를『수호신Genius』에 싣도록 보낸 바 있다. 그것은 1922년 3월, 2호에 게재되었다.

20) Adolf Schreiber: 막스 브로트 앞 1921년 1월 13일 편지 참조.

21) 'Ohropax'는 '귀의 평화'라는 뜻. 이름있는 상표로, 왁스와 면으로 만든 귀마개.

22) 고골리의『검찰관』에 대해 브로트는 비평을 썼다.『프라하 석간』1922년 6월 4일.

23) 튀링엔 산림에 있는 마을, 여름 휴양지로서 인기 있는 의료 온천이 있음.

24) 브로트,『여신과의 삶Leben mit einer Göttin』(뮌헨, 1923).

25) 로젠하임은 독일 남동부 바이에른 주에 있는 도시. 뮌헨 남동쪽 인 강과 망팔 강의 합류 지점에 위치하는 도시로, 동쪽에는 경치가 좋은 킴제 호가 있으며, 남쪽 가까이에는 오스트리아와의 국경이 있다.—Dreimaskenverlag: 뮌헨의 출판사.

26) 발터 라테나우Walther Rathenau(1867~1922): 영향력 있는 독일의 산업계 인사이자 정치가로서, "서로 잘 아는 300명의 인간이 전 유럽 대륙의 경제적 운명을 좌우하고 있다"는 1909년의 발언으로 유명. 1922년 6월 24일에 살해되었다.

27) 『여신과의 삶』.

28) *Neue Freie Presse*: 악명 높은 종군기자 알리제 샬렉Alice Schalek(1874~1956)과 관련한 것으로, 그에게는 전쟁이 희롱이었으며, 카를 크라우스는 그를 심하게 논박했다.

29) [E] Smetana, 「비밀Das Geheimnis」, 1922년 6월 23일.—Strindberg, 「나쁜 여자Die böse Frau」, 6월 27일.—「철학」: 「인사의 철학Philosophie des Grüßens」, 6월 26일.

30) 구스타프 말러Gustav Mahler(1860~1911)의 '작곡의 오두막'을 빗댐. 조그마한 단칸방 집으로, 오스트리아 남부 케르텐 주 호숫가 빌라 근처 숲속에 있었다.

31) [E] 횔덜린Hölderlin(1770~1843)의 시 「생의 중심」 중 제7행에 대한 암시라고 한다.

32) 루돌프 카이저Rudolf Kayser(1889~1964): 작가이며 비평가, 『신 전망』(1921~1932)의 편집인.—[B] 이 편지는 「단식 광대」와 관련되며, 1922년 10월에 『신 전망』에 실렸다.

33) 「단식 광대」.

34) 「첫 번째 시련」.

35) Gabriela Preissová: 그녀의 드라마를 야나첵이 오페라 〈수양딸〉로 썼다. 엘자 브로트와 막스 브로트 앞 1917년 10월 초 편지 참조.

36) *Die Fackel*: 평론 잡지로서, 1899년 카를 크라우스가 설립했고, 1936년까지 그가 편집을 담당했다. 부정기적으로 간행됨.

37) 한스 블뤼어(막스 브로트 앞 1917년 10월 초 편지 참조), *Secessio Judaica*(베를린, 1922).

38) 엘리 헤르만.

39) 루트비히 빈더Ludwig Winder(1889~1946): 소설가이며 『보헤

미아』연극 비평을 담당했음(1915~1938).

40)  요젭 바츨라프 미슬벡Josef Vaclav Myslbeck(1848~1922): 체
코의 조각가. 그는 6월 2일에 사망했고, 카프카는 6월 5일 그
의 장례식에 참석했을지도 모른다.─베네샤우: 프라하에서
32마일 떨어진 곳, 빈행 철도 상에 위치함.

41)  [B] 이 부분에서 카프카는 몇 글자를 알아볼 수 없게 해버렸다.

42)  말러는 이곳에서 1900년에서 1907년 여름을 보냈다. 1897년
빈 궁정 오페라 극장의 지휘자로 임명되어, 1908년까지 재직
할 동안 이곳을 찾았던 것이다.

43)  알로이스 이라젝Alois Jirásek(1851~1930): 체코의 역사 소설
가, 브로트판에서도 그 글이 확인되지 않는다.─[E] 그 밖에
두 기사는 「탄산칼륨과 진주모Pottasch und Perlmutter」(6월
28일) 그리고 「스미효프의 아레나Smichover Arena」(7월 6일)
『프라하 석간』에 실림.

44)  Hott und Hüöh und sakramenska pakáz: '오른쪽으로 왼쪽
으로!'에 해당하는 의성어. 체코어로는 욕설이다. "우라질 부
랑패"는 체코어로 썼고 편지 하단에 독일어로 번역해 놓았다.

45)  [B] 막스 브로트, 「백조의 호수」, 『프라하 석간』, 1922년 7월
11일. 체코 국립 극장에서 있었던 차이코프스키의 발레 공연
에 대한 평론.

46)  [B] 1920년 프라하 시온주의자들에 의해 창립된 유대인 초등
학교와 관련됨. 막스 브로트가 개회사를 했으며, 카프카의 둘
째 누이 발리가 그 학부모 저녁 모임에서 연설을 했다.

47)  [E] 의사 오토 헤르만Otto Hermann 박사를 가리킴.

48)  『성』원고의 일부분. 1922년 3월 15일 카프카는 막스 브로트
앞에서 그 소설의 시작 부분을 읽어주었다.

49) 테오도르 슈토름Theodor Storm(1817~1888): 북독일 시인이자 단편 작가. 이 일화는『추억과 가족 이야기들Erinnerungen und Familiengeschichten』(1876) 중「뫼리케에 대한 추억Meine Erinnerungen an Eduard Mörike」이다.—에두아르트 뫼리케 Eduard Mörike(1804~1875): 독일의 시인이며 소설가.『프라하 여행 중의 모차르트Mozart auf der Reise nach Prag』(1856).—빌헬름 하르트라웁Wilhelm Hartlaub(1804~1885): 목사.

50) 하인리히 하이네Heinrich Heine(1877~1962):『노래의 책Buch der Lieder』(1827)은 실연의 슬픔에서 비롯된 청년 시절의 시집이다.

51) 프란치셰크 빌렉František Bilek(1817~1888): 체코의 조각가로 콜린에 있는 '후스 기념물'을 제작하였다(후스에 대해서는 다음 편지 참조). 카프카와 막스 부부가 1914년 12월 쿠덴바르크에 있었을 때, 그들은 그 기념물을 보러 가자는 카프카의 종용으로 콜린을 방문한 적이 있었다.

52) 그 편지는 타트라 코트리나 주소로 되어 있었다.

53) 『여신과의 삶』, 브로트의 에미 잘베터와의 관계를 다루고 있다. 막스 브로트 앞 1922년 6월 30일 편지 참조.

54) 프리트리히 폰 데어 라이엔Friedrich von der Leyen(1873~1966): 독일 문학 교수이며 동화 수집가이자 편집자. 그의 책『최근 독일 문학Deutsche Dichtung in neuer Zeit』(예나, 1922)이 카프카 서재에 있었다.

55) 게르하르트 하웁트만Gehart Hauptmann의 시골풍의 애정 서사시(베를린, 1921).

56) 한스 블뤼어, *Secessio Judaica*(베를린, 1922). 클롭슈톡 앞 1922년 6월 30일 편지 참조.

57) 야콥 바서만Jacob Wassermann(1873~1934): 뉘른 베르크 근처 푸르트 태생으로, 토착 지방을 다룬 소설 『치른도르프의 유대인들Die Juden von Zirndorf』(1897), 『거위 인간Das Gansemännchen』(1915)이 있다.

58) 헤르만 뢴스Hermann Löns(1866~1914): 독일 청소년 운동과 관련해서 유명한 작가이자 편집자.

59) Friedrich Koffka(1888~1951): 표현주의자 독일 극작가. 그의 희곡 「카인Kain」(1917년)은 전쟁 후 짧게 성공했다.

60) 에마뉴엘 할룹니Emanuel Chalupn: 체코 언론인.

61) 라디슬라브 살로운Ladislav Šaloun(1870~1946): 후스를 위한 기념물을 알트슈태터 링에 세움(1915년 7월 6일).―얀 후스Jan Hus(1372~1415): 체코 종교 개혁 운동의 주도적 인물이었던 신부. 라틴어와 체코어 신학서 등을 저술과 더불어 체코어의 정자법을 개정함으로써 체코어의 학문적 발전에 영향을 끼침.―스따니슬라브 수하르다Stanislav Sucharda(1886~1916): 체코 조각가.―프란치셰끄 빨라츠키František Palack(1798~1876): 체코 역사가이며 정치가.―얀 지슈까Jan Žižka(1360?~1424): 후스 운동의 지도자.―얀 아모스 꼬멘스키Jan Amos Komenský (1592~1670): 꼬메니우스Comenius로 알려진 체코의 신학자이며 교육자.

62) 집필 중이던 『성』을 말한다.

63) 이 부분은 카프카가 체코어로 썼고, 브로트가 독일어로 번역해놓았다.

64) [B] 막스 브로트가 카프카에게 편지 쓰기를, 펠릭스의 부친인 하인리히 벨취가 브로트 앞에서 이렇게 말했다고 한다. "프란츠의 부친은 프란츠에 관해서 자부심을 가지고 그리고 눈을

빛내며 말했다."

65) 카프카는 쉰보른에서 1917년 3월부터 8월까지 살았고, 8월 10일 각혈을 했다.

66) 엘자 브로트와 막스 브로트 앞 1917년 10월 초 편지 참조.

67) 이 부분은 카프카가 체코어로 썼고, 브로트가 독일어로 번역해 놓았다.

68) 〈골고다〉(1891~1893년 작)로 여겨진다.

69) [E] 체코의 가톨릭 성직자이다. 작가인 트레비츠키Trebizsky의 묘. 브로트는 빌렉에 관한 글을 결국 쓰지 않았다.

70) Robert Kafka: 로베르트 클롭슈토크 앞 1921년 12월 초 편지 참조.

71) 『유대인』의 편집인 마르틴 부버가 살고 있던 곳.

72) 쟝 엡스탱Jean Epstein: 폴란드 바르샤바 태생의 프랑스의 영화 이론가이자 영화 감독으로, 1922년 영화계에 들어가 〈진심〉(1923), 〈아름다운 니벨네즈 호號〉(1923) 두 작품으로 신예 감독으로서 주목을 끌었다. 전위 영화 운동이 일어나자 〈어셔 가의 몰락〉(1926) 등 뛰어난 전위적 작품을 만들었다.

73) [B] Chaluz: 개척자의 뜻.

74) 막스 브로트, 「게르하르트 하웁트만의 여성 인물Gerhart Hauptmanns Frauengestalten」, 『신 전망』, 1922년 11월.

75) Jorinde: 브로트의 소설 『여신과의 삶』에 나오는 인물.— Anna: 하웁트만의 서사시 『안나』의 여주인공.

76) 발트 해에 있는 볼린 섬의 조그마한 해변 휴양지.

77) Veselý: 체코어로, '즐거운'이란 뜻.

78) 에미 잘베터.

79) [E] Winkler. 막스 브로트 앞 1923년 10월 27일 편지 참조.

80) 빌헬름 슈미트본Wilhelm Schmidtbonn(1876~1952)의 희곡 「글라이헨 백작Der Graf von Gleichen」. 카프카는 이 연극을 1912년 1월 22일에 보았다. 글라이헨 백작은 중세의 전설적인 인물로서, 십자군 원정 중에 포로가 되었다가 한 터키 소녀에 의해서 구출되었다. 비록 합법적인 아내가 있었음에도, 교황의 특사로 그 소녀와 결혼할 수 있었고, 성으로 그녀를 데리고 돌아왔다. 그 주제 자체나 저변의 상황(삼각 관계)은 소설과 연극에서 자주 다루어졌다.

81) E. S.: 에미 잘베터. 막스 브로트 앞 1921년 1월 13일 편지 참조—이 편지는 초고에 불과하고 부치지 않은 것이다. 영문판은 [가을]이라 되어 있다.

82) 프리드리히 실러의 「군도」의 주인공을 말한다.

83) 지그프리트 뢰비: 어머니의 이복동생으로 시골의사. 편지 62 참조.

84) 이 부분은 카프카가 체코어로 썼고, 브로트가 독일어로 번역해놓았다.

85) [E] 루돌프 뢰비: 1921년 10월 중순 클롭슈토크 앞 편지 참조.

86) 빌헬름 슈파이어Wilhelm Speyer(1887~1952)의 『계절의 우울증 Schwermut der Jahreszeiten』(1922). 보통 때는 카프카가 이 작가를 칭찬했다.

87) 『안나』, 제19장에서 인용했다.

88) [E] 게르티Gerti: 카를 헤르만과 엘리 헤르만의 딸로 1912년 9월에 태어났다.

89) 영국인은 학교 설립자 닐을 가리킴.—에밀 달크로즈: 스위스 작곡가이며 음악 교육자로서 음악에 맞추어서 리듬 체조의 체계를 고안한 바 있다. 1921년 가을, 엘리 헤르만 앞 편지 참조.

90) 영문판은 [9월 21일].

91) 9월 18일.

92) [B] 민체는 카셀 빌헬름스회에 있는 한 별장으로 카프카를 초대했다.

93) 아랄베르트 슈티프터Adlbert Stifter(1805~1868), *Zwei Schwestern*, *Studie*, 제6권, 1844~1850.

94) 추측건 볼프가 브로트에 쓴 편지 속에서 카프카에게 안부를 전했고, 카프카는 그것을 브로트에게 전해 들었을 것이다.

95) *Szebadság*, *Kassai Naplo*: 헝가리어 신문들.—Śandor Márai(1900~1989): 헝가리 작가. 자살한 이후 『열정』 『유언』 등이 독일에서 발간되어 르네상스를 누리고 있다.

96) 영문판은 일 년 앞선 [1921년 12월]이라 되어 있다. 그 근거로 는 편지 내용 중 1921년 12월 초의 어느 날이 암시되기 때문이다. 곧 베르펠은 (그는 당시 빈에 살았는데) 그때 (그가 다시 일 년 후에 그랬듯이, 그와 피크가 카프카를 방문했을 때) 프라하에 있었으며, 그리고 카프카는 그를 보러 가기로 되어 있었다. 그러나 카프카가 그러지 않아서 베르펠이 그를 방문했으며 그리고 카프카를 제메링으로 초대를 했다. 클롭슈톡은 회답에서 여기에 대해 언급한 것으로 보이며, 카프카는 다음 편지의 주제로 되돌아갔다. 그 "나흘간의 방문객"은 밀레나임에 틀림없다.

97) [B] 엔드레 오디Endre Ady(1877~1919): 헝가리 시인. 클롭슈톡 은 카프카에게 오디의 작품을 소개했다. 독일어로 번역되어 『새로운 바다 위에Auf neuen Gewässern』는 1921년에 발표되었다.

98) Franz Werfel, *Schweiger*, 3막 비극(뮌헨, 1922). 카프카는 베르펠의 문학적 성공을 부러워하기도 했지만, 그의 글에 등장

하는 '괴물'은 싫어했다.

99) [역] 이 편지에서 카프카는 베르펠에게 존칭을 사용했으나, 그들의 오랜 관계와 7년의 나이 차이 등을 고려해서 '자네'로 옮긴다.

100) 요하네스 우르치딜 앞 1922년 2월 17일 편지 참조.

101) Friedrich Thieberger(1888~?): 1919년 가을에 카프카가 쉘레젠으로 떠나기 전에 히브리어를 배운 교사. 게르트루트 티베르거 앞 1913년 2월 20일 편지 참조.

102) *Česká Stráž, Česká Svoboda*: '체코의 보초병' '체코의 자유'라는 뜻.


1923년

1) [B] 오스카 바움의 아들 레오의 열세 번째 생일.

2) [B] 여기서 말하는 책, 『학교 및 가정용 학문적 민속본Wissen-schaftliche Volksb cher für Schule und Haus』(베스텔만)은 과학과 탐험 전문, 『여행과 모험 총서Biblioithek der Reisen und Abenteuer』(Brockhaus)는 여행과 모험을 다룸.

3) 스벤 안더스 헤딘Sven Anders Hedin(1865~1952): 스웨덴의 탐험가, 베를린대학교에서 지리학자 F. 리히트호펜의 영향을 받아 중앙아시아 탐험을 결심, 1885~1923년 사이에 몇 차례나 탐험을 실행하였다. 고대 도시 누란樓蘭의 유적을 발견(1902), 문서와 유물을 수집하였다. 1926~1935년에도 대규모 조사단을 인솔하고 중앙아시아 지역 탐험을 감행하였다. 그의 여행기는 75권의 저서로 발간되었다.

4) 프리초프 난센Fridtjof Nansen(1861~1930): 노르웨이의 북극탐험가, 동물학자, 정치가. 1888년 그린란드를 횡단, 고트호프

에서 월동하는 동안 에스키모의 생활을 연구하여『그린란드의 최초의 횡단』(1890)과『에스키모의 생활』을 썼다. 1893~1896년 프람 호로 북극 탐험에 나섰으며, 북위 83° 59'까지 표류하다 F. H. 요한센과 함께 배에서 내려 개썰매와 카약을 이용하여 북위 86° 14' 지점에 도달하였다. 이 지점은 당시까지 인간이 도달할 수 있는 최북방이었다. 이 탐험 기록을『극북極北』(1897)『노르웨이의 북극 탐험』(1900~1906) 등에 남겼다.

5)  영문판은 [1922년 4 월 중순]. 근거는 Hartmut Binder(*Kafka in never Sicht*, Metzler Stuttgart. 1976) 참조.

6)  영문판은 [1922년 4월 초]. 근거는 앞 편지와 같음.

7)  로베르트 클롭슈톡은 당시 프라하에 있었다.

8)  칩스에 있는 고을로서, 타트라 산맥의 동남쪽, 당시 헝가리, 지금은 체코슬로바키아.

9)  1920년에서 1944년까지 헝가리는 호르티Horthy(1868~1957) 제독의 억압적인 지배 하에 있었다.

10)  1918년 이후 슬로바키아의 수도.

11)  Hugo Bergmann: 클롭슈톡 앞 1921년 12월 초 편지 참조.

12)  이스라엘 텔아비브 지역의 중심 도시. 야파는 BC 2000년 무렵의 유대인 취락으로 시작되었다. 1949년 야파와 텔아비브는 합병됨.

13)  [E] 오틀라의 남편, 요젭 다비트.

14)  오스카 바움의 「괴물Das Ungetüm」. 카프카는『신 전망』에 이를 수록하고자 중재할 계획이었다.

15)  『변신』에 보면 바움의 이야기와 비슷한 주제가 있다.

16)  로슈톡의 동북쪽에 있는 작은 휴양지. 카프카는 그의 누이 엘리와 그녀의 아이들과 함께 거기에 7월 초에 갔었다.

17)  에미 잘베터: 카프카는 그녀를 만나기 위해서 베를린에 잠시 머물렀다.

18)  Pua(Puah) Bentovim(Frau Dr. Pua Menczel): 팔레스타인에 있는 러시아계 유대인 가문에서 어린 나이에 프라하로 (나중에 베를린으로) 공부하러 나왔다. 그녀는 1923년 봄 히브리어로 카프카에게 수업을 했으며, 그리고 에버스발트에서 유대 아동 교육에 활동적이었다. Hartmut Binder(1967) 참조.

19)  에버스발트는 베를린 동북 29마일 떨어진 곳이며, 베르나우는 베를린에서 14마일 떨어진 곳.

20)  막스 브로트 앞 1916년 7월 중순 편지 참조.

21)  그 이야기는 10월호에 게재되었다.

22)  김나지움 시절 카프카의 동급생으로 친칭을 사용한다.

23)  Else Bergmann: 후고 베르크만의 부인이며, 베르타 판타의 딸(막스 브로트 앞 1914년 2월 6일 편지 참조).

24)  [E] 프라하에 있을 때, 후고 베르크만은 카프카에게 팔레스타인 이주를 설득했으며, 그곳에 가면 자기 아파트에서 머무를 수 있을 것이라고 했다. 그는 먼저 돌아간 뒤 프라하에 있던 부인에게 편지 쓰기를 "프란츠가 만약에 우리와 함께 살 수 있으려면, 아이들과 방을 같이 써야 할 것이오"라고 했다.

25)  당시 독일은 극심한 인플레현상을 겪고 있었다.

26)  [B] 카프카는 틸레 뢰슬러Tile Rössler(당시 열여섯 살)를 뮈리츠의 베를린 유대민족 가족캠프에서 만났다. 그녀는 지금[브로트판 출판 당시 1958년]은 텔아비브의 지도적인 안무가인데, 이 편지 이외에도 카프카의 필사본 유품을 두 가지 더 소지하고 있다. 그가 보낸 초콜릿 포장지에 그는 이렇게 썼다. "M.처럼 그렇게 달콤하거나 그렇게 유혹적이지 않지만, 그러나 요

구 사항이 적고, 더 단단하고 더 영양분이 있지요." [M.은 알렉산더 모이시Alexander Moissi(1880~1935)를 암시한다. 당시 극찬되던 배우로서, '로미오'와 '햄릿'역으로 유명.] 그리고 봉봉 캔디 상자에는 이렇게 썼다. "내가 당신에게 캔디를 보내는 것은 그것이 그렇게 좋아서는 아니라오, 아마도 그건 그만한 가치는 없어요. 그러나 그것들이 마술 캔디라서, 당신은 그것을 절대로 건드려서는 안 되오. 소파에 조용히 있으면서, 당신 옆에 열린 상자를 놔두는 거예요. 그러면 슈테글리츠에서[베를린 근처, 틸레Tile의 집] 하나씩 하나씩 당신의 입에 넣을 것이오, 마치 당신 옆에 앉아 있듯이. 그렇게 해보세요!"—이 흥미로운 관계는 마르타 호프만Martha Hofmann의 소설 『디나와 시인 Dina und der Dichter』(텔아비브, 1943년)에서 시적으로 표현되어 있다.

27)  도라 디아만트Dora Dymant, 또는 Dianant: 하시디즘을 추종하는 가정 교육을 받은 동구권의 소녀로, 뮈리츠 캠프에서 주방 책임을 맡고 있었다.—[E] 카프카에게 선물처럼 나타나, 글씨를 쓸 기력을 잃은 그를 대필해주거나 부모와의 관계에서 중재를 시도했다. 훗날 그녀는 공산주의자와 결혼하여 소련으로 갔고, 다시 영국으로 도피하여, 적어도 1952년까지는 영국에 머문 것으로 알려져 있다.

28)  제13회 시온주의자 회의가 1923년 8월 6~15일 개최될 예정이었다.

29)  [E] 푸아.

30)  [역] 틸레는 'Schale'(그릇)을 'Schaale'라고 장음을 따라서 잘못 쓰는데, 마치 'Frage'(질문)을 은어로 발음하듯 한다는 말이다.

31)  [E] 알려지지 않음. 카프카가 서른 살에 "처음으로 기독교도
     소녀를 알게 되었다"고 고백했던, 신비에 싸인 G. W.(게르티 바
     스너Gerti Wasner)일 가능성은 희박하다.—카프카는 그 소녀의
     이름을 말하지 않겠다고 약속했고, 그로 인해 오랫동안 사람
     들은 그녀의 머릿글자만 알 수 있었다. 펠리체에 보낸 1913년
     12월 29일 편지에는 "18세 소녀"라는 표현이 나온다.

32)  카프카가 머무르며 '빌라 타트라'라고 불렀던 마틀리아리에
     있는 집.

33)  8월 6일.

34)  카를스바트에서 열린 시온주의자 회의.

35)  [E] 뮈리츠에서 돌아오는 길에 카프카는 베를린에서 이틀을
     머물었으며, 카를스바트에서 멈추지 않고 프라하로 곧장 갔
     다. 8월 중순 무렵 그는 오틀라와 그녀의 두 딸들과 쉘레젠에
     갔다(9월 12일까지). 오틀라의 둘째 딸 헬레네는 1923년 5월
     10일에 태어났다.

36)  [B] 클롭슈톡의 친구였던 글라우버의 죽음. 그는 마틀라에서
     카프카와도 함께 동료 환자로 지냈다.

37)  [B] 마르틴 부버, 『위대하신 마기드와 추종자들Der große
     Maggid und seine Nachfolge』, 프랑크푸르트, 1921년. 이 이야기
     는 랍비 엘리멜렉Elimelech을 둘러싼 이야기들 중에 나온다.

38)  푸아는 값싼 숙박을 찾아내서 사생아 소녀들을 위한 기숙학교
     를 운영했다.

39)  다음 주 9월 14일을 뜻함. 그러나 카프카는 귀향을 연기했다.

40)  [B] 카를 젤리히Carl Seelig(1894~1962): 스위스의 작가이며 서
     정시인, 비평가. 특히 호르스트 샤데Horst Schade 같은 젊은 유
     망주들, 라무츠Ramuz 같은 거장들을 옹호하며, 게오르크 하

임Geeorg Heim 전집, 노발리스Novalis, 스위프트Swift, 와일드 Wild, 발저Walser 등의 신작을 펴냄. 빈에 있는 탈 출판사의 편집인인 그는 『열두 권Die Zwölf Bücher』의 책임을 맡고 있었다. 이 총서는 매월 1,000부씩 출판되었다. 매터링크Maeterlinck, 헤세Hesse, 롤란트Rolland, 바르부세Barbusse, 슈테판 츠바이크Stefan Zweig, 톨러Toller 등 저명 작가들의 작품이 출판되었다.—그는 카프카에게 미출판 작품을 이 총서로 출판하자는 청탁을 했으며, 대가로는 당시 인플레를 감안하면 거액인 100프랑을 제안 했다. 나아가 카프카에게 이 총서에 포함할 재능 있는 젊은 작가들을 거명해달라고 했다.

41) [E] 프리제쉬 코린티Frigyes Karinthy(1887~1938): 헝가리 작가로 유머러스한 스케치와 패러디로 잘 알려졌다. 클롭슈톡은 그의 이야기들 몇 편을 독일어로 번역하고 있었다.

42) 외숙 요젭 뢰비는 콩고에서 과일과 야채 도매 상인이었는데, 당시 파리 체재 중에 사망했다.

43) 루돌프 보르하르트Rudolf Borchardt(1877~1945): 독일의 작가, 시인이자 번역가. 막스 브로트가 그에 관해 쓴 글을 말한다.

44) [E] *Vers und Prosa*: 단명한 월간지로, 독일 작가, 편집자, 및 번역가인 프란츠 헤셀Franz Hessel(1800~1941)에 의해 편집되었다. 로볼트는 전쟁에 참가했으며, 1919년 2월 1일 베를린에 편집자들 가운데 헤셀과 함께 출판사를 설립했다.—*The Tent*: 유대계 월간으로 편집은 가브리엘Gavriel(오이겐 회플리히Eugen Höflich(1891~1965)의 필명), 빈에서 출판.

45) [E] 카프카는 9월 22일 쉘레젠을 떠나서 프라하로 갔다가, 24일 베를린에 갔다. 그는 도라와 함께 베를린 남서쪽의 슈테글리츠에 있는 모리츠 헤르만Moritz Hermann의 집에 묵었다.

「작은 여인」의 주인공은 이 집 여주인을 모델로 했다.

46) [E] 실제로 카프카는 1924년 3월 17일까지 베를린에 머물러 있어야 했다.

47) 에미 잘베터.

48) 주코트Sukkot: 초막절이라고도 한다. 이집트를 탈출한 이스라엘 사람들이 40년 동안 광야의 장막 생활을 기념하기 위한 유대인의 절기. 행사 시기는 9~10월 15일부터 1주일.

49) 샤를로텐베르크에 있는 베를린 고가 철도역.

50) *Steglizer Anzeiger*: 지방 변두리 신문.

51) 에른스트 바이스의 연극 「탄야Tanya」(1920).—엘리자베트 베르크너Elisabeth Bergner(1897~?): 오스트리아 연극 및 영화 배우로, 당시 떠오르는 스타였다. 나치스가 득세하자 영국으로 피신하여 〈캐서린 여제女帝〉(1924), 〈달아나지 마세요〉(1935) 등의 영화에 출연하였으며, 그 후에는 무대에서만 활약하였다.

52) 에른스트 바이스, 『나하르Nahar』(베를린, 1922).

53) 에른스트 바이스, 『사슬에 묶인 동물들Tiere in Ketten』(베를린, 1918), 그 2부로써 『나하르』 『마성의 별Stern der Dämonen』(베를린, 1922) 『아투아Atua』(베를린, 1923).

54) Credo quia absurdum.: '불합리하기 때문에 믿습니다'라는 신의 계시에 대한 특정한 이해의 표현.

55) 오노레 빅토린 도미에Honore Victorin Daumier(1808~1879): 프랑스의 화가. 1830년 『카리카튀르』 창간에 즈음하여, 이 잡지의 만화가로 화단에 데뷔하였고, 1832년 국왕 루이 필립을 공격하는 정치 풍자 만화를 기고하여 투옥되었다. 1835년 언론 탄압으로 이 잡지의 발행이 금지된 후에는 사회·풍속 만화로 전환하여, 분노와 고통을 호소하는 민중의 진정한 모습을 때

로는 인간적으로, 때로는 풍자적인 유머를 담아 그렸다.

56)  [B] 이 논문은 『잃을 수 없는 것Das Unverlierbare』(베를린, 1928)
    에 거의 그대로 수록됨.

57)  리제 카츠넬존Lise Kaznelson: 리제 벨취 앞 1913년 6월 5일 자
    편지 참조.

58)  프라하–베를린 철도선의 경계역으로, 세관의 통제가 있음.

59)  폴란드 국경 근처에 있는 작은 마을.

60)  1923년 10월부터 12월까지의 기간에 카프카는 「작은 여인」과
    「굴Der Bau」을 썼다.

61)  Josty: 베를린에서 잘 알려진 카페.—Wertheim: 백화점의 하나.

62)  Ullstein, Mosse, Scherl: 1920년대 신문과 잡지 들을 발행한
    3대 출판사.

63)  요젭 하임 브레너Josef Chaim Brenner(1881~1921): 러시아 출
    신의 히브리어 작가로서, 1909년 팔레스타인에 정착했으며,
    팔레스타인 노동자 운동의 지도자이며 아랍 민족과의 평화적
    협동의 옹호자. 그는 텔아비브 근교의 아랍 소요 와중에서 피
    살되었다. 『불모와 좌절Shekhol ve–Kishalon』(텔아비브, 1920)—
    [B] 그의 소설들은 극심한 염세 경향을 띠고 있지만, 그의 건설
    의지를 손상하지는 않는다.

64)  틸레 뢰슬러.

65)  베를린 달렘식물원Botanischer Garten und Museum Berlin-
    Dahlem 부설로 정원 및 온상 교육 기관은 2년의 실기와 이론
    과정으로 독일 최고였다(1824년에 설립).

66)  도라 디아만트.

67)  『로이베니』.

68)  [E] 회계연도 1922~1923년의 결산서를 송부하면서, 쿠르트

볼프 출판사는 카프카에게 10월 18일에 권고하기를, 보잘것 없는 판매 실적과 인플레로 7월 1일부터 그의 구좌를 종결하 였지만, 무료인 그 자신의 책에다 보태서 브르제지나Březina, 하임Heym, 트라클Trakl 및 프란츠 야노비츠Franz Janowitz의 작품들을 그에게 보내고자 한다는 것이었다. 그들 말로는 판 매 부족으로 좌절하지 않았고, 카프카의 책들에 대한 판매 촉 진을 계속하겠다는 것이었다, 왜냐하면 그들은 "훗날에 이들 산문 단편들의 비상한 질이 인정받을 것을 확신"했기 때문이 다(쿠르트 볼프: 『편지 왕래Briefwechsel』 참조).

69) [역] 이 제목은 히브리어로 썼었다.

70) 영문판은 [10월 25일].

71) Winkler: 막스 브로트 앞 1922년 8월 16일 편지 참조.

72) 막스 브로트 앞 1923년 10월 8일 편지 참조.

73) [E] 막스 브로트는 독일의 대재앙적인 경제적 상황 때문에 에 미 잘베터를 체코슬로바키아에 데려오는 것을 생각하고 있었 다. 아우시히는 북잔센의 작은 마을.

74) 오이겐 클뢰퍼Eugen Klöpfer(1886~1950): 독일의 성격 배우로, 입센의 「인민의 적」에서는 슈토크만 박사 역으로, 또는 셰익스 피어 극중의 희극적 인물 폴스타프 역으로 유명했다.

75) 영문판은 [1923년 11월 초]로 이유는 편지 내용을 들고 있다.

76) 코린티Karinthy: 로베르트 클롭슈톡 앞 1923년 9월 13일 편지 참조.

77) [역] '질질 끌며가다schleppen' '끌다ziehen' '움직이다bewegen' '흔적을 남기다Spur hinterlassen'―이러한 관여는 클롭슈톡의 번역 작품에 대한 관심에서다. 시작의 번호 '6'은 알 수 없고, 영문판에도 똑같이 삽입되어 있다.

78) '재료Zeug' '소재Stoff'

79) Karl Kraus, 『검은 마술에 의한 인류의 종말Untergang der Menschheit durch schwarze Magie』, 빈, 1922년.

80) Karl Kraus, 『인류의 마지막 날Die letzten Tage der Menschheit』, 빈, 1922년.

81) Shechol, uchischalon: 실제로는 '자녀 사별'을 뜻함. 이 단어는 브레너의 소설 제목이다. 막스 브로트 앞 1923년 10월 25일 편지 참조.

82) 막스 브로트, 『클라리사의 반쪽 심장Klarissas halbes Herz』, 뮌헨, 1923년.

83) 프라하.

84) 유대연구 아카데미: 펠릭스 벨취 앞 1923년 11월 18일 편지 참조.

85) 마드리드의 철도 감독관 알프레트, 트리쉬의 의사 지크프리트, 가톨릭으로 개종한 루돌프 뢰비. 네 번째 외숙 리하르트 뢰비는 변호사였고 1921년에 사망했다.

86) 아우구스트 스트린드베리August Strindberg(1849~1912), 『도취Rausch』(1899).

87) [E] 신교도 축제일, 북독일에서 10월 31일 열리는데 1923년은 수요일이었다.

88) 에른스트 폰 포이히터스레벤Ernst von Feuchtersleben(1806~1849)의 유명한 시의 첫 행. 모든 사물의 무상함과 그리고 한층 나은 세상에서 다시 만난다는 희망과 관련해서, 멘델스존과 슈만에 의해 작곡되었다.

89) [E] 인플레 이후의 마르크를 인플레 이전의 가치로 환산하는 하나의 변동 제수除數. 그 인플레는 미국의 1달러 상당에 1조

마르크에 육박했다. 1923년 11월 15일에 종료되었다.

90) [역] 당시 공항 건설, 부두 건설 등으로 이름을 날리던 카를 아
른슈타인Karl Arnstein(1887~1974)으로 추정된다. 이어서 나오
는 마우트너Mauthner와 아셔만Ascherman은 팔레스타인 이주
를 결정한 당시 유대인들로, 인적 사항은 확인되지 않는다.

91) 둘 다 발리와 요젭 폴락의 딸. 마리안네Marianne(게오르게 슈
타이너 부인, 1913년생) 그리고 로테Lotte(1914년생, 1929년 또는
1930년 사망).

92) Anni G.: 확인되지 않음.

93) 11월 1일.

94) [E] 카프카와 도라 디아만트는 1923년 11월 이 주소로 이사를
했다. 그리고 거기에서 1924년 1월 31일까지 체재했다.

95) 지그문트 카츠넬존과 리제 카츠넬존.

96) 그곳에서 카프카는 하리 토르치너Harry Torczyner(1886~1973)
교수와 율리우스 구트만Julius Guttmann(1880~1950) 교수의
강의에 참석했다. 원래 랍비와 학자들을 훈련하는 기관으로,
마지막 기관장은 레오 베크Leo Baeck였다.

97) 영문판은 [1923년 11월 말 또는 12월 초].

98) [E] 기도서: 여기서 말하는 'Stundenbuch'는 일반인 용으
로, 매일 기도 시간에 사용하는 호화 장정의 시집이다. 수공
으로 만든 종이에 푸른 새끼 염소 가죽으로 장정했다.—프리
트리히 횔덜린Friedrich Hölderlin(1770~1843), 루트비히 횔티
Ludwig Hölty(1748~1776), 요젭 폰 아이헨도르프Joseph von
Eichendorf(1788~1857): 독일 시인들.—나머지 다섯 권은 미
술 서적으로, 루트비히 바흐호퍼Ludwig Bachhofer, 『일본 목
공예 대가들의 예술Die Kunst der japanischen Holzschnitt-

meister』; 오토 피셔Otto Fischer, 『중국 풍경화Chinesische Landschaftsmalerei』; 프리트리히 페르친스키Friedrich Perzynski, 『중국의 신들: 중국 여행Von Chinas Göttern: Reisen in China』; 게오르크 짐멜Georg Simmel(1858~1918), 『렘브란트: 예술철학소고Rembrandt: Ein kunstphiloso-phischer Versuch』; 폴 고갱Paul Gauguin(1848~1903), 『이전과 이후Vorher und Nachher』. 다음 두 권은 독일 고전으로, 아달베르트 폰 샤미소Adelbert von Chamisso(1781~1838), 『페터 슐레밀의 신기한 이야기Peter Schlemils wundersame Geschichte』, 고트프리트 아우구스트 뷔르거Gottfried August Bürger(1747~1794), 『뮌히하우젠 남작의 신기한 여행과 모험Wunderbare Reisen und Abenteuer des Freiherrn von Münchhausen』. 그다음 크누트 함순Knut Hamsun의 책은 아마도 『가을의 별 아래에서Under the Autumn Star』(1922)로 추정된다. [사망 10년 후 재산 목록을 정리할 때 고갱의 책과 함께 발견되었다고 한다.]—[역] 카프카 (또는 브로트는) 『일본의 목판화』를 쓴 Bachhofer를 Bachhofen으로 잘못 기록하였다.

99)  막스 브로트, 『분터바르트 재판Proze Bunterbart』(뮌헨, 1924).

100) 무질, 「빈첸츠 그리고 중요 인물들의 여자 친구Vincenz und die Freundin bedeutender Männer」. 3막으로 된 소극으로 1923년 12월 4일 베를린에서 첫 공연이 있었다.

101) 베르톨트 피어텔Berhold Viertel(1885~1953): 연극 및 영화 감독, 미국에서도 활동.

102) 카프카는 오스카 바움의 「괴물」을 『신 전망』에 기탁했다. 오스카 바움 앞 1923년 여름 편지 참조.

103) 야로슬라브 끄리츠카Jaroslav Křička(1884~1969): 체코 작곡

가, 합창 지휘자, 음악 교수. 막스 브로트는 그의 오페라의 대본『하얀 유령』(오스카 와일드, 1929년)을 독일어로 번역했고, 1931년 브레슬라우에서 초연.

104) 루돌프 카이저Rudolf Kayser:『신 전망』의 편집인을 말함. 막스 브로트 앞 1922년 6월 30일 편지 참조.

105) Iwriah: 히브리어 연구를 위한 성인 학교.


## 1924년

1) *Bunterbart*: 막스 브로트 앞 1923년 12월 17일 편지 참조.

2) Midia Pines: 확인되지 않음.

3) 노이만이 세운 그래픽 갤러리로 베를린에 있었고, 후에 뉴욕에도 생겼다.

4) 『로이베니』.

5) 독일 중부 작센 주에 있는 도시.

6) Manfred Georg(1893~1965): 후에 조지George로 개명, 독일 언론인. 1938년에 뉴욕에 갔으며 유대계 독일인의 주간지『건설 Aufbau』을 이민의 지도적인 기구로 만들었다.

7) [E] 구스타프 크로얀커Gustav Krojanker 편,『독일 문학에서의 유대인Juden in der deutschen Literatur』, 베를린, 1922년. 현대 작가들에 관한 평론집으로, 막스 브로트가 쓴 유명한 카프카 찬양의 글이 포함되어 있다("여기에 진리가 있다, 진리를 제외하고선 그 아무것도 없다").—[역] 카프카는 편지에서 게오르크로 혼동하고 있다.

8) 막스 브로트, 「에른스트 도이치의 객연Gastspiel Ernst Deutsch」,『프라하 석간』, 1924년 1월 10일. 베르펠의 「말없는 사람Schweiger」 연기에 대한 비평.—에른스트 도이치(1890~

1969): 연극 및 영화 배우.

9)  막스 브로트, 「뽀와레 무대Theater Poiret」, 『프라하 석간』,
    1923년 12월 7일.

10) Musorgski(1839~1881): 국민파 음악에서 러시아 5인조의 한
    사람. 사관 학교를 졸업하고 군에 있으면서 작품을 썼다. 오페
    라 〈부리스고도노프〉, 관현악곡 〈민둥산의 하룻밤〉, 〈전람회
    의 그림〉 등이 유명.

11) Ernst Weiss, *Die Feuerprobe*, 베를린, 1923년.

12) Ernst Weiss, 『나하르Nahar』. 카를 젤리히 앞 1923년 가을 편
    지 참조.

13) Midia Pines: 막스 브로트 앞 1924년 1월 중순 편지에 나오는
    낭송 배우.

14) 도라.

15) Carl Busse(1871~1918): 후기 낭만주의 시인이며 소설가. 현대
    적 경향에 반대한 비평가. 이 주소는 슈테글리츠에서 두 정류
    장 떨어진 곳으로 그루네발트 숲에서 가까움.

16) *Monatshefte*: 그림과 삽화를 곁들인 가정용 월간지로,
    1886년에 창간되었으며, 벨하겐·클라싱에서 출판되었다.

17) Ludwig Hardt: 낭송 예술가. 루트비히 하르트 앞 1921년
    10월 초 편지 참조.

18) [B] Geister-Saal: 'Meister-Saal(대가의 전당)'을 전보에서 잘
    못 표기함.

19) [B] 카프카의 외숙이자 트리쉬의 의사인 지그프리트 뢰비가
    카프카의 심각한 상태 때문에 베를린에 왔으며, 결국 빈 근처
    의 요양원에 입원하도록 설득했다.

20) 아르투르 홀리처Arthur Holitscher(1869~1941): 소설, 연극,

여행기 작가. 그의 『어느 반항자의 생애Lebengeschichte eines Rebellen』가 『신 전망』에 연재되었고, 책으로는 1924~1928년에 두 권으로 출판되었다.―[B] 1912년 3월호부터는 캐나다 여행기를 연재했는데, 이것은 카프카가 매번 거론한 작품이며, 거기서 몇 구절을 낭독하곤 했다. 『아메리카의 오늘과 내일Amerika heute und morgen』, 1913(카프카의 장서). 이 책은 카프카의 『실종자』 구상에 영향을 주었다.

21)  폴-마리 베를렌Paul-Marie Verlaine(1844~1896): 프랑스의 서정시인. 전형적인 데카당스 시인이었으나 일면 영혼에 대한 요구도 강렬했으며, 1894년에는 시의 왕으로 뽑혔다. 말라르메, 랭보와 함께 상징파 3대 거장의 하나다.

22)  알베르트 랑엔Albert Langen(1869~1909): 파리에서 1893년 자기 회사를 설립한 독일 출판업자이며, 나중에 스칸디나비아 문학을 전문 출판하면서 뮌헨으로 옮김.―[B] 카프카는 출판사의 목록과 연감을 즐겨 읽었으며, 단순히 그 제목만으로도 자신의 환상의 출발점으로 삼았다.

23)  1895~1896년 홀리처는 파리에서 기자로 살았다. 초기 저술들은 『고통받는 사람들』 『하얀 사랑』 『독이 뿌려진 샘』 등.

24)  [B] 함순은 카프카가 가장 좋아했던 작가들 중 하나였다. 특히 그는 두 여행기(『코카서스』 『터키』)를 좋아했으며 나아가서 초기 작품들과 『흙의 축복』(1917)을 좋아했다.

25)  [E] 함순은 첫 미국 여행 중(1882~1884) 결핵에 걸렸으며, 파리에서 사는 동안(1893~1896) 여전히 소모성 결핵을 앓았다.(후에 그는 회복되어 93세까지 장수했다).

26)  스위스 그라우빈덴 주에 있는 관광지로 스키와 요양지로 유명하다. 토마스 만의 장편소설 『마의 산』은 다보스의 요양지를

무대로 한 것이다.

27) 오스트리아 서부 티롤 주의 주도州都. 동부 알프스의 교통 요지.

28) 빈에서 남서로 약 45마일 떨어진 페르니츠 근처, 피스팅 계곡의 조그만 고장.

29) [E] 로베르트 클롭슈톡은 카프카의 상태가 염려되어서 베를린에 왔다. 막스 브로트는 국립 오페라에서 〈수양딸〉(엘자와 막스 브로트 앞 1917년 10월 초 편지 참조)의 의상 리허설에 참석하고자 3월 14일에 도착했다. 3월 17일 도라 디아만트와 클롭슈톡은 그를 역으로 데려갔고, 브로트는 프라하까지 동행했다. 클롭슈톡은 카프카를 간호하기 위해서 학업을 중단했다. 3월 말경 도라가 프라하에 왔고, 4월 1일 카프카를 이 요양원에 데려왔다.

30) [B] 「요제피네, 여가수 또는 쥐 종족Josefine, die Sängerin, oder Das Volk der Mäuse」—이 작품은 1924년 잠시 프라하에 있을 당시 썼고, 그의 마지막 작품이 된다.

31) [E] 분명히 브로트는 그 소설을 오토 피크에게 넘겼으며, 오토 피크는 프라하 신문사의 편집장 아르네 라린Arne Larin (1889~1945)과 가까웠다. 그 이야기는 그 신문의 부활절 특집호(1924년 4월 20일)의 문학 부록에 게재되었다.

32) [B] 브로트는 1923년 베를린에서 카프카를 슈미데 출판사에 소개했고, 그는 세 작품을 넘겼다(「첫 번째 시련」「작은 여인」「단식 광대」). 이 책에 「요제피네」를 추가하여 『단식 광대Ein Hungerkünstler』라는 제목으로 출판된 것은 그의 사후였다.

33) Hajek.

34) 아편으로 만든 진통제.

35) 4월 19일.

36) Kierling b. Klosterneuburg, Niederösterreich: 카프카가 머문 최후의 요양원이다.

37) 영문판은 브로트판에서의 키얼링을 빈으로 변경했다. 이유는 편지 내용 중에서 카프카가 아직 빈에서 떠나지 않았다는 것을 분명히 하고 있기 때문이다.

38) 프란츠 베르펠, 『베르디: 오페라의 소설Verdi: Roman der Oper』 (베를린, 1924).

39) 지크문트 블라우Sigmund Blau: 『프라하 일간』편집장이자 일찍이 카프카를 경탄한 사람들 가운데 하나였다. 빈의 토박이로 그곳에서 중병을 앓는 카프카를 위해서 지대한 영향력을 행사했다.

40) 『프라하 신문』, 「요제피네」는 부활절 특집호에 게재되었다.

41) [역] 브로트판에는 포함되어 있지 않다. 브로트는 『카프카 전기』에서 이것을 사망 전날인 6월 2일로 보았는데, 영문판은 『오틀라와 가족에게 보내는 편지』에 따라서 '5월 19일경'으로 변경한다. 이 편지의 전문은 영문판에서 번역하였다.

42) [E] 클롭슈톡은 빈에서 도라와 합류하여 임종을 지킨다.

43) 취아스니Tchiassny 교수.

44) Ehrmann: 그를 통해서 전문의 및 교수와 연결되었다.

45) [E] 브로트는 그가 타우벨레스 서점을 토해 카프카에게 보낸 책 제목을 회상해내지 못했다.

46) Taubeles: 유대계 서점.

47) [E] 브로트는 5월 11일과 12일 빈에서 카프카를 찾아왔는데, 빈에서 강연이 있다고 가장한 것이었다.

48) 카프카는 이 편지를 스고 나서 15일 후, 1924년 6월 3일 정오쯤 사망했다. 그의 시신은 프라하에 옮겨졌다. 장례식은 6월

11일 오후 4시에 프라하의 스뜨라슈니체Strašnice에 있는 유대인 묘지에서 거행되었다.

대화 메모지

1) [B] 끔찍하고 고통스런 죽음의 병(후두결핵)을 앓는 동안, 카프카는 키얼링 요양원에서 말을 하지 말라는 권유를 받았다. 그는 소수의 예외적 경우를 제외하고는 그 처방에 엄격히 따랐다. 그는 도라 디아만트 그리고 의학 지망생이었던 로베르트 클롭슈톡과 더불어 대부분 종이에 메모를 해서 의사소통을 했다. 물론 그들은 헌신적인 우정을 가지고 마지막 순간까지 카프카를 돌보았다. 그것은 의료진도 마찬가지였다. 가끔은 이런 기록이 다만 암시이기도 했고, 친구들은 그 나머지를 추측하는 식이었다. 로베르트 클롭슈톡 박사(뉴욕 거주)가 소장하는 원전에서 다음 몇 가지 소소하게 선별된 것이 출판되었다. 환자의 상태에 관련된 수많은 내용은 제외시켰다. 이 부분의 주석은 주로 로베르트 클롭슈톡 박사의 설명에 의존했다.—이 메모장 이외의 다른 출처로는 『전기』에서 인용했다. 모든 메모장은 작가의 마지막까지 지속된 정신적인 힘과 너그러운 마음 그리고 상상력을 보여준다.

2) Ernst Schweninger(1850~1924): 비스마르크의 주치의였고 자연 요법의 옹호자.

3) Bibliothek der Reisen und Abenteuer: 오스카 바움 앞 1923년 1월 중순 편지 참조.

4) 아르투르 베르거Arthur Berger: 『영원한 봄의 섬에서Auf den Inseln des ewigen Frühlings』.

5) Lechner: 그라벤에 있는 서점.—후고 헬러Hugo Heller: 바우어

른마르크트Bauernmarkt에 있는 서점상이자 출판업자. 둘 다 빈 소재.

6) Heurigen: 원뜻은 '오늘의 것'으로 오스트리아에서 200여 년 전 요젭 2세 때부터 시작된 것으로 '금년산' 곧, '새 포도주'란 뜻. 언제부터인지 포도주를 파는 선술집을 가리키기도 한다.

7) [B] 슈미데 출판사에서 카프카에게 책 몇 권을 보냈다.

8) 로베르트 클롭슈톡

9) [E] 『단식 광대』의 최종 교정. 교정쇄는 5월에 도착했고, 그는 처음 16쪽을, 곧 「첫 번째 시련」과 「작은 여인」의 시작 부분까지 교정볼 수 있었을 뿐이다. 이것은 그가 마지막으로 수행한 작업이었다. 이 책은 카프카가 사망한 후 1924년에 슈미데 출판사에서 출판되었다.

10) '주사'를 의미한 것으로 추정된다.

11) 빈에 있는 하예크 교수의 병원에 있을 때.

12) 『단식 광대』의 교정쇄 교정.

13) [B] 이 언급은 어떤 약의 효력이 없어지면, 이후에 또 다른 약을 쓴다는 점을 빗댄다. 카프카는 모든 종류의 약에 거부감을 가졌고, 그것들에 서서히 중독된다고 여겼다.

14) 카를스바트의 동북으로 10마일 떨어진 곳, 광천鑛泉이 있는 유람 장소.

15) [B] 로베르트 클롭슈톡의 말: "이 시기 카프카의 신체 상태와 문자 그대로의 아사 직전의 전체적 상황은 정말로 소름 끼치는 것이었다. 그가 교정을 끝마쳤을 때 그것은 엄청난 작업이었고, 다만 영적인 긴장뿐 아니라 그에게는 일종의 흔들어 깨운 정신적 자신과의 재회였고, 눈물이 오랫동안 그의 뺨에 흘러내렸다. 카프카에게서 이런 종류의 격앙된 표현을 함께 겪

은 것은 처음이었다."—실제로 카프카는 첫 번째 전지만을 직접 교정했다.

16) [B] 유리컵이 마루에 떨어져서 깨어졌다.

17) Ergo bibamus: '그러니 자 우리 마시세!'라는 뜻의 중세 술자리 노래의 후렴.—[B] 카프카는 괴테의 시를 상기시키고서 도라에게 읽어달라고 청했다.

18) [B] 요구르트.

19) [B] 방 안에 있는 파리.

20) 로베르트 클롭슈톡.

21) 관상 식물의 일종.

22) 위 대화 메모지 참조.

23) Eckart: 전설적 중세 인물로, 헌신적인 친구의 귀감이다.

24) [B] 클롭슈톡의 보고에 따르면 카프카가 베를린에서 돌아온 후 비너 발트 요양원에 가기 전에 프라하에 있던 때를 가리킨다. 그때 카프카는 후두병의 징후를 처음 알았다. 클롭슈톡의 말: "이 즈음에 그는 「요제피네, 여가수 또는 쥐 종족」을 썼으며, 그 이야기의 마지막 장을 끝낸 어느 날 저녁 그는 나에게 말했다. '나는 때마침 동물이 찍찍 우는 것을 조사하기 시작한 것 같아. 그것에 대한 한 이야기를 방금 끝냈거든.' 나는 차마 그에게 그것을 읽어달라고 할 용기가 나지 않았다. 또 같은 날 저녁 말하기를 자신이 어떤 음료, 특히 과일 주스를 마시려고 하면 언제나 그의 목이 이상하게 타는 듯하다고 했다. 그리고 후두 역시 감염된 것이 아닌가 하는 우려를 표명했다."

25) 1924년 5월 19일경 부모님에게 보낸 편지 참조.

26) 카프카는 이 시절 편지들에게서 초기의 여행들을 언급한다. 한편 김나지움을 졸업한 뒤 1901년 8월에 그는 혼자서 노르티

더나이Nordeney와 헬고란트Helgoland의 북해 섬들로 첫 외국 여행을 갔다.

27)    [B] 이 의문은 첫 약혼녀 펠리체가 그를 이해했느냐는 뜻이다.

28)    [B] 의사가 방문한 뒤.

| | |
|---|---|
| 1883. 7. 3. | 프라하의 넉넉한 유대인 가정에서 출생. 아버지 헤르만(1852~1931), 그리고 어머니 율리에(1856~1934)의 본가는 뢰비. |
| 1901~1906 | 독일계 김나지움 졸업, 프라하에서 독문학, 법학 공부. |
| 1902 | 막스 브로트(1884~1968)와 처음으로 만남. |
| 1904~1906 | 최초의 작품인「어느 투쟁의 기록」집필, 사후 출판. |
| 1906 | 법학박사 학위 받음. 지방 법원과 형사 법원에서 시보로 근무. |
| 1907 | 사회주의 성향의 대학생 헤트비히 바일러(1888?~?)와 교제, 편지는 비판본 내에서 1909년까지 발견됨. |
| 1908~1917 | 보험공사 근무. 처음에는 아씨쿠라치오니 게네랄리, 1908년부터 근무 조건이 더 나은 노동자재해보험공사로 옮김. |
| 1908 | 「관찰」발표(『휘페리온』). |
| 1909 | 「기도하는 자와의 대화」「술취한 자와의 대화」(『휘페리온』)「브레샤의비행기」(『보헤미아』) 발표. |

| 1912 | 첫 작품집『관찰』출판. |
|------|------|
| 1913 | 『화부』출판,「선고」(『아르카디아』) 발표. |
| 1914 | 1912년 브로트의 집에서 만났던 펠리체 바우어 (1887~1960)와 약혼하였으나 그해 파혼. 이듬해 초 다시 만난 그들은 1916년 휴가를 함께 보내면서 새로운 전기를 맞았고 다시 약혼하여 베를린으로 함께 이사할 결심까지 함. 그러나 이 약혼은 카프카의 발병으로 다시 파기됨. |
| 1915 | 『변신』『법 앞에서』출판. |
| 1917 | 히브리어 공부 시작, 폐결핵으로 진단받아 요양 시작. |
| 1919 | 『유형지에서』『시골의사』출판. 쉘레젠에서 만났던 율리에 보리첵(1890~?)과 프라하에서 재회하여 약혼했으나, 예약된 집을 얻을 수 없어서 결혼까지 이르지는 못함. 그녀는 프라하의 구두 제조업자이자 유대인 교회 관리인의 딸. 파혼 통보는 1920년 7월에 받았으며, 이때 카프카에게는 벌써 밀레나 예젠스카(1896~1944)에 대한 열정이 시작되고 있었음.『아버지에게 보내는 편지』집필 시작. 이 시기에 테플리츠 출신의 민체 아이스너 (1901~1972)를 만남. 카프카는 "심리적 고통과 공허한 삶의 짐을 진 한 어린 소녀"에게 개선에 대한 모든 희망을 가지고 노력하며 일하도록 경고, 간청, 가르쳤다고 전해짐. |
| 1920 | 삼 년간의 공백 이후 글쓰기 재개. 밀레나 예젠스카에 대한 열정으로 고통받음. 프라하에서 치과 |

의사의 딸로 태어난 그녀는 카프카를 만날 때 이미 결혼한 상태였고, 그의 작품을 체코어로 번역하는 과정에서 만나게 됨. 그녀에 대한 사랑을 "내 스스로 내 가슴을 도려내는 칼과 같다"고 토로. 그러나 이 관계는 이듬해 정리됨.

| | |
|---|---|
| 1921 | 의학도 로베르트 클롭슈톡(1899~1972)을 동료 환자로서 만났고, 이들의 우정은 임종까지 이어짐. 계속되는 병가 요청과 요양 허가가 반복됨. |
| 1922 | 「단식 광대」발표(『신 전망』). |
| 1923 | 베를린과 빈 등지에서 글을 쓰면서 도라 디아만트(1902~1952?)와 동거. 동구권 출신으로 하시디즘 교육을 받고 자란 그녀는 카프카의 마지막 병상을 지킴. |
| 1924 | 작품집 『단식 광대』 출판. |
| 1924. 6. 3. | 빈 근교 키얼링 요양원에서 41세의 나이로 사망. 사인은 후두결핵. 자신의 모든 원고를 불살라달라는 카프카의 유언장에도 불구하고, 사후에 브로트에 의해 출판됨. |
| 1925 | 미완성 장편 『소송』 출판. |
| 1926 | 미완성 장편 『성』 출판. |
| 1927 | 미완성 장편 『아메리카』 출판, 이는 후에 카프카 자신이 일기에서 명명한 대로 『실종자』로 개칭됨. |
| 1931 | 작품집 『만리장성의 축조』 출판. |
| 1936~ | 『노벨레, 소품, 잠언, 유고집』이 간헐적으로 출판됨. |

이 작업은 실로 우연히 '카프카 번역에 대한 권유'에 따라 시작되었다. 카프카 문학에 대한 어떤 설명도 사족이 되어버린 지금, 새삼 카프카 문학의 가치를 논의하려는 것은 어리석음의 극치가 될 것이다. 그래도 사족으로 시작하자면, 예컨대 카프카의 『변신』만큼 세계적인 관심과 연구를 불러일으킨 작품은 세계 문학사에 흔치 않으며, 그만큼 그에 대한 우리나라의 관심도 예외는 아니다. 외형만 하더라도, 한국독어독문학회에서 개별 작가의 연구로 깊이를 더해 카프카 학회가 구성된 것은 카프카 탄생 100주년 기념이었고, 『카프카 연구』가 발행된 것이 이듬해 1984년이었다. 이후 학회의 최우선 과제로 전집 번역이 추진될 때, 필자는 마지막 주자로서 합류하게 되었다.

카프카 문학에 과문한데다, 학회 활동마저 소홀히 하던 필자에게 이러한 행운이 오기는 실로 이 '잡다한' 편지 그 자체의 문제점 때문이라는 것을 번역이 진행되고서야 통렬히 깨달았다. 난데없이 도처에 잠복해 있다가 등장하는 인물들은 시대를 뛰어넘은 몇몇 작가들과 카프카의 측근 몇 사람을 제외하고서는 도통 생면부지라서, 이들과 마주칠 때의 두려움은 여섯 번의 겨울을 보내고도 여전하다. 그러나 이 엄청난 카프카 전집의 번역 작업 중 '편지'를 맡게 된 우리 팀에게 가장 곤혹스러웠던 일은 1999년『프란츠 카프카. 편지 I』비판본이 출판된 것이었다. 그 일은 번역자에게 커다란 고무가 될 것이었으나, 완전히 새롭게 바뀐 편집으로 한창 진행 중이던 펜을 단숨에 부러뜨리고 말았다. 비판본은 1912년까지의 편지에 한정되었고, 브로트 원전만큼 1924년까지의 편지를 포함한 전체 비판본이 출판되는 일은 요원했다(2001년에 1913년에서 1914년 3월까지를 다룬 제2권이 출간되었으나 번역 과정 간 포함하지 못하였다). 물론 그사이에 영문판은 상당 부분, 날짜 확정 등에서 브로트판과 다른 편집을 보이고 있었으니, 참고할 원전은 세 권으로 늘어났고, 그 양은 2천 페이지에 육박했다. 하나씩 넘기기에도 너무 많은 양이었다.

비판본은 우선 배열에서부터 크게 다르다. 획기적인 변화는 1958년의 브로트판 이래 수신자별 편집을 완전히 바꾸어서 연대기순으로 정리한 점이다. 물론 내용적으로 중요한 변화는 편지들의 날짜 표기에서 많은 오류가 수정되었고, 예상대로 상당수의 편지들이 발굴되었다는 점이다. 심지어 편지 발신이 확인된 경우에는 비록 그 내용이 전해지지 않았다 하더라도 일괄하여 순서에 맞게 배열하고 있다. 또한 우편으로 발송된 편지나 엽서만을 일괄 배열하고 헌사 등을 따로 처리했다. 예컨대 브로트판 서두를 장식했던 '젤마 콘에게 보내는 편지'가 헌사로 밝혀져서 그 첫 자리를 양보했다는 것도 매우 다른 편집의 인상을 주기에 족하다. 전체적으로는 수신자의 위치를 기술했다는 점 또한 특징이라 하겠다.

긴 한숨에서 깨어나 머리를 맞댄—기실은 연인들도 아니면서 길고 긴 통화들로—궁리도 별 도움이 되지 않았고, 다만 한 가지 분명한 답은 비판본이 탄생한 이상 누구도 그것을 눈감을 수 없다는 엄연한 사실뿐이었다. 그렇게 긴 긴 겨울, 한창 작업할 수 있는 시간을 겨울잠으로 보내야 했다. 간행위원들이나 출판사 또는 '카프카의 편지'와 관련된 다른 번역진의 의견과 이견, 낮꿈과 현실 등이 공존할 수 있는 묘안은 없었고, 우리는 '비판본 지키기'라는 명분에 다음과 같이 마무리 짓기로 합의할 수밖에 없었다.

—원칙적으로 비판본을 우선시한다. 1912년까지 377편에 이르는 숫자는 기록하되 수신인별 단행본에 겹치는 인물들과 공문서 등은 학회에서 추진하고 있는 전집 전체의 성격을 존중하여 제외한다.

—1913년 이후는 막스 브로트판에 따른다. 브로트판에 따르면 1913년 첫 편지는 쉰세 번째이며, 이후 숫자는 브로트판에 따라 생략한다.

—1913년 이후 브로트판에서 부족한 점은 영문판을 따른다.

일은 진척은커녕 제자리걸음, 아니 버뮤다 삼각지의 소용돌이에 걸린 듯했다. 주어진 시간과 역량에 비추어 너무 방대한 이 공동작업은 그나마 덜컹거리는 바퀴 하나만이 남아 수행하게 되었다. 시간이, 아니 세월이 갔다. 처음 1900년대 편지를 시작하던 어투가 카프카의 나이를 좇아가듯이 늘어지는 진척에 따라 슬그머니 변하기 시작했다. 아마 독자들은 처음과 달리 끝으로 가면서 나이를 먹어가는, 또는 어눌해져 가는 번역 문장들에 놀라리라.

여기에 번역된 카프카의 편지들은 620여 통에, 수신인은 50명을 웃돈다. 비판본이 포함하고 있는 1912년까지는 비판본을, 이후 1913년부터는 브로트판을 기준으로 번역에 임했고, 심지어는 영문판에서 그 일부 혹은 전체를 번역하는 경우도 생겼다. 수신인은 오누이들을 포함한 가족 또는 직장과 출판 관련 인사들에게 보내는 몇 장의 편지를 제외하면, 친구들에게 보내는 편지들이 대부분이다. 일상의 단순한 편지 왕래라기보다는 글 쓰는 일에 대한 논의요, 실제 쓰는 연습을 포함하기도 한다. 또한 다른 연인들에 가려져 잊혀진 첫사랑 헤트비히 바일러와의 교제, 그 외에도 꾸준히 편지 왕래를 계속한 여인들과의 관계도 알게 된다. 환자로서 요양소에서 알게 되어 마지막을 동반한 젊은 로베르트 클롭슈톡과의 독특한 우정도 눈여겨볼 대목이다. 그러는 사이 번역 원고는 80만 글자를 넘어갔다. 이 방대한 기록에서 우리는 무엇을 얻고자 함인가.

다만 하나의 위안은 이 책은 편지들이 줄 수 있는, 단순한 정보가 아닌 심오한 감정이입을 동반할 것임에 틀림없다는 기대이다. "만일 우리가 읽는 책이 주먹질로 두개골을 깨우지 않는다면, 그렇담 무엇 때문에 책을 읽는단 말인가? (중략) 우리가 필요로 하는 것은 우리에게 매우 고통을 주는 재앙 같은, 우리가 우리 자신보다 더 사랑했던 누군가의 죽음 같은, 모든 사람들로부터 멀리 숲속으로 추방된 것 같은, 자살 같은 느낌을 주는 그런 책들이지. 책이란 우리 내면에 존재하는 얼어붙은 바다를 깨는 도끼여야 해." 이런 편지를 쓰는 사람이 누구인가? "서신으로 만난다는 것은 얼마나 무용지물인지. 서신이란 바다를 두고 떨어져 있는 두 사람의 해변에 철렁거리는 바닷물과 같은 것"이라고 탄식하는 사람…… 바로 그곳에 자연인 카프카가 숨쉬고 있으리라.

마지막은 사족이 아닌 확실한 책상다리로 말한다. 거의 까만 약물로 밤새기를 망설이지 않는 곤란한 아내를, 어머니를 참아주는 가족들(영문판을 구입, 대조를 도와준 것, 프라하와 뉴욕에서 각각 체코어 사전들을 구해다 준 것도 가족들의 몫이었다), 독일어 읽기를 도와준 성균관대의 로스바흐 교수(전남대학교 동료였고, 함께 책을 낼 정도로 형제처럼 일한다), 체코어 발음을 한글로 손수 적어주신 체코인 야로슬라흐 바린까 선생님(2001년 현재 한국에서 국제학술진흥원의 협력으로 세종대왕 등 우리 역사를 공부하시는 분이다), 내 엉성한 글을 갸웃거리며 읽어준 독문과 김명희 선생님, 국문과 대학원생 김희정, 박사 과정의 황진영, 무엇보다도 두 번째 장편소설이 아니라 이런 방대한 번역에 힘을 소진했다고 실망할 나의(?) 독자들, 그리고 다 말하지 못할 누구……모두에게 감사하는 마음을 드리고자 한다. 결국 이렇게 미적 결손을 안은 누더기 상태로나마 지적 양심이라는 미명으로 이해하고 마무리 작업을 격려해준 간행위원들, 무엇보다 이러한 대중적 몰취미의 서적을 탄생시켜준 솔출판사의 정신에 진심으로 경의를 표한다. 솔은 역자가 네 겨울 동안 잉태했던 부실한 아이를 두 겨울 동안 인큐베이터에 넣어 생명을 주었으니 말이다.

예외적인 희망, 꿈 한 조각을 말하자. 누구라도 막스 브로트 같은 친구를 둔다면, 나중에는 그가 자신을 설사 왜곡할 수 있더라도 살아가는 나날이 행복하리라. 1902년 만난 두 사람은 2년 후부터 편지 왕래를 시작했고, 그것은 1924년 카프카의 생애 마지막까지 20년간 계속되었으니…… 250통에 이르는 편지로 남은 우정을 누군들 부러워하지 않겠는가.

2003/4년 겨울

# 결정본 '카프카 전집'을 간행하며

불안과 고독, 소외와 부조리, 실존의 비의와 역설…… 카프카 문학의 테마는 현대인의 삶 속에 깊이 움직이고 있는 난해하면서도 심오한 여러 특성들과 연관되어 있다. 그러나 지금 카프카 문학이 지닌 깊이와 넓이는 이러한 실존적 차원에 국한되지 않는다. 카프카의 문학적 모태인 체코의 역사와 문화가 그러했듯이, 그의 문학은 동양과 서양 사이를 넘나드는 매우 중요하면서도 인상 깊은 정신적 가교架橋로서 새로운 해석을 요청하고 있으며, 전혀 새로운 문학적 상상력과 깊은 정신적 비전으로 현대와 근대 그리고 미래 사이에 가로놓인 장벽들을 뛰어넘는, 또한 근대 이후 세계 문학에 대한 인식틀들을 지배해온 유럽 문학 중심/주변이라는 그릇된 고정관념들을 그 내부에서 극복하는, 현대 예술성의 의미심장한 이정표이자 마르지 않는 역동성의 원천으로서 오늘의 우리들 앞에 다시 떠오른다.

■ 옮긴이 **서용좌** 광주에서 태어나 이화여자대학교 독문과 졸업 후 동 대학원 석사 및 박사 학위를 취득하였다. 현재 전남대학교 독문과 명예교수로 있으며, 소설가로 활동하고 있다.
저서로『도이칠란트·도이치문학』,『창작과 사실』등, 역서로『강풍경을 마주한 여인들』,『행복한 불행한 이에게—카프카의 편지 1900-1924』등이 있고, 창작으로 장편소설『열하나 조각그림』, 연작소설『희미한 인(생)』, 소설집『반대말·비슷한말』, 장편소설『표현형』등이 있다.
이화문학상, 국제PEN광주문학상, 광주문학상, 국제PEN문학활동상을 수상했다.

카프카 전집 7
행복한 불행한 이에게 카프카의 편지 1900~1924

| | |
|---|---|
| 1판 1쇄 발행 | 2004년 4월 20일 |
| 개정1판 2쇄 발행 | 2023년 2월 27일 |
| 지은이 | 프란츠 카프카 |
| 옮긴이 | 서용좌 |
| 펴낸이 | 임양묵 |
| 펴낸곳 | 솔출판사 |
| 편집 | 윤진희 김재휘 |
| 경영관리 | 이슬비 |
| 주소 | 서울시 마포구 와우산로29가길 80(서교동) |
| 전화 | 02-332-1526 |
| 팩스 | 02-332-1529 |
| 블로그 | blog.naver.com/sol_book |
| 이메일 | solbook@solbook.co.kr |
| 출판등록 | 1990년 9월 15일 제10-420호 |

© 서용좌, 2004

| | | |
|---|---|---|
| ISBN | 979-11-6020-021-8 | (04850) |
| | 979-11-6020-006-5 | (세트) |